माटीमटाल

'ज्ञानपीठ पुरस्कार' से सम्मानित उड़िया उपन्यास का हिन्दी अनुवाद

माटीमटाल

गोपीनाथ महान्ती

अनुवादक
शंकरलाल पुरोहित

भारतीय ज्ञानपीठ

पहला संस्करण	: 1974
पाँचवाँ संस्करण	: 1989
आठवाँ संस्करण	: 2007
नौवाँ संस्करण	: 2008
दसवाँ संस्करण	: 2013
ग्यारहवाँ संस्करण	: 2019

राष्ट्रभारती/लोकोदय ग्रन्थमाला : ग्रन्थांक 373

ISBN 978-93-263-5155-3

प्रकाशक : **भारतीय ज्ञानपीठ**
18, इन्स्टीट्यूशनल एरिया, लोदी रोड, नयी दिल्ली-110 003

मुद्रक : आर.के. ऑफसेट, दिल्ली

आवरण-शिल्पी : सत्यसेवक मुखर्जी

MATI MATAAL
(Oriya Novel)
by Gopinath Mohanti

Published by
Bharatiya Jnanpith
18, Institutional Area, Lodi Road, New Delhi-110 003
Ph. : 011-24698417, 24626467; 23241619 (Daryaganj)
Mob. : 9350536020; e-mail : bjnanpith@gmail.com
sales@jnanpith.net; website : www.jnanpith.net

Eleventh Edition : 2019
Price : Rs. 600

प्रस्तुति

(प्रथम संस्करण से)

श्री गोपीनाथ महान्ती की भारतीय ज्ञानपीठ पुरस्कार-जयी कृति 'माटीमटाल' का नाम भारतीय उपन्यास साहित्य की शीर्षस्थ कृतियों में आता है। 'माटीमटाल' को 1973 का ज्ञानपीठ पुरस्कार इस आधार पर प्राप्त हुआ है कि सन् 1962 से 1966 के बीच प्रकाशित समस्त भारतीय साहित्य में इसे 'सर्वश्रेष्ठ' की समकक्षता का गौरव प्राप्त हुआ है। 'समकक्षता' इसलिए कि इस वर्ष का ज्ञानपीठ पुरस्कार डॉ. दत्तात्रेय रामचन्द्र बेन्द्रे के कन्नड़ काव्य-संग्रह 'नाकु तन्ति' (चार तार) के साथ सह-विभाजित है। ज्ञानपीठ के पुरस्कार समर्पण समारोह की परम्परा है कि जहाँ तक सम्भव हो पुरस्कृत कृति का हिन्दी अनुवाद समारोह के अवसर पर प्रकाशित किया जाय ताकि राष्ट्रभाषा हिन्दी के माध्यम से सभी भारतीय भाषाओं को कृति के महत्त्व की जानकारी मिले, और साहित्य के राष्ट्रीय स्तर को प्राप्त करनेवाली कृति के रचयिता को देश के सभी साहित्यकारों और अनगिनत पाठकों का प्रेम और आदर प्राप्त हो।

श्री गोपीनाथ महान्ती का जन्म 4 अप्रैल 1914 में उड़ीसा के कोरापुट जिले में हुआ। एम.ए. तक शिक्षा प्राप्त करने के उपरान्त जब उन्हें उड़ीसा ऐडमिनिस्ट्रेटिव सर्विस के अन्तर्गत विभिन्न पदों पर कार्य करने का अवसर मिला तो उन्हें उड़ीसा के ग्राम्य जीवन और आदिवासियों की जीवन-पद्धति, उनके आचार-विचार, उनकी संस्कृति, तथा उनकी समस्याओं को जानने-समझने का अवसर मिला। गाँवों की धरती, धूल-मिट्टी और हवा-पानी से विकसित मानव के देह-प्राण ने अपनी सामाजिक संरचना को तो रूप दिया और व्यक्ति तथा समूह के जीवन की सुरक्षा तथा उन्नति के लिए जिन संस्कारों को आत्मसात् किया उनका स्पन्दन, उनकी अनुगूँज 'माटीमटाल' के पन्ने-पन्ने और शब्द-शब्द में है। जीवन कभी ठहरता नहीं, परिवेश कभी एक-से नहीं रहते, मिट्टी और हवा-पानी का रंग-रूप-गन्ध भी बदलते रहते हैं। नये परिवेश नये संकटों और संघर्षों को जन्म देते हैं, और मनुष्य की जिजीविषा इन चुनौतियों पर विजय पाने के लिए सदा उत्साहित करती रहती है। बहुत कुछ नया बनता है, और पुराना टूटता है, साथ ही बहुत कुछ ऐसा रहता है जो संस्कारों की अन्तःसलिला के रूप में प्राणों को रस से सिंचित करता रहता है। तथ्य के रूप में इसे जानना एक बात है किन्तु सृष्टि के इस सारे नाटक को जीवन्त रूप देकर चित्रित करना दूसरी बात है। श्री गोपीनाथ महान्ती ऐसे ही रस-सिद्ध साहित्य-स्रष्टा हैं जिन्होंने गद्य की भाषा को कविता का लालित्य दिया और मानव भावों-भावनाओं की सूक्ष्मता को, उसके संस्कारों और विकारों को, अभिव्यक्ति की प्रामाणिकता, क्षमता और चारुता।

'माटीमटाल' (उड़िया में) लगभग एक हजार पृष्ठों का उपन्यास है। कथा का विस्तार,

पात्रों की बहुलता, उनके मानसिक अन्तर्द्वन्द्वों का संसार, क्रिया-प्रतिक्रियाओं का प्रसार, प्रकृति के नाना रूपों का निखार, इस उपन्यास को गद्य का 'महाकाव्य' प्रमाणित करते हैं। उपन्यास का एक-एक चरित्र सजीव होकर मानस-पटल पर अंकित होता चलता है; तूलिका के चित्र-विचित्र रंग पाठक को मन्त्र-मुग्ध करते रहते हैं।

उपन्यास के अनगिनत पात्रों में मुख्य हैं नायक रवि और नायिका छवि। स्पष्ट है कि 'माटीमटाल' की कथा इन दोनों के प्रेम सम्बन्धों को केन्द्र में रखकर चलती है। किन्तु, आप कल्पना नहीं कर सकते कि इस बृहत्काय उपन्यास में दोनों के प्रेम को तूलिका के कितने कोमल स्पर्श मिले हैं कि प्रेम लाज से ढँका रहता है और जब अनेक संघर्षों, विडम्बनाओं, अपवादों को झेलकर विवाह में प्रतिफलित होता है तो वह जीवन की सिम्फ़नी का प्रमुख स्वर न होकर, कोमल गान्धार-सा अन्तर्व्याप्त रहता है। प्रमुख स्वर होता है जीवन की उद्देश्य-साधना का, नव-निर्माण का, मानव सहयोग पर आधारित नव निष्पत्तियों के स्वप्न का। उपन्यास के प्रारम्भ में वर्णित जिस ढलती सन्ध्या की विरागी लालिमा में रवि अकेला चला जा रहा है, उपन्यास का समापन भी एक ऐसी सन्ध्या में होता है जहाँ सार्थकता की अनुरागी रश्मि से पुलकित छवि पथ पर बढ़ी चली जा रही है—अपने लक्ष्य की ओर। जिस पेड़ की बाँह थामकर उसकी छाया में वह क्षण-भर खड़ी रहना चाहती है उस छाया का सुख उसे ठहरने नहीं देता। उसे अपनी सखी की आवाज सुनाई देती है जो कहती है : 'पगली, कहाँ रुक गयी, देख तो कितना लम्बा रास्ता है और तुझे किस महान् लक्ष्य तक पहुँचना है।'

पुरस्कार समर्पण समारोह के अवसर पर श्री महान्ती को जो प्रशस्ति-फलक भेंट किया गया है वह सार रूप में इनकी उपलब्धियों का चित्रण इस प्रकार करता है : "आदर्श और यथार्थ के समन्वयी; शक्तिशाली उपन्यासकार श्री महान्ती के कथा साहित्य का परिदृश्य अधिवासित है प्रायः पददलित हरिजन और मूक आदिवासी द्वारा, चिरशोधित कृषक और नगर-पले बाबूवर्ग द्वारा जो अस्तित्व-रक्षा के संघर्ष में ही निःसत्त्व हो रहता है : निरंकुशता और उत्पीड़न के नाना रूपों को अनावृत करते भी, उन्होंने तिक्त नारों या वर्ग-संघर्ष का कभी सहारा नहीं लिया। मनुष्य यहाँ अन्धकार में घिरा यातनाओं की दलदल में धँसा है, किन्तु दृष्टि उसकी फिर भी टिकी है सितारों पर। श्री महान्ती का स्पर्श पाकर समाजत्व भी लोकोत्तर हो उठता है। वे सम्पोषण और सम्बन्धन करते हैं, विखण्डन या अस्वीकरण नहीं। उनकी शैली में महाकाव्य की गरिमा है और भाषा में लोकवाणी की सरसता।...पुरस्कार-जयी उपन्यास 'माटीमटाल' उड़ीसा के ग्राम्य जीवन का गौरवग्रन्थ है : एक अविराम खोज वहाँ के लाख-लाख जन द्वारा अपनी सामुदायिकता को साकार करने की। यह प्रतीक है समाजत्व में प्रवेश का जो प्राप्त होता है आधुनिक विज्ञान की 'मैं' और 'तू' और आधुनिक विज्ञान की 'मैं' और 'वह' की द्वैत भावना के अतिक्रमण से। तीस से अधिक कृतियों के बहुमुखी प्रतिभायुक्त रचयिता, श्री महान्ती नवनवीन विषयवस्तु और शैली के सतत अन्वेषी हैं।"

नयी दिल्ली
8 नवम्बर 1974

—लक्ष्मीचन्द्र जैन

माटीमटाल

माघ की धूप कैसी चुपके से चली जाने को हुई। फिर देखते-देखते साँझ भी घिसटती-सी तैरती हुई जल्दी चली जाएगी। उसके बाद फिर रात चली जाएगी। यह श्रीपंचमी की रात भी : वहीं जहाँ चले जाते हैं सब दिन, सारी रातें! इसी बात को याद कराये दे रही है यह ठण्डी हवा—हलके झकोरों से कमीज को हिलाती हुई, सिर के बिखरे बालों को और भी अस्त-व्यस्त करती हुई, और मुँह-आँख और गरदन पर सर्दीली चेतना की तूलि से सिहरनें आँकती हुई—कि आज चली गयी : श्रीपंचमी चली गयी, और साथ ही हलकी-नरम धूप भी!

दूर क्यारियों में भरे सरसों के फूल जो कुछ देर पहले साफ दिखाई पड़ते थे—पीली धूप में टिमटिमाते हुए छोटे-छोटे दीयों जैसे—हठात् अब सघन होकर छाया में खोते हुए मलिन लगने लगे हैं; और उनके नीचे काजल की लम्बी रेखा-सी दिखनेवाली नदी भी लग रही है—मानो कोई बहुत लम्बी बत्ती हो, जो जल-झुलसकर काली पड़ गयी हो। ऊपर-ऊपर जो धुआँ-सा था, जान पड़ता है वही उसका आखिरी धुआँ है। थोड़ी देर बाद सब कुछ साफ दिखने लगेगा। माघ की साँझ में नदी के ऊपर का धुआँ कितनी दूर-दूर तक दिखाई देता है!

बाद को यह धुआँ भी जैसे नहीं होगा, ऊपर शून्य में ऐसा टँगा रह जाएगा जैसे परत-पर-परत काले कपड़े हों। फिर तो इतने बड़े काले सुरमई आकाश में श्रीपंचमी के चन्दा के चारों ओर तारों के फूल खिलेंगे और ऊपर से नीचे तक इस अपार विस्तार तले चिकना-चिकना अँधेरा और रुपहली उजास धीरे-धीरे एक में एक घुल चलेगी। फिर, धीरे-धीरे रात भी चुपचाप सो जाएगी : उजले कोहरे का लिहाफ ओढ़कर, कुनमुनाती बैंजनी रात सो जाएगी—और खो जाएगी, ढूँढ़े भी कहीं मिलेगी नहीं।

यही सब सोचता चला जा रहा था वह अल्हड़ युवक जिसकी अभी मसें भीग रही थीं और जो मन-ही-मन इस प्रयत्न में था कि सामने पसरे-फैले उस शून्य के फलक पर कहीं अपने को भी सुघड़ाई के साथ भाव-भावनाओं के रंगों में रँगकर अंकित कर दे—ठीक उसी तरह जैसे किनारे-किनारे हलका रंगीन होता जाता वह बादल का टुकड़ा उधर टिका हुआ है। आँखें मूँदकर उसने मन-ही-मन उस बादल को देखा; फिर आँखें खोलकर भी। उसे प्रतीति हुई कि कितना विशाल है यह आकाश और कितना लघु उसके एक कोने में टँगा वह बादल का टुकड़ा। कोई सत्ता नहीं उसकी यहाँ। देखते-देखते रूप बदल गया। अभी हाथी जैसी आकृति थी, अब उलटे हंस जैसा दिख रहा है। दो ही क्षण में नया रूप!

उसने फिर आँखें मूँद लीं। याद आया जैसे रास्ते में आज श्रीपंचमी के अवसर पर एक के साथ एक मिले कुँई के फूलों के नालों में ही आम के पत्तों से गुँथे हुए तोरण लटक रहे थे, उसी तरह तो ये दिन भी हुआ करते हैं। एक के बाद दूसरा : अटूट ताँता : नपे-बँधे निर्दिष्ट कालखण्ड। प्रत्येक का अपना एक परिमाण है : एक सूर्योदय के बीच अपनी माँ के गर्भ से धरती पर आने और फिर पंचतत्त्वों में विलीन हो जाने तक का एक विशिष्ट प्रकाश-काल—सबसे अलग, सबसे भिन्न।

फिर भी, कुछ तो चुक नहीं जाता, कहीं तो अन्त नहीं होता। आँखें मूँदकर सोचने पर जैसे लाल सेब और पके सन्तरे सब एक दिखाई देते हैं, लाल कुँई और हलद आभा लिये कनकचम्पा के फूल एक पर एक लदे हों तो उन्हें अलग-अलग गिना नहीं जा सकता, उसी तरह ये दिन : कितने-कितने आये हैं और कितने और आएँगे। अनगिनत सूर्योदय और सूर्यास्त चले गये, अनगिनत और आकर चले जाएँगे। घुल-मिलकर सब जैसे चेतना का एक अकूल सागर हो जाते हैं, जो पल-पल के बाद नये रंग का दिखता है, नये भाव में अनुभूत हुआ करता है।

कनकचम्पा के रंग का सूर्य भी चले जाने के लिए ही जा-जाकर फिर एक बार आता है और धीरे-धीरे पश्चिम से दक्षिण की ओर को हटते हुए क्षितिज में झुक जाता है। उसके अपने तेईस वर्षों में आठ हजार से अधिक बार यह ऐसे ही झुकता हुआ डूबा है और फिर उगा है। छह वर्ष की उम्र से अब तक कम-से-कम छह हजार बार की तो उसे याद भी है। इसी प्रकार लाखों-करोड़ों बार आगे-पीछे को आया है, गया है।

चलते से वह अटक गया है। मानो सोच ही सोच रहा था, पाँव नहीं चल रहे थे। मनुष्य ही जैसे न चल रहा हो, मात्र सरक रहा हो। कानों में यह क्या गूँजा? आकाश में एक गम्भीर शब्द की लहरें-सी बढ़ती आ रही हैं। लगता है कोई हवाई जहाज जा रहा है। उधर दूर चमकते बादल के टुकड़े के उस ओर जो गाढ़े नीले आकाश की स्थिर झील है, उसी की सतह पर उतरता चला जा रहा है : जैसे कोई बड़ी-सी बेडौल मछली हो।

इधर कैसे सुन्दर-सुन्दर हंस उड़ते जा रहे हैं! झुण्ड के झुण्ड एक साथ एक दो तीन चार...ग्यारह...तेरह—ना, गोलमाल हो गया। एक के साथ एक सटे कितने पक्षी उड़े चले जा रहे हैं : अनेक श्यामल छायाओं का एक भारी समूह! इनके इकट्ठे उड़ने से जो एक आवाज होती है उसमें भी शायद एक आनन्द होता है, एक अनूठा आकर्षण—देखी-जानी, हिसाबी-किताबी, और हानि-लाभ परखनेवाली सांसारिकता के लिए अदेखा-अजाना आकर्षण। दल के बाद दल! ओह! कितने हैं ये! कहाँ छिप गये अचानक? नहीं; चले गये ये भी : आते और चले जाते सूर्योदय और सूर्यास्त की ही तरह।

अब तो सामने से उड़ते जा रहे हैं कौए। मानो गाँव भर के कौए एक साथ

उड़ने निकले हों। काला कौआ तो बस काँव-काँव करता है। मगर इस कर्कश ध्वनि और उसके पंख हिलाने की भंगिमा में भी एक छन्द है, उस आकाश और इस माटी के साथ एक समन्वय है और उसके साथ ही एक सन्देश भी, जो मन को छू-छू रहा है और जिससे लगता है कि मानो यह आकाश अपना हो, यह माटी भी उसकी अपनी हो। उड़ते हुए ये वहीं चले जा रहे हैं जहाँ पहले भी उड़कर गये हैं।

हवाई जहाज पास आ रहा है : जिसकी मछली के आकार जैसी बनावट है और बाट भूले नारियल के भौंरों की जैसी राव-राव करती आवाज। पहले दूर था, अब पास आ गया। पेड़ों की ओट भी पार हो गयी। वह सामने ही दिख रहा है नदी किनारे का प्राचीन बरगद और पास ही बकुलेश्वर का शिव मन्दिर। कोई साढ़े सात सौ वर्ष पूर्व का ईंटों का मन्दिर टूट गया तो लगभग पाँच सौ वर्ष हुए यह पत्थर का मन्दिर गढ़ा गया। सब याद आ रहा है....

वह विस्मित करता प्रकाश! हवाई जहाज का नहीं, मन्दिर का है। मन की आँखों के आगे आप से आप फिर जाती है प्रवेशद्वार के ऊपर काले मरमर पर अंकित शिलालिपि जो मुखशाला पार कर जाने पर हवाई जहाज से भी दिखती है, वही शिलालिपि जिसके अक्षर कुछ विचित्र प्रकार के हैं। इधर से जाते हुए बार-बार पढ़ने से वे पंक्तियाँ कण्ठस्थ हो गयी हैं :

"नवकोटि कर्णाटोत्कलवर्गेश्वर वीराधिवीरवर पुरुषोत्तमदेव महाराज के विजय शुभ समस्त 15 अंक...रविवार समय 1 दण्ड अश्लेषा नक्षत्र...जिसे अनंग-भीमदेव राजा के भाई गोपाल छोटराय ने ईंटों से निर्मित कराया था वह अब टूट गया। इसलिए पखिखण्ड गाँव के खण्डाइत राय पीताम्बर महापात्र ने पत्थर से निर्मित कराया। इस देवता के सेवक बराही नायक हैं। श्रीकर महाराणा ईश्वर महाराणा सारथि महाराणा सोचल महाराणा"–और भी कितने ही नाम इस मन्दिर के बनानेवाले कारीगरों के थे जो अब शिलालिपि में से विलुप्त हो गये हैं।

ये साढ़े चार सौ वर्ष तो कल जैसे लग रहे हैं। शिलालिपि की भाषा भी ऐसी लगती है मानो किसी ने अभी लिखी हो। यहाँ के लोगों की बोली तक में इस बीच ऐसा कोई परिवर्तन नहीं आया जो स्पष्ट गोचर हो। मन्दिर है जो अपनी पार्श्वभूमि के साथ एक आदमी जितना नीचे को धसक गया है। कोई मूर्ति साबित बनी है तो कोई टूटी हुई है, कोई बिलकुल ही घिस गयी है। फिर भी मन्दिर आज तक अपने समूचे भव्य रूप में वैसे का वैसा खड़ा है : लगता है जैसे उत्कृष्ट कला-शिल्पयुक्त तीन विमान एक के ऊपर एक स्थित हों–और इसी प्रकार उनके ऊपर से गुजर गया हो आलोक और छाया भरे साढ़े चार सौ वर्षों के इतिहास का समूचा क्रमिक प्रवाह।

मन्दिर के ऊपरी भाग से देखने पर नीचे का सारा भाग दिन उतरते की सुनहली धूप में नहाया हुआ चमकता दिखाई देता है। लगता है जैसे इस मन्दिर का

भी एक अपना व्यक्तित्व हो। चारों ओर अनलिखी अनुभूतियों की भूली-बिसरी कहानियाँ अंकित हैं। टिमटिमाते तारों तले अँधेरे में अकेले खड़े होने पर जब निरावृत झिलमिलाते जुगनुओं के जलने-बुझने के साथ-साथ सियारों की उल्लासभरी चीत्कारें सुनाई देती हैं और इस मन्दिर के अकेले सिर ऊँचा किये खड़े रहने की कहानी प्रत्यक्ष होती है, तब सचमुच ऐसा लगता है कि टप-टप करता आकाश नीचे को बहा आ रहा है और बिजलियाँ कड़क-कड़ककर इस विराट् शून्य के अस्तित्व को ही विदीर्ण कर देंगी!

गाँव यहाँ नहीं है, सारी भूमि बन्ध्या है। मन्दिर को दूर-दूर तक घेरे हुए है खस के फूलों का एक सागर जिसमें हलकी हवा भी चले तो मानो दूध उफन आता है। कहीं-कहीं तो इन फूलों के झाड़ ईख के दण्डों जैसे घने और ऊँचे-ऊँचे हो गये हैं। बीच-बीच में इक्का-दुक्का बबूल के काँटेदार पेड़ भी हैं : छोटे-छोटे गोल पीले फूलों से लदे हुए। हवा में इन फूलों की मीठी महक भरी है। नीचे-नीचे नाना रंग-रूपों के नाना नक्शे जैसे बन उठे हैं। इनमें मनुष्य के द्वारा नाप-नापकर बैठायी हुई लम्बाई-चौड़ाई की सीमाएँ नहीं हैं। एक नक्शा फैलता-बढ़ता दूसरे में मिल गया है। इनका धर्म ही है : मिलना, एक हो जाना, अलग-अलग 'मैं' के घेरे बनाये रखना नहीं।

उसी तरह कहीं यहाँ पीले ही पीले फूल खिले हुए अंकित हैं; कहीं तोतई अगर के झुरमुट जिन पर फूल तो नहीं हैं, पर जैसे अनगिनत तितलियाँ पंख से पंख जोड़े सुस्ता रही हों! कहीं पर झुण्ड के झुण्ड अर्क के पेड़ खड़े हैं : बड़े-बड़े हो आये फलों के गुच्छों से लदे हुए, पर फिर भी पुष्पकोशों को ज्यों का त्यों बनाये हुए, और इसीलिए मानो लाज के मारे झुके-झुके-से। काली देह पर लाल-हलद रंगों की बुँदकीदार पीली रेशमी पोशाक पहने भौंरों की भीड़ें यहाँ मँडरा रही हैं। नुकीले काँटेदार झाड़ों के घने बिछाव अलग हैं। जिन पर फूल ही फूल भरे हैं। सत्यानाशी की बेल ने मानो अपने को धरती पर पसरा ही दिया है और इसके गोल-गोल अंगारों-से फल जैसे पीली धूप की धीमी आँच पर पकते हुए यहाँ से वहाँ तक फैले हुए हैं। ढलान पर घास की बिछावन पर घूप फैली पड़ी है। उधर की ओर वह मन्दिर दिखाई दे रहा है, इधर पीली महीन बालू का फैलाव, सामने नदी की धार है, सबके ऊपर आकाश।

इस समूचे परिदृश्य पर उड़ता हुआ आ रहा है हवाई जहाज...अब दूर हो चला ...इसी तरह विलुप्त हो जाएगा, फिर दिखेगा नहीं। कुतूहल की चीज नहीं रह गया यह अब। नागासाकी और हिरोशिमा के ध्वंस के बाद—अनगिनती हँसते-खिलते परिवारों के ऊपर, जीवित हाड़-मांस की कायाओं के ऊपर, बम फेंक-फेंककर उन्हें राख की ढेरी या अपंग-अपाहिज बना देने के बाद—यह अब मानव समाज का शत्रु, कुत्सित यन्त्र-विज्ञान के आसुरी वंश का एक घृणित विध्वंसकारी अंग बन गया है!

...निकल गया दूर, आकाश अब विमुक्त है। कौन जाने उसमें परदुःखकातर जनसेवक ही उड़कर गये हों जो पृथ्वी पर शान्ति-प्रतिष्ठा के कार्य में सहयोग देंगे; पर तो भी हिरोशिमा की छाया उस जहाज पर है : उसका कोई विश्वास नहीं।

इधर यह बकुलेश्वर है। सूर्यास्त हो जाने के बाद और साँझ के घिर आने से पहले, सचमुच, दिन के इस अन्तिम पहर में यह पुराना मन्दिर मानो एक नये ही रूप में प्रतिभासित होने लगता है—कितना स्पष्ट, कितना वास्तविक।

रवि ने रुककर चारों ओर देखा। कहीं कोई नहीं! दूर बाँध के नीचे से कटर-कें, कटर-कें करती कोई बैलगाड़ी जा रही है। दिख नहीं रही, सिर्फ सुनाई आ रहा है उसका करुण विलापमय संगीत। जैसे वाद्ययन्त्र के तारों पर धनुइ की डोरी को रगड़ते हुए कोई बार-बार वही सुर निकाल रहा हो, उसी तरह पहियों के भीतर रगड़ खाते धुरों की आवाज है और है साथ में बैलों के गले में बँधे घुँघरुओं की रुनक-टुनक, जितनी ही दूर होती जाती है गाड़ी, उतना ही मधुर होता जाता है यह संगीत। बस, केवल चले जाने का संगीत! कितनी गाड़ियाँ ऐसे ही गयी हैं, कितना-कितना सुना है यह संगीत!

मन्दिर को देखते ही उसने हाथ जोड़े। उसे याद हो आया : यह अनन्त-अखण्ड महाकाल समय जिसके अन्तर्गत निरन्तर उत्पत्ति हुआ करती है और कितनों का ही अवसान हो जाता है, यहाँ एक वही चिरन्तन है जिसकी ओट लिये सारा जन्म-मरण और उदय-अस्त होता है और तमाम घटनाएँ घटा करती हैं। उस समय की ही स्मृतिवत् यह मन्दिर खड़ा है। इधर से जाते हुए वह इसे हाथ जोड़ता है : आज भी जोड़े। और सदा मन-ही-मन जैसी कल्पना करता, आज भी की।

अनंगभीमदेव के समय से लेकर कितने-कितने वर्ष बीत गये! कई सौ वर्ष! कैसे-कैसे उत्सव मनाये गये होंगे यहाँ : कितनी-कितनी भीड़ें, किन-किनका आना-जाना! क्या-क्या मनौतियाँ मानी गयी होंगी : 'मुझे पुत्र हो' या 'इस रोग से मुक्ति मिले' से लेकर 'युद्ध में विजय हो' तक! शायद पहले यहाँ कोई बड़ा नगर रहा। नहीं तो इस उजाड़ बन्ध्या अंचल में ऐसे सुन्दर कलापूर्ण कारीगरी-भरे मन्दिर की स्थापना कैसे होती? शायद यहीं था वह पक्षिखण्ड गढ़ और उसी का है यह महादेव मन्दिर।

कैसे रहे होंगे उस काल के वे लोग? कैसे उनके चेहरे-मोहरे, कैसा उनका पहनावा, साज-सँवार? सब कुछ मानो इस मन्दिर में अंकित है। वैसा ही ऊँचा-लम्बा बलिष्ठ शरीर, चौड़ी छाती, बड़ा-सा गोल चेहरा, तीखी नाक, सिर पर लम्बे केश, कानों से नीचे तक गलगुच्छे और उनमें मिली हुई मूँछें, कानों में कुण्डल होते, गले में हार; छाती पर तीन लड़ी सोने की कण्ठी और उससे झूलता टिकड़ा, युद्ध को जाता

वह तो घुटनों से ऊपर कसी हुई लाँग लगाता, कमर में आठ सूत की डोर लिपटी होती, पैरों में जूते रहते, सिर पर शिरस्त्राण या पगड़ी। सचमुच ही जैसे एक पँचहत्था मर्द, सात फुट का जवान! और कैसे मजबूत उसके हाथ-पैर, छाती और जाँघें!

और उन्हीं जैसी उनकी स्त्रियाँ भी, ऊँचाई में चार हाथ से कम न होंगी, पतली कमर, चौड़ी जंघाएँ, भरेपूरे पट्ठे, सिर से पैरों के अँगूठों तक सुन्दर-सुन्दर गहने पहने हुईं, पर वे बोरसी जलाये पाँव फैलाकर पीढ़े पर बैठी तापती न रहतीं : न पालतू सूए को उँगली पर बैठाये दुलारती रहतीं; न झाँझ-वंशी, वीणा-मृदंग बजाती या नाना भंगिमाओं में नृत्य ही करती रहतीं; और न अलसाये भाव से पीठ को पीछे टिकाये दर्पण में मुखड़ा निहारती रहतीं। यह सब वे करतीं : मन्दिर में ऐसे चित्र पर चित्र अंकित हैं जो आज भी अक्षत हैं। पर साथ ही अनेक-अनेक चित्रों में यह भी दिख रहा है कि युद्ध का साज़ साजे हुए, एक हाथ में तलवार और दूसरे में बाण सँभाले वे घोड़े पर जमी बैठी हैं, उन वीर युद्धों की स्त्रियाँ समरवेश में, हाथी-घोड़ों पर सवार होकर, दल की दल युद्धों में जातीं। चित्रों में ही उनका यह रूप भी दिख रहा है कि वे सन्तान के लालन-पालन में लगी हैं, अपनी घर-गृहस्थी के कामों में जुटी हैं। सच ही, किसी अन्य देश की नहीं, इसी माटी की बेटियाँ हैं वे।

कहाँ चले गये वे सब लोग!!

वस्तुतः कितना उग्र होता है दुर्दशा का क्रम—मार-काट, बलक्षय, पराधीनता, लूट और अनाहार का क्रम—जिसमें इस देश के जन-जन का चेहरा पीढ़ी-दर-पीढ़ी उतरता ही आया है : सूखता, सिकुड़ता, छोटा होता आया है।

एक-एक बात याद हो आती है उसे इधर से जाते समय, जब बकुलेश्वर के मन्दिर और वहाँ की अपूर्व कारीगरी पर दृष्टि पड़ते ही यहाँ का सारा खोया हुआ अतीत उसके मन की आँखों के आगे फिरने लगता है। मन्दिर में केवल मनुष्य ने ही अपनी कारीगरी नहीं अंकित की है, समय भी अपने को अंकित कर गया है।

वह उधर कोई मृदंग बजा रही थी, कितनी सजीव है उसकी भंगिमा! अब हाथ में मृदंग तो है, सिर नहीं रहा। क्या भाव रहे होंगे चेहरे पर? कैसा था उसका चेहरा? कोई नहीं बता सकेगा अब। ऐसे कितने ही सिर झड़ गये हैं, कितने ही अन्यान्य अंग नहीं रह गये।

उस तरफ बच्चे का हाथ थामे एक स्त्री अपने योद्धा पति के सामने खड़ी थी। बच्चा एकटक पिता के मुँह की ओर देख रहा था, पिता के एक हाथ में ढाल, दूसरे में लम्बा बरछा; चेहरा गम्भीर, स्त्री कुछ सुख-दुःख की कह रही होगी! "कब तक लगे रहेंगे ये मानस-घाती युद्ध राउतजी? तुम कब तक लौटोगे?" क्या उत्तर दे वह? एक ओर राजा का आदेश, देश-रक्षा का तकाजा; दूसरी ओर स्त्री-बच्चे! क्या भाव-भंगिमा थी स्त्री के चेहरे पर? जैसी की तैसी वह खड़ी है, गरदन से ऊपर का भाग नहीं है।

नीचे दल के दल सैनिक चले जा रहे हैं, चले जा रहे हैं। अनगिनत हाथी-घोड़े, जुझार बाजों के साथ वीर बाँकुरे चले जा रहे हैं। अपनी पूरी साज-सज्जा में कलिंग का सैन्य चला जा रहा है। दल के बाद दल चले जा रहे हैं सब अतीत के गह्वर में—दूर, भीतर, भीतर—जहाँ से कोई भी लौटा नहीं, लौटता नहीं।

बहू डोली चढ़ ससुराल जा रही थी, छात्र पढ़ने निकला था, और मगरमुखी नौकाओं में बैठकर पाल उड़ाते बढ़े जा रहे थे सागर में नाविक। 'बरगद तले कुंजों में गुपचुप हँसते प्रेमी युगल मिल रहे थे, सामने व्यासासन पर पोथी खोले बैठे कोई वृद्ध कुछ पढ़ रहे थे और एक वृद्धा सुन रही थी। पास में गाँव के देवालय को जाती हुई कुलवधुएँ चित्रित थीं, गोहाल में रँभाती हुई गायें, बाघ से लडता मल्ल और उसे देखती नागरिकों की भीड़!

पत्थर में कला जीवन पाकर रह गयी है इस मन्दिर की दीवारों पर! घर-आँगन, अट्टालिका-कुटी, दीवारें-आले : सब दिखाई दे रहे हैं; पीपल के पत्ते और बरगद के पत्ते साफ पहचान में आ जाते हैं; यहाँ तक कि धीमे-धीमे बह रही हवा भी पकड़ में आ रही है। आँचल उड़ा जा रहा है : छोटे-छोटे गेंदे के फूल जिसमें गुँथे हैं वह वृन्दावनी केलिकुसुमों का हार भी हवा में झकोला खा रहा है! मन्दिर की दीवारों पर सब स्पष्ट दिख रहा है। उसे अनुभव होता है वह उसी युग की दुनिया में पहुँच गया है...

हठात् वह चौंक पड़ता है। कितना समय चला गया!

एक जगह एक पुरसा ऊँचाई पर पादोदक निकलने की नाली बनी है। पानी बह जाने के लिए यह रास्ता ही बनाया गया हो सो बात नहीं; दूध पिलाने की मुद्रा में बच्चे को गोद में लिये एक मातृमूर्ति भी बनी है : सुपुष्ट स्तन और स्तनों के आगे दो छिद्रों में से पादाम्बु निकलता है, मूर्ति के भीतर ही भीतर होता हुआ। भीतर महादेव हैं और उनका पादोदक माँ के क्षीर की नाईं सन्तान के कल्याणार्थ झरेगा ही—ऐसी कलाकार की कल्पना है।

माँ का सिर अब नहीं है, स्तन भी सूख चुके हैं।

भावनाओं की झंझा में उसे जीवन की निवाँच बुझती-सी लगी। देह सिहर उठी। चारों ओर मानो अतीत ईंट-पत्थर हुआ पड़ा है। ढेर का ढेर ध्वंस। दूर-दूर तक सुनसान, निर्जन। नदी किनारे से सफेद कुहरे की चादर धीरे-धीरे खिसकती आ रही है। ठण्डी हवा के मन्द झोंके आ-आकर छाती कँपा देते हैं।

पड़ा है बकुलेश्वर का मन्दिर और उसके चारों ओर फैला हुआ ध्वंस। पुराने समय के वहाँ रह गये हैं घने-घने बरगद और निर्जन बेल के पेड़। ऊपर से नीली काली चिकनी-चिकनी साँझ उतरती आ रही है। रास्ता सुझाने को उग आया है पंचमी का चन्दा। वह जल्दी-जल्दी पाँव बढ़ाने लगा।

दूर कहीं सन्ध्या आरती का शंख बज रहा है। या मात्र उसका अनुमान है, भ्रम? अतीत तो अतीत में ही रह गया। तब यहाँ चारों ओर घर-घर में दीये जला करते, प्रार्थना-आरती के समय शंख और घण्टे बजा करते। अब वे घर-द्वार तो नहीं रहे। यह सामने एक रोशनी दिखाई दे रही है। घर के भीतर जलती ढिबरी की रोशनी जो खुले दरवाजे से बाहर तक आ रही है। कुछ लोग चबूतरे के नीचे को घास-फूस जलाकर आग ताप रहे हैं। यह बाउरियों की बस्ती है। थोड़ी दूर पर अँधेरे में लिपटी जो अमराई दिख रही है उसके पीछे षडंगी रहते हैं। ये लोग धनी हैं : इनकी ही बस्ती के मन्दिर से घण्टे और शंख की आवाज आ रही है।

नदी किनारे चलता-चलता वह पाँच कोस पार कर आया है। कोस-भर और चले तो मँझले शहर की सीमा-चौकी आ जाएगी। वहाँ से लाल सड़क पर पन्द्रह कोस—तब जाकर बड़ा शहर! आज की रात मँझले शहर में ही बिताएगा। भोर में वहाँ से बड़े शहर के लिए मोटर सर्विस है। थोड़ा और चलने पर मोड़ घूमते ही मँझले शहर की रोशनी दिखने लगेगी। लो, मोड़ पार भी हो गया। दोनों तरफ पहचान के लिए वह लम्बे-लम्बे देवदारुओं की जोड़ी है, जिनसे आप से आप घर का रास्ता पहचाना जाता है और साथ ही अपने गाँव का आराम, घर का सुख, याद हो आते हैं। ऐसा लग उठता है कि अब सारा रास्ता खतम हुआ, शहर आ गया।

मँझले शहर की बिजली बत्तियाँ चमकने लगी हैं। सड़क की बत्तियाँ आगे बड़े बाजार तक चली गयी हैं। इधर पोखर के किनारे केवड़े के झुरमुट से लगे खड़े दोनों देवदारु यों लग रहे हैं जैसे दो भाई किसी घर में युगों से खड़े हों। कितने पेड़ हैं आम और जामुन के, अमरूद के! तने कितने मोटे हैं! सेंहुड़ा—यह कभी किशोरी थी, अब तो बूढ़ी हुई। कहते हैं, बहुतों ने इसके साथ ब्याह किया है। दो पत्नियों के मर जाने पर लोग पहले सेंहुड़ा से ब्याह रचाते हैं, फिर तीसरी पत्नी लाते हैं। माना जाता है कि तब तीसरी की आयु खण्डित नहीं होती। पर अभाव-असुविधा, रोग से जर्जर शरीर, ऊपर से बच्चे जनना; फिर, घर से उठा लाकर नदी की सेज में सुला देना—यही मानो गणित का फल है।

उसे इन लोगों का ध्यान आता है। फिर ध्यान आता है उन तमाम लोगों का जिन्होंने देवदारु के इन दोनों पेड़ों को लगाया होगा, जिन्होंने पोखर-बाँध के किनारे-किनारे पेड़ों के इतने कुंज और दूर-दूर जहाँ तक आँख जाती है वहाँ घर-बगीचे, बाँसों के झुरमुट सजा दिये। उसे याद आते हैं वे लोग जो इधर की सारी धरती को जोतते-जोतते पहुँच आये बकुलेश्वर महादेव के इस मन्दिर की ओर—"अनंगभीमदेव राजांक भाइ गोपाल छोटराय ईंटा पोड़ाइ तोलाइ थिले। एते दिने भाँगि गला।" उससे भी पहले, बहुत पहले की सोचो—तब कितनी नदियों का जन्म नहीं हुआ था और कितनी नदियाँ जो मिट्टी से भर गयीं और जिन पर अब घर-द्वार बन गये हैं उनमें तब अथाह पानी था और नावें चला करती थीं। सोचते-सोचते रवि

रास्ते के एक किनारे को खड़ा हो गया और मँझले शहर की बत्तियों की ओर चुपचाप देखता रहा।

सोचता वह बहुत बार है, पर आज की बात और है। घर से उसे ठेल-ठालकर भेजा गया है कि कहीं जाकर नौकरी करे। पिता की इच्छा को टाल न सकने के कारण उसने एक जगह अर्जी दी थी। दैवयोग से नौकरी उसे मिल गयी : किरानी की नौकरी, शुरू में सत्तर रुपये। वहीं से चिट्ठी आयी है। ज्योतिषी को बुलाकर पंचांग दिखाया गया और शुभ मुहूर्त निकलवाकर उसे विदा किया गया है। माँ ने कहा था बैलगाड़ी से जाना, पिता भी यही कह रहे थे। पर उसे तो पैदल चलने का अभ्यास है। चलना उसे अच्छा भी लगता है। अन्त में उसकी ही बात रही। ज्योतिषी ने बताया था कि इस सत्तर की नौकरी से ही बढ़ते-बढ़ते वह बड़ा हाकिम तक बन जाएगा।

बी.ए. किये उसे ढाई वर्ष हो गये थे। टाइफाइड में पड़कर तब मुश्किल से बचा। शरीर से दुबला-पतला था ही। उस वर्ष तो नौकरी के लिए चेष्टा न करने का यह एक अच्छा कारण बन गया। फिर स्वास्थ्य सुधरा, किन्तु उसने नौकरी के बजाय अपना मन घर की जमीन-जायदाद के कामों में लगाया। उसे अपने हाथों हल चलाना बड़ा अच्छा लगता। आस-पास के गाँव-हाटों में खूब घूमता; बाउरियों और मेहतरों की बस्तियों में जा-जाकर उनके सुख-दुःख की पूछने-करने में उसका समय लगने लगा। नौकरी की ओर ध्यान ही नहीं दिया। मगर पिता का दबाव दिनोंदिन बढ़ता गया।

माँ अपने मन में सोचे बैठी रही कि दिनों को जाते देर नहीं लगती, एक-न-एक दिन चिड़िया घोंसला बाँधेगी ही। बेटा नौकरी करेगा, ऊपर उठेगा। फिर हाथ से दो हाथ होंगे। घर में बहू आएगी। सुनते-सुनते अन्त को बड़ा झिझकते हुए उसने यह अर्जी भेजी थी। आज वह चला जा रहा है, नौकरी करने। वह, रवि—जिसके अपने जीवन के बारे में कुछ स्वतन्त्र विचार थे! उस देवदारु तले खड़े-खड़े मँझले शहर की बत्तियों की ओर देखते समय उसके भीतर का अव्यक्त व्यक्तित्व भी मानो अनजाने सामने आकर खड़ा हो गया और कहने लगा : मुझे यों सस्ते में न बेच फेंको, मैं जीवित रहना चाहता हूँ, फूल की तरह खिलना चाहता हूँ!

एक ओर समाज की बँधी-बँधायी निष्प्राण संस्कार-धारणाएँ जो औरों को देख दर्द पैदा करती हैं और अपने प्रिय-आत्मज को मशीन बना देना चाहती हैं—दूसरी ओर उसका स्वतन्त्र मन। यही सोचते उसे लगा कि जीवन-प्राचुर्य में जब वह लहरों की तरह बढ़ने जा रहा है तो उसके उद्दाम आवेग को रोकने के लिए उसके माँ-बाप, बन्धु-स्वजन अपनी-अपनी इच्छा-शक्ति का प्रयोग कर रहे हैं। मात्र बेटा या भतीजा बनकर आदर-स्नेह देना ही यथेष्ट नहीं, उन लोगों की बात मान, पंख कटा, कोल्हू के बैल न बन जाने तक उन लोगों को चैन नहीं पड़ेगा। चूल्हे की जलावन की तरह वह अब अपने आपको ही झोंक देगा।

अघोरी का कोई घर नहीं, भूखे-रंक के पेट के लिए आधार नहीं; जहाँ धन और बढ़वार हैं वहाँ मन में भरा है अँधेरा, दारिद्र्य, मनुष्य ने तमाम देवताओं को परे हटा दिया है और केवल लक्ष्मी की पूजा में लग गया है—तन से, मन से। समाज भी गढ़ा जा रहा है तो धन के इसी भाव और अभाव के अनुपात में। आदमी का मोल-भाव धन पर आधारित है। जिसके पास धन नहीं, उसका कुछ नहीं।...छोड़ो यह सब। उसे तो अब अपने को एक बँधी-बँधायी लीक पर चलने के लिए डाल देना है। औरों को सुधारने, औरों का भला करने के कामों में, उसे अब हाथ नहीं डालना।

पंचमी के चन्दा तले शहर की बत्तियाँ बड़ी विवर्ण-सी दिखाई पड़ रही हैं। मानो राख-जैसे रंगबाले कुहासे में से टिमटिमाती हुई अंगारियाँ हों, चन्दा ने कुहासे को ही रँग दिया है, लगता है जैसे चाँदनी भाप बनकर सारे में भर गयी हो, नदी किनारा एकदम सूना है, जैसे छाया और उजाला दो जन पास-पास सोये पड़े हैं : एक महीन उजली बालू की धारा है, दूसरी साँवली पानी की, यहाँ-वहाँ ऊँघते हुए पहरेदारों-से इक्का-दुक्का पेड़ हैं, बार-बार अपनी वमक-भरी चिकनी चाँदनी फेंकता हुआ चन्दा उझक-उझककर देख लेता है—सब कोई सो गये क्या? अभी देर ही कितनी हुई! साँझ ढले पहर नहीं हुआ और चारों तरफ सन्नाटा छा गया!

खड़े-खड़े उसे ध्यान आता है। कितनी रेखाएँ इस धरती पर खींची गयीं, कितनी विलुप्त हो गयीं, कितने-कितने युग कहाँ खो गये! वह लोभ और आशाएँ, लूटमार और कमाइयों के पर्वत, क्षमताओं की अविराम छटपट—कुछ भी कितने दिन के लिए? बड़ी उद्धतता से सिर उठाया, पर कहाँ खो गया कौन—पता तक नहीं, गिलास भर पानी के लिए करते-करते आदमी समुद्र ही सोखने पर कमर कस लेता है, प्यास तक बुझती नहीं कि वह कहाँ-न-कहाँ चला जाता है। सदा के लिए बुझ ही जाता है उसका अनुभूति-बोध। और फिर तो—न यह चाँदनी रात न अँधेरी रात, न कूँई के फूल-सी कुँआरी भोर न गोधूलि वेला का सूर्यास्त, न कोई संगी न किसी की माया, न सुख न दुःख!

कुछ नहीं रहता, सब कहाँ चले जाते हैं : दिन-रात तक!

जीता वही है जिसने ईंट-पत्थर नहीं जोड़े, जिसने सोने-रूपे की दौड़ में न पड़कर लौ लगायी—जीवन के साथ, शान्ति और आनन्द के लिए।

पत्थर का घर टूट-फूटकर धूल हो गया, वह जाएगा—पत्तों का घर खड़ा करके स्वयं अपने को बाँधने के लिए?

नींद से जागे हुए की नाईं रवि ने उन बत्तियों की ओर देखा और जैसे अपने से ही पूछा : मैं कहाँ हूँ? बड़े शहर में रहकर बी.ए. तक पढ़ा। इधर से ही रास्ता।

पर साल भर से दो-एक बार को छोड़ इस रास्ते जाना नहीं हुआ। गाँव उसे अच्छा लगता। वहीं डूबा रहता। खेती-बारी में ध्यान देने पर, अपने आप ही वहाँ चिपका रह जाता। माटी सहज में छुट्टी भी नहीं देती।

फसल का मोह उसे इतना न था जितना नया कुछ गढ़ने, देखने, और सेवा करने का था। माटी की अनलिखी छाया उसके ध्यान को बाँधे हुए थी। बीज डाला जाएगा, अँखुए फूटेंगे, पौधे-पेड़ फूलों और फलों से लद उठेंगे। प्रकाश में भी रंग भरेगा, और जैसे विस्मित होते प्रकाश पाया था उसने, वैसे ही विस्मित होते अजाने-अकहे एक दिन नहीं भी रहेगा। मर गया या कहीं चला गया सो भी कहा न जा सकेगा। इतना भर ही होगा कि अब नहीं है, पर इतने में ही तो उस खेल का अवसान होता नहीं। माटी फिर लुभाएगी : फिर दे, फिर दे। फिर घास अँखुआएगी, फसल लहलहाएगी–वह फिर चला जाएगा।

और इस होने न होनेवाली नित की फसल की नाईं ही गाँव का जीव : आदमी! कौन नया आया, कौन था और अब नहीं है–इसका कोई दिखावा नहीं। न कहीं चिरजीवी होने की होड़, न किसी बात के लिए अडिगपन। उन्हें देखते फिरने में सिनेमा से अधिक आनन्द आता है। लगता है जैसे कोई नाटक है और उसमें वह स्वयं भी अभिनय कर रहा है। कितने अनगिनत हैं पात्र-पात्राएँ ! कोई सीमा नहीं। सब कहीं मानो चल रहा है वही जीवन और विलय का महानाटक : और वही तो उसका अपना भी परिसर था। अनजाने, अनसुने मैदान में खड़े इतने घास में वह भी कोई तार था। इससे अधिक की कभी कामना भी न की थी।

वैसे भी वह समाचारपत्र पढ़ता, राजनीतिक समस्याओं की विवेचना पर ध्यान देता, बहुत बार पुस्तकें भी मँगाता और पढ़ता। मगर उसकी गँवई बुद्धि को यूरोप, अमेरिका या चीन का सामान्य जन अपने गाँव के सामान्य जन से भिन्न न लगता। ऐसा लगता जैसे पता नहीं किस युग से वे सब उसके परिचित हैं। हाँ, उन्हें वह देख और जान रहा है अब–अँगरेजी कविता-उपन्यास और समाचारपत्रों के माध्यम से! उनके जीवन का चित्रण पढ़ते समय वह तन्मय हुआ अपनी और उनकी हृदय की धड़कनों को मिलाता चलता। रंग-रूप और भाषा, आचार-विचार, खान-पान, और जाति-पाँति के सारे विभेद उसे आदमी पर ऊपर से चढ़े केंचुल-से लगते।

मन-ही-मन उस केंचुल को भेदकर वह उसके साथ उठता-बैठता, घुलता-मिलता। कभी-कभी कोई किताब पढ़ते ठहाका लगा बैठता और माँ पूछने लगती, "क्या है रे इसमें जो यों हँस रहा है?" तो वह बड़ी सहजता से बताता, "हमीं लोगों की बात है माँ, हमारे जैसों के ही बारे में लिखा है..."किसी दिन किसी अनदेखे विदेश की दुर्दशा भी कहीं पढ़ता तो उसका जी भर आता और बिना खाये-पिये सारा दिन यों ही भटकता रहता। अपने गाँव के ही टूटे-फूटे माटी के घर देखकर तो उसका मन उछलकर सात समुद्र नौ खण्ड पार पहुँच जाता और उसे लगता कि दुनिया-भर का

जन-मानव तो भाई-भाई की तरह अपने धन्धे से लगा भला जीवन जीना चाहता है, पर कुछ कुचक्री 'टाउटर' हर जगह हैं जो तरह-तरह के दाँव-पेंच लगाये निजी स्वार्थ सिद्ध करने में जुटे हुए हैं। इन्हीं के सुझाये होते हैं : नये-नये मूल्य, नित नयी आवश्यकताएँ; और नासमझ साधारण जन नाच उठता है और अन्त में सबसे बड़ी आवश्यकता मान बैठता है : युद्ध तक को, हिंस्र नर-संहार को!

गाँव की माटी के कण-कण के साथ मिलान करते हुए उसने बाहर की घटनाओं को पढ़ा था, अनुभव किया था, और उन्हें पहचानने की चेष्टा की थी—बिना किसी उद्देश्य के। यन्त्र-विज्ञान के कल-पिंजरे में बन्दी छटपटाते मानव के दुःखों को देखते समय उसे यह भी दिखता कि कोंपल फूट रही है, कपास के डोंडों से रुई निकल रही है, धूल उड़ रही है, दिन-रात जा रहे हैं, आ रहे हैं। राक्षसी कल-कारखानों में एक मिनट में सौ-सौ मोटरगाड़ी तैयार होने की कहानी पढ़ते हुए वह देखता कि चबूतरे के नीचे गिरगिट ने चुपचाप दो घण्टे परिश्रम कर चार अंगुल का बिल खोदा है और सब ओर से चौकन्नी रहते चौदह अण्डे उसमें सँजो गयी है : ऊपर से मिट्टी से ढँककर और अपने सिर से पीट-पीटकर सब समान करते हुए, उस जगह दो पैरों से चिह्न बना गयी है, उत्पादन तो इसने भी किया है।

उसने ध्यान दे-देकर देखा है कैसे एक के पीछे एक चींटियों की टेढ़ी-मेढ़ी लम्बी रेखा अपना सबका आहार जुटाने के लिए जाया करती है और लक्ष्य किया है इस पर से उनकी समूह-भावना को, अनुशासनबद्धता को, यही नहीं, उसने घोंघों और केंचुओं की तन्मय गति, भाँति-भाँति की रंग-बिरंगी चिड़ियों का नीड़-निर्माण, पत्थर की शिलाओं के नीचे उग आनेवाली नाना प्रकार की वनस्पतियों का मुक्ति प्रयास और ऋतु-ऋतुओं में खुले खेतों और मैदानों में बिछे पड़े नन्हे-नन्हे अँखुओं का स्वच्छन्द जीवन—यह सब भी सजग आँखों देखा है, सरल जीवन से उसका परिचय नहीं हुआ; पर उसने अथक चेष्टा की है मानव की निष्कपट सरल भाषा, उसके सरल सुख-दुःख, उसकी बड़ा होने की हवस से मुक्ति, और परिश्रममय साधारण जीवन का स्वाद—इन सबको खोज पाने की :

यही सब करते तो बिताये उसने दो वर्ष।

सामने मँझला शहर दिखाई दे रहा है। लो यह आ भी गया। परिवर्तन साफ नजर आ रहे हैं, इस जगह तो बगीचा था! और इसके उस ओर पोखर और माइनर स्कूल जहाँ उसकी पढ़ाई शुरू हुई! टेढ़े-मेढ़े बेड़े की तरह, शहर के इस दक्षिणी भाग की ओर जो पूर्व से पश्चिम को घनी अँधेरी अमराई मुड़कर गयी थी, वह कोई मील भर में फैली थी—कहाँ गयी वह? शायद जमींदारी समाप्त होने की सुनते-न-सुनते जमींदारों ने उसे कटवा-कटवाकर बेच दिया। चिलकती धूप में वही सिर पर काला-हरा चँदोवा बना करती, लू-धूप वहाँ छू न पाती, हलकी-हलकी बयार टहोकती रहती; आँधी-पानी में वहीं गाय-गोरू आश्रय लेते; और जब चाँदनी खिलती तो एक

छोर से दूसरे तक उसके नीचे छाया और प्रकाश की छींटें-ही-छींटें बिछी होतीं। अनगिनत जीवों का जहाँ निर्भय वास था, नन्हे-नन्हे पाँखी भी मुक्त गान से जिसे गुँजाये रखते, प्रकृति के उसी विपुल सौन्दर्य-सम्भार और इतने युगों की जातीय सम्पदा को व्यक्तिगत अधिकार का आडम्बर करके मनुष्य ही ध्वंस कर बैठा!

उन्हीं खाली-सूनी जगहों पर कितनी इमारतें खड़ी हो गयी हैं। पास ही चावल की एक बड़ी मिल है, उसके चारों ओर शावकों-जैसे छोटे-छोटे कई मकान। ऊपर टिन के रंग की लोहे की चादरवाली छत। इस मिल की देखा-देखी दो और धान की मिलें बन रही हैं। एक का तो अब तक लिपाई-पुताई का काम भी पूरा नहीं हुआ। चारों ओर बाँस के बाड़े-घेरे से लगता है जैसे पिंजरे में कोई असुर बँधा है। उधर शहर के समीप किसानों की जहाँ पास-पास बहुत सारी जमीन थी, वहाँ से रास्ता निकाला गया है। रास्ते के किनारे-किनारे, तार के बाड़ों से घेरकर हर मालिक ने दस-बीस एकड़ के अपने-अपने फार्म बना लिये हैं, जिनमें पोखर हैं, बागबानी होती है और जगह-जगह कलमी पेड़ तक लगाये गये हैं। एक-आंध मकान भी बन गया है।

यह रहा शहर, यह ऊँचे-ऊँचे मकान, यह बिजली का प्रकाश। बीते युग की यादगारों की तरह यहाँ-वहाँ अब भी माटी के झोंपड़ोंवाली बस्ती, पिछवाड़े सहिजन और केले के गाछ। पर इन सबके बीच-बीच भी वे मकान पैठ आये हैं। नये-नये मकान और खड़े किये जा रहे हैं। ईंटों के चट्टे लगे हैं। नाना दिशाओं से व्यवसायी लोग आये हुए हैं। शरणार्थियों की बस्ती भी उभर रही है। शहर बढ़ता जा रहा है। गाँव सिकुड़ रहा है, शहर फैल रहा है। नया युग आ गया।

उसी के संकेत हैं ये मकान, यह बिजली। और ये रिक्शे, ये ट्रक। जोड़ा-जोड़ा रोशनी के साथ चाँदनी रात को चीरते हुए तूफान की तरह हड़हड़ाते-रौंदते आते हैं ये ट्रक—एक के बाद एक! पहाड़ों को तोड़-तोड़कर पत्थर लाये जा रहे हैं।—रबर के चक्कों पर! और लाये जा रहे हैं लोहे के छड़, ईंटों के चट्टे पर चट्टे, और न जानें क्या-क्या। यह एक ट्रक पान गये, यह सब्जियों का ट्रक, इसमें ऊपर तक केले लदे हैं, उसमें गोभी, पाँच ट्रक निकल गये, आज बड़ी हाट थी।

पता नहीं क्या न क्या भरे हुए कितने-कितने ट्रक इधर से उधर, उधर से इधर, हरदम दौड़ा करते हैं। बस धूल के बादल में एक पल के लिए रोशनी चमकती है। और—गर् गर् गर् गर्। उसके बाद, साँस तक लेना मुश्किल हो जाय, इतनी धूल उड़ती रह जाती है। चीजें सब चली गयीं। बड़ा बाजार डटा-डट भर गया है। सड़क पर साइकिल रिक्शे दौड़ रहे हैं। दुकानों पर भाँति-भाँति का माल सजा हुआ है। जाड़ों की रात। एक दुकान की घड़ी में आठ बज रहे हैं। रेडियो पर समाचार भी आने लगे। बड़ा बाजार अभी भी खुला हुआ है।

सड़क के उस सिरे पर कुछ गोलमाल हुआ जान पड़ता है। लोग एक ट्रक

को घेरे हुए हल्ला मचा रहे हैं। बड़ी देर से यह चल रहा था। अब भीड़ छँट गयी। ट्रक चल पड़ा : जिधर को जा रहा था उससे ठीक उलटी तरफ। ट्रक पर बोरे ही बोरे लदे हैं। कई आदमी भी ऊपर चढ़े हुए हैं। अब वह गोदाम की तरफ जा रहा है। हो-हल्ला करनेवाले लौट आये। ट्रक में चावल था। बड़े शहर को जा रहा था। लोग अड़ गये, ट्रक गोदाम की ओर लौट चला। लोगों की माँग थी : "यहाँ से चावल नहीं जाने देंगे। अभी ही रुपये का पाँच पाव मिलता है, फिर तो भाव और चढ़ जाएगा। चावल नहीं जाने देंगे। जो होगा, देखा जाएगा।" लोगों ने रास्ता रोक लिया। ट्रक लौट गयी। जनता की जय हुई।

पर कौन कह सकता है यह चावल नहीं ही जाएगा? जनता के प्रतिनिधि बनकर जो लोग उस ट्रक पर चढ़कर व्यवसायी के गोदाम तक गये, वे कब तक सच्चे बने रहेंगे, कब तक निर्भय और अटल रह सकेंगे? हो सकता है उस हो-हल्ले के ही बीच, आगे बढ़-बढ़कर बोलने वाले पाँच-चार जनों ने अपने लिए कोई डौल बैठा लिया हो। और और लोगों में से दस-बीस पुलिस के कब्जे में आ जाएँगे। धर-पकड़ होगी। ट्रक चल देगा। हो सकता है आज ही : रात में ही।

सफेद झक् धोती-कुरता पहने दो भारी-भरकम सज्जन इस घटना को लेकर चर्चा में लगे थे। एक बूढ़े थे, चँदले सिर के; दूसरे सज्जन की आँखों पर एक मोटा चश्मा था। शायद दोनों स्वयं व्यापारी थे। हर दुकान के आगे उधर दस-पाँच, दस-पाँच लोग जुड़े हुए थे और उस ट्रक की बात चल रही थी। उन दोनों सज्जनों का कहना था कि आज चावल के ट्रक को रोका गया, कल को बोरियाँ लूट ली जाएँगी, और फिर दुकानें, और फिर आग और मारकाट : सरकार अभी से व्यवस्था नहीं करेगी तो बाद में सँभालना भारी पड़ जाएगा।

ऊँची आवाज में बातें करते हुए लोग-बाग अपने-अपने रास्ते जाने लगे। किसी ने कहा, "इसी प्रकार हाथों हाथ अपनी चलाये बिना ये व्यापारी लोग मानेंगे नहीं"; तो दूसरा फुँकारता हुआ बोला, "देखा न, सरकार का नाम लेता है : सरकार जैसे उन्हीं के लिए है : इन मुनाफाखोर चोरबाजारियों के लिए : हम चावल का जाना रोकेंगे तो हमें पकड़ा जाएगा!" एक अधेड़ उम्रवाले अलमस्त सबको सुनाते हुए बोले :

"पेट मोहर निज गुरु
उद्धव केते तु पचारु–

अरे मेरी सरकार तो मेरा यह पेट है, फिर कौन सरकार, किसकी सरकार : आज उसे सबक मिल गया। आगे बढ़कर मैंने ही तो उसे रोका।"

रवि ने उन लोगों को लक्ष्य किया। कोई कमीज पहने है, कोई धारीदार कम्बल लपेटे हुए। कोई कलम खोंसे कोट-मफ्लर और बन्दर टोपी लगाये है तो कोई मात्र

गेरुआ धोती में। किसी के चेहरे पर समझदारी के भाव हैं, कोई निरा घरद्वारी गावदी। कई तो सू-सू करते बीड़ी के कश खींचते हुए ऐसी-ऐसी हाँके जा रहे थे मानो पहाड़ को उलट देंगे। भीड़ में एक चेहरा उसे पहचाना-सा लगा। शायद साथ पढ़ा हो। पर ये इतने रंग रूप के चलते-फिरते जीव, यही सब तो जनता है—जनता जनार्दन! योग पड़ा : आप से आप जुड़ आये, उसके बाद जिधर जिसे जाना था चल दिया। रास्ता खाली।

उसे अभी अपने बन्धु विपिन के यहाँ जाना था। किधर, कौन-सा होगा उसका घर? खोजते हुए वह एक जगह रुक गया। थोड़ी दूर पर बिजली का ढेर-सा प्रकाश झर रहा था। शायद छोटे-छोटे बल्बों की मालाएँ झूल रही थीं। उधर ही बड़ा बाजार है। खूब रोशनी है वहाँ, पर उसमें आभिजात्य नहीं। उसे याद नहीं आ रहा ऐसे जीवन से परिचय रहा हो। कोई अनुभूति ही याद में नहीं उभर रही। सड़क पर लगे बिजली के खम्भे तक उसे अटपटे और असुविधाजनक लगे। जैसे जीवन का प्रकृति के साथ तालमेल ही न हो, जैसे लोहे की ही तरह अनचीन्हे दर्शन-सत्यों की उद्धत घोषणा हो। यहाँ जीवन का समन्वय नहीं, संग्राम था, और यह प्रकाश उसी की विजय का प्रतीक—भले ही यह सामयिक हो, सम्बन्धमूलक हो, सापेक्ष हो।

जो हो, इस समय तो उसकी विजय ही है!

किन्तु यह विजय तो स्निग्ध कोमल चाँदनी रात पर विजय हुई! इसमें शान्ति नहीं मिला करती, सपने नहीं छा आते, और कुहरे के कणों की नाईं अयाचित ही सहानुभूति बिखराते हुए मन भी दूर-दूर तक बहा नहीं फिरता। और यह हुई विजय तारों-भरी अँधेरी रात पर भी, जब मनुष्य उनींदा-उनींदा-सा सामने आता है। अपनी जानी-चीन्ही घटनाओं की अनुभूति को लेकर किसी अव्यक्त और अतीन्द्रिय अवस्था में ऊब-डूब करता हुआ।

पर न चाँदनी रात भरती है न अँधेरी रात ही। रास्ते पर लगी यह तेज बिजली की रोशनी केवल भ्रमित कर देती है मनुष्य की अनुभूति-शक्ति को, उसकी विचार-शक्ति के स्नायुओं को। मनुष्य वहीं, उतने में ही अटका रह जाता है; उसे दूर देखने नहीं देती। जो भी क्षति होती है—मनुष्य की, प्रकृति की नहीं।

यही दर्शन था उसके मन में।

और उसने सिर को एक झटका देकर सामने आये बालों को पीछे किया और पंचमी के चन्दा की ओर भर-आँख देखा। इधर बायें बंजर में वह पुराना बरगद अब भी खड़ा है : इसे निकाला नहीं गया। उसके उस ओर मैदान में हलका-हलका कुहासा रुई के फाहों-सा तैरता फैला है; इस ओर उन्हीं दिनों के कुछ पुराने झोंपड़े हैं और कूड़े का ढेर। पीछे सबसे अलग-अलग ऊँचा सिर उठाये एक केले का पेड़ दिख रहा है, जिसके चौड़े-चौड़े हाथ निर्भय उल्लास के साथ फैले हैं : आकाश से झरती चाँदनी को पकड़ लेने के लिए। कुछ ने तो उसे पकड़ भी लिया है। सामने तरफ खेत हैं,

खाली। और उस तरफ भौंरे जैसे काले रेशमी आकाश तले क्षितिज पर पेड़ों की घनी श्याम रेखा के ऊपर चन्दा!...

सब जैसा पुरानी दुनिया में था वैसा ही। कुछ तो बदला नहीं। न कोई हो-हल्ला, न कहीं हड़बड़ी। बिजली का उजाला भी नहीं, गरगराते ट्रक भी नहीं, जीप या मोटरगाड़ी भी नहीं। हैं तो बस यह आकाश, यह माटी, ये पेड़-पौधे, और चमक-दमक दिखावों से मुक्त ये माटी के ही छाजनवाले कुछ घर।

ऐसा ही था हमेशा; आज भी है।

एक अपूर्व शान्ति का पसारा है इस समूचे विस्तार पर। कोई उत्कण्ठा नहीं : न रहने-रखने को, न नाम के लिए, दिखावे के लिए। रवि ने अपनी भावना, अपनी आज के दिन की सारी अनुभूति, इसी के आगे प्रसृत कर दी।

आज श्रीपंचमी है : उसका प्रिय दिवस। आज की रात चेतना को साहित्य-संगीत और सद्ज्ञान की प्रतीक वाग्देवी की आराधना में सुसम करने के लिए होती है, जीवन को तत्त्वदर्शन के आलोक से आलोकित करने के लिए होती है।

किन्तु वह तो निकला है नौकरी पर जाने के लिए।

आनेवाले तूफान की सूचना उसने आज देख ली है। भाव बढ़ गये हैं। भूख की आग सुलग उठी है। उपरोध टूट रहा है। रोक अब और नहीं रही।

इस मँझले शहर के लिए तो, जहाँ सब कोई सिर झुकाये अपने-अपने काम-धन्धे पर जाया करते और लाल पगड़ी को देखते ही कोसों दूर भागते, वहाँ के लिए तो यह एक बहुत बड़ी घटना है।

हाँ, क्योंकि वह जन-समूह की लहर है। यही हैं वे जो राज्य भर के वंचित, दुखी, निरन्न जन हैं। इस देश के ही नहीं, सब देशों के। इनकी भाषा या चमड़ी के रंगभेद से कुछ आनी-जानी नहीं, भीतर सबके वही आग है जो परमाणु बम से नहीं दबती, नीति-वचन और भागवत-पुराण या भाषणों से नहीं बुझा करती। यह तो बढ़ती और फैलती ही जाती है, सबको लीलती जाती है।

आदमी को आदमी पागल किये दे रहा है। संचय करने के लिए ताला लगाकर औरों को भूखों मार रहा है और कहता है—कानून मानकर चलो! शान्त, सुन्दर श्रीपंचमी की यह चाँदनी रात। इसमें चावल की मिल चल रही है—धान कूटनेवालियों के श्रम का मूल्य न देकर। असहाय विधवा स्त्रियाँ। किस-किस का बच्चा भूखा सो गया है। कपड़े की मिल चल रही है—बुनकरों का रोजगार छीनकर। यन्त्र मनुष्य को साधन बनाकर बढ़ रहा है—अपरोक्ष रूप से तन्त्र का खून चूस लेने के लिए। पूँजी बढ़ रही है : साथ ही दारिद्र्य। इस शान्त रात्रि के तल में अशान्ति बढ़ रही है। कौन जाने कब क्या हो जाएगा?

लगता है जैसे कोई बड़ी भारी होली सजायी जा रही हो और उसमें सब कोई अपना-अपना अंश भाग डालते जा रहे हों। कोई पुआल दे रहा है, कोई लुआठे की

तरह अपने-अपने हिंसा-द्वेष और अपमानों का ईंधन। होली का यह ढेर ऊँचा ही ऊँचा होता जा रहा है : घर-घर में, गाँव-गाँव में, शहर-शहर में—जहाँ परमाणु बम भेद नहीं सकेगा, बिजली और धूप भी पहुँचेगी नहीं। यह ढेर तो जन-जन के मन में सात ताल गहरे पाताल में बढ़ रहा है। दिख जाता है साफ आँखों से।

और इधर वह स्वयं—चला जा रहा है स्वस्थ होते भी आँख मूँदे बँधी हुई लीक पर मशीन की तरह जीवन बिताने के लिए! दुनिया में जो हो : उसे महीने की महीने सत्तर रुपये मिलेंगे। बाद में कुछ बढ़ जाएँगे।

अपने को तौलने लगा वह तो आतंकित हुआ रह गया। कहाँ गयीं उसकी भावनाएँ और योजना? क्या हुई उसकी स्वाधीन चेतना?

स्वाधीन पाँखी स्वयं पिंजरे के मुँह की ओर जा रहा है। घर में आग लगने पर अपनी तसल्ली के लिए या औरों को समझाने के लिए, अपनी ही कमजोरी को दोषी ठहराता है। उसके पास अपने लिए बस एक ही कैफियत है : आग उसे छोड़ नहीं जाएगी।

वह फिर चल पड़ा है। इसी तरह मशीन भी चलती है। सामने के बड़े-से फूस के घर में सिनेमा दिखाया जा रहा था। एक शो टूटा, दूसरा शुरू होगा। मँझले शहर में तो सिनेमाघर ही बन गया है। सारे द्वार बन्द किये हाथ-पाँव बाँधकर बैठे हुए चलती-फिरती तसवीरें देखने के बाद अब झुण्ड के झुण्ड लोग निकल रहे हैं; और झुण्ड के झुण्ड नये लोग आ रहे हैं—कितनी-कितनी दूर के गाँवों से, घर-द्वार छोड़कर, स्त्री-पुरुष चले आ रहे हैं। खूब ऊँची आवाज में हिन्दी के गाने चल रहे हैं।

इन्हीं गानों को अब किसान खेतों में गुनगुनाएँगे, कुँआरी कन्याएँ अपनी कुँआर पूनो के उत्सव में गाएँगी, और गाँव में गली-गली, घर-घर इन्हीं सिनेमा स्टारों के चित्र लगाये जाएँगे। आग तो पता नहीं कब जलेगी : सिनेमा चल रहा है।

और वह चला जा रहा है, अपने हृदय के एक लाख सद्‌विचारों और दो लाख जनहितकारी योजनाओं के लिए ममता के आल-जाल गूँथते-बुनते हुए—नौकरी करने।

आगे फिर बस्ती आती है। खँजड़ी पर थाप पड़ रही है, बीड़ी को कण्डे की आग से सुलगाया जा रहा है, द्वार से लगे सहिजन तले बैल सोये हैं, ऊँचे-नीचे कच्चे रास्ते के बीचोंबीच दो बैलगाड़ियाँ खड़ी हैं।

मानो उसका परिचित गाँव यहाँ पीछा करता चला आया हो। जी रुकने को करता है। जरा भजन सुनता! उसी अव्यय-अरूप-निराकार का संगीत जो समझ में नहीं आता, पर सुनने में भला लगता है! जी खोलकर कोई गा रहा है, बजा भी खूब रहा है। चावल महँगा हो गया है, पसीना बहा-बहाकर भी पेट भरने की जुटाते नहीं बनता। फिर भी खँजड़ी चल रही है, भजन थमे नहीं। रास्ते पर हलकी धुन्ध और कुहासा घुल-मिल-से गये हैं।

पर जाना पड़ेगा उसे तो और आगे। सामने वह छोटी-सी अमराई। यहाँ-वहाँ कुछ ये ही पुराने दिनों के अवशेष रह गये हैं। नहीं; और भी हैं। थोड़ी-थोड़ी दूर पर तमाम बस्तियाँ फैली हैं; उधर ही कहीं एक पोखर भी है और बीच में मन्दिर जहाँ साँझ घिरने से पहले कबूतर आ-आकर छा जाते हैं। और सफेद कुँई! कुँई का एक-एक फूल जगा हुआ है, हँस रहा है। श्रीपंचमी को फूल तोड़नेवालों की भीड़ इन तक नहीं पहुँची। लोग जानते हैं। कीचड़ और लत्तर-पत्तर के अलावा इनका एक और बड़ा रखवाला भी है। इनके बीच एक देवी रहती हैं।

सुना जाता है पहले यह देवी लोगों की बड़ी-बड़ी सहायता करती थीं। किसी को शादी-ब्याह के अवसर पर बरतन-भाण्डों की जरूरत होती तो वह पोखर किनारे पूजा करता और साँझ ढले देवी की आरती उतारता। बस, सवेरा होने पर घाट किनारे टखनों-टखनों पानी में बरतनों का ढेर पड़ा मिलता। लोग इन बरतनों को उठा लाते और कारज निपटते ही जहाँ का तहाँ पानी में फेंक आते। दो पीढ़ी पहले किसी ने एक बार इसी तरह बरतन लिये और फिर लौटाये नहीं। देवी ने उसका वंश तो नाश कर ही दिया, बाद को कभी और बरतन नहीं दिये। आठ एकड़ धरती में यह पोखर था : आधे में अब खेती होने लगी है, बचे हुए आधे में देवी का वास है। सीढ़ियाँ फट-फटकर धँस गयी हैं।

रवि का छुटपन से विश्वास था कि मनुष्य में सत्य नहीं रहा, इसी से देवी अब सहायता नहीं करतीं। कितनी बार वह और उसका साथी नील दोनों इन देवी को देखने के लिए साँझ पड़े छिप-छिपकर आम की डालों में बैठे हैं। फूल, नारियल, ककड़ी—जो कुछ भी वे समझते कि देवी को प्रिय लगेगा—ला-लाकर वे आगे रखते। हलका अँधेरा उतरते ही देहरी पर घी का दीया भी जला देते। बहुत-बहुत सोचकर आते दोनों मित्र। एक बार भी देवी के दर्शन मिल जाएँ तो फिर किसी बात की चिन्ता ही न रह जाय! उन्होंने सुन रखा था कि जिस पर देवी दया करती है वह जो चाहे सो कर सकता है। और वे बोर्डिंग के दूसरे लड़कों से छिपकर बगीचे-बगीचे घूमते हुए अपनी योजनाएँ बनाया करते।

किसी दिन कोई नयी सृष्टि करने की योजना : एक बड़ा-सा घर-बगीचा, जहाज, किताबों में पढ़े हुए जीव-जन्तुओं में से ही कोई जैसे ऊँट-कंगारू या हाथी-सिंह, या एक मन्दिर ही। किसी दिन संहार की, मार-काट की ही योजनाएँ बनाते : उस कोने डेंगू मास्टर को ठोंकने की, जो सभी को पीटा करता है, और उस बुढ़ऊ को भी सीधा करने की जो हर बात में मीन-मेख निकालता है और जो स्कूल में दाहिनी ओर वाली इमली के कटारे झाड़ने पर अपनी झुकी कमर और फूले हुए हाथ-पैर लिये उधर ही भागता आता है—भों-भों करते अपने कुत्ते सहित, जिसकी आँखें सरसों के तेल के रंग की हैं। उनकी योजना सर्वशक्तिमान् तक बन उठने की होती। मन में आए और खाली डिब्बे में से चिड़ियाँ निकलने लगें, सोचें और

मक्खी बनकर उड़ सकं! कोई सीमा नहीं इन सबकी तो, पर कम-से-कम परीक्षा तो पास की जा सकेगी।

बचपन की वे कोमल कल्पनाएँ! पोखर पर अब कुछ भी तो नहीं सूझता। थोड़ी दूर पर धुएँ की चमक दिख रही है। आगे कुछ नहीं। पहले भी शायद ऐसा ही था। उस युग की स्वप्न-लताओं का संसार इस धुएँ में मानो उलट-पुलट हुआ ऊब-डूब कर रहा है। उधर है तिरछा चन्दा और उसके साथ श्रीपंचमी की स्मृतियाँ; इधर वह स्वयं। एक अध्याय बीत चुका। अब वह नौकरी करेगा।

देवी का दर्शन तब भी नहीं हुआ था, आज भी नहीं हुआ। किन्तु उस समय उसने देखा था प्रसारित चेतना का विस्तार, आकाश, टिमटिमाते जुगनू, बादलों से घिरा चन्दा, मछलियों का उछलना, कुँई के फूल, और पता नहीं कितना कुछ, और स्वयं अपना भविष्य! कितना सहज-सरल था सब : बस जैसे मुट्ठी बन्द की और मनचाहा सभी कुछ बन उठता। आज दिखाई दे रहा है : कुहासा, केवल कुहासा। भीतर-भीतर अपने मन में वह समझ रहा है कि पोखर के उस पार बस्ती में उसका मित्र विपिन रहता है, रात वहीं बिताएगा। भोर होते ही उठकर बस पकड़ेगा, और कुछ घण्टों में बड़े शहर होगा। वहाँ होंगी रेल की पटरियों की नाईं नपे-बँधे जीवन की लौह-धारणाएँ : सर्-सर्-सर्-सर् साढ़े दस से पाँच या छह तक काम पर, फिर सर्-सर्-सर्-सर् अपने ठिकाने पर लौट आना—और एक दिन बीत जाएगा।

और यह पोखर : अतीत के दिनों में से मानो कुछ दिन यहाँ रुक गये हैं, पानी में घुल गये हैं, तब यहाँ का अनोखा ही रूप था। घाट के पास साफ-सुथरी जगह थी, आईने जैसी। किनारे खड़ा बगुला अपनी शक्ल उसमें देखता। शायद मन-ही-मन अपनी प्रशंसा करता...कितने सुन्दर छोटे-छोटे पैर, कितनी पतली गरदन, लम्बी चोंच, और नन्ही-नन्ही आँखें! किनारे-किनारे चरती भैंसें भी अपना चेहरा देखतीं और, कौन जाने, पीठ पर चढ़ी गौरैया और गरदन पर बैठा कौआ भी देखते हों।

और चेहरा तो उसमें वह बूढ़ा मियाँ भी देखा करता—अपने उस सदा एकरूप वेश में। जब देखो सिर पर डोरियेदार अँगोछे की पगड़ी और बदन पर कत्थई रंग की लुंगी। सुग्गे जैसी काली नाक और ठुड्डी से झूलती सफेद कूँचिया दाढ़ी जो दोनों ओर को चौड़ाई में कभी बढ़ी ही नहीं। एक साथ तीन-तीन बंसी डालकर वह ध्यान लगाये बैठा रहता—मानो, न सही परलोक, इहलोक ही बँधा हो बंसी की डोर से! किसी-किसी दिन उसकी टोकरी भर जाती तो किसी दिन उसमें दो-चार ही पड़तीं—उस दिन वह रीती आँखों बस देखता रह जाता। कभी-कभी फँस जाती चार-पाँच सेर वाली भाकुर या रोहू। इसी से लोग उसे बंसी डालने की कला का उस्ताद कहते।

बूढ़ा मियाँ उन्हें घुड़कता नहीं। उनसे घोंघे खुदवाता। कहता, चुपचाप बैठकर देखो।

पानी भरने औरतें आतीं। कई चेहरे ऐसे होते जिन्हें देखकर बहुत खुशी मिलती। इच्छा होती कि वे इसे पास बुलाकर लाड़-प्यार करें। कुछ चेहरे बिलकुल नहीं भाते—चाहे कितने ही गोरे क्यों न हों, कितनी ही नथ-बालियों से सजी हुई क्यों न हों!

और कभी पोखर का किनारा सुनसान दिखता। हिलते अन्धकार में पास की वह थोड़ी-बहुत घास भी छिप जाती। हाडुक चिल्लाता। एक-स्वर में मेढक टरटराने लगते। आम के अँधेरे तले झींगुर झीं-झीं लगा देते। पोखर के पानी में जगह-जगह कुँई और पास-पास टगर की तरह तारे खिल जाते। किनारे के पेड़ झिलमिलाते। ढेर के ढेर जुगनू चमकते, जैसे लोहारखाने में धौंकनी फूँकते ही चिनगारियाँ झिलमिलाती हैं—छोड़ने पर रुक जाती हैं।

पोखर की कीच से निकलती गन्ध में झपकी-सी आने लगती। वहाँ की सुनसान शान्ति को भंग करता सुनाई पड़ता चबर-चबर का शब्द। लोग वहाँ नहाना-धोना करते और रह-रहकर जल भरने का संगीत सुनाई दे उठता—हवा में सन्-सन् करती घास की पटभूमि दूर-दूर तक फैली होती।

वह और नील दोनों रहते। देवी नहीं दिखतीं, पर ये चारों ओर बिखरे-फैले जीवन के अन्दर पैठकर सब कुछ अनुभव किया करते। ममता लेकर वे आते और माया लिये हुए लोट जाते—लालटेन जलाकर अपनी पढ़ाई करते।

मैट्रिक के बाद नील चला गया डाकखाने में : चिट्ठियाँ छाँट-छाँटकर पेट भरने के लिए। अब कहीं सम्बलपुर में है। स्वयं उससे—रवि से—यह पुराना पोखर एक परिचित साथी की तरह पूछ रहा है : “और तुम किधर चल पड़े? क्या है वहाँ?”

अचानक उसे याद आया : अँधेरा करती हुई वह छोटी ढिबरी बुझ गयी थी। साथ ही ठण्ड-सी भी अनुभव होने लगी थी। बाहर उस दिन भी ऐसी ही कुहासे भरी ठण्डी चाँदनी रात थी। उस समय लगा था जैसे भीतर-ही-भीतर कुछ पसर गया हो, मानो खो जाने, चले जाने का कोई संकेत-भाव हो, सामान्य ही नहीं था, श्रद्धा-भरी आँखों के ऊपर से सचमुच ही मानो कुछ उतरा गया था।

कब की बात है? कहाँ की? उसे याद नहीं आया। पर इतनी दूर कहीं नीचे दबी वह जरा-सी घटना अचानक क्यों आज मन की ऊपरी सतह पर उठ आयी? वह समझ नहीं सका। पर उतने से ही भीतर के रंग बाहर के रंगों पर लद गये। मन दब गया। देर से चलते जाते उसके स्वप्न-संगीत की अन्तिम ध्वनि भी, पता नहीं, कहाँ खो रही।

सामने जो कुछ था उसे खुली आँखों देखते रवि सोचने लगा—देर हो गयी, ठण्ड भी लगने लगी, बीच-बीच में आते ठण्डी हवा के झकोरे बताने लगे कि जल्दी ही अब विश्राम करना चाहिए, और होना चाहिए विश्राम करने के लिए कोई ऊष्मा-भरा घर। फिर तो कल सुबह से नौकरी!

और वह चल पड़ा पाँव बढ़ाकर विपिन के घर की ओर...

रात के लगभग नौ बज चुके हैं। दूर से संगीत सुनाई पड़ रहा है। हारमोनियम के साथ-साथ मनुष्य के गले की आवाज। उस पर तबला। शायद तीनों एक सुर में मिल नहीं रहे। जाना चाहें तो प्रत्येक के लिए अलग-अलग कई दिशाएँ हैं पर जा रहे हैं सभी एक ही जगह, एक समय में। उस संगीत में मिल जाता है अन्य लोगों का शोर, हो-हा-हँसी, ताश की बोली—'नो बिड'। सबका मिला-जुला संगीत। उसमें कम-से-कम एक आवेग तो है।

संगीत लहरा-लहराकर लोचीला हो रहा है। एक सहज शब्द पकड़ में आया। शब्द है...'चोर'। 'चोर' शब्द को इतना मधुर बनाकर इतने प्रकार से उसकी आवृत्ति की जा सकती है—यह तो उसकी धारणा में ही न था। बार-बार वही—'चोर' 'चो ...र' 'चो ओ र अ अ अ...' और फिर "ब्रज को चोर आया रे..."

वह भला आदमी विपिन 'चोर' शब्द पर गला साध रहा है, माने शब्द रूप धर रहा हो। रवि पास आ गया। साथ ही साथ संगीत में एक और स्वर जुड़ गया। वह एक कुत्ते की चिंचियाहट थी। तबला बजानेवाले मोटे डॉक्टर बाबू ने जोर से कहा, "अरे ओ टॉमी, भूँक मत, रहने दे"। विपिन ने अपने भाव गद्‌गद 'चोर' 'चोर' की आवृत्ति के बीच में ही अटककर देखा। उसके साथ और कइयों ने भी उधर झाँका। रवि ने भी उधर देखा। देखने की अधिक सुविधा उसे ही थी, क्योंकि वह तो है अँधेरे में और अन्य लोग रोशनी में हैं। एक बड़ा काला कुत्ता उसकी ओर लपकता-सा आ गया। डॉक्टर बाबू 'टॉमी-टॉमी' पुकारते हुए कहने लगे, "डरिए नहीं, खसिया है, कुछ नहीं करेगा।"

रवि देख रहा था, वही परिचित घर। अगल-बगल दो कमरे, एक में रसोई और दूसरे में सोना-उठना-बैठना। सामने बरामदा और उसके आगे खुला मैदान। चेहरे को बाँहों में ढँककर विपिन का मुँह लगा रसोइया बाउर ऊँघ रहा है। रसोई के किवाड़ बन्द हैं। सोने के कमरे में पेट्रोमैक्स जल रहा है, बिजली इधर आना भूले हुई है। पेट्रोमैक्स के उजाले में तम्बाकू का नीला धुआँ साफ पहचाना जा सकता है।

उन लोगों की निगाह उस पर गयी, मौज मस्ती के बीच अचानक बिन बुलाया मेहमान! खिझानेवाली बात, व्यक्ति भी नहीं। या कोई बीमार है? डॉक्टर बाबू ने सहज शान्त गम्भीर स्वर में पूछा, "कौन? क्या चाहिए? क्यों, किसी को कुछ हुआ है?"

सब इंस्पेक्टर बाबू ने तीखी नजर फेंकी, उनके पिचके गाल तेज रोशनी में चमक रहे थे। नाक के नीचे आधी मूँछों पर दोनों होठ सामने से ठूँसे हुए-से लग रहे थे। हेडमास्टर, पशु-डॉक्टर, ओवरसीयर, कोऑपरेटिव अफसर, कण्ट्राक्टर

अमरसिंह सब ने देखा। कोई आदमी बढ़ता आ रहा है। विपिन की आँखों में कौतूहल भर आया, इसके बाद ठहाका मारकर वह खड़ा हो गया, और जोर से कहने लगा, "अरे रवि! आओ आओ, भई, ठीक मौके पर आये। खैर, श्रीपंचमी को रात में बन्धु-मिलन सम्पूर्ण हो गया।"

हँसमुख विपिन। अब भी कॉलेज के दिनों जैसा ही विपिन—जिसे वे स्नेह से 'पिन' कहकर पुकारते। उसकी पिंजर देह के ढाँचे पर मांस ने मानो चिपटने से इनकार कर दिया हो। माँग ने सिर के बालों को दो भागों में बाँट दिया है। बाल एकदम चिकने सँवरे हुए, तेल कुछ अधिक लगा है। शायद छोटा कंघा जेब में पड़ा होगा। रंग लाली लिये गोरा, चेहरे का गठन कई ओर से अधूरापन लिये होने पर भी रंग सबको छुपा लेता है। घनी भौंहें धनुष की तरह न होने पर भी माथे के नीचे समानान्तर खिंच गयी हैं, इस सिरे से उस सिरे तक। नाक छोटा ही नहीं, उसकी नोक सीधी ऊपर उठ गयी है, अतः दोनों नथुने साफ दिख रहे हैं, चपटे गाल, और थोबड़े पर सीधे दीवार की तरह खड़े हैं। दोनों कान अपेक्षाकृत कुछ बड़े, सिर के साथ मेल न खाते हुए टेढ़े खड़े हैं। चार बरस की नौकरी में छोटे से कुछ बड़ा हुआ है। यहाँ वह एक आंचलिक विकास अधिकारी है, माहवारी डेढ़ सौ मिलती है।

विपिन ने एक-एक कर परिचय करा दिया सबके साथ रवि का और रवि के साथ सबका। जैसे, "ये डॉक्टर बाबू हैं। उजाला देख रहे हो न? ये हमारे अँधेरे घर के चिराग हैं। जिसे इनके हाथ ने छू दिया, मरता हुआ भी उठ बैठेगा। दवा से तो ठीक होगा बाद में, पहले यह काया देखते ही उठ बैठेगा।"

"तुम कुछ मोटे नहीं हो सकते दवा-पानी से?" रवि ने पूछा। विराटकाय डॉक्टर ने कुछ गम्भीर बनते हुए सिर हिलाकर उत्तर दिया, "उनके लिए बन्दर की ग्लैण्ड खोजी जा रही है। लोग पेड़ों पर चढ़-चढ़कर खोज रहे हैं। मिलने पर देखा जाएगा। सरकार ने तो आदमी लगाकर बन्दर मरवा डाले, वरना कब का काम बन जाता।"

सब हो-हो कर हँस पड़े। विपिन ने बताया, "ये अपने इंस्पेक्टर बाबू।" विचक्षण हैं। इन्हें पहचान रखो। चीज चोरी हो गयी हो तो चोर को पकड़ो, माल जब्त करो, साखी खड़े करो और इत्तला दो तब देखो, उस चोर का फैसला जरूर होगा, सजा होगी, सब कुछ होगा।"

"हम तो सबके हैं, हुजूर!" सब-इंस्पेक्टर ने बताया।

फिर हँसी।

"और ये हमारे पशु-डॉक्टर बाबू। इनकी महिमा अपार है। गाय-बैल, भेड़-बकरी, मुर्गा-अण्डा—रास्ते में जो-जो आपने देखा होगा, सब इनके जजमान हैं पर ये सदा अच्छी-सी बकरी कटवाते हैं ताकि अच्छा मांस मिले। अहिंसा के ठहरे

अवतार! अच्छे नस्ल का खस्सी तैयार करते हैं। अच्छे नस्ल की गाय। यहाँ तक कि कृत्रिम प्रजनन आदि सारी विद्याएँ इन्हें ज्ञात हैं। खुद भी बहुकुटुम्बी हैं। क्यों? कितने हैं? नौ तो हैं न हुजूर?"

बूढ़े-पशु-डॉक्टर बाबू नकली दाँत हिलाते संस्कृत चबा-चबाकर कहने लगे, "या देवी...सा देवी वरदा भवेत्, सब कुछ देवी प्रसादात् हुजूर!" मोटे काँच का चश्मा, छोटा-सा सिर, पर शरीर का गठन सुन्दर। चमकदार सिर। सफेद बाल और दाढ़ी, मानो चाँदी के बारीक तारों का समूह।

फिर हँसी।

विपिन ने आगे कहा, "और ये हैं अपने कृषि अधिकारी भागी बाबू। इन भागी बाबू को पहचान रखो, ये प्रगतिशील किसान हैं। क्यों रवि बाबू, बाँटने के लिए यदि आपके पास आलू के बीज आएँ, यानी उस समय जब साधारण किसान की बाड़ी में आलू के फूल खिलते हों, तब आप बंजर जमीन के परीक्षण के लिए वे बीज इन प्रगतिशील किसान को आसानी से बेच सकते हैं न?"

इस तरह एक-एक के साथ हँसी-मजाक में स्वागत-परिचय दोनों हो गये।

"ये पी. डब्ल्यू. डी. महकमे के काफी तेज ओवरसीयर बाबू हैं। अँधेरी रात में नहर के किनारे केवड़ा और नागफनी के बीच चार अंगुल चौड़ी पगडण्डी में तीर की तरह साइकिल चलाने में धुरन्धर। इसके लिए यदि कोई पुरस्कार होता तो ये उसके हकदार होते।"

"और ये रहे कण्ट्राक्टर अमरसिंह। कभी रिफ्यूजी थे अब तो इस देश के नागरिक हैं, जो कहोगे ये जुटा देंगे; हाँ पैसे जरूर कुछ अधिक लगेंगे।"

अमरसिंह ने अपनी दाढ़ी सहलायी। वे भी हँसने लगे।

अब विपिन ने उसका परिचय दिया। समझाया कि वह भावी नेता है, क्योंकि बी.ए. पास कर चुका, तब भी न तो नौकरी की और न शहर में रहा। गाँव में रहता है, लोगों के साथ हिल-मिलकर एक हो गया है।

रवि को लगा, वह और भी छोटा बन गया है। लाज से झुककर, कई तरह का विनम्र भाव दिखाते हुए उसने बात काटी। वह कुछ भी तो नहीं, नेतृत्व उसकी कल्पना में भी नहीं।

हेडमास्टर ने जोड़ा, "जो अच्छा पढ़ते-लिखते हैं वे नौकरी करते हैं, फिर थोड़े से रुपयों में छटपटाते हुए, खींच तानकर गृहस्थी चलाते हैं। और जो वैसे नहीं, या नौकरी-चाकरी में नहीं घुसे, उनमें तो कई खूब मजे में हैं। कोई नेता है, कोई व्यापारी। रुपयों की भी सुविधा है—कोई कमी नहीं। ऐसा ही मेरा एक छात्र था। चोकड़-खली, देशी और विलायती खाद का बहुत बड़ा व्यापारी है। कौन जानता था कि छोकरे में इतनी बुद्धि है। दो वर्ष फेल हो चुका था। अन्त में मेरे ही कारण पढ़ाई छोड़ घर बैठ गया। अब जब वह कहता है—सर, आपकी ही दया से मेरा

व्यापार-धन्धा हुआ तब मैं सोचता हूँ, कि बात सच है। अगर वह पास करता तो वह भी कहीं कोई किरानी बनता।"

पशु-डॉक्टर चिड़िया की तरह चहके, "सा देवी वरदा भवेत्। देवी प्रसादात् सब होगा, हुजूर..."

"जैसा आपका हुआ," डॉक्टर बाबू ने जोड़ा, "ये महा धुरन्धर ठहरे। पशुविद्या, मानुष-विद्या—दोनों में पारंगत हैं। जिसे सव्यसाची कहा जाता है, यानी बायाँ हाथ भी चलता है। अमरसिंह बाबू इनके पड़ोसी हैं। उनकी धर्मपत्नी के हाथ में एक फोड़ा हुआ। ऐसा ऑपरेशन किया कि..."

अमरसिंह ने आगे बताया, "बकरी काटनेवाली छुरी से, देवी प्रसादात्।" और डॉक्टर बाबू ने बात पूरी की—"हाथ में विष फैल गया।"

अमरसिंह ने कहा, "इतना फूला कि पहचानना कठिन था कि यह हाथ है या पैर। अन्त में पेनिसिलिन देकर..."

पशु-डॉक्टर बीच में बोले, "हूँ, बस आप ही सिर्फ ऑपरेशन करना जानते हैं। और सब तो निपट गँवार हैं। अरे बाबा! सकल घटे नारायण, मनुष्य क्या और पशु क्या? कहीं फरक है तो मुझे बताए कोई!"

अमरसिंह बोले, "मैंने पत्नी से यही बात कही थी। उन्होंने डॉक्टर बाबू की श्रद्धा भी खूब की थी। करने की बात ही है। ये इतना पूजा-पाठ करते हैं कि मुझे भी कभी-कभी श्रद्धा हो आती है। मैंने पत्नी को बताया, कि तुम में और पशु में कोई फर्क नहीं।"

पशु-डॉक्टर बाबू क्षुब्ध होकर कुछ संस्कृत के श्लोक बोलने के लिए तैयार हो ही रहे थे कि बात की दिशा बदलते हुए सब-इंस्पेक्टर बाबू ने कहा, "बुरा न मानना। नेता होने के लिए कुछ निम्नतम योग्यताएँ हासिल करनी पड़ेंगी। उसका दायित्व हम लोगों पर रहा।"

सब हँसते-हँसते लोट-पोट। फिर रवि ने भरे चावलों के ट्रक को लौटा देने की बात बतायी। सब-इंस्पेक्टर बाबू ने खड़े होकर लुंगी पर, कमर पर और कमीज पर, तिरछे कन्धे होकर, छाती तक हाथ फेरा। चूँकि वे सरकारी पोशाक में न थे, अतः बेल्ट वहाँ नहीं था। कन्धा उचकाकर खड़े थे, "बहुत जरूरी खबर दी हुजूर ने। फिर कौन-कौन नेता बनने के उम्मीदवार आ गये? ऐसा तो हमेशा ही होता रहेगा! मारे गये! जाकर तहकीकात करनी पड़ेगी, अच्छा भई नमस्कार!"

उनके साथ-साथ काम-काज और समय के बारे में सचेत हो सभी उठ खड़े हुए। सिर पर कनटोप बाँधना था, गले के बटन लगाने थे। जूते पहनना आदि काम चालू हो गये अपने आप। असुविधा हुई तो डॉक्टर बाबू को। मोटे आदमी ठहरे, झुककर जूता ढूँढ़ रहे हैं, मिलता ही नहीं। बोले, "अरे, भई, किसी ने मेरा जूता लिया है? टॉमी, तूने देखा है?"

"यह रहा, हुजूर, आपका जूता।" अरखितिया ने उनके पैर के पास ही जूता दिखा दिया।

"कहाँ किधर है रे, दिख ही नहीं रहा।" जूता खो गया है, मानो भूगोल के चित्र में पृथ्वी को गोलाकार साबित करते हुए कोई जहाज उसकी ढलान में खो गया है।

बाउरिया ने मदद की। डॉक्टर बाबू भी चले गये।

"हाँ, तो फिर रवि, इतने दिन बाद; कहाँ से?" उसके दोनों हाथों को पकड़ विपिन उसके चेहरे को देखता उत्तर खोजने लगा।

रवि हँस पड़ा।

विपिन ने पूछा, "किसी शुभ कार्य के लिए बुलाने आये हो? कब है? कहाँ है?"

इसी बीच देखा गया कि पशु-डॉक्टर बाबू हड़बड़ाये लौटे आ रहे हैं। दरवाजे के पास रुककर सरस्वती के चित्र की ओर देखते हुए हाथ जोड़कर बुदबुदाने लगे, "या कुन्देन्दुतुषारहारधवला..." फिर कसरत किये किसी थके व्यक्ति की तरह कहा, "रास्ते में याद आ गया, सो लौटना पड़ा, हुजूर! भगवान् को हाथ नहीं जोड़े थे। बिना हाथ जोड़े ही चला गया था।"

"आपने घर पर पूजा-ऊजा नहीं की क्या?" रवि ने पूछा।

"...घर में कौन देवता नहीं हैं? फिर भी भगवान् सब जगह हैं। यहाँ आपने जिन्हें पाया है, उन्हें भी अगर हाथ न जोड़ूँ तो यह मेरे कर्तव्य के विरुद्ध होगा। भगवान् हों या आदमी, हाथ जोड़ने में असावधानी क्यों, इसमें कोई पैसे थोड़े लगते हैं! समय पर काम ही आते हैं!"

अपनी प्रवीण विज्ञोक्ति पर स्वयं मुग्ध होकर वे हँस पड़े। तुरत बोले, "वह अमरसिंह की स्त्री के हाथवाली बात...उसमें मेरा जरा भी दोष नहीं है। फोड़े को चीरा लगाकर पट्टी बाँध आया था। न कर आता तो वैसे ही रात-रात भर 'माँ रे बाप रे' कर रही थी। क्या बताएँ, किसी ने, पता नहीं, थोड़ा बहका दिया कि कच्चा अण्डा फोड़े पर बाँध दो तो और भी आराम आ जाएगा। फल हुआ सेप्टिक। किसने यह उलटी बुद्धि दी, जानते हैं? हमारे स्टॉकमेन वानाम्बर राउत ने। आपको पहले ही बता चुका हूँ कि वह बड़ा बदमाश आदमी है। यह उलटी विद्या सिखाकर अमरसिंह से एक रुपया ऐंठ चुका है। अमरसिंह क्या कहे? बेचारा भला आदमी ठहरा, उस राउत को यहाँ से भगाये बिना आपकी योजना-फोजना नहीं चल पाएगी, हुजूर!"

"ठीक है, आप जाएँ, देखेंगे। नमस्कार!"

आशीर्वाद का श्लोक उच्चारते वे चले गये।

गये ही थे कि इतने में खाँसने की आवाज आयी। कम्बल लपेटे घनी काली

अँधेरी रात में से कोई निकल आया, चारों ओर सुनसान, शान्त चन्द्र डूबने को था, डेंगू अन्धकार पास सरकता आ रहा था।

विपिन ने पूछा, "कौन है?"

"जी, मैं वानाम्बर, स्टॉकमैन।" वानाम्बर था पशु-डॉक्टर के अधीन छोटा कर्मचारी।

"वानाम्बर? अरे, इतनी रात गये, कैसे?"

"जी, आपके पास लोग-बाग बैठे थे।"

"अच्छा कहो, क्या बात है? जल्दी बोलो, मेरे साथ एक मित्र हैं, हमें भूख लगी है—जोर की।"

"जी, हुजूर, आप लोग थाली पर बैठें, मुझे भला कितनी देर लगेगी। ठीक लगा रे अरखित, सब ठीक-ठाक है न? नीबू काटा? नहीं तो ला, इधर मुझे दे। इतनी देर हुई, इसमें तो भात सूखकर कंकड़ हो गये होंगे? गरम किया है या मैं आऊँ अन्दर?"

"तुम छोड़ो। वो सब। जो कहना है, कहो। नहीं तो, तुम ऐसा करो, कल आना।"

"नहीं जी।...तो कहे ही देता हूँ। आपको तो बता चुका हूँ कि वे कैसे अस्पताल की दवाएँ बेचकर अपना व्यापार चलाते हैं। फिर जो कोई कुछ अस्पताल में लाए, उस पर उनका बट्टा लगता है। डॉक्टरखाने की सारी चीजें घर के काम में लगा डाली हैं। यहाँ छुरा तक भी नहीं। फिर खुद पशु-डॉक्टर और जाएँगे लोगों को देखने। कोई कुछ भी दे, चवन्नी या रुपया। मुझे कहेंगे, पशुओं का इलाज करो, खुद आकर नाम कमाएँगे। होते-होते अब आज झड़प हो ही गयी, मुझे गालियाँ दीं। बोले, तेरी नौकरी खाँ जाऊँगा, तुम्हारे नाम पर ऐसा लिखूँगा, वैसा करूँगा, नहीं तो मेरा नाम नहीं। पता नहीं क्या-क्या अण्ट-शण्ट लिख दिया है।"

लम्बी कहानी।

विपिन ने कहा, "अच्छा जाओ, सो जाओ।"

"अब, क्या करूँ हुजूर?"

"इस बारे में कुछ भी करने की जरूरत नहीं। शान्त होकर सो जाओ, सुबह उठकर काम करो।"

"आप अगर कुछ नहीं करेंगे तो..."

"तुम उन्हीं पशु-डॉक्टर के आगे गुहार करो, वे ही सब ठीक-ठाक कर देंगे।" विपिन हँस पड़ा।

और कुछ ही देर बाद वहाँ पर वह न था, चाँद डूब चुका था। फिर वही सुनसान।

"भात लगा रे छोकरे!" विपिन ने कातर होते हुए कहा, "अच्छी जगह आकर

पहुँचे कि भात भी चैन से नहीं खा सके। सूखकर चना हो गया होगा।"

दोनों खाने बैठे। रवि ने खाते-खाते पूछा, "क्यों, काम-धन्धा कैसा चल रहा है?"

विपिन हँस पड़ा, "हाँ, चल रहा है। काम तो रोज ही होता रहता है।"

"लोगों की अवस्था कुछ बदली?"

"बदलेगी, बदलेगी। हम योजनावाले किसी चीज में पीछे नहीं हटते, कभी आशा नहीं छोड़ते। फिर समय तो लगेगा ही, तुम्हारे गाँव में भी पहुँचेंगे हम। ठहरो, थोड़ा सब्र करो।"

रवि ने उत्तर दिया, "सब्र तो हम कर ही रहे हैं। देखते ही हो, आज से नहीं, जमाना गुजर गया; इतिहास के पन्ने पर पन्ने उलटते जा रहे हैं, लोग प्रतीक्षा कर रहे हैं, सत उपजेगा। पर सत उपजता ही नहीं। गरीबी जाएगी, पर जाती ही नहीं। जिनके पास है, उनकी और भी बढ़ोतरी हो रही है, जिनके पास कुछ नहीं, उनका और भी छीज रहा है। कॉलेज में इतने ऊँचे-ऊँचे विचार बखाना करते थे। कहा करते थे, हालत कितनी ही असम्भव हो, मन को मजबूत करो और लोहे के चने चबा जाओ! कर सकते हो? मन मानता है तुम्हारा?"

विपिन ने कहा, "हमारी जीभ में हड्डी तो है नहीं; बस एक ही बात जानते हैं—बौछार का रुख देखकर छाता घुमा दो। तभी दोनों किनारे बच सकते हैं। आस-पास इस तरह के लोग हैं। उस ओर वे हैं जो आधी रात को सपना देखेंगे और सुबह हमसे कहेंगे कि सपने को साकार किया जाय!"

चिन्तित हो अचानक रवि पूछ बैठा, "सुनो विपिन, बुरा न मानना, एक बात पूछ रहा हूँ, तुम्हारा यदि इस योजना में विश्वास नहीं तो फिर इसमें रह क्यों रहे हो?"

रवि का अस्तित्व भूलकर, स्वर में विरक्ति का भाव भरते हुए विपिन ने कहा, "सीधा-सा उत्तर है। मैं यहाँ हूँ अपने पेट के लिए। मात्र पेट के लिए ही नहीं, अपने कैरियर के लिए भी, हर्ज क्या है?" क्षण-भर में वह फिर बदल गया, हँसकर बोला, "धत्तेरे की, ऐसी बात का मैं क्या उत्तर दूँ। नौकरी करने जो आता है, अपने विश्वास और अपनी रुचि के अनुसार वह काम और जगह पाएगा ही—क्या इसीलिए आता है?"

"फिर क्यों आएगा?"

"आएगा नौकरी करने। नौकरी तो नौकरी ही है।"

"यह आत्मप्रतारणा नहीं है क्या?"

"वैसे समझो तो यह सारी दुनिया ही आत्मप्रतारणा है, खाली मेक बिलीव। बहादुरी इसी में है कि आत्मप्रतारणा इतने जोर से हो, इतनी पूरी मात्रा में हो, कि आदमी में आत्मविश्वास पैदा हो जाय, कि वह एक महापुरुष है! दूसरों में भी यही आत्मविश्वास पैदा कर दो।"

उसकी आवाज में गर्व भी था और अपने आप पर दया भी। रवि को बड़ा आदमी बनने का संकेत देकर वह मानो अपने श्रमजीवी होने की घोषणा कर रहा है। आगे कहा, "तुम क्या समझोगे भई, तुम्हें तो ट्यूशन कर पढ़ाई चालू रखने की आवश्यकता पैदा नहीं हुई, भूख-प्यास के पास कभी फटके तक नहीं। नौकरी की तुम्हें गरज नहीं, अतः तुम शौकिया आदर्श की बातें कर सकते हो। मुझे यह सब करना पड़ा है। और अब मैं अपनी उस पुरानी अवस्था में लौट जाना नहीं चाहता।"

विपिन की यह लम्बी कैफियत सुनकर रवि का मन और भी भारी हो गया। चार वर्ष बीत गये कॉलेज छोड़े, उससे पहले कॉलेज में चार वर्ष का परिचय! फिर कौन किसकी देखभाल करता है, कौन किसके बारे में सोचता है।

हाथ धोकर वे बरामदे में बैठे। विपिन ने सिगरेट जलायी, रवि को देने लगा तो उसने इनकार कर दिया। विपिन ने कहा, "कॉलेज में तुमने देखा होगा, ये सारी बुरी आदतें मुझमें नहीं थीं, यहाँ ये आ लगी हैं। इसे भी इस नौकरी के कारण अपने व्यक्तित्व का ह्रास ही मानना पड़ेगा। लोगों के साथ मिलना बन्द करें तो योजना बन्द।"

रवि ने पूछा, "तुमने योजना-कार्य करने के तरीके भी सीखे, अमल भी सीखा, फिर भी कहते हो, योजनाओं में तुम्हारा विश्वास नहीं?"

"विश्वास नहीं, यह कब कहा? कुछ भी नहीं हो रहा, सो मैं नहीं कहता। कुछ तो हो ही रहा है। कई गाँवों में रास्ते बन रहे हैं। कहीं कुआँ, या तालाब-पोखर में मछली बढ़ाना, कहीं साग-सब्जी, यह सब हो तो रहा है। हम जो कुछ कर रहे हैं, उसकी संख्या गिनने बैठें तो बहुत दिखेगा, इतना कि आदमी डर जाय। किन्तु दूसरी ओर जब नजर डालते हैं, कि हम क्या नहीं कर सके तो उनकी संख्या अनगिनत है। कहीं दस-बीस कुआँ या पोखर खोद डाले, बहुत अच्छा काम हुआ। किन्तु सैकड़ों गाँव ऐसे भी पड़े हैं, जहाँ सिर-फुटव्वल हुए बिना पानी की बूँद तक नहीं मिलती। और नहीं तो कोसों जाओ। रोज लम्बी कतार लगती है। हम सिखाते हैं स्वास्थ्य की रक्षा करो, सफाई जीवन का मूल मन्त्र है। और नदी में चल रही है हैजे की जययात्रा, पुआल में आग पकड़ने की तरह यह तुरत फैल जाता है। सहयोग का कितना प्रचार जोर-शोर से समाज में बढ़ रहा है। उधर बढ़ रहे हैं 'टाउटर', मुनाफाखोर। दलों में बँटकर घर-द्वार उजाड़ना। जितनी भी रोशनी जलाओ, वह बस जैसे अँधेरे आकाश में एक तारा भर है, चाहे जितने झाड़-झंखाड़ जलाने पर भी लगता है जैसे बियाबान बीहड़ के बीच कहीं-कहीं एक आध टुकड़ा साफ-सुथरा खेत है। रास्ते के किनारे-किनारे हमारे शो-केसों की तरह। यार, इसी बात का तो दुःख है, हम भी कोई आदमी हैं। इतने नीचे जिसकी गणना नहीं हो सकती। फिर भी मन नहीं मानता, मुझसे क्या काम हो सकेगा? अतः बौछार की ओर छाता घुमाता हुआ हुकुम की तामील करता नौकरी बजाये जा रहा हूँ। यहाँ

जो ज्यादा बकबकाता है वही लाठी की पहली चोट खाता है, अतः यहाँ 'ये करूँगा वो करूँगा' डींग मारकर छटपटाने की भी सुविधा नहीं। संगीत, सिगरेट और समाज। हर बात में 'हाँ जी' 'हाँ जी' कहना, 'नहीं' कभी जुबान पर भी न लाना। बस, इसी तरह मेरी नाव चल रही है। सामने है शायद प्रमोशन, पदोन्नति। दुनिया भी असन्तुष्ट नहीं, मालिक भी असन्तुष्ट नहीं। केवल—कभी-कभी इस जीवन और इंसानियत के इस अभिनय पर घिन आती है, बस।"

रवि चुपचाप झुककर दोनों हथेलियों पर मुँह रखे, तन्मय होकर बैठा सुन रहा था, मानो उसका अस्तित्व उस अन्धकार में घुल गया है। सुन रहा था कि विपिन के अन्तरात्मा से आवाज निकल रही है। वह विपिन भी नहीं है, बस एक स्वर है।

स्वर स्वयं अपना भाव प्रकट कर रहा है, केवल भाषा नहीं—यह तो एक बहाना है। नाना परदों पर नाना अवलय और नाना अनुप्रास में उसके भावों का प्रकाश है। हो सकता है, यह सूनी अँधेरी रात, सामने का अँधेरा मैदान और पास बैठे मित्र के वेश में अतीत की स्मृति, ये सब मिलकर उस भाव को रास्ता दिखाती ले आयी हैं। या यह एक अनहुति प्रकाश है जिसका हेतु समझ में न आए, केवल उसका अनुभव किया जा सकता हो।

रवि ने अनुभव किया जैसे यह किसी पीड़ित अन्तःकरण का क्लिष्ट आर्तनाद है, वह करुण है अतः प्राणस्पर्शी है। लगता था जैसे उच्चांग संगीत सुनते-सुनते उसने उसकी सूक्ष्म कारीगरी में मन को डुबो दिया हो।

अँधेरे में विपिन की अधजली सिगरेट का अँगुली-भर गुल गिरकर भभक उठा। रवि का ध्यान टूटा। विपिन ने एक लम्बा कश खींचा और पीछे की ओर झुककर बैठ गया मानो वह कोई अभियुक्त हो। मन खोलकर अपनी लम्बी स्वीकारोक्ति पूरी करने के बाद किसी अदृश्य शक्ति के आगे आत्मसमर्पण कर हलका हो गया हो। अब उसे और कुछ नहीं कहना।

कुछ क्षण चुप्पी में कट गये।

रवि ने मन-ही-मन विपिन को तौला, उसके भाव को नहीं। सोचा—स्वयं वह कितना छोटा है, पर स्वयं बन गया है विचारक। वह स्वयं यात्रा (नाटक) में द्वारपाल के भेष में है, रवि; विपिन नहीं। मानवता के पक्ष में उत्साही, सहानुभूतिशील। शालीन स्वरूप को विपिन केवल जान-बूझकर कई फक्कड़ बातों के जाल में ढाँपे हुए है। उसे चोट लगी है, दौड़ने को चाहकर सामने जुड़े किवाड़ पाये हैं, सामयिक विफलता मिली है। उसमें उदासीनता नहीं, अनुशोचना है।

विनीत भाव दिखाकर रवि ने पूछा, "तुम्हारे खयाल से ऐसा क्यों हो रहा है? कोई प्रतिकार भी है इसका?"

विपिन ने सिगरेट का वह टुकड़ा फेंक दिया, दूसरी सुलगा ली। कहा, "मैं समझता हूँ इसका प्रतिकार हमारे-तुम्हारे हाथ में नहीं है। जिनके लिए हम काम

करना चाहते हैं, प्रतिकार भी उन्हीं के हाथ में है। वे अभी इसके लिए राजी नहीं हैं।"

रवि ने कहा, "उन्हें मनाने के लिए क्या-कुछ हो रहा है?"

विपिन ने पहलेवाला मजाकिया ढंग दिखाते हुए बताया, "नींद से जगाने के लिए ढोल पीटना, अर्थात् प्रचार। उन्हें सचेत करने के लिए और अधिक ढोल पीटा जाय, अर्थात् खूब प्रचार किया जाय। कम-से-कम हमारी पढ़ाई तो यही कहती है।"

"ढोल पीटने से क्या किसी सुननेवाले के कटे पैर का दर्द कम हो जाएगा? काने की आँख ठीक हो जाएगी? भूख कम होगी? आदमी क्यों मानेगा? इस समाज में एक को दूसरे के साथ बाँधने के लिए आज क्या रहा? सब अपनी-अपनी ढपली बजा रहे हैं। एक के नष्ट होने पर दूसरा पुष्ट हो रहा है। घर-घर में अलग-अलग देवता हैं, वे उसके स्वार्थ के लोभ के प्रतिरूप हैं। वह जानता है कि अगर वह खुद गिर पड़ा तो और कोई सहारा नहीं, किसी पर भरोसा नहीं। वह चलता रहा तो चलता जाएगा, अतः चारों ओर से खींच-तानकर अपना झोंपड़ा बाँधने में वह व्यस्त है। इन्हीं खण्ड-खण्ड लोगों के आगे आकर खड़ा होगा—योजना का मार्ग, सामूहिक उन्नति। उसमें फाँक जुड़ने की बजाय और चौड़ी हो जाएगी, इसमें कोई सन्देह है? साझे के बाग में आम के ढेर झड़ें तो लोग उन्हें धीरे-धीरे लाकर रखते हैं और अगर सब अपने लिए चुनने बैठें तो फिर आम ही सर-फुटव्वल का कारण बन जाता है। सब आतुर हो जाते हैं, क्या बूढ़ा क्या बच्चा, क्या मल्ल क्या कमजोर। बुड्ढा धक्का खाएगा और बलवान हाथ मार लेगा। यह कौन-सी विचित्र बात है?"

"सब जगह यही बात है। किन्तु इसका उपाय क्या है? क्या किया जाय कि एकता बढ़े? क्या केवल कहने से सब हो जाएगा?"

"तुम्हारा क्या विचार है?"

"इस तरह कहते गये तो एक-न-एक दिन हो भी जाएगा वैसा। यह हो सकता है कि वह दिन दूर है। वह दिन हमारे देखने में न आए।"

मानो विपिन पकड़ में आ गया हो। वह आशावादी और स्वप्नवादी भी है। उलटकर कहा, "ऐसे ही गीला-सूखा जैसे भी हो, काम चलेगा, जो भले होंगे—भले रहेंगे। जो नहीं होंगे वे नहीं। उन्नति हो रही है, होती रहेगी और उसका परिसर फैलता रहेगा धीरे-धीरे।"

रवि ने कहा, "पर तुम अलग अपनी वही संस्था बनाये रखना। जिस संस्था के फलस्वरूप इतने युगों तक हम सब बढ़ते आये हैं, उसे बदलेंगे नहीं। हर क्षेत्र में व्यक्तितन्त्र और धनतन्त्र को अक्षुण्ण बनाये रखते हुए वैषयिक योजना के समय यदि यह कहा जाय कि—विचार समष्टिगत हो तो फटी दीवार पर चूना पोतने की तरह ऐसा हो नहीं सकता।"

"अन्तिम आसरा भगवान् का है, दैवी शक्ति पर ही भरोसा है, जैसे माँ

सरस्वती। वे ही देंगी आदमी को सद्‌बुद्धि, और कोई नहीं।"

विपिन ने और सिगरेट नहीं सुलगायी, रवि ने भी कोई बात नहीं छेड़ी। गुमसुम बैठे दोनों खाली मैदान की ओर देखते रहे। आकाश में था कितना चिकना अन्धकार, कितने तारे, कैसी झिलमिलाहट।

व्यापक जनसमूह की धारणा ही वहाँ पर मूर्तिमान् है, बारम्बार एक ही विचार—एक नहीं अनेक, एक नहीं अनेक। एक कब आता और चला जाता है, पर समूह सदा की तरह झलकता रहता है। उसके सामने 'मैं' और अपना स्वार्थ सिर उठाने में संकोच करता है। रवि सोचने लगा—वह कल नौकरी पर जाने के लिए आया है। सोचते भी बोझ लगता है, कि वह अपने आप को बाँधने आया है, बेचने आया है। उदार देश-प्रेम के कारण नहीं, पेट के लिए।

उसे अपने पिता याद आये। पत्थर के दाँत हैं उनके मुँह में। दृष्टि और भंगिमा की गति से नीति और नियम की नपी-तुली छटा। पहले ही अन्दाज हो जाता है कि किस बात का क्या फल होगा। किस खबर पर क्या प्रतिक्रिया होगी। उसने कल्पना में वहाँ कठोरता और क्षमाहीनता देखी। फिर उसे स्नेह-ममता से भरी पूरी, प्यार-सहानुभूति की मूर्ति अपनी माँ और गाँव की याद आयी। गालियों के डर से चटशाला जाते समय मन जैसे करुण भाव से पिछड़ जाता, आँखों की रुलाई से मन की रुलाई कई गुना बढ़ जाती।

बहुत दूर तक पसर जाने के लिए प्रस्तुत होकर आया है यह जीवन। घेरा काटकर उसे दूर से देखा—उसका जीवन ऐसा क्लिष्ट और संकुचित नहीं होगा, वह अपनी रुचि से काम करेगा, बढ़ेगा, आनन्द प्राप्त करेगा और उसे बाँटेगा।

विपिन बैठा है। अब बातचीत बन्द है, सिगरेट भी नहीं जलायी। उसके कार्य की आलोचना अब रूप बदलकर आयी है गाँव से शहर में, उसे आमने-सामने बिठाकर दो बातें पूछ रही है। उसका नाम है रवि। गहरे मन में चोट लगी है। वह सोचता है कि ये इसी तरह आलोचना करेंगे। बिलकुल समझेंगे ही नहीं कि ऑफिस में कितने घण्टे वह काटता है, कितनी मील वह दौड़ा है, लोगों को कितने प्रकार से समझाया है, कितने कागज रगड़े हैं, कितनी चिट्ठियाँ आयीं और गयी हैं।

बस, फल क्या हुआ, यही नाप-तौलकर देखेंगे—निर्दय जनता केवल फल देखती है, कारण नहीं। पर जनता की धारणा गलत हो—उसका मन यह नहीं मानता। उलटा सोचता है—जनता ठीक कहती है।

विपिन ने स्वयं अपने अयुक्त मित्र के साथ तुलना कर देखा। मन-ही-मन जैसे कहीं टूट गया।...कोई जंजाल नहीं, नौकरी की नहीं, शादी रचायी नहीं, जो दो बन्धन हाथी को भी काबू में कर लेते हैं वे उसके पास नहीं। कितना मजे का होगा उसका जीवन।

और खुद, विपिन! इसी में कितना उलझा-पुलझा है। घर पर दो बच्चे। स्त्री।

अब नौकरी मामूली जरूरत ही नहीं, उसका आधार है। समाज में संस्थिति के लिए एकमात्र आधार। योजना चाहे कच्ची हो चाहे पक्की, उसका काम है आँख मूँद आज्ञा मानकर सुख-शान्ति से नौकरी करना। वह इसकी आलोचना नहीं कर सकता। अँधेरे में अपना बायाँ होठ चबाते हुए उसने अपने आपको सान्त्वना दी—"घर में दो मुट्ठी न अन्न होता, न जमीन या जीविका, फिर मेरी तरह बहन के ब्याह का कर्ज भी उतारना होता, स्त्री का पेट भरना, बच्चों का दूध लाना—इनकी चिन्ता भी होती, सुबह, आँख खुलते ही तो पता चल जाता कि विचारों की धारा कौन-सी राह पकड़ती है..."

और फिर उसने इतना-भर कहा, "आओ, रवि, सोया जाय।"

रवि बोला, "तुम्हारी योजना की बातें सोच रहा था।"

जम्हाई लेकर विपिन ने कहा, "मैं घर की बाबत सोच रहा था। देखो, मैं यहाँ, वे सब वहाँ, माँ और बापू के लिए ही सबको तो गाँव में रहना पड़ता है, चिट्ठी आयी थी कि छुटके को हरे-पतले दस्त लगे हैं।"

रवि कहने लगा, "हाँ, चिन्ता होती ही है। छुट्टी लेकर घर क्यों नहीं जाते?"

"छोड़ो।" गहरी साँस फेंकते हुए विपिन बोला।

"पहले तुम घर की बात समझो विपिन! बच्चा बीमार है, यहाँ तुम्हारा मन कैसे मानेगा? तुम कल ही छुट्टी लेकर घर जाओ।"

"कल कोई आनेवाले हैं। परिदर्शकों का आजकल कुछ अधिक जोर है।"

अरखितिया खाट के पास फोल्डिंग खाट पर बिस्तर लगा चुका था। घर की रोशनी कम की गयी, किवाड़ भिड़काये गये। बिस्तर लगे। अन्धकार। विपिन ने कहा, "ब्याह करने को तुम्हारा मन नहीं करता? क्यों रवि, कहीं कोई बात पक्की हुई?"

रवि ने कहा, "धत्, फिर विवाह! आ बैल मुझे मार! और क्या?"

"बैल तो मारेगा ही। और तनिक प्रतीक्षा करो।"

"ठीक है, तब देखेंगे; सो जाओ।"

"नहीं केवल सोने से ही नहीं होगा। ध्यान करो। मन को भाए ऐसा एक बैल। इच्छानुसार मन-ही-मन पुकारो। वह दिखाई देगा। समझे चन्द्रभानु, नींद नष्ट न करो।"

रवि ने मुँह मोड़ लिया। किन्तु प्रस्ताव उसने ग्रहण कर लिया था। वह सपने में किसे देखेगा? अनजाने ही नींद घिरी आ रही थी।

ये बन्दर भी बिलकुल आदमी की तरह हैं।

नदी किनारे के उस पार कछार को देखते हुए इस पुरानी बात को ही घुमा-फिराकर छवि सोच रही है।

कछार में रघुनाथ जोगी का कुलथी का खेत है। नाथ गया होगा केन्देरा[1] बजाकर भीख माँगने, चरते हुए गाय-भैंसों के मुँह से जो बचा होगा, बन्दरों का झुण्ड बैठकर उसका सफाया करने में लगा है। रघुनाथ जोगी को भीख पाने की आशा है, कुलथी की उम्मीद कतई नहीं।

लगता है, जैसे आदमियों का दल पिल पड़ा। उखाड़कर दाने छुड़ाते और खाते जाते हैं। कई बार इधर-उधर झाँक लेते हैं, पर मुँह बराबर चल रहा है। छोटी-छोटी मुट्ठियों में भरते हैं और मुँह में डालते जाते हैं।

किनारे-किनारे होते हुए पाँच-सात अहीर गुजरे। तड़के ही गये थे। शहर की ओर। लौट रहे हैं इस वेला। बहँगी में खाली मटकियाँ झूल रही हैं।

सर-सर वे लोग चले गये किनारे-किनारे। बन्दरों को घुड़का तक नहीं किसी ने।

छवि देखती रही। बन्दरों का भोज चल रहा है। लोट-पोट, भागमभाग, दौड़ा-दौड़ी। चटोरा मुँह। बन्दर के बच्चे भी, मन करता है तो, कुलथी का पौधा उखाड़कर फेंक देते हैं। दो सखियाँ कन्धे पर हाथ रख ऊँचाई से लुढ़क गयीं। पता नहीं क्या बात चल रही है। दो बुढ़ियाँ किनारे पर बैठ गयीं। एक-दूसरे के सिर में हाथ डालकर जुएँ मार रही हैं। दो छोकरियों का झगड़ा देख दाँत किटकिटाती आ रही है एक अधेड़। कितने सुन्दर सफेद चमकते हुए दाँत हैं उसके।

इन सबको तो कहीं उसने देखा है।

छवि देखती रही, मानो कुछ खोज रही है, कुछ हो तो नहीं रहा। बन्दरों के झुण्ड से दृष्टि फिसलकर उस कछार पर गयी। महादेव का साँड़ डकार रहा है। आगे गायों का झुण्ड गुजर गया, धूल उड़ाता। खंजन साँड़ की पीठ पर बैठा चोंच मार रहा है, कुरेद रहा है। महादेव का साँड़ सिर हिलाता है और बार-बार गरदन मरोड़ता सींग झुकाये भाग रहा है। पर होगा क्या। हार गया, बूढ़ा साँड़ ठहरा। इस बार शायद उसी छोटे साँड़ से मुठभेड़ होगी। कितनी बार पूँछ उठाकर भागा है, और उसी के पास से लहू-लुहान हो लँगड़ाता-लँगड़ाता लौटा है।

छोटे साँड़ की कितनी मोटी गरदन है। हिलते ही मांस लहरा जाता है। फुँफकारते हुए काले स्याह नथुने और निडर आँखें। आँखों में कितनी उद्दण्डता दिखाई पड़ती है।

बाड़ी में खसखसाहट सुनाई पड़ी। अण्डी के बाड़े की फाँक से झाँककर छवि ने देखा। कहीं कुछ भी तो नहीं है उधर। सिर के ऊपर से धड़ाम से कुछ गया। छवि चौंक पड़ी। नारियल से तोड़ा गया डाभ था। बाड़ी में धूम-धड़ाम होने लगी। टट्टर सरकाकर वह अन्दर गयी। छवि देखती है कि उसकी बाड़ी में भी बन्दरों का

---

1. केन्देरा—सारंगी की तरह का एक वाद्ययन्त्र।

दल घुस आया है। टिमटिमाती आँखों से उसे घूर रही है बूढ़ी बन्दरिया। बैंगन में मुँह मारे चबा रही है। पूँछ पसारे बैठे हुए सब बन्दर यही काम कर रहे हैं। पौधों को खींचकर, तोड़कर, बच्चे से बूढ़े तक सभी ध्वंसलीला में लगे हुए हैं। आव देखा न ताव, छवि 'खा गये खा गये' चिल्लाती पत्थर फेंकने लगी। एक के बाद एक। उन्होंने भी कोई परवाह नहीं की। थोड़ा सिर झुकाकर वार बचा लेते, और पत्थर साँय-साँय करता निकल जाता। अब तो और भी गुस्से में भरकर छवि ने बड़ा-सा ढेला उठाया और कसकर फेंका, पत्थर धम से जा टकराया एक बन्दर से, और साथ ही सुनाई दी एक व्याकुल कें-कें। बन्दरिया की किचिर-मिचिर मची, मानो जोरों से गाली-गलौज कर रही हो। बच्चा उसकी पीठ पीछे आश्रय पा गया है। अबकी बार छवि ने देखा, सामने कई सफेद चमचमाते दाँतों की पंक्तियाँ उसकी ओर किटकिटा रही हैं। उधर बैंगन की क्यारी चरमरा उठी है। 'हूम' के साथ धड़ाम से गिरा। और 'खों-खों' करता आ गया एक कटखना बन्दर।

छवि घूम पड़ी और एक ही साँस में जी-जान लेकर भाग पड़ी। पीछे-पीछे वीर हनुमान। मन में बस एक ही चेतना थी—आया...आया...पकड़ा...पकड़ा...खाया...ये लहू-लूहान...नोच-खसोट...हू-हू...खों...खों! ऊँचे घास, कँटीले पौधों—बेल—ऊँची-नीची टेढ़ी-मेढ़ी जमीन पार कर दौड़ रही है छवि। क्या कुछ चीख रही है—होश ही नहीं। आगे गड्ढे में पछाड़ खाकर गिर पड़ी। चिल्लाती रही—"ई लो ई लो ई लो..."

मुखिया बन्दर का क्रोध कम नहीं हुआ था, लपकता-सा आ रहा है, काले-काले चेहरे पर सफेद दन्तावली। वह किटकिटा रहा है। "ई लो-ई लो-ई लो—" और छवि की आँखों के सामने अँधेरा छा गया। उसने आँखें मूँद लीं।

इसी बीच 'मारो-मारो-मारो' की आवाज गूँज गयी कानों में, और उसके साथ-साथ ढेलों की बौछार। पीछे से बिजली की तरह कोई दौड़ा आ रहा है। अचानक मुटल्ला बन्दर पास के पेड़ पर चढ़ गया, फिर ऊँचे नारियल के झुरमुटे में ओझल हो गया। छवि ने करवट लेकर गरदन घुमायी, वहाँ कोई बन्दर न था। मनुष्य था।

उसके चेहरे पर सहानुभूति झलक रही थी।

छवि के चेहरे और आँखों में मानो सचमुच फूल खिल आये हों। कितना कुछ कहना चाहती हैं वे मौन आँखें। पर केवल इतना ही नहीं। सारी देह में फैल गयी है एक सरसराती सिहरनभरी पुलक, फिर देह में तपिश-सी भर उठती है, हलका-सा कम्पन-जैसा महसूस हो रहा है। छवि उस नये व्यक्ति की खोजती-पूछती-सी निगाहों में अपनी नजर डालकर अपने आपको भूल-सी गयी।

जान न पहचान। समय जैसे जमकर अधर में लटक गया था।

छाया ढल चुकी थी। ऊँचा-नीचा सब्ज झुरमुटा।

यहाँ-वहाँ अकेला-दुकेला झाड़ और उसकी भाँति-भाँति की छायाएँ, लम्बी,

पसरी हुई। पेड़ के तने से कुंजलता घनी होकर लिपटी, उसमें अकेले-दुकेले लाल फूल। झुरमुटों के साये में कोइलिखिया झाड़ियों के नीले फूल! उधर बाड़ पर लदी सेम के ऊपर से झाँक रहे हैं, गुच्छे के गुच्छे लम्बे अरहर के पौधे। फूलों से लदे। घर की छान के सिरे पर घीया और कद्दू जिनमें फूल आये हुए हैं, कुछ फल भी झूल रहे हैं।

सामने वह अकेला व्यक्ति।

पिछवाड़े छाजन की ऊँचाई में नदी का लम्बा किनारा--ऊपर अपरिमित आकाश। पीठ पीछे अमराई, उससे हटकर जंगल, बाँस के झुरमुटों से साँय-साँय की आवाज सुनाई दे रही है, सतभैया मैना की धीमी बातों के बीच खंजन के जोड़े की आवाजें आ रही हैं। समय का एक मामूली टुकड़ा, पाँच-सात बार भी पलकें झपकी होंगी या नहीं। छवि को मन-ही-मन लग रही थी--एक निश्चिन्त निर्भरशीलता के भीतर एक तृप्ति। बीजोंभरी घास की महक, कहीं-कहीं तेल की तरह झिलमिलाहट तो कहीं छाया से घिरे रूप की चमक। सभी जगह उसी तृप्ति का रूप फैला था।

वह क्षण बीत गया। छवि अचानक अपनी स्थिति के प्रति सचेत हो गयी। लहँगा पहने है, जिसमें खोंच पड़ गये हैं, पैर मुड़ने के कारण वह झुरमुट में लुढ़क गयी है। किसी ठूँठ से टकराकर टखने में खरोंच आ गयी है, खून अब भी रिस रहा है। कौन है यह अनचीन्हा युवक, सफेद धोती-कमीज पहने झुका हुआ है उसके पैर के ऊपर?

बिजली की लहर जैसे फैल रही है। कान-गाल लाल पड़ते जा रहे हैं, आँखें भी मुँद गयी हैं। वह शायद कुछ पूछ रहा है, सब गड्मड्। कुछ भी तो दिमाग में नहीं आता। अपनी धोती की चुन्नट को दाँतों से पकड़ा और फट से चीर डाला, धीरे से पैर को टेककर रखा और फिर पट्टी बाँध दी हलके से। छवि जी-जान से अपनी थरथराहट को वश में करने के लिए साँस रोके निढाल पड़ी रही, मन-ही-मन कह रही है, वह मर चुकी है, तलुवों की ओर से मर चुकी है।

"दर्द बहुत हो रहा है क्या?"

स्वर में वही संवेदना। छवि कोई उत्तर नहीं दे पायी। सिर नीचा किये लँगड़ाती-लँगड़ाती घर की ओर चल दी।

वह अनजान युवक भी अपनी राह पकड़ने के लिए किनारे की ओर मुड़ गया। पर जल्दी-जल्दी नहीं, कुछ सोच-विचार में खोया-खोया-सा चल रहा है।

पीछे से सुनाई पड़ा, "वो कौन गया रे छवि?"

"छवि" नाम तो सुन्दर है। गाँव की माटी का ताजा फूल! भय से चेहरा कुछ मुरझा गया था, अब चमकने लगा हो। उमर यही कोई सोलह या अठारह। डील-डौल उभरा हुआ, काम-धाम स्वयं करती होगी। केवल खाकर सो पड़नेवाली नहीं लगती।

उसने होश सँभाला तब से कभी ऐसा नहीं घटा, मन को किसी महक ने थोड़ा छू लिया है।

वह अपरिचित किनारे की ढलान में उतरा। मुड़कर नारियल के पेड़ की ओर देखा। जाने से पहले उस मोटे बन्दर को फिर एक बार देखने को मन हो रहा है। वो-वो वहाँ है, उस फुनगी के नीचे। पेड़ को कसकर पकड़े हुए उधर ही किचकिचाकर देख रहा है। हँसी आ गयी। इधर से जाते समय याद रहेगा।

छोड़ो, अब और क्यों? सामने घने नीले आकाश की ओर दृष्टि फेरी और कदम आगे बढ़ाया। फिर भी चाल धीमी, मानो कहीं कुछ उलझ गया है, मन में कहीं कोई अनजाना दर्द।

सोचने की फुरसत नहीं। आगे चलना है, आगे। परन्तु सामनेवाले पिछवाड़े में बाड़ी की ओर से आकर किसी प्रौढ़ा ने कहा, "अरे ओ, सुनो, जाना नहीं।"

गम्भीर, शान्त स्वर। वह चौंका। लगा कि छाती में कुछ जैसे दबा जा रहा है। मानो उससे कुछ अनुचित हो गया हो, जो उसे नहीं करना था। खैर!

"बाबू, कौन हो? घर कहाँ है?"

"मुझे रवि कहते हैं।"

घूँघट खिंच आया। सिर गोल दिखाई पड़ रहा है। नाक पर दण्डि[1] और गोल चेहरे का कुछ भाग दिखाई पड़ रहा था। उतनी गोरी नहीं। मोटी साड़ी से सारी देह ढँकी है। कहने लगी, "आज तुम न आते तो यह सत्यानाशी कटखना बन्दर मेरी बेटी की क्या दशा कर देता! बेटे! किसके लड़के हो? तुम्हारा गाँव?

"मेरा घर बन्धमूल है। मैं बट महान्ती का बेटा हूँ, काम से शहर गया था, घर लौट रहा हूँ। रास्ते में ऐसी घटना देखी, अपने को रोक न पाया। देखा कि न जाऊँ तो यह काट खाएगा। बन्दर के काटने पर घाव विषैला भी हो जाया करता है।"

"बहुत अच्छा किया! भला हो। भगवान् चिरंजीवी करे तुझे बेटे! हैं, तुम बट महान्ती के बेटे हो और हमसे ही...अरे उनसे तो हमारा पुराना नाता है। अब वह जमाना थोड़े ही रह गया। कौन किसे जानता-पहचानता है आजकल? तुम तो लड़के हो, कैसे किसी को चीन्होगे? आओ, घर में तो आओ, बेटे! नहीं मत करना, आओ, आओ। पिता बिगड़ें तो कह देना, पाटेली गाँववाले चौधरी के घर अटक गया। है, ठीक है तो? आओ बेटे, आओ!"

रवि उसके पीछे-पीछे हो लिया। कहा, "देर न हो जाय इसीलिए कह रहा था कि..."

"हाँऽऽ, रास्ता तीन कोस भी शायद ही हो। इस जुग में सब दूर लगने लगा।

---

1. दण्डि—नाक में पहनने का आभूषण।

अरे, तुम क्या जानोगे कि बन्धु-कुटुम्बियों के दरवाजे आकर इस तरह नहीं लौटा करते। करते क्या हो? पढ़ते हो?"

"पढ़ाई पूरी हो गयी?"

"नौकरी-चाकरी?"

"नौकरी नहीं करनी है।"

"करोगे ही क्यों, घर में क्या कमी है? दूसरों के दरवाजे सिर बेचते-फिरने की क्या जरूरत? इधर से आना, कोई काँटा न चुभे। देख क्या रहे हो, बेटे, सब तो टूटा-फूटा है। जरा सँभलकर आना। सिर न टकराए। लक्कड़ को जितना उधर धकेलती हूँ, उतना ही यह आगजला इधर रास्ते की ओर सरक आता है। क्या देख रहे हो? नेवला? अरे, ये तो यहाँ रेवड़ के रेवड़ हैं, वो देखो हमारा घर। आगे इसे कहते थे—चौधरियों की हवेली! अब इसे क्या कहोगे?"

पीछे से खिलखिलाहट। झुरमुट के उस ओर तीन नारी मूर्तियाँ खड़ी हो गयी थीं। तीनों लाल साड़ी, नीली साड़ी और बैजनी साड़ी पहने हैं।

नाक और मुँह में कपड़ा ठूँस लिया है।

"अरी आ जीजी, जल्दी चल काम निपटा दे, देख उधर छवि की माँ किसे बाँधे लिये जा रही है। अरी, देख तो सही, यह तो अपूरब है, कलजुग की बात। देख, आ, दौड़कर आ..."

चौधरी की फूटी हवेली के अन्दर जाते समय रवि का सिर छाजन के किसी कुन्दे से नहीं टकराया, किन्तु आखिरी बातें चुभ-सी गयी थीं। सिर में कुनमुना रही थीं, धीरे से जम रही थीं। पसीने की गरम-गरम बूँदें बहने लगीं।

अन्दर पैर रखकर रवि ने चारों ओर दृष्टि घुमायी। कितना बड़ा मकान। पर सब खाली, कुल कितने कमरे! उस फाँक में से साफ दिखाई पड़ रहा है—चकवड़ और घास के घेरे में रंग-बिरंगे छींट की तरह के फूलों का जंगल उगकर जगह-जगह ऊँचा-नीचा हो गया है। चारों ओर ऊँची दीवार खिंची थी, साफ-साफ पता चलता है कि झुरमुटों में वह ऊँची-नीची होती हुई टीलों तथा गड्ढों के रूप में झंखाड़ के नीचे सोयी है। जगह-जगह घनी घास, तराट, मधुमालती, कनेर इत्यादि के पेड़, भरे हुए हैं। टूटने-फूटने के बाद भी दीवार के टुकड़े जगह-जगह अब भी दिखाई पड़ रहे हैं। कंकड़ और ठिकरियों की मिट्टी मिला बेल के गोंद में पगाकर बैल के पैरों तले रौंदी गयी ओड़िया रीति से किसी जमाने में यह दीवार तैयार की गयी होगी। ऐसी दीवार जो सैकड़ों वर्ष बिता सके। पर समय तो सौ वर्ष से भी बड़ा है, दो सौ से भी।

लम्बे-लम्बे पेड़, अन्दर भी और बाहर भी। नीचे झाड़-झंखाड़। टूटे-फूटे कमरों

के खँडहरों का ढूह, इधर-उधर कहीं ऊँचा-नीचा आँगन। धराशायी खूँटे और धँस गयी सीढ़ियों के पत्थर। इन्हीं में कुछ कोठरियाँ। मनुष्यों की भीड़-भाड़ जरा भी नहीं। केवल खोये हुए समय की जरा-सी झलक सब्ज घेरे के बीच किसी तरह रह गयी है। अन्दर जाने पर सब कुछ प्रकट हो जाता है।

रास्ते में एक जगह दीमक खायी चौखट मिट्टी में दबकर टेढ़ी हो गयी है। काठ के टुकड़े को देखने पर अब भी उस पर की गयी सूक्ष्म कारीगरी पढ़ी जा सकती है। पत्थर और मिट्टी की ढेर में एक जगह बड़ी गोल काठ की जाली है। काले चमचमाते काठ के टुकड़े पर बारीक काम। रवि ने पास जाकर देखा। काठ की जाली में एक बड़ा-सा कमल बनाया गया है, पंखुड़ियों की फाँक में और कई छवियाँ—लता, चिड़ियाँ, फूल-पत्तियाँ। और कहीं ऊपर उठा दिख रहा है काठ की जाली का पहिया, उस पर घनी बेल पसरी है। काँसनी फूल खिला है। ऐसा कि किसी प्रदर्शनी में स्थान पा जाय।

रवि को उधर उलझा देख छवि की माँ ने आवाज दी, "ये सब उस जमाने के जाली-झरोखे हैं, तुम्हारे यहाँ भी होंगे? ऐसे कितने ही छितराये पड़े हैं, कौन सहेजकर रखे?"

उसने आगे कहा, "मुझे पता है, दस घर थे। इससे पहले और भी कितने होंगे। अब कहाँ? धूल-माटी के घर। काठ की सीढ़ी, काठ की बल्ली, जहाँ भी देखोगे काठ का कोई रूप आँका हुआ है। वैसा ही झरोखे में, किवाड़ों पर भी..."

"कहीं दशावतार आँके गये हैं। एकदम साक्षात्। सजीव। किसी पर राम-रावण युद्ध, कहीं महाभारत का युद्ध। इतनी सुन्दर कारीगरी थी उनके हाथों में! दीपदान देखो, कितनी सुन्दर औरत है, और उसके सिर पर दीपक; हलदी की काठदानी पर भी कैसा रूप आँका है! कितना कुछ गल-सड़कर खाद हो गया, अब इन सबको देखकर क्या होगा? आदमी तो तितर-बितर हो गये, घरों को कौन पूछता है!"

उनके कहने की भंगिमा में थी, उदास आन्तरिकता। रवि का मन हिल उठा। घर-द्वार। घनी झाड़ियाँ। जगह-जगह घास-फूस उग आया है छाती तक ऊँचा। चलते-चलते वह सुन रहा है, मच्छर भी भन्न-भन्न करने लगे हैं।

सब कुछ कैसा अस्वाभाविक-सा लग रहा है। यह समय, यह स्त्री—कैसी अनुभूति है इस जीवन में जहाँ इतनी क्लान्ति, इतनी उदासीनता साधारण बातचीत में भी टपक रही है।

देखे बिना भी वह अनुमान कर पा रहा है कि दो कदम आगे जाकर वह क्या देखेगा। हो सकता है—एक कतार में छोटे-छोटे कमरे, छप्पर पर कुम्हड़े और लौकी, दरवाजे के पास पुराना सहिजन का पेड़, सामने की छपरी पर सूखती हुई अधमरी पोई की बेल, सन्तरा और केले का कुंज। उसके बीच टूटी मुँडेरवाला कुआँ, कुछ हटकर आधी भरी पोखरी, बाँस के झुरमुटे और केवड़े के पौधों का झाड़। अमराई

में बूढ़े आम के पेड़, जिनमें कभी फल लगते नहीं, और लगते हैं किसी साल तो बस छोटे-छोटे टिकोरे। बूढ़े नारियल के पेड़ भी अनेक हैं, जहाँ चील, अबाबील और बन्दरों के रहने की जगह भर है। कभी नारियल फलते हैं तो भूत खा जाते हैं। लगता है, देश-भर में खानदानी घरों की हालत ऐसी ही होगी, जिनका नाम-भर रह गया, और कुछ बचा नहीं। मन्दिर होंगे तो वहाँ मिलेंगे कबूतरों के झुण्ड, चमगादड़, गोलमुँहे उल्लू...। इन खँडहरों के ये ही निवासी हैं। उनकी बीट की तीव्र गन्ध ही पुराने आभिजात्य की देह की गन्ध है। इस कोने में पुराने जीव-जन्तु होंगे! मोटा नाग, गोखर, धामन, बूढ़ा गोह। और यहाँ कोई अलिखित किंवदन्ती होगी, कि कहीं सोना गड़ा हुआ है और यक्ष उसकी रखवाली करता है। अँधेरी रात में उजाला करता वह घूमता है, कोई भूतनी चीखकर रोती सुनाई पड़ती है कई बार। लोगों का कहना है कि वह कोई भटकती आत्मा है जो मोक्ष नहीं पा सकी। ऐसे ही कितने भूत-प्रेतों की बातें बिखरी होंगी। सब कुछ तो अनुमान किया जा सकता है। अँधेरी रात में जुगनू बैठकर सफेद तराट फूल की तरह झिलमिलाते हैं, या निःशब्द चाँदनी रात में टूटी दीवार के उस ओर पुराने आम पर उल्लू चीखता-पुकारता होगा—किसी सोये अतीत को जगाने के लिए। उसकी कल्पना में यह सारी चौधरी की हवेली तैर रही थी। झालरदार कामझाम। मगरमुँही पालकी, उस पर बनौती कपड़ा, मखमली तकिया, पलंग, मोरपंख का पंखा, पॉलिशदार चाँदी का दर्पण। कहाँ थे ये सब; अब किधर गये? झुण्ड के झुण्ड दास-दासियाँ, नौकर-चाकर, फरमाबरदार-ताबेदारी का समूह, कहाँ गये वे सब? इस रंगीन फूल के रंगवाली रेशमी साड़ियाँ, रंग-बिरंगी, सोने की जरी और रुपहली जरी की कामदार साड़ियाँ—कहाँ छुप गयीं वे रेशमी चीजें?

भरे-पूरे घर-भण्डार, धान के कोठे, सैकड़ों गाय-बैल, बीसियों काम करनेवाले, कितने ही हाजिरी बजानेवाले, बेशुमार चहचहाती चिड़ियाँ, कबूतर—जो समृद्धि की गन्ध पाकर जान लेते हैं। फिर चूहे-बिल्ली। जिधर देखो, कुलबुलाकर व्यस्तता चंचलता दिखा रहे हैं। बारह भाइयों का कुटुम्ब एक साथ। उसी में कोई माथे पर लम्बा तिलक, देह पर रामनामी डाले; सारे शरीर पर छापा-तिलक-लगाये, पलथी मार व्यासासन पर बैठे। कोई वृद्ध ताड़पत्र के ऊपर मग्न मन से लेखनी की नोक चला रहे हैं, जिनके बारे में कहा गया है—'भग्नपृष्ठकटिग्रीवा तुल्यदृष्टिः अधोमुखः। दुःखेन लिखितं ग्रन्थं पुत्रवत् परिपालयेत्'।

किसी ने कुछ लिखा था? कब? लगता है, कुछ लिखा होगा। माटी पर कदम धरते समय सब याद आता जा रहा है। ऐसा ही तो है सब जगह, सब घरों में। यह सारा उड़ीसा ही तो ऐसा है, और यह तो उस जमाने की हवेली है।

कितना कुछ वे लिख गये। कितनों ने पढ़ा, कितनों ने भोग-विलास किया। जिसने जो किया सो तो किया, फिर जाते समय ऐसा कर गये कि इस हवेली से घास-चकवड़ उखाड़नेवाला भी कोई न रहा!

फिर भी कोई बात नहीं। घास का भी तो अन्त है, कण्टकारी, चकवड़, चौंलाई, रंगन, चाब, शिखालु आदि की दीवार लाँघकर छवि की माँ ने रवि को जहाँ ले जाकर खड़ा किया, वहाँ आँगन में घास का तिनका भी न था। गोबर से लिपापुता साफ-सुथरा घर। बीच में पत्थर पर एक जगह सुन्दर शिल्पकला से पूर्ण तीन हाथ ऊँचा मन्दिर, लाल-काले पत्थर से बना। वहीं पास ही घना वृन्दावती का पौधा था।

उसके पीछे तीन बखरी की लम्बी कतार। आड़ी तरफ दो छप्पर, रसोई और ढेंकीशाला। नदी के किनारे की ओर पीठ किये मिट्टी पर छप्पर के तीन घर बने हैं। सुन्दर पत्थरों का चबूतरा, पत्थरों की ही सीढ़ियाँ, उन पत्थरों में भी जगह-जगह कारीगरी, मानो कलापूर्ण किसी खँडहर या मन्दिर के पत्थरों को लाकर यहाँ सजा दिया गया है। चबूतरे के नीचे दो-चार मिर्चों की पौध लगा दी गयी है, सूरजमुखी के मोटे-मोटे फूल ऊपर की ओर मुँह उठाये हैं। पूरब की ओर एक छोटा-सा केलों का कुंज जिसमें पाँच-सात पौध होंगे, एक-दो में केले झूल भी रहे हैं। पश्चिम की ओर दो ऊँचे सहिजन। मोटा तना। चारों ओर टहनियाँ पसारे हैं। मानो कोई छाता उलट गया हो। उसके उस ओर दूसरे घर की छप्पर है।

रवि को लगा, इस घर के दरवाजे से कोई अन्दर तेजी से चला गया। पैर पर सफेद कपड़े की पट्टी बँधी है। कपड़े की पट्टी नहीं, मानो दस्तखत हैं ये तो। चकित-चकित-सी दो चंचल आँखें। वे आँखें हँस भी रही थीं या नहीं? रवि के मन में एक नयी समस्या थी। तुरई फूल के रंगवाले वे हाथ-पैर बिजली की तरह चमककर, लहराकर क्षण-भर में अँधेरे में कहीं छुप गये। उसके साथ अँजुरी-भर हँसी भी बिखरी थी या नहीं?

सहिजन के नीचे जाकर छवि की माँ उधर के झुरमुट की ओर लक्ष्य कर ऊँची आवाज में बोली, "गुरु की माँ, अरी ओ...!" और उसके साथ घास के झुण्ड के उस ओर से आवाज आयी, "हाँ—जी!" एक नंगा लड़का, होगा कोई आठ-नौ साल का, दौड़ता आया। साथ में एक कुत्ता भी है। अपरिचित को देखकर 'भालू' भौंकता हुआ दो-चार कदम पीछे हट गया, भूँकने के बाद गरदन आगे कर नथुने फड़काता हुआ रवि के चारों ओर घूम गया। कभी एक कदम आगे तो कभी दो कदम पीछे हटता हुआ वह गुर्राने लगा, मानो उसका सारा अभियोग निराशा में करुण होकर फूट रहा है। या यही उसका चरम आर्तनाद है, फिर उसका नश्वर मरणशील पिण्ड उसकी इस प्रिय धरती पर टें कर देगा। नंगा बच्चा उसका सिर सहलाते हुए, पीठ पर सवार हो गया। भालू कुछ हटकर बैठ गया और बीच-बीच में अपना अभियोग दुहराने लगा, मानो कोई कितना ही समझाये पर उसका मन मानता ही नहीं कि कोई बाहरी आदमी चौधरी की हवेली में कुंज की तरफ से घुस आये। वह भी उसके जीते जी।

"हमारे जेठ का पोता है।" छवि की माँ ने बताया, "जिद्दी इतना है यह छोकरा

कि कितना ही पहनाओ, तन पर एक भी कपड़ा नहीं रहने देगा। इधर जाकर चटशाला में बैठने लगा है।...जा, पैण्ट पहन आ। जा...आ..."

"ऊँ—ऊँ—कहाँ है मेरा कपड़ा?"

"है तो, अरे जा पहन आ!"

"हाँ, बच्चा ही तो है, कपड़े नहीं पहने तो न सही, क्या हुआ?" रवि ने कहा।

"हूँ! पगला!" छवि की माँ ने बताया, "चार के मरने के बाद यह एक बचा! बस यमराज की जूठन समझो!"

तभी आ पहुँची कोई जीर्ण-शीर्ण स्त्री। गुरु कुत्ते को छोड़कर छलाँग मारकर कहने लगा, "माँ, माँ ये देख!"

नाक के नीचे तक पल्लू से ढँककर महिला ने पूछा, "कौन?"

"अरे, गुरु की माँ, आ तो सही, किससे लजा रही हो? ये तो बन्धमूल वाले बट महान्ती के लड़के हैं, हमारे पुराने बन्धु-कुटुम्बियों में हैं।"

"अजीब बात है!" धीमी आवाज में कहती हुई खड़ी रह गयी गुरु की माँ—"अरे काकी, अजब है, ये कहाँ से मिल गये तुम्हें? फिर ये तो हमारे हँसी-मजाक के नातेवाले लोग हैं। तुमने कुछ हँसी-मजाक किया या नहीं?"

चेहरा घूँघट में कहीं छुप गया है। चमड़ी को ढँके एक मैली-सी साड़ी बाँस पर खोल की तरह झूल रही है। नंगा गुरु उस महिला के पैर पर झुक गया। चीं-चीं सुनाई पड़ी। मिट्टी कुरेदती हुई गुरु की माँ कहने लगी, "न कोई दिन है, न समय, एकाएक ये मेहमान कहाँ से टपक पड़े? या कोई सपना देखा है? पैर धोने के लिए पानी का लोटा तो दो इन्हें। बैठने के लिए आसन भी नहीं दिया! क्या पहुनाई करोगी?"

छवि की माँ ने कहा, "छिः, अरे लड़के से भी ठट्टा करती हो?"

गुरु की माँ ने तपाक से कहा—"लड़का! ब्याह होता तो सात बच्चों के बाप हो जाते। क्यों पाहुन जी?"

बरामदे में चटाई आ गयी। रवि बैठ गया उस पर। गुरु की माँ ने आवाज दी, "अरे छवि, पान की डलिया तो बढ़ा देना।" घर से निकले बिना, पलक झपकते ही गोरा-सा हाथ सामने कर छवि ने डलिया पकड़ा दी और फिर वह अपने हाथ के साथ अन्धकार में मिल गयी। छवि की माँ ने सरौता लेकर खटर-खटर करना शुरू किया। जुबान चलने लगी, "चौधरी तो गये हैं चटशाला, आते ही होंगे। धूप हो या बरखा या शीत, चटशाला लगेगी ही लगेगी। बच्चे तो चींटियों की धार की तरह लगे होंगे। चटशाला के गुरु का काम, जिनका है वह उन्हीं को शोभा देता है। वे तो कहते हैं—यह बहुत बड़ा काम है, पूर्व जनम का पुण्य फल होने से ही आदमी विद्या दान कर सकता है। उनके तो बहुत पुण्य फल हैं न! तभी जमींदारी गयी। घर टूटा। पहले बड़ी नौकरी की थी बिदेस में रजवाड़े में, वह भी गयी। बस अन्त में खाली रह गया यह नाम, और एक चटशाला।"

"और दो चीजें, छोड़ गयी काकी!" गुरु की माँ ने मजाक किया। बोली, "एक तो उनका चरखा, और दूसरा एकमात्र कन्यारत्न।"

घर के अन्दर धप् से कोई गया। गुरु की माँ ने आवाज दी, "अरी, देखना काकी, उस घर में बिल्ली गयी क्या?"

छवि की माँ ने कह दिया, "जाकर तू ही देख आ ना!"

रवि का ध्यान अपनी परिस्थिति की ओर चला गया। न कभी भेंट, न देखा-देखी, पर कोई उससे मनमानी ठट्ठा किये जा रहा है। और दूसरे की स्थिर सहानुभूति मिल रही है; पर दोनों में ही सहज आन्तरिकता।

छवि की माँ समझा रही है, "सरदेईपुर तो जानते हो? वहीं गुरु की माँ की पीहर है। चेम उसके चचेरे भाई हैं। सेटलमेण्ट में अमीन का काम करते हैं। तुम तो जानते होगे।"

रवि ने स्मृति पर जोर डाला, चेम, सेटलमेण्ट में अमीन, वहाँ कहीं भी तो यह बात लिखी नहीं मिली!

आदमी के सम्पर्क की कहानी अटूट है। यह सोच वह कुछ याद भी करने लगा।

छवि की माँ ने बताया—"दो पीढ़ी छूट गये तो क्या हुआ? एक ही खून तो है। फिर एक ही परिवार। चेम उसे इतना मानते हैं कि कोई देखे तो लगेगा जैसे सगी माँ-जायी बहन हो। अब न बूढ़े हो गये..."

"ऐं बूढ़े क्या, कोई बैंगन या भिण्डी हैं मेरे भैया?...कहती है...बूढ़े?" गुरु की माँ ने टोक दिया।

"अरे तुम्हारे भाई को लेकर कोई भाग नहीं रहा, ऐसी क्यों हुई जा रही हो! हाँ, तो चेम की ससुराल चन्दूरी गाँव है, वहाँ तुम्हारी माँ की बुआ का गाँव है, तुम्हारी माँ के फूफा और चेम के ससुर चचेरे भाई हैं। एक ही परिवार है। तभी गुरु की माँ तुम्हें अपने भाई का साला मान रही है। और बात यहीं पूरी नहीं होती। तुम्हारे बाप की मौसी का घर मेरे बाप के परिवार में ही है। मैं तब छोटी थी, तुम्हारे बापू हमारे घर आया-जाया करते थे। मैंने खुद देखा है। बन्धु-कुटुम्ब का हिसाब करने बैठो तो डोर लम्बी खिंच जाएगी, सब गुँथा-सुँथा है, जिसे कहते हैं दूब के तार।"

रवि हँस पड़ा।

गुरु की माँ कहने लगी, "कुटुम्ब का तार यहीं थोड़े ही खतम हो गया? फिर लगाओ तो फिर खिंच जाए, क्या कहते हो पाहुन जी?"

"रहने भी दो गुरु की माँ!" छवि की माँ ने रोकते हुए कहा, "नाहक लड़के को छेड़े जा रही हो। अब कैसा सम्बन्ध?"

रवि की छाती धँस-सी गयी। तनिक रुककर छवि की माँ ने बात बढ़ायी, "वे दिन नहीं रहे, अब वह स्नेह कहाँ! वह युग गया।" गहरी साँस छोड़कर कहती

गयी, "तब लोग खोज-खोजकर नाते-गोते का हिसाब लगाते और जोड़ते थे। सौगात, आना-जाना, देन-लेन, मेल-मुलाकात सब चलता ही रहता था। निमित्त-पर्व होते तो सब एकत्र होते। इस जुग में वह सब कहाँ रहा?"

गुरु की माँ कहने लगी, "अब तो बस खाली अपनी बात, और किसी की बात ही नहीं। यह कलिजुग है न, खाली छल-कपट, स्वारथ। ब्याह के चौथे दिन बूढ़े-बुढ़िया को और बड़े-बड़कों को पीछे छोड़ नयी बहू भी चल पड़ती है दूल्हे के पीछे-पीछे परदेस!"

"छोड़ो..." छवि की माँ ने कहा। उसने एक बार फिर आज की कहानी गुरु की माँ के आगे कह डाली। गुरु की माँ भी मानो पहली बार सुन रही हो, ऐसी दिख रही थी।

छवि की माँ चट से घर के अन्दर गयी। बात करते-करते उसी क्षण थाली में चिउड़ा, दही, गुड़ आदि मिलाकर ले आयी और पास रख दिया। चेतावनी-सी देते हुए कहा, "देखो इतना तो खतम करना ही पड़ेगा।" सामने वे दोनों। अँधेरे में एक और। लजाता-लजाता रवि सचमुच पाहुन बन गया।

खाते-खाते उससे उन लोगों ने उसकी रामकहानी भी पूछ ली। पढ़ाई करने से लेकर नियुक्ति पाने तक की। धीरे-धीरे लाज टूटी। घरवालों के सामने बातचीत करने की तरह वह बखानता गया अपना निर्णय, कुछ तर्क भी। उन्होंने उसके विचारों का समर्थन भी किया। उसे लगा मानो वह किसी नये धर्म का आविष्कार कर उसका प्रचार कर रहा हो, और ये दोनों उसकी प्रथम शिष्या हैं। इसी तरह की कुछ आत्मीयता और मन में पुलक का अनुभव हो रहा है।

समर्थन में छवि की माँ ने कहा, "न हुई तो न सही वह नौकरी, तुम्हारा क्या बिगड़ा? इनकी ही बात लो न, तीन बार नौकरी की और तीनों बार छोड़ दी। नौकरी करने में इधर सारी सम्पत्ति उजड़ गयी। यही मिला न, और क्या किया?"

गुरु की माँ ने कहा, "मनुष्य का जनम कोई नौकरी के लिए थोड़े हुआ है—किसलिए हुआ है, जानते हो न?" हँसकर अचानक फिर पूछ बैठी, "शादी-ब्याह किया या...?"

रवि अपने आपसे बातें करनेवाले की तरह बोलने लगा, "मैं विवाह नहीं करूँगा।" पर अपने ही कानों को कैसा तो अस्वाभाविक-सा लगा। गुरु की माँ ने पूछा, "ठीक कहते हो पाहुन, तुम ब्याह मत करना। तुमसे पहले तुम्हारे बापू, उनसे पहले उनके बापू, सभी ने एक दिन यही कहा था। खा-पीकर मस्त रहनेवाला जीव व्यर्थ ही क्यों ब्याह करे?"

छवि की माँ लय-सहित पान कूटते-कूटते बीच में ही कह उठी, "जो जब होना होगा, सो तो होगा ही। लड़के के साथ क्यों झूठ-मूठ इस तरह मुँह-फट बन रही हो, गुरु की माँ!"

गुरु की माँ ने कहा, "मुझे लड्डू-पेड़े मिलेंगे–इसलिए। और नहीं तो क्यों कहती, बता!"

छवि की माँ हँस पड़ी। गुरु की माँ कहने लगी, "समय रहते ब्याह कर लेना। ओ भाई के साले जी! पीछे फिर दाँत झड़ जाएँगे, सिर की चाँद निकल आएगी, तब ब्याह रचाओगे तो क्या सुख मिलेगा?"

सब हँस पड़े। क्या अँधेरे में से भी हँसी सुनाई पड़ी? हाँ, दबी-दबी-सी हँसी आयी थी। रवि का मन उलझा हुआ था, कान उसी ओर उन शब्दों को पकड़ने में लगे हुए थे। पर अब कहाँ, सब शान्त। बाहर की यह हँसी मानो उसके घर जाने का संकेत हो। वह खड़ा हो गया।

अब की दोनों महिलाओं ने आपत्ति की, "अरे, तुम जाओगे, इस वेला? क्यों, कोई शत्रु के घर में हो? आज रात यहीं काटकर कल सुबह ही जाने से क्या नहीं चलेगा?"

रवि ने इनकार कर दिया। कहा, "घर पर काम है।"

"दण्डवत्! दण्डवत्! लम्बी उमर हो! फिर आना जी भाई के साले! जान पहचान न थी, अपने आप डोर जुड़ गयी। पोंछ न देना मन से। माँ से कहियो, तुम्हारी कोई समधिन थी जो ऐसा कह रही थी। प्रणाम...! आते रहा करो बेटा, तुम्हें देखकर ही जी भर जाता है। पर आज तुम आ न जाते तो छवि का क्या होता, पता नहीं। आज उसे भी सबक मिल जाता कि बन्दर के साथ छेड़खानी करने से क्या मजा आता है। अच्छा बेटे, भगवान् लम्बी उमर करें तेरी! हमें न भूल जाना कहीं! और अपनी माँ से कहना, बड़े-बड़े कौर खाये।...और हाँ, उस बन्दर ने भी बहुत दया की जो तुम्हें यहाँ लाकर भेंट करा दी। कल उसे पेट-भर भोजन दूँगी। अच्छा, फिर आना पाहुन! भूलना नहीं।"

इसी तरह किनारा पास आने तक बातें होती रहीं। वे पीछे रह गयीं। फिर एक बार सारा दृश्य आँखों के आगे फिर गया। नंगा बच्चा माँ से सटकर सब कुछ भूल, पल्लू को चबाने में लगा है। जीर्ण-शीर्ण स्त्री किस तरह रह-रहकर चमक उठती है, मानो कोई दीपशिखा हो। आशा जल रही है वहाँ। दूसरी, छवि की माँ, कितनी धीर, कितनी स्नेही, कितनी भली है।

प्रकाश क्या उसी अँधेरे घर से निकल रहा था?

केवल एक हलकी-सी सूचना, मानो अपने पास ही कोई कुछ कह रहा हो, एकदम दबे-दबे स्वर में। किन्तु इतना सोचकर ही उसका सारा व्यक्तित्व सिहर उठा। कान लाल हो गये। साँस तेज और गरम। समग्र रूप में जब एक नये बन्धन में उसका व्यक्तित्व उलझ-पुलझ रहा है, उसे लग रहा है–मानो वह मुक्त हो गया हो।

उस घर के अहाते में जाने से पहले आकाश क्या इतना चिकना नीला था? या घास इतनी घनी थी?

अत्यन्त स्पष्ट और सहज लगी उसे अपनी निष्पत्ति उतनी ही निश्चित, जितना कि बाँध का मार्ग। लगा जैसे उसने आत्ममर्यादा और शान्ति का मार्ग खोज लिया हो। शुरू में ही उसे लग रहा है जैसे कि वह विजयी हो गया हो।

चौधरी के घर में बात छिड़ी हुई है। छवि की माँ रवि की प्रशंसा कर रही है। कहते हुए बार-बार याद आ जाता है कि उसे कोई लड़का नहीं है। वही जो पेट छह महीने का हुआ तो फिर पता नहीं क्या हुआ कि पेट में ही मर-सूखकर तीन दिन बाद निकला। गाज गिराकर। यदि वही जनम लेता तो शायद वह इकलौता होता—यह धारणा उसके मन से गयी नहीं। छवि के जनम से भी पाँच बरस पहले की यह बात थी। किन्तु अपनी दुरवस्था याद कराने को, जब कभी भी वही घटना याद आ जाती है—कपड़े झुलाने के लिए अलगनी की तरह वहाँ कई चिन्ताएँ झूलती रहती हैं।

छवि की माँ कहने लगी, "हाँ, कितना सुन्दर चेहरा है, कैसी मीठी बातें करता है, कितना सुन्दर बरताव है, फिर इतना पढ़ा-लिखा भी।"

गुरु की माँ कहने लगी, "हाँ, काकी, सचमुच कितना अच्छा है और फिर कितना सहनशील। इतनी ठट्ठा-ठिठोरी की, पर एक बात भी मुँह से न निकली। सिर नीचा कर हँस देता, बस।"

"भाग्य से ऐसी सन्तान होती है। सब पिछले जनम के पुण्य होते हैं। हमारा होता तो—अपना क्या नहीं हो जाता?" छवि की माँ ने गहरी साँस छोड़ी।

विचारों को मोड़ते हुए गुरु की माँ ने पुकारा—"छवि!"

"क्या है?"

"अँधेरे में क्यों बैठी हो? बाहर आ जाओ न।"

"दीया-बत्ती करना है, दियासलाई नहीं मिली। अभी आयी।"

"अभी क्या दीया-बत्ती! अँधेरा तो होने देती..."

"पहले दियासलाई तो..."

"चूल्हे के पास रखी होगी," माँ ने बताया, "ढिबरी और दियासलाई वहीं रहती है।"

छवि ने दीया जलाकर तुलसी के बिरवे के पास लाकर कहा :

"दीपं ज्योतिः परं ब्रह्म दीपं ज्योतिर्जनार्दन।
दीपं ज्योतिः सदाशम्भु दीपं ज्योतिर्नमो नमः ॥"

दीपशिखा उल्लसित होने की तरह जल रही है। छवि ने प्रणाम किया। गुरु की माँ, छवि की माँ, सबने एक साथ प्रणाम किया। दो मिनट तक जमीन पर माथा टेककर झुक गयीं। फिर उठकर छवि गयी लालटेन जलाने। दीपशिखा को प्रणाम करते समय वे लोग जैसी बातें कर रही थीं, उसी धागे को बढ़ाते हुए गुरु की माँ

कहने लगी, "हाँ, बहुत अच्छा होगा, काकी! कैसे होगा, यही बात मैं ठाकुर जी के आगे रख रही थी।"

"तेरे मुँह में घी-शक्कर, गुरु की माँ! पर, यह कोई मामूली बात है! कितना धन दहेज माँगेंगे, कमर में बल हो तब न।"

"डरना क्या काकी? चौधरी घराने का नाम तो कहीं उड़ नहीं गया। उसकी भी तो फिर एक मरजादा है, क्या पैसे देकर वह खरीदी जा सकती है?"

"आजकल और नाम? तू पगली हो गयी है गुरु की माँ!"

वे धीमे-धीमे बतिया रही थीं। अबकी आवाज को और भी धीमी कर फुसफुसाती हुई गुरु की माँ कहने लगी, "सारी बातें अपनी जगह होती हैं, लड़के का मन अपनी जगह। लड़का यदि कहे कि मैं वहीं ब्याह करूँगा तो माँ-बाप क्या मना कर सकेंगे?"

जीभ दाँतों के बीच दबाते हुए छवि की माँ ने कहा, "छिः छिः छिः, तू क्या कह रही है! दैव योग से लड़के के साथ जान-पहचान हो गयी, तो क्या यह भी कहूँ कि माँ-बाप की बात की राय के ऊपर उसकी राय से वह यहाँ ब्याह करे?"

"मैंने क्या कहा काकी, वह लड़का तो अपने आप सब कुछ देख-भाल कर गया है। क्या उसने अपनी कोई राय नहीं बनायी होगी?"

"नहीं रे, गुरु की माँ, जो माँ-बाप को पूछे बिना अपनी राय से रास्ता निकालते हैं, उन्हें चैन नहीं मिलता। असल में माँ-बाप राजी न हुए तो वहीं प्रस्ताव टूट जाएगा।"

"सो तो है," गुरु की माँ बोली और गुरु को साथ लिये चली गयी।

दीये की बत्ती जल रही थी।

थोड़ी ही देर में सिन्धु चौधरी घर लौट आये। पचास के आस-पास होंगे। पुरानी परम्परावाला चेहरा-मोहरा जिसे देखने से ही लगे कि किसी खोल या ढक्कन से ढँका है। ठीक पता नहीं चलता। कोई पुराना बड़ा अँगोछा या सफेद धोती और अँगरखी। पहली निगाह में पता ही न चले ऐसी देह। लम्बे गोरे तो सहज ही हैं, चौड़ा और ऊँचा ललाट किस ढंग से कितना ऊपर तक उठा है। मानो वहाँ कोई हलकी चाँदनी बोर दी गयी है। गठन से दिख रहा है—चौखटा कसा शरीर, सिर के बाल पतले हो आये हैं पर उतने कम भी नहीं हुए। माथे को दो भागों में बाँटती सिन्थी जिसके दोनों ओर घुँघराले से बाल, थोड़े-बहुत पक भी गये हैं और उससे एक प्रकार के सम्भ्रम की भ्रान्ति पैदा कर देते हैं। आयत आँखें और दृष्टि भी स्थिर शान्त। सामने सुग्गे की तरह थोड़ी तीखी होती गयी नाक, लम्बी, ऊँची, दम्भ लिये-सी। देखने पर बोदापन का आभास देती-सी। नाक—एक खास नाक जिसका अनेकों के बीच भी

साफ पता चल जाय। कन्धे चौड़े, सीधी गरदन, साधारण से बहुत अधिक डेंगू आदमी।

कुछ मिलाकर अतीत का ही साँचा।

जमींदारी गयी। जवानी में कभी रजवाड़े में नौकरी की थी, पहाड़ी पानी देह को नहीं लगा। नौकरी का जंजाल और वहाँ का कूट-कपट देख सारा धीरज खो बैठे। दे दिया इस्तीफा। सत्रह बरस की नौकरी का जंजाल जाने के साथ-साथ नौकरी की चटक-मटक भी गयी और थाती भी। इसके बाद वही घर। अपनी छाया तले समय काटने के लिए गाँव में एक चटशाला खड़ी कर बच्चों को पढ़ाने लगे। सूत कातना, भागवत पढ़ना और चटशाला—जीवन में समन्वय हो गया था। बचपन की इस परिचित जगह में सहज भाव से घुल-मिल गये थे।

घर में बड़े भाई सिन्धु। उनसे छोटे दो और हैं : मधु और विधु। मधु बहुत दिन हुए नयागढ़ जाकर बस गये। वहाँ काठ की पेंठ लगाकर व्यवसाय करते-करते ब्याह किया और वहीं रह गये। विधु पुरी-कलक्टरी में किरानी हो गये। गाँव नहीं आते, उनका सारा सम्बन्ध उस चाकरीवाले गाँव से सम्बद्ध हो गया है। पेट पाटन करते-करते परिवार समेत गाँव से कितनी दूर दूसरे स्थान पर उन्होंने अपना संसार बसा लिया है।

तीन भाइयों में वे अकेले घर पर हैं। बेटा नहीं, वही इकलौती सन्तान ठहरी छवि।

और उस मकान में रहते थे उनके चचेरे भाई शम्भू के लड़के सत्यवान की स्त्री, गुरु की माँ और गुरु। शम्भू मर चुके थे। सत्यवान रोगी आदमी, ज्वर लगा रहता है। किन्तु जाकर यों ही एक मिठाई के व्यापारी के घर रहकर उसकी जमीन-जायदाद व्यापार-धन्धा देखते हैं और गुजारा करते हैं। रहते वे डिंगिसर गाँव में हैं। बाट छह कोस ही है गाँव से, किन्तु आया नहीं जा सकता। साहू का धान-चावल का व्यापार ठहरा, गाँव से संग्रह कर शहर भेजना पड़ता है। इसका जिम्मा भी सत्यवान पर ही है। माहवारी चालीस रुपये।

कहलाते हैं जमींदार का घराना, पाटेली गाँव के चौधरी।

पुराने लोगों की जबान पर उस जमाने की कहानी रह गयी है, खरीद-फरोख्त, व्यापार-बट्टे की कहानी नहीं, देन-लेन बाँटने-उड़ाने की कहानी, पुश्त दर पुश्त की। किसने नहीं सुनी है नअंक[1] की बातें, जब इसी हवेली के सामने इस सिरे से लेकर उस सिरे तक चूल्हे खोदकर रसोई बनती थी, सैकड़ों लोगों को मुफ्त खिलाया जाता था, दो-चार दिन नहीं, दो महीने तक चौधरी घराने ने अपना भण्डार उँड़ेल दिया था। वैसे ही उस भयंकर बाढ़ के दिनों में जब यह चौक बाढ़ के पानी से भर आया

---

1. नअंक—भीषण दुर्भिक्ष का समय इस वर्ष ओड़ीसा में।

था, यह चबूतरा ही इलाके भर के लिए घाट बन गया था, डोंगियाँ जातीं और लोगों को बाढ़ के घेरे से निकालकर लातीं, अपने रहन-सहन के दो-तीन कमरों को छोड़ बाकी सब में इन लोगों को मिला आसरा, ठसाठस भर गये थे सारे कमरे। और फिर चौधरियों के घर आना-जाना लगा ही रहता था—आज रामलीला, कल भरतलीला, परसों बादीपाला[1]। और सबसे ज्यादा नाम था—रासलीला का। पैसा पानी की तरह बहाते थे। राधा-कृष्ण की विशेष लीला जो ठहरी। बाढ़ में पुराना मन्दिर टूट जाने के बाद विग्रहों की पूजा चौक में ही एक छप्पर-घर में होने लगी है। तब वह मन्दिर इस इलाके में बहुत प्रसिद्ध था, चौधरियों के इष्टदेव का देवल, उसके पीछे बाड़ी-बागीचा कितना कुछ न था। रासलीला होगी इसके लिए ही तो राममण्डप के चारों ओर चम्पा, बकुल, नागेश्वर आदि पवित्र पंच वृक्ष रोपे गये थे, सूआ-सारी, मयूर आदि पाले-पोसे जाते थे, रास चलती, अतिथि अभ्यागतों के लिए घी की [illegible]ड़ियाँ बनतीं। कड़ाही चालू ही रहती, उतरती नहीं।

संकीर्तन की धुन से सारा चौक मुखरित रहता, अनेक बाबाजी-वैष्णव आते, दल के दल। वो सारी कितनी बातें।

वह केवल एक घर ही नहीं था। एक अनुष्ठान बन गया था, चौधरियों का तो नाम था। उसी को लेकर गाँव में देन-लेन में एक प्रकार की समाजनीति चली आयी थी। मान-मर्यादा, आचार-व्यवहार, विचार-मतवाद सब पर एक दिन चौधरियों का प्रभाव पड़ा था। लोग उधर ही देखकर बात कहते अपने चलन पर विचार करते। घर में मिठाई बनती तब कहते, "तो क्या हुआ, चौधरियों के आरिसा पिठा[2] का कोई मुकाबला है?" कोई भोज खाकर लौटते तो कुछ इस तरह कहते, "कितना भी हो, चौधरियों जैसा भोज कैसे हो सकता है?" नहीं तो कहते, "मछली का झोल बना था, बस मानो चौधरियों के घर के जैसा हो।" परामर्श की जरूरत हुई तो कहते, "चलो, चौधरियों की हवेली।" तब बाहर घुड़साल थी, उससे पहले दो ठान हाथी बाँधने के लिए भी थे, ऐसा कहा जाता है। बारीक काम की, झालर लगे बनौनी कपड़े से ढँकी मगरमुँही पालकी, रंग-रंग के चित्र आँकी हुई कतार में रखी होती सन्दूक, कितनी ही।

और आज जो इतनी बड़ी हवेली सुनसान पड़ी है, वहाँ चप्पे-चप्पे पर आदमी, घर के लोग-बाग, नौकर-चाकर, साहब-मुसाहब। कुत्ते, बिल्ली, चिड़ियाँ, कबूतर, मैना, अँधेरी दीवारों पर किलबिलाते तिलचट्टे। बाहर कतार बाँधे छप्पर थे जिनमें गाय-बैल,

---

1. बादीपाला—एक ओड़िशी लोक नृत्य। सत्यपीर की पूजा के साथ यह नृत्य होता है जिसमें कथा वर्णन के साथ-साथ संस्कृत और प्राचीन उड़िया साहित्य की पाण्डित्यपूर्ण आलोचनाएँ होती हैं। पाला की प्रतियोगिता को बादीपाला कहते हैं।
2. आरिसा पिठा—चावल का चूरा और गुड़ से बनी पीठी।

भेड़-बकरी—रेवड़ के रेवड़ बाड़ी में खूब घना बगीचा, भरा-पूरा घराना था।

बाहर से देखने पर दुरुस्त मटमैला घर। आभिजात्य के चिह्न के रूप में उसकी चौड़ी-सीढ़ियाँ—चौधरियों की पालकी के दोनों ओर की मशालों की तरह।

बच्चों की आवाज! ठाकुर-पूजा के समय घण्टी। मन्दिर में आरती के समय के घण्टे-झाँझ। बाहर बाल-लीला, कंगाल-भोजन। कितनी चहल-पहल रहती!

सब को जोड़ें तो, वह एक विराट संस्था जैसी थी। बाहर से आदमी देखे तो लगता—यह सब रहेगा, हम रहेंगे, दुनिया आज जैसी है कल भी ऐसी ही रहेगी, आज जो पौधा लगाया गया है, कल वह बढ़ेगा! फूल खिलेंगे, उसमें फल लगेंगे।

पर वह संस्था नहीं रही, एक जीवन की अनुभूति पूरी होने से पहले ही पता नहीं कहाँ लुप्त हो गयी। यही अनुभव करते हैं सिन्धु चौधरी, क्योंकि उन्होंने यह सब कुछ अपने जमाने में देखा है। और अनुभव किया है उनकी स्त्री और गुरु की माँ ने। दुनिया के चलते चक्के में घूमते-फिरते कभी उनका मन घेरे से बाहर आकर सोचता तो लगता कि जो था वह नहीं है।

चटशाला का काम पूरा कर बाहर एक चक्कर लगा आने के बाद जब अन्दर जाते हैं तो कई बार सिन्धु चौधरी चौंककर सोचते हैं, कि उनके जाते समय सब कुछ था, लौटकर आने तक कुछ भी नहीं रहा। यहीं था वह घर, यहाँ तब आदमी थे अनेक लोग। सब अपने-अपने कार्यों द्वारा अपने को दूसरों की नजरों में ले आते। वही दस अंश के कुटुम्ब के लोग थे। किसी के चेहरे पर एक झलक-सी मिल जाती, कोई वृद्ध बैठ जाते पोथी के पास, व्यासासन पर खुली पोथी। गले में श्लथ चर्म पर झूल रही है तुलसी माला, सिर के बाल गोल-गोल कटे हैं, चोटी सीधी नारियल की तरह। किसी बरामदे में कोई स्त्री पैर पसारे सीप डुबोकर बच्चों को दूध पिलाती होती, कोई किसी का जूड़ा करती होती—सिर एकदम चमकता दिखता। कोई जोर से चला जा रहा होता इस कमरे से उस कमरे में—वही तो, वे हैं वैसे के वैसे। क्षण-क्षण में चलती तसवीरें आ-जा रही हैं स्मृति-पटल पर, उनमें से कोई दिख जाती है।

और नहीं...नहीं!

छवि की माँ ने हँसते हुए कहा, "कहाँ थे जी, इतनी देर हुई? कुछ सुना भी?" फुसफुसाकर कह गयी सारी बातें। "कैसी सुन्दर जोड़ी होगी? कितना सुन्दर भला लड़का है! लोका नायक को जरा भेजें तो सही! कौन जाने बेटा-बेटी होने पर संसार में ऐसे ही बात रखी जाती है। हम भी रखेंगे, शायद भाग्य में हो तो..."

हँसकर सिन्धु ने कहा, एक विचित्र भंगिमा में, मानो जीवन के किसी गहन अनुभव की तराजू पर तौल लेते हैं और वजन देख लेते हैं—"याद करो तो ब्याह से पहले मैं क्या तुम्हारे घर गया था? क्या कटखने बन्दर ने तुम्हें दौड़ाया था और मैं छुड़ा लाया था और कुछ किया था? बोलो, किया था कुछ मैंने? सच कह रहा हूँ या झूठ?"

"हँ, हँ बात तो पासँग में भी नहीं आयी, दिन-दिन आप बच्चा बनते जा रहे हैं? कहीं कोई बात की, बस उड़ा दी हँसी में। हुँ, मगर के मुँह से खींच लाये तो बात-बात पर उसी का उलाहना...

"बच्चा मैं नहीं, छवि की माँ, तुम हो। छोड़ो, मन में चिन्ता न करो। ब्याह तो जहाँ लिखा होगा वहीं होगा। इतना छटपटाने से, इतनी जगह बात चलाने से ही क्या कुछ हो जाएगा? होने का जोग आएगा तो अपने आप होगा, इसके लिए तमाशे में स्वांग भरने से क्या होगा। छवि किधर गयी? देखें, कैसी चोट लगी है..."

"बात कानों में डालो तो सही एक बार।" छवि की माँ ने बहुत गम्भीर होकर कहा। मानो यह बरसने से पहले का मेघ हो।

सिन्धु ने बच्चों को बहलाने के ढंग से कहा, "ठीक है! तुम्हारी बात ही सही, लोका नायक जाए। हो-हा न करना ज्यादा। बचपना तो बहुत कर लिया, अब जरा शान्त हो। इतने ठगे जाने के बाद कम-से-कम यह तो सीखना था कि ऐसा इन्द्रधनुषी आदमी कहीं देखा या जाना है? जब अपना भाग्य भी उपहास करता है। कहाँ गयी छवि?"

छवि की माँ छाया की तरह उठकर चली गयी? "दीया जला देना तो छवि।"

साँझ का पहला पहर। रसोई आधा-पुरता हो चुकी थी, किसी की कुछ अधिक। गेल्ही की माँ भात-दाल उतारकर सब्जी खोजने सोनेवाले कमरे की ओर गयी। उसको सहारा दे रही थी गेल्ही। उसके हाथ में एक बड़ी पीतल की ढिबरी थी, करीब उन्नीस वर्ष पहले जब गेल्ही की माँ इस घर में आयी थी, गेल्ही के जनम से कोई पाँच वर्ष पहले, तब यह ढिबरी उनके साथ आयी थी।

ठीक उससे कुछ पहले गेल्ही के पिता बाउरी बस्ती से अरवी के पत्ते में लपेटकर कुछ सौरी मछलियाँ लाये थे। अतः मजेदार तरकारी बनेगी, सबके मन में यही आशा है। आप ही रसोई के सामने ढिबरी जलाकर मछलियों पर राख मलकर काटने के काम में लगे थे। कैसे अक्ल लड़ाकर मछली पायी है, वह बात तब तक पूरी नहीं बतायी थी।

पाटुआ-भाटुआ दो भाई—पाटुआ उनमें बड़ा, कुछ दुबला। और भाटुआ छोटा किन्तु हृष्ट-पुष्ट। कोई दो वर्ष हुए एक बकरी को लेकर दोनों भाइयों में झगड़ा शुरू हुआ। किसने ली, किसने खायी, राम जाने, पर भाटुआ का कहना है कि भाई खा गया। बस तब से खूब झगड़ा। और वह खतम होता ही नहीं। चार-चार हाथ के कमरे बने हैं, दीवारें खड़ी कर दी हैं, किन्तु दरवाजे खुले पड़े हैं कलह के लिए। दोनों भाई मजूरी करने चले जाते हैं, तो घर में दोनों देवरानी-जेठानी कलह चालू

रखती हैं। गले की कसरत के साथ कमर की भी। दोनों भाई जब आ पहुँचते हैं तो वे भी सम्मिलित हो जाते हैं। फिर चलता है घमासान झगड़ा, गाँव की पूरी बस्ती धिधक उठती है।

आज साँझ को भी मिल गये थे दोनों। कोई किसी से कम नहीं। एक की उमर इक्कीस है तो दूसरे की बाईस, गुस्से में पाटुआ की स्त्री अनजाने में ही कब दौड़ गयी देवरानी के पास, क्या करने जा रही है कुछ सोचा तक नहीं, और उसके माथे के घने बालों से भर ली मुट्ठी, नाक पर ऐसी एक मुक्की जमायी कि बस टप-टप खून की धार और "ईलो बाप रे मर गयी..."

जेठानी को पकड़ उसके साथ मल्ल-युद्ध करे, उससे पहले ही भाटुआ की स्त्री ने अपनी हालत लोगों को बताने के लिए इतने जोर से चीख मारी कि उधर से जा रहे नीलूदास धड़ाम से उनके आँगन में घुस आये।

भाटुआ ठीक इसी समय मछली लिये घर आ रहा था, मछली की टोकरी कन्धे से झूल रही है, पहना हुआ गीला अँगोछा टपक रहा है, तभी नीलूदास और उसकी भेंट हुई थूहर के पेड़ के पास। नीलूदास ने जोर से कहा, "भाटू है क्या, अरे देखता क्या है? दौड़ा जा। मछली छोड़, पहले आदमी को सँभाल, देखता क्या है?"

भाटुआ जैसे ही मछली का दोना बरामदे में रखकर झगड़े की ओर दौड़ा कि बीच में कटारी लिये पाटुआ बिजली की भाँति आ पहुँचा। कहने लगा, "देख खबरदार, औरत-औरतों का रार है। मैं कहता हूँ भाई-फाई नहीं मानूँगा, यहीं इसी वक्त सिर जमीन में लोटता नजर आएगा।"

उसकी वह भीमाकार मूर्ति देख भाटुआ अवाक् हो रुक गया। पाटुआ ने आवाज लगायी, "खूब ताकत हो गयी भुजाओं में...खूब ताकत हो गयी है तेरी! तेरी रोज-रोज, पर मेरी एक दिन। तू एक कदम आगे बढ़ा कि मैं फाँसी चढ़ जाऊँगा। तू भूत बन देखा करेगा—यह मेरा प्रण है।"

ऐन ऐसे उस समय जब भाटुआ की ऐसी विषम स्थिति थी—कि पता नहीं आगे बढ़े तो क्या हो जाय, और बिना गये उसका शरीर अपने पुंसत्व के प्रति धिक्कार से भरकर थर्रा उठता, नीलूदास ने एक हाथ में मछली पकड़े हुए दूसरे हाथ से भाटुआ को पकड़ लिया। बोले, "अरे तू पगला मत बन। मेरी बात सुन, इधर आ।" पाटुआ का यह उग्र रूप देख दोनों औरतें अपने आप अलग हो गयीं। एक-दूसरे पर गालियों की बौछार करने लगीं। भाटुआ को भी मौका मिल गया। चिल्लाकर बोला, "मुझे पकड़ लिया बाबू, नहीं तो आज देखते किसका सिर कटता है। अरे कटार चलाना उसे ही आता है या और कोई भी जानता है?"

नीलूदास उसे पकड़े, खींचते हुए कहने लगे, "लड़ने-मरने की कोई जरूरत नहीं, मैं एक दरखास्त लिख देता हूँ। थाने भेज दे। थोड़े-से पैसे ही तो लगेंगे, फिर देखना अपने आप इनक्वारी होगी, सब भाव मालूम हो जाएगा।"

भाटुआ ने कहा, "जो लगे लगने दो। आज ही लिख दो।"

उसने कहा, "आज तो रात हो गयी, अब कल लिखी जाएगी। आज तो चुप-चाप सो जाओ।"

कहकर मछली लेकर वे चले गये।

दो कदम ही आगे गये होंगे कि पलट आये। कहने लगे, "अरे तेरी मछली तो मैं लिये जा रहा हूँ, ले यह तेरा दोना...कल सुबह जल्दी आ जाना।" दरखास्त जरा सोच-विचारकर लिखनी है, तुम्हें सब कुछ बताकर फिर मैं अपने काम पर जाऊँगा। आज जाकर चौकिया को खोज निकालना, उससे कहकर रखना, जरा इसमें से दो-एक मछली देना। मैं पैसे कल भिजवा दूँगा।"

और भाटुआ ने कहा, "मैं अब और क्या मछली खाऊँगा। आप ही ले जाओ तो ठीक रहे।"

बिल्ली मछली की ओर निगाह किये म्याऊँ-म्याऊँ कर रही है, पास सरकी आ रही है। इस बार हाथ बढ़ा ही देगी। जोर से बोले, "अरे तू जाती है या नहीं? अरे यह भी एक ही है। इतनी चटोरी हो गयी है तू! और ले, पहले तुझे ही देता हूँ—भले का तो जमाना ही नहीं रहा।"

काठ का पीढ़ा उठाया और उसका पीछा किया, पर लौटते तक सबसे बड़ी मछली को मुँह में दबाकर बिल्ली भागी जा रही है। चिल्लाये, "गयी, गयी, ले भागी!" बिल्ली का गुस्सा बेटी और पत्नी पर उँड़ेलते हुए कहने लगे, "अरे, तुम तो कोई आओगी नहीं, फिर बिल्ली न लेगी तो कौन लेगा? मैं बेकार ही तुम लोगों के लिए इतने जाल-जंजाल में पड़ता हूँ। अरे गेल्ही, तू क्या कर रही है?"

"ढिबरी पकड़े हूँ। माँ आलू छाँट-छाँटकर ले रही है जो।"

"हूँ, ढिबरी रख देने से क्या नहीं चलता, मन-ही-मन बड़ी आदमिन बन गयी, बस—और तुम भी देखो न, आलू बीनने में ही तुम्हें एक जुग लग गया, इतनी देर में तो आलू के बीज बोकर गाछ भी हो जाता, जरा सोचो तो सही—"

"जो आलू थोड़े खराब होने को आये, पहले उन्हें चुनकर साग कर लें तो ठीक रहे। नहीं तो सड़ जाएँगे।"

"हाँ, ऐसे ही छाँट-छाँटकर आदमी को सदा सड़े आलू ही तो खिलाती हो! छोटे घर की बेटी न होती तो ये बुद्धि आती कहाँ से?"

"क्या बोले? क्या कहा? फिर से जरा बोलना! सब छोटे घर की बेटी हैं—बस ये ही तो हैं बड़े आदमी मेरे ब्याह में दायजा मिला, तो बरतन-भाँड़े बेचकर देन-लेन चुकाया और तब जाकर खाने को दो मुट्ठी मिलने लगा। ये हैं बहुत बड़े आदमी। कहते भी हैं न, घर में दाने नहीं, बने फिरते हैं तीसमार खाँ।"

"रहने दो तुम्हारे मायके की बातें। अपना घमण्ड। रोब तो देखो? सबके सब खंट[1] कहीं के! कहा भी है—"बोलाऽपि खंट, थखिरोऽपि खंट, यति सती सर्वजनोऽपि खंट।"

"क्या बोले? क्या कहा? फिर बोलना तो जरा। दिन पर दिन जबान बढ़ती ही जा रही है। भले आदमी कहीं ऐसे आधी रात गये लड़ते-झगड़ते हैं। स्वभाव ठहरा, और करोगे भी क्या?"

झगड़ा और कुछ बढ़ता, किन्तु तभी बाहर के दरवाजे पर दस्तक हुई। गेल्ही ने कहा, "कोई बुला रही है।" गेल्ही की माँ ने बड़ी कठिनाई से अपने को संयत किया। कहा, "ठीक है। बाद में देखेंगे।"

नीलूदास भला किस झगड़े से डरनेवाले! कहा, "मछली धोना—साफ करना तो हो गया, तुम बनाती हो या मैं बनाऊँ? क्या कहती हो, कह दो..."

"ऐसे ही यदि हाथ कुलबुला रहे हैं, तो जो करना हो करो न! बैठे क्यों हो?"

नीलूदास ने अवज्ञा करते हुए कहा, "इधर न सेटलमेण्ट का कुछ दिन हुए बुलावा नहीं आया। तभी तुम्हारे हाथ की रसोई जीमने आदमी घर में पड़ा है, नहीं तो कहाँ थीं तुम या हम कोई भूखे थोड़े पड़े रहते तुम्हारे न पकाने से? कितने पहाड़ पर्वत में अपने हाथों के भरोसे ही रातें काटी हैं। इन्हीं हाथों से ठीकरा बैठाया है। तुम क्या किसकी हो सकती हो? खण्टस्य पुरी, खण्टस्य नगरी, बिनानुखण्टे प्रसवन्ति..."

"हाँ हाँ, रहने दो अपनी पण्डिताई, उधर कोई आये हैं।"

सचमुच आ भी गयी कोई। वह कन की माँ। गेल्ही की माँ गंगाजल[2]। सात घर छोड़कर उनका घर है, वहाँ जहाँ गली मुड़ती है, बाड़ में तीन आम के पेड़ हैं। उन्हीं की सीध में उनका घर है। घूँघट और भी बित्ता भर खींचकर आगे सरका लिया। देह को धीरे से झुकाकर आयी और ढिबरी की रोशनी से हटकर खड़ी हो गयी। गेल्ही की माँ ने तुरन्त कहा, "वे उधर हैं, अरी, इधर कोई नहीं। कैसे आयी?"

कन की माँ ने घूँघट पीछे कर लिया और हँसता हुआ चन्द्रमुख दिखाया। किन्तु वह चन्द्रमा पूर्णिमा का नहीं कोई पंचमी या षष्ठी का होगा। माथे पर गंजापन ऊपर तक बढ़ता गया है, दीवार की तरह काफी दूर तक, दोनों गाल गुठली की तरह हैं, किन्तु दोनों के बीच की दूरी भी कम होती गयी है, मानो मुँह एक ही फाँक-सा दिखेगा। पान खा-खाकर दाँतों की जड़ें निकल आयी हैं। दाँत खूब बड़े-बड़े दिख रहे हैं। वैसे ही दाँत सड़ गये हैं पान खाने के कारण, उस पर काले दीख रहे हैं। नथुने उठ रहे हैं, दाढ़ थरथरा रही है, उसी से गेल्ही की माँ ने समझ लिया कि

1. खंट = डाकू।

2. 'गंगाजल'—एक सस्नेह सम्बोधन।

'गंगाजल' कोई खबर लायी है। कहा, "गेल्ही, तू जा, ये आलू लेकर जा, बाबू अकेले–" और गेल्ही चली गयी।

चटाई बिछा दी। दोनों 'गंगाजल' बैठीं। गेल्ही की माँ के चौड़े चेहरे के पास सरक आया कन की माँ का फाँका चेहरा। और अधिक पास। एक की साँस दूसरी के गाल को छू रही थी,...और थोड़ा पास–और नजदीक हो गयी। एक के देह की गरमी दूसरी ने अनुभव की अपने गाल पर। फुस-फुसाहट। बस फुस-फुस दबी आवाज में, गला दबाकर। मुँह के सामने दूसरा चेहरा, और कुछ दीखता नहीं, अस्तित्व इतना ही, संसार इतना ही, भौंहें नाच रही हैं, और आँखों की पुतलियों में बिजली चमक रही है। खुद अपने अन्दर टटोल कुछ न पाकर जो व्यक्तित्व जीवन में विचित्रता को खोजना भूल गया था वह ईर्ष्या में उन्मत्त होकर फूल उठा है।

दोनों का तब एक-दूसरी के प्रति आबद्ध ध्यान टूटा, जब अचानक 'कें कें' कर कोई आवाज हुई। घर की बिल्ली खाट के नीचे से एक बड़ा चूहा पकड़, बाहर भाग गयी थी।

"अरी कितना बड़ा चूहा ले गयी!"

"ऐसे कई ले गयी है 'गंगाजल'! भूलू की खूब शिकार करती है। बैठी रहेगी ताक में, चुपके से ऐसी झपटेगी कि ठीक गला दबोचेगी, और छू! हाँ, तो तू कह रही थी क्या सच? आदमी क्या पहचाने इस कलजुग के आदमी को, बहन!"

दोनों हँस पड़ीं। दोनों मुँह धीरे-धीरे एक-दूसरे से दूर होते गये।

बाहर सुन्दर चाँदनी रात। हलके कुहासे की चादर तान वसुन्धरा की छाया मानो एकीभूत होकर कितने अर्थों में नयी अवस्थिति में आविर्भूत हुई है। माघ शुक्ल षष्ठी की रात। समुद्र के किनारे चन्द्रभागा तीर्थ की मरुभूमि पर बटोही यात्री परिवार की तरह बढ़ गये होंगे हजारों परिवार, अरहर के झाड़ पर कपड़ा फैलाकर रातभर के लिए दीवार बनाएँगे, बालू पर केवड़े के फल को चूल्हे का मुँडेर बनाया गया होगा। हाँड़ी चढ़ी होगी, बड़ी तड़के से ही माघ सप्तमी का स्नान।

यहाँ उस चन्द्र का आदर नहीं। छान न होती तो चाँद दीखता, बस इतना ही व्यवधान है, पर उतने में ही आकाश तले के विराट् चेतना-समुद्र से अलग होकर वह एक अँधेरी गुफा हो गयी। वहाँ चन्द्र नहीं, तारे नहीं, है तो बस ढिबरी का प्रकाश, फूल पर फूल हो गये ढिबरी की बत्ती के ऊपर, प्रकाश नाच रहा है, दो चेहरों की छाया नाच रही है, उस नीरवता में दो मन-कन्दराओं का हिंस्र औत्सुक्य नाच उठता है। टें टें ई टें टें ई कर हलचल मचाती हुई मुक्ति का संगीत सुनाती ऊपर ही ऊपर उड़ गयीं चिड़िया। किन्तु रसोई की तेज चें चों लगी रही। बाड़ी की ओर से हिना की महक और दरवाजे की ओर से शेफाली की सुगन्ध व्यर्थ ही चेष्टा कर रही है उस घर में घुसने की, घुस सकती नहीं।

बात केला की स्त्री के घर में भी उठी थी, दूसरे दिन दोपहर में गेल्ही की माँ और कन की माँ तो थीं ही, पदी की माँ, चैमा की माँ आदि भी थीं। पदी, आठ वर्ष की बच्ची, लाल रंग का कसता पहने झूमती हुई बाहर जा रही थी—चबूतरे पर जहाँ केला की बुढ़िया माँ दो और जनों को साथ लिये चश्मा चढ़ाये रामायण पढ़ रही थी। वहाँ चबूतरे पर चल रही थी सीता-हरण के बाद की बात। राम-लखन सारे वन में रो-रोकर घूम रहे हैं, पेड़-पत्तों, जीव-जन्तुओं सबसे पूछ रहे हैं, बुढ़िया केला की माँ भी सुबक रही है, उनके साथ सपनी की माँ और रुकमिणी की माँ भी। केला की माँ बीच-बीच में कहती हैं, "अरे कहाँ गयी बहू, आओ सुनोगी नहीं क्या?"

"तुम पढ़ो, मैं आ रही हूँ", केला की स्त्री कहती। और इधर बातें करने लगती। कौतूहल से सब निगाह उठाये बैठी रहतीं—इसके बाद क्या होगा? फिर क्या होगा? केला की स्त्री बातें करती जाती।

पदी बैठी पान चबाती, इसका उसका मुँह देखती। फिर उठकर चली जाती यह देखने कि माँ किस तरह रो रही है।

केला की स्त्री को कोई बाल-बच्चा नहीं है। वह बाँझ है। बीस बरस की घरगिरस्ती के बाद भी भरे-पूरे शरीर की है। गोरी चिट्टी, गोल चेहरा, सिर कन्धों को छूता-सा। हँसते समय छोटे-छोटे आबू निकल पड़ते हैं गालों पर, मांस की पर्त के नीचे छोटी-छोटी दोनों आँखें मानो छुप जाती हैं। उसकी चमकती हुई पॉलिशदार सिन्थी, साफ साड़ी, खाट पर एकदम साफ-सुथरे बिछौने, साफ-सुथरा घर। दीवार में तिल-भर भी जगह नहीं। चारों ओर छवियाँ, नयी साड़ी में से चिपके चित्र उतारकर भीत पर चिपका दिये जाते हैं। कोई देव, कोई बड़ा आदमी, कोई कल्पना। मेले से खरीदकर छवियाँ लायी गयी हैं—देवी-देवता, बड़े-बड़े देश के नेता। रामायण-महाभारत के दृश्य। कोई अभिनेता-अभिनेत्री। कितने सुन्दर चेहरे जिनका परिचय भी ज्ञात नहीं। केला की स्त्री को छवियाँ अच्छी लगती हैं। केला ने खुद कई चित्र खरीद कर दिये हैं, उन दिनों जब वह घर पर था—विदेश नहीं गया था।

चार वर्ष हुए केला को काम मिल गया, वह चला गया। पता नहीं किस इलाके में रहता है। साल में एक बार आता है। दशहरे के दिनों में सात-आठ दिन रहकर चला जाता है। हर महीने केला की स्त्री को, डाक से तीस रुपये मिलते हैं। और एक चिट्ठी कि वह सुख से है। इसी तरह अन्य सैकड़ों लोग गये हैं। केला की स्त्री मन की वेदना मन-ही-मन में छुपा लेती है। वह सन्तोष कर लेती है। सखी-साथिनें हितैषी बनकर कहतीं तो केला की स्त्री हँसकर उत्तर देती, "अरी, ऐसी भी चुगली क्या? मर्द, और काम करने नहीं जाय! मर्द का चेहरा देखती बैठी रहूँ?"

साफ बिस्तर बिछे पलंग की ओर दीवार पर यदि सीधे देखा जाय तो किसी-किसी की आँखों को दिख जाती है एक सुन्दर छवि। घुटनों के बल बैठे सिर घुमाकर देखते हुए बाल-गोपाल। हँसमुख खिला चेहरा। लगता है, मानो केला की

स्त्री दोनों हाथ बढ़ाये पलंग पर प्रतीक्षा किये बैठी है। 'आ कूद पड़!' कहने की भंगिमा में। और वह आता नहीं। किन्तु केला की स्त्री अब उस छवि की ओर देखना भूल चुकी है। पुराने जमाने की बूढ़ी सास कहा करती कि उन्होंने अपने बहू बनकर रहने के दिनों में सुना था कि ऐसे सुन्दर बच्चों की छवि आँखों के आगे रखने से अपने बच्चे सुन्दर होते हैं, जो जिसे भजता है वही पाता है।

सच, क्या ऐसा होता है? केला की स्त्री सोचा करती, फिर तो वर्ष पर वर्ष व्यर्थ ही लुढ़कते गये। सास ने कितने देवी-देवताओं की मनौती की—कितनी पूजा, झाड़-फूँक और ब्राह्मण-भोजन कराये।

बाकी रह गया था हटकेश्वर जाना। प्रत्यक्ष देवता। उस मन्दिर से थोड़ा हटकर काउकुण्ड में सब्ज पानी टकटक उबलता है। गन्धक की गन्ध आती है, उसी के किनारे मुट्ठी-भर उस छिछले पानी से कीच में माघ सप्तमी के दिन आँख मूँदकर टटोलने पर जो मिले उसे पेट में डाल लो, लड़का अवश्य होगा। सभी कहते हैं। खुद उदिया पधानुणी गयी थी और फल मिला था—किसी को कण्टिया मछली मिली थी, सो उसे निगल गयी, उसे बेटा हुआ। उदिया पधानुणी कहती थी, "खाइला कण्टिआ, पाइला हटिया" (खाया कण्टिया, पाया छबीला।)

किन्तु केला की स्त्री आखिर तक जी कड़ा नहीं कर पायी। इतने लोगों के धक्का-मुक्की के बीच कोई गेंगटा या कण्टिया या कीच या कंकड़ी कुछ भी चुगकर खाने को उसका मन नहीं माना। वह अपनी जिद पर अड़ी रही। सास ने कितना समझाकर कहा, "देख, मुझे जब लड़का नहीं हुआ, देर हो गयी तो मनौती कर, बासी गोबर इतना-सा निगल गयी। मैं अपने केले को पा गयी।" बहू ने हँसकर उत्तर दिया, "वह गोबर का पोटा तो उनके सिर में रह गया, और कुछ नहीं।"

केला की स्त्री छवि के बारे में सुनी हुई बातों में कुछ मिलाकर बता रही थी एक कहानी। "हमारे गाँव में नहीं, पास के गाँव की एक बेटी...। बाड़ी के पिछवाड़े में घने झुरमुटे हैं, उस ओर पोखर। थोड़ी दूर छोड़कर पोखर के दूसरे घाट पर दिखाई दिया शहरी पाहुन, बंसी में भात गूँथ-गूँथ कर सौरी मछली पकड़ता, बना-बनाकर गीत गाता, वह कोई बड़ा कवि है।

लड़की का नाम छवि। घड़ी-घड़ी में बाड़ी की ओर जाती। पेट में प्यादा कूद रहा है, किसे पता था। बाहर इतने रोक-टोक। बाड़ी की तरफ बस कुछ नहीं, और वह शहरी पाहुन...ऐसा कवि! हुनरवाला।

कब उनकी जान-पहचान हुई? पाहुन भी कुछ दिन रह गया। सबके साथ जान-पहचान हुई, सबको अपना बना लिया। पाहुन शहर में कहीं बहुत पढ़ाई करता था, छुट्टियों में आया था। कितना सुन्दर सरसों फूलिया चाँद उगा था। बेटियाँ सब गीत गा रही थीं फिर क्या हुआ कि..."

गेल्ही की माँ कहने लगी, "तो मैंने जो कहा, यह उससे अधिक, आँखों देखी

बात से भी बढ़कर है, और क्या?" कन की माँ कहने लगी, "अधिक दिन बेटी को ब्याह किये बिना घर में रखने पर ऐसा ही होता है। किसकी निन्दा की जाय? और उसकी माँ क्या कम सयानी है? बात जैसे ही उसकी निगाह में आयी, वैसे ही जाल फैला दिया, छोकरे को बाँधकर ब्याह कर दे तो बस। फुसलाकर बुला ले गयी। हम सब खड़ी देखती रह गयीं।"

"कौन जाने बहन, होता होगा।" केला की स्त्री ने हँसकर कह दिया।

फिर उठ गयी। सासू की हाजरी। अब और देर नहीं की जा सकती। पर उसकी हँसी से सब पता चल गया। असल बात वह जान गयी। अब वह दस को और कहेगी।

गेल्ही की माँ और कन की माँ भी खुश हुईं। सब एक साथ उठ गयीं रामायण सुनने।

खूँटे-सी बैठी थी पदी की माँ। उसका चेहरा भी एक विशेष प्रकार का है, मानो कोई छोटी बछिया का सिर सँवारकर आदमी का सिर बना दिया गया है, ऐसा गढ़न है उसके मुँह का। बहुत वर्षों के आमाशय के रोग के कारण चेहरे का पानी सूख गया है। खाली हाड़ के ढाँचे पर मलिन हुए पीले चमड़े की चादर पड़ी थी। दोनों आँखें बड़ी-बड़ी। क्लान्त, चकित-चकित-सी, मानो संसार की सारी बातों में वह अकबकायी-सी है। दो सूखी मुट्ठियों पर चेहरा टिका हुआ था।

कहानी समाप्त होते ही उन्होंने कहा, "ईलो, माईरी, इतनी बातें चल रही हैं। घर जब टूटता है तो मान-महत्ता भी ऐसे ही झर जाता है। सीधे-सीधे विवाह कर डाले तो बात भी है। यह सम्बन्ध, अच्छा ही रहता। पर हाँ—देन-लेनवाली बातें भी तो हैं। बट महान्ती वे ठहरे! और अब क्या है इनके पास जो देंगे?"

सपनी की माँ खड़े होने पर डेंगू लगती हैं, इकहरे बदन की हैं, उनका भी पेट ठीक नहीं रहता, थोड़ा खाने पर भी पेट भरा-भरा लगता है, खट्टी डकारें आती हैं। खड़ी होकर कहने लगीं, "वह ब्याह करे या न करे यह प्रश्न नहीं है, पहले इसकी बातें तो देखो। जरा भी शरम नहीं उसके मुँह पर? छिः—छिः—छिः क्या जुग हो गया रे! कैसा जमाना है?"

सब दीक्षा पाकर लौट गयीं। अपना-अपना रास्ता पकड़ा। रास्ते में एक जगह बाड़ के सहारे पदी की माँ गेल्ही की माँ का हाथ थामकर खड़ी हो गयी। दोनों ओर की बाड़ियों के मालिकों ने अपनी सीमा बढ़ाते-बढ़ाते बीच में आने-जाने का रास्ता सँकरा कर डाला है। एक ओर की बाड़ से एक झाड़ अपना मजबूत हाथ बढ़ाकर बटोही को पकड़ने लगता है, तो दूसरी ओर घनी हो सरकी आ रही है मधुमालती। लाल-लाल गुच्छे के गुच्छे सजाये खड़ी है। सिर पर छत्ता ताने है एक सहिजन का पेड़। बहुत सारे सूँड़ी (कीड़े) चिपके हुए हैं, मानो वृक्ष ने गरम कोट पहन लिया है। उस पर लहलहा रहे हैं कच्चे-कच्चे सहिजन।

वहीं पदी की माँ ने गेल्ही की माँ का हाथ पकड़कर फुस-फुसाते हुए पूछा, "उई, इतना सब हुआ। सच कहना, तुमने देखा? क्या देखा?" उस बछिया के-से सिर में कहीं धक-धक होने लगी थी, अतीत की कोई लहर। सहिजन पर लम्बी चोंचवाली चिड़ियों का जोड़ा कूद रहा है, टप-टप कर सूँड़ी झर रहे हैं, उस ओर निगाह किये बिना पदी की माँ उत्सुकता से उत्तर की प्रतीक्षा कर रही है। पूछा, "तुम्हें मेरी सौगन्ध, सच बोलना, तुमने क्या देखा?"

गेल्ही की माँ ने हँसकर, फुस-फुसाकर कहा, "अरी जीजी, मैं झूठ बोलूँगी तो तुम जल नहीं जाओगी। तुम्हारी सौगन्ध खाती हूँ। फिर मेरी क्या अवस्था होगी? तुम्हारे जैसा मैं कहाँ से पाऊँगी, बताओ भला। सच न कहूँगी तो क्या तुम्हारे आगे झूठ बोलूँगी।"

"सच-सच बता, क्या देखा है?" उनकी मुट्ठी थरथरा रही थी, एक बार ढीली की, पुनः कसकर पकड़ ली। गेल्ही की माँ ने कहा, "छिः, मुझसे क्या पूछ रही हो, तुम क्या कभी उमर पाकर बड़ी नहीं हुई थी? या ऐसी ही थी सदा? देखो तो सही, ऐसा होता है। सब कुछ क्या कोई देख सकता है...पराया बेटा, क्या हक है उस पर? उसे आया देखा। फिर इसे देखा, उसे भी देखा और सारी बात समझ गयी। जो देखा-जाना वही तो तुम लोगों के आगे कहती हूँ..."

पदी की माँ की उत्तेजना कम नहीं हुई थी, कहा, "पेट-कपटी है तू तो, सब कुछ पेट में रखे है। कहती कुछ नहीं।"

"तुमसे कुछ भी नहीं छुपाती जीजी! देखने से भी बढ़कर समझना होता है। आदमी की चाल पहचानी जाती है। मैंने सब समझ लिया। छवि की माँ तो खैर, एक तरह से अच्छी ही है, उसकी सास तो विचित्र मूर्ति थीं। वह क्या कम बात पकड़ती थीं? याद है, मैं जब नयी-नयी ससुराल आयी थी, माई रे, क्या कहूँ; उन्हें देखकर ही तो मेरी छाती का खून सूख जाता। उन्हीं का घर है तो।"

"ईलो देख, नटिया ओझा की बाड़ी में गाय घुसकर किस तरह बैंगन उखाड़-उखाड़कर खा रही है।"

"हैं, हमारा क्या जाता है!" गेल्ही की माँ ने कहा।

"खा गयी रे खा गयी..." पदी की माँ ने ऊँचे स्वर में कहा।

गेल्ही की माँ ने कहा, "कहाँ कोई क्या खाता है, उजाड़ता है—हम क्यों सिर खपाएँ।"

वे चली गयीं। पीछे-पीछे पदी की माँ।

आरत अमीन के घर में ढेंकीशाल में बात चली थी, पधान बस्ती की शिखरा की माँ ढेंकी के गड्ढे में हाथ डाल उलट-पुलट कर रही थी। ढेंकी पर खड़ी थी केवट बस्तीवाली चम्पी की माँ, तेली बस्ती की रघु की माँ। ये तीनों ही गाँव में पेशेवर धान कूटनेवालियों में अग्रणी हैं। इसी से गुजारा करती हैं। एक-एक झोंपड़ी है। इस

जून मिल गया तो ठीक, पर उस जून का ठिकाना नहीं। शिखरा की माँ के आधे बाल पक गये हैं, खूब बलिष्ठ गठन, गाँव में कोई-कोई तो उसे हनुमन्त बुढ़िया भी कहते हैं। गोरे गोल चेहरे पर गलफड़े में दो पान ठूँसकर बुढ़िया हँसती-हँसती बात कहती है। काकरा पीठा की तरह दिखते हैं उसके दोनों आबू-जैसे फूले गाल। चम्पी की माँ चिक्कण काली सीधी-लम्बी छड़ी की तरह। उसका मँझला बेटा गंगा गाँव में रामनवमी की लीला के समय रावण बनता है। माँ को पड़ा है। चार हाथ से ऊपर लम्बा होगा। चम्पी की माँ के ढेंकी पर चढ़ते समय उसके अंग संचालन में जल्दबाजी से युद्ध में जाने की भंगिमा है। आलस वह नहीं सह सकती।

रघुआ की माँ उमर में इन तीनों से छोटी है! नाम है रघुआ की माँ, रघुआ की उमर आठ बरस की भी नहीं हुई। रघुआ की माँ गेंदे की तरह गोरी है। पाँच वर्ष हुए पति कलकत्ते में रह गये, फिर लौटे नहीं। मायके में भी कोई नहीं रहा। दो बरस भूख-प्यास बुझाने के लिए घर का गहना, गाय-गोरू, बर्तन-भाँड़ा सब बेच-बाचकर बड़प्पन की लाज बचाये रही। जब खबर आयी कि पति ने अपना अलग संसार बसा लिया, तब से जो काम पाती है कर लेती है। इसके बाद ही रघुआ की माँ धान कूटने और दूसरे काम-काज करने बाहर निकल पड़ी। उसका भी जीवन व्यस्त हो गया। हजार बार नाखून पक गये हैं, पंजे-भर में लाल-लाल चिह्न हो गये हैं।

पान के पत्ते की तरह उसका धारदार चेहरा है। गोरे चेहरे में चिबुक पर लाल रेखा है। बचपन में गुदना गुदवायी थी। पान खाने की आदत डाल ली है, सफेद निर्लिप्त सटे हुए दाँतों पर लाल पान की पीक का रंग खूब फबता है। ठीक कानों पर घने बालों की काली लट। मामूली मैली-सी सादी साड़ी पहन धान कूटते समय अपने अनजाने ही वह यौवन और रूप की छाया बिखेरती जा रही थी। पहले हताशा और अवसाद उसके चेहरे पर एक काला साया-सा डाल रहे थे। अब जीवन का स्वच्छन्द सहज विकास मानो उसकी मैली-चमड़ी को ठेलकर नयी चमड़ी ऊपर लाता जा रहा था और वह काली छाया आहिस्ते-आहिस्ते पीछे हटती जा रही थी।

रघुआ की माँ! उसके माँ-बाप का दिया नाम तो नीली है। पर इन सारी बातों को तो वह पीछे छोड़ चुकी है।

आरत अमीन की स्त्री ढेंकीशाल में बैठी चौंराई के साग में से पत्ते खोंट-खोंटकर एक ओर रख रही थी। एक-एक लाल मिरच और एक-एक लहसुन। छोटी-छोटी मछलियाँ वगैरह जो मिला, कुछ-कुछ लेकर परस्त के परस्त कुम्हड़े के पत्ते में लपेट सुन्दर 'पत्तरपोड़ा', तैयार करना है। बेटे-बेटी खाएँगे। सबसे छोटा, जिसका नाम चगला है, दस वर्ष का लाड़ला बेटा है। अब भी नंगा रहता है। इसके बाद और होना नहीं। ज्यादा रुचि उसी की है 'पत्तरपोड़ा' खाने की। आरत अमीन ने तो अमीन का काम करते-करते बिदेस घूम-फिरकर उमर काट दी। घर सँभालना,

जमीन-जायदाद, कोठी-बाड़ी, हलवाहों-मजूरों की देख-भाल का सारा दायित्व उन पर ही है।

शिखरा की बुढ़िया माँ ने बातों ही बातों में कहा, "तुम्हारी बाड़ी के पास उस ओर काँटोंवाले साग के पौधे कितने बड़े-बड़े भालू की तरह बढ़े हुए हैं, तुम तो उन्हें छुओगी नहीं। मुझे कहती तो एक मुट्ठी खोंट लेती। साग हो जाता।"

"मैंने ही तो बढ़ाया है," उसने तुरन्त जवाब दिया, "साग रख छोड़ा है, 'पत्तरपोड़ा' बनाने के लिए। डाली पड़ेंगी काँजी में। आज पत्ते खूँटने की सोची थी। तूने तो डाल ही तोड़ दी।"

शिखरा की माँ घुसकर काँटों में से दो डाल तोड़कर लायी थी। उसका पावना इतना ही हुआ है।

साहसी स्त्री है आरत अमीन की पत्नी। देह का अंग-प्रत्यंग जैसे पम्प मार-मारकर फुला दिया गया है। इतना बड़ा मुँह, केतकी-सी गोरी, ऊपरवाले होठ पर भूरे रोओं की रेखा। बैरी कहते हैं कि शंखी की माँ आधी मरद है, अमीन तो उसकी बकरी है। शंखी की माँ की मसें हैं।

धान कूटते-कूटते शिखरा की माँ ने वही दूसरी बात दे दी थी। उपक्रमणिका देकर कहा, "देखो तो सही, समय ऐसा हो गया।" उपसंहार में कहा, "अब इस गाँव में धर्म-अधर्म, मान-मानता रहेगी कहाँ से?"

शंखी की माँ ने खोद-खोदकर पूछा, "अरी, इतनी बात हो गयी? कहाँ, हमें तो कोई खबर ही नहीं। घर में बुलाकर छवि की माँ ने क्या किया? कन की माँ ने आकर आज सुबह खुद बताया है, चूल्हे से दो पतंगे लेने उतने घर लाँघकर आयी थी।"

शिखरा की माँ ने कहा, "मैं स्वयं तो थी नहीं, जो सुना सो कहा। घर में ले गयी, बाद में उनके बीच क्या हुआ, कौन देखने गया? तो भी आखिर माँ ही ठहरी न, जनम दिया है, कुछ तो किया ही होगा। और क्या ऐसे ही छोड़ दिया होगा? जो हो, पर दोष क्या हो गया? जो बाद में होता, पहले हो गया। असुविधा इतनी कि जिसे कहते हैं मर्यादा..."

चम्पी की माँ ने कहा, "मर्यादा ही तो असल है, वही गयी तो क्या बचा? हम लोग दो मुट्ठी कहीं काम-धन्धा कर ले आती हैं, पेट भरती हैं, पर इज्जत को कितना डरती हैं! इसीलिए देखती हो अपने दूधमुँहे बच्चे को, किसी की बात न सुनकर, हाथ-बे-हाथ कर दिया। कौन-सी उमर बढ़ गयी थी? तेरह पूरे कर चौदहवाँ लगा था। उसके बापू ने चाहे जितना भी मना किया, नहीं मानी मैं तो। हमारी तो वही पूँजी है—इज्जत! हाँ, तुम बड़े लोगों की और-और बात है..."

रघुआ की माँ ने कहा, "तुम भले कह रही हो, पर मुझे तो सुनी बात पर विश्वास नहीं आता। लोग तो ताजा फूल पर भी कीड़ा डाल देते हैं..."

शिखरा की माँ ने कहा, "तुम क्यों नहीं कहोगी?"

चम्पी की माँ भी हँस पड़ी।

रघुआ की माँ लाल पड़ गयी, बात पकड़कर कहा, "मेरे कहने न कहने पर इतना बावेला क्यों? मैंने किसकी पत्तल में धूल डाली है? किसके मुँह में आग लगायी है?"

शिखरा की माँ ने कहा, "यह लो, गुस्सा क्यों हो रही हो? तू भली है, तेरी आँखों में सारी दुनिया भली है। पर राज भर के लोग जो घुसर-फुसर कर रहे हैं।"

रघुआ की माँ ने कहा, "बता तो, जीजी, ऐसा भी कहीं होता है? जान नहीं, पहचान नहीं, बाट में जाते आदमी से भी कोई पहचान करेगा? पहचान तो पहचान, फिर दुःख-सुख की बातें, हँसी-ठट्ठा करेगा? माँ-बाप को खबर नहीं, मोहल्ला-बस्ती को पता नहीं, पर बाट में—घाट में और क्या आदमी नहीं हैं? फिर बेटी का यह गुण देख उसके गले में कटार न डाल कहीं कोई पराये आदमी को घर बुलाकर यह थोड़े ही करता है कि जो हुआ सो हुआ, तू अब ब्याह कर! यदि आदमी दोषी होगा तो वह मुँह छुपाकर भागेगा या उलटा मेहमान बनकर उस घर में जाएगा? जिसके जो मन में आये कहे—और हम क्यों विश्वास कर लें? अपना क्या विवेक ही नहीं?"

चम्पी की माँ ने कहा, "छोड़ो भी, सारा विवेक-विचार बस इसी के पास है। गाँव-भर के लोग क्या कहते हैं, जा सुन आ, तब आकर कहना।"

अमीन की स्त्री ने कहा, "इसका यह मतलब नहीं री, कि तू जाकर उनके ही घर में उगलने लगे, री रघुआ की माँ! सत्रह घर में आग लग जाएगी! हमारा क्या लेना-देना किसी की बात से?"

नदी के किनारे से गाँव तक जाने के लिए ठीक जहाँ ढलान शुरू होती है, उसके नीचे ही शुरू होती है पगडण्डी, वहाँ से उतरते समय बायें हाथ उठान पर हरि साहू की दुकान और थोड़ा छोड़कर किणेईं ओझा का लुहार-शाल है। बाट पर ही घना बरगद, उसके नीचे खूब चौड़ी जगह है। जमाने की, बहुत पुरानी दुकान है उसकी, तेईस बरस पूरे हो गये, उसे तीस वर्ष हुए थे, एक दिन पण्डित को कहकर मुहूर्त निकलवाया, कारीगर को जगह दिखा-परखाकर, चौधरी के हाथ दो बीघा जमीन गिरवी लिखकर, रुपये लिये और अपनी दुकान खड़ी की थी। हाथ में तासीर है। उसके सोलह प्राणी का कुटुम्ब, बेटा-बहू, पोते-पोती—सबों के खाने-पीने के बाद भी दो पैसे बचते हैं। दुकान का चेहरा भी बहुत बदला हुआ है। पहले थी एक छोटी गुफा, फिर छान-फूस का ही सही, एक खुला-सा घर बना। इसके बाद वह बना कच्ची ईंट का छप्पर-घर। एक कोठरी से बने दो कमरे, फिर तीन। वहीं अटक गये। उनमें से एक कमरा दुकान, दो कमरा गोदाम। लोगों ने कितना समझाया कि छप्पर की

क्या हालत हो गयी है, सफेद-सफेद लोहे का पत्तर बिछाकर छत कर दो तो काम निबटे। हरि साहू उस बात की उपयोगिता को कितना ही क्यों न समझे, पर करने को उसका मन कभी नहीं करता। कहता कि वैसा करने पर दिखावा-सा लगेगा। "भगवान् ने जो दो अंगुल जगह दी है, उससे घास-फूस भी तो मिल जाता है, काम चल जाता है। कभी अटकाव आएगी तो देखा जाएगा।"

हरि साहू का पक्का विचार है कि दुकान के सामने बरगद पर देवी की प्रतिष्ठा न हो सके। बहुत बार चेष्टा हुई है—तने पर सिन्दूर पोतने की, माटी के बने हाथी-घोड़े आदि खिलौने लाकर बरगद के नीचे रखने की। कम-से-कम गाछ की डाल पर एक सफेद पताका ही फहरा दी जाय। पर हरि साहू खँखारकर पीछा करता है। कहता है, यह आदमी के रहने का स्थान है, इसे देवों का थान न बनाओ। आदमी को भी असुविधा, देवों को भी असुविधा।

उसका एक और पक्का मत है कि वह झगड़े-रगड़े में नहीं फँसेगा। उसका कहना है, "तरफदारी करना मुझे आता नहीं। बस, घर कैसे सही-सलामत चले, उतने के लिए ही बुद्धि पूरी नहीं पड़ती, दूसरे को देने के लिए कहाँ से लाएँ।"

गाँव के 'टाउटर' अगणि राय और गदेई लेंका ने नाना उपाय रचे कि किसी प्रकार उसे मुकदमे में खींच लें। कुछ न सही, किसी के बहकावे में आकर वह थोड़ा आगे ही बढ़ आए। पर हरि साहू ने उसमें भी पैर नहीं रखा। यहाँ तक कि गाँव की दलबन्दी में यदि कोई पूजा-ओझा के नाम पर चन्दे में कमी आ पड़ती, तो दुकानदार हरि साहू के नाम से वहाँ शून्य होता—केवल अष्ट प्रहरी नाम कीर्तन, बाललीला, भागवत-सप्ताह और झूलन को छोड़कर। इनमें वह खुलकर देता है, और किसी में नहीं।

युद्ध के समय कण्ट्रोल आया, चीनी, मिट्टी का तेल आदि कितने ही कारोबार आये। उसके पीछे-पीछे आ पहुँचा काला बाजार, रातोंरात न सही, तो भी कुछेक महीनों में बड़ा आदमी बनने की बलवती आशा के सम्बन्ध में सज्जन बनकर, हितैषी बनकर कितने लोगों ने आकर रास्ता बताया किन्तु हरि साहू चौंका तक नहीं। कहा, "यह कण्टरोल जाएगा नहाने, यह युद्ध का पानी फट जाएगा, यह नया कारोबार धँस जाएगा। यह पुरानी दुकान भी टूट सकती है, तब दिन का दिन और रात की रात रह जाएगी—युग-युग के लिए। मुझे और किसी की आस नहीं।"

वह सबको धकियाकर रहना सीखता आया है। किसी के चबूतरे पर जाता नहीं, किसी को अपने चबूतरे पर बैठाकर आप्यायित करता नहीं, किसी दल या पण्डाल में कभी दिखाई नहीं पड़ता। सुबह सूरज जैसे ही दुकान के आगे किरण बिछाता है, वह भी वैसे ही जाकर बैठता है दुकान की गद्दी पर। चीकट लगी छोटी धोती बाँधता है और एक चीकटभरा अँगोछा कन्धे पर डाले रहता है, पसीना पोंछने के लिए। सदा पान चबाता रहता है। दुकान बन्द कर लौटते समय किसी से ज्यादा

बातचीत करता नहीं, केवल कमर से खड़ी टटोलकर सारे बरामदे पर लीलावती के सूत्र, चाट इच्छावती के सूत्र, अन्धे नायक के सूत्र आदि पुराने ढर्रे के हिसाब निकालता रहता है। कोई पूछे तो बताता नहीं, समझाता नहीं, खाली अंक लिखता रहता है, वही उसका खेल, उसकी खुशी है। रात होने पर कभी-कभी अरण्ड के तेल का दीया जलाकर वही सारी पोथी पढ़ता है।

बस एक बात पर वह बाहर के लोगों से बहस करता है, और वह है अखबारों से बढ़ी राजनीति। किन्तु उसमें भी वह अगणि राय, गदेई लेंका आदि के जाल की पकड़ में नहीं आता, क्योंकि उसकी राजनीति की चर्चा में अधिक भाग भारत के बाहर की बातें होती हैं। वह देश होता है जिसका भौगोलिक मानचित्र भी उसने कभी नहीं देखा। वह केवल इतना जानता है कि वहें कोई स्वतन्त्र देश है। और वह चर्चा किया करता है। भारत का महत्त्व कितना है, कितना आदर है हमारे देश का, कितना काम करते थे ऋषि-मुनि, कैसे देवताओं के अंश हैं हमारे इस देश के महात्मा गाँधी, गोपबन्धु वगैरह। ऐसी ही सारी बातें। इनमें भी कोई झगड़ा-फसाद नहीं। थाने में रपट करने जैसी भी कोई बात नहीं। गाँव की बातें और लोग करते, हरि साहू पत्थर की तरह बैठे होते। ग्राहक आते तो सौदा-सुल्फा दे देते। लोग जानते हैं, उससे कुछ मिलेगा नहीं—ऊँ या हूँ, सो चले जाते।

उस दिन, दिन ढलने के समय चेमेईं बेहरा के साथ बात आ पड़ी थी भारत के बाहर गोरों में वर्ण-भेद को लेकर। चेमेईं उसका हमउम्र, कोई तिरपन या चौवन, दोनों चटशाला में साथ बैठते थे।

अखबार में उसी वर्ण-भेद का नमूना निकला है। दक्षिण अफ्रीका। हरि साहू कह रहे थे, "अफरीका कहो चाहे अमरीका कहो, सब जगह एक बात है। ये गोरे साहब लोग काली छाया पड़ने पर ही कूदते हैं, यह तो मैंने जिस दिन अखबार पढ़ा तब से देखता आया हूँ। आज सुनो कि काले आदमी को पकड़कर आग में भून डाला, तो कल सुनोगे कि काले आदमी को अलग कर दिया, वहाँ लोग काले होकर जनमे कि उनके भाग फूटे। उसके बाल-बच्चे गोरों के साथ पढ़-लिख सकेंगे नहीं, मानो उनकी देह में कलौंस लग जाएगी। और वैसे ही लोगों को तुम बुद्धिया कहते हो? यह तो अधरम है, इस अधरम में आदमी का नाश हो जाता है। पर उनके देश में भी हमारे देश की तरह भले लोग हैं, वे बराबर आपत्ति उठाते हैं, कालों का साथ देकर कोई-कोई तो कष्ट भी भोगते हैं।"

चेमेईं बेहरा ने सिर हिलाया। बूढ़े की दोनों चकचक करती लुरकी चमक रही थी। बोला, "पाप है यह!"

हरि साहू ने कहा, "और वहाँ के बिचौलिये टाउटरों की बात तो देखो; साधारण आदमी तो सब जगह भला ही होता है, उनको बिचौलिये-टाउटर उकसा रहे हैं कि इसकी ओर होकर उसे मारो, उसकी तरफ होकर इसे भस्म करो। युद्ध

करो युद्ध, नहीं तो फिर आदमी ही क्या? वे सब असली बिच्छू हैं! इस दुनिया में घर फोड़नेवालों का वंश बढ़ता है, अरे बाबू, आप भला तो जग भला, सो तो नहीं, वे तो खाली ओर-छोर ढूँढ़ते हैं कि कैसे झगड़ा लगे! मारकाट, लहू-लुहान होकर आदमी मरे। बुद्धि तो इतनी ही है, और कहते हैं कि हमारी गोरी चमड़ी है, हम बड़े हैं, हमारा यह है वह है, बम है, बुद्धि है। भले आदमियों की बुद्धि को भटकाते हैं। जब देखो तब झगड़ा, नारद वहीं जनमे थे क्या?"

चेमेई ने सिर हिला-हिलाकर कहा, "हाँ, वहीं पर।"

लुहार किणेई ओझा तभी एक आने का तम्बाकू-पत्तर लेने आ पहुँचा। कहा, "तुम खाली लीलावती घोटते रहो, बिदेस की बात सोचते रहो, इधर स्वदेश में, हमारे गाँव में, पड़ोस में क्या कुछ हो गया, खयाल तो करो जरा।"

हरि साहू ने कहा, "इधर की बातों का खयाल रखने के लिए तुम लोग जो हो! मुझमें तो इतनी अकल भी नहीं, उधर निगाह भी नहीं।"

बूढ़े किणेई ओझा की आँख पर भौंहें जूट की तरह हो आयीं, अपने पैने चेहरे को चेमेई बेहरा की ओर मोड़कर उसने कहा, "और तुम भी सुन लो। यह सच बात है कि यदि बड़ा आदमी कर्म करे तो आदमी को मुँह में मेढक डालकर बैठना नहीं चाहिए। दो शब्द पूछने ही पड़ते हैं। तुम्हारा क्या विचार है?"

"पखाल।" कहकर चेमेई ने सौदे की पोटली उठायी और चल दिया।

किणेई ओझा ने कहा, "वही सिन्धु चौधरी। हम जानते हैं बाबू का घर। हाथी मरे भी तो लाख का होता है। पर इधर बाबू की पीठ पर उठा है गूमटा।"

हरि साहू ने कहा, "तुम तो वहाँ हथियार पजाते हो, गूमटा काट दो। ये लो अपना तम्बाखू का पत्ता। हाँ,...बोल तो कुली मलिक, तुम्हें क्या लेना है?"

"बाबा को बुखार है, सागू दो-चार पैसे का।" कुली मलिक ने कहा। बच्चों का-सा चेहरा, बलिष्ठ गठन, कद्दावर।

"अरे, कैसा बुखार है रे? कँपकँपी होती है?"

"हाँ, कँपकँपीवाला बुखार है। दाबकर बैठने पर भी काँपता है। उलटी होती है। सिर में दरद की तो पूछो मत, बस।"

"ले, यह कोइलाइन की गोली," उसका कुण्ठित भाव देखकर हरि साहू ने कहा, "ले जा, पैसे पीछे देना, बापू को अच्छा हो जाने दे। जूड़ी-ताप को कुइलाइन। तुझसे किसी का पैसा कभी डूबा है कि डूबेगा!"

किणेई ओझा ने कहा, "ये तम्बाखू के पैसे लिख लो, पीछे दे दूँगा।"

हरि साहू ने कहा, "ऐसे 'लिख लो लिख लो' अगर सभी कहने लगें तो कैसे चलेगा? महाजन को क्या दूँगा?"

गाँव का युवक परिया गुरुजी आ पहुँचा। वह पढ़ाता नहीं है। बाप की खेती-बाड़ी में भी नियमित सहायता नहीं करता। पर गाता खूब है, किणेई ओझा

की शाला में बैठकर कभी कोई गीत सुना देता है। घर पर कभी कोई काम करे या नहीं, लेकिन गाँव में सरदारी जरूर करता फिरता है। काला छरहरा युवक, सिर के बाल तेल में सने, बालों में आठ-दस लहर बन गये हैं।

किणेई ओझा ने उसकी गाँठ-गँठीली भालुआ देह को परख लिया, कूबड़े की तरह कन्धों को फुलाकर कहा, "दो न, चार पैसे की ही तो बात है, मैं तुम्हें पीछे दे दूँगा। अरे लोहा पीटा और ठाकुर ने पैसे दिये। अब कौन-सी बात रह गयी। हे भगवान्, लो सुनो, सुनकर कान मूँद लेना, जिस दिन से यह गाँव बसा, उस दिन से कभी किसी ने ऐसा न सुना होगा। सिन्धु चौधरी ने बेटी को ब्याहा नहीं, पर इधर घर में मगरमच्छ घुस आया। आज आया था वह महान्ती का बेटा, बन्धमूल गाँव से। देखो, बन्धमूल कहाँ, पाटेली गाँव कहाँ। बात तो यह है।"

बात के बीच में ही आ पहुँचा बिका मुदुली। खाँसता जाता है, पिक्का खींचता जाता है एक-एक कर। कहा, "चीनी चार पैसे की, एक आग-पेटी।"

हरि साहू सौदा दे रहा था। बात सुनकर परिया हँस पड़ा, अण्टी से निकालकर चार पैसे रखे। बिका मुदुली चौंक पड़ा। बिलबिला उठा, "ओहो, सो कैसे, सो कैसे?"

हरि साहू का चेहरा लालमुँहे बन्दर के जैसा दिख रहा था। दोनों होठों को उसने एक साथ भींच लिया है। छोटी-छोटी दोनों आँखें थिर हैं, जैसे कुछ घिरता-सा दिख रहा है। भौंहें, गाल और चौड़े थोबड़े पर रेखाएँ खिंच आयी हैं, इस तरह जैसे पत्थर पर खिंच जाती हैं।

किणेई ओझा ने कहा, "सुनो तो। ये जैसे गाँव की भिण्डी की क्यारी में साहबी रोग लगता है, एक को पकड़ा, फिर दूसरे पर कूदा, फिर और एक को। धरम गया, महत्त्व गया, सब राख कर खा गये क्या करें, बोलो।"

बिका मुदुली ने कहा, "कच्ची हाँडी, जूठी हो गयी तो फेंको। यही सजा हो। इसमें फिर पराये बच्चे को पढ़ाएँगे, इसके लिए बैठकर मास्टरगिरी क्या करते हैं, पहले घर की ओर तो निगाह करें।"

परिया हँसा, वैसी ही तरल हिंजड़ों की-सी दायित्वहीन बेवकूफी भरी हँसी। हँसता ही रहा।

हरि साहू ने कहा, "देव तुम्हारे बैरी बन गये, तुम्हारे कारण इस गाँव को धरम छोड़ गया, मैंने तो अपने मन की बात खोलकर कह दी, जो करना हो करो।"

वे उसके मुँह की ओर ताकने लगे, अगर आदमी का मुँह वज्र-सा होता, तो वह शायद कुछ ऐसा ही दिखता, मन-ही-मन परिया सोच रहा था।

किणेई ओझा कसमसाने लगा, उसकी देह में आग लग गयी। दुकान की गद्दी की ओर झुक सूँ-साँ करते हुए कहा, "विधाता ने कैसे छोड़ दिया हमें?"

हरि साहू जमुहाई लेकर हाथ से चुटकी बजाते हुए बोला, "बात यह कि पराये

घर की इज्जत पर ऐसी बातें कहने से भगवान् भला छोड़ेंगे? तुम्हें तो अपने सभी छोड़ गये!"

"तुम सोचते होगे कि यह धरती जलती होगी तब भी तुम गद्दी पर बैठे सौदा तौलते रहोगे, हरि साहू!" किणेई ओझा ने कहा।

"अब तक तो बेचा। किसने चन्दे के पैसे मारे, गाँव में कुआँ खुदवाएँगे, पोखर खुदवाना है, सड़क बिछानी है, कहकर कितनों ने रुपये लाकर हड़प लिये, मारपीट की, पर मैं अपनी लछमी की गद्दी से सरका नहीं। तुम्हारा मन न माने तो इधर पैर न रखना। और भी तुम्हारे भाई-बन्द बहुत हैं। जो आएँगे, खरीदेंगे। और यदि कोई नहीं आया तो दुकान में ताला झुला दूँगा। डराते किसे हो?"

"अरे तुम तो बड़ी-बड़ी बातें करने लगे हो। देखते हो भाई, बिका मुदुली, पैसा हो तो ऐसे सिर में पित्त हो जाता है! सुन रहे हो तो पधान भाई,—"

उधर से सौरी पधान बूढ़ा गुजर रहा था, किणेई ने आवाज दी। सुनकर सौरी पधान ने कहा, "ये हरि साहू तो सदा इकरंगा आदमी रहा, जानते ही हो, फिर क्यों उनके साथ लगते हो?" सौरी पधान हरि साहू से बीस रुपये का सौदा उधार लिये बैठा है। इतना कहकर वह चला गया।

किणेई ओझा ने कहा, "नहीं तो क्या डरें इनसे?"

हरि साहू ने अपने मँझले बेटे को पुकारा, "अरे सण्डू! आना तो, इन्हें कह दे कि जाएँ। मेरा तो माथा दुखने लगा इनकी बातें सुन-सुनकर।"

दूसरे कमरे से सण्डू आया, आकार में अतिकाय। आदमी देखता रह जाय, किन्तु आँखें झुकी हुई। छाती पर हाथ बाँधे दुकान के आगे खड़ा हो गया, "जाओ बाबू जाओ, बाबा को उधर कष्ट होता होगा।"

सण्डू बूढ़े का लाड़ला बेटा है। उसे जरा भी झिझक नहीं, उज्र-आपत्ति नहीं, बाप का फैसला उसके लिए पत्थर की लकीर है।

बचपन से सब बड़े हुए। वह भी बढ़ा किन्तु उसकी देह की बढ़ोतरी पता नहीं कैसे साधारण से दूनी होती गयी, ऊँचा चार हाथ से भी अधिक। लोहे के खम्भे की तरह हाथ-पैर, देह में अकूत बल। हरि साहू ने स्वयं उसकी खुराक पर ध्यान दिया। दिन में डेढ़ सेर दूध अकेले उसी के लिए। सण्डू ने ध्यान दिया परिश्रम पर। हल चलाना, माटी खोदना, काठ फाड़ना, बैलगाड़ी में चीजें लादना, कीच में बैल थक जायँ तो आप ही गाड़ी को धकेलना, बोझ उठाकर रखना—ये ही सब थे उसकी अपने आप की कसरत। किन्तु वह कभी बल का घमण्ड नहीं दिखाता। एक प्रकार की विनय उसे झुकाये रखती है, परिया जैसे छोकरे जब तितली-जैसी छाती ठोंककर बाँह उठाये चलते हैं, तब सण्डू चुपचाप मुँह नीचे किये चला करता है।

किन्तु उसकी देह के बल का चमत्कार इस गाँव की कहानी बन गयी है। शहर में एक बार वह बैलगाड़ी लेकर माल लाने गया था। पास के अखाड़े में कुछ

कुश्ती के दाँव-पेंच चल रहे थे। वह वहाँ रुककर देखने लगा।

"आरे यह देहाती क्या हाथी के जैसा फूला हुआ है, देखें तुझमें पखाल, माण्डिया खीर, कुल्थी का कितना जोर है।" कहकर लड़ैत मुर्गे की तरह प्रधान मल्ल उसे बाँहों में भर खींच ले ही तो गया, और कहने लगा, "देखो भाइयो, देह कुप्पा होने से क्या आता-जाता है? वहाँ ताकत तो होती नहीं, दाँव ताकत से भी बढ़कर होता है। देखना, यह कैसे केले के गाछ की तरह धड़ाम से गिरता है।"

सण्डू ने बहुत अनुनय-विनय की, छटपटाहट दिखायी, पर मल्ल ने उसके कन्धे पर, बाँहों पर अपनी हथेली थपथपाकर कहा, "अरे घबराओ नहीं, बच्चा, तुझे कोई खा थोड़े ही जाएगा। खाली लोगों को बताने के लिए तुम पर दाँव आजमा लूँ। तुम्हारा कुछ होगा नहीं। पकड़ो मुझे...हाँ, मुझे फेंको..."

"आपने मेरा क्या बिगाड़ा है, जो फेकूँ आपको?" निरीह सण्डू ने कहा।

"अरे, यह खेल है, खुद उस्ताद बुला रहे हैं तुझे, तेरा बड़ा भाग्य है।" किसी ने कहा, "हाँ भिड़ जा, भिड़ जा, डर मत यार!"

सण्डू ने कितनी ही आपत्ति की, पर मल्ल ने उसे भींच लिया। दोनों पैरों के बीच पैर डालकर एक मोड़ लगाया, और चिल्लाया, "ये देखो हाथी गिरता है, हाथी गिरता है..."

सण्डू को जरा दर्द-सा हुआ। पलक झपकते ही उसके देह-यन्त्र में हलचल हुई, और फिर एक जोरदार 'हूँ'।

और उस मुर्गे मल्ल को अधर में यों उठा लिया जैसे बिल्ली चूहे को दबोच लेती है। दो चक्कर काटकर धड़ाम से नीचे पटक दिया। इसके बाद अपने किये का परिणाम समझकर झरझर रो उठा, "ओह, यह क्या हुआ" कहकर उसे फिर से नीचे से समेटकर कोख में लिया और उसका चेहरा देखा। कहा, "बाबू, मुझ निर्दोषी को आपने जबरदस्ती दोषी बना दिया।"

इसी समय ऊपर चुपचाप जनता के बीच से कैमरे की रोशनी झलकी। हनुमान के पहाड़ उठाने की तरह उसका पूरा बड़ा चित्र अखबार के पहले पन्ने पर ही लोगों ने देखा था, अँगरेजी उड़िया मासिक पत्रों में भी वह छपा, शहर की फोटो की दुकानों में लोगों ने कई दिनों तक उसकी भी फोटो टँगी देखी।

किन्तु इतनी बड़ी कीर्ति करके उसने नाम नहीं कमाया। उसे खुशी तब हुई जब मल्ल ने आँख खोलकर उसे देखा। रक्त में सराबोर उसका मुँह कुछ विकृत-सा हो रहा था।

जैसे कोई अपनी माँ से लिपटता है, उस तरह सण्डू से लिपटकर हँसते हुए उसने कहा, "बच्चा, समझ गया तुझे, वास्तव में पुरुष हो तुम! मेरे मित्र बनोगे?"

धीरे से उसे जमीन पर डाल सण्डू ने अपने काम में मन लगाया। चीजें लादनी शुरू कर दीं। उन्होंने उसका बहुत पीछा किया। पैसों की, मान की कई बातें कहीं,

कुछ लोगों ने देश की दुहाई भी दी, कहा, "तुम्हारा इतना बल बेकार जा रहा है। हमारे अखाड़े में शामिल हो जाओ। कुछ दाँव-पेंच सीखकर निकल पड़ते; और देश-भर के पहलवानों की चोटी काट लाते। तुम पर बाजी लगाकर तो लाख-लाख रुपये मिल जाते, और क्या चाहिए तुम्हें! हमारे उड़ीसा का नाम भी चारों ओर होता। तुम्हारा क्या बिगड़ता है?"

"नहीं, नहीं, भाई, यह देह दिखा-दिखाकर, घूम-घूमकर पैसे कमाने के लायक नहीं है। छिः, मैं कोई भेड़ या बकरा या मुर्गा हूँ जो घूम-घूमकर सींग लड़ाऊँगा। अपना काम छोड़कर इस व्यापार में दीवानों-जैसा मैं क्यों जाऊँगा। ऐसा नाम, ऐसे पैसे मेरे किस काम के?"

यह था उसकी बातों का मतलब। किन्तु इस प्रकार एकबारगी स्पष्ट वह नहीं कह पाया था। रुक-रुककर कहता जाता एक-एक बात, कभी उसकी दृष्टि में ऐसा दिखता मानो पापकर्म के लिए भय छा गया हो, कभी घृणा। उसके स्वर में टस से मस होने का भाव भरा था।

उसके जीवन का यह उपाख्यान इतने में ही पूरा हो गया था।

यह वही सण्डू साहू! आम चुनने या मछली मारने, रज पर्व की डू-डू या होली की हुड़दंग किसी भी जोर-आजमाइश के अवसर के बीच में वह नहीं जाता, किसी भी तरह नहीं। किसी का शत्रु नहीं—अपने बाप की तरह।

"देखते हो, उन्हें," बाप ने कहा, "कैसे सत्यानाशी आदमी हैं, ये लोग!"

"रहने दो," सण्डू ने कहा, "अपना क्या जाता है?"

"मैं देखता हूँ, अब इस गाँव की श्री ही समाप्त हो गयी। ये सब अमंगल के लच्छन हैं। लोगों की अक्ल तो देखो! खैर जो हो, उन परमानन्द माधव की इच्छा!" सण्डू ने कुछ नहीं कहा।

बात बढ़कर फैल गयी गाँव-भर में। सभा-समिति कुछ हुई नहीं, किसी बड़े दल में भी कोई चर्चा नहीं हुई। दो जनों में चर्चा छिड़ी, एक ने दूसरे पर सन्देह किया कि यह किसकी ओर का है? यह कितना जानता है? मुसीबत तो खड़ी नहीं कर देगा! अतः बात को घुमा-फिराकर आधी-अधूरी कहा और फिर श्रोता पर भरोसा हुआ तो आमने-सामने पूरी बात।

छोटे-छोटे दलों में बँटकर औरतें आपस में बोल-बतिया रही हैं, किसी के बरामदे में, तो कोई भीत के पीछे। कोई बाड़ी में तो कोई कुएँ के पास। कोई झुरमुटों के पिछवाड़े आमने-सामने निबटने बैठते समय। इस तरह सब ओर एक कहानी तैयार हो गयी। मानव चरित्र में है साधारण अविश्वास, सन्देह, कुसंस्कार, अन्धविश्वास, अपने मन में सात ताल गहरे कीच में दबी लालसा का दुःस्वप्न। किस

गाँव से किस बहू के साथ आयी कितनी पुरानी कलंक की कहानी, कितनी नानी की कहानियाँ। पात्रानुसार इन सबमें से कुछ-कुछ मिलाकर नाना स्थान पर नाना रूप में कुत्सित अपवाद गढ़ा जाने लगा, और पंख लगकर इधर-उधर उड़ने लगा।

केका की स्त्री ने भी यही कहानी कही थी। उसकी बात—नायिका का नाम उकी, नायक का नाम बताया नहीं,—वह खाली 'मेहमान' था। कुआर पूनम को पकड़ में आये थे दोनों। बाड़ी की ओर पोखर के किनारे बाँस के झुरमुटे के उस ओर चाँद की ओर मुँह किये बातें कर रहे थे। बस्ती की कोई लुगाई आयी थी। थोड़ा हटकर घाट पर बरतन माँजने बैठ गयी। पानी में कलकल हुआ, फिर भी उन्हें होश नहीं।

"वह चीज ही ऐसी है! कान भी बहरे हो जाते हैं।" गहरी साँस छोड़कर केला की स्त्री कहती गयी, "छाती धक-धक कर रही थी कान साँय-साँय, बस खाली भाँ-भाँ! मानो देह में कोई गरम तूफान बह रहा है, उधर बाहर—मानो हाथ-पैर जड़, अचल, सरकने को भी मन नहीं करेगा..."

बायें-दायें सिर हिला-हिलाकर आँख चटका-मटकाकर गहरी साँस लेते हुए, वह कह रही थी, मानो अपने आप उसने वह कहानी भोगी है, और सुननेवाली एक-दूसरी का मुँह देख दबी हँसी हँस रही थीं।

"पत्थर पर सटे बैठकर जब वे घुसर-फुसर कर रहे थे, और होठों में पान दबाये एक-दूसरे का देन-लेन चल रहा था, मेहमान कह रहा था, हम ब्याह करेंगे, नहीं तो जीवन त्याग दूँगा। उकी कह रही थी कि मेरा भी यही हाल है। पर यह विधाता क्या सचमुच करने देगा?—ठीक तभी घाट पर गयी उस लुगाई ने आवाज लगायी, 'यह बाड़ी की ओर कौन है? माँ, देखो तो सही!' वह शहरी मेहमान—वही जो बड़ा कबी बढ़ा पढ़ेसरी,—उसका धीरज पानी हो गया, कि बस एकदम दौड़ा। और उकी? वह बेचारी, खड़ी-खड़ी, वहीं धम से गिर पड़ी। कि फिर..."

उसके बाद क्या हुआ सो रहा अगली बार के लिए। साइकिल चला-चलाकर डाकिया आकर बाहर रुका, उसके पीछे-पीछे बस्ती की आठ-दस औरतें, दस-पन्द्रह बच्चे। सुभद्रापुर से आया है, आकर पहुँचते-पहुँचते दिन ढलने लगा। पहले जो पुराना आदमी आता था वैसा नहीं है यह, वह तो चार दिन के भूखे की तरह मरीज-सा नजर आता था। चौड़े कन्धे और छाती पर देह पर मांस और चमड़ा मानो ढीला हो झूल रहा है, सारे चेहरे पर कील-सी दाढ़ी, सिर पर बालों का झोंटा, मानो टोकरी उलदी है। उसकी मैली कमीज और ढीला-ढाला पैजामा! और उसके गोल चेहरे की भंगिमा भी विचित्र। मुँह के कोने से पान की पीक, मानो ढीला होने के कारण बह रही हो, उस तरह से धार छूट रही है। मुँह पर हँसी। दोनों ओर हाथ बढ़ाकर जैसे वह पान एक के बाद एक लेकर मुँह में भरता जाता है। वैसे ही झुकता हुआ बच्चों के सिर पर हाथ फेर देता है, टामकी-सा पेट दिखने पर अँगुली गोद देता है, हँसता और हँसाता है।

नहीं, नहीं, यह सिर्फ दूसरा ही नहीं है दूसरे ढंग का भी है।

केला की स्त्री ने देखते-देखते निगाह की उस दूसरे का वर्ण था भूने हुए मूँग की तरह। सारे माथे पर रेखाएँ उभर आयी थीं। उसके गाल एक ओर ढले रहते, वह बड़ी-बड़ी आँखें फैलाये मानो सबकी सुख-दुःख की बातें आँखों के रास्ते पी जाता है। आहिस्ते-आहिस्ते सिर हिलाकर, सुनी बातों की पड़ताल करते समय उसके चेहरे पर सहानुभूति के तरल भाव फैले रहते, वह खाली चिट्ठी-पत्री मनीऑर्डर लेकर ही नहीं आता, वह लाता सहानुभूति, आशा। परत पर परत से बना चमड़े का काला थैला कन्धे पर झुलाता आता। उसमें हँसी-रुलाई की कितनी कहानियाँ होतीं, उससे बढ़कर उसके परिचित चेहरे पर सर्व सह्य अभय मुद्रा और आशा-विश्वास होते।

"क्या लिखा है? बुखार हुआ है, यही तो? वह कुछ नहीं है, अब तक बुखार छूट गया होगा...फिर चिट्ठी आती ही होगी...

"रुपये नहीं भेजे हैं? भेजेगा, भेजेगा, चिन्ता मत करो। आजकल खर्च कैसा बढ़ गया है, देखते तो हो। किसके पास पैसे बचते हैं इस जमाने में?

"चिट्ठी लिख नहीं रहा है, उसके लिए चिन्ता कर रहे हो? चिन्ता क्यों करते हो? चिट्ठी अपने आप आएगी। काम की घड़ी है, काम से आकर घर में आते तक तो समझ लो थका-हारा, आदमी चैन से बैठे तब तो दो हरूफ लिखे!"

"क्या हुआ? ओह, मरने की चिट्ठी आयी है? हाय, हाय! कितने दुःख की बात है! मेरा ही भाग आज बुरा है। मैं इतनी बुरी खबर लेकर आया! पर बेटी, भगवान् के किये में किसका क्या बस है! दुःख-सुख, सबके दाता वे ही हैं!"

कोई लड़का उसकी साइकिल की घण्टी टिं टिं टिं कर रहा है, चगला। छनछनिया काला छँटैल इकहरा आदमी। तीस का भी नहीं होगा। सिर में सीधी माँग। दोनों ओर काँटों में लगने की तरह चमक रहे हैं सिर के बाल। ठीक नाक के नीचे ढंग से कटी मूँछें। हरी पोशाक, देह पर फबती-सी। जरा भी छोटी-बड़ी नहीं। पतला तीखा चेहरा, मानो पत्थर तराशा गया हो। मन के भाव, पता नहीं, कितने तल में छुपे हैं। वह काम का आदमी, डाकिया!

"सबको बुला लो, आओ बेगा-बेगी ले जाओ, भाई! मुझे बहुत काम है। यहाँ सब दे-दिलाकर फिर अगले गाँव भी जाना है।...हाँ, जेमी बेवा, जेमी बेवा कोई है? ओ बचुआ, देख मेरी साइकिल से न लग। हाँ, तो जेमी बेवा, लो अपनी चिट्ठी। सुदर्शन दास। वामन महान्ती, मनीऑर्डर है पच्चीस का, गाँव के चौकिया को बुला ला, चिन्हाट देगा।"

"क्या, चौकिया चिन्हाट की दरकार है। अरे हम भले आदमी हैं। चिन्हाट न देने से क्या नहीं चलेगा?" सुदर्शन दास ने पीठ की ओर अपनी लम्बी गरदन मोड़कर गले में एक बड़ा शंख-सा बनाकर पूछा। वे आगे तहसील पंचायत में काम करते थे। बोले, "तुमसे पहले जो आता था, वह तो कभी चौकिया को नहीं खोजता था..."

"इसीलिए शायद वे सस्पेण्ड हुए हैं। मनीऑर्डर का गोलमाल। किसी ने किसी भले आदमी को दिखाकर किसी दूसरे के रुपये मार लिये। पता नहीं क्या हुआ कि फँस गये। आजकल इन भले आदमियों का विश्वास नहीं!"

"क्या बोले, क्या कहा? बोलना तो एक बार फिर से!"

"अरे, मेरे गेण्डुना! है रे, काका के घर तुझे टाइफिट बुखार हुआ...अब मैं क्या करूँ? मेरी तो अकल काम नहीं कर रही।" सिर पर हाथ रखे व्याकुल हो बिसूर रही है जेमी बुढ़िया। शशी उसकी चिट्ठी पढ़े दे रहा था। शशी, सुदर्शन दास का लड़का माइनर तक पढ़ा; फिर बार-बार फेल हो पढ़ाई छोड़कर घर बैठा है। पन्द्रह वर्ष का है। डाकिया चिन्ता कर रहा है, "अच्छी मुसीबत है! आदमी के कान के पास ऐसे चीखने से कोई कैसे काम करेगा!"

"अरे चुप भी रह!" सुदर्शन दास ने लताड़ा, "आदमी का भला-बुरा देखता नहीं। उसके बेटे को टाइफाइड हुआ है, चिट्ठी आयी है, वह रोएगी नहीं तो क्या हँसेगी? तुम अपना काम करो न?"

"नहीं, मेरा काम अटक रहा है। तभी तो कहता हूँ। बस कर बुढ़िया, दवा खाने पर ज्वर छूट जाएगा।"

"अरे, ऐ! किसे बुढ़िया-बुढ़िया कह रहा है, ये गेण्डू की माँ है?" एक बुढ़िया ने आपत्ति की, "यह भी कोई बात है, हमारे आगे ब्याह कर आयी। कितने दिन की बात है भला, गिरस्त चला गया। दुखियारी है तभी तो इतने दिन में सूख गयी, नहीं तो अभी से बूढ़ी हो जाती?"

"हाँ, सदेई गोछेइत, उनका मनीऑर्डर आया है बीस रुपये का, भई जरा बुला देना तो, उनका घर किधर है?"

बूढ़े बासू पटनायक ने बात पकड़ी। हाड़-चाम सूख गया है। एकदम डोकरा-बूढ़ा। किन्तु है खूब पक्के हाड़ोंवाला बूढ़ा। सब मर गये, यह बूढ़ा अकेला बचा है। अपने हाथों हाँड़ी चढ़ाते हैं। बोले, "तुम बाबू भले आदमी हो, दायित्वपूर्ण करमचारी बने हो, क्यों? वह जो पाण (एक छोटी जाति) है, यहाँ कैसे आएगा? मान गया, मानता गयी। जमाना ही दूसरा हो गया। तुम ऐसा क्यों नहीं करोगे बाबू? देखते नहीं सदा पाण के नाम से बीस-बीस का मनीऑर्डर आता है, और इस बस्ती में किसी का कुछ नहीं रहा।"

"सहा नहीं जाता। हूँ!" छुरी भोंकने की तरह युवक डाकिया ने दिया एक खेंपा, "आदमी बिदेस जाएगा, मेहनत कर पैसा भेजेगा। गाँव के लोगों का देख-देखकर खून सूखेगा, यह जमाना ही ऐसा आ गया। देना, देना मौसी। अपना रोना बन्द करो!"

सदा के बेटे हुदा ने भेजे होंगे! लोगों में बात चली। हुदा ने अपने मामा के साथ जाकर जहाज में चाकरी की। कैसी लड़ाकू जवान की-सी उसकी छाती हो गयी।

यही कोई साल-भर पहले जाड़े में आया था। कोट-पैण्ट, जूता-टोपी, गाँव के बीच चलता था मच-मच जूते चमकाता हुआ। कहता था, बिलायत से घूम आया है; मेहतर है जहाज में। महीने में बीस-तीस भेजता है, सदा ने रुपये जोड़कर जमीन खरीदी है। स्वयं भी खेती करता है।

बासू पटनायक दबे नहीं। बोले, "खूब हरिजन की तरफदारी कर रहे हो? आप खुद भी वही हो क्या बाबू? घर कहाँ है?"

साफ पैने-पैने दाँत दिखाते हुए हँसकर डाकिये ने कहा, "हमें भी हरिजन कहो, आपत्ति नहीं। पर बाप-दादे के जमाने से गले में पड़ी है जेवड़ी। इसी पोशाक में है। यह किसी का कुछ बिगाड़ती नहीं। जात के महापात्र, गोत्र बच्छस, घर चन्दनपुर शासन, पुरी की ओर है।"

"बच्छस?" बासू ने मजाक के लहजे में पूछा, "बच्छस यह क्या हरिजनों का गोत्र हुआ रे बाबा? आजकल बस, जात-जात की बातें सुनो..."

"वह एक ऐसा ही गोत्र है, पर पुरी के ठाकुर राजा उस गोत्र के लोगों के पैरों पड़ते हैं। तो, यों समझो कि वे राजा भी तो चाण्डाल का काम ही करते हैं। जैसा राजा, वैसा ही पुरोहित।"

"अच्छा, अच्छा, बच्छस गोत्रीय सामन्त ब्राह्मण। महाराज के राजपुरोहित—ऐसा बोलो न! बात को रहस्य क्यों बनाते हो? तभी तो इतना तेज है।"

डाकिया हँस पड़ा, "तेज ही होता तो यह चाकरी क्यों करता? पेज[1] की तो कमी हो गयी उधर पान का बगीचा बिगड़ गया, फिर तेज आएगा कहाँ से? छोड़ो, देर हो गयी, गोच्छेइत के इधर आने से कुछ अपवित्र हो जाएगा तो मुझे जरा राह दिखा दो। मैं उसके घर तक जा आऊँ। ठीक है न?"

उधर सुदर्शन दास बेटे के हाथ से चिट्ठी लेकर पढ़ रहे हैं, जेमी बुढ़िया की आँखों से आँसू झर रहे हैं, बुढ़िया सुबक रही है। "अरे, शशी," दासजी ने आवाज ऊँची कर कहा, "तूने क्या पढ़ा, क्या कहा? गेण्डू को टाइपिस्ट का काम मिला है, क्या करे, गेण्डू को तो चाकरी मिल गयी। ओ गेण्डू की माँ, अरी सुन, तेरा बेटा नौकरी पा गया, और तूने क्या बाँचा रे शशी! भला तुझे क्या मुफ्त में पढ़ाया था रे! चण्डाल, खाक पढ़ाई की, बाँचता है टाइफाड़!"

शशी दबनेवाला नहीं। चिट्ठी खींचकर फिर जोर से पढ़ा, "गेण्डू को टाइफड बेमारी हुई है—यह देखो ना...।"

"हूँ, बेहया कहीं का, बेहयों को भी कहीं लाज-सरम होती है!" सुदर्शन दास ने कहा, "टाइपिस्ट को पढ़ता है टाइफड। काम मिला है, पढ़ता है बीमार पड़ा है। ऐसे ही आलू को भालू पढ़कर परीक्षा में लिख आता है, एक-एक कर तीन बार

1. पेज—माँड़।

फेल। छोटी-सी माइनर भी नहीं हो सका तुझसे। क्या कहता है?"

जेमी बुढ़िया के होठ थरथराकर भगवान् का नाम ले रहे थे, उसकी रुलाई थम गयी थी, शशी लजा गया है।

"देखा मौसी," डाकिये ने कहा, "बेटे को तो चाकरी मिल गयी, और तुम रो रही थी, क्यों? जा मिठाई ला अब।"

"कल्याण करें भगवान्, भला हो बेटा!" जेमी बुढ़िया ने कहा। उसकी आँखों में फिर आँसू छलछला आये। "दस बरस का हुआ तो बाप को खा गया, काका की दया से जो भी दो आखर सीख गया, तो संसार में रह पाएगा, सिर उठाकर खड़ा हो सकेगा। किसे विश्वास था?"

नया डाकिया हठात् गम्भीर हो गया। थैला बन्द कर उठ खड़ा हुआ। बोला, "बाकी रह गये दो मनीऑर्डर। कोई जरा बाट दिखा देता, नहीं तो फिर अगली पारी तक टल जाएँगे। चलो चलें।"

उसके पीछे-पीछे भीड़ टूट पड़ी।

अधमुँदे किवाड़ों के पीछे से केला की स्त्री ने फाँय करते हुए एक गहरी साँस छोड़ी। उसी की अनकही बात को स्वर देते हुए-से घेर लिया गाँव के और तीन-चार जनों ने। डाकिये से और ऊँची आवाज में पूछने लगे, "मेरी कोई चिट्ठी नहीं?" "मेरी भी है कुछ कागद-पत्तर?"

केला की स्त्री ने देखा, डाकिया चला जा रहा है, उसका कुछ भी नहीं आया।

किणेई ओझा हरि साहू की दुकान से लौटकर अपनी शाल में बैठा, और जो भी उस रास्ते से गुजरा उसके सामने जी खोलकर अपना मत व्यक्त करता रहा। उसके कहने का उद्देश्य एक ही था—सिन्धु चौधरी के घराने के बारे में बदनामी फैलाना।

बिका मुदुली उधर से जा रहा था। अपने आपको प्रचारक नियुक्त किये बैठा किणेई ओझा तभी गाँव के चौक को सम्बोधित करता हुआ कहने लगा, "ओहो, देखो, जुग ने क्या नहीं कर दिया! अभाव में पड़कर स्वभाव नष्ट हो जाता है।"

बिका मुदुली उस बात के मन्त्र से शाल की ओर झुका आ गया। तुक मिलाता हुआ कहने लगा, "भई कलजुग है, भई कलजुग है रे! मालिका[1] में थोड़े ही झूठ लिखा है। घर-घर में आँचल में लोग आग छिपाये बैठे हैं। कहें तो किससे? देखते हो न, इतना धन-दरप खरच कर जोगिया की खातिर छोरी लाया। बाप के घर लड़की गयी, और बस, फिर आयी ही नहीं। अब उसका बाप रट रहा है कि मेरी बेटी को तलाक देकर छोड़ दो, उसका तेरे घर में जाने को मन नहीं है, दूसरा घर करेगी।"

---

1. मालिका=पद्य में रचित भविष्यवाणियों का संकलन।

"अरे, बस अपनी ओर ही आँख है। और ये बड़े-बड़ों को देखो तो सही, उनकी जो बात...। लोग उन्हें देखकर सीखते थे, वे रचने लगे अब नाटक। उनको देखकर गाँव-भर का आचार भरष्ट होगा कि नहीं?"

"हाँ भई, हाँ-हाँ," बिका मुदुली ने हामी भरते हुए कहा, "बात तो यही है। तेरे-हमारे घर की बात दूसरी है, बड़े लोगों के घर की बात और है।"

किणेई ओझा के मुँह का स्वाद जैसे बिगड़ गया हो, उस ढंग से बोला, "घर और घराना! फूटी भीत पर बकरी कूदती फिरती है, जमाई जी थाल पर बैठे हैं या ढेंकी की पूँछ पर बैठे सूप से मूड़ी फटक रहे हैं। स्नानघर में पधारे हैं या वीराने में कोई जगह ढूँढ़ रहे हैं। ले-देकर केवल बचा था नाम का महत—वह भी गया।"

बिका मुदुली ने सिर हिलाते हुए कहा, "ठीक कह रहे हो।"

उधर से जा रहे थे गाँव के छोकरे अपर्तिया और परिया। किणेई ओझा ने उन्हें उकसाने के लिए कहा, "आजकल के छोकरे में दम नहीं रहा। हमारे समय में कोई होता तो हथौड़ी की एक चोट में परलय। अब के छोकरों की तो केवल बातें ही..."

अपर्ती और परिया को यह कहानी नयी नहीं लगती। ताव खाकर अपर्तिया ने कहा, "हत्थे चढ़ोगे कभी तो एक ही धौल में छटी का दूध याद आ जाएगा।"

खाँसता-खाँसता सौरी पधान आ पहुँचा, कमर से झुककर सामने लकड़ी पर बोझ देता हुआ बूढ़ा घिसटता-घिसटता आगे चल रहा था। केवल हाड़ों का ढाँचा-भर है। सपाट चिकना गंजा सिर, धँसी हुई आँखें,...खोखला मुँह। कहने लगा, "'नअंक' के अकाल में यह घर कैसा था सो मैंने अपने बाप से सुना है, और आज देखता हूँ। इस घर की सिरी कब की टूट गयी, अब ये सारे विघटन। आज कोई अगर बाहर से गाँव में घुसकर किसी की पिटाई कर दे तो तुम लोग खाली आँख टिमटिमाते देखते भर रहोगे न, कोई हूँ-चूँ भी नहीं करोगे मुँह खोलकर। तुम लोगों से भी कहीं कुछ हो सकता है!"

अपर्तिया आगे बढ़कर गरजा, "ऐसा न कहना, दादा! हम मर नहीं गये हैं, जिन्दा हैं। अपने गाँव पर बात आएगी तो हथियार चल जाएँगे।"

"होः! हथियार चलाओगे, तुम या तुम-जैसे और लोग।" अविश्वास से हँसकर सौरी पधान ने कहा, "तुम सब तो थे उस दिन, मेरा घर कुड़ककर खाने के बरतन भी ले गये, बच्चे-औरतें कितनी रोयीं-पीटीं, तुम्हारी मिन्नत कीं। कितनी सौगन्ध-शपथ डालीं। आया कोई मेरे दुआर पर? क्यों नहीं आये? कहाँ गये थे तब? डर गये? कहीं पुलिस न पकड़ ले जाय! बोलो, क्यों डर गये? तुम्हारा रकत पानी का है इसीलिए तो। क्यों पानी है नसों में? तुमने बचपन से कुछ खाया नहीं, पीया नहीं, तभी तो। एक बार में एक इलसी मैं अकेला हजम कर जाता था, दो-दो काँसे उड़द की दाल, चिवड़ा सेर-भर पेट में डालकर एक चक्कर खेत का मार आता, तब तक

तो पता ही नहीं कहाँ गया। तुम्हें कहाँ से मिलेगा? साठ पूरे होने तक मैं दस सिर का इतना बड़ा काठ का पाटा बाँधकर रावण बनता और नाचता था, देह में क्या मामूली बल था!"

पूँछ के बल फन फैलाये खड़े होने की तरह गरदन मोड़े खड़ा था नरककाल, दोनों हाथ की मुट्ठियों से लकड़ी पकड़े था। "अरे तुम लोगों से कुछ होना-जाना है नहीं, ठकठक होकर कमर टेढ़ी हुई जा रही है, छाती पर पंजर के हाड़ गिन लो चाहे, ऐसे मुरदार कहीं दाँव साधेंगे? गया वह जमाना और नहीं लौटेगा। अरे याद कर, गाँव के बीच पड़ा वह सतमना पत्थर का पिण्ड है। पड़ा है तो पड़ा है। कौन अब उसे उठा सकता है? मेरी तो नित्य की कसरत चलती थी उसके साथ। नीचे पैर पसारकर घुटने जोड़कर बैठता, फिर सामने झुककर कोहनी से हथेली तक उस पथरीली गेंद को दोनों ओर से उठा लेता, छाती पर रखता, सीधा होता, खड़ा होता, ऊपर उठाता, कभी पीठ पर घुमाता, कभी जाँघ पर तो कभी बाँह पर। मुझे तो लगता फूल की तरह। सच मानो वह कोई पत्थर नहीं, जैसे गोबरा की माँ हो..."

गोबरा उसका बड़ा लड़का है। हँस पड़े सब।

आँख तरेरकर सौरी पधान ने कहा, "हें-हें कर हँस दिये! गोबरा की माँ को देखा भी है तुमने जो हँस रहे हो? कितनी भारी औरत थी, जानते हो? अब कहाँ वैसी? आज की बहू-भावजें हैं, कोई उसके काम का पासंग-भर भी काम करेगी, हूँ! बस हँस लिये! उस जमाने की साधना—तप! तब था मल-खम्भ, बनेटी घुमाना, वो फरसे का खेल, कहाँ है वह सब आज! तुम केंचुए हमारे आगे ताव दिखाते हो!"

किणेई ओझा, बिका मुदुली साक्षी हैं, वे जानते हैं कि सौरी पधान कितना बड़ा आदमी हुआ था। उन्होंने कुछ कहा नहीं। परिया ने कहा, "हाँ-हाँ, बहुत सुना है, इतने बड़े पहलवान थे कि हाँडी-भर भात खाते थे। पत्थर सरीखा पोड़पिठा खाते थे। सब कुछ तो करते थे, फिर जमींदार के प्यादे के सामने बकरी क्यों बन जाते थे—डरकर अपना राज, अपनी जमींदारी, अपनी जमीन-जायदाद सब परायों को खिला-पिलाकर तुलसी माला फेरते थे, सो क्यों? तुम तो सात मन का पत्थर उठाते थे न, पर तुम्हें साहब लोग बकरी बनाये रखते थे, माना कि हम बैंगन तोड़ने को लाठी बढ़ाते हैं, पर हमारे जमाने के ही लोगों ने उन साहबों को दरिया पार कराकर देश को स्वाधीन किया।"

सौरी पधान ने उत्तर देने के लिए मुँह खोला, किन्तु इस नासपीटी खाँसी ने ऐसा दबोचा कि बस बेदम कर दिया। आखिर वह बोला, "और किसी दिन जवाब दूँगा।"

चला गया उस जमाने की रामनवमी का रावणेश्वर, किन्तु अब वह रावणेश्वर नहीं रहा। किणेई ओझा और बिका मुदुली दोनों ने परिया को गाली दी। किणेई ओझा ने तो कहा, "तू कल का छोकरा है परिया! तू इतना बड़ा आदमी हो गया

जो गाँव के बड़े बूढ़े-बुजुर्गों से भी ठट्ठा करता है।"

अपर्तिया ने कहा, "बूढ़े ने वैसे ही ताव देकर बात कही, तभी तो, नहीं तो कौन कहने जा रहा था? छोड़ो। अब उस बारे में क्या करें—बताओ। पहले इन सिन्धु चौधरी को अलग किया जाय पाँत से।"

बिका मुदुली ने कहा, "करेगा कौन? वही तो ठहरा ठिकानेवालों का घराना। ये हमारे आदमी भी तो पहले वहीं जाकर उनके पैरों पर लोटे-पोटेंगे।"

किणेईं ओझा का कहना था, "पहले उनकी वह चटशाला तो उठ जाय। जिसका अपने घर पर जोर नहीं, वह फिर क्या बच्चों को सँभालेगा, उससे क्या कोई बुद्धि या अकल सीखेगा?" बिका मुदुली ने हामी भरी, "यही तो हुई उचित बात!"

परिया ने कहा, "क्या कहते हो! हूँ, चटशाला उठाना भी कोई काम है? एक दियासलाई की तीली उठाने-भर भी नहीं।"

किणेईं ओझा ने टोका, "पगले, इसी का नाम तो है बचकानी बातें करना। तुम्हारी बुद्धि को असली आदमी की खाद चाहिए।"

परिया ने बात टालकर कहा, "वैसे ही कह रहा था। और..."

अपर्तिया ने कहा, "छोड़ो वह बात। वैसे नहीं। गाँव के पाँच भाई जब कहेंगे कि इनकी चटशाला में अपने बच्चे को नहीं पढ़ाएँगे तो क्या ये उन्हें हाँड़ी में भरकर थाने ले जाएँगे?"

किणेईं ओझा और बिका मुदुली दोनों उठ खड़े हुए। "हाँ-हाँ, यही ठीक रहेगा।"

किणेईं ओझा दबी हँसी हँसकर परिया का हाथ खींच, चल पड़ा। कहता हुआ, "तू बड़ा मुँह-फट है। किसी काम का नहीं। आ, चला आ, मागणिआ को खोज लें, उसके बिना कोई काम होगा नहीं।"

बिका मुदुली ने किणेईं ओझा से कहा, "अबकी देखना।"

किणेईं ओझा ने गाँजे की चिलम निकाली। 'बम भोले' कह अपना दम खींचकर बिका मुदुली की ओर बढ़ा दिया और बोला, "ये सारे घर यों ही टूटते हैं, ऐसे ही एक फूँक में जाते हैं। वे हमारा रकत चूसते थे, हम उनका नाम भी सोख लेंगे। डरेंगे किससे, भगवान् हैं!"

रात में छवि की माँ सदा की तरह बेटी को बगल में लिटाये सोयी थी। नींद जल्दी आ नहीं रही थी।

मन-ही-मन कितने देवी-देवताओं की मनौती कर रही थी। दिख जाता था बटेश्वर का पुरानी ईंटवाला शिवाला, वहीं जहाँ गर्भगृह से चमगादड़ झुण्ड के झुण्ड चीं-चाँ करते उड़ जाते हैं। चमगादड़ों की लेंड़ी और गर्भगृह की अँधियारी हवा।

एक-एक सीढ़ी पार कर उतरते हैं नीचे। वहाँ कितने नीचे जाकर पुराना शिवलिंग, उस पर अष्ट धातु का नाग फन फैलाये है। एक साथ पड़ा है हरे-हरे बेल पत्रों का ढेर, सफेद-सफेद गयश, धतूरे के फूल, सफेद आक की डोडियाँ, गुच्छा-गुच्छा तुलसी पत्र और तुलसी के फूल, मरुआ, चमचमाती लवनी और दूध-पानी, मन-ही-मन वहाँ घी का दीया जलाती और वह झुक जाती चिकने लाल पत्थर के नान्दिया के पैरों में। टं-टं कर गर्भगृह को कँपाते हुए बजता घण्टा, दीये की लौ मानो चमक पड़ती।

फिर लगता, मानो उनसे उनकी बेटी को कोई छीन लेने आया है, सण्डासी की तरह लिपटती जा रही थीं दोनों बाहुएँ। एक छोड़ दूसरी है नहीं उनके पास, उतने में ही उनका सब कुछ है। आधी रात गये नींद के झोंके में ही आँसू बह रहे थे, तकिया भीग चुका था, साँस खर-खर चल रही थी।

छवि सोयी थी। वह बार-बार करवट बदल रही थी, बार-बार उसकी नींद टूट जाती।

तब वह टिमटिमाकर चारों ओर आँख घुमाती। लगता, मच्छर-खटमल काट रहे हैं, तिलचटे सूँ-साँ करते भागे जा रहे हैं, परिचित घेरे में अनजान आतंक से देह काँप उठती। वह मुँह ढाँप फिर सो पड़ती।

पैर की चोट पर वही पट्टी बँधी है, वही, जो किसी की पहनी हुई धोती से चीरकर निकाली गयी थी। बार-बार मन उधर ही फिसल जाता, चेहरे के सामने उसी आदमी की स्मृति आकर खड़ी हो जाती। छवि डरते-डरते ऊपर की भित्ति पर उसका मुँह-आँख देखती, सूँ-सों! अपनी ही साँस में तूफान-सा खड़ा होकर स्नायुओं में ज्वार की लहरें फैल जातीं। तभी याद आता, यहीं माँ है, उसकी बगल में सोयी हुई। वह सहज होने की चेष्टा करती।

दूसरे कमरे में सिन्धु चौधरी। खाट के नीचे थोड़ी-सी अरवी, और कुछ आलू पड़े हैं। एक धान का कोठला, बाँस की खपच्चियों से बने टोकरे में धान है। छींके पर हाँड़ियाँ झूल रही हैं, छत से। खाट पर टूटी चटाई पर गुदड़ी बिछी है। उस पर पड़े हैं वे। किस अतीत में एक पलंग तैयार किया गया था। तब वे हर महीने नगद रुपये पाते थे। हवेली के घर इतने ढहे न थे। शौक था, मलमली धोती बाँधते थे, चादर के साथ सफेद फरफराता लम्बा कुरता पहनते थे। पटली टाँगनेवाले लोग थे। बिछावन सजा देने, या बाहर निकलते समय कन्धे पर गमछा डाले हाथ में बड़ा पान का डब्बा लिये चलनेवालों की कमी न थी। लोग थे सब धोया-उजला, साफ-सुथरा करके रखने के लिए। धन था, यश था, क्षमता थी। लोग यों चर्चा करते—"बड़े महाराज ऐसे कह रहे थे..." "बड़े महाराज़ का तो ऐसा विचार..."

और तब था देह में बल और यौवन। गाँव के चित्रकार ने उनकी छवि आँकी थी—बिलकुल साधारण वेश में। खाली देह, कन्धे पर एक गमछा, हाथ में नागेश्वर

की डाली, जिसमें दो फूल और चार पत्ते थे, होठों पर बाँकपन, आँखों की भंगिमा में थोड़ी-थोड़ी कौतुक-सी भावना। उस चित्र को दीमक खा गया। न चित्र रहा, न चित्रकार ही। उस जमाने की पलंग अब भी है। कहीं साबुत तो कहीं छेद। जगह-जगह से रुई निकल आयी है।

छवि अबकी ब्याही जाएगी। बहुत दिनों से यह धारणा उनके मन में आ गयी है।

छवि की माँ जब उसके शादी-ब्याह की चर्चा छेड़ती, रात में खाट पर लेटे-लेटे, तो उसके बचपन की बातें याद आ जातीं। लगता इन कुछ ही बरसों में कितनी ओर से वह बदल गयी है। पहले चुहिया-जैसी इत्ती-सी तो थी। यही बिछौना उसके मूत से भरा रहता। कैसे धीरे-धीरे बड़ों की तरह बोलना सीख लिया। कितना हँसाया करती थी।

दिन सरकता आ रहा है। छवि चली जाएगी। छवि की माँ की बातें उनके मन में गूँज रही थीं और लगता था जैसे आगामी घटना की गन्ध उनके चेहरे को छू रही है।

मन में एक और रागिनी फैल जाती। इस बड़े घर के टूटने की रागिनी। आदमी चले जाने की, अवस्था संकुचित हो आने की। तब उसी पुरानी खाट पर पुरानी सेज पर सोकर वे बाइस्कोप देखते।

स्कूल में पढ़ने जाने की बात आयी। दादा थे, बार-बार मना कर रहे थे। कह रहे थे, इस भाषा को छूना नहीं, यह पढ़ाई मत पढ़ना, यही आखिर में तुम्हारा सर्वनाश करेगी, देख लेना। पिताजी ने नम्रता से सिर झुकाकर कहा था—भाषा और इस पढ़ाई में क्या है, सभी तो विद्या है। उस जमाने से आज का जमाना कितना बदल गया! जिस रूप में अब विद्या पढ़ाई जा रही है और जिस भाषा में शासन-दरबार चलता है, उसे पढ़े-गुने बिना आदमी पिछड़ जाएगा। और लोग बढ़ जाएँगे, ठग लेंगे; ये इधर हड़बड़ाते रहेंगे। ये ही देखो, लोगों की जमींदारी कैसे चली गयी, यहाँ तक कि रोढंग के बक्सीयों तक की न रही।

दादा ने कहा था—इसीलिए बेटे को इंगरगीजी पढ़ाओगे। बाट में गाय मूतती जाती हो वैसे तो दिखते हैं उस भाषा के अक्षर! जिसने हमें ठोकर मारी क्या उसी के पैरों तले पड़ें, जिसने हमारा राज छीन लिया उसी की जूठी पत्तल चाटें। यही अकल है? ठीक है। बक्सी जगबन्धु विद्याधर, पुरिया पाटजोशी, जयी राजगुरु, चाखी खूँटिया, और जाने कितने जवान जो मातृभूमि के लिए लड़े थे, बलि चढ़ गये थे, उनका हो गया तर्पण इस विचार से! वे जिन्हें भगाने के लिए खून को पानी की तरह बहाते थे, तुम उनके गुलाम बनने की होड़ा-होड़ी में उनकी भाषा, उनके रंग-ढंग सब सीखोगे! भला हो तुम्हारा!

खाट पर सोये आँख मींचे ध्यान करते समय वह चेहरा याद आ जाता

कभी-कभी। आवटन सोना-सा वर्ण, इतना चौरस और ऊँचा ललाट, इतनी आयताकार आँखें, वह प्रबल दृष्टि, वह प्रकाण्ड सिर, घने बब्बर बाल, गलमुच्छे, और मोटी बल खाती मूँछें। निर्भीक, तीखे, बेफिकरे, पर अति भावप्रवण। तराशा हुआ-सा चेहरा था उनका। सबसे ज्यादा आकर्षक उस चेहरे की सौम्य स्थिर मुद्रा थी, जहाँ उस चेहरे के गठन की प्रत्येक रेखा समष्टि के साथ पूरा समन्वित होकर मेल खाती दिखती। उस स्थिरता में टपकती एक उच्च शालीनता, प्रसन्नता में भी वह सम्भ्रम उपजाती। क्या शक्ति, क्या तेज था उस चेहरे पर! कितनी कठोरता थी उस गरदन में! क्या धैर्य, क्या साहस, कितना आत्मविश्वास भरा होता उस दृढ़ छाती में! इतनी उमर में भी उसका दबदबा मिटा न था, हालाँकि कन्धे और छाती के लोम जगह-जगह सफेद पड़ गये थे।

पिता हँसकर बोले थे, "अँगरेजी भाषा का इसमें क्या दोष है?"

दादा ने संयतभाव से कहा था, "वह भाषा पढ़ने पर उसी रास्ते हमारे बच्चे उनके समाज की रीति-नीति सीखेंगे। वे कोई बहुत पुराने युग के लोग नहीं हैं। कहाँ, महाभारत में तो उनकी बात कहीं नहीं है! तब भी रुद्रा नदी के उस पार कुछ अनाचारियों की बात सारलादास ने लिखी है; वे जो अभक्ष्य खाते थे, अगम्य में जाते थे, वे लोग शायद ये साहब नहीं थे, तो भी इनका आचार-विचार वैसे भी हमारा नहीं है।"

पिता ने आखिरी चेष्टा के रूप में कहा था, "साहबों में भी तो कितने भले लोग हैं, कितने साधु-सन्त हैं। अनाचारी क्या सभी हैं? कभी पहले हम शिक्षित थे। अब तो ये ही हैं शिक्षित लोग। इनकी विद्या पढ़कर ही तो आँखें खुलेंगी।"

दादा ने गम्भीरता से कहा, "आँखें खुलेंगी या फूटेंगी—कौन कह सकता है? भले आदमी, साधु-संन्यासी उनमें भी होंगे। हर जात में होते हैं। तो क्या उन्होंने ही भेजा है इन लोगों को कि तुम सात समन्दर तेरह नदी पार कर परदेश जाओ, वहाँ लगाओ मारकाट, घर फूँको और देश को दखल करो, फिर चूसना चालू करो? या उन्होंने ही बताया कि जाकर जुलाहों का अँगूठा काटो, आदमी को कुलबुलाने दो, नमक पर भी कर लगा दो, लगान पाँच गुना बढ़ा दो, गाय काटो, चिड़ियाँ मारो, और जो चाहो सो करो। बूढ़ा घोड़ा—मार दो गोली। कुत्तों के ढेर सारे पिल्ले हो गये—छोड़ दो एक-एक को उबलते पानी में और फिर मार। कितनी दया है—देखो!"

पिता ने कहा, "जो जैसा करेगा, उसे वैसा फल मिलेगा, विद्या में कहीं लिखा है—उलटी बातें करने की बात?"

दादा ने कहा, "क्या लिखा है सो तो जो पढ़ेगा वह जानेगा। पर उनका तरीका एक भिन्न प्रकार का लगता है। उसमें अपने यहाँ जैसे त्याग, तप, आचार-विचार की जै-जैकार नहीं है, पैसेवालों की जै-जैकार है, वे पैसे को पहले पहचानते हैं। तभी जहाज चढ़ यहाँ आये, मार-काट, कूट-कपट लगायी, जुलाहों के अँगूठे काटे। तभी

ब्याह होते ही बेटा माँ-बाप से अलग। पहले अपना स्वार्थ, अपना सुख, अपने माँ-बाप भी कोई कुछ नहीं। कोई किसी की नहीं सहता, मन न माना तो औरत पति को छोड़ चली जाएगी, नया घर बसाती है। साब की पूँछ बनकर दौड़ने से जो धन मिलेगा, क्षमता मिलेगी उसकी कीमत चुकानी पड़ेगी, क्या केवल उनकी भाषा सीखकर या खूखना और टोप ओढ़कर? नहीं, उसका मोल चुकाना पड़ेगा—अपना विचार, आचार, धर्म, समाज की आहुति चढ़ाकर। केवल वह वेश ही चला जाएगा, क्या ऐसा सोचते हो? विचार भी जाएगा, साथ ही साठ प्राणियों का मिला-जुला घर, यह सनातन समाज, जहाँ एक डोर से सब गुँथे-बँधे, वह भी टूटकर खिन्न-भिन्न हो जाएगा। धूल में मिल जाएगा। इंगरेजी पढ़े-लिखे छोकरे अपनी-अपनी औरतों को हाथ पकड़ देहरी लाँघ साहब बनने देस-परदेस चले जाएँगे, उनके जीवन का उद्देश्य खाली अपना पेट भरना होगा! देखना, उनसे अब स्वयं यही होगा, चमड़े और भाषा को छोड़कर हर बात में साहब हो जाएँगे। धन पाएँ—क्षमता पाएँ, मन तो चला जाएगा खाली अपने को सार्थक करने के लिए। हमें बड़ा-बूढ़ा कह पानी की दो अंजुली कौन देगा? हमें वह पढ़ाई नहीं चाहिए, और फिर वह बात मत उठाना, छिः...”

दो शब्द कह देते तो भी बहुत था, पर उनकी नीति भिन्न थी; चाहे बिलाई का बच्चा ही हो, उसे समझा-बुझाकर विधान करेंगे।

उनका अँगरेजी पढ़ाई का प्रत्यंग वहीं पूरा हो गया होता। किन्तु बरस पूरा होते न होते दादा चले गये। अस्सी बरस पूरे होने में और बाकी थे सात मास, बक पंचकों का शेष दिन, कातिक पूनो। बड़ी तड़के ही नित-कर्म कर गये हुए थे ठाकुरजी के दरसन करने। राधा-माधव की ओर निहारते हाथ-जोड़े खड़े थे, तभी प्राण वायु उड़ गयी। देह के गिरते-गिरते पिता ने उन्हें थाम लिया। झाँझ, मृदंग, हरिबोल, संकीर्तन करते हुए, फूल-चन्दन देकर बड़े समारोह के साथ उन्हें ले चले—बाईस इलाके के सती-मसान की ओर, पहले जहाँ इसी वंश की पड़दादी सती हुई थीं। वहीं उनके पूर्वजों का दाह होता आया है। गाय का घी और चन्दन की लकड़ी से चिता तैयार कर देह भस्म की गयी, हजारों हजार लोगों को भोज दिया गया और बीत गया एक युग।

इसके बाद पिता ने जिद कर तीनों बेटों को शहर भेजा अँगरेजी स्कूल में पढ़ने के लिए। उनका कहना था, हर जुग का अपना व्यवहार होता है। अँगरेजी राजभाषा है, ढंग से सीखना, पीछे न रहना, रोशनी में आओ।

निकल पड़े सब नयी रोशनी में, आखिर परिस्थिति क्या हुई? दादा कैसे इतनी दूर की देख सकते थे? विधु का तो गया चरित्र और संयम, सब। मधु और विधु दोनों के मन से घर के प्रति स्नेह और गाँव के प्रति ममता भी गयी। सचमुच ही अपनी-अपनी औरतों के हाथ थामकर वे देहरी लाँघ उड़ गये। कुटुम्ब खिन्न-भिन्न

हो गया। निरासरी विधवा बुआ और उनका परिवार। आस-पास के बन्धु-बान्धव, जिन्हें सहारा दिया था, और उनके परिवार, जो पहले सभी इस डीह में एक साथ चलते थे—अब अपना-अपना काम-धन्धा पकड़, इस बस्ती को छोड़कर चले गये। गये नौकर-चाकर, दास-दासियाँ, वे जो अपनी-अपनी शक्ति के अनुसार काम कर पेट भरते थे और इसे ही मानते थे अपना घर। कैसे क्या हो गया? जमीन-जमींदारी सब चली गयी। घर टूट गया, दीवारें ढह गयीं, गाय-गोरू, आदमी सब छिन्न-भिन्न हो गये, अवस्था पूरी हो आयी।

तब महाभारत गायी जाती थी, एकाध पद तैरता आकर कानों से टकरा जाता है। सिन्धु चौधरी स्वयं को भूलकर कभी-कभी बन जाते हैं हाहाकार स्वरों की एक क्षीण-करुण-रागिनी। बहते चले जाते हैं—

"हा दइब पुरुष येहा मोते कलु
चित्रपटल पराये देलु करि हरिलु[1]।"

और फिर जमीन पर साहस के साथ पैर रखते हैं, भागवत का आसरा लेकर, हाहाकार का लोभ छोड़कर, एक जाग्रत जीवन जीते हैं।

पाटेली गाँव से बन्धमूल का रास्ता है तीन कोस का, पूर्व की ओर। नदी के किनारे से मुड़कर चला गया है नीचे की ओर। पुराने गाँव का नाम था आरोल। प्रचण्ड बाढ़ में आरोल एकदम साफ पुँछ गया, यहाँ तक कि आरोलाई देवी, जिसे लोग जुग-जुग से प्रत्यक्ष देवता के रूप में मानते थे, उनके देवता का तो फिर कहीं पता भी न रहा। देवी भी झाल में या बालू के ढूह में किधर गयी, कोई जान भी न सका। गाँव के ओझा-गुणी को तीन बार सपना भी आया। यहाँ खोदो—वहाँ खोदो, और हर जगह खुदाई भी की गयी, पर कुछ नहीं मिला। जिस गाँव से इस तरह पुरानी देवी की दया भी उठ जाय, वहाँ दुबारा घर खड़ा कर रहने में लोग-बाग डरे। जो जानेवाले थे सो दूसरे आस-पास के गाँवों में जा बसे। बाद में जो रह गये, वे थोड़ी जगह छोड़कर बालू के सपाट ऊसर पर छोटी-छोटी झोंपड़ियाँ बनाकर बस गये। वहाँ से लेकर नदी के ऊपर की ओर तक सिलसिलेवार किनारे का पुश्ता बँधा। बाँध का वहीं मूल है, इसीलिए उस बस्ती का नाम पड़ा बन्धमूल। बाद में वहीं बँधाव का मूल रुका नहीं, वहाँ से पाँच कोस नीचे तक भी फैल गया। फिर भी उस गाँव का नाम रहा 'बन्धमूल' ही।

उस गाँव के खानदानी आदमी बट महान्ती। खेतीहर और महाजन। पास ही

---

1. महाभारत (सारलादास रचित) से एक पद।

पास खेत है। खुदकाश्त दस एकड़ के। बगीचा, बाड़ी, जोहड़, पोखर को छोड़कर जमींदारी के जमाने की कहीं बेजोत जमीन भी है। नाम की खेती होती है उसमें। यह दिखाने के लिए कि उस पर भी उनका अधिकार है। कहीं अरहर के पौधे हैं, कहीं केले का बगीचा है, एक झोंपड़ी...ऐसे ही और भी कुछ। ढोर-डाँगर, बैलगाड़ियाँ, खाद की कुरी, खला-बाड़ी, इस तरह सब मिलाकर देखा जाय तो उनका एक बड़ा 'असथान' है। बूढ़ा-बुढ़िया और पढ़ाई कर चुका रवि, ये ही हैं घर में। बड़ा बेटा 'कवि' पुलिस में सब-इंस्पेक्टर है, पर वह अपने नौकरीवाले गाँव में ही रहता है।

बड़े बेटे के 'कवि' नाम में एक खास बात थी। बट महान्ती के बहुत शौक थे। वे अपनी जवानी में 'कवित्व' कर गये थे। गाँव के नाटक-तमाशों में उनके बनाये कई गीत आते हैं। वह था उनका मृदंग-साधना का समय, पिता घर सँभालते थे, बेटा समय काटता था गाँव के अखाड़े में। इस बही से कुछ उतारा, उस पोथी से कुछ लिया और बीच-बीच में अपना कुछ 'कवित्व' जोड़कर रामलीला और भागवत लीला के लिए अपनी टेर में गीत रचा करते थे। इसके अलावा ब्याह-शादी के समय भी सभा में जब वर-पक्ष और कन्या-पक्ष के बीच 'कविता-प्रतियोगिता' और 'कूट वचन' पूछे जाते, तब वे 'अपनी' कविताओं के लिए कई बार प्रशंसा भी पा चुके हैं।

परन्तु गाँव के लोग जितनी भी प्रशंसा करते, उनका मन मानता ही न था। जितनी बार वे अपनी रचना को देश के नामी-गिरामी कवियों की कृतियों से तुलना करके देखते, उतनी ही बार उन्हें बोध होता अपनी कमियों का। लगता, कविकर्म उनके वश का रोग ही नहीं, बस जैसे जरा-सा उसका दो बूँद पानी पड़ गया है। रामलीला लिखते। प्रसिद्ध विश्वनाथ खुँटिया की विचित्र रामायण का एक-एक छान्द (पदावली) सामने रखकर पद की जगह पद रखकर गूँथते हैं पद्यों की माला। कोनेवाले कमरे में किवाड़ बन्द कर, बैठे-लेटे अस्थिर होकर पिंजरे में बाघ की तरह इधर-उधर घूम-फिरकर बिना खाये-बिना पीये भी जुटे रहते हैं। कभी-कभी माला टूटकर बिखर जाती तो मन बेचैन हो छटपटाता। और कभी-कभी वे चेष्टा करते सरल बोलचाल की उड़िया में अनंग नरेन्द्र के ढाँचे पर रचना करने की, जैसे नरेन्द्र ने लिखा है—

"खराकाल पर्वत पराये दिशे राम
शर दिशे वणपोड़ि अनलर सम"

फिर भी, सोचने-विचारने के उपरान्त भी उपमाएँ नहीं आतीं। जो कुछ भी बन पड़ता—उसी पर गाँव के लोग पीठ जरूर थपथपा देते पर मन नहीं मानता उनका।

इसके बाद गाँव में आया नये जमाने का नाट्यांगी गीत, धान कटाई के बाद

खाली खेत में नाना जाति के अनाम फूलों की तरह। उसमें छुटकी-मुटकी जात-जात की रागिनी, कोई किसी थियेटर का, कोई किसी विदेशी गीत का टुकड़ा और उसके साथ आया 'हारमोनियाँ'। उसमें साहित्य हो न हो, हारमोनियम के स्वर के साथ नाट्यांगी गीत और उसके साथ एक-दो-तीन के ताल के साथ-साथ पैर मिलाकर नाचना। इस सबने मानो देश-भर का मन ही वश में कर लिया। बड़े-बूढ़े घृणा से जितना भी नाक-भौं क्यों न सिकोड़ें।...वे भी अपनी चोटी के बाल सहलाते, मुँह फाड़े, टकटकी लगाकर इस नये नाच और गाने का मजा लेने लगे। तब लम्बे-लम्बे केशों में आड़ी-तिरछी माँग काढ़े, तितली जैसी मूँछें बनवाकर छींट के कपड़े से सिली बनियान पहन, केंचुए की भाँति गरदन मोड़, गला दबाकर छोकरों ने 'हारमोनियाँ' पर गीत गाये। यह वही जमाना था जब गाँव की दुकानों पर चाय की पुड़िया और बीड़ी के बण्डल आकर बिकने शुरू हुए थे। पत्ता बाँटकर उसकी पूँगी बनाने, उसमें तम्बाकू पीने या तम्बाकू के पत्तों को बाँटकर पिक्का बनाकर फूँकने का अभ्यास चारों ओर से सिमटता हुआ बड़े-बूढ़ों तक ही रह गया। पुराना ओड़िशी संगीत और रामलीला, भागवत लीला जाने कितने पीछे रह गये, और उसके साथ बट महान्ती के कवित्व-प्रकाश का अन्त होने लगा।

आशा आशा ही बनी रह गयी।

बड़ा बेटा जब जनमा तब लजाते-लजाते माँ के पास बट कृष्ण ने कहलवाया—लड़के का नाम 'कवि' रखते तो क्या हरजा होता? भला-सा नाम है, दो ही अक्षर। बोलने में भी सहज।

गुरुजी और पुरोहितजी ने भी बेटे से पहले ही कुछ वसूल कर यही नाम रखने की सहमति दे दी। पुरोहितजी ने समझा दिया—कवि कौन होता है? स्वयं भगवान्! खुद सारलादास महाभारत में लिख गये हैं—'काव्यकार पुरुष अनन्त रूप इन्दु।' इतना सुन्दर नाम पाना किसी-किसी के ही भाग्य में होता है। अतः जनमपत्री का नाम चाहे रहे गोवर्धन धारण, वैसे लाड़-प्यार का नाम कवि शेखर रहा और संक्षेप में—'कवि'।

किन्तु कवि ने कविता नहीं लिखी। कविता पढ़ने का भी उन्हें चाव न था। वरन् सब बातों में हुड़दंग और उछल-कूद मचाना, मारने-पीटने आदि कामों में ज्यादा पारंगत हुए। ज्यादा ध्यान रहता खाने-पीने और मटरगश्ती में। सेकेण्ड क्लास से ही घर बैठ गये, चढ़ती उमर में बड़े घराने में विवाह किया, फिर पुलिस के महकमे में अपने किरानी साले की मदद से पुलिस 'सब-इनिस्पेटर' का काम पा गये।

बट महान्ती को लगता जैसे उनका मान बढ़ गया है। तब बस्ती के पाँच आदमियों के आगे सिर उठाकर कह सकते थे—पैसे कमाना ही बड़ी बात नहीं, वह तो भंगी-चमार भी कमा लेता है, मान-इज्जत ही तो बड़ी चीज है, क्यों, क्या कहते हो?

चौरस चेहरा, खड़ी मूँछें, गुलाबी आँखें। मोटी गरदन। गदराये-गदराये हाथ-पैर। चेहरे की ओर देखने पर लम्बाई से अधिक चौड़ाई ही आँखों में पड़ेगी। कन्धे भी सपाट नहीं, कुछ ढालू हैं, एक बाँह आगे, दूसरी पीछे हिलाते-हिलाते चलने पर जैसी भंगिमा दिखती, उससे लगता मानो कुछ दबोचकर पकड़े बैठा हो; जैसे कोई वनैला जन्तु हो। इसी भंगिमा से मिल गयी एक और बात—अचानक गरदन एक तरफ मोड़, बायें कन्धे की तरफ झुककर निचला होठ काटते हुए सामने की ओर देखने की भंगिमा। ये दोनों चीजें पहले नहीं थीं। चाकरी के दो बरस पूरे होते न होते अपने आप आ गयीं। तब उसके पोशाक पहन, अदब से खड़े होने या चलने या देखने पर बाप की छाती में खून तेजी से दौड़ जाता। मानो यह उनका बेटा नहीं, यह किसी अनचीन्हे साँचे में ढला कर्मचारी है, किसी और जगह का है।

चाकरी करते-फिरते घूमते-घूमते कवि विदेश में ही रह गया। गाँव में कभी-कभार, साल-दो-साल में कुछ दिन के लिए आने लगा। अब उसका ज्यादा सम्बन्ध ससुरालवालों से ही है, छुट्टी मिलने पर वह उधर ही जाया करता है।

चाहे फूटी कौड़ी तक घर न भेजे, बट महान्ती का पेट उतने से ही भर जाता है। उलटे, चावल, धान, नारियल, चिवड़ा, साग-सब्जी वगैरह लेकर, साल में दो-चार बार टिकट कटा, रेल चढ़, वे बहू-बेटों, पोते-पोतियों को देखने जाते हैं। हँसते-खेलते चार बच्चे : नौ बरस की सुना, उससे छोटा कुना सात वर्ष का, फिर पाँच की रुना और सबसे छोटा मुन्ना तीन ही बरस का है। सुना और कुना 'इसकूलिया' हो गये, पढ़ाई करने लगे हैं। चार-चार बच्चों की हँसी-खुशी बिदेस में फल-फूल रही है, गाँव में तो उसकी छाया भी नहीं पड़ती। बूढ़े का मन होता—काश अपने पास ये सब रहते तो वे पोते-पोतियों को खिलाते। मन की मन में मारकर रह जाते हैं। बच्चों को आँखों से दूर करने या खुद जाकर गाँव-देहात में रहने को बहू का विचार नहीं।

फिर भी, खुद ही बट महान्ती उन्हें देखने जाते। सिपाही सलाम करता—दारोगा बाबू के पिताजी जो ठहरे!

कवि के बाद दस वर्ष यों ही निकल गये। इसके बाद आया रवि। बटकृष्ण अबकी बार उसका नाम रखने लगे तब न उनके पिता थे, न माँ थीं वे स्वयं ही मालिक थे। उमर भी चालीस पार कर चुकी। जमीन और बन्धक रखे, मूल-ब्याज वसूल कर जमीन में जमीन मिला बढ़ाते गये, पुराने बँटाईवाले किसानों को बदल या हटाकर अपने अंश में ऊपरी 'लाभ' प्राप्त कर सम्पत्ति और प्रतिपत्ति बढ़ाने के लिए कई तरह की हेराफेरियाँ कीं। चेहरे पर भी उमर की छाप और अधिक घनी हो गयी है। पान चबाते-चबाते दाँतों में भी फाँक हो गयी, ऊपर की पंक्ति में सामने का दाँत तो गया। सिर के बाल पतले होते गये और ऊपर चढ़ते गये, चिकनाहट पाता

गया जगह-जगह से दबा ललाट, धक्के देकर ऊपर की ओर उठे गालों के हाड़। नीचे की ओर कुछ फूली छाती पर मांस की परत, और बाहर की मांसपेशियों के साथ वह एक दाँत फाँका चेहरा उनके गाम्भीर्य में वृद्धि कर रहा था। इस उमर में आयी एक सन्तान। वे चिन्तित हो उठे।

कवि के नाम के साथ तुक मिलाने के लिए लड़के का नाम रखा गया 'रवि'—रविनारायण। नाम रखने की ओट में छुपी थी एक लालसा—रवि! यानी वह एक तेज बालक हो। वंश का नाम रखे।

बचपन में उसकी चाल-ढाल से ऐसा लगता कि उसका नाम रवि न रखकर चन्द्र रखा जाता, तो शायद अधिक जँचता। कुछ भँवरदार लटों के नीचे चौड़ा ललाट, उसके नीचे झपती-झपती-सी दो आँखें, मानो सब ओर शान्ति ही शान्ति है, सर्वथा सन्तोष है। चुपचाप खेलता रहता, बिखेरता रहता अपनी हँसी अपने ही लिए, मानो मन-ही-मन वह कहीं से अपना आनन्द प्राप्त कर रहा है। किसी से कुछ नहीं, किसी चीज से लगाव नहीं। जहाँ बैठा दो, हिलेगा नहीं। न अधिक रोएगा और न कोई ज़िद पकड़ेगा।

जोतसी गुरुजी बलि नायक ने (बट का उन पर शुरू से ही विश्वास है) हाथ देखकर कहा, "बालक के हाथ में विषम रेखा है, पहले ही जतन न किया तो यह कौपीन धारण कर देशान्तरी ही चला जाएगा।"

"उसके लिलार में पढ़ाई है न? गुरुजी, जरा विचार करके बताएँ।" बट ने पूछा था।

भौंहें सिकोड़कर आँखें मिचमिचाते रह गये थे गुरुजी!

गुरुजी ने खड़िया से पाटी पर चक्कर बनाकर हिसाब लगाया, कुछ यहाँ मिटाया, कुछ उधर लिखा। मन-ही-मन बुदबुदाते हुए से नाना श्लोक बोलते गये, अँगुली के पोरों पर अँगूठा टेक-टेककर देर तक गिनती करते रहे, बाद में जाकर कहीं उत्तर दिया था। तब बट महान्ती ने देखा, उनके आबू जैसे माथे को, वहाँ पसीने की बूँदें झलमला आयी थीं। देखा, उनकी सपाट लम्बी खोपड़ी को, जहाँ धीरे-धीरे पतले होते गये बालों के बीच तीखी चोटी है, जिससे बट महान्ती के मन में साहस, विश्वास का संचार होता है, जीवन-भर तो इन्हीं नायक से पूछकर फल के बारे में जानकारी प्राप्त कर लेने के बाद ही किसी काम में हाथ लगाते रहे। वह चाहे रुपये करज पर देना हो या फसल की आमदनी करनी हो या गाँव से शहर जाना हो। उनका विचार है कि गुरुजी का निर्णय अकाट्य होता है, टलता नहीं।

गुरुजी ने कहा, "पढ़ाई की चिन्ता न करो। यह बालक पढ़ाई को तो बस पीस-घोंटकर पी जाएगा। विद्या में तो बृहस्पति होगा। ऐण्टरेस तो मामूली बात है, एमे, एले, एफे, पास कर विद्यावान् होगा। वंश उज्ज्वल कर देगा। हृदय में भक्तिभाव, दया-माया सब बहूऊत-बहूऊत...। दान में कर्ण, मान में दुर्योधन। धन

तो कुबेर की तरह कमाएगा जरूर, पर पास नहीं रहेगा, खरच कर देगा, रख नहीं सकेगा। यह हुई एक बात। माँ-बाप की सेवा करेगा, आदर-मानता करेगा। सब कुछ करेगा पर ब्याह के समय थोड़ी अड़चन लगाएगा। अपने मन के लायक कन्या से ब्याह करेगा, मना करोगे तो लेकर चला जाएगा, किसी का नहीं मानेगी, यह तो लड़ाके भेड़े जैसा, जिधर मन होगा दलता-धँसता चला ही जाएगा। किसी का मुँह नहीं देखेगा।"

इसके बाद गुरुजी ने फिर श्लोक सुनाया।

बट महान्ती ने झट पूछा, "इधर कहते हैं वैष्णव होगा, उधर कहते हैं मन इच्छा का विवाह करेगा। ब्याह किया तो फिर वैष्णव कैसे हुआ?"

"क्या करूँ, पोथी जो कहती है वही तो बताऊँगा महाराज। हम मन में जो चाहें, क्या वही सब हो जाएगा? स्वयं श्रीरामचन्द्रजी महाराज चौदह बरस तक वन में घूमे, श्रीकृष्णचन्द्रजी ने साधारण शबर के हाथ से प्राण त्यागे। ग्रह रूपी नारायण ...हमारे वश क्या है?"

"नहीं, नहीं, एक बाण को काटने योग्य दूसरा होता है...दोनों साथ रहें तो एक-दूसरे को काटेंगे...और सब मिट जाएगा। ऐसा भी हो सकता है कि न यह लड़का वैष्णव बने और न किसी के घर से लड़की भगा ले जाय।"

वे हँसकर चले गये। इसके बाद गुरुजी ने दी 'ग्रह-शान्ति' और पूजा-विधान के लिए लम्बी सूची।

पुरोहितजी ने समर्थन किया। बहुत पक्के आदमी—प्रकाण्ड, बड़ा सिर, साफ गोरा वर्ण, लम्बे जितने मोटे-सोटे उतने ही तोंदीले, अधिकांश बाल पक चुके। घनी सफेद दाढ़ी छाती तक आ गयी है। उन पर भी बट महान्ती को अगाध विश्वास था। जन्म से मरण तक घर की सभी क्रियाओं का विधि-विधान वे ही करते आये हैं। उनके हाथ से दूब अक्षत और शान्ति उदक पड़ने पर फल प्राप्त होता ही है। उनके मुख से निकले आशीर्वाद से रिष्ट कट जाता है, ऐसा महान्ती का विश्वास है।

पुरोहितजी और गुरुजी ने पुरानी पोथी-पत्रों में खोज-खाजकर, सोच-विचारकर जो व्यवस्था दी, बट महान्ती ने उसे आस्था-निष्ठा के साथ ग्रहण किया। इक्यावन मूर्ति ब्राह्मणों को वरण किया। जीभ पर पानी की बूँद या पान का टुकड़ा भी रखे बिना बट महान्ती तीन दिन सुबह से शाम तक लाल पाट बाँधे, पाट की चादर डाले, पसीने से तर होकर हवन की आग के पास बैठे रहे। वेदी से उठते तो एक साथ दो पान। उसके बाद फिर हविष्यान्न। महादेव की जलहरी भरवायी गयी। भागवत सप्ताह, सत्यनारायण पाला, त्रिनाथ का जागरण—सब कराया। दान में दिया—बारह आने तोल का सोने का मेढ़ा, चवन्नी भर सोने का धनु, सात अंगुल की काली साड़ी और कितना कुछ। भात, दाल, खड़ा, पेठा, अरवी को एक साथ मिलाकर बनी

तरकारी। कड़ाहे के कड़ाहे राँधकर दुखी-रंकों को भोजन कराया। मूड़ी, नारियल मिलाकर गाँव-भर के बच्चों में बाँटा। बाललीला करायी। घर के सामने चौक में खजूर की डालियों से छावनी बाँध, ढोल-ढमाके सात दिन तक चले। इस तरह सारे विधि-विधान पूरे होने तक रवि के चार बरस पूरे हो गये।

पाँच का जब हुआ रवि तो दस्त शुरू हो गये। चार महीने तक यह भी चला। जड़ी-बूटियों के साथ कच्चे बेल का भुरता, पुरानी काँजी और गाँव के बैद की गोलियाँ निरन्तर चलती रहीं। रुकती-चलती दस्त लगी ही रही। बच्चा सूखकर काँटा हो गया। आखिर एक दिन कोई बाबाजी आये गाँव में। सिर पर भरी पान की टोकरी की तरह जटा, चेहरे पर लम्बी दाढ़ी छाती से तले तक फरफराती हुई, गले से नीचे के सारे अवयव दुबले, कमर एकदम पतली। बाबाजी बट महान्ती के दालान में चीमटा गाड़, धूनी लगा, उसके पास पद्मासन में बैठे। कुछ बोले नहीं। बहुत सारे लोग उनके दरसन को आने लगे। जाते समय बाबाजी ने धूनी से भसमी की चुटकी भरकर बट महान्ती की हथेली पर रख दी और विदा ली। बस इतना ही खाकर रोग दूर हो गया। बाबाजी की महिमा बहुत व्यापी, पर वे फिर नहीं मिले।

पर यह हुआ कैसे? रवि के बाप और माँ दोनों को चिन्ता इस बात की हुई कि इतनी पूजा-पत्तर करने के बाद भी लड़का बीमार क्यों रहा?

गुरुजी ने समझाया कि अब की बार तो ऐसा रिष्ट था कि समझ लो, यह सिर ही नहीं रहता। इतने थोड़े में ही सब कट गया, अच्छा हुआ, जाने दो।

हर बरस जाड़ों के शुरू में कुछ दिन तक बच्चों को मलेरिया होता, वर्षा के दिनों में खाँसी-सरदी-दर्द, निदाघ गरमी में कभी टट्टी-आँव। गाँव की इस साधारण गति से रवि को भी छुट्टी नहीं मिली। हर बार जब वह बीमार पड़कर उठता तो गुरुजी कहते, 'रिष्ट कट गया।' पुरोहितजी उसके सिर पर अक्षत, दूब देकर मन्त्र जपते। और माँ कहती, "डायन यह बीमारी मेरे बच्चे को कितना दुबला कर गयी, झाड़-झूड़कर मुझे दे दे रे बेटे! पर तेरा शरीर नीरोग हो!"

रवि बड़ा होता गया। मँझले शहर में रहकर हाईस्कूल में पढ़ाई जारी रखी परन्तु बहुत छुटपन से ही उसने घर के काम-काज में भी मन दिया था। छह बरस का बच्चा बुहारी उठाकर घर साफ कर देता, साग-तरकारी उठाकर एक जगह रखता, बाहर जो पाता उसे सहेजकर घर के अन्दर लाकर रखता। कुएँ के पास पैसे रोपता। कहता, गाछ होगा। आम की डाल और गूलर की शाख तोड़ जमीन में गाड़ देता। कहता, बगीचा होगा। लोगों ने कहा, घर-बारी बुद्धि बहुत तेज होगी।

स्कूल के पढ़ेसरी बच्चों की तरह रटन्त विद्या की ओर ज्यादा ध्यान न होकर, उसका झुकाव ज्यादा था—गाय-गोरू के प्रति, खेती-बाड़ी की ओर। गोठ कैसे साफ होगा इसका अभ्यास उसने कर रखा है। गाय को चुमकारना, भैंस दुहना आदि में तो धुरन्धर है, हलवाहे से ले लेगा और हल जोतने चल पड़ेगा, ध्यान कैसे बुना जाय,

लुनाई कैसे हो, मुट्ठी में भरकर कटाई कैसे करना है, कटी फसल को कैसे छाते की तरह बिछाते हैं, पुआल का किस कायदे से ढेर लगाया जाता है—खलिहान से लाकर किस तरह मुण्डेर-सी बनाकर रखते हैं कि पुआल बाहर और धान अन्दर रह जाता है; जिससे कितनी ही वर्षा क्यों न हो पर धान भीगेगा नहीं...ये सारी बातें और काम उसने सिर्फ पूछ-पूछकर सीख लिये थे।

"मेरा ऊँचा सिर तूने तो झुका दिया रे कुलांगार! पढ़ाई कर अच्छा-बड़ा आदमी क्या बनेगा, उलटा निपट मजूरा-मूरख होने को तेरा मन हो गया क्यों? बस बैल के गले को थपथपाकर हेई-हेई करता फिर, बैल की पुँछ मरोड़ता चल, हलिया के पैर में दवा लगा! बावरी, कण्डरी, चमार-भंगी, पाणों को साथी-मित्तर बनाकर घूम!"

वह सिर झुका लेता, खड़ा होकर टाल जाता। जानता है कि ऐसा करने पर लहर पर लहर आएगी, और सचमुच लहरें आतीं भी।

"भला बता तो, परायों के हानि-लाभ की इतनी चिन्ता तेरे ही सिर पर क्यों लदी है? किसके घर में क्या है, क्या नहीं, शहर से किसका क्या आएगा या नहीं, किसकी गाय के पैर में घाव हुआ है, किसकी बकरी बीमार है, तू यह सब बातें देखेगा या अपनी पढ़ाई करेगा?"

नहीं, पढ़ाई-लिखाई में कभी कोई लापरवाही नहीं की उसने। किन्तु स्वयं विचार कर ही बात समझने को जी करता है। वह सोचता, अँगरेजी पढ़ना-रटना मानो एक बेकार का बोझ है। उसको लगने लगा कि कहीं-कहीं शब्दों का अनुवाद भी नहीं हो सकता। खाली इशारा भर करना है, नहीं तो कौन साहब है जो भात राँधकर खाता है। 'राइस' कहने पर हम सब जिसे भात कहते हैं, उसे वह क्या समझेगा। चावल बीनना, चाबल फटकना, चावल धोना, हाँड़ी चढ़ाना, भात पकाना—इतने काम होने के बाद जाकर चावल के दाने उबलकर भात बनते हैं, 'राइस' कहने से क्या इतनी सारी प्रक्रिया उसमें आ जाती हैं? टेम्स नदी के पुल या डेजी फूल के बारे में लिखी गयी कविता उसके मन में कोई उत्साह पैदा नहीं करती। उलटा जब वह अँगरेजी पढ़ने बैठता है तो सोचता है अँगरेजी के राज की बात, पराधीनता, स्वाधीनता, आन्दोलन और दमन अत्याचार की कहानी। अँगरेजी पढ़ाई ऐसी लगती जैसे जातीय चेतना में पुराना वह घाव का दाग हो, पपड़ी के नीचे जो घाव सूखा नहीं। उसे लगता जैसे दीवार पर से राजा-रानी के चित्र हटाकर वहाँ महात्मा गाँधी का चित्र टाँग देने पर भी यथेष्ट हुआ नहीं। परम्परा टूटी नहीं। अँगरेजी भाषा उसे वही सब याद करा देती है। पराधीन भारत का एक लज्जाजनक अध्याय। उसकी मुहर की तरह विजेता की भाषा—अँगरेजी। जिसे पढ़ने पर लगता कि वे अतिमानव हैं! उनकी भाषा एक सपनपुरी! वह खीझ उठता, उसे लगता यह सब सफेद झूठ है।

खाली अँगरेजी ही क्यों, कई-कई पाठों के बारे में उसे लगता कि इनकी क्या

जरूरत है? जैसे वह इतिहास। इतने राजा, इतनी लड़ाइयाँ, इतनी तारीखें, इतनी घटनाएँ। रटने पर सिर दुखता। अलफ्रेड से लेकर औरंगजेब तक।

वह सोचता, यह तो बड़े-बड़े लोगों की कहानियाँ गयीं, गरीब की बात कहाँ है? पढ़ाई में इतिहास कहता है—इस युग में अमुक राजा हुए, बाकी सारे आदमियों के भले-बुरे की बात कहाँ गयी?

डरते-डरते साथी लड़कों के द्वारा एक दिन क्लास में पुछवाया था। मौर्य-शासन-पद्धति की पढ़ाई होते समय उसने पुछवाया कि उस समय गाँवों में कौन-कौन से पर्व-पूजा-त्यौहार होते थे? किस तरह की मिठाइयाँ बनाते थे? उसके प्रश्न पर सब हँस पड़े थे। शिक्षक ने सोचा, वह मजाक कर रहा है। अतः उसे गालियाँ खानी पड़ीं।

नियमानुसार पढ़ाई रटता जाता, पर कभी सोचने लगता दूसरी बात, जैसे कुलिया बढ़ई के बारे में। बुखार में झुप्प होने पर भी उठकर हाथ में करौत-बसोला लेकर मजूरी के लिए भाग रहा है। रस्सी जैसे हाथ हैं, पर काम बहुत अच्छा करता है। पहले तो बढ़ई ऐसा बोहित गढ़ देते थे कि उस पर हाथी लादकर उसे विदेशों में बेचने ले जाओ। उस समय से लेकर कुलिया बढ़ई तक कितनी पीढ़ियाँ निकल गयीं?

यही लोग जहाज पर चढ़कर देश-विदेश घूमते थे, इतने बड़े-बड़े काम करते थे। तब क्या उनका चलन इसी तरह का था? या और कोई बात थी?

रोग के प्रकोप से अब ये नौजवान मिट्टी चाट रहे हैं। भाव बढ़ रहे हैं। दूध में खड़ी और पानी, घी के बदले घास का घी, सरसों तेल में सस्ते तेल की मिलावट, शहद में गुड़, चावल में कंकड़ की मिलावट चल रही है। कितने कष्ट में है आज आदमी का जीवन।

किताब रखकर वह खड़ा हो जाता। औरों के साथ अपने मत को तौलकर देखता। वे लोग छोटे-छोटे दलों में होकर इस देश और फिर दुनिया की बातों की चर्चा करते। अखबार और अन्यान्य पत्र-पत्रिकाएँ पढ़ते। उनसे जो समझते, उससे उन्हें लगता कि वे कुछ समझ रहे हैं। उन सब बातों पर जोरदार बहस भी छिड़ती। धनी लोग अधिक धनी होते जा रहे हैं। कुचक्री लोग धनी और बड़े बनने के लिए लन्द-फन्द भिड़ा रहे हैं। वे ही लोग बीच में लाभ कमाने के लिए औरों को उकसाकर झगड़ा-फसाद करा देते हैं, गाँव में दलबन्दी पैदा हो जाती है। क्षमता की लड़ाई! दुनिया के देश-देश के बीच पनपती डाह और जलन, मार-काट, लड़ाई-दंगे, युद्ध!

पृथ्वी के अन्य भले आदमियों की तरह, शान्ति-प्रेमी छात्रों के ये दल जाति का शुभ और सुख चाहते हैं। तब भाषा क्या, देश क्या, सारी पृथ्वी का मानचित्र संकुचित हो जाता है। लगता है जैसे अपने घर का आँगन हो। वे आतुर होकर एक-दूसरे से अमेरिका की या इजिप्ट की या फिर चीन अथवा जापान और

इण्डोनेशिया की समस्या पर बातचीत छेड़ देते। उन्हीं सब पर कितनों की मित्रता टूट जाती तो कितनों की बढ़ जाती। कितने दिन कितनी रातें बीत जातीं एक अटूट भावना के बीच। भूख-प्यास भूल जाते, कभी कोई हँसता तो कभी कोई रोता। मानवता के महान् भाव के बीच मन-ही-मन अपने कुण्ड में एक जगह मिलते दुनिया-भर के सब लोग। क्या नीग्रो, क्या अँगरेज! मिस्री या हंगरी, कोरिया या माओरी के सारे लोग! तब विदेशों के अनदेखे अनजाने कवि या चित्रकार की मृत्यु की खबर पाकर वे रो-धोकर उपवास करते, तिलतर्पण करते।

औरों के साथ रवि ने भी हिरोशिमा को दुःस्वप्न में देखा है। देखी है युद्ध में जलती यूरोप की रणभूमि, भारत की साम्प्रदायिक मारकाट, लाखों शरणार्थियों की भीड़, स्टालिनग्राड की वीरांगनाओं के साथ मिलकर फूटे घर की ईंटों के ढेर की ओट में, युद्ध के धुआँ के बीच, वह अन्तिम साँस तक लड़ा है स्वाधीनता-संग्राम में—

कॉलेज में खेल के मैदान में खड़े होकर रक्तिम सूर्यास्त की ओर देखते हुए निमिष भर में उसने उड़ा दिया है अपनी सूक्ष्म चेतना को—दूर बहुत दूर, संसार के किसी दूरन्त क्षेत्र के मनुष्य से मिलने के लिए। वहाँ, वह सोचता है, जहाँ आदमी अत्याचार से पीड़ित है, लुण्ठित है, अपमानित है। स्वप्न देखा है।

साथ ही पढ़ाई भी की है। परीक्षाएँ देकर एक के बाद एक, कक्षाएँ पास भी करता गया है। पिता ने देखा, बेटा बी.ए. पास कर चुका, और वे उसके लिए सीमित परिसर का स्वप्न देख-देखकर खुश हुए हैं कि जो अनिर्दिष्ट था, वह निर्दिष्ट पथ के योग्य हो गया है, चाकरी, तनख्वाह, ब्याह, पदोन्नति, बाल-बच्चे! उन्होंने सोच रखा है, कच्चा माल मशीन में गया, बाहर आ गया तैयार वस्तु बनकर, नपे-तुले बँधे समाज में संस्थिति के लिए यह सब आवश्यक है, भद्रता और सभ्यता के अनुकूल है।

पर रवि ने अनुभव किया, कुछ और ही। सोचा—अब वह निर्दिष्ट से अनिर्दिष्ट अवस्था में चला आया है, अब पाठ्य-पुस्तक नहीं, पढ़ाई का बँधा-बँधाया समय नहीं, न परीक्षा न नपी-तुली पढ़ाई की परख। उसने देखा, वह स्वाधीन हो गया है, सामने स्वस्थ जीवन की अनजान धारा है, जहाँ वह अपनी सहानुभूति के बल पर रास्ता चुनकर परिश्रम, सेवा और त्याग में अपने आपको परिपुष्ट कर शायद जीवन को उपभोग करने का सुयोग पा सकेगा।

पिता ने अगर कागज पर रेखाएँ खींची हैं, रूप आँका है, तो उसने अपनी छवि आँकी है—व्योम-पट पर विचार और स्नेह प्रवणता का रंग देकर।

दोनों ने कभी अपना-अपना खाता खोला नहीं, बैठकर हिसाब मिलाया नहीं।

बट महान्ती सारी चीजों पर अपने जीवन की अनुभूतियों से परिचित मूल्यों को पकड़कर निश्चिन्त हैं। उन्होंने देखा, जमीन बटाई पर दी हुई है, फसल मिलने में कभी बाधा नहीं आयी। वरन् साझेदारी में तो उन्होंने यह भी देखा कि भागीदार

किसान अपना हल-बैल बेचकर भी उनका हिस्सा लाकर दे गया है। रुपये कर्ज पर देते हैं, ब्याज मिल जाता है। समय से कर्ज वसूल न कर सका, तो बन्धक में रखी चीज या जमीन भी उनकी अपनी हो गयी है।

पिता ने बार-बार गुरुजी से पूछा है, "जरा देखिए तो, रवि के बृहस्पति का योग कब से प्रारम्भ होता है?...गुरुजी, बताओ तो सही क्या देखा? नौकरी कब मिलेगी? कैसी मिलेगी? शादी कब होगी? किस दिशा में? बहू कैसी होगी? हम बूढ़े-बूढ़ी को पूछेगी तो?"

उस दिन प्रसन्न मन से लौट रहा था रवि, कि रास्ते में वह घटना हो गयी।

अनहोनी कहानी की परत—किन्तु उसके साथ कुछ घटा है, उसे बिना जाने ही जीवन के किसी तीव्र गहरे बहाव में निमिष-भर में वह कितनी दूर बह आया है! उसकी चेतना पर नये रंग की अननुभूत आच्छन्नता है! मानो अचानक किसी की गुलेल से गोली छूटकर उसके मन की गहराई में आ लगी और वहीं रह गयी है। केवल मन ही नहीं, देह के स्नायुओं में भी बार-बार कौंध और हलचल। सिर्फ सिर ही झाँय-झाँय नहीं करता, मन में भी आकुलता है। मन-ही-मन किसी अध-छुए गुनगुनाये गीत के संगीत की अस्पष्ट वाणी। केवल कोई अनजान महक ही नहीं, छाती में भी जैसे धड़कन-सी हो रही है। वह अनुभव कर रहा था—अपनी इस चेतना के नीचे जाने कैसी एक मद्धिम आँच। फिर उसमें एक प्रकार की अनजानी विचित्र सुखानुभूति और प्रबल कर्मठता की शक्ति है। मानो अचानक किसी उद्दाम तापपूर्ण शक्ति में वह रूपान्तरित हो गया है। गढ़ने या ध्वंस करने को उसके अन्दर एक प्रबल तूफान है, यद्यपि उस झंझा का मूल केन्द्र एक प्रकार से शान्ति, अलस, स्वप्निल सुखलिप्सा है। अपने प्रति उसके मन में कहीं प्रश्नवाची अनिर्दिष्ट भंगिमा थी, वह स्वयं आश्चर्य से घिरा था, किन्तु इस स्थिति में स्वयं को स्थिर करते हुए भी बहाव के वेग में, अनायत स्पन्दन की अनुभूति में, चला जा रहा था।

सोचने को लम्बा तीन कोस का रास्ता। प्रसरी फैली चाँदनी रात। बहुत हलके-झीने कुहासे में सामने की ओर तिरछे आते चाँद के प्रकाश से बनी माया की स्थूलता, जगह-जगह सफेद कबूतर के पेट के नीचे के छोटे-छोटे रोयों की तरह चमकीले, और जगह-जगह पेड़ों की छाया के छिटपुट मेघ।

उस छोटे से परिसर में वह देख रहा था छवि का चेहरा। उसकी आँखों की भंगिमा। कितने नये-नये भाव उसकी कल्पना में तैर जाते थे। वही उसकी अनार-फुलझरी की चिनगारियाँ थीं। बारम्बार असंख्य धारा में ऊपर सर्र-सर्र कर जातीं और मुरमुराती हुई झड़ जातीं नाना वर्णों में। लाल, हरा, नीला रास्ते-भर उसके जीवन की कल्पना का वही खेल चलता रहा।

नदी के गरम बालू पर नंगे पैरों चलते समय बीच-बीच में गीला गमछा डाल पल-भर खड़े होने की ही तरह शायद उसके जीवन की यह अनुभूति भी है। उसकी स्मृति का आश्रय! तीक्ष्ण अनुभूतियों के बीच कभी-कभार क्षण-भर के लिए शान्ति उपजाने के लिए, उसके जीवन को सरस बनाने के लिए।

क्या होगा—उसने कभी सोचा नहीं। हिसाब किया नहीं। लहरों में उछलते कदमों से दौड़ते घोड़े की पीठ पर बैठ नयी-नयी दौड़ लगाने की तरह उसके माथे में धमक-सी हो रही थी, एक नये स्वाद में उन्मत्त और उद्दाम होकर वह जैसे रास्ता भूल गया था, फिर भी सही रास्ते पर ही जा रहा था।

गाँव पास आ गया। चेतना में परिचित परिवेश का स्पर्श मिला और उसका वह नशा जैसे टूट गया। अपने घर के आँगन में जाने पर उसे लगा, अँधेरा मानो स्वाभाविकता से कहीं अधिक गहरा है, चाँदनी को वह अनुभव नहीं कर रहा है, मानो कहीं कुछ बहुमूल्य पदार्थ खो आया है। आकुलता और गहन अँधेरे के बीच अपनी आत्मा को सान्त्वना देने के लिए याद आया—सृष्टि के साथ उसके बढ़ते हुए एक मन्त्र की सार्थकता—उसकी माँ! प्राण-पण से वह चिल्लाया—“माँ!” वह बाहर का कमरा लाँघ मकान के अन्दर आँगन में पहुँच गया।

“अरे, मेरा बेटा है रे!” रसोई से निकलकर माँ आयी, निश्चिन्त आनन्द में प्रत्याशित स्वर के संगीत में लिपटी-सी उनकी स्वागत वाणी सुनाई दी—“आ गया रे? क्या हुआ?”

“अच्छा हुआ। बताता हूँ। जरा साँस तो लेने दे। भूख से जान जा रही है। पहले एक काँस पखाल दे। काँजी पानी भी रखा है?”

“क्यों रे, पगले, इस समय पखाल खाएगा? ठण्डी रात में इस समय पखाल? कलेवा कर ले! चूड़ा है, छेना है, नारियल का कौर देती हूँ। जा, हाथ-पैर धो आ। नौकरी का क्या हुआ? वे नहीं हैं, पोखर की ओर नित-नेम करन गये हैं, अभी आते ही पूछेंगे। उनकी तो पहले वही बात होगी। खड़ा मत रह, जा कपड़े बदल।”

“नौकरी नहीं की।”

“ऐं, नहीं की?”

“वो बुरी दशा है, बारह झमेले हैं। मन को नहीं भायी।”

रवि की माँ को उसके बचपन की बात याद आयी। कभी-कभी जैसे वह छुपकर आकर जिद करता, “आज स्कूल नहीं जाऊँगा, माँ।” और तब वह स्वयं हँसकर उसके सिर को सहलाती, कहती, “मत जा, कोई तुझे मार रहा है क्या?”

रवि का स्वर और भंगिमा मानो वही बात कह रही है। लगता है जैसे कुछ घटा है, खैर रवि तो ठीक-ठीक से है और अधिक कुछ नहीं चाहिए।

हँसकर रवि ने कहा, “नौकरी मुझसे नहीं हो सकेगी, माँ! पर एक बात हो गयी...” कहकर उसने अपने आपको रोका, मानो मन-ही-मन चौंक पड़ा हो।

"और क्या हो गया रे?"

हँसकर कहा, "मन थिर हो गया।"

"क्या थिर हो गया मन? इन बच्चों की भी कैसी बातें होती हैं। आदमी क्या समझे इनसे?"

"मैं यहीं रहूँगा। जाऊँगा नहीं, और कभी नहीं जाऊँगा।"

"तुझे कौन मना करता है?"

"पहले पखाल दोगी या नहीं, बताओ?"

"अरे मेरे लाडले, बातों में ही उलझ गयी मैं मुई! अच्छा, पखाल खाएगा, तो चल खा। कुछ सेंक भी देती हूँ।"

"बड़ी सेंक दे।"

"और कह तो आलू का भुरता भी। अच्छा, खा ले पेट-भर। थिर होकर सो रह। कितनी दूर चलकर आया है, थक गया होगा।"

"सब ठीक है। तू पखाल दे, चल। हाँ, अदरक और जीरे की बुकनी भी। और मैं तेरी कूँडी में खाऊँगा, काँसे में नहीं।"

"अच्छा, अच्छा, तू जा अपना काम पूरा कर झट से।"

उनके घर में रहनेवाला कोई नौकर नहीं है। बट महान्ती को नौकर रखना पसन्द नहीं। अपने हाथ से घर का काम करना उनकी आदत है। दिन में मोटे काम करने के लिए लोग होते हैं, रात में कोई नहीं।

अपनी कोठरी में घुसकर कमीज उतारते-उतारते फिर मन में झलकी और बुझ गयी—पाटेली गाँव की बात। और अचानक ही उसे अधिक अकेलापन-सा अनुभव हुआ। वह सोचने लगा, माँ और पिता किस तरह दिन काट रहे हैं, फिर मानो उसे याद आते हैं—भाई, भावज और उनके बाल-बच्चे। वे जो इतने पास होकर भी इतनी दूर हैं। वे चाहते तो घर हँसता-बोलता होता, क्यों इस तरह उचाट, उदास-सा बना रहता?

दस वर्ष के पहले आयी थी भावज चित्रांगदा। पति, अपनी मूँछों को काट-छाँटकर जैसे तितली की तरह बनाते थे, वैसे ही उसके नाम को भी काट-छाँटकर छोटा बना दिया और 'चित्रा' लिखते थे। कीमती छींट की साड़ी, छींट की कमीज और काम किये गये छोटे-छोटे सोने के गहनों से वे भी सुन्दर तितली की तरह दिखती थीं। अड़ोस-पड़ोस में उनके रूप की जितनी प्रशंसा फैलती थी, उतनी ही होती थी उनके चाल-चलन की आलोचना भी "ये क्या रे बाबा, बहू बेटी की तरह चलती है! घूँघट माथे के बीच में, उस पर फिर फूल-खोंसा, झुकना तो सीखा ही नहीं। लाज-शरम नहीं, खट-खट बड़े-बूढ़ों के आगे से निकलकर सीधे सामने मुँह की ओर देखते हुए बातें कहना, ये कोई अच्छी बात है। इसी को तो कहते हैं शहरी बहू! कैसे निभाएगी इस घर में?"

माँ ने सबको सटा लिया। पिता भी बहुत स्नेह करते थे। फिर भी क्या हुआ? इस घर में उनका मन माना नहीं। रह-रहकर चिट्ठी पर चिट्ठी भेजी, पीहर में भाई के पास। चिट्ठी पर चिट्ठी आयी भी। पीहर के लोग आकर नाक-भौं सिकोड़कर चले गये। भाई ने भी पहले धीमे-धीमे कहा, फिर जोर देकर कहने लगे कि इसकी गाँव में रहने की आदत तो है नहीं, इसलिए यहाँ सुहाता नहीं। यहाँ रहकर उसका स्वास्थ्य भी खराब हो गया है। खिला-पिलाकर सेवा-यतन कर माँ उन्हें भले ही मोटी-ताजी रखतीं, पर भाई उतने पर भी कहते कि वह पहले से और भी सूख गयी है। फिर पूरी हुई उनकी मनोकामना।

चित्रा भावज गाँव छोड़कर परदेस चली गयीं।

इसके बाद तो जाने कैसे धीरे-धीरे यह डोर ढीली होती चली गयी। भाई भी कभी-कभार आते। शिकायत भी नहीं की जा सकती, पराये दरवाजे सिर टेक रखा है जो!

परन्तु–

इस परन्तु के तल में ही कितनी बातें अनकही रह जातीं। कभी-कभी माँ का रोना। कभी-कभी साथ की औरतों में दुख-भरी भीगी-भीगी बातें–"मैंने क्या दोष किया? हैं रे गोकुली की माँ, मेरे मन की बात कल समझी उन्होंने? जो कहा–वही मैंने किया। अपने हाथ से कभी चूल्हा भी नहीं उसने जलाया। जूड़ी में पड़कर भी कभी किसी दिन यह नहीं कहा कि बहू, मेरा माथा दबा दे।"

भाई-भावज। नौ वर्ष की बेटी सुना, बाप को गयी है, वैसी ही गोल। उसके बाद सात वर्ष का बेटा कुना, उसका चेहरा उसकी माँ की तरह पतला-सा। उससे छोटी नीचे पाँच की रुना, वह तो बिलकुल माँ जैसी है, वैसा ही मुँह, नाक और आँख-हाथ-पैर, सबसे अधिक फुर्तीली है वह। सबसे छोटा मुन्ना है, तीन वर्ष का। सबसे अधिक सजीला है। देखने पर वे सब काका-काका कहकर गले से झूल जाते। कोई पीठ पर है, कोई जेब टटोलता है, तो कोई हाथ पकड़ खींचता है और कोई कुछ फरमाइश लगाता है। और यह सब सोचते ही आँखों में तैर जाती है रंग-बिरंगा फ्राक पहने सुना। चिकने सिर पर रंग-बिरंगे फीते बँधे हैं फूलों की तरह। ढेर सारी सहेलियों के साथ फिरती रहती। किसी चित्रकार की बनायी हृष्ट-पुष्ट बिल्ली की तरह। कुना उसके ठीक उलटा, सदा नुटुर-कुटुर होता रहता। जब देखो उसकी देह में एक-दो घाव। गालों पर कीचड़, हाथ-पैर सब कीच से सने, कपड़े पर स्याही, गन्दा हाफपैण्ट। लगता है, जैसे एक केले का पेड़ हो...नीचे से मैला और ऊपर दूध-सा चमकता नरम चेहरा, ऐसा चेहरा कि लगता जैसे उस पर कोई-न-कोई विचार या भाव तैर रहा हो। रुना मानो सजी-धजी कोई तसवीर हो, सारे माथे पर चन्दन की बूँदें, लम्बी पूँछ-सी खिंचकर आँख का काजल कान तक चला गया है। उसकी माँ समय पाती तो उसे सजाती रहती। जब देखो अपनी अकूत सम्पत्ति फैलाकर

कुछ-न-कुछ करती रहती। कितने कागज के खोल, टीन के खोल, रंग-रंगीले कपड़े के टुकड़ों में सजी गुड़ियाँ, नाना चीजें, अपने आप गीत गाती, छमक-छमक करती फिरती रहती।

वे सब इस घर में होते तो घर भरा होता।

कहाँ जाता है आदमी का पहले का स्नेह। कितनी तेजी से आदमी बदल जाता है, और चारों तरफ से अपनी स्नेह-श्रद्धा खींच-खींचकर ले जाता है और उसे अपने 'मैं' के चारों ओर जमा करता है।

रवि ने सोचा, भाई कुछ अलग किसम के हैं। और भावज को बुला लाने वह खुद कितनी आशा लेकर मारकुण्डी गया था!

उसे खुशी थी कि उसने नौकरी नहीं की। कम-से-कम एक घाटी तो कट गयी। फिर सन्देह हुआ, पिताजी क्या कहेंगे?

नौकरी हुई नहीं, सो तो उसका चेहरा ही बताये दे रहा है। रवि की माँ सोच रही थी, वह स्वस्थ है, निश्चिन्त है। मानो वह अपने सिर से कोई बड़ा बोझ खिसकाकर चला आया है।

वह कुछ भी करे, न करे—परायों के साथ तुलना कर उसके बापू कितना ही तौलें, रवि की माँ उस पर गर्व का अनुभव करती है। वह उसके पिता को उन्हीं के पिता की बात याद करा देती है : कई बातों में वह अपने दादा की तरह ही है। केवल वैसा ही लिलार, या आँख या कान नहीं और न केवल बातचीत, रंग-ढंग या, वैसी ही खुली हँसी, बल्कि उसके मन में जो प्रकाश है वह भी पता नहीं, कैसे अपने दादा जैसा ही है, आदमी जब उसी साँचे में ढला है तो विचार भी वैसे ही हैं।

एक बार की बात याद आ गयी।

घर की अवस्था सुधारने के विचार से राजा के यहाँ नौकरी करने रजवाड़े गये। गाँव में खबर आयी कि अब उनके भाग जागे, राज-अनुग्रह मिला है। उस राज्य के पण्डित भी उनका बड़प्पन स्वीकार करते हैं—इतनी बुद्धि, इतना पाण्डित्य, ऐसी अवस्था, ऐसा कृतित्व! राजा ने घर भर दिया, फिर नौकर-चाकर, घोड़ा-गाड़ी, अधिकार—क्या नहीं दिया? इतनी बड़ी हवेली! इतनी सुविधा! अब तौलकर रुपये रखना तुम सब। गाँव के जो लोग वहाँ काम करते हैं, उन्होंने देखा और आकर बताया! कहा, तहसीलदार बन गये हैं, शीघ्र ही देखते-देखते, दीवान बन जाएँगे।

किन्तु एक पखवाड़ा भी पूरा हुआ था कि नहीं, बेडिंग-बिस्तर बाँधकर घर पर हाजिर। कहने लगे, ठाकुरजी की पूजा करना तो सीखा है, आदमी को ठाकुरजी मानना नहीं सीखा। हमारे यहाँ कौन ऐसा हुआ जो अपना विचार छोड़कर पराये इशारे पर नाचे हों। विवेक की बलि दे, आँख-कान मूँदकर जो कहा जाय वही करो दिन-रात! भाड़ में जाय ऐसा पैसा, हमें रास नहीं आएगा वैसा जीवन। अपने को

तो यही साग-पखाल ही अच्छा। ओह, आदमी यहाँ कितनी शान्ति से साँस ले सकता है!

आत्मविह्वल-सी अतीत की ओर आँखें किये रवि की माँ उन्हें देख रही थी।

साधारण आदमी। देहाती खादी की धोती से अनढँके घुटने, सिर के पीछे की ओर बालों में गाँठ। बाहर पैर निकालते हैं तो खड़ाऊ की ठकर-ठकर, और हाथ में एक लाठी जिसकी गाँठों को धन-जन-मरण धन-जन-मरण कर, गिनने से जन के पास खतम हो जाती। हँसकर कहते, 'धन' धन की आशा मत करना रे बच्चो, 'जन' असल है, जन से ठीक रहे तो धन अपने आप आएगा। वैसे भेष और चेहरे के आदमी पर कितनी खातिर कितना मान था, उस तेरह खण्डी इलाके में। सबको मानो वे वश में किये थे। उनकी बात वेद का मन्त्र बन जाती। बाघ-बकरी एक ही घाट पानी पीते। गलत बात उनकी आँखों को सुहाती नहीं थी। चावल का दाना भी कहीं पड़ा होता, तो चुनकर रख देते। भात की थाली के पास बिलाई घेरे बैठी हो, बच्चे बैठे हों, सबको मुट्ठी-मुट्ठी भात देते। पर ध्यान रहता कि कोई एक दाना भी न छोड़े। घर पर सब भाइयों का कुटुम्ब मिलाकर चालीस प्राणी थे, सबको सँभालते थे। अकेले चलाते थे। एक चूल्हे पर सबकी रसोई, कोई सौ कमाता है। तो क्या साड़ी खरीदी जाएँगी तो सबके लिए एक समान। नहीं होगी तो किसी के लिए भी नहीं आएगी। भानजा-भानजी, भतीजी-भतीजा, नोता-गोता, आया-गया सबको समान आदर। अपना-पराया नहीं देखते वहाँ। सबका भला-बुरा देखते-देखते ही झर से दिन बीत जाता, रात हो जाती। स्वयं काम में जुटे रहते तो घर-भर के सब लोग रहते काम में, कौन कितना कर सकता है उसी पर बदा-बदी चलती, उनके मुँह पर जरा-सी हँसी देखने के लिए सब लोग प्राणपण से काम करते। यदि आपस में बिगाड़ होने को होता, तो वह स्वयं जान जाते। किसी को बिना बताये भात की थाली पर से उठ जाते। बस, सारे घर में हलचल मच जाती, समझाना-बुझाना चलता, गलत आदमी अपना दोष सकारकर अपने को ठीक कर लेता। इस तरह घर टूटने से बच जाता।

"नखी बेटी, पान लाना तो। कुछ खाया?"

मुँह हँसी में दपदपाता दिख रहा है। बापू बुला रहे हैं।

"अरे, कुछ खाया बेटी?" इतने में ही सारा स्नेह! प्रश्न तो बस इशारा है। पास आने पर, सिर पर हाथ फेरकर वही प्रश्न। पिता के हृदय का अपार स्नेह-सहानुभूति उतने में ही उसे बार-बार भिगो देते। इसके बाद मन हलका हो जाता, मानो नीचे जमीन नहीं। मन आकाश ही आकाश में उड़ता-सा लगता।

"माँ दिया?"

"देती हूँ, बेटे! ये भाजा डाले हैं, अभी हो जाने पर देती हूँ।"

...आँखों पर स्मृति का परदा फिर पड़ जाता है, धुँधली-धुँधली कितनी बातें

दिख जाती हैं। सब घुल-मिल जा रहा है, बुझता जा रहा है। तेरह वर्ष का होते न होते वे उसे पराये गोत्र की करने में लग गये। चली खोज-बीन, पूछ-ताछ। इन दिनों ही तो, नदी के किनारे-किनारे जंगली बेर, सखी-सहेलियों के साथ, तोड़ती फिरती। कभी-कभी तो सारी दोपहर बीत जाती। इसके बाद बिल्ली की तरह इस घर से उस घर और फिर तीसरे घर। चारों ओर चौकन्नी-सी देखती-सूँघती अपने घर में घुसती। शायद कहीं वे हों। पूछ बैठे, तो? उस पर कभी नहीं बिगड़ते। माँ कहती, तो बोलते—मेरी बिटिया घूमेगी ही, मन चाहे जहाँ घूमे-फिरे, कुछ कहना नहीं।

कहाँ गया वह समय। किस चूल्हे में गया! इतनी देर बाद मुड़कर देखा, वहाँ अब कुछ भी तो नहीं रहा। सब विलीन हो गया। दो वर्ष पहले वहाँ गयी थी, छोटा भाई मोहन अपनी बेटी के ब्याह पर लेने आया था। पाँच भाइयों में मोहन सबसे छोटा है किन्तु है सबसे ज्यादा परिवारी। शहर में व्यापार करता है, गाँव में मकान बनाया है, जमीन ली है, किन्तु वह प्रायः गाँव में नहीं रहता, उसके बाल-बच्चे शहर में ही हैं, शहर के वे आदी हो गये हैं। मोहन की दोनों छोर पर निगाह है, इधर शहर में ट्रक, मिल, दुकान, उधर गाँव में खेती-बाड़ी, राजनीति। खादी को छोड़ वह और किसी वेश में बाहर नहीं निकलता, शुरू से ही वह काँग्रेस का मेम्बर है। आदर भी है। लोगों में लेन-देन करता है। उनकी खबर पूछता है। इस बारे में वह कुछ-कुछ अपने पिता की तरह है। जिन्हें कुछ चाहिए, वे सब 'मोहन बाबू, मोहन बाबू' कहकर घेरे रहते। वह किसी से कुछ करने को कह देता तो उसे वे लोग पूरी करते।

किन्तु बिना व्यापार-बणिज या नौकरी किये, और बिना कोठे-बाड़ी खड़े किये ही पिता ने एक बहुत बड़ी गठरी में जैसे सबको बाँध रखा था। मोहन से ऐसा सम्भव नहीं हो सका। किसी से नहीं हो सका। सब बिलग हो गये, सब एक-एक हो गये, कोई स्वयं भले ही खड़ा हो गया, किन्तु किसी का किसी से कोई सम्बन्ध नहीं रहा। उलटे जरा-जरा-सी बात में मन फटने लगा, किसी की थाली में घी देखा तो खुल्लम-खुल्ला शत्रुता आरम्भ हो गयी, और नहीं तो ईर्ष्या ही सही। जो कुछ कर न सका वह लुढ़क गया, दूसरों ने भले ही सुध ली हो, अपनों ने तो आँख उठाकर देखा तक नहीं उस ओर। उसी घर के कितने लोग कर्मानुसार, अपने-अपने रास्ते चल पड़े। ठीक-ठिकाना बनाकर गुजर-बसर कर रहे हैं, कोई करता है नौकरी, कोई बैठता है दुकान पर, कोई व्यापार में है, बड़ा-छोटा सब अपने-अपने में मस्त हैं, लेकिन पूरे कुनबे पर किसी का साया नहीं रहा।

आह, क्या था, क्या हो गया!...

बेटा चिल्ला रहा है। अब भूख और सह नहीं पा रहा। "अरे हाँ, हाँ, आयी!" पल्लू में आँसू पोंछ, अपने को झटकती हुई-सी वह जल्दी से सँभालने लगी। अब था जाग्रत् वर्तमान—उसके स्पष्ट अवयव! पिछली बातों की केवल गुनगुनाहट भर रह गयी। दृश्य बदल गया।

रसोई में चूल्हे से चार हाथ हटकर रवि खाने बैठा है। सामने पखाल से भरी पथरी रखी है। थाली में बैंगन भाजा और आलू का भर्ता, बड़ी के टुकड़े, नमक और कच्ची मिर्च अलग-अलग रखे हैं। एक सिलवर के कटोरे में काँजी-पानी रखा है। सामने है चूल्हे की धधकती आग, उसकी झुलसती लाली मानो मन के अन्दर तक आँच दे रही है, गरमी पैदा कर रही है। चौतरे पर लालटेन रखी जल रही है। घर के नीचे चूल्हे के किनारे आधी दीवार, घर के अन्दर की दीवार आदमी के हाथों माटी-गोबर का लेप पाकर आँखों को ऐसी कोमल और स्वाभाविक दिख रही है मानो उसमें भी जीवन है। उसका भी जीता-जागता चेहरा है। बिलकुल उसका कोई अपना जो अपनी सनेही दृष्टि से सिक्त किये दे रहा है। छान के नीचे की ओर बाँस में लगे कपड़े के टुकड़े जगह-जगह फरफरा रहे हैं, वह भी उस स्वाभाविकता में ही खप जाता है। भात खाते समय पास में ही है बिलाई की म्याऊँ-म्याऊँ। दीवार से चिपटी छिपकली जो पूँछ सलबला रही है, एक टक अँधेरे की ओर देख रही है। और यह चूँ-चूँ करती लम्बी सूँड़ से मानो घर बुहारती-बुहारती तेजी से दौड़ रही है परिचित-सी छछूँदर। माँ उसे हिंस्-हिंस् कर रही है। चूल्हे के पीछे कतार की कतार में हाँड़ियाँ—पखाल की हाँड़ी, काँजी-पानी की हाँड़ी, भात की हाँड़ी और रसोई के लिए अन्यान्य हाँड़ियाँ-किसी पर पलम, किसी पर काठ का चटू, नारियल की डंकी सब मिल गया है उसी स्वतन्त्र व्यक्तित्व की देह में। माँ बैठी है। वह उस दृश्य का जीवन है। कानों को मधुर, प्राणों को जैसे शीतल कविता का रस। इस परिचित परिवेश ने उसे ऊष्मा में डुबोकर अपनी बाँहों में भर लिया है। पल्लू से ढाँप गोद में बिठाये हुए है, जैसे माँ बैठाती है अपने बच्चों को।

तृप्ति।

केवल तृप्ति ही नहीं—अवस्था के साथ एक आत्मीयता, सहज निर्वर्तित, निःसंकोच स्थिति और व्याप्ति है वहाँ, उसकी और उसकी पृष्ठभूमि की। मुँह में कौर भरते समय परिस्थिति की स्वच्छलता में सुख से बढ़कर मानो उसका व्यक्तित्व अपने को खींच-खींचकर ऊँचा कर उँगली पर खड़ा हो स्पर्धा से देख उसके एक और दबे हुए व्यक्तित्व को देखने लगा—वह दूसरा व्यक्तित्व वामन है, कुरूप है, वह उस समय का व्यक्तित्व है जब वह नौकरी करने चला था। विपद् से उबरकर विपन्नकारी की ओर अन्तिम दृष्टि डालने की तरह उसने गर्व का अनुभव किया कि वह हार नहीं गया। बँधा नहीं, चला आया है।

अत्यन्त विश्वास के साथ मन की बात खोलकर कहने की तरह उसने अपनी माँ के आगे कहा—"देख लो, जमींदारी रही या गयी! क्या हुआ? वैसे ही...।" वैसे वह मन-ही-मन बातें कह रहा था, उसमें से एक अंश किसी तरह उसके मुँह से छिटककर बाहर निकल गया।

विस्मित-सी होकर माँ ने पूछा, "किसकी बात कह रहा है?"

मानो वह पहले ही कह चुका हो, इस तरह बोला, "कहा तो, वैसे ही सब।"

"क्या सब?"

"ओह, तू समझी नहीं क्या माँ? पहले जमींदार होना गौरव की बात थी। इसके लिए गोपाल साहू ने मिठाई बेचते-बेचते भी दो पैसे की जमींदारी का अंश खरीदा। यह नौकरी का विचार भी वैसा ही गौरव पाने का विचार है। अन्त में उससे गौरव पाने की बात भी उड़ गयी। समय आएगा जब लोग दूसरा ही रास्ता देखेंगे, आ रहा है वह जमाना।"

"सरकार ने जमींदारी उठा दी तो क्या अब नौकरी-वौकरी भी उठा देगी?"

"नौकरी उठाये काम चलेगा कैसे? नहीं री बुद्धू, मैं तो कहता हूँ, अभी जैसा रोग घेरे है हमें, पढ़ाई पूरी करते न करते आँख मूँदकर व्याकुल हो बस कुछ नहीं, नौकरी करो। भविष्य में लोग वैसा नहीं करेंगे। पहली बात तो यह है कि रुपयों की आशा में कोई नौकरी नहीं करेगा। रुपये कमानेवाले दूसरा रास्ता पकड़ेंगे। वे ही आएँगे जिनका मन खुद पुकारेगा—पेट पर गीला कपड़ा रख, दस लोगों का बोझ सँभालना है।"

"पर तुझे क्या असुविधा है? तू तो वही खोज रहा है।"

"अभी लोग पेट के लिए नौकरी खोजते हैं। मैं उनमें नहीं हूँ," कहकर सीधा देखते हुए वह हँस पड़ा।

माँ समझ गयी। हँसकर बोली, "तेरी इच्छा, मैं थोड़े ही मना कर रही हूँ।"

"तब तू पिताजी को समझा देना।"

"उन्हें समझाने की क्या जरूरत है? वे क्या तेरी कमाई खाने के लिए तुझसे नौकरी करवाना चाहते हैं? केवल तेरे ही भले के लिए तो कहा होगा। और क्या? खुद तेरा मन उसमें नहीं लगा तो न सही, अब अपना घर संसार तो तुम्हीं करोगे, बाबा, हमारा क्या है?"

"घर—फिर संसार, खाली घर ही नहीं।" भौंहें नचाते हुए रवि ने कहा।

"घर हो तो फिर संसार भी होगा। यह तो जगत् की रीति है, तुम कोई नया करोगे?" हँसते हुए माँ ने कहा, "खाता नहीं, बस बातें कर रहा है।"

"कहाँ, मैंने तो कुछ भी नहीं पूछा।" रवि ने कहा, "अच्छा, बता तो करुणा बावरी बेचारा ज्वर में पड़ा था, उसके घर में खलबली मची थी। चावल भेज दिया। तुझे कहकर गया था न।"

"नहीं भेजती तो तू मुझे रहने देता? सारे रास्ते यही सोचता गया होगा। उसकी बहन आयी थी। दो तामलोट चावल ले गयी है।"

"और वह सपनि केवट की माँ के दस्त हो रहे थे—कहा था, दो रुपये दवा के लिए..."

"सो भी दिये गये।"

"और एक बात माँ!..."

"जानती हूँ, उनके घर की गाय के बारे में न? कुँई के फूल-सी बछिया हुई।"

आश्चर्यचकित होकर रवि ने ऊँचे स्वर में कहा, "बता-बता तो तू कैसे जान गयी माँ!"

हँसी से गद्गद, रुक-रुककर बोली, "हैं रे, तू मेरे पेट से जनमा है, तेरे मन की बात मैं नहीं जानूँगी, मुझसे भी बढ़ गया...।"

"हाँ, सब तो जैसे तुम जान गयी..."

"सब जानती हूँ, सब जानूँगी रे, सब।" उसने गर्व से उत्तर दिया।

केले के मझे का रायता। तरकारी लेकर पहुँची जगूदास के घर की बहू कजली माँ, सतुरी दास की स्त्री। सतुरी दास उम्र में बट महान्ती के बराबर होंगे। उनकी स्त्री रवि की माँ से साल-छह महीने बड़ी होगी। किन्तु वैसे सतुरी दास रिश्ते में रवि का भतीजा लगते हैं। अतः कजली माँ रिश्ते में हुई बहू। सात बच्चों की माँ, कजली माँ का स्वास्थ्य कब का चौपट हो चुका। आदर के विचार से आड़ में खड़ी हो गयी। रवि की माँ से फुसफुसाकर कहने लगी, "छोटे काका कब आये? क्या छुट्टी हो गयी?"

हँसकर रवि ने कहा, "हाँ, माँ, कह दे चाकरी से छुट्टी, सब दिन के लिए छुट्टी। चाकरी ऐसी थी कि मन नहीं किया।"

कजली माँ ने रवि की माँ से कहा, "इतनी पढ़ाई कर छोटे काका को नौकरी नापसन्द है, और गँधिया की बात तो देखो, माइनर भी उससे न हो सका, घर पर घास के एक से दो टुकड़ा कर नहीं सकता, इधर नौकरी का नशा उसे ऐसा चढ़ा है कि बस 'चाकरी करूँगा, चाकरी करूँगा' की रट लगाये हुए दौड़-दौड़कर पैरों के तलवे घिस डाले।...उसका भाग!"

गँधिया उनका छोटा बेटा है। उससे बड़ा जोति है।

वह चली गयी।

रवि की माँ बोली, "जिससे सुनो यही बात। सब दुख में हैं। चावल अब रुपये का दो सेर भी मिलना मुश्किल, चलेगा कैसे?"

"यही तो सोचने की बात है," रवि ने कहा, "जो लोग पढ़ाई कर नौकरी कर दूसरे गाँव में रहते हैं, वे सुख में रहें और दूसरों का कुछ हो न हो।"

रवि की माँ ने उत्तर नहीं दिया। उन्हें अपने बड़े बेटे 'कवि' की याद आ गयी।

रवि उठकर सीधा बाहर चला आया। चाँद छुपा न था, किन्तु कुहरा और धुआँ मिलकर कैसा धुँधला-धुँधला-सा हो गया है। दूर देखता खड़ा रहा। आँखों के सामने आ गयी एक पुरानी तसवीर। मानो वह देख रहा है—घर नहीं, दीवार नहीं, छत नहीं केवल ऊपर-नीचे की विस्मृति के बीच पुंज के पुंज आदमियों का समूह। सब

अपने-अपने परिसर की स्वतन्त्रता ओढ़े पड़े हैं। जैसे बेशुमार छोटे-छोटे बालू से बनाये हुए मन्दिर खड़े हैं कुहरीली चाँदनी के समुद्र के नीचे। एक उपादान से बने किन्तु अलग-अलग। कोई टूटे या खड़ा रहे अन्य दूसरे दौड़कर नहीं आते उसके पास, सहायता करने के लिए। सब एक-एक गढ़े जाते हैं, खड़े होते हैं, धीरे-धीरे टूट जाते हैं। फिर गढ़े जाते हैं। एक नहीं होते।

ऐसा है उसका गाँव। सब गाँव। काम बाकी पड़ा है।

मानो आदमी किसी अँधेरे अतीत में सृष्ट होकर धीरे-धीरे आगे की ओर गति पूर्वक बढ़ता आ रहा था। पत्थर के खोल से आये, पेड़ की खोह से आये, घर किया, समाज बनाया। आगे आ रहे थे दुनिया को एक करने, गढ़ने। बीच में रुक गये हैं। अपना-अपना स्वार्थ, सत्ता की धुन में बहता स्रोत न बनकर, छोटे-छोटे सड़े-गले गड्ढे बन गये। बहुत काम बाकी है।

रवि के बढ़ते सपने के भावों की लहर उसे दूर तक ले गयी, मानो वह अगणित आदमियों के सुख-दुःख से अपने मन को जोड़ना चाहता है। मानो उसकी खुशी समस्या के समाधान में नहीं, एक विशाल मानवीय सहानुभूति में एक कुहरी चाँदनी की रात की विस्मृति में अपने आपको परिणत कर कण-कण बन चारों ओर बिछ जाने में है। उसने स्वप्न देखा, आदमी-आदमी के हृदय को गूँथने के लिए और दुःख पिघलाकर सुख उपजाने के लिए बेशुमार हाथ जुटे हैं, कोणार्क गढ़ा जा रहा है, उनमें दो हाथ उसके हैं, वह भी एक कारीगर है।

उसी जाग्रत् स्वप्न को ऊष्मा दे रहा था छवि का चेहरा—मानो उसके सामने कर सकने की-सी दृढ़ता दिखाकर अपने व्यक्तित्व को प्रसारित करने के लिए अन्दर से उद्दीपना आती है, मानो वह बीते-खोये मध्य युग का कवचधारी वीर पुरुष है। उसके व्यक्तित्व का प्रकाश लड़ते-भिड़ते, मारकाट में नहीं, गढ़ने में है।

तभी देखा कि पिता आ रहे हैं। उनके साथ मूसी पण्डा। दोनों सुख-दुःख बतियाते समय, दुनिया-भर की बातों के बारे में अपना मन्तव्य तौल-तौलकर देते। रवि प्रतीक्षा करने लगा। प्रश्न आ रहा है।

उसे लगा, वह उत्तर दे सकेगा। कुण्ठा नहीं है।

पाटेली गाँव में।

बड़े तड़के सिन्धु चौधरी उठ बैठे, केवट बस्ती से एक साथ कई ढेकियों की चिवड़ा कूटने की आवाज आने के साथ-साथ। इधर बावरी बस्ती के मुर्गे गोया शर्त लगाकर बाँग देने लगे।

इसी समय उठकर नित्यकर्म कर लेना उनका बहुत दिनों का अभ्यास है। इस गाँव का नहीं, यह चाकरी-गाँव का अभ्यास है। वहाँ नहा-धो अपने हाथों हाँड़ी बैठा,

चावल-दाल-हलदी-घी एक साथ राँधकर दिन-भर के लिए तैयार। फिर चाहे भात बाद में खाते रहें। घूमने का काम ठहरा, क्या ठिकाना। घर पर आने के बाद पहले की तरह सुबह की खिचड़ी खाना अब नहीं पड़ता। हाँ, जाग जाने का अभ्यास अब तक रह गया है।

कुछ ही देर में छवि की माँ उठेगी, और फिर छवि। घर का काम-काज आरम्भ हो जाएगा, रोज की तरह। यह भी मानो एक अभ्यास हो। इसमें घिसटकर एक के बाद एक दिन झड़ जाता है, उसका कोई हिसाब नहीं।

आज भी दिन जैसे आया है वैसे ही चला जाएगा। अकेले नदी नहाने जाते समय रास्ते में सिन्धु सोच रहे थे—ऐसा कोई और दिन शायद उनके लिए नहीं आएगा। वे न होंगे। जीवन-भाटे की गति वे कब से अनुभव कर रहे हैं, उसका संकेत बढ़ता हुआ देख रहे हैं। अब संगी-साथियों से निवृत्ति। बस अपने को लादकर किसी तरह समय काटने का मन—उसके साथ भागवत।

चारों ओर आँख डालकर, जब हटने-हटने का अवसाद घिर आता, तब उनके ज़ीवन की संचित अभिज्ञता के अन्दर से जीवन का रश्मि-तत्त्व आश्रय माँगता। झुकने पर लगता, यह भी सह लेंगे, यह भी भूल जाएँगे। छटपटाने से कोई लाभ नहीं। इस मानव-जाति के लिए देह को यह सब कुछ सहना पड़ेगा।

उसी के बीच कभी-कभी याद आ जाता—सजग जीवन का आवेश और पीड़ा किसी सामान्य बात से जागकर भागवत की शीतल शान्ति को हिला देती। मन फिर स्थिर होकर झूलता रहता, इधर-उधर कितना झूल चुका है।

विशेषतः वैसा तब होता जब अचानक सिर में घुसता कि समय खिसकता जा रहा है और उसके साथ-साथ याद आता कि कौन-सा काम अटका पड़ा है। तब जलती आग पर पैर पड़ने की तरह सारा व्यक्तित्व थर्रा उठता। लगता, छटपटाकर किसी भी तरह इस वर्तमान को समाप्त कर सकते! वेग की ज्वाला में देह और मन गरम हो उठते। इस पृथ्वी पर, इस जीवन में सारे सम्बन्धों में अपनी अवस्थिति की डोर लगा पाते। उद्विग्न होकर समय काटते-काटते फिर सब भूल जाते।

सोच रहे थे—छवि का विवाह नहीं हुआ।

चौड़ी नदी के बालू पर पौ फट रही है। घाट की ओर नहाने जाती औरतें अस्पष्ट-सी दिख रही हैं। उस रास्ते पर धार चली गयी है। धार पर धार, कितने ही। संसारी आदमी चले जा रहे हैं—वे हटे नहीं। दायित्व कहने से जो भी समझ आए—अपनी-अपनी समझ से उसे पूरा कर रहे हैं ये सब। केवल वे अकेले सबके पीछे पड़ गये हैं। छवि उड़ जाएगी। तब उनका यह एक बड़ा आखिरी कर्तव्य भी पूरा हो जाएगा। फिर कभी, एक के बाद एक, दो आदमी और चले जाएँगे। कब किस आदमी ने अपने अंश बढ़ाने की यात्रा आरम्भ की थी इस घराने में, इसका इतिहास चुक जाएगा। वे तो वही चौधरी हैं, वे खुद।

सुन्दर भोर उपज आयी। साँस में लम्बा दम भरकर भोर में से कुछ सोख लिया और आँखों से पी गये उसका रूप। अभ्यासवश याद आ गयी सदा की परिचित अनुभूति, अपने आप साकार बन गयी। वे पानी में उतर पड़े।

डुबकी लगा पानी में अँजुरी भर पूर्व की ओर मुँह किया। सामने की ओर नदी के उस तरफ पेड़ों की कतार पर कोमल सूर्य मुँह दिखा रहे हैं—आशा और आलोक की परिचित मूर्ति। उस उदय से चारों ओर सौम्य आनन्द खिल जाता है, उन्हें लगा। सिन्धु चौधरी अपने खोल से निकलकर बाहर बिछे-से पड़े रहे।

भीगी देह को छू रही है सुबह की हवा, अन्दर तक सिहर उठते हैं। यह हवा गुम होकर ऊँघने नहीं देगी, झकझोर देती है व्यक्तित्व को। आकाश में रंग-रंग के रास्ते खुल गये-से लग रहे हैं। मानो यह भी एक संकेत है। हिलते पानी पर एक ताजी प्रफुल्लता। आँखों को लगता है सुन्दर, स्निग्ध। मन में आनन्द। गोता खाती मछलियाँ दल पर दल बनाकर घूम रही हैं। चारों ओर जाग उठे हैं चलते-फिरते जीवन के चित्र। पानी के किनारे-किनारे बगुले और टेंटेई। ऊपर इस पार से उस पार हो रही हैं दल की दल चिड़ियाँ। दोनों ओर घाटों पर सुबह के नहानेवालों की चहल-पहल।

नहाने के लिए छवि और उसकी माँ आ रही होंगी, शायद भीड़ में मिल गयी होंगी आकर।

सदा की जैसी उदार शान्ति में अपने आसन पर मन को स्थिर रख ईश्वर के यश गाने का मन्त्र गुनगुनाते हुए वे गाँव की ओर लौट आये थे। इसके बाद भी जो होगा उसके लिए अभ्यास है। नहाने के बाद पूजा, फिर चिवड़ा-गुड़। चाहे जितनी बार भी पखाल माँगें, छवि की माँ मना कर देती है। इसके बाद अष्टचीरा आड़ी-टेढ़ी सिलाई किया हुआ चीकट गमछा पहने सीधे गाँव के बीच—चटशाला की ओर।

कितनी बार हँस-रूठकर छवि की माँ ने कहा कि एक धोती खरीद लो। सबका बस एक ही उत्तर—"पहले तुम्हारे लिए हो, फिर मेरे लिए।" कभी छवि की माँ छेड़ती, "तुम्हारे तो दो भाई हैं, उनके लिए क्या नहीं किया, चिट्ठी लिखते ही वे क्या तुम्हें एक-आध धोती की व्यवस्था नहीं कर देते? एक क्या दो। इनसे भी क्या लाज करोगे? मैं न परायी हूँ, तुम तो उनके अपने भाई हो!"

आज भी उसी तरह छवि की माँ ने आरम्भ किया। आज भी चौधरी ने हँसकर टाल दिया। किन्तु छवि की माँ ने आज जैसे ठान ली थी। कड़े स्वरों में बोली, "तुम इस तरह धरमी बनकर कितने दिन बैठे रहोगे? बेटी को क्या बूढ़ी करना है!"

"ऐसी क्या उमर हो गयी, जो यों कह रही हो?"

"नहीं, नहीं, तुम्हारे लिए बैठी रहेगी! आज तुम नोका अवधान को बुलाओ।"

"ठीक है बुलाऊँगा, क्या हो गया?"

"आज ही तुम अपने भाइयों को चिट्ठी लिखो। परामर्श माँगो।"

"बस लगी बकर-बकर करने। गया आज का सारा दिन, अशान्ति में।"

"तुम शान्ति से बैठे रहो। मुझे कहीं भेज दो।"

"क्यों व्यर्थ ही कहे जा रही हो?"

"तुम तो कुछ समझोगे नहीं, नजर तो घुमाओगे नहीं। मैं क्या बाहर जाऊँगी या मुझसे कुछ होगा? लिखो अपने दोनों भाइयों को कि रुपये भेजें, बेटी का ब्याह होगा! तुम्हारी तो यह अवस्था है। अपना पहना टुकड़ा भी फटा है। वे न देंगे तो फिर कैसे चलेगा, बताओ?"

खीझकर सिन्धु ने कहा, "ओह, अच्छी बात कह रही हो। कभी देखा है तुमने किसी के सामने हाथ पसारा हो मैंने।"

"तब तुम्हारे हाथ में कलम थी। करज माँगने पर लोग अपने आप दे देते। अब किसी से कह देखो, कोई करज देगा?"

"मैं कहीं गया क्या? जब तक मैं स्वयं हूँ..."

"हाँ-हाँ, कौन इनकार करता है? पर तुम्हारा अब मोल ही कहाँ रहा।" कहकर छवि की माँ लजाकर मुँह मोड़कर खड़ी हो गयी।

सिन्धु चौधरी ने गम्भीर होकर कहा, "जानती हो, मेरा मोल नहीं, फिर कहती ही क्यों हो? क्या कटे घाव पर नमक छिड़कने के लिए?"

वे धीरे-धीरे बाहर की ओर चल पड़े। पीछे से बढ़कर छवि की माँ ने कहा, "सुनो, मेरी बात को उलटा क्यों लेते हो?"

"नहीं, मैं सीधा ही समझता हूँ। मेरा मोल नहीं, यह कोई मैं नया-नया समझ रहा हूँ? जिसके पास पैसे का बल नहीं, उसका कोई मूल्य नहीं। न देश में, न घर में, न भाई के पास, न स्त्री के पास। यही तो संसार का मत है। तुमने नया कुछ नहीं कहा।" उनके स्वर में भरी थी उदासी और क्लान्ति।

छवि की माँ दो भावनाओं के प्रवाह में पड़कर छटपटा रही थी। आँखों में आँसू उमड़ आये, इधर लाज से मुँह जल रहा था। अपने को सँभालने की पूरी चेष्टा करती हुई स्वर को नम्र कर बोली, "अरे, मेरी बुद्धि भी कहाँ जल मरी, तुम्हें पान भी नहीं दिया।"

स्वर का करुण अनुनय स्वामी के प्राणों को छू गया। मुड़कर कहा, "आज तुम्हें क्या हो गया है?"

इसी में था—समझ-बूझ और क्षमा। छवि की माँ ने कहा, "आज सुबह से सिर चकरा रहा है, छाती धड़क रही है।"

सिन्धु चौधरी ने मजाक में कहा, "तुम ज्यादा मोटी होती जा रही हो न, इसीलिए।" वे हँस पड़े।

छवि की माँ फिर अगली सीढ़ी पर लौट गयी, "आज मधु-विधु के पास चिट्ठी

लिखो तो सही। आज की बात आज। कल-कल करने से कोई लाभ नहीं।"

"तुमने क्या उनका सपना देखा है?"

"क्यों नहीं देखूँगी? अपने खास देवर हैं, बिना भावज के हाथ का पानी तक नहीं पीते थे। अब चाहे वे जो हों। पीछे हटकर रहने से काम नहीं चलेगा। जबरदस्ती आगे बढ़ना होगा। चिट्ठी लिखो, उनके पास जाओ, जो भी करो। वे रुपये देने को बाध्य हैं। जिसने जिसके लिए किया है वह उससे अपने लिए आशा नहीं करता है क्या..."

बीच में ही सिन्धु ने कहा, "नहीं।"

"रखो अपनी नहीं। उनके लिए तुमने भी तो अपना इतना सारा रुपया खर्च किया?"

"छिः छिः क्या कहती हो? क्या भाई होकर मैं अपन कर्तव्य भूल जाता? पैसा क्या किसी के पास सदा रहता है? जिसके लिए जो किया सो किया। अब कहाँ सुयोग मिलता है—किसी के लिए एक पैसा भी खर्च करने को?"

"अच्छा! अच्छा, प्रतीक्षा करो।" छवि की माँ ने मजाक में कहा, "तुम सुख से रहो, मैं झुलसती रहूँ। सुनो, मैंने पेट फाड़कर बेटी जनी है, मेरे दो-तीन नहीं, बस यही एक है।"

सिन्धु ने समझाया, "क्यों भाइयों को लिखूँ? बेचारे कौन कहाँ बाल-बच्चों को लेकर अपने सुख-दुःख में पड़े हैं। अब कौन आता है इस डीह में थूकने को भी।"

छवि की माँ नीचा सिर किये चुपचाप खड़ी रह गयी। सिन्धु चौधरी चटशाला की ओर चल दिये।

चटशाला का अहाता दिख रहा है। घनी लाल सेम की लता छा गयी है, असंख्य नन्हे-नन्हे हाथों जैसे अगणित लाल फूलों के निशान सीधे खड़े हैं, कुछ में लाल-लाल सेम भरी है। सुबह की धूप तिरछी होकर पड़ रही है उन पर। कौवा छत पर बैठा कुछ तोड़ रहा है।

मुड़कर बैठते समय दिख जाती है चटशाला की बाड़ी। केले की बाड़ी में केले झूल रहे हैं, लाल-लाल फूल लटके हैं गुच्छों के आगे। घने नीबू के पेड़ पर कई नीबू हैं, पीले-पीले से। सूरजमुखी, हरी मिर्च की पौध कमर तक ऊँची हो आयी है। सारे पेड़ में काले पत्तों की फाँक के बीच से काली-काली मिर्चें सीधी खड़ी दिख रही हैं। कतार की कतार पपीते के पेड़ एक-एक पोरसा ऊँचे खड़े हैं जिनमें छोटे-छोटे लोटों के आकार के फल भरे हैं। अमरूद और बेर के पेड़ प्रतिद्वन्द्विता कर रहे हैं कि कौन कितनी जगह घेरता है। कल के बच्चे जैसे हैं, पर कितनी जल्दी बढ़ गये।

बैंगन भी दो-चार साफ दिखाई दे रहे हैं। ढेरों बैंगन, काले-काले। पास में

टमाटर। एक हाथ ऊँची मचान पर बड़े-बड़े फल लोट रहे हैं। देखने पर लगता ही नहीं कि यह बच्चों का लगाया बगीचा है। वहाँ हैं नाना प्रकार की साग-तरकारी। सब में कुछ-न-कुछ लगा है।

अरे जा! छान में फूस न पड़ सकी इस वर्ष—सिन्धु चौधरी सोचने लगे। शुरू में गाँव के लोगों में कितना उत्साह था—अब धीरे-धीरे धीमा होता जा रहा है।

सौ हाथ पर साठ हाथ का अहाता है चटशाला का। बीच में दस-बारह हाथ का लम्बा मकान। माटी का घर, फूस की छत!

जगह उन्होंने ही दी थी। इसके अलावा पुराने घर से पत्थर। गाँव के लोगों ने काम किया था। लाल अण्डी के लम्बे-लम्बे पेड़ से बाड़ खड़ी की गयी है। बाड़ के सहारे-सहारे अनेक काठ चम्पा। पत्ते ही नहीं, फूल भी हैं। चारों ओर अपराजिता; सफेद, नीली, लाल कनेर। उस पर भी फूल लदे हैं। आँखों को सबसे ज्यादा दिखने वाले आठ कच्चे-कच्चे नारियल के गाछ थे। चार कोनों में चार और सामने की तरफ चार। घर की छान-जितना उठते न उठते फलने लगे हैं। ढेरों फल। बस इतना भर गाँव के लोगों की मेहनत से हुआ। सामने का पोखर उलीचते समय वे लोग ही तो इनकी जड़ों में कीचड़, खाद और घोंघे उँड़ेल गये थे।

बाड़ के दरवाजे पर जो गोल छावनी है उस पर मधुमालती छा गयी है। इधर-उधर फूलों के झुमके लटक रहे हैं। वह भी उन्होंने ही किया था, घर खड़ा करने से लेकर कुआँ खोदने और बगीचा लगाने तक। बच्चे दो आखर सीखेंगे, अतः कितना आग्रह है उन लोगों में!

सामने की ओर से यह सब दिख रहा है। छान पर कुम्हड़े और लौकी की बेल सूखकर सोयी पड़ी है, किन्तु लौकी के फूलों पर जगह-जगह हरे-हरे अंकुर निकल रहे हैं। सूखते-मरते हुए भी फल-फूल रही है वह लता। फाटक के पास, फिर फाटक से दरवाजे तक, और छान के नीचे-नीचे, रस्सी से बँधे श्रीपंचमी के दिन के आम के तोरण सूख गये हैं, फिर भी हैं।

बाड़ के पास से चटशाला के दरवाजे तक जाने के लिए सपाट रास्ता है। दोनों ओर दो-दो हाथ पर मल्ली के पौधे लगाये गये हैं। खेलने के लिए खुला घास का मैदान छोड़ दिया गया है, किनारे-किनारे पर जगह-जगह लम्बे टगर के पेड़ हैं। छोटे-छोटे लाल कनेर और लाल मन्दार के झाड़ हैं। जूही, हिना। लम्बे-लम्बे पत्ते फैलाये दो-तीन किसम के केदार फूलों के भी पौधे हैं। एक ओर कुआँ और बाँस का बना रहट। उसके पास गोल घेरेदार अशोक की झुरमुट, गुच्छ के गुच्छ झुमकों जैसी कलियाँ हैं, जिनमें कोई-कोई खिल भी गयी है।

चटशाला के अहाते के पश्चिमी भाग में, पुराना पसरनेवाला बरगद अपनी दो-दो पोरसा ऊँची जड़ें काढ़े खम्भों की तरह फैला खड़ा है। सामने बड़ा पोखर, लाल-लाल पद्म से भरे पोखर के बीचोंबीच बने खम्भे पर कबूतरों की भीड़ जमी

है। पद्म-पत्रों पर हलके-हलके पैर टिकाते दौड़े जा रहे हैं डाहुक। पनकौवे, हंस और बगुले खेल रहे हैं। पास में खुला-फैला मैदान। उससे सटकर आम के पाँच पेड़। और इधर-उधर बस्तियाँ, नारियल के बगीचे, आम के बगीचे, पास-पास लम्बे-लम्बे नारियल के झुरमुटों के नीचे कतारों में बसे घर, ऊँचे चबूतरे।

घर और अपनी समस्या पीछे छोड़कर यहाँ दिन बिताते-बिताते यह दृश्य सिन्धु चौधरी की अवस्थिति का सहज चित्र-सा बन गया है। यही आँखों के सामने, नितान्त आत्मीयता लिये, उनके जीवन का सहज दृश्य रूप खिलाता है। ये परिचित लोग, कोई गोबर चुग रहा है, कोई गाय हाँक रहा है, कोई हल लिये खेत की ओर जा रहा, कोई नहा-धोकर भीगी धोती बाँधे कन्धे पर गीला गमछा डाले कुछ मन्त्र गुनगुनाता घर लौट रहा है। गाछ की जड़ों में जड़ें गुँथ जाने की तरह जैसे अनादि काल से ही यह सब मानो परम्परा के अंग बन गये हैं।

इन सबों के साथ उनका भी सम्बन्ध है। इन आदमियों के साथ आदमी बन, और पेड़-पौधों, गाय-बकरियों में, उनके संगी-साथी बनकर दिन पर दिन बीत गये हैं। वर्ष के बाद वर्ष। इसी तरह सात वर्ष बीत चुके। बाहर को तो जैसे बिलकुल भुला दिया।

कभी चाँदी की जेब-घड़ी थी, हृदय के साथ सटकर टिक-टिक करती रहती। घड़ी के पुरजे टूट गये। अब हर बात पर जीवन के हर क्षण में, उसका वह दिखावटी घिसा-पिटा चेहरा याद नहीं पड़ता—जिसमें बस चोंय-पोंय मची रहती थी, जो सदा दबाव डालती रहती कि इतने बज गये, उतने बजकर इतने मिनट हो गये, समय गया।

यहाँ वह रोग नहीं है।

अखबार वे नहीं पढ़ते, चिट्ठी लिखते नहीं, शहर की ओर आना-जाना करते नहीं। बस यही चटशाल, और घर, और गाँव का परिसर। आँखों के सामने नीरव धूप-छाँव का खेल। कानों में परिचित संगीत की तरह आदमियों के घर-गृहस्थी की हो-हा। लोग बातें करते, धोबिन कपड़े धो रही होती, सर-सर कर खेत की ओर जाता हुआ हल।

सब जगह जीवन। सब घटों में ब्रह्म, और ब्रह्म ही जीवन।

यही चटशाल। यही...।

अरे, अब तक खाली है? कोई आया नहीं? चिन्ता में पड़ गये। उन्होंने तो कोई छुट्टी नहीं की थी।

मुफ्त की चटशाल, पैसे लगते नहीं। माहवारी न देने पर भी उसकी विधि-नियम-शृंखला, किसी में कोई कमी नहीं। बच्चों की संख्या बढ़ती ही जा रही है।

आज बच्चे अभी तक आये नहीं। चटशाल मानो खाने दौड़ रहा है। पहले

जब बगीचे का एक चक्कर लगाते, तब बच्चे भी पीछे-पीछे दौड़ते। छवि यहीं पढ़ाई पूरी कर घर में रह गयी। बँधा नेम नहीं, प्राथमिक शिक्षा देते हुए ही उद्भिद-विद्या, प्राणी-विद्या, साधारण-ज्ञान, ऊँचे स्तर का उड़िया साहित्य, समाज-नीति, भूगोल-इतिहास, कृषि-विद्या, सूत कातना, यहाँ तक कि जरीब-नाप—जितना कुछ वे जानते और सिखा सकते हैं, सब कुछ बच्चों को सिखाने की चेष्टा करते हैं। कभी-कभी बढ़ई, लुहार, कुम्हार, पुरखे किसान, ग्वाले, पुराण बाँचनेवाले पण्डा, ये लोग उनके बुलावे पर भी आ जाते, बच्चों को अपनी-अपनी विद्या के बारे में कुछ बताने के लिए।

पुराने युग का स्मारक वह बगीचा! और उस डीह पर स्कूल बसाने का निर्णय स्वयं उन्होंने ही किया था। पहले यह बगीचा चौधरी वंश के ऐश-मजलिस करने के अनेक स्थानों में से एक था।

बच्चे अभी भी नहीं आये!

मन कुम्हला-सा गया। लगा, जैसे इस सुन्दर छबीले बगीचे का कोई अर्थ नहीं। इतनी तितलियाँ उड़ रही हैं, यहाँ से वहाँ उड़कर बैठ जाती हैं, लम्बी पूँछवाली मैना और काले कलिंग, हर रोज इसी समय कहीं से हल्दीबसन्त उड़कर आता, कच्चे नारियल के एक पेड़ से दूसरे पर उड़-उड़ जाता, लुका-छिपी करता-फिरता। वह भी आ गया। वह नेवला रहा, वन-चिड़ियों का दल उसके ऊपर ही ऊपर उड़ता हुआ चहल-पहल मचा रहा है, धीरे-धीरे वह दूसरी ओर चला गया। इतने दृश्य होने पर भी वे नहीं हैं जो इन दृश्यों में जीवन भर देते हैं—बच्चे!

चारों ओर उन्हीं के हस्ताक्षर तो सजे हैं। धरती पर इतनी रेखाएँ कि मिटाये नहीं मिटतीं। किसी ने माटी कचोटकर घोड़ा बना लिया, किसी ने माटी का खिलौना। नारियल के पत्तों की चटाई, जटाओं को बटकर रस्सी, बुनी हुई रस्सी से चटाई बनाने की चेष्टा, लकड़ी के टुकड़ों के खिलौने, विमान, कागज के तो रंग-बिरंगे फूल, कोयले से बनाये गये चित्र, खड़ी से बनाये गये चित्र, इन सबसे ही नन्हे-नन्हे मन की कल्पनाओं को रूप देते हैं। कोई सलेट छोड़ गया, किसी का सुन्दर लेख का खाता रह गया। इस कोने में किसी की फटी किताब, एक स्याही की दवात। कंकड़, ठिकरियाँ, इमली के कोये, घुँघचियाँ आदि। कितना खाली-खाली लग रहा है। आदमी नहीं, अलबत्ता, जगह-जगह पर आदमी की स्मरण-मूर्तियाँ हैं।

मानो इस दुनिया से आदमी हट गये हैं। केवल वे ही हैं, अकेले!

अण्टी से कुंजी निकालकर काठ का बक्स खोला, एक बकसे में से चरखा और कुछ रुई निकाल उस नारियल की चटाई पर बैठ सूत कातने लग गये। इधर दीवार पर महात्मा गाँधी की तसवीर मानो उनकी ओर देखकर मुसकरा रही है।

सोचने लगे, ऐसा भी दिन कभी आएगा—यह उन्हें पहले से ही लग रहा था। जबकि बच्चे आएँगे नहीं, चटशाला का घर खाली पड़ा होगा।

अनुष्ठान खुला रहेगा पर आदमी न होगा।

सोचने लगे, यही तो असल समस्या है। अनुष्ठान गढ़ना कठिन नहीं, कठिन है आदमी के मन को गढ़ना। ये इतने वाद-विवाद, स्वार्थ, हिंसा दिन पर दिन बढ़ते जा रहे हैं। कौन जातना है, कब क्या विकार मन से फूटकर निकलेगा, कोई सन्देह या नासमझी साकार रूप लेकर बारूद की तरह फूटेगी, फूटकर निकलती रहेगी। उसके बाद तो खाली भेदासुर की गरज, कलह, तकरार।

यही भेद एक दिन बढ़ जाएगा, हाथीशाल की तरह ढेर के ढेर घर पड़े रहेंगे सुनसान होकर। जंगल बढ़ जाएगा—चारों ओर घिरता चला जाएगा। आदमी सहमा पड़ा रहेगा अपने-अपने अँधेरे खोल में, केवल बहसबाजी, हथियार मिलेंगे भी तो केवल एक-दूसरे पर वार करने के लिए। वही हिंसा की होगी चरम स्थिति। गाँव क्या शहर क्या राज्य क्या और दुनिया क्या। सच मानो, उत्तर के लिए उन्होंने दीवार की तसवीर की ओर देखा। चित्र में चेहरे पर वही हँसी। लगा जैसे पुतलियाँ हिल-डुल रही हैं, चित्र में होठ काँप रहे हैं।

चरखे ने संगीत छेड़ा है। चक्का फिर रहा है, सूत लम्बा हो जाता है। वे लपेट देते हैं। आँखों के आगे तैरकर मिट जाती हैं कितनी छवियाँ। आदमी हिसाब करता है, मिलाकर गुणा करता है, दो और दो मिलकर चार नहीं होते, सहज परिणति असहज हो जाती है, अक्षर मिट जाते हैं। छवि की माँ 'भाई-भाई' कहकर उलाहना देती है, विधु रह गया पुरी में, मधु बस गया नयागढ़। केवल दो नाम। कब भेंट हुई थी? कितने साल पहले? वे दोनों भी एक दिन थे—इसी पिण्ड के अटूट अंश। इसी रक्त की, इसी हृदय की एक धार थे। बढ़े, बहुएँ आयीं। इसके बाद चले गये। चचेरा भाई सत्यवान, गुरु के पिता, इंगिसर में थे—छह कोस की दूरी पर। कभी-कभी आते। देखा-देखी हो जाती। मशीन जैसे अपने ढंग से चलती। जितनी चाबी दी गयी, उतना भर। जिस रास्ते जिस ढंग से चलने के लिए बनी, बस उतना ही। वह थोथी हँसी। वह निरर्थक दृष्टि। आदमी ही नहीं, मन भी उड़ गया। जन्म-परिवर्तन-मरण। आँख खोलना, आँख मींचना। जीवन का क्या कोई अर्थ नहीं? यह स्पन्दन, चेतना मय यह स्पर्श—पर और सूक्ष्म होने पर उसकी ओट में कहीं अर्थ है, जिसमें उद्वेग नहीं, हलचल नहीं, स्थिर आनन्द है, स्थिर शान्ति है, भागवत कहती है।

चरखा चल रहा था। सिन्धु चौधरी उसमें मग्न हो गये, मानो उसकी गति में अपने को भी मिला दिया हो।

सन् 1921 की बात। अब तो बहुत दिन बीत गये।

सिन्धु चौधरी की पहली नौकरी ही थी। सेटलमेण्ट अमीन। जीभ को पैसे का स्वाद लगा है। उमर खोजती है भोग। मन चाहता है धन कमाकर धँसती हुई पुरानी गरिमा को उठाकर खड़ी करने को। जमींदारी जा चुकी थी, अब सुनते-सुनते इस

बात को सहन कर लेने की आदत पड़ गयी थी। आशा की किरण दिखी नौकरी में, शायद कुछ किया जा सके।

तब घर झुका जा रहा था, टूटा न था। फिर भी इस अकेली हवेली में सात-भाइयों का कुटुम्ब। अस्तबल में घोड़ा भी बँधता, यद्यपि था वह बूढ़ा और रोगी। बाहर के धूल से भरे घर-हाड़-चाम बचे हाथी की तरह खड़े हैं। जैसे उसके शरीर में जगह-जगह घाव हो गये हों। स्थान-स्थान से फूट-टूट गये थे। फिर भी इन घरों में ठुँसे पड़े थे काठ के सन्दूक, पुरानी अलमारियाँ, थाक की थाक ताड़-पोथियाँ, पीढ़ी-दर-पीढ़ी की वंशावली, जो यह बताते हैं कि किस पूर्वज ने क्या किया था, आदि-आदि। और वैसे ही साल-दर-साल जमींदारी की आय-व्यय का हिसाब; और भी कई कारबारों का। चाँदी के झाड़-फानूस, पीतल की दिहूटी, बड़े-बड़े नहाने के कुण्ड, लीला का सामान, ठाकुर जी की सवारी निकलने के लिए और फिर जमींदार के पधारने के लिए चँवर, छत्र, दण्ड, तुरही और चाँदी का छत्र। वैसे ही भाँति-भाँति के हथियार—तलवार, घेल, बरछी, फरसा, खाण्डा, अंकुश, भाला, ढाल आदि कितने कुछ। और पहले के जमाने में पहरेदारों के हाथ में रहने की पीतल के कीले लगे डण्डे। गठरी की गठरी पुरानी पोशाक—जरीदार, लाल-पीली-नीली रंग-बिरंगी। किसी-किसी में छींट लगी है। चौधरियों की और उनके गाँवों के नाना कर्मचारियों की पगड़ी, अँगिया, कमरबन्ध। चूहों के कुतरे हुए और कीड़ों द्वारा छेद-छेद किये पुरानी बेंत की पेटियों में भरे थे। और फिर हाथी-घोड़ों की पोशाक, साज आदि कितनी ही चीजें।

चार-पाँच सवारियाँ थीं, टूटी और दीमक खायी हुई पालकी, जिस पर सुन्दर कारीगरी की गयी थी। चाँदी के बड़े-बड़े खोल थे हत्थों पर और उन पर मगरमुहाँ काम, मखमल का साज, छींट के बने सालू के ढक्कन, सबको चूहे और दीमक ने काट-पीट रखा है।

कूड़े-कर्कट बनकर भी ढेर के ढेर ठुँसे थे, फेंके नहीं गये थे। चिड़ियों और चूहों ने घर बसा रखे थे। साँप घूमते। बच्चों को उधर जाने से मना कर दिया जाता, फिर भी बच्चे आँख-मिचौनी खेलते उधर निकल जाते, कभी-कभी किसी चीज से ठोकर खाकर चोट भी लगा लेते।

तब हवेली से कुछ ही दूर पर बाड़ा था जहाँ कतार की कतार सैकड़ों गाय-भैंसें बाँधी जा सकतीं, पत्थर का फर्श। नाला इस सिरे से उस सिरे तक बना था, सो भी पत्थर का। कतार में नाँद रखी होती। घर टूट रहा था, तब भी चार जोड़े बैल और तीन-चार गायें थीं। बाकी सारा दालान खाली पड़ा था। नीचे से ऊपर तक मकड़ी के जाले। जगह-जगह बाँबियाँ, और टूटी-फूटी मिट्टी के ढेर यहाँ-वहाँ।

और ये चौधरियों के प्रसिद्ध कोठार। टूट जाने पर भी ये थे, ढह नहीं गये थे। मन्दिर के चारों ओर बनी प्राचीर की तरह हाथ-भर मोटी दीवार चारों ओर।

नारियल के गाछ, सामने काफी खुली जगह, एक जगह खलिहान, धान के ऊँचे-ऊँचे ढेर, धान सुखांने के लिए चौड़ा चिकना फर्श। दूसरी ओर बैलगाड़ियों के रहने की जगह। दरवाजे के ऊपर गज-लक्ष्मी की मूर्ति, सामने नक्काशीदार चबूतरे पर पत्थर की हाण्डी। वहीं छाती-भर ऊँचाई पर तुलसी-चौरा। अहाते में चौकोर दीवार के सहारे-सहारे छान, जिसके नीचे खेती के सरंजाम—टोकरी, डाली, हल, जुआ आदि। और कतार के कतार पुराने जमाने के कोठार, धान रखने के लिए। काठ की बुहारियों पर माटी से बने घर के आकार में होते। धान भरने के लिए हाथ-भर का किवाड़ और निकालने के लिए नीचे की ओर रास्ते, जिन पर बड़े-बड़े कुलफ झूलते। ऐसे कितने ही कोठार थे। कई फूट गये, कई फट गये। कुछ खाली पड़े हैं। अन्दर घुसते ही डर लगता, लोग कहते हैं कि जाने कहाँ-कहाँ से आकर भूत बस गये हैं उनमें।

तब भी सेवक नित खटते थे। हुकम बजाते। त्यौहार के दिन मिलने आते तो साथ आलू, अरवी, मछली या साग-सब्जी ही लाते, जमींदारी की जो प्रजा कलकत्ता या काली-माटी चली जाती वह अपनी इच्छानुसार मनीऑर्डर कर भेंट के लिए रुपये भेजा करती। रुपये की मछली के लिए चौधरी अगर चवन्नी फेंक देते तो भी कोई मुँह न खोलता। नौकर-चाकरों की चहल-पहल थी, हलवाहे, दास-दासियाँ भी थे। काम करनेवाले यदि गाली-गलौज भी सुनते या दो-चार धौल खा लेते तो भी मुँह नहीं खोलते। 'पीठ में सहा तो पेट में खाया' कहकर सह लेते और चले जाते। नाम फैला हुआ था। सात खण्ड में ध्वजा फहराती थी। थाने से मुंशी जी आते या डाकिया आता तो रहने के लिए कमरे थे। भोजन-पानी की व्यवस्था थी।

तब दोपहर की नींद से उठकर 'हुजूर' चौकी पर बैठ शतरंज और पाशे बिछा देते। घर में मिठाइयाँ बनतीं, पीठियाँ तली जातीं। औरतें पीकदान के पास बैठकर अलसायी बैठी बातें करती रहतीं। बच्चे कबूतर उड़ाते।

पीला पड़ता जा रहा था पुराना चलन। खोखला और ढीला। बाहर कूड़ा-करकट। दीवार पर सुन्दर माँडने लिखे हैं फिर भी कोने-कोने में पान की पीक भरी है। बिना मरम्मत का सारा घर। आँगन के नाले में से गन्ध। सतरंजी और पुराने बिस्तरों में धूल।

दर्प और अहं अब भी था। केवल शक्ति न थी। प्राचीन आभिजात्य की लाश पानी में फूल जाने पर भी विश्वास नहीं कर रहा था कि वह मर चुका है। तब भी आशा लगी थी। चलता आया है—चला है—चलेगा—सदा ऐसे ही।

आया 1921-1922। हवा में उड़ता नया नाम आकर कानों से टकराया—'महात्मा गाँधी।'

अब यह कौन? अँगरेज ही तो राजा हैं, यह ब्रिटिश सरकार।

“वह महात्मा हैं, अवतार हैं। धरती का भार बढ़ गया, अतः आये हैं। हाथ में चक्र की तरह चरखा है। कमर में लँगोटी। साथ में सखा भी हैं कुछ, जैसे उड़ीसा के गोपबन्धु। सत आएगा। कलियुग पूरा हो गया। सतयुग आया है।”

घर-घर में स्त्री-पुरुषों ने हाथ जोड़े। मन्त्र की तरह गुनगुनाया, “गाँधी महात्मा! महात्मा गाँधी!” चमकती आशा और रुँधी साँस से पूजा करने लगे उस नाम की। विश्वास किया कि अब दुःख नहीं रहेगा, झूठ नहीं रहेगा, पाप नहीं रहेगा, देश का उद्धार होगा, युग बदल जाएगा, अब किसी बात का डर नहीं!

“स्वराज आएगा, भारत स्वाधीन होगा।”–बात फैल गयी। कैसा है वह स्वराज? अँगरेज चले जाएँगे। लाल-पगड़ी और लाल आँखें नहीं रहेंगी। न अनाचार रहेगा, न अत्याचार, न शोषण। अपना समझकर अपने देश पर शासन करेगा अपना आदमी। हमारा सनातन आचार-विचार, धर्म-कर्म फिर पूर्ववत् हो जाएगा। सब सुख से खा-पीकर जी सकेंगे।

गाँव का चौकीदार पोशाक पहन थाने में ड्यूटी करते समय मन-ही-मन सोचता, “कब ये लोग जाएँगे। दिन तो हो गये। महात्मा आ गये।”

हाट में, बाट में, भागवत-घर में, पाशा खेलते समय, सबके मुँह से वही बात–“कलियुग बीत गया, गाँधी-युग आ गया।”

इस वार्ता के प्रचारक की तरह गाँव में आ पहुँचे शुभार्थी साहू। लम्बा कद; बड़ा, गोल चेहरा; आँखों पर चश्मा। मोटा खद्दर पहने घुटनों तक धूल में सने आ पहुँचे। उनसे पहले गाँव में आ पहुँची उनके नाम की महक। पढ़ाई इतनी की कि गाड़ी की गाड़ी किताबें! चाहते तो सरकार जाने कितनी बड़ी नौकरी दे देती। उस पर कितने बड़े खाते-पीते घर के आदमी! जमीन-जायदाद, कोठा-बाड़ी-व्यापार–किस बात की कमी थी। उनका घर साहू-घर कहाता। उनके यहाँ कितनों ने उधार नहीं लिया, कितनों ने क्या-क्या नहीं खाया! इलाके के बड़े खानदानी घरवाले हैं वे लोग। और अब सब छोड़-छाड़ इसमें शामिल हुए हैं। नंगे पैरों चल-चलकर पैर छिल गये हैं। खाने को रूखा-सूखा, जहाँ जो मिला। सोने के लिए किसी के घर का चबूतरा या खुली जगह। सब ओर से निर्विकार।

वे आये थे। कोई हँसा, कोई खूब रोया। एक साथ मिलकर सबने नारे लगाये थे। गाँव के कीर्तनियों ने मृदंग बजाकर जबानी ही जबानी स्वाधीनता के गीत रचकर कीर्तन करते हुए फेरी की थी, पुराना संकीर्तन गाया। ऐसे ही इस देश के गाँव-गाँव में फैला था–श्री चैतन्य, जिसे गाने पर या सुनने पर आदमी का हृदय खिंच आता, प्रेम से पुलकित हो जाता। किसी ने सिखाया नहीं, फिर भी पग्गड़ बाँध हल पकड़कर किसानों ने जुलूस निकाला था। पंक्ति-पंक्ति में गाँव की चटशाला के छात्र, भीड़ की भीड़ गाँव के लोग। और वैसे ही गाँव में बहुओं ने एक साथ हुलहुली लगायी थी। पीले चावल छिड़का था, घी का दीप जलाकर स्वागत किया था। शंख बजाया,

ढोल पीटा। शुभ मंगल के लिए जिसे जो आया, उसने वह काम खुद किया। हृदय झूम उठा था। नदी के इधर-उधर कोस-कोस से लोग सुनने आये थे, हजारों कण्ठों से एक ही अभय वाणी! जाग उठी भारत की प्रथम जीवन्त भाषा :

"महात्मा गाँधी की जय।
भारत माता की जय ॥"

गाँव के चौक में जगह नहीं होगी इसलिए नदी के किनारे घने बरगद के नीचे सभा हुई। दूर तक लोग भरे थे। वे क्या एक गाँव के लोग थे! मानो झूलन का मेला लगा हो, परिचितों से भेंटा-भेंटी। लकड़ी थामे, काँपते बड़े-बूढ़े, गोद में बच्चे लिए औरतें। खबर फैलते ही कहाँ-कहाँ से लोग आकर जमा हो गये! सिर पर से धूप उतरते न उतरते एक बड़ी सभा जुट गयी।

और शुभार्थी साहू ने कहा, "यही वह पाटेली गाँव है, जिसका नाम चारों ओर है, लोगों की जीभ पर। आज भी हैं इस गाँव के चौधरी, जिनके पूर्वज थे योद्धा, वीर सेनापति। अपने पराक्रम के बल पर उन्होंने चौधरी पदवी पायी थी। अकेले न थे, उनके साथ और भी अगणित नर-नारी थे। क्या आज वही रक्त पानी हो गया?...बोलो भाइयो, भारत माता की जय! महात्मा गाँधी की जय!"

कितने नये शब्द! देश-भारत-स्वाधीनता-स्वदेशी-महात्मा गाँधी! केवल शब्द या केवल मन्त्र ही न थे। इतने युगों का अँधेरा, अवसाद को जलाने के लिए आग के गुल्म थे। और जीवन्त बीज, जो पड़ते न पड़ते उग आए, पेड़ हो जाए।

शुभार्थी साहू चले गये। किन्तु देश में हलचल मच गयी। "भाई रे, आज दिन आया है।" गीत गाते-गाते इस गाँव के हिन्दू और शमशेरपुरिया मुसलमान एक साथ गले से गले मिले। जात-कुजात, चमार-ब्राह्मण, सबने एक साथ महोत्सव मनाया। घर में चरखा चल पड़ा। बूढ़ी-बड़ेरियों ने बहू-बेटियों को सूत कातना सिखाया और बातें बनाने लगीं कि कैसे पुराने जमाने में वे सूत काता करती थीं। चरखे के साथ-साथ ताँत लगी। बाड़ी में, खेत में कपास उगाने लगे। सबसे चन्दा उगाहने लगे और धन इकट्ठा किया जाने लगा। 'मुष्टिभिक्षा' के लिए घर-घर में मटका रखा गया। वर्षों के पुराने कलह-झगड़े भूलकर लोग एक साथ मिले। गाँव में एकता बढ़ी। नशा-पानी छोड़ने की बात गाँव की गली-गली में समझायी जाने लगी। किसी-किसी ने तम्बाकू तक छोड़ दिया। जिससे भी सुनो, एकता की बात, स्वराज की बात! बच्चे-बूढ़ों को एक कर ढिबरी जलाकर पढ़ाई शुरू हुई। जिसके घर में जो किताब थी, वही लाकर गाँव में 'लाइब्रेरी' की स्थापना की गयी। वहाँ हमेशा चलती स्वराज्य की बात। महात्मा गाँधी की चर्चा होती। तभी बन गया पढ़ने का कमरा, जो जितना जानता उसने उतना ही सिखाया। विदेशी वर्जना खूब जोरों से चली। गाँव के छोकरे घर-घर घूमकर विलायती साड़ियाँ माँग लाये। मृदंग-झाँझ बजाकर, गाँव के चौक में

साड़ियाँ रखकर उनमें आग लगायी। जहाँ देखो नया उत्साह। घटना और आदमियों का नया मोल-तोल। आदमियों के मन में नयी आशा।

तभी धान काटते-काटते शुकुटा चमार खेत के बीच में खड़ा हो हाथ में हँसिया ऊपर उठाये किसी पुराने वक्ता की तरह भाषण दे रहा था—"पुराना समय बीत गया, बादलों से घिरी अँधेरी रात गयी। अब सतयुग आ गया, गाँधीजी का राज है। अब हमें कोई डरा नहीं सकेगा, दबा नहीं सकेगा।"

नाइयों के यहाँ गाँव की सबसे ज्यादा बूढ़ी, कनी बूढ़ी दरवाजे पर पैर पसारे बड़बड़ा रही थी, "सच, सतजुग आ गया! सच, अपना धान उगेगा! पश्चिम में सूरज उगेगा! सच, मेरा गोपालिया बेटा फिर उठकर आएगा मेरे पास।" गोपाल बुढ़िया का छोटा बेटा था, मरे पन्द्रह वर्ष हो गये। मरते समय उसकी उमर थी बावन वर्ष।

चारों ओर उत्तेजना ही उत्तेजना थी। गाँव-गाँव से आवाजें उठीं। औरतों ने कानों से सोना उतार दिया। गाँव-गाँव में सभा-समितियाँ, जुलूस। लोग गाँव-गाँव घूमकर मन्त्रणा करते, 'लकड़ी उठाने से तो महात्मा जी ने मना कर दिया, 'क्या करने से देश स्वाधीन होगा?' 'यह सरकार हट जाएगी?'

तब सिन्धु चौधरी ने सोचा जरूर था, पर उधर झुके न थे। उन्हें याद था—बड़ा शहर, फौज-पुलिस की छावनी, ठोस और मजबूत दीवारोंवाले बड़े-बड़े कमरे, सरकारी ऑफिस, कचहरी और फिर बड़ी तसवीर, विलायत के राजा की!

सिन्धु चौधरी ने नये आन्दोलन को खाली देखा ही देखा था, और चले गये थे नौकरी करने, पैसा कमाने। जुलूस और सभा देखकर बड़े-बूढ़ों ने लौटकर चबूतरे पर बैठ, निराशा और अविश्वास के स्वर में आलोचना की थी। छोकरों ने कहा, "हाँ, हाँ, देखना, देखना! मिलेगा, मिलेगा!"

अविश्वास भी फल गया देखते ही देखते। पुलिस की लाठियाँ पड़ीं, धर-पकड़ मची, लोगों के अभाव-अशिक्षा ने उस दुःख को और भी बढ़ा दिया। कण्ठ साहू के पास चन्दे के पैसे जमा थे, वह उसे हजम कर गया। गाँव का एक-एक मुट्ठी चावल धूम-धड़ाके में ही खर्च हो गया। लाइब्रेरी की किताबों को जिसे मौका मिला, दबा बैठा। चरखा टूट गया, रुई गायब हो गयी। रुई की खेती पुलिस के डर से बन्द, ताँत बेच दी गयी।

पुलिस के आते ही सबमें हड़कम्प मच गयी। सब पीछे हटने लगे। इसने उस पर और उसने इस पर बात थोपनी शुरू की। कितने लोग बाँधे गये, शहर में कुछ दिन रहकर गाँव लौटे। कितने घर टूटे, कितने छोकरों ने पढ़ाई छोड़ी। कितने लोगों की नौकरी गयी। घर में बैठ जाना पड़ा।

इस गाँव से तीन व्यक्ति तो सदा के लिए चले गये—एक तो गया शुकुटा चमार। पीठ पर जाने कितने ही कोड़े पड़े पर मुँह से केवल निकलता—'महात्मा गाँधी की जय।' एक साल जेल काटने पर आया तो सूखकर छड़ी हो गया था, फिर उसी

साल ज्वर में पड़कर मर गया। और एक गया शिव चौधरी। जवान छोकरा, ब्याह-शादी की नहीं। जेल से लौट फिर खादी की गठरी पीठ पर लादा और फिर जेल गया। फिर लौटा तो वही काम किया। इस तरह तीसरी बार जेल से लौटा तो पता नहीं क्या रोग लेकर आया कि छाती में दरद होने लगा। मामूली जूड़ी-सी रहती। रहता था चमार बस्ती की तरफ एक झोंपड़ी में। वहीं रक्त की उलटियाँ करते-करते मर गया।

और एक गया आरत पण्डा। कितना बड़ा किसान था, कितनी यजमानी थी! घर जल गया, खेती भी उजड़ गयी। स्त्री ने बाल-बच्चों के साथ भाई के घर आश्रय लिया। आरत पण्डा अपनी जिद से प्रचार-कार्य चलाता रहा। बार-बार जेल गया पर लगा रहा उसी काम में पन्द्रह वर्ष तक। इस देहात में उन्हें कौन नहीं जानता, खड़ी सींक की तरह पतला, पूरे पाँच हाथ का लम्बा आदमी, भालू की तरह दाढ़ी, छाती तक लम्बी। स्वराज्य आया, उधर दाढ़ी अधपकी हुई, हठात् मानो वे रंगभूमि से अपसारित हो गये, कहीं दूर रजवाड़े में किसी अनजान गाँव में कोई आश्रम है, वहीं रहते हैं, सूत कातते हैं। लोगों के बीच कुछ सेवा-कार्य करते हैं। बाहर नहीं निकलते।

गया, सब टूट-फूट गया, किन्तु ऐसा लगा, मानो बाहर से टूटकर अन्दर से जुड़ गया हो। लोगों का मन बदल गया। चाहे जितना हारे, बात वही रही कि "हमसे नहीं हो पाया फिर भी देश तो यह करके रहेगा। हम हार गये या हमारे-जैसे सत्रह हार जायँ तो उससे क्या, गाँधी महात्मा तो नहीं हारेंगे। जय तो उन्हीं की होगी अन्त में। अवश्य!"

नौकरी से लौटकर सिन्धु चौधरी जब घर आ गये तो याद आ गयीं गाँव की वही गरम-गरम दिनों की बातें! मन हाय-हाय करने लगा था।

अब वे दिन नहीं, खद्दर की टोपी और खद्दर का भेष! कितना नयापन? अब वे लोग हैं जिन्हें पहले कभी देखा तक न था। सूत कातना बन्द। उस समय का जाना-पहचाना चेहरा भी नहीं। देश अब लड़ाई नहीं कर रहा। सब स्वाधीन हो चुके हैं।

किन्तु सिन्धु के मन में हलचल-सी मची, इच्छा हो रही थी कि प्रायश्चित्त कर आत्मशुद्धि करें। कम-से-कम मन-ही-मन। अतः बेमौसम शुरू किया यह चटशाल, और फिर सूत कातना। जैसे प्राणों को शान्ति मिली।

कहाँ गये आज बच्चे? कहीं कुछ हो गया है क्या?

रास्ते से होकर अपर्ति पधान गया है, भेड़ा के गले में गमछा डाल बाँधकर ले जा रहा है, घसीटते हुए। चटशाला पास आयी कि नौटंकी की भाँति गाने लगा—

"नीति रे (में) अनीति कलु (की) मन्दमति
ताकु (उसे) धर रे (पकड़ो रे) ताकु मार रे
ताकु रख नेइ (लेकर) कारागार रे (में)"

भेड़ा चिल्लाये जा रहा है। बाड़े के अन्दर घुसने के लिए भरसक कोशिश कर रहा है। पीछे से मागुणि बेहेरा की आवाज आयी–"क्यों समधी, मन्दमति ने क्या किया?"

चटशाला के सामने हाथ हिला-हिलाकर अपर्ति फिर गाने लगा :

"शुण शुण मन्त्रीवर राज्यर ये समाचार"

मागुणि उकसा रहा था–"हाँ-हाँ..."

अपर्ति कहता जा रहा था :

"क्या हाँ भरते हो!..."

मन्त्री
मन्दमति किस न कला (क्या नहीं किया)
कुलर मुँहरे कालि बोलिला (कलंक लगाया)
षोल वयसीर वहप (साहस) देख
निछाटि आ बेले बारि आम्ब मूले
(निर्जन वेला में बगीचे के आम तले)
पर भेण्डिआ कु डाकि आणिला
(दूसरे जवान मर्द को बुला लायी)
कान पुणि या शुणिला (कान ने फिर ये बात सुनी)

अपर्ति ने पूछा–"मन्त्री?"

मागुणि बोला,..."हाँ...हाँ!"

"अरे तेरी लड़की बड़ी, कि गाँव के भाई-बिरादर?"

मागुणि बोला, "भाई-बिरादर।"

अपर्ति बोला, "तो ऐसा करो, उसे गाँव से बाहर करो उसके मुँह पर गोबर पोतकर।"

और उसके बाद भेड़े को जबरन घसीटकर ले गया।

सिन्धु चौधरी ने सब सुना। ललाट पर का चाम तन गया, कुंचित हो गया। पर फिर चरखा चलने लगा।

लोकनाथ नायक के घर के सामने उसकी बुढ़िया चटाई पर उसका धान सुखा रही थी। पैरों से ठेल-ठेलकर फैलाने में लगी थी। कुछ हटकर बछड़ा खूँटे से बँधा था जो बार-बार धान की ओर देख सिर हिला रहा था, जीभ चाट रहा था। लोकनाथ

नायक की बहू बच्चों के मैले कपड़े-लत्ते एक साथ गठड़ी में बाँध पोखर की ओर जा रही है, पास ही पोखर से कपड़े धोने की आवाज सुनाई दे रही है और साथ-साथ औरतों की चहल-पहल भी।

सिन्धु चौधरी पहुँचे।

"नायक हैं क्या?"

लोकनाथ नायक की बुढ़िया ने देखा और हाथ-भर का घूँघट आगे खींच लिया। पैरों से धान बिछाना थप से बन्द कर दिया और एक तरफ टेढ़ी होकर खड़ी रह गयी। बुदबुदाती-सी कहने लगी, "आज क्या भाग जगे आप सामन्तजी पधारे द्वार पर। क्या करूँ हे रामा, इसी समय तू भी कहाँ गया!" सुविधा देख दो कौवे आकर फक-फककर कूदते हुए धान चुगने लगे। लोकनाथ नायक की बुढ़िया मान-सम्भ्रम भूल हाथ उठाकर गालियाँ देती हुई कौवे उड़ाने दौड़ी—"आग लगे कौवे! मुँहजले, आदमी इतने कष्ट से तो धान उसनाकर सुखाता है, क्या तुम्हारे मुँह में डालने के लिए रे?"

सिन्धु ने फिर पूछा, "क्यों नायकजी हैं?"

धान पर आँखें, कौवे पर निगाह, बछड़े ने भी रस्सी ढीली कर ली, उधर भी ध्यान, मान्य-मानता के कारण दबी-दबी आवाज में बुढ़िया ने कहा, "नहाकर पूजा में बैठे थे। पूरी हो आयी होगी। जाती हूँ, बुला देती हूँ।"

बुढ़िया चली गयी।

लोकनाथ नायक आ पहुँचे। ऊँचाई में बूढ़े सिन्धु से भी चार अंगुल बढ़कर। दोनों कानों पर खड़े कितने रोयें पक गये हैं, आँख की पलकें भी सफेद हो गयीं। छाती-भर में रोओं का जंगल। वह भी पकने लगा है। काली देह पर सफेदी। सिर दाढ़ी सहित एक पकी हुई अवस्था की सूचना देता है, किन्तु झड़ने को नहीं, दोनों कन्धे अभी भी चौड़े हैं, बल है।

चौधरी को झुककर प्रणाम कर लोका नायक ने कहा, "आप आज किधर पधारे? किसी से बुला लिया होता!"

"अरे छोड़ो, क्या मिलेगा, जिसका काम, उसे खुद ही आना ठीक है।"

दोनों हँस पड़े, दोनों जानते हैं कि बुला भेजने के लिए आदमी भेजना अब चौधरी के हाथ की बात नहीं रही।

चौंककर लोका नायक ने पूछा, "काम? जी कुछ काम है? पंचांग लाऊँ क्या?"

"सो तो पीछे होगा। पहले जिसके लिए आया हूँ सो तो कह लूँ। छवि के ब्याह के बारे में..."

तुरन्त ही लोका नायक ने 'मंगलं भगवान् विष्णु'—कह मंगलाष्टक शुरू कर दिया। अप्रस्तुत हो चौधरी ने कहा, "ओहो, ठहरो भी, कौन-सा मुहूर्त बीता जा रहा है!"

सँकरे बरामदे में चटाई डाली गयी। चौधरी बैठे। नीचे नायक खड़े-खड़े बटुआ हाथ में ले सरौते से सुपारी कुतरते हुए सामन्तजी के लिए पान बनाने लगे और उसी बहाने शुरू किया—"जी, ठीक पकड़ा, निमित्त उठाना उचित होगा, शुभस्य शीघ्रम्। कहा भी गया है "घिअ घरे रहिले कड़ुआ, झिअ घरे रहिले अड़आ[1]" और बस्ती की बातें तो आप जानते ही हैं, इस युग में धर्म नहीं रहा, खीर में खार डाल देंगे, ये लोग तो ऐसे हैं। पर मैं क्या किसी से डरता हूँ, अभी खोदने बैठूँ तो सात पुश्त की खोद डालूँ, मैं क्यों डरूँ? मैंने कहा, देखो, खबरदार, मुँह सँभालकर बात करो! धरम को देखकर बोलो, नहीं तो यह जीभ गल जाएगी! धरम नहीं सहेगा रे, धरम नहीं सहेगा यह झूठ!"

लोका नायक की आँखें अनदेखे बैरी पर अंगार बरसा रही थीं। आवाज तेज हो गयी। सिन्धु चौधरी अवाक् देखते रह गये। बात खत्म होने से पहले ही पूछ बैठे, "क्या बात है? किसकी बात कहते हो नायक?"

बात का उत्तर दिये बिना अपने आप कहता गया लोका नायक—"मैंने कहा, अरे वे मालिक हैं, क्या नहीं खाया है उनका? क्या नहीं लिया? तुम्हारे दाँतों में अभी भी लगा होगा उनका दाना। तुम हरामियो, इन्द्र-चन्द्र कुछ नहीं मानते। इन्हें ही कहते हैं भूत, तुम्हारे जैसों के लिए ही कहा गया है, कि वंश नाश के समय कलमुँहा जनमते हैं, हैं रे, हरामी, तुम ऐसे क्या हो गये जो सालो राजा के बेटे को 'बे' कह दोगे! अरे हाथी मरे भी तो लाख का होता है! तुम्हारी सारी बुनियाद उनकी एक बात के बराबर भी न होगी। वही अपर्तिया मुझे कहने लगा कि दो धौल जमाऊँगा! मैंने जवाब दिया—दे रे बेटे दे, तेरी माँ ने दूध पिलाया है तो मँडिया पीकर देह बढ़ायी है। धौल तू क्यों न देगा। जमा दे बेटा, तेरे बाप ने जो न किया तू कर दे। योग्य सन्तान है तू। मार, मुझे मार ले, पर ये ऐसी प्रपंच की बातें न कह! वंश डूब जाएगा..."

बूढ़ा लुहार किणेई ओझा हल लिये उधर से जा रहा था। रुककर कहने लगा, "क्या-क्या? किसका वंश डुबो रहे हैं नायक? किसने किसका क्या किया? किसका वंश डूबेगा?"

लोका नायक ने चेहरा सिकोड़कर कहा, "क्यों, तुम्हारा क्यों नहीं? सामन्तजी, ये कोई मामूली जीव हैं? ये धूलिया नाग हैं! सबमें हैं, पर किसी के सामने नहीं होंगे। इनके पेट में दाँत हैं। इधर कलह लगा देंगे, उधर नाखून रगड़ेंगे। नाट के गोवर्द्धन, आदमी की जनमजात प्रकृति! मरने पर भी प्रकृति छूटती है?"

"क्यों, क्यों?" किणेई ओझा चिहुँक उठा, "सुबह-सुबह सीधे बाट से जाते आदमी को भी गाली देते हो? क्यों, क्या सिर में पित्त बढ़ गया है?"

---

1. "घी घर पर रह जाय तो कड़ुआ...लड़की रह जाय तो अड़चन।"

"सीधे बाट से जाता आदमी!" लोका नायक ने व्यंग्य कसा, "भला...भला आदमी या भालू, बूढ़ा भालू! समझे सामन्त, यही बूढ़ा है, नारद! गोली अफीम की फाँककर रात-भर सपने देखेगा कि इसने यह किया, उसने वह किया, फिर छोकरों को हुकुमनामा देगा–घूम-घामकर छापो, झूठे ही गाँव में हाट बैठा देगा, और क्या यों ही माँ-बाप ने नाम दिया था–किणेईं ओझा, चुप-शैतान, इस हाट में बेचकर उस हाट में खरीद लेगा।"

किणेईं ओझा क्रोध में तमतमाकर ऊँची आवाज से गरजकर इधर-उधर कूदने लगा। "देखो, रास्ते जाते आदमी को पकड़कर बेइज्जत करता है! हैं, मैं चुप-शैतान हूँ? या तुम चुप-शैतान हो? अरे तू तो चोर है। नवघनदास की बारात में गया था, चुपचाप अच्छे-अच्छे कपड़ों की गाँठ बाँध ली थी। कन्यावालों ने तेरे मुख पर कालिख पोतकर छोड़ दिया था। अरे तू उस दिन बेनुआ केवट की बाड़ी में घुसकर बैंगन चुरा रहा था। तुझे पुलिस में देने को हो गये। तू किसके सामने खोद रहा है, हैं रे!"

"ऐं, ऐं, क्या बोला, मैं चोर! या तू चोर है, तेरी चौदह पुश्त चोर!"

"साले को अभी दो धौल दूँगा। कमर सीधी हो जाएगी। क्या समझ रखा है, अरे बूढ़ा हो गया तो भी लोहा पीटता हूँ।"

"हैं, रे! फिर कहता है! तू साला मेरी देहरी पर चढ़ता है, अभी टाँग तोड़ दूँगा, साला, शनिग्रह!"

"ऐं गली में जाना रोकता है, ये रास्ता खरीदनेवाले हैं, कपास के बीज देकर रास्ता खरीद लिया, गाँव-भर में साँड़ बने फिरते हैं, हैं रे! चोरी, उचक्केगिरी के पैसों पर इतनी चतुराई दिखाता है?"

"फिर...फिर!"

दोनों बूढ़े फुदकते हुए नाच रहे हैं।

लोका नायक कहता है, "दूँगा, अभी देखेगा।"

"हूँ, मारेगा, मारेगा? आ देखें, कैसे मारता है?" गाँव-गली की बात है।

दाँव-पेंच करते, गाली-गलौच करते, घूम-फिर रहे हैं दोनों बूढ़े। गालियों से गली गूँज रही है। देखनेवाले जमा हो गये। बच्चे-बूढ़े, स्त्रियाँ, लोग-बाग। अब उनमें भी आपस में कहा-सुनी होने लगी है। गाँव की आग की तरह कलह बढ़ता जा रहा है। उसकी स्वतन्त्र भाषा, स्वतन्त्र भाव, कितने संवाद पड़े हैं, कितने इतिहास खुदे हैं, सब टेढ़े-मेढ़े विकृत, टूटे-फूटे। क्रमशः वह होता जा रहा है असभ्य, बीभत्स, बनैले आदमी की-सी हरकतें हो रही हैं।

सिन्धु चौधरी चुपचाप वहाँ से चले आये। किसी से कुछ पूछने को जी नहीं किया।

हाँ, दूर से आ रही है उनके हो-हल्ले की आवाज। दिखाई पड़ रहा है उड़ती बात का एक-एक तार। तो क्या कलह का उपलक्ष्य वे स्वयं हैं? सिन्धु चौधरी? लोका नायक की टेढ़ी-मेढ़ी बातों में कुछ अर्थ है। हो सकता है, उसका उदार होना एक मुखौटा हो, और वह बहादुरी दिखाने के लिए मोल-भाव कर रहा हो।

सिन्धु ने गम्भीर होकर सिर लटका लिया। धीरे-धीरे चले जा रहे हैं। सोचने पर कान गरम हो उठते हैं। फिर दूसरे क्षण सारी गरमी पानी हो जाती है और आता है भय—दुनिया-भर के लोग आ रहे हैं नाखून लपलपाते हुए। हजारों हाथ फैलाये बढ़ रहे हैं—उनसे खींच लेने के लिए, उसे जो सबसे प्रिय है उनके लिए। और वे अकेले हैं, असहाय हैं!

खेत कट रहा है। घर, बाहर—सभी जगह परिचित दृश्य, परिचित परिस्थितियाँ। वैसे ही खड़े हैं बगीचे, सिर उठाकर गायें देख रही हैं।

सुनसान रास्ते के बीच बड़े आम के पेड़ के नीचे, दो गाँवों को रास्ता फटता है। हक्के-बक्के-से सिन्धु चौधरी यहीं खड़े रह गये। होश हुआ तो लगा, बहुत दूर चले आये हैं, कैसा तो झिम-झिम-सा लग रहा है! पसीना हो आया। दायें-बायें मशान की पगडण्डी, इधर-उधर हाड़ पड़े हैं।

गहरी साँस लेकर धीरे से वे पेड़ के नीचे बैठ गये।

मन करता है, यहाँ से उठें ही नहीं। कहीं जाना ही न पड़े। रुकुणा रथ लौटता नहीं। इच्छा पुकार रही है—मरण-मरण-मरण!

इस धकापेल की धरती पर बस अभाव, असुविधा, समस्या, धन्धा...। मन धिक् कर बारम्बार पुकार उठता—भगवान्, उठा ले मुझे! मुझे नहीं चाहिए...

बेटी छवि! उसने किसका क्या बिगाड़ा है? निरीह भोली बेचारी। सलीके से खाने को दो मुट्ठी भी नहीं दे पाता उसे। कपड़ा तो कपड़ा, माँड पीकर ही अपना सुख स्वयं भूले हुए है। फिर भी घर में रोशनी किये हुए है। उसे भी नहीं छोड़ेंगे लोग! क्या धक्का देकर उसे निकालना पड़ेगा?—ससुराल नहीं, किसी कसाई के घर! उसे जंजाली करने के लिए कमर कसनी ही पड़ेगी, ब्याही कि गयी। पर ये लोग ऐसे...कलबल किये बिना मन की साध पूरी कैसे होगी, मरते आदमी के रास्ते में भी ये काँटा रोप देंगे। बेचारी छवि, भात खाकर हाथ धोना भी नहीं जानती, गरीब की बेटी, गाँव में भूतों ने हाट जमा रखी है, यह सब सुनेगी तो सह न पाएगी!

तभी उन्हें लगा जैसे ब्रह्माण्ड फटा जा रहा है। टप-टप पानी चूने लगा आँखों के कोनों से। अचानक चेत आया, भागवत में है—यही तो माया है, जिसे दुःख मानते हो वही तो है संसारी सुख और जो सुख है वह तो इस संसारी सुख-दुःख से परे है, उसे चर्म-चक्षु से नहीं देख सकोगे। माटी का यह घर उसे नहीं चीन्हेगा।

सच, समय जा रहा है, घर को तो देखना ही पड़ेगा—छवि के लिए व्यग्र-से होकर उठे और घर की ओर चल पड़े।

"जिद कर छोकरी नदी नहाने जाएगी। कोई गोद की बच्ची तो है नहीं कि हाथ पकड़ बैठा लें। जाने दे, उसका मन है। इधर कानाफूसी भले होती रहे। मन को बाँधने के लिए रस्सी नहीं। नहीं तो इस पौष के तड़के, जब कोहरे में हाथ को हाथ नहीं सूझता, भला कोई घर से बाहर पैर रखता है? सदा जाती ही है, तो आज भी जाएगी ही। माँ से क्या पूछ रही हो? माँ के मना करने पर तू क्या मान जाएगी? जाना है तो जा, मगर जल्दी आ जाना!"

"तू भी क्यों नहीं आती? आ माँ, ठण्ड नहीं लगेगी। कोहरे में जाड़ा नहीं लगता।"

"कौन मरा जाता है अब! ठण्ड से डरकर माँ नहाने नहीं जाती। हाँ, माँ के लिए पानी गरम होगा...दास-दासियाँ खटती हैं न! लो सुनो, इसकी बात! मेरा बहुत सारा काम पड़ा है। अभी हलदी का काठड़ा लेकर नदी कैसे चल पड़ूँ? तू जा गुरु की माँ के साथ। झट से आ जाना।"

गुरु की माँ हँस रही है।

रास्ते में वह, गुरु की माँ और गुरु। गुरु तो खाली कूदता चल रहा है और गीत जोड़ रहा है :

"शीत पचारे गीत भाइ, नण्डामुण्डिया कु देखिचु काँइ?"

(गीत भाई से शीत पूछ रहा है, गंजे सिरवाले को कहीं देखा क्या?)

किनारे पर से दूर देखो तो खाली कोहरा ही कोहरा, पास कुछ दिख जाता है, और उधर फिर कुछ नहीं, सब छुप जाता है। देखा-परखा जितना जो भी है—किसी का पता नहीं चलता। वही तो मजा है। पास होकर भी कुछ नहीं दिखे, कोई किसी को देखेगा नहीं, यद्यपि अँधेरा नहीं प्रकाश है।

पीछे से गुरु की माँ चीं-चीं कर पुकार रही है—"अरे छवि! अरे गुरु! अरे कहाँ गये तुम लोग?"

"ठीक है, अब भुगते! चुगली कर रही थी गुरु की माँ, अब ले।" छवि ने कोहरे से पुकारा, "भावज, मैं कहाँ हूँ?"

'कहाँ' शब्द को दो भाग में बाँट लम्बा खींच ले गयी।

"है रे, अरे, मैं जान गयी। छुप रही है, पैर तो दोनों दिख रहे हैं।"

फिर—"भौजी मैं कहाँ?" और छवि की हें-हें हँसी।

"तुम क्या अब यहाँ हो? तुम तो कितनी दूर पर हो। क्या नाम है उस गाँव का? अरे, मेरी जीभ पर तो था, तुम तो जाकर वहाँ पहुँच गयी। जरा भी देर नहीं सहती ओ स्वयंवरा! पहने हुए कपड़े ही सिर पर बाँधकर इस कछार-कछार भगोगी छड़ी की तरह। अरे छवि, तनकि ठहर, ऐसे न भाग, नये आदमी को देखकर पुरानों को कोई इस तरह भी परायापन दिखाता है।"

"तेरा सिर!"

अबकी गुरु माँ की जितापट।

कछार के नीचे से गुरु को एक साथी मिल गया था। "आः ऐ आ! आरे भालू तु...तु--" भालू गाँव का कुत्ता! जिसने बुलाया वह उसी का। कुहासी भोर में नदी के बालू पर दौड़ने में भालू को मजा आ रहा था। पैरों से बालू उछालता-उछालता तीर की तरह दौड़ता। आदमी के आगे गिरकर, फिर दौड़कर बहादुरी दिखाना अच्छा लगता है। तुरन्त भालू ने अपनी बहादुरी दिखायी। गुरु की माँ ने आवाज दी—"ओ ओ नाशपीटे, कुत्ते! अरे, मेरे पोंछने का कपड़ा ही लेकर भाग गया। अब मैं क्या करूँगी?"

और गुरु कुत्ते से धक्का खा बालू में गिर पड़ा—"रह बे, तुझे मैं बताता हूँ।" कुत्ता छवि के पेट तक चढ़ गुरु की माँ का कपड़ा मुँह में पकड़े सिर हिलाता रहा। कपड़ा छीनकर छवि ने उसका कान मरोड़ दिया। फिर भालू दौड़ गया बिजली की तरह।

कितने प्रकार का बालू! कछार के नीचे, ढूह के ऊपर परत की परत पटू माटी, ढलाई हुई है, पैर पड़ने से आहिस्ते से फट जाती है, पैरों को मखमल की तरह लगती है, और नीचे महीन बालू की खान, धूल की तरह, पैर धँसने पर भी सहलाने की तरह लगता है। उसके बाद फिर मोटा बालू, जाड़े में काँटों की तरह पैरों में चुभता है। और फिर भुरभुरा बालू, चलने पर भस-भस रस-रस, जाड़े में ओस की तरह, चलने पर ऊपम हो जाय। जितनी दूर चलो, पुराना बालू नया लगता है, इसी तरह नये के बाद नया। और कोहरे के उस पार एक मूर्ति तैर जाती आँखों के आगे।

वह बन्दर को घुड़कता है!

छिः! कितनी लाज की बात है!

किसका कौन है? सिर्फ कोहरा और कोहरे के अन्दर चलती-फिरती छाया इधर-उधर!

अब आवाज सुनाई दे रही है। दिख रहा है कुछ झुण्ड का झुण्ड। कोहरे में आदमी भी इसी तरह छाया-जैसे दिखते हैं! सच नहीं, मानो सब झूठ हों। उनकी आवाज भी कैसी सुनाई दे रही है। कभी पास, कभी दूर, शब्द भी कोहरे में और ही तरह के हो जाते हैं। कौन कहाँ है, पता ही नहीं चलता। चारों ओर खाली भाप। इस भाप की दुनिया में से क्या सचमुच कुछ आश्चर्यमय निकलेगा! धत्, फिर वही बात। कौन बातें कर रहे हैं? कटर-कटर। वे उस बस्ती की औरतें लगती हैं, उनका घाट अलग है। कितनी जल्दी आ पहुँचीं, दो पाव रास्ता, फिर भी चलने-जैसा लगा नहीं।

कोहरा फट रहा है, कहाँ आया सूर्य? नाम को ही पौ फटी थी। अब सबों ने घेर लिया। "तुम कब आ गयी? सच, जिसे मायाविनी कहते हैं तुम तो वही हो।" गेल्ही की माँ, जो रिश्ते में भाभी लगती है, कहती है, "अरे, मायावी न हों तो मायाविनी कहाँ से हो?" कन की माँ ने पूछा, "मायावी या मायाविनी। धीरे से गिर

पड़ी, इतने बाजे-गाजे का क्या होगा। काम तो हासिल...” फिर हें, हें, हें, हें—हँसी। कन की माँ भौजी पक्का जानती है। “कहे या न कहे, उसका चेहरा आ टपकेगा। ...तू क्या पाएगी रे बेटी? तू नहा, देर होगी।” गुरु की माँ कहती है।

“तुम आ गयी?” छवि ने पूछा। गुरु को नहलाने वह आगे दौड़ी। वह कहाँ पकड़ाई में आता है—“नहीं, नहीं, मुझे सी-सी लगेगा।”

“तू रहने दे छवि, वह तो यों ही फकर-फकर कूदेगा।”

छवि ने पानी में डुबकी लगायी। जी भरकर नहायी। देह में नशा-सा फैल रहा है। नदी की धार, और चारों तरफ जानी-पहचानी औरतें, कितना अच्छा लग रहा है! और कोहरे में रँगा कोमल सूरज। आमने-सामने! कितना सुन्दर! क्यों सारे जीव-जन्तु प्रकाश की ओर मुँह कर दौड़ जाने को पागल हैं? प्राणों में इसी प्रकाश के बीज जरूर होंगे, बीज डूबा और इसीलिए जीवन शेष। छवि सोच रही है, इस सूरज को देखने पर बहुत-बहुत जाना-पहचाना-सा लगता है। इस खुशी में मन करता है कि सबको बाँहों में भर ले।

प्राणों के उल्लास में यौवन का सारा संसार नैवेद्य की तरह फैलाकर छवि सूरज की ओर देखती खड़ी रही। देह सिहर उठी, आँखें मुँदने-सी लगीं।

पीछे से गेल्ही की माँ चुपके-चुपके कह रही थी, “क्या सोच रही हो? वे याद आ रहे हैं?” हें-हें हँसी।

अन्यमनस्क हो छवि घूम गयी—“कौन? किसकी बात कह रही हो?”

सब हँस पड़ीं।

कन की माँ ने पूछा, “कब से लंगूर पाला है, छवि? मुई, छुपाती क्यों है, तू ऐसी कपटी पेटवाली है?”

फिर ठो-ठो हँसी।

कुछ दूर से चन्दरा-माँ बुढ़िया चीखी—“छिः कर छिः कर। आजकल कैसा जमाना आ गया रे! लाज की बात में भी लाज नहीं।” फिर हँसी। “ठीक है री बेटी, ऐसे है बचपन का समय, बाप के घर हो न! अनब्याही लड़की, पराये बेटे को बुलाकर लीला करे—कोई बात भी करेगा? वश का तो रहा नहीं जमाना। हम तो बूढ़े हाड़ हैं, हमारा समय तो गया। मन में जो आये सो करो, पर इतने दिन में इस गाँव का महत डूब गया।”

“दीदी, ठीक ही कहती हो” रघुआ की माँ बोली, “आजकल गाँव की इज्जत की बात कौन करता है! सिर्फ अपनी सुविधा देखकर सब राह चलते हैं। आजकल की लड़कियाँ...पहले की बात होती तो सात-सात की माँ बन गयी होतीं। अरे, ब्याह नहीं तो क्या हुआ! तो क्या कोई अपनी प्रकृति छोड़ देगा? प्रकृति तो विधाता ने बनायी है। सबमें समान है। सब ओर देखो...धान के अन्दर चावल है। किसे दोषी ठहराओगी...जैसी तेरी बेटी, वैसी मेरी भी।”

"अरे वही तो बात, हे रघुआ की माँ! उई, ये तो धान में एक चावल है—हें हें हें—"

हँसी छूट पड़ी, और चारों ओर वही बात—"धान में चावल।"

कन की माँ ने बात पकड़ी। पूछा, "सच बता छवि, धान में कितना बड़ा हो गया है चावल? अरे बता न!"

गुरु की माँ चुप थी। वह फुंकार उठी, "क्या समझकर लड़की को उलाहना देती हुई चोट कर रही हो? इस तरह अपनी बातों से डंक मार रही हो? तुम्हारी जीभ रहेगी तो? कीड़े पड़ेंगे जबान में! हे भगवान्, हे परमात्मा, तुम्हीं साखी रहना, जो ऐसा कह रहे हैं उनके मुँह में कीड़े पड़ें...कीड़े पड़ें, कीड़े पड़ें।"

सब मानो इसी बात की प्रतीक्षा में थीं, चल पड़ा घमाघोट हाव-भाव, गरज-तरज, कलह-झगड़ा। चारों ओर से गुरु की माँ पर बाणों की बरसा होने लगी।

"अरे ओ दूती, ये क्या कहेंगी, इनके दोष क्या हमसे छिपे हैं : सच रे, बड़ी माधवी बनती है! चल सब छोड़कर चली जा। आश्चर्य है, बिलाई आँख मींचे दूध पी रही है! समझ रही है कि कोई देखता नहीं पर दोनों पैर तो दिखाई पड़ते ही हैं!"

"अरे, क्या नखरा दिखा रही है! पिछवाड़े से बुलाकर रोज-रोज तमाशा लगा रखा है। जादुई धूल की चुटकी डालकर जमाई-वरण का खेल चलता है। किस मुँह से बढ़-बढ़कर बोल रही हो? क्या बाकी छोड़ा है!"

"लंगूर री लंगूर! बन्दर क्या ऐसा नाटक करना जानता! कभी सुना है किसी ने! सुनहली-रुपहली कथा की तरह।"

"अरे, जरा भी नहीं झिझकी!"

"हाँ। पाएगी, अब पाएगी। किये-करम का फल भोगेगी! क्या कोई गम में पड़ा हुआ है? जो अपना घर सँभाल नहीं पाता, दूध उफनकर चूल्हे में गिर रहा है; वह पराये लड़कों को क्या फुसलाएगा!"

कूकर मक्खी की तरह वे चारों ओर घिर गयीं। गुरु की माँ अकेली, उस पर फिर दुबली-पतली। छवि की आँखों से धार बह रही है, गाली की भाषा उसे आती नहीं।

अचानक वह नहाने का घाट हिंस्र हो उठा है। मानो कोई हिंसक बनैला आदमी, हाथ में छीलने की छुरी, सामने निरीह गाय, काट-काटकर टुकड़ा कर लेना ही पड़ेगा।

गुरु की माँ ने चलने की तैयारी की और कहा, "चल, चलें छवि! भौंकने दे इन्हें! कहते भी तो हैं, हाथी चले बजार, कूकर भूकें हजार!"

इतना कह गुरु की माँ ने साँस ली, छवि को खींचती हुई चलने लगी, मानो शत्रु-व्यूह से निकाले ले जा रही हो। कोहरा धीरे-धीरे हट रहा है। धूप तपने लगी

है। धूप में बस दिख रहा है बालू ही बालू, गूँगा बालू। पीछे उनकी हँसी–हल्ले-गुल्ले की आवाज आ रही है। अरुचिकर, अपमानसूचक। जीवन जैसे अटूट बालू बन गया है। तेजी से इस बालू को पार करना होगा।

बालू के टीले की आड़ से आदमी भुस-से उठ खड़े हुए और एक-एक कर नदी की ओर जाने लगे हैं। कुछ नहाकर आगे-पीछे हो चल रहे हैं। किन्तु जाना-पहचाना दृश्य आँखों के आगे बिगड़कर विष हो गया है, भरोसा और विश्वास उड़ गया है सारा।

घर पास आते ही छवि फफक-फफककर रोने लगी।

"छिः छवि! रास्ते में भी कोई ऐसे रोता है? रो क्यों रही है तू? उन लोगों की बात पर? जिन्होंने कुछ कहा है, उनके मुँह में कीड़े पड़ेंगे! हमारा क्या जाता है?"

"मगर क्यों कहेंगी?" छवि ने रो-रोकर कहा, "ऐसे कहनेवाली हुई हैं सब? क्या किया है जो वे लोग इस तरह कहेंगी? हम अपने घर में हैं, वे अपने घर। जबरदस्ती चढ़कर क्यों किसी पर झूठा इलजाम लगाने कोई आएगा!"

"संसार अगर भला होता तो लोग इस तरह क्यों नरक में घुटते? तुम-हम भले, तो क्या सारे राज में कोई चोर उचक्का ही नहीं? झुलसनी, सत्रह घर-फोड़नी, आगजली हरामखोरिनी रहेंगी नहीं? जाने दे, भगवान् समझेगा उन सबों से।"

मुँह पर पल्लू रख सुबकती-सुबकती जा रही है छवि!

गुरु की माँ गुस्से से जल रही है। आँखों से आँसू बह रहे हैं। लगता है वह स्वयं कितनी दुर्बल, कितनी असहाय है। एक-एक कर कितनी दुःख की बातें याद आ रही हैं, उनका सम्बन्ध चाहे छवि से न भी हो।

अपने घर पर खड़ी होकर छवि की माँ अनदेखे शत्रुओं के नाम पर गालियां की वर्षा कर रही थी। यही तो प्राचीन पद्धति है, अपनी छाती का बोझ हलका करने का उपाय। दुःख, अपमान और क्रोध से भरा यह उसका नया रूप है। बार-बार दैव को साखी देकर, भगवान् को बुला, वह अपने शत्रुओं के लिए अमंगल की कामना कर रही थी–"हे प्रभु, जो अकारण निन्दा करती हैं तू ही उनको दण्ड देना। आज चौधरी वंश के बुरे दिन हैं। तभी न उनकी हिम्मत हुई इतनी बड़ी-बड़ी बातें कहने की। कोमल लोहे को बिल्ली भी काट खाती है–यह जुग ही तो ऐसी उलटी बातें सुनवा रहा है। यह कोई मामूली बात नहीं, आज कुत्ते भी सिर पर चढ़ गये। देखो तो, क्या कहें इस जमाने को। हे महाप्रभु! उनका मुँह जले, उनका वंश डूबे, उन्हें हैजा हो। आने दो उन्हें, देखते हैं। इसकुल! इसकुल! लाज नहीं आती उन्हें। फिर इसकुल खोले बैठे हैं–इन्हीं के बच्चों को पढ़ाने के लिए! अरे, आदमी होकर ऐसे पत्थर बने बैठे हैं–जरा भी छल नहीं, बस बैठे चरखा घुमा रहे हैं, बाबाजी-वैष्णव हो गये हैं, तभी तो कुत्ते भी इतनी लम्बी जीभ निकाल रहे हैं। अब आएँ, देखें और सँभालें अपना घर..."

कोई पास नहीं आया। इशारा पाकर, कोई-कोई बाड़ी के पास छुपकर सुन जा रहा था।

रास्ते से गुजरती औरतों में से कोई-कोई कह रही थीं, "सच सुनकर तो शरीर में आग लगती है, पर सचाई छुपेगी कितने दिन?"

"कहने दो, उसकी गाली उसे फलेगी। इतने दिन से गाँव के लोग कुछ नहीं कह रहे थे, आज इनके शत्रु हो गये। सब जानती है यह! बड़ी सयानी है। झूठी।"

गुरु की माँ ने सुना। मना किया, "ऐसे कहने से कुछ लाभ नहीं, अपना ही मुँह खराब होगा। कुत्ता आकर हमें काटे तो क्या हम भी उसे काटेंगे? बेकार हल्ला करते-करते थक जाओगी।"

बात गाँव-भर में फैल गयी फिर चली टीका-टिप्पणी, व्याख्यान। माँजते-माँजते बात मोटी पड़ गयी। माँजने का अवसर था। लोगों का मन था, बात का सरल अर्थ छोड़ उसका इंगित समझाने का, फिर उसे बढ़ा-चढ़ाकर औरों के आगे कहने का। गाँव में ऐसे साधारण भाव से बात आयी-गयी नहीं होती। यहाँ रोक-टोक मोल-तोल नहीं होता। लोग सोचते हैं किसने किसे प्रणाम नहीं किया, कौन किसे देख मुँह फिराकर चला गया, इन सब पर भी चर्चा होती है, इसके लिए समय दिया जाता है।

लोग अपना-अपना पक्ष ठीक करने लगे। कौन किस ओर जाएगा, चौधरी की तरफ या दूसरी तरफ। इस धारणा के साथ पिछले दिनों की बातें भी आयीं। केवल चौधरी वंश के सम्बन्ध में ही नहीं, आपसी सम्बन्ध की भी। जिसका जिससे मनमुटाव था, वह भी विपक्षी को देख दूसरी तरफ हो लिया। लुकी-छुपी किस जमाने की कितनी फटने-टूटने की बातें मानो अवसर पाकर अपना सही रूप दिखाने लगीं। गाँव का मत, छुरी से काटने की तरह, दो टूक हो गया!

और उस भेद-भाव में चौधरियों के दूसरी तरफ का अगुवा बनकर खड़ा हुआ लुहार बुड्ढा किणेई ओझा। अब भी वह हल की फाल गढ़ता है, बैलगाड़ी के पहिये के लिए हाल गढ़कर चढ़ा सकता है, हँसिया, कुल्हाड़ी, छुरी, पनकी अब भी वह बना सकता है। लोग कहते हैं, गाँव का कुशल कारीगर है। धौंकनी जलाकर लोहा पीट वह अपनी कमाई पर जीता आया है सदा से।

सफेद हो आयी पलकों की ओट में फीकी पड़ती आँखों से किणेई ओझा पीछे मुड़कर, जितनी दूर तक नजर आती, देखता। इस गाँव में सब अपने हाथ-पैरों से काम कर जीते हैं।

सिवाय इन चौधरियों के। और वे, जो बस पोल में जीते हैं, काम किये बिना।

पूर्वजों से पायी जमींदारी, जन्म से लगान की चाट। अपने भाग का दावा—चाहे खेत पर कभी पैर भी न रखें। दूसरों पर हुकुम जमाने का अधिकार तो

मानो जनम से ही भर दिया गया कि ये ही बड़े हैं और सब छोटे। मानो आप न खटकर परायी खटनी के ऊपर चलना ही बड़प्पन है। उलटे जिनके परिश्रम पर इनका पिण्ड गढ़ा है उन्हें ही नीचा करना इस बड़प्पन का लक्षण है।

तभी तो ये अधिकार का दावा करते हैं। और फिर पहले ब्राह्मण हैं, पुरोहित हैं। उनके ये सहायक उनका पक्ष लेते हैं। बड़े लोगों का दावा है कि उनका अधिकार विधाता का दिया हुआ है। पुरोहित सासतर बाँचकर समझा देते हैं—हाँ, सच है, विधाता ने जिसे जैसा गढ़कर भेजा है, उसे मानना ही पड़ेगा।

किणेई ओझा सदा सोचा करता। परन्तु न्याय-अन्याय की अपनी धारणा को भय से मन में दबा लेता।

इसके बाद उसने देखा कि अब भय चला गया है। सामन्तजी के घर की मेघनाद प्राचीर ढह गयी है। टूटे खँडहरों में रात में गीदड़ बोलने लगे है। उसे प्रसन्नता हुई थी।

कल की बीती हुई-सी बात लगती है। वह भूला नहीं है, जब मामूली बात पर गदेई चौधरी ने उसकी बायीं आँख पर थप्पड़ मारी थी। सात दिन तक वह आँख खोल भी न सका था। आँख लाल हो गयी थी केशू की तरह। माई का दूध डाला तब जाकर ठीक हुई। कितना कष्ट हुआ था। खाली यह थप्पड़ ही नहीं, अपनी मान-मर्यादा पर जाने कितने प्रहार सहे हैं उसने! परायों का अपमान किये बिना इन बड़ों की मानो अपनी टेक रहती ही न हो! जैसे सब कुछ उनके ही वश की बात है। बड़े लोगों की आँखों में मानो अन्य किसी की जरा भी इज्जत नहीं। किसी के मन में कुछ दर्द ही नहीं। उसने भगवान् को पुकारा है, प्रतीक्षा की है।

इसके बाद बड़े घर जब खण्ड-खण्ड हो टुकड़े-टुकड़े हो गये तो सामन्त के घर के टूटे घरों की छान में से लकड़ियाँ खींचकर उसने जलायी हैं, सबकी तरह वह भी गाँववालों में से एक है। औरों की तरह उसने भी उनकी फूटी हवेली के पत्थर उठाकर अपने दरवाजे पर डाले हैं, और गुहाल के फर्श पर बिछाये हैं ताकि वहाँ कीचड़ न हो। सुविधा देख लुक-छिपकर उसने भी अपनी कारस्तानी दिखायी है। वह किणेई ओझा है। वह खुश है। अब अपने घर में हँसी-खुशी है—उसके अपने श्रम से।

उस परायेपन के आनन्द का अनुभव करने के लिए अन्य दस लोगों के साथ मिलकर उसने भी सहानुभूति के गीत गाये हैं—"आः क्या घर था, कैसा हो गया! कैसी मट्टी पलीद हुई! भाग्य की बात है!"

किणेई ओझा ने 'हथियार सँभालो, हथियार सँभालो' की पुकार लगायी। अपर्ति पधान ने समर्थन किया—"हाँ-हाँ।"

पधान ने सोचा—खुलकर पक्ष लूँगा। किसी का दिया खाता हूँ, या किसी का कर्जदार हूँ? वे तो उसे आवारा, पाजी, हुड़दंगा कहते हैं। गाँव के ये भले लोग कहते हैं कि वह एकदम बेलगाम है! अब वह जोर-जोर से चीखेगा। लोक-लाज की ऐसी की तैसी!

विधवा का बेटा। माँ ने जवानी में ही कंगन उतार दिये थे। बाप को उसने देखा नहीं। सुना है कि बाप भी कोई एक था, चेंगल जूट-कल में काम करता था, वहीं मर गया।

उसने होश सँभाला तो देखा—मण्डप घर में कितने आदमी! घनी अँधेरी रात में नींद टूट जाने पर कभी वह रो उठा तो कोई उसे लाड़-प्यार करता, कोई उसे गोद में सुलाकर लोरी गाता :

"धो रे बाइया धो।
जोउ कियारि रे कअंल माण्डिआ
सेइ कियारि रे शी।
धो रे बाइया धो ॥"

बचपन में मानो वह सबकी सम्पद् था।

कुछ बड़ा हुआ। बाहर दौड़ने लगा। अपने छोटे-से घर की अँधेरी घनी बाड़ी के उस ओर। माँ के पीछे-पीछे दौड़कर, सीखते-सीखते अभ्यास हो गया। वहाँ इतने चेहरे, इतने घर, खेलने के लिए इतने साथी।

तभी उसने उस दीवार का अनुभव किया। जिधर दौड़ता सामने वही दीवार। बच्चे उसके पास खेलने आना चाहते पर उनके माँ-बाप की आँखों में वह पाता—शत्रुता। मानो वह कोई गन्दगी हो, कूड़ा-कर्कट हो। बड़े बच्चे उसे कुछ कहकर चिढ़ाते, वह समझ नहीं पाता। देखता, उसकी माँ किसी बच्चे की ओर दाँत किटकिटाकर गाली दे रही है, कंकड़ मार रही है। उसे बाहर घुमा लाने को कभी माँ का जी नहीं करता, बारम्बार कहती—घर में बैठा खेल!

तभी उसने अनुभव किया, घर पर जिन्हें देखकर वह अपना समझता था, बाहर वे उसे पहचानते तक नहीं। वह पास जाता तो वे उठकर चले जाते।

एक बार कहीं से उसे और भी शिक्षा मिली थी। विधु चौधरी। गोरे सुडौल बदन। हाथ में बड़ा-सा तावीज लाल धागे से बँधा। घर पर उसने कितनी बार उस तावीज को खींचा है, देखा है, सदा उनकी मीठी हँसी। गाँव के रास्ते पर एक दिन खड़े थे। अपर्ति हँसता किलकिलाता जाकर उनके घुटनों से लिपट गया। पीछे से कोई हँसा। विधु चौधरी ने ठाय-ठाय जमा दी दो थप्पड़। इतने जोर से लगे कि वह संज्ञाहीन-सा हो गया। अँगूठी गाल से गड़ गयी और रक्त बहने लगा। पीछे से उसकी माँ ने आकर रोना-पीटना मचाया। विधु चौधरी उसे भी मारने दौड़े। क्रोध में काँप रहे थे, "कहाँ की आयी...एक। इन्द्र-चन्द्र किसी की भी परवाह नहीं, इतना साहस!"

वह दिन भी भुलाने योग्य नहीं। श्रद्धा के बदले जब थप्पड़ मिली थी। और फिर वह बड़ा हुआ। अनुभव से सीखा, मार केवल देह को ही नहीं लगती, मन पर भी कैसी चोट करती है!

वह बाहर धूल में खेल रहा था। कई लड़के मिले। खेल में झगड़ा, मारपीट। वह कितनी भी पिटाई खाये कोई दात-पुकार नहीं, और कोई भें भी करता तो उसके आदमी मार करने के लिए दौड़े आते। दुष्ट लड़का, सारे दोष उसी के।

माँ उनके साथ कलह करती। कमर में पल्लू खोंस पीठ की ओर बच्चे को ठेल गरज-गरजकर अपना मातृत्व जनाती। कहती, इसके बाप नहीं तभी तो तुम सब इसके साथ ऐसा करते हो। वह होता तो देखती तुम्हारा साहस!

तब वह वैसी स्थिति में अपने किसी कल्पित बाप को याद कर सुबकने लगता। इसके बाप का नाम आता तो वे लोग हँसकर बात उड़ा देते। झगड़े में माँ की जीत कभी नहीं होती। दस जने एक ओर, कोई चबूतरे से, कोई घर बुहारते-बुहारते दरवाजे से, कोई गोबर उठाते समय गुहाल से, एक साथ बातों के तीर छोड़ते। उनमें कितने भेद खोलते। न जाने कब के पुराने किस्से। वह बात का सूत्र पकड़ नहीं पाता, बस देखता कि गाली देते-देते माँ की आँखों से पानी झर रहा है। धीरे-धीरे कलह की सारी गरज-तरज पानी में घुली जा रही है, डूब रही है। माँ उसकी बाँह पकड़ घसीटते-घसीटते घर में ले जाती—दो-एक और थप्पड़ जड़कर कहती, "इस कुलजले के लिए ही तो सारा नाटक-बखेड़ा है!"

उसके मन में बचपन से ही बैठ गया है—कि ये लोग उसके शत्रु हैं। उसे दिखा-दिखाकर वे केले खाते, उसकी ओर छिलके उछालते। शरीफे खाकर बीज उसकी ओर फेंकते। फिर भी कोई-कोई कहता, "यह डायना छोकरा देख रहा है, पेट में घुस जाएगा, पेट को कोरेगा।"

बड़े होने पर बदला लूँगा।...लेकिन कब?

धूल में लोटता। इधर-उधर खाता। मँडुआ की खीर या बासी पखाल, जो भी पाता, खाकर कहता, "और दे!"

रोग उसे छूता तक नहीं कभी। अच्छा-खासा, गठीला छोकरा। जब पूरा जोर लगाता तो सब लड़कों को जीत जाया करता।

आठवें बरस से बकरी चराने लगा। झुण्ड के झुण्ड लड़कों पर अखण्ड राज। लड़कों को पीटते-पीटते सारे मैदान में दौड़ लगाता। किसी के खेत में चुपके से जाकर तमाशा देखता। आठवें बरस से उसने रोजगार करना सीखा।

और कुछ बड़े होने पर गायें हाँकीं। धीरे-धीरे हलवाहा बना। अपर्ति पधान वयस्क हो गया। कद्दावर जवान! अकेला एक आदमी तीन जनों का काम कर लेता। हलवाहे का काम छोड़, कलकत्तावाले वीणा गौड़ बन्धुआ गौड़ का भागीदार बना। साथ ही बारिक मिस्तरी, बाँध कण्ट्राक्टर का दायाँ हाथ बन गया। तब बस्ती में

न्याय-पंचायत के समय वह भी बैठता। फिर अखाड़े में, यात्रा-तमाशे में।

गेण्डेई बूढ़ी ने लड़के को घर बसाने योग्य बनाकर ही आँखें मूँदी थीं। अपर्तिया ने पिछली बातें भूलकर अपनी जड़ जमायी...गाँववालों में अपना स्थान बना लिया।

दुबला नहीं। पीछे हटनेवाला नहीं। देह में जानवरों की-सी ताकत, मन में भी। उस मन को लेकर चारों ओर ग्रसने के लिए मुँह फाड़ता। बाधा पाया नहीं कि उसमें क्रोध पैदा होता। मन कटकटाकर कहता, मौका मिला कि दाँव मारूँगा।

बाधा मिली उसे कदम-कदम पर। उसके हाथ से ग्रास छीन लेने को गाँव के समाज के संस्कार, रीति-नीति के अनलिखे कानून थे। उस कसौटी पर उसका मूल्य कितना कम है। वह समझ गया कि कमर में चाहे जितना बल हो, समाज के छोटे-बड़े तराजू पर तौला ही जाएगा। जब तक बिलकुल जरूरत न पड़े तब तक बड़े लोगों से वह मान नहीं पा सकेगा। वह मिलेगा शुकुटी मिश्र को जिनके घर दो वक्त चूल्हा भी नहीं जलता, जीर्ण-शीर्ण बूढ़ा आदमी। खुली झोंपड़ी से लाठी टेकते-टेकते निकलेंगे। नाक से ही आवाज़ आएगी—"आँयुष्माँ भँव (आयुष्मान् भव)।" मान मिलेगा सिन्धु चौधरी को, बिदेई राउत, गौड़ बेहरा नदिया को।

बक पंचक के बाद छाड़खाई[1] का दिन। कुशिया केवट नदी में जाल डाल रहा है। मछलियाँ मानो छाड़खाई की बात जानकर अन्तर्धान हो गयी हैं। घड़ी-पहर से एक-आध मिलती। कुशिया की टोकरी में कुल एक मछली है। अधसेरी 'जलंग' होगी।

"कुशिया भाई, मछली होंगी?"

"कहाँ? सिर्फ एक जलंग पड़ी है। आज तो घर में मछली है ही नहीं। यही पता नहीं कैसे खिंच आयी।"

"देगा? क्या लेगा?"

कुशिया ने और कोई उत्तर नहीं दिया। नाव पर खड़ा रहा। कहीं देख रहा है। सुनसान नदी का किनारा। मछरंगे उड़ रहे हैं। सुनसान बालू पर पंचांग के संक्रान्ति पुरुष के चित्र की तरह झुके हुए लकड़ी टेकते आ रहे हैं—बूढ़े शुकुटी मिश्र। कुशिया उधर ही देख रहा है।

"दे क्यों नहीं देता कुशिया? बोल कितना लेगा?"

कुशिया कुछ बोल नहीं रहा।

शुकुटी पण्डित पहुँच गये, पाँव थरथरा रहे हैं। सिर उठाकर बगुले की तरह देखा, नाव के ऊपर। कुशिया खड़ा हो गया, लोहे का गढ़ा भालू-जैसा मरद। पल-भर

1. छाड़खाई : मार्गशीर्ष का प्रथम दिन। कार्तिक के महीने में मांसाहार वर्जित है। छोड़ी हुई चीजों को इसी दिन से फिर से खाते हैं इसलिए इस दिन को 'छाड़खाई' कहते हैं।

में कमर तक सिर को झुकाकर कहा, "पण्डितजी, पालागी, पालागी..."

शुकुटी पण्डित हँस पड़े। नाक से आशीर्वाद चींचीं कर निकला–"आँयुष्माँ भँव..." पण्डितजी ने उसकी ओर मुँह कर देखा, अपर्ति ने मन-ही-मन याद किया, उस ऊँट-जैसी गरदनवाले सब्ज टिड्डे को, जो हाथ पसार देता है। प्रणाम करने पर दोनों हाथ पण्डित वैसे ही बढ़ाता–इसी का नाम आशीर्वाद। मुँह में आशिष और मन में आमिष का लालच। उसने उनकी काँच-जैसी निश्चल आँखों को कड़ी नजर से देखा तो शुकुटी दादा ने मुँह फेर लिया।

"किधर पण्डितजी?" कुशिया ने पूछा।

खाँसकर थोड़ा अपने को सँभाला। शुकुटी पण्डितजी ने कहा, "अरे मछली है क्या रे? छाड़खाई ठहरी आज। जिधर खोजो एक छिलका भी नहीं दिखता।"

अपर्तिया ने मन-ही-मन कहा, "साँप का केंचुल है, लोगे?"

कुशिया ने कहा, "सुबह से लेकर दिन चढ़ आया, बस एक मछली पड़ी। क्या करूँ, बताओ? लेंगे इसे? लो, जलंग है।"

"कितना लेगा?"

"आज के दिन डेढ़ रुपये में बेचते हैं। आप एक रुपया दे दो।"

"अरे पगला हो गया है क्या, बेटा? यह देख छह आने अण्टी में पड़े हैं। एक विधि रखना है, नहीं तो आज इस महँगाई में, मैं भला जलंग मछली...?"

"कुशिया भाई।" अपर्ति चीखा, "मैं आठ आने देता हूँ।"

कुशिया मछली निकालता है, सिर हिलाकर इनकार कर देता है। अपर्तिया ने बढ़कर कहा, "अच्छा ले बारह आने ले...अच्छा, ले रुपया सही। दे मुझे, रुपया देता हूँ, यह ले..."

कुशिया ने मछली शुकुटी मिश्र के हाथ में बढ़ा दी, "लो, पण्डितजी, आपके साथ और क्या भाव-मोल, सात आना देना।"

"अरे छह ही आने तो हैं।"

"यह देख कुशिया भाई, रुपया दे रहा हूँ।"

"ले जाओ महाराज, ढँककर, किसी की नजर न लग जाय, कहीं। आज छह आने दिये रहो, आना पीछे सही।" मछली का मुँह गप-गप कर रहा है। खुश हो असीस देते-देते गमछे में बाँध, शुकुटी मिश्र चले गये।

अपर्तिया ने कहा, "उसे सात आने में दिया, मैंने रुपया देना चाहा, फिर भी नहीं दिया तूने?"

कुशिया ने हँसकर समझाया, "तेरी तरह उनके पास भी रुपया होता तो दे न देते? नहीं था तभी तो! छाड़खाई है मछली की आशा किये पण्डितजी महाराज इतनी दूर आये। इनकार कर देता तो मुझे धरम सहता, बता!"

"ओहो, बहुत बनने लगा है–बाम्हन ना बैंगन।"

"अच्छा, कह ले! बैंगन कह, कुम्हड़ा कह, जो कहना हो कह! इससे क्या, तू इस जनम में बाम्हन हो जाएगा?"

"ब्राह्मण नहीं तो क्या, आदमी तो हूँ। या ब्राह्मण के पाँच हाथ आठ पैर होते हैं?"

"अरे आदमी तो सब हैं, पर बड़े-छोटे भी तो हैं, कानून-कायदा भी है। तू अपने पैसों में बड़ा होगा, शुकुटी पण्डितजी मान्यता में बड़े हैं। उनके पैरों की धूल लेकर सिर लगाने से ही पुण्य होता है। ब्राह्मण की निन्दा न करना, शासतर से द्रोह होगा।"

"रख तेरे शासतर-द्रोह को, मछली तो दी नहीं, अच्छा-अच्छा...!"

"जा, घड़ी-भर बाद आना, मछली पड़ेगी तो..."

"हूँ! मैं तो चलता हूँ, अब आज और..."

"ओहो, मछली खाना छोड़ोगे। क्या वैष्णव बनोगे?"

"अरे मछली खाना क्यों छोड़ूँगा? और क्या कोई मछली पकड़ता ही नहीं?"

"सुन, सुन अपर्ति" कुशिया समझा रहा था, "तू जानता-समझता आदमी होकर ऐसे चिढ़ जाता है? मैं क्या कहता हूँ सो तो सुन, अरे..."

"अब क्या खाक सुनूँ, उसे देगा मछली, मुझे अकल!"

"तू तो निपट जिदखोर है। मानेगा नहीं, मैं क्या करूँ?"

अपर्तिया आँख फेरकर चला गया। "ठीक है, ठीक है। एक ही माघ में तो शीत नहीं चला जाता।"...इतने से ही कुशिया का चेहरा बदल गया, मानो नदी के पानी पर बादलों की छाया पड़ी हो। बोला, "क्या कहा? मुझे आँख दिखाते हो? लगता है कण्ट्राक्टर के पैसे सर पर सवार हैं जिससे पित्त चढ़ा हुआ है। मुझे माघ दिखाते हो...कितने माघ देख चुका, तू क्या दिखाएगा।"

अपर्तिया कुछ नहीं बोला। चला आया। मगर भूल न सका।

ऐसी कितनी ही अनुभूतियाँ हैं जो उसके मन में सुलग रही हैं, वह कोई बहाना खोज रहा था।

गाँव के समाज की ओर देखता। वह हट्टा-कट्टा है। ज्वर, दस्त, अभाव-असुविधा और दारिद्र्य में डूबे गाँव में मानो वह सचमुच एक 'माल' है। छाती पर हाथ फेरते हुए बाँहें उठाता। बीच रास्ते से चबूतरों की ओर देखता। गाँव की लड़कियाँ उसे मैली नहीं लगतीं, वह उनमें अपना लगाव देखता। कदम-कदम पर बिसूरता। गाँव की लड़कियाँ इतनी पास होकर भी इतनी दूर हैं उससे। सब अपने-अपने घेरे में घूमती हैं निरापद बनीं। जाति, श्रेणी, सबकी अपनी-अपनी है। परिचय उस सबको पिघला नहीं सकेगा। अनुपात के विचार से उसका मोल ही अपना स्थान दिखा देगा। उसमें से कोई भी वह अपर्तिया है, इसके अलावा और कुछ नहीं समझेगी। वह भी वैसे ही देखता रहेगा, मन की बात होंठ पर ले आया कि उसका सिर साबुत नहीं

रहेगा। किसी के लिए लचकीले पेड़ पर चढ़ अमरूद तोड़े हैं, आप न खा जामुन तोड़ लाया है। गाँव का बेटा है वह, जन्म से गाँव की बेटियों का मजूर है, दरकार पड़ी तो फरमाइश, वे उसके बल और साहस का कार्यों में उपयोग करती हैं। किन्तु बस इतना ही, और अधिक नहीं।

उसकी छुपी श्रद्धा की सपन-कन्याएँ! गाल थिरकाते लड़कियों द्वारा उसके हाथ की तोड़ी जामुन खाने के दृश्य को वह जी-भर देखता, और देखता रह जाता। उसके लाये केवड़ा-पंखुड़ी एक-दो एक-दो जूड़े में खोंसकर वे अपने-अपने रास्ते चली जातीं।

खाली हवा में थाल-भर वह मन के असुर को मन-ही-मन भूखा मारता। सार यह निकला कि सारे चेहरे पर क़ीलें उग आयीं, जितना थूक लगाता मिटती ही नहीं। फिर अपने चेहरे को थिर पानी में देखता तो चौंक जाता, रूखा, मांसल, बड़ा गोल चेहरा!

अठारह में ब्याहनेवाले ने शादी जाकर छब्बीसवें बरस में की। एक स्वतन्त्र मूर्ति लेकर उसकी अपनी सम्पद बनकर जो लक्ष्मी उसके घर आयी—उसका था गोल चेहरा, दुहरी देह, मोटी-चौड़ी कमर, त्रिपुण्ड काली, चिपटी नाक। उसमें उसने सौन्दर्य देखा, गठन में न सही, बल में। सोचा—माँ होती। थोड़ा-सा रोया भी। गाँव के लोगों ने कहा, "कामवाली बहू है, उसके हाथ-पैर ही बता देते हैं।"

गाँव की लड़कियों न ठट्ठा भी किया।

किसी ने प्रशंसा की, किसी ने उसका चेहरा हिलाकर याद दिलाया कि यह उसकी है, एकदम उसकी। अब वह रुई का फाहा नहीं रहा, गाँव में बसा एक गृहस्थ है।

अपर्ति पधान के मन का अरमान नहीं मिटा, आग नहीं बुझी। वह नहीं भूला। अपर्ति पधान मानो अब भी प्रतीक्षा कर रहा था।

किणेईं ओझा के मन में हिंसा थी। अपर्ति पधान के मन में भी। फिर भी दोनों एक-दूसरे से भिन्न। और उसी तरह परस्पर से भिन्न होने पर भी गाँव के कई ऐसे लोग हैं, उनमें भी साआन्त वंश के प्रति हिंसा है।

ये दबे हुए लोग! इस गाँव के अहीरों के पूर्वजों के जमाने से, साआन्तों की पालकी ढोते-ढोते इनके कन्धों पर गाँठ पड़ गयी। युग ने उन्हें मुक्ति दी है। और कुछ न सही तो कलकत्ते में दूध बेच-बेच ही बड़े आदमी हो गये। इसी तरह की जाति के लोग। कोई गाँव में खेतिहर तो बाहर व्यापारी। उनके बाल-बच्चे भी कुछ-कुछ पढ़ने लगे। ढंग के कपड़े-लत्ते पहनते, सलीके के घर में रहते भी हैं। बाबू-भेष—किसी का एकाधार तो है नहीं। घर की घरनी पहनने लगी साया ब्लाउज,

जार्जेट और भाँति-भाँति की साड़ी, हाथ में नाक में टूम-छल्ला, पहले की तरह बेढंगा नहीं, बारीक, कारीगरी किया हुआ। साबुन, सुगन्धित तेल, ये सब वहाँ तो और भी ज्यादा हैं। बच्चों के हाफ-पैण्ट कमीज हो चुके हैं। बड़ों में चाय का अमल चढ़ता आ रहा है, दुकानों पर बन्दनवार की तरह जो कागजी पुड़िया टँगी हैं, ये लोग ही तो उन्हें ज्यादा खरीदते हैं, उनकी गली में साइकिलें भी दो-एक हो गयीं, कम-से-कम एक पेट्रोमैक्स की रोशनी, कई बार खराब होने पर भी कभी-कभी जलती है। पुराण पढ़ा जाता है। टार्चलाइट तो अनेक हैं, कभी किसी के गुहाल में तो कभी किसी की छान पर झक् से दिख जाती है टार्च की रोशनी। आदमी के मुँह पर सीधी रोशनी फेंककर वे रास्ता चलते हैं। और उस रोशनी में दिख जाता है—जो पहले थे बड़े आदमी, बाबू, खानदानी, बस्ती के रास्ते पर उनमें से किसी का घर गिरता आ रहा है, हड्डियों के ढाँचे की तरह खाली बाँस की खपच्चियाँ काढ़े झुका खड़ा है, किसी के घर की फटी दीवार से होकर दरवाजे के अन्दर टार्च का प्रकाश चला जाता तो कोई गाली दे बैठता है, कोई चिल्ला उठता है, "अरे, कौन जा रहा है? ऐसे रोशनी फेंकनेवाला यह कौन है? किसको इतना रोब हो गया है?" रोशनीवाला अँधेरा कर चुपचाप बढ़ जाता, फिर रोशनी डालता।

शहर के लिए निकलने पर उनमें से भी अनेक युवक बाबू-भेष बनाकर जाते। महीन धुली हुई धोती, कठोर चौड़े कन्धे, गठीले बदन और ऊँची चौड़ी छाती पर फूल खिलने की तरह जालीदार गंजी, उस पर दूध की तरह सफेद कपड़े का पंजाबी या चिकनी डोरिया की पूरी बाँहों की कमीज, साफ बनायी गयी दाढ़ी, छोटे-बड़े दो भागों में बँटे ऊपर सँवारे गये तेल में तर लम्बे बाल, भंगिमा में स्वास्थ्य और बल एवं चढ़ते दामों के दिनों में अपने हाथ से कमायी गयी फसल का तेज। अपनी वृत्ति में स्वाधीन भाव से पेट पालनेवाले आदमी का आत्मविश्वास—वह भी झलक उठता उस भंगिमा में। किसी के हाथ में होती सूटकेस, तो कोई थैला लटकाये होता। और फिर इनमें कइयों ने तो रेल-मोटर में सफर किया है, परदेस देखा है।

चलती दुनिया की खबर ये लोग ज्यादा रखते हैं, ज्यादा जानते हैं, और गाँव में ज्यादा हाँकते भी हैं। कलकत्ता, कालीमाटी, डुडुमा, हीराकुद, राउरकेला और जाने कहाँ-कहाँ की बातें!

बाबू लोग सुनते, और सिर हिलाते।

वे ही लोग, कोई खेतिहर, कोई केवट, ग्वाला, हलवाई, कुम्हार, लुहार और कितनी जाति। देश में स्वाधीनता आ गयी है। गाँव के बाबू-भैया देख रहे हैं—आँखों के आगे पुराने जमाने के साआन्तपन का अधिकार, जमींदारी का राज, यहाँ तक कि बँटाईदारी में अपनी जमीन की फसल के बड़े भाग की मिलकियत कहीं उड़ गयी है। अब तो घर पर छावनी के लिए पुआल नहीं, दीवार लीपने को आदमी नहीं,

नौकर-चाकरों का झुण्ड तो सपना हो गया। पुराना जुग जाकर नया जुग आया है कि बस खाली व्याकुलता, छटपटाहट!

सोया आदमी जागकर देखता है कि उसमें बल भर गया है, दुनिया में उसका नया मोल है। अपने बल को स्वयं पहचाना है कुछ-कुछ। और साथ-साथ उसकी नवप्राप्त दृष्टिभंगी के सामने पुराने जमाने के प्रतीक-जैसे पुरानी संस्था के चिह्न-वर्ण अटपटे-से दिख रहे हैं। अधीर हो रहा है कि--ये फिर रह क्यों गये? कब जाएँगे? जा क्यों नहीं रहे?

ये बड़े-बड़े झूठे दावे, मुफ्त के 'हम-बड़े' के जीते-जागते कूड़े के ढेर। ये कब हटेंगे।

और तभी गाँव-गाँव में देखते हैं, सामन्तपन जिनका चला गया है ऐसे साआन्त लोग एवं धन चुके हुए सम्प्रदाय में कोई-कोई अपना आसन बचाये रखने के लिए बन रहे हैं गाँव के नेता। मौसेरे-चचेरे बने फिरते हैं। पीछे से आग लगाकर सामने बुझाने आते हैं। पहले गाँव में टाउटर केवल मुकदमेबाजी में लोगों को फँसाकर दो पैसा कमा लेते थे, अब ये गढ़ते हैं दल, वायदों के तावीज बाँटते हैं, पिटीसन लिखवाकर भिजवाते हैं, भिड़ा देते हैं लोगों को आपस में, इधर लोक प्रतिनिधि के रूप में सरकार से पैसा लाते हैं और लगाते हैं अपने काम में, एक जमीन दस काम में बन्धक दिखाकर रुपये लाकर चट कर जाते हैं। 'ला दूँगा', 'करवा दूँगा' आदि कहकर लोगों को गाँठ में बाँधकर नेतागिरी करते हैं—घर भर रहे हैं। कण्टरोल का जमाना और भोटों की लड़ाई में उन्हें तालीम मिल गयी, क्षमता की लड़ाई ने इनके लिए सुविधा कर दी, फिर और लोग भी तालीम पाकर इनके साथ निकल पड़े। कुछ चालाक और कुछ निकम्मे छोकरे भी उनके साथ घूम-फिर जान गये हैं कि नेतागिरी में उनका भविष्य अच्छा है। बड़े-बड़े लोगों के नाम के साथ अपने कार्यक्रम को जोड़, बड़ी-बड़ी बातें कह, लोगों की आशा या हिंसा को भड़काकर नये ढंग के बिचौलिये बनकर लाभ उठा रहे हैं। गाँव में नये जगे मेहनतकश लोगों को भी ये देख रहे हैं, उनके अभीष्ट और अपने बीच कुहरे की तरह उठ आयी इस नयी संस्था को देख रहे हैं, ये भी भले आदमी हैं, साआन्तपन का नया रूप...मुट्ठी भिंच जाती है...अधीर हो उठता है। इनमें भी हिंसा है इस साआन्तकुल पर—आशा है—आग लगेगी!

वही पुरानी पानी की चोट खायी नदी-किनारे की जगह, समय के थपेड़े खाकर बाँकी-टेढ़ी पैनी-भोथरी, युग-युग से लोगों के आने-जाने के दबाव से पक्की हो गयी! अँधेरे मध्ययुग के विश्वास पर उसकी भित्ति, तर्क को उसका एक ही उत्तर कि वह समय की परख पर खरी उतरी है। उस परख में कसे गये हैं—राजा-प्रजा का समाज, मन्दिर में घण्टी की टन-टन, घर पर बड़े-बूढ़ों का आदर-सम्मान, बहू-बेटियों का बरताव, लम्बी चोटी, गले में माला, ब्राह्मण-वैष्णव को आदर, देव-देवी की पूजा। नये युग के प्रवाह को कहती—यह प्रलय के पूर्व की बाढ़ है। समता को कहती—बारह

जात तेरह भाई, साम्य पर आक्षेप कर कहती—यह तो बस समाप्ति की सूचना है। सब होंगे एकाकार, न होगा वेदों का विचार, अपनी संस्था से अपने समाज के स्वार्थवश टुकड़े-टुकड़े हो टूटकर नदी में बह जाने पर धर्म के नाम की दुहाई देती। कहती—धर्म गया! धर्म गया!

लोका नायक उसी सम्प्रदाय का है। उसके मंगलाष्टक और पंचांग के फल पर से लोगों का विश्वास यदि टूट गया तो उसके जीने का अर्थ टूट जाएगा। फिर तो वह गाँव का खेतिहर मात्र रह जाएगा। कोई विशिष्टता नहीं। खेतिहर के पास किसान के समकक्ष होना उसके लिए अशोभनीय बात है। वैसे ही हैं शुकुटी मिश्र, क्योंकि वे धनी नहीं हुए, फिर भी उसी ठाकुरजी की पूजा और पोथी बाँचने में लगे हैं। ये सब, गाँव में साआन्तपन के पुराने मन्त्री, सेनापति, नये युग के नये धनियों को देख डरकर एक तरफ हट जाते हैं। कहते—"छोड़ो इन लोगों की बात, 'मर्यादा' तो जानते नहीं।"

ये लोग सिन्धु चौधरी के पक्ष में होंगे ही, लड़ने के लिए खाली जीभ का बल, वाद-विवाद का आसरा। उकसाते-उकसाते जो जोश में आएगा वही उनका बल बढ़ाएगा।

जोश में आनेवाले लोग भी कम नहीं। कई हैं जिनका अपना कोई मतान्त नहीं। बचपन से बड़े होने तक एक समान चलना, गरीब देहाती घर से ऊपर नहीं उठे, ज्यादा गिरे भी नहीं, एकदम सीधी लकीर, कोई परिवर्तन नहीं। सोचने की जरूरत नहीं पड़ी। जो आया भाग्य को मान, कर्म का नाम लेकर आँख मूँदे चलते आये हैं। और बचपन से मन में उस पुराने संस्कार के प्रति विश्वास, बड़े-छोटे की धारणा, जान-बूझकर याद न रखने पर भी मन के तल में। परिस्थिति में पड़कर ये सहज हो—

"मधिया भाई,
सब कथा कु होइ होइ।"

जो खींच सका ये उसी के झुण्ड के हैं, किन्तु सदा नहीं। इस मामले में इनकी स्मरणशक्ति ज्यादा तेज नहीं। अतः जल्दी ही पक्ष बदल देते हैं। मामूली बात पर अड़ बैठते हैं। खींचने में कोई तकलीफ नहीं, हुड़काना और भी सहज है। ये लोग राजनीतिक दल बनानेवालों के लिए आशा-भूमि और हताशा की दलदल हैं। लोगों की गिनती के समय आमतौर पर ये लोग ही दोनों तरफ के लिए...'अपने गाँव के लोग हैं' कहे जाते हैं।

यहाँ अपर्ति पधान ने भी दल बनाया, लोका नायक ने भी दल खड़ा किया। इनके अलावा जितने थे, कुछ डरपोक, बूढ़े-बड़ेरे आदमी, जो कहा करते, "हमारा क्या जाता है?" वे दोनों दल के, जिसे देखते उसी के, दोनों पक्ष एक साथ देखते तो ये केवल देखनेवाले बन जाते। निरीह जनता!

पाशे से महाभारत की तरह, हठात् पाटेली गाँव में सुलग उठे दो मतवाद, लोका नायक और किणेई ओझा के कलह को केन्द्र में रखकर, और उसके पीठ पीछे परायी बात, सिन्धु चौधरी के घर की बात।

साँझ होते न होते गाँव दो दलों में बँट जाता।

सिन्धु चौधरी मेघ का-सा मुँह बनाये किनारे-किनारे अकेले घूम-फिरकर लौटे। घर पर स्त्री फिर भी गरज रही है। दीप जलाने के बाद वे सदा की तरह भागवत पढ़ने बैठे। ऐसा लगा मानो उसकी आवश्यकता थी, कम-से-कम संसार को भूला जा सकता है।

पीठ दिखाकर वह सब कुछ सह लेगा—रवि ने यही सोचा।

अतः जब नौकरी किये बिना ही वह एक अच्छे बेटे की तरह घर लौट आया है और पिता ने देखा—सामने उसका निकम्मा जीवन, उससे कुछ भी होगा नहीं, और जी भरकर कोसने लगे तो, उसने तनिक भी ध्यान नहीं दिया। रास्ते की थकान मिटाने के लिए रात-भर विश्राम किया, रुँधे-घुटे शहर की मोटरों का तेल और सड़कों की धूल मिली हवा की दमघोंट स्मृति को मन से उतार फेंकने के लिए दो दिन गाँव-गली में घूम-फिरकर रवि फिर खेती के कामों में रम गया।

शहर से लौटने के साथ-साथ कपड़ों और सिर के बालों में जैसे शहरी धूल लगकर मैली दिखती है वैसे ही उसके दिमाग में कुछ धारणाएँ भी चिपकी हैं।

महात्मा स्वर्गत अनादिदास की समाधि के चबूतरे के पास विशाल बरगद के नीचे—एकान्त जगह, उधर नदी दिखती, उधर लम्बा ऊसर, गाय-गोरू चरते, और कुछ काँटेदार झाड़ियाँ हैं। उस बरगद की छाया में बैठकर रवि जूँ बीनने की तरह एक-एक कर नयी धारणाओं को सिर में से निकालकर देखने लगा।

चौकोर जमीन में ट्रैक्टर से खेती हो तो क्या बुरी है? मशीन से सब होता तो इतने लोगों की दरकार नहीं होती। बेचारे बैलों को चैन मिल जाता, आशीष देते। बुरा क्या है? और इतनी-इतनी ढेंकियों के बजाय खास-खास जगह पर एक-एक धानकल, वैसे ही तेलकल, गन्ने की कल, सब कल बैठा देते...। हर साल घर पर छप्पर डालने की क्या आवश्यकता है, एक बार बस एजबेस्टस की छत। फिर छुट्टी। पुआल का फिर क्या काम? गाय खाएँगी, दूध देंगी। सहकारिता समिति गढ़ने पर मशीनों की दुनिया सहज ही गढ़ी जा सकेगी। यन्त्र भी कह-कहकर दे रहे हैं, सस्ते और सुभीते से।

उसने अनादिदास के चेहरे का अनुमान लगाया। देखा नहीं है उन्हें, सुना है उनके बारे में। खूब लम्बे आदमी, सफेद जटा-दाढ़ी, सौ वर्ष के बूढ़े, जात के चमार थे। लोग महात्मा मानते थे।

"अनादिदास, ट्रैक्टर-युग का अनुमान कर पाते हो? सब मशीन से, सब कुछ यन्त्र से, अब तो शहर में कृत्रिम प्रजनन-प्रणाली से गायें प्रजनन करती हैं। और कुछ दिनों बाद आदमी भी, पचास वर्ष बाद जन्म लेंगे? अनादिदास—कृत्रिम प्रजनन-प्रणाली से।"

मन-ही-मन मानो अनादिदास का जवाब सुन रहा है—"ट्रैक्टर जमीन जोतेंगे तो बैल करेंगे क्या? किसी का वंश बचाएँगे या उन्हें कोई खा डालेगा? लोगों को मजूरी कहाँ से मिलेगी? धानकूटनियाँ क्या करेंगी? क्या करेंगे, कहाँ जाएँगे ये वृत्तिवाले लोग?"

"लग जाएँगे सब कल-कारखानों में, क्यों अनादिदास, साइरन बजा, दौड़ेंगे काम पर। विराट-विराट कल-कारखाने, एक साथ सब मशीन में लगेंगे, चीजें पैदा करेंगे, वहीं पाएँगे एकता, समानता, छाती से छाती, हाथ से हाथ। जंजाल नहीं..."

कभी न देखा कल्पना से गढ़ा चेहरा लुंज हो उठता है।

"क्या? कृत्रिम प्रजनन-प्रणाली! मानव-जीवन के बदले गाय-बैलों का झुण्ड, भागवत नहीं, मशीन की सीटी, गाँव की हवा के बदले शहर की घनी धूल, कोयले का चूरा, तेल की गन्ध, छाती में तपेदिक, मन में रुँधा पराहत आकांक्षाओं का जहर। मशीन से चीजें पैदा करो तो कच्चे माल के लिए नये देश, खरीदार जुटाने के लिए नये देश, और फिर युद्ध। और युद्ध भी कैसा? एक को एक मल्ल मारे सो नहीं, शर से बींधना नहीं। मानवरहित यन्त्र अकेला उड़ जाएगा शत्रु के देश को भस्म करने, रास्ते में बिगड़ गया तो खिसककर गिर पड़ेगा और ध्वंस कर देगा अपने ही देश को। या फिर जिनका इस युद्ध से कोई मतलब नहीं, उन निरपराध लोगों को। अतः जाएगा ध्वंस का अस्त्र, आएगा ध्वंस का अस्त्र, पटाखे-पटाखे टकराकर मानव-संसार ध्वंस होगा, और एक बार फिर वही कुरुक्षेत्र का ध्वंस! रे बाबा! फिर युग उलटेगा, फिर चल पड़ेगा वही सत्य-द्वापर-त्रेता-कलि! होगा, बेटे होगा, सिद्ध पुरुष लिख गये हैं। कलि करवाता है। आदमी का वश नहीं, सब कृत्रिम हो जाएगा सूखकर झड़ने से पहले ही।"

"सब यदि ध्वंस होगा, तब लोग शान्ति और सृष्टि की बात क्यों सोचते हैं, अनादिदास? तब मेरे मन में यह उत्साह क्यों? क्यों इन यन्त्रों के कोलाहल के बीच सारी दुनिया में सुनाई पड़ रहा है—शान्ति, शान्ति—हम शान्ति चाहते हैं!"

अँधेरे में प्रकाश हलचल मचाता है बाबा, कलि के पेट में सत्ययुग काँय-काँय कर पुकार रहा है। यह यन्त्र, यह कृत्रिम है, यह चकाचौंध कहीं उड़ जाएगी। आनन्द आएगा—धरती हँसेगी।

शान्ति से सिर अवनत हो गया। अलसाकर देखा, दूर-दूर तक, और उसके साथ उस नये चेहरे को। छवि—जिसने उसकी चेतना में अपना स्थान बना लिया है, अपने आपको खोलकर देखता तो, पहले ही वह नजर आती!

आशा और उत्साह की द्योतक है मानो वह। उसी के पास अपने मन में गढ़ी गयी अनादिदास की कल्पित वाणी मेल खा गयी। दोनों उसके हृदय के ही हैं।

कुछ समय बाद सिर उठाकर देखा। सामने बरगद। उस ओर गायें चर रही हैं। उनके उधर खेत।

रवि ने सोचा, इसी रास्ते चले गये हैं, रणबाँकुरों का दल। छाती में दम था। जलाएँगे, काटेंगे, जय कहेंगे, पकड़ेंगे। धरती कँपाते, धूल उड़ाते चले गये चतुरंग सैन्य लेकर। कहाँ है उनका चिह्न? गये कहाँ? जैसे धूप को अँधेरी करते टिड्डी दल उड़ जाते हैं। फिर आकाश जैसे का तैसा। सारी दुनिया युद्ध-क्षेत्र, कहीं अनाज के खेत बन गये, योद्धाओं के हाड़ की खाद बन गयी। वैसे ही जाएँगे, चाहे जितने समूह जायँ, खाँ-खाँ खेत में खप जाएँगे। आकाश के किस कोने में मिट जाएँगे कतार के कतार जहाज, धरती पर बम-वर्षा। फिर मेघ घिरेंगे, फिर बाढ़ आएगी, फिर यह धरती हँसेगी, हँसती आयी है सदा से।

मझमाघ। शीत गया नहीं है, उत्तरा पवन अब भी कोमल काँटे चुभा देता है, किन्तु इस बीच याद आता है, सर्दी भी जाने को है। खाँय-खाँय सूखे खेत को देखने पर याद आता है—यहाँ फिर हरे-भरे धान के पौधे कीचड़ में लहलहाएँगे और वर्षा की बौछार पड़ेगी खूब। वर्ष घूम जाएगा। उत्तरा पवन निस्तेज होकर थमा जाता है, जीवन। चुके बूढ़े आदमी के अंग की तरह, देह को छूती है दक्षिण पवन की सनसनी। देह को सिहरा जाती है।

यही छुपा बसन्त एक दिन बाहर खिलेगा, शीत चित्त हो जाएगा, मन्द आलस्य को झंझा में भस्म कर वह लाएगा सर्जन के लिए झड़-वर्षा, यही उसका परिचय है।

रास्ता काटकर धोबन रूपेई की माँ के घर की खुली बाड़ के पास वह आँ किये पालिधी के गाछ की ओर देखता खड़ा रह गया। एक ताजा कली के साथ बड़ा-सा एक लाल सुर्ख फूल था। उसे लगा, सब खिलेंगे। वह देख पा रहा है—उस बिना पत्तों की सफेद ठूँठ डाल पर रक्त की तरह लाल-लाल पालिधी फूलों की रोशनी लिपट जाएगी। सारे फूल खिल जाएँगे।

किनारे के पास कालिया साहू की दुकान। दिन छिपा कि भीड़ छँट गयी। अब यह साँझ भी हो आयी। फिर भी प्रतीक्षा में कालिया साहू दुकान फैलाये बैठा है।

थाक से चिलम निकाली। हथेली पर रगड़-रगड़कर गाँजे की कली को मसला। चिलम में भर, नारियल की जट को गोल बना चिलम पर दबाकर आग पकड़ायी, हाथ जोड़े ठाकुरजी को, और एकदम खींचा कश कसकर, नाक-मुँह बन्द कर छाती में भर ली अच्छी तरह। फिर खाँसा।

कालिया साहू वर्ण में गोरा है, पतला, सूखा ऊँचा आदमी, सिर पर खिचड़ी

बाल, कपाल पर लम्बी कली, आँखें सदा गुलाबी।

दम खींचने पर लगा, इस चलती दुनिया को एक भद्दी-सी गाली दी जाय। जमाना खराब है, वर्षा कम हुई, फसल आगे से आधी, खाने को लोग कीड़े-मकोड़ों की तरह कुलबुलाते हैं, चेहरे टिड्डी की तरह, मौसम भी बेठीक, सरदियों में गरम, उसे गरमी जो लग रही है। सब एक-दूसरे के दुश्मन हैं, छोटे-बड़े का कोई विचार ही नहीं रहा। धरती पर चैन नहीं, गाँव में आदमी कितना हैरान होता है। दिन भले नहीं रहे। क्यों? किसके पाप से?

सामने भगिया बाउरी।

"क्यों रे, तुम्हें क्या चाहिए?"

"लूण दो पैसे का, और पैसे की मिरच।"

"मिरच भी खरीदनी ही पड़ी, बाड़ी में पौध लगाने की इच्छा नहीं हुई! मनुष्यता गयी। पैसे-भर की कितनी मिरच आएगी? समय खराब आ पड़ा है। चारों ओर अन्याय, अनीति। अब की महामारी पड़ेगी। जाएँगे सब एक-एक कर।"

चल पड़ी भगिया के साथ चर्चा। दोनों समवयस्क, पचास के आस-पास। बाउरी बस्ती में खँजड़ी की चोट के साथ-साथ धरम-चरचा भी हुआ करती है। आगत भविष्य की बातें उठती हैं।

किनारे पर साइकल की घण्टी ट्रीं-ट्रीं बज उठी, आ पहुँचा चन्द्रपुर का सत्तार मियाँ। शहर से लौटा है। बोला, "भई, बीड़ी खतम हो गयी।"

बीड़ी का बण्डल थभाकर कालिया साहू ने कहा, "बैठो तो सही।"

सत्तार मियाँ बैठ नहीं सकेगा। दो-चार बातें खड़ा-खड़ा ही करके चला गया।

कालिया साहू ने कहा, "देखा, सदा हड़बड़ी रहती है इसको। खूब घर-द्वार कर रहा है। बगीचा-बाड़ी खेती, कितना कुछ! अपने गाँववाले तो बस, बैठे गप्प हाँकेंगे।"

"सच कहते हो।"

दो-चार गाहक आ पहुँचे। कल की तरह हाथ चलने लगा। चले गये। अकेली खड़ी है राधी कण्डरूमी।

"मेरी बात नहीं समझी तुमने।"

"कौन-सी बात?"

"चावल आध सेर उधारी दे देते, पैसे कल दे जाती।"

"कहा तो, नहीं-नहीं, नहीं होगा।"

"नहीं कहने से कैसे चलेगा, सब भूखे रहेंगे?"

"उसके लिए मैं क्या करूँ?"

राधी हटी नहीं। खूब चेंटू आदमी है। वह सोच रही थी। इसी तरह अड़ी रही तो दे देगा वह, चाहे देर भले ही कर दे। तभी आ पहुँचा जोगी पधान। उसे सौदा

चाहिए। कालिया साहू ने सौदा तौल दिया। जोगी ने एक कहानी सुनानी शुरू की "सुनो तो साहू! बड़े लोगों की बात न्यारी है भाई, बड़ों के करतूत भी तो देखो। अपने रवि बाबू, अरे वह बट महान्ती का बेटा।"

"क्या हुआ?"

जोगी पधान बैठ गया, "बस पूछो मत। हाट बैठी है।"

जोगी पधान ने कानों पर होते हुए सिर पर लपेट रखा गमछा उतारा, अपनी मोटी-मोटी मूँछों को हिलाते-हिलाते सिर इधर-उधर झुमाते हुए अपनी बात कहने लगा, "पाटेली गाँव के सिन्धु चौधरी का घर, जानते हो, कितना बड़ा था? अब उजड़ गया। उनकी एक ही तो लड़की! नदी के किनारे घर। ये बाबू शहर जाने को कहकर वहाँ जाते, जाने कैसे बिलाई को दूध मिलनेवाली बात की तरह भाव-न्याव हो गया। चलीं दुःख-सुख की बातें, गुपचुप में ही। कहते हैं कि वचन का लेन-देन भी हो गया। अरे बाबू, सबर करते। हाथ में दो हाथ होते। सो तो नहीं, जिसे कहते हैं बस काला बजार। कहते हैं सीखा-सीखी हो रहे थे; घर छोड़ परदेस जाने की बातें जमा रहे थे। पर इधर बट बूढ़ा, जानते ही हो, मक्खीचूस है। पैसा कहाँ; और उधर सिन्धु चौधरी तो तलवार की धार। सुनकर रखते, क्या; अरे हाथी मरे भी तो लाख का। कोई कम होता है, तुम्हीं बताओ तो सही..."

"राम-राम कितना अनाचार।" कालिया साहू ने कहा, "हाँ, जमाना सब कुछ कराता है।"

"तूने सुना ही कहाँ? जरा धीर तो रख। बात प्रकट हुई..."

"किसने देखा?"

"उससे तुम्हें-हमें क्या मिलेगा? अरे खाली चिलम है या उसमें कुछ है भी?"

"देता हूँ ठहरो। तो क्या हुआ फिर? ये तो भारत पोथी में अरजुन-सुभदरावाली बात।"

"बात खुली तो लोगों ने छी-छा किया। और एक दल चौधरी की तरफवालों ने कहा—यह सफेद झूठ है। गाँव में पहले से ही बिगड़ा-बिगड़ी थी, आजकल किस गाँव में नहीं? बस, इस बात को लेकर दो दल फट गये। कितनी ही दुनिया-भर की अड़चनें याद आयीं, कितने गड़े मुरदे उखाड़े गये। कल किनारे पर दोनों दल लाठी-बल्लम ले आमने-सामने जम गये। लाठी ठोंक-ठोंककर गाली-गलौज़ कर रहे थे। आसतीन चढ़ा, जाँघ पर थप्पी मार, मूँछें ऐंठकर ऐसे हो रहे थे, कि देखते ही आदमी डर जाय। मैं तो आ ही न सका, काठ हो गया। हो जाती मार-काट, पर तभी गोबरपाड़ा गाँव के दस-पन्द्रह लोग एक साथ आ गये। बीच-बचाव किया, तब जाकर दोनों दल पीछे हटे। नहीं तो बात चुकता हो जाती। क्या हुआ फिर—पूछा तो पता चला, कुछ ऐसा-वैसा ही कर-करा दिया।"

"हाँ-हाँ, अपना क्या जाता है! जो जैसा करेगा, वैसा ही भोगेगा। अपने को

उसकी चरचा करने से क्या लाभ!"

"लाभ यही होगा कि जो कहेगा उसका महत जाएगा।"

जोगी पधान चला गया। कालिया साहू खड़ा हो गया। अब वह किवाड़ बन्द करेगा। राधी ने खड़े होकर कहा, "देगा नहीं? हम क्या भूखों मरेंगे?"

"अच्छा ले ले।" कालिया साहू ने कहा, "और एक बात। जोगी पधान ने जो कुछ मेरे आगे कहा, सब तो सुना, कहीं और जगह बक न देना।"

"मुझे चावल सेर-भर दे, मैं जाऊँ। जोगी पधान ने तुम्हें क्या कहा सो तुम जानो, मुझे क्या मालूम?"

"आध सेर के लिए कहती थी, अब सेर कहने लगी!"

"नहीं सेर-भर दे दो साहू। कल पैसा ला दूँगी...कल छोरे का बाप आएगा तो देगा नहीं, बकाया रखेगा क्या?"

"अच्छा, ले, पर कहीं कहना नहीं..."

"आँख फूटे अगर कुछ भी मुझे मालूम हो, मैं किसे क्या कहूँगी? ला पल्ले में डाल दे।"

कण्डरूमी राधी बई मलिक की काकी है। और बई है बचपन से रवि का चेला। लँगोटिया-यार-साथी।

बई ने पहले तो काकी से ढेर सारा झगड़ा किया। तकरार की। काकी ने समझाया, "तू भकुआ ही हुआ, कोई बात तेरे मन को भाती है, पहले यह बता, सच-झूठ तो भगवान् जानें, हम-तुम क्या जानेंगे? गयी-आयी, जो सुना सो बता दिया। मुझपर क्यों चिढ़ रहा है।"

बई ने कहा, "ये सब किसी घरफोड़ू ने जोड़-तोड़कर कहा है। सब झूठ।"

"तेरी जीभ फले-फूले।"

"अपने बाबू क्या ऐसे हुए हैं? यह सब किसी ने गढ़ी है। कोई कुछ करे, तू क्यों नाचती है? उनके आगे न कहना। अरे बाप रे!"

"अपने बाबू ऐसे कभी नहीं हो सकते। पर इस बात का भेद तो लगाना ही पड़ेगा।"

रात पहर हो गयी। काकी चूल्हा जलाये भात राँध रही है, काका निधि मलिक थाने की पारी से आया है। चबूतरे पर नारियल के पत्ते जलाकर हाथ सेंक रहा है। उसे घेरकर बैठे हैं घर-भर के लोग।

निधि मलिक चुप बैठा था। कहने लगा, "मैंने भी सुना है, पाटेली गाँव में झगड़ा चल रहा है। उस गाँव का चौकीदार कह रहा था। दो दल हो गये। उनके पहले से ही मनमुटाव था, अब जोर पकड़ गया। झगड़ा करना होता है तब लोग झूठ-मूठ ही कोई बात बनाकर लगा देते हैं। लोगों की आदत ही ऐसी होती है रे बाबू! मारने पर भी निन्दक पीछा नहीं छोड़ते।"

बई मलिक ने फैसला किया, जोगी पधान ही से पूछताछ करेगा।

एकान्त में रवि अपने अन्दर की अनुभूति में डूबा था। वही चेहरा--भूल नहीं पाता वह! उसकी अनेक जगहों और अनेक अवस्थाओं में कल्पना कर उलूल-जुलूल खेल खेलता है। मैदान के बीच वही तो बैठी है। पोखरी की सीढ़ी पर सीढ़ी वही तो चढ़ती आ रही है। महादेव के पास चम्पा के नीचे वही तो खड़ी है। गहन मन में आँखमिचौली चल रही है, बाहर कुछ नहीं।

उसी के सम तुल्य हो जीवन का अनुभव किया जा सकता है। आती है आशा। उत्साह दिखाने में मातेगा नहीं। इन्द्रजाल में फँसेगा नहीं। काम करेगा। सरल, सहज, सुन्दर जीवन की कल्पना, स्नेह-ममतामय आदमी का संसार। वहाँ कोई हिंसा नहीं, दान नहीं, भय नहीं। बस, केवल शान्ति और मंगल। ऐसा कुछ गढ़ा नहीं जा सकता?

वही सिर्फ एक दिन देखा हुआ चेहरा, हँसता है। रवि को विश्वास आ जाता है।

बई मलिक आकर खबर कह गया है।

चौंककर देखा रवि ने। अचानक लगा, जैसे फूल सचमुच जलकर राख हो गया है।

क्यों है यह अभियोग? किसका क्या कसूर किया है उसने? मन की अस्थिरता थमी, कि उसने अपने आपसे पूछा। आसानी से वह जवाब नहीं दे पाया, अनुभव हो रहा था, मन में अनजान ममता की जड़ें कहीं गहरे पैठ गयी हैं, बाहर का दारुण आघात ठोंक-ठोंककर उसकी बात को याद करा देता है—उसने छवि को चाहा है।

वह किसी से कुछ नहीं माँगता, कुछ नहीं चाहता। उसने किसी का कुछ बिगाड़ा नहीं। फिर भी एक साथ वह भरा जा रहा है लाज से, संकोच से। मन कहता है—जा, चला जा।

अकेले इधर-उधर होते हुए अँधेरा घिर आया। कितने सुन्दर गाँव को वह घूम-घूमकर नयी आँखों से देख रहा था। निश्चिन्त, बेधड़क। न परीक्षा न नौकरी, कोई हड़बड़ की जरूरत नहीं।

अचानक सब बदल गया। चिन्ता का वेग पैरों को छू गया है। वह ऊबड़-खाबड़ में ही चल पड़ा।

पिता अब कुछ नहीं कहते। माँ भी कुछ नहीं बोलती। फिर भी लगता मानो उसे कहने के लिए उनके पास ढेरों नयी बातें हैं।

वह उन लोगों से भागने लगा है। खेती के काम-धाम में ही लगा रहता। काम भी बेशुमार हैं। खरीफ का धान अमल होने के बाद लाकर बड़े गोदाम में सहेजकर रखा गया। साथ-साथ खेत में मूँग बोये गये। उधर आलू के खेत में पाल ऊँची करनी है, ढाबे में रहट से पानी पटाना है। इधर गन्ना लगाना तो उधर काटना, गन्ने को अमल करना, गुड़ राँधना, कछार में सब्जी लगाना है। सब जगह निगाह चाहिए। निगाह कम पड़ते ही टोकरी-टोकरी बैंगन गायब हो जाएँगे। इसके अलावा नयी बाड़ी बनाना, जोहड़ की जमीन पर कुछ घेरा डालने की भी बहुत दिनों से इच्छा थी।

हलवाले हैं। इसके अलावा बँटाईदार रैयत भी है। रवि अपने मन मुताबिक खेती-बाड़ी में हाथ बँटाना पसन्द करता है। वह रहता तो काम करनेवालों को भी अच्छा लगता। उसकी बातों को केवल सुनते ही नहीं, अन्तर में समा लेते हैं। इसके अलावा वह मन देखकर जरा-जरा-सी सुविधा भी कर देता, उन्हें बहुत खुशी होती। कोई कुछ घर ले जाएगा, कोई तनिक छुट्टी लेकर अपना कुछ काम कर आएगा। वह मना नहीं करता, इसके अलावा कभी-कभार पावला-धेला भी मिल जाता है माँगे से। काम ढीला नहीं पड़ता, कभी समय-बेसमय यदि कोई गमछा सिर के नीचे दबा पेड़ की छाया देख तनिक झपकी लेने लगता, तो कोई दूसरा चेतावनी देता हुआ टोक देता–"छिः!"

रवि उन्हें नयी-नयी बातें बताता। वह बताता कि परिश्रम करने पर कोई किसी का एक दाना नहीं मार सकता। काम करने पर खाने का अधिकार है। किसान का मान सबसे बड़ा है। वह सबका जीवन रखता है। स्वयं भी वह जब परिश्रम की मूर्ति बन लोगों के साथ मिल जाता, तो वे उसे अपना मान लेते हैं; उसका ज्ञान उसका उत्साह लगता जैसे उनका अपना है।

उसके रहने का प्रभाव गाँव पर भी पड़ा है। किस जमाने से पुती पड़ी थी कीचड़ में गाँव के किनारे की वह पोखर। जहाँ अनादिदास को समाधि मिली–उससे कुछ हटकर, बड़े बरगद के उस ओर। जन-साधारण की पोखर है, अतः उसकी खुदाई किसी का व्यक्तिगत काम नहीं। किन्तु उस पोखर के बारे में लोगों के बीच अनेक किंवदन्तियाँ हैं। कहते हैं, सिद्ध अनादिदास उस पोखर के किनारे जाप किया करते थे। सारे पद्म जल जाने पर भी, कहते हैं, सीढ़ियों के पास, चाहे एक ही क्यों न हो, पद्म अवश्य खिला मिलता। अनादि गोसाँई की महिमा के बल से कहते हैं सारा पोखर का पानी दूध में बदल गया था। फिर किसी दिन हलदी का पानी बन गया। उस पोखर का पानी पीने से रोग ठीक हो जाता। और कितनी ही अलौकिक कहानियाँ हैं, किन्तु अब उस पोखर में पानी नहीं है।

लोग लगाकर पोखर की खुदाई शुरू की रवि ने, कुछ खड़े देखते रहे। कहते, अच्छा काम है। रवि को स्वयं खोदते देख कुछ और लोग भी शामिल हो गये। सोचते, यह भी एक मजे का काम है। प्राथमिक स्कूल के युवा शिक्षक भी बच्चों को साथ

लेकर आ पहुँचे। दो दिन आने के बाद फिर नहीं आये। किन्तु लोगों ने देखा, रवि खाली पोखर ही नहीं खुदा रहा, जितना कीचड़ निकलता है सारा का सारा अपनी नारियल की बाड़ी में नारियलों के नीचे जमा कर रहा है। लोगों ने कहा, "यह चीज खोजो तो नहीं मिलेगी, कौन-सा विलायती खाद है जो इसका मुकाबला करेगा? नारियल की जड़ में दो चाहे नीबू में, फलों से लद जाएगा।" सात दिन तक एक मजूर लगा और स्वयं मेहनत कर कीचड़ ले जाते देख लोगों में बतकही भी हुई। वे चेते, लुभाये। बात फैली—खाली पंक का ही बल नहीं, सिद्ध पोखर की भी तो आश्चर्यजनक शक्ति होगी इस पंक में। इसके बाद गाँव के लोग कीचड़ खोद लेने के लिए उमड़ पड़े। शायद पंकीले पानी से मछली मारने के लिए भी इतनी भीड़ नहीं जमती।

महोत्सव करने की तरह अपने आप होने लगा पोखरी की खुदाई का काम। माने दो सौ बरस की नींद क्षण-भर में अपने आप टूट गयी। समवेत शक्ति पर आत्मविश्वास लौट आया। इसके बाद शुरू हो गया—भागवत-घर को नया कर करीने से खड़ा करने का काम। उसमें भी अपार उत्साह।

काम पर काम। फुरसत ही नहीं मिलती। पिता के साथ बहुत कम भेंट होती है, पर उसमें भी उसे कोई खास उत्साह नहीं दिखता। वे बात कहते-कहते रुक जाया करते। कभी-कभी उसकी ओर ताकते, मानो नया-नया देख रहे हों।

माँ उलटे और अधिक लाड़ करती। जतन से बना-पकाकर बैठी बाट जोहती रहती, भूखी ही। आते ही चाव से खिलाती। कहती, "झूठे ही राज-भर का बोझ उठाये फिरता है तू? खाकर मुँह धोना तक सीखा नहीं और अब तू मेहनत कर कितना काला पड़ गया! अपना तो खयाल रख!"

माँ और कहती, "तुझे किस बात की चिन्ता है, बता तो? खाने बैठे हो पर मन कहीं और जगह है। मर्द हो, किसलिए परवा करते हो। जो मन में आए वही करो।"

पिता का व्यवहार कभी-कभी रूखा-सा लगता। औरों पर बिगड़ जाते। उस दिन शनिवार था। डाक की पाली का दिन। डाकिया दोपहर बाद चिट्ठी दे गया। पढ़कर बट महान्ती उठे तो सामने रवि। माँ पर गुस्सा उतारते हुए कहने लगे, "अब बुढ़ापे में रवि मुझे बुद्धि सिखाएगा? हम उल्लू हैं और वह सयाना? ठीक है, उसकी अक्कल उसके पास ही रहने दो। बेटा जाया था ना, लो..." चिट्ठी की चिन्दी-चिन्दी कर माँ पर फेंक दी।

क्या था उसमें?—रवि ने पूछने का साहस नहीं किया।

सन्देह बढ़ रहा था।

घर के पश्चिम की ओर थोड़ी दूर में एक बगीचा लगाने की चेष्टा हो रही है। बीच में छोटी पोखरी, बगीचे को सींचने के लिए खोदी गयी थी। काफी मछलियाँ

हैं उसमें पोखरी की पाल पर नारियल के पेड़ लगे हैं, अभी पोरसा-पोरसा ऊँचे हो गये हैं, गोल फुनगियाँ फैली हैं। उसके चारों ओर नाना जाति के कलमी आम, चीकू, अमरूद, दाड़िम, नीबू, कटहल, करौंदा, कमरंगा, आँवला आदि कितने पेड़। कोई सिर छूता-सा, तो कोई और अधिक ऊँचा। वैसे ही पोखरी के चारों कोनों में चार चम्पा के पेड़, सीढ़ियों के पास एक तरफ बकुल का झाड़, दूसरी ओर नागेश्वर। रवि के विचारों और कोशिशों से बगीची बढ़ उठी है। बच्चों के खिलौने खरीदने की तरह वह खरीदता पौधे। लाकर लगाता। चारों ओर बाड़ है। बाहर रास्ते के किनारे पुआल का ढेर।

उस दिन दोपहर ढल गयी थी। अकेला रवि पेड़ों के बीच घूम रहा था। देख रहा था।

पोखरी पर धूप गिर रही थी। सरसराती छोटी-छोटी मछलियाँ पानी में खेल रही हैं। असंख्य। जगह-जगह बड़ी मछली उठकर धीरे से गोता लगा जाती है। एक छोटा-सा कछुआ गरदन टेके छपछपाता-सा घूम जा रहा है पोखरी के चारों ओर। उसका घूमना खत्म ही नहीं होता। पानी में नारियल की फुनगियों की छाया झिलमिला रही है।

रास्ते के उधर से आवाज और हँसी सुनाई दी। रवि ने देखा, सेवती और उसकी माँ दोनों पुआल का ढेर लगा रही हैं। मजूर हैं दोनों। बाँस पर लटकी हाँड़ी और उसमें लिपटी अधमरी लता की तरह दिखती है सेवती की माँ।

सेवती की माँ ने ऊँचे जबड़े पर काली हँसी हँसते हुए कहा, "अपने बाबू का ब्याह हो रहा है। अरे सेवती, इत्ते बड़े-बड़े काकरा पिठऊ खाएगी, घी की मिठाइयों से भर जाएगा घर, कितना कुछ होगा कोई क्या खाएगा? खाते-खाते पेट फट जाएगा।"

माँ के पास झुककर पुआल उठा रही थी सेवती। अठारह-उन्नीस की होगी। माँ की बात सुन लोहे की पत्ती की तरह उछल पड़ी। हँसते-हँसते, झूमते-झूमते थिर हो गयी। पान का पीक फेंकती बोली, "सच है, माँ?"

"सच नहीं तो क्या झूठ कह रही हूँ? क्यों, तेरी आँखों को कुछ दिखता भी है? अपने छोटे बाबू की उमर ब्याह के लायक नहीं हुई क्या? बाबू सुनते हो मेरी बात! जोतसी ने इसके बापू को बताया था कि यह बच्ची मामूली नहीं, यह बड़ी आँखवाली होगी, बड़े आदमी का आसरा पाएगी। बापू तो लाड़-चाव कर भगवान् को प्यारा हुआ, अब इसे ले जाकर कहाँ बिठाऊँ, मेरे तो सिर का दरद है यह!"

सेवती ने कहा, "अरी माँ, देख तो, वहाँ कितने छोटे-से नारियल के पेड़ में भी फूल आ गये! मैं देख आऊँ।"

"जा, तुझे मना कौन करे?" माँ ने कहा, "छोटे बाबू, ये जो सुन्दर बगीची लगायी, यहाँ छोटा-सा बगीची-घर और खड़ा करो, बहुत जँचेगा।" फिर बोली, "देखा

तो बाबू! धोती नहीं, ये अवस्था है। छोकरी को पहनाने के लिए टुकड़ा भी नहीं, दस जगह से टाँके दे चुकी, अब कैसे ढाँपें? हमें एक-एक साड़ी दिलाना बाबू, वरना क्या पहनकर नयी बहू देखने जाएँगी?"

अब तक रवि चुप था। अन्दर एक अजीब-सी अनुभूति हो रही थी। अचानक चौंकता-सा बोला, "क्या बक रही हो सेवती की माँ? किसकी शादी? मैं तो ब्याह करने से रहा..."

"सच! ऐसी बात! ब्याह नहीं करोगे? हमारे भोज-साड़ी से डर गये? इसके लिए इतनी बड़ी बात कहते हो?"

सेवती हँस पड़ी। रवि को सब मानो बिच्छी की तरह चुभ रहा था, "साड़ी चाहिए, जाओ माँ से कहो, माँग लो, मुझे यह सब कहने से क्या होगा।" खीझते हुए उसने कहा, "जाओ काम करो, नहीं तो जिधर जाना हो जाओ। मुझे यह सब फालतू बातें कहने से क्या लाभ?"

"उई माँ, जाती हूँ!" सेवती की माँ ने कहा, "मेरे रहते छोटे बाबू चिढ़ उठते हैं..." वह दूर हट गयी। सेवती मानो कुछ कहना चाहती हो, उस ढंग से हिलती-डुलती रही, सिर झुकाये खड़ी रही, ऊपर सिर उठाकर देखा, तब तक रवि बगीचे की ओट में दूर चला जा रहा था। सेवती धीरे-धीरे माँ की ओर चली आयी।

रवि चला गया। दूर-दूर पर लोग हैं। पास में कोई नहीं। चुनचुनाहट-सी हो रही है।

तावीज छूकर मन में हिम्मत भर लेने की तरह उसने छवि का चेहरा याद किया। आशा और विश्वास से मन मजबूत हो गया।

संसार में ये दिन भी नहीं रहेंगे!–रवि सोचने लगा। प्रशान्त दयार्द्र दृष्टि से चारों ओर देख हिम्मत के साथ चल पड़ा। वीर पुरुष–उसे लग रहा था, जैसे वह कहीं कुछ जय कर आया है!

रवि देख रहा है–भैया की चिट्ठी फाड़कर फेंकनेवाले दिन से पिता में हुए परिवर्तन को। इन दोनों बातों में कुछ सम्बन्ध है। पर भाई ने पिता को क्या लिखा था?

कौतूहल मानो वहीं भटक जाता। और आगे बढ़ नहीं पाता। भाई की बात याद करने पर उसे लगता जैसे जन्म से ही उससे उनका सम्बन्ध कुछ अन्यथा है। उनके साथ सम्बन्ध मात्र इतिहासजनित है। दोनों एक माँ-बाप की सन्तान हैं–जैसे राब परमपिता परमात्मा की सन्तान हैं, बस वैसे ही। और इतना कि भाई कहने पर कुछ भय, कुछ रोक-टोक, मन कुछ शंकित-सा सहम जाता।

अभाव पूरा करती अपनी कल्पना–वह भाई हैं!

भौजी! उनका भद्र, अति मधुर, पराया बरताव यह बता देता–तुम दो दिन के लिए आये हो, बस ठीक, घर की बातों में डूबने नहीं आये, मेहमान बनकर आये हो, वह मेहमान है।

बैठो मेहमान, सब ठीक है तो? कैसे चलता है?

तुम दाँत दिखाकर कहोगे—हाँ चलता है, ठीक ही।

भौजी अनादर नहीं करती, पर लौटते समय लगता, सब खाली हो गया। रवि खुद से पूछता—कहाँ गये थे? क्या लाये?

बच्चे भी वैसे ही, कितने सुन्दर, अवाक् होकर देखते। शहरी तौर-तरीकेवाले बच्चे, सारे ढंग ठीक, गँवई बच्चों की तरह बिलकुल नहीं, मानो कोई नया जन्तु हो। और फिर बच्चे दौड़ जाते अपने धन्धे में, सब शहर चले जाते हैं।

जितनी बार सोचता, लगता मानो कुछ अनकही बातें रह गयी हैं—ये तुम्हारे काका हैं बच्चो, घर बन्धमूल में है, नमस्कार करो! अनकही बात व्यवहार और परिस्थिति में अपना रूप प्रकट कर मिल जाती। और रवि गाँव लौट आता।

बट महान्ती।

कानों से टकराती हैं पाटेली गाँव की हो-हल्ला की बातें, और उसमें लिपटा-उलझा एक नाम—रवि!

पहले-पहल जिस दिन सुना, उन्हें लगा, उनका सब कुछ ढह गया, वे बेसहारा हो गये हैं। एक प्रतिहिंसा-सी मन में भभक उठी—पाटेली गाँव जाय भाड़ में। लगा, मानो रवि के भेष में कोई खुफिया दुश्मन हो जो बट महान्ती के खानदानी नाम को अपमानित करने की जुर्रत कर रहा है। वही नाम, वही अहम्। उसे ही लोगों की आँखों के आगे गढ़कर ऊँचा करने में एक जनम लग गया। तब लगा जैसे उस हो-हल्ले की आँच धीमी पड़ गयी है और वे रवि और अपने आपको अलग कर देख नहीं सके, जैसे वह आवाज उन्हीं के नाम से उठायी गयी थी।

मन ने कहा—असम्भव है यह सब!

आज देह पर बुढ़ापा छा रहा है, परमार्थ घिर रहा है, रुचि में रूढ़ि और शालीनता। अमरकोश और व्याकरण पर चर्चा करने को मन करता है। पढ़ने में वही रुचता है जिसका अर्थ सहज ही समझ में नहीं आए। पसीना निकल आता, दाँत भिंच जाते। अंग-प्रत्यंग हलके नहीं लगते, हाथ थपथपा देने से लगता जैसे किसी ने दससेरा धर दिया हो। बिस्तर पर पड़ने से भी लगता मानो कोई एक काम पूरा हो गया, बैल खोलकर किसी बोझाई की हुई गाड़ी को झुकाकर रखा गया। आज साँस छोड़ने से धूल उड़ती, गले के घड़घड़ाने पर केन्देरा बजता। देह उठना भी नहीं चाहती।

अतः मन ने कहा—यह असम्भव है!

किन्तु देहातीत जो चैतन्य है जो ठोस तराजू के माप पर नहीं आता, उसमें बिखरी-टूटी स्वप्न की अनुभूतियाँ तैरती चली जाती हैं, वे सब स्त्री की हैं।

सब पहेली-सी लगती...आगे कौन पीछे कौन? बुढ़ापे के लिए जो क्षोभ है वह भी झूठा, खाली ऐहिक अनुशोचना। झूठी माया है। बट महान्ती इसी तरह परमार्थ की बातें सोचा करते।

शास्त्र-चर्चा के दौरान कभी अगर जरूरत हो गयी उधार दिये रुपयों के लिए कसकर ब्याज वसूलने की या कड़ा-कड़ी हिसाब लगा खेत के पुआल या ताड़ के पत्ते या अमराई के झरे पत्ते दूसरों से वसूल करने की, तो उसे गृह-धर्म कहकर चला लेंगे। आदमी कृष्ण नाम जपे तो क्या भात खाने को थाली के पास नहीं बैठे? तब जो करो, मन-ही-मन 'गोविन्दाय नमोस्तु' कह दो, बस सब पुण्य, सब पवित्र है!

पर कुछ बातें हैं जिनके बारे में वे मन-ही-मन गोविन्द से आँखमिचौली खेलते हैं। क्योंकि वे बातें सब गोविन्द को समर्पित करने योग्य नहीं होतीं। वह तो घट-धर्म ठहरा, देह-धर्म। इस देह को किसने गढ़ा है? उस गोविन्द ने ही तो? उस घट-धर्म में अतीत के वे चित्र रक्त में फैल जाते।

कुछ नहीं तो भी याद में ऊष्मा पैदा हो आती है, उसे चाहे गरम न कहें। देह में वह ऊष्मा भरना ही अच्छा लगता।

वे सब एकदम गोपनीय बातें ठहरीं—

एक-एक नाम, नाम के साथ एक-एक कोई ऐन्द्रिय अनुभूति और एक छाया, एक छिलका।

ढेरों अँधेरा एक तीखी मल्लिका की सुगन्ध बिखेरता, पहुँच जाता बाड़ी के किसी कोने में। उस ओर टूटी बाड़, फिर उधर बाड़ी, उधर किसी के घर की बाड़ी के किवाड़। सब दिखता, अनुमान से कह दो, बाड़ी के किवाड़ बन्द हैं, इधर साँकल चढ़ी है। रात घनी-अँधेरी, तेज हवा में साँय-साँय करती रात। फिर भी इस दक्खिनी हवा के नीचे-नीचे कितनी उचाट उमस है, देह पसीना-पसीना हो उठती है, छाती पर पड़ रही है चिवड़ा कूटने की चोट। एक लय से कोने में घने जमे अन्धकार की ओर। अबकी लाठी के सिरे पर चूनापुती हाँड़ी सिर उठाएगी क्या? थर्रा रही है सफेद हाँड़िया और उसके साथ पहचानी-सी झनझनाहट। और प्रतीक्षा नहीं। पास जाते-जाते मानो जुही की तीखी सुगन्ध घनी होकर घेर रही है चारों ओर से। अँधेरे में छलाँग लगाकर चेतना लुप्त। एक नया स्वप्न, मानो अपने आप एक सनसनाता तूफान खाली वेग और बल, और फिर अवसर दिये बिना लगातार चमकती बिजली, बाद में सारी इन्द्रियों को स्तब्ध-विस्मित कर देती तेज गड़गड़ाहट के साथ अचानक आँख खुलने से पहले ही मूसलाधार वर्षा, तूफान और नहीं है। विराट् अवसाद में मेघों को उलीचकर आकाश ने आँखें मींच ली हैं। अँधेरा, खाली अँधेरा।

समय की चेतना लौट आयी है। मेघों की बौछार खतम हो चुकी है। भीगे, भीगे, भीगे, चारों ओर भीगा-गीला। भीगी माटी का सौरभ। उसमें हलदी की महक, चोया और चन्दन की। एकदम निभृत और निबिड़, अत्यन्त सूक्ष्म लग रही है, क्रमशः

लौटती आ रही है जुही की महक; जाते समय कितनी तीखी लग रही है।

मल्ली की महक याद करा देती है। घटनाएँ धुँधली लगती हैं और अधिक अस्पष्ट हो अँधेरे में बिखर जाती हैं और उनके नाम तक विस्मृत हो जाते हैं।

सच, एक दिन था, जब वह भी उज्ज्वल था। अब और नहीं है।

जहाँ इतनी घनिष्ठता है...खून के साथ खून का मेल है, मन के साथ मन का लगाव है, वहाँ क्यों रूप की सारी मूर्तियों को बनाकर, जी भरकर देखने के लिए सहेजकर रखा नहीं जा सकता? व्यस्त होकर इधर-उधर ढूँढ़ने से अंगों के टुकड़े हाथ लगते हैं, और उन्हीं टुकड़ों को देख समूचे मनुष्य को देखने की तरह लगता है। तीज के चाँद को देखने से जैसे उसके साथ सटी हुई, अँधेरे आकाश में सहमी गोल खाली जगह आँखों में नहीं पड़ती, सब मिलकर मानो पूर्ण चन्द्र के अस्तित्व को जताते हैं...अंग सिर्फ अंग नहीं हैं—समूचा आदमी है...सिर्फ छिपे-उभरे का अन्तर है।

इसलिए सब याद आ रहे हैं।

एक प्रौढ़ विचार से भी अपने को माफ किया जा सकता है...एक चुपचाप बाँकी मुसकान से—और मन-ही-मन कहा जा सकता है...कुँआरा समय बेलगाम होता है...खून गरम और मन में अज्ञानता होती है...ईर्ष्या न जागे तो सबको माफ किया जा सकता है।

रवि को भी।

किन्तु क्षमा का विचार उठता केवल बात को जरा दूर से देखने पर; जब तक कर्तव्य पूरा करने का प्रश्न नहीं उठता तभी तक; स्वयं काम करने का दायित्व आने पर एक ही फूँक में मानो सारी कोमल स्मृतियों से बुनी भावनाओं की दुनिया उड़ जाती, फिर नयी दुनिया में नया रूप। रवि उनसे शंकित-सा रहता। सोचता, उमर बढ़ने पर आदमी ऐसे ही काठ-सा हो जाया करता है, दया-धरम की बातें केवल जबान पर होती हैं, रामनामी ऊपर-ऊपर, अन्दर नहीं।

रवि वार्द्धक्य को दाँत कटकटाती हाड़ कँपाती, जाड़े की रात की तरह देखता। सोचता, वह बूढ़ा नहीं होगा, वरन् उससे पहले ही कूच कर देगा, यह जीवित-मरण उसे नहीं चाहिए, लोगों से भयभीत थरथर काँपती हुई मानवता उसे नहीं चाहिए। बस जरा-सा सादा स्नेह, सरल विश्वास मामूली-सा, आदमी को आदमी समझें, लोग भी उसे आदमी के रूप में ही स्वीकारें, और अधिक क्या चाहिए?

फिर भी काया काँप-काँपकर उसी जाड़े की रात को पकड़ने के लिए हाथ बढ़ाती। वही पिता, वही समाज, सनातन, अचल चलन। वे लोग उसका गला घोंट देंगे, ईर्ष्या या क्रोध में नहीं, केवल स्नेह से। पवित्र स्नेह से उसकी छाती पर पत्थर लाद, हथौड़ा पीटेंगे। उपाय दीखता नहीं। यदि इस जरा-से बोझ को फेंक देने के लिए अपने अन्दर आह्वान सुनने लगता तो और भी डर पैदा हो जाता। स्नेह के

मकड़ी-जाले को तलवार की वार से झटके से काट डालना सचमुच कितना असम्भव है! साहस खो जाता।

तो भी अपने भीतर से बाहर फुहारे की तरह चारों ओर छिटक पड़ता—आशा का झरना। बाहर उसी फुहारे से इन्द्रधनुष बनता, छवि का चेहरा दिख जाता।

उस दिन छाया ढल आयी थी। रवि जल्दबाजी में निकल रहा था अहीरों की बस्ती की ओर जाने के लिए। अहीरों की बस्ती की उन्नति की बात चल रही थी। बस्ती को कम-से-कम साफ तो रखना पड़ेगा ताकि ठीक दरवाजे के आगे ही गोबर की गन्दगी न हो, बल्कि एक तरफ कुछ हटकर खाद के लिए उनकी कुरी की जा सकेगी। सबकी राय लेकर इकट्ठा कर यहीं से शुरुआत की जा सकती है, फिर और कई बातें हैं, मिलकर सब सुख-सुविधा से चल सकें—वह देख पा रहा है। केवल बस्तियों में ही नहीं, सब जगह कुछ न कुछ उन्नति करने के लिए काम पड़ा है।

बाहर निकलते समय देखा, पिता की कोठरी की तरफ से कोई अपरिचित बूढ़ा आ रहा है, लम्बा आ़दमी, सफेद सिर, माथे पर सफेद तिलक, सफेद बरौनियाँ, चौड़े-चौड़े कानों पर सफेद-भूरे रोयें, सफेद जंगल-सी भरी छाती। सफेद धोती, चिकने काले कन्धे से झूल रही है सफेद चादर, काँख में दबाये हैं लाल कपड़े का बसना। चेहरे और भंगिमा में विशिष्टता है। दूर ही दूर से लोग उसकी ओर देख रहे हैं। पलकों को टिमटिमाते हुए बूढ़े ने रवि की ओर देख नमस्कार किया। अपना परिचय देते हुए कहने लगा, "जी, मेरा नाम लोकनाथ नायक। हमारा घर है पाटेली गाँव में, वहाँ के चौधरी घराने का जोतषी हूँ। चौधरीजी ने एक काम से भेजा था, सो आया था।"

रवि के मुँह से निकला—"ओह!"

लोकनाथ नायक कहने लगे, "आप पाटेली गाँव पधारे थे, सुना था। चौधरियों की हवेली अब टूट गयी है। क्या करें, कालस्य कुटिला गतिः। नहीं तो एक दिन था जब वह घर...इस इलाके में कहाँ था वैसा घर! इतने बड़े खानदानी, साक्षात् राजा का ही घर समझो। चाहे सब चला जाय, पर उस घर में आज भी मानवता है। सिन्धु चौधरी साक्षात् साधु पुरुष हैं! कितने महान्, कितने उदार, देखते ही श्रद्धा हो जाएगी। आपकी तरह ही ऊँचे पढ़े-लिखे उन्नत-उदार हृदयवाले। सत् पुरुष ही उन्हें पहचानेंगे, नहीं तो कौन उन्हें पहचानेगा? आपके गुणों को कौन नहीं जानता? सब पढ़ाई करते हैं नौकरी के लिए, आप विद्वान् होकर भी नौकरी के बदले देश-सेवा करेंगे। हाँ, भगवान् आप लोगों को कुशल-मंगल से रखें, आप लोगों का सुख-आनन्द देख, यश सुनते-सुनते यह जीव चला जाय, आपको भगवान् दीर्घायु करें।" बूढ़े ने हाथ उठाकर आशीर्वाद दिया।

मानो कोष्ठक के बीच रह गयी हैं कई अनकही बातें, रवि ने उन्हें पढ़ लिया हो। वह गम्भीर हो, सिर झुकाये खड़ा रहा, लाज से चेहरा लाल हो रहा था। लगा

जैसे उसके कानों में कोई नयी बात पड़ी है।

उसने पूछा, "पिता कहाँ हैं?"

रवि ने हाथ दिखाकर कोठरी की ओर संकेत कर दिया। कहा, "जाइए, वहीं भेंट हो जाएगी।"

रवि तेजी से चला गया। किन्तु अहीर-बस्ती की ओर जा न सका। मन घूमने लगा उस आदमी के पीछे-पीछे। सोचने लगा, "और तनिक ठहरकर चला जाय तो ठीक रहेगा।" घर के पास ही काम हो रहा है, देखरेख के लिए जाने की इच्छा हो गयी। फिर मन किया, थोड़ा पानी ही पीया जाय। घर के अन्दर गया। उसके सूखे चेहरे को देखकर माँ ने कहा, "खा-पीकर जरा विश्राम नहीं किया रे, जब देखो बस काम-काम! लिखाई-पढ़ाई नहीं तो घूमता-फिरता। बस काम...क्या इसी के लिए तू घर पर रह रहा है?"

"बैठकबाजी करनेवालों का भी एक गुट है, साआन्ताणी, ये अपने बाबू वैसों में नहीं हैं।" बाड़ी की ओर से सेवती की माँ ने आवाज दी।

"तेरी ही आँखों को मेरा बेटा बड़ा कामकाजवाला दिखता है," रवि की माँ ने कहा, "जा, तू अपना काम कर। बातूनी मत बन। बेटे ने खाकर मुँह धोना तक सीखा नहीं—यह काम करेगा! आदमी होगा, घर करेगा, क्या बात कही तूने...जा-जा, काम कर।"

रवि बाड़ी की ओर से निकल गया। टोकरी लिये आड़े खड़ी है सेवती की माँ। पीछे पल्लू मुँह में खोंसे सिमटी हुई सेवती। नीचे की बाड़ी में गड्ढे भरे जा रहे हैं, समान किया जा रहा है, कुछ दूर जगा बाउरी-पुरानी खाद की कुरी हटाकर माटी निकाल रहा है, माँ-बेटी लाकर गड्ढों में डाल रही हैं।

सेवती की माँ ने कहा, "बाबू आये तभी न इतने काम लगा दिये, वरना कौन यहाँ इतने काम कराता था।"

रवि ने कहा, "अच्छी तरह मन लगाकर काम कर।"

सेवती की माँ ने कहा, "नमक खाया है, जीव बचाते हो बाबू, काम क्यों नहीं करेंगी?" फिर स्वर झुकाकर कहा, "बाबू धोती माँगी थी, हुकम किया?"

"जाकर माँ से क्यों नहीं कहती?"

"हमारे कहे क्या होगा बाबू? आप ही दया करो, तब न होगा।" फिर बात घुमाकर कहने लगी, "बाबू, जिस बस्ती में आपके पैर पड़ते हैं, वही हँस उठती है। लोगों को समझा-बुझाकर कितने झोंपड़े ठीक करवाये, खुले घरों पर छान बँधवा दी, हमारी बस्ती में भी आपके कभी पैर पड़ते, हमारी टूटी झोंपड़ी देखने।"

"मैं जाकर क्या करूँगा, तुम कहती क्यों नहीं लोगों से?"

"हमारी बात कौन सुनेगा? सब तो मुलिया-मजूरे ठहरे! काम रोककर कौन आएगा हमारी झोंपड़ी खड़ी करने?"

"अच्छा-अच्छा, देखेंगे कभी, जा काम कर।"

सेवती की माँ जगुआ के पास माटी उठाने चली गयी। सेवती अलसायी-अलसायी-सी पैरों से मिट्टी फैला रही है। अचानक उसने तिरछे देखा और हँस पड़ी; जाते-जाते रवि का ध्यान उधर चला गया और उसके मन में भर गयी अशान्त अपवित्रता और फिर देह जैसे क्रोध से भभक उठा।

तेजी से जाते-जाते मानो सामने कोई काली छाया चमककर फिर भसम हो गयी हो। चली गयीं सेवती और सेवती की माँ, और उनकी असहायता के प्रति उसकी सहानुभूति, मन के किवाड़ बन्द हो गये।

काम देखा, और फिर एकदम सीधा बाहर। कोठरी के दरवाजे के पास वही बूढ़ा वापस जाने के लिए मुड़ रहा है। पीछे से सुनाई पड़ रही है पिता की गरज-तरज। बूढ़ा ऊँची आवाज में जवाब दे रहा है। उसके स्वर में अपमानित व्यक्ति का दुःख झलक जाता है। बातों से जैसे लौ उठ रही है। रवि रुक गया।

बूढ़ा कह रहा है, "वे भी कोई पैरों में गिरते नहीं फिर रहे। वैसे बेटा-बेटी होने पर यह सब करने की आवश्यकता पड़ती ही है, इसीलिए भेजा था। आपके द्वार पर आया। ठीक है। मैं यही कह दूँगा, मेरा क्या जाता है? पर देखिए, बात रह जाती है जुगों के लिए। बस।"

"अच्छा, आप जाओ भले आदमी, विदा होओ! बात जुग-जुग के लिए रखनी और करनी हो, तो वहाँ सामने के दरवाजे से आना, बाड़ी के रास्ते से घुसने की चेष्टा न करना!"

"ठीक है, ठीक है, कहूँगा, कहूँगा। सामने का रास्ता, पिछवाड़े का रास्ता—ये आप आज उन्हें समझाएँगे? सामने के रास्ते पर भातों का ढेर लगाते-लगाते तो वे फक्कड़ हो गये और जिन्होंने चुगा, पोटली बाँध बाड़ी के रास्ते से घर भरा, वे आज बन गये बड़े आदमी! कितने ही बड़े लोग देखे हैं, हुजूर! आपकी दया से उमर रही तो और भी देखेंगे।"

"अच्छा, अच्छा, रहने दें, रहने दें, जोतषीजी, हमारी सात पुश्त का उद्धार हो जाता। नहीं हुआ, न सही।"

रवि ने दूर से देखा, पिता घर से निकलकर खड़ाऊँ ठक-ठक करते एकदम सीधे चले गये मन्दिर की ओर। और उनके बिलकुल विपरीत दिशा की ओर चला गया वह बूढ़ा। लोग देखते रहे, किसी ओर नजर नहीं फेरी उसने।

रवि के मन में मानो अँधेरा उतर आया। अँधेरे में भाँति-भाँति के टूटे-फूटे शब्द, और हलचल। धीरे-धीरे मानो कोई तूफान घिरा आ रहा है। अपने को सँभालने की चेष्टा करते-करते वह अपने कार्यक्रम के अनुसार अहीर-बस्ती की तरफ चल पड़ा।

साफ दिख रही है—दूर खड़ी है छवि! वहाँ अँधेरा नहीं, प्रकाश है!

काम पूरा हुआ, साँझ ढल गयी, कितनी बातें उसने कहीं, कितनी सुनीं—समस्या और उद्यम की अटूट कहानी।

किन्तु मन नहीं माना। हृदय में खाली-खाली-सा लगा रहा, मन में वैसा ही अँधेरा। सोचा, वह ठाकुरजी के दर्शनों को जाएगा, उसे शान्ति चाहिए।

पहली पहर का अँधेरा। सिहराती हुई मन्द हवा। रवि घेरे के दरवाजे के पास रुक गया। आड़े बकुल का तना है, सारे दरवाजे को पार कर दृष्टि अन्दर चली जाती है। सामने काले पत्थर की गोपालजी की मूर्ति, जीवन के देवता, हाथ में वंशी धारण किये हैं। अँधेरे में छिप, प्रकाश की ओर देख रहा है रवि—विह्वल होकर। अन्दर इतनी दीपावली के प्रकाश में झलमलाता है वही प्रेम का देवता, नीली धूप के धुएँ में वे तैर रहे हैं। अभी स्पष्ट, तो दूसरे क्षण अस्पष्ट। आरती हो रही है, घण्टा, ढोल बज रहा है। लोग घेरे हैं, चरणामृत ले-लेकर लौट रहे हैं। रवि मुग्ध भाव से देखता रहा। सोचने लगा, कितने ही इस दृश्य को देखते-देखते खो गये!

महाकाल के समुद्र में अपनी चेतना खोकर वह मन का उद्वेग भूल गया। काफी समय बीत गया। गहरी साँस छोड़ वह कूल तक लौट आया। फिर अपनी चेतना में लौटा—वह है, उसी का नाम व्यक्ति है, चलता नाम रवि। वह स्वयं।

सचेत होकर सोचने लगा—सामने यह चिर आनन्द का रूपक; यौवन, जीवन और कल्याण की वंशी की वाणी में अभय और मुक्ति का सन्देश है।

पर आदमी भावनाओं में आगे बढ़कर भी कार्य के क्षेत्र में पीछे की ओर हटा है—असत् अविचार, निष्ठुरता और स्वार्थ में लोट-पोट होता कीचड़ में पड़ा देख रहा है आकाश के तारों को। अपवित्र घट के कलंकित हाथों से देवता पर फूल चढ़ा रहा है; लूट और छलावे के धन से वहाँ भर रहा है अलंकार; मन्दिर खड़े कर रहा है, पोखरे खुदवा रहा है। वंशी के स्वप्न के बहाने पशु-गर्जन सुन रास्ते पर चला जा रहा है, आदर्श का भेष पहनकर मोह और स्वार्थ का समाज गढ़ रहा है। सब जगह ब्रह्म, सब एक है—चीखते हुए भी घर-संसार करते आये हैं, ठगा है, लूटा है, भेद, ईर्ष्या, हिंसा का ईंधन जुटाया है। भद्रता, सामाजिक कर्तव्य आदि कितने ही नाम देकर अपने चारों ओर दीवारें खड़ी की हैं। इस चलन के अनुसार चलने से जीवन एक विनय से भरी सीधी पगडण्डी है। वह भी होगा भद्र गृहस्थ, शान्त सरल और सुरक्षित।

अँधेरे में रुक-रुककर झिलमिलाती ठाकुरजी की मूर्ति की ओर देखकर रवि सोचने लगा—वह देखो, वह अबाध्य है, दुर्विनीत और विप्लवी है।

जितनी बार जन-समाज चैन से ऊँघने लगा है, बन्धन की साँकल को आभूषण मान लिया गया है, स्वार्थ और सुविधा का आश्रय लेकर निरापद रहने के लिए साँकल में बाँध-बाँधकर समाज गढ़ा गया है। तभी बजी है वह वंशी! मोह टूटा है, संस्कार छिन्न-भिन्न हुआ है, गति-विचित्रता और मुक्ति का रास्ता खुलकर विकास हुआ है।

आदमी जी सका है वह अबाध्य बन सका इसीलिए।

मन-ही-मन ठाकुरजी के साथ उसकी बात पूरी हो गयी। वह आशीर्वाद पा चुका था। लम्बा प्रणाम कर वह अपनी चेतना में तैरता-तैरता लौट गया।

लम्बा नारियल का पेड़ मुड़कर खड़ा है डीह को ढाँपे। उसकी उमर पूरी हो आयी। बिलकुल बूढ़े आदमी की तरह। सारी देह पर कितने ही धूप से जलने के और पानी के दाग, जीवन-भर का उसका अवदान केवल पथराये डाभ हैं। बीच में ही सूखकर झड़ पड़ते, कभी अगर फलते भी तो होते भूत खाये।

फिर भी उसका अपना प्रयोजन पूरा नहीं हुआ। वह जिन्दा है। उसे दृष्टि में रखकर कोई भी बात सोचे, उसकी भावना की पृष्ठभूमि में बस एक ही रूप रह जाता है।

बड़े-बड़े काले भौंरे उसकी देह में खोह बनाकर रह चुके हैं। कितने कीड़े हैं, दीमक, साँप; और देखते-ही-देखते माघ जाकर फागुन घुस आया, बया घोंसला कर बैठा है। दक्खिनी हवा में बया का घोंसला काँप उठता है, बार-बार, पर इससे बया का क्या बिगड़ता है, हवा में घोंसला झूमता रहे!

धूप ढलने की वेला। उसी नारियल की ओर मुँह किये, पाटेली गाँव में, छवि अवाक्-सी कुछ घड़ी खड़ी रहती, अपने आप गहरी साँस निकल जाती। वह जान-बूझकर नारियल की बात नहीं सोचती, किन्तु वहाँ छाया ढलते समय वैसे खड़े होने पर पुरानी बात मानो लौट आती है। लौटकर फिर चली जाती, खो जाती।

दूर से गुरिया की माँ उसकी यह अवस्था देखती। छवि का सूखा-मुरझाया चेहरा देख, उसकी तेज साँस का अनुमान कर लेती। धीरे-धीरे मन में कहती, "लो, मरो, जवान लड़की के लिए भगवान् ने इतना सारा झंझट रखा है। लड़की तो गोखर साँप होती है, उसकी साँस ने जिसे छुआ, वह क्या बचेगा? धरम क्या नहीं रहा?"

छवि की दृष्टि के आगे तैर जाता—गौरैयों का हँसना, हिलने-डुलने और लोट-पोट होते खींचा-तानी करते जाना, चोंच में तिनका दबाये घोंसला बना अण्डे देने के लिए कौवे का उड़ जाना, आकाश-भर में लगी है चीलों की पैंतरेबाजी। एक के पीछे दूसरी दौड़ रही है।

ऐसे ही उस दिन भी यही समय था। यही दिन ढले की धूप। रवि आया था। और फिर नहीं आया। उस दिन से आज के बीच कितनी बार यही समय बीत गया है। तब से आज तक कितना परिवर्तन हुआ। कछार में फूल खिले, पौधों में अब तरबूज लोट रहे हैं। धान खलिहान में सहेजकर रखने के दिन हैं। हवा की ओर छाज में धान उठाकर हवा में छिलके उड़ाना—यह सारे साधारण दृश्य हैं। धान चुगने के लिए समूह के समूह कबूतर गाँव में उड़ आते हैं।

शिवरात्रि पास आ गयी। छवि भी जाएगी मेला देखने। यह है दोल-पूनम मेला, पालकी-मेला।

रात-रात-भर खलिहान में गाने की गूँज, धान उसनते-उसनते शरीर में गरमी। चिवड़ा कूटने के शब्द के साथ लम्बी रात बीत जाती है, दिन की शुरुआत हो जाती है। शीत जाने-जाने को है। केवल भोर में ही ठण्ड कुछ अधिक रहती है।

बगीचे में आम, चने जितने थे, इतने बड़े हो आये। झाड़ने पर घर-घर में अचार-खटाई। अबकी मूली का काँजी पानी।

तब से आज तक इतनी नयी बातें, इतना परिवर्तन!

बाँके नारियल पर सुनहली धूप मानो छलाँग मारती ऊपर ही ऊपर चढ़ती चली जाती है, निश्चिह्न होने तक, नीचे गाछ की छाया और भी लम्बी हो जाती।

उसके जीवन में नयी कहानी न बन पायी।

अचानक मानो उसका अत्यन्त सनेही अपना पुराना गाँव बाढ़ के पानी की तरह फेनिल हो उठा है। अत्यन्त हिंस्र है उसकी चाल, उसका वेग अस्थिर और उत्कट है, किसी को कहीं से खींचकर कहीं पटकता है।

समाज विषैला हो गया है। छोड़कर जाने का कोई उपाय ही नहीं। रहने से शान्ति नहीं, मुक्ति नहीं।

उस दिन दोपहर बाद, घर के पिछवाड़े में किनारे पर दो दल हुए और फिर मारपीट-फौजदारी के पूर्ण लक्षण दिखे। कोई जब गरजता—"आ देखें क्या करेगा?" और पाँयचे, टाँग, आस्तीन चढ़ाकर तैयार होने लगता तो अपने दल के लोग "हाँ-हाँ" कर थाम लेते। थमे आदमी का वीरत्व जैसे उबलने लगता और वह पुनः गुर्राता "मुझे छोड़ दो, मुझे छोड़ दो।" छवि की माँ थर्रा उठी थी। सचमुच आशंका घिर आयी थी—घर का यह टुकड़ा रहेगा तो? गुरु आकर कह गया था—"मार-पीट के लिए छान की बल्लियाँ खींच रहे हैं लोग।"

"हैं, ऐ, गुरु की माँ, क्या करें? क्या होगा?"

"फालतू डर रही हो काकी!" बल्ली की तरह सूखी गुरु की माँ ने सान्त्वना दी—"भूँकता कूकर काटता नहीं।"

"नहीं रे, तू क्या कहती है? घड़ी-घड़ी में आग की तरह यह कलह सुलग रहा है। देखती हो, सिर में पित्त उठा है, पागल कुत्ते हैं, आदमी नहीं। किस जुग की कौन-कौन-सी बातें उलीची जा रही हैं, देखो तो!"

किनारे पर से कोई चिल्लाया, "कहाँ गये सिन्धु चौधरी, बाहर तो बहुत बढ़-बढ़कर बोलते थे—ऐसा करेंगे, तैसा करेंगे, और सिपाही देख सो पड़ेंगे! निकल आ रे वीर पुरुष! निकलते क्यों नहीं, लुगाई के घाघरे से बाहर?"

फिर दोनों दलों के बीच लड़ाई-झगड़े की हो-हा।

बातें छवि की माँ की छाती में छुरी की तरह चुभ गयीं, "अरे ओ गुरु की माँ, मुझे थाम तो।"

छवि ने थरथराते हुए पूछा, "क्या हुआ माँ?"

गुरु की माँ ने कहा, "तुम इन मदकचियों की बातें क्यों सुनती हो काकी! हमने किसके मुँह में आग लगायी है जो कोई हमारा कुछ करेगा? चुपचाप बैठो।"

छवि की माँ हाँफती-काँफती चुप हुई।

घर पर सिन्धु न थे। बाहर से आकर जैसे ही उन्होंने कहा, "लड़-झगड़कर मरेंगे ये लोग, जाऊँ देख आऊँ"—वैसे ही उनका एक हाथ छवि की माँ ने पकड़ा और दूसरे हाथ को पकड़े छवि लटक-सी गयी और कहा, "नहीं, नहीं, तुम उस जगह न जाना, मरखहे पागल हो गये हैं।"

"मरखहे!" सिन्धु ने कहा, "कौन हैं मरखहे? गाँव के ये अपर्तिया, गन्धिया, शुकुटा, हाड़िया, ये फिर मारनेवाले कब से हुए? ठहर, मैं आया।"

"तुम्हें मेरी सौगन्ध, तुम गये तो मैं सिर पीट-पीटकर मर जाऊँगी!" छवि की माँ ने कहा, "मेरी इतनी-सी बात मान लो, तुम न जाओ!"

कुछ देर में सभी योद्धा गाली-गलौज करते दो दलों में बँटकर चले गये। आवाज दूर होती गयी। छवि की माँ अचानक आवली-बावली हो उठी और एक स्वर में गालियाँ बकने लगी, "ये सब मर जायँ। हे भगवान्, तुरई फूल की तरह साँझ को खिलें तो सुबह तक न रहें ये। हे भगवान्!"

सिन्धु बैठे तम्बाकू पीस रहे थे—"छिः छिः, यह क्या कह रही हो?"

गुरु की माँ समझाने लगी। सब चुप हो गये।

छवि की माँ ने कहा, "माँ, ये क्या हो रहा है, इस गाँव के लोगों को? ठीक जैसे 'सात भाइया बड़ा बन्दर'। पुलिस में कहकर इन सबों को ठीक क्यों नहीं करा देते, गाँव का चौकीदार क्या सो रहा है?"

"अपनी पुलिस अपनी बनकर रहे, तब न संसार चलता है, फिर गाँव में कहीं चोरी-डकैती हो—तभी तो पुलिस बुलायी जाती है। सारा देश यदि इस तरह हो-हो कर उठे, तो कोई क्या करेगा?"

एक बार झगड़ा शुरू हो गया तो सारा गाँव टुकड़े-टुकड़े होकर छिन्न-भिन्न! मानो चेहरे पर हलदी-तेल का लेप अचानक पुँछ गया है, और नीचे साफ-साफ नजर आ रहे हैं—युगों की दरार और गड्ढे, उमर की लकीरें, पुराने रोग के चिह्न!

उस दिन लोका नायक के दल और किणेई ओझा के दल के बीच मरने-मारने के लिए भाला बाँधकर आमने-सामने खड़े होने के बाद कई बार दोनों दलों में इसी

तरह की मुठभेड़ हो चुकी है, ठीक रामलीला के अभिनय-जैसा। उस दिन के बाद कितने नये-नये कारण निकल आये। मूल कारण जैसे कहीं दब गया।

सिन्धु चौधरी की चटशाला टूट गयी। किन्तु सिन्धु चौधरी को गाँव से भगाना सम्भव नहीं हो सका। दोनों दलों के झगड़े में सिन्धु चौधरी रह गये कहीं एक ओर। झगड़े के समय नाम चौधरियों का आता। वैसे वे नितान्त निरीह हैं। न जीभ, न बल। लन्द-फन्द के लिए बढ़-बढ़कर गाली-गलौज करने या चिढ़ाने, ऊँच-नीच करने के लिए सर्वथा अनुपयुक्त हैं वे। विपक्षवाले पहले उन्हें मानते थे। अब और नहीं मानते। प्रणाम नहीं करते, बातचीत नहीं करते। अपर्ति पधान ने यह बात मागुणी बेहरा को समझा दी थी।

"माखी मारे हाथ गन्दा होय। उसका क्या जाता है?...पहनता है फटा चिथड़ा, खाता है बासी पखाल भात, नहीं तो मूड़ी, नहीं तो कुल्थी का छत्तू। बाहर दिखावे-भर को जो नाम या इज्जत थी कि हाँ भाई, फलाँ घराना है, या अमुक परिवार है, वह भी अब उड़ गयी। बात कहने से तो उत्तर नहीं देगा।"

पास-पड़ोस में अपने-पराये सुख-दुःख में सभी साथ रहते थे। सुबह उठते ही इसके चूल्हे से वह, उसके चूल्हे से यह, आग माँग लाता। लूण, या पान के पत्ते न रहे तो माँग लाते। कभी चौलाई के चार पौधे उखाड़ लाते, कभी सहिजन की फली उतरी तो दो पड़ोसी को दे आ। बहू के घर से सौगात आयी है—पहले बस्ती में बाँटो। और नित साग-तरकारी का लेन-देन। मिठाई-विठाई की भेजा-भेजी तो चलती ही थी। इतने सूत्रों से गाँव का आदमी आपस में गुँथा-सुँथा था। जाति वरण को पीछे छोड़ अत्यन्त अपनापन बरतते हुए बोलते-बतियाते! काका-दादा, बुआ, काकी, मौसी, मामूँ...!

किन्तु हठात् दिखाई पड़ता है—खेत से या दुकान से कोई लौटता है तो चेहरा हाँड़ी की तरह; घर पहुँचते ही पैर पटकता, हाथ कहीं तो पैर कहीं, मुँह से कड़कती बोली। अचानक उसे पास-पड़ोस गन्धाता लग रहा है। उस घर की ओर आँख उठती है तो लगता कोई काँटा चुभ गया; स्त्री को बुलाकर उपदेश देता है—"सुनो तो, देखो खबरदार, उनके घर में पाँव भी रखा तो, उन्हें अपने घर में कदम भी न रखने देगा।" बच्चों को कठोर निर्देश—"ओ धूलिया! ओ साबी! सदा जाकर तुम लोग उनकी बस्ती में खेलते हो—उनके बच्चों के साथ। अब आगे कभी देखा तो एक-एक का मुँह तोड़ दूँगा, और देखो उनके घर की बिल्ली अपने यहाँ आती है, हाँड़ी में मुँह लगा देती है, लोग अपने-अपने जानवर को सँभालें। वह बिल्ली इधर आये कि उसकी टाँग तोड़ दो। साबी उस बिल्ली को सदा बगल में दबाये रहती है, फिर कभी देखा तो तेरी टाँग तोड़ दूँगा।"

और फल पकता जा रहा है। कलह के लिए रोज नये-नये कारणों के बीज पैदा हो रहे हैं। गोविन्द ओझा को मानो धर्मदण्ड मिल जाता है। रातों-रात बाड़ी

का एक हिस्सा टूटकर अपने आप निश्चिह्न। अब किसी की छान टूटकर किसी का धान उसन जाता है तो किसी का धान का ढेर दूसरे किसी की गायों का कलेवा बन जाता है।

और कुछ नहीं तो कछार में, खेत में या बाड़ी में गायें हाँक देने से ही जैसे जी की बात पूरी होती। गोमाता बध्य नहीं, पकड़ने या बाँधने की चेष्टा करें तो वह बहुत तेज है। काँजी-घर यहाँ से तीन कोस।

एक दिन अचानक देखा गया कि धनुआँ केवट की बकरी अदृश्य। धनुआँ है लोका नायक की तरफ का आदमी। बेचारा खोजते-खोजते हैरान। ठीक उसी रात अपर्ति पधान की ओर से बटेश्वर के शिवाले के मैदान में भोज हो रहा था, जागरण वगैरह कुछ दिन पहले से चल रहा था, और भोज में बड़े आनन्द से मांस-भात।

अगणिराय आगे बढ़कर जनता की भलाई के विचार से धनुआँ की बकरी खोजने में जुट पड़े। खोजते-खोजते बटेश्वर के मैदान के पास केवड़े की बाड़ के घेरे में उजड़े झोंपड़े के पास, पहले जहाँ बाबाजी की धूनी कोठरी थी, वहीं झटका होने के सारे चिह्न मिले, किन्तु दिन बीत गया था। बहुत खोज-खबर के बाद दो सींग मिले। धनुआँ केवट को वहाँ बुलाकर, क्या कुछ हुआ होगा उसका साभिनय एक ओजस्वी भाषा में वर्णन कर दिया। धनुआँ ने मानो दिव्यदृष्टि से अपनी बकरी का अन्तिम दृश्य देख लिया, और विश्वास कर लिया कि ये सींग उसी के हैं, और किसी के नहीं। ये उसकी अपनी बकरी के सींग हैं। उसे पक्का विश्वास हो गया—उसी की बकरी ने भोज-भाँग की शोभा बढ़ायी है!

किन्तु जितना भी उकसाया सहारा दिया धनुआँ को, वह मुकदमे के लिए राजी हुआ ही नहीं। अगणिराय की चेष्टा विफल हो गयी। सब बण्टाधार किया सिन्धु चौधरी ने। उन्हीं की बात को अनपढ़ ठेठ गँवार धनुआँ ने उन पढ़े-लिखे अगणिराय के सामने अपनी मोटी बुद्धि से समझायी—"गयी तो गयी। एक बकरी ही तो गयी। अगणिराय, मुकदमा ठोंकने पर तो दान के साथ दक्षिणा के रूप में और दो-चार बकरियाँ भेंट चढ़ानी होंगी। देखो, इनकुवारी आयी तो एक बकरी, कचहरी में मुकदमा पड़ा तो हर तारीख पर साखी लोगों को जुटाकर एक बकरी, मुकदमा जीतने पर सबको बुला बड़े भोज पर कम-से-कम दो बकरियाँ। कहाँ से पाऊँगा, गरीब आदमी, यह सब पूरा होने तक मैं खुद ही बकरी बन जाऊँगा। लोग एक बार 'साला' शब्द के लिए दो बरस मुकदमा लड़ते हैं। फिर हजार बार साला-साला सुनते हुए भी मुकदमा हारकर लौट आते हैं। बकरी गयी, अरे, कभी मरती ही, इस गोरखधन्धे में कौन घुसे?"

धनुआँ केवट हाथ से फिसल गया, अगणिराय कहते फिरे, "मजूरे-मूरखों का स्वभाव ऐसा ही होता है।"

बड़ा विचित्र आदमी ठहरा अगणिराय। कलवाँसा-पतला-लम्बा। हँड़ीला चेहरा

चिकनी दाढ़ी बनाये हुए-सा दिखता। उसे देखकर लगता मानो लम्बी छड़ पर लम्बा बेल-सा सिर रख दिया गया हो। लत—सिर्फ बीड़ी पीने की। वह भी अपने हाथ से मोड़कर पीक्का बनाकर पीता है। उमर बावन, गले में मोटी तुलसीमाला, माथे पर, कानों के लटकने की जगह सफेद तिलक। जब शहर जाता है धान उसनने की हाँड़ी के रंग का एक पुराना लम्बा कोट डाल लेता है। कोट के ऊपरवाले कुछ बटन नहीं हैं, अतः आराम से तुलसीमाला अपना मुँह दिखा जाती है। कन्धे पर गेरुआ रंग का गमछा झूलता। और होता छाता। इतने में ही एक खासियत झलक जाती। और मुँह से कोई एक बात कहते ही यह खासियत बढ़ जाती। अगणिराय किसी के चेहरे की ओर देखे बिना ही सोच-सोचकर एक-आध बात बोलता, बाकी समय उनका जबड़ा धीरे-धीरे घूमता रहता। भावना के साथ-साथ बातें सोची जा सकती हैं, पर बाहर आने के लिए पूर्ण होकर पकी नहीं होतीं। अगर वह किसी की ओर सामना-सामनी देख लेता अपनी धँसी हुई छोटी-छोटी आँखों से, तो उसकी स्थिर दृष्टि पहले उस व्यक्ति को काट लेती है और बाद में मानो उसे जकड़कर रोक लेती है।

अकेले धनुआँ केवट की ही नहीं औरों की बकरियाँ भी अचानक गायब होने लगीं। गोठ की धूम बढ़ती गयी, एक दिन छोड़ एक दिन। कभी किसी अमराई में तो कभी कछार में। नदी-किनारे, झुण्ड में ढोर चरने जाते, लौटने तक गाय की पूँछ में बाल न होते, या बैल लँगड़ाता होता, अपर्ति पधान के दलवाले साफ दिखा देना चाहते हैं कि उनमें कितना दम है।

अगणिराय कहने लगा, "मुकदमे से डरने पर कैसे चलेगा, उठो! चेतो, कमर कस लो, चलो चलें किनारे-किनारे।"

किन्तु एक दिन-रात की पहली घड़ी में ही उसे उसकी बात का उत्तर मिल गया। शहर से काला कोट पहने किनारे-किनारे लौट रहा था वह। गाँव कुछ दूर था, पास नदी का बालू। पास में ही काश्त की जमीन का चक, उस सिरे पर दोनों ओर एक-एक आम का बगीचा, वहाँ अँधेरा जमा था। वहाँ लोग आते-जाते डर खाते हैं। कहते हैं, वहाँ भूतों का डेरा है, धूप-गूगल की गन्ध आती है, उड़द के पीठों-सी सुगन्ध उठती है। हवा का पता न चले तो भी पेड़ों की फुनगियाँ जोर से हिलतीं, पेड़ से झर-झर कुछ झड़ता। जाते-आते बटोही का दिल धड़क उठता। लोहे का टुकड़ा थामे इष्टनाम जपता जी-जान को बचाता वह बगीचा पार कर जाता। अगणिराय को वह सब भय न था। कचहरी में घूम मामला-मुकदमा के कीड़े बनकर कम-से-कम इतना तो वह समझ ही गया था कि यह सब अन्धविश्वास है।

अतः अपनी चिन्ता में मस्त वह किनारे के ऊपर से होकर घने बगीचे में घुसा।

उसकी संसारी चिन्ता बिलकुल वास्तविक थी। यदु बराल ने दो रुपये दिये हैं। मुकदमे में फँस गया है। और भी देगा। घन पइड़ा के यहाँ भाई-तिरिया-कलह

की नींव पड़ गयी है। घन का भाई बनू कलकत्ते से लौटा है। दोनों भाइयों ने मिलकर बहन के ब्याह में रुपये उधार लिये थे। बनू पइड़ा ने अगणिराय से अक्कल ली है, कि "वह करजा उतारे, तू चुप बैठ।" घन और बनू के बीच दो-चार बार तू-तू मैं-मैं हो चुकी। गदेई लेंका भी आना-जाना करने लगा है। घन को पकड़ रहा होगा। घन ने डीह में बैंगन लगाये थे, दो सेर सरीके लाकर बनू ने अगणि को दिये, मौसा भी कहने लगा है उसे।

सिर पर किसी पेड़ की घनी डाल सर-सर चड़-चड़कर हिल उठी, फिर नरम-नरम बच्चे की-सी रुलाई। अगणि ने सोचा—शायद गिद्ध ने बच्चे जने हैं, अपनी विज्ञता से वह धीमे से मुसकराया। ऐसे ही लोग डरते हैं, कह देते हैं भूत। साथ ही साथ हूँ-हाँ की आवाज, और दो-तीन पेड़ हिल उठे। गिद्ध के बच्चों की रुलाई पर बन्दरों का झुण्ड चिंहुक उठा है शायद। अगणि आगे बढ़ गया। फिर जोर से किलकिलाना, इस पेड़ से उस पेड़ पर। यह सब क्या? कोई चिड़िया? और कुछ चिड़ियाँ? ऐसा तो उसने कभी नहीं सुना। तेजी से चल पड़ा। कुछ दूर, अमराई के आखिरी पेड़ को पार कर अगणि अवाक् खड़ा रह गया। किनारे पर अद्भुत नंगे चार जन। काले-काले, हाथ पकड़े थेई-थेई कर नाच रहे, भँवर काटते हुए। ओः कितना विकट! वैसे ही नाचते-नाचते बायीं ओर मशान की तरफ चले गये। अगणि का आत्मविश्वास टूट गया। वह थर-थर काँपता रहा, जबान तालू से चिपक गयी, पसीना छूट रहा था। पीछे से बगीचे में सुनाई दी किलकिलाहट। गाँव को अभी भी दो पाव रास्ता होगा। अगणि और प्रतीक्षा नहीं कर सका, चारों ओर एक बार नजर घुमाकर देखा—कोई नहीं। वह किनारे-किनारे एक ही साँस में दौड़ पड़ा। किन्तु भूत के भी पैर हैं, और फिर वह हवा में। अपने पीछे से सुनाई पड़ी 'अँ-आँ' की आवाज। कोई पीछा कर रहा हो मानो, पास आ रहा है। अगणि दौड़ रहा है। यह लो, किसी गड्ढे में पैर उलझकर चित-पटांग! सारी देह में चोट। पर वह कुछ सोचे, इसके पहले ही चार-चार नंगे भूत उसे घेरकर नाचने लगे। अँधेरे की बस लम्बी-लम्बी प्रतिमाएँ। वह डूबती चेतना की अन्तिम किरण पकड़कर जान ले भागा। अबकी किनारे-किनारे नहीं, खेत-जमीन—सीधे गाँव की ओर। तभी पीठ पर पड़े घम्-घम्। बाप रे! भूत का हाथ कितना मजबूत है...! पछाड़ खाकर वह गिर पड़ा। सारी देह पर वर्षा होने लगी। घिसटते-रपटते फिर उठा अगणिराय। कैसे क्या हुआ उसे पता नहीं, कितनी बार गिरा है, कितनी बार उठा है। देखा नहीं, तो भी लगता है नंग-धड़ंग चार काले-कलूटे भूत। बाँस का झुरमुटा पार कर बाउरी-बस्ती के चौक की ओर आते-आते वह मूर्च्छित हो गया। भूत छोड़कर भाग गये।

अगणिराय दो दिन तक पड़ा रहा। ओझा को बुलाया, ठाकुरजी के मन्दिर में जल चढ़ाया। उसमें ईश्वर-विश्वास आ गया, कम-से-कम देह ठीक होने तक।

बात बाहर फैली।

अपर्ति पधान ने चौक में सबको बुलाकर कहा, "अँधेरे में कुछ एक जमकर पड़े हैं तो अबकी करे वह मुकदमा, किसके नाम पर करता है? एक नम्बर मुदाला बावना भूत, दो नम्बर बास्तुरा भूत, तीन नम्बर, चार नम्बर, पाँच नम्बर...ये सारे भूत..."

गदेई लेंका मजाकिया है ही। कहा, "वैसे नहीं, वैसे नहीं, अमुक दिन अमुक समय अमुक स्थान पर अमुक-अमुक मुदाला ने जमा होकर हमें हर तरह से बेइज्जत कर गाली-फजीहत कर, खा जाने के लिए डराया, मुक्का-थप्पड़-ठोकर की मार मारी और बेहोश कर फेंक दिया। इसका साखी दो सियार, चार आम के पेड़, एक गिद्ध, इनके अलावा और कई साखी हैं। मुझे कहता तो मुफ्त दरखास्त लिख देता।"

उन्नयन-कर्मचारी विपिन काम देखने निकला है। रवि से उसे एक पत्र मिला है। चिट्ठी जेब में है, चिट्ठी की कुछ बातें उसके मन में रह गयी हैं।

वही बात याद आ जाती है। विपिन सोच रहा है—तो रवि नौकरी करने आया था। बाद में उसने मत बदल लिया। सुख से है। स्वयं परिश्रम कर जीविका कमाने की जरूरत नहीं पड़ती।

और स्वयं वह, विपिन?

इतना खटता रहेगा, घूमता रहेगा, रात-दिन काम करके मरता रहेगा!

कौन जानता है, कभी उसका सर्वेसर्वा बन रवि ही क्षमतावान् होकर आ पहुँचेगा। सब कुछ सम्भव है। जैसे कल का जाया कोई गरीब घर का बच्चा भी अच्छी पढ़ाई-लिखाई कर उसके ऊपर अफसर बनकर आ सकता है—वैसे ही यह भी सम्भव है कि आज जो आदमी काम-धन्धा न कर गाँव में लोगों के बीच घूमता-फिरता है, लोगों की सेवा के नाम पर अपने भविष्य के लिए जनमत गढ़ने में लगा है, कल वही असाधारण क्षमता लेकर, शक्ति लेकर आएगा—उसी से सलाम और सेवा लेने के लिए। वैसी कई एक घटनाएँ उसकी निगाह में गुजर चुकी हैं।

नौकरी में न बँधने तक सब सम्भव है। वह बँध चुका है।

और बँधना भी क्या बँधना है? कोई अगर मुँह फुला लेता है, उसे हुई फिकर। आदमी को देखते ही वह सोच लेता है कि यह उसका कैसा अनिष्ट कर सकेगा और करने का इच्छुक होगा। खूब तेज धार पर चलना पड़ता है, काम इतना कि—तुझे तेरे बाप की सौंह! ढेंकी निगलो। ढेंकी निगले बिना उसका निस्तार नहीं। इधर निगलने की शक्ति नहीं। सारी बुद्धि खरच कर, घुमा-फिराकर, बातें कह, मौके-फिराक में रह आत्मरक्षा का उपाय सोचते-सोचते दिन बीत जाता है। पहले आत्मरक्षा, फिर पीछे दूसरा काम, जितना हो सका। और किसी दूसरे के सिर पर टाल सको तो अच्छा।

चिट्ठी में विकास को लेकर रवि के कुछ मौलिक प्रश्न हैं। बातें सोचेंगे विकास के ज्ञाता। विपिन का काम है—ऊपर से आये हुकम की तामील करना। जल्दी रुपया खर्च कर काम करा सका तो उसको छुट्टी मिल सकती है। काम का ठेका उसका नहीं, पर न कर सका तो आफत उस पर। कागज अगर सलीके से है तो ठीक, वरना पाँच बरस बाद भी अगर कागज से भूत निकला, तब कौन बचाएगा?

सामने पहली अप्रैल आ रही है। मार्च इकतीस तक साल-भर का हिसाब सिर खाएगा। मार्च-मार्च-मार्च, दमघोंटू काम के दिन, एकमात्र चिन्ता कि रुपये खर्च हो जायँ पर कुछ भी न बचे उसकी बुराई का ढिंढोरा पीटने को।

और उसी के बीच अनहोनी-सी एक अजीब चिट्ठी आयी है—जो उसके काम को तौलने के लिए एक नयी तराजू है। उसके साथ जुड़ी है गाँव की ताजी हवा, नदी के भीगे बालू की महक, जैसी महक नदी की मछली की बनी तरकारी में होती है, पुराने सूखे गोबर की आग से अलसायी-सी उठती गन्ध या खुशबू जिसमें धीमी सहज घरेलू जीवन की छवि दिमाग में आकर मन में रच जाती है; और साथ लायी है छलछलायी आँखों से ताकने की भंगिमा जो माँगती नहीं, जाँचती नहीं, केवल देखती हो—वैसी भंगिमा, जिससे पता चल जाय कि उस चेहरे पर से आभा टूटी नहीं, विश्वास छूटा नहीं, उस धान का दूध छूटा नहीं, उन गालों और होठों से नरम-नरम नन्हे-नन्हे रोयें छूटे नहीं, घर के चारों कोने बुहारने पर सरसों का दाना भी चाहे न मिले पर उस मन से वह आन नहीं गयी, वह टनक नहीं मिटी। केवल भगवान् ही नहीं, बड़ों से लेकर गाँव के देवी-देवताओं पर भरोसा, सत पर, ईश्वर के विचार पर, स्वर्ग-नरक पर, शास्त्र पर, और हीन से हीन अवस्था में घिसटते होने पर भी कभी न आनेवाले कल के शुभ दिन पर...

खाली आशा, विश्वास, भरोसा, निर्भरता...

लिपटा आया है सब उस एक चिट्ठी की देह से। आकर पहुँचा है उसके पास, उसके नारियल का पानी, काँजी पानी, बासी पखाल, सुबह-तड़के नहाना और छाँह के सारे स्वरूपों को साथ लेकर उसके पास वहाँ पहुँची है, जहाँ वह जल्दी-जल्दी घर-घर चलता है इस जीप गाड़ी की तरह या क्लीम्-क्लीम् कर चकरानेवाले स्पुतनिक की तरह। उसके पास कोमल आभा नहीं है, कर्कश दीप्ति है, शान्ति की अनजानी अनसुनी स्थिति नहीं है उसके पास, अशान्ति की गरिमा है, अनुभूतियों पर विचार करने के लिए समय नहीं है वेग है, मुक्ति नहीं गति है, तीव्र गति। जीवन को नापने के मुहूर्तों में वह उसके पास सुख-दुःख की बातें करने आया है, लोहा-पत्थर ढोनेवाली रेलगाड़ी के पास एक बैलगाड़ी आयी है, बैलों को गले में घण्टी और मुँह पर कौड़ी के जाले पहनाकर, कारण पूछने लक्ष्य पूछने...वाह...मजा है...!

बाहर विकास का इतना बोल-बाला, अपने गाँव के लिए वह कभी कुछ न कर सका। कलकत्ते में पान की दुकान करके वरन् भोली बाटिक ने ग्रामदेवी चाचिकेई

के मण्डप के पास एक कुआँ खुदवा दिया, भात बेच साधु नन्द ने धूप में तपते कुक्कुटेश्वर महादेव पर छोटा-सा शिवाला खड़ा कर दिया। उसने किसी का कुछ नहीं किया, किसी को कुछ नहीं दिया, गाँव की पंचायत में बैठा नहीं, गाँव का झगड़ा-टण्टा कोई मेटा नहीं, गाँव में कभी किसी के काम आया नहीं वह; फिर भी वह ठहरा गाँव का सबसे बड़ा चाकरिया बाबू!

उनकी निगाह में वह फिर सबसे अधिक पढ़ा-लिखा—बी.ए.पास। कौन है पढ़ा-लिखा! सोचते समय तनिक दब गया, मानो वही उसका पहिया है, याद आये कुछ बूढ़े चेहरे, सिर पर अब भी पहले की तरह जटानुमा चोटी, गले में माला, देह पर छोटी-सी चादर। बात-बात में पूछ डालेंगे कभी संस्कृत—माघ या भारवि या कालिदास या महानाटक से या संस्कृत भागवत से। कभी उड़िया में से ही कुछ। खून पसीना हो जाता जब अर्थ बताने को कहते :

"उपइन्द्र उपइन्द्र उपइन्द्र उपइन्द्र वीर।
भञ्ज भञ्ज भञ्ज भञ्ज भञ्ज भञ्ज सार।"

सुनने में जो बिलकुल सरल सुनाई पड़ती उसी जगन्नाथदास की भागवत से भी दो पद व्याख्या के लिए दे देते तो लाज से मन करता कि धरती फट जाय!

नौकरी जब तक है ये जीप गाड़ियाँ घूमती रहेंगी और वह खास आदमियों की लिस्ट में बना रहेगा। उसके बाद? ताड़ की छाँह देखते-देखते हट जाएगी उसके इधर से उधर, उधर से इधर घूमते-घूमते। फिर उसके बाद क्या होगा? जिन लोगों के लिए वह खून-पसीना एक करके दौड़ रहा है वे क्या उसे याद करेंगे? गाँववाले भी उसे भुला देंगे, पुरानी मिट्टी से जड़ तक उखड़ गया होगा—शेमल की रुई। किसी शहर की साधारण जगह एक मकान बनाकर वह रहता-बसता होगा, पेनसन मिलती होगी और वह खरीदकर खाता होगा। शायद वह भी रिफ्यूजी की तरह रह जाएगा, हाँ रिफ्यूजी ही तो! दीर्घ श्वास! दीर्घ श्वास!

रवि ने वही पुराना सवाल उठाया है, धन और मन के सम्बन्धों के बारे में। उत्पादन और बँटाई को लेकर। पहले उत्पादन की जरूरत है। नहीं तो क्या योजना छोड़ लोग धर्म-प्रचार करने निकलेंगे?

पर अपने को युक्ति के कई आसरों के सहारे टिकाने पर भी मन मानता नहीं है, कहीं कुछ उलझकर रह जाता है।

चल रही है जीपगाड़ी। दोनों ओर वही जाने-पहचाने दृश्य, देख-देखकर वह आदी हो गया है जिससे वे दृश्य अब दृश्य नहीं हैं। सिर्फ गाड़ी चल रही है। जैसे उसमें ड्राइवर भी नहीं है। सब उसी गाड़ी के पुरजे हैं, उसमें स्वतन्त्र आदमी कोई नहीं है।

सिर्फ चलती गाड़ी का वेग है, उसका भी अनुभव हो रहा है, इसलिए कि वह जो कुछ देख रहा है—सब जोर-जोर से पीछे हटते जा रहे हैं।

अपने को लीन कर दिया था अपनी चिन्ता में। वह भी आदत पड़ गयी, गाड़ी चलती रहेगी और वह अपनी भावना में डूबा रहेगा।

रास्ते के किनारे से गुजरा कोई सुन्दर जलभण्डार। पानी भरा है। नीचे खेत में गेहूँ लहलहा रहे हैं। जलभण्डार के लिए आधी सहायता देकर उसमें यह करवा दिया है। अच्छा काम हुआ। जमीन में चौदह आने भाग एक बड़े किसान का—माधव आचार्य! गाँव के महाजन ठहरे। उद्यमी किसान, कालक्रम से गाँव की सारी अच्छी-अच्छी जमीन उनके हाथ में आ गयी है। नदी किनारे पम्प बैठाकर नदी से पानी लाकर आचार्य ने कितना सुन्दर गन्ने की खेती की है। पम्प में भी 'आधी सहायता' मिली है, और आधे अपने रुपये।

उसके उस पार सुलेमान का गौ-कुक्कुट पालन-केन्द्र। पास में छोटा-सा पशु-चिकित्सालय। शेख सुलेमान उत्साही व्यापारी ठहरा। शहर ले जाकर अच्छे भाव पर बेचता है।

इसके बाद शुरू होता है यह भोली पट्टनायक का सौ एकड़ का फार्म। सड़क के बायीं ओर। यह थोड़ी दूर पर बगीचा, कितना सुन्दर खड़ा है, कतार-कतार गाछ—अलग-अलग एक-एक प्रकार के नारियल, आम, चीकू, अमरूद। हलकी जमीन में काजू, साग-सब्जी की बाड़ी, गन्ने का खेत, फाटक के सीधे पोखर के पास फार्म-घर और पोखर के किनारे-किनारे धान का खेत। चारों ओर काँटेदार तार की बाड़ लगा दी है। सुन्दर फारम, कितनी लुभावनी गोभी, मटर, मूँग, गेहूँ, अरहर लगी हैं, और भी अनेक किस्म की फसलें। पट्टनायकजी ने कृषि-विभाग को सारी सुविधाएँ दी हैं, अपनी इस जमीन में भाँति-भाँति की फसल पैदा करने के लिए, ताकि और लोग देखें और सीखें। बस उनकी एक ही शर्त है—कि कोई क्षति न हो। हालाँकि जमीन मरम्मत कराने से लेकर कुआँ-पोखर खुदाने, खाद खरीदने, कीड़े मारने की दवा खरीदने और यहाँ तक कि पौध और बीज खरीदने के काम में भी अनेक प्रकार की 'माफी' सहायता वे पा चुके हैं। इस इलाके में विकास के नमूने के रूप में इस फारम की फोटो ही तो जगह-जगह छपती है, कितने खरच से कितनी आमदनी हुई, इसका हिसाब बताया जाता है। और उसके साथ होता पट्टनायकजी का फोटो, चारों ओर से गोलमटोल काला चमकदार चेहरा, साधारण से कुछ अधिक लम्बे होने से भी क्या हुआ, छाती कमर-पेट सब गोल-मोल होकर बढ़ने के कारण दूर से खासे बौने नजर आते। घुप्प खद्दर का लम्बा चोला और धोती पहनते। कन्धे पर खद्दर की ही चादर, हाथ में बड़ा चाँदी का पान का डब्बा, गले में मोटी तुलसीमाला—किन्तु वे आमिष खा लेते हैं,—बड़ा सिर, चिकना, कट बाल सँवारते हैं, किन्तु पीछे चोटी है।

पट्टनायक बहुत परिवारी आदमी हैं। केवल खेतिहर ही नहीं, नेता, व्यवसायी, महाजन भी।

यह फारम उनके सक्षम होने का प्रमाण है। जमींदारी उठ जाने के बाद पट्टनायकजी ने पिछली तारीख देकर जमींदारों से बारह बरस की प्रावती लिखाकर अपने पास रख ली। उसमें किसी टुकड़े पर कोई एक-आध गरीब-वरीब खेती करते थे। आपत्ति उठायी, पर टिकी नहीं। पट्टनायकजी अड़ गये तो काम करने के लिए मजूरे नहीं मिले। तब पट्टनायकजी शहर से साँढ़-कल और दखिन देश के कुली लेकर आ पहुँचे। चारों ओर लोहे के काँटेदार तार घूम गये, अन्दर चलने लगी साँढ़-कल लोहे की।

देश-भर में नाना उपाय से विकास ही चल रहा है।

ईर्ष्यालु लोग कहते हैं—तेली के सिर तेल चुपड़ा जा रहा है। स्वार्थी लोग आवाज उठा रहे हैं—वह खा गया, हमें मिला नहीं। मगर पहले पैदावार! पैदावार! कलह के लिए बहुत समय पड़ा है।

यह देखो, सामने ही एक कलह है। लोग ताक में हैं। विपिन ने गाड़ी रोकी। स्कूल का मकान बन रहा था। झरोखे तक ऊँची दीवार उठ चुकी है, काम वहीं रुक गया है। उसके बगल से कोई सड़क बन रही थी, खेतों से होती हुई सड़क दूसरे गाँव को जाएगी। बीच में एक जगह रास्ते पर हल चलाया गया है, चारों तरफ चार काँटे रोपे गये हैं। यह सब किसी आदमी का काम है! कहाँ गया वह दुष्कर्मा? वहीं तो होगा?

"नमस्कार! नमस्कार! नमस्कार!"

वे दस-बारह लोग हैं, कुछ हटकर और भी एक व्यक्ति है। उमर तीस से अधिक होगी, बाल सिर पर बेतरतीब बिखरे हैं, मानो काली-काली सींकों का ढेर हो। आँखें धँस चुकीं, सिर झुकाये तिरछी निगाहों से देख रहा है। चेहरे पर दाढ़ी, उसमें दो-चार पके बाल। अच्छा-खासा तगड़ा, गँठीली देह, किन्तु तनिक टेढ़ी हो गयी है, गैंडे की-सी नाक, पर उसकी नोक मानो आगे की ओर झुकी हो, और वैसे ही उसके पैने थोबड़े का सिरा, आगे मुड़ गया है। माथे से ठुड्डी तक दो फाँक की तरह मुड़े। चिड़चिड़े जिद्दी चेहरे की भंगिमा! आँख-कान सब सतर्क हैं। उसने भी दोनों हाथ जोड़ प्रणाम किया, पर उस प्रणाम में उत्साह न था। विपिन की निगाह ज्यादा उधर ही पसर रही थी।

"अरे, डाभ खोलो, देखते क्या हो?" धोती पर मठे (पाट) का कोट और उस पर माणिआबन्दी चादर डाले नाटे प्रौढ़ सज्जन, घनी बड़ी-बड़ी मूँछें, हाथ में एक मगरमुँही छड़ी, ये ही हैं सिध ओझा, मुखिया आदमी। गाँव के भले-बुरे में आगे ये ही आते हैं। गिलास में डाभ उँड़ेला गया। एक, दो—"नहीं, और नहीं।" इसके बाद चपरासी। ड्राइवर। फिर पान का डब्बा खोलकर लाया गया। चार-पाँच सज्जनों ने अपने-अपने पान के डब्बे खोले। पीठ फेरकर चपरासी ने एक साथ दो पान मुँह में ठूँसे, ड्राइवर ने जेब में डाले। इसके बाद सिगरेट। विपिन ने एक फूँक धुआँ फेंक,

कुछ इस अन्दाज में पूछा जैसे कुछ भी न जानता हो—"कहिए, क्या हो रहा है आपके यहाँ? विकास का काम आगे क्या नहीं बढ़ पाता? असुविधा कहाँ हुई?"

बरगद की छाया में जीप खड़ी है। बच्चे घेरे हैं। रास्ते के उस ओर पोखर में नहाना-धोना चल रहा है, भीगी साड़ी दाँतों से दबाये औरतें पीठ किये मुड़ी देख रही हैं। गाँव के लोग एक-एक कर आते हैं और खड़े हो जाते हैं। गाँव के स्कूल की अधूरी चारदीवारी के बीच घने कटहल हैं, उसकी छाया में टेबुल-कुरसी पड़ी हैं। विपिन बैठ गया। बेंच पर गाँव के मुरबी लोग ठूँस-ठाँसकर बैठे। विपिन के पास है—दनेई राउत, विराट् देह, रोयेंदार कलाई पर घड़ी बँधी, बड़े मुँह में पान की चक्की घूम रही है, ढेमा-ढेमा आँखें, घनी-मोटी बरौनियाँ, देह पर एक जालीदार गंजी-भर है जो पेट तक खिंची है। मुद्रा में संकोच के साथ दाम्भिकता भी भरी है। दनेई राउत अपने धान और अपनी तिकड़म के बारे में सचेत हैं। उनकी बगल में हैं पुर काण्डी, भरी-पूरी देह, लम्बा बदन, छाती पर बाँहें सटाये, दोनों होठ भींचे यों बैठे हैं कि कहीं कोई बात न निकल जाए। आँखों पर चश्मा। सूई-सी खड़ी मूँछें आधी भूरी-आधी स्याह, छाती के भी आधे बाल पक चुके हैं। लोगों का कहना है कि पुर काण्डी कभी चुप नहीं बैठते, जब देखो चिन्तन चलता ही रहता है—किसका घर कैसे लूटेंगे या तोड़ेंगे। पुर काण्डी और दनेई राउत के बीच भिंचे-से एक छरहरे युवक अरि मिश्र, धोती पर डोरिया की हाफ-कमीज पहने हैं, कन्धे पर थैला झूल रहा है। सामने की जेब में तीन सस्ती फाउण्टेनपेन टँगी दिख रही हैं, और उनकी टोंटी भी दिखाई पड़ रही है, आगे झुककर बैठे हैं। गाँव की राजनीति में भाग लेना शुरू किया है। उनमें हरेक यह अनुभव कर रहे हैं कि बाहर के हाकिम के सामने इस आसन पर एक जगह पाने का वो भी हकदार है। अतः उस बेंच पर धक्का-मुक्की-सी चल रही है। सब वहाँ समाये बैठे हैं।

बस वह आदमी नहीं बैठा जिसके विरुद्ध वे लोग फरियादी बने थे। अलग खड़ा इन्तजार कर रहा है। ये सब कह चुकेंगे तब उसकी बारी आएगी। तब वह कहेगा कुछ। सिध ओझा अनर्गल कहते गये, उनके बाद दनेई राउत, फिर पुर काण्डी, बीच-बीच में अरि मिश्र, और इसी प्रकार कई लोग। उनकी बातों से समझा जाए तो वह है एक गुण्डा आदमी—कुमरा सेण, हठी, बदतमीज, स्वार्थी, नीच, जघन्य—और पता नहीं क्या कुछ। वही कुमरा सेण, गाँधी-आन्दोलन के जमाने में इन्हें रास्ता बताया करता था सो सबने फन्दा बना उसे पुलिस में पकड़ा दिया, पर पुलिस ने ही प्रमाण न देकर छोड़ दिया था, नहीं तो जेल हो जाती। ये लोग अपने नाम से बाँट-छाँटकर विकास के कामों की कण्ट्राकटरी लेते हैं। कुमरा सेण, गुस्से में आग-बबूला हो मन-ही-मन उबल रहा है। यही दनेई राउत ने स्कूल का मकान बनाने का काम हाथ में लिया है, यह रास्ते का काम पुर काण्डी का है। अरि मिश्र को मिला है कुआँ खोदने का काम, सिध ओझा ठहरे सरदार, सारे बड़े-बड़े काम

उन्हीं के हैं, माटी के काम दिखाने के लिए माटी के पुराने गड्ढों को फिर एक बार ऊपर ऊपर से तराश कर नये माटी के काम के प्रमाण के रूप में 'साखी' खड़े कर पैसे लिये हैं। वे कौन उपाय भिड़ाना नहीं जानते, कहने बैठें तो पुराण बन जाय।

और ये लोग उसके विरुद्ध फरियाद कर रहे हैं।

कह जाने दो जो मन में आए, कुमरा सेण ने मन-ही-मन कहा और सिर हिलाया। अबकी गरमागरम चाय भी आ गयी, पिलाएँ जी भरकर!

"सुनते हो कुमरा सेण?"

"जी!" उसने तिरछे-तिरछे देखा, जैसे भेंड़ा देखता है सींग मारने से पहले। नाक फन्-फन् कर रही है।

"बोलो तो, यह कौन-सी अकलवाला काम किया तुमने, कुमरा सेण? स्कूल का मकान बन रहा था, तुमने बन्द करवा दिया। इधर सड़क पर हल चलाकर काँटे रोप दिये। तुम्हारे जैसे यदि गाँव में एक-एक कर्मठ निकल पड़ें, तो विकास का भी लक्कड़दादा हो जाएगा। क्यों, क्या कहते हो?" विपिन ने पूछा।

फिर भी वह निरुत्तर है। सिध ओझा ने कहा, "हुजूर की कलम में अगर मिल जाती फैसला करने की क्षमता, एक ही बार में हेकड़ी निकल जाती। इतना आसान है कि लोग आकर सरकारी कामों को रोक दें!"

कुमरा सेण के कान गरम हो गये—"किसी ने अगर कसूर किया है तो जाकर ठोंक दो मुकदमा, देख लेंगे।"

अरि मिश्र ने विपिन की ओर देखकर आँख मारी और हँस पड़े, "खाली मुकदमा-मुकदमा...देखें हुजूर..."

कुमरा सेण सुनाने लगा अपनी कहानी। पहले आहिस्ते-आहिस्ते, फिर तो धारावाह। नये रूप में विपिन ने उस घटना को देखना शुरू किया, और इन आदमियों को, कुमरा सेण के वर्षण में मानो एक नया ही झरना बह निकला, जिसमें बह गयीं सारी पुरानी-पुरानी ये संस्थाएँ।

वही कहानी—

उसी का है यह घर, जहाँ स्कूल का मकान खड़ा किया जा रहा है, जहाँ रास्ता बन रहा है। और उसने काँटों से जहाँ घेरा डाला है, वह उसी का भाग है, दूसरा भाग बड़े भाई नकुल सेण का अंश है, अभी भी भतीजों के कब्जे में है। इस महाजन सिध ओझा से कभी बाबा आदम के जमाने में उसने पन्द्रह रुपये करज लिये थे, अब तक ले-देकर डेढ़-सौ तक उतार दिये होंगे। महाजन ने और भी बकाया निकाला! अभी और भी बकाया। चक्रवृद्धि की दर से ब्याज पर ब्याज। उसी के जंजाल से कुमरा गया कलकत्ता। जी-जान से मेहनत कर पैसे भेजेगा महीने के महीने, महाजन का ब्याज उतारा जाएगा, घर चलेगा। ऐसे ही रहते-रहते बीत गये सात वर्ष। इस बीच तीन बार घर आया, आखिरी बार के बाद तीन वर्ष तक नहीं आया। क्या

देखने आता, माँ तो मर गयी हैजे में। एकमात्र छोटी लड़की। उसे भी पता नहीं क्या हुआ, वह भी मर गयी। स्त्री किसी और के साथ कहीं चली गयी। घर पर छप्पर नहीं डाला गया, वह ढह गया।

इसके बाद आ गये ये गाँव के उपकारी लोग। जमीन सरकार को दिखाये बिना स्कूल की इमारत खड़ी करने को पैसे नहीं मिलेंगे। अतः उन्होंने इसकी ही जमीन पर निगाह डाली। उसके बड़े भाई नकुल सेण के बड़े बेटे मंगुली सेण को हाथ में कर उसी के घर की जमीन को स्कूल के मकान के लिए लिखवा दिया। फिर उस पर कोठा बनाना शुरू कर दिया। रास्ता निकाल दिया, उसी की जमीन से होकर। हुआ न कि पराया बेटा मरा, रोग बाहर का बाहर टला!

कलकत्ते से लौटकर देखता है, माँ नहीं, स्त्री नहीं, बेटी नहीं, घर के टुकड़े पर स्कूल का मकान खड़ा हो रहा है। जमीन पर बिछा रहे हैं सड़क। अपने अधिकार के लिए प्रतिरोध किया। सब तो गया, बची है उसकी गरदन। मान लो वह भी कट गयी, तो क्या होता है? तो क्या जीव रहते-रहते यह सब अपनी आँखों देखे और सहता जाय? ऐसा हरगिज नहीं हो सकता!

बात पूरी होते न होते झपाटे से बात को दबोच बैठे मुकदमेबाज—ठीक है, ठीक है, साखी लाओ, कागज निकालो, कौन तुम्हारी तरफ से कहता है, देखें! बुलाया जाय मंगुली सेण को, उसने स्वयं तो स्कूल के मकान के लिए जमीन लिख दी है। बताये वही कि किसकी है यह जमीन, उसके बाप की या उसके दादा की। ऐसे ही अगर कोई तेरा हक छीन रहा है तो कर मुकदमा।

बूढ़े मिच्छू मिश्रजी लाठी टेकते काँपते-काँपते आ पहुँचे। कहने लगे, "न्याय तुम्हारी तरफ है तो फिर कर दो तुम्हीं मुकदमा, उससे क्यों कहते हो? जबरदस्ती एक आदमी की जमीन पर मकान खड़ा कर रहे हो, धरम यह सह पाएगा तो?"

"ये देखो, कहीं से खबर पाकर सूँघते-सूँघते पहुँच गये, देखिए, इन्हें पहचान रखें, हुजूर..."

"अरे, तुम पहचानो, उन्हें क्यों कहते हो। वे कोई इस गाँव के हैं?" मिच्छू मिश्र ने कहा। उनकी लम्बी सुग्गे की चोंच-जैसी नाक थी। सिध ओझा की ओर—"तुम हमें पहचानो, सुनो ओ सिध, तुम्हारे पहले तुम्हारे बाप ने भी पहचाना था, माधो ओझाजी ने। वे होते तो गाँव का यह हाल न होता, वे तो कितने न्याय-पुरुष थे। वे तुम्हारी तरह के नेता-नेम्बर आदमी न थे, तुम इसी में बढ़ गये।"

घन बाउरी, हाथ-पैर कीचड़ में साने, आ पहुँचा। गाल से कीचड़ पोंछते-पोंछते कहने लगा, "ये कुमरा सेण की डीहवाली बात...झूठ-मूठ ही बेचारे आदमी को डुबोकर मारने बैठे हैं ये। बाबू, इसकूल-घर बना रहे हैं लेकिन यह उसी की डीह है। रास्ते पर जितना घेरा है वह उसी की जमीन है।"

कई लोगों ने इधर कहा, कइयों ने उस तरफ। विपिन कोई फैसला कर न

सका। लोगों की हो-हा बढ़ने लगी, उस छाया के नीचे बैठ उन्हीं लोगों की ओर देखता वह सिगरेट के कश लेने लगा।

अचानक पूछ बैठा, "पुरानी जगह गयी कहाँ? वहाँ तो पहले भी स्कूल लगता था।"

दनेई राउत ने आगे बढ़कर कहा, "है, वह भी कोई जगह कहलाती है। चार अंगुल की इत्ती-सी जगह होगी!" सिध ओझा व्यंग्यात्मक हँसी हँस पड़े। अरि मिश्र हँसते-हँसते स्वरभंग करते हुए मुर्गे की तरह चहके, "इसकूल क्या, वह तो गुहाल था! भेड़ों का झोंपड़ा!"

घन बाउरी ने कहा, "वहाँ गुहाल किसने बनायी? हुजूर जरा पूछें तो सही। इन्हीं सिध ओझाजी ने तो! इसकूल के घर से दीवार सटाकर बाड़ बन्द कर दी और सब कुछ पोंछ डाला। इसकूल के पूरब की ओर मैदान था, मकान के छप्पर के नीचे टट्टी से ढाँपकर दिन में वहाँ गायें रखीं। रात होने पर गायें भर देते इसकूल के घर में। लो, गोरू और गुरु एक जगह रहो। एक आत्मा हरि-हर हो गये। इसकूल के घर पर छावनी डाली नहीं, सो छान में छेद हो गये, इधर रोज खींच-खींचकर खा गयीं इनकी गायें। सब-इनसपेटर बाबू के आगे बराबर कहने लगे कि पहले सामने जो बरगद है उसे कटाओ, वहीं इसकूल का घर खड़ा हो, खेलकूद करने के लिए बरगद के सामने का मैदान ठीक रहेगा। बस एक ही रट लगाते रहे कि यह मेरी जगह है, मुझे छोड़ दी जाय। इधर इसकूल बैठ गयी तीस बरस से, कुमरा तो कलकत्ता गया था, उसका घर पड़ गया आँखों के आगे, बस वह पुराना बरगद बच गया–"

दनेई राउत अपनी विराट् काया को उठाकर खड़े हुए, गरदन को बायें कन्धे की ओर मोड़, सिर हिला-हिलाकर कहने लगे, "क्यों इतनी बदतमीजी की बात कर रहे हो, बहुत कहनेवाले बने, ओ रे बाउरी छोकरे–"

घन बाउरी दाँत दिखाते हुए कहने लगा, "क्या बुरी बात कह दी इस बाउरी छोरे ने। ओ राउत साआन्तजी, ऐसे गरम क्यों हुए जा रहे हैं? बात-बात पर पित्त चढ़ा जा रहा है?"

सिध ओझा खड़े हो गये, "छोड़ो जी राउतजी, उसके साथ बेकार में...कौन कैसा आदमी है, क्या हाकिम समझते नहीं जो हम कहें! कोई गोरू चरानेवाला है, पर ये तो आदमी चराते हैं, इनसे कौन-सी बात लुकी-छिपी है कि ये इन्हें समझाएँगे!"

विपिन ने पूछा, "जी, तो वह पुरानी स्कूलवाली बात क्या है फिर? वह जगह कहाँ है?"

कुमरा एक विकृत हँसी हँस कह पड़ा, "बताएँ, वे ही बताएँ।"

मिच्छू मिश्र ने कहा, "निकलेगा, निकलेगा, सत जरूर उपजेगा, जो..."

सिध ओझा ने कहा, "जी, वह जगह का टुकड़ा, एक बिना बाप के बेटे के

भाग में पड़ा, नाबालिग। वह हमारा ही हिस्सेदार। जगह हमारी, खाली पड़ी थी, सो हम लोगों ने कहा कि बेकार क्यों पड़ी रहेगी, वहाँ गाँव के बच्चे ही पढ़ें। अपने पैसे खरच कर इसकूल का मकान बनवाया था।"

घन बाउरी ने टोका, "हाँ, खुद करवाया था! बड़े दयावान्! गाँव-भर के लोग लगे थे, किसी ने मेहनत की, किसी ने बाँस दिये, किसी ने पुआल, और तुमने क्या दिया?"

सिध ओझा ने रोका, "कहते जाओ तुम भी अपनी, आजकल तो तुम्हीं लोगों का राज है!" फिर कहने लगे, "उसके बाद पाँच वर्ष हुए तब हमारा बँटवारा हुआ। उस बच्चे के भाग में वह जगह आयी, उसकी माँ ने रो-धोकर गाँव के पाँच लोगों के सामने कहा कि मुझे मेरी जगह दी जाय..."

कुमरा ने कहा, "उसकी माँ तो बारह घरों में धान कूटकर पेट भरती है, उसने कहा या तुमने कहा?...जी, उस औरत से इजहार लें, उसके गिरस्त ने इन्हें आदमी बनाया, और उसकी सारी जमीन-जायदाद ये हड़प कर गये, और आखिर में उसके नाम पर क्या कहते हैं कि उसने कहा यह इसकूल-घर तोड़कर मैं घर खड़ा करूँगी!"

सिध ओझा ने कहा, "अरे, किसके घर की बात? तू क्या जानेगा? तू तो फरार-सा रहता आया है।"

कुमरा ने कहा, "हाँ, हाँ, मैंने तो मानुष मारे हैं, फरार क्यों न होऊँगा?"

सिध ओझा ने कहा, "तो सुनें हुजूर, उसकी माँ ने जब गाँव के पंचों से गुहार की तब हमने कहा कि अपना हिस्सा वह ले ले, यह भी कोई जगह है जो यहाँ इसकूल-घर रहेगा? अपनी बाड़ी को तो उसने पहले ही दखल में ले लिया था--"

घन ने कहा, "द-ख-ल! बाप रे! मन किया तो नारियल भी लगाए! जमाने से तो इसकूल-घर का बगीचा था, और दखल किया किसने...कब?"

सिध ओझा ने कहा, "इधर चटशाला का झोपड़ा टूटने को आया, उधर उस औरत ने जिद पकड़ी। हम लोगों ने कहा, कोई अच्छी जगह ठीक करें जहाँ इसकूल बने, और दैवयोग से..."

मिच्छू मिश्र ने कहा, "दैवयोग से कुमरा भी कलकत्ते रहने लगा, उसका घर टूट पड़ा, उसका भतीजा भी तुम्हारी लकड़ी पर नाचने लगा। क्या करे, उसके पास और चारा भी क्या था? उससे तो कागज पर अँगूठे की टीप लेकर रखा है, कोई बीस-एक रुपल्ली ली थी! रुपये भी पा गये ऊपर ही ऊपर से, आधे की हेरा-फेरी और आधे का काम होगा—बुद्धि क्या कम है!"

सिध ओझा ने कहा, "जगह असल में मंगुलिया के घर के नीचे की बाड़ी है। यह तो घुमक्कड़ रहा, इसकी कभी किसी जमाने में उधर जगह थी या घर था, मुझे तो अचम्भा लगता है!"

कुमरा सेण ने कहा, "तुम्हें किस बात का अचम्भा नहीं होता? रात में तुम्हारा

दिन होता है, दिन में रात। अरे, मेरे जीते जी तुम लोग मेरा घर यों फूँक मारकर उड़ा देने को तुले हो?"

होठ मोड़कर चबाते-चबाते, पुर काण्डी ने कहा, "तुम्हारे नाम से कागज तो होगा, पावती होगी, दिखाना जरा?"

कुमरा ने ऊँचे स्वर में कहा, "कागज मेरे बड़े भाई के नाम से है, हमारा कागज फाड़ा नहीं गया कि बाँट-बखरा नहीं हुआ। मेरा घर..."

पुर काण्डी ने बीच में रोका, "अधिक बकबक मत करो कुमरा! तेरे भाई का घर-बार। तुझे उसने इस तरफ सेंहुड़ा गाछ के पास एक कोठरी छोड़ दी थी, दूसरी तरफ तो उसके गुहाल के पास की बाड़ी थी, तू अब कहाँ से इतना मामला निकालकर खड़ा कर रहा है?"

सिध ओझा, अरि मिश्र और उनके दल के अन्य लोगों ने सिर हिलाकर समर्थन किया। उस तरफ से कुछ लोगों ने विरोध किया और भर्त्सना की। सिध ओझा ने हाथ जोड़कर निवेदन किया, "हुजूर एक बात, इन लोगों की यह शत्रुता तो देख ही रहे हैं। सब तो समझ गये होंगे, मैं अब क्या कहूँगा?"

हो-होकर सब उठ खड़े हुए। पोखरी की ओर से औरतें गालियाँ दे रही हैं। ऊँची आवाज में कोई विधवा हल्ला मचा रही है, "इस गू खाये, घरफोड़, इस मूँड़ी टूटे, आग जले, डायन खाये के लिए गाँव टूट पड़ता है। सब घिसट रहे हैं। मरने पर क्या ले जाएगा साथ में जो इतना वाद-विवाद निकाल रहा है। इन नालायकों ने किसी को कहीं का रहने नहीं दिया!"

विपिन ने हाथ में बँधी घड़ी की ओर देखा और झट उठ खड़ा हुआ। कोई साफ फैसला नहीं कर सका और सीधा चल पड़ा जीप की ओर। लगभग पचास लोग जमा हो गये थे। गाड़ी चल पड़ी।

आगे नयी माटी डालकर सड़क बनी है गाँव के लिए—कुछ दूर तक। कितने पोखर खुदे हैं। जगह-जगह कुछ नये किस्म की गाय-भेड़ें दृष्टि में पड़ जाती हैं। यह हरियाणवी साँड़ का बच्चा तो है, यह लाल सिन्धी गाय के मेल से...। यह गोदावरी है। वह उधर लम्बी बकरी, बड़े-बड़े चौड़े झूलते कान। रास्ते में बाउरी-बस्ती में, पाण-बस्ती में कहीं-कहीं पर आर.आई.आर. मुर्गे, कहीं सफेद लेग हॉर्न। बैलगाड़ी पर हाँड़ी की हाँड़ी गुड़ लादा जा रहा है। विपिन ने देखा गाड़ी रोककर, बिना धुएँ के चूल्हे पर लोहे के कड़ाहों में राँधा गया गुड़, पुराने मक्खन के रंग का। संखाली जेना का गुड़, जेना गन्ना पैदा करते हैं, बीस एकड़ का पलाट है, बहुत बड़े किसान!

चल रहा है विकास। फिर रवि की चिट्ठी के बारे में सोचने लगा। किसके लिए है यह सारा प्रबन्ध? किस-किसके हाथ धन लगा। मगर मन कहाँ? आत्मा कहाँ? हृदय कहाँ?

सामने फिर लोगों ने जीप रोकी। वे लोग दरखास्त लिखकर लाये थे, थमा

दी। और साथ-साथ आपत्ति जता दी। केन्द्र-घर उनके गाँव में न होकर वहाँ से पाव कोस दूर, दूसरे गाँव में क्यों खड़ा किया जा रहा है? उनके गाँव की इज्जत मिट्टी में मिल गयी। उन लोगों ने दस गाँवों के लोगों का जनमत संग्रह किया है, कागज में दोनों ओर बस केवल दस्तखत भरे हैं—"हमारी माँग, यह केन्द्र-घर हमारे गाँव में हो..."

"ठीक है, विचार होगा।"

अब चढ़ाई है। पहाड़ी रास्ता, छोटी-छोटी कई पहाड़ियाँ नीचे-नीचे घने जंगल रह गये हैं, झुरमुट के झुरमुट, बड़े-बड़े गाछ कटकर चले गये हैं। जगह-जगह खाली ठूँठ, पत्थर की चट्टानें। इसके बाद—सामने बैलगाड़ी उलट गयी है। आ रही थी कि दाहिनी ओर मुड़कर गिर गयी। दाहिनी ओर का भैंसा घुटनों के बल पड़ गया है। उसका पुट्ठा जख्मी हो गया है। गाड़ी में खूब लम्बे-लम्बे मोटे काठ के कुन्दे लदे हैं, नीचे भी एक-दो बँधे हैं। उनमें दो भैंसे की पीठ पर से होते हुए लदे हैं।

जीप गीयर बदलती पें-पें करती धीमी होकर पास पहुँची। भैंसे ने हरकत नहीं की, मुँह पसारे निश्चल एक ध्यान से मानो वह प्रतीक्षा कर रहा है। बड़ी-बड़ी काली-काली आँखें डब-डब चिकमिक देख रही हैं, मानो मौन निराशा में स्थिर होकर जीवन वहाँ ठहर गया है। वह आदमी से न कुछ माँगता है, न कुछ आशा है।

बस केवल प्रतीक्षा है।

भग्नदूत ने आकर खबर दी, सिन्धु चौधरी ने सुना। मानापमान के गुस्से में लोका नायक का चेहरा फों-फों कर रहा है। लोका नायक ने उपसंहार किया—"नहीं जानते थे कि वे इतने ओछे लोग हैं! और होंगे क्यों नहीं? कितनी पीढ़ी का घर है? धन पुराना होता है तब न जाकर इंसानियत खुलती है, नहीं तो खाली बस, सिर में पित्त बढ़ता है, और सारी देह में फैल जाता है। वह तो आपके पैरों की जूती के बराबर भी नहीं, उनके इतने सुकरम कहाँ जो आपके घर का रतन लेकर गले में धारण करने की शक्ति हो।"

छवि की माँ तो जार-जार आँसू बहा रही थी। उन्हें तो विश्वास हो गया था कि किसी ने कुछ भड़का दिया है। सब इस गाँव के लोगों की करतूत है—और ये जो मूरत उनके पतिदेवता हैं, जिन पर सारी आशा-भरोसा है, वे चाहे भले आदमी हों, पर हैं दुर्बल। किसी को कुछ भी नहीं कहेंगे, दुश्मनों को इसी से मिल जाता है मौका!

सिन्धु चौधरी नहा-धोकर बैठे पोथी पढ़ रहे थे। सामने सारलादास की महाभारत की ताड़-पोथी, बहुत पुरानी। चेहरे पर प्रशान्त स्वप्निलता। सामने स्त्री आकर आँसू छलकाती हुई मानो ज्वाला भड़का रही है। आः! यह फिर कैसा रूप!

माँ ने जनम दिया है, मन नहीं मानता! हृदय छटपटा रहा है।

"चींटी को छेड़ो तो वह भी जोर से काट खाती है और तुम हो कि...जाओ, अभी जाकर समझो किसने क्या लगा-सिखा दिया, नहीं तो वे लोग क्यों इनकार करते? आज जो ठोकर मारता है, कल उसे देना चाहिए घूँसा, तुम बैठे-बैठे खाली पोथी पढ़ते रहोगे?"

"अरी, देख। सुनो, सुनो," सिन्धु चौधरी ने कहा, "कितना सुन्दर लिखा है, सुनो तो सही, भागवान, इतने लोगों के रहने पर भी कितना विश्वास किया भगवान् ने अक्रूर पर? उसे क्यों ब्रह्मज्ञान बताया?

अक्रूर बोलि जेहु हिंसा ताहार नाहिं।
तेणु करि दया कले जगत गोसाइँ ॥"

"न लाज है न छल, दुश्मन हँस रहे हैं और यह आदमी है जो पुराण बाँच रहा है। क्यों? तुम्हारे क्या हाथ-पाँव नहीं? लोग कह-सुनकर तुम्हारी बेटी का ब्याह-सगाई तोड़ेंगे! तुम्हारा मान महत् गया, तुम्हारे मुँह पर मूतेंगे, तुम बैठे रहोगे पत्थर बने?"

"बोलो, बोलो, और कहो। जानती तो हो, एक पत्थर हूँ मैं। तुम किस बात पर इतना रो रही हो? लो सुनो—

सुण हो राजन कृष्ण भालिण से कलेक उपाये।
द्वारका भुवन कु से लागिला कोकुआभय ॥
अदभुते शुभिला से आइला कोकुआ।
पलाअ रे पोए खाइबटि कोकुआ ॥
भए करि पोए लुचिले भितरे।
सान पोए लुचन्ति से मातांक कोड़रे ॥

(कृष्ण ने ऐसी लीला रची कि द्वारका में भय छा गया। लोग भागकर छुपने लगे। उस झूठे भय से बच्चे माताओं की गोद में छुपने लगे)

देखो, विनाश से पहले ठाकुरजी भय दिखाते हैं। वही भय विनाश को बुला लाता है, और क्या? भय का साँप फन उठाता है, और मार खाता है। भय के कारण एक-दूसरे को मारता है, फिर दोनों एक-दूसरे को मार-मारकर नष्ट होते हैं। दुनिया भर में जितने लड़ाई-युद्ध होते हैं, सब उसी भय से निकलते हैं, वह उधर देख..."

छवि आईना नीचे रख गयी है। आरसी में मुँह देखकर एक गौरैया उसके साथ लगाये है भयंकर युद्ध। काँच पर चोंच मार-मार थककर चूर हो गयी, फिर उठकर उससे भिड़ गयी है।

चौधरी ने कहा, "देखा तो, कलि है, अपने हृदय के अन्दर शीतलता रखे बिना तुम भी वैसी ही होगी। क्यों इस तरह इतनी इधर-उधर की बातें सोचकर मन उदास करती हो? जाओ, अपना काम करो।"

छवि की माँ उठकर चली गयी। समय बह गया। कोई घड़ी की सुई देख, कोई अपने पसीने को देख, कोई ओस की ओर देख, नाप गये अपने-अपने काँटे से अपना समय। सिन्धु चौधरी डूबे रहे अपनी उस पोथी में, उसके साँवले पुराने पत्र! पीढ़ी दर पीढ़ी, लोगों के हाथों ने छुआ है उसे। बिलकुल मन लगाये पढ़ रहे थे, बीच में आँख उठाकर देखने लगे सामने की ओर, शून्य की ओर, श्रीकृष्ण भगवान् की लीला का शेष दृश्य देखते-देखते गहरे दुख के बीच से जाग उठा कौतूहल, विस्मय। सोचने लगे—जो इतना महान् स्रष्टा है, वह कैसे स्वयं इतने सांसारिक मोह में पड़ विकल जर्जर हो रहा है। स्वयं रचा, स्वयं तोड़ा और फिर स्वयं उस मोह में पड़कर दुःख पा रहा है, और फिर उससे दूर हो रहा है। नहीं, इसी में है यह सृष्टि-भर का परम सत्य!

"समस्त मराइ जे मुँहि होइला येका
दशदिग अन्धार होइ बुलइ ताटका।—"

(सबको मरवाकर मैं अकेला हो गया हूँ—दशों दिशाएँ अन्धकाराच्छन्न हैं और विक्षुब्ध हैं)

समस्या से भागकर चेतना-सृष्टि की विचित्रता में उन्होंने अपने को प्रसारित किया था जिसमें न छवि की माँ थी, न वह समस्या ही।

वे ध्यान में मग्न थे। आँखों के आगे यह सृष्टि थी। फिर यह टूटती जा रही है। बनती जा रही है। माया उसमें अँधेरे की तरह मिली है। सोचा, खाली आँखों से किसी चीज का चेहरा शायद नहीं दिखेगा। रोशनी और अँधेरा मिलने पर दिखेगा। तभी तो इस सृष्टि को माया ढाँपे है।

धूप बढ़ गयी। भात परोसा गया। पोथी में डोर बँधी है। छवि की माँ का चेहरा नित्य की तरह है। छवि परोस रही है। जैसे रोज करती है। देख लेने पर उनका हृदय करुणा से काँप उठता है, स्वतः धारा छूटती है मंगल कामना से, मन के अन्दर पुराण के भाव-रागिणी की आखिरी प्रतिध्वनि, यह, यह सृष्टि है, घड़ी-भर में भरा-पूरा। और घड़ी-भर में कुछ नहीं। श्रीकृष्ण की मरणशील देह भी लोप हो गयी है। सोचते-सोचते भोजन समाप्त हो जाता है। सोचने पर मुट्ठी-भर भात भी विचित्र लगते हैं। अपना श्रम नहीं, तो भी चावलों के दाने गये नहीं, आ ही जाते हैं। ऐसे ही किसी दिन न आए तो न सही, देखा जाएगा। अक्षय भण्डार था स्वयं श्रीकृष्णजी चले गये और उनका क्या न था?

उसके बाद शुरू हुआ चरखा।

उसकी ताल पर फिर चिन्तन, और भी अनेक। आँख खुली रहने पर पोथी में कब किस बात पर निगाह चली जाय। आँखों के आगे कुछ तैरने लगती। मन खुला रखने पर कब कौन-सी भावना आकर फाँक भर देती, फिर चली जाती।

वे गाँव के कलह की बाबत सोच रहे थे। सूखी हवा को भी किस पागलपन का रोग है, आँखें देख रही हैं, कान सुन रहे हैं। आँखों के सामने गाँव फटकर ध्वंस होने को बैठा है। कहने पर सुनेगा कौन?

वे नहीं उतर सकते। जो अच्छा लगता है, उस वंश-परम्परा की शालीनता समझते हैं। मिलने के लिए गन्ध और गन्दगी को भी स्वीकार करना पड़ेगा। उनसे नहीं होगा। केवल देखना पड़ेगा। मन में से उत्तर आया, कि यह सब माया है, माया है, यह भी बदलेगा!

किन्तु माया के दाँव में चेहरे पर खिन्नता की छाया पड़ी है। वे चिन्तित हैं, पर छवि की माँ कल की तरह काम में लगी हैं।

फागुन आ रहा है। बाड़ी-बाड़े में तिनके से पेड़-पौधों में नाजुक-नाजुक पत्ते, ऊपर सब्ज जाल बिछाये बड़े पेड़, साफ नजर आ रहे हैं; पुराने खुश्क गाढ़े सब्ज-नीले पत्तों पर कोमल हरित पत्ते, कहीं लाल-लाल छाने लगे हैं। पेड़ तले बौराये आम की महक। उसके साथ कटहल के फूल, पुन्नाग और नीम के फूलों की भीनी सुगन्ध। लालिमा लिये खिल आये हैं शेमल के फूल, जगह-जगह पाटली, पालिधा, गुलमोहर पर झूल आये हैं फूलों के सघन झुमके।

देह को सुहाता-सा पवन का झोंका बहता आ रहा है। उसमें कई तरह की महक है। सारे जीव-जन्तुओं में एक प्रकार की नवीन चंचलता है। मुखिया बन्दर मानो अधिक उल्लास में उछल-कूद कर रहे हैं। चिड़ियों के कण्ठ मानो पहले से कई गुना खुल गये हैं। मैना, हलदी वसन्त, कलिंग आदि पक्षी बराबर चहक रहे हैं। रात-भर चीखने के बाद दूर आकाश पर हंस चिलिका की ओर से लौट रहे हैं।

वसन्त आया है। मेढ़ों के किनारे पर जगह-जगह साँप के केंचुल। गाँव के आदमी की चंचलता मानो प्रकट हो जाती है, फुस-फास की काना-फूसी में, गाँव के कलह में, नयी योजना बनाने में।

गाँव में भेद के पीछे-पीछे चन्दा। दोनों दल चन्दा उगाहने में जुट गये हैं। किसी से दोनों ओर के लिए दुहरा चन्दा। अपनी तरफ को ठीक रखने के लिए चन्दा उठाना ही पड़ेगा। कर सके तो बहुत काम हो जाएगा।

अलग-अलग घर के अलग-अलग चूल्हे होने की तरह गाँव में दो अखाड़े, दोनों दलों के। वहाँ मन्त्रणाएँ चलतीं, दूसरी तरफवालों के लिए परेशानी कैसे बढ़ायी जाय, कौन-सा पेंच लड़ाया जाय कि उस तरफ की नाक जमीन में रगड़ी जा सके, मुँह पर कालिख पुत जाय। पेशेवर झगड़नेवाला खड़ा किया जा सकता है, जो दूसरे पक्ष को लताड़ेगा। खुला पालावालों की लड़ाई खड़ी की जा सकती है, जो चामर हिला-डुलाकर गीतों के जरिये गाली देते रहेंगे। काली निकाली जा सकेगी, और इच्छा

हुई तो स्वांग भी भरा जा सकेगा, गाँव में कवियों की तो कोई कमी नहीं। इसके अलावा बाजा मृदंग, और फिर ऐसे बोल छूटेंगे कि मुनि भी विचलित हो जायँ—जैसे

"ताता ताता थेइया
जा धोइआ, जा धोइआ।"

घण्टा बजाने का भी ढंग है, उसके बजाने के शब्द से गाली निकाली जा सकेगी, पारखी ग्राहक कानों में पड़ते ही जान लेंगे कि—"घण्ट थुअ मादल थुअ डेइँ पड़ रे— (अमुक) पुअ।" इस तरह चिढ़ाकर आदमी को पागल बना देना होगा, एक बार पागल होने के बाद तो शुरू होगी मारपीट। गाँव के कलह की आग लपलपाती उठेगी हजार-हजार लपटों में। उसी की प्रतीक्षा है।

ताक-झाँक, अड़ना-डटना, धक्का-पेली। यह उसके और वह इसके गाय-गोरू काँजी-घर ले जाने में लगे हैं, बिलकुल सनातन कौशल। बाधा देते समय सिर चाहे न फटें, पर गाली-गलौज की बौछार करने का तो अवसर मिल ही जाता है। खेत का कलह तो मुट्ठी में ही समझो, पहले हल-बैल जाने का रास्ता बन्द, उस तरफ के लोगों का खेत पड़ा तो खेत में जाने का रास्ता पहले की तरह खुला नहीं मिलेगा, बाहर से घूमकर जाने को कहा जा सकता है।

छोटी-बड़ी अदावतें चल रही हैं, सब बल रहने तक गला साध रहे हैं। घर के सामने खड़ी हो कमर तक झुक, पीठ की ओर हाथ किये बस्ती को कँपाती हुई, औरतें गालियाँ झाड़ रही हैं। एक जरा थकी कि दूसरी सहारा देने आ जाती है।

बाहर रास्ते पर मरदों में रे-रेकार चल रहा है। अचानक इधर से पाँच तो उधर से सात कहाँ-किधर से दौड़ आते हैं; आमने-सामने जमकर वाक्-युद्ध छिड़ जाता है। चीखों और चिल्लाहटों से मानो आकाश फट जाएगा। धमका-धमकी हुई, नंगे बदन चिलचिलाती धूप में ऐसी उछल-कूद मचायी मानो दो-चार लाश पड़ेंगी। किन्तु कोई दुर्घटना नहीं हुई। देखा तो रास्ता सुनसान, कुछ नहीं हुआ।

हरि साहू दुकानदार हिम्मत के साथ बैठा रहा अपनी गद्दी पर। सहायता के लिए हट्ठा-कट्ठा बेटा है। उसने पहले कभी चन्दा नहीं दिया, अब भी नहीं दिया।

किन्तु छोटा दुकानदार धोबा नायक इस टण्टे से उबर न सका। केवट बस्ती के सिरे पर किनारे के पास उसकी छोटी-सी दुकान है, उसकी ज्यादा दुकानदारी अहीर और केवटों में है। वे उधार लेते हैं, किन्तु डुबोते नहीं। लेते हैं—चुका देते हैं। थोड़ा सौदा लेते हैं। परन्तु वह लोका नायक के कुटुम्ब में से एक है, और अपर्ति पधान ने उसका कई दिन हुए तीन रुपये की उधारी कर गया है, इसके लिए कई बार वह माँग चुका है। अपर्ति पधान ने उसके विरुद्ध लोगों को उकसाया है। अथच दूसरी ओर के लोगों का भी उसके प्रति मन साफ नहीं है। वे कह रहे हैं कि वह

दूसरी तरफ के लोगों से कोई सम्बन्ध न रखे। उसके तो दोनों छोर गये, बकाया रुपये भी डूबने पर हैं।

और दोतरफा पड़कर परेशान होनेवालों में है—जुजेष्टी धोबी। जुजेष्टी और उसके बेटे को मिलाकर है पाटेली गाँव में एक घर धोबियों का। हालाँकि उन दोनों का अलग-अलग घर है। जुजेष्टी धोबी धुलाई अच्छी करता है इसीलिए दूसरे गाँवों से भी उसे बयाना मिलता है। इस दल के लोगों ने आकर कह दिया, "देखो, खबरदार! तुम उस तरफ के लोगों के कपड़े धोओगे, तो बस गाँव से निकल जाओ।" इस तरफ के लोग भी यही बात दुहरा गये। एक पक्ष ने कहा, "दधिवामन इस बार चन्द्रपुर के मेलन पर निकलेंगे, चन्दा हुआ है, तुम्हें दो रुपये देने ही पड़ेंगे।" दूसरे पक्ष ने कहा, "खबरदार, दधिवामन के लिए तुमने एक पैसा भी दिया तो! तुम हमारी तरफ के हो, सदा से साआन्त के सेवक हो, राधेश्याम ठाकुरजी का मेलन होगा, ठाकुरजी फिर चन्द्रपुर जाएँगे, चन्दा हुआ है, तुम्हें दो रुपये देने ही पड़ेंगे।"

एक पक्ष ने कहा, "तुम्हारी बहुत हिम्मत हो गयी, हमारे कपड़े अगर न धोने हैं, तो निकलो इस गाँव से, रास्ते में चलना बन्द कर देंगे! साले, क्या समझ रखा है? भला चाहते हो तो कपड़े धोओ!"

दूसरे पक्ष ने कहा, "क्यों रे, चर्बी हो गयी, क्या? पित्त बढ़ गया? इन्द्र-चन्द्र किसी की खातिर नहीं? धोबी हुए हैं, कपड़े नहीं धोएँगे!"

बाहर ग्राम-संगठन की योजना, उन्नति-विकास का प्रचार।

और सब भोहर हैं।

गाँव के कलह का चाप केवल आदमी और पशुओं पर ही पड़ा सो बात नहीं, माटी और पेड़ों पर भी पड़ा। आड़ काटना, गाछ काटना तो मामूली बात हो गयी। अपर्ति पधान ने तुरही बजा दी उस दिन जब कुल्हाड़ी की चोट पड़ी किनारे के विख्यात उस पीपल के तने पर। बहुत बड़ा, ऊँचा घना। पुराना पीपल का पेड़—मानो पाटेली गाँव का मुकुट हो। किनारे-किनारे आने पर कितनी ही दूर से दिख जाता। परदेस से लौटता गाँव का आदमी दूर से ही पेड़ों की भीड़ में पाटेली गाँव का पीपल-गाछ देखकर कह उठता—"वो, वहाँ है मेरा गाँव।"

वह बढ़ा था—प्रकृति की जीवन-मत्तता में, अपनी जीवनी-शक्ति का विकास दिखाकर केवल बल में, सौन्दर्य में लोगों का सम्मान भाजन हुआ था। कितना विशाल वृक्ष! आस-पास के कुचला, बरगद और माहाल की तरह मानुष गढ़े ठाकुर नहीं कि ठाकुरजी का आश्रयस्थल नहीं। कुचले के पेड़ के नीचे कुचलेई देवी, बरगद की सात जटाएँ मिलकर सात बहनें, सेंहुड़ा पेड़ के नीचे जागुलेई देवी। वे सब गाँव की रक्षा करनेवाली हैं। अतः उनकी देह में खूब घनी-घनी सिन्दूर, नीचे माटी के अनेक घोड़े,

फिर भोगपने की हाँडियाँ-सकोरे आदि ठीकरे। पीपल धरम का भेस लेकर बड़ा नहीं, केवल अपने विकास में बड़ा है, जैसे कि एक प्राक्-वैदिक आर्य हो।

नदी के किनारे के उस ओर की ऊबड़-खाबड़ जमीन पर धार के किनारे उसका आसन है, उतरने पर दूर तक नदी का बालू फैला है। बाढ़ के समय वह पानी के बीच रहता है, पानी छूटने पर ठीक उसके किनारे से पानी बहता है, जड़ों से पानी के कटाव के कारण माटी बह गयी और जड़ें जटाओं की तरह दिख रही हैं, फिर भी उसका कुछ बिगड़ा नहीं। वैसा ही सीधा वैसे ही अटल।

किसकी जमीन पर वह खड़ा है, किसी ने कभी नहीं पूछा। किनारे पर खड़े होकर अन्यमनस्क भाव से देखते समय वह अचानक याद आ जाता है। चिलचिलाती धूप में आँखें चौंधिया देनेवाले पत्ते चाँदनी रात में झिलमिलाते, वर्षा में सनसनाते। तूफान के समय योद्धा की तरह और बाढ़ की प्रलय के बीच स्थिति की टेक थामे अकेले खड़ा रहता। तभी उसका अस्तित्व लोगों के हृदय में पैठा हुआ है। धर्म का प्रतीक न सही, जीवन का प्रतीक बनकर वह साहस का आश्वासन देता है।

अचानक एक दिन अपर्ति पधान ने घोषणा कर दी कि उसने जो जमीन राँड़ अन्धी गुड़ियानी बुढ़िया से बन्धक लिखवा ली थी, पीपल का आधा उसमें पड़ता है, बाकी आधा पड़े भले ही मदना नायक की जमीन में। इसलिए पेड़ जब उसकी जमीन दाबे खड़ा है, जड़ें पसर गयी हैं, तो उसे भी चाहिए कि वह पेड़ को काटकर दखल करे।

"ऐं, शरदी बुढ़िया की जमीन में पीपल गाछ!" लोका नायक ने कहा, "कहाँ, मेरी तो उमर बीत गयी, यह बात कभी तो सुनने में नहीं आयी।"

"माप करा लो!" अपर्ति पधान ने हाँका।

अपर्ति पधान ने लाकर हाजिर किया अमीन आरत महान्ती को। नपाई शुरू हुई। गाँव के लोग कमर पर हाथ धरे पान खाते हुए देखने लगे। मन में कुतूहल, कैसे यह असम्भव बात सम्भव होगी, आरत अमीन ने चारों ओर घूमकर कहाँ-कहाँ से पत्थर निकाले। कहा, खोदो यहाँ पर, पत्थर है। पत्थर निकला, सबकी आपत्ति के बावजूद लाइन लेकर माप कर ठीक बैठा दिया पीपल को शरदी गुड़ियाइन की जमीन पर।

गाँव के लोग मुँह बाये देखते रह गये। अपर्ति पधान मन-ही-मन मुसकाता रहा। आरत अमीन ने पीपल का आधे से अधिक भाग शरदी गुड़ियाइन की ओर दिखाकर पेड़ के पिछवाड़े में कील ठोंक दी। कहा, "यहाँ पन्द्रह कड़ी पूरी हुई, शरदी गुड़ियाइन की इतनी दूर में पूरी होती है।"

लोगों का झुण्ड। किसी के मुँह में जैसे जबान तक नहीं। दोपहर में अपर्ति पधान ने कहा, "मेरी जमीन का तो सत्यानाश कर दिया इस पीपल ने, जो हो, खैर, दो गाड़ी काठ ही काटने पर काम आएगा।"

लोका नायक ने सिर हिलाते हुए कहा, "यह कैसे हो सकता है! पीपल के गाछ पर कुल्हाड़ी चलेगी? फिर गाँव-भर के गाछ पर?"

अपर्ति ने कहा, "नहीं पड़ेगी क्यों? अपने-अपने घर में सब हैं, यही तो न्याय है। मैं तो किसी के घर में घुसने नहीं जाता कि कोई दो बात कहे। उधर का आधा तो मदना नायक की जमीन में पड़ता है। काट ले जाए उधर का टुकड़ा, कोई जबान तक हिलाए!"

अचानक दोनों पक्षों में हो-हा मच गयी। शुकुटी मिश्रजी नाक से चीं-चीं करते कहने लगे, "अधरम, अधरम! यह तो घोर कलजुग है! आदमी अश्वत्थ वृक्ष रोपता है, धर्म करता है, और कोई कुलांगार उसे काटने की बात सोचता है। यह नाप-जोख गलत है। यह न्याय गलत है, इसमें सब गलत ही गलत है।"

आरत अमीन अचानक गुस्से में भरकर मिश्र के चेहरे के आगे नाच उठने की तरह हिलकर गरजने लगा, "क्या...या...कहा? क्या कहा? यह नाप गलत है! बड़े नापनेवाले आये! लोश्ला, ब्रह्मादेस से हजारीबाग, खोर्द्धा, अठारह रजवाड़े बैपारीगुड़ा, दुनिया-भर नापता-नापता आया, बाल पक गये इसी नापने में, और आज यह शुकुटी बामन कह देगा कि आरत महान्ती की नाप भूल है!"

बिदेई बेहेरा ने कहा, "नहीं, मेरा मन नहीं मानता, तुम गाँव के उस सिरे से बेबाक नाप कर लाओ।"

आरत ने कहा, "क्या कहा, सारा गाँव सर्भे करता-करता आऊँ? यही कहते हो? ठीक है, कर दूँगा। जितने दिन भी लगें, गाँव-भर की नाप-जोख निकाल दूँगा। किसने किसकी जमीन दबायी है, किसकी बाड़ी में घर बनाया है, आम रास्ते से कितना कौन खा गया, सारा नाप दूँगा। आलू खोदते-खोदते महादेव निकलेंगे। मेरा क्या जाता है? पर सारा गाँव नपेगा, पहले मेरी फीस रखो। पहले रखो पन्द्रह रुपये, चाहे बाकी बाद में देना। लाओ, अभी नाप शुरू करता हूँ।"

लोका नायक ने कहा, "काहे की 'फीज' ना 'फिस'? क्यों, हम क्यों रुपये भरें?"

"न दोगे तो मत दो, थिर होकर बैठो। फिर क्यों कहते हो, यह नापो—वह नापो? क्या सिर्फ हराम में काम हो जाएगा, फिर क्यों कहते हो?"

हो-हा बढ़ता गया। अपर्ति पधान ने बात समेटकर कहा, "मैंने अपनी नाप पूरी कर सबके सामने दिखा दी। तुममें कोई आपत्ति करे तो अपनी इच्छा का अमीन बुलाकर नापता रहे। मेरा दखल तो तुम लोगों ने देख ही लिया, और क्या?"

हो-हल्ला करते एक-एक सरकते हुए खिसक लिये। खाने-पीने की वेला, भूख हो आयी। धूप भी चढ़ आयी। पीपल की डालियों पर सदा की तरह चिड़ियों ने किचिर-मिचिर लगा दी। किस जमाने का पुराना पीपल गाछ, उसी की छाया के नीचे आदमियों के दल के बीच इतना बड़ा ऐतिहासिक फैसला हो गया। उसमें परिवर्तन

नहीं, वह अविचल है। पुराना पीपल मानो समय की लहर की कोई छाया है, सूक्ष्मदेही, सुख-दुःख नहीं छूता। चारों ओर का वस्तु बोध उसे नहीं होता, अथवा वह स्वयं ही एक स्थूल वस्तु है। बाकी चारों ओर तो छाया-भर है। उधर नदी-बालू में कोमल अन्तिम सेज की सूचना और प्रलोभन है।

तभी आगे-आगे अपर्ति पधान और पीछे-पीछे बीसेक लोग बरगद के नीचे पहुँचे। वे लोग कण्टराक्टरी के विदेसी कुली, इस गाँव से तीन कोस नीचे की ओर उनकी छावनी है। अपर्ति पधान ने उँगली दिखा दी, "इधर काट लो।" कुली गाछ पर चढ़कर डाल काटने लगे।

नीचे गाँव के लोगों में हलचल। चल पड़ी कहा-सुनी, कलह-झगड़ा। ऊपर दुल-दाल करते हुए डाल की कटाई चल रही थी। अपर्ति पधान ने ऐलान किया—"इस गाछ में-से अपना भाग मैं कण्टराक्टर बाबू को बेच चुका हूँ। उन्होंने अपने कुली भेजे हैं। काम अटकाना हो तो अटकाओ, मेरा कुछ नहीं जाता। बस इतना याद रखकर चाहे जो करो। वे बारीक मिस्त्री कण्टराक्टर हैं, उनके हाथ में दो हजार कुली और वे घड़े से पैसे नापते हैं। इज्जतदार आदमी। बात-बात में मुकदमा चला देते हैं।"

तेरी-मेरी करते-करते दो घण्टे बीत गये।

सूरज डूबने को आया। जोरदार आवाज कर, कड़कड़ाते हुए पीपल की दो मोटी डालें धड़ाम से कटकर गिर पड़ीं। मानो धड़ सहित दो बड़े-बड़े पेड़ गिरे हों।

नीचे जनता की उत्तेजित चीख-पुकार। अपर्ति पधान ने देखा सबके पीछे, उसके सामने, खड़े हैं सिन्धु चौधरी। किसी को हूँ-चूँ भी न कहनेवाला आदमी मानो आधीन्य दिखा न्योहारा कर बोल रहा है—"अपर्ति, अब बन्द कर बेटे। मेरी जरा-सी यह बात मान। लोगों के मन में कितना दुःख हो रहा है, देख तो सही? ये दो डाल हमारे पड़दादा से भी बूढ़ी हैं, गाछ की ओर तो निगाह उठा, कैसा दिखता है? आज से उसकी श्री ही समाप्त हो गयी। यह तूने गाछ पर अपने हाथ का निशान रख छोड़ा। इतने में ही तेरी मनोकामना पूरी नहीं हुई, फिर और कटवाता है? कितने दिनों बाद आज कितनी बड़ी बात हो गयी? आह! रहने दे अपर्ति, अब भी रोक।"

अपर्ति ने उनके पीछे की ओर देखा। लोगों की भीड़ भरी थी। आदमियों की भीड़ का तूफान उमड़ा आ रहा है। अब साँझ ढलेगी। वह उल्लू नहीं। आवाज दी, "अब गाछ काटनेवाले उतर आएँ। यह तो दस गाड़ी होगा। कण्टराक्टर बाबू से कह देना। साँझ डूब गयी। बाकी रहने दो और किसी दिन पर।"

कुली उतर गये। उनके साथ-साथ चला गया अपर्ति पधान। आज उसने गढ़ जीता है। किनारे पर से गाछ की ओर देखा। इस ओर निचली दो डाल घनी होकर कितनी दूर तक फैल गयी थीं, अब वे और नहीं हैं। उनके बदले खुला-खुला दिख रहा है नदी के ऊपर घिर आता हुआ हलका-हलका अन्धकार। एक ओर से सफाचट

होकर गाछ कैसा भी तो दिख रहा है—जैसे कोई हथकटा भूत हो।

मुड़कर अपर्ति पधान अदृश्य हो गया।

गालियाँ देते बकर-बकर करते लोग चले गये।

रास्ता रोककर दोनों डालें पड़ी रहीं, धुलाई-सफाई करने एक-एक कर गाँव के लोग-बाग, औरतें नदी की ओर चल पड़े। डाल के पास आने पर बात-चीत बन्द कर देते। छाती में चाँव-से लगता। धीमे-धीमे बातें कहकर दूर हटते हुए वे लोग आगे बढ़ जाते।

डाल नहीं, दो लाशें हैं।

पीपल गाछ फिर भी निर्विकार, फिर भी मजबूत, सीधा खड़ा था।

वैसे ही सीधा खड़ा, आकाश में तारों की ओर सदा की तरह देख रहा था—जाय, चाहे देह से एक टुकड़ा।

छवि।

रवि की चेतना को मानो वह भेद कर गयी है, जैसे उसके रक्त में उसकी स्मृति घनीभूत होती गयी है। मन-ही-मन कई भंगिमा में वह सजती-सँवरती है और मन की गहराइयों में से अपने आप बाहर निकल आती है उसके चेतन मन की जानी-पहचानी स्मृति में। हाँ, उस दिन चट से उसकी नींद टूटी थी...लम्बी-लम्बी साँस भरते हुए वह बाहर बरामदे पर निकल आया था। सामने चाँदनी फैली थी। कितनी चुपचाप। कितनी छाँह-भरी। उसे लगता था मानो वह कुछ ढूँढ़ते हुए बाहर निकल आया था उठकर; और ऐसी रात और चाँदनी तले कई रूपों में छाँह बिछ गयी है और सामने सब कुछ जाननेवाली चाँदनी रात है जो थोड़ा-सा स्पर्श पाने पर उठ बैठेगी। उस जादू-भरी रात में नशीली पगली चेतनता में वह छवि के ध्यान में खोया हुआ था;...या और किसके?

और तब रात के आकाश पर, क्या पता कितनी दूर चिलिका से घर लौटते हंस उड़ गये कि उनकी घर लौटती रागिणी के कई पद झर गये। आकाश के अनन्त पथ पर मानो उसकी कामना माया बनकर उड़ गयी...और तब भी उसने छवि का ही अनुभव किया था।

छवि तो वैसी है, जो आँखों को दिखाई नहीं देती। दूर के इशारे की तरह उसे महसूस किया जा सकता है। चारों ओर जब तनहाई से भर जाती है, जब चारों ओर हर तरह से बन्द वर्तमान की कहानियाँ सो जाती हैं और मन का दिग्वलय खुल जाता है, जहाँ अतीत और भविष्यत् एक-दूसरे का हाथ थाम लेते हैं, तब आँखों के आगे वही चेहरा उभर आता है और वही संकेत-ज्वार उठाता है। अपने आप उस ज्वार में झूमती-नाचती लहरों से खेलती हुई पता नहीं कब उसकी चेतना एक

नयी दिशा पकड़ती है और छवि फिर से मन की गहराई में डूब जाती।

चेतन मन से छवि की कहानी को रवि तौलने लगता है। जितना देखा था उसके साथ कई गुना मिलाकर वह उसे एक जीवन्त रूप देता है। उस सरल, निष्पाप, निर्दोष लड़की को लोग अकारण बदनाम कर रहे हैं। यह भी वह समझने की कोशिश करता है। वह सोचता है—वे पागल हैं, उनका मन बीमार है, नहीं तो क्या कोई फूल को पैर तले रौंदता है? इस तरह के बीमार दुनिया में भरे पड़े हैं। कोई राष्ट्र ध्वंस करता है, कोई लड़ाई करवाता है तो कोई गला दबाता है। ये सब एक ही साँप का जहर हैं।

अपने को छवि की दुर्दशा का कारण मानकर वह कभी-कभी अधीर हो उठता है। लोगों के मुँह की अफवाहों को याद करते ही उसे लगता है मानो उसकी बढ़ती चेतना के सफेद चादर पर काले धब्बे अभी-अभी पड़े हैं। बाहर के लिए यह झूठ है, पर मन कहता है यह सच भी हो सकता है। यहाँ झूठ से सच का अन्तर सिर्फ एक ही मोड़-भर है। उस पर वही झूठ की सम्भाव्य सूचना से ही उसका मन महक उठता है; क्योंकि वह खास अपनी है, मन की गहराई में उसकी स्थिति है। बाहर से चोट लगने पर निगाह उसी ओर चली जाती है और वह बारम्बार अनुभव करता है कि वह वहीं है, वह स्मृति उसकी अपनी है, और वह उस मोह को स्वीकारता है अपने आप।

और कभी वह चौंक पड़ता है, बहकर चली गयी हवा की दूर की आवाज को मन लगाकर सुनने की तरह उसकी छाती धड़कने लगती है, यह सोचकर कि वह गयी और लौटेगी नहीं। सब दिन के लिए चली गयी। तब वह समय के खिंचाव का अनुभव करता है मन-ही-मन, उसी खिंचाव के कारण तो माँ की गोद से शिशु चला जाता है, खो जाता है।

फिर शान्त होकर भविष्यत् को देखने को मन करता है...सामने लम्बी राह है, लाल तीखे पत्थरों पर पड़ी धूप से मानो दहक रही है। कछुए की पीठ की तरह दूर क्षितिज तक फैल गयी है। पत्थर बनकर सीधी तरह चलना है...न बायीं ओर न दायीं ओर। रास्ते में न पेड़ की छाँह है न सराय है। सिर्फ सीधा...सामने की ओर!

जाना ही होगा।

इतने आदमी, इतनी समस्याएँ, इतने सारे लोगों के अनगिनत दुःख-दर्द; इसी हाथ से दुखी का उजड़ा घर बनाना होगा, टूटे उजड़े आदमी को सीधा कर खड़ा करना होगा, पत्थर और ओले की चोट सहन करते हुए राह चलने लायक बनाने के लिए, सपने को वास्तव बनाना होगा। यहाँ निकम्मेपन और पागलपन के लिए जगह कहाँ है! स्मृति वहाँ एक-रस राह की कविता हो, यन्त्र की शक्ति हो...जाना ही होगा!

गाँव की हिफाजत के लिए मन किया है, अपने लिए काम निकाले हैं, निर्घण्ट और योजनाएँ बनाकर समय को काबू में रखना चाहा है। कितने घर में कितनी उलझनें हैं...कैसी-कैसी परिस्थितियाँ हैं...कितने काम, सिर्फ काम, काम!

शहर चलना होगा। कुछ दिन हुए भोर-भोर से उठने की इच्छा होने लगी है। विपिन ने पत्र पाकर जवाब दिया है—लिखा है एक बार चलने को—बहुत-बहुत। उसे लग रहा है, उसे भी जरूरत है, कई लोगों की जरूरतें हैं; जैसे कि वही विशेष कर गाँव की उन्नति के लिए लग गया है। शहर से इसलिए कई सुविधाएँ जुटानी हैं। गाँव में चेचक का टीका लगानेवाले को ले जाना है। आस-पास के गोरुओं के खुरों में घाव का रोग धीरे-धीरे फैलने लगा है, इसलिए डॉक्टर से सलाह लेनी है। खेती के लिए अच्छा बीज और खाद का ठिकाना करना होगा। इन सब कारणों से परे उसमें एक इच्छा भी है, जिसकी कोई संज्ञा ही नहीं है।

रवि जाने के लिए निकल पड़ा।

रास्ते ने उसकी भावना बदल दी। लगता है, यहाँ कोई-सा भी घर उसका अपना हो सकता था। वैसे ही छप्पर, दीवार, बाड़ी-बगीचा, नारियल के पेड़। वह जो आदमी खुरपी लिये घास खोद रहा है, जो हल लिये खेत की ओर जा रहा है, जो कन्धे पर बहँगी रख नाचने की भंगिमा में चला जा रहा है, वे सब उसके गाँव के लोग हैं। पराये गाँव में किसी के घर देखने पर लगता जैसे अपने गाँव की गली के काका, दादा या भैया या ताऊ का घर हो, रुककर देखे तो शायद वे बाहर निकल आएँगे। वे ही परिचित बच्चे हड़बड़ाकर दौड़ आएँगे। पीछे कंगन-चूड़ी आदि पहने मैले कपड़ों में बायाँ पैर आगे कर स्नेह से भीगी आँखों से देखती कोई काकी या भौजी खड़ी होंगी...। यही तो सब कुछ है...हर जगह, हर एक का घर है।

अनुभव कर रहा था, यही तो उसकी जन्मभूमि का सदा का रूप है, सर्वत्र करुणा। वेश-भूषा का आडम्बर नहीं, मीठी-मीठी बातों का अन्त नहीं। सब उसी के हैं।

इस मोड़ के पार पाटेली गाँव है। नदी यहाँ किनारे तक सरक आयी है, तीखा, पतला। उसके नीचे सँकरा बालू चर। किनारे पर खूब घना बगीचा। कहीं शहद के छत्ते बने हैं, मधुमक्खियाँ गुनगुना रही हैं। आम के बौर की छुपी महक में घुल गयी है पुन्नाग की उग्र सुगन्ध। देह अलसा-सी रही है। रवि ने नदी की ओर देखा। पानी के पास बालू पर घड़ियाल पसरा है। पानी के किनारे लम्बे पैरवाले सफेद बगुले। छोटी-छोटी चिड़ियाँ पानी पर लोटती-सी चक्कर लगाकर भाग-दौड़ मचा रही हैं। और इन्द्रनील शरीरवाला मछरंझा ऊपर उठकर पानी पर सीधा झपट रहा है। समय नौ के करीब। धूप कुछ-कुछ तपने लगी है। माथे पर हार की तरह पसीने की चमकती बूँदें। नदी से उठती आ रही है भीगी सरसराती हवा, उसमें नदी की सुगन्ध, भीगे बालू और पानी की।

रवि रुककर घड़ियाल को देखने लगा। कितनी सुन्दर दिख रही है उसकी गुलाबी पूँछ। कितना स्थिर लग रहा है उसका चेहरा। घड़ियाल के प्रति उसे क्रोध नहीं हुआ। अपने खयालों में खोया वह पानी में उतर पड़ा। याद आयी उस दिन की बात—

नूआ बहू टि
नई कि गाधोई यिबु नाहिं टि
थंटिआ किंभीर जगि बसिछि
टाकु किना गिलि दबटि ॥

(नयी बहू, देख नदी नहाने मत जाना। घड़ियाल ताक में है निगल जाएगा।)

डर नहीं लगा।

उसकी कल्पना में छवि आयी है पानी लेने, और पीछे-पीछे जा रहा है स्वयं वह। घड़ियाल और वह भाई-भाई।

पानी के किनारे खस का घना झुरमुटा है और कहीं कुछ नहीं।

घड़ियाल टप से डूब गया। बगुले फड़फड़ाये। छोटी-छोटी चिड़ियों का खेल पानी के काफी ऊपर उठ गया। कहीं से आकर दो टेंटेई चिड़िया उसके सर पर चक्कर काटने लगीं और चहकने लगीं। शायद बालू में कहीं अण्डे दिये होंगे। रवि पानी के किनारे-किनारे चलने लगा।

बालू पर जगह-जगह आदमियों के पैरों के चिह्न हैं। कितने आये, कितने गये। दूर से दिखता—तट के नीचे-नीचे सीढ़ी की तरह अरथी के बाँस, फटे कपड़े-चीथड़े, इधर-उधर पास-पास तक की चिड़ियों के चिह्न की तरह टुकड़े-टुकड़े पड़े हैं।

रात में घूमनेवाले सियार और लोमड़ी के पद-चिह्न।

बालू की छाती पर बिछे पदचिह्नों के हार! कतार की कतार।

वे चले गये हैं।

जगह-जगह अगरा के फूल खिले हैं। जगह-जगह काँटेदार अंकरान्ति की बेल लिपटी है। पानी के किनारे जगह-जगह छोटे-छोटे गाछ, बेमौसम कुजगह गेंदे की सूखी माला से पौधे उग आये हैं, तुलसी के गुच्छों से तुलसी के पौधे। पशुओं के शरीर से लगकर यहाँ तक आते 'बाघनख' के झुरमुट उगे हैं। बालू में मानो जीवन खिला है।

आदमी का संकेत है। कहीं परिचय भी रह गया है। बालू से पानी आकर टकरा रहा है...कोई नहीं है।

जब खयाल आया तो देखा सामने जनाना घाट है, औरतें नहा रही हैं। पानी थिरक रहा है। यह घाट पाटेली गाँव का है। वह अचानक लजा गया। मन हुआ कि वहाँ से दौड़कर भाग आए। उन नहाती हुई औरतों पर तीर की तरह नजर फेंकी।

लाज से चेहरा झुलसता जा रहा था। हकबकाते-से इधर-उधर देख अपने को छिपा लेने के लिए वह बेरास्ते चलने लगा...ऊबड़-खाबड़ और गन्दा...। दूह और गड्ढों को पार करते हुए घूम-फिरकर जैसे-तैसे भागता-सा वह फिर पहुँचा किनारे पर। किनारे पर खड़े हो इधर-उधर देखा। बहुत पीछे रह गया था वह घर, धूप भी तेज हो गयी है। सूरज ऊपर चढ़ चुका था। यही है वह कच्ची सड़क। उसका मन भी हाँफने लगा था। उसे खाली-खाली-सा लग रहा था। सपाट बालू पर नीले धुआँ की तरह धूप की लहरें चमकने लगी थीं।

अब सिर्फ रास्ता है सामने...और धूप है। मन में उमंग मानो पानी की धार की तरह बालू में पड़ बालू में ही सूख गयी।

शहर पहुँचकर उसे लगा मानो वह अपना आने का उद्देश्य ही भूल गया है। खाली भीड़ देखकर आदमियों के झुण्ड में घुसकर इधर-उधर देखते-देखते वह बँध-फँस गया है; देखने को मन नहीं है, लौटने को भी रास्ता नहीं है।

और लगता है जैसे यह शहर कोई सन्दूक है, जिसपर ढक्कन है और उसी में वह घुस गया है। इतने लोगों के बीच हर एक उस नपी-तुली सड़क का राही है। उसकी बाड़ अलग-अलग लोगों के दावे और अधिकारों से गढ़ी गयी है। व्यक्ति की स्वतन्त्रता अपने को अटूट रखने में जितनी व्यग्र है उतनी ही संयत और सीमाबद्ध भी।

केवल कोठे के सिरे ही नहीं, अहाते की दीवारें ही नहीं, प्रत्येक की स्वतन्त्र वृत्ति और उद्देश्य यहाँ एकजुट हुए हैं।

इर्द-गिर्द का रूप-समूह स्वतन्त्र उद्देश्य के बर्छे की नोक की तरह बींधता जा रहा है; इमारत बनाने के लिए ईंट-पत्थर, छड़-बालू ट्रक पर लादे जा रहे हैं, लोग गाड़ी पर चल रहे हैं, पैदल चल रहे हैं, दुकानों में बेचने-खरीदनेवाले हैं, दफ्तरों में कागज पर झुके लोग काम कर रहे हैं, विद्यालयों में पढ़ाई चल रही है, सब अपने-अपने मतलब में चंचल हैं, गतिशील हैं, प्राणवन्त हैं।

जैसे उसी का कोई उद्देश्य नहीं है। वह क्लान्त है।

गाँव आ गया। सर पर ढोनेवाले की टोकरी में लपलपाते ताजा साग और बैंगन, दुकानों में चावल, साग-भाजी की दुकान में ढेर की ढेर सब्जियाँ मुरझा गयी हैं, उन पर धूल की परत चढ़ गयी है। उन्हें ताजा करने के लए दुकानदार पानी छिड़क रहा है। मार खा-खाकर साँड़ आँख टिमटिमाता मुँह बढ़ाता इस दुकान से उस दुकान को लपकता जा रहा है।

गाँव आ गया है। इतने लोग जो यहाँ हैं वे सभी उसी के गाँव के हैं। गेहूँ के खेतों की छवि, अमराई और नारियल-ताड़ के बगीचे के बगीचे, कतारों में फैले

खेतों का मोह, नदी के किनारे चौड़े सपाट इलाके में फैली सब्ज क्यारियाँ, उर्वर खेतों में लहराते धान के हरित पौधे और सन के हरियाले पत्ते; सब मानो धूल-धुआँ और कोलाहलमय शहर में जीविका-अर्जन के नशे की आड़ में छिप गये हैं।

छोटी-बड़ी फैक्टरियाँ बन रही हैं। वह देख रहा है; धूप की तपिश में काम पर निकल आगे-पीछे औरतें चल रही हैं। पत्ते-से नरम सिर पर ईंट उठाकर कोई युवती चली जा रही है। खुले पैर तपती जमीन पर पड़ रहे हैं, हवा में धूल का छींटा सनसनाता आ रहा है...आँचल उड़ाती जा रही हैं...दाँतों में दबाये रखना भी मुश्किल है, मानो भरी दोपहर में शहर की भीड़ के बीचोंबीच नारी की लाज बेपर्द हो रही है। घर की रानी और लक्ष्मी मजदूरनी बन निकल पड़ी हैं, अवस्था ने विवश किया है; यह कोई नयी बात नहीं। जाए जो जाने को है। वह जीने को लड़ रही है, हार नहीं गयी।

पर सामने बढ़ता शहर का रूप बिछा पड़ा है—इतना ध्यान उसने उस दिन रात में नहीं दिया था। चौड़ी सड़क की काली पीठ, कतारों में बिजली बत्तियों के खम्भे दूर खेत के उस पार तक पसर गये हैं। लम्बा बाजार, कितने छोटे-बड़े होटल, कितनी दुकानें, सबके सामने मधुमक्खियों की तरह आदमी हैं। दूर ऊँचाई पर पानी की टंकी धूप में चमक रही है, चौक पर नल है। सटे हुए कई घर हैं...और भी बन रहे हैं।

पोखर के इस ओर दो मन्दिर बने हैं, छतवाली दो इमारतें बनी हैं। वह कहता है—नये शहर मानो पुराने भारत में कुकुरमुत्ते की तरह खिल रहे हैं जिसमें न आभिजात्य है, न सौन्दर्य। सीढ़ियाँ, बैठने के लिए आसन, पत्थर से बना किनारा—साफ-सुथरी जगह देख एक-एक सर थामे कई भंगिमा में नाई बैठ गये हैं और लोग सुस्ताते हुए-से उनकी कैंचियों के पास मानो आत्मसमर्पण किये हैं। किसी का कान पकड़कर कहीं कान के ऊपर के बाल काट रहा है तो कहीं समूचे सिर को गोद में दाब रखा है; कहीं किसी के गाल थपकाते हुए इधर-उधर घुमाकर सही जगह ला रहा है सिर को। कोई साँस रोके आकाश की ओर ऊँट की तरह ताकते हुए बैठा है और नाक के ऊपर उठाकर नाई मूँछें उड़ा रहा है खूट से, जैसे कोई कठिन ऑपरेशन में व्यस्त हो और जीवन-मृत्यु की समस्या है। कहीं मालिश चालू है, एक छोटा-सा गमछा लपेटे हुए कोई छाती के बल लेटकर अपनी पीठ सौंप दी हैं मालिशवाले को खेलने के लिए। वहाँ स्त्री-पुरुषों की भीड़ है, कोई पोखर की ओर जा रहा है तो कोई आ रहा है। बाल बनाने-बनवाने वाले निर्विकार भाव से बैठे हुए हैं...रिक्शा, बैलगाड़ी, सायकिल, कभी-कभार बालू-पत्थर से भरी ट्रकें उसी ओर से गुजर रही हैं। कोई कुछ भी क्यों न सोचे, सोचता रहे। शहर के लोग अपनी शहरी आदतों के अनुसार अपनी-अपनी सुविधा देख अपना मतलब पूरा करने में जुट पड़े हैं।

विपिन का घर आ गया। विपिन घर पर नहीं है—गश्त पर गया है।

अरखितिया ने खातिरदारी की—घर पर बाबू नहीं हैं तो क्या हुआ। घर तो है; वह तो है सेवा करने के लिए। चले जाएँगे तो बाबू लौटने पर दुखी होंगे। उन्हें रहना ही होगा। सारा साजो-सामान मौजूद है। अरखितिया ने रसोई का इन्तजाम किया।

राह चलते हुए आकर, देर से खाने की वजह से थकावट की गहरी नींद लग गयी थी जो अरखितिया और किसी और की बोलने और हँसी की आवाज से टूटी। उठकर वह बाहर आ गया। दूसरा व्यक्ति एक युवती थी। उसे देखकर भागता-सा जाकर अरखितिया चिल्लाता हुआ कहने लगा, "साफ करना इसे अच्छी तरह...ऐ सुना, समझती है कि नहीं। देख, चिकनाहट न रह जाय, बाबू आएँगे तो नाराज होंगे। बदबू आएगी, समझी।" और युवती खुले पीठ पर पड़ी लम्बी चोटी को झटके से उछालती, देह को लहराती-लहराती-सी कहने लगी, "अरे मेरे हाथ लग जाय तो सूखा-चिकटा तक नहीं रहता और सब चमकने लगता है। बात ही बात में वक्त टालते हो, सारे बरतन तो बाहर निकाल देते! उठो...।" और वह तिरछी नजर से रवि को देखने लगी। शरारती मुसकान बिखेरती हुई झट से कन्धे पर से आँचल खींचकर पीठ ढँक ली उसने। पूछा, "बाबूजी के भाई लगते हैं क्या?" अरखितिया ने बताया, "भाई नहीं, दोस्त हैं।" अकारण हँसकर रवि को देख, वह फिर काम में लग गयी। उसके साथ-साथ 'यह कर वह कर' कहते हुए घिसटता हुआ-सा अरखितिया अन्दर चला गया। और चौंकता-सा लौट आया मानो कुछ अचानक याद आयी हो। पूछा, "चाय बनाऊँ?"

"नहीं।"

सुना बुहार रही थी। आवाज धीरे-धीरे पास आ रही थी। रवि कुरसी पर बैठा था, अब दिखा, दरवाजे की उस ओर झुकी हुई सुना घर बुहारने में जुट गयी है। उसका रंग काला नहीं, अंगों में उमर की कसाव है। पैर साधारण पैरों से कुछ बड़े हैं। चेहरे पर से बचपना उतरा नहीं है। वह एक हरी पतली साड़ी पहनी हुई थी, ऊपर आधी बाँह का ब्लाउज। झुककर लहराते हुए आगे बढ़ती जा रही थी, धीरे-धीरे। हाथ में झाड़ू। दूसरी ओर अरखितिया है, साफ नजर आ रहा है।

रवि ने सुना कि कल्पना किसी की गृहिणी के रूप में की...वह शायद इस तरह किसी दूसरे के घर काम करने नहीं आती...अपना आँगन बुहारती होती।

अरखितिया कहने लगा, "आप तो हैं ही घर पर। मैं बाजार हो आऊँ। खुला घर है। खाली रहे तो चीज बचेगी नहीं।"

सुना कुछ भी बोली नहीं। बुहारती-बुहारती घर के एक कोने में अलसाकर बैठ गयी और रवि पर तीर-सी नजर फेंकने लगी। फिर बुहारती-बुहारती धीरे-धीरे रवि की ओर बढ़ने लगी। उठकर रवि बाहर चला आया। बोला, "देखो, तुम्हें जाना है तो काम खतम करके किवाड़ बन्द कर जाना। मैं भी निकलता हूँ। बहुत काम हैं।"

रात को दिखाई पड़ी नहीं। अब साफ नजर आ रही है विपिन के मकान की उस ओर की छोटी-सी बस्ती...छोटी-छोटी, आपस में सटी हुई झोंपड़ियाँ, सब अलग-अलग ढंग से बनी हैं। टूटी-फूटी उन झोंपड़ियों पर दरिद्रता ने अपनी मुहर लगा रखी है। पूछा उसने, "वहाँ कौन रहते हैं?" अरखितिया उत्साह के साथ समझाने लगा—"पता नहीं जी, कहीं-कहीं से, दूर रजवाड़ों से और फिर दक्षिण से काम-धन्धा ढूँढ़ने आये लोग यहाँ झोंपड़ी बनाकर बस गये हैं। मजदूरी भी तो रोज मिलती नहीं, काम करने के लिए भी काफी लोग हैं, जैसे-तैसे पेट पालते हैं। सुना का घर भी वहीं है।"

शाम ढल चुकी है। उस ओर का नाटक नजर आ रहा है। एक पुरुष एक स्त्री एक-दूसरे पर कीचड़ उछालते-से चीख-चीखकर झगड़ रहे हैं। पुरुष स्त्री को मारने को झपट रहा है और स्त्री की भंगिमा और गालियों की बौछार से फिर रुक जाता है। दोनों नाना मुद्राओं का प्रदर्शन कर रहे हैं। अरखितिया कहने लगा, "पहले ये आराम से थे...शान्ति थी, अब कुछ दिनों से लड़ने-झपटने लगे हैं। औरत बड़ी मुँहफट है।"

सुना बरतन माँज रही थी, कहने लगी, "खुद मेहनत कर कमा रही है, क्यों उसकी बात सहे? घर से फुसलाकर उसे ले आया। लाकर परदेस में रखा, और यहाँ आकर कुत्ते की तरह सत्तर पत्तलों में मुँह गड़ाये...जूठन चाटनेवाला। बेशरम, यहाँ मर्दानगी दिखा रहा है, लाज नहीं आती।" इतने में मानो सुना ने अपनी रुचि और इच्छा का वर्णन कर दिया।

अरखितिया ने टोका, "सिर्फ उसी के सिर पर जूँ है कि चुगेगी। कौन कहाँ से आकर रह-बस गये हैं...यहाँ न लड़ाई बन्द होती है न हल्ला-गुल्ला।

सुना बोली, "मेरा बापू उन्हें अपने चौखट तक आने नहीं देता। माँ शीतला ने उसकी आँखें ले लीं, फिर भी कोई पकड़ में आ जाय तो पीस डालेगा। लकड़ी काटकर हथेलियाँ पत्थर बन गयी हैं। बुराई देखी तो जान से मार डालेगा। भाई भी बहुत गुस्सा करता है, उसी के डर से हम बहनों से बात करने तक की हिम्मत नहीं है उनमें।"

उस ओर बस्ती की दो युवतियाँ इस ओर के बरामदे की ओर देखकर लाड़ से एक-दूसरे को धकेलने लगी हैं। सायकिल पर से उन्हीं के सामने युवा उतरा और फिर बात शुरू कर दी है। पतला आदमी, पैण्ट और हवाइन पहने फिट-फाट नजर आ रहा है। सुना हँसती हुई बोली, "मरी आज बउल!" (सहेली के लिए प्यारा सम्बोधन)।

अरखितिया ने पूछा, "कौन है वह।"

सुना बोली, "पता नहीं कौन है...हम जानते हैं...बाबू है...बाबू है कि आबू है! बड़ी-बड़ी डींग हाँकता है...बड़ा ही फुसलानेवाला। बउल से कहता है, आ मेरी बन

जा, मेरा घर बसा। बउल भी ऐसी फूल बन रही है कि पैर उठाये खड़ी है जाने को।"

अरखितिया हँसा। तब तक रवि का अजनबीपन भी कुछ-कुछ छँटने लगा था। हँसकर कहा, "अच्छी बात तो है, ठीक तो कह रहा है, तेरी बउल सुख से रहेगी।"

यह सुन मानो सुना के मन के अन्दर कहीं सुलगती आग अचानक जली और वह भभक उठी। मुँह बनाकर कहने लगी, "सब सुख के साथी हैं, दुःख में कोई साथ देता नहीं।"

सुना उठकर चली गयी। उसकी बात मानो रवि के मन में चिपककर रह गयी। सुना ने दो आदमियों को पहचाना है, उसमें से एक जानवर है। भूख उस आदमी को रास्ता बताती है, उसमें तपिश भरती है, नचाती है और उसी से वह धर-पकड़कर खाता है। राक्षस-सा आग्रह है उसमें!

वह घूमने निकला। बस्ती के बीचोंबीच कमर तक ऊँची जालीदार दीवार से घिरा चौकन्ना पार्क है। पार्क में पानी सींचा जा रहा है। काफी कोशिश से वहाँ घास उगाया जा रहा है, करीने से। वहाँ चारों ओर लाउडस्पीकर लगाये गये हैं और संगीत की गूँज आ रही है। एक-दूसरे पर कीचड़ उछालते हुए राजनीतिक दलों की तीन-चार मोटरें गुजर गयीं...अपनी-अपनी योजना के बारे में बताकर नये दल बनाने की कोशिश हो रही है। पार्क में पत्थर-सीमेण्ट से बनाये गये हंस तरतीब से सजाये गये हैं, सीमेण्ट से बनी मछली के मुँह में से फुहारा निकल रहा है और सीमेण्ट से बने कमल पर गिर रहा है। उसी पार्क के अन्दर खड़े-खड़े सूर्यास्त के आकाश को देखकर रवि ने उस ओर की दो मंजिली इमारतवाले होटल की कल्पना की। उसके नीचे एक मनोहारी दुकान है, जूतों की दुकान और प्रेस है। उसे लगा मानो शहर सिर्फ आदमी की मानसिक अवस्था के अनुरूप एक पृष्ठभूमि है।

अपने मन की अस्थिर अवस्था में वह कल्पित मनुष्य को रूपायित करने लगा—जैसे कि वह भाड़े की गाड़ी पर, भाड़े के पैरों से चढ़ हिलते-डुलते उतर गया, पान की दुकान से पान लेकर, गिलौरी भर पीक थूकता गया मानो कर्तव्य पूरा कर रहा है। सड़क के किनारे की दुकान में बैठकर ढक-ढक कर चाय पी, सिगरेट सुलगाया, जलती आँखों से पीली दीवार पर चिपकी नारी की तसवीर और घड़ी देखकर उठ खड़ा हुआ—चला गया उस होटल की बाँबियों की तरह सीढ़ियों की ओर।

उसने कल्पना की कि वह बहकते कदमों से ऊपर चढ़ा होगा, अपने छोटे से कमरे के दरवाजे पर झूलता ताला खोल अन्दर चुपचाप दाखिल हुआ होगा। और फिर से अन्दर से कमरा बन्द किया होगा...और खटमलों से भरपूर बिछौने पर थकान से चूर लेट गया होगा।...फिर सब खोलकर रख दिये होंगे...दाँत जो नकली हैं; आँख जो काँच की बनी...नकली...सर के बाल...वह भी...पर कितना सुन्दर है! नीचे गंजा

सिर है।...बिछौने की सलवटों को ठीक कर तकिये के सहारे लेट गया होगा। फिर गया, एक पैर, जाँघ तक; वह भी नकली है। उसके पंजर की हड्डियाँ—वे भी नकली हैं। लोहे की बनी। उसके मन में अमिट भूख के साथ-साथ अकूत उत्तेजना है। उसी की याद आयी होगी उसे, क्योंकि उसी को याद कर वह अपनी असहाय देह में ऊष्मा भरता है और अतीत की कई विफलताओं की अभिज्ञता को उलट-पलटकर वह उसे संगीत की तरह गुनगुनाता है।

...रवि को लगा, वहाँ वह कल्पित आदमी नहीं है..., वह स्वयं है, निष्प्रभ सूर्य के साथ घुल-मिल गया है।

वह फिर लौट आया। चेतना की स्थिति लौट आयी। सामने छवि है, उसकी पीठ पीछे गाँव है, परम्परा है। आँखों में, होठों में स्थिर शीतल शान्ति की द्योतना है, ध्यान में निर्द्वन्द्व आनन्द है। साँझ ढलती आयी, बिजली बत्ती की मालाएँ चमकने लगीं। उसे उस मुँह की याद आयी; और छत के नीचे अँधेरे की, जिस ओर से होकर चमगादड़ उड़ जाते हैं और अँधेरे में शामिल हो जाते हैं, रूप और गति की झलक दिखाकर। उसके पास मानो गाँव की खुशबू तिर आयी; तुलसी का बिरवा, बिरवे की सीढ़ी पर जलती ज्योति, दीये की...फिर वही मुँह, नाना भंगिमा में मानो उसके अन्दर तक स्रोत बह गया है...वहाँ उसकी गगरी गीत के साथ-साथ भरती जा रही है। अवसाद मिट गया और वह चलने लगा।

सोचते-सोचते सुख की अनुभूतियों की ऊष्मा से देह भरती जा रही है, बढ-बढ़कर वह धीरे-धीरे उद्दीपना बनती जा रही है। उसके साथ आ रहा है आत्मविश्वास, जीवन और स्वप्न में विश्वास। अनुभव हो रहा है कि वह युवा है, उसमें सामर्थ्य है, और उसके सामने असीम परिसर है। उत्साह की गति तेज हो रही है, कल्पना में पंख लग रहे हैं। उसकी स्वप्न-भीगी आँखों के सामने शहर ने फिर अपना रूप बदल लिया। उसने अनुभव करके देखा कि वह शहर नहीं है, गाँव नहीं है, आदमी है।

होटल के उस दुमंजिले कमरे के उस कल्पित आदमी को उसने फिर से देखा। अँधेरे को चीरती बिजली की रोशनी की पृष्ठभूमि पर, इतनी तरह के स्वरों से, दर्पित चीत्कार से भरी पृष्ठभूमि पर मानो उसने घास भरे ऊसर पर नाप-जोख कर, मन के मुताबिक सजाकर मकानों को कतारों में रख दिया है। ऊपर वेश में आकाश है, मेघ, बिजली, शीत, तूफान और झंझा लिये; और अपनी शक्ति से उसने निरापद रह दुर्ग गढ़ा है। पृथ्वी की अन्दरूनी तपिश शीतल हो जाय, फिर भी उसमें गरमाहट वैसी ही है। प्रकृति और परिस्थिति के अनादर और शत्रुता में अपने आपको प्रतिष्ठित कर आगे बढ़ जाने का दावा वह नहीं करता। देह कटकर तार-तार क्यों न हो जाय, वह दर्प के साथ छाती दिखाकर भयानक लहरों का मुकाबला कर रहा है।

घास पर धूल क्यों न भर जाय, उसने घास उगाये हैं। शहर नहीं, गाँव नहीं,

इमारत नहीं या झोंपड़ी नहीं, उसके अपने अन्दर ही उसकी कला है।

थोड़ी देर इधर-उधर घूमकर वह विपिन के मकान की ओर लौटने लगा। कितने अपरिचित घर बनाये जा चुके हैं, मोहल्ले बस गये हैं, जिन्हें वह जानता तक नहीं। कई जगह बने मकान, सड़क और गलियों की पहचान तक मिट गयी है, जिनके सहारे वह राह चलता था।

दल के दल लोग काम करके घर लौट रहे हैं। कितने देशों की भाषाएँ एक हो गयी हैं। बारम्बार कइयों के मुँह से वही एक ही शब्द निकल रहे हैं...भिन्न-भिन्न भाषा में...रुपया-पैसा, डाबू...टंका...।

भीड़ से हटकर वह सूनी गली में चलने लगा। कैसे इतने कम समय में शहर लुप्त हो गया है–अँधेरे आकाश के नीचे। एक और धनुष की तरह मुड़कर कई परतों में शहर में रोशनी दीवाली की तरह सजी है...उनपर आकाश की ओर धीमी-सी आँच मानो उठ गयी है। चलते नक्षत्रों की तरह बीच-बीच में नीचे मोटरों की रोशनी दिखाई पड़ जाती है...मानो उड़ती जा रही है। सायकिल और रिक्शों की रोशनियाँ जुगनुओं की तरह लग रही हैं। और उस अँधेरे में तैरते जुगनुओं में से आवाज आ रही है..."बाबू! रिक्शा!" न, उसे रिक्शे की जरूरत नहीं है। जुगनू उड़ गया। फिर वही सूनी सड़क। रास्ते के पेड़ अन्धकार में मूर्तियों की तरह खड़े हैं। इधर-उधर बस्ती में रोशनी जल रही है। फिर अँधेरा। हवा आयी, उसकी चाल ने गति पकड़ी। अँधेरे में फैले पेड़ हिल उठे। सारे पत्ते एक हो फिसफिसाते स्वर में कहने लगे, मानो अँधेरे में एक साथ बैठी गाँव की औरतें बातें कर रही हैं। अपने आप कान तन गये...आवाज आ टकरायी...मृदंग..झाँझ की आवाज। कहीं संकीर्तन हो रहा है।

हर गाँव पर उसी का स्पर्श है। उसके घर के बरामदे से भी यही तारा दिखता होगा। माँ बैठी बातें करती होगी। पिताजी माला फेरते होंगे।

और पाटेली गाँव की वह लड़की। मानो वह एक स्वतन्त्र सृष्टि है। गहरी साँस लेकर वह अपने मन की गहराई से तोतली भाषा में उसका वर्णन करने लगा। पत्रों की सरसराहट मानो उसे संकेत दे रही थी। उसमें प्रतीक्षा की चमक की लहर दौड़ गयी। अँधेरे से घिरा, सुनसान रास्ते में चलते हुए मानो वह दूर जलती लालटेन को देख रहा है।...शायद यह मोड़ पार करने पर वह साफ दिखेगी, नहीं तो अगले मोड़ पर। अपने जीवन को उसी के साथ मिलाकर अपनी कल्पित भावना में रवि चलने लगा।

रवि अपने भविष्यत् को मन-ही-मन आँकते हुए लौट रहा था। जीवन को उपभोग करने के लिए बहुत सारे तरीके अँधेरे में टिमटिमाते-से दिख रहे हैं। पता नहीं कितनी बार जन्म लेकर, तमाशे कर, फिर मुक्त हो कितने नये पथ अपनाये होंगे, अपने को प्रकाशित कर गये होंगे; न रख गये हैं, न लेकर कुछ गये हैं।

रात, लगभग नौ बजे, विपिन के मकान के बरामदे में लालटेन धीमा कर

अरखितिया उसी की प्रतीक्षा कर रहा था। चौंककर उठ बैठा। खाना पका चुका है, इसलिए हँसमुख नजर आ रहा है। चारों ओर सन्नाटा है। दूर कहीं मशीन चलने की आवाज आ रही है। अरखितिया रवि के पास बैठा उसे अपने आदमी की तरह खिला रहा है। कई बातें बता रहा है। गाँव, उसका घर, माँ-बाप, गाँव का नाटक-दल वहाँ वह राधा बनता था, रानी बनता था। वह नहीं हो तो नाटक जमता ही नहीं था। गाँववालों ने कितना कहा उससे कि अरखितिया, तू मत जा, तू जाएगा तो इस गाँव का संगीत-अखाड़ा ही नहीं रहेगा। उसने रवि को साक्षी मानते हुए कहा, संगीत अखाड़ा तो उसे पालता-पोषता नहीं। लोहार-बढ़ई तक को गाँव में काम नहीं मिल रहा है और वे इधर-उधर भटक रहे हैं। मजदूरी न करें तो कहाँ से खाएँ! फिर आजकल का जमाना जैसा है उससे मजबूरन उसे सब छोड़-छाड़कर आना पड़ा है। विपिन कहता है कि उसे चपरासी की नौकरी दिला देगा। इसलिए वह पड़ा है। बाबू भले आदमी हैं।

खिला-पिलाकर हँसते हुए अरखितिया ने अनुमति माँगी, एक जगह 'गोटिपुअ' नाच हो रहा है, दो घण्टे के लिए जाकर देख आएगा।

अरखितिया चला गया। अब कोई कहीं नहीं है—चारों ओर सुनसान। सुनसान घर में वही अकेला है। आकाश में अँधेरा है, बादल घिर आये हैं। हवा बह रही है। थोड़ी ही दूर की इस उजड़ी-सी बस्ती की ओर उसने दृष्टि की। टिमटिमाती-सी कहीं कोई लालटेन जल रही है।...

बरामदे में बैठा-बैठा वह इधर-उधर की बातें सोच रहा था कि बाँह में बाँह डाले किलकारियाँ भरते हुए दो औरतें बरामदे पर चढ़ आयीं। पहचानी-सी आवाज आयी—"अरखितिया है?"

"नहीं।"

"आप अकेले हैं बाबू! कोई कहीं नहीं हैं, अँधेरा है।" उसकी आवाज में ठट्ठा भरा था। उसके साथवाली खिलखिलाती हुई हँस रही है।

"कौन, सुना तुम?"

"हाँ, और ये मेरी बउल है।"

"इतनी देर गये किधर निकल पड़ीं?"

उस ओर से दबी हँसी की लहर दौड़ आयी। सुना उसके पास आ गयी। "नये बाबू आये हैं...अच्छी-अच्छी तरकारियाँ बनी होंगी। बउल, बोली कि चल माँग लाएँ।"

बउल की हँसी चीख-सी लग रही थी। सुना की सूरत मुखौटा-सा लग रही थी, एक भंगिमा बँधी-सी थी।

दोनों बाहर इन्तजार कर खड़ी थीं। फुसफुसाकर बातें कर रही थीं। हँस रही थीं। उसके अन्तःस्थल को मानो रात तपती उँगली से टटोल रही थी। रवि उठ खड़ा

हुआ। बोला, "अरखितिया नाच देखने गया है। उसे कह दूँगा। कल वह तुम दोनों के लिए तरकारी रख देगा। दोपहर को ले जाना। अब घर लौट जाओ, मुझे भी नींद आने लगी है...कल आना।"

घर के अन्दर जाकर किवाड़ भिड़ाते समय उसने सुना...कोई व्यंग्य कर कह रही थी, "आज तो पेट नहीं भरा...कल मिले भी तो क्या होगा!"

रवि सो गया।

अरखितिया ने सुना तो उसे यह एक साधारण घटना-सी लगी। हँसकर बोला, "...वे वैसी हैं ही जी। यह आज की बात नहीं, रोज की है। तरकारी माँगने आती हैं, भात माँगने आती हैं। बाबू भले आदमी हैं। कहते हैं, दे देना...गरीब हैं...खाएँ।"

सुबह सुना आयी। रात का पागलपन नहीं है। रवि बोला, "अरखितिया से कह दिया है, तरकारी लेकर जाना।" सुना कुछ नहीं बोली। मुसकराकर बरतन माँजने लगी। अरखितिया सुनकर बाहर आ गया और कहने लगा, "क्यों री, कल तरकारी माँगने आयी थी! बाबू कहते हैं कि डायन की तरह लग रही थी। उस पर दो-दो...।"

सुना सुनकर मुसकरायी, बोली, "तू तो नहीं था, नहीं तो तुझे पता चल जाता, मैं डायन थी या और कुछ...।"

रात को जो भारी-भारी लग रहा था वह हँसी में उड़ गया। रवि अपने काम से निकल पड़ा। अरखितिया ने सही पता बता दिया है, भूल नहीं होगी।

जानवरों का अस्पताल। एक बूढ़ा बैल खड़ा है। उसके गले की रस्सी पकड़कर एक आदमी खड़ा है। पीछे पानी जैसा गोबर बह आया है बायें पैर से होकर खुर तक। डॉक्टर बाबू कुरसी पर बैठे हुए एक मोटी-सी किताब पर आँख गड़ाये ध्यानावस्थित-से लग रहे हैं। "नमस्ते।" एक साथ सफेद बाल, तीखी नाक, मोटी ऐनक चमक कर उठ गये..."नमस्ते...आइए...सा देवी वरदा भवेत्...बैठिए...बैठिए।" पशु डॉक्टर ने समझाया...किसी केस को हाथ लगाने से पहले अपने ज्ञान का भरोसा किये बिना किताब का आसरा लो तो ठीक होता है। सिर्फ किताब देखने भर से कुछ नहीं होगा, मरीज के सारे लक्षणों के साथ किताब में लिखी बातों को मिलाकर, नक्षत्र, तिथि और दूसरे योगायोग को देख, भक्ति के साथ देवी का स्मरण कर उनसे आशीर्वाद लेकर अगर केवल एक खुराक भी दें तो उसी से सब ठीक। इसके लिए धीरज चाहिए..."

रवि ने कुछ नहीं कहा। अपने मतलब की बात कही। उसे खबर मिली है कि कई जगह गाय-गोरू को खारवा हुआ है...और भी कितनी बीमारियाँ। डॉक्टर बाबू चलकर देख सकें तो...

डॉक्टर बाबू ने पते नोट कर लिये। इसी तरह कई जगहों से खबरें आ रही हैं। लोग अनुरोध कर रहे हैं। जो भी खबर आए वह उसे नोट कर लेते हैं।

"जरूर जाएँगे। पर कुछ देर अगर हो भी जाय तो कृपया नाराज न हों। एक अकेला आदमी ठहरा, किस-किस ओर नजर दूँ। जानते हैं, इस देश में कितने गाँवों के लिए एक डॉक्टर है?"

रवि समझ गया। बिदा हुआ।

शहर की दूसरी ओर कृषि-अधिकारी का दफ्तर है। खाद, खेती के सामान हैं। चीजों को देखकर उनकी कीमत लिखकर ले आया।

एक और जगह स्वास्थ्य-अधिकारी का दफ्तर है। उन्होंने वायदा किया कि जरूरत के मुताबिक वे जाकर व्यवस्था कर देंगे।

पिताजी के लिए गुड़ाखू और बैलों के लिए घण्टियाँ खरीदनी थीं। बैलों की घण्टियों के लिए उसमें बड़ी चाह है।

दोपहर को वह लौट आया। विपिन की गैरहाजिरी में उसके घर में मेहमान-खातिरी के बारे में चिट्ठी लिखकर घर से लगभग चार बजे वह निकल सका। तीन के बाद अचानक आकाश बादलों से घिर गया है। बादल आसमान पर ठहरे हुए-से लग रहे हैं। छाये बादल धीरे-धीरे घनीभूत होते जा रहे हैं। मेघ को देख उसका मन भी चंचल होता जा रहा है। अरखितिया कहने लगा, "अब आज एक दिन और ठहर जाइए, कल जाइएगा।" रवि को रास्ते का नशा खींचने लगा और वह मकान छोड़ सड़क पर उतर आया।

तेज कदम वह चला जा रहा है। घर लौटते मन और कदम दोनों में तेजी है। विपत्ति पीछा करती आ रही है। हाथ की पहुँच में आश्रय की जगह है...वह जीना चाहता है। पहले जीवन।

उसने सँभलने के पहले दौड़ना शुरू कर दिया। पिछवाड़े की बाड़ी, टूटी नींव और खुला आँगन पार कर वह आँगन के बीचोंबीच खड़ा हो गया है। उचित-अनुचित सोचने के पहले ही उसके मुँह से चीख-सी निकली, एक नहीं तीन बार—"कोई है?"

कुत्ते ने भौंका। सामने मकान का दरवाजा खुला। एक हाथ में किताब और दूसरे हाथ में लालटेन लिये बरामदे में आकर सिन्धु चौधरी खड़े हो गये और अँधेरे की ओर मुँह कर पुकार लगायी—"कौन है वहाँ?"

अब उसके पैर मानो लाज से अवश हो गये। इच्छा हुई कि उस बारिश और अँधेरे में खो जाय। वह चुपचाप उसी जगह खूँटे की तरह खड़ा रहा। सिन्धु चौधरी धीरे-धीरे आगे बढ़ रहे थे। बोले, "अरे वहाँ बारिश में भीग क्यों रहे हो, ऊपर आ जाओ।"

यूप को लिये जाने की तरह उनकी दृष्टि से खिंचता हुआ-सा रवि बरामदे

पर चढ़ गया। देह सर्दी से काँप रही थी। इसके पहले देखा नहीं था। अनुमान लगाया—सिन्धु चौधरी हैं।

बोल रहे थे—"अरे पूरा भीग गये। वह जो बेमौसम की वर्षा है, आ जाय तो हालत बिगाड़ देती है।"

बरामदे के किनारे खड़े रहकर रवि कपड़ों से पानी निचोड़ रहा था। निगाह की, अधखुली किवाड़ की फाँक से छवि की माँ दिखाई पड़ रही हैं। उनके कन्धे से सटकर एक और मूर्ति खड़ी है, झाँकने की कोशिश कर रही है। वह है छवि।

रवि शर्म से झुका जा रहा था। छवि की माँ सामने आ गयीं। पूछने लगीं, "तुम कौन हो बेटा?" तब तक सिन्धु चौधरी उसकी ओर अँगोछी बढ़ाकर कह रहे थे,..."पानी पोंछ लो!" तभी छवि की माँ उसे पहचान चौंककर रह गयी।

"तुम हो!" बस, यही स्वर निकला मुँह से।

उस एक बात से कई बातें हो गयीं। उन्होंने घूँघट खींच लिया।

बाहर मानो इन्द्रजाल से वर्षा और अन्धकार घिरे हुए थे। भीतर उसका मन, बाहर के साथ मानो परामर्श कर, ठीक वर्षा और अँधेरे के समय आकर पाटेली गाँव पहुँचेगा—यही सोचता हुआ-सा, रास्ते की ओर देखे बिना वह चला आ रहा था। मुँह पर हलके-से पानी की धार पड़ रही थीः बायीं ओर खुली नदी, दायीं ओर की टिमटिमाती रोशनी और खेतों को देखे बगैर अगर वह चला होता तो कब का पाटेली गाँव पार कर गया होता। गुरुवार, बारबेला, यात्रा में सामने योगिनी रहती है।

ऐसा नहीं कि उसने यह सब सोचा न था। दलों में बँटी गौरैया धूल में नहा रही थीं...पेड़ पर मैंने के घोंसले में हो-हल्ला मची थी...शाम को नहाकर आये भैंसे की देह में गरमाहट भरी हुई होती, हाथ लगाया होता तो वह भी पता लग जाता। ये सब वर्षा के लक्षण हैं।

फिर भी वह आ गया था।

तेज तूफान में बार-बार थप्पड़ मारने की तरह जब वर्षा हुई और अँधेरे में चारों दिशाएँ छिप गयीं, तब वह नदी के किनारे-किनारे फिसलन पर, अकेला चल रहा था। सामने वह घर है...पर मानो उसके लिए वहाँ तक चलना सम्भव नहीं होगा।

हवा और तेज बारिश मानो उसे धकेलकर नीचे गिरा रही थीं। नहीं सँभल पाया तो हाथ-पैर टूटेंगे। मानो अँधेरे की परत पर परत चढ़ रही थी। बीच-बीच में बिजली चमक रही है। और चड़चड़ाकर बादल गरज रहे हैं...उसे अब गिरा, तब गिरा-सा लग रहा है। ऐसे मौसम में पेड़ उखड़ जाते हैं, इसलिए पेड़ के नीचे रहना निरापद नहीं, रवि ने सोचा। सिन्धु चौधरी के घर के पास खड़े रहकर मानो जीवन के प्रति उसकी माया बढ़ गयी जिससे विपत्ति का बोध उसे और अधिक हुआ। उसने अपने आपको समझाया, ऐसे मौसम का कोई ठिकाना नहीं है, इसलिए अपने को खतरे से दूर रखना ही ठीक होगा।

बिजली चमकी। मानो कुटिल हँसी में वह उस तूफान और अन्धकार की भयानक घड़ी में अपना चरित्र और अभिप्राय प्रकाशित कर रही थी। वह निर्मम है ...कोई उपरोध नहीं है उसपर। वह जगह नहीं देगी। गरजती हवा के झोंकों से मन के अन्दर वहशियत की आदिम आकांक्षा चीखने लगी, वह काठ-मारा-सा खड़ा रहा ...सिन्धु चौधरी भी भौचक्के-से उसे देख रहे थे। रवि कपड़ों से पानी निचोड़ता जा रहा था...क्या सब हो रहा है, होता जा रहा है वह सब जानने-समझने के लिए उसमें चेतना नहीं थी। छवि की माँ धीरे-धीरे घर के अन्दर चली गयीं। बोलीं, "चल अन्दर, यहाँ खड़ी-खड़ी क्या कर रही है?"

तब रवि कैफियत देने लगा। गरमाहट से भरी बोझिल थी उसकी भाषा। अपनी अवस्था को सहज बनाते हुए सहानुभूति भरे स्वर में सर हिला-हिला सिन्धु चौधरी बोलने लगे, "ऐसा कई बार हो जाता है। बहुत अच्छा किया कि यहाँ चले आये। घर के पास रहते हुए क्यों कोई आफत मोल ले अकारण!" फिर बोले, "अरे किधर चली गयी, धोती और चादर तो दे जाती कि ये बदल लेते? सर्दी से काँप रहे हैं। सिगड़ी में आग भेज देती, ये थोड़ा हाथ-पाँव सेंक लें!"

किवाड़ की ओट में से एक हाथ बाहर निकल आया। छवि की माँ धोती और चादर बढ़ा रही थीं। अचानक बारिश थम गयी। रवि कहने लगा, "अब बारिश तो थम गयी...मैं चलता हूँ।"

"पागल हो गये क्या? ऐसी रात में कोई बाहर पैर भी धरता है? आओ, अन्दर आ जाओ। ये कपड़े सुबह तक सूख जाएँगे। लो देखो, फिर दुगुने जोर से बरसने लगा।...आओ, आ आओ अन्दर।"

वे आगे-आगे अन्दर चले गये। कमरे के अन्दर से फिर पुकारा—"आओ अन्दर!"

पानी फिर बरसने लगा। रवि परिस्थिति के साथ अपने को मिलाकर थोड़ा सहज बन गया था। बाहर अँधेरा था, पानी था कि थमने का नाम नहीं लेता था। घर के सामने की जगह पर लालटेन की रोशनी फैल गयी थी। अँधेरे के बीच तैरते जीवन की तरह रोशनी का एक छोटा-सा टापू! एक जगह गुँथा हुआ एक छोटा-सा संसार, उसमें वह भी एक है। वह रुका रहा। अनुभव किया, झूमती वर्षा में मानो कहीं घनीभूत क्रन्दन की ध्वनि सुनाई पड़ रही है...मन की सारी इच्छाएँ बरस रही हैं। उसी घर के अन्दर से सिन्धु चौधरी स्नेह से बुला रहे हैं—आओ, अन्दर आ जाओ। घर की छत, उसके नीचे का स्नेह भरा आतिथ्य-द्वार उसके लिए मानो उदार मानविकता के संकेत के रूप में खुला हुआ है।

चुपचाप लालटेन जल रही है। सिन्धु चौधरी पालथी मारे बैठे भागवत पोथी पर झुक गये हैं। आँखें झुकी हुई हैं। चेहरे पर के निविष्ट भाव ठहरे हुए-से हैं। लालटेन की

रोशनी उस चेहरे पर बिछी पड़ी है, जैसे चाँदनी दूर खेतों पर सपाट जमीन पर बिछी रहती है। रवि ने देखा, स्तब्ध शान्त भंगिमा में रहस्य का दृश्य मिल गया है, और उस विस्मय को भेदना आसान नहीं है। बाहर अँधेरा और पानी दुलक रहे हैं। दूसरे कमरे में जो कुछ कार्य चल रहा है उसका अनुभव वह कर पा रहा है। पर इस घर के अन्दर पोथी के पास निश्चल हो ध्यानमग्न बैठा, जिसे देखने के लिए, जिस पर सोचने के लिए, सिर्फ वही है।

भागवत पढ़ते समय चेहरे पर झलकते भाव यही कह रहे हैं कि किसी नीति या सूत्र में बँधे रहने को मन नहीं। मानो उस एक ही पृष्ठ में वह सम्पूर्ण सृष्टि को देख रहा है, बाहर से चित्तवृत्ति को समेटकर उसने अपने आपको उसी में सीमित कर लिया है, जैसे इसके अलावा उसमें और कोई इच्छा ही नहीं है या उसकी और कोई आवश्यकता ही नहीं।

रवि को इस बारिश और अँधेरे के कारण आज इस घर में आश्रय मिला है। पास बैठे दूसरे लोग उससे दूर हैं। उसका दायित्व है कि वह अपने मन को किसी में भी लगा ले। सब एक-से हैं, इसमें उसकी सहायता करने को कोई भी आगे नहीं बढ़ आएगा। उसने स्थिति के स्वरूप को समझने की कोशिश की। सिन्धु चौधरी की अनासक्त अवस्था से उसे सोचने का साहस मिला, कम-से-कम सीधे विवृत होने को तो कुछ भी नहीं है, सब ओर चुप्पी है।

फिर भी वर्षा के झमाझम शब्द की पृष्ठभूमि में वह सोचने लगा—उसी को तो आधार बनाकर लोगों ने इस घर पर कीचड़ उछाला है! कम-से-कम उस झूठ को झूठ साबित करने के लिए उसे यहाँ आना नहीं चाहिए था। पर परिस्थिति ऐसी हुई कि वह आ गया है—इतनी सारी बातें उठ खड़ी हो गयी हैं, फिर भी।

फिर क्या कोई झमेला खड़ा कर बैठेगा वह? उसके बारे में क्या कुछ सोचते होंगे वे लोग? कम-से-कम वह—वह क्या सोचती होगी? कहाँ होगी वह?

इधर वही ध्यानस्थ भाव से पोथी की पढ़ाई चल रही है। कान लगाकर उसने दूसरी ओर की आवाज सुनने की कोशिश की। मन-ही-मन कई रूपों का चित्रण किया। उन रूपों के साथ एक खास भंगिमा को संयोजित किया उसने। कान लगाया, कोई आवाज आ नहीं रही थी। अकेले बैठे-बैठे उसे बन्धन-सा लगने लगा। सोचा, सिन्धु चौधरी के चेहरे पर जो उदास भंगिमा है, कौन कह सकता है, वे उसी की ओट में उसी के बारे में नहीं सोच रहे हों, और उसे अपने हिसाब से अब तक तौल न लिया हो। वे सोचते होंगे, यही है वह, इसी के कारण इतने अपवाद, निन्दा और क्षति हुई है...कौन कह सकता है...?

उसने मुड़कर देखा। पोथी पर आँखें गड़ाये सिन्धु चौधरी मुसकरा रहे थे।

छाती पर छुरी भोंकने की तरह लगी वह हँसी। हँस रहे हैं? क्यों? यह क्या उसके प्रति विद्रूप नहीं है? मानो उसमें दम्भ नहीं है, साहस नहीं, वह सिर्फ एक

कंगाल भिखारी है, झंझा, तूफान, बरसती रात में थाल पसारे वह आसरा ढूँढ़ता यहाँ आ गया है।

सिन्धु चौधरी हँस रहे हैं। नहीं, वह हँसी वैसे ही आयी थी—अब नहीं है। अभी-अभी पोथी का पृष्ठ पलटा है। उसकी ओर उनकी दृष्टि ही नहीं है।

फिर उसने वर्षा की आवाज सुनने में मन लगाया। घनघोर वर्षा नहीं, झिमझिमाती हलकी बारिश। लगातार चार घण्टे बरसने के कारण चारों ओर भीग गया है। हर जगह कँदैली बन गयी है। सर्दीली हवा बह रही है, भीगी-भीगी-सी लग रही है। रह-रहकर भीगी जीभ से चाटने की तरह लग रही है सनसनाती हवा। गहन पेड़ों पर जुगनुओं की मालाएँ लटक रही हैं। बारिश की विशिष्ट हलकी महक आ रही है, भीगी मिट्टी की, भीगे पुआल की सोंधी गन्ध। बेमौसम नहीं लगता, बल्कि वर्षा ऋतु की कोई बरसती रात है जैसे, और लगातार आसमान बरसता रहा है। समवेत संगीत की तरह लग रही है मौसम की खास आवाज जो दूर-दूर से तैरती आ रही है। मेढक, झींगुर, और कितने कीड़ों की चें चें की आवाज। इसी मिट्टी पर पड़े थे इन्तजार में, मुँह गड़ाये, बेशुमार प्राणी। वर्षा आकर आज अपना आत्मपरिचय दे गयी है। बरामदे पर से जो मेढक आवाज लगा रहा है, किसने उसे इसके पहले जाना था? दोनों ओर से खूँटे में से दो झींगुर सीटी बजा रहे हैं।

सिन्धु चौधरी ने पोथी बन्द की। खींचकर उसे डोर से बाँधा, तीन जगह, फिर चौकोर, और उसके बाद परत-परत से पोथी पर डोरी लपेट दी। रवि की आँखों में कुतूहल देख सिन्धु चौधरी हँसते हुए कहने लगे, "आजकल हर जगह छपी हुई पुस्तकें मिल रही हैं। अतः ताड़-पोथियों के प्रति आदर कम होने लगा है। पर एक ताड़-पोथी जितने दिन घर में रहेगी, किताब उसके पाव दिन भी टिकेगी नहीं। इस पोथी को देख रहे हो, यह इस घर में डेढ़ सौ साल से है। यह तालपत्र पर उतारी गयी थी।"

रवि ने पोथी को हाथ में लेकर उलट-पलटकर देखा। देखा, चारों ओर से उसे अच्छी तरह से बन्द किया गया है। सिन्धु चौधरी ने उसे समझाते हुए कहा, "पोथी का बन्धन निरन्ध्र न हो तो कीड़े चाट जाएँगे।" फिर हँसकर बोले, "यही हमारी शिक्षा है, पुराने जमाने की। आदमी कहो, समाज कहो, जो भी कहो, अगर निश्छिद्र न हो तो ज्यादा टिकेगा नहीं।"

पोथी पर लगे काठ की जिल्द पर 27 अंक खुदा हुआ था। सिन्धु चौधरी ने बताया, "पुराने जमाने से उनके घर में हजार की संख्या में पोथियाँ थीं। उनके साथ ताड़पत्र पर लिखित एक सूचीपत्र था। सूचीपत्र में लिखित संख्या पोथी पर भी लिखी गयी थी, जिससे पुस्तकें आसानी से ढूँढ़ी जा सकती थीं। धीरे-धीरे वे सब भी गयीं। एक-आध जो बच गयी हैं, ये हैं।" इसके बाद उन्होंने उस पुस्तक की विशेषता बतायी—"छपी हुई किताब के साथ मिलाकर पढ़ने से इस पोथी में जगह-जगह मेल नहीं खाता।"

पोथी रखकर सिन्धु चौधरी ने किवाड़ के पास जाकर आवाज लगायी—"थाली लगाना, देर हो रही है।" रवि को उन्होंने मुँह-हाथ धोने के लिए बाहर बुला लिया। रवि ने खाने से इनकार किया। घर के अन्दर से घी से तली गयी पूड़ी की खुशबू आ रही थी। रवि कहने लगा, "भूख नहीं है जी, मैं खा-पीकर चला था।" सिन्धु चौधरी हँसते हुए कहने लगे, "ठीक है, ठीक है, आओ। जवान लड़के हो—क्या भूख नहीं है। हाथ-मुँह धो लो, खाना ठण्डा हो रहा है।"

छवि की माँ परोस रही थीं। चुप-चाप। चेहरा मानो भावहीन था, मुखौटा पहनने की तरह। वे मानो रवि की आँखों में आँखें न डालने की चेष्टा कर रही थीं। जैसे अपने चेहरे को मानो जानबूझकर असहज और भावहीन बनाया गया था, ऐसा लग रहा था। कभी-कभार होठ काँप जाते, बीच-बीच में उनके पैर डगमगा जाते। कभी-कभी तेज चाल से मन की क्षिप्र भावना भी छिपी नहीं रहती थी। सब मिलाकर मानो एक नीरव निवेदन था...रवि ने गहरी साँस ली।

पास सिन्धु चौधरी बैठे थे। रवि ने देखा, वहाँ शान्त, आत्मस्थ, स्थिर भंगिमा है, जिसमें कोई और अर्थ नहीं है, असहज कुछ नहीं है। छवि की माँ ने अन्दर जाकर देर लगायी। भोजन समाप्त होने को था कि किवाड़ के पास अनजाने ही छवि आ गयी और दाँतों तले जीभ दबाकर रह गयी। फिर जल्दी से अन्दर चली गयी। सिन्धु चौधरी ने छवि को देखा या नहीं पता नहीं, पर रवि ने उसे देखा था। कुछ देर के बाद सहज, स्वाभाविक स्वर में सिन्धु चौधरी ने बुलाया—"छवि! माँ से कहना, जरा तरकारी दे जाए।"

"जी।"

साफ और मीठी है उसकी आवाज...जो अँधेरे में से आयी थी! उसी के सहारे बिछौने में पड़े-पड़े रवि उस दिन अँधेरे में अनेक रूपों को चित्रित करता रहा, मन-ही-मन। कहीं खट से आवाज आयी कि वह उस ओर मुड़ जाता, मानो उस शब्द को पकड़ लिया हो। नींद कहीं भाग गयी है। अन्धकार को देख-देख उसकी आँखें अँधेरे को इस कदर पहचान गयी थीं कि वह धीरे-धीरे उस अँधेरे कमरे की कई चीजों को देखने-पहचानने लगा। और उसने अन्दाज किया—वह है अहाता-घर, ऊपर एक ही छत, सामने बरामदा, और आँगन। उसमें एक कमरे में वह है, और किसी दूसरे कमरे में छवि सोयी होगी। छवि, उसके माता-पिता और वह सब एक ही कमरे में हैं। मानो यह उसके जीवन का एक नया रूप है, जिसे उसने सहज भाव से अपना लिया है। मानो यह पहले भी था, और अब भी है। फिर निःसन्देह यह विचार आ रहा है कि जिस तरह वह था उसी तरह रहेगा। असहज और बेजोड़ कुछ भी नहीं है,—सब प्रत्याशित हैं।

सब कुछ को सहज-सहज सोचते हुए रात ही उसके लिए असहज बनकर कटने लगी। उसे रात भर नींद ही नहीं आयी। देह में बारबार ऊष्माहट और मन

में चंचलता। कान तेज और आँखों पर तपिश, छाती धड़कती रही। बाहर बरसती रात, हलकी-हलकी एकरस आवाजों के बीच उसे कई प्रकार के मोहक संगीत के स्वर सुनाई पड़ने लगे...कितनी गोपन, निभृत, मीठी भाषा उसके अन्दर गूँजने लगी। उसे लगा मानो साधारण अवस्थिति के साथ-साथ साधारण अनुभूति को ग्रहण कर लेने के बदले उसका व्यक्तित्व किसी और असाधारण माध्यम में तैरने लगा है। नयी सूचनाओं के द्वारा उसका सारा अस्तित्व और किसी अनकही भाषा का अर्थ उसके सामने आ रहा है और वह अपनी स्नायुओं के जरिये साँप की तरह सब सुन रहा है, कान से नहीं। अन्धकार और वर्षा की संकेतमय भाषा—इन दोनों ने मिलकर मानो उसकी पहचान उसके निभृत उपादानों के साथ करायी है।

उसने मन-ही-मन इस परिवार को अपना समझ अपने से सम्पृक्त कर लिया।

मानो पूर्व जन्म की बातें इस जन्म में अचानक याद आ गयी हैं और उसी याद में खोया हुआ था कि पता नहीं कब उसे नींद आ गयी।

अँधेरा रहते पता नहीं कब सिन्धु चौधरी उसके पास आये थे। उसके बगल में खड़े-खड़े देर तक उसे देखते रहे थे। उसे अच्छी तरह चादर ओढ़ायी थी और पंखा कर मच्छरों को भगाया था...यह सब उसे मालूम नहीं था।

उसके बाद जब वे आये तब पौ फटने लगी थी; आकाश रँगने लगा था। रवि की नींद हलकी होने लगी थी। लगा, मानो कोई कमरे के अन्दर चहल-कदमी कर रहा है। आँखें मलते-मलते उसने भोर का पहला स्वर सुना। मच्छर फिर भी गुनगुना रहे थे। कभी बढ़ती, कभी घटती रहती भिनभिनाहट। सुना कलिंग का स्वर ...दूर से भली लग रही थी उसकी स्वरलहरी! गाय-गोरू रँभाते जा रहे थे, ढेंकी की आवाज आ रही थी, जिसमें एक अटूट छन्द था। सुबह की चेतना के साथ बासी गुहाल की बू, मूत की कड़वी गन्ध, छान तले की पेशाब की बदबू। उसे पेशाब लगी, इस साधारण दैहिक आवश्यकता के साथ-साथ मानो उसमें वर्तमान की चेतना भी लौट आयी, वह सोचने लगा, अब अगर विदा हो जाय तो कोई उसे देखेगा नहीं। उसकी नींद से जागी आँखों ने रंगीन भोर को प्रणाम किया।

उसके बाद उसने खसखसाहट सुनी और मुड़कर देखा—सिन्धु चौधरी खड़े थे। उदार सहानुभूति में भीगी-भीगी-सी आँखें। होठों पर हँसी नहीं है, फिर भी चेहरा मुसकराता-सा लग रहा है। सुबह-सुबह उठकर पहले उन्हीं के चेहरे को देख उसे लगने लगा मानो मध्ययुगीन विस्मृत चित्रों में से किसी एक को वह देख रहा है। चाँदनी और भोर का प्रकाश एक साथ मिल गये हैं। वही तो उसने स्वप्न में भी देखा था—हलके वर्ण की आभा है, जो धीरे-धीरे दिन के उजाले में विलीन होती जा रही है।

उसने बिछौने से हड़बड़ी में उठकर उन्हें प्रणाम किया। तब उसकी चेतना से अचानक वह भावनाएँ दूर चली गयीं...वह रूप जिसे उसने देखा था...आधे-अधूरे रूपों

की समष्टि...उसकी भावना की किल्लोल मानो छल-छल झरना का गुंजन हैं...पक्षी की काकली है, आदमी की भाषा है, जानवर का रव है जो धीरे-धीरे सरकता दूर होता जा रहा है मानो समवेत वाद्य की गूँज हो, जो पीछे हटती जा रही है, दबी जा रही है...और जैसे उसी को कोई आकाश से लाकर नीचे रख हटता जा रहा है। उसने अचानक चौंककर रोज की दुनिया को सामने साफ देखा।

सिन्धु चौधरी हँस रहे हैं। नहा-धोकर तैयार हो गये हैं। केश चमक रहे हैं। कन्धे पर गमछा। बोले, "इतनी सुबह उठ गये! कल तो मच्छरों के कारण तुम्हें देर से नींद आयी थी!"

"जी, मैं रोज जल्दी ही उठता हूँ।"

"...नदी की ओर चलेंगे या घर ही पर निपट लेंगे।"

"जी, मैं घर जाऊँगा!"

"ऐसी भी क्या जल्दी है! मुँह-हाथ तक नहीं धोया। नहाये भी नहीं। नाश्ता तो करके जाओगे। उठते ही घर की याद आ गयी!"

सिर झुका लजाते हुए रवि ने कहा, "कल रात भर घरवाले परेशान हुए होंगे। मुझे कल शाम तक घर पहुँचना था।"

सिन्धु चौधरी बस हँस दिये। उन्होंने उसे न ही रोका, न चलने के लिए ही कहा।

रवि ने उन्हें प्रणाम कर जब कहा, "जी मैं चलता हूँ" तो वे बोले, ..."मुँह-हाथ धोये बिना चले जाओगे?"

हड़बड़ी दिखाते हुए रवि ने कहा, "रुकूँगा तो देर हो जाएगी और बाहर निकल न पड़ूँ तो आलस जाएगा नहीं।" उसने फिर नमस्कार किया। बोला, "चलूँ?"

पीछे, बरामदे के उस ओर छवि की माँ खड़ी थी। उसने उन्हें भी दूर से प्रणाम किया। अचानक नजर पड़ी...सामने चौखट पर कोमल हथेली...कुछ आगे बढ़कर मानो चिपक गयी है और थोड़ा ऊपर किवाड़ से चेहरे का एक भाग तिरछा हो कुछ बाहर आ गया है; एक आँख दिखती है और अब वह भी नहीं।

रवि निकल पड़ा...इच्छा हो रही थी कि मुड़कर देखे...पर देख नहीं सका।

बन्धमूल वाले बट महान्ती के घर पर उसी दिन बात छिड़ी। मझ दोपहर, रवि खाने बैठा था। माँ और पिता दोनों थे, उसने बताया, कल रात कैसे रास्ते में रुक जाना पड़ा। पिता ने गम्भीरता से हुंकार भरी, "रवि।"

"जी!" थाली पर से मुँह उठाकर उनसे नजरें मिलाने की चेष्टा की। उनकी आँखें जल रही हैं, धूप की तरह उसके चेहरे को भेद रही हैं। वह झुलसाती दृष्टि! नाम लेकर पुकारते समय स्वर में झटका और तोड़। मानो इतने में ही उन्होंने बहुत

कुछ कह दिया, जिसके लिए भाषा नहीं है। उसने तो बतायी थी अपनी अचानक की दुर्दशा की कहानी, और यह कि कैसे सिन्धु चौधरी के घर में वर्षा से बचने के लिए आश्रय लिया था, कितनी उसकी खातिरदारी हुई, ऐसी ही बातें। किन्तु उनकी आवाज के स्वर से तो जैसे खेंपा खाकर उसके मन के नीचे से कोई और ही कहानी दिख गयी, जो उसने कही नहीं थी। उस दृष्टि को रवि झेल न सका। भातों की ओर ध्यान चला गया। पिता पीठ फेरकर चले गये।

माँ ने बात बढ़ायी, "हैं रे, वह सिन्धु चौधरी का घर चलता कैसे है? अपने तो वे पुराने सम्बन्धी हैं।"

रवि ने बताया, "बहुत घर-द्वार थे, शायद। सारे आँगन में ढेर के ढेर उसके चिह्न भरे पड़े हैं। अब किसका हालचाल कौन पूछता है? फिर भी, आदमी बहुत भले हैं, उनका व्यवहार ही बता देता है कि बड़े सज्जन और इज्जतदार आदमी हैं।"

माँ ने गहरी साँस छोड़ते हुए कहा, "तू कब तो जनमा, कब आदमी हुआ, किसी का व्यवहार तू क्या समझेगा। तू क्या किसी के पेट में घुसकर देखेगा।"

भात खाते-खाते रवि ने कहा, "देख कर आया हूँ, तभी कहता हूँ। भले लोग हैं।"

चट से माँ पूछ बैठी, "तूने किस आदमी को देखा रे बेटे?"

"क्यों? सिन्धु चौधरी को, उनकी स्त्री को देखा, वे अन्दर से सारी बातें सँभाल रही थीं। उन्हें तो पहले भी देखा था। पानी में भीगता-भीगता कोई आ पहुँचा। वह क्या खाएगा, कहाँ रहेगा, उसकी खबर लेना, ये कर, वो कर..."

"तू तो वैसा ही आदमी ठहरा। किसी ने दो मीठी बात कही, उसे ही लेकर सिर पर बैठा लेगा।"

"लोग तो होते हैं जो कहते हैं—आ गयी यह भी एक आफत; कैसे टलेगी अब? और वे उलटे मुझे रोक रहे थे—"

माँ ने कहा, "अरे, इस जग में सारे धरम-करम लोप हो गये। रात-बिरात कोई अगर किसी हाल पहुँच गया तो आये-गये की खबर पूछने का धरम तो अभी भी गया नहीं है। करेंगे कैसे नहीं? करेंगे ही। जिसका कुछ नहीं वह भी तो काँसा लोटा बन्धक रखकर कुछ करता ही है। क्या खिलाया था?"

रवि ने बताया, "वे लोग जो खाते हैं, वही दिया। अच्छा पकाया था।"

"कैसा, तेरी माँ जो बनाती है, उससे भी अधिक स्वाद का?" माँ हँस पड़ी। रवि भी हँस पड़ा। माँ ने पूछा, "उनके तो एक बेटी है? कैसी है वह बेटी?"

कुछ 'कहूँ-कहूँ' सोचकर भी रवि कुछ बोल न सका। अचानक उसने सब्जी में से एक-एक बड़ी चुगकर खाना शुरू कर दिया। कुछ क्षण बीते। देखा, अभी भी माँ उसकी ओर देख रही हैं। फिर पूछा, "कैसी है वह लड़की?"

सूखी हँसी हँसकर उत्तर दिया, "कौन लड़की कैसी है, ये सारी बातें मैं क्या

जानूँ?" माँ गम्भीर हो गयी। सोचती-सी कहने लगी, "कौन जाने, भई, किसकी हाँड़ी में किसने चावल डाले हैं?"

"पिता को कब फुरसत है। यह कुण्डली देखो, वह लगन देखो, उस लड़की को देखो, इसे देखो। मुझे सदा झकझोरते रहते हैं कि अपने रवि के लिए बता कि कैसी लड़की ठीक रहेगी? बता तो, मैं ठहरी औरत जात, मुझसे भला क्यों पूछते हैं? उनकी बुद्धि से क्या मेरी बुद्धि ज्यादा तेज है?"

रवि ने कहा, "मुझे यह सब क्यों सुना रही हो माँ? कौन ब्याह करने जा रहा है कि इतना हाय-तौबा मचा रही हो! जो इतनी उठा-पटक लगा रखी है?"

माँ ने पूछा, "पढ़ाई की, उमर हो गयी। ब्याह नहीं करेगा तो क्या बैठा रहेगा? तुझे हाथ से दो हाथ कर देने पर हमारा दायित्व पूरा हो जाय—फिर अपना घर, तुम सँभालो!"

"दुनिया में और कोई काम ही नहीं रहा क्या तुम सोचती हो?" रवि ने बात हँसी में उड़ा दी।

माँ ने कहा, "तुम बच्चे हो, अभी तुम्हारे दिन हैं—मन-इच्छा के मुताबिक काम करना। हमारे दिन तो अब पूरे हुए। और क्या काम रहा? बस वही एक काम है। देह से बल गया। इतना सारा काम मैं अकेली कैसे कर सकूँगी? तुम बहू नहीं लाओगे तो क्या सारा काम का बोझ मैं अकेली ही उठाती रहूँगी?"

रवि ने कहा, "सकोगी तो? तुम्हारी बहू तो है ही, ले आओ। लिखो भाई को।"

अनजाने ही रवि ने उसकी दुखती रग को छू दिया था। कहकर सिर उठाकर देखा तब तक तो आँसू की धार बह चली थी। घबराकर पूछा, "क्यों, क्या बात हुई, माँ तू रो रही है?"

फिर एक गलती। जो बहू इस घर में आकर उसी दिन से अपनी अलग दुनिया खोजकर, बिदेस ही बिदेस में रहती आयी है, जिन बेटे-बहू, जिन पोते-पोतियों की इस घर में छाया भी नहीं पड़ी, उन्हीं की बात उसने याद दिला दी। भाई के विवाह के बाद की बातें याद आ गयीं, अब भी उनका भला मनाती हैं। कितनी बार देवी-देवताओं का महोच्छव, ठाकुरजी की पूजा, पानी चढ़ाना, आदि कितना कुछ करती हैं। कितनी निराशा से बूढ़े-बुढ़िया दूर तक देखते हैं कि शायद भाई-भावज घर समझकर कभी चले आएँ। नदी से धार खुलकर अलग से बहकर ऐसी चली गयी कि लौटी नहीं।

माँ ने भी रूठने जैसे अन्दाज में स्वर को बोझिल करते हुए उत्तर दिया, "माँ का मन तू क्या समझेगा रे? मैं कब रोयी-हँसी? इससे तुझे क्या मिलेगा? वह सब छोड़। मेरी बड़ी बहू, वह अपनी घर-गिरस्ती लिये वहाँ है। बाल-बच्चोंवाली। सबों की देखभाल करना, घर चलाना—उसके लिए क्या सहज बात है! वह कैसे आएगी यहाँ रहकर हम बड़े-बूढ़ों को पानी देने के लिए? नहीं, उसे लेकर मेरे मन में कोई

अरमान नहीं। तो भी, माँ का मन है। वह अपने सुख-सुविधा-धन्धे के लिए वहाँ रहें, मेरे पास क्यों रहेंगे भला।"

फिर फफक उठी। और कुछ नहीं कहा।

खाकर रवि उठ गया।

उसे कोई कुछ न कहे तो भी कभी-कभी वह अपने मन की आच्छन्न अवस्था का अनुभव करता है। जान-बूझकर भी अनचाहे ही वह सोचता जा रहा है। काम की ओर ध्यान रहने पर भी कोई पाँच बार आवाज लगाए, तब जाकर चौंक 'ऐं' कहता है वह। घर आने पर माँ और पिता दोनों की निगाह से दूर भागना चाहता है। भात खाना—बस। उलटे-सीधे चार कौर डाले मुँह में, किसी तरह खतम किया कि छुट्टी! खेत-बाड़ी में घूमता है, गाँव के लोगों के भले-बुरे के बारे में खबर लेता है। चर्चा भी करता है कि क्या करने से गाँव का भला होगा, लोगों को संगठित करने के लिए कितने जमाने भर के झगड़े-टण्टे भी मिटाता है। किन्तु मानो वह अन्दर ही अन्दर रास्ता टटोल रहा है, भावना में डूब रहा है। अपनी निगाह में वह स्वयं एक समस्या बन गया है।

एक और दिन उसके खाते समय माँ ने पूछ लिया, "क्यों, इस तरह क्यों हो रहे हो, खाते नहीं?"

"ऐं?"

"रवि, सच बता, तुझे मेरी सौगन्ध, क्या बात है?"

"धत्!"

"मानो तुझ पर किसी डायन की नजर लग गयी है। तू तो ऐसा न था। शायद कुछ हो गया है तुम्हें, जिससे सब कुछ धुत कर देने पर तुला है। तेरी इन आँखों को क्या हुआ? अपना मुँह तो देख? मेरे पेट से जनम कर तू मुझसे ही छिपाता है? बता, तुझे क्या हो गया? किस बात की इतनी चिन्ता कर रहा है? इस आगलगी चिन्ता को चूल्हे में झोंक दे। बता दे मुझे सारी बात। तू तो मरद बच्चा ठहरा। बेटी की जात थोड़े ही हुआ है। तुझे परवाह किसकी? जैसा तेरा मन होगा वैसा ही तो होगा। वही कर। बता, तू क्या सोच रहा है?"

"हत्! झूठे ही क्यों बावली हो रही हो? दे एक गिलास पानी और दे।"

"क्या खाना हो गया रे?"

"और क्या, मैं कोई भैंसा हूँ?"

"अरे!"

वह उठकर चल दिया बाहर।

जब चाहे तब ऐसे ही। मन की बात मन में ही मर जाती, कह नहीं पाता।

रवि की माँ विवश-सी देखती रहती। बेटा गूँगे की तरह आँख टिमटिमाकर देखता रहता। कुछ खाता नहीं, उठकर चल देता। देह से मानो काला पानी बहे जा रहा है। लोक-दिखावे की खिंची-खिंची हँसी, उसमें वास्तविकता नहीं। जितना सम्भव होता, वह बाहर ही घूमता-फिरता रहता। दिन भर फिरने-डोलने के बाद रात में घर लौटता तो ढेर की ढेर किताबें पढ़ने में लग जाता। रोशनी जलाकर बहुत रात गये तब पढ़ता। कभी उसकी आँखें चमकती दिखतीं, पर वह कुछ नहीं बोलता, बस हँस भर देता। और कभी बैठा रहता अपनी कोठरी में, कागज-कलम बिछाये खिड़की से उस पार आकाश की ओर देखता रहता। पता नहीं वहाँ क्या देखता। उसके मन को पता होगा।

माँ पास लगी रहतीं—इधर-उधर के बहाने बनाकर।

कभी उन्होंने जनम दिया था, पर वह तो कब की बात हो गयी। वे चाहती हैं, उसे नये सिरे से पहचानना। बचपन में हलदी-तेल मलकर रगड़ने की तरह उसके इस बढ़ आये मन पर स्नेह और सहानुभूति का स्पर्श देते-देते उसे सहेज देना। उसके अनजान दुःख का बोझ अपने कन्धे पर लेना। फिर भी इतने पास होकर भी वह पकड़ में नहीं आता था। उसकी दुःखकातर दृष्टि कभी-कभी चुभ जाती। सदा नहीं, कभी न जाने कैसे। तब उसके मन में कोई अनजान आन्दोलन उठा होता। साँस तेज हो जाती। झट वह इधर-उधर के दो शब्द कह डालता, जैसे माँ को पहले कहा था—उसी क्रम से कहता आ रहा था। पर उसने एक दिन भात खाते हुए जिस तरह विह्वल होकर बात कही, वह भूली नहीं जा सकी।

"देखो, हम कितना सुन्दर दिव्य आहार पाते हैं। और ठीक इसी समय ऐसे भी हैं जो भूखे रहेंगे। जिसमें शक्ति है वह खा रहा है, जो लाचार है, वह नहीं। इस दुनिया में कोई किसी के लिए नहीं सोचता। बस—मैं-मैं-मैं—हम खाएँगे, सुख से रहेंगे। हमारा भला होगा। बस अपने लिए ही सब कुछ—और किसी का हो, चाहे न हो।"

कई बार तो जैसे कलह करने की तरह, वाद-विवाद का-सा स्वर होता उसका। मानो उसके अन्दर से कोई और ही बात कह रहा है, कल कहने लगा, "कब तक सब अन्धे रहेंगे कि उन्हें ठगा जा सकेगा, शोषा जा सकेगा? किसी-न-किसी दिन आँखें खुलेंगी ही? उसके बाद तो पहिया घूम जाएगा। पर वह कब होगा? ईर्ष्या ही ईर्ष्या में दुनिया कहीं जल न जाय।"

ऊपर चढ़कर माँ ने पूछा, "कौन किससे ईर्ष्या करता है रे बेटे?"

"कौन नहीं करता? सब में है ईर्ष्या। ईर्ष्या और भय में गुजर रहा है मानव-समाज। कहीं किसी को मुँह से तनिक ऊँचा उठा देने से, कहीं सड़क या कुआँ बना देने से, या कहीं कोई कल-कारखाना खोलने से यह समस्या नहीं सुधरेगी। आदमी-आदमी के बीच अथवा देश-देश के बीच केवल चिकनी-चुपड़ी बातें कहकर समय निकालने से भी आग बुझेगी नहीं। काम पर निकलना पड़ेगा। आराम और

स्नेह की माया, आलस का मोह–कितने गड्ढे हैं रास्ते में। चलने के लिए निकलना पड़ेगा, नहीं तो देखते रहो, धू-धू घर जलता होगा। केवल जबानी जमा खर्च–समय बरबाद करना है।"

इन सबका क्या मतलब है? कैसे विचार तैर जाते हैं उसकी आँखों के आगे? शायद कुछ नहीं। एक-आध उड़ती चिड़िया जैसे आँगन में आकर बैठ जाती है, उसी तरह किसी समय की कोई बात आ जाती है उसकी जबान पर। उसके पिता कहते हैं–वह सब कुछ नहीं है, किताबों की पढ़ाई का चूरा है, बँधा नहीं, घर आकर बैठ गया है, अतः मन भड़भड़ा रहा है। दुनियादारी में आने पर खुद ही सब भूल जाएगा। उन्हीं की बात की लीक पकड़ माँ हिम्मत कर उन्हें समझाने की चेष्टा करने लगीं। बोलीं, "मुझे लगता है–वो सिन्धु चौधरी की बेटी के बाप से बात चलाते तो ठीक होता। भला घराना, भले लोग, रंग-रूप भी ठीक। क्या पता वहीं इसका मन लगा हो, लाज़ से कहता न हो। करना होगा तो हामी कर देगा। नहीं तो ऐसे को किस उपाय से बाँधेंगे?"

क्रोध से भृकुटी तान पिता ने जवाब दिया, "हाँ, कुएँ की रस्सी से, जबरदस्ती बाँधेंगे। सिन्धु चौधरी के घर की बेटी लाऊँगा? क्या मेरी अकल-बुद्धि सारी मारी गयी है? जो लोग बस बाट चलते आदमी को पकड़ लें, सीधे ही उसे चले हैं पालतू बनाने, इधर गाँव में पंचायत हो गयी, देश भर में हल्ला मच गया, हमसे दो बात भी न पूछना न ताछना, उनके साथ सम्बन्ध जोड़ूँगा। क्या अपना घर डुबोने के लिए? यही अकल देती हो? एक बार कह दिया तुमने, बहुत हो गया। बट महान्ती बाड़ी के दरवाजे से कभी निमित्त की बात नहीं करता। फूटा डीह लेकर वह क्या वंश-मरजादा दिखाएगा मेरे सामने? उने लोगों का आइन्दा कभी नाम भी न लेगा मेरे सामने!"

"किसने क्या किया, जो तुम यों बिफर रहे हो? तुम क्या सोचते हो कि रवि जैसे लड़के के मन में कहीं मैल-धूल का कण भी हो सकता है? किसी घर-फोड़ू फालतू आदमी ने सत्रह रकम की बातें हाँकी हैं। वह तो तब खुद अपने मुँह से बता रहा था कि उस बार कैसे बन्दर ने पीछा किया तो वह जा पहुँचा था..."

"अरे, यह भी कोई बात हुई? दुनिया भर में जहाँ किसी को बन्दर काटने दौड़ा, या साँड़ मारने भागा या ततैया ने पीछा किया तो मेरे बेटे को ही वहाँ जाने की जरूरत पड़ी? क्या और कोई न था? कुछ नहीं, ये सब बेकार बातें हैं। जिसे कहते हैं–षड्यन्त्र!"

"तुम तो, झूठमूठ वैसा सोचते हो..."

"झूठ हो चाहे सच, मेरा वहाँ ब्याह का विचार नहीं। बस बात पूरी हुई। और मुझे तो जानती ही हो, तुम माँ-बेटों ने मेरे मत के विरुद्ध किया तो देखो, मैं और इस घर में नहीं रहूँगा। जीवन का सौदा है, यह कोई बच्चों का खेल नहीं। चारों ओर

से कितना सोच-विचार कर पग उठाना पड़ता है। सौख में बह जाने से कैसे होगा? मेरी इज्जत है, महत् है, बाईस गाँव में नाम चलता है, लोग कहेंगे किस घर का किस कुल का आदमी था, उसने आखिरकार यही किया, और कहीं कोई दिखा ही नहीं? फालतू में मेरा पारा चढ़ जाता है, तुम छोड़ो वह बात, और उनकी चर्चा मत करो!"

उस ओर पिता। इस ओर बेटा।

बीच में वे खुद हैं। भगवान् को पुकारकर प्रतीक्षा करने की बात बच रहती है। जो भी हो, मन नहीं मानता। अनजाने ही छाती अन्दर से काँप उठती।

वराह के द्वादशी, आज भगवान् वराह ने अवतार लिया था। बन्धमूल गाँव के दाहिनी ओर के रास्ते के उस ओर परती है। वहाँ थोड़ा-सा घना जंगल है। उसी के बीच जाने किस जमाने का छोटा-सा ईंट का बना देवाला खड़ा है। उसमें काले पत्थर की दो हाथ ऊँची चिकनी वराह की मूर्ति है। दाँत और आगे की ओर निकली थूथन पर काले पत्थर की अर्द्ध गोलाकार पृथ्वी रखी है। मानो वनैला वराह के कोई बेल का आधा टुकड़ा लेकर खड़ा होते न होते वह बेल और वराह दोनों ही पत्थर हो गये हैं। वर्ष भर वह कैसे रहता है, कैसे चलता है, कोई उसकी खोज-खबर लेने नहीं आता। पूजा-सेवा के लिए जमीन है, पर पूजा करनेवालों का कहना है कि जमाना हुआ कि वह जमीन चली गयी। बस बची है आज दिन-भर की सेवा, भोग से आधा हिस्सा और अपनी खुशी से कोई देता है या मनौती करता है कभी-कभार तो बस वह।

आज के दिन वहाँ मेला लगता है। आस-पास के गाँवों से लोग आ-आकर जुटते हैं। मन्दिर के सामने से जंगल साफ होता है। पास के पुराने कुएँ की मुँडेर के चारों ओर से झाड़-झंखाड़ काटकर साफ किया जाता है, वहाँ एक नयी रस्सी लगायी जाती है, कुएँ को साफ किया जाता है। झुरमुटों के नीचे जगह बनायी जाती हैं। फिर बेच-खरीद शुरू हो जाती है। साँप, चिड़ियों और गीदड़ों को भगाकर वह वनभूमि कीर्तन, संगीत और झाँझ-मजीरे के स्वर से मुखरित हो उठती है। कहीं सँपेरों की बीन भी सुनाई देती। और कहीं एक-आध हारमोनियम। दिन में और रात में जगह-जगह महोत्सव मनानेवालों के चूल्हे जलते दिखते।

वराह आज जी भरकर नहाते हैं। उनकी देह पर मक्खन से मालिस की जाती है, कनखे फूटे मूँग, चने और अन्य अँकुराये अनाजों के साथ 'सरणुलि', घी मक्खन से तर मड़वे के पीठे, ये आज उनके विशिष्ट भोग हैं। इसके अलावा जो और जो कुछ श्रद्धा से ले आए—खीर, खिचड़ी, केला, नारियल, पीठा, पना, भात, तरकारी। उनके चरणों में सिर टिकाये प्रणाम कर लोग भोग-भाग्य, सन्तान, धन, रोग से मुक्ति—जिसे जो चाहिए माँगते हैं।

और वे वहाँ देखते। रोज घर-गिरस्ती की भारी चिन्ता के बीच अचानक किसी फाँक से होकर झर आता मन के विशिष्ट क्षणों में अचम्भित होने का गुण। जाने किस अनादि काल की सूखी नदी के नीचे से फाल्गुनी धार बह निकलती। उसमें माना आँखें भिगोकर आदमी चारों ओर देखता। चाँय-चाँय-सा लगता, चौंक उठता। वही झाड़-झंखाड़, उसके उधर घना जंगल। कितनी ही बार की देखी-जानी पुरानी जगह। गाय-बकरियाँ चरने आतीं। पास-पास में इस गाँव से उस गाँव और उस गाँव से इस गाँव को रास्ते गये हैं। वहाँ और कई चीजें आँखों में पड़तीं। केवल समय और आदमी की स्मृति और कल्पना की मिली-जुली छाया की सृष्टि।

वो देखो मुँह बाये देख रहे हैं एक गड्ढे के किनारे कुछ स्त्री-पुरुष, बच्चे से लेकर बूढ़े तक, गड्ढे में खिरनी, कँटाइ और कई झुरमुट फैले हुए हैं। कैसे धूप में लपलपाते चिकने से दिख रहे हैं उनके पत्ते...और उसकी हरित लहर! एक भरत पक्षी और कलिंग पक्षी लड़ते-से खेल रहे हैं। हलकी भूरी और हरी पट्टीदार देह सुन्दर दिख रही है। पर कितना कर्कश सुनाई दे रहा है उसका स्वर। और गड्ढे के किनारे-किनारे इधर-उधर झुरमुटों के बीच एक-एक ऊँचे-ऊँचे पेड़ हैं—केन्दू, गूलर, खजूर, बेल और बीच-बीच में एक 'पाटली' लता है—रक्त जैसे लाल फूल, मानो डाली के साथ झर रहे हैं। और उस ओर है एक घना इमली का पेड़। पूरे दम्भ के साथ इन सबके उधर खड़ा है एक घना लम्बा सेमल का पेड़ जिसके पत्ते नहीं दिख रहे, सिर्फ लाल-लाल फूलों से लदा है। इसके इधर आधा ठूँठ हुआ पुराना बरगद है जो एक भाग माटी बना और आधा बचा हुआ है। सट-सट कर खम्भों की तरह जटाएँ हैं। ऊपर ही ऊपर से टूट गया पेड़। आँखों के सामने वही पुरानी किंवदन्ती नाच उठती हैं—किसने कब कही थी, किसे मालूम है, कही होगी जरूर किसी ने किसी से कुछ ही देर पहले बात छेड़ी होगी। बात का छोर पकड़ लोगों ने चर्चा भी की होगी; इसके बाद एक-एक कर कितनों के बीच पड़ी होगी। फिर वही उत्सुक दृष्टि—यही वह गड्ढा है।

तब यह गड्ढा राजा के महल के पास का पोखर था। उधर का वह ढूह था राजमहल। इधर उनके पूर्वजों ने वराहनाथ की स्थापना की थी। राजमहल में वे रहेंगे नहीं। वे तो बाहर घूमनेवाले ठाकुरजी ठहरे।

"यहाँ!" "हाँ यहीं!" आगे गरदन उचक जाती है। आँखें विस्मय से फैल जाती हैं। पिघलकर भाप बन उड़ जाती है यह एकान्त परती और घनी झुरमुटी बनी उजाड़ बस्ती का चित्र खिल जाता है आँखों के आगे और उसके उधर राजमहल। काँटों के झुरमुटों से ढँका गड्ढा कोई उथला नहीं है, पहले यहाँ काँच की तरह दिखते साफ पानी से भरा पोखरा, कमल खिले रहते, सुन्दर पावछ थे, सहारे-सहारे खिले फूल। पद्मिनी कन्या पानी से निकली आ रही—राजा देख रहे हैं।

कहानी कही गयी है—कि तब यहाँ असल में राजमहल न था, शबर पल्ली

थी। तब इस इलाके में शबर राजा थे, राजधानी उनकी थी एकाम्र। ढेंकानाल में कपिलास पहाड़ पर सन्त शिखरा शबर तपस्या करके शिखरेश्वर महादेव हो गये। उनके वंश में आगे चलकर दण्डी पाटमहादेवी बनी। उस तरफ समुद्र के किनारे उनके गुरु थे सन्त मुद्‌गल, जिनकी मूर्ति अभी भी है। वे ही तो पहले इन शबर जनन्नाथ को पूजते थे। पहाड़-जंगल, लताच्छादित बालूचर, झाऊवन के उस ओर महोदधि, मालभूमि या समतल, सब जगह वे शबर–शबर थे–महाभारत में लिखा है न ? ऐं?

शबर पल्ली थी उधर। इधर बड़ा पद्मपोखर। राजा शिकार खेलने पधारे थे। पल्ली के रास्ते से गुजरते समय देख गये थे कि किसी की बाँधी साड़ी सूख रही थी जिसपर भँवरे बैठे थे। राजा जान गये कि यहाँ कोई पद्मिनी कन्या है। छोर खोजा, बाद में पद्मपोखर पर आँखें चार हुईं। ताड़पत्र की पोथी में जैसा चित्र आँका गया होता है ठीक वैसी ही पद्मिनी कन्या! ततैये की तरह पतली कमर, हरिण जैसी आँखें। आदि आदि।

शबर राजी हुआ कि ब्याह देगा। पर शर्त बस एक ही थी–राजा महल बनवाकर यहाँ रहेंगे, बेटी यहीं रहेगी, शहर में नहीं जाएगी। राजा मान गये। इसके बाद यहाँ खड़ा किया गया महल और गढ़। वराहनाथ की स्थापना हुई। पद्मिनी शबर कन्या को तेरह पुत्र हुए। उन्हें एक-एक गढ़ में सामन्त बनाकर रखा गया। उन्हें ही अब कहा जाता है–तेरह शबरी खण्डायत।

“यह देखो, दूसरी तरफ जो ढूह दिख रहा है, वह था मुखीजी का निवास। मुखीजी याने राजा के मुख्य मन्त्रीजी। किसी राजा के समय मुखीजी और ब्राह्मणों के बीच बहुत बड़ी टक्कर हो गयी। ब्राह्मण ठहरे महापण्डित। राजा उन्हीं की मानकर चलते। उन्हें बहुत कुछ देते-दिलाते रहते। मुखीजी से यह सहा न जाता। मुखीजी सोचते, ये राजा पण्डितों की बात अधिक सुनते हैं। उनका समय गया। सो मुखीजी ने एक तरकीब लगायी। छिप-छिपाकर ब्राह्मणों के घर की कुरी में केंकड़ों के छिलके, मछलियों के काँटे आदि गड़वा दिये। राजा को कहलवा दिया कि ये ब्राह्मण अनाचारी हैं, आचार भ्रष्ट होकर आमिष खाने लगे हैं। यहाँ तक कि केंकड़े-घोंघे तक खाने लगे हैं। महाराज स्वयं देखें उनकी कुरी। राजा ने देखा। गम्भीर होकर ब्राह्मणों को आदेश हुआ, “ये सब छिलके, मछली के काँटे तुम्हारे घर-बार के आगे मिले हैं, इस बात का क्या जवाब है?”

ब्राह्मणों ने छलछलायी आँखों से उन चीजों की ओर देखा और उन चीजों को सम्बोधित कर कहा, “हम तुम्हें लाये नहीं, हम तुम्हें जानते नहीं, सचमुच अगर हमारा तुमसे कोई सरोकार है तब तो जैसे हो वैसे ही रहो, नहीं, तो अगर कोई और लाया है तो अपना-अपना रूप धरकर उनके पास चले जाओ।”

देखते ही देखते वे हाड़-कंकाल सजीव हो उठे। केंकड़ा, मछलियाँ, घोंघे, जिनके जैसे हाड़ थे, वे सब मिलकर चल पड़े मुखीजी की ओर। राजा मुखीजी की कारस्तानी

समझ गये। हुकम हुआ, उनका समूल वंशसहित नाश कर दिया जाए। वह उधर रास्ते के पास जो खड्ड दिखता है वहीं मुखीजी का वंश खतम किया गया।

इसके बाद इधर देखो, पूर्व की ओर का यह टीला, जहाँ पुराने-पुराने पेड़ थूहर आदि खड़े हैं, उनके गरदन तक ऊँची बाँबियाँ हैं। किसी पीढ़ी में एक राजा ने तन्त्र सिद्धि पाने के लिए तन्त्र गुरु को वरण किया। तन्त्रकार ने बताया कि पूरे हजार श्रोत्रिय ब्राह्मणों की बलि देनी पड़ेगी। उनकी लाशों पर जगह बनाकर उनपर देवी की स्थापना करनी होगी, फिर सिद्धि सुनिश्चित है। वह देवी राजा के वचनों में रहकर उसकी बातें मानेगी। हजार प्रेतों की पीठ पर बैठ वह रात-रात भर घूमेगी। दिन होगा तो जहाँ-तहाँ गायब।

लोगों में घोषणा की गयी कि राजकुमार के कान बींधे जाएँगे। सो, हजार श्रोत्रिय ब्राह्मण वरण हुए हैं। चारों ओर ऊँची दीवार, दरवाजे पर पहरा। अन्दर एक ही जा सकेगा, अन्दर से खबर आ जाएगी, फिर दूसरा। सौ गये, दो सौ गये, दो सौ इक्यावन। अन्दर देवी की स्थापना की गयी थी। आसन पर बैठे थे तन्त्रकार। राजघराने का पाट मलिक, दशहरे पर भैंसे की बलि दिया करता था। वह बड़ा खाण्डा लिये एक चोट से दो खण्ड कर रहा था। दो सौ बावनवाँ आदमी लोभ और भूख नहीं सँभाल सका। सोचा, और लोग पता नहीं कितना खा चुके हों, कितना पा गये हों। यह पहरेदार मुझे कहता है कि पीछे ठहरो। उसने नारियल के पेड़ पर चढ़कर झुककर देखा। उसकी आँखों ने देख लिया कि दो सौ इक्यावनवें व्यक्ति की क्या दशा हुई। केतकी की तरह गोरा, शाल की तरह सीधा लम्बा कद्दावर जवान था वह! कितना कोमल था उसका चेहरा! कन्धे पर उत्तरीय था। हाथ में पोथी। क्षण-भर में सब खत्म!

पागल की तरह पेड़ पर से चीख उठा वह दो सौ बावनवाँ व्यक्ति। किसी अनजान जन्तु की तरह सुनाई दी उसकी चीख। उसने चिल्ला-चिल्लाकर सब कुछ कह डाला। अब सब भाग छूटे। राजा के लोग उसे जब मारने दौड़े तो तन्त्रकार ने कहा, "और कुछ नहीं होगा राजन्, देवी की इच्छा नहीं है! तभी तो विघ्न हो गया। जितना मिला उतना ही गाड़कर रख दो।" वैसा ही हुआ।

देवी-मूर्ति थी। उसे ले गया काला पहाड़। कहीं तोड़-फोड़कर फेंक दिया होगा। उसके धावे के समय वराह कैसे छुपा रह गया, पता नहीं। उस समय के शहर, गाँव, पता नहीं कहाँ लोप हो गये। परती खेत, बगीचा और पुराने जमाने का स्मारक यह भूसे से जलायी गयी ईंटों के मन्दिर में चिकने काले पत्थर की बनी वराहनाथ की मूर्ति। इतना भर पड़ा है, शेष कुछ बचा नहीं।

गड्ढे के किनारे रंग-बिरंगे आदमी। रंग-बिरंगी साड़ियाँ, कमीज, बच्चों के कमीज, गेरुआ धोती के साथ चम्पई गमछा, काले आदमी, गोरे आदमी। काले या भूरे सिर के बाल, थोड़े-बहुत सफेद माथे भी। वे घूम रहे हैं इधर से उधर। आदमी

अपना निशान छोड़ जाता है, सिर्फ पदचिह्न ही नहीं, किसी हरी घास पर पान की पीक अथवा बीड़ी का टुकड़ा, किसी-किसी जगह पर भीगा-भीगा तो कहीं-कहीं टूटे-फूटे ठीकरे, सूखे पत्तल, खाने-पीने के बाद की जूठन—और कितना कुछ आलतू-फालतू। वह जितना बीनता है, फेंकता उससे कम नहीं। उड़ती फिर रही है उसके देह की जीवित ऊष्मा, और उसकी देह की मानवीय मानुषी गन्ध या महक। उसी तरह जैसे कुछ क्षण बैठकर चले गये हों मरुभूमि के बालू पर या घने जंगल के बीच। और तभी अन्य लोग पहुँचें तो उन्हें पता चल जाता है, शायद यहाँ आदमी बैठे थे!

देखते ही देखते उसकी भी स्मृति बदलने लगी है वहीं रहते-रहते। एक-एक भात या चावल का दाना चिड़ियाँ चुग गयीं, चींटियाँ ले गयीं दानों को, जहाँ जो पड़े थे। कहीं फटा चीथड़ा या टूटी टोकरी, उस पर दीमक धीरे-धीरे उठने लगी, माटी की पतली परत। पेड़ से पत्ते झर रहे हैं, फूल की पंखुड़ियाँ झर रही हैं, आदमी से भी झर रहा है उसकी अवस्थिति का अनदेखा तेज। सब फिर कहीं बदलता जा रहा है, लोप हो रहा है। छाया-रोशनी-हवा एक साथ मिलकर यहाँ भी भर रहे हैं इस बनी और चौंक में, पल-पल में अपना नया रूप!

दुकानें बिछ गयी हैं दो कतारों में। माला, करधनी की दुकान, पंसारियों की दुकानें, हलवाई-मिठाईवालों की दुकानें। बढ़ई, लुहार, कुम्हार, जुलाहे सब लाये हैं अपनी-अपनी चीजें, इनके अलावा कारखानों में बनी चीजें। कपड़े-लत्ते, मिठाई, बरतन-भाँड़े, कितनी चीजें। ताजा चीजें ढेर की ढेर आयी हैं। पान-बीड़ी सिगरेट की दुकानें भी सजी हैं। टिन के दूध में बनी चूरा चाय यहाँ भी स्टोव पर उबल रही है। मुँह उलटाये मटियाले-से प्याले रखे हैं मानो अनेक के जूठे बन लजा रहे हैं, फिर भी और कई लोगों के होठों से लगना पड़ेगा। पौसरों पर कहीं छाया करने की चेष्टा की गयी थी, पर पूरा हुए बिना अधूरी हालत में पड़ा है। अपने आप छाया देनेवाले कुछ पेड़ हैं। चाहे छोटे ही हों। एक-एक आँवला के पेड़। एक-एक जामुन और एक-एक इधर-उधर के पेड़। उनमें अनाप-शनाप लताएँ लिपटी हैं। पेड़ और लताएँ जगह-जगह गुँथकर छोटे-छोटे कुंज बन गये थे। वहाँ भाँति-भाँति के जंगली फूल। दुकानों के उधर वन। एक-एक बड़े-बड़े पेड़। सिरस, कुचला, बरगद, पीपल वगैरह। जगह-जगह गहरे लाल फूलों के झूलते गुच्छे। सेमल, पलाश, पालिधी, लतापलाश आदि कितने पेड़-लताएँ अलग-अलग हैं। देवल के पास कई पुराने बकुल, पुराने नागेश्वर के पेड़ और कुछ पुराने गुलमोहर खड़े थे। फ़ागुनी हवा की महक फैली है। और केतकी फूलों की खुशबू चुपके से चली आती है। इस वन में कहीं छुपी है। और कुरैया फूलों की तेज सुगन्ध तो सब जगह है। वन-जंगल और सभ्य आदमी एक जगह मिले हैं आज के दिन। आज वराहनाथजी का जन्म-दिन है।

जगह पर पैर धरते-धरते सुना हुआ अतीत याद पड़ जाता है। केवल

किंवदन्तियाँ! दादा ने अपनी नानी से सुनी। अपनी बेटी से कही। बुआ ने कही भतीजे से--जो कहा करते थे, वे भी गये!

आदमियों की भीड़ के बीच चर्चा के समय वसन्त है इर्द-गिर्द। लाल और हरा। उधर काली अमराई से बकुल की महक तैर आती है, घास पर से मुँह बाये, नथुने फुलाये यह जो सफेद गाय खड़ी है, शायद इसके मुँह के काले-काले दागों में वही महक लिपटी है। एक ही कतार में तीन इमली के गाछ। तीनों बहुत बूढ़े। माघ में फल पककर झर जाने के बाद भी एक आध लटक रहे हैं। कुछ नयी कोंपलें फूट रही हैं, हलकी सब्जरंगी। दो बहुत पुराने नीम के पेड़। ललाई लिये पत्तों के बीच फूल भरे हैं, बौराये हैं। नीचे की बनी में 'गील गाछ' फल देकर थककर सोया पड़ा है। केवड़े के झुरमुट में नीचे के पत्ते पक आये हैं, ऊपर के गहरे हरे। बेर, कितने पककर सूख गये फिर भी झाड़ी से लटक रहे हैं। छोटे-छोटे नये पत्ते फूट रहे हैं। नये पत्ते, नयी कलियाँ, नयी महक!

भीड़ जम रही है। देवाले के दरवाजे पर धक्कम-धक्का, आगे जाकर उस विग्रह के आगे पूजा कर आने का आग्रह सब में। इसी दिन इस जगह ऐसे ही पूजा की है इस इलाके भर के कितने पुश्त-दर-पुश्त लोगों ने, उन सबने समर्थन किया है कि पाप दूर हो, पुण्य की प्रतिष्ठा हो। सद्विचार और सत्कार्य विराजते रहें इस धरती पर। आदमी को शान्ति मिले, ग्रहों को शान्ति मिले, सृष्टि पर शान्ति हो। बनी के बीच उजाड़ में आदमी ने सत्य और शान्ति की पूजा की है, दीया-बत्ती किया है, बाजा बजाया है, जैजैकार कर रहा है, ओदक और भोग बाँट रहा है।

वराह आशीर्वाद करेंगे, दया करेंगे, अभाव मिटाएँगे, रोग दूर करेंगे, बाल-बच्चे देंगे, मुकदमा जिताएँगे। बेचने की चीजों का भाव बढ़ाएँगे, खरीद की चीज का घटाएँगे, फसल सोलह आने करेंगे, आदमी जो कुछ भी सोच सकता है वह सब करेंगे, जो नहीं सोच पाता वह भी। बस जता देने में ही सुख है।

वराह मेले में भोर से ही लोगों की धार बह छूटी है। दूर-दूर से मेला देखनेवाले पहुँचते हैं। फागुनी धूल उठने लगी है। आकाश मामूली धुँधला गया है। छायेदार रास्ते पर पैदल चलनेवालों की धार कितनी ही दूर तक चली गयी है। खेतों के छोर पर, पोखर की पाल पर, बाँस के झुरमुट तले। कभी किसी गाँव के रास्ते पर जाते वाद्यकार चलते-चलते ढोल पर दो थाप ढाँव-ढाँव दे देते हैं। किसी रास्ते पर बैठ जाते हैं कुछ बटोही। लोग घेर लेते हैं। पोखर के पास कोई कपड़े रख नीचे उतर जाता है। बच्चे गोद में हैं, कोई-कोई कन्धे पर चढ़े हैं। किसी की पीठ पर पोटली है, किसी के सिर पर बोझ है। प्रायः सब के कन्धों से थैलियाँ झूल रही हैं। जल्दी-जल्दी बातचीत, हँसी और नकल। जूड़ा तेल से चमक रहा, देह पर साफ धोती जो इस माटी पर अनभ्यस्त-सी लगती। वैसे ही कोरे नये कमीज। गाल का फुलाव कम होते न होते चलते-चलते ही चाल धीमी कर, बटुआ खोल पान लगाते हैं,

बात-बात में ठहाका! बता देते हैं कि ये सब मेला देखने जा रहे हैं।

"क्या यही विचार किया, समधी ने?" कोई बुढ़िया अपने किसी साथिन से कहती जा रही है, "एक उनकी बेटी ही तो है नहीं उनके घर पर। वैसे तीन-तीन बहुएँ हैं, ननद भी भगवान् की दी हुई है। इस तरह चार जने हुए। अपनी बेटी को ही बीस की साड़ी लाकर दी, अगर उसे ही चारों में बाँटकर सस्ती साड़ी ही ला देते तो क्या मर्यादा न रहती। बस अपनी बेटी आँखों को दिखी, परायी बेटी तो दिखी नहीं। बताओ, ऐसे दुनिया कैसे चलेगी?"

साथ की बुढ़िया कुछ लँगड़ाते-लँगड़ाते कमर पर हाथ रखे चल रही थी। कहा, "यह बुद्धि अब इसी युग में हुई है, बहन! बस मेरा-मेरा करने में ही तो दुनिया डूब गयी, और अब क्या रहा? अब भाई अपनी बहन की खबर कैसे लेता है—हमारे ही घर में देखो न! गन्धिया चाकरीवाले गाँव से लौटा था। भाई आ रहा है। सुनकर बहन के तो बस पैर ही नहीं टिक रहे थे। स्त्री के लिए तो हार ले आया, बहन के लिए कुछ नहीं। उलटे कहता है, उसके पीहरवालों ने भेजा है। यही तो कलयुग है, कहीं पेड़ों में थोड़े ही फलता है!"

दो युवक बातें कर रहे हैं। पीछे से देखने पर दोनों की देह प्रायः एक ही ढाँचे की, पैर भी धनुष की तरह बाँके, बौना चेहरा, देह के अनुपात में सिर और हाथ बड़े दिख रहे हैं, एक कह रहा था, "भाग करना है सो अच्छी तरह बाँट लिया उसमें फिर विचार क्या? रास्तेवाला कमरा बस पाँच हाथ का था। हो गया ढाई-ढाई हाथ, बीच में दीवार दी। जो था सब आधा-आधा। भारत पोथी में से आरण्यक पर्व था, वह भी समूचा न था, पीछे का कितना तो दीमक चाट गयी थी, उसे भी आधा किया गया। भाई-भाई का बँटवारा, कोई क्यों अधिक ले? जो न बँट सकी, उसे बेच दिया गया। पैसा बाँट लिया फिर। सुग्गा था उसे उड़ा दिया, उसका काम हो गया।"

आदमी चले जा रहे हैं, भाँय-भाँय बातें उड़ती चली जा रही हैं। किस समय, किस जगह किसी के व्यक्तित्व का प्रकाश। इसके बाद फिर वह वहाँ नहीं होता।

घू-घू करती हवा बह रही है। हवा में कोई लकीर नहीं, न खील है।

इसी माटी पर युग के बाद युग बहते चले जाते हैं। रौंदते चला जाता है एक पर एक पटवार।

समय बदला है। दबाकर रखनेवाला ढक्कन उठ गया है। यह ढक्कन सदा ही न था पर बीच में डेढ़ सौ बरस तो जरूर था। अचानक आयी थी स्वाधीनता। पिंजरे का पंछी बाहर आकर फड़फड़ाता पंख तौल रहा है। किसी-किसी ने तो अब तक भी यह अनुभव ही नहीं किया कि वह मुक्त हो चुका है। सामन्तों का वंश-गौरव, राजाओं का राजत्व लोप हो चुका है, पर किसी की आँखों में अब तक भी रह गया है वही पुराना मोह जिसका जन्म भय से, फिर भय का जन्म युग-युग

के दमन से, शोषण से है, अतः 'हैं' कहते ही अब भी उसके पैरों में अपने आप गति भर जाती है। वह दौड़ रहा है पुराना साआन्त। कड़ा कुछ कह दे तो भी वह सिर नहीं उठाता। सिर झुकाये रहता है, काम बताने पर कहना मानता है जैसे कि करते थे उसके पूर्वज। उस अँधेरे युग की धर-पकड़, धमक और अत्याचार की आँच से पिघले साँचे में ढलकर गढ़ी हैं उसकी नीति-अनीति, पाप-पुण्य के बारे में धारणाएँ। उनको विचार छूता नहीं, विश्वास चिपटा रहता। जो-जो अधिकार पहले उससे छीन लिये गये हैं, उसने मान लिया है कि वह उसके नहीं। उधर हाथ बढ़ाना पाप होगा, दोष होगा। वैसे ही वह यह मान बैठा है कि जमीन मालिक की है। उसकी नहीं। बँटाईदारी में जोतनेवाले का तीन और जमीन के मालिक का दो भाग होगा यह कानून सरकार ने बना दिया तो भी वह सोचता है कि मालिक का आठ आना या दस आना तो ईश्वरदत्त अधिकार है। उतना न देना असत् होगा, उसे पाप लगेगा। फिर हरिजनों का मन्दिर-प्रवेश। पहले तो वे बूढ़े-बड़ेरे हरिजन खुद घबराये। सोचा, मन्दिर में घुसे तो छाती फट जाएगी, पुराना चलन ही ठीक है। जहाँ ज्ञान नहीं पहुँचा, प्रकाश नहीं पहुँचा, आदमी के मन में अँधेरा और अन्धविश्वास का भय है, वहाँ स्वाधीनता के बावजूद भय-संकोच से गढ़े पुराने संस्कारों का राजत्व अब भी चल रहा है, टूटा नहीं। पर वह अँधेरा, सन्देह रह गया है पुराने मरहटियों के मन में। और कहीं ठेठ देहात या अँधेरे वन-पहाड़ों में, जहाँ बाहर की खबर सहसा पहुँचती ही नहीं। और जहाँ शहर है या शहर के साथ सम्पर्क है, जहाँ की कोई चाहे कुलीगिरी करने ही जाकर बाहर घूम आया है, दस बातें देख आया है—वहाँ अवस्था कुछ भिन्न प्रकार की है। नदी किनारे का बन्धमूल गाँव शहर से कोई अधिक दूर न था। कुल पाँच कोस रास्ता। एक नदी बहती आयी है शहर की ओर से इधर। सम्बन्ध जोड़े है लम्बा बाँध का रास्ता और आती-जाती नावें। बाहर से इस रास्ते जो सायकिलें जाती हैं, जो घूम-फिरकर बेचनेवाले कभी-कभी आते हैं, जो डाकिया आता है, कभी कैसे अपने प्रचार के लिए अचानक जो नेता टपक पड़ते हैं, जिन टरणि-टाउटरों का काम हुआ घर-घर घूमकर मुकदमे के लिए तैयार कराना, वे सब लाये थे—चलती दुनिया में बदली समाज-चेतना का सन्देश। और लाकर बाँट दिया था।

नये विचार के साथ बढ़ उठा है नया आदमी। वह सिर्फ स्वस्थ और शरीर के नीरोग होने भर से शान्ति नहीं पाता। मन खुदबुदाता है—अधिकार पाने के लिए। अपनी मेहनत से वह जो गढ़ेगा, उतना होगा उसका। उसमें पराये किसी का अधिकार नहीं होगा। जहाँ वह रहेगा, चलना-फिरना करेगा, उतना सोलहों आने उसी का होकर रहेगा, अन्य कोई हिस्सेदार नहीं। जीने के लिए न्यूनतम जितना चाहिए उस पर उसका अपने आप अधिकार है। क्योंकि वह आदमी है। उसके जन्म लेते न लेते उसके लिए इस पृथ्वी को गढ़कर रखा है स्रष्टा ने। अन्तराय बनकर जितने-जितने चलन हैं, वे केवल खाऊ-मारू लोगों के लिए रास्ता साफ करने के लिए

हैं। न्याय-नीति का भेष पहने वे हैं बक-वैष्णव, वे उनकी आशा के प्रतिकूल हैं। इन सबमें उनका विश्वास नहीं।

एक ओर बदलता हुआ समय और दूसरी ओर बदला हुआ साधारण श्रमजीवी। दोनों हाथों से इन दोनों प्रचण्ड शक्तियों को हटाकर अलग रखने के लिए बीच में यह मझोली श्रेणी। वह कोई धनकुबेर नहीं या वस्तु उत्पादक श्रमिक नहीं, पर बुद्धि और संगठन से यह श्रेणी समाज में नेता बनी है। पीढ़ी-दर-पीढ़ी होती आयी है। अब तो छटपटा रही है। अपने हाथों में कभी हल पकड़ा नहीं, पत्थर का टुकड़ा भी फोड़ा नहीं, और कभी अगर काम किया भी है तो बस कुछ समय के लिए। अपने मन मुताबिक, खुशी से; कोई वृत्ति के लिए नहीं। ऐसे शौक ही शौक से उसने थोड़ी-बहुत फुलवारी भी कभी लगायी है। कभी मजूरों के साथ खेत में कन्धा भी लगाया है। पर अपने देह की मेहनत पर वह निर्भर नहीं करता। वह काम उसने छोड़ दिया है—चासी मजूरों पर। उन लोगों के श्रम से हिस्सा लेता था। अपने लिए दस आना—उनका छह आना। अपना आठ आना—उनका आठ आना, जब जैसी सुविधा मिली और सम्भव हुआ। खुद वह पकड़ता था दूसरी वृत्ति, जिसमें उसकी देह का बल लगता नहीं, पर दिमाग खर्च होता है, विद्या-बुद्धि लगती है। किसी में खास कौशल की भी जरूरत पड़ती है। नहीं तो अपना खेती का काम परायों पर छोड़कर वह होता था परदेसी चाकरिया, कोई चेंगल की जूट मिल में श्रमिक, कोई बाबू के घर पर चाकर या रसोइया, तो कोई सरकारी कर्मचारी, चपरासी से हाकिम तक। कितने ही व्यवसायी और वृत्तिजीवी, डॉक्टर, वकील, शिल्पी, कितने ही शिक्षक, पण्डित, बुद्धिजीवी, कलाविद्, जो सामाजिक नीति और विचार के प्रवर्तक या प्रचारक कहलाते हैं, जो साम्यवाद-समाजवाद, श्रम का मूल्य, श्रमिक की मर्यादा आदि के नये आवाहक हैं, आन्दोलनकारी हैं, जो ज्ञान और विचार मार्ग से अनुशीलन कर समझा-बुझाकर श्रमजीवी को चेता रहे हैं उसके अधिकार और दावे के सम्बन्ध में, वे भी दुनियावी चलन में अपनी जमीन की खेती उसी पुरानी रीति से चासी मजूरों पर छोड़कर उनसे हिस्सा लेकर चलते हैं।

पराये पसीने की कमाई में से अनाज वसूल गाँव से लाकर मजे में खाकर शहर में अपना दूसरा धन्धा चला रहे हैं। फिर विचारों के विलास में पड़े उन्हीं में से कुछ लोग सोचते हैं, समझाते हैं, वही बात, जिसे वे लोग उचित मानते हैं अपने मन में, किन्तु कार्य में परिणत नहीं कर पाते। कार्य में तो उसी पुराने जमाने से चले आते चलन को ही मानते हैं। उनका कहना है कि अब बेगार का लोप होना चाहिए, ब्याज की दर कम होनी चाहिए। जमीन पर जो खुद खटता है, फसल में बड़ा भाग उसी का हो, वरन् जमीन उसी की हो। नया युग अपनी बात उन मझोलियों के ही मुँह से कहलवा रहा था, चाहे उनके चलन और रीति पर सीधी चोट ही क्यों न करती हो।

और फिर सचमुच जब चासी मजूर अपनी माँग रखकर सुविधा-सुयोग चाहने लगे, तभी असुविधा पैदा हुई। इस बिचौलिये श्रेणी के आकाश-महल में नीचे-ऊपर तक हलचल मच गयी। मजूर अब मुफ्त में कोई काम नहीं कर जाएगा। सस्ते में मजूरी नहीं करेगा। पहले की तरह लाकर ढेर नहीं लगा जाएगा। अपने घर के सामने आम के पेड़ से आमों का हिस्सा, अपने घर के पोखर से मछलियाँ, जमीन से पुआल लाकर बाबू का घर भरना तो दूर, उलटे आप दस आना रख जमीन की उपज में से छह आने लाकर देना भी मुश्किल हो गया है। लाल आँख दिखा देने भर से अब वह और पहले की तरह आराम से जमीन नहीं छोड़ देगा, घर छोड़कर उठ नहीं जाएगा। वह खुशामद नहीं करेगा, देह को मोड़-मरोड़ टेढ़ी कर सिर झुकाये खड़ा हुआ विनय-भगती नहीं करेगा। अब और पहले की तरह समय नहीं कि चाहे जितना भी बकाया होता जाय, गुड़िया साहू करज देता जाएगा, केवल चिवड़ा देता रहेगा। अब अहीर सवारी ढोएँगे नहीं, बाउरी स्त्रियाँ पावला-धेली पर घर लीपने आएँगी नहीं। नहीं-नहीं-नहीं। उस जमाने की बातें गयीं भूल, औरों पर हाकमाई लोप होती आ रही है। जिसे जो पहले स्वयं ही मिल जाता था, अब और वह मिलता नहीं। यहाँ तक कि प्रणाम-दण्डवत् भी कितना कम हो गये हैं। हाथ से काम कर जीना न सीखने के कारण मझोली श्रेणी के लोगों के लिए गाँव में रहकर चलना क्रमशः असम्भव होता जा रहा है। शहर में वरन् पैसे खर्च करने पर सब खरीदा जा सकता है, गाँव में पैसा भी उतना असर नहीं करता।

मझोली श्रेणी के लोग सोच रहे हैं बड़ी तेजी से। मन में हताशा का भाव है। जिस सूत्र से पूर्वजों की रख छोड़ी जमीन की फसल अपने आप प्राप्त होते चलती आयी, अपने बेटे-पोतों के समय तक शायद वैसा नहीं हो सकेगा। यह जमीन-बाड़ी उनकी होकर नहीं रहेगी। चाकरी से पेंशन पाने के बाद घर बैठकर सुख से बिताया नहीं जा सकेगा—हिस्से के धान के आसरे पर। किसी विधवा, किसी थोड़ी तनख्वाह पानेवाले का काम चिर आचरित रीति से उन्हीं परायों के श्रम से भाग लेकर चल जाया करता था, अब शायद सम्भव दिखता नहीं वैसा। जीवन जीने के पुराने तरीके को बदल अब नये तरीके का अभ्यास करने का समय और उमर भी नहीं। दूसरे के श्रम से हिस्सा पाना कम होने के साथ-साथ पुरानी मर्यादा भी कम हो जाएगी। जमीन पर घिसटती-सी धोती पहनना, डब्बे-डब्बे भर पान, पूनम पर्व पर पिठा-पना खाने-खिलाने की धूम, भर टोकरी का देन-लेन, बन्धु-मेहमानों की आवभगत का आडम्बर। ब्याह निमित्त यात्रा तमाशे का आडम्बर, कितना कुछ बदल जाएगा। टूटी दीवार, फटी छान, खाली डीह, परिश्रम में अनभ्यस्त सुकुमार देह लेकर श्रम संघर्ष के जीवन में दुर्बल प्रतियोगिता, आचरण में नैराश्य से भरा छोटा मन शायद ऐसा ही होगा—मझोली श्रेणी के निचले स्तर के चिह्नवर्ण उस स्तर के गाँव के खटकर खानेवाले समाज के साथ मिल जाने तक। वैसे मिलने के लिए केवल देह का अलगाव

ही अड़चन नहीं है। पहले तो समाज के संस्कार ही आड़े आते हैं, कितनी ही दुखी-विधवा हो तो भी साआन्त घर की बड़ी बहू खेत निराने जाएगी कैसे? उसकी बजाय घर में पड़े रहकर मरना चाहेगी वह। किन्तु मरण को आलिंगन करने की भावना भी केवल मन का एक खयाल है। एक झोंक की बात है। कुछ लोग झोंक में बहकर मशान जा सकते हैं, पर ईश्वर की गढ़ी देह की जरूरत और नित्य सतेज अखण्ड जीवन का लोभ स्वतः जय प्राप्त करेगा मन की उस झोंक पर, जिसकी नींव केवल कुसंस्कार, केवल अतीत की कहानी की धुआँ पर है, आज की माटीमटाल (पक्की माटी) पर नहीं। अतः मझोली श्रेणी भयभीत है, चिन्तित है, अतः वह दीवार के सहारे पीठ सटाकर अब आखिरी लड़ाई लड़ने में व्यस्त है। समय रहते अपनी जमीन से बटाईदार चासी को हटाकर जमीन अपने अख्तियार में लेनी पड़ेगी। सादे कागज पर अँगूठे का निशान लेकर चासी-मजूर को अनुबन्ध में बाँधने के बाद तब जमीन देनी होगी।

बाद में अगर बँटाईदारी कानून के मुताबिक पाँच भाग में तीन भाग का दावा करे, पहले के चलन के अनुसार निश्चित आठ आना भाग न दे, या जमीन छोड़ने को कहने पर इनकार कर दे, तब उस कागज द्वारा जो मन में आए सो लिखकर बकाया निकाला जा सकेगा, मुकदमा-नालिस की जा सकेगी। और भी दाँव-पेंच लगाने होंगे, कई उपाय करने होंगे। उन्हीं के बीच आपसी कलह पैदा कर उनकी तरफ के लोगों को लाकर अपनी तरफ रखना पड़ेगा।

वराह-दशमी का 'मेला-महोछव' देखने जाते समय भी रास्ते में बराबर के लोग मिलें तो बड़े-बूढ़ों में यही चर्चा! बदल गये सामाजिक संस्कारों की पट्टभूमि के सामने देश की अवस्था—जीती-जागती समस्या!

कोफ्त-भरी दोपहर ढलती जा रही थी गोधूलि की ओर। संकीर्तन से कान फटे जा रहे थे। झुण्ड के झुण्ड खँजरीवाले बैठे थे। भीड़ भरपूर। संकीर्तन से हटकर इधर-उधर छोटे-मोटे दल चर्चाओं में लगे थे। वे सब आस-पास के गाँव के मुरब्बी श्रेणी के लोग थे। किस गाँव की क्या खबर है—यह भी चल पड़ती बीच में। और फिर खेती-बारी के बारे में, बँटाईदारों को उठाने को लेकर, मुकदमेबाजी की बातें।

जमींदारी जिनकी चली गयी वैसे पुराने जमींदार, बँटाई पर खेती करानेवाले बड़े-बड़े किसान, पेंशन पाकर जमीन का आसरा लिये घर बैठे सरकारी कर्मचारी, साधारण लोग जो मामूली धन होने पर भी सदा बुद्धि खटाकर औरों को हाथ में रख घर चलाते हैं—इस प्रकार भिन्न-भिन्न वर्ग के लोग जगह-जगह जुटकर अपनी-अपनी अनुभूति और अनुभवों की तुलना कर रहे हैं। सबकी आलोचना में स्पष्ट हो रहा था—समय के विरुद्ध एक अभियोग। इसीलिए अगर कोई सरकार को दोषी ठहरा रहा था, तो कोई देश के लोगों को, खुद को छोड़ और सबको। पचास-साठ बरस पहले अगर कोई इस चर्चा में नये चलन के विरुद्ध अभियोग करता

था तो वह होता—कोई अँगरेजी पढ़ा अपनी स्त्री को लेकर बाहर घूम रहा है। कोई कपड़े बदले बिना घर में घुसता है। किसी ने तिलक लगाना छोड़ दिया, तीन कर्म का आचरण, किसी ने जात के बाहर सम्बन्ध कर लिया। सौ-दो सौ बरस पहले अगर चर्चा चलती, तो जमींदारी लाट में उठने की बात, बंगाली किरानी का साग-मछली के भाव कलकत्ते में जमींदारी नीलाम पर लेकर उड़ीसा में आकर खास चौधरी बनकर बैठने की बात चलती; बरस-बरस में ही लगान बढ़ने की बात और कर के बोझ तथा लूट-अत्याचारों से गाँव के उजड़ने की बात चलती। अगर पन्द्रह-बीस वर्ष पहले बात चलती तो लोग चर्चा करते महात्मा गाँधी की, सुराजी आन्दोलन की। घर-घर में, रास्ते पर, मेले-ठेले में, खेल तमाशे में आज चर्चा हो रही है इस आ रहे सामाजिक विप्लव की। किसी जमाने की सुप्रतिष्ठित यह मझली श्रेणी अब धीरे-धीरे टूट रही है, रूप बदल रही है। चेष्टा कर रही है दूसरा रास्ता पकड़ टाल जाने की; इस संघर्ष से अपने आप उपज रहा है दलबन्दी, गुटबाजी, दंगा-झगड़ा, ठगी, नेतागिरी, झगड़ा-विद्वेष!

अभिमानपुर इलाके के पुराने जमींदार आनन्द पट्टनायक बातें कर रहे थे मंगराजपुर इलाके के पुराने जमींदार केलू पाइकराय से। पास ही थे अभिमानपुर के मणि महान्ती, नारायण महापात्र; मंगराजपुर के जुगल जेना, कुशल षण्ड, गोविन्द हाती, रणभाड़िकुदा के मकद्दम योगेन्द्र दास। आनन्द पट्टनायक लम्बे-गोरे सजीले आदमी, सन जैसे बाल, लम्बी-लम्बी सफेद मूँछें, छोटी आँखें, काँच की तरह चमकता ललाट। साफ धोती पर धुली पंजाबी और उस पर अभी भी डाल रखी है लम्बी चादर। किन्तु अब अन्य ठाठ-बाट नहीं। पान का डब्बा थामे कन्धे पर गमछा डालकर नाई पीछे-पीछे रहा करता था—वह तो कब का गया। पट्टनायकजी ने साइकिल चढ़ना सीख लिया है। उधर सेमल के पेड़ तले रखी है। उसकी सीट पर लाल कपड़ा बँधा है। केलू पाइकराय चौड़े, वजनदार आदमी, साँवले रंग के, भारी-भरकम सिर, चिपटा चेहरा, सुग्गे की चोंच सरीखी नाक, पीली कमीज पेट पर तनकर पड़ी है। पान का आदान-प्रदान कर दोनों मित्र हँसते हुए अतीत की चर्चा कर रहे हैं। पाइकरायजी अभिमानपुर के बूढ़े पट्टनायक की बेटी के लड़के हैं—रिश्ते में आनन्द पट्टनायक के फुफेरे भाई होते हैं। बात चल पड़ी थी—उस जमाने में पाइकरायजी जब अभिमानपुर जाते तो कैसे भोज हुआ करता था। एक वक्त कम-से-कम बकरी तो जरूर कटती। खीर-पूरी भरे रहते, कहाँ गया अब वह जमाना! वह ऐश! वह मौज! पट्टनायकजी बता रहे थे, "मंगराजपुर में तो उससे भी बढ़कर, घी खोजने पर मिल जाता पचास वर्ष का। मोटे-मोटे घी के कीड़ों के भाजे मिलते थे सिर्फ मंगराजपुर में ही, और कितने बूढ़े कोठले! कितनी गायें! हठात् देखते-ही-देखते लोप हो गया!" पट्टनायकजी

ने कहा और सबने रास खींची, "जो हम फेंक देते थे, वह भी हमें आज नहीं मिलता। छोटे लोगों का तो मुँह ऊपर हो गया है।"

"हमारे गाँव के हरि पट्टनायक का बेटा गदेई हल लेकर आप ही हे-हे-डी-डी कर रहा है। कच्छा पहनकर, गमछे की पगड़ी बना, हाथ में छड़ी लिये...जो दृश्य सामने आता है उसका क्या बताऊँ?" आनन्द पट्टनायक ने कहा, "कन्धे पर बन्दूक डाल आरमपुलिस हुए थे, बड़ी-बड़ी मूँछें रखी थीं। सरकार ने यहाँ से लेकर काला हाण्डी काशीपुर बदली कर दी सो यह पोशाक छोड़कर हल पकड़ा है। लाज-सरम तो गयी, क्या करे, पहले पेट..."

"उसकी क्या कहते हैं," पाइकरायजी ने कहा, "हमारी काकीजी को ही देखो न! हाँ, काका मर गये, अवस्था खराब हो गयी, कोई मना करता है? अब स्वयं चीला, बड़ा, पकौड़ी, बड़ी, अचार आदि, देखो न, एकदम खुले बेचना शुरू कर दिया है। सुबह देखो, उनके टूटे छप्पर के पास भीड़, सारी जात के लोग, इस तरह भी कहीं कोई आदमी इज्जत-महत को खाता है?"

गोविन्द हाती बूढ़े आदमी ठहरे। शंख के खिलौने की तरह गोटी देह सूखकर झुरझुरा गयी। झुक गये हैं। बोले, "जात गयी, पाँत गयी, इज्जत-महत गया, सत डूबा, धर्म का लोप ही हो गया। अब तो हम आँख मींचते तो, बस। जो आएँगे वे आएँ, पर हम दायी न होंगे इन सबके।"

मकदम गोविन्द दास गोलमटोल नाटे आदमी। गोल चेहरा, छोटे-छोटे पतले होठ। होठों को मरोड़ते हुए हँसी रोक रहे थे। एक भी बाल पका नहीं, या सुडौल चेहरे पर कहीं कोई रेखा उभरी नहीं। कहने लगे, "क्यों, तुम्हारे कोई बात की कमी है, हातीजी! उधर दो बेटे नौकरी कर रहे हैं, धन्धेबाड़ीवाले आदमी, इधर धीरे-धीरे अधिकांश जमीन भी तो कब्जे में आ गयी। बाउरी प्रजा तो कोरे कागद पर अँगूठा टेक-टेककर बँधी पड़ी है, कोई रस्सी से बाँधता है, आपने तो महाराज सीधे लोहे की साँकल से बाँध रखा है, कौन खोल सकेगा? आपका तो जो था वही है, कुछ बढ़ोतरी भले ही हुई हो, घटा कहाँ?"

"घटा नहीं? क्यों, देखा है तुमने? अब बूढ़े हो गये, क्यों? तब के जमाने में अकेला काँसा-भर उड़द की दाल, लोटा भर दूध, एक पूरी इलसी मछली, बकरी का मांस आध सेर, दस चौका नारियल के काकरा पिठा..."

"वह तो भगवान् की लीला है, हातीजी, हम सभी तो बूढ़े होंगे। उस बात पर तो किसी का जोर नहीं चलता। असल में है यह चलनेवाली बात, आप तो पहले से ही हुशियार हो गये!"

"ये देखें और एक हुशियार आ गये"—मंगराजपुर के जुगल जेना ने कहा। ठिंगने, गोरे, सपाट माथा, घनी लम्बी झुकी मूँछें, चौड़े मुँह में सदा पान और हँसी भरे रहते हैं, बस घनी बाँकी बरौनियों के नीचे चंचल दोनों आँखों की ओर देखने

से लगता कि कैसे चालाक आदमी हैं! छिपे हुए चौड़े-चौड़े दोनों कान उनके माथे को जाने कैसे हवा में उड़ने की-सी भंगिमा प्रदान करते हैं। और उनके साथ मेल खा जाती उनकी पैनी नाक, उसकी नोक ऊपर की ओर मुड़ी है। लोगों का कहना है कि जुगल जेना फेर-फिकरवाले हैं, यह मगरमुँही लाठी लिये कमीज पर लाल गमछा डाले गाँव का एक चक्कर काट आएँ तो उनके कानों में सारी खबरें पड़ जाती हैं।

कहने लगे, "वे बन्धमूलवाले बट महान्ती के बेटे रवि बाबू हैं, बी.ए. पास। बट महान्ती परमार्थी पुरुष कहाते हैं। इधर क्या हुआ कि...कितने ही बँटाईदारों को हटाकर सारी जमीन बगीचा आदि खुदकाश्त कर चुके हैं। ये तो आते ही लोगों को बहकाने लगे कि जमीन-जायदाद, उधारी लेन-देन सब अपनी निगाह में रहेगा। उधर वे होंगे नेता, देखना मेरी बात झूठ होती है या सच—ये भी एक दिन मन्त्री बनेंगे।"

आनन्द पट्टनायक ने हँसकर कहा, "नेता होना तो जरूरी है, सब क्या नेता बन सकते हैं? तुम नहीं बनते? पहले क्या था कि नेता बनना बाप-दादों, चौदह पीढ़ी से चलता आता था, जमीन-जमींदारी के साथ-साथ, तुम बड़े घर में जनमे तो फिर छाजन से टपकते ही अँकुरा गये। और अब नेतागिरी के लिए खुद चेष्टा करनी पड़ेगी।"

पाइकरायजी ने बताया, "बुद्धि बल तो सदा से ही था, अब भी है। इस छोकरे में तो नाक तक बुद्धि है। उधर भाई पुलिस में, बाप है, सो यक्ष, इधर ये बैठ गये गाँव में, कहते क्या हैं कि ग्राम-संगठन कर रहे हैं।...अरे पुकारो, बुलाओ-बुलाओ। दो बातें ही की जायँ।"

जुगल जेना ने आवाज लगायी। पहले से ही परिचित थे। रवि आया तो जुगल जेना ने एक-एक से परिचय करा दिया। रवि ने प्रणाम किया। और विनम्र भाव से खड़ा रहा।

पाइकराय ने बात शुरू की, "अच्छा हुआ कि आप गाँव में रह गये, इतनी पढ़ाई करने के बाद क्या गरज पड़ी थी कि आप चाकरी करें, इधर गाँव में तो कितना काम करने को पड़ा है। कैसे चल रहा है? लोगों की मति-गति कैसी है?"

रवि अवाक् खड़ा देखता रहा।

आनन्द पट्टनायक ने पूछा, "बापू मजे में हैं तो?"

"हाँ।"

"जो भी हो, पिताजी ने बहुत बुद्धिमानी का काम किया, बँटाईदारों को हटाकर जमीन अपने हाथ में ले ली, वे ठोस आदमी ठहरे। उनकी छाती है, कर सके। हम लोग पिछड़-पिछड़कर पछताते रहेंगे। क्यों, लोग कोई अण्डस तो नहीं लगाते?"

नयी बात। रवि का माथा चकरा गया, बात पर विश्वास भी नहीं आया। पूछा, "मुझे तो कोई खबर ही नहीं।"

रवि चला गया। जुगल जेना ने सिर हिला-हिलाकर कहा, "देखा तो, जैसा बाप,

वैसा बेटा। बाप के मुँह से कोई बात ले सकता है? क्या इतना सहज है?"

दासपुर का चासी बूढ़ा जगू पधान खँजरी-भजनों के बीच से जल्दी में उठकर चला आया। जुगल जेना से पूछा, "बाबू, कौन हैं वे?" उसके पीछे और तीन लोग थे। जुगल जेना ने परिचय बता दिया। जगू पधान ने कहा, "चलें, खोजें उन्हें, गुहार करेंगे, दस बरस से खेती कर रहे थे, छीनकर जमीन पाण्डू पशायत को दे दी है। जो करेंगे, करेंगे, दो बातें कहकर तो देखें।"

जुगल जेना ने कहा, "जाओ, जाओ..."

"बाबू, बाबू!"

आवाज सुनकर रवि ने मुड़कर देखा। चार किसान। आगे जगू पधान बूढ़ा है। बिना किसी भूमिका के शुरू किया, "यह क्या ठीक हुआ, बाबू?" इसके बाद लगातार कहता चला गया अपना दुःख। रवि आश्चर्य से देखता रहा, धीरे-धीरे ये सारी नयी बातें सुन रहा है। विश्वास भी नहीं हो रहा। जिसे वह घृणा करता है, जिसके विरुद्ध उसका सारा विचार है, प्रचार है, वही है उसकी अपनी बुनियादी में ही! भाव-प्रवण हो व्यथा में भरा देखता रह गया। उसे लगा माटी कुछ कह रही है, या उसे पहचान रही है। उसका दुःख कष्ट। सिर्फ किताबों की पढ़ाई, कुछ बातें, ढेरों भावनाएँ। इधर उसके पिता बँटाईदारों को जमीन से उठा रहे हैं।

वराह-दशमी का 'महोछव' चल रहा है। सूरज ढलने को आया। भीड़-भड़क्का, काफी लोग, अनेक रंग। आगे वहाँ खड़ा है जगू पधान, गँठीली देह पर चमड़ी झुर्रा रही है, चेहरे पर कई लकीरें, कई गड्ढे, भौंहों पर थोड़े से बाल, आँखें जैसे धुँधली-नीली दिख रही हैं, मानो सुलग रही हैं। काली-भूरी मूँछों पर केंकड़े-सी नाक खड़ी है। कुल मिलाकर गम्भीर भंगिमा, मामूली धूप की ओट में छाया पड़कर और भी गम्भीर लग रहा है। जगू पधान शब्द खोज रहा है।

"बच्चों ने कहा—बापू, नहीं, छोड़ेंगे, जो होना होगा हो जाएगा, ऐसे अगर सभी अपनी-अपनी जमीन छुड़वा लेंगे तो हम खाएँगे क्या, चलेगा कैसे? मैंने कहा, नहीं, ऐसी बात कैसे होगी, बुढ़ापे में मैं सत छोड़ूँगा? बात तो माननी ही पड़ेगी। बाद में देखेंगे..."

"ठीक है, इस बारे में समझूँगा, पधानजी!" रवि ने कहा।

"बस, यही चाहिए।"

वे चले गये।

पर बात वहीं नहीं खतम हुई। बात जाने कैसे फैलती हुई अन्यान्य बँटाईदार किसानों के बीच भी गयी। और लोग भी रवि के पीछे पड़े।

परन्तु अबकी बार उसने नये रूप में देखा अपनी नींव को। जिस अत्याचार और शोषण से उसने घृणा करना सीखा है, वह उसके अपने घर में ही है।

कहीं उसके संघर्ष का आरम्भ है—पाप से, शोषण से, निर्ममता से। मन में

चाहे जो सोचे या मुँह से कुछ भी कहे, पर असल में वही हो रहा है!

रवि ने अनुभव किया कि सामने से है कि संघर्ष आता दिख रहा है। अपनी नीति के विरुद्ध चलने को वह स्वीकार कर नहीं सकेगा। वह बदलेगा नहीं, पिता बदलेंगे नहीं, अतः रास्ता भिन्न है। याद आया—पाटेली गाँव के सिन्धु चौधरी के घर से जो भले व्यक्ति बात लेकर आये थे, गालियाँ खाकर लौट गये। उस दिन पिता की वह जिद और क्रोध! और वह दिन जब कर्जदार आकर अनुनय लगा रहे थे सूद छोड़ने के लिए! ऐसी ही और कई बातें। जिस रास्ते पर वे अपने जीवन को चलाये लिये जा रहे हैं, उसे बदलने की गरज उन्हें पड़ेगी नहीं, वे मुरब्बी ठहरे! वे घर की सम्पत्ति के मालिक ठहरे। वे पिता हैं। अथच रवि खुद अनुभव कर रहा है कि उसकी अपनी स्वतन्त्रता है। मन, विचार, कल्पना सब उसके अपने हैं, उन्हें छोड़कर मानो उसका अस्तित्व नहीं है।

उदास होकर चेहरा घुमाये खाली खेत की ओर ताकता रहा, खुद मानो कोई पत्थर की मूर्ति हो, कितने जमाने की मूर्ति, माटी तले से खोदकर निकाली गयी। वही पत्थर की मूर्ति चेतना पाकर मानो विचार रही है, कितनी बार इस धरती पर ऐसा घटा है कि पिता का बसाया रास्ता छोड़कर बेटे ने भिन्न रास्ता पकड़ा है, अपनी स्वतन्त्र नीति पर चलकर, अपनी अनुभूति में इस जीवन को अनुभव करने, और फिर परखने के लिए।

अन्यमनस्कता से चौंककर उसने देखा, औरतें दल की दल यात्रा-स्थल से लौट रही हैं। साँझ हो आयी, कितनी लौटेंगी। चली जाती धारा में से किसी के धूमिल चेहरे पर एक और चेहरे की झलक देखी उसने। धारा चली गयी। फिर जाग उठी वह स्मृति।

सामने आना ही पड़ेगा। वरना माँ को कहने पर कहेंगी कि पिता से कह, मैं क्या जानूँ। औरत जात! याद आया कि उस बार जब वह प्रतिरोध करने गया था कॉलेज के प्रिंसिपल के सामने, कि फीस न देने के कारण जिन पाँच लड़कों के नाम काट दिये गये हैं, उनके सम्बन्ध में अपना आदेश उठा लें। उन्हें एक महीने का और समय दिया जाए। प्रिंसिपल की स्थिर पुतलियों को और होठों के कोने में हँसी से पड़ी टेढ़ी रेखा अब भी याद आती है तो मन डूबने लगता है। एक ओर उसके हृदय का उच्छ्वास—दूसरी ओर एक स्थल जहाँ उसका अधिकार नहीं, व्यक्तिगत सम्बन्ध भी स्पष्ट नहीं। रास्ता दिखाया था उसके विश्वास ने, जिसे वह उचित और सत्य मानता है।

घर से तनिक हटकर बैठक की कोठरी में दीवार का सहारा लिये चटाई पर बट महान्ती बैठे थे, आँखों पर चश्मा, हाथ में एकादश स्कन्ध भागवत। मझ दोपहर से तनिक पूर्व खा-पीकर वे यहाँ चले आते हैं, दिन के लिए मानो यह उनका दूसरा घर हो। चटाई पर तकिया रखा है पास में एक बिस्तर, जिस पर लाल कपड़ा बिछा

है। और रखा है एक पीकदान, दीवार से सटकर दो आलमारियाँ खड़ी हैं, छोटी खिड़की के नीचे एक टेबुल, टेबुल के पास कुरसी। एक कोने में सन्दूक पड़ी है।

रवि की स्कूल की पढ़ाई, उसके लिए चार वर्ष शहर रहा। फिर कॉलेज में चार वर्ष, तब भी शहर में। गाँव का बस नाम भर था। मन के लिए केवल कुछ एक चित्र, ऊँघे कबूतर। कभी याद आते आम का निचोड़ना, घर के आगे छिलके और गुठलियों का ढेर, कभी और कुछ, और हमेशा उसमें बस घर ही घर की धारणा रहती। घर के साथ सम्पर्क इसी तरह याद आ जाता। पर वृत्ति-बाड़ी का हिसाब-किताब, संसार चलाने के सम्बन्ध में पिता के व्यक्तित्व का स्वरूप उसके लिए अनजाना था, उसके परिसर के बाहर। ऐसे समय याद आता—पिता सबसे अधिक अपने होने पर भी उससे कितने अलग हैं, इतने पास रहकर भी कितनी दूर हैं, आदमी खुद अपना इतिहास है, दूसरे से अलग है। वहाँ से उसने स्नेह-आदर पाया है, जो कुछ जरूरी है सब पाया है। उसी बरगद की झूलती जड़ बनकर बढ़ा है, फिर भी दोनों भिन्न आदमी हैं, उन्हें वह नहीं पहचानता!

हिम्मत कर उसने पूछ ही डाला। पहले तो अवाक् रह गये और उसकी ओर ताकने लगे। इसके बाद धीरे-धीरे उनकी भौंहें तनती गयीं। उन्होंने कहा, "हूँ, मुझे भी पूछना था तुमसे। क्यों, पढ़ाई ने तुम्हें यही सिखाया? इसी के लिए पैसा खर्च कर तुझे पढ़ाया था? तुमने यही सीखा कि जिस डाल पर तू बैठा है उसी पर कुल्हाड़ी चलाए? नौकरी-चाकरी तो की नहीं, सोचा आलसी बनकर घर में पड़ा रहूँ, फिर यह जर-जायदाद कैसे सँभालेगा? लोगों को कैसे जीत सकेगा? इधर ही ध्यान देने की बात है और तू है ठीक उलटा? जिनकी छाया पड़ने पर आदमी दूर हट जाता है, तू जाकर उन्हीं से मिलता है। इन छोटे-छोटे आदमियों के आगे बड़ी-बड़ी बातें कहता है। ऐसे लोगों को भी कोई बुद्धि देता है? वे पहले जो दबे-दबे थे, अब और भी जोश में आकर सिर उठाएँगे। एक बेटा तो चाकरीवाले गाँव में रह गया, घर का कभी नाम भी नहीं लेता। तू हुआ ऐसा कि मेरी आँख मुँदते ही सब कुछ उजड़ जाएगा रे! भूत खाएँगे। कुछ नहीं रहेगा।"

कल्पित आशंका में उनकी भौंहें मिनट भर के लिए उठी रहीं, माथे के चमड़े पर कई सिकुड़नें पड़ गयीं, मानो वे देख पा रहे हैं। जैसे इन्हीं आँखों के आगे सब अभी ही गुजर रहा है।

फिर कहा, "अरे जमीन तो मेरी है, उस पर उनका क्या अधिकार है? जो करने पर लाभ होगा; आदमी अपनी सम्पत्ति-बाड़ी के बारे में वही करेगा, या भूतों को खिला देगा? तब जमीन बँटाई पर दी थी क्योंकि उसमें लाभ था, अब नुकसान है। अब देने पर लोग दाब लेंगे, भाग वसूलना कितना मुश्किल है। और अधिक क्या कहता है? मेरी जमीन, मैंने छुड़ा ली, किसी और को दी, या जो मन में आया सो किया, किसी के बाप का क्या जाता है! तुझे इन सारी बातों में मगज लड़ाने

की क्या जरूरत है? सम्पत्ति कैसे आती है, कैसे रखी जाती है, कैसे दाव सँभाला जाता है, तुझे कुछ मालूम है? तू ऐसा कैसे हो गया जो परायों की बात में पड़ मुझसे तर्क करने आया है! अरे, तेरी कमाई की आस नहीं रखी मैंने। वह समय कभी आएगा, तो कहना मुझसे। देखना खबरदार! फिर कभी नहीं खोलना जबान!"

गरज-गरजकर गुस्सा जब थोड़ा उतरा तो समझाते हुए-से कहने लगे, "घर पर बैठा है, ये सारे काम कैसे होते हैं, तनिक इधर भी ध्यान दे। इतनी सहज नहीं हैं ये बातें, सीधी अँगुली से भी कहीं घी निकलता है? अच्छी पढ़ाई करो, टोकरी-टोकरी भर अच्छी बातें कहो, कोई मना करता है, काम के समय इतने सीधे-सरल होने से नहीं चलेगा। संसार में रहोगे तो संसारी बनकर रहना पड़ता है। उसका धर्म भिन्न है। समझा रे, उल्लू! जिस काम का जो रास्ता हो—जमीन-बाड़ी का काम, महाजनी का काम, ये सारा दायित्व तुमपर ही पड़ेगा। अभी धोती-कुरता डालकर लम्बे-लम्बे भाषण हाँककर जिस काम के लिए नाक-भौंह सिकोड़ रहा है! तू खा-पीकर आदमी बना है, पाला-पोसा गया है जिस-जिस तरह, उसकी निन्दा तो न कर! अधिक दया-धर्म दिखाएगा तो सब उड़ जाएगा, पीछे फिर झेलता रहेगा, और फिर आजकल जो जमाना है, उसके बारे में तो कुछ न कहें सो ही अच्छा। बैठा रहेगा अरखित होकर पराये हाथ के उठने की आशा लिये।"

भाषण समाप्त करने पर विज्ञ आदमी की तरह खुद अपने अन्दर विश्वास उपजाते; सिर हिलाते, कहने लगे, "इस संसार में कितने लोग हैं, हम उन कितने में क्या हैं? क्या केवल हमारी ही जमीन चास करने को नजर पड़ी और किसी की नहीं? अपने बाप-दादा चौदह पीढ़ी जैसा करते आये, हम भी वैसा ही करेंगे। लोग चाहे जितनी तरह से कहें, उसमें अपना क्या आता-जाता है?"

फिर उन्होंने भागवत के एकादश स्कन्ध में मन लगाया। रवि सिर झुकाये लौट आया।

जमीन से हटाये गये बँटाईदारों की बात कहीं चूल्हे में गयी। लाज और दुःख के मारे रवि का चेहरा झुलस गया था, कान झाँय-झाँय कर रहे थे, उसे लगा जैसे सामने खड़े हैं वे ही चासी, सबके आगे वही बूढ़ा है, उनका नाम उसे याद नहीं।

सामने वो लोग खड़े हैं, जो इस देश के चासी के प्रतिरूप हैं। इधर वह है, पढ़ा-लिखा, आशावान् आदर्शवादी युवक! मानो सब मिलकर पूछ रहे हैं, "क्यों, क्या किया हमारी बात का?"

कोई उपाय नजर नहीं आता। उसके हाथ-पैर बँधे हैं। माँ के आगे उसने अपना दुःख बताया नहीं, मन ही नहीं किया कि उसे इस फेर में डालें। जो कोई कुछ माँगता, दीन-दुखी माँ उसे अपनी समरथ के मुताबिक कुछ देती। कभी ब्राह्मण-भोजन, कभी बाल-लीला भी कराती, किन्तु घर की या जमीन-जायदाद की बातों में वह नहीं पड़ती। कितनी ही बार बात ही बात में उसने कहा भी, "बेटा

और पति जो लाकर देंगे, हम उसे ही तो पीस-पोकर देंगी, बाहर की बातों में हमारा क्या दखल?"

रवि ने भी पिता की जीवन-चर्या की ओर निगाह की। वहाँ सब कुछ बँधी लीक पर है। बड़ी सुबह उठना, बिस्तर पर बैठ नाम जपना, नाम जपते-जपते नदी नहाने जाना, फिर नदी से लौटना, कुछ खाकर कन्धे पर गमछा डाले काम-काज देखने गाँव में फिरना, फिर लौटकर भात खाने से पहले ठाकुरजी की पूजा, ठाकुरजी को नहला-धुलाकर स्तोत्र से अर्चना कर भोग लगाना, फिर कोठरी, वहाँ नींद आने तक भागवत पढ़ना, उठने पर कागज-पत्र देखना, डाकिया अखबार दे जाता तो अखबार पढ़ना, मित्रों से चर्चा, साँझ अँधेरे अकेले बैठ राम का नाम लेना, रात में कभी-कभी तामपोथी बाँचना, कभी न्याय-फैसले में बैठना, जल्दी खा-पीकर फिर ठाकुरजी का नाम लेकर अपनी आत्मा की सद्‌गति के लिए गद्‌गद हो कहते-कहते सो जाना। ऐसे ही चलता आया है हमेशा से। वह जीवन किसी की प्रतीक्षा नहीं करता और न किसी का भला या आदर या सहायता। यहाँ तक कि चारों ओर से हटते-हटते आज पिता अपनी इसी बँधी-बँधायी दिनचर्या के बीच रहकर अपने चारों ओर घर बनाकर रह गये हैं। गढ़ा है एक अजेय गढ़। इसका सब कुछ केवल कर्तव्य में बदल गया है, जैसे ठाकुरजी की पूजा, भागवत पाठ, वैसे ही अपनी जमीन-जायदाद की देख-रेख। ये किसी से परामर्श माँगते नहीं, सहायता चाहते नहीं, यहाँ तक कि अपना बिस्तर भी स्वयं बिछाकर स्वयं ही लपेटकर रखना उनकी आदत बन गयी है। रवि अनुमान कर सकता है, जिस परिणाम में वे बड़े बेटे को स्नेह करते थे, आशा रखी थी कि बेटे, बहू, पोते-पोतियों को एक साथ कर यहाँ तक कि अपने चारों ओर समेटकर जीवन बिताएँगे, उसमें बाधा पाकर उन्होंने अपने लिए ऐसा एक खोल गढ़ लिया है। यों हो सकता है कि बहुत बरसों तक रोज एक नाम लेते-लेते, भागवत पढ़ते इस जीवन की नश्वरता और परलोक की गुरुत्व की बात सोच-सोचकर अनासक्त हुए बिना भी वे इस तरह एकदम अकेले-अकेले हो गये हैं। कारण जो हो, हाव-भाव, दृष्टि में, सबमें अकेलापन है। उसमें घुसा नहीं जा सकता, दूर ही रहना पड़ता है। कभी बचपन में वे उसे लाड़-प्यार करते थे, उसके साथ बैठकर बातें करते थे, यह सब उसकी स्मृति तले दबा है, पुरानी चिट्ठी खोलकर पढ़ने की तरह। कभी-कभी अवसर मिलता है तो याद आ जाता है। बाहर खोजने पर नहीं मिलता। रवि दूर ही रहता है, सहम जाता है। कुछ लोग हैं जैसे मूसी पण्डा, दीनबन्धु मिश्र या अरि तिआड़ी या काशी अवधानजी। उनके आने पर पिता उनसे सुख-दुःख की बातें करते, वरना और किसी से नहीं। वे भूल कर रहे हैं—ऐसा समझ-बूझकर वे यह गलती नहीं कर रहे; सब कुछ कर्तव्य है, चिराचरित पद्धति के अनुसार कर्तव्य है! उसी में उनका विश्वास है—बँटाईदारों से लेकर भागवत का एकादश स्कन्ध पढ़ने तक।

इन लोगों का कहना है कि छोटे-बड़े रहे बिना संसार कैसे रहेगा? वे कहते हैं यह नया युग, यह नया चलन, यह सब दो दिन का हैं। ऐसे कितने युग आये और गये हैं। नये विचार नयी बातें—ये सब भी उड़ जाएँगी। उनका विश्वास है कि गति-मुक्ति के लिए आदमी मुँह पर हरि का नाम लेता रहे, कानों से सुनता रहे, आँखों से देखता रहे, शुभ चीजें। पर काम के समय किसे लोभ नहीं, मोह नहीं, स्वार्थ नहीं। नहीं कहना असत्य होगा, सत्य नहीं। संसार में आदमी होकर जनम लिया, कम-से-कम जितना चाहिए उतने नरक में तो घुटना ही पड़ेगा, जितना भी कोई बाबाजी बने, कोई शौच नहीं जाता? या हाथ से पानी नहीं छूता? किसमें नहीं है, गू, मूत, रक्त, मवाद, लार? लोग दौड़-दौड़कर सुभा-गड़िशा मछली को पीट-पीटकर मारते हैं, भेड़-बकरी काटते हैं, मांस बनाते हैं, खाते हैं, फिर हरि का नाम लेते हैं। कुछ काम कड़े मन से करने ही पड़ेंगे। उसमें दूसरे को कष्ट होता है। सच कहना उचित है, पर उन्हें विश्वास होता नहीं कि कोई सदा सच ही कहता भी है। कभी अपनी सुविधा के लिए झूठ कहना होगा, इसके लिए पुराणों से उदाहरण दिया करते हैं।

उनका कहना है कि आदमी की इसी देह में नरक है, फिर ब्रह्म भी है, इसी जन्म में पाप है पुण्य है, परायों के लिए ममता है, फिर स्वार्थ भी है। सब में दो-दो रूप है, प्रकाश है तो अँधेरा भी है। आदमी देवता बनने की चेष्टा में है, पर यह बेकार की चेष्टा है, इस देह से वह नहीं हो सकेगा। उनका विश्वास है, आदमी सिद्ध हो सकता है, महात्मा बन सकता है, पर वह सब आदमियों के लिए सम्भव नहीं। कोई करोड़ों में एक होगा। पूर्व जन्म के सुकृत हों तो अपने आप होगा, उसके लिए इच्छा करना समय गँवाना है। उस आदर्श को वे प्रणाम करते हैं, आशा नहीं लगाते। इस जनम में बस एक नीति के पालन करने की जरूरत है—मात्रा पर निगाह रखना, बहुत अधिक हो जाना बिलकुल ठीक नहीं। इधर बढ़ जाय तो आदमी बाबाजी हो जाएगा, संसारी काम नहीं कर सकेगा। उधर बढ़ गया तो पाखण्डी बन जाएगा, भ्रष्ट-नष्ट पिशाच! समाज को, देश, काल को और फिर खुद को अच्छा लगे उस विचार को, मछली खा, जरूरत भर मिथ्या कह, फिर न्याय नीतिमान, ठाकुरजी की पूजा कर, आदमी को बीचवाले रास्ते पर चलना है। चलती रीति को माने, सुख-दुःख में काट दे। हुर्र—हुर्र नहीं करे।

यही भावधारा चलती है देश की सारी बातों के बारे में, जब जो बात पड़े, अँगरेज राजा राज करते थे, उतने दिन उन्हें भोग करना था इसलिए। उनके भोग का समय पूरा हुआ, भाग्य में और नहीं था, वह चला गया। ये आये। कहते हैं, लोग जो हल्ला करते हैं, 'देश के लिए ये किया, वो किया' वे सारी झूठी बातें हैं। कोई कुछ नहीं करता। करता है भाग्य या काल या भगवान्। कहा भी है कि इतना बड़ा महाभारत युद्ध हुआ—देखनेवाले ने कहा, शंख बज रहा है, चक्र भेद हो रहा

है और कुछ नहीं, बस वैसे ही यह है! कलंजुग है यह, अब देवता छुप गये हैं, बहरे हो गये हैं। अब सब उलट-पलट मचेगी, कोई किसी को नहीं मानेगा। बाउरी कहेगा मैं ब्राह्मण के साथ बैठूँगा, ब्राह्मण कहेगा मैं चमार के साथ बैठूँगा। इस जुग में छोटे लोग बड़े होंगे, सज्जनों का मान जाएगा। बस अब अपनी जगह रह अपना काम करो, अपना महत् खुद रखना होगा। चारों ओर बुराई हो रही है, और होगी। पहले सब होंगे एकाकार, बाद में कलि पूरा होगा तो मरेंगे सब। ये जितने आन्दोलन देख रहे हो, राजाओं का राज गया, जमींदारों की जमींदारी। अब जमीन मालिक के हाथ से चली जाने की बात हो रही है। जिधर सुनोगे, टिक्कस बैठ रहा है, बस यही जानो कलियुग का प्रमाण और देखते क्या हो? भाव तो छु-छु बढ़ रहे हैं, इन्द्र तो पहले की तरह पालन करता नहीं, कितने वर्ष सूखा पड़ता है, पता नहीं। फसल पहले से पाँच आना छह आना रह गयी। मरने की खबर ज्यादा। हैजा, चेचक, नये-नये रोग, जिनका पहले कभी नाम तक सुना नहीं, बस फैल गया समझो। उमर घट गयी, कभी था कि कलि बठा साठ, अब तो कितने ही लोग पचास भी पार नहीं कर पाते। चोरी-डकैती, कलह-टाउटरी बढ़ रही है, जिधर सुनो सिर्फ अशान्ति। लड़ाई-छिड़ने की बात कर रहे हैं, छिड़ी तो धरती जल कर भस्म हो जाएगी। क्या जमाना चला आ रहा है।

इसी से उनकी दृष्टि भंगिमा का पता चलता था।

वे अपना नाम या बड़ाई नहीं खोजते थे। नयी बातों के प्रति उन्हें कोई उत्साह न था। पुरानी रीति चलाकर सब में सुखी निरापद और लाभ में रहता था उनका उद्देश्य। ऐसे ही चलता आया था। दूर से देखकर ध्यानपूर्वक उनके बारे में रवि ने इस तरह सोच-सोचकर धारणा बना ली थी। सोच रहा था कि इस प्रतिक्रियाहीन अचेत माटी में क्या वह चेतना उपजा सकेगा?

सिर्फ दूर से देखकर सोचने की बात। पिता के आमने-सामने कहना सम्भव नहीं हो सका। अपनी धारणा है उसकी, पर वह अच्छा लड़का है—बस इसी संज्ञा के अनुसार जीवन जीने के लिए वह गुम-सुम चुप रह जाता। पिता से घुड़की सुनते ही लगता कि वह मानो दौड़कर कहीं छुप जाए।

विचार और आदत, विवेक और कार्य—इसमें जो अन्तर आ गया था, उस पर उसने तीक्ष्णता से, गहराई से सोचना शुरू कर दिया। क्यों और किस तरह क्रमशः युगों से इतने आदर्शवादी धीरे-धीरे अपना रूप बदलकर साधारण संसारी आदमी बन जाते हैं। उसे लगा जैसे वह इसका कोई कारण पा गया है। जन्तु का जीवन-संघर्ष टालकर, सुख और सुरक्षा ही खोजता-फिरता है आदमी। इसको कितने लोग हैं जो काट सके हैं? मन चाहे कितनी ही युक्तियाँ करे, प्रवृत्ति आदमी को खींचकर ले चलती है सहज सुख के बँधे रास्ते पर। कभी आदमी अपने विचार और युक्ति को परिस्थिति में खप जाने की तरह नँवा देता है, समझौता करता है, कभी वह बात

उठाता भी नहीं, भूल जाता है। आँखों के आगे है उदाहरण। बचपन से जितने लोगों को वह नेता-नेता सोचता था, उनमें कितनों ने रूप बदल लिया है।

गहन चिन्तन के बीच वे भी याद आते हैं। किसी निपट ठेठ देहात में माटी के घर के चबूतरे पर बैठ वह आकाश को देखता है खोये शरत की अवर्णनीय नीलिमा जो कभी-कभार जरा-सा आकाश पर दिखाई पड़ती है, कभी कर्कश नील तो कभी राख-सा भूरा, धूमिल दिखता है फागुन का आकाश। दूर के विस्तार पर ध्यान देने से धूप की चमक में तैरने की तरह कहीं-कहीं हलका सब्ज भाप की भाँति बिछा हुआ-सा लगता है। एक-आध पेड़...लाल-लाल, मैदान में गाय-गोरू, आकाश में उड़ते-फिरते दो चील। उसी पृष्ठभूमि में दूर से दूर तक देखते हुए उन्हीं बन्धुओं की याद आती है...किसी के साथ चाक्षुष परिचय तो किसी से अखबारों के द्वारा पहचान, सिर्फ तसवीर देखकर खबर सुनकर। वहीं याद आ जाती परिवर्तन की बात।

सुन्दरराय—'मजदूर'-'मजदूर' चिल्ला-चिल्लाकर धरती को कँपा देते थे। तरुण नेता, कितने लोगों के आशा-दीप बन अगुआ बने चमकते थे। भूखे-सर्वहारा की जीत के गीत गाते-गाते अन्त में जा रहे कम्पनी की नौकरी में। बड़ी नौकरी—कोठाबाड़ी, गाड़ी। अधिकारी बन गये। कर्मचारी नहीं रहे अब। चक्रवर्ती—लोकसेवा का नाम आते ही लोग पहले उन्हें याद करते, खाना-पीना भूल, छोटी-सी धोती पहने ही, अँधेरी रातों में भी, कीचड़-वर्षा में, दूर-देहातों में घूमते, रोगी की खबर लेते गहरे खेतों होकर गाँव-गाँव पैदल घूमते; सब छोड़-छाड़कर क्षमतावान् हो गये—सिरगेट दबाये, फिट-फाट काले साहब, गले में फाँस, पहचान में ही नहीं आते। दधिवामन मिश्र—साइकिल चढ़े नंगे बदन, लम्बे कद के हडीले आदमी को अभी भी देश भूला नहीं। तीखी नाक, गड्ढों में सुलगती-सी दो आँखें, जिधर भी जाते पुलिस पीछे पड़ी रहती, जहाँ जाते लोगों को जुटा लेते, धनवानों के बीच घबराहट फैल जाती, करज उतर जाता, बँधा हुआ मजूर मुक्त हो जाता। उसी दधिवामन का पुनर्जन्म हुआ है। यह वह आदमी नहीं यह तो खुद बँटाईदारों को हटाकर जमीन पर खुदकाश्त करने लगा है। और भी राज-भर के जाने-माने लोग उनके बेशुमार नाम हैं। कल तक वे सर्वस्व पानी में डुबोकर हँसते-हँसते विपद का वरण कर, कितना दुःख-कष्ट सहते थे, आज वे बने हैं पूँजी के अधिकारी, क्षमता के सुख लालसा के अधिकारी अवधूत बन गये हैं मठ के महन्त। अपने छोटे से जीवन की अभिज्ञता से कहीं से भी अँजुरी भर लेकर रवि सोचने लगा और देखा कि परिवर्तनशील दुनिया में आदमी के दम्भ और उद्देश्य के बीच कितनी जगह कितना परिवर्तन हुआ है, फिर कितना और अन्तर आ गया है। कितना कुछ इधर-उधर हो रहा है, कल का सूँड़ी आज तितली बन चुका है। चल रही है क्रिया-प्रक्रिया।

उसके अन्दर वह रास्ता खोज रहा था। अपने आदर्श को आँखों के आगे रख, सीधा हो, नीति में अटल रहकर वह कार्य कर सके—उसका क्या उपाय है?

इसके बाद एक दिन आया मूली दलेई, विधवा मोती कालुणी का बेटा। दस बरस हुए बिदेस गया था, कोई खबर ही नहीं। बत्तीस का जब था तो स्त्री और बेटा चेचक में मर चुके थे। बयालीस की उमर में बासठ बरस का बूढ़ा बनकर लौटा मूली दलेई। सिर के बाल जूट की तरह हो गये, पिचके चेहरे पर सारा माथा रेखओं से भरा बाँस की तरह हाथ-पैर, खपच्चियों की तरह छाती के हाड़ गिन लो चाहे।

बेटे को पाकर बुढ़िया मोती कालुणी मानो पहले से कितनी चंगी हो गयी है। बुढ़िया के एक पैर में फीलपाँव है, सिर गंजा किसी सूखे फल की तरह, जैसे बाढ़ के समय कहीं से बहकर आते हैं, उसी तरह कमर झुका-झुकाकर चलती। जब देखो उसका चेहरा नीचे की ओर, हाथ में लकड़ी। लगता जैसे तीन पैरों से घिसटती चल रही है।

उस दिन साँझ ढलते समय बट महान्ती कोठरी से घर की ओर लौट रहे थे कि दोनों घर के दरवाजे के पास आमने-सामने पड़ गये। बूढ़ी और उसका बेटा मूली। पैरों में गिर पड़े। कितनी अनुनय-विनय नहीं की। उसी के पिता के सामने रिरिया रहे थे वे दोनों। उस दिन रवि को मालूम हुआ कि पिता की आलूजमीन पर खेती का असल इतिहास क्या है—मूली दलेई नगद सौ रुपये और बाकी पचास ब्याज के बदले पाँच एकड़ जमीन रेहन रख गया था, पाँच वर्ष के लिए।

बूढ़ी भेड़ की तरह मोती बुढ़िया कमर से मुड़कर जमीन पर झुकी बातें कह रही थी—"तुम्हारी असीस से मेरा बेटा घर बसाएगा। बिदेस जाकर भूखा-प्यासा रहा, देख-भाल के अभाव में कितना सूख गया। यहाँ गाँव में छाया तले चैन से रहेगा।" आगे कहा, "अभी कौन-सी उमर हो गयी, दो बीसी भी पूरी नहीं हुई होगी, कल का लड़का है, आपकी असीस से कहीं से बहू लाऊँगी। फिर पोते-पोतियों का मुँह देखकर आँख नहीं मूदूँगी—कौन जाने?" सुबककर बुढ़िया ने फिर कहा, "गाय-बाछी, दोनों के दोनों चले गये, मेरा ही करम फूटा है, क्या करूँ? घर जलने पर लोग फिर से घर खड़ा करते ही हैं, क्या करें!"

बट महान्ती सब कुछ सुनते रहे, फिर गम्भीर होकर कहने लगे, "गाँव का लड़का गाँव लौट आया, घर बसाएगा, किसे बुरा लगेगा? यह तो बहुत अच्छी बात है। पैसा है तो जमीन भी कुछ कर ले, क्यों! बिदेस गया था, कुछ लाया है या नहीं? नहीं। ठीक है, पहले बँटाई में खेती करे, हम तो अब वैसे देते नहीं गाँव में, औरों से पूछ लो, मथुरी या कुंज या अदेई किसी से बात कर लो। बँटाई में चास करते-करते अपनी कमर में भी तो जोर पैदा हो सकता है।"

"आप के पैरों पड़ती हूँ, उसके बाप-दादे के जमाने की वह पाँच एकड़ जमीन उसे छोड़ दें, इसी आशा से वह दौड़ा आया है।"

"अब, उसकी आस क्यों?" मानो मुँह कसैला हो गया हो, बट महान्ती ने कहा, "गिरवी रखी थी पाँच बरस के लिए। पाँच बरस में रुपये लौटाता तो अपनी

जमीन वापस लेता; रुपये भी कोई कम थे क्या—नगद एक सौ। तब के सौ और आज के सात सौ बराबर हैं। धान का भाव ही देखो! फिर इधर बेपार की हेर-फेर देखने लगे तो तब के सौ आज बढ़कर हजार होते हैं। पाँच बरस की मियाद को आज हो गये बारह बरस, तब किसी चीज में सौ रुपया डाल देता तो आज हो जाते दस बारह हजार।"

मूली दलेई ने कहा, "क्या करूँ, मूल-मूल के सौ रुपये उतार सकता हूँ, और कहाँ से लाऊँ?"

"अरे, बावला हुआ है। रुपयों की बाबत तो कह ही दिया, तब के सौ अब कितने हो गये! फिर उस जमीन पर कितना खरच जो कर दिया? हिसाब कर सकोगे? जमीन क्या यही थी? कितना खुदवाया, कितने बोरे हाड़ों का चूरा, विलायती खाद, खली, कितनी गाड़ियाँ गोबर की खाद दी हैं। कितनी बार जमीन में धनिचा और सन डालकर जमीन पर हल चलवाया है, कितनी चीजें डालकर जमीन को सुधारा है उसका कोई हिसाब है, रुपयों का? बस समझो, वहाँ रुपये ही उँड़ेल दिया है। हाथ-हाथ पर रुपया बिछाया है। इतना किया तब जाकर आलू की जमीन हुई। फिर और भी खर्चा लगा है। किसी लाभ की आस से? नहीं, एक शौक था मुझे।"

"जी, जमीन तो मेरी इतनी ही थी, मेरे तो जीवन का आधार है, गिरवी रख दी थी। अब वापस नहीं देंगे तो मैं मर नहीं जाऊँगा?"

"गिरवी नहीं रे, मियादी! मियाद पुरी हुई सात बरस हो गये। जमीन तो मेरी हो चुकी, अब तेरी कैसी जमीन? वह तो कागज-पत्तर की बात है, तेरे-मेरे कहने से क्या होगा?"

फफक उठी बुढ़िया, बारम्बार पैरों पड़ रही थी। मूली दलेई निहोरा कर रहा था। बट महान्ती ने पीठ फेरकर कहा, "जाओ, जाओ, घर जाओ। परायी बातों में पड़कर मत नाचो। न होनेवाली बात पर मन को मत चलाओ। जाओ!"

रवि ने घर में से ही देखा—वे चले गये हैं। उसकी बाहर निकलने की हिम्मत नहीं पड़ रही थी। अपने मन में इनके लिए इतनी सहानुभूति सहेजकर रखने के बावजूद वह कुछ नहीं कर सका, दो बात भी नहीं कह सका।

केवल देखता रहा। उसकी आँखों के सामने दोनों आदमी जैसे आये थे, लाश-जैसे होकर लौटे।

उत्तेजित होकर रवि ने अन्दर दौड़ते हुए ऊँची आवाज में कहा, "माँ, माँ, सुना तो?"

माँ के आगे कितना भी जोर डालकर कहे, उसकी आशा मिटी नहीं।

"मैं तो औरत जात, मुझे इन सबका क्या पता? जो कारोबार करते हैं, वे जानें।"

हँसते-हँसते अचानक माँ का चेहरा गम्भीर हो गया। कहा, "पिता से कुछ न

कहना, वे उलटा समझते हैं, सोचते हैं, उनकी बात की आलोचना करते हो।"

अकेली माँ ने ही नहीं, कुंज भाई, मूसी पण्डा ने भी ऐसा ही कहा था, और घुमा-फिराकर जोतसी काशी अवधान ने भी। बेटे ने चाकरी नहीं की इसलिए उनके मन में कोई दुःख नहीं है, परन्तु किताबों से पढ़ी, शहरी भाषणों से सीखी बेचलन समाजनीति के ढाँचे की खण्ड-खण्ड बेमेल बातें गाँव के लोगों के आगे कह रहा है—इसी बात का उनके मन में दुःख है।

रवि ने गुम-सुम रहकर अपनी कोठरी में ही सारा दिन बिता दिया। उसे अनुभव हो रहा था मानो चारों ओर एक पिंजरे का घेरा है। वह देखता है, सोचता है, और कहने के समय अटक गया है। जो शक्ति उसके अन्दर हिलोर ले रही है, अस्थिर कर रही है, वह भी कभी मर जाएगी। इस तरह शान्त सुबोध होकर, पिता के आयत्त में रहा तो उससे कुछ हो नहीं सकेगा। वह भी मामूली बन जाएगा, बिलकुल आम लोगों की तरह।

दिन ढले मिल गये काशी अवधान। कोठरी से लौट रहे थे, गोल चेहरे से पसीना चू रहा था, कदम फूलिया दाढ़ी चेहरे पर भरी थी। पान चबाने के लिए घूमते जबड़े रोककर नीरव हँसी में मुँह इतना चौड़ा कर लिया कि जबड़े के पास ऊपर-नीचे के दो दाँतों के बीच अटका पान भी दिख गया। हँसकर कहने लगे, "हमारी बख्शीस रखे रहना। खोजते-खोजते एक जगह ऐसा मेल मिल गया, कि क्या बताऊँ, जिसे कहते हैं शिव-पार्वती का मेल। फल फलता रहेगा, आप देखेंगे फिर मुझे कहेंगे।"

रवि ने पूछा, "कैसा बख्शीश, गुरुजी? हम तो हलवाहे आदमी, हम लोगों का तो हवा-पानी के साथ, खेती-बाड़ी के साथ मेल चाहिए। और किसी मेल से हमे क्या लेना-देना?"

आँख मारकर गुरुजी ने कहा, "यह मेल जीवन के साथ जीवन का है, और क्या कोई मामूली बात है? तालकणा गाँव के चरण पट्टनायक की पोती, भालू पट्टनायक की बेटी। भालू पट्टनायक कितने बड़े आदमी हैं। शहर में लम्बा-चौड़ा कारोबार, काफी जमीन खुदकाश्त, चाहें तो क्या न क्या उँड़ेल दें। पिताजी को बहुत भा गया है। रिश्ता, सगाई का दिन तय कर रहे हैं, अब तो लक्ष्मी की प्राप्ति होगी। ऐसा मेल जुटा है कि बहू के घर में पैर पड़ते ही धन-धान्य से घर भर उठेगा। ऐसी है वह कन्या! शहर की पढ़ी-लिखी, गाना-बजाना भी जानती है। पिता तो कहते हैं साँझ ढले बहू भजन गाकर सुनाया करेगी।"

गम्भीर होकर रवि ने कहा, "यह काम होनेवाला तो नहीं लगता।"

"बात पक्की कर ली। उत्तर जा रहा है—होनेवाला कैसे नहीं?"

"नहीं, नहीं हो सकता।"

"यह तो बड़े आश्चर्य की बात है, रे, बाबू!"

"पिताजी से कह दें मैं तो वहाँ ब्याह नहीं करूँगा। यों हड़बड़ी में इधर-उधर

बात देने से बाद में केवल सिर नीचा करने की बात होगी। क्यों इतना हो-हा लगाये हैं!"

"जरा देखिए, सुनिए..." अवधानजी ने समझाया।

रवि ने कहा, "बस, और उन सबकी चर्चा क्यों करते हैं? पिताजी से कह देना।"

अवधानजी सिर के खप्पर के बीच में तपकर कुछ दप-दप जलता-सा लग रहा था। आँखों के अन्दर से गरमी की धार बही आ रही थी। लगता था जैसे जीवन केवल चारों ओर से मुँदा पिंजरा ही नहीं है बल्कि वह पिंजरा चारों ओर से सिमटता आ रहा है!

जैसे आर्त होकर लोग पुकारते हैं—'भगवान् भला कर दो।' वैसे ही 'भला कर दो, ठीक कर दो!' पुकारता, उपाय खोजता रवि पहुँच गया अनादिदास की समाधिवाले मैदान में। बरगद की छाया लम्बी हो गयी है। नदी की बालू ठण्डी पड़ने लगी है। सामने यह माटी का टीला, उनकी समाधि। लोग कहते हैं, संकट के समय यहाँ धरती पर लोटने से दर्शन देते हैं स्वप्न में। फिर बताते हैं क्या करना पड़ेगा, क्या होगा, आगे की बात दिख जाती।

कोहनी पर टिका रवि थक-सा चुका था, मन में बारम्बार वही उलझा हुआ सवाल है, वह क्या करे?

सामने वही परिचित दृश्य, खेत का मैदान, बाग, नदी की धारा, नदी के उस पार की सघन श्यामलता, हवा में वही चीन्ही-चीन्ही-सी महक, गाँव से दूर जाने पर जैसे याद आती है। जो देखता है, जो अनुभव कर रहा है, उन सब जगहों से उसका अपना सम्पर्क है। सब उसके अतीत के चिह्न, एक साथ गूँथने पर उसका जीवन। अतीत से आ रहा है, भविष्य की ओर फैल जाएगा। इसी माटी के मोह में धीरे-धीरे डूब-डूब जा रहा है वह स्वयं। मानो कि इस गाँव की माटी के असंख्य रूपों में से एक रूप है वह!

सच, जैसे, इस बूढ़े बरगद की झूलती हुई जड़ों में से एक, प्रकृति के नियम से नीचे ही नीचे बढ़ रहा है, उस तरह असंख्य हैं उसकी सम्भावनाएँ।

अथवा सामने जो एक-एक गयश के पेड़ सारे मैदान में उगे हैं, उनमें वह भी एक छोटा-सा गाछ है।

—नहीं तो ये जो गिलहरी, चटर-चटर करती तनिक नाचती-नाचती बरगद की ओर आ रही है, अटक-अटककर आ रही है, फिर पीछे मुड़ जाती है।

—नहीं तो यह भूरी चींटी, कमर सीधी कर चारों ओर देख रही है, फिर आगे बढ़ जाती है।

उन्हीं का साथी बन नित का परम्परागत आदमी, अन्तर में वृद्धि का स्पन्दन,

जन्म उसका अनचीन्हा, क्षय उसकी भावना के वाहन, चेतना में जीवन का स्वाद है। सनातन आदमी, वैसा ही है वह।

और सामने अनादिदास की गद्दी, वे भी सनातन, चिरकाल से गाँव के आदर्श, गाँव के गुरु, आश्वासन और विश्वास के स्वरूप—सदा से।

दूर देखते हुए वह अनुभव कर रहा था—अपने में स्वच्छ मन की शान्ति, बल का सुख, उम्र की आशा।

और वसन्त ऋतु, उसकी बौराई महक, उसका रंग, उसका तेज।

मन के अन्दर बात की धार फैल गयी, ढीला होकर बहता चला गया।...

नया बाग अच्छा हुआ है।

लाल गाय बिया गयी है, कैसी होगी उसकी बछिया, बड़ी जात की, या ओछी?

झुण्ड में से उसने दो बछड़े चुन लिये हैं, बड़े होने पर अच्छे जोड़ीदार होंगे। पहले इन्हें बधिया कराना पड़ेगा, वरना ये साँड़ हो जाएँगे।

दोनों कोमल-से छौने! मक्खन-से सफेद, कितने गिलगिले, उछलकूद मचाते। दो दिन पहले तो उसकी ओर मुँह हिला-हिलाकर मानो खेलने को बुला रहे थे, उसके चारों ओर उछलते-कूदते खेल रहे थे। उन्हें पकड़ के खस्सी कराना पड़ेगा। फटे बाँस के बीच सदा बाउरी उन्हें भींच देगा।

ओः कितना कष्ट! कितना दर्द!

उसी कल्पित कष्ट में रवि की आँखों पर नदी के ऊपर दिन छिपने की छाया घिर आयी थी। रवि सिर उठाये हुए अनादिदास की समाधि की ओर देखता रह गया, मानो वे आँखें उससे गुहार कर रही हैं।

और उसकी चेतना के आगे तैर गया है कोई जुलूस झुण्ड के झुण्ड बधियाये बैल और बकरे, मानो फन्दे में फँस, सहमे-सिमटे से बधियाये आदमी हैं।

वसन्त उसकी क्षति-पूर्ति नहीं करता। गाँव की शान्ति नकली कलई है। इस रंग से नहीं चल सकता। बस खाली-खाली से चेहरे में बेतरतीब रूखे बाल, धँसे हुए गाल, निस्तेज मुँह के बन्धन में दमघुटे आधे-आदमी के दल और उनमें शामिल वह भी!

इस दुर्दशाग्रस्त संसार में दुर्बल हैं जोगीनाथ।

हे महापुरुष, यह बन्धन क्यों?

सामाजिक संस्था में शोषण, सामाजिक नीति में अन्धे संस्कार—सहने ही पड़ेंगे, पर क्यों?

फिर वही चेहरा-छवि! अपने अन्दर तूफान की साँय-साँय। अनदेखे अनादिदास का अनुमान लगा पाता है, मानो उनका आसन काँप रहा है, आँखें खोल रहे हैं। शान्त स्थिर दृष्टि चाँदनी की तरह चेहरे पर दिख रही है। अनादिदास कह रहे हैं—"बन्धन का कारण भय है, भय दुःख का कारण है। अपने दुर्बल मन का भय

खुद को ही दबोच लेता है। आदमी अपने रास्ते को छोड़कर युगों का परिचित रास्ता ही पकड़ेगा, उस पर वैसे काँटे या खड्डे नहीं, वैसा मान-सम्मान नहीं है। बस कैदियों के रास्ते। बन्धन संस्कार बनकर डराता है।"

चौंककर अपने आप में वह लौट आया था। गद्दी की तरफ प्रणाम कर लौट गया घर की ओर।

एक रौ में चला आया है। वह कहेगा, प्रतिज्ञा की आँच से सिर में दप-दप हो रहा है। बार-बार चेहरे पर आँच की लहर फैल जाती है। कभी न कहनेवाली बात, आज वह कहेगा। अँधेरे गर्भ-गृह में से निकल पहले वह अपनी छलछलायी आँखोंवाली माँ के आगे खड़ा होगा। फिर उसकी अपनी अत्यन्त लाज-शरमवाली बात...कि क्षणभर देखकर ही किसी को उसने चाहा है। छोटे बच्चे का प्रेम नहीं, जैसे युग-युग से पुरुष प्रेम करता आया है—वैसा।

धूल लाकर उसपर पानी डाल-डालकर उसने रूप गढ़ा था, रूप को जीवन मिला है, रूप सच हो गया है। अब उसके अस्तित्व के साथ लिपट गयी है छवि। वह मोह नहीं है।

नित्यकर्म कर लिये हैं, पोखर में नहा-धोकर आया है, छाती धक्-धक् कर रही है—समय पास आता जा रहा है, वह कह देगा। लगता है, इस तरह पहले किसी ने नहीं कहा, वही पहला है।

आँगन-दरवाजे में अन्धकार के ऊपर टगर के फूलों की तरह तारे खिले हैं। आकाश का अन्त नहीं, तारों के प्रकाश का क्षय नहीं। कुछ क्षण खड़ा हो खुद को दृढ़ किया—खुलकर बात कहने में आपत्ति क्या है? रसोई के दरवाजे पर जाकर बुलाया—"माँ!"

वे बरामदे की सीढ़ी पर खड़ी हैं, आँगन में रवि। पता नहीं कैसे उसने शुरू किया, पर उसने सब कह दिया है। अन्दर का रूप स्पष्टतर हो गया है। एक ही झटके में अपने को बचपन से अलग कर आँगन में खूँटे की तरह खड़ा किया है उसने—एक मजबूत आदमी के रूप में।

कितनी बातें कही हैं, अपने हृदय की फिर वे युक्तियाँ दीं कि बिना कारण ही लोग उसके नाम पर अफवाहें उड़ा रहे हैं, उस लड़की को लेकर। उसकी जिन्दगी बरबाद होगी। ऐसे में उसका भी कुछ कर्तव्य है।

इतनी सारी बातें वह कह तो गया पर माँ ने मुँह नहीं खोला।

बातें पूरी होने के बाद सिर के अन्दर जा रही हैं—बातें नहीं, बातों की प्रति-ध्वनि। अवाक् वह देख रही हैं, आँगन में यह कौन है?

बेटा नहीं, कोई पराया आदमी।

बेटा तो खिलौने के गुड्डे-जैसा है, मलाई-मक्खनवाला बालगोपाल है।

बेटा तो, माँ का है, वह जनमा जब से याद आता है, वह इत्ता-सा चार अंगुल का था, कितना निःसहाय! उस दिन से उसकी बातें याद पड़ते ही लगता है वह कितना निःसहाय नन्हा-सा है, सरल और सहज-सा। किसी स्त्री की छाया तक उसपर नहीं पड़ती।

मगर यह जो बातें कह गया, वह तो बच्चा नहीं, कोई बड़ा आदमी है। बेटा नहीं, पराया है। पराये आदमी ने कहा, उसे उससे क्या? वह अपने रास्ते जाएगा, अपना कर्म भोगेगा; मन खोलकर बातें कहीं, दो शब्द सहानुभूति के ही पाएगा, बस इतना ही सम्बन्ध है उसके साथ।

"माँ!" यह आवाज उसके बेटे की है।

अपने आप झरने लगी स्नेह की धारा, "क्या कहता है रे बाबू? तू अपने बापू से कह।"

बेटा नहीं, पराया आदमी, चेतना ने समझा। स्वतः आयी शत्रुता! उसने ही उत्तर दिया—"तू कह न।"

मुड़कर रसोई में चली गयी। चूल्हा फूँकने की आवाज सुनाई पड़ रही है।

किन्तु वह न सुन रहा था और न देख रहा था कि माँ की चेतना में कितना बड़ा तूफ़ान उठ रहा है। चूल्हा जलाते-जलाते आँखों से धारा बह रही थी। बेटा पराया हो गया। इतनी बातें कह दीं। पहला झटका खाती हुई-सी वह चौंक पड़ी। वह बात गयी, इसके बाद उसे अनुभव हुआ कि उसके हृदय में चोट लगी है, अपने लिए ही वह सिसक रही थी, अन्दर ही अन्दर।

रवि को हलका-हलका महसूस हो रहा था। उसने माँ को कह दिया है। और किससे कहता? माँ तो सदा माँ ही है—माँ ठहरी, सारी बातें सहेगी, बचपन के गू-मूत से लेकर मुक्का-थुक्का और बड़ा होने पर बड़ी-बड़ी बातों तक। वहाँ छल क्या? मान-अपमान भी क्या?

रवि बाहर चला गया। उधर रवि की माँ रसोई के काम में लग गयी। जागने पर अधिकांश समय कटता यहीं रसोई में, किन्तु हाथ ढीले पड़ रहे हैं। क्यों? किसके लिए यह सब? लगता है जैसे साधारण जीवन की हर बात के सारे 'क्यों' के उत्तर खो बैठी है। मन में सिर्फ व्यर्थता का बोध भर गया है।

याद आता है बड़ा बेटा कवि और उसकी स्त्री। घर बसाने के लिए बहू लाये थे—बेटे का हाथ पकड़ बहू बिदेस जाकर बस गयी। कभी तो पूछती सास को! बस, हर बार बच्चे के जन्म से पहले फरमाइश आती—लाचार आदमी, सास के बिना बिदेस में जच्चा-बच्चा और घर कौन सँभालेगा? पति तो काम-धन्धे में लगे रहते

हैं, दिन भर अपनी ड्यूटी में, इधर इसकी सुविधा-असुविधा देखने को फुरसत कहाँ? और यह छोटा लड़का, कितना शान्त, धीर, मानो माँ के मन की बात इसी ने समझी थी...पर इसके मन में एक नया आदमी है, आज से नहीं कब से रहता आया है। उधर ही उसका मन है, माँ की ओर नहीं। यह बेटा भी, सचमुच, पराया हो गया...!

होठ काँप रहे हैं, मन ही मन कुछ बड़बड़ा रही हैं। खुद को चिकोटी काटने की तरह चौंककर उन्होंने सोचा—वे क्या कुछ सोच रही हैं? यह तो खुशी होने की बात है, बेटा अपने मन ही मन से बहू चुन रहा है। पिता व्यर्थ ही जिद कर अड़ते हुए इनकार कर रहे हैं। बेटा सुख से रहे!

पर हँस नहीं सकीं, हँसने की बात सोचते-सोचते फिर आँसू बह निकले। आँसुओं में सराबोर आशीर्वाद देते-देते फिर याद आयी अपने सुख की बात—मन लायक बहू आएगी, घर हँस उठेगा।

सामने यह चूल्हा जल रहा है, भात की हाँड़ी चढ़ी है। ये सब हैं जीवन भर के साखी। यहीं बैठ-बैठकर कितनी आशा, कितने विचार आये हैं। सब भूल गयीं, किसी खालीपन में भीतर डूब गयीं। इस घर में बहू बनकर वे स्वयं आयी थीं। दरवाजा आदमियों की भीड़ से भरा-पूरा था। शंख, हुलुहुलि, बाजे-गाजे, मंगलाष्टक बोल, पल्लू, पकड़, सिर पर चारों ओर चँदोवा तानकर बाहर दरवाजे से एकदम भीतर सोने के कमरे तक स्वागत कर ले गये थे। झुकी-झुकी-सी चावल-सुपारी की अँजुरी भरकर घर में गयी तो चारों ओर से फूल बरस रहे थे। तब हवा में तैरती आयी एक महक, विनम्र चेहरे पर निरीह शोभा के अन्तराल में जल रही थी आशा की तीव्र उत्तेजना। सामने था एक स्वप्न, जिसे हँसते-हँसते वास्तव रूप देना होगा।

घर-संसार की लीला चली। बच्चे हुए, पंख लगे, वे उड़ गये। और साथ-साथ जीवन भी धीमा पड़ा, चाकी पीसने की तरह अपने-आप घड़ड़-घड़ड़...बस चाकी चल रही है।

रवि ब्याह करेगा। बहू आएगी।

हाँड़ी में दाल छौंक रही है। छौंक की चड़-चड़ और तीव्र गन्ध नाकों में घुस जाती है। सोचते-सोचते मन का परदा हट जाता है। सोचने लगी—रवि ने ऐसा क्या कहा? ऐसा क्या होता है? मन की हूक पर मन पर ताला डाल लोग दुनिया बसा लेते हैं। छाती पत्थर की कर लेते हैं! नये जुग में सब उलटा है। मरद हो रहे हैं हिजड़े, औरतें हो रही हैं मरदानी। रवि ने उस नये जुग के विघटन में मन को उकसाया है। वह गया कहाँ?

आवाज दी—"रवि! रवि!"

रवि नहीं है।

मन में घाल-मेल होने लगा पिता अकारण ही अस्वीकार कर रहे हैं, सहज बात को असहज कर रहे हैं। बात को घोंटने से बढ़ती है।

अपने अतीत से अनजान लहरें आकर टकरा रही हैं। केवल गहरी गाँस—एक ओर से देखने पर लगता है कि वे अपनी इच्छानुसार नहीं कर सके, बस, बहाव के जोर में बहे जा रहे हैं।

आदमी का जनम ही तो वैसा है, वह स्वाधीनता का सपना देखता है, परायी बातों पर नाचता है, स्वच्छ हँसी से जीवन को पूज नहीं सकता, आँसू से उसे अर्घ्य देता है।

अँधेरे में घूमते-फिरते रवि भी वही बात सोच रहा था, पर उसका सोचने का ढंग अलग था। बिस्तर में पड़े रोगी की तरह वह नहीं सोच रहा था, वह रास्ता खोज रहा था।

शान्त अँधेरा घिर आया है। रात यहाँ रात ही है, बूँद-बूँद बिजली की रोशनी के घाव नहीं। इस रात में असीम व्याप्ति की धारणा आती है, फिर विराट् ऐश्वर्य की। दिन में सीमा दिखती, केवल असम्भाव्य का पूर्ण विराम। रात में लगता है, सब कुछ सम्भव है। यही तो उसका चैती-घोड़ा पंख लगा आकाश की ओर उड़ा जा रहा है, ऊपर तारे हँस रहे हैं, आगे यह पृथ्वी, एक और बड़ी। अँधेरे के नीचे चमकता सफेद रास्ता दिख रहा है। रास्ता जरूर है।

अगले दिन नदी से नहा-लौटकर जब वह चिवड़ा और कन्द मिला रहा था, पास में माँ बैठी-बैठी नारियल की कोर-निकोर कर दे रही थी। माँ ने बताया, "बापू खोज रहे थे...।"

"क्यों?

"सो तो मैं क्या जानूँ? बाहर बगीचे में हैं। कहा था, रवि को तनिक भेज देना।"

खा-पीकर मुँह धोया और बाहरवाले बगीचे की ओर चल पड़ा। फाटक खोलकर मधुमालती के जाल से स्वयं को मुक्त कर आगे बढ़ गया। दूर वे दिख रहे हैं, घूमफिर कर पेड़-पौधों को देख रहे हैं। ताजा हरी-हरी कोमल बाड़ पर वसन्त का विप्लव मूर्तिमान् था। झुरमुटों में फूल खिले थे। नन्ही-नन्ही चिड़ियाँ बाड़ के अन्दर आकर आँख-मिचौली खेल रही थीं। चिड़ियों की दृष्टि बौराये कलमी आम पर गड़ी थी। वहाँ क्या देख रही हैं? दीमक?

अचानक उसकी ओर मुड़कर पिता ने उसे तेज निगाहों से देखा। पहले उस

दृष्टि से चौंककर रवि ने थोड़ा-सा मुँह खोला, और पिता की तीक्ष्ण दृष्टि को सह लेने के लिए अपने को तैयार करने लगा। एड़ी से चोटी तक उनकी दृष्ठि भेदती जा रही है। बगीचे में और कोई नहीं है। पेड़ किस पुराने दिनों की पट्टभूमि हैं। याद आ रहा है, पिता ने बचपन में कितनी बार सिर के बाल पकड़ कान खींच उसे उठाकर पटका है, पीटा है, अभी भी आँखें वैसे ही जल रही हैं। लेकिन आमने-सामने खड़ा होने पर वह उनसे और भी चार अंगुल ऊँचा है।

कहा, "मैंने बुलाया था।"

रवि प्रतीक्षा में है।

उन्होंने कहा, "बी. ए. तक पढ़ाया, तेरा मन करता तो और भी पढ़ता, मन करता तो नौकरी पकड़ता, नहीं की, वह तेरी मरजी..."

रवि ने कहा, "नहीं, मैंने नौकरी नहीं करने का निश्चय किया है। करने के लिए बहुत-सा काम है, नौकरी के लिए फुरसत कहाँ है?"

उन्होंने कहा, "अपनी बात तू जाने, मैं उस बारे में तुमसे कुछ कहना नहीं चाहता। हमारा तेरे प्रति एक कर्तव्य है। अबकी तेरा ब्याह कर देना है। लड़की ठीक की है, तालकणा गाँव के भालू पट्टनायक की बेटी। हमारे मन लायक है लड़की, इसी चैत-बैसाख में फेरा कर देना चाहता हूँ। सगाई कर आनी है। हमारे जमाने में तो बेटे को इतनी बातें नहीं कही जाती थीं, ब्याह के पहले दिन कह देने से चल जाता, ताकि अनुष्ठान के दिन वह घर में हो, कहीं गया न हो। अब तो कलजुग की बात, दूसरा जमाना, तभी पहले से कह दिया। जाओ...।"

आमने-सामने खड़े हैं बाप-बेटे। गम्भीर होकर रवि ने कहा, "पिताजी, मैं तो वहाँ विवाह नहीं कर सकता!"

"नहीं करेगा? क्यों? वहाँ बुरा क्या है?"

"वैसे विवाह की बात बिलकुल सोची भी नहीं। फिर अगर भविष्य में विवाह किया भी तो और एक जगह—"

"क्या कहा?"

"पाटेली गाँव में हैं, सिन्धु चौधरी..."

बीच में रोककर गरजते हुए से बट महान्ती बोले, "कुलांगार, नालायक, मैंने सुना था, मुझे पता न था। किसका बेटा है तू किसका पोता? तू ने मेरा सिर नीचा कर दिया। मेरे वंश में कालिख लगा दी। तुझे त्याज्य पुत्र करने पर भी कोई पाप नहीं होगा। तुझे पढ़ाया, आदमी बनाया, अब तेरे ये गुण निकल रहे हैं, छिः, छिः ऐसी बात सुनने से पहले मैं मरा क्यों नहीं।"

एक बार मुँह खोलने के बाद रवि का साहस बढ़ गया है। रवि ने कहा, "झूठ-मूठ ही उनके शत्रुओं ने कुछ अफवाहें फैला रखी हैं, आकाश से तोड़कर बातें कह रहे हैं; अकारण ही, बिना दोष ही, किसी भले आदमी की मान-इज्जत नीचे

घिसट रही है, एक निरीह बालिका का भविष्य नष्ट हो रहा है। वही तो पहला और विशेष कारण है, जिससे मैंने यह निर्णय लिया..."

"निर्णय! ओहो रे तेरा निर्णय! बाप के रहते, बड़े भाई के होते, अपने मन ही मन खाली निर्णय! कल का छोकरा, मुँह का तोड़ तो देखो। मर क्यों नहीं जाता जो मेरे सामने खड़ा होकर बातें कह रहा है।"

"आप व्यर्थ ही क्रुद्ध हुए जा रहे हैं, पिताजी! मेरा कोई दोष नहीं है।"

"...कुछ दोष नहीं। बिलकुल तुलसी है! छिः छिः, कुलांगाकर कहीं का !!"

बात बीत में ही रोककर वे बगीचे में पेड़ों के बीच टहलने लगे। चेहरा फूलकर कुप्पा हो गया था, गरदन फूल उठी थी, सिर की नसें तन गयी थीं, होठ और गाल पत्थर की तरह कठोर दिख रहे थे, सब मिलाकर दिख रहा था जैसे उन्माद में हों। वहाँ मन की उग्र चिन्ता के अलावा और कुछ जा ही नहीं पाता। उनका इतना भयंकर क्रोध रवि ने कभी नहीं देखा था। उनकी आँखों से, कान से ज्वाला निकल रही है, चेहरा जल रहा है।

धीरे-धीरे वह वहाँ से लौट आया। लग रहा था मानो बहुत कुछ परिवर्तन हो गया है इसी बीच; जो समस्या आयी थी उसका समाधान हो चुका है, अब रास्ता सीधा है।

उस पर गम्भीर भाव दबाव डाल रहा था, उसे लग रहा था जैसे उसकी उमर बढ़ गयी है। जीवन का एक अध्याय समाप्त हो चुका है, अबसे नया दिन, नया उत्तरदायित्व। अपने हाथों से अपने बचपन का घरौंदा तोड़कर वह आगे बढ़ा है।

यही तो होना था—उसने सोचा। दो विपरीत धर्मों की तरह दो विपरीत मत एक साथ कैसे होते? दो व्यक्तित्वों का संघर्ष, दो इतिहासों का। अथच वह स्वयं भी उनसे ही सम्भूत है। शायद उनमें भी यह दिशा थी, और है भी, कहीं गहरे दबी रह गयी है। हर आदमी में सब कुछ है, नाना रोगों के जीवाणु ही नहीं, नाना भावों के जीवाणु भी हैं, नाना पेड़ों के नाना प्रकार के बीज, परन्तु वे सब बढ़ते नहीं। कोई-कोई ही बढ़ता है।

वे क्यों नहीं आये, यह तो नयी बात है, ऐसा तो कभी होता नहीं—रवि की माँ सोच रही थीं, न जलपान किया, न पोथी पढ़ी, यहाँ तक कि पूजा भी नहीं की, भात खाने भी अब तक नहीं आये। धूप सिर पर आ गयी, यह बात क्या हो गयी, आज? दिन के ग्यारह बज गये। वे अब तक नहीं आये। रवि की माँ ने पास से कुंज को, जो रिश्ते में देवर लगते थे, बुलाया।

"जाओ तो कुंज, अब तक वे क्यों नहीं आये? जरा बुला लाना तो! आज क्या उन्हें भूख-प्यास की याद ही नहीं रही?"

और आधा घण्टे के बाद रवि कहीं घूम-फिरकर लौट आया। पसीना बह रहा है। हँसकर कहा, "भात देना हो तो दे, नहीं तो मैं चलता हूँ..."

"किधर? इतनी जल्दी?"

"फूलशरा जाऊँगा।"

"इतना धूप में?"

"धूप में कोई काम अटकता है?" रवि हँस पड़ा, "किस जमाने से पड़ा है बेचारा फूलशरा, कोई पूछता भी नहीं, जमींदारी उठ गयी, घर पर अब छावनी-छप्पर होते हैं या नहीं, किसे पता। ढेरों जमीन है। अब कहीं उजाड़ जंगल होकर पड़ी है। फूलशरा में डेरा डालकर रहने पर तो वहाँ बड़ा फार्म बन सकता है?"

माँ ने चिन्तित होकर पूछा, "क्यों अपने नन्द तहसीलदार कहीं गये क्या? उन के जिम्मे तो सब था। गाछ, मछली, जमीन-जायदाद सब, सारी देख-रेख किया करते थे, अब क्या हो गया?"

"सो तो मैं नहीं कह सकता। सोचता हूँ, मैं वहाँ जाकर बैठूँगा, पिताजी तो यहाँ देख-भाल कर ही रहे हैं। दोनों बाँटकर सब पर ध्यान रखेंगे।"

थाली लगायी गयी। रवि खा रहा है, माँ ने प्रश्न किया, "पिता से तुमने पूछा?"

"तू कह देना, अच्छी बात के लिए वे क्यों इनकार करेंगे?"

माँ कहती जा रही थी—"बहू लाने के लिए सारा बन्दोबस्त कर लिया था, पर..." वहीं रुककर बेटे के चेहरे की ओर देखा, वह सिर नीचा किये मन लगाये कच्ची मिरच को ही चबाये जा रहा है।

माँ ने बात घुमाकर कहा, "भाई-भौजाई तो चाकरी गाँव में हैं, पिता अपने धन्धे-व्यापार में। तू मेरे पास रहेगा—यही आस की थी, पर तू भी चल पड़ा फूलशरा?"

"मैं क्या फिर नहीं आऊँगा?"

मेघाच्छन्न आकाश के बीच से सूरज की तीखी किरणों की तरह खिन्न हँसी हँसते हुए माँ ने कहा, "मरद बेटा ठहरा, कोई बेटी थोड़े ही है, जो लाज करेगा। जो तेरा मन करे, वही होगा। सबर करनी पड़ेगी। सहकर, देख-भालकर काम करना ही पड़ता है, फिर इतनी चिन्ता क्यों? इतनी छटपटाहट क्यों? आत्मा को कष्ट देकर कुछ न करना। देख बाबू रे, आत्मा कुशले सर्वसिधी..."

"उस आत्मा की कुशल करते-करते तो अपने देशभर के लोग अपनी चोटी परायों के हाथ देकर रूखा-सूखा खाकर टूटे-फूटे झोंपड़ों में दिन काट रहे हैं, बस केवल कुली-मजूरों का झुण्ड पैदा हो रहा है।"

"इतनी ऊँची नाक क्यों करता है? रूखा-सूखा ही भला है। कुली-मजूरे कोई बुरे हैं? जिसके करम में है वह गाय चराता है, किसी के करम में लिखा है, वह आदमी चराता है, असल में आदमी के अपने मन की शान्ति है। वह है तो सब है।"

"पेट में आग भरकर कैसी शान्ति माँ?"

"और थोड़ा भात खा ले।"

"नहीं, नहीं, बस कर।"

"अरे भर पेट खा जा, यों हड़बड़ी न कर..."

"पेट भर गया, और खाया तो फट जाएगा।"

"जल्दी लौटना। वहाँ खाएगा क्या? रहेगा कहाँ? कैसे चलेगा?"

"वहाँ भी तो आदमी हैं, घर बसाकर हैं, वे जब चलते हैं, मैं क्या अचल रहूँगा?"

"नहीं, नहीं रे, वैसे असुविधा में जाकर पड़ने से क्या फायदा? क्या करूँ, मैं चलती...ये तो घड़ी भर भी नहीं चल सकेंगे।"

"तू रहने दे। यहीं तो है फूलशरा, कोई बिलायत या अमरीका तो नहीं, मेरे लिए इतनी चिन्ता किस बात की?"

दोपहर ही होंगे, रवि ने जब अपने कपड़े-लत्ते, किताब-कागजों की गठड़ी बाँधी और आकर माँ के चरणों में झुका। रवि की माँ अवाक् रह गयी। मन में हलके से मेघ घिरकर फिर साफ हो गया आकाश। रवि का चेहरा प्रफुल्ल था। फिर वही बात—"जल्दी आना रे? कब आएगा? कल या परसों?" रवि के चेहरे पर खाली हँसी, "माँ, चलता हूँ, अच्छा...!"

परन्तु उसके जाने के बाद मन में सन्देह हुआ। आज यह सब कैसा विचित्र, अद्भुत...सोचने लगी। पहले से कुछ न कहा, न पूछा; बस गठड़ी बाँधी और चल पड़ा फूलशरा, दिन के दोपहर हो गये, अब तक वे खाने भी नहीं आये।

बोझिल-बोझिल-सा लग रहा है, ऐसा तो कभी नहीं हुआ। कहीं वे रूठे तो नहीं हैं?

गुस्से में होने पर तो बराबर कहा करते हैं—"जानती हो, मैं दुनिया को भूल सकता हूँ—इतनी ममता मुझमें नहीं है, जाते समय क्या कुछ बाँधकर ले जाना है?"

उनकी बात सुनकर डर लगता। लोग सहम जाते। कहते, बात के पक्के ठहरे। पक्के आदमी, टूट जाएँ भले ही, झुकेंगे नहीं।

अवस्था के अनुसार खुद को ढालकर परिस्थिति के साथ समझौता कर लेने की शक्ति उनमें नहीं है। पर लोगों के मुँह से ऐसा सुनना उन्हें अच्छा लगता, उन्हें लगता जैसे यह गौरव की बात है! हँसकर कहते, "मैं तो सीधा आदमी हूँ, मेरी तो बस एक ही बात है।"

वे समझते नहीं कि उनके अपने बड़प्पन की इन दो-चार बातों को चरितार्थ करने में औरों को कितना परिश्रम करना पड़ता है। कितना सुख का रास्ता छोड़कर कदम-कदम पर डरते-डरते जैसे तलवार की धार पर चलना पड़ता है। लोगों को हैरान किये बिना 'एक बात' वाले आदमी कैसे कहलाएँगे? क्या दुनिया में यही वास्तविक

बड़प्पन है? नहीं, इतना कठोर न होकर दूसरों का मन जानकर अपने को दूसरों के साथ मिलाकर हँसते-हँसाते जीवन बिता देना ही असली बड़प्पन है?

कौन-सी बात बड़ी है? अपनी टेक या दूसरे का हृदय?

खुद भी खाया नहीं, प्रतीक्षा कर रही हैं। उनकी यह आदत है। परन्तु मन अशान्त है, आशंका की छाया भी पड़ती है वहाँ। उधर पति, और इधर बेटा, मन झूल रहा है। और उसके साथ-साथ वे। धूप से तपते-तपते पहले बरामदे में टहल रही थीं। बाड़ से उचककर दूर देखतीं कि वे आ रहे होंगे। देर हो गयी तो कमरे में चली आयीं। अपना बेटा नया रूप लेकर आत्मप्रकाश कर रहा है। बट महान्ती गुस्से में जर्जरित मन होकर बगीचे के कुंज में चले गये, मानो यहीं उनका वानप्रस्थ है।

जिसे पाला था, जिससे आशा की थी, अचानक एक दिन देखा तो वह नहीं है, कहीं उड़ गया है। चेहरे पर छद्मवेश लिये खड़ा है अन्य कोई। समकक्ष होता-सा खड़ा है। वह अनुशासन मानने को राजी नहीं, उन्हीं के घर में रहकर वह चलाएगा एक नया शासन, सम्पत्ति उजाड़ेगा, नीचेवालों को बिगाड़ेगा, मनमाना ब्याह करेगा, चाकरी भी नहीं करेगा।

अचानक लगा जैसे बन्दरों के यूथ के बीच भाग-दौड़ में दो मुखिया बड़े बन्दर सामने हों और वह आगन्तुक दूसरा कोई नहीं, उनका ही अतीत है, उनका यौवन। जो दब गया था फिर उठ पड़ा है उनके बुढ़ापे के सामने अपनी आत्मप्रतिष्ठा के लिए। अतः वह उनकी आँखों से आँखें मिला सब कुछ देख पा रहा था, उसकी बातों में विनय के साथ-साथ दृढ़ता थी, कातरता न थी।

जब उन्होंने रवि से कहा, 'तू मर क्यों नहीं गया!' तो वे अपनी सारी इच्छाशक्ति लगाकर उस अजेय यौवन के विलय की बात मना रहे थे। इसके बाद वह वहाँ से चला गया था।

बगीचे में जगह-जगह पर टगर और मन्दार के पौधों का झुण्ड, ऊपर ही ऊपर लताएँ फैली हैं, सींग की तरह एक-एक लाल फूल खड़े हैं, नीचे गुफा की तरह हो गया है। और उसके दरवाजे पर मधुमालती मानो परदा किये है, झुके हुए अमरूद में उसके फूल भरे हैं, इधर-उधर के पेड़ों पर मधुमालती लिपटी हुई हैं। उसके आगे केले की बाड़ी, वहाँ लम्बे-लम्बे पत्ते फैलाये भिन्न-भिन्न ऊँचाई के केले के झाड़ खड़े हैं।

बगीचे का यह भाग मानो कोई भूला हुआ राज है।

बट महान्ती सीधे अमरूद के झुरमुटे में घुस गये, उसी कुंज लता, टगर और मन्दार की गुँथी गुफा में अपने को निढाल किये पड़े थे, गाल पर हाथ रखे बैठे-बैठे सोच रहे थे।

आज उनकी दुनिया उलट गयी थी।

उनके मन में एक रागिनी बज रही थी। उस संगीत की एक ही टेर थी—जिस बेटे को आदमी किया, वही हुआ पराया!

एक बात का छोर पकड़ते-पकड़ते मानो वे साधारण सत्य तक पहुँच गये—कोई किसी का नहीं, बड़े होने पर आदमी के सँपोले भी नाग बनकर चले जाते हैं, दुनिया जंगल है, आदमी यहाँ हिंस्र जन्तु है।

इस हिंस्र अविश्वास का विष उनके मन में फैल रहा था। उलट-पुलट गरम माथे में डूबते-उठते काले-काले अस्थिर द्वीप की तरह एक-एक धारणा ऊपर उठती, फिर डूब जाती। बाढ़ का उफनता पानी गरज उठता—"मनचाहे ब्याह करेंगे! मन माफिक चलेंगे! फिर हम कौन हैं? घास काटनेवाले? बाप क्या है? बेटा कौन है? घर क्या है? समाज किसे कहते हैं?"

'मैं' पन का बोड़ा साँप अपनी ही पूँछ में से थोड़ा चबाकर छटपटा रहा था। समय का होश न था।

उत्तेजित आहत जन्तु की तरह बट महान्ती उस झुरमुटे में बहुत देर तक पड़े-पड़े साँसों में भर गये। धूप का तीखापन कम हो गया था, उसके साथ झरकर कम हो गयी उनकी उमर की एक सुबह।

क्रमशः क्रोध ठण्डा पड़ता गया और क्षति का विषाद आया। बारम्बार सोच रहे थे, ऐसा बेटा भी कोई बेटा होता है, इसका तो मुँह भी नहीं देखना चाहिए।

उसी गुस्से की लपेट में आ गयी रवि की माँ। बट महान्ती सोच रहे थे, उसी ने तो हौसला बढ़ाया है इसका!

और याद आ गया बड़ा बेटा कवि—रास्ता तो उसने खोल दिया है! देहरी लाँघ, कुल की बहू को लेकर वही तो गया, उसका जो मन आया किया, उसमें किसी का क्या आता-जाता है? घोड़े की पूँछ में बाल रहें तो दूसरे का क्या है? सारी खराबी ही खराबी है—सब अविश्वास, सब पराये! उनका अपना कोई नहीं है!

और वे। किन्तु, इस सारे झगड़े-टण्टे में झींकते-झींकते जीवन बिता आये इन्हीं के लिए, सिर्फ इन्हीं की खातिर। इस कुटुम्ब के भरण-पोषण के लिए आदमी शेर होकर भी चूहे की तरह चलता है। आज तक जिनके वास्ते उन्होंने इतना दुःख सहा, उनके पास कृतज्ञता भी नहीं, प्रत्युपकार की तो बात ही छोड़ो।

छोड़ो, कोई किसी का नहीं...मन कहता है, वे अब उस घर में और नहीं जाएँगे।

"भैया! भैया!" कुंज पुकार रहा है। बगीचे में आकर इधर-उधर आवाज लगा रहा है। बट महान्ती और भी गुमट-सिमटकर बैठे रहे। गले में कुछ खसखसा-सा हो रहा

है, खाँस लेते तो अच्छा होता, पर खाँसी को जबरदस्ती रोके बैठे रहे। कुंज लौटा जा रहा है। देखकर थोड़ा चैन आया।

जानी-पहचानी परिस्थिति के बीच अनजान-अपरिचित की तरह रहने का नया अनुभव देख रहे थे।

विषाद के बाद वैराग्य आया। उनकी चेतना उसी वैराग्य में डूबकर कितनी दूर तक फैल गयी, माटी को छोड़कर आकाश तक फैल गयी, और प्रेतपुरी तक पहुँच गयी। सोचने लगे, कोई किसी का नहीं है, 'घट छूटे पर तुझे कहेंगे भूत रे!' यह संसार पड़ा रहेगा, आदमी अदृश्य हो जाएगा।

इसके बाद? सबको देखता होगा, कोई उसे देख नहीं सकेगा। सबकी बात सुनेगा, मन परखता रहेगा, पर कोई उसे जान नहीं सकेगा।

सुनाई पड़ रहा है कुंज बाहर कह रहा है—"कहाँ गये, दिखते तो नहीं!" गली में कितनी बातें उनके बारे में उठ रही हैं, कि वे कहाँ गये, किधर गये, कहाँ रह गये!

ऐसे ही लोग हो-हल्ला करते रहेंगे। गया-गया कहकर बोलते-बतलाते रहेंगे। आत्मा इस माटी के घट को छोड़कर अन्तरिक्ष का मार्ग पकड़ेगी। कितने दिन का खेल है यह, किसका बेटा, किसकी बेटी, किसका घर और किसका बाहर?

सब माया है।

उन्हें लगता है कि चित्त की चेतना उड़ी जा रही है, यह संसार छूटने को है। अचानक सब याद आ जाता है—बन्धक के कागजात, कर्ज की लिखा-पढ़ी, खातेदारों के चेहरे, बक्से-सन्दूक, गाय-गोरू, जमीन-जायदाद, अमराई-पोखर। इतनी सारी चीजों की छाया उनके मन में सहेजी हुई पड़ी है। इनमें से कोई भी उनके साथ जानेवाली नहीं है।

इस वैराग्य की बात को सोचते हुए उनके साथ इनकी स्मृति भी पीछा कर रही है। इसके बाद और सोचना सम्भव नहीं। मानो देह का सारा बल चुक गया है। आलस-सा छा रहा है। जम्हाई पर जम्हाई आ रही है।

ज्वार की प्रतीक्षा करती किनारे पर एक जगह डोंगी पड़ी है। धूप बरस रही है। पेड़-पौधों की लताओं के बीच, गाँव की भीड़ के बीच इस एकान्त में दिख जाती है यही नयी दुनिया।

समाज के अगुआ वृद्ध बट महान्ती समय बिताकर देख रहे हैं—दो गिरगिट भाग-दौड़ करते गुँथ रहे हैं। पूँछ से पूँछ मिलाये दो तितलियाँ टगर पर बैठी पंख फरफरा रही हैं, मानो सृष्टि में सबसे बड़ा काम है इस तरह बैठे रहकर पंख खोलना, बन्द करना।

पास सूखी डाल पर बैठा गिरगिट सिर हिला-हिलाकर इस बात का समर्थन कर रहा है।

ठीक है, ठीक है, यही तो जीवन का चलन है, न बड़ा न छोटा। कोटि-कोटि घटों में कोटि-कोटि उपायों से वर्णछटा में जीवनीशक्ति का प्रकाश है।

विश्वरूप—

रवि की जिद, अपना वैराग्य, खेती पर से बँटाईदार को हटाने की चिन्ता, खातेदार से पुराना ब्याज वसूलने का विचार, बूढ़ा गिरगिट, भागवत और अपना अतीत—सब मिलकर एक साथ गड्डमड्ड हो गये। जिस तरह सिवार से भरे थमे पानी में रह-रहकर मछलियों का रूप दिख जाता है। किसी बात का कोई अंश रह-रहकर मन की निगाह के आगे फैल जाता, मानो किसी के फड़फड़ाते पंख हों। किसी की पूँछ की पड़ती छाया हो। किसी के लाल मुँह की नोक हो, या किसी की एक आँख।

पुराने पानी खाये हुए काठ की देह में कुकुरमुत्ते के उगने की तरह बट महान्ती के व्यक्तित्व पर बढ़ रहा है एक नया व्यक्तित्व।

वे अधलेटे देख रहे हैं—चीं-चीं करती गिलहरी रोयें फुलाकर आ रही है, रुक जाती है, तनिक आगे बढ़ती है और फिर रुक जाती है।

एक मोटी गोह अपनी पतली, फटी हुई काली जीभ तीर की तरह लपलपाती फिर अन्दर खींचती घिसटती-घिसटती बाड़ की ओर चली गयी।

दो नेवले आगे-पीछे दौड़ते भाग गये।

केंचुआ रेंग रहा है, अपने-आप को खींचते-से ले जा रहे हैं छोटे-छोटे घोंघे।

चमकती धूप में दिखता है—झुण्ड के झुण्ड कितने कीट-पतंग उड़ रहे हैं। छोटे-बड़े—कहाँ से आते हैं, कहाँ उड़कर जा रहे हैं, मधुमालती लता की झूलती हुई डाल पर खेल रही है कोई नन्ही चिड़िया। अपनी पैनी चोंच बार-बार फूलों के गुच्छे में डाल रही है, निकाल रही है। उसकी नीली-हरी पीठ पत्तों के हरे रंग के साथ-साथ मिल गयी है।

सबको अपना-अपना काम पड़ा है। सब अपने-अपने काम में कैसे जुटे हुए हैं!

छोटी-सी मकड़ी भी एक टगर की दो डालों के बीच जाला बुन रही है। सूँडी उनके देखते ही देखते एक पत्ते को छलनी किये दे रही है। काले और लाल-लाल छोटे-छोटे दाने गूँथकर बनायी माला की तरह उसकी छोटी-सी देह।

सहलाती-सी, सिहराती-सी हवा बहने लगी है। दवणा, तुलसी, कुकरौंधा आदि की महक स्पष्ट पहचान में आ रही है।

दूर कहीं शंखचील की आवाज आ रही है—चें चें चें...

इतना ही संकेत चाहिए था। इसकी आवाज के साथ-साथ याद आ गया ठाकुरजी के पोखर का एकदम काला पानी, पद्मवन की सुगन्ध, सोयी स्त्री के खुले केशों की तरह के सिवार का जाल, थिर पानी पर ऊँचे पेड़ों की छाया, कागज की नावों की तरह तैरते हंसों की पाँत। स्मृति में धूप मुरझा गया, आकाश में बादल छा गये।

बट महान्ती सो गये।

सुलाने के लिए टिटहरी ने जैसे लोरी शुरू कर दी—"चट्र-चट्र-चट्र-ट्र-र-र।" और कपोत ने गुटर-गूँ की।

इस झुरमुटों के संसार ने उन्हें निविड़ भाव से अपना लिया है। सूखा काठ का टुकड़ा पड़ा है—पेड़ खड़े हैं—कोई बूढ़ा सोया है—सो रहा है—मानो ठीक यही सम्बन्ध बनाकर वे सदा से सोये हैं। यह उनकी सहज जैविक क्रिया है।

और वसन्त की सुराही से जल झरने की तरह शून्य से समय बहकर चू रहा है बूँद-बूँद, ढुलक गया है, बहने लगा है।

नींद टूटी तब सारी देह में नाना प्रकार की अनुभूतियाँ थीं। कहीं जलन, कहीं सनसनाहट, कहीं कुलबुलाहट। नाक पर लाल-लाल हृष्ट-पुष्ट तितली बैठी थी, उड़ गयी। पीठ पर जगह-जगह मोटी चींटियाँ चिपकी हैं। सिर के बालों में माटी के नन्हे-नन्हे जीव जल्दी-जल्दी बस्ती खड़ी करने में लग गये हैं। घुटनों के नीचे सूँड़ी सोया है। तलुवों की ओर से छोटे-छोटे कीड़े चढ़ रहे हैं।

हड़बड़ाकर बट महान्ती उठ खड़े हुए। जल्दी से अपनी देह झाड़ी। हाथ की मार से कितनी तेजी से सब साफ होते जा रहे हैं। तभी रवि की याद आयी, और लगा, कि इसी तरह एक ही थप्पड़ में सब कुछ साफ हो जाता, सहज हो जाता, होगा भी।

बहुत देर हो गयी। ठाकुरजी उपवास कर रहे होंगे। देह थकी-थकी लग रही है। बट महान्ती ने पहली बार अपने आगे स्वयं स्वीकार किया कि वे बूढ़े हो चले हैं।

दोल पूनम के बाद ही उनका जन्मदिन पड़ता है, अठावनवाँ चलेगा। बहुत दिनों से जन्मदिन नहीं मनाया। बहुत दिन बाद उन्हें अपने पिता और माँ याद आये। वे सब सुखी थे, वे स्वयं भी सुपुत्र थे, तब का जमाना और था। यह आजकल की तरह—

घर पहुँचते ही देर का कारण समझाने से पूर्व अपनी स्त्री से पूछा, "रवि कहाँ गया?"

"आपके साथ कुछ बातचीत कर आया और फूलशरा गया। कह रहा था कि यहाँ आप देख-रेख कर ही रहे हैं, वहाँ वह देख-भाल रखेगा। ऐसा क्या उजड़ रहा है वहाँ जो बन्दोबस्त करेगा। बहुत सारी बातें कह रहा था। कहा, बापू से कह देना, वे मना थोड़े ही करेंगे?"

भौचक खड़े रह गये, मानो चेहरा पथरा गया हो। दो क्षण बीते, और फिर उनके मुँह से निकला, "दो बेटे हुए, दोनों अपने-अपने रास्ते चले गये। हम

बूढ़े-बूढ़ियों के मरने-जीने की खोज-खबर अब किसे रहेगी?" छोटा बच्चा व्याकुल होकर जैसे जिद करता हो रवि की माँ की देह में छनू से बातें टकरायीं। हृदय से हूक-सी उठी। जीभ थरथराकर जैसे रूठे स्वर में कहा, "आपने तो समझा नहीं, वह अब कोई बच्चा थोड़े ही रह गया? उसका मन न माना। उसकी बात न रहे तो वह चैन पाएगा? हो जाता ब्याह उन सिन्धु चौधरी के घर में, कौन-सी दुनिया उलट जाती? फिर लोग जात-कुजात में भी तो ब्याह करते हैं, मेम लाकर बैठा लेते हैं, तुम तो बस केवल बारीकी से जाँच करते रहोगे। खैर छोड़ो, अपने भाग में नहीं लिखा!"

बट महान्ती अचानक फिर कड़े पड़ गये। कहा, "तुम समझती तो हो नहीं, जाय जहाँ उसका मन करे। मुलायम लोहे को बिल्ली भी काटती है—नहीं क्या? कुत्ते को चूमो, वह भी मुँह चाटेगा। ठीक है, जाने दो देखें, पानी किस क्यारी की ओर मुड़ता है।"

अब फिर उनका चेहरा कठोर हो गया है, किन्तु उनकी भंगिमा में बच्चों की-सी निरीहता न थी, कठोरता के साथ उदासीनता ही पहचान में आ रही थी।

कहा, "यह सब मत सोच। पैर हुए हैं, चलेंगे, पंख उगे हैं, उड़ेंगे ही, कोई तेरे-मेरे साथ-साथ नहीं चलेंगे। झूठी माया को सच मानकर क्यों तड़प रही हो? आदमी कर्तव्य करने आया है, कर्तव्य करते-करते लुढ़क जाएगा। किसी से कुछ पाने की या लेने की तो आशा है नहीं। तुम जिसके लिए इतना सोच रही हो, उसने क्या तुम्हारी बात पर ध्यान दिया, या वह तुम्हारा मान ही रखता है? जीते जी मैं बाघ के घर में मिरग का नाच नहीं होने दूँगा। मेरे पिता ने मुझे नहीं सिखाया।"

वे चले गये ठाकुर जी की पूजा करने।

रवि की माँ के विचारों से मानो कुहासे का परदा उठ गया। रवि के फूलशरा जाने की बात साफ हो गयी।

साथ ही आँखों के आगे कुहासा-सा छा गया। जीभ थर्रा गयी। घर खाने को दौड़ रहा था। जाए वह, मरद बेटा है, जहाँ जाए, अपना करम अपने साथ है। ऊपर धर्म है। वह बड़बड़ा रही है। रवि का भला मनाते हुए ठाकुरजी की देहरी पर सिर बारम्बार टेकने पर भी नासमझ आँसू कोई रोक-टोक मानने को तैयार नहीं।

आँगन में कौवे ने काँव-काँव की। मुड़कर छलछलायी आँखों से उसकी ओर देखकर कहा, "क्या कहता है रे? शुभ कौवे, शुभ से ही बोल! क्यों, रवि शाम को लौट आएगा तो?"

पर अपना मन ही खुद को डराकर उत्तर दे रहा था—वह इतनी जल्दी लौटने वाला नहीं है।

सुनाई दे रहा था, रवि के पिता ने घण्टी टनटनाकर ठाकुर जी की पूजा शुरू कर दी है। सूने रास्ते की ओर देखते बीच का घर उढ़काये रवि की माँ खड़ी है।

इस घण्टी की टनटन के साथ याद आ जाता है—कोई नन्हा, जो किलकारी मारता दौड़ता चला आता है। उसके सिर के घुँघराले बाल लहरों की तरह नाच रहे हैं। चेहरे पर, आँखों में उत्तेजना है। उस घण्टी की टनटन के साथ याद आ रहा है—थोड़ा-सा गुड़ या छेना, उसमें तुलसीपत्ते लगे होंगे एक-आध। वही प्रसाद पाने के लिए कोई दूर से दौड़ा आ रहा है। वे रवि के बचपन के दिन थे, हँस-मुख बालक, गले में पतली सोने की लड़। कहाँ, कितने दिन की बात हो गयी!

दृष्टि गयी—चिड़ियाँ छान के नीचे फुर्र-फुर्र करती उड़ रही हैं। एक-एक कर बाहर उड़ती जा रही हैं। कितनी ही इस प्रकार उड़ती गयी हैं! कब से!

और इधर बच्चे नहीं आते। कभी मन किया तो बस्ती से बुलाने पर ही कोई आएगा। नहीं तो नहीं।

खाली घर। खाली चौक। ऊँची आवाज में बट महान्ती भागवत पढ़ रहे हैं, जल्दी-जल्दी छटपटाते हुए, मानो कोई शब्द-समुद्र हो। अर्थ खिलने तक की प्रतीक्षा वहाँ नहीं है। बस केवल नाद-ब्रह्म, इहलोक में आत्मा शीतल होगी, परलोक में मुक्ति मिलेगी।

परन्तु उस रागिनी से, स्वर की उस भंगिमा से मानो सुनाई पड़ रही है—गहन मन की हिलोर लेती अभिमान के शब्दों की तरंग।

दीर्घ साँस छोड़ती-छोड़ती रवि की माँ परोसने के लिए चली गयी।

बई मलिक छाजन तले बैठा अमिया के साथ पखाल खा रहा था। दरवाजे पर छोटे साआन्त को देख ठहाकेदार हँसी के साथ उठ खड़ा हुआ। हाथ जोड़ नमस्कार किया। जल्दी से आवाज दी, "माँ, पानी से हाथ धुलाना तो!"

"यों हड़बड़ी मत करो, खा लो, मैं कहता हूँ।" रवि ने कहा।

बई की माँ सेरेन्ती आयी। खुशी से भरकर बोली, "कैसे आये? धनभाग, गरीब के घर साआन्त के पाँव पड़े, अब क्या करूँ! अरे बइया, ले निगल ले निवाले! देखता क्या है, काँसा लगा दे मुँह में..."

"रहने दो, रहने दो बई की माँ, एक ज़गह जाना है सो बई को साथ लेने आया था। काम तो कहीं जाता नहीं उसे बैठकर आराम से खाने दो..."

साथ जाने के लिए साआन्त जी खुद बुलाने आये हैं। "किसी से खबर भेज देते तो बइया खुद दौड़ा जाता। जाएगा नहीं क्यों! कहेंगे तो बीस कोस भाग जाएगा। आपकी जगह में घर खड़ा किया है। बाबू, सात पुश्त आपका ही दाना खाकर जीये हैं, आपका नहीं करेंगे तो किसका करेंगे?"

बई की बहन गेल्ही हाथ में लम्बी लग्गी लिये पीछे की ओर से निकलकर हँसते-हँसते खड़ी हुई और उसका छोटा भाई दस वर्ष का नंगा गई पीठ की ओर

हाथ जोड़े रवि के पास आकर एकदम सीधे आदमी की तरह खड़ा हो गया। उसकी ओर चुपचाप देखने लगा।

पीछे की ओर से आ गयी बई मलिक की बछिया, चमकदार नाक उठाकर रवि को सूँघने लगी, और उसकी पीठ पर अपनी जीभ धीरे-धीरे बढ़ा दी, वह चाटने लगी।

झोंपड़े के आगे पोई की बेल से बनी क्यारी टूट गयी है। पोई के झुरमुटे के बीच घूम रही बिल्ली हठात् उसे देख सहम गयी और उधर देखने लगी, एक प्रश्नवाची भंगिमा से।

बई मलिक निवाले पर निवाला ठूँसे जा रहा है, इधर मुँह में भात भरे गों-गों करता बातें कर रहा है।

सामने उसकी यह ढाई कोठरी की छोटी-सी झोंपड़ी। टूटना-फूटना, मरम्मत करना लगा ही रहता है। हलकी-हलकी छाया किये घर और आँगन को ढाँपे खड़े हैं पाँच-सात सहिजन के पेड़। उस पर कच्ची-कच्ची फलियाँ लम्बे-लम्बे पतले कीड़ों की तरह झूल रही हैं, गाँठ-गाँठ पर पीला गोंद और सूँडी भरे हैं मानो पेड़ गरम कोट पहने हैं। पास ही में केवड़े की बाड़, छोटा-सा पोखर, बाँस का झुरमुट और अमराई हैं।

जल्दी से खा-पीकर पान डाला मुँह में और बहँगी लेकर निकला। तब तक दस मिनट भी नहीं हुए थे। अखाड़े के बरामदे में रखी थी रवि की छोटी-सी गठरी, और एक छोटा सूटकेस।

रवि बोला, "वैसे कोई खास बोझ-बाझ नहीं है रे बई, मैं ही ले जाता। पर चारों ओर से सोचकर देखा, रास्ते के लिए एक साथी चाहिए।"

"मेरे रहते हुए आप सामान ढोएँ?" बई ने कहा।

बई उसकी ही उमर का होगा, बचपन का साथी। रवि जानता है उसकी खातिर बई पानी में भी छलाँग लगा देगा।

किन्तु साहस कर बई मलिक को साथ लिये नये रास्ते पर चलते समय पग-पग पर पुरानी माटी का मोह मन को खींच रहा था। बचपन से वह अपने और इस गाँव में रहा। यहाँ की हर जगह की स्मृति घुल-मिल गयी है। इस गाँव का बहुत कुछ ऋण उस पर है, उतार न सका तिलभर भी। गाँव के अभावों को लेकर सोचा है, पर कभी कुछ कर न सका।

गाँव से निकल किनारे-किनारे कुछ दूर जाने पर उसका टीसता मन पुनः दृढ़ होकर फिर अपनी सहजता में लौट आया।

लम्बे-लम्बे डग भरता चल रहा है बई मलिक, सुनता रहा रवि की बातें, पर वह बिलकुल ही नहीं समझ सका कि रवि आज इस तरह क्यों बक रहा है। रवि का उत्साह देख वह भी जोश से भर उठा। और समझे चाहे न समझे, रवि का

जी-जान से समर्थन करता हुआ कहने लगा, "ठीक है, बिलकुल ठीक..."

किनारे-किनारे खूब उत्साह में गप्पें मारते चले जा रहे हैं दोनों युवक। उन्हें न धूप काट रही थी, न रास्ते की थकान ही छू रही थी। टपटप पसीना चू रहा था, अपने सपनों का गढ़ा संस्कार-कार्य चल रहा था जवानी ही जवानी, जल्दी-जल्दी।

"इस पुराने बाग को देखो बई," रवि ने बताया, "जो कुछ यहाँ देख रहे हो सब मान्धाता के जमाने से लगाया हुआ है। अब यहाँ नया कुछ लगा सकता है कोई, या इसमें कहीं जगह हैं उसके लिए? केवल न फलनेवाले पेड़ ही खड़े हैं, वे भी ढंग से नहीं। काटकर साफ कर देते तो ये काठ ही काम आते। पर क्या बूढ़े-बड़े मानेंगे? कह देंगे किसी ने लगाये थे, रहने दो..."

बई हँस पड़ा। कहा, "कुछ भी नया करने जाओगे तो लोग आड़े आएँगे।"

रवि ने कहा, "इस पुराने आम के बाग की तरह ही अपने समाज का चलन है, बई! इस चलन से ही इतने बड़े-बड़े आदमी पैदा होते थे, पर आज सब बंजर हो गया। उसमें जितना कुछ भला है, उसे रख लो, बाकी नये सिरे से गढ़ सके तब न सबका भला होगा; वरना क्या होना है? जिधर देखो, किसी के पास कण है तो किसी के पास मन। जात-पाँत, छुआछूत, दलबन्दी, ईर्ष्या-द्वेष—यही तो है अपना समाज। आदमीयत तो खत्म हो गयी; खाली मुरदे पर अतर छिड़कने की तरह बाहर से चिकना-चुपड़ा देखने के लिए कहीं थोड़ी सड़क तो कहीं पोखर...बस इधर-उधर यही कुछ करा देने से क्या होगा?"

बई मलिक ने कहा, "सच बाबू, एक-एक बात सच है! किसका क्या जाता है? दबाव तो पड़ता है हम गरीब आम आदमी पर! सब थोड़ा-बहुत कुछ कर-करा लेते हैं, हमारी बारी आने तक कुछ नहीं।"

"यह अवस्था बदलनी पड़ेगी, नया समाज गढ़ना ही पड़ेगा।" रवि ने कहा। धूप, गरमा-गरम बातें, पसीना और उमस सब मिलाकर उसका चेहरा कैसा अजीब-सा दिख रहा था। बई मलिक ने प्रकाश में चमकते उसके चेहरे की ओर देखा। नदी के किनारे एक बड़े जामुन के पेड़ के नीचे कुछ समय के लिए वे ठहरे। थकावट उतनी नहीं, यों ही बातें करने के लिए। रवि कह रहा था, "सब फटा-फटा दिख रहा है, सबका मन समाज की ओर से खट्टा हो चुका है। क्या होगा ऐसे समाज का? इससे कभी उद्धार होगा?"

बई मलिक ने सहारा दिया, "कैसे होगा उद्धार? यह तो भस्म होगा।"

रवि ने कहा, "यदि सब भस्म होगा तब हम तुम हैं किसलिए? ऐसे ही अपने-जैसे करोड़ों लोग हैं, वे सब चाहते हैं कि कैसे सब मिल-जुलकर सुख से जीएँ। किसी का किसी से झगड़ा न हो, मतान्तर न हो। इस तरह के इतने लोग रहते हुए भी यह दुनिया राख होगी?"

बई ने उत्साह में भरकर कहा, "कदापि नहीं।"

रवि ने कहा, "केवल कहने भर से नहीं चलेगा, सोचने से कुछ नहीं होगा, काम करना पड़ेगा। कौन करेगा? हमी तो। प्रत्येक घर बनेगा ईर्ष्या को निकालकर निर्मल करने के लिए एक-एक दुर्ग, हर आदमी होगा शान्ति और मैत्री का अग्रदूत, एक विराट् भाईचारा गढ़ा जाएगा घर-घर में, गाँव-गाँव में। इस तरह ज़ुबान से कह देने भर से नहीं होगा, कार्य में दिखा देना पड़ेगा, सुख में, दुःख में, सुख-दुःख में सब आदमी भाई-भाई..."

बई उसके चेहरे की ओर ताक रहा था। तन्मय हो डूबा सुन रहा था। बात का अर्थ समझे या न समझे, वह एक भावना में खो गया था। उस भावना में आशा थी, उत्साह था, विपुल आनन्द था। मानो मन के गहरे से कोई संगीत सुन रहा था। उसकी एक-एक लहर पर उठ-गिर रही थी उसकी चेतना।

उल्लास में भर वह चिल्लाने लगा, "वैसा ही होगा। वही होगा।"

रवि ने कहा, "हमें गढ़ना पड़ेगा। सब गाँवों में, देश-भर में। अपने आप सब ओर से आकर मशालें इकट्ठी हो जाएँगी, अँधेरा फिर नहीं रहेगा।"

देह हिलाकर सिर डुलाकर बई ने उसकी बात का समर्थन किया। दोनों आशावान् युवकों के मन में कोई अवसाद न था। कुछ असम्भव नहीं दिख रहा था उनकी धारणा में, बस केवल प्रकाश, आशा और तेज झलक रहा था।

चल रहे हैं गढ़ जीतने सैनिकों की तरह दो युवक। आँखों में उत्साह भरा है, उन्हें सामने स्वप्न और विश्वास दिख रहा है।

इसी पुराने नदी के किनारे ने देखा है कितने महापुरुष गये हैं इसी रास्ते। जाना खत्म नहीं हुआ, चल रहा है बारम्बार। प्रकाश बुझा है फिर जला है; नदी किनारे की हवा में घर टूटा है, फिर खड़ा किया गया है।

आशा की धारा सूखी नहीं, जीवन के आनन्द के लिए झोंक भी कम नहीं, आदमी इसमें अब भी लगा हुआ है। आनन्द है।

बायीं ओर रास्ता है। किनारे से उतरकर नीचे की ओर चला गया है। किनारे के नीचे अकेले-दुकेले घने पेड़, केवड़े के झुरमुट, जगह-जगह बाँस के झुण्ड, उनके उस तरफ ऊँचे टीलों से भरा रास्ता, वहाँ पर बीच-बीच में दीमक की बाँबियाँ। वहाँ कुछ बेरों की झाड़ियाँ। मोम लगाने की तरह चमकदार ढेरों हरे-हरे पत्ते, उनके ऊपर सफेद फूलों के गुच्छे। जगह-जगह हाथ उठाये नागफनी, पतली हथेली की तरह मोटे-मोटे हरे टुकड़े, काँटों में कदम के-से फूल, नाकों पर कलियाँ, जगह-जगह लाल फूल हैं। एक-एक बाँबी से लताएँ जाल की तरह लिपटी हैं, रंग-बिरंगे फूल बड़े तरीके के साथ सजे हैं। आम के पेड़ से मधुमक्खियों की गुनगुनाहट, कटहल के पेड़ से महक आ रही है। चिड़ियाँ एक-दूसरी को कहती-पुकारती चें-चाँ कर रही हैं, या बदा-बदी कर गीत गा रही हैं।

फूलशरा गाँव का रास्ता इधर से ही गया है। खेतों के किनारे-किनारे पगडण्डी

साँप-जैसी टेढ़ी-मेढ़ी होती चली गयी है।

बई ने कहा, "ये सारी बाँबियाँ। मानो सभा में बैठे लोग हों। बैठे-बैठे कुछ सोच रहे थे, और फिर बाँबी बन गये।"

रवि ने उत्तर दिया, "वाल्मीकि ध्यान करते-करते बाँबी बन गये। कितने ही वैसे हुए। काईपदर जाओ, वहाँ देखोगे एक बड़ा और एक छोटा माटी का टीला है, चन्दन पुता है। लोग कहते हैं–बड़ा पीर है, छोटा है चेला। वे भी ध्यान करते-करते बाँबी हो गये।"

बई ने कहा, "यह भी किसी योगी ऋषि के स्थान की तरह लगता है, कितने काठचम्पा यहाँ हैं, और उधर देखो वे मौलसिरी के पेड़।"

रवि ने कहा, "अरे, और कब तक आदमी बाँबी बनकर बैठा रहेगा। बाँबी की भी नींद टूटती है। तभी तो बाँबी की चोटी में सफेद फूल खिले हैं। बाँबी भी नया जीवन पाकर खड़ी हो रही है। सूखे काठ में भी रस-संचार हो रहा है। अब आदमी के हृदय में ईर्ष्या भी स्नेह बन जाएगी, दुनिया नयी होगी।"

उद्‌बुद्ध होकर बई मलिक ने कहा, "सब होगा, मन हो तो सब होगा। कहते हैं, सबसे बड़ा मानव जीवन है। देवता भी तरसते हैं इसके लिए, पाते नहीं।"

असंख्य ताड़ के पेड़ खड़े हैं, कतार के कतार खजूर के पेड़। गायें चर रही हैं। इधर-उधर पगडण्डी होकर कितने लोग आ-जा रहे हैं। बाग की छाया, फिर कड़ी धूप। जगह-जगह दाहिनी ओर के घने बाग के बीच से, बाँस के झुरमुटों की फाँक में से गाँव के झोंपड़े दिख रहे हैं।

बातें करते दोनों युवक उत्साह में भरे चले जा रहे हैं।

रवि कह रहा था, "दुनिया-भर में हमारे जैसे कई लोग कितने प्रकार से चेष्टा कर रहे हैं। कैसे सब लोग सुख-शान्ति से रहें, सदा के लिए, ताकि युद्ध बन्द हो जाए। किसी की चमड़ी सफेद है, किसी की काली, किसी की हलद। किसी का कैसा चेहरा है, कैसी भाषा, कैसी पोशाक है। सबके हृदय में एक उद्देश्य–सबके प्रति स्नेह, विश्वास।"

बई ने कहा, "आदमी क्या बुरा है? सब आदमी अच्छे हैं। सकल घटे नारायण।"

रवि ने कहा, "स्नेह किये से आदमी होता है आदमी। डर, भय, जीत सका तो मरण को भी जीता जा सकता है। आदमी का जीवन कोई कम सुन्दर है!"

बई ने कहा, "वो आगे दिख रहा है फूलशरा गाँव, जो भी कहें, नाम कितना चुनकर दिया लगता है। और इतने पुराने पेड़ इस खण्ड मण्डल में न होंगे।"

तो, यह आ गया फूलशरा गाँव–रवि की चेतना पर हलकी लहर-सी बह गयी। कुछ हटकर एक ऊँचान पर रुककर खड़े हैं दोनों–रवि और उसकी ही उमर का बई मलिक, एक जैसे दिख रहे हैं पास-पास। एक गोरा, रवि, और दूसरा काला

चमचमाता, बई–खुली देह, तराशे गये से गँठीले हाथ-पैर, चौड़े कन्धे, सिर पर बालों का गुच्छा भँवरदार, मुड़कर इधर-उधर हो रहे हैं। अपने गाँव बन्धमूल से रवि के साथ-साथ वह चलकर आया है, कन्धे से बोझ उतारा नहीं, कन्धा भी नहीं बदला। यहाँ नीचे रख दिया, पसीना टप-टप चू रहा था, सो पल्लू से पोंछ लिया। सिर पर पुराना एक बरगद। पास ही बरगद की जटाएँ जमीन में खम्भों की तरह कतार में सटी खड़ी हैं। पास ही पेड़ की जड़ों में सहारा देकर रखी हुई है एक पत्थर की मूर्ति। उस पर बहुत-सा सिन्दूर लगाया हुआ है, सो रूप का पता ही नहीं चलता। हो सकता है वे किसी पुराने मन्दिर की टूटी सिंह मूर्ति का एक भाग हों। या कोई ध्यान बुद्ध हों, नहीं तो होती कोई अलसकन्या की मूर्ति या कोई नर्तकी, वृषभ या गरुड़, कार्तिकेय, या फिर दुर्गा की मूर्ति होगी। वे क्या हैं–उससे क्या होता है, लोग मानते हैं कि इस गाँव की वे ग्रामदेवी हैं, गाँव के हानिलाभ उन्हीं पर निर्भर है। माटी की अनेक पुतलियाँ रखी हुई हैं वहाँ, मानो वे उनके बाल-बच्चे हों। यान-वाहन भी रखे हैं, माटी के हाथी-घोड़े, वैसे ज्यादा घोड़े ही हैं। पीछे की ओर पेड़ के तने पर भी सिन्दूर लगा दी है, खोंखर में काले कपड़े ठूँसे गये हैं, किस भक्त ने कब पहनाये होंगे। पना भोग चढ़ाते-चढ़ाते टूटे ठीकरों का ढेर हो गया है सामने। पुराने गाँव की पुरानी देवी, लोग पूछते होंगे, कितनों को स्वप्न-आदेश देती होगी।

ओझे पर उतरती होंगी। इसी तरह होते-होते उनका एक विशिष्ट रूप, विशिष्ट वेश भी लोगों ने मन-ही-मन सहेज लिया होगा, कि वे दिखने में वृद्धा या किशोरी हैं, नाक में नथ पहनी हैं या दण्डी या गुना। फिर उनकी रुचि-अरुचि के बारे में कि उन्हें कौन-सा पिठऊ प्रिय है अण्डुरी पिठऊ या पाणि गइँठा, मण्डा या तले काकरे।

उसी रूप को, उसी विशिष्टता का मन-ही-मन ध्यान कर कितने भक्त मन्नत मानते होंगे। रंगून कलकत्ता जैसे सुदूर शहर या अपने गाँव बस्ती में या अपने ही चबूतरे पर। बच्चे के जन्म पर, कान बींधने, जनेऊ, ब्याह-शादी के समय और यहाँ तक कि मृत्यु क्रिया की शुद्धि पर वरण हो जाती होंगी ये ही ग्रामदेवी!

उसकी इस गाँव से नये सिरे से जान-पहचान यहीं से शुरू हो!–रवि हँसते-हँसते सोचने लगा। पहले एक-दो बार रवि आया था, पता नहीं कब? आइ.ए. परीक्षा के बाद गरमियों की छुट्टियों में आखिरी बार आया था। पाँच दिन रहकर गया था। तब इस गाँव में रामनवमी की यात्रा हो रही थी। अनंग नरेन्द्र रचित रामायण की छन्दमाला। खूब सरल और सुललित ढंग से हुआ करती। गाँववालों से निहोरे कर बुलाया था प्रसिद्ध वादक और गायक फेतसिंह को। फेतसिंह खुद पखावज बजाकर जब रामलीला गाते--सारी पोथी उन्हें कण्ठस्थ है–तो सारा गाँव तन्मय होकर सुनता। उनके उस अत्यन्त ऊँचे गम्भीर स्वर में मानो कोई मोहिनी है। सबों का कहना है कि स्वयं रामलीला लेखक कवि राघव बइरिगंजन उनके कण्ठ पर प्रसन्न

हैं। सोचने पर इस गाँव के कितने दृश्य याद आ जाते हैं। गाँव के उस छोर पर शीर्णा चेरेंगी नदी का किनारा है; लगभग बारह बीघा जमीन पर झुरमुटदार जंगल की छावनी है।

गाँव के बड़े पोखरे में, जहाँ इमली के पेड़ के नीचे वह बैठा था, पद्म फूल देख रहा था। अचानक उसमें एक मछली उछल पड़ी। कोई-कोई आदमी भी उसे याद आ जाते। कहाँ रहती हैं इन सब लोगों की स्मृतियाँ मन में सहेजी हुईं। वह सोच रहा था–किसी जगह पर पैर पड़ते ही अपने आप ये निकल आती हैं।

उस बार वह आया था–बाहरी दर्शक बनकर, अबकी उसका उद्देश्य भिन्न है। वहाँ खड़े होकर सामने दिखते गाँव के सघन पेड़ों की ओर देखा उसने, और साथ ही साथ मन दौड़ गया अपने गाँव बन्धमूल की ओर। पहले माँ याद आयी, फिर पिता, और बाद में चाँव से याद आ गया पाटेली गाँव में सिन्धु चौधरी के घर का दृश्य। वहाँ किवाड़ की आड़ में खड़ी उसकी मानसप्रिया, छवि! इन सबको एक साथ मिलाकर इस माटी पर चलता उसका नया जीवन! उसने दीर्घश्वास छोड़ा।

छाया लौट आयी है। कितने ऊँचे और आकाशी दिख रहे हैं इस गाँव के बड़े-बड़े घने पेड़–चकवड़, सिरस, सेमल, बरगद, पीपल। उनकी निचली थाक में दिख जाते हैं वैसे ही घने-घने आम के पेड़, और पता नहीं क्या-क्या। नीचे से ऊपर तक सारी थाकों में दिख जाते हैं–नारियल के पेड़ों की फुनगियाँ। नीचे बाँस की बनी की दीवार दिख रही है। बीच-बीच में केवड़े के झुरमुट और घनी बाड़ के घेरे के बीच सँकरा रास्ता पड़ा है गाँव में घुसने को। खेतों की ओर से आकर अनायास उसी रास्ते से घड़र-घड़र करती घुस गयी एक बैलगाड़ी। डाला बँधा है, धूल उड़ती जा रही है।

बाहर, आठ-दस वर्ष के चार बच्चे निकले। दो के हाथ में बाँस की बंसी। एक के हाथ में टोकरी, और एक नारियल की काँचली लिये है।

"क्यों रे बच्चो, किधर निकल पड़े?" रवि ने आवाज दी। बिखरकर लड़के भाग गये।

दोनों हँस पड़े। बई ने कहा, "सारी दोपहर तो धूप में फिरते रहे हैं ये, मन में धुकड़-धुकड़ है। किसी ने आवाज लगायी कि बस छू-मन्तर।"

"एक स्कूल होता तो ये दो अक्षर सीखते।" रवि ने कहा, "जिधर जाओ, बस यही सवाल! क्या होगा? बच्चों पर कौन नजर रखता है? लोगों की नजर तो बड़े-बड़ों पर है। मतलब, अभी जो है, उसी पर। कल क्या होगा, वह तो बाद की बात है। ठीक है, बदलेगा तो। चलो, चलें। जमींदारी के जमाने का कचहरी-घर तो उस सिरे पर है।"

वे लोग गाँव में घुसे। वही पुराना दृश्य। थोड़ा-थोड़ा हटकर बस्तियाँ। रास्ते में बगीचा, बाड़ी का घेरा, छोटा पोखर, पोखरी। घर के सामने खुला गुहाल,

जगह-जगह मूत, कीचड़, गोबर की कुरी। दीवार पर चिपके कण्डे, कहीं पिठोऊ की रेखा। टूटे-फूटे गरीबों के कई मकान। जगह-जगह ढेंकी गड़ी है, कुटाई चल रही है। अनजान आदमी को देख जगह-जगह बच्चे सहमकर पीछे हट जाते हैं। राह चलती स्त्रियाँ सिर पर घूँघट खींचकर मुँह और नाक के नीचे तक मूँदकर पीठ फेर खड़ी रह जाती हैं।

चल रहा है, चला जा रहा है, वही पुराना रास्ता। किसी-किसी घर के सामने पत्थर की सीढ़ियाँ। हर घर के सामने तुलसी चौरा। गाय बाँधने का खूँटा। रास्ते के किनारे बाड़ी में अभी भी सूखे गेंदा के फूल कहीं-कहीं खड़े हैं। उसके पीछे पहले रोपे गये बैंगनों की क्यारी, फिर नये बैंगनों की क्यारी, हरी मिरच। बूढ़े हो रहे भिण्डी के पौधे, एक-एक मुड़ी हुई भिण्डी डाल की नोक पर लगी है। बाड़ में बासक, कंचन, पालधी के फूल खिले हैं। छुपती-छुपती कहीं से आ रही है नागेश्वर के फूलों की सुगन्ध, और कटहल के फूलों की भी। फूलों से भरे सहजन चारों ओर शाखा फैलाये हैं, पत्ते बहुत कम हैं, छान पर अभी भी लौकी की लता, सेम की लता लिपटी हुई हैं, सूखने को आयी हैं, एक आध लौकी लटक भी रही है। जगह-जगह नाना प्रकार की भंगिमा में नारियल के पेड़, सीधे, तिरछे, बाँके। बाड़ी में केले के पेड़।

वही पुराना दृश्य। कितने घर, खाली ढूह, कितनी बस्ती—मैदान। कहीं-कहीं दह। सब पर ढाँप रखने की तरह गाँव के स्वभाव की विशिष्ट सत्ता दिखाई दे रही है। भला-बुरा, धनी-दुःखी, सब उसी के नीचे हैं।

मानो ऐसे ही चलता आया है युग-युग से, गाँव के उस सिरे पर कुछ हटकर जमींदार के घर का अहाता है, चारों ओर जंगल की तरह फैला झाड़-झंखाड़। छान दब गयी, घर की दीवारों का पलस्तर फटा-फटा, बाँबियाँ, पेड़, गड्ढे, अहाते के अन्दर इधर-उधर टूटे हुए मकान।

बई ने थूककर मन की बात खोलकर कह दी, "थू! आदमी रहते हैं यहाँ?" छान के नीचे बोझ रखकर चारों ओर लापरवाही से नजर घुमायी।

रवि ने कहा, "यहाँ मैं रहूँगा अब। तू तो लौट जाएगा। बैठ, पसीना सुखा ले। मैं जाकर देखता हूँ, तुम्हारे लिए क्या कुछ खाने को मिलता है। मैं तो यहाँ रहने के लिए आया हूँ।" रवि जल्दी से चला गया। बई बैठकर पसीना सुखाने लगा। रवि के प्रति स्नेह और कृतज्ञता से उसका मन भर गया। खुद विश्राम न लेकर वह गया है—बई क्या खाएगा यह देखने, ठीक करने। सोचने लगा, सदा वह ऐसे ही उदार रहा है, खुला आदमी, स्नेही। इतना भला, इतना सरल आदमी कहीं न होगा। बई मलिक जनम से समाज के निचले स्तर पर है, उसे अधिक कुछ चाहिए नहीं—पेट भरकर कुछ खाना और आदमी के रूप में कोई उसे पूछे बस। वह भी मिलता नहीं उसे समाज के लोगों से। 'बई' कहकर भी कोई नहीं बुलाता, कोई पुकारता तो 'बइया' या 'अबे बइया'। यह व्यवहार उसे जनम से ही सहना पड़ रहा है। बई

सोच रहा था, भगवान् ने जिसे जितने में रखा। अपना करम है और किसे दोष दें? सोच रहा था कि इस जनम में जितनी निराशा है, मन के जितने अरमान हैं, अगले जनम में बड़े घर में पैदा होकर वह मिटाएगा, तब तक सबर करनी होगी।

परन्तु रवि की बातों ने उसकी इस धारणा को ही उलट दिया था।

शुरू से ही उसमें रवि के प्रति विश्वास है। उसके जानते वही एकमात्र आदमी है जिसमें जाति-कुजाति का भेद नहीं, अपने-पराये का विचार नहीं। तभी तो वह सबका बन्धु है। उसी पर आशा है सबकी। बातें उसके मुँह से सुनने पर अधिक सच लगती हैं। बई सोच रहा था, मान लें अगर दुनिया में छोटे-बड़े, धनी-गरीब की व्यवस्था भगवान् की बनायी न होकर केवल कुछ लोगों की बनायी हुई है, तब यह अवस्था कितनी भयावह है। कितनी शठता, ठगी, चोरी, डकैती। फिर भी यह पहले से चली आयी है इसलिए सहना पड़ रहा है।

"देखो बई, अपनी देह को देखो, पेट देखो। आदमी होकर भी तुम मन इच्छा का खाना नहीं पाते, पहन नहीं पाते, वह क्या तुम्हारा कसूर है? नहीं। जो तुम्हारे जैसे गरीबों का खून-पसीना जमा कर बड़े आदमी हो गये हैं, उन्हीं के कुचक्र से तेरी यह दशा है। एक बात समझ—भात बना है। घर के सब लोगों को खाने को मिले इस बात पर ध्यान न देकर दो-तीन लोग ही यदि सारा हड़प लें तो यह औरों के मुँह से छीनकर खाना हुआ या नहीं? दुनिया-भर में धन का बँटवारा भी बिलकुल ऐसे ही है। कुछ लोग अगर मारपीट कर, छीनकर महल बना लें तो और लोग भूखों तड़पने लगेंगे ही।"

रवि की बात सुनकर बई को लगा कि यदि कोई शत्रु पास होता तो वही पहले उसका सिर तोड़ता। उसे गुस्सा आया है, जैसे नदी में बाढ़ आती है। सरल आदमी के मन में सन्देह उपजा है! बिन्दु की तरह नहीं दिखता। दिखता है विशाल मेघ की तरह।

नयी दृष्टि से उस घनी बेतरतीब बाड़ी को देख, दाँत रगड़ फों-फों साँस छोड़ता बई मलिक कह रहा है—"ठग लिया हमें, ओफ्!" मानो कोई नया आविष्कार कर रहा है वह, अपनी दुरवस्था के साथ पृथ्वी की समाज नीति की तुलना कर एक नये सूत्र की व्याख्या उसने सुनी है।

उसके मन की उस अवस्था के साथ समान रंग का दिखता है—जतन के बिना टूटे हुए अहाते का दृश्य। बड़ा अहाता, चारों ओर हरी बाड़ जंगल की तरह उठी है। केवड़ा, थूहर, मेहँदी, रामजड़ा। जिधर चाहे उधर फैल गया है। एक साथ दिख रहा है असामंजस्य, कुत्सा। बाड़ में नाना प्रकार की बेलों की फैली-पसरी गुँथी-सुँथी, पीली अमरबेल, खूब हरी शतमूली, गोल-गोल लाल-लाल फलोंवाली बेल, घुँघची, खम्भ-आलू आदि की कितनी बेल-लतर पसरी-फैली है? कितने मरे-अधमरे और कितने ताजे हैं। अहाते के अन्दर जगह-जगह केवड़ा और थूहर के गोल घेरे हैं,

टूटे-फूटे रामजड़ के पेड़, घुटनों तक की घनी घास, चकवड़, झाड़-झंखाड़। ढहा हुआ एक कुआँ भी दिख रहा है। उसकी पक्की मुँडेर फटकर टूट-टाट गयी है। उस तरफ टूटे घरों की कतार दिख रही है। टूटे टट्टर एक ओर ढुलककर पड़ गये हैं, मानो कोई काला-भूरा हाड़ों का ढेर पड़ा है। इधर-उधर झुकी हुई अधफटी दीवारें, जगह-जगह दीवारें ढेर हुई पड़ी हैं। उन पर अनजान पौधे उग आये हैं। बड़ी-बड़ी बाँबियाँ शाखा फैलाये खड़ी हैं। पास-पास सटकर फूलों से लदे आक, धतूरा आदि के जंगली पौधे। यहाँ-वहाँ बड़े-बड़े घने पेड़, सिरस, चकवड़, आम और दूर वह पुराना बरगद है। काम लायक दो ही कोठरी हैं। छान पर छावनी हुई नहीं, सारी दीवार में बाँबियाँ और छेद, चबूतरा ऊँचा-नीचा। दोनों कोठरियों के आगे मोटे-मोटे चोंचदार दो हत्थेवाले दो कुलुफ झूल रहे हैं। मकड़ी के जाले छाये हुए हैं, उसी के सामने, कूड़े-करकटों के बीच से साफ दिख रही है पतली पगडण्डी। पुराना बिखरा-उलझा समाज मानो जमींदार की उस कचहरी के अहाते में आकर साकार बन गया है। चारों ओर सब कुछ धक्कम-धक्का, रेल-पेल, चढ़-पड़ और लुढ़क-तुड़क कर एकाकार हो गया। रवि से सीखी नयी भाषा में बई मलिक अकेला बैठा-बैठा चुपचाप देख रहा है; हाथों में चुनचुनाहट हो रही है।

अचानक उसकी नजर पड़ गयी नीचे की घास-फूस पर जहाँ दो मैना ऊपर ही ऊपर चीं-चीं करती चक्कर काट रही हैं। यहाँ से उड़ वहाँ बैठती हैं, फिर हलचल मचाकर उड़ जाती हैं। बई मलिक का कौतूहल बढ़ा। वह उठ खड़ा हुआ। उधर नजर फेरी तो देखा, घास-फूस में कुछ हलचल-सी हो रही है। कुछ आगे गया। हाथ उठाये इधर-उधर दृष्टि घुमाकर देखा तो फन फैलाये फूँ-फूँ करता बड़ा-सा गोखर नाग। मानो अपने अभिमान में और भी फूल उठा है, और अधिक ऊँचा दिख रहा है। आकुल होकर चीखती मैना की ओर चोट करता हुआ मानो अपना अस्तित्व जता रहा है–'कि बड़ा मैं हूँ, क्यों मुझमें विष है।'

बई मलिक को याद आया–दशहरे पर एक बार वह शहर गया था। घूमते-घामते जाकर पहुँचा एक बड़े सभा-घर के सामने। वहाँ नाना भाँति की साज-सजावट, सटी-सटी चक-चक कर रही मोटर-कारों की भीड़, एक बड़ी मोटर से उतरकर सभा की ओर चले एक ऊँचे-पूरे देखने योग्य व्यक्ति। मानो दस आदमियों को मिलाकर गाँव की यात्रा में मंच पर रावणेश्वर की तरह मानव-पर्वत चल रहा हो। वे गरदन ऐंठते हुए दर्प से छाती फुलाकर चारों ओर देख रहे थे। बई मलिक देखने के लिए आगे हुआ कि पुलिस की लाठी ठेलती-पेलती हटा ले गयी और तभी बाहर हो-हल्ला मचा। लाठी चली, फिर तो बस वे मैले-कुचैले लोग सिर बचाकर भागे, बई मलिक भी वहाँ से भाग आया और दूर उस आदमी को देखने लगा। फिर क्रोध के जहर से वह तड़प उठा। उसे लगा मानो यह आदमी अपनी दृष्टि द्वारा कह रहा है–

"मुझे देखो, मैं सबसे बड़ा हूँ, क्योंकि मेरे पास सम्पदा है, शक्ति है, और सबसे बड़ी चीज–विष है।"

पीठ सहलाते-सहलाते अपनी वह विषाक्त अनुभूति लेकर अछूत कण्डरा गति का बई मलिक उस स्थान से लौट आया। अब अर्द्ध स्मृति में अपने अवचेतन मन के अन्दर अनुभव कर रहा था–सचमुच, यह जन्तु वही है। पास पड़े हुए पुराने मोटे बाँस के टुकड़े को उठाकर बई मलिक ने आगा देखा न पीछा और आगे बढ़ गया। मस्तिष्क में एक ही गूँज–वह मारेगा। 'मैं' पन के इस विराट् बुलबुले को फोड़ देगा। पहले ध्वंस, फिर जो होना हो सो हो। पहली चोट खाकर साँप उछलकर आक्रमण करने बढ़ा। पर उस नाचते, उलटते, सीधे होते उलटे-सीधे साँप को मारता रहा वह हुण्डा आदमी–बुनियादी आदिम मानव! सिरस के पेड़ की डाल पर बैठी दो मैनाओं ने हुलहुलि दी, गोखर साँप का वध हो गया! बई बाँस के सिरे पर मरे साँप को झुलाकर खड़ा हो देखने लगा। उसमें बच्चों की-सी खुशी भर गयी। उसकी इच्छा हुई, किसी के गले में लटका देता इसे। किसके गले में? याद आ गया एक-एक चेहरा, गाँवों के प्रेत जैसे लोग जो गरीब मजूरों-मिहनतियों पर चलते-फिरते खटमलों की तरह नाता-गोता वंश-कुटुम्ब बढ़ाते हैं, कहलाते हैं बड़े आदमी, अछूत गरीब-दीन-दुखियों को अस्पृश्य समझकर अवज्ञा की नजर से देखते हैं, उन्हीं में से किसी की गरदन में झुला देता इस मरे साँप को। हो-हो कर वह ठहाका लगा बैठा। साँप को सँभाल कर रखा, रवि को दिखाएगा।

आखर की धूप चमचमा उठी। बई मलिक ने नये दृश्य की ओर मन लगाया। यह घास-लत्तर, उजाड़, सूना अहाता कितना सुन्दर दिख रहा है इस चमचमाती धूप के रंग के स्पर्श से, मानो मरा हुआ जी उठा है, और चारों तरफ भाँति-भाँति के फूल खिल गये हैं। सिर नीचे किये दो हाथ की ऊँचाई पर बेशुमार तितलियाँ उड़ रही हैं। सब फूलों की मिली-जुली महक का अनुभव हुआ। नजर चली गयी कचहरी के अहाते में सामने गुलमुहर पर। फूल भरे हैं, इधर-उधर गुच्छे के गुच्छे फूल लदे हैं, फूलों की कलियाँ भरी हैं। अचानक उसकी चेतना में आया–यह पृथ्वी मरी नहीं, जीवित है, यद्यपि यहाँ झाड़-झंखाड़ हैं, यहाँ साँप हैं, गोधि हैं। जीवन से स्वाद छूटा नहीं, अब भी है। यद्यपि जीवन अभाव, अत्याचारों से क्लिष्ट है, पीड़ित है, पर अँधेरे में प्रकाश है, अमंगल में श्री है। करने से सब सोना हो जाएगा।

गाँव को लौट जाने की बात वह भूल गया है।

रवि आ पहुँचा, साथ में नन्द तहसीलदार, झुका हुआ बूढ़ा आदमी, माथे पर जैसे सन, चेहरे पर गड्ढे ही गड्ढे, नाक की नोक तक खिसक आया है पतला चश्मा, अपनी पहचान की तरह कान में कलम खोंसे है, तकिये के खोल की तरह डोरिये का कमीज डाले हैं, बटन नहीं हैं। छाती पर सूखी लकड़ी की तरह हाड़ दिख रहे हैं, गले में माला। कूदते-से चल रहे हैं, एक हाथ में चाबियों का मोटा गुच्छा है,

दूसरे में मैले गमछे में बँधी एक पोटली-जैसी कुछ। दोनों बातें करते आ रहे हैं।

नन्द ने कहा, "जी, आजकल तो जमाना ही बदला हुआ है। उस पर जमींदारी जाने के बाद की अवस्था, और फिर ले-देकर जो कुछ जमींदारी थी, वह बस यही गाँव! प्रजा लगान देगी नहीं, भाग माँगने पर लाठी उठाएगी—मैं तो वैसे ही पड़ा था। क्या करें, तनख्वाह न मिले न सही, सत कैसे डुबो दें? और फिर दुरवस्था पर मेरा क्या वश है? यहाँ तो और कुछ नहीं, बस थोड़ा धान है। जमींदार रुपये भेजते तो इस सबका संस्कार होता, और बस भेजते-भेजते तो जमींदारी ही उठ गयी। फिर हिस्से के धान का आजकल क्या भरोसा! किसी वर्ष इन्द्र ने दया की तो किसी वर्ष बँटाईदार ठेंगा दिखा गये। यही तो हाल है। घर तो देख ही रहे हैं। आप यहाँ कैसे रहेंगे?"

रवि ने कहा, "मैं यहीं रहूँगा।"

बई मलिक ने बहुत आग्रह से साँप दिखाया। रवि चौंककर चीखता-सा बोला—"यह क्या?"

नन्द को कोई आश्चर्य नहीं हुआ। कहा, "ये सब तो यहाँ बहुत हैं। गाय-गोरू को काट लेंगे इस डर से तो लोग इसके अन्दर जानवरों को भी छोड़ते डरते हैं। मार दिया! आज गुरुवार है न, ठीक है—साँप को देखते ही मारना!"

रवि ने कहा, "बई, कलेऊ आया है, यह चिवड़ा केला खाकर जल्दी लौट जाना। देर बहुत हो गयी है, पहुँचते-पहुँचते रात हो जाएगी।"

बई ने अवज्ञा दिखायी। फिर कहा, "कौन घर जाएगा। हूँ! यह झाड़ काँटे, यह वन, ये साँप, यह उजाड़, खुद यहाँ रहोगे और मैं घर चैन से लौट जाऊँगा? तुम्हें यहाँ अकेले छोड़कर एक कदम भी नहीं जा सकता। और चाहे जो कहो करूँगा, बस यह बात नहीं होगी।"

"अरे, भई, मुझे यहाँ कुछ दिन लग जाएँगे..."

नन्द ने मुँह बिचकाया। बई ने कहा, "मेरा वहाँ कौन-सा नन्हा बच्चा दूध पीने को रो रहा है?"

सब हँस पड़े।

बिना बुलाये मेहमान अनाहूत आया था—बादलों भरी अँधेरी रात में। सुबह वह चला गया। दिन उगा, फिर आया-गया। कई दिन। छवि की चेतना में बना रहा अँधेरा। खाँ-खाँ रट लगाये गहरी साँसों में बह चली उसके जीवन की अभिव्यक्ति। खुद को सूने में खींचकर जब वह अपने अन्तर के संगीत की ओर कान लगाती तो वहाँ केवल सुनाई पड़ता—वेदना के स्पन्दन के आकुल संगीत की गुनगुन। आशा बढ़ते-बढ़ते निराश होने की ध्वनि का समन्वय, केवल लौट जाते, धीरे-धीरे दूर चले जाते पैरों

की ध्वनि, हवा में घुलकर पतली पड़ती बुझती लुकाठी की धीमी-धीमी धुआँइन गन्ध, पूरा हो जाने के बाद गिरते घर का दृश्य, और फिर किसी नानी की कहानी में आखिरी बात—आया था, चला गया, राजा का बेटा, फिर आया नहीं।

पहले उसके चारों ओर इस धरती पर ही था प्रकाश और आनन्द। यह घर, पिता, माँ। थोड़े ही सही, उसके कुछ संगी-साथियों का मिलन। आनन्द था इस स्नेह पगे जीने में। देखने, खेलने, खाने-पीने काम करने में। सब जगह उसके आनन्द के लिए उपकरण थे। उसके बाद आँखें चार हुईं, उसके बाद उसकी निभृत चेतना से जाग उठी एक ओर दूसरी छवि, एक व्यक्तित्व उसके मन के अनजाने में। गिर पड़ा अँधेरे तले, मानो जैसे पहना हुआ पुराना कपड़ा धीरे से खिसक पड़ता है। उसके बाद उसे जो प्रकाश मिला, वह पहले से कहीं सुन्दर, कहीं सरस था। उसमें बहुत अधिक पूर्णता थी, शक्ति थी। एक स्तर से कितनी जल्दी वह बढ़ गयी थी दूसरे स्तर होकर। मन में थी अपार आशा, आनन्द, स्नेह, करुणा। किस सिलसिले में नाना प्रकार की विचित्र मुद्राएँ खिल उठती थीं। मानो वह एक चिरन्तन समुद्र का ही दृश्य है, अलग-अलग क्षणों में सदैव नवीन नूतन। सदा पूर्ण और सुन्दर।

भविष्य और जीवन की योजना के साथ मिलाकर उसने कभी हिसाब नहीं लगाया था; घटनाओं की समष्टि के विचार से जीवन को कभी नहीं देखा-समझा था, केवल वह बदल गया था और बढ़ गया था।

बात कहते-कहते स्वर में कोई मोड़—हवा में खोने से पहले सुननेवालों को वह स्वर चौंका देता, उस दृष्टि पर पोत देता हलके से कोई नया रंग। चाल-चलन में अचानक कोई नयी भंगिमा खिल उठती। आँखों में कोई चित्र झाँककर फिर छुप जाता। कभी गद्गद होकर बह जाता खुली हँसी का झरना, फिर रुक जाता। वही कभी अस्थिर व्यंजना प्रकाश करता केवल सूचना से, कि यह मूर्ति अन्दर जाग रही है, चिरन्मयी जाह्नवी की पवित्र धारा—युग-युग से सृष्टि करती आयी है और करेगी।

चुलबुलाती बयार की तरह बार-बार तैरती आती बाहर की खबर। खिलते फूल के चारों ओर पंखुड़ियाँ मानो धीरे से कड़ी होती जातीं। रवि आया और गया, एक प्रचण्ड चमक से खिलकर फिर मुँदने लगा अपने परिचित मन के प्रकाश की परिवेष्टनी आशा और फिर प्रकाश मरता-मरता-सा लगा, उदास होकर छवि अपने अन्दर देखते-देखते सहम गयी।

किसी के घर दस घरों की लड़कियाँ जुटतीं उस दोहपर में, हँसी, ठट्ठा करतीं। पैरों के नुपुर, चूड़ियों की खनक सुनाई पड़ती और 'पुची खेल' चलता। 'पुची रे पुची जा रही है घुची (सरकी)।' कोई महीन आवाज में दबे-दबे स्वर से बहू का ससुराल जाते समय का रोना रोती, मुँह ही मुँह में रचित हो जाता गीत, झूठ-मूठ का रोना, रोते समय सचमुच आँखें भर आतीं। देखा-देखी जितना अन्य लड़कियाँ मिलकर बहू का रोना रोतीं। दस मुँह से दस गीत बनकर अनलिखे ही बढ़ते जाते, हिचकने की

मात्रा बढ़ जाते ही कोई दौड़ी आकर किवाड़ धड़-धड़ाकर कहती, "बस हो गया, अब खत्म करो...", लजाती-सकुचाती सब हँस पड़तीं। आँखों से आँसू पोंछते समय और भी खिलखिला पड़तीं।

गाँव की पंगत से छवि डरी-सी बचकर रहती। काम पूरा कर, पैर पसार, एक साथ बैठकर गाँव की बहू-बेटियाँ सारी दोपहर हँसी-ठिठोली और आलोचना में बिता देतीं। कोई किसी का बाल सँवार देती। बारह घरों की बातें छिड़तीं। मगर छवि वहाँ नहीं रहती।

छवि वहाँ नहीं होती।

घर में तीन जनों की रसोई कोई बड़ी बात नहीं। माँ, खुद चाहती साथ लगकर सारा काम कर डालें। कहती 'तू जा थिर होकर बैठ कौन ज्यादा काम है?' समय काटने के लिए घर-द्वार का काम छोड़कर उसकी और कोई योजना नहीं। वह जब शुरू होता कुछ समय कट जाता। बड़ी बनाना, गुण्डी (पान में डालने के लिए तम्बाकू) तैयार करना, पीठा बनाने के लिए उड़द-चावल भिगोना, पीसना, नारियल का कोर निकालना, सारी व्यवस्था करना, धान उसनना, सुखाना, कूटकर चावल निकालने के काम में मदद करना—ये ही सब तो थे घर के खास-खास काम। बल खरच होता, समय जाता। पर रोज नहीं होते ये सब।

देहात में और बहू-बेटियों की तरह उसके लिए भी एक प्रधान समस्या होती—दोपहर को समय कैसे काटा जाय—इसका उपाय खोजना।

तब माँ कहती, "खाली इधर-उधर क्यों हो रही है छवि, सो ले घड़ी-आध घड़ी!" आलस लगता, किन्तु चाँव-चाँव-सा लगता। उस अवस्था में नींद की कोई उम्मीद नहीं होती, बहुत अधिक क्लान्त हुए बिना।

पिता सूत कातने का उपदेश देते, और भागवत पढ़ने को कहते।

छवि अभ्यास करती, परन्तु रोज नहीं। मन नहीं लगता।

और इसी कारण वह सुन्दर-सुन्दर चीजें बनाती, किन्तु उसके लिए आवश्यक सामग्री लाने को पैसे नहीं। जितना मिलता उतने से ही उसका काम होता। बड़ी के लिए पीसी गयी दाल से वह मेढक बना देती, लाल गुंजी लगाकर उसको आँखें बना देती। रंग-बिरंगी, छोटे-छोटे काँच की मालाएँ गूँथकर उसने थैली बनायी है, बटुवा बनाया है। कलम-पेंसिल पर काँच की मालाएँ गूँथकर उसे सुन्दर रूप दिया है। मछली के केंचुल इकट्ठे कर उनसे उसने मुर्गे और मयूर गढ़े हैं, इन्द्रयव के बीजों से थैला बनाया है, छोटी सफेद गुंजा के हार, सरकण्डों के बक्से, पंखे, फटे कपड़े की किनारी से परदे, तकिया के खोल बनाये हैं, गुंजा और खस के रंग-रँगीले पंखे बनाये हैं, ताड़पत्र, गुंजा आदि से—उनमें रंग भरे हैं, झालर लगायी है, उस पर कलाकारी की है। एक टूटी पिटारी उसकी बनायी चीजों से भरी है। खोलने पर दिखता, नाना रंगों का समावेश, मानो अपना हृदय ही खोल दिया हो।

उस रात के बाद उस काम से भी मानो उसका मन हट गया था। हाथ में एक अधबनी गुड़िया थी, अन्दर पुआल, ऊपर कपड़े की सिलाई, रंग-बिरंगी मालाओं की पोशाक से सजी-धजी। रवि के साथ भेंट होने के बाद किसी दिन उसे शुरू किया था। उसके लिए कपड़े और सींक की छतरी बनाकर रखी है, बारीक काँच के मणियों से गुँथा आलट चँवर बनाने के लिए पुरानी चँवर भुण्डी अलंकार लाकर रखे हैं, फिर जाकर वह गुड़िया पूरी बनती। फिर उसका जी भरकर अभिषेक करती, और खेलती उसे लेकर। पर वह सब कुछ रुक गया है।

दोपहर में मुँह ढाँपे पड़ी रहती तो लू के समय गरम हवा में दूर से उसकी आवाज ही सुनाई पड़ती, क्लान्ति से देह और मन में आलस भर आता। वह राह नहीं तकती।

सूँघते-साँघते गाँव की कोई बहू-बेटी घूमने आ जाती। उन्हें देखते ही उसका अँजुरी भर रक्त सूख जाता। माँ या गुरु की माँ किसी एक को साथ किये बिना उसका जी में जी न आता, यद्यपि उन्हें देखते ही वह विनय से हँसती, बँधी बातों से स्वागत करती। कहती—"आज कैसे पधारीं? अहो भाग्य!" और वह चटाई बिछा देती, पान लगाती, बातचीत करती।

तभी वह सुनती अयाचित सहानुभूति—"अहा! छवि की माँ, छवि इस तरह क्यों सूखती जा रही है? सच रे! कैसा रूप! क्या हो गया? मुई यह क्या...?"

"मानो किसी की नजर लगी है रे! जीजी, आदमी हो या पेड़-पौधा, या कोई जीवजन्तु हो, छनछनी हो बढ़ जाता है, फिर किसी की लगती है नजर, और सूख जाता है। तुम किसी को दिखाओ!"

"अरी, खाली नजर की ही क्या कहती हो। जीजी," दूसरी कहती, "नजर तो बाड़ी में क्या, चारों ओर है। सब पर नजर पड़ती होगी। सब न सूखकर एक क्यों सूखे?"

"नहीं रे, पगली! सब जाते हैं रास्ते ही से पर नजर किसी एक को ही तो लगती है। देवी किसी एक को ही तो पकड़ती है। चुड़ैल किसी एक को ही लगती है। अरी, उस 'भूतकेली' किताब में क्या नहीं लिखा है?"

चर्चा इस तरह यमक में पहुँचती तो छवि जैसे चेतना-शक्ति खोकर सिर नीचा किये बैठी रहती। पान का डण्ठल तोड़कर नीचे लकीर खींच कोठी बनाना भी भूल जाती। छवि की माँ बात बदलने की चेष्टा करती। गुरु की माँ पीठ मोड़ लेती, नहीं तो और किसी के घर की बात उठाती। परन्तु जो लोग बात कहकर चोट देने ही आतीं, वे भूलतीं नहीं। कहने की बात कहकर बाहर अपनी बहादुरी बखानतीं।

चर्चा चलती—

"आदमी क्या यों ही सूखता है? रोग नहीं, बैराग नहीं, यों ही...?"

"अरी जीजी, कैसी बात कहती हो? खाली, शून्य ही में कुछ होता है कभी?

उसमें कोई बात होगी। पर किसी के मन की बात कौन जानेगा? बाहर तो, भई, सब सुन्दर दिखते हैं! यह चाम का ढक्कन बहुत चमकदार है, लेकिन भीतर? भीतर घुसे कौन, बता?"

"और जमाना तो देख ही रही हो? कलजुग आकर पूरा होने को है। कहावत भी तो है कि रात बीतते निशा ज्यादा गरजती है। अँधेरा बेसी गाढ़ा होता है। वैसे ही। इस जमाने में बेसी विघटन, अब न कोई मान्य है न मान्यता। अब तो जिसे जो भाता है। चोरी-छुपे..."

"काला बाजार..."

"जो भी कहो, काला बाजार घिरा है सारी धरती पर। नहीं तो इतनी बड़ी बात, पहले जमाने में कहीं सुनी थी? अब लड़के-लड़की अपनी मनचाहे काम करेंगे, जिसका जहाँ जाने को मन होगा, जाते हैं, अगर किसी ने भला सोच कुछ कहा, वह हुआ बुरा। पर बात यह है कि तुम्हारी राय मानता कौन है! अपने रास्ते वे जाएँगे ही, बीच में तुम पहचानी जाओगी। बेदी-ब्याह गया, बह गया। बस, घर से भागकर रजिस्टरी ब्याह कर रहे हैं। वह भी न करो तो कौन पीट रहा है! आजकल जमाना क्या हो गया, सच! एक-एक कर कितनी घटनाएँ गिनाऊँ, बता। हेई, सुन..."

बात की पेटी खुल जाती। किसी ऐसी की बात जो उपस्थित नहीं कि प्रतिवाद करे। कोई एक बात कहती तो दूसरी दो बात उदाहरण-उपाख्यान सहित जोड़ देती। बस्ती की औरतें ठहरीं वे, समाज की रीति-नीति के बारे में चर्चा करने का उन्हें अधिकार है, करेंगी। चल पड़ीं यों ही प्रसंग से दस बातें। मुँह के पास मुँह जोड़कर, निगल जाने की तरह, आँखें बड़ी-बड़ी कर बैठी सुनती होतीं बेटी-बहुएँ। हाँय-फाँय करता मन कम-से-कम कल्पना में ही चर-फिर आता होगा, बाहर ही बाहर से, अपने पैरों में चाहे बीस मन की रीति-नीति छन्दी हों। मुँह में पान होने पर भी जबड़े चलते न होंगे, बहने की तरह आँखों से रोशनी उच्छरित होती होगी। कहानी पूरी होने पर दीर्घ निःश्वास, आकाश में नारंगी लाल बादलों को देखते-देखते वहाँ कोई आधी चीन्ही, आधी भूली गाँव-गली की छवि दिखती। अपने मन के गलियारे से उठकर बड़ी होती मनचाही चीज। अचानक वह छुप गयी, अँधेरा पड़ गया। उठकर जाते-जाते मुँह पर निन्दावाद की ध्वनि—"छी कर! छी कर!" "कहो मत वह बात!" "छिः छिः, क्या कर रहे हैं ये लोग!"

इस गाँव की माटी से तो सब हुए हैं, यहाँ न कोई बड़ा है, न छोटा। गाँव के चारों ओर जो सौ साल पुराने बरगद हैं—बेटे से पोते, पोते के पोते हो, इसकी जटा से वह गाछ, उसकी जटा से वह गाछ—इसी तरह कुटुम्ब बढ़ाये हैं। इसी तरह इस गाँव के सारे पुराने घर भी, ब्राह्मण से डोम तक सभी। सबने सबको नंगे घूमते देखा है। उन्होंने देखा है, कब किसकी छान साफ कर नयी बनाई गयी है और कब किसका घर ढहकर पानी में बह गया है और कूड़े-करकट पड़े रह गये हैं। इस गाँव

के कितने परदेस में जाकर बढ़े हैं और फिर घटते-घटते आकर फिर इसी धरती पर नये सिरे से लगने की कोशिश की है। युग-युग में इन मटमैलों की रुचि-अरुचि को लेकर गाँव में राय बनी है, वह है सम्मिलित समाज का मत। वर्ष-भर के पुण्य, पर्व-त्यौहारों का जंजाल, रोज सुबह-शाम ठाकुरजी के पास जय-जयकार, सन्ध्या के समय तुलसी के पास सन्ध्यादीप। घर-घर में चहल-पहल, अच्छे-बुरे में पूजा-पाठ ...सब वही एक ही बात है कि पुराने गाँव की अपनी एक अलिखित नीति है, एक विराट् संविधान है, अनन्त समय का दबाव और तपिश से वह पगा है, अनगिनत घर-गिरस्तीवाले लोग अपनी जिन्दगी जीने के साथ-साथ उसे गढ़ रख गये हैं। अकेले आदमी की व्यक्तिगत रुचि-अरुचि मतामत से बड़ा है वह, यह मानना पड़ेगा।

परन्तु उसमें भी था अपने स्वार्थ को पीछे छोड़ सबकी मंगल कामना को सामने करना, आप नष्ट हो जाय तो कोई बात नहीं, बस दूसरों का भला हो, उसमें था—इस गाँव-भर में कोई भूखा न रहे, जैसे किसान को जमीन मिलेगी, और मजूर को मेहनताना। लुहार हो, कुम्हार हो, जो जिस धन्धेवाला आदमी है वह उसी धन्धे से बना घर-गिरस्ती चला सकेगा। उसमें था पालतू जानवर हो गाँव का आदमी, अपाहिज हो जाय तो उसके जीने की व्यवस्था की जाय, दुर्बल के लिए गाँव-भर से सहायता मिलेगी, किसी की छोटी से छोटी जरूरत तक की कमी न रह जाय, भेद-भाव छोड़ गाँव-भर एक घर की तरह एक-दूसरे को ले-देकर सुख से रहेंगे, ठाकुरजी की पूजा के समय, पितृ पुरुषों का तर्पण करते समय मन में रहेगा आत्मविश्वास भरा निवेदन।

"इसी गाँव का आदमी हूँ मैं, नीति को गिराया नहीं सँभाले रखा हूँ, अतः मैं तुम्हारा उपयुक्त दायाद हूँ, तुम्हारे धर्म का अधिकारी हूँ।"

गया वह आदमी! मिट्टी के नीचे कितनी गहरी पर्त के नीचे दबी पड़ी होंगी उसकी हड्डियाँ। उसके चावल कहीं नीचे काले-काले अंगारों की तरह माटी के साथ मिल गये होंगे। उसी माटी के नीचे कहीं बिछी पड़ी होगी उसकी सती पत्नी की रक्तप्रवाल की कण्ठियाँ, हाथीदाँत की माला, मोती-हार, रंगीन मिट्टी के अलंकार, कर्णफूल; कहीं पड़ी होगी उसकी घर-गिरस्ती की लाख उलझनें। तुस से भरी बेंत की पिटारी में, जो लोहे के सन्दूक में अच्छी तरह से बन्द हो किसी गहराई में गाड़ी गयी होंगी सौ-सौ साल पुरानी ताड़पोथियाँ, उनके शास्त्र, उनके इतिहास। और ऊपर सिर्फ रह गये हैं हँसी-ठिठोली करने के लिए एक-आध मन्दिर, जो कहता है—क्या थे क्या बन गये! पुराने के साथ नये को रखकर तौलो, और आँखें फाड़-फाड़कर देखो, देखते रहो।

उसी पुराने को सिर्फ सिर झुकाकर आदमी दिन काट देता है। मुँह पर एक-आध अविश्वास का मन्तव्य, उस अपने अतीत के प्रति सम्भ्रम। वह दिन गया, और हमसे वो नहीं होगा।

कर्तव्य की बात भूल चुका है, अधिकार छूटता नहीं, परायी बात में दिमाग लगाकर मुँह की भड़ास मिटाने की बात। अतीत के हस्ताक्षर को सिर झुकाने की तरह इस गाँव का आदमी भी सिर झुका चुप रहता है। अतः उनकी बातें सुननी ही पड़ती हैं।

और तभी टेढ़ी-मेढ़ी खड़ी होकर फरसा फेंककर मारने की तरह किसी के ताने—"कितनी शान्त, धीर है, कितनी भली है, तुम्हारी छवि! छल-कपट कुछ जानती ही नहीं, यहाँ से हजार कोस रहती है वह। यहाँ इतनी बातें हुईं—देखती हो उसे यहाँ? ये सारी बातें सुनेगी वह! वह और उसका काम, और किसी बात में उसका मुँह खुलेगा भी नहीं। उसे जो बहू बनाकर ले जाएगा उसके तो भाग ही समझो। जो कहो, बच्ची मन से हार गयी लगती है। मानो मन में चैन नहीं। क्या हो गया है इसे? कहाँ पहुँच गयी?"

गाँव की लुगाइयाँ! इन्हें कहने का अधिकार है।—तुम इनकी बात लो चाहे न लो। जिनकी उमर बढ़ गयी, बाल पक गये, गाल गुठली बन गये, उनका अधिकार मानो एक सीढ़ी और भी ज्यादा है।

"अरी छवि की माँ, मेरी बात मान, अरी अभी खाली क्या बैठी हो, बेटी को कहीं ब्याह दो न!"

कोई कुछ भी कहे, उन्हें हँसकर ही लेना होगा। बिछौना डालकर बैठाना होगा, उनके लिए समय खरचना होगा। पान बनाना होगा, वे कहेंगी सो सुनना होगा, सहना होगा।

घर में काम करते-करते छवि के कानों से टकराता। कान खड़े हो जाते, आँखों से धार छूट पड़ती। इस घर के मरे-जाये किसी की जबान से दो शब्द नहीं निकलेंगे, आज मन्तव्य देते समय उनके मुँह से पैने बाण छूट रहे हैं।

"दो, बोझ उतार दो, अब देर क्यों?"

"दस-बारह में कन्या दान। नहीं तो पन्द्रह, और नहीं तो सत्रह में जरूर। नहीं तो क्या बूढ़ी होने तक बैठाओगी?"

"फिर भी आदमी चेष्टा करता है, थिर होकर हाथ पर हाथ धरे बैठने से क्या होगा।"

"रिश्ता लेकर तोड़ती रहेंगी या और कुछ!"

आँख मूँदे चलो, भाग में होगा तो सही जगह पैर पड़ेंगे। राजकुमारी की बात सुनी नहीं क्या? तीन कौड़ियाँ लेकर अगम्य वन में उसने क्या नहीं कर दिखाया! बोला—"एक में भारी, दूजे में तारी, तीजे में घर-दुआर करी।"

"बिशलपाड़ा के जोगी महान्ती के बेटे भगिया के बारे में सम्बन्ध की बात आयी थी? दूज वर है, पर उससे क्या होता है? स्त्री को मरे आज पाँच बरस हो गये। दो बच्चे छोड़ गयी थी सो वे कोई गोद के या दूध पीते तो हैं नहीं जो इसे

उनका गू-मूत करना पड़ेगा या पीठ पर लादे फिरना पड़ेगा। वे काम में हाथ बँटाएँगे। भगिया कितना भला है, कितना घर-बारी है, जमीन-बाड़ी सब तो वही सँभाले है। माँ शीतला जरा छींट गयी हैं, एक आँख लेकर उमर देकर चली गयीं। जो जिस समय घटता है न, तब कोई बस चलता है किसी का?"

"खाली आँख ही नहीं री, एक पैर से भी जरा लँगड़ा-लँगड़ा कर चलता है।"

"हाँ-हाँ, चुगना है तो चुगते रहो, सारी कमलिया में बाल ही बाल भरे हैं। जमीन बाड़ी तो है, खा-पीकर साल-भर गुजारा हो जाता है—और फिर दरकार भी क्या है?"

"और नहीं तो उदैपुर के शतमन् कानगोई के बेटे की बात ही क्यों नहीं लेती? काँगरेस में मिलकर काम करता था सो जेल भोगने चला गया इसलिए अधिक ऊँची पढ़ाई नहीं कर सका। फिर भी क्या हुआ? आज गाँव से चलता है तो उसके पीछे-पीछे बीस आदमी निकलते हैं। जहाँ जाता है लोग 'बीरबाबू' 'बीरबाबू' करते हैं। पूछते हैं हमारा अमुक काम कराया? मन्त्रीजी से कहा? मुंशी बाबू भी आते-जाते प्रणाम करते हैं। देखना, वही उठेगा ऊपर। ठहरो, दो ही बरस में रुपयों का ढेर लगाकर कोठी खड़ी कर लेगा। समझ लो।"

"यदि जमीन-बाड़ी खोजते हो तो मधु पधान के बेटे जगबन्धु के बारे में सोचते क्यों नहीं? दो बेटी ब्याही, करण घराने में, बड़ी बहू लाया है करण (कायस्थ) के घर से। वह तो बाट देख रहा है। इधर चास, उधर व्यापार, आज के दिन देखो कहाँ जाकर कहाँ पहुँच गया! आजकल जात-पाँत को कौन पूछता है?"

"उपदेश! उपदेश! सीख! सीख! हाथों से न मारकर सीख की मार से जीते-जी गाड़ डालना चाहती हैं सब!"

"दुनिया लगती, मानो उपदेशों की ही भरमार है। लोग चले आते धर्म प्रचारक का उत्साह लिये, उपकार करने का ढोंग रचाकर। हम उपकारी मित्र हैं, लो हमारा उपदेश ग्रहण करो, वरना पड़ो चूल्हे के बीच!" छवि दूर से सुनती, उन उपदेश बाणों के शिकंजे से दूर जाने को मन करता। भागना सिर्फ मन-ही-मन, कल्पना में केवल।

उसी कल्पना में वह सोचती, एक और भी रास्ता तो है? लोग मरकर गाथा छोड़ गये हैं, वे जीते हों या हारे हों, पर बात रह गयी है। वह सोचती, अपनी देह के जेलखाने को अपने हाथों तोड़कर जो लोग उड़ गये हैं, वे डरपोक नहीं थे, शायद लोग कहते हैं कि आत्मघातनी को तीन लोक में कहीं जगह नहीं। चाहे कोई कुछ कहे, वे तो उबर गये। जीते जी यह समाज जिनका शिकार करता था, मरकर वे लोग उलटे वन जाते हैं शिकारी। जोगिनी, डाकिनी, प्रेतिन बनकर किसी बरगद में या किसी खजूर के पेड़ में रहती हैं, जिसे मन किया पकड़ती हैं, किसी के घर में बहू पर चली गयी तो वह नंग-धड़ंग होकर उछलती-कूदती हें-हें हँसती है। पूछने पर कहती है—मैं अमुक हूँ, मुझे परेशान किया था सो रस्सी लगायी थी।

पिता की बात सोचते-सोचते मन में अपने जीवन पर लोभ आ जाता। अपने अन्दर से जीवन प्रतिवाद कर उठता—झूठी दुर्बलता, दया आ जाती, सम्मान नहीं आता तब उसकी साँस फूल उठती, नासा सों-सों करती, सोचती, क्यों किसी की बात सहनी पड़ेगी? कौन किसी के गड्ढे का चूल्हा है?

दिन बीत जाता।

पिता बैठे भागवत पढ़ते, नहीं तो कहीं निकल जाते, एकदम अकेले। उनके चेहरे का भाव एक जैसा रहता, प्रशान्त!

माँ गहरी साँस छोड़ती, छवि के चेहरे की ओर देखती कनखियों से, सीधे नहीं, और 'छवि' कहकर पुकारने पर कभी-कभी गला भर आता।

साथी बनने गुरु आता। छोटा बच्चा होने पर भी वह गाँव-भर की खबर रखता। खबर कोई होती तो बताने आता, चारों ओर घूम-फिरकर अपने नन्हे कानों में जो भर लाता, जरा लाड़-पुचकार से आते ही सब झाड़-झूड़ देता। छवि के कुछ कहे बिना भी, उसके नन्हे मन में अपने आप हँसी-रुलाई की लहरों के बीच प्रतिक्रिया होती। दुःख का कारण वह समझता नहीं, किन्तु छवि का चेहरा जब मुरझाया रहता, उसके मन में जब तूफान घिरा रहता, तब गुरु पास रहता, चारों ओर घूम-फिरकर उसका मन बहलाने की, खुश करने की चेष्टा करता।

"छवि जीजी! चेम दादा की बुढ़िया आज नदी जा रही थी, बीच में ऐसी पछाड़ खाकर गिरी..., उठ ही नहीं पायी, बिलबिला रही है।"

"आज अपने गाँव का साँड़ और उस गाँव का साँड़ दोनों भिड़ गये। ओह! कितने लोग जमा हो गये, धूल इतनी उड़ी कि नाक-कान भर गये।"

"कानी कुतिया ने चार पिल्ले जने थे एक ही साथ। मैं देख आया हूँ, कहो तो एक अपने लिए भी ले आएँ।"

"ठाकुर झूला झूलने जाएँगे अतः पालकी की धुलाई-पुछाई हो रही है। बिना कह रहा था, अबकी होली पर फोडदारी होगी, अपने पिता से सुना था। फोडदारी क्या? हमें फोडदारी देंगे? हम भी थोड़ी-सी लाएँ!"

ऐसे ही एक दिन दोहपर में, गुरु भागा-भागा आकर छवि के घुटनों में लिपटकर कहने लगा। "देख, आ छवि जीजी, चल, तेरा ब्याह होगा। देख, देख, चल!"

"धत्!"

"धत् क्या? सच री, भला आदमी आया है री! छज्जे के पास तेरी माँ। मेरी माँ और वह बतिया रहे हैं। मैंने पूछा, 'माँ वह कौन है?' माँ ने कहा, 'भला आदमी'। वह तो बस तेरे ब्याह की ही बातें कर रहा है। कितनी साफ धोती, और धुली चादर है, सिर पर ये लम्बा तिलक भी लगाये है। बापू को आने दे, मैं भी कहूँगा, मुझे सफेद धोती-चादर लाकर दो। मैं भी भला आदमी बनूँगा, क्यों छवि जीजी, नहीं बनूँगा?"

बहाना बनाकर छवि उठकर चली गयी। गुरु कहकर भाग गया फिर 'भले आदमी' के पास। छवि अँधेरे कमरे में जाकर खिड़की के पास खड़ी रही। छेद से झाँका, गुरु की बात सच थी। गुरु की माँ और उसकी अपनी माँ किसी अनजान आदमी के साथ बातचीत कर रही हैं। गोरा, लम्बा, हृष्ट-पुष्ट ब्राह्मण है। कान लगाये; उसी के ब्याह की बात। बन्धमूलवाले बट महान्ती के घर से मध्यस्थ आया है। कहता है–उनकी बहुत इच्छा है, खुद माँ ने कहलवा भेजा है।

और सुनने का धैर्य उसमें न था। उसे लग रहा था जैसे उसने कोई चोरी की है, चोरी का माल सँभाल नहीं पाएगी, पकड़ में आ जाएगी। चेहरा गरम हो गया। उस कमरे से निकल दरवाजे तक आते-आते उसे लगा, बहुत परिश्रम किया है उसने, और नहीं कर सकेगी। इस घर से निकल उस घर में आकर उसने पिटारा खोला। अपनी दबी-नुची-मुड़ी चीजों में से उलट-पुलट कर निकाली सूखे रक्त के दागवाली एक लीर। वह रवि की धोती से चीरी गयी थी, पहली भेंटवाले दिन उसके पैर में लपेटी गयी थी।

पिटारा वैसे ही खुला पड़ा है। छवि फफककर रो उठी और सिर झुका लिया। सारे भावप्रवण क्षणों की तरह उसे लगा, वह निःसहाय है, उसके पास कोई चारा नहीं।

ब्राह्मण मध्यस्थ दिज आचार्य पाटेली गाँव आये थे अपने कार्य की सफलता के बारे में निश्चिन्त होकर। देन नहीं, लेन नहीं, न कुण्डली शोधन, कुछ भी तो नहीं। कन्यावाले क्या कहेंगे, उलटे वर के घर से प्रस्ताव लेकर आया है। कन्या गरीब घर की है, वर के घरवाले कुछ हस्ती रखते हैं। इसमें और सोचने की क्या बात है?

उनकी सारी सम्भव कल्पनाओं पर एक प्रचण्ड चोट कर मधुर हँसी में सिन्धु चौधरी ने जब अपनी असहमति सुना दी, तब मुँह 'आँ' किये रह जाने के अलावा और कोई उपाय न था।

"कह देना, मैं राजी नहीं हूँ।"

बैठे-बैठे चरखा घुमा रहे थे सिन्धु चौधरी। सब कुछ सुनकर इतना भर कहा। पीठ फेरकर उनकी स्त्री घर के अन्दर चली गयी।

सिन्धु चौधरी ने कोई सफाई नहीं दी, उनकी आदत, रीति, नीति, जरा भी नहीं बदले, बिलकुल पहले की तरह, मानो कुछ हुआ ही न हो। तमतमायी हुई पत्नी घुमा-फिराकर छवि के ब्याह की बात छेड़ती हुई चोट कर रही है। अफसोस के मारे कभी रो पड़ती है, कभी रूठ जाती है। बेटी सूखती जा रही है, मन में जरा भी खुशी

नहीं। अवस्था समझ दुनिया हो-हो हँस रही है। पत्नी चोट कर रही है। फिर भी सब कुछ न सुनने की तरह चरखा चल रहा है, भागवत की पढ़ाई चल रही है।

छवि की माँ को अचानक सिर चकराने की बीमारी ने आ दबोचा। छाया ढलने की वेला। बैठे-बैठे ही धड़ाम से गिरकर अचेत हो गयी। घर में रोना-धोना मच गया। मुँह पर पानी के छींटे देकर माथे पर शहद-नीबू का रस मिलाकर लगाया तब जाकर कुछ समय के बाद होश आया। तब तक उसे फर्श पर लिटा दिया गया था। छवि पास बैठी है। खुद सिन्धु चौधरी पंखा झल रहे हैं। हँसकर पूछा, "क्यों, ठीक तबीयत है अब?"

मुँह के पास झुककर 'माँ-माँ' कह छवि आवाज दे रही है, गुरु देख रहा है। गुरु की माँ लम्बे घूँघट के अन्दर से झाँक रही है।

"पान क्या निगल गयी कि अचानक सिर चकराने लगा।" छवि की माँ ने कैफियत दी, "ओह, कैसा तो लग रहा था? जो हो, अब और कुछ नहीं। ठीक लगता है।"

"अरे, छवि, पानी में नीबू निचोड़कर पिला दे तो।" सिन्धु चौधरी ने छवि को भेज दिया।

छवि की माँ की आँखों के कोनों से आँसू की धार बहने लगी, किन्तु सिन्धु चौधरी पिघले नहीं। कहा, "झूठी माया में मन देने पर झूठमूठ ही इस तरह रोना पड़ता है। तुम इन सबको इतना बड़ा क्यों समझती हो? सिर में चक्कर क्यों लाती हो, मूर्च्छा क्यों खा रही हो?"

छवि की माँ ने कुछ नहीं कहा। दोष देने की तरह देखकर प्रतीक्षा करने लगी। सिन्धु चौधरी उस दृष्टि की उपेक्षा कर कहते गये—

"भागवत क्या कहती है...?

ए पुत्र दारा बन्धु संग। ये सने समुद्र तरंग ॥
पथिक येन्हे वृक्ष तळे। श्रमे बसन्ति एकमेळे ॥
श्रम सरिले ये झा मते। चलन्ति वृक्ष झाड़ि एथें ॥"

"मन को उधर लगाओ। समझो, इसका अर्थ कितना सरल है। सब जानती हो, सब समझती हो, फिर भी क्यों नहीं मानती? याद क्यों नहीं रखती? व्यर्थ ही इतना कष्ट पाती हो। आप ही पागल हो जाय तो उसे कोई ठीक कर सकेगा?"

छवि की माँ पल्लू से आँसू पोंछ कहने लगी—"ऐं, सोचोगे नहीं, मन में रखोगे नहीं तो यह संसार बसाया क्यों था? बेटी का बोझ उठाएगा कौन? वह भी तो एक जीव है, भगवान् ने उसे भी तो जनम दिया है।"

हँसते हुए सिन्धु चौधरी ने कहा, "भगवान् ने जनम दिया, यही तो कहती हो? या कह रही हो कि तुमने जनम दिया है? जब उन्होंने जनम दिया है, तो वे जानें। तुम इतनी चिन्ता क्यों कर रही हो?"

"भगवान् ने सम्बन्ध भेजा, और तोड़ दिया तुमने। मैं तो कहती हूँ, अपनी बेटी को वहीं भेजूँगी। तुमने तोड़ दिया।"

"तुम फिर वही बात छेड़ रही हो।"

"बात करूँगी कैसे नहीं? तुम क्या समझो आदमी के मन को? तुम्हें चिन्ता क्या है? भागवत पढ़ो, बाबाजी बनो, खुशी से रहो।"

"तुम्हारे कहने पर लोका नायक को भेजकर देख लिया। नतीजा क्या निकला?"

छवि की माँ तर्क करने उठ बैठी। कहा, "मैं जानती हूँ कि तुम वही बात गाँठ बाँधे बैठे हो। बहुत अपमान लगा—यही तो? तुम्हारे मानापमान के बीच नुकसान किसका होगा? तुम्हारी ही बेटी का तो? गाँठ में बात को गाँठ बाँधकर रखने से किसी के दिन नहीं बीतते।"

सिन्धु चौधरी स्थिर दृष्टि से स्त्री के मुँह की ओर देखने लगे। कहा, "समझ लो अपमान लगा। क्या हुआ? लोगों में छल भी तो घुसता है, अपमान भी लगता है। अब और उस बात को पकड़कर बैठने से क्या होगा?"

छवि की माँ ने कहा, "इस टूटी दीवार पर खड़े हो और तब भी मान-अपमान की बात सोचते हो न?"

सिन्धु चौधरी को गुस्सा नहीं आया। शान्त होकर उत्तर दिया, "तुम सोचती हो कि लोका नायक को उन लोगों ने दस बात कहकर लौटा दिया, इसीलिए मैंने भी उनके मध्यस्थ को लौटा दिया है। तुम्हारी धारणा गलत है। एक बार चेष्टा कर देखा था, पर ब्याह वहाँ होने का है नहीं। अब प्रलोभन में पड़कर वहाँ ब्याह करने का मतलब भगवान् की इच्छा के विरुद्ध जाना होगा।"

"तुम तो पागल..."

"ठीक है, तुम भली बनकर अब अन्दर जाओ तो!"

अवाक् देखती रह गयी उनकी ओर छवि की माँ। फिर सिर में धीरे-धीरे भँवर आने लगा। सिर में 'चट्' से आवाज हुई, वहीं अटक गयी वह छवि। छवि की माँ का मन पति की ओर बिलकुल नरम पड़कर गद्‌गद हो आया। सारा मान बह चला दुनिया की ओर।

बहुत दिनों के बाद मानो आज स्पष्ट वह देख पा रही हो कि सामने यह जो आदमी दिख रहा है, इन कुछ वर्षों में कितना कष्ट पाता आया है, कठोर हुआ है, बदला है। यही तो वह आदमी है जिसे किसी बात की परवाह न थी। पैसे को माटी कंकड़ मानता था, मन का धनी कितना दिया है, कितना खिलाया है इसका कोई हिसाब नहीं।

आज इनके जैसे आदमी को भी सब कुछ सहना पड़ रहा है।

किसके लिए? स्त्री के लिए, सन्तान के लिए ही तो।

सिन्धु चौधरी स्त्री के चेहरे की ओर देख उसकी व्याकुल भावनाओं का उत्तर देते-से बोले, "मन को थिर करो, जीने पर सब कुछ देखना पड़ता है। इसके लिए डरना क्यों? भगवान् ने बेटी दी है, उसका उपाय वे करेंगे। और क्या नहीं करेंगे? विश्वास रखो। सब उन्हीं की लीला है।..."

"करि कराउथाए मुहिं
मो बिनु आन केहि नाहिं।"

(सब मैं ही करता कराता हूँ) कहकर सिन्धु चौधरी बाहर चले आये।

छवि की माँ घर के अन्दर चली गयीं। छवि सब सुन रही थी। इतनी बातों में सूर्यास्त होकर गोधूलि भी जा चुकी है। छवि कलसा लेकर बाड़ी की ओर पानी लाने चली गयी।

और धुँधले अँधेरे की ओर मुँह किये वह थकी-सी खड़ी रह गयी।

रवि के जाने के बाद बन्धमूल गाँव में बट महान्ती के घर में कोई विशेष परिवर्तन नहीं हुआ, बाहर के लोगों की आँखों में कल जो था आज भी वही है।

बाहर के लोगों की नजर में न आए किन्तु घर में दो अधेड़ उम्रवाले थे ही—बट महान्ती और उनकी पत्नी। दोनों ही यन्त्र की तरह अपने-अपने काम में लगे हैं फिर भी दोनों को ऐसा लगता है जैसे उस घर में उनका शरीर है प्राण नहीं। खाली घर खड़ा है, आदमी नहीं। बट महान्ती खाने बैठे हों या कभी उनके लिए पान का बीड़ा लाकर देते समय रवि की माँ को अवसर मिलता है तो पति-पत्नी एक-दूसरे को देखते हैं और बिना भाषा के ही केवल आँखों ही आँखों वही बात चलती है—

एक के मन की बात दूसरा समझता है पर मुँह कोई नहीं खोलता। बट महान्ती बाहर-बाहर घूमते, रवि की माँ घर में रहकर कभी थोड़ा-बहुत रो लेती। मुँह पोंछकर काम में जुट जाती।

खाना-पीना हो जाने के बाद बाड़ी की ओर बरतन रख दिये जाते तो, पता नहीं कहाँ से चील की तरह चली आती एक ताक में रहनेवाली कुतिया। चार पिल्ले दिये थे, दो कहीं गये, और दो माँ के पीछे-पीछे भागते रहते। ऐसे ही कितने बच्चे वह बरस की बरस जनती। कहाँ जाते वे सब!

उसके प्रति और उसके उन दो बच्चों के प्रति रवि की माँ के मन में कुछ ममता बढ़ गयी है, नौकरानी सुली बाउरानी को वह हितोपदेश देतीं, "अरे सुली, इतने जोर से न पीट छउकी को, देख बच्चोंवाली है रे!" सुली मुँह मोड़ देती। कहती, "ओ—देखने से घिन आती है, कुत्ते को मुँह लगाने पर वह बदन पर चढ़ आएगा, दुर-दुर, मार-मार।"

"अरे सुली, ऐसे दुर-दुर मत कर री! सबमें जीव है, सबका जीव समान है। तेरा बच्चा तेरे लिए जैसा है, उसका बच्चा भी उसके लिए वैसा ही है।"

"सब जीव समान क्यों होंगे, साआन्ताणी। जीव में जीव है। जो जीव बेकार हैं, खाली मानापमान सहना है, जिनके लिए दुर-दुर छूः-छूः है, वे जीव तगड़े होते हैं, सहज ही जाते नहीं!"

"अरी, बच्चोंवाली है!"

अपने मन के साथ मेल खाती कितनी ही ऐसी बच्चोंवालियाँ रवि की माँ की आँखों में पड़तीं।

घर से चले गये अपने दोनों बेटों के लिए शोक में डूबी रवि की माँ चारों ओर देखती। पहले कभी सोचा ही नहीं, ऐसी कई बातें मन में आ जातीं। गाय-बैलों की ओर देखती, क़ौन किस गाँव का है, किसकी माँ कहाँ है! बछड़ा धूल उड़ाता, नाचता-नाचता लौटने के समय कितना रँभाता! किस गाँव का लड़का, कहाँ आकर किसके लिए हल चला रहा है। और फिर माँ-बेटों की भेंट नहीं। ओस की बूँद जमने की तरह दोनों आँखों में आँसू डबडबा आते। आँसू सूख जाते, उड़ चलती उदास चिन्ता, निष्फल हवा के झोंके की तरह, चेतना में सूखे दुःख की तरह, केवल धूल और अन्धड़ की तरह बार-बार लगा ही रहता, भुलाया नहीं जा सकता।

बट महान्ती सब कुछ जानकर भी चुप साधे रहते। उनकी स्त्री ने समझा-बुझाकर द्विजवर आचार्य को मध्यस्थ बनाकर भेजा। उसमें उनका मन नहीं लिया गया। वे चुप रहे, प्रतीक्षा कर रहे थे। द्विजवर नास्तिवाणी लेकर आया—इस पर बट महान्ती ने अपमान का अनुभव नहीं किया, क्रुद्ध भी नहीं हुए, उलटे उनका अहम् पूँगी बजाकर ऊपर उठा। उन्होंने अर्थ लगाया—सिन्धु चौधरी डर गया, उनसे डरकर इनकार कर दिया है। फिर मन अपनी प्रशस्ति खुद बखानने लगा—बट महान्ती! बट महान्ती! उस स्थिति में बेटा भी एक प्रतिद्वन्द्वी के अलावा और कुछ नहीं है और वह हार गया है, कितना ही जोर लगाए हारता ही रहेगा।

दिन गया, रवि नहीं लौटा। पहले लगता था यह बच्चों का खेल है, मोटी बुद्धि का है वह, जिद्दी है, ग्रह का खिलौना हो गया है। जोतिषियों को बात-बात में उसने कहा था—देखो तो अभी उसकी क्या दशा है? जोतिषी ने बताया उसकी दशा अभी खूब 'कर्म' की चल रही है। काम ऐसा कराएगी कि लाभ और यश दिलाकर रहेगी। फिर भी मन नहीं भरा, बट महान्ती समझे—ये सब मन रखनेवाली बातें हैं। किसी से पूछकर क्या फायदा? दैव की ठोकर लगेगी। कहना न माननेवाले बच्चे की तरह दोष मानकर चोर की तरह चुपके-छिपे लौट आकर सिर झुकाये हाथ-पैर जोड़े एक कोने में वह खड़ा हो जाएगा। वे उसी की प्रतीक्षा में थे।

उधर सारी खबर पाकर बड़े बेटे कवि ने लिख भेजा कि आप कठोर व्यवस्था का आसरा लें। फालतू आदमी की तरह घूमता-फिरता यदि रवि कहीं राजनीति में

घुस गया तो उसके इस रवैये से इधर मेरी चाकरी डगमगा जाएगी। घर पर होता तो मैं उसे ठिकाने लगा देता, किन्तु मुझे छुट्टी नहीं। कवि की चिट्ठी पढ़कर बट महान्ती तनिक हँसे, फिर चिट्ठी को दाब दिया।

किन्तु रवि बीमार पड़ा नहीं, ठोकर खायी नहीं; खबर मिली कि वह वहाँ छोकरों को मिलाकर जाने क्या-क्या कर रहा है। वे लोग गाँव में असमर्थ लोगों का घर बना देते हैं, खेत का काम कर देते हैं, गाँव में कूड़ा-कचरा साफ करते हैं, गड्ढों में माटी भर देते हैं, रात में बूढ़ों को पढ़ाते हैं, लोगों को नयी-नयी बातों से प्रभावित करते हैं। फूलशरा गाँव में हलचल मची है। जो आता है रवि की बड़ाई करता है।

रवि वहाँ भी नेता होगा! टूटेगा नहीं वह!

सोचने को फुरसत नहीं। दोल पूनम सिर पर आ गयी, झाँझ मृदंग की झंकार में देश हुलसा था। ठाकुरजी यात्रा को निकलेंगे विमान में। बट महान्ती जुट पड़े। केवल ठाकुरजी का ही काम करने में लगे रहे।

इस व्यस्तता के बीच, जब मौका पाते, ठाकुरजी को बट महान्ती अपनी इच्छा जनाते और सान्त्वना खोजते। बट महान्ती पूछते—कौन-सा उपाय करूँ कि बेटा बात माने। उसका मन फिरे?

रवि ने पैसे माँगे नहीं। इतने दिन हुए उसे गये, कोई सहायता के लिए खबर भी भेजी नहीं। उलटे उसके जाने के बाद दो बार फूलशरा गाँव से सब्जी का टोकरा आ चुका है। फूलशरा तो नाम की जमींदारी है, फल-फूल वहाँ से कभी आते नहीं, लगान बाकी न रहने भर से ही वहाँ के तहसीलदार धन्य भाग मानते। और फिर भारवाहे ने बताया कि वहाँ के कचहरीघर का चेहरा बदल गया है, कचरा साफ हो गया है, घर साफ-सुथरा हो भीतों में माटी लीप दी गयी है, अहाते में नये घर बन रहे हैं, जब देखो बस गाँव के लोग भरे हैं, और साथ-साथ रवि के बताये कितने ही नये-नये कामों में गाँववाले भिड़ गये हैं, उद्यम चल रहा है कि सारा गाँव मिलकर एक गोठ होगा।

तब नयी दुनिया गढ़नेवाले छोकरों की बचकानी बातों को बट महान्ती ने पतली बाँकी हँसी में ऊपर ही ऊपर उड़ा दिया था, परन्तु अन्दर-ही-अन्दर कितनी ही काल्पनिक चिन्ताओं की कोंच खाकर वे चौंक पड़ते। मानो वे किसी और की बात सुन रहे हैं, जिसे वे नहीं जानते, बस दूर ही दूर से सुना-सुनाया परिचय मिल रहा है।

अपने अतीत को याद कर बेटे के मन की अवस्था समझने की चेष्टा भी की थी। कुछ याद नहीं आया, जिससे कि वे मन-ही-मन रवि का कोई रूप गढ़ सकते।

बेकार बचकानी हो-हा! यह सब भी दो दिन में उड़ जाएगा। छोड़ो, बाधा देने की जरूरत नहीं, पुआल की आग की तरह अपने आप ही सुलग-सुलगकर सब

काला पड़ जाएगा। सोचकर हँसी आ जाती, अभिज्ञ मन का सूक्ष्म विचार अर्थ निकालता—ब्याह होने से पहले छोकरों के मन में जब गरमी पैदा होती है, तब वे ऐसे ही कोई चिनगारी निकालकर झड़ जाते हैं।

इसी भावना में, अपनी जवानी के गरम दिनों की ओर मानो एक बारीक-सा छेद खुल गया। अल्हड़पने के दिनों में वे भी मत्त हुए थे एक नये उत्साह में, और उनके साथ मत्त थे कितने ही लोग। उनमें झोंक उठी थी कि गाँव में ऐसा एक यात्रा-दल खड़ा किया जाय जो सदा रहे। घर से लुक-छिपकर जाते गाँव के उस सिरे पर और किसी की उजड़ी झोंपड़ी में वे सब इकट्ठे होते, सबके उद्यम से झोंपड़ी भी मानो नयी चमड़ी पाकर हँसकर जाग उठी थी, घनी बाड़ से घेरकर आँगन साफ किया गया और छोटे-छोटे रंगनी, कनेर, टगर लगाये गये। घर में माँ के बक्से से चोरी कर या अपनी जेब के खर्च में कटौती कर पैसे बचा एक जगह जोड़े गये और दल की पूँजी जमा हुई। शहर से खरीद कर लायी गयी—मूँछ, दाढ़ी, गोंद, सिर के बाल, मुखौटे, पोशाक। किसी का पुराना हारमोनिया था उसे मरम्मत कर लाया गया, सिखाने के लिए गुरुजी आये। तब बट महान्ती मृदंग पीटते-पीटते बड़े उत्साह से हारमोनिया पर गीतों की झड़ी लगाते थे। हारमोनिया बजे चाहे किसी भी तरह, अँगुली टिके या फिसले, उसके नीचे कितने ही कागज दो या मीड़ पर कितनी ही थाप डालो, चाहे वहाँ गँ गँ लगी रहे, उस अद्‌भुत स्वर-समुद्र की ओर पीठ किये वहाँ चलता रहता अनवरत एक स्वर। उन दिनों के गीतों की एक-आध पंक्तियाँ आज भी याद आ जाने पर उस खोये हुए पहाड़ के पीछे से यौवन का एक-आध झोंका उनके अगुआ मन के सामने छिटक आता—

"आ रे आ रे नवीना—
तो पादे हेली मुँ किणा, आ रे हेलि मुँ किणा...।"

बड़े-बूढ़ों से गाली खाकर सबकी ओर पीठ दिखा सब लग पड़े उस अखाड़े घर को खड़ा करने में। आशा थी कि अखाड़ा बन गया तो गाँव में यात्रा की जा सकेगी। अपना कवित्व दिखाने पर गाँव के छोकरों को उत्साह मिलेगा। अखाड़े की तरफ से गाँव के छोकरों का भोज भी कई बार हो सकेगा, बाजी रखकर दो दलों का कबड्डी का खेल, पतंग का लड़ना, बकरों का भिड़ाना, और मृदंग लेकर वाक् लड़ाई अर्थात् वादक-प्रतियोगिता भी की जा सकेगी। लगता जैसे इनसे गाँव में मनुष्यता का खूब विकास हो सकेगा। गाँव का नाम रोशन होगा। वे भी आदर्श को सामने रखकर लग पड़े थे। उनका दल मजबूत था। अतः फूले मन से कोई कितना गर्हित काम करे, बाहर सब दूध के धोये थे।

उस तगड़े दल में बँधकर वे एक काम कर सके थे, इसके लिए बड़े-बूढ़ों से धन्यवाद भी मिला था। गाँव में स्वदेशी की धारणा मतवाले हाथी की तरह रौंदती आ रही थी। शहर की आवाज गाँव में सुनाई पड़ने लगी। फिर धूल और पसीने

में तर-बतर थका हुआ प्रचारक आकर पानी और सहानुभूति माँग रहा था। उन लोगों ने प्रचारक सहित उन सब धारणाओं को दूर ठेलकर भगा दिया था। नयी धारणाएँ सिखाने आया था कि सब आदमी समान भाई-भाई हैं, जात-पाँत झूठ है, छूत-अछूत कोई नहीं, हिन्दू-पठान सबमें एक ही रक्त की धार है, जमींदार का अधिकार नहीं है, विदेशी चीजें छोड़ो, बिलायती कपड़े की होली जलाओ, मिल-जुलकर अँगरेजों को भगाओ। पधानपुर गाँव के खेतिहरों ने तो गुरु मानकर उससे मन्त्र लिया था। नयी पताका उठायी थी, कपास बोयी थी, चरखा चलाया, लगान बन्द किया।...परन्तु बन्धमूल गाँव में बट महान्ती के नेतृत्व में कुछ छोकरों ने मृदंग और हारमोनिया की लय पर मिलकर गाया "जय जॉर्ज मेरी" और साफ समझा दिया था कि यहाँ युग उलटाने की बात कहने पर मार के अलावा कुछ भी नहीं मिलेगा। अतः इस नयी धारणा के पीछे जब लाठी उठाये पुलिस दौड़ी आयी, घोड़े पर चढ़कर पुलिस के साहब आये, तब वे लोग रास्ते ही रास्ते सीधे चले गये पधानपुर। उस गाँव के लोगों ने मार खायी, बाँधे गये। पधानपुर तीन बार जला। और बन्धमूल गाँव के समाजपतियों ने यहाँ की युवाशक्ति को आशीर्वाद दिया। पधानपुर गाँव को धिनकारा जी भरकर।

वह तो उस जमाने की बात थी, ब्याह-शादी कर कुछ ही दिन जाते न जाते एक-एक कर सब अपने-अपने धन्धे में लग लिये। अखाड़ा टूट गया।

परन्तु वे दिन भी थे! कितने चेहरे याद आ जाते। वे सब अल्हड़ता के दिनों की मूर्खताएँ कही नहीं जा सकतीं। पर कभी याद आ जातीं, तो मन को गुदगुदा जातीं।

रवि का नया आन्दोलन उसी रास्ते पर है, पर पानी बहेगा ही, रोकने से कुछ होगा नहीं।

कवि की बात पर उन्हें अब और विश्वास नहीं है। वह गाँव का नहीं, शहर का ठहरा। वह समझ नहीं पाएगा। वह घर कभी आता नहीं, घर की खबर लेता नहीं। दो-तीन महीने में एक-आध चिट्ठी। कवि की अपेक्षा रवि कुछ अधिक जुड़ा रहता है।

फूलशरा गाँव में—

कचहरी के अहाते से सटकर दाहिनी ओर साधु जेना का घर-द्वार था। कचहरी के अहाते में घर से थोड़ा हटकर बीच में एक बाड़ है। साधु जेना की बाड़ी इस नयी बाड़ी से मिल गयी है। उसकी भी मेढ़-बाड़ और नहीं है। उसके उधर गंगा हलवाई की बाड़ी, उमा पशायत की बाड़ी, रघुवा नाई की बाड़ी थी। सब की बाड़ियाँ उठकर एक में शामिल हो गयी हैं। रघु जेना की बाड़ी के उधर पड़ता है जमींदार

का एक तीन एकड़ का पुराना पोखर, चारों ओर से भरता आ रहा है। बीच में गड्ढे की तरह थोड़ा पानी रहता है। पोखर के उधर ऊबड़-खाबड़ होकर पाँच एकड़ जमीन, नाम पाँचमाणिया है, बिना आबादी का वन है, केवल छोटी-छोटी काँटेदार झाड़ियाँ और इधर-उधर जगह-जगह बेंत के झुरमुट, बहुत सारे शरीफे के पेड़, थाक की थाक थूहर, केवड़े, कंसारी आदि, केवल गाँव के गोधि, साँप, गीदड़ के रहने की जगह। ऊँची बालुई जगह देखकर कतार की कतार नागफनी फैली पड़ी है, सिर पर एक-एक लाल फूल। उस वन के बीच टीले पर हाथ पकड़े खड़े होने की तरह दो पालिधी के पेड़, लाल-लाल फूलों से लदे हैं। अनापादी के पूर्व की ओर चेरेंगी नदी की पतली धारा तिरछी-तिरछी मुड़कर चली गयी है। नाम की नदी होने पर भी एक खाई भर है, बंजर खत्म होते ही खेत शुरू होता है।

चमचमाती दोपहर में उसी 'पाँचमाणिया' पर इधर-उधर गाछ काटनेवाले लोगों का कलरव सुनाई पड़ रहा था। स्त्री-पुरुषों का मिला-जुला स्वर। रवि के निर्देश में वे वन काटकर साफ कर रहे थे। टीले पर कँटीली झाड़ियाँ कटी पड़ी थीं, उनके ढेर के बगल में तीन जने युवक खड़े थे कन्धे पर चमकती कुल्हाड़ियाँ रखे हुए—रवि, बई मलिक और गंगा हलवाई। बूढ़ा नन्द तहसीलदार 'आँ' किये पालिधी की ओर देख रहे थे, मानो वे उसके फूलों के सौन्दर्य से मुग्ध हों।

रवि ने कुल्हाड़ी उतारकर कहा, "बातों ही बातों में बहुत समय चला गया, अब काम हो।" इसके बाद पालिधी पर पहली चोट दी, फिर बई मलिक ने, फिर गंगा हलवाई ने। दूसरी बार चोट पड़ने से पहले ही नन्द तहसीलदार चिल्ला उठे, "ठहरो बात तो सुनो!"

रवि हँसते-हँसते लोट-पोट हो गया। कुल्हाड़ी को कन्धे पर डाल पीछे कमर मोड़कर कहा, "अब ठहर-ठहर क्या, अब हमारी बातें करना और बाकी रह गया है, मौसा?" बूढ़े तहसीलदार बाबू को मौसा कहने में कब से उसकी जीभ अभ्यस्त हो गयी थी, उसी सूत्र से 'मौसा' पर जोर भी दे देता। कहा, "लोगों ने जमकर काम करना शुरू कर दिया। अब जल्दी-जल्दी उस वन के झुरमुट को भी साफ-सुथरा कर दें तो काम बने। और अब प्रतीक्षा किसलिए?"

नन्द ने कहा, "किस घर के बेटे हो, किस घर के पोते हो इस तरह इनके साथ मजदूरों की तरह बनकर काँटे-झाड़ी रौंदकर कुल्हाड़ी चलाये बिना क्या नहीं चलेगा, बाबू?"

रवि ने कहा, "हम सब मजदूर हैं, सिर से कोई कितना ही सोचे, हाथ से काम किये बिना आदमी आदमी होकर नहीं रह सकता। छोड़ो, तुम क्या कहते हो कहो, मौसा, मैं रुकूँ...ये काम करेंगे?"

"नहीं, काम और क्या करेंगे? जो भी हो, कँटीली झाड़ियाँ दो थीं, काट लेते तो यह भी हो जाता पूरा। मैं कहता था कि अभी रहने दें, साआन्त को पूछ लें,

फिर जाकर काटते। इसे डाल रखेंगे, किसी को देंगे या तोड़कर जमीन करेंगे, फिर उनकी मरजी। अगर पिछली तारीख डालकर पावती लिखकर किसी के पट्टे कर देते तो कुछ नगद रुपये सलामी के मिल जाते। वो देखो, नट साहू, आदिकन्द साहू हैं, पैसेवाले लोग ठहरे, उनकी जमीन यहाँ से कौन-सी दूर पर है? कितनी बार दौड़ा होगा मेरे पास कि बाबू पिछली तारीख से पावती करा दो और पिछले बारह बरस से हमें दखल दिखाकर दे दो, जो दर माँगोगे देंगे।"

पास ही झाड़ी काट रहा था कुरुपा बावरी, ताली बजाकर बोला, "यहीं तो भेद खुल गया। हूँ, तहसीलदार की अण्टी में कुछ गया है, पाया है कुछ, अब छुपाये क्या होगा?" झुरमुट की ओट से और भी लोग 'किरि-किरि' हँस पड़े। हँसी में हँसी फैल गयी, गोलमाल में से कुछ सुनाई पड़ा। एक दल के लोग हल्ला कर उठे—"हो हो हो—सीयार बाबू चल पड़े, अरे देखो-देखो-देखो—" काम काम की तरह लगता ही नहीं, बस मौज, हँसी-मजाक की तरह है।

किन्तु नन्द तहसीलदार गुस्सा हो गये। गुस्सा होने पर वह बूढ़ा छप्पर फाड़ता-सा दिखता। सों-सों करते इधर-उधर होते-होते सब ढीला होकर उलट-पुलट हो जाता और पहले जीभ लड़खड़ाती। कुरुपा बावरी की ओर दो कदम बढ़ाकर बूढ़ा कहने लगा, "अरे तेरी-ते-ते..." गुस्से में बात गले में ही अटक गयी।

बई मलिक ने कुल्हाड़ी झुला दी। एक लेदा थूक फेंककर कहा, 'थूः!' इधर-उधर होकर काँटों की डालियों को पैरों से सरकाने लगा। कुरुपा ने जवाब दिया, "अरे मेरी मे-से क्या, कहो न, क्या कहना है? नये बाबू तो इस गाँव में नये आये हैं, वो कुछ जानते न हों, हम क्या जानते नहीं तुम्हारी खाई! अच्छी-अच्छी खुदकाश्त जमीन, नारियल का बगीचा, बाग। फालतू पैसेवालों को जब पट्टा दिया तब कहाँ था यह विचार? क्या तब जमींदार ने कहा था? या उनसे पूछा था? या वे जानते थे?"

"छोड़ो, छोड़ो," रवि ने कहा, "रहने दो यह वादानुवाद। कुरुपा, चुप कर!"

"हाँ, जमाना ही ऐसा हो गया है!" नन्द तहसीलदार कहने लगे, "नहीं तो ओछे आदमी, सामने खड़े होकर कमर मटकाकर बात कहें?"

नाक उठाकर होठ मरोड़कर गंगा हलवाई ने नन्द को उत्तर दिया—"एः! सब खाली छोटे आदमी, छोटे आदमी हैं और ये ही एक हैं बड़े आदमी! जिनको बाबू छोटा किया था, न्याय होने पर उन्हीं के आगे परास्त होगे तुम। जमाने की बात कहते हो! याद नहीं, बाबू, जिस बार काआलिघाई का बाँध तोड़कर नदी का पानी हिलोरें लेने लगा, मेरे घर की दीवार दड़-दड़ गिर पड़ी। कुछ समझ ही न आए कि क्या करूँ, तुम्हारे आगे कितने निहोरे किये कि अब कहाँ खूँटे गाड़ूँगा, रंगी की माँ केवटणी को जो टुकड़ा मिला था, उसके मरने के बाद तो वह वैसे ही खाली पड़ा है, वहाँ गीदड़ हगते हैं, तुमसे कहा था कि मुझे पट्टे पर कर दो। दिया तो नहीं, उलटे तुमने क्या किया?"

"छोड़ो, गंगाधर, पिछली बातें भुला दो," रवि ने कहा, "आगे की बातों की ओर नजर रखकर काम करो।"

नन्द चुप थे, पर वे गुस्से में उबल रहे थे। अचानक गरदन को पीछे मोड़कर बोले, "नहीं, यह खेल बहुत दूर तक चला गया है। यह समूह क्या? यह दल क्या है, मेरी तो कुछ समझ में आता नहीं। बाबू, तुम यह सब बन्द करो तो।"

रवि आया तब से ऐसे ऊँचे होकर कभी कुछ कहा नहीं, किसी काम में बाधा नहीं दी थी। उससे कहा, "पहले तुमने जब काम आरम्भ किया, मैंने सोचा, यह खेल घर है।"

"खेल घर है!" पास के लोगों ने नकल की।

नन्द ने इन सब बातों की ओर ध्यान नहीं दिया, कहने लगे, "खेल घर नहीं तो और क्या है? दस लोग इकट्ठे हुए, गाँव का झगड़ा-टण्टा मिटा, बाहर ही बाहर कलह सुलझ गयी, कितने लोगों के टूटे-फूटे घर मरम्मत हुए, गन्दगी साफ हुई, गाँव का रास्ता सुधरा। मैंने सोचा, खेल ही खेल में यह जो चल रहा है सो तो अच्छी बात है। उस पर फिर क्या न बीच-बीच से बाड़ काटी जाकर कितने लोगों की बाड़ी शामिल की गयी। फिर चली अब खाली जमीन पर चोट। सब तो एकाकार होंगे, नहीं क्या?"

शान्त होकर रवि ने कहा, "समझ रहा हूँ, कहाँ तुम्हारी गलती हो रही है। अकेले तुम्हारी ही नहीं, तुम्हारे जैसे जितने हैं सबकी। तुम सोचते हो कि अभी जो कुछ जैसा देखते हो, वह ऐसे ही रहेगा। देखो न, तुम्हारे बचपन से अब तक में कितना कुछ बदल गया है!"

"देखता हूँ," नन्द ने कहा, "देखता कैसे नहीं? कहाँ हमारे समय की मान-मान्यता, भद्रता, सज्जनता; जमींदार के बेटे ने पकड़ा हल, कुल्हाड़ी। अब और यह युग कितना बदलेगा?"

"हुआ कहाँ? हुआ नहीं। जमींदार का बेटा होने से क्या हो गया? काम किये बिना कोई खाने को नहीं देगा। जमींदारी के रहते सब हो गये खाली खोल। आखिर में वह भी गयी। इस पृथ्वी पर लोग बढ़ गये, खाने के लिए हाहाकार। वे लोग चारों ओर दबाते-दलते खेती किये जाएँगे। अब फसल का भाग हो गया कितने से कितना, मूल्य कहाँ से कहाँ चढ़ गये। अपने लिए न खटकर औरों के लिए क्यों कोई खटने जाएगा? तभी तो गाँव-गाँव में मजूरों ने पैर फैलाये हैं।"

नन्द तहसीलदार ने खँखारकर कहा, "ओहो हो, बस करो, इनमें कुछ माटी पीटने लगे, कुछ मोटरों में चढ़े, पाँच पावले की चीज का पाँच रुपया किया, असतपने से दुनिया डूब रही है, कोई किसी को मानने को तैयार नहीं, इसी का नाम है नया युग, इसी के लिए इतना उछल रहे हो? पर यह तो केवल सरपत के वन में कादम्बरी पीकर मतवाला होने की तरह..."

सरपत का वन! कितनी बार सुनी है रवि ने यह बात! चिन्तित हुआ। किन्तु उसकी चिन्ता को एक ठहाके में उड़ाकर उत्तर दिया कुरुपा बावरी ने। बोला, "हो हो:,—ये बिना साहू, कपिली विश्वाल, धड़ीनन्द, ऐसे लोगों की बाबत ही तो कहते हो बाबू! हाँ, वे आवारा फिरते थे, अब हेरा-फेरी कर एक-एक घर खड़ा कर लिया है। उनकी लोहे की छड़ में बनी पक्की दीवार और टीन की छत तुम्हारी छाती में चुभती है। तभी पेट में दर्द हो रहा है, आँखें सह नहीं पातीं—क्यों? अरे बाबू, जुग-जुग से कपाट बन्द थे, महात्मा गाँधी आये, उन्होंने किवाड़ खोल दिये। उन्होंने रास्ता खोला ताकि सत् घुसे, उसके साथ-साथ कितने रामनामी चादर ओढ़कर असत् भी घुस आये। यह असत् भी दो दिन का है। यह किवाड़ खुला है, इसलिए वे घुस आये। यह किवाड़ खुला होगा, और इन्हें हम पीटकर इधर से ही विदा करेंगे, क्या समझते हो?"

चौंककर रवि ने कुरुपा बावरी के चेहरे की ओर देखा। वह निपट मूर्ख है, फिर भी बात कह रहा है।

बई मलिक चुप था। अब वह भी नन्द तहसीलदार को आईन बताने लगा, "इतनी हो-हा में क्या है बाबू? जिसकी सम्पत्ति है, उनका बेटा अपनी मन-इच्छा जैसा करे, निचले लोग कहना मानकर ही काम करें, इसमें आपत्ति उठानेवाला है कौन? आदमी सरल बने तो क्या नौकर-चाकर भी घोड़ा चढ़ेंगे?"

नन्द तहसीलदार का मुँह जल गया; किन्तु बई मलिक ने फिर कहा, "बूढ़े बाबू तो माला फेरनेवाले ठहरे, बड़े बाबू विदेश में रहते हैं, वहाँ वे भले और उनकी चाकरी भली। जमीन बाड़ी, काम-धन्धा सब देखते हैं छोटे बाबू। खुद कर्ता ही खड़े होकर बता रहे हैं कि यह झाड़ी का वन साफ होगा, वह बाड़ कटेगी, वह पोखर खुदेगा, वह जमीन ऐसे नहीं वैसे काश्त होगी। अच्छा, उन्होंने तुम्हें रखा है अपना काम करने के लिए ही न। उन्हें जो भला लगा, वह करेंगे। उनकी 'हाँ-हाँ' में तुम्हारी 'ना-ना' क्यों है बाबू? काम बन्द करनेवाले तुम-हम कौन हैं, यही समझ में नहीं आता।"

अवाक् खड़े बूढ़े नन्द रवि की ओर देखते रह गये। बई मलिक की चेतावनी से उनको होश आ गया। नजर झुक गयी। सोचा, यह पागल है। इसमें मेरा क्या जाता है? फालतू विरोध करना ठीक है क्या!

याद आया, यहाँ का हालचाल बट महान्ती को बताने के लिए आदमी भेजा था। बट महान्ती ने सब सुना कोई आदेश नहीं दिया। कण्डुरी बारीक ब्योरा लाया था। बूढ़े बाबू ने पूछा था कि 'रवि ठीक है तो?'—'जी, हाँ।' 'सब गोविन्द की लीला है!'—बूढ़े बाबू ने कहा था।

याद आया, ऐसे ध्वंस हो गये हैं कितने ही बड़े-बड़े जमींदार, कितने राजा-महाराजा केवल अपने खयाल के पीछे-पीछे भाग कर। किसी ने पहाड़ों पर

पोखर खुदवाये हैं, तो किसी ने गड्ढों में महल चिनवाये, किसी ने कुत्तों का झुण्ड पाला है, तो किसी ने बाघ के झुण्ड की प्रतीक्षा की है, कोई एक-एक कर पत्नियाँ जुटाता गया, और किसी ने राज-भर के भाटों-नटों को जमा कर उन पर खजाना लुटाया है।

आती बाँकी हँसी को गाल मरोड़ मुँह बिचका कर ढँक लिया। नन्द ने कहा, "अच्छा मैं चलता हूँ। ये सब देखेंगे तो पिता बिगड़ेंगे।"

बीच में अचानक द्वन्द्व टूट गया, मानो समय से पहले ही तमाशा खत्म हो गया हो।

रवि ने दूने उत्साह से कुल्हाड़ी उठाकर पालिधी पर आक्रमण किया, परन्तु लगता था जैसे आज काम पग-पग पर तर्क में ही उलझ जाएगा। बई मलिक ने हँसकर कहा, "ये दोनों पेड़ कैसे दिख रहे हैं?"

रवि ने पूछा, "बोलो।"

"ठीक जैसे दो बहुएँ, काटने को हाथ उठता ही नहीं।"

सब 'हो-हो' कर हँस उठे। रघुवा ने ठट्ठा किया "तब तू इनमें से एक को ब्याह ले।" कुरुपा ने कहा, "सच भई, कुछ भी कह, सोहनी चीज को काटने के लिए हाथ उठता ही नहीं। गाँव के पास होते तो बच्चे ये फूल लेकर खेलते ही।"

"खाली खेल ही क्यों। इसके फूलों को ले जाकर साग बनाने से कितना स्वादिष्ट लगता है! सच, दोनों गाछ, मानो इन पर आलता लगा दिया हो।"

रवि कह पड़ा, "नदी की कछार में सफेद-सफेद खस के फूल पीले-पीले सन के फूल सुन्दर लगते हैं। फिर मनवारा धान का खेत भी सुन्दर, बाड़ी-बगीचा भी सुन्दर है। खाने को हो तब तो इस खोखली सुन्दरता से मन बहलाया जा सकता है, नहीं तो नहीं। हमें चाहिए वैसा सुन्दर जिसमें अभाव मिटे या काम करने को मन हुलसे, और राज-भर के सुन्दर-असुन्दर को चुनने-बीनने का हमारे पास समय नहीं। चलाओ कुल्हाड़ी! बेकार की गप्पों में समय गया।"

चोट पड़ी।

उसी बीच रवि के मन में गुदगुदाया—लाड़भरा जीवन। एक चेहरा याद आया। कुरुपा ने कहा, "रहने दो बाबू, हम तो काट ही रहे हैं। उधर क्या हुआ, जरा देख आओ तो।"

रवि ने आपत्ति नहीं की। घूमकर देखने लगा।

अब आँखों के आगे था एक सपना, सब और सबका मिलकर एक विराट् क्षेत्र बन गया है। सबको पकड़े हैं, सबको पाल रहा है, वहाँ बाढ़-बूड़ा नहीं, मन की खुशी से एक जगह सबके जरूरी-गैरजरूरी बड़े-बड़े बगीचे-बाग, खेत और स्वस्थ-सबल लोगों के चेहरे से हँसी उफनकर गिर रही है। सब निश्चिन्त हैं।

गली कँपाती दोल (होली का उत्सव) की मौज-मस्ती शुरू हुई। लोगों ने काम बन्द किया, लगे सजने-सँवरने। तेल में चमचम करते सिर पर माँग निकालना, नये कपड़े पहनकर घूम-घूमकर पान चबाना, बाजे, संगीत, यात्रा, मेलन और मित्रों के घर जाकर मिलना। देखते ही देखते दोल की घड़ी बीतने लगी। काम से छुट्टी, बड़ा पर्व, अहोरात्रि संकीर्तन की धूम लोगों को घर में से खींच ले जाती। सप्ताह में एक-एक दिन बारी डाल देने पर कहीं-न-कहीं जरूर हर रोज मेलण होता। बहुत पैसा गाँव-गाँव से शहर की ओर ले जाया जा रहा है। महँगे-महँगे शौक, शहरी दुकान से भाड़े पर लाइट आ जाती है—बड़े-बड़े साहब—मेम, बूढ़े-बुढ़िया, रावण, जटायु पक्षी, घोड़ा, ऊँट, इसी तरह के कितने वेश आते हैं। तेलंगी बाजा दल के दल, झुण्ड के झुण्ड नाटवाले, भाँति-भाँति के पटाखे, रोशनी, फूल और सजावट के साजो-सामान, इसके अलावा हर दल का अपना विमान, ठाकुरजी, संकीर्तन सम्प्रदाय, मेलण के मैदान में भीड़ के लोग, कतार की कतार दुकानें, कितना मजा लगा रहता। देहात की पगडण्डी और नदी के किनारे-किनारे बहने लगा आदमियों का स्रोत—स्त्री पुरुष, छाता, लाठी, गठरी लिये, रंग-बिरंगी पोशाक पहने बच्चों को कन्धों पर बिठाये; कमीज-चादर डाले लोग, छोकरों के नये-नये वेश, नये-नये फैशन। देहात और शहर के मिले-जुले, किसी की फूलदार जाली की गंजी, तो कोई चिलचिलाती धूप में भी गले में सतरंगी ऊन का मफलर डाले, कोई चल रहा है कैनवस के जूते पहने, हाथ में चकमक घड़ी, सामने की जेब में गुच्छाभर फाउण्टेन पेन—जा रहा है वह यात्रा देखने, पान से रँगा मुँह लाल-काला, कान में सोने का कुण्डल, हाथ में लम्बी टीपा बत्ती और कन्धे पर धारीदार मोटा नहाने का तौलिया। रंग-रँगीली साड़ी बाँधे, झमर-झमर पायल बजाकर धरती दुलकाती हाथ पकड़े जा रही हैं झुण्ड की झुण्ड औरतें। देहात की धूल भरी सड़क पर एक के पीछे एक ढँकी हुई बैलगाड़ियाँ, उनमें असंख्य यात्रा देखनहारी स्त्रियाँ, बच्चे ईंट-बालू ढोने के लिए बने बाँस के खुले डाले में वे ही लोग ठँसे-ठँसे-से भरे हैं। चारों ओर रंग और चहल-पहल। काम कौन करे?

परन्तु रवि ने काम रोका नहीं। चलती रहती काटा-काटी, छाँगना, बाड़ा, बाँधना, घर मरम्मत और कितने ही काम।

"तुम लोग काम न करोगे, मत करो," रवि ने अपने साथियों से कह दिया, "मैं किसी को बाध्य नहीं करता। किन्तु मुझे तो दिखता है कि मेरे लिए छुट्टी नहीं। बहुत काम बाकी पड़ा है।" इतना खट रहा है एक आदमी, अपने लिए नहीं उन्हीं के लिए। यही उसका सहज नेतृत्व है। उन लोगों ने आपत्ति नहीं की। पर वही बात घूमने लगी मन में; और उस दिन भी बेसहारा बुढ़िया जगुआ की माँ का घर वे लोग मरम्मत कर रहे थे। कुछ लगे थे माटी गूँदकर एक दीवार खड़ी करने में, तो कुछ दूसरी तरफ डाली पीट रहे थे। घूम-फिरकर बात चल पड़ी।

जगुआ की माँ चासिन है, बेटा-बेटी कोई नहीं, पति कब का मर चुका। दो

एकड़ जमीन, बँटाई में खेती कराती, और लोग डरा-धमकाकर खा जाते। जगुआ की माँ अपना बुढ़ापा दुःख में काट रही है।

"जगुआ की माँ, चलेगी तू हमारे साथ? तेरा खाना-कपड़ा, भले-बुरे का भार हम पर, तेरी दो एकड़ की जमीन की खेती सामलात में होगी।"

जगुआ की माँ ने खुशी से हामी भर दी। इसके बाद एक दिन देखा, उसकी ही आँखों के सामने जो छान दब गयी थी, ऊपर उठा दी गयी है। दो कोठरियों में से एक की दो भीत गिर पड़ी थी, उनका ही काम चल रहा है। जगुआ की माँ झुके-झुके इधर-उधर देख-देखकर आ रही है, आसीस दे रही है–"ओ हो, क्या हुई पड़ी थी यह झोंपड़ी, क्या कर दिया! विधाता हजारी उमर करे तुम सबकी। गाँव में तुम लोगों सरीखे और दस-पाँच जवान हो जायँ तो गाँव की शिरी ही मुड़ आती। आजकल तो, बेटे, सब गोसिंघा दैत हैं, कौन किसकी सुनता है?"

"यही क्या देखती हो दादी," रवि ने कहा, "जब देखोगी, चींटियों की तरह बच्चों की कतार लग जाएगी, खाली तुझसे ही उस जमाने की कहानियाँ सुनने के लिए। और तेरी बाड़ी में फलेंगे बड़े-बड़े अमरूद, गाछों पर चढ़कर वे झूलते खेलते होंगे, माँओं के काम पर जाने पर उनके बच्चों को देखती रहेगी, तब जानेगी तेरा घर सचमुच हँसी से भर गया है।"

साधु जेना ने कहा, "तभी तो दोल के दिनों में भी काम चल रहा है। तुम चाहे जो कहो, दोल पर दस दिन हाथ थाम लेते थे, तो मन जरा फुर्तीला हो जाता था। जब से होश हुआ, ऐसा दोल मेरा तो कभी नहीं गया। बरस में एक बार तो आएगा पूनो का परब, जीते रहे तो फिर अगले ही बरस। छोड़ दिये तो हाँय-फाँय होते रहो।"

"पहाड़-सा काम नष्ट हो रहा है। सुबह उगकर साँझ को सूरज जगत् में अँधेरा कर अस्त हो जाता है। आदमी की उमर में से खतम हो जाता है एक दिन, वह और आएगा नहीं। न किया काम और कर सकोगे नहीं। समझते नहीं, मृदंग बजा तानानाना कर हम अपनी ही अरथी उठाये चलते हैं मशान की ओर। इस शौक से लाभ क्या है?"

उमा पशायत ने कहा, "काम नष्ट होने की बात कहते हो, फिर धरम-करम भी तो हैं, करना ही होगा, नहीं तो जीव की मुक्ति कैसे होगी?"

रवि हँस पड़ा, कहा, "अपना धरम अपने पास है। दल बाँधकर 'हो-हा' करने से क्या हमारी बात भगवान् के कानों में अधिक पड़ेगी? हम घर बैठें या काम बन्द करें तो क्या ठाकुरजी हम पर अधिक प्रसन्न होंगे? या उलटे कहेंगे कि ये तो आलसी हैं, निठल्ले हैं? काम की वेला काम होगा। काम न रहे तो धरम होगा। काम को लेकर धरम नष्ट नहीं होगा, धरम को लेकर काम ढीला नहीं पड़ेगा।"

"बस यही तो है सार की बात।" बई मलिक ने कहा।

रवि ने कहा, "इसके लिए तो हमें उलटे होड़ा-होड़ी से काम करना चाहिए। काम को लेकर हर चीज का मोल है, सब आदमियों का मूल्य है। हमारे लिए तो जो जितना ही काम करनेवाला है, वह उतना ही दरकारी आदमी है। हम दोल भी मनाएँगे, काम भी कर रहे हैं। आलस नहीं है। लग जाओ, आज ही यह भीत खड़ी करनी है, नहीं तो यह टूटा घर हमारी आँख का काँटा समझो। लोग कहेंगे देखो, ये लोग बातें तो कितनी करते थे, और किया क्या? कहने की वेला तो हाथी करेंगे, घोड़ा करेंगे, और काम के समय सब फुस्स्...।"

"नहीं, नहीं फुस्स् नहीं होगा।" जोरों से सबकी मिली-जुली आवाज आयी, "यहाँ तक देखो, अपना काम सरस है, अब और भी सरस होगा, जो कमाएँगे सबके लिए, जो करेंगे सबका होकर रहेगा।"

जगुआ की माँ ने कहा, "पहले के जमाने की बात अब और कहाँ रही बेटे? छिः कैसा कलजुग है! आदमी को न मारकर क्यों जिला रखा है भगवान् ने, यों परेशान करने के लिए। पता नहीं क्या है उसके मन में? उस जुग के लोग भी कहाँ मर-खप गये, वह सनेह-अपनापा भी जल-भुन गया। बस फिर तो इन्द्र ने भी नहीं पाला, धरती ने भी। वह फल दिया नहीं, गाय की थान भी सूख गयी! अब तो उस जुग के 'पखाल' सपने हो गये।"

"जमाने के सपने फिर सच होंगे, दादी!" रवि ने आश्वासन दिया, "यह माटी सोयी पड़ी थी, फिर जाग उठेगी। जिस रास्ते टूटे हैं, उसी रास्ते गढ़े भी जाएँगे। बस अपना मन मजबूत करने से..."

"तेरी बात में फूल-चन्दन पड़ें, बेटे! कोटि परमायु दें तुझे भगवान्!"

"तेरा-मेरा भाव आता है अभाव से। गाँव-भर अगर हम सब एक होकर सबके लिए भात, कपड़ा और घर जुगा सकें, और सब चलें एक होकर, तब फिर कलह किसके लिए? कोई धनी होगा नहीं, कोई दरिद्र होगा नहीं, कोई साहूकार नहीं कि कोई खातेदार नहीं; न कोई साअन्त होगा न कोई चाकर रहेगा। सब होंगे गाँव के रोजगारिया बेटे-बेटी। कमाया तो सबकी थाली में होगा घी-भात। कमाई कम हुई—सब नून के साथ भात खाएँगे। यहाँ के सारे बच्चों को पढ़ाएँगे। हमने प्रण किया है कि नया समाज गढ़ेंगे ही गढ़ेंगे। हमें कोई अटका नहीं सकेगा..."

काम करते-करते कहीं हाथ अलसा गये, पर कान लगे हैं रवि की बात सुनने के लिए।

आदमी नहीं, युगदेवता मन्त्र पढ़ रहा है, सब सुन रहे हैं।

आँखों में नया सपना, प्राणों में नयी अनुभूति, नये भाव से परिस्थिति को देख रहे हैं।

बड़ी-बड़ी साँसों से छाती पर लहरें फैल जाती हैं। आदमी अपनी ताकत को पहचान रहा है।

घर के सामने सहजन का गाछ मानो बोधिद्रुम हो, उसकी नयी शोभा, नया सन्देश, और उसके नीचे सारी जात-पाँत मिलकर मानो एक। ये ग्यारह जने इस नये युग के बौद्ध भिक्षु हैं और वृद्धा भिक्षुणी यह जगुआ की माँ है।

आलोकलोक से झर रही है—आदि बुद्ध की अमृतवाणी, भाषा का आशीर्वाद, जीवन का सहज संगीत।

घर बन रहा है, वहाँ पर गारा, माटी, डालियाँ, बाँस सब पड़े हैं।

सामने टूटे घर का कंकाल पड़ा है। नित देखे सरल जीवन के सम्भार को समेट कर झलक उठता है नये दिन का स्वप्न।

सब पेट भरेंगे, कोई भूखा नहीं रहेगा।

सबके घर होंगे, कोई पेड़ की छाया में नहीं पड़ेगा।

जाति रहे, धर्म रहे, पर सब आदमी भाई-भाई हैं।

कुछ बात न थी, जगुआ की माँ भो-भो रो पड़ी। मानो धनुष का गुण टणक उठा था, झनन् कर टूट गया।

सब चौंक पड़े। "क्या हुआ जगुआ की माँ, क्या बात हुई?" जगुआ की माँ सुन नहीं रही, रो रही है। बई ने कहा, "आहा हा! बूढ़ी ठहरी, कुछ याद आ गया।"

गंगा ने कहा, "बेचारी जनम से दुखियारी औरत। याद के लिए ढेर सारी बातें हैं। कौन-सा दुःख है जो उसे नहीं मिला?"

साधु जेना ने कहा, "उसका पति था पितेई सोई। पाँच हत्था मरद। खड़ा होने पर लगता अघासुर की तरह। जगुआ का जनम हो गया था तब, बेटे के जनम पर मन में खुशी न थी, पर जितना भी हो मजूरा आदमी ठहरा, देनदारी के बोझ से कमर झुक गयी थी। भरत साहू महाजन ने जब डराया, कहा कि अबकी कुरकी लाकर झोंपड़ा उखाड़ ले जाऊँगा, तो बेचारा अधिक पैसे कमाने के लिए गया कलकत्ता।"

जगुआ की माँ सुबक उठी थी।

गंगा हलवाई ने कहा, "हाँ, गया सो गया, उनकी बाट देखते-देखते घरनी की आँख का पानी सूख गया। और फिर आया नहीं, कोई खबर भेजी नहीं।"

रवि ने पूछा, "कहाँ है वह?"

साधु जेना ने कहा, "हवड़ा पुल देखा, काली देखी, कलकत्ता देखा, दो-दो बरस में जो कमाया सब खानगी के पीछे उड़ा दिया, आखिर में जूट मिल उसे खींच ले गयी, बस वहीं खतम।"

रवि ने पूछा, "फिर?"

गंगा ने कहा, "फिर जो हुआ करता है, वही हुआ। जगुआ की माँ दुःख में दिन काट रही थी। मेहनत कर जीने लगी। खैर, जगुआ ही रहता! मेरे ही साथ का छोकरा। भगवान् ने उसे भी उठा लिया हैजे में चला गया।"

जगुआ की माँ की रुलाई अबकी किसी जन्तु की तरह 'गें-गें' हो गयी थी।

साधु जेना ने कहा, "फिर संसार नहीं बसाया। लोगों ने कितना कुछ नहीं कहा, पर कान दिये ही नहीं। बस, ऐसे ही धान कूट, मजूरी कर दुःख-सुख से जो कुछ सहेजा, चोर ले गये। उमर ढली, बल-हिम्मत टूट गयी, बूढ़ी पड़ी रह गयी बस केवल रो-रो कर मरने के लिए। आह, भगवान् दुःख देते हैं जिसे, उसे अच्छी तरह देते हैं।"

नये युग की शुरुआत लाली को देखकर जगुआ की माँ अपने जले-खाक हुए जीवन को याद कर रो पड़ी थी।

रवि की आँखें छलछला आयीं। कहा, "दादी, रहने दे, समझ ले हम सब तेरे बेटे हैं। एक बेटा खोया है, करोड़ बेटे पाये हैं। ये देख, हम सब जीवित हैं तो, मरे नहीं। फिर तुझे काहे की चिन्ता?"

याद आया, विजय की दुन्दुभी बजेगी, अवश्य बजेगी, उसी उल्लास के नीचे-नीचे धूल के कण की तरह चिपके होंगे—अतीत के अँधेरे युग के दुःख-अत्याचार, जर्जर आदमी की स्मृतियाँ। वे तर्पण खोजती होंगी।

जगुआ की माँ सुबक-सुबककर चुप हो गयी। दल के लोग 'बटुवा' खोलकर पान लगाने बैठ गये। कोई पान के पत्ते में चूना मल रहा है, कोई सरौते से सुपारी काट रहा है। कोई बटुवे में खोज रहा है एक आध टुकड़ा कत्थे का।

रवि ने ऊँची आवाज में कहा, "देखो, समय गया, काम रुक गया।"

किसी ने कहा, "अरे रे, लगो, उठो, उठो-उठो।"

फिर काम चल पड़ा।

कुरुपा ने मुँह फाड़कर गुण्ड्री (तम्बाकू मिली सौंफ) थोड़ी फाँकी। हँसकर बोला, "भई, आप जो भी कहो, यह दोल की घड़ी है। ये अमिया, कोयल की कुहू-कुहू, मधुमक्खियों की भिन्न-भिन्न, यह समय अलबेला ही है। फालतू ही आदमी अलसा जाता है।" कुरुपा ने आँख मटकाकर बात कह ही दी। सब हँस पड़े। रवि हँसते हुए चेष्टा कर रहा था कि आँखों में आये सपने को घुड़ककर दूर भगा दे।

आधी रात! कचहरीघर के बरामदे में खजूर की चटाई पर रवि लेटा था। आँखों में नींद न थी। मच्छर घेरे थे। रुक-रुककर हवा देह को छू जाती, मच्छरों के काटने की जलन कम हो जाती, पर फागुन की उस मन हुलसानेवाली हवा में मन की जलन बढ़ जाती। बार-बार याद आ जाती है छवि!

इन कुछ दिनों में नयी दुनिया गढ़ने के तरुण उच्छ्वास में उसे आत्मविश्वास हो आया है, मानो पैरों ने नीचे की मजबूत माटी का अनुभव किया है। अब वह रास्ता जानकर आगे बढ़ता चला जाएगा। मानो मन को मजबूत कर एक करारी-सी

चपत गाल पर लगाकर मच्छर को घुड़काया हो—वैसे ही वह अपने आपको सड़ाक् से पीटता-सा पूछ रहा है—क्यों है उसमें यह विकार? क्या यह दुर्बलता नहीं है? कामना का निरोध किये बिना शान्ति कहाँ? नारी की चिन्ता में मन को लगा देगा तो फिर कैसे मूर्त कर सकेगा वह अपनी योजना को?

तर्क उड़ जाता। विकल होकर वह बार-बार छवि का सपन रूप आँखों के आगे देखता, निराश्रय-सा लगता, मानो वह उसके जीवन का अपूर्ण अंश है। न पाने तक जीवन का कोई अर्थ नहीं है, कोई उद्देश्य नहीं, कोई मूल्य नहीं।

खुद से पूछता—यह कैसे सम्भव होगा? क्यों वह इस मायामरीचिका के पीछे-पीछे दौड़े? हृदय स्तब्ध हो आता है, केवल एक चेतना की लहर बहती चली जाती है, देह की सत्ता भूलकर।

अनुभव हो रहा था मानो उसके अपने भीतर ही कहीं द्वन्द्व लगा है। असहिष्णु हो उठा, हड़बड़ाकर उठ खड़ा हुआ। मन से दूसरी चिन्ता भगाने का प्रण कर उसने अपनी योजना के बारे में सोचा। इधर-उधर घूमने लगा।

जो काम उसके अन्तर से निकलकर उसके हाथ में दायित्व बन गया है उसे करना ही पड़ेगा। पहले दस घरों का एक समूह, इसके बाद फिर और पाँच-दस घरों को इसमें गूँथना होगा, फिर औरों को। इस तरह गाँव-भर को। फिर गाँव पर गाँव। और यों सारे इलाके को। जिधर जाओ बाड़ नहीं, छोटा-बड़ा नहीं, तेरा-मेरा नहीं। होगा सब सबका, सब लोग एक-दूसरे के। तब यहाँ आदमी भाई-भाई होगा, सारी धरती एक होगी। घने पेड़ के नीचे के अन्धकार की तरह उसकी चेतना पर छाया घिर गयी देश-विदेश के आदमी के दुःख की, नीग्रो, यांकी मजूर, चीनी चासी, विलायती साहबों के कोयला-खदान के मजूर, यहूदी खानाबदोश, भूखा ईरानी, अत्याचार पीड़ित जंगली, इस देश के अगणित श्रमिक, मजूरे। पेट में भूख, पीठ पर गरम सलाखों के दाग, सारी देह में लकीरें, हाथ-पैरों में कड़ियाँ, वे रो रहे हैं। शोषण कर खा रही है आदिम बर्बर स्वार्थ की पूँजी, हाथ पीसकर युगों के बाद युग बीत जाते हैं, वे रोते रहते हैं। वे सब बिखरे-बिखरे हैं, व्यष्टि में हीनबल हैं, उन्हीं भूखे-प्यासे, असहाय, नगण्य, अगणित आदमियों की दुनिया का प्रतिनिधि कहलाकर अपनी जाल में फँसाकर, भूखे मुखों में बम फेंककर मशीन चला रहा है असभ्य स्वार्थवाद का राक्षस। नाना भेस में, गाना वेश में। मानव जाति अगर जीना चाहती है तो उसे एक होना ही पड़ेगा; उस एकता के सेतु-निर्माण में उसका भी कुछ कर्तव्य है; वह गिलहरी होगा बालू के कण ढोनेवाला। तोड़ना ही पड़ेगा यह कुसंस्कारों का जड़ पहाड़—महासेतु निर्माण के लिए नन्हे बालूकण बनाने को। इसी के लिए शायद इस मानव-स्रोत के बहाव की सर्जना हुई है।

समय नहीं है, वे रो रहे हैं।

अपने अन्तर में उसे हूक-सी लगी। अनुभव हो रहा है मानो वह विच्छिन्न

है, वह उखाड़ा हुआ है, फिर उस अनुभूति की अपूर्णता के उत्तर के रूप में आ पहुँची छवि!

सोचते-सोचते उसे लगा जैसे वह उसी के लिए सुबक रहा है, अस्थिर हो रहा है। इधर-उधर होते हुए उसकी गति में एक तरह से समान छन्द आ गया है, मानो वह दीवार घड़ी का लोलक हो, छवि ही मानो—व्यापक रूप से उसके अभाव का उत्स हो; वहीं से झर रही है। अभाव मिटाने की योजना, गढ़ने की प्रवृत्ति। वह पुरुष नहीं, प्रकृति है—आकर्षण से जन्मती है ध्वंस और सर्जन के लिए शक्ति, प्रवणता को खुला रखकर जीवन का ज्वार बहा देती है।

चौंककर वह जैसे अटक गया। अर्थ भूलता जा रहा है। उसे लगा जैसे अर्थ नहीं, कोई भ्रान्ति है। अपने आपको तौलकर बल को ही दुर्बलता समझ वह डर गया। चिन्तन की लीक को जबरदस्ती मोड़ते-मोड़ते वह अपने आप चाँदनी रात में डूब गया। गण की धारणा में जिन्हें वह 'वे लोग' सोच रहा था, वे सामने नहीं हैं। निश्चल रात में, वह स्वयं ही उनका रूपान्तर है, उनका अभाव ही उसके अपने अभाव का रूपक है, सुनसान चाँदनी रात, सोये गाछ में भी नया रूप, सामने उसी चाँदनी रात की विस्तृति है, और किसी दूर जगह से आ रही है व्यथातुर होकर अभाव की छिपी लहर, आँखों में सपने का मोह है।

चटाई को पैरों से सरकाकर एक ओर कर दिया। बई मलिक के सिर के पास खाली फर्श पर ही रवि लम्बा पसर गया। फागुन की चिर युवा रात, चुपचाप उसे गोद में ले गयी। रवि को नींद आ गयी।

सुभद्रापुर का मेलण—बहुत मशहूर है।

पंचदोल की रात। बाजे, नाच, संकीर्तन से कान फाड़ते, रोशनी और पटाखों में आँखें चुँधियाते हुए, माटी में हवा में हलचल मचाते हुए दल-बल लिये कितनी ही दूर-दूर से धार की तरह पहुँचते आ रहे हैं पाँच सौ विमान। सुभद्रापुर गाँव के सिरे पर अमराई के पास के छोटे से मैदान में कुछ समय ठहर दम लेते हैं, फिर एक के बाद एक होकर जुलूस बाँधकर चलते हैं गाँव के निचले चौड़े रास्ते में। सुभद्रापुर बड़ा गाँव है। उसका चौड़ा रास्ता सीधा चला गया है गाँव के उस ओर 'बड़े मैदान' तक। कभी इस गाँव में नदी की बाढ़ का पानी भर जाया करता था, सो रास्ते के दोनों ओर की डीह आठ-आठ हाथ ऊँची है, उन पर सटे-सटे ऊँचे-लम्बे मकान हैं। खड़े पहरेदार की तरह कतार की कतार नारियल के पेड़! उस गहरी नदी की तरह रास्ते में बहता-सा चला जाता बरस में एक बार वह मेलण का जुलूस। हँसी-खुशी, मौज, गाँव-गाँव की आन। सब दो पाव रास्ता जाने के बाद 'बड़े मैदान' में फूटकर निकल पड़ती। वहाँ मेलण होता, पचास हजार लोग और पाँच सौ विमान

एकत्र होते। फिर बाजार, मेला, संकीर्तन, पाला, नौटंकी, मृदंग की थाप, दोल के समय घण्टे की ध्वनि, चहल-पहल, सब कुछ उबलता-पसीजता रहता।

और मन में उमंग भरे मौज-मस्ती मनाने भागते-दौड़े आते गाँव-गाँव के देखनहार।

फिर अहम् के वाद-विवाद और लड़ाई के केन्द्र बनते—ये आदमियों द्वारा ढोकर लाये गये विमान; चारों ओर के दलों को लेकर।

उस गाँव की टेक का तकाजा है कि आगे बढ़कर सबको लाँघकर मेलण के मैदान में पहुँचा जाय। अतः गाँव-गाँव के बीच चल पड़ती मारपीट। लगता जैसे नाना वर्ण के भिन्न-भिन्न छवियों में यह उद्धत अरणे गोठ का जुलूस है, खेत के बीच शान्त संयत होकर जीवन-यात्रा करते हुए भी मन में जैसे अरणा-प्रवृत्ति छुपी रहती है। जंगल में बाजे की ढाँव-ढाँव सुनते ही महाबली बाघ के छलाँग भरने की तरह, दोल के बाजों से चौंककर बाहर निकल आती है, गुलाल की धूल-सा घुस जाता है लाल खून का विकार, जर्जर आमाशय, हाड़-हाड़, नस-नस दिखता नाटा-सूखा गाँव का जवान भी अपनी अठाईस इंच की छाती को कसकर फुलाता हुआ अंगों को फड़काता हुआ अपने दुर्बल हाथ को कसकर भींचता और मारपीट के नशे में डूबकर गरज उठता, "मारो, मारो मारो।" इसके बाद सिर फूटना-टूटना, चारों ओर हाँ-हूँ, बीच-बचाव करनेवाले, पुलिस, बाद में मुकदमेबाजी। पर इतने से ही छूटता नहीं। दो गाँवों के बीच अदावत चल पड़ती, ये उसकी जमीन पर फसल कर लेते हैं, वह इसका पैर तोड़ देता है। इधर से उस गाँव का रास्ता बन्द, उधर से इस गाँव का। इसके बाद गाँव में और अधिक चन्दा, गाँव तैयार होते और अधिक चमक-दमक से जुलूस निकालने के लिए, अगले साल दोल पर लड़ाई करने के लिए। अतः कभी-कभी बुलावा होता शहर के पहलवानों के अखाड़ों को। रफू मियाँ, धनी साहू, हुर्दू जेना, जो नंगे बदन सिर पर पगड़ी बाँध हाथ में लाठी लिये पक्के देहाती वेश में विमान को हटाते-सरकाते, वे भी मेलण के मैदान में पहुँचते।

यही तो अपना गाँव है!

सुभद्रापुर का मेलण देखने के बाद आकर गाँव के रास्ते के सिरे पर खड़ा रवि सोच रहा था।

काया के पास छाया की तरह टहल रहा है बई मलिक, असल में उसी के कहने-सुनने पर रवि सुभद्रापुर का मेलण देखने आया था।

चले जा रहे हैं आदमी, धारा की तरह रेल-पेल करते, काम चाहे न हो पर जल्दबाजी, मानो बगलवाले को धकियाकर आगे बढ़े बिना अपना अस्तित्व समझना ही असम्भव है, कि कोहनी खाये चाहे बूढ़ा हो या बच्चा हो। औरत आँचल से आँचल बाँधे भयविह्वल आँखों में 'जीजी, जीजी' 'माँ-माँ' चिल्लाती-चिल्लाती इधर-उधर हो जाती हैं, पीछे-पीछे गरजते पिलते आ रहे हैं विमान, उठो, उठो, उठो—डाइँकि डिडाइँ

डाइँ—जो हो, सुन्दर दिख रही है यह भीड़, यह जुलूस। भावनाएँ चाहे जो हों परन्तु आँखों में आयी चमक से इनकार नहीं किया जा सकता।

किन्तु भावना? रवि ने तिक्त चिन्तन में ही दोल की भीड़ और जुलूस को सोचकर देखा—रुपयों पर प्रतिष्ठित व्यक्तिगत पूँजीवादी समाज का चेहरा देखने में सुन्दर जरूर है, और भी अधिक सुन्दर थी आक्रमणकारी लुटेरे आभिजात्य समाज की छाया। और वन में बाघ? वह तो सबसे सुन्दर है। किन्तु सचमुच क्या यही सौन्दर्य है?

"वाह, वाह कितना जोरदार पटाखा, कितनी रंग-बिरंगी रोशनी है!" बई मलिक ने चीखते-से कहा, "वास्तव में पटाखा इसी का नाम है, देखकर तबीयत खुश हो जाती है।"

भावना में टकराकर रवि ने देखा आँखों से। किस गाँव का विमान है यह, बारम्बार पटाखे छूट रहे हैं। अकेला बई मलिक ही नहीं, चारों ओर से कितने लोग देख रहे हैं, वाह-वाह कर रहे हैं।

"वाह वाह! वाह!—शाबास! बहुत अच्छे पटाखे हैं!"

मन कड़ुवा होता जा रहा था। देख-देखकर ऊब हो आयी। इतने बड़े मेले की घो-घा के बीच रवि को बिलकुल अकेलापन लग रहा था।

बाहर से लौट अन्दर घुसकर उसकी चिन्ता पैदा कर रही थी, एकान्त का पुराना रूपक—उसका घर उसका परिचित परिवेश। पिता, माँ, उसका परदेस में नौकरी करनेवाला भाई, उसका समाज। घर छोड़ने के दिन से मानो सब कट गया है, फिर भी समष्टि है उसके गठन में, जीवन के साथ उसके सम्बन्ध में। लोग क्या सोचते होंगे? किस दृष्टि से उन्हें देखते होंगे? लगता है, जाने कितनी दूर से वह बह आया है, बहाव का जोर अपने अन्दर ही बढ़ने में लगा है, और फिर कम नहीं होगा। वह कितना समझदार लड़का था उनका, कभी अपनी जानकारी में सवाल किया नहीं, सब कुछ मान लिया, पर अब सोचते समय खुद को देखता है तो कितना अभिन्न लगता है।

अकेला! अकेला! सोचते-सोचते मन को चौंकाता हुआ पाटेली गाँव याद आ गया, और वहाँ छवि। मानो बीच में कितने ही योजन रहें—उस सिरे पर बाड़ के पास छाया तले रहकर कोई उसकी ओर देखता प्रतीक्षा कर रहा है। निराश्रय की तरह, अँधेरी रात में दूर के उजाले की तरह। निराश्रयता ही उसका अनोखा अंकुश है। धीरे-धीरे कितनी लोभनीय दिखती जा रही है वह—अँधेरे के उस सिरे से आग की हलकी आँच हिल उठती है, थर्रा जाती है। अपने अन्दर वह अनुभव करता है—बढ़ते हुए आन्दोलन का। वह सिर्फ भावना ही नहीं स्थूलदेही भी है, देह कड़-कड़ कर रही है। रक्त की गरमी से चेहरा तप रहा है। देह की आकुलता और मन की आकुलता एक हो जाती है। कुछ नहीं दिखता, कुछ नहीं सुनाई पड़ता, उद्‍भट धारणा

आ रही है। नीचे की इस भीड़ को नीचे ही छोड़कर मानो आकाश में उड़ा जा रहा है—कोसों दूर रहती अपनी प्रणयिनी से वह स्पर्श की महक और दिशा का अनुभव कर रहा है, और कुछ नहीं। उसका नया जागा विद्रोह मानो रास्ता दिखा रहा है, कि आदमी की अन्तर्निहित शक्ति अप्रतिहत है, अपराजेय है। परिस्थिति के केन्द्र में है आदमी। निःशब्द से पौरुष आत्मप्रकाश कर रहा और रवि अपने आनेवाले स्वर्ण युग की योजना पर सोच रहा है। सिर्फ स्वप्न नहीं, सम्भावित कार्य का सम्भावित फल समष्टि है। सामने आशा, अन्तर में साहस और बल।

चले जा रहे हैं विमान के बाद विमान, अविराम, अन्दर भी विमान ही चल रहे हैं, उसकी आशा, उसका सपना है, कभी अकेला वह और छवि है, कभी वह और उसके संगठन का चित्र है, बालू का घर गढ़ा जा रहा है, बालू का घर ढहता है, फिर चलता है घर खड़ा करना, परिस्थिति पिघल रही है, एक नये ही आकार में ढल जाती है। अन्धकार को हिलाकर कतारों में लम्बी हो जाती है आदमी के हाथ की मशाल, वह क्षुद्र देह की सीमा मानता नहीं, सामयिक शासन के परिवर्तनशील नियमों को चरम नहीं मानता। वह स्रष्टा है, वह आदमी है, वह सृष्टि का खिलौना नहीं।

वह एक सहजन के तने पर आधा झुका खड़ा था; एक ही जगह, न हिलना न डुलना। बाहर और भीतर के रंग, उबल-उबलकर उसकी अधखुली आँखों के आगे धब्बे-धब्बे बन टिमटिमा जाते हैं। दिन-भर मेहनत की है, देह क्लान्त है, उस पर फिर यह यात्रा देखने का झमेला।

कई कर्कश चीखों ने उसे स्वाभाविक अवस्था में ला खड़ा किया। अचानक हो-हल्ले के तूफान से चौंककर, आँखें फाड़-फाड़कर देखा—रास्ते के सिरे पर दो विमान गाँव में एक साथ घुसना चाहते हैं, एक के अन्दर घुसते-न-घुसते दूसरा उसे धकियाकर आधा अन्दर घुस गया; दोनों दलों में जोरदार झगड़ा लग गया है, खूब गरज-तरज चारों ओर हाँ-हाँ, हूँ-हूँ। देखनेवाले जमा हो गये हैं, झगड़े से कुछ हटकर आदमियों की गोल-गोल दीवारें घेरकर खड़ी हो गयी हैं। प्रतीक्षा किये बिना रवि छलाँग भरने की तरह झगड़े की ओर दौड़ पड़ा।

वह पहुँचा तब तक हाथापाई से बढ़कर बात लाठी पर उतर आयी थी। लोगों का घेरा कितनी जल्दी पीछे हट-हट जा रहा है, उनके पीछे ठेला-ठेली, आतंक की चीत्कार, जगह-जगह ढह गयी दीवार की तरह आदमी पछाड़ खाकर गिर रहे हैं।

लाठी पर लाठी चल रही है, आदमी पर मार पड़ रही है, दोनों विमान और साज-सज्जा पर प्रहार किये जा रहे हैं। दोनों हाथों से दोनों ओर की भीड़ को रवि ने हटाया, डुबकी लगाने से पहले दोनों हाथों से पानी हटाने की तरह हाथ उठा उन्हें रोकते हुए दौड़ गया ठीक बीच में। इसे कभी पकड़ता है तो कभी उसे रोकता है। अपने ऊपर वार सह रहा है। अपनी देह की हालत क्या हो गयी इधर ध्यान भी

नहीं। कभी इसे बाँहों में भरकर पीछे हटा देता तो कभी उसकी लाठी रोकता, कभी किसी की लाठी खींच लेता। इस तरह जब घिरनी की तरह घूमने लगा तो अचानक अनुभव हुआ कि उसके कपाल पर कोई जोर की चोट पड़ी है। एक साथ मानो वहाँ लद गयी यन्त्रणा और आग। आँखों पर, नाक के रास्ते और होठों से होते हुए बह गया उसका अपना लोना रक्त, फिर भी झगड़ा रोकने के लिए उसके दोनों हाथ ऊपर ही उठे हैं, और तब धुँधली पड़ती नजर से उसे दिखा जैसे वह अकेला नहीं है और भी कई लोग झगड़ा बन्द करने के लिए दौड़े आ रहे हैं, लोगों के पीछे लोगों की भीड़ चली आ रही है। उसका खून बहाना व्यर्थ नहीं गया। इतना ही आश्वासन था उसकी चेतना में, चेतना के लुप्त होने से पूर्व।

सुभद्रापुर के मेलण में जाने के लिए पाटेली गाँव से अपर्ति पधान ले गया था अपने दल का नया विमान। आगे-आगे, चमक-दमक के साथ। इस कार्य के लिए कोई अचानक ही उत्साह आया हो सो नहीं, पहले से योजना बनी, बहुत दिनों तक सलाह-मशविरा और बैठकें हुई थीं।

जोरदार चन्दा उगाहा गया था, पक्का बन्दोबस्त किया गया। खुफिया खबर रखी गयी थी कि दूसरे पक्ष के लोगों का बन्दोबस्त क्या है। जब गाँव के पुराने दल के विमान को कन्धों पर लेने के लिए अहीरों को फुसलाने में घड़ी भर समय लग गया और उनके आने के बाद फिर दिक्कत पैदा हुई उनका पावना तय करने में तब किणेई ओझा और अपर्ति पधान आगे बढ़कर अपने पक्ष का विमान उठाकर ले चले। मोलभाव करने की जरूरत पड़ी नहीं, क्योंकि अहीरों में से ज्यादातर थे उनके ही दल के उद्योक्ता। वे खुद ढोते हैं अपना भार, भाड़े पर मजूर नहीं लाते।

और रास्ते ही रास्ते विमान के सहारे अपने कन्धे की चादर उड़ाता अपर्ति पधान कहता जा रहा था—"जल्दी जल्दी भाई, अपने गाँव की बारी आने पर अपना विमान ही प्रतिनिधि बनकर घुसे। वे लोग लौटे शिशुपाल-दल जैसा, पाएँ मजा।"

उस दल का विमान आगे चला गया, यह खबर इस दल के कानों में पहुँचते देर नहीं लगी। रास्ते में औरतों में भी हँसी में कहा-सुनी हुई, बच्चों में तो सहज ही चर्चा हो गयी। उस दल के भगत महारणा की बहू ने इस दल के कपिल महारणा की बहू को अपने चबूतरे से आवाज देकर कहा, "क्यों री चाँद, ये तो विमान लेकर चल पड़े, आगे पहुँचेंगे। और तुम्हारे वे किस दिन जा रहे हैं? वही मसल हुई कि पगड़ी बाँधते-बाँधते कचहरी बरखास्त!"

"हाँ री चाँद," कपिल की घरवाली ने कहा, "घोड़ा दौड़ते-दौड़ते जहाँ, हाथी डग भरते-भरते भी वहाँ। अरी चाँद, भेंट तो वहीं होगी, आगे-पीछे में क्या है?"

"हाँ री, जानती हूँ, शिकार की वेला कुतिया हगने गयी। भेंट की बात छोड़ो,

आदमी के पैरों में कोई पंख तो बँधते नहीं जो हवा में उड़ जाएँगे। यहीं तो रात हो जाएगी।"

"अरी बंसखाई, तू किसे कुत्ती कह रही है? तेरा घरवाला बना साँड़ और बाकी के सब कुत्ते! इसे ही कहते हैं, सूखे गू पर पानी पड़ा है...और नहीं तो क्या! भला रे भला, झूठे ही फूली जा रही है! फूला ढोल, फूल-फूलकर भर ली पोल।"

भगत की घरनी ने फुंकार मारी, कटखनी बिल्ली की तरह पीठ मोड़, नली-से पंजा मार, ऊपर की ओर गरदन झुकाकर, स्वर बदलती जोर लगाकर गरज उठी—"हैं री, डाकिनखाई, मुण्डी टूटी, कितनी उछलती है! जरा-सी बात पर चिंहुक रही है। हें री, खसमखानी, तुझे तेरे बाप की सौगन्ध है। एक बार फिर कहना तूने क्या कहा, तेरे मुँह में कीड़े पड़ें, तू फिर तो कहना..."

पल-भर में आग लग गयी। कपिल की स्त्री भी समान रूप से जहर उगलने लगी। फिर चल पड़ी दोनों के बीच पद पर पद। गाली-शास्त्र के उच्चारण में दोनों एक-दूसरी से बढ़-चढ़कर—

"अरी डाकिनखाई तू—"

"अरी तू सत्यानाशी—"

"अरी तू मरजानी—"

"अरी तू आगलगी—"

"अरी बन्दरमुँही तू—"

"अरी तू नेवलामुँही—"

"अरी पिशाचनी—"

"अरी डाकिनी!—"

चली दोनों चबूतरों से गालियों की बौछार। दो जगह दो कल हैं, वह सिर को ऊपर नीचे झटक-झटककर भूत लगने की तरह खाली गरज रही थी, खोज रही थी उग्र से उग्र विशेषण, गालियों से भरी अपनी भाषा उसे कम पड़ती, विशेषण छोड़कर वह वाक्य उगलती, शत्रु की ओर विविध असंगत क्रियाओं की कल्पना कर भाषा फैला देती, आदमियों के रिश्ते चुक जाते तो आवाहन करती हाथी, घोड़ा आदि का। इसके बाद उठकर खड़ी हो अँगुली चिटकाकर, सिर के बाल खोलकर, पल्लू झुलाकर, थेई-थेई कर नाचती, उछलती, अड़ोस-पड़ोस की भीड़ इकट्ठा न करने तक, या फिर थककर अवश हो चुप होने तक, जो पहले होता।

वे एक दिन चाँद-सहेली बनी थीं, दोनों बहुएँ।

वही चाँद उगा, चढ़ा आकाश में, गाँव का पुराना विमान बाजे-गाजे के साथ चल पड़ा।

उनका झगड़ा थमा नहीं, कानों को बेधती उनकी आवाज बढ़ती ही गयी।

एक दिन कुआर पूनम की रात इसने उसके और उसने इसके गलबहियाँ

डालकर कहा था, "आज से हम चाँद-सहेली बनीं!" इसने उसके मुँह में और उसने इसके मुँह में अत्यन्त स्नेह से भर दिया था खील, केले, नारियल के लड्डू, छेना, गुड़, दही, गन्ना, ताड़गुड़ के गजा, ककड़ी के टुकड़े, चाँद-भोग में से थोड़ा-थोड़ा।

आज उस चाँद का सम्मान खत्म हो गया। गाँव जो फट गया है। सचमुच लगता है जैसे एक धरती के दो खण्ड हो गये, भारत और पाकिस्तान।

लोका नायक रास्ते में गाँव के पुराने दल को उत्साह देता—"जाएँ वे चाहे आगे, कितना ही दौड़ें, क्या होगा? कहावत है न दौड़-दौड़कर खाए करेले की डाल, आप ही मुँह तीता हो जाएगा। लोग पूछेंगे नहीं क्या—क्यों, ठाकुरजी तो राधेश्याम हैं, और ये आलतू-फालतू कौन हैं? इन्हें किसने निमन्त्रण भेजा? या अपने आप ही! कहते नहीं!"

घण्टा नहीं, ढोल नहीं झिंकरिआ के देवता
गाय नहीं भैंस नहीं, जरीपड़ा के बेहेरा
थल नहीं कूल नहीं सइँश के पाणी
खरल नहीं मूसली नहीं दही गाँव के पत्ती
उस्तरा नहीं नहरनी नहीं खेरस गाँव के बारिक
धुरी नहीं चक्का नहीं उषुमा गाँव के रथ[1]

सब हो-हो कर हँस पड़े। बूढ़े विदेई बेहेरा ने कहा—"ये सब खाली नाम की बातें हैं, यह सारा उसी छोकरे अपर्तिया का नाटक है! क्यों रे, गाँव तो सबका है, उसमें फिर दल कैसा, भाग कैसा, वाद कैसा? कानी गाय का न्यारा गोठ?"

लोका नायक ने आवाज लगायी, "चलो, चलो, चलो रे भाई, देर भई..."

कुशिया केवट ने कहा, "अब देर का और जल्दी का क्या सवाल काका! रास्ता पकड़ा तो पूरा हुआ। गिरगिट की दौड़ बाड़ तक। कितने भी आगे जाएँ उस दल के लोग कोई सुभद्रापुर का छोटा मैदान टप कर रास्ते में बढ़ जाएँगे? रास्ता कौन छोड़ेगा उन्हें? जो गाँव आगे-पीछे हैं उनका नम्बर लगा है। उनकी पारी आएगी कब, जरीपाड़ा का विमान जाने के बाद पाटेली गाँव की बारी आएगी। तब तक तो हम लोग पहुँच चुके होंगे, देखें आज उनकी बात!"

सब हँस पड़े।

---

1. झिंकरिया, जरीपड़ा, साइँशी, दही, खेरस और उषुमा गाँवों के नाम हैं। बेहेरा, पाणी, पति, बारिक रथ आदि उपाधियाँ हैं। झिंकरिया के 'देवता' ब्राह्मण होते हैं, विग्रह नहीं। जरीपड़ा के बेहेरा (अहीर) क्षत्रिय होते हैं, फिर भी बेहेरा कहलाते हैं। साइँशो के ब्राह्मण 'पाणी' (जल) कहलाते हैं। दही गाँव के 'पति' ब्राह्मण होते हैं यद्यपि उड़िया में गाँजे के पत्ते को पत्ती कहते हैं। खेरस गाँव के 'बारिक' क्षत्रिय होते हैं, यद्यपि उड़िया में बारिक 'नाई' हैं। उषुमा गाँव के ब्राह्मण रथ होते हैं यद्यपि रथ कहने से जगन्नाथजी का रथ समझा जाता है।

गाँव का झुण्ड चला जा रहा है। हँसी-ठट्ठा, दूसरे पक्ष के लोगों की बात छेड़कर उनकी चर्चा, गाली। रास्ते में कोई गाँव पास आ जाता, इस गाँव के लोग जोर से ढाँव-ढाँव बाजा बजाते, एक-एक पटाखा छोड़ते, वीर की तरह बढ़ते चले जाते गाँव के रास्ते में। फिर उजाड़-रास्ता पड़ता, उत्साह के बीच सिर उठाती एक आशंका का रोड़ा, कि दूसरे पक्ष के साथ कोई झगड़ा-वगड़ा न हो जाय आज!

और दूसरा पक्ष आगे-आगे विमान लिये चला जा रहा था, सिंह-पराक्रम के साथ बीच-बीच में रण के नारे की तरह एक साथ सबकी आवाज—"जय विनोदबिहारी की जय!" नये ठाकुरजी का नाम है विनोदबिहारी। आली लोकापाड़ा के गन्धर्व महारणा के हाथ का काम, सजीव प्रतिमा। बिका मुदुली के सम्बन्धी आली के राजन मुदुली की सहायता से फरमाइश देकर गढ़ी गयी और इतनी दूर आकर प्रतिष्ठा हुई थी।

लो सुभद्रापुर पास आ गया। देखो कितनी सटकारे से आ पहुँचे। अपर्ति पधान ने कहा, "अब सीधे मेलण मैदान की ओर, आगे सो जीत्ते, पाछे सो हारे, पहले आये हैं सो आगे जाएँगे, इसमें किसी को कहने को क्या है?"

जल्दी से बढ़कर खूब रोशनी करते हुए बाजे-गाजे संकीर्तन के साथ वे लोग सुभद्रापुर के छोटे मैदान में पहुँच गये। किन्तु अचानक मानो नदी से बहकर समुद्र में गिर पड़े हों, वहाँ तो कितने ही गाँवों के लोग जमा हुए हैं, असंख्य रोशनियाँ, असंख्य बाजों की गड़गड़ाहट भरी है। कितने-कितने विमान रखे हैं। इससे बढ़कर वह, और उससे ऊँचा वह; किसी का बड़ा बाजा, किसी के साथ नाचनेवालों का दल तो किसी के साथ ऐसे कई दल; जात-जात के वेश और जुलूस। वहाँ अपर्ति पधान चुँधियाते हुए चारों ओर देखने लगा। इतनी बड़ी भीड़ में मानो अकेले गाँव का तेज मुरझा गया, परायों का साज देखते-देखते इनके छोटे-से दल के लोग भूल गये कि वे भी इस साज के एक अंश हैं, वे भी सजकर आये हैं। कुछ समय भौचक खड़े रह उस राव-राव शब्द और असीम भीड़ के बीच अपनी दिशा तय की। फिर धीरे-धीरे उनका दल बढ़ा सुभद्रापुर गाँव के रास्ते के सिरे की ओर।

उस सुरंग की तरह के सँकरे रास्ते पर विमानों की एक के पीछे एक कतार लग गयी है; चल रहा है छत्र, चँवर और पताका के साथ बूढ़े-बुढ़िया का नाच, मेम और साहब का नाच-तमाशा। आगे बढ़कर धक्का देते हुए विमान आगे बढ़ाने लगा तो मुँह तमतमाकर एक दल के लोग उसके दल के लोगों को इधर-उधर बाँह पकड़कर खींचने लगे। फिर सुनाई पड़ी क्रोधभरी आवाज, "कौन हो तुम? आगे-आगे धँसते जा रहे हो, यह कुशुपुर का विमान गया, उसके पीछे हमारे गाँव ओलाबोल का विमान जा रहा है। तुम कौन हो? क्या सर तुड़वाने को मन चाहता है?"

बाध्य होकर रास्ता छोड़ना पड़ा। लोगों ने छी-छी की।

रास्ते के सिरे से थोड़ा हटकर प्रतीक्षा करने लगे। संगीत आरम्भ हुआ।

आधी रात गयी होगी। भीड़ में से घूम-फिर कर यदु बराल सहित कुछ लोगों ने आकर सों-सों करते हुए खबर दी, "तण्डिकुल का विमान अन्दर चला गया है, साईंसों का जाने को है, पीछे-पीछे जरीपाड़ावाला रास्ते की ओर बढ़ रहा है।" झटपट सब खड़े हो गये। आवाज लगायी, "बोलो भई, आनन्द से एक बार हरिबोल!" विमान उठा। बार-बार "जय विनोदबिहारी की जय!" कहाँ है दूसरा पक्ष? दल में इस सिरे से उस सिरे तक प्रश्न फैल गया। उसका उत्तर नहीं है। भीड़ में पता लगाना असम्भव है। परन्तु रास्ते के सिरे तक पहुँचने तक देखा गया कि बायीं ओर से जरीपाड़ा बढ़ता आ रहा है और कुछ ही पीछे पाटेली गाँव का पुराना विमान हिलता-डुलता आ रहा है। अपर्ति पधान, किणेई ओझा उछल-उछलकर चलने लगे। पीछे-पीछे दौड़ता-सा उनका विमान और दल-बल। जरीपाड़ा से थोड़ा रास्ता छोड़ उनके पीछे-पीछे पूँछ की तरह सट जाने में उन्हें देर नहीं लगी। पीछे-पीछे बढ़ता आ रहा है पाटेली गाँव, वह साथ-साथ, नजदीक-नजदीक। परन्तु जरीपाड़ा प्रवेश करते-न-करते ठीक उनके पीछे सटा हुआ है नये दल का नया विमान।

जरीपाड़ा घुस गया। नया विमान आगे बढ़ा, किन्तु "जय विनोदबिहारी की जय!" के नाद में उलझे धागे की तरह लिपट गया, "जय राधेश्यामजी की जय," गाँव के रास्ते में आगे घुसने के लिए पाटेली गाँव का पुराना दल दाहिनी ओर से दबा बढ़ आया। फूलों की झाड़ और रोशनी को बढ़ा दिया गाँव के अबाध्य दल की ओर। गाँव के पुराने ठाकुरजी नये ठाकुरजी की ओर बढ़े। पुराने दल के धोबेई जेना कुछ कदम आगे बढ़कर "हें हेई" चिल्लाकर विनोदबिहारी के भारवाहों की छाती में दुल-दाल धक्के मारकर पीछे हटाने लगे, उनसे भिड़ गये कुशिया केवट, मदना नायक, धड़िया नाई। इधर रोशनी का ताव देह से छू गया, फूलों के झाड़ पर चोट पड़ी। देखते ही देखते हाथापाई, मारपीट। दबा हुआ गाँव का अन्धा गुस्सा मानो फूलकर छलाँग लगा गया हो। सब कुछ भूलकर एक ही गाँव के दो दलों में लग गयी मारपीट।

मारपीट के बीच अपर्ति पधान ने देखा कि कोई अपरिचित आदमी छुड़ाने की चेष्टा कर रहा है, धोबेई जेना ने भी देखा। किसी का दल थमा नहीं। दलों ने देखा कि अनजान आदमी का सिर लहू-लुहान हो गया है। फिर भी वे रुके नहीं। इसके बाद मारपीट कर रहे दोनों दलों के बीच दोनों हाथ उठाये रोकनेवाला वह आदमी लड़खड़ा कर गिर पड़ा! अपर्ति पधान सहम गया, धोबेई जेना दो कदम पीछे हट गया। परन्तु मारपीट कम नहीं हुई, दल के और लोग फिर भी लगे हुए हैं। धोबेई

जेना और अपर्ति पधान फिर भिड़ गये, तभी देखा झगड़ा रोकने के लिए बाढ़ की तरह लोग बढ़े आ रहे हैं। अपर्ति पधान को होश आया कि अपरिचित आदमी नीचे गिर पड़ा है। वह धोबेई जेना की उकसाहट की ओर ध्यान न देकर झुक गया और रवि को उठाया। कुछ लोग आकर उससे छुड़ाकर खींच ले गये। चारों ओर से आवाज आ रही थी, "आहा, झगड़ा मिटाने जाकर एक आदमी प्राण दे चुका है।" रवि को उठाकर वे लोग लिये जा रहे हैं, चारों ओर जगह-जगह पुंज की पुंज रोशनी है। लाठी फेंककर दोनों दल के लठैत वीर भीड़ में मिलकर भाग छूटे। खाली-विमान लेकर वाहक लोग आगे चल पड़े, आगे-आगे विनोदबिहारी, पीछे-पीछे राधेश्याम, आगे जाने का किसी में उत्साह न था। पीछे रहने का कोई दुःख नहीं। अपर्ति पधान गायब हो गया। उसे अपरिचित का चेहरा बार-बार याद आ जाता और वह सोचता, सच? क्या वह मर गया? क्यों?

परन्तु वह मरा नहीं। लोगों के मुँह से एक बार मरकर सौ बार बचा और उसका नाम सारे गाँव में फैल गया।

हाट में, बाट में लोग कहने लगे, "सुना तो? पाटेली गाँव के लोग दो दल होकर मारपीट में मर-खप जाते, पर उस लड़के ने बीच में पड़कर रोक लिया। रोक तो लिया, पर आप दोनों तरफ की चोट खाकर मरते-मरते बचा है! जो भी कहो, लड़के में साहस है, नहीं तो हाथ में एक छड़ी भी नहीं और लाठियों के बीच छलाँग लगा जाए? दिखा दिया कमाल!"

उसके साथ जुड़ गयीं और भी कई बातें—उसकी योजना के बारे में, वह कैसे फूलशरा में एक नये प्रकार का काम कर रहा है, लोगों को भिड़ाया है भला काम करने के लिए, गरीब-दुखियारों के घर खड़े कर दिये हैं, सब जातियों को एक साथ मिलाकर गढ़ रहा है एक परिवार। और भी बढ़ा-चढ़ाकर लोग कहने लगे।

रवि के अनजाने ही उसके किये का प्रचार हुआ था।

किन्तु अपने काम के प्रचार की बात उसके दिमाग में सबसे कम थी। जब सुभद्रापुर के गाँव में घुसने के रास्ते के एक छोर पर उसकी आँखों के आगे नाच रही थीं कई रोशनियाँ, अचानक वे गोल-गोल झक-झक होती दिखीं—अँधेरी रात में लुहारशाल में जलते लोहे को पीटने पर उछलते आग के गुल की तरह। इसके बाद सारी रोशनियाँ बुझ गयीं। अँधेरा घिर आया। वहीं पूर्णविराम। कैसे इसके बाद उसकी अचेत देह को खुली जगह में उठाकर ले गये, हवा की गयी, पानी के छींटे दिये गये, सिर पर पट्टी बाँधी गयी—यह सब उसे याद नहीं। बिलकुल पता ही नहीं कैसे उस रात उसके लिए सुभद्रापुर गाँव के स्कूल के एक खाली कमरे में बिस्तर लगाया गया, उसे वहाँ उठाकर लाया गया, विश्राम मिला।

कुछ समय बाद जब होश आया, उसने खाट पर से देखा, टिमटिमाती हुई लालटेन जल रही है, नीचे बैठा बई मलिक ऊँघ रहा है, कानों में बादलों की

घड़घड़ाहट की तरह कोई आवाज सुनाई दे रही है, देह में कष्ट, सिर जल रहा है मानो, बहुत कष्ट 'आह' की। प्राणपण से चेष्टा की कि जोर से आह कर वह सारी यन्त्रणा को फेंक कर खड़ा हो जाय। ढँके कम्बल को देह से उछालकर फेंकने की तरह, किन्तु मानो वह कम्बल अधिक जोर से जकड़ा हुआ है, उसकी क्षीण आह की ओर किसी की नजर पड़ती ही नहीं, कालौंस लगे काँच में लालटेन की बत्ती गुस्से में नाच रही है। युद्ध करना छोड़ दिया। उसने आँखें मींच लीं।

तब उसे न अपना काम याद था, न अपना खयाल, या सपना। अब सारी भावनाएँ उस देह के लिए ही थीं।

फिर देखा, दूर से सुनाई पड़ रही है वही घो-घा ठाँय-ठाँय, ठो-ठा। रोशनी बुझ गयी, घर में अँधेरा। लगा बाहर जोर से बरसा हो रही है। तुरत याद आया, दूसरे कमरे में छवि सोयी है। पाटेली गाँव में उस एक रात की स्मृति फिर से ताजा होकर लौट आयी, दूसरे कमरे से छवि ने फों-फों कर दीर्घ साँस छोड़ी। फिर देह की यन्त्रणा में स्मृति ऊब-डूब होने लगी। लगा—दूसरे कमरे में माँ सोयी है, माँ अब आएगी, सोचते-सोचते फिर नींद आ गयी।

स्कूल की कोठरी की गली हुई छान को भेद कर सुबह उगी। उसके साथ-साथ उसके स्मरण में वास्तविकता खुलकर झर पड़ी, और उसने देखा, उसकी छाती पर झुका बई मलिक खड़ा-खड़ा देख रहा है। उसका चेहरा गम्भीर है, वह चिन्तित है। आँख से आँख मिलते ही बई मलिक की आँखें मानो फैलकर चौड़ी हो गयी हैं। चेहरा चारों ओर से मुड़-सिकुड़कर खिंच आया है उसके मुँह के पास, भीगी चमकती आँखों से माँ के चेहरे की-सी सहानुभूति प्रकट कर खुरदरी आवाज में पूछा, "कैसी तबीयत है, बाबू?"

रवि ने मानो उसके चेहरे पर अपनी अवस्था आँकी हुई देखी। लगा जैसे वह चित्र बाँका-टेढ़ा है और वास्तव से बहुत बड़ा है। अवस्था का असमंजस अनुभव किया, फोंय से हँस पड़ा। कहा, "अच्छा है!"

सिर पर पट्टी बँधी है, सिर में और देह में जगह-जगह दर्द। किन्तु भोर का पहर जल्दी ही जल्दी खुलकर तीखा होने लगा, देह और देह का कष्ट कहीं नीचे दबता चला जा रहा है। याद आ रहा है अपना काम। कहा, "बई, यहाँ और समय नष्ट करने से कोई लाभ नहीं, चल लौट चलें।"

अब बई का उत्साह कुलाँचे मार रहा था। जल्दी से कह गया रात भर की सारी कहानी, मिर्च भरी, झालदार बातें—इस आक्रमण का जवाब देना ही होगा। अब अच्छी तरह एक खुराक देनी ही पड़ेगी ताकि जोड़ी-जोड़ी बँधे जाएँगे? सिर में इतना पित्त चढ़ गया था उनके, अपने बीच मारपीट तो हुई सो हुई, जो छुड़ाने गया उलटे उस पर भी चोट। बई बस एक ही बात समझता है—प्रतिहिंसा!

रवि ने मानो उसकी बात हँसी में टालकर कहा, "किसने तेरा नाम बई दिया

रे! तेरा नाम तो रखता निपट बाया (पगला)! गारे में पड़ने पर गारा लगेगा नहीं, आग में घुसोगे तो आँच आएगी नहीं, देह झुलसेगी नहीं, मारपीट के बीच खड़े होने पर चोट नहीं खाये, ऐसी देह रखनेवाला कौन बेटा है। हुआ सो हुआ। बुढ़िया औरतों की तरह हो-हो करने से क्या मिलेगा?"

बई को आश्चर्य हुआ। बोला, "क्या हुआ? क्या कहते हो बाबू! बट महान्ती का बेटा इतने बड़े गाँव में मार खा गया, मुकदमा नहीं चलेगा! किसी को कुछ नहीं होगा?"

सुभद्रापुर के लोग आ रहे हैं। उधर हाथ दिखाकर रवि ने कहा, "चुप, चुप, हल्ला मत कर।"

"हल्ला नहीं करूँ, क्या कहते हो!" बई मलिक ने कहा, "यह कोई मामूली बात है जो चुप रहूँगा। लोग मन-इच्छा पीटकर चले जाएँगे, दुष्टता करेंगे, और फिर चुपचाप घर चले जाएँगे, उनका कुछ होगा ही नहीं। तब तो यह धरती रहेगी नहीं। और यह पुलिस, कचहरी—ये सब क्यों हैं?"

रवि के स्वास्थ्य की खबर जानने और रात की घटना के बारे में उपाय करने के लिए सुभद्रापुर के पाँच आदमी आ पहुँचे हैं। वे लोग यह तर्क सुनने के लिए खड़े रह गये। उनकी ओर देख हँसकर रवि ने कहा, "पुलिस और कचहरी की दरकार है ऐसी मारपीट बन्द करने के लिए, यदि बन्द न करवा सके तो फिर वहाँ बाद में दौड़ने से क्या होगा! मुकदमेबाजी करने पर उलटे लोगों में गुस्सा बढ़ता है, मन की फाँक बढ़ती है, यह तो मानो फूँक-फूँककर आग जलाने की बात है। जिसने जो कार्य कर दिया वह खुद ही अपनी भूल समझेगा, कायल होगा। उसके मन में स्वतः अफसोस होगा; दोष को सुधारने के लिए। एक झूठी हो में पड़कर ऐसा हुआ। होना था सो हुआ, फिर क्या? कल का गुस्सा अब होगा? लोग समझ गये होंगे।"

"अरे! यह तो गाँधी महात्मा की बात कहते हो! तो क्या ऐसा ही होगा?" बई मलिक ने आपत्ति की।

"गाँधी महात्मा क्या बुरा कहते थे?"

सुभद्रापुर गाँव के लोगों ने बातों में भाग लेना चाहा। रात-भर की अनिद्रा के कारण सबकी आँखें लाल-लाल दिख रही थीं। जम्हाई लेते हुए शाम सान्त्रा ने कहा, "बड़े दुःख की बात है, बहुत संगीन मामला है, कल जो कुछ हो गया, उसे यों सहज ही उड़ाया नहीं जा सकता। भगवान् की दया से आप आज ठीक लगते हैं अगर कुछ हो जाता आपको तो? बाप रे, मार भी वैसी! कौन किसकी बात सुन रहा था? नशे में पागल की तरह बस चोट पर चोट! कितनी कठिनाई से उनके बीच से आपको खींच लाये, सो मन ही जानता है! उन्हें बरस-बरस भर का जेल न हुआ तो उन्हें शिक्षा कैसे मिलेगी? अरे, आजकल लोग क्या हो गये हैं, हर वर्ष भेलण पर मार-फौजदारी।..."

"फिर भी तो मेलण लगता है। लोगों की भीड़ उमड़ पड़ती है..." रवि ने कहा।

"मारपीट होगी इसलिए क्या मेलण न हो?" शाम सान्त्रा ने कहा, "यह तो आदमियों का काम नहीं, ठाकुरजी का काम है। लोग पागल होकर मार-फौजदारी करें तो क्या ठाकुरजी का नियम-पालन ही बन्द कर दें? लोग चाहे मरें, ठाकुरजी का क्या जाता है?"

"सच बात है, सच बात है!" अभि पधान ने कहा, "अपना कर्मफल आप ही भोगोगे बाबू! ठाकुर किसकी कितनी बात देखेंगे। उनका जाता कितना है, आता कितना? किस साल विमान के आगे-पीछे चलने की बात को लेकर मारपीट नहीं होती तो भी देखो मेलण साल की साल बढ़ता ही जा रहा है। केवल मेलण ही क्या, ये अपने गाँववालों की प्रदर्शनी, हाट-बाजार, सब। इस बरस दो दल मैजिक के आये थे, अच्छे पैसे कमा कर गये।"

सतुरी पट्टनायक ने कहा, "पैसे की क्या कहते हो? जुआ क्या कम..."

रवि को लग रहा था जैसे कोई जन-ताल तैयार हो रहा है उसकी आँखों के आगे। जो आता है वही इसमें कुछ डालना चाहता है। शाम सान्त्रा से लेकर गोपाल बढ़ई तक देखता गया। सूखे छरहरे छोटे से आदमी शाम सान्त्रा, खड़ी-खड़ी काली-भूरी मूँछों को छोड़ दें तो उस चेहरे का और कुछ याद नहीं रहता, अन्दर मिल जाने के बाद पहचानने लायक कुछ नहीं, फिर भी यह क्षीणकाय पुरुष सुभद्रापुर गाँव में एक बड़ा आदमी है, धार्मिक कामों का वह नेता है, मेलण या यात्रा या भागवत सप्ताह का पाठ—सब करानेवाला आदमी है वह। अभि पधान गंजे सिरवाले, लम्बे, गोरे खूब बूढ़े आदमी, दाँत नहीं, सिर हिलता है। सतुरी पट्टनायक पैंतालीस बरस के, चश्मा पहननेवाले, सेटलमेण्ट के आदमी, स्वभावतः काजल पुती जैसी उज्ज्वल आँखें, तीखा चेहरा, मुड़-मुड़कर मुँह बुद्धि और दम्भ का परिचय देता है, किन्तु उनके जराजीर्ण वेश और स्वास्थ्य में अभाव आँका हुआ है और सारे कार्यकारिता को चूडान्त प्रमाणित करने के लिए झूल रहा है एक प्रकाण्ड हाइड्रोसील, मानो उसी का बोझ सँभालना और लादे फिरना जीवन जीने में सबसे बड़ा कार्य है। इन लोगों के भाषण ही गाँव के लोगों को उद्‌बुद्ध करते हैं, इनके नेतृत्व में ही चलता है गाँव का वाहित पूर्व विधान, निर्दिष्ट गाँव के रास्ते पर।

मेलण की बात कहते-कहते ये लोग आने का उद्देश्य ही भूल गये। दूर से दिखा कोई पुलिस ए.एस.आई. आ रहे हैं, पोशाक पहने हाथ में छोटी-सी अस्थिर छड़ी, पीछे-पीछे आ रहे हैं बच्चे। आगे बढ़ उनके चलने के ढंग का अनुकरण कर वैसे ही हाथ हिलाते-हिलाते लम्बे डग भरते उनके पीछे-पीछे चलने से पुरखे लोग उन्हें धमका रहे हैं, उन पर बिगड़ते हैं, आँख दिखा रहे हैं।

पुलिस बाबू आ गये। रवि के सामने खड़े हो सिर हिला-हिलाकर कहने लगे, "कौन बाबू कल मार खाये हैं? ओह, आप ही तो!" जेब से एक टीपनेवाला खाता

निकाला, और एक पेंसिल। कहा, "बताते जाइए, आपका नाम क्या है?" चारों ओर लोग जमा होकर घेरने लगे। रवि के कुछ कहने से पहले ही शाम सान्त्रा बोल उठे, "कल इन्हें मार ही डालते। हम लोगों ने जाकर छुड़ा लिया, नहीं तो आप आज खूनी मुकदमे की इनक्वायरी करते। मार पड़ रही थी, लाठियाँ बरस रही थीं, हम लोगों ने जाकर इन्हें अधर में ही उठा लिया और खींच लाये।"

भीड़ के पीछे से राधु भोई ने कुशुन ओझा से कहा, "क्यों, ये कहाँ थे वहाँ जो कह रहे हैं कि अधर में ही उठा लाये।"

अभि पधान ने कहा, "पीछे-पीछे मैं दौड़ रहा था, हाथ उठाकर जितना भी मना किया, किसी ने सुना! हाथ पर चोट पड़ ही जाती, बस बाल-बाल बच गया।"

पीछे से कुशुन ओझा ने राधु भोई से कहा, "फिर ये बूढ़े भी थे! कहेंगे क्यों नहीं? कलजुग के जवान ठहरे!"

गरज उठे सतुरी पट्टनायक, "इन दोनों बूढ़ों को भी मार डालते, बस आगे मैं था, नहीं तो। ये देखिए, इस तरह इनके आगे खड़ा हो गया दोनों हाथ दोनों तरफ फैला, पैर पसारकर खड़ा हो गया—रास्ता था नहीं, पीछे ये लोग इन्हें ला रहे हैं आगे यों सिर में पीटा-पीटी धक्कम-धक्की करता रास्ता बनाता लेकर चला। नहीं तो...!"

पीछे-पीछे से हँसी की धूम लगायी राधु और कुशुन ने। पुलिस बाबू ने सतुरी पट्टनायक के निचले आधे भाग पर आँख फिरायी और हँस पड़े। इसके बाद गम्भीरता नष्ट होने के सम्बन्ध में चेतना आयी, सबको चुप रहने को कहकर वे बोले, "ठहरें, पूछा जा रहा है, वे ही कहें।" रवि से पूछा गया—"क्या हुआ?"

उत्तर सरल था, वह मुकदमा नहीं करेगा, साखी देगा नहीं, उसका किसी के विरुद्ध कोई अभियोग नहीं।

"आप पीछे क्यों हट रहे हैं?" पुलिस बाबू ने पूछा, "मार तो खायी, सरकार मुकदमा करेगी, आप तनिक सहायता नहीं करेंगे? आपके सरीखे शिक्षित लोग भी अगर पीछे हटें, तब इन देहातियों को क्या कहेंगे? आप क्यों डर रहे हैं?"

सबने इस बात का समर्थन किया, बई मलिक ने भी अवसर जानकर कहा, "बोलो, बाबू इसी समय। जो पूछ रहे हैं, बता दो।"

रवि ने उत्तर दिया, "जी मैं न तो डर रहा हूँ और न पीछे हट रहा हूँ, मेरा इस मुकदमेबाजीवाली बात पर बिलकुल विश्वास नहीं।"

"तो क्या आप इस देश से बाहर हैं?"

"आप जो चाहे सोचें...।"

"तब तो बात कुछ और ही हो गयी। आपको भी मेलण में दंगाइयों के साथ जोड़कर फिर आपके विरुद्ध मुकदमा करना होगा—बात को जरा गहराई से सोचें।"

"आप अपने विचार से जो करें।"

“नहीं, आप ऐसा न कहें, बात पर दुबारा गौर करें, मुकदमा करने पर आप होते प्रधान साखी, झगड़ा रोकने पहले आप पहुँचे। कौन-कौन मारपीट कर रहे थे—आपने देखा, खुद उनसे मार खायी, हम सारी बातें जानते हैं। अभी किसी कारण से आप एकदम उलट गये। मुकदमा होने के आप हिमायती नहीं, सम्भवतः उलटे मदद करेंगे। इधर मुकदमा न होने पर लोग क्या सोचेंगे? कहेंगे इतनी बड़ी वारदात हो गयी, पुलिस ने कुछ नहीं किया।”

“मारपीट तो हो चुकी, पुलिस अब क्या करेगी?”

“क्या? चोरी न रोकी जा सकी तो क्या चोर को दण्ड नहीं दिया जाएगा? यह भी तो पुलिस का काम है। जो हो आप जब विरोधी बन रहे हैं, आपके खिलाफ मुकदमा तो करना ही पड़ेगा।”

“कीजिए आप जो करेंगे वही होगा।”

“केवल इतना ही नहीं। हमने आपके बारे में सारी खबरें रखी हैं। आप किस घराने के आदमी, फिर मुंशीजी कवि बाबू के भाई, इसके बावजूद सारी परम्परा छोड़ चाकरी-वाकरी न कर आपने लोगों को बहकाकर इस इलाके में एक गोलमाल शुरू कर दी...”

“गोलमाल?”

“नहीं तो और क्या? लोग अगर पैरों से चलते हैं, आप उन्हें बताते हैं—हाथों के बल चलो।”

“आप उलटा समझ रहे हैं जी, किसी दिन हमारे यहाँ आइए, अपनी आँखों सब कुछ देखेंगे। लोग हाथों से चलकर हाथ और पैर दोनों नष्ट कर रहे हैं। हम उन्हें कहते हैं पैरों से चलो, हाथों से काम करो।”

“ऐसा कहने का क्या अधिकार है आपको? सोची है कभी यह बात? हमारा यह एक स्वाधीन राष्ट्र है, स्वाधीनता का क्या अर्थ है? जिसे जो अच्छा दिखा उसने वही किया, किसी का दूसरे पर अपना मत लादना ठीक नहीं।”

“चोर को अच्छा लगता है, वह चोरी करता है, तब आप उसका पीछा कर उसे क्यों पकड़ते हैं?”

“चोर की बात अलग है। और हम भी क्या यों ही पकड़ते हैं? हम पकड़ते हैं इसलिए कि हमारा अधिकार है।”

“वैसे देश के लोगों के लिए क्या भला, क्या बुरा, इसे तौल कर देखने में सहायता करने का अधिकार सबका है, मेरा भी है। मैं जो करता हूँ वह लोगों के हित के लिए...”

“इसीलिए तो लोग जाकर पुलिस की शरण में पड़ते हैं! आप पाँच का भला सोचते हैं तो पचास उसे अहित मानते हैं। वे लोग तो डर गये हैं कि उनके मजूरे हलवाहे भाग जाएँगे, उनकी जमीन भूत खाएँगे, उनका धन-जीवन खतरे में है।

बताइए, ऐसे भले की क्या जरूरत है? आपका हित का काम देख लोगों की नींद हराम हो गयी।"

"कोई इस तरह झूठे ही डरे तो क्या आदमी भले काम से पीछे हट जाय?"

"आपकी इच्छा। आप न हट सकते हैं, लोगों के डर-भय को झूठी डर कहकर ताली बजाकर उड़ा सकते हैं, पर हम तो ऐसा नहीं करेंगे। लोग डरेंगे तो हमें कुछ करना ही पड़ेगा, हमें देखना ही पड़ेगा कि लोगों के डर का कारण न रहे। हाँ, आपको झूठमूठ हैरान होना पड़ेगा! अतः पहले ही कहे देता हूँ..."

"आपने बहुत अच्छा किया।" रवि ने कहा, "आप अपना जो कर्तव्य समझें वह तो करें ही। परन्तु मैं समझता हूँ। मैं जो कर रहा हूँ सबके भले के लिए।"

"तो आप क्या कहते हैं? यह जो गोलमाल हो गयी, उसमें साखी देंगे या नहीं?"

"नहीं।"

पुलिस बाबू ने खीझकर कहा, "ठीक है आपकी जैसी मरजी, युग तो बदल गया। नहीं तो इतनी बातें कहने की दरकार ही नहीं पड़ती। कपूर उड़कर बस कपड़ा रह गया है, काम के दिन पूरे होकर बातें करने के दिन आ गये, नहीं तो अब–चोर को भी बुला कुरसी-चाय देकर बैठाना पड़ेगा, और कहना पड़ेगा–'जी, आपने चोरी की है?' 'नहीं।' तब आप घर पधारें, व्यर्थ कष्ट दिया, माफ करें।"

लोगों के आगे अपनी टेक बनाये रखने के लिए एक विवृति देकर पुलिस बाबू ने विदा ली।

गाँव की भीड़ पुलिस बाबू के पीछे-पीछे चली गयी, परन्तु जमकर रह गये राधु भोई, कुशुन ओझा, नुखुरा मलिक, अदेई साहू, भिकारी महान्ती, धोबेई मिश्र।

धोबेई मिश्र बोले, "सुनी तो सारी बातें, गोलमाल के समय इनमें से कोई न था। आप जब गिर पड़े और चोट पर चोट पड़ने लगी तो पीछे से अन्दर घुसा यह राधु भोई, कुशुन ओझा, नुखुरा मलिक, पीठ पर नीला दाग भी होगा। दिखाना तो नुखुरा।"

नुखुरा हँस पड़ा। कहा, "रहने दो बाबू, बीती बात जाने दें, काम तो हो ही गया, नील सहलाकर अब क्या होगा? जो हो, मार तो खा ही गये बाबू। जीवन का मोह छोड़कर झगड़ा मिटाने गये, और कोई निकला भी?"

रवि नुखुरा मलिक की ओर देखता रह गया, काले पत्थर की तरह फूला-फूला कद्दावर जवान, माथे के बाल फर-फर उड़ रहे हैं। शान्त और लजीली आँखें नीचे की ओर झुकी हैं! उसे बहादुरी की प्रशंसा नहीं चाहिए।

राधु भोई ने कहा, "हमारा नाम लेते हो। तुमने तो बाबू कुछ कम नहीं किया, सब मिलकर खींच लाये, औषध लगा कपड़ा बाँधकर बिछौना लगा दिया–हमसे मोटा काम ही होगा तो, बुद्धिवाले काम में हमारा मगज कहाँ? ये भिकारी बाबू कुछ नहीं

कहते। कैसे दवा आएगी, रक्त बन्द होगा–तब तो पागल हो गये थे। काम का आदमी–कैसे चुप रहता।"

भिकारी महान्ती, फुनसियों से भरा चेहरा, छरहरे आदमी। धीमे-धीमे हँस रहे थे। अदेई साहू बोले, "सारी बात तो हुई, अब कैसा लग रहा है, सो तो नहीं कहा..."

रवि ने कहा, "अच्छा है।"

एक के बाद दूसरे की ओर देखते हुए रवि ने मौन कृतज्ञता जतायी। बई मलिक से कहा, "देखता है तो बई सब गाँवों में आदमी हैं। भविष्य में अगर कुछ करेंगे तो ये ही आदमी कर सकेंगे।"

सोचने लगा, भारत वीर शून्य नहीं हुआ, कोई देश वीर शून्य नहीं है, लेकिन बात यह है कि भविष्य का वीर आज का चासी, मजूर, निर्धन, अर्ध-शिक्षित कुली है। वह खुद को नहीं पहचानता, अपने बल से अनजान है।

भिकारी महान्ती बोले, "आपके काम के बारे में हमने सुना है। हमारे गाँव में भी हम कुछ करना चाहते हैं। क्या करें, बाधाएँ बहुत हैं। लोगों में दरारें हैं। पेट के धन्धे में ही तो बहुत समय चला जाता है और दूसरी बात सोचते समय सिर में झाँय-झाँय होती है, देह दुर्बल लगती है, समझाने पर समझ जाएँगे ये लोग, पर वह दो दिन के लिए, फिर मुँह मोड़कर अपने-अपने घर में सोएँगे। इतना घर-घर में घुसकर खींचेगा कौन?"

रवि ने कहा, "तो फिर आप लोग आशा न छोड़ें, फिर लग पड़ें।"

भिकारी ने कहा, "हमने आपकी योजना के बारे में सुना है। हमने सोचा, हममें से दो जने वहाँ जाकर काम में सहायता करें। सीखेंगे भी।"

रवि हँस पड़ा, "वह तो अच्छा होता। सिखाने लायक हमारे पास कुछ है नहीं परन्तु आदमियों का बल चाहिए, बहुत अधिक।"

अदेई साहू बोले, "आपने मुकदमा न करने के बारे में जो कहा, वह सुनकर हम लोगों का तो पेट ही भर गया। अपना कलह आपस में ही सुलझा लें। यह तो भाई-भाई का कलह है, इसके लिए फिर मुकदमेबाजी क्या? सँभालने के लिए बहुत बल, बहुत हिकमत चाहिए, गुस्से में भरकर कूद पड़ना सहज है। पर आदमी की रक्त-मांस की ही तो देह है, चिकोटी काटने पर दर्द होता ही है, और अधिक क्या कहें? ये देखें, नुखुरा मलिक की बात, किसी को चूँ तक नहीं कहेगा। गये साल हमारे गाँव के एक जमींदार बुद्धिनाथ महापात्र को घर पर दरकार हुई तो इसे दो महीने चाकर रखा, पैसे माँगने पर दुत्कार-दुत्कार कर सतरह बार भगा दिया। और फिर एक दिन जैसे ही जाकर माँगा कि बुद्धिनाथ ने अपने दरवाजे पर ही उसे गाली दी, फजीहत कर थप्पड़ लगा ही दी। नुखुरा को गुस्सा आ गया। स्थान-काल भूलकर बाहर खड़ा हो गया। जी भर गालियाँ तो दी ही, एक लाठी लेकर बुद्धिनाथ के दरवाजे पर खड़ा रहा दिन भर..."

नुखुरा लजाता-लजाता-सा हँस पड़ा, "क्या करूँ बाबू, देह में चुभ गयी, आतमा अथिर हो गयी। पागल हो गया।"

धोबेई मिश्र बोले, "छोड़िए, लोगों का चरित्र तो ऐसा है, इसमें जो काम भी शुरू करेंगे, आधे में ही भण्डूर होगा या नहीं?"

रवि ने कहा, "उसका कारण क्या है, जानते हैं? हम अवस्था बदले बिना एक-एक काम में हाथ देते हैं तो सब फिस्स हो जाता है। हम ऐसा समाज गढ़ें जहाँ बुद्धिनाथ महापात्र रहकर भी नुखुरा मलिक के तिलक न चाट जायँ या नुखुरा को बुद्धिनाथ के पास हाथ जोड़ खड़े होने को न जाना पड़े। सब किया जा सकेगा। गढ़ना पड़ेगा शुरू से, हमें अपने काम में अपना विश्वास कायम रखना होगा, परिश्रम करना होगा। लोग कहेंगे इतने दिन हो गये, उतने दिन बीत गये, जितने दिन जाएँ जाने दो, मानव-जाति की उमर की तुलना में कुछ बरस कोई अधिक होते हैं?"

बिलकुल सरल भाव से कुछेक बातें कहकर ही सबकी आँखों के आगे एक सपना-सा लाकर खड़ा कर दिया। सब चुप होकर दूर कहीं देखने लगे। उस सुबह की वेला ने अचानक अपने आपको फेंककर मानो दिखा दी कोई अनागत उषा।

चुपचाप उस उषा को देख रहे थे वे सात आदमी। उड़ीसा के एक निपट देहात की पाठशाला के दरवाजे पर। उसकी भीत से माटी जगह-जगह उतर गयी है, छान टूटी-फूटी। सामने बाँस का एक वन है और सिवार से भरा एक पोखर। एक के माथे पर पट्टी बँधी है, एक ने बण्डी पहन रखी है, एक की छाती पर सफेद जनेऊ, एक की काँख तले बटुवा, और एक की कमर में, और एक के कन्धे पर लाल गमछा।

वे दूर देख रहे थे।

धरती पर कहीं भी, कितनी दूर पर भी जो देख रहे हैं इस उषा को, वे सब उस नये यौवन में उल्लसित हैं, नये युग के कारीगर हैं। अँगरेज, अमेरिकन, नीग्रो, चीनी, रूसी, तुर्क...कितने ही। अचानक रवि मानो इस एकता का अनुभव कर रहा था, हँसकर कहा, "हम भी मेलण करेंगे, वह होगा एक विराट् मेलण।"

मेलण के दूसरे दिन बड़ी तड़के पाटेली गाँव में नहाने के घाट पर गाँव की स्त्रियों के बीच कहीं-न-कहीं से आकर बात पड़ी, और चारों ओर फैल गयी—"मर गया—मर गया!"

'मर गया, मर गया!' की बोली सुनते ही सब चौंककर देखने लगीं, नदी के बीच की भीड़ की ओर। कुछ दौड़ पड़ीं उधर, कुछ प्रतीक्षा करने लगीं।

खबर बँटी—जा, कोई डूब कर मरा नहीं, कोई मगरमच्छ के जबड़े में नहीं आया, बच गये। आगे-पीछे सब चैन की साँस ले रही थीं—किसी पर आशु विपद् नहीं थी, किसी की आशु क्षति नहीं, बस केवल मेलण के मैदान में मारपीट में पड़कर

बट महान्ती का बेटा मर गया! पराया बेटा मरा—रोग बाहर ही बाहर कट गया।

इसके बाद—"अहा—चु-चु" और अचानक गेल्ही की माँ ने नकली रुलाई का स्वर भरकर आवाज छेड़ी—

"पर इससे क्या, वह तो मरा सो मरा, औरों का क्या गया। बस इस गाँव में एक का भाग्य फूटा, उसकी आशा के मुँह में विधाता ने लुआठी दे दी, आह रे विधाता! तू इतना निष्ठुर हुआ, भात में धूल भर दिया!"

कई एक हँस पड़ीं। कुछेक ने पूछा, "किसका भाग्य फूटा, ऐ जीजी? कौन है री? बात क्या है कहती नहीं? बस केवल विधाता को बुलाने से हम क्या समझेंगी?"

"मुई, यह बात, किसे नहीं मालूम जो केवल गेल्ही की माँ ही कहनेवाली बनेगी?" गेल्ही की माँ ने कहा।

आठ बच्चों की माँ, जग की माँ सिर नीचा किये नहा रही थी, गेल्ही की माँ की बात का मतलब मानो उनके हाड़ से मांस नोच रहा हो। अचानक गेल्ही की माँ की ओर मुँह उठाया—बड़ा गोल चेहरा, माथे पर चमकता सिन्दूर थोड़ा-सा, नाक पर एक बड़ा फूल; देवी की मूर्ति की तरह काली चमकती काया। जग की माँ गेल्ही की माँ की ओर ताककर कहने लगी, "मरा तो किसका क्या गया, तुम कह रही हो छोटी काकी! उसके क्या माँ-बाप नहीं हैं? लोगों के मुँह में विधाता ने हमदरदी की बात कैसे नहीं दी? खाली माटी के लोंदे गढ़ दिये, जीव नहीं भरा?"

आदमी के बिलकुल भले गुण पर, मानो लोहे पर हथौड़ी की तरह बात ठाँय-ठाँय गिर पड़ी। जग की माँ के चारों ओर सहानुभूति की गूँज उठी—"अहा—आहा—सच री, विधाता कितना निष्ठुर है! कच्चे आम के गाछ को हवा में तोड़ने में उसे अधिक आनन्द आता है!"

गेल्ही की माँ के दोनों गाल गरम हो गये, फिर खुद को सँभालकर बोली, "ये आहा-पद तेरी ही जीभ से चिपका है री नयी बहू! तू कैसे जानेगी री! षष्ठी देवी ने दोनों हाथ पसार तुझ पर उँड़ेल दिया है। मैं अभागन हूँ, गेल्ही से बड़े दो और उसके पीछे के दो को यम को सौंप चुकी हूँ। ऐसे सगे-सगे चार गये, और उनमें से यह छोकरी की जात कैसे रह गयी पता नहीं! अरी, मैं तो जनम की दुखियारी हूँ री!"

इतने में ही मानो गेल्ही की माँ का सारा परिचय सामने आ गया—वह क्या है, क्यों है, कैसी है? सब कुछ।

अबकी सहानुभूति मुड़ी गेल्ही की माँ की ओर। जग की माँ ने पानी में डुबकी लगायी, धीरे-धीरे फिर कानाफूसी होने लगी।

गेल्ही की माँ की सहज दुनिया लौट आयी। कन की माँ ने उसके कान के पास धीरे से कहा, "जाते समय जरा उधर भी मुँह मारती जाना, ऐ जीजी! जानते होंगे भी कि नहीं।"

उसके कुछ समय बाद गेल्ही की माँ अचानक पहुँच गयी गुरु की माँ के दरवाजे पर, ठीक सहजन के तले, डीह की बाड़ी से पोई के पत्ते तोड़ झोले में डालकर छवि दरवाजा पार कर रसोई में जा रही थी, चौंककर तनिक रुक गयी। फिर माँ को बताने चली गयी, और गेल्ही की माँ कुटिल हँसी हँसकर जोर-जोर से कहने लगी—"अच्छा, आज पोई-चिंगड़ी की तरकारी बना रही हो? बनाओ। जी भरकर पेट भर मछली खाओ। पास आ जाने पर कहीं भाग न देना पड़े! अरी, हमारी अब कोई उमर है, भाग लेकर हजम करने की? छिः छिः। अरी कहाँ गयी, गुरु की माँ, छवि की माँ? कहाँ गयीं सब?"

हल्ला सुनकर गुरु आकर खड़ा हो गया। पीछे-पीछे उसकी माँ। जैसे उसके मुँह का स्वाद बिगड़ गया हो!

आगे-आगे रास्ता दिखाती गुरु की माँ बढ़ी। बरामदे की ओर जाते-जाते गेल्ही की माँ कहने लगी, "जा रही थी, सोचा जरा इधर ही मुँह मारती चलूँ। दोल की हुज्जत में गाँव सारा सिर पर उठा रखा, और कहीं बाहर निकल ही न सकी! जो कलह-झगड़ा! जो नवरंग! मुये आदमी ऐसे! केवल सतभाया बड़े बन्दर की तरह! जरा-सी बात पर इतने उछले कि अभी भी नगाड़े बज रहे हैं!"

"क्या हुआ, री!" गुरु की माँ ने पूछा।

"अरी सुना नहीं कुछ?" गेल्ही की माँ बोली। छवि के घर का बरामदा आ गया था। छवि की माँ दिख पड़ी। गेल्ही की माँ ने आवाज दी—"अरी ओ, रहने दो, रहने दो चटाई क्या होगी बैठो न!" रसोई में छवि छौंक रही थी, हाँड़ी की खड़खड़ाहट सुनाई पड़ रही है। गेल्ही की माँ कहती गयी—"आदमियों का गुस्सा ही तो है, गुस्सा आने पर कोई वश रहता है? बहुत लोग जहाँ जुटें, कलह वहाँ उपजेगा! पहले तो बदा-बदी की, फिर गाली-गलौज के बाद गये थे ही, गुस्से का पित्त माथे में चढ़ा हुआ था, बस भिड़ पड़े, और क्या? अब क्या हुआ! घर-घर का किवाड़ बन्द। कोई पुराना अण्डी तेल मल रहा है तो कोई हलदी-चूने का लेप कर रहा है, कोई घास-चीनी मिला कर लगा रहा है, कोई कपड़ा जलाकर फूटे माथे को जोड़ रहा है। घर-घर में यही चल रहा है। भले-रे-भले, तुम आपस में झगड़कर सुभद्रापुर मेलण के मैदान में रक्त की नदी बहा आये, उस बेचारे बन्धमूल वाले बट महान्ती के लड़के ने तुम्हारा क्या कसूर किया था जो उस पर मार बरसायी; सब तो जैसे-तैसे लूले-लँगड़े होकर लौट आये, वह तो उठ भी न सका। वहीं उसके दिन पूरे हो गये। जो मार पड़ी!" गेल्ही की माँ ने आँखें मींच लीं, "ओ—हो! गाय-गोरू की तरह पीट डाला, उस मार से क्या आदमी और खड़ा हो सकता है! ओफ़्! बेचारा, कितना सुन्दर गबरू जवान बेटा था, मर—ही—गया!"

गुरु की माँ चौंककर बिलबिला उठी, "ऐं? मर गया! किसने मारा?"

"किसने मारा, वहाँ कौन देखने बैठा था! अरी छवि किधर गयी री! एक पान

का टुकड़ा ही देती जाना तो, मुँह कैसा-कैसा तो हो रहा है! यह आग लगी खबर सुनी तब से मन में जैसे कुछ चुभ गया है और जीभ सूख-सूख जा रही है।"

गेल्ही की माँ ठीक कान लगाये थी, रसोई में जो हाँड़ी की खड़खड़ाहट लगी हुई थी उनकी बात के बीच में ही वह खड़खड़ाहट बन्द हो गयी है। छवि सुन रही है। छवि का चेहरा यदि देखा जा सका तो गाँव में और भी संवाद बाँटा जा सकेगा।

किन्तु छवि की माँ फों से साँस छोड़कर उठ खड़ी हुई। बोली, "ठहर, ठहर, मैं पान का डब्बा लाती हूँ।"

पान का डब्बा आया। छवि की माँ बातों के बीच में ही पान लगाने बैठी, किन्तु छवि आयी नहीं। गेल्ही की माँ छवि की माँ के चेहरे की ओर कटकटाती ताकती रही, बेटी का न सही माँ का ही हावभाव निरखकर बाहर हाँकने के लिए कहीं कुछ मिल जाय! परन्तु वहाँ खास कुछ न था, मानो इतनी बड़ी घटना के बारे में जानने-बूझने के लिए भी उनका कोई आग्रह नहीं। कुछ क्षण रुकने के बाद रसोई में फिर खुड़-खाड़ धड़-धाड़ सुनाई पड़ा। रसोई करते आदमी के हाथ की साधारण आवाज, और कितनी ही खस-खास चे-चाँ। यह क्या सुनाई पड़ रहा है? नाक की सूँ-सूँ सड़-सड़ होगी शायद! गेल्ही की माँ ने उत्सुकता से कान लगाये, पर कहाँ, वैसी तो कोई आवाज नहीं। छवि बैठी है अपने अँधेरे दुर्ग के भीतर!

"क्या ऐसी रसोई से चिपटी है री छवि!" गेल्ही की माँ ने कहा, "बाहर आकर जरा बात-चीत कर। कुछ नहीं, बस सदा केवल काम ही काम!"

"हाँ, बाचतीच क्यों नहीं करेगी, पर यहाँ किससे बतियाए? साथिन सहेली कोई हो तब तो!"

"अच्छा, मैं चलती हूँ, अब।" गेल्ही की माँ ने कहा, "सच री मुझे तो खयाल ही न रहा, तुम्हारे घर आते ही यह माथा लग जाती है। उधर घर पर मेरे सतरह काम पड़े हैं! आखिर अनहोनी ने फिर एक चोट मारी! आह! कितना सुन्दर सजीला जवान! मार डाला! कितना सलोना बेटा! उस बार तुम्हारे ही घर आया था तब देखा था। मरने के लिए ही ऐसा हुआ था!"

छवि की माँ सचमुच मानो पथरीली दीवार बनी हुई थी। बातें टकराकर प्रतिध्वनि करती हुई लौट आयीं, "हूँ, जिसका जब योग पड़ता है! तुम्हारे जो चार थे दूध के दाँतवाले ही तो थे, उस लोक को चले गये, उनकी कोई मरने की उमर हुई थी!"

गेल्ही की माँ को अचानक वे याद आ गये। किसी-न-किसी बात में आज सुबह से वे याद आ रहे हैं।

वह रुलाने आयी थी, रुआँसा मुँह लिये लौट गयी।

छवि की माँ ने आवाज दी–"छवि!"

छवि मुँह झुकाये आकर पीठ किये खड़ी हो गयी। उठकर बेटी का सिर

सहलाकर बोली, "पगली कहीं की।" उस मरम छूनेवाले नरम स्पर्श से छवि की आँखों से बेर की तरह आँसू झर गये। छवि की माँ ने फिर कहा, "छिः पगली!" आहिस्ते से रसोई की देहरी की ओर धकेलकर कहा, "जा देख, कुछ जला जा रहा है? अरी, जीवन भर हाथ से काम करना है, उधर यम खींचता है, इधर काम खींचता है। बैठे-बैठे पगली होने की किसे फुरसत मिलती है?"

किन्तु उसने कोई उपदेश देने की चेष्टा नहीं की, उठकर बाड़ी की ओर चल पड़ी।

जितना भी छुपाये, अपने-आप पहचान में आ ही जाता है। धीरे-धीरे अन्तर में से बहकर सामने ढेर हो जाता है भीतर का कठोर सत्य, उपरोध रहता नहीं। चाहे देह न सह सके, मन चाहे न सह सके, निर्मम भाव से इन्द्रियों पर प्रचण्ड आघात कर वह आत्मप्रकाश करता है। इसके बाद हाथ चाहे जले पर उसे छूना ही पड़ेगा; आँखें चाहे जलें उसे देखना ही पड़ेगा। मन जल जाय, देह विवर्ण होती हो, फिर भी उसे ग्रहण करना ही पड़ेगा।

छवि के आँसुओं में तैरता-तैरता, मन के अँधेरे गह्वर से प्रकाश में आया था—एक शव। वह रवि का था।

रवि मरा है!

रह-रहकर ढणंढणं घण्टा बजने की तरह संवाद बज उठता। बजते घण्टे की तरह चेतना झनझना उठती। शब्दों की लहरें होतीं छोटी से और छोटी, क्षीण से क्षीण। पारी सँभालने की तरह कहाँ कितने पात्रों की झण् झण् सुनाई पड़ती, कितनी अवान्तर स्मृतियाँ, बाहर असंश्लिष्ट, पर किस गोपन डोर से एक साथ गुँथी-बँधी।

चेतना के अवश व्यवधान के बीच बिखरी-बिखरी यादें आ रही हैं—कितनी अनचाही बातें। हाथों से भगाने पर भी मच्छरों के दल की तरह घाँव-घाँव कर बढ़ आती हैं। मंच पर तेलंगी बाजा बज रहा था...तड़गड़ उँ उँ उँ—तरगड़ उँ उँ उँ—टिं-टां ...तरगड़—टिं टां—तरगड़ उँ-उँ-उँ...बरसात की रात में माँ के पेट में सिर छुपाये कभी सो गयी थी...पिता कभी गुस्सा हुए थे, हाथ में थी एक बेंत, चेहरा एकदम क्रूर दिख रहा था, फिर भी इस तरह बेंत हाथ में लिये गुस्से से दाँत कटकटाती हुई अवस्था में...सोचकर कितना अच्छा लगता।...मार खाये बच्चे याद आ रहे हैं, सारी देह में लकीरें...मशाल बुझ रही है—जल रही है, दारिया नाई मशाल पर तेल डाल रहा है ...रो पड़ते हैं कितने ही लोग, सारा जगत् चीत्कार का समुद्र...हवा आ रही है। घने पेड़ों के बेशुमार पत्ते उड़े जा रहे हैं...फिर भी पत्तों का उड़ना जारी है, पेड़ों को सूना करते हुए...सनसनाते हुए वे निकले जा रहे हैं...उसके अपने सिर में कुछ हो रहा है, पेट के नीचे कुछ दब-दबकर मुड़ता-तुड़ता जा रहा है...रात हो गयी, झिल्ली चीख रही है...रवि मर गया, सिर चकरा रहा है, जिधर देखो केवल टिमटिमाते जुगनू ही जुगनू...।

कौन है वह? उसका क्या लगता है? दुःख करते-करते रवि मानो दूर होता जा रहा है। वह स्वयं दूर हो रही है, निःसहाय, एकदम सूनी अकेली लड़की, कितनी दुर्बल!–अपने से निकलकर वह दुर्बलता उसके चारों ओर सृष्टि कर रही है अथाह सागर, जो भयंकर हैं। उसी के बीच वह ऊब-डूब होती स्वयं एक छोटा-सा द्वीप है। उसी दूरी से, उसी दुर्बलता से, उसी भीति से उपजता एक प्रश्न–कि रवि उसका कौन है? गुस्सा आता–वह क्यों मरा? असमर्थता प्रश्न पूछती। अपने खुद से लिपटा भीरु व्यक्तित्व दूसरे पर नशे के बल के सहारे आत्मविश्वास गढ़ने की चेष्टा करता। रवि उसका कौन है? फिर कितने दिन का देखा-चाहा, जाना-सुना? जो उसका कोई नहीं, उसके प्रति व्यर्थ ही, झूठी माया। वह फिर रो रही है! सहम कर उस 'कोई नहीं' पर विचार-बुद्धि ढाल देती। अब की बार वह स्पष्ट दिख जाता है। वही पहला दिन। फिर और एक बार। वहाँ उसका ब्याह-सम्बन्ध टूट गया है, ऐसे कितनी ही जगह पड़ता है, कितनी जगह टूटता है। ऐसे कितने लोगों को आदमी देखता है, जुड़ता तो नहीं! ऐसे भेंट हो, सहारे से अपने-अपने रास्ते चले जाएँ–यही तो संसार है, जल्दी-जल्दी अनेक लोगों का केवल इधर-उधर चले जाना। उसी भेंट की घड़ी में एक का तेज दूसरे पर पड़ता है। आदमी जो देखता है, कहता है–सब मेरा है, सब मेरा है। यह माटी, यह घर, यह आकाश, यहाँ तक कि यह धूप, यह दिन, यह समय–सब मेरा है। झूठी बात है–कोई किसी का नहीं। कुछ भी किसी का नहीं–माया की कुहेलिका। पिता भागवत पढ़कर समझाया करते थे।

'कुछ नहीं' कह देने की तरह माया का कोहरा उठकर शास्त्र के बुने तर्कों का जाल तोड़कर खड़ा हुआ–विश्वास से गढ़ा, वही पराया, अपना होकर। माया पर अपने चित्र ने अपना प्रतिरूप उपजाकर कभी बीज रोपे थे कितने दिनों की कितनी कल्पनाओं ने वहाँ पानी छिड़का। अपना प्रतिरूप वहाँ गाछ हो गया है, वह अपने व्यक्तित्व का दूसरा फलक है, इच्छा-स्वप्न सब मिलकर तिल-तिल होकर गढ़े गये हैं; वही है वह, वहाँ आँखों से देखकर सम्बन्ध जोड़ने का प्रयोजन नहीं होता। दूरी के साथ, सम्बन्ध न रख परिचय हुआ है, घटना के साथ सम्बन्ध न रख विश्वास ही विश्वास में गढ़ा गया है सम्भावना के विषय में एक ध्रुवत्व।

आज सब ढह गया है।

रवि मर गया है।

दैहिक प्रकृति की सान्त्वना के लिए आँसू बहे। कितनी देर बाद याद आया, ऐसी क्यों वह पागल-सी हो रही है! माँ क्या सोचती होंगी? रसोई आधे में ही रुक गयी है! सिर उठाकर तिरछे देखा, माँ झुकी हुई रसोई में लगी हुई है। बाहर के मेघों को अन्दर धकेलकर छवि ने संयत होने की चेष्टा की।

और ठीक इसी समय आ पहुँचे बापू, एक हाथ में अधसेरी रोहू, और दूसरे

में कुछेक सहजन की फलियाँ। एक बार आँखें घुमाकर छवि की ओर देखा। पूछा, "छवि को क्या हुआ है?"

छवि चौंक पड़ी। कहाँ से तो आ गयी लाज। ओट में जाकर रगड़-रगड़ मुँह पोंछा। फिर लौट आया तूफान। मुँह खोलकर धारा बह निकली। पल्लू में मुँह ढाँप कन्धों को झकझोरती वह टाल गयी।

"कुछ कहा नहीं?" सिन्धु चौधरी ने फिर स्त्री से पूछा। छवि की माँ ने उनके चेहरे की ओर देखा। कितनी कुछ घुली-मिली विचित्र दिख रही थी वह दृष्टि। दुःख, निराश्रयता, तिरस्कार, अपमान और सबसे ऊपर वही भाव, जो केवल किसी के मरण के सान्निध्य में ही चेहरे पर आता है, उसका वर्णन नहीं। कहा, "क्या पूछ रहे हो?"

"छवि को क्या हुआ?"

"और क्या होगा? कुछ नहीं तो। अरी छवि!...घर में कुछ कर रही होगी।"

"अच्छा लो, यह मछली रखो।"

छवि की माँ ने मछली और फली लेकर जाते-जाते दूसरी ओर मुँह फेरकर कहा, "हाँ, सुन लिया! गेल्ही की माँ आयी थी। कहा, सुभद्रापुर के मेलण में मारपीट हुई, जहाँ बीच-बचाव करते हुए बन्धमूलवाले बट महान्ती का बेटा रवि मारा गया। आया था न, कितना भला लड़का था! क्या समय आया, देखो!"

कुछ 'खें' जैसा घर के अन्दर से सुनाई पड़ा मानो किसी की रुँधी हुई हूक हो। सिन्धु चौधरी का ध्यान उधर चला गया। स्त्री उन्हें सीधे देख रही है, उनकी आँखों में भी उसी रुँधी रुलाई की छाया है, आँसू झिलमिला रहे हैं। सम्बन्ध फिर आया था, उन्होंने ही तो मना कर दिया था। मानो उनके विरुद्ध ही अभियोग हो रहा है।

उत्तेजित होकर वे चीख उठे, "कौन है जो उस पराये बेटे के नाम पर इतना बड़ा झूठ कह रहा है? उस बेचारे ने किसी का क्या अनिष्ट किया! झूठ-झूठ, एकदम सफेद झूठ है यह सब! ऐसा काम कर दिखाया उसने कि चारों ओर धन्य-धन्य हो रहा है! कितने लोग जा रहे हैं उसे केवल देखने भर के लिए, और इधर ये लोग क्या-क्या अफवाह उड़ा रहे हैं, हें!"

"देखो तो, इन लोगों की बात," छवि की माँ ने बात सम्हाली, "कैसा युग आया है, लोग दिन को रात कह देते हैं। माई रे, मुँह में लगाम नहीं।"

"जानती हो उस बच्चे ने क्या किया है? वाह-वाह आदमी है एक! लोगों की आँखें खोल दी हैं।" सिन्धु चौधरी कहने लगे धीरे-धीरे, "कैसे बाट में, रास्ते में लोग-बाग कहते हैं कि इतने दिनों पर इस इलाके में एक आदमी निकला। वह परायों के लिए काम करता है, वाद-विवाद निबटाकर सबको एक कर रहा है, असम्भव को सम्भव बना रहा है। हलचल मची है, यह माटी फिर जाग उठी, लोग समझ रहे हैं, मान रहे हैं।"

छवि ने आकर कहा, "माँ, मछली दो, छील दूँ।"

सिन्धु चौधरी ने उसके चेहरे की ओर देखा, वह चली गयी थी। बात रोककर ताकते रह गये उसकी माँ के चेहरे की ओर, दोनों जैसे एक साथ सोच रहे थे, एक ही बात।

एक मामूली-सी घटना, घटना भी नहीं, पल भर में जागती हुई कोई अनुभूति; पर वह सिन्धु चौधरी की भावना के अन्दर जड़ फैलाये थी। बार-बार अपने चारों ओर देख वे खुद उसका छोर पकड़ने की चेष्टा कर रहे थे। बाहर यही जानी हुई दुनिया–वहाँ किसी का आकार है, किसी का रंग है, किसी में और कोई हेतु या फल है, पर उसे अनुभूति में वैसा कुछ न था, मन में सहेज रखने लायक। पिछली बातें बार-बार साफ-सुथरी-सी याद आ रही थीं। वो उस दिन मछली लिये घर आये थे, रवि के मरने की बात छवि की माँ ने कही, उन्होंने फिर इस झूठी बात का प्रतिवाद कर क्या कहा–ये कहा, वो कहा, ये कहा वो कहा–बाद में और कुछ अधिक याद नहीं आता। पर लगा जैसे नींद में ऊँघ पड़ने की तरह, आँखें अलसा कर सपने में चलने की तरह ढुलकते-ढुलकते जाते-जाते अचानक एक झटका पाकर आँखें खुल गयी हों और एक नयी चेतना जन्मी हो, कि जानी धरती का तट टूट गया है!

पीछे वह दूर तक पसरा है। आगे और क्या है स्पष्ट नहीं दिखता, और यहाँ हैं वे, पीछे देख स्मृति को टटोलते-से आगे देखकर घबराते-से और जल्दी-जल्दी चला जा रहा है। प्रति पल जो शून्य पट–पल-पल में अपने अंगों झेला इतिवृत्त जिस पर लिखा हो–अँधेरे में चला जा रहा है। पोथी का हिस्सा बन पुनः जराजीर्ण होने, फफूँद बनने के लिए, चूर-चूर होने के लिए उसी निमिष भर में उस शून्य के पीछे लिखी हुई थी एक अनजानेपन की चमक, एक झोंक। क्यों क्या हुआ, समझ में आता नहीं। परन्तु चिन्तन किया जा सकता है।

सचमुच जैसे चलती मोटर वहाँ एक कुलाँच खाकर उन्हें झटका दे गयी थी, और खुद को वहीं खड़ा किया तो लगता है मील का पत्थर नहीं। अथच छोड़ आये सामने के सिरे से दूरता का बोध मन में है।

वह उस सिरे पर दिखता–छवि का जन्म-गृह।

"आ, बेटी हुई! इसी के लिए गाय-सा पेट निकाला था! चाँद-से माथे पर छोटी-सी बालों की एक गाँठ याद आती है, एक अकेला अटपटा-सा हल्दी रंग का दाँत; चिड़ियों की अँगुली की तरह बिना खून की पतली-पतली अँगुलियाँ, आगे का नाखून मर गया है, सोचने पर याद आता, शायद गड्ढों की-सी दो खोलों में राख या धुएँ के-से रंग की आँखें। नहीं, साफ याद नहीं आतीं वे आँखें सोचने पर भी पकड़ में नहीं आतीं। बहुत बरस पहले की बात है। तब उनकी माँ जीवित थीं। उसी अगले

वाक्य के बाद एक हो-हा हँसी, मानो एक छोटे-से तूफान के पहले का शोर! वह भी पूरा याद नहीं आता। उसके बाद दूसरा वाक्य, "कितनी बड़ी मुँह-फाड़! अरे बाप रे! असुरनी जनमी है, खाएगी तू मुझे! देख रे सिन्धुवा, देख, जाता है कहाँ, खाएगी रे तू मुझे तो? हे री असुरनी, मेरा दुःख मेटेगी तो।"

दोनों छोटे मधु और विधु थोड़े-बहुत याद पड़ते। विधु ने पाला था नेवला, वह याद आता। कैसे पीठ के बल चित हो चारों पैर उठा पूँछ फैलाये वह सोया होता। मधु कैसे बगल में बस्ता दबाये दौड़ा-दौड़ा जाता चटशाला की ओर, दौड़ते-दौड़ते खड़े-खड़े मूतता, कैसे मधु को विधु ने धक्का दिया था, मधु के सिर से रक्त झर-झर बह निकला। ऐसे ही कितनी बातें,–कितनी बातें–कौन-सी पूँछ–कौन-सा सिर, कौन आगे–कौन पीछे!

सब कुछ घुल-मिलकर एक हो जाता। चमककर तेज हो जाता किसी दृश्य के पास और कोई दृश्य। अपने भीतर से कितने प्रकार की प्रतिध्वनियाँ निकलतीं। यह देह पड़ी रहती जैसे परिचित धरती की तरह, उसी पर युग-युग की छाया की तरह चेतना के अन्दर कितनी अवस्थाओं के चित्र बह जाते।

सिर्फ उनकी यह लड़की बड़ी हुई है। उसमें परिवर्तन हुआ है इसलिए नहीं, उसके साथ-साथ कितनी बातें भी तो बदली हैं। सब आँखों में पड़ जातीं।

और उसके सम्पर्क में जो उदासी मन में घिरती, वह सिर्फ़ इस इकलौती सन्तान के किसी पराये घर चले जाने की अनचाही भावना की छवि नहीं है। अनजाने ही मन में बज उठता पिछवाड़े की ओर लौटते जीवन के वापसी रथ का कल्लोल। वह दूर होता जा रहा है, वह सरकता जा रहा है। जो जा रहा है पर लौटेगा नहीं। भागवत की नीति तब और सान्त्वना नहीं देती, पहले कोई एक दाँत, फिर दो गिर जाते हैं, फिर कोई तीसरा हिलने लगता है। नहीं तो सिर में किसी जगह कुछ सफेद बाल, आगे वे जो काले थे, और सामने छवि की माँ की यह देह! पहले कितनी पतली-छरहरी होने पर भी सजीली थी, अब हो गयी मोटी ढीली पर पोपली। चारों ओर दिखता मानो कोई माया-दर्पण हो, उसमें अपने श्लथ व्यक्तित्व की प्रतिच्छाया दिखती है, और लगता है जैसे समय आएगा जब वह प्रतिबिम्ब नहीं दिखेगा, कुछ नहीं रहेगा सिन्धु चौधरी नाम का। आँखों के आगे सूर्य भी केवल शीतल हो-होकर बुझ जाएगा।

कल जो शिशु जन्मा है वह भी मानो दीवार पर आँक रहा है सिन्धु चौधरी नाम के आदमी के भावी प्राणदण्ड का चित्र।

आँखों के आगे वही चित्र आँका था छवि ने। कल की ही तो बात है, उसके कितने कौतुक याद आ जाते हैं। कितनी नन्ही-सी थी साल भर की होने पर भी। खरगोश के बच्चे की तरह उछलती-फिरती। सात बरस की होते-न-होते अचानक वह लम्बी होती गयी, उसमें बदमाशियाँ आयीं, छल आया, जिद्दी हुई, बाघिन-सा स्नेह

दिखाकर कभी अगर पास आती और वो चुम्मे दे जाती, और कभी जरा-सी बात पर रूठ जाती, तो सारा दिन। उस देह पर मांस तो चढ़ा ही नहीं, केवल घड़ी की तरह बढ़ने लगी। वह चित्र भी याद आता।

"क्या यह आदमी बनेगी? घर-संसार बसाएगी?" स्नेह से माँ कहा करती, "रोनी, जिद्दी कितनी, मन की तो थाह ही नहीं मिलती।" उसी की जिद पर बाड़ी में अमरूद का पेड़ लगाया गया था। उस बस्ती में सतिया की माँ की पोती बेंग ने उस दिन...सतिया की माँ की बाड़ीवाले अमरूद के झाड़ से अमरूद तोड़ने की बात को लेकर झगड़ा किया था, कितने दिनों का 'गंगाजली' स्नेह सम्बन्ध पर लात मार उसने पिता को सुना दिया था, "हमारे भी अमरूद लगेगा। नहीं तो, नहीं तो हाँ"...

अवाक् उसका नया रूप देखते रह गये थे। बेटी ने छद्मवेश फेंक दिया है। एक नारी भागवत के नीचे माटी पहचान में आ रही है।

छवि बड़ी हो गयी है!

अचानक विस्मय से चमक-सी लगती, आँखों में भाप भर जाती है। लगता है जैसे खिलौना व्यापक विस्तृति पाकर कहीं उड़कर चला जा रहा है।

वह थी नन्ही गुड़िया, सोने पर पत्थर, जागती तो सदा बच्ची। एक जगह एक बिस्तर पर पिता-माँ छवि क्या जाने बेचारी नन्ही लड़की।

छवि की माँ उनके मुँह में पान ठूँसकर जब पान का सिरा तोड़ने के लिए मुँह से मुँह जोड़ देतीं, नन्ही छवि आँखें टिमटिमाती देखती, तनिक बड़ी होने पर वह भी दौड़ आती पिता के गले में हाथ डाल मुँह में से पान का सिरा तोड़ लेने के लिए।

और आज वह छवि गायब हो गयी, खड़ी है सामने एक अपरिचिता नारी। उसके मन में भिन्न आदमी की छाया पड़ी है। वह मानो कोई भोर की चिड़िया हो, गरदन पसारे प्रतीक्षा करती बैठी है सिन्दूरा की।

सोचते-सोचते मैंपने पर जलन-सी लगती। अन्तर के भीतर से क्षोभ का करुण नाद। बाहर मैं बूढ़ा हो गया हूँ, मेरी किसी को जरूरत नहीं।

नदी तट के ढलान में दुकान के अन्दर गद्दी पर हरि साहू बैठा था। पास में एक पुलिन्दा उड़िया अखबारों का पड़ा था। चेहरे के आगे एक पन्ना अखबार का और था। उसकी छोटी-छोटी आँखों की पैनी नजर मानो उस कागज़ में चुभकर फँस गयी हैं। चेहरे पर एक तन्मयता, होठों से होठ जुड़े हुए। दुकान में कोई भी गाहक न था।

बाहर चैती धूप मुरझाती आ रही थी। दुकान के उस ओर घने बरगद के नीचे

गहरी छाया को काटती तिरछी पड़ रही थी थोड़ी-सी पीली धूप, घरों की छाया लम्बी हो गयी थी। अचानक गाँव के रास्ते पर एक-दूसरी का पीछा करती दो गायें गुजर गयीं, उसके बाद कई और टप-टप दुम-दाम की आवाजों से रास्ता गूँज उठा, गाँव के गाय-गोरुओं की कतार लम्बी होती गयी उस रास्ते पर। भाग-दौड़ धक्का-धक्की करता, धूल उड़ाता उनका समूह जा रहा था। हरि साहू ने सिर उठाया।

उसकी छाती को कँपाता बह गया एक दीर्घ श्वास। गायों के बढ़ते पैरों को देखते-देखते अचानक याद आया, कि सौरी पधान मर गया है। वैसे वह उसका लगता कुछ नहीं। न सह-जाति, न साथी, न मित्र। वरन् डूब गया चौदह आने के सौदे की उधारी, केवल तम्बाकू के पत्ते लेता, पैसा दे देता। कभी-कभी रह भी जाते पैसे। उस बात की ओर विचार न था हरि साहू का। गाँव के इतने सालों के उधारी कारोबार में कितने लोगों पर कितने पैसे उसके डूबे हैं, फिर भी चल रहा है उसका व्यवसाय। परन्तु सौरी पधान कितने जमाने का बूढ़ा आदमी था। उस जमाने का आदमी! लकड़ी पकड़े, कमर आगे की ओर झुका, हिलता-डुलता नाचता-सा इस राह पर चलता-फिरता रहता। छुप गया वह दृश्य। वो दिख जाता है, सचमुच वो रहा!... "हैं तो दे रे तम्बाखू के चार पैसे के पत्ते, भानजे।..."

"दे-दे, आज पैसे नहीं। यह मुँह क्या धीरज मानता है रे भानजे। और भी ऐसी अमल की आदी हो गयी है यह देह, और स्वाद चाहने लगी है। गोबरा की माँ मरी तब से पान तो छोड़ ही दिया, न अमल होगा न जीभ सूखेगी। बाकी रहा यह तम्बाखू का पत्ता, क्या कहूँ—यह मेरा पीछा..."

चला गया, गायों की खोज हुई और चली गयी सब गोबर पड़ा, मूत बहा, रूँदा-रूँदी, धक्कम-धक्की, भोंका-भोंकी, चहल-पहल—रँभाता-रँभाता गुजर गया वह दल। चला गया।

और चला गया सौरी पधान। आज कितने दिन हुए होंगे? हाँ कुल ग्यारह। बात्त-बात पर ताना मारता, अपने जमाने के बाहुबल की बातें कह-कहकर, वह हुआ था एक मल्ल! पत्थर घुमाता था, बैलगाड़ी का पहिया रोक लेता, खूब खेल-कसरत किया करता था, और भी कितना कुछ!

उदास होकर हरि साहू ने सामने देखा। रंगीन साड़ी बाँधे सज-धजकर चली जा रही है रघुआ की माँ। आठ बरस के रघुआ के कन्धे को पकड़े उसे गाली देती-देती जा रही है—"कुलखना, बिच्छीपत्ता! आज घर चल, तेरी पीठ से चमड़ी न उधेड़ी तो मुझे कहना, मैं तेरी माँ नहीं बेटी हूँगी। गायों का झुण्ड जा रहा है, देखो यह नालायक उनके सामने खड़ा हो जाता है, बहादुरी दिखाने में पेट फाड़कर दो फाँक चीर देती तो तू क्या करता? अभी रौंध-चींथ देती! कौन-सा बाप बैठा है जो इतना इतराता है रे मेंचड़ी?"

इस औरत का रंग-ढंग देखकर हरि साहू मन ही मन चिढ़ता। लगता सचमुच

जैसे जानबूझकर वह अपना यह रूप दिखा रही है। परन्तु अचानक मन नरम हो आता है उसके प्रति बीच का व्यवधान पिघलकर यह छाया सीधी जाकर पड़ी उसकी छाती पर, दृष्टि में सहानुभूति भरकर देखे, तब तक वह जा चुकी थी।

सोचा, आह, बेचारी! पति विदेश जाकर कहीं रह गया, घर पर यह औरत जात। अपनी मेहनत-मजूरी से दो पेट पालती-पोसती है। आशा की होगी कि रघुआ बड़ा हो, तो कौन जाने उसका दुःख दूर हो, आदमी की आशा ही तो ठहरी!

फिर गयी चम्पी की माँ सीधी लम्बी, छड़ी की तरह, पीठ की ओर पल्लू में मोटा-सा कुछ झूल रहा है। धान कूटना पूरा कर घर लौट रही है। चेहरा सूखा-सूखा, हाथ-पैर सूखे-सूखे बाँस की फराटी की तरह। घर पर बेटे-बहू हैं, आदर गौरव की बजाय उनका नाक-भौं सिकोड़ना। फिर भी जितना होता काम कर देती, सिर नीचा किये पड़ी रहती उन्हीं के पास। लोग कहते, बेटा-बहू दोनों एक तरफ होकर कई बार मार भी देते। पर वह छल नहीं करती—अपनी ही तरह की एक है।

और यह भी चली जाएगी, रहेगी नहीं, चली जाएगी। जिस तरह चला गया इतना बड़ा दिन, चली गयीं गाय-गोरू सब जाते हैं, जाएँगे भी।

और हरि साहू को याद आया—जाने कितने लोग इस रास्ते गये हैं। कोई कभी ब्याह कर इसी रास्ते आया था, इसी रास्ते लोग गये थे देवी की मनौती करने, फिर इसी रास्ते उसे कभी कन्धों पर ले गये थे मशान की ओर। इसी रास्ते आये और गये हैं पीढ़ी दर पीढ़ी लोगों के काफिले, कितने हँसी-खेल, वाद-विवाद। किसी को किस घड़ी कौन-सी बात बड़ी लगी थी। कोई हँसा था किसी बात पर, तो कोई चिन्तित हुआ, तो कोई रोया था। कहाँ गये वे सब?

और याद आया, कि कई लोग आते थे घोड़े पर चढ़, गाँव-गाँव में घोड़े थे, बीच-बीच में कोई हाथी पर भी आते। कहीं लोप हो गयीं सारे गाँव भर की घुड़साल। फिर एक दिन इसी बाट से नयी-नयी आयी थी शून गाड़ी, दो पहिया। उसे याद है, पोशाक पहने दढ़ियल पुलिस आयी थी उस बार। मन करते तो मोटर भी आती। सिर्फ इस नदी तट का रास्ता, जगह-जगह तलवार की धार की तरह है, जरा नीचे उतरे कि कीचड़-खड्डे—वह भी किसी दिन समतल हो जाएगी। फिर मोटर गाड़ी आएगी, सब कुछ सम्भव होगा। और फिर इन लोगों की भी याद आयी। उस दिन वह पहली बार चाय की पुड़िया खरीद कर लाया था। कहते हैं, देह में बीमारी हो तो काढ़े की तरह उबाल दूध में घोलकर पीने से, बीमारी ठीक हो जाती है। उसे भी कितने लोग छूने को राजी नहीं हुए। वे कहते—कहीं कोई ऐसी-वैसी चीज होगी, कौन घुसा है उसमें? अपने बाड़ी-बगीचे से तो आती नहीं। कोई कहता जात चली जाएगी उससे। इस तरह कितनी ही आपत्तियाँ उठायी गयीं, इसके बाद वह आकर हो गयी चाट, गाँव के चार-पाँच आने लोगों में अब इसी चाय का नशा है, बिना पिये कहते हैं, नाक से पानी झरता है। लेमंचूस मिठाई उसने लाकर रखी, कुल पाँच

बरस पहले की ही तो बात है। ऐसे कितनी ही चीजें, काँच का गिलास, अलमूनियम की डेगची, लालटेन, सुगन्धि का साबुन, टीपा बत्ती की बैटरी। अन्त में आयी लुंगी, खुली बाँधो, उस जमाने के बड़े-बूढ़े तो मारने दौड़ते। चोटी-चाटी, धोती-चादर, वगैरह जैसे लोप हो गये सब। अब आया नया युग, लुंगी, गंजी, चप्पल, बीड़ी...।

हरि साहू ने देखा ग्राहक एक भी नहीं है, फिर इस साधारण-सी बात को व्यापक कर देखा, जीवन के साथ मिलाकर। और दीर्घ श्वास उठा। ऐसा भी दिन आता है, केवल पैसारा बिछा रहता है, बस वल्मीक की तरह आदमी बैठा रहे, बैठा रहे, आशा पुरे नहीं, थाल भरे नहीं। वह केवल समय बिताता जाता हो।

"देना, चार पैसे की बीड़ी तो?" लम्बी गरदन को दुकान के अन्दर किये कमर पर हाथ दिये खड़े हैं सुदर्शन दास। सिर जैसे गले की टोटी के पास से मुड़ गया है। चिड़चिड़ाते स्वर में कहने लगे, "किसके आगे कहें, बताओ तो भला, कल का जाया छोकरा बीड़ी फूँक-फूँक कर चौपट हुआ जा रहा है।"

बीड़ी बढ़ाते-बढ़ाते हरि साहू ने उपदेश दिया, "रोको उसे रोको दासजी, अबसे ही न दबाओगे तो फिर बढ़े हुए गाछ पर वश नहीं चलेगा।"

"अरे, धत्तेरे की, अब भला वह बात मानता है शैतान..."

"मानेगा, सबर करो। खुद तो अमल पकड़े हो। बीड़ी के टुकड़े की पूँछ फूँकते-फूँकते बेटा भी सीख गया, और क्या? वह बद-अभ्यास, रक्त सूख जाएगा, पकड़ेगी लम्बी खाँसी, अब से ही बीड़ी फूँकने लगा तो फिर आगे चलकर कहाँ जा पहुँचेगा..."

"आह, सारे नाटक तुम ब्योपारियों के पास हैं। ये सब लाकर दिखाये किसने? जिधर जाओ, आँखों के आगे मारका लगी थाक की थाक रखी है बीड़ी, सिगरेट—बीड़ी-सुगरेट।...अरे हाँ, दियासलाई है, तो देना?"

बीड़ी पीने के लिए मानो उनकी देह में बहुत तृष्णा भरी है, छटपटाते-से हाथ बढ़ा दिये। हरि साहू ने दियासलाई बढ़ा दी। कहा, "केवल व्यापारी को दोष देने से क्या होगा, दास जी! युग को दोष दें, आदमी को दोष दें! बात दुतरफी है, समझे? आप खाते हैं, तभी तो हम लाते हैं। हम लाते हैं इसलिए कोई खाता है? ऐसे तो कितनी ही चीजें हम दिखाते हैं, खरीदना न खरीदना तो आपके हाथ में..."

एक कश खींचकर स्वीकार करने की भंगिमा में दासजी ने कहा, "कहाँ, तुम तो बीड़ी नहीं पीते?"

"नहीं पीता, यह तो कैसे कहूँ? पिक्का न होने पर कभी मौके-बेमौके..."

"मैंने कभी देखा नहीं, तुम्हारे बाल-बच्चे भी कभी नहीं पीते। अलग-अलग स्वभाव होता है, किसी को दोष नहीं दिया जा सकता। इस गाँव में नालायकों का दल कैसे मस्त है देखो तो सही, जो इनके साथ मिले-जुलेगा वह वैसा ही होगा..."

"पता नहीं किसे नालायक कहते हो दासजी, हम खुद ठीक रहें तो दुनिया सही..."

"अरे बाबू, जो काण्ड कर बैठे वे लोग, सुभद्रापुर मेलण के रास्ते पर, भले घर का लड़का लहूलुहान हो गया, बीच-बचाव करने में। किसी का नाम नहीं खोला इसीलिए न, नहीं तो पुलिस एक-एक को पकड़कर बन्द कर देती।"

"कितनी बातें पानी की तरह बहती जाती हैं, दासजी! किधर कितनी मारकाट लग जाती है, आदमी गिर जाते हैं।" हरि साहू ने अखबारवाला हाथ दिखाकर कहा, "कहाँ-कहाँ क्या हो जाता है—जब जिस घड़ी जोग पड़े। किस-किस बात को गाँठ बाँधे रहोगे?"

सुदर्शन दास ने कहा, "इतनी बड़ी फौजदारी कर आये, अब चुपचाप, मानो बिल में चूहे की तरह घुसे हैं। कोई किसी के नाम पर चूँ तक भी नहीं कहता। शायद पुलिस गन्ध पा जाए, पकड़ लेगी।"

"भला ही हुआ," हरि साहू ने कहा, "अन्य कोई कलह की थैली सारी ही झाड़ देते तो क्या अच्छा होता? कलह टूट गया अच्छा ही हुआ—"

सुदर्शन दास ने ज़ोर से कश खींचकर कहा, "इतनी बड़ी बात कह गये, न साखी, न परमान..."

आ पहुँचा मागुणी पधान। अपर्तिया का एक साथी। बोला, "किसके लिए साखी-परमान खोज रहे हो?"

सुदर्शन दास जाने को हड़बड़ा उठे। मागुणिया ने रास्ता रोका। कहा, "झूठे ही बाघ-बाघ पुकारने पर बाघ आ ही जाता है।"

"आ, रे अच्छा। हट, मैं चलूँ..."

"जाओ जाओ, कौन किसे रोक सकता है? पर मैं क्या कह रहा हूँ—पुलिस आए न, हमें किसी का डर नहीं है। उनके हाथ में पड़ेंगे और भी तो लोग हैं—किसने टिक्कस वसूल कर गायब कर दिया, किसने फाँक लिया, ठगकर खा गया, जाल-फिसाद कर कौन उबर गया!—महाभारत की पोथी खोली जाएगी..."

"यहाँ वह सब उघाड़ने से कोई लाभ नहीं," हरि साहू ने कहा। सुदर्शन दास चील की तरह उड़कर छू। मागुणिया खड़ा रह गया, कहा, "देख रहे हो न साहू, लोग काँटों की बाड़ में धोती उलझाकर झगड़ा कर रहे हैं। कोई यह तो नहीं बताता कि सारा गाँव कैसे सुख से रहे..."

हरि साहू सिर हिलाता-हिलाता विचित्र भंगिमा में मागुणिया के चेहरे की ओर देखता रहा। मागुणिया का चेहरा सूखा लग रहा है। स्वर में एक तरह की उदासी है। जैसे अपने आप से कहता हुआ बोलने लगा, "बस केवल भाठा भिड़ाना, लड़ना-भिड़ना। अरे, बाबू वाद-विवाद करते-करते जो होना था सो तो हो चुका, अब सारे भेद भूल एक होकर चलें या फसाद ही करते रहें?"

यही मागुणिया, अपर्ति पधान का साथी है। मानो महाभारत युद्ध में कोई बड़ा मल्ल हो। सारे धूम-धड़ाके, नाटक का सूत्रधार है। हरि साहू को ताज्जुब हुआ। उसने कोई उत्तर नहीं दिया।

मागुणिया ने दबे-दबे की तरह चेहरा सुखाकर फिर कहा, "हम चाहते हैं, आग बुझकर ठण्डी पड़ी तो अब इस गाँव में शान्ति रहे। आदमी कोई लफड़ा खड़ा किये बिना कुछ काम करे। भली बात—जिससे गाँव भर का उपकार होगा, गरीब-गुरबा जीएँगे सुख से, आसीस देंगे; लेकिन कुछ ऐसे भी हैं जिनको इससे जलन होती है..."

"कब से तुम इतने उपकारी हुए?" गरम सींक से भोंकने की तरह बात कहकर हरि साहू पछताया। फिर सोचा कि जो भी हो उसका क्या जाता है? मागुणिया को गुस्सा नहीं आया, वरन और भी नरम पड़ गया। हिचकिचाता हुआ बोला, "लोग हैं जो मरण चोट खाकर भी नहीं कहते कि किसने मारा। इससे शायद किसी और पर विपद आ पड़ेगी। तुम्हीं सोचो, पत्थर भी पिघल जाएगा, और हम तो आदमी हैं!"

ग्राहक आ गये थे। वो सदा अहीर, बूढ़ा बिदेई अहीर, धोबेई जेना, बिका मुदुली जो समय-बेसमय आकर गप्पें मारता है, और हुर्दू सेठी, और कानी बुढ़िया शरदी गुणियाणी।

"मुझे पाव भर गुड़..." "मुझे किरासिन..." "पान एक कड़ा..." "चावल दो सेर..." "सरसों तेल छटाँक भर..." "अरहर की दाल..." "छौंकन का मसाला, सुपारी, हलदी..." तरह-तरह की माँग। हरि साहू का हाथ चलने लगा है। किसी के भाषण में अपना मत उंड़ेलना उसके स्वभाव में नहीं, वह सिर्फ सुनता जाता है, कभी एक-आध बात कह देता है।

"अरे काणी को रास्ता दो तो..." चारों ओर से सुनाई पड़ा। पीछे से थरथराती आवाज—"मुझे लूण चार पैसे का, लूण..."

रास्ता बन गया, शरदी गुणियाणी लूण लेने के लिए खड़ी हुई। "सम्पदबाड़ी टूटने-बेचने में साटी गयी," धोबेई जेना ने कहा, "और आखिर आँख भी गयी, टटोलकर रास्ता चलती है बुढ़िया..."

शरदी गुणियाणी केवल हँस पड़ी।

मागुणिया जा चुका है। साहू के मन में शरदी की हँसी और उसकी बात मानो एक साथ गुँथ गयी थी। और उसके साथ-साथ मिल गयी थी अखबार पढ़ते समय आँखों के आगे का वह दृश्यपट, अपने गाँव के बाहर की, राज्य के बाहर की, वे जो और जाने कहाँ-कहाँ गाँव हैं शहर हैं, आदमी हैं, उन्हीं-उन्हीं देशों की बातें। सौदा देना खतम कर बैठा-बैठा पान चबाने लगा और सोचता जाता है।

वहाँ भी ऐसे ही आदमियों की आवा-जाही। कहीं मार-काट में लोगों की बलि

पड़ रही है, कहीं लोग टण्टे खड़े कर रहे हैं, कहीं झगड़ा खतम हो गया, कहीं बड़े-बड़े देशों के बड़े मगज वाले एक जगह मिलकर बातें कर रहे हैं, कि कैसे कलह टूटे, और सबका भला हो। पृथ्वी शान्त हो, वहाँ भी इसी तरह गायें लौट आयी होंगी। गाँव के लोग काना-फूसी कर रहे होंगे। साँझ-आरती के लिए गृहिणियाँ तैयार हो रही होंगी, सुख-दुःख का बोझ उठाये देश भर के लोग। ओह, कितने लोग! वहाँ भी होंगे ऐसे मागुणिया, अपर्तिया, और सब बेच-बूच चुकी ऐसी शरदी गुणियाणी।

"गाँव ठण्डा पड़ गया।" सदा अहीर बोला।

"तेरी जीभ फले-फूले। क्यों साहू?" बिदेई बेहेरा ने कहा, "बात जहाँ से शुरू हुई वह तो जैसी की तैसी है। कलंक मिटा नहीं, अनाचार छूटा नहीं। कलह गया नहीं, भला कैसे गाँव ठण्डा पड़ गया? क्यों, धर-पकड़ नहीं हुई इसलिए कहते हो या कुछ और बात है?"

"अरे वाह रे वाह," सदा अहीर ने कहा, "ये रणरंका बूढ़ा क्या कहता है; कहाँ तो बूढ़े लोग समझा-बुझाकर मेल-मिलाप करा देते हैं मगर इन बुढ़ऊ का तो उलटे आग उकसाने को मन..."

पीछे से किसी ने कहा, "खुद में अब बाली-सुग्रीव की तरह भिड़ने की तो हिम्मत नहीं ही, छोकरों को लगा सिखाकर ही दूर से देख-देखकर आँख सेंकेंगे। बहुत घाघ है यह बूढ़ा..."

"जो जी में आए कहो। तुम्हारे गाँव में शान्ति रहे या कलह, मैं तो किसी की ओर नहीं..."

वे सब चले गये। हरि साहू ने फिर मिलान किया इस बात का अखबार में पढ़ी धारणाओं के साथ। और सोचने लगा, किस ढंग से मिल जाती है एक-एक बात से एक-एक बात, 'लड़ाई-लड़ाई' का डंका पीटते हुए जो नेता लोग देश-विदेश में हैं, वे लोग प्रायः ऐसे बूढ़े ही तो हैं।

पके बाल हों चाहे गंजा सिर, बड़े-बड़े देश-विदेश में ऐसे लोग जरूर सासतर पुराण में पण्डित होंगे। आदमी के जीवन के बारे में उन्हें पूरा ज्ञान होगा। वे अपने-अपने देश के कर्णधार...वे कितने सारे अटपटे-से नाम हैं न देशों के... अफीरका, अमीरका, ऐसे कितनी ही जात के नाम चाहे जो पहनें, खाएँ, चाहे जो भी उनकी बोली हो या जैसा भी हो उनका चेहरा, उस देश में भी माँ-बाप, स्त्री-मित्र बनकर ही तो लोग चलते होंगे। बेटे से माँ-बाप की आशा लगी होगी, कैसे लोग-बाग सुख से रहें—यही होगी सबकी कामना। अथच, बूढ़े भी चिल्लाते हैं, शोर मचाते हैं—"युद्ध—युद्ध—युद्ध!" बढ़ी उम्र, उदार, दयाशील, क्षमाशील-बुढ़ापा, परमार्थ खोजने का समय, लेकिन जाने क्या कैसे-कैसे विचार आ किसे दबोचते हैं कि आदमी शान्ति छोड़कर युद्ध के लिए बुद्धि लगाता है। उलटे बच्चों को समझाकर छुड़ा नहीं सकते?

यही बातें सोच रहा था हरि साहू, अपनी दुकान की गद्दी पर बैठा-बैठा, क्योंकि

उसने आज के अखबार में भी उसी युद्ध के घिरते बादलों की बाबत अधिक चर्चा पढ़ी थी। सेना की ताकत बढ़ाना, अनेक घातक हथियार-पाती जमा करना, कौन-सा गोला कितने छन में देश को राख कर देगा, कितने आदमी मार सकता है—गाली-गलौज, भाषण, सन्धि, डर-भय, भैरवी लीला घटाटोप घिरी है। मानव मन में परस्पर के प्रति अविश्वास और भय भर गया है।

पर कौन चाहता है कलह-फसाद? कौन चाहता है युद्ध? आम आदमी कभी नहीं। फिर भी अखबार पढ़ने पर सिर में एक भावना भर जाती है।

—कि दुनिया भर के लोगों के स्नेह-शान्ति के लिए हाथ बढ़ाते-मिलाते समय आप ही आप घिर आता है युद्ध का भय।

"कैसी शिक्षा है! कैसा फल है।" उसके मुँह से निकल गया। बिका मुदुली अब भी चिपका बैठा था। पूछा, "किस बात पर कहते हो?"

"नहीं, यों ही कुछ याद आ गया था।"

"कागद पढ़ते हो, इस धरती की खबर ठीक है तो?"

"क्या ठीक पूछते हो? यह जो हालत हो गयी—यह धरती रह आए तो ही बहुत है। एक लड़ाई पूरी कर कमर सीधी होते-न होते और एक लड़ाई के लिए चल पड़ी है तैयारी। लगता है जैसे इस पृथ्वी को जलाकर राख न करने तक लोगों की आशा पूरी होगी ही नहीं। अधिक पढ़ाई कर लोगों का दिमाग खराब हो गया लगता है। बस केवल पटाखे, गोला-बारूद बनाने में लगे हैं। पढ़ा नहीं, कैसे महाभारत युद्ध के समय एक बाण इस देश से उसमें जाता था उड़कर जला देता था और फिर लौट आता। कोई फूटता तो योजन-योजन भी भसम हो जाया करता। आज उसने ये किया, कल उसने वह किया। और देखो, कहीं किसी देश में थोड़ा भी घरेलू कलह लगा, कि समझ लो उसके पीछे बड़ी-बड़ी शक्तियाँ दौड़-धूप करने लगीं और खींच-खींचकर कठपुतली का नाच नचा रही हैं। बस सुराग खोजती हैं कि कैसे कहीं जरा अँगुली पकड़ने भर को मिल जाए, फिर तो नोच-खसोट के लिए कूद ही पड़ेगी—"

"तब उनके बाण फूटेंगे—" बिदेई मुदुली ने कहा।

"फिर भारत युद्ध—" चेमेई बेहेरा ने कहा।

"इक्कीस बार, एक ही बार नहीं।" बिदेई मुदुली ने बताया, "लिखा है सारला दास ने लगता रहेगा बार-बार यह महाभारत, फिर पहिया लुढ़केगा, फिर युध लगेगा, ठीक वैसा ही, आदमी का क्या चारा है?—"

आ पहुँच अपर्ति पधान। कहने लगा, "क्या चल रहा है? वही बिदेस की खबर? पहले देश की तरफ देखो साहू! भाव बढ़े हैं, खेती में बिलकुल अकाल कुलबुलाहट-छटपटाहट हाय-हाय बढ़ती जा रही है। दिनोंदिन; दो अगर किलनी की तरह फूल गये तो उधर बीस सूखकर खेलरा-खोल हो गये, अभाव में पड़कर स्वभाव नष्ट, कोई किसी की बढ़ोतरी देख नहीं पाता, गाँव-गाँव में सतरह फाँक। यहाँ तो

बिना बाण ही बाण छोड़े जा रहे हैं। यह गाँव, ये आदमी सब तो ढहते जा रहे हैं, अखबार और क्या अधिक कहेंगे?"

अपर्ति पधान के मुँह से यह नयी बात! या नेता बनने का फसाद खड़ा कर रहा है? हरि साहू ने सोचा। फिर पूछा, "गाँव ढह रहा है तो गाँव के लोग रोकेंगे, सँभालेंगे, जोड़ेंगे या बाहर से कोई आएगा कुछ करने?"

अपर्तिया ने कहा, "सो बुद्धि हममें होती नहीं या हमें बुद्धि-अक्कल कोई देता नहीं। हमने जो देखा, जो सीखा, वही किया। वही तो अब देखो, गोवर्धनपुर की एक चटशाल, उसमें फिर कौन सेकेटरी बनेगा उसके लिए दो दल हुए, कलह शुरू हुआ और एक दल के लोगों ने गुस्से में आकर चटशाला के झोंपड़े को ही आग लगा दी।"

"ऐं!" कई लोग एक साथ बोल उठे।

"और शहर में तो दूसरी बात ही नहीं, बस इधर-उधर चारों तरफ, जिसने जिसका पक्ष लिया। कैसे अपनी तरफ अधिक लोग आएँगे, सिर गिनती के समय जिसकी तरफ अधिक लोग होंगे उन्हीं की बात चलेगी, हाकमाई करेंगे—वहाँ यही विचार। एक राजा वाला जमाना तो गया, अब तो दल बनाकर अपने सिर पर छत्र टेकना, यही आजकल हुआ सबसे बड़ा काम। देखते तो हैं, मैं अधिक क्या बताऊँ? इधर देहात में अपने यहाँ देखो, वहाँ के उस दल में से भोग-भाग पाने के लिए फिर दलबन्दी, कलह-झगड़ा, सिर फुटव्वल..."

धोबी हुर्दू सेठी ने बताया, "जो भी कहो, क्या पहले से अच्छा नहीं हुआ? भला हुआ तो अपना बुरा हुआ तो अपना। अपना राज तो अपना हुआ है। जो जितना बड़ा हो, अपने पास तो फिर भोट माँगने आएगा ही, सड़क, पोखरी, इसकूल, दवाखाना, कितनी जगह कितनी चीजें तो हो रही हैं, पहले तो भोंकते रहो-चिल्लाते रहो, था कोई सुननेवाला? कहते हो कि जमाना नहीं बदला? पहले ये तो बताओ कि उस जमाने का डर-भय क्या अब और है? कम-से-कम आदमी जबान खोलकर कुछ कह तो पाता ही है?"

"अपना राज हमारा नहीं, किसी और का है।" बिका मुदुली ने कहा, "तभी तो कसक हो रही है, कि कैसे यह देश और सुधरे। गाँधी महात्मा ने इस देश के लिए तो जान दी, सो बात कोई भूला नहीं है। पर क्या सिर्फ राज मिलने भर से हो गया? काला बाजार, घूस, बेईमानी, झूठ, गुट-बन्दी करना, ऊँची दर, ठगाई—ये सब कहाँ-कहाँ से बढ़ आयी। आदमी कैसे टिकेगा?"

अपर्तिया बोला, "सबको मिलाकर एक नया गाँव गढ़ने से अच्छा होता—जैसा कि कर रहे हैं फूलशरा में।"

वह चला गया। कुछ देर के लिए सब चुप हो गये।

नीलूदास आये सौदा लेने। बोले, "खूब फूलशरा हावी हुआ है इन पर तो!"

"जिनके नाम पर डुगडुगी बज रही है, वे बने हैं वहाँ नेता। सबको एकजुट कर देंगे!"

मुँह बनाते हुए उसने आगे कहा, "जो करना हो करो बाबू, अपने-अपने घर में सब ठीक हैं, इस तरह कुछ हो-हा कर लोगों को बहकाने से तो मंच पर चढ़ने को सीढ़ी तो मिल ही जाएगी और क्या? लोग तो सदा के पारी थामनेवाले ठहरे, बस उन्हें एक रास्ता दिखा देने भर की बात है, और क्या?"

नीलूदास कचहरी गये बिना भी टाउटर हैं, किसी ने उन्हें नहीं टोका। हुर्दू सेठी ने कहा, "अच्छा काम ही तो करते हैं फूलशरा गाँव में। भला काम करना तो अच्छी बात ही है। ऐसे तो कोई काम होता नहीं, कोई किसी का भला सोचता नहीं। वैसे थोड़ा ही सही, भला करने की चेष्टा तो हो रही है, चेष्टा होते-होते जितनी दूर बढ़ सकें–इसमें खराबी क्या है?"

नीलूदास ने ठो-ठो हँसकर कहा, "कितने रथी-महारथी तो जाने किधर उड़ गये, और चेष्टा! चेष्टा करके तो तुम इस धूल-माटी को सोना बना दोगे, पाँच अँगुली समान कर दोगे, या कुत्ते की पूँछ सीधी कर सकोगे? आदमी का सुभाव जो है न, वह बदला है कहीं?"

हुर्दू सेठी बोल उठा, "दया-धरम तो है? आदमी के सुभाव में क्या वह भी नहीं है?"

"तेरे अन्दर ही बेसी है?" नीलूदास ने पूछा। कई लोग हँस पड़े। हुर्दू सेठी ने कहा, "कपड़े पर चोट देते हमारी जीभ से राम का नाम आता है, हम ठहरे हाथ-पैर से मजूरी कर पेट भरनेवाले गरीब लोग, इसमें जदी कोई कहे कि हममें दया-धरभ बेसी है तो होगा। कहे कौन मना करता है?"

नीलूदास चले गये। और कई लोग आये-गये। हरि साहू को लगा, केवल ऊपर-ऊपर ही नहीं, भीतर-भीतर भी, गाँव में कहीं कुछ बदला हुआ-सा है।

फिर अचानक एक और बात के साथ सामंजस्य की याद आयी। उस देस-विदेस की कहानी की।

वहाँ भी भीतर ही भीतर प्रकाश का स्रोत बढ़ता जा रहा है।

दुनिया में आदमी चाहता है शान्ति, युद्ध नहीं।

चैत चढ़ आया। चातक ताक रहा है मेघ की ओर, केला की स्त्री को डाकिये का इन्तजार है। शायद ले आए वही चिट्ठी जिसका वह मन-ही-मन सपना देखती है–'कुछ खाने को रखा है? मैं जाता हूँ।' कभी-कभी हलका कोहरा दिख जाता,

बरामदे में खड़े होकर लगता कि बाड़ी के उस पार मानो दूर तक सब कुछ तैर रहा है, बीच-बीच में किसी सपन-गढ़े बोहित की तरह का अनजाना गाछ। और कभी-कभी वनवासी मेघ ढँकते-से दीख जाते, जिन्होंने कभी छतरी की थी राम-लखन-सीता के सिर पर। फिर जैसे वह बात उसे याद आ जाती है। फिर धू-धू धूप झुलसने लगती, चैती हवा में धूल उड़ती, केला की स्त्री लौट आती घर के भीतर। चिट्ठी आती नहीं, केला भी नहीं आता।

काम न हो तो भी काम गढ़ना जानती है बुढ़िया सास। हाथ खुजलाते रहते हैं, रुकते ही नहीं। खपर-खपर पाँचों कोठरियाँ बुहारने में लगी होती, फिर दरवाजा। दिन में कम-से-कम दो बार। भीतों को मजूरनी लगवाकर लिपवाती। परन्तु दरवाजा वह खुद ही लीपती। लो, दिन-भर का काम हो गया। धान के कोठाल के नीचे, ढेरी के नीचे, घर के कोनों में, छानी के नीचे छान-बीनकर देखती, कहाँ मूसों ने माटी खोद डाली, कहाँ बिल्ली ने मैला कर दिया है। साफ करने बैठो तो ढेरों काम हैं। कुछ नहीं तो चीजों को यहाँ से वहाँ, वहाँ से यहाँ, इधर-उधर ही करना—इस तरह भी काम खड़ा किया जा सकता है। और फिर कुछ विशिष्ट काम होते हैं—भिगोना, पीसना, बाँटना, बड़ी पारना। डाले के डाले बड़ी के सुखाकर रखे हैं, और भी बनायी जा रही हैं। सूखा नारियल पेरकर तेल निकाला जा चुका है। फिर अब नया काम मिला है, आम की फाँक में राई भरकर अचार बनाना, पनकी पर सवार होकर बैठ पड़ी तो चल पड़ा काम ही काम, समय ही नहीं मिले। अनगिन बरसों का तरह-तरह का अचार-खटाई आदि हाँड़ियों में भर-सहेजकर रखा हुआ है, और भी रखा जा रहा है। सहजन की फलियों का अचार, टमाटर का अचार, बेर का अचार, नीबू का अचार। और आम का अचार तो पता नहीं कितनी भाँति का। अब भी हाथ रुका नहीं है। इसके अलावा रोज का बँधा-बँधाया काम। खाली दोनों समय गोरू-सेवा में जुटने से ही समय कट जाय। उस पर फिर पूजा-परब-त्यौहार।

दूब के दो-चार तार और बेर के पत्ते सहेजने से लेकर पैर पसारे जाँघ पर बत्ती बनाने, पंचामृत तैयार करने, ब्राह्मण भोजन कराने, उन्हें विदा करने तक। कभी खुरपी लेकर बाड़ी की ओर निकल पड़ती बुढ़िया। झुककर बथुवे की जड़, मिरच की जड़ की मिट्टी को भुरभुरी करती। एक-एक पौधे की, चाहे कितना ही छोटा या बड़ा हो वह पौधा, जैसे सबकी अलग-अलग आवश्यकताएँ हैं। और वह उन्हें पूरा कर रही है। कहीं कुलबुलाते कीड़ों की भरमार है, कहीं किसी पौधे की जड़ में मुट्ठी-भर माटी लगनी है। इनमें से कौन-सा पौधा बेकार है? सब तो जरूरी हैं। फिर खेती की खोज-खबर रखना—यह भी रोज का एक जंजाल ही है। अपना हलवाहा-जगुवाल तीन, फिर बटाईदार, खेत में बाड़ी-बगीचा, आम, नारियल, कहाँ क्या लगेगा, कहाँ क्या चाहिए—इन सब कामों से लेकर मजूरों के घरेलू झंझट-झगड़ों तक की खबर जानने-समझने तक; बिना समझे नहीं चलता। कोई रूठ गया है, खाना

नहीं खाया, किसी के घर में अशान्ति भभक रही है, मन को ठीक किये बिना उसके हाथ-पैर नहीं चल पाते।

बुढ़िया सास पर मानो हरी घास की परत पर परत जाल हो। जाल जकड़े है, छोड़ती नहीं। फिर भी, चाहे जितनी घनी हो, बुढ़िया उसे भी किये है नित-हरी, रसवाली। स्वामी कब के मर चुके, बेटा आदमी बनते ही परदेसी हो गया। बहू थी, वह निकली बाँझ। ठाकुरजी की कितनी-कितनी मिन्नतें कीं पर उन्होंने सुनी नहीं। अब तक आस छूटी नहीं है। अकेले सूने जीवन को कैसे उन्होंने अपना लिया है–केला की पत्नी यह सब सोचकर आश्चर्य करती।

"आ रे बहू, दो-चार कण्डे ही थाप ले। अभी न कण्डों का उपकार नहीं समझ रही हो, बरसा में जब झड़ी लगी होगी, जलावन नहीं मिलेगा और लोगों के घर तीन वेला चूल्हा नहीं जलेगा, तब कण्डों का क्या कम आदर होगा!"

"क्यों इतना कुछ करती हो माँजी?" केला की पत्नी कई बार आपत्ति करती, "तनिक लेट जातीं तो पैर ही मल देती। हर घड़ी इतनी मेहनत–क्यों, बेमतलब...? दो पेट के लिए दोनों जून दो मुट्ठी कुछ उबालकर खा लिया, बस। क्या होगा इतना काम करके?"

"काम कहाँ है बहू? माटी खोदती हूँ या पत्थर तोड़ती हूँ–इसे भी क्या काम कहा जाय! भगवान् ने हाथ-पैर दिये हैं तो आदमी को उन्हें हिलाना पड़ेगा ही! आँखें दी हैं तो देखेगा ही! अच्छी-बुरी बात कुछ आँखों के आगे आयी तो क्या कोई चुप बैठा रहेगा, प्राण के रहने तक? दो पेट से क्या और दो सौ से क्या होना है? जिन्दा रहने पर आदमी डोलता-चलता रहेगा कि नहीं?"

केला की पत्नी कुछ कहती नहीं। सास बड़ी-बड़ेरी ठहरीं! उनके साथ तक वह कर नहीं सकती। परन्तु जब वे शास्त्र-पुराण पढ़ नीति की बातें समझाने की चेष्टा करती हैं, तब किताब पर झुकी उनकी चश्मा लगी आँखें और सुन्दर सौम्य चेहरे को देखकर केला की पत्नी के गहरे मन का घनीभूत व्यर्थता-बोध धू-धू कर जल उठता। कभी-कभी ओट में बैठी हाँ-हूँ भरते-भरते उसकी आवाज भरी-मोटी सुनाई पड़ती। इसके बाद फिर एकदम चुप्पी। वह पल्लू से मुँह ढाँप गुड़मुड़ होकर बैठ जाती।

और कभी-कभी वह काठ हुई-सी बैठी रहती। जीवित पिण्ड को छोड़ चेतना मानो कहीं उड़ जाती।

चैत पूरा होते-होते कभी-कभी उसकी आँखें दूर के धुँधले आकाश में घूमती-फिरती रहतीं। दोपहर-ढले की वेला में, जब सुबह का काम शेष नहीं रहता या साँझ का काम आरम्भ नहीं हुआ होता उसकी सारी अपूर्णता, सारी व्यर्थता का बोझ उठाये उसकी यह सचेत घड़ी उस पर मानो छा जाती।

और तब उसके सुलगते मन में तिर जाता—सास का पुराण बाँचना, उसके साथ-साथ उनकी टिप्पणियाँ सुननेवालों के मन्तव्य, "और नहीं तो क्या, भला यह नहीं और क्या?" जानते-बूझते भी उसका ध्यान वहाँ से हटा लेती। हृदय के सच मान लेने पर भी मन कहता—नहीं, यह सच नहीं है। यह सच क्यों होगा? उसके दुःख का चित्र या उसका जोड़ यहाँ कहाँ?

उस दिन वे और दिनों की भाँति सारला महाभारत पढ़ रही थीं, और अनेक बड़ी-बूढ़ियाँ सुन रही थीं।

वे समझा रही थीं, "ये सुना तो जुधीषठरजी महाराज जुध में उतरने से पहले कैसे एक-एक के गले लगते हैं जाकर, ताकि जुध न छिड़े, कोई अनिष्ट में न पड़े। क्या कहा उन्होंने—भीषम, दरोण, किरपाचारजजी, करण, जाने कितने-कितने लोग वहाँ थे! वे सब के सब तो परम ज्ञानी पुरुष थे, सारी बातें जानते थे; जानते थे कि वे मरेंगे, यह बात भी कही। तो भी अपना मारग छोड़ने को कोई राजी नहीं हुआ! जानते-बूझते उसमें के एक-एक आगे बढ़े और गिर पड़े। जीजी! उन्हें ही कहा जाता है आदमी। अस्वथामा अमर बर पाये था, तो भी क्या सनमान मिला? इतना बड़ा छत्री, उसे लड़ाई में एक दिन भी अगुआ बनाकर नहीं भेजा, दूरजोधन ने खुद कहा—'अरे तू तो मरने से डर गया सो त्रिजीवी होने का वर माँगा था, तू भला छत्रीपण के जोग है?' सब समझा दिया है। इस संसार को चकमा देनेवाला आदमी आदमी नहीं। इसी में रहकर अपना कर्तव्य करने से लोग सनमान करेंगे, भला कहेंगे। और साथ में ठाकुरजी में लगन रखी तो मुकती मिल जाएगी।"

अचानक उसी समय केला की पत्नी के दिमाग में रट्-राट् कर कुछ जैसे टूट गया हो। उसने अपनी गोल-मटोल बाँह को हाथ से टटोला। आहिस्ते-आहिस्ते दबाने लगी। इसके बाद ताकने लगी दीवार पर टँगी हँसती हुई सिनेमा की अभिनेत्री की तसवीर की ओर। फिर उसकी आँखें जाकर ठहर गयीं घुटनों पर बैठे गोपाल के चित्र पर, वही, जिसे वह बिछौने पर सोये-सोये कई बार देखती और मन-ही-मन सोचती। तभी अचानक उसके मन में एक तरह की सनक-सी सवार हुई—उसका भी एक बेटा हुआ था, कोई उससे उसका बेटा छीन ले गया है। आँगन की ओर देखा, लाल-लाल गोड़ीबाण फूल गुच्छे के गुच्छे दीवार पर झूल रहे हैं। उन लाल फूलों के रंग ने मानो उसकी चेतना में क्षण-भर में ही जैसे आग जला दी हो। अपने माथे के बालों को खोलकर बिखेर दिया, देह से धोती खिसकाकर रो उठी और छाती पीटने लग गयी।

उसी अवस्था में वह कूदकर उठी और पछाड़ खाकर लोटते-पोटते ऊँची आवाज में पुकारने लगी। पलक-भर में सास ने पुराण पढ़ना बन्द कर दिया। दौड़ आयीं सब की सब। देखा कि केला की पत्नी ने एक नयी स्थिति पैदा कर दी है।

ये क्या हुआ उसको! आँखें लाल, मुँह लाल, चेहरे की मुद्रा कुछ अलग तरह

की। सच, जैसे वह कोई मुखौटा पहने हो। आँखें चढ़ गयी हों जैसे, मानो उनमें शून्यता भरी हो।

"बहू, बहू! क्या बात है?"

रुलाई बन्द हो चुकी। पर कोई बात कहने पर वह सुनती ही नहीं। गरदन मरोड़कर एकटक देखती बैठी है। इसके बाद दाँत पीसती हुई भयंकर चेहरा बनाकर वह दहाड़ उठी। चीखने लगी, "मेरा बेटा दे, मेरे बेटे को दे, कुलखनी! नहीं तो तेरा बंस सूना कर दूँगी। कहाँ छुपाया है बता! दे, लाकर दे।"

उसकी उग्र मूर्ति देखकर पीछे हटती-हटती चीखती-चिल्लाती सब स्त्रियाँ इधर-उधर भाग छूटीं। हल्ला मच गया। बस्ती में, घर-घर में, खुसर-पुसर होने लगी। लोगों ने चर्चा की—यह क्या हुआ? कभी हूँ-चूँ नहीं, अपने सुख-दुःख में मुँह सीये पड़ी थी अपने घर में ही, अब क्या हुआ उसे कि हंगामा खड़ा कर दिया है। बेटा उसे हुआ कब जो कोई उसे ले गया?

पदी की माँ जब से उस दृश्य को देखकर आयी तब से उसका माथा धमक रहा था। वह घर से फिर निकली भी नहीं। चेमा की माँ डर के मारे काठ हो गयी, वह भी नहीं जा सकी। घर बैठकर केला की माँ के दुःख में वह केवल हाय-हाय करने लगी। और कई लोग गये, बूढ़ियाँ, बहुएँ, बेटियाँ। छोटे बच्चों को सावधान कर दिया गया। घर से बाहर नहीं निकलने दिया गया। कुछ देखे बिना ही चारों ओर एक अफवाह फैल गयी कि केला की पत्नी को किसी अपदेवता ने पकड़ा है या कोई डायन या चुड़ैल उसमें प्रवेश कर गयी है।

"पाँच-गछा के पास जो बरगद है न, वहाँ कितने लोगों की वहाँ के भूत से भेंट हुई है," आरत अमीन ने बताया, "किस जुग से कहता हूँ कि काटकर उसका सफाया कर दो।" आरत अमीन कन्धे पर गमछा डाल निकल पड़े थे। भूत के डर से हाथ में लोहे की कील थी, कहते हैं हाथ में लोहा रखने से भूत कुछ नहीं कर सकता। बोले, "वही बरगद समझ रखो राज-भर के भूत-प्रेतों का अड्डा है। शास्त्र कहते हैं—अन्धकारे महाघोरे भ्रमन्ति प्रेतरूपिणः—यानी अधिक अन्धकार पड़ जाय तो प्रेत लोग एक-एक रूप लेकर आदमी का मन भरमाते हैं। पुराने घने पेड़ में उनका बास होता है। इसीलिए पुराने घने पेड़ देखकर मुझे तो कैसा-कैसा लगने लगता है। और उस पीपल के पेड़ को क्या मामूली समझते हो? एक डाल ही तो कटी, वह पेड़ तो अभी भी घना है—"

धनुवाँ केवट ने कहा, "क्या सिरफ पेड़ों पर ही उनका बास है? अरे, मन्दिर में, कुएँ में, बाँस के वन में, कहीं माटी तले, नदी के पेट में इधर-उधर कहाँ-कहाँ बिखरी हैं देवी-देवताओं की मूर्तियाँ। किस पीढ़ी में किस महात्मा ने उन्हें गढ़ा होगा, भोग-भाग की व्यवस्था की होगी। सो तो अब और रहा नहीं। पर वे देवता तो हैं। उल्कापुर के बाँध में बड़ा जाल डालने पर काले पत्थर की दसभुजी दुर्गा-मूर्ति निकली

थी! कितनी सजीव मूर्ति! आदमी-भर ऊँची। अरे वहाँ जिनकी टीले पर थापना की गयी है। माटी खोदते-खोदते नीचे से केवल पत्थर ही पत्थर की मूर्तियाँ! जिधर देखो बस मूर्तियाँ! जमीन खोदते-खोदते क्या नहीं मिल जाता!"

"सच! बात बिलकुल सच है!" चन्दरा अहीर ने कहा, "बरगद की जड़ और बेंतों में इधर-उधर लिपटी पड़ी हैं देवताओं की मूर्तियाँ, जगह-जगह। कौन उनकी खोज-खबर लेता है? बनी तो पूरी श्रद्धा के साथ बनी, अब वह जमाना गया, अब कौन किसे पूछता है? माटी के नीचे तो ढेर की ढेर मूर्तियाँ हैं, किसने उसका हिसाब रखा है?"

बूढ़े बासू पट्टनायक भी निकले थे। कहने लगे, "ये सब मन की कल्पनाएँ हैं, सारी मूर्तियाँ अगर प्रकोप दिखातीं तो आदमी का रास्ते चलना कठिन हो जाता। यह तो सारा देस का देस ही है मूर्ति और मन्दिरों का। माटी के नीचे ही नीचे देवता, आदमी के पैर पड़ते तो दोष नहीं लगता! अरे यह सब कुछ नहीं है।"

"तो फिर उसे और कुछ हुआ है, तुम ऐसा सोचते हो?"

"मेरे सोचने में क्या रखा है, या तुम्हारे सोचने में क्या है? जो हुआ है, हुआ है। जाकर देख आओ।"

"नहीं, नहीं, एक-एक कर पकड़ता है।" बिका मुदुली ने डरते-डरते कहा, "जो आँख से देखा, उसे झूठ फिर कैसे कहेंगे? किसी का प्रेत होगा या कोई देवता होगा। वे तो मनचारी हैं, जिधर मन किया चल पड़े। यह देह है तब तक तो कोई बड़ा है, कोई छोटा है। इसके छूटने पर, फिर मनइच्छा रमण करो, मनचाहे काम करो, और क्या?"

बासू पट्टनायक खँखारकर बोले, "हाँ-हाँ..."

केला के घर के दरवाजे के सामने रास्ते पर पुरुषों की भीड़ थी। बाहरवाली कोठरी में औरतें। झुण्ड की झुण्ड होकर हिम्मत-साहस बाँध दरवाजे से अन्दर के बरामदे में जातीं। कोई-कोई दल तो तनिक दूर से ही बहू को देखता, फिर लौट आता। बरामदे पर खुली पड़ी थी महाभारत की ताड़पत्री पोथी, शेष पर्व, उसके पास थोड़ा हटकर अचेत पड़ी थी केला की वह बुढ़िया माँ, जबड़े जकड़ गये थे। उन्हें उठाकर पानी के छींटे मार-मारकर अड़ोस-पड़ोस की औरतों ने चेत कराया और बाहर की कोठरी में लाकर बिठा दिया था। बुढ़िया बीच-बीच में हबक रही थी। आँखों से धार बह रही थी। पोथी, चश्मा, सब सहेजकर रखे जा चुके थे। एक दल उन्हें समझा रहा था—"धीरज धरो, ठाकुरजी को याद रखो, सब ठीक हो जाएगा, झाड़-फूँक करनेवाला आएगा, पूजा-ऊजा होगी, तुम चिन्ता क्यों कर रही हो?"

साँझ होती आ रही है, घर का काम पड़ा है, किसी का उधर ध्यान नहीं। इधर बहू सिर को आगे-पीछे झटक रही है, हाथ-पैर छटपटाकर थिरक रही है, जीभ निकालती है, दाँत नाना ढंग से दिखा रही है। कभी नाग की तरह फों-फों फुंकारती

है, कभी धमाधम नाचती है, किलकारी मारकर चीख उठती है। कभी रोती है, कभी चिल्लाती है–"दे-दे, मेरा बेटा दे! कहाँ छुपाया है, लाकर दे, नहीं तो बंस नाश कर दूँगी।" सिर के बाल खुलकर फैल गये हैं–चेहरे पर, पीठ पर। कभी उन्हें नोचती है, मुट्ठी में भर-भरकर मुँह में ठूँस लेती है, गले में लपेट लेती है, आँचल कमर से नीचे लटक रहा है। बिछावन नीचे फेंक देती है, और उसके साथ-साथ घर के बोतल, टीन, कपड़े-लत्ते, चित्र भी। कभी-कभी किटकिटाकर हँस पड़ती है और आँगन-भर में उछल-उछलकर ताली बजाती घूमती है। लगता है, उस पर कोई आत्मा उतर आयी है।

केला की पत्नी माती हुई है। अपनी पहली चीख के बाद जब औरों पर उसकी प्रतिक्रिया उसने देखी तो उसके मन की बहक और भी गहरी हो गयी। जिस सहजता से नित्य जीवन में वह इतने दिन तक सब कुछ करती आयी थी, अचानक उसे लगा जैसे वही उसका बन्धन-बेड़ी था। उसने वह तोड़ दिया है, वह मुक्ति पा गयी है। एक-एक आवाज में उसका उल्लास बढ़ता ही गया। लगा, जैसे उसके भीतर बहुत दिनों से कुछ अन्दर ही अन्दर दबा पड़ा था, इस आवाज से वह मुक्ति पा रहा है। खुद को आप ही उकसाने-बढ़ाने पर उसका मन आगे बढ़ता चला गया। जब उसने देखा कि भीतर के आँगन में लोगों की भीड़ बढ़ गयी है। और सबके चेहरों पर, आँखों में कौतूहल की, विस्मय की, भय की छाया है, और वह छायाएँ आकर मिलती हैं उसी के पास, सभी लोग उसे भिन्न समझ रहे हैं, उससे बचकर रहते हैं तो वह और भी बढ़ चली। उसे विश्वास-दम्भ पैदा हुआ कि वह वह नहीं है कोई और है। उसका हावभाव, कार्य-चलन आदि इन जीते-जागते निकम्मे लोगों से भिन्न है। बहुत दिनों से मन का असुर भूखों मरा है। बँधे तूफान की तरह यौवन लिये वह ससुराल आयी थी, तूफान अब हो गया है आग की लपट और वह अपने आपको फाँय-फाँय जला रही है। बहुत दिनों से कामना थी कि वह पुत्रवती हो। उसे विश्वास हो रहा है, रह-रहकर विश्वास मन-ही-मन कौंध भी जाता है–वह बनी तो थी पुत्रवती। ऐसा था उसका बेटा। यह संसार कहीं ले जाकर उसे छुपा आया है। यह सोचकर गरज उठता है तूफान। धीरे-धीरे कार्य-कारण का विचार और बुद्धि उचटती जा रही है। बिखरे-बिखरे खयाल और भ्रान्ति की माया में उसका मन घूम रहा है नाना स्तरों, नाना सतहों पर। उसकी खूब मांसल देह उसकी चेतना के आगे मानो उसी खयाल में हवा में मिल गयी है, वह केवल खयाल ही खयाल है, उसके व्यवहार में है केवल मुक्त, गरम लू से भरी धूप की लहर, उत्तेजना। हाँ, वह कोई और ही है; जो पहले थी, वह नहीं है!

वह अतृप्त आत्मा, पंचभूतों से स्वयं को खींचकर, एकत्र हो, खोज रही है अपनी खोयी सन्तान को। बहुत याद आती है, कितने दृश्य याद आते हैं। उन्हीं यादों के बीच वह खोजती-फिरती आकर यहाँ पहुँची है। खबर मिली कि इन्हीं लोगों ने

कहीं लुका-छिपा दिया है उसे। दिख रहा है, इस सिरे से उस सिरे तक बालू का उजाड़ फैला है। दूर पर पानी। सब जगह जैसे घूमते-फिरते वह खोज रही थी। और जो घने बाग-बगीचे दिखते, पहाड़ों की कतारें, इतने गाँव-घर, नारियल—माया की तरह सब दिख जाते आँखों के आगे। अँधेरी रात में तारों-भरा काला आकाश, चाँदनी में छलछलाता पानी, फिर उस पार सरसोंफूलिया माया का कोहरा, जिसमें से सुनाई पड़ जाती जलहंसों की कलरव ध्वनि, काला-काला बोहित की तरह क्या-कुछ तैर आता। काली छाया की तरह लोग पतवार खे रहे हैं, जैसे कि वह देखती आयी है श्रीमन्दिर की भीत पर, सब जगह तो वह थी, खोजती फिर रही थी अपनी सन्तान को। अधर ही अधर में बहती तैरती चली आयी थी बादलों के बीच, नीचे देखती-देखती; इधर-उधर मन्दिर के शिखर उठे हैं, सहारे से टिकी छत, पेड़ों की फुनगियाँ, और कहीं सटे हुए पेड़ों की छतरियाँ—सब एक होकर बन गयी है छायादार फर्श। और कभी-कभी गरजती वर्षा-आँधी में मिलकर खोजती रोती-रोती फिरी है वह। बच्चों की भीड़ देखी है पर अपने बच्चे को नहीं देखा। रास्ता दूर तक जाते देखा है, लोगों को आते-जाते देखा है, पर कहीं कोई उसके बच्चे को गोद में लिये नहीं मिला।

यहाँ उसके खोजने-खाजने का समाधान होगा, यह उसकी चेतना बता रही है। शत्रु से अपने बल पर वसूल कर लेगी वह अपना पावना। उसकी सन्तान उसे मिलेगी, और फिर वह चली जाएगी।

कोई धूप-झूना लाकर रख रहा है। किसी ने लाकर पना-छेना रखा, तो किसी ने मन्दार के फूल। कुछ लोगों ने लम्बे पसरकर प्रणाम किया। ये लोग उसकी शरण आये हैं, ताकि वह इनमें किसी का अनिष्ट न करे। धूप का धुआँ भँवर डालता कमरे में घूम रहा है। उसने साँस द्वारा खींच-खींचकर उसे ग्रहण किया। उसे याद आया कि वह गन्ध आहारी, पवन आहारी है। सिर हिला-हिलाकर देह को थिराया-नचाया। अपने आप उसकी उत्तेजना बढ़ती गयी थी। इसके बाद माथे में चढ़ा धूनी का धुआँ, उसकी उत्तेजना और बढ़ी। इसके बाद सुना कि बाहर रास्ते पर ढोल ढाँव-ढाँव बज रहा है, ढोल के साथ महूरी चिरचिरा रही है। उसे खयाल आया, अबकी उसे नाचना पड़ेगा, जैसे कि उसने देखा है 'बूझा' का नाच। उसे लगा जैसे जी भरकर वह नाची है सदा, एक तीखी किलकारी भरकर वह सारे आँगन में नाच-नाचकर घूमने लगी। कभी छलाँग-भर कूदती, कभी कमर पर हाथ रख एक पैर उठा, एक पैर से नाचती। सिर के बाल बिखरकर लोट रहे हैं, आँख फाड़े देख रही है, जीभ लपलपा रही है, चेहरे की पेशियों को नचा रही है। कहाँ से आ गयी उसके पैरों में विचित्र ताल, देह की लहरों में छन्द! ढोल बजा, केला की पत्नी नाची। बाजा थमा, उसका नाचना रुका। देखा, आँगन भरा है। लोग खचाखच। कितने ही आकर हाथ जोड़ रहे हैं। कोई धरती पर सिर रगड़ रहा है। लगा, जैसे वह इन्हें जानती है, किसके मन में क्या दुःख या चिन्ता है—सब मानो उसके सामने स्पष्ट

हैं। उसका मन उदार हो मौन सहानुभूति और आशीर्वाद उँड़ेलने लगा। इसके बाद अचानक उसे वह पुरानी धक-धक याद आ गयी। जन्तु की तरह गरजकर वह चिरचिरा उठी, "दे मेरा बेटा, ला दे रे, नहीं तो तेरा बंस नष्ट कर दूँगी रे कुलच्छनी!" पैर पसार, घुटनों से नली तक हथेली फिराते-फिराते सिर झटक-झटककर, जीभ निकाल, दाँत दिखा वह उनचास पवन उठते रोगी की तरह विकृत शब्द कर चक्कर मारने लगी। गेल्ही की माँ, कन की माँ हाथ पकड़े-थामे उसके मुँह के पास आयीं। गेल्ही की माँ ने पूछा, "कौन हो माँ, तुम?"

केला की पत्नी के मन का बहकना मानो पूरा हो गया, एक ही प्रश्न से। अब उसने सामने खड़े लोगों को देखा, और उसकी चेतना में एक धारणा उठी—ये सब मनुष्य हैं, वह स्वयं मनुष्य नहीं। अपने-अपने घर-बार के धन्धे में बँधे-गुँथे होकर छोटे-छोटे आदमी हैं ये लोग, उससे डर रहे हैं, वह इन लोगों के दल की नहीं है, स्वतन्त्र है।

कन की माँ ने पूछा, "तुम कौन हो माँ, कहाँ से आयी हो? इसका आसरा क्यों लिया? कौन हो माँ तुम?"

कितने चेहरे झुक आते हैं उत्तर सुनने के लिए। मन-ही-मन सोचने लगी, कौन है यह? बेटा खोयी माँ, यहाँ उसके बेटे को कोई छुपाये है, वह खोज रही है, बेटा लिये बिना वह नहीं जाएगी।

इसके अलावा और क्या परिचय होगा?

कोई परिचय देने की जरूरत नहीं, गोपन ही रहे यह रहस्य, उसे अपने खोये बेटे की आवश्यकता है। बेटा चाहिए।

"कौन हो माई तुम?"

"दया करो हे दयामयी! कौन हो तुम, बोलो! क्या किये तुम शान्त होओगी? क्यों इस गरीब की बहू को कलबल करती हो?"

"कौन हो माई तुम?"

"कौन? कौन? कौन?"

ये इतनी टिमटिमाती आँखें प्रतीक्षा में बैठी हैं, चेहरे उसी की ओर उठे हैं। क्या दरकार है इन्हें इसके परिचय की? उसका बेटा ला दें, नहीं तो मुँह में अंगारे उँड़ेल देगी। बाघिन की तरह नोच-खसोटकर, दुःख-क्रोध सबको मिलाकर जी दहलानेवाली चीख के साथ वह चिल्लायी—"मैं कौन हूँ, इससे तुम्हें क्या मिलेगा? मुझे मेरा बेटा ला दो। नहीं तो खाऊँगी—खाऊँगी—एक-एक कर इस गाँव के सबको खत्म कर दूँगी।"

भय से चेहरा सुखा एक-एक कर सब पीछे हट गयीं। पीछे से कौन-किधर चुपके से चल दी। दबे गले में बातचीत, फुसफुसाहट, एक साथ होने तक सू-सा खट-खाट की आवाज आ रही है।

"चल री, चलें। डायन-डाकन के मुँह के सामने कौन आए? घह पीछा पड़ी तो खा जाएगी।"

"अई, पेट में दरद उठ आया, मैं आ रही हूँ।"

"जी, छोटा बच्चा छोड़कर आयी हूँ, उठ गया होगा।"

"साँझ घिर आयी है, घर पर कोई नहीं है आज, जी यहाँ मेरी कोई जरूरत तो है नहीं।"

"नहीं-नहीं, यह और किसम की है, देखती नहीं खाली 'बच्चा ला दे बच्चा ला दे' कह रही है।"

"बच्चा छोड़कर माँ मर गयी। बस खोज रही है बेटा। तब से खोज रही है। किस गाछ पर आसरा किये थी? बाड़ी की ओर सेंहुड़ा गाछ में होगी? इसे देखा और चढ़ बैठी। अब क्या होगा, पता नहीं। भगवान् रक्षा करें, बेचारी केला की पत्नी की।"

आये हुए लोग धीरे-धीरे लौट गये, नये लोग अधिक नहीं आये। फिर भी एकाध आ-जा रहे थे।

खबर पाकर चौंकती चली आयी धान-कूटनी बुढ़िया शिखरा की माँ। पहलवान की तरह गठन है उस बुढ़िया का। सो उसका नाम ही है हनुमत बुढ़िया। आकर देखते ही बुढ़िया ने सबसे कहा, "देखती क्या हो, बहू कितना परेशान हो रही है। लोहे की सींक चूल्हे की आग में तपाकर लाओ और उसकी देह में दाग दो, लाल मिरच का धुआँ दो, चाहे कोई कैसी भी हो, छोड़कर भाग पड़ेगी...।"

ठीक तभी दरवाजे पर आकर खड़े हुए सिन्धु चौधरी। उनके पीछे-पीछे छवि और छवि की माँ। सिन्धु चौधरी ने देखते ही कहा, "ऐसी क्यों हो रही है बेटी? तू तो घर की लक्ष्मी है! चित्त को थिर कर, हरि का नाम ले। जिस कारण से मन इधर-उधर सोचकर हिल उठा है, वह सब मन से पोंछ डाल। यह सब और कुछ नहीं, अपने आपको पागल करने का काम है। भागवत में कहा है..."

स्पष्ट भाव से सिन्धु चौधरी भागवत गाने लगे—

> "हरि विमुख प्राणी येते। से थान्ति पशुंक संगते।
> ताहाँ कु मोहे विष्णु माया। विषय रसे बढ़े स्नेहा ॥
> देह कु वस्तु प्राये मणि। बइरि मित्र न प्रमाणि।
> भ्रमइ शोक मोह पथे। अज्ञान भ्रम बुद्धि ग्रासे ॥
> तेणु संसार मोहे पड़ि। दुःखे संकटे थान्ति जड़ि।
> हरिबोल—"

और फिर चारों ओर से स्वर उठा—"हरिबोल।"

जीवन में जब कष्ट आता है तब भागवत और हरिबोल। उस हरिबोल के उपरान्त सब आवाजें आप ही आप चुप पड़ गयीं। आँगन में लोग बैठ गये हैं, झुण्डों

में। पुरुष और स्त्रियाँ, सभी जातियों के पास-पड़ोसी। यहाँ-वहाँ एक-एक लालटेन जल रही है। कई लालटेनों में मोर आ गया है।

उस सिरे पर सिन्धु चौधरी खड़े हैं। पार्श्व में स्त्रियों के साथ मिलकर छवि और उसकी माँ हैं। ड्योढ़ी के पास बरामदे में केला की पत्नी बैठ गयी है। सिर झुकाये, गरदन झुकाये बैठ गयी है। मानो भागवत के पद सुनकर उसका सिर झुक गया हो। अब और हो-हल्ला नहीं, हूम-दूम भी नहीं। उसी बात को सबने अचम्भे में भरकर देखा। उस अप्राकृतिक परिस्थिति में सबके मन में दृढ़ ईश्वर-विश्वास भर गया हो, और यह विश्वास जम गया हो कि उस पद से वास्तव में 'यम' चला जाता है।

सिन्धु चौधरी ने कुछ देर चुप रहकर फिर कहा, "बाल सँवार, कपड़े-लत्ते ठीक कर, मुँह धो ले, ठाकुरजी का नाम ले। पिछली बात को और न सोच!"

वह वैसे ही चुप बैठी है।

सिन्धु चौधरी ने फिर कहा, "कोई है क्या, उसे जरा ठीक-ठाक कर दो, कुछ खाने-पीने को भी दे देना।"

औरतों ने एक-दूसरे की ओर देखा। कोई नहीं निकली।

इसके बाद देखा, अकेली आगे बढ़ रही है छवि। साँस रोके सब उस मूर्ति की ओर देखते रहे। सबके चेहरे पर भय की छाया। मानो वह किसी जीवित गोखर नाग की ओर बढ़ रही हो। अकेली, निर्विकार! वह पन्द्रह-बीस डग का रास्ता कितना लम्बा दिख रहा है। मानो कोई स्वप्न देख रही हो। स्वप्न में कदम-कदम बढ़ाये चल रही हो, रुक-रुककर। पास जाकर धीमे-से छवि ने कहा, "यहाँ ऐसे क्यों बैठी हो भाभी! कैसा रूप बना लिया!"

छवि ने उसका आँचल उठाकर देह ढाँप दी। माथे के बालों को मुट्ठी में भर-भरकर पीठ की ओर कर दिया। कहा, "घर में चलो, ये माथे के बालों को ठीक करना है।" धीरे से हाथ पकड़कर ऊपर उठाया। केला की पत्नी पत्थर की तरह बैठी थी। छवि ने हाथ पकड़ा तो धीमे से उठकर खड़ी हुई। फिर हलचल मची, अबकी आशंका भर गयी, पता नहीं क्या करेगी! कुछ नहीं किया, मानो वह खड़ी-खड़ी कोई स्वप्न देख रही हो। छवि उसकी बाँहों को हथेली का सहारा देकर उसे घर के अन्दर ले गयी। बोली, "कोई आना तो जरा, बिस्तर खाट पर डाल देना तो—"

सिन्धु चौधरी ने कहा, "कोई औरत जाए उसके पास। बहू का जतन तो करना होगा, खाली देखने से क्या होगा?"

अबकी और पाँच-सात औरतें गयीं। बिछावन फैलाया गया, केला की पत्नी को खाट पर लिटाया गया, पंखा झला गया। वह चुपचाप पड़ी रही।

"अब सो जा।" छवि की माँ ने कहा।

दरवाजे से सिन्धु चौधरी बोले, "हाँ, पहले नींद दरकार है। ठाकुरजी ठीक कर देंगे..."

"आँख मींच लो भाभी," छवि ने स्निग्ध स्वर में कहा। उसके चेहरे की ओर ताकती रही केला की पत्नी, फिर उसने अपनी आँखें मींच लीं। सच और सपन के बीच झूल रही थी उसकी चेतना। उसका चुपचाप पड़े रहने को मन कर रहा था। एक-एक कर सब चली आयीं। दरवाजे पर थी बुढ़िया शिखरा की माँ। उसके साथ सपनी की माँ थी। वह केला की माँ की साथिन है, लम्बी हड़ीली औरत। आरत अमीन की स्त्री ने बाहरवाली कोठरी से पूछा, "रात में कौन यहाँ रहेगा, घर की व्यवस्था कैसे-क्या होगी?" वगैरह।

केला की माँ को सँभालने की व्यवस्था हुई। गाँव के लोग बाहर बैठ उपाय के बारे में सोचने लगे, मानो यह गाँव-भर की समस्या हो।

सिन्धु चौधरी, छवि और उसकी माँ लौट आये।

खाट पर लेटी-लेटी केला की स्त्री आधे चेतनावस्था में सोचने की चेष्टा कर रही थी। सिर में जैसे पहिया घूम रहा है। विश्वास ही नहीं होता कि इस तरह सब थम जाता है। कभी-कभी लगता जैसे कुछ गड्डमड्ड हो गया है, और कभी-कभी ऐसा लगता मानो वह वह नहीं। पुरानी सनक याद आते-आते फिर सिर में पहिया घूमने लगता। बस आदमी ही आदमी! वे चेहरे सब सिलबिलाते दिख जाते। उसके साथ याद आ जाता है—केला का चेहरा, सास का चेहरा। किसी चेहरे पर ध्यान के अटकते ही सिर में फिर गोलमाल लग जाता। कभी कुछ-कुछ याद आने की तरह लग रहा है, मानो जान-बूझकर बहुत दूर आगे आ गयी है, फिर याद आते हैं वे ही प्रश्न—तुम कौन हो? कौन? कौन? कुतूहलमय चेहरे विभंग-विकृत दिख रहे हैं। किसी के सारे चेहरे पर सिर्फ आँखें ही आँखें, किसी के सिर्फ दाँत, किसी की नाक, चिबुक नीचे झूल गयी है। कौन कितने प्रकार के हैं। और दिख रहे हैं चेहरे सिन्दूर से लिपे-भरे, जिस तरह लिपा होता है देवी की मूर्ति पर, देवी-पेड़ के तने पर। और दिख रहा है कि वे काली साड़ियाँ, रंगीन साड़ियाँ पहने आ रही हैं। पुनः सब कुछ उबल-उफनकर बह जाता है बाढ़ की तरह। कितने रूप, कितनी छायाएँ हैं!

"मेरा तो जी करता है मैं यहीं रह जाऊँ, माँ!" छवि ने कहा।

"नहीं, बेवकूफी होगी बेटी, तू नहीं जानती।"

"नहीं, तुम क्या जानो!" सिन्धु ने बात काटकर कहा, "बेचारी के सिर में कुछ हो गया, बस लोगों ने उसे पागल ही बना दिया!"

छवि की माँ कहने लगी, "पागल! तुम कुछ जानते हो! तुमने भागवत पढ़ी इसलिए वह चुप रह गयी, केवल डर से, नहीं तो वह चुप होती! देखना, वह फिर कैसे क्या करती है। यह क्या इतने में ही पूरा हो जाता है?" इसके बाद उसने कहा, "धर्म भी तो कुछ है! जो दूसरों के नाम पर झूठ रटते हैं, उन्हें भी तो फिर कोई

देखता है? अपने किये करम का फल, जिस राह से हो, मिलेगा ही!"

"छिः छिः, तुम यह सब क्या कहती हो?"

"नहीं, मैं क्या कुछ जानती हूँ? दोपहर में बैठक जुड़ती है। गाँव की औरतें जमा होती हैं।"

"फिर तुम्हारा मन कीचड़ घाँटने को होता है?" असहिष्णु होकर सिन्धु चौधरी ने कहा, "तुम्हें मेरी सौगन्ध, वो सब बातें न छेड़ो।"

छवि की माँ चुप हो गयी। फिर भी इतना कहा, "ठीक है, ठीक है, धरम तो है!"

"ठाकुरजी को पुकार, बेचारी बहू ठीक हो जाय।" सिन्धु ने कहा। छवि की माँ ने कोई उत्तर नहीं दिया।

खबर पाकर अपर्ति पधान सीधे भागा-दौड़ा गया झाड़-फूँक करनेवाले को खोजने। उसने मन-ही-मन मान लिया था कि केला की स्त्री को भूत लगा है। उसने सुन रखा था कि पुहाणपाड़ा का सिध पात्र नामी ओझा है। निष्ठा से रहता है, झाड़-फूँक करता है, भूत छुड़ाया करता है। कितने ही रोगों की काट है उसके मन्त्रों में। माँ शीतला के आने पर भी लोग उसे ही बुलाते हैं। पाटेली गाँव से पुहाणपाड़ा की राह दो कोस तो होगी ही।

बड़े तड़के ही बाउरी बस्ती के मुर्गे ने बाँग दी तो केला की पत्नी हड़बड़ाकर बिछौने से उठ गयी। सारी रात नाना अनुभूतियों में कटी है। कभी पलकें मुँद गयी हैं, कभी वह अँधेरे में ताक रही है, परन्तु हरदम माथे में धक-धक लगी है। नाना रूप, नाना कल्पनाएँ एक जगह घुल-मिलकर उसके मन को झुलसा रही हैं। बाद में नींद में माती-सी उठी। फिर जैसे पुरानी सनक लौट आयी हो। उसने आवाज लगायी, "ई लो, देना मेरा बेटा, नहीं तो तेरा बंस नाश कर दूँगी।" अँधेरे घर में अब धुँधली-सी पौ फट रही है। अपनी आवाज उसे खुद को ही खोखली लगी। उसमें बल नहीं, वरन् सन्देह भरा है। परन्तु कानों में वे शब्द पड़ते ही उसे लगा जैसे उन शब्दों का उसी प्रकार से व्यवहार करना ही पड़ेगा जिस प्रकार उसने देखा है कि 'बूझा' करनेवाला किया करता है। एक आवाज पर दूसरी आवाज। फिर एक, फिर और, और। इसके बाद सिर को हिला-हिलाकर घूमर भरने लगी।

दूसरी कोठरी में शिखरा की माँ, सपनी की माँ जाग पड़ीं। सपनी की माँ बढ़ती जा रही थी, शिखरा की माँ ने फुसफुसाकर उसे रोका। इसके बाद भोर हुई। सुबह उगी। केला की पत्नी पैर पसारे सिर घूमर-घूमर करते बीच-बीच में वही बात चिल्लाकर कहती। लोग जब देखते तो केला की पत्नी अधिक उत्तेजित हो जाती, नहीं तो एक कमरे में सिर झुकाये बैठी रहती, सिर घुमाती रहती। फिर जब दरवाजे पर धूप झिलमिला रही थी, उसने देखा, कोई अनचीन्हा आदमी आ पहुँचा है। उमर चालीस के लगभग होगी। कसी-कसायी देह, बड़ा गोल चेहरा, मोटी-मोटी आँखें,

मानो पत्थर से तराशी गयी हों, चौड़े लिलार के बीच सिन्दूर का लम्बा टीका, माथे पर लम्बे-लम्बे अरणे बाल, कान में मन्दार फूल खोंसे। वह एक हाथ में लिये है चिमटा, दूसरे में ताँबे का छोटा-सा लोटा, लाल धोती बाँधे है, कन्धे पर लाल गमछा। चिमटा उठा, भयंकर चेहरा बना वह अनचीन्हा आदमी गरज उठा—"कौन है तू, बोल! अभी जाना हो तो जा नहीं तो देख मैं क्या करता हूँ।" उसकी नजर के सामने केला की पत्नी जैसे मुरझा गयी, छाती के अन्दर धप्-धप् होने लगा। धमकाकर बोली, "दे मेरा बेटा, तब जाऊँगी, नहीं तो खाऊँगी, खाऊँगी..."

"ले, खा..." सिध पात्र ने कहा। ताँबे के लोटे से पानी लेकर कुछ मन्त्र पढ़ा और गुस्से में पत्थर फेंकने की तरह उस पर पानी छिड़का।

यह जरूर कोई भयंकर पदार्थ होगा, केला की पत्नी ने सोचा। बूँद-बूँद कर पानी के छींटे उसकी सारी देह पर पड़ते ही वह चिल्लायी—"ओह! ओह।"

"जाएगी या नहीं?"

बहुत सारे लोग मजा देखने जमा हो गये थे। उसने रोष दिखाकर कहा, "नहीं।"

सिध पात्र मन्त्र पढ़ रहा था, कर्कश स्वर में बोला, "अभी यहाँ से उठाये बिना मैं भी एक कदम नहीं सरकता। वरना तुम सब आदमी को चरने लगो तो यह सृष्टि ही नहीं रहेगी। अरे, तुम्हारे भी दिन थे, जब तुमने ऐश-आराम किये, वह समय खतम हो गया, चला गया। अब अपने करम लेकर उद्धार पाओगे या कुछ दिन भटकते हुए कष्ट भोगने पर सब मिटेगा, एक बार और जन्म लोगे या मोक्ष पा जाओगे; जो भी हो कुछ भी अपने हाथ की बात नहीं, तो हमारे साथ क्यों झकझक लगाने आये! ये भी कोई बात हुई?"

वह गुमसुम बैठी है, इस गरम पत्थर के जैसे आदमी के सामने। थोड़ा-थोड़ा विचार आ रहा है, सचमुच वह क्या भूत है?

"जाती है या नहीं?" सिध पात्र झल्लाया।

"ना, मैं नहीं जाती।"

"अच्छा, तब मेरा दोष नहीं। लाना तो चूल्हे में से सींक।" सचमुच ही हाथ में लोहे की सींक लिये एक आदमी लाकर दे गया। सींक के दूसरे सिरे पर राख लगी है। सिध पात्र ने मन्त्र गुनगुनाते हुए उस लोहे की सींक को गमछे से पकड़ा और कहा, "इस देह को कील दिया है, अब तू इस देह में कभी नहीं आ सकेगी। तू बहुत जंजाली है, अब आँख मूँदकर पहले तुझे भागना पड़ेगा। नहीं तो लोटा-भर पानी तुझे साथ ले जाने देता।" कहते-कहते रोमांचित हो उसकी देह फूल उठी। पत्थर-जैसी आँखें दहकती आग की तरह जल उठीं। फन्-फन् करती नाक, होठ से होठ भिंचा, खिंचा जबड़ा, उस चेहरे का ताव मानो उसके कोमल मुँह को झुलस दे रहा था। उन आँखों की ओर देखते-देखते उसे लगा जैसे वे आँखें और भी बड़ी

हो गयी हैं। वह बायें हाथ में सींक लिये है। दाहिने हाथ की हथेली को हिला-डुलाकर नाना मुद्राएँ बना रहा है। केला की पत्नी की देह में जब झिम-झिम होने लगी तो सिध पात्र की आवाज आयी, "कीलता हूँ, कील दिया है अबकी बार, जा भाग!" उसके चम्पाफूली गोरे खुले हाथ पर सिध पात्र ने चाँय से गरम लोहे की सींक का सिरा घोपकर उठा लिया था। मरण चोट खाये साँप की तरह छटपटाकर वह इधर-उधर उछल-कूदती चीख पड़ी और फिर पछाड़ खाकर धड़ाम से मूर्च्छित-सी गिर पड़ी। चारों ओर से सुनाई पड़ा, "पानी लाओ, पानी लाओ..."

रास्ते पर, बाड़ी में, भीत पर चिमटे से ठोंक-ठोंककर पूजा की विधियाँ पूरी कर सिध पात्र लौट गया। और पीछे-पीछे गोठ-भर लोग। वह उस दिन का बड़ा आदमी था।

दोपहर में छवि, छवि की माँ, गुरु की माँ आकर पहुँचीं। उस कोठरी में केला की पत्नी सोयी है। भीतर बरामदे में केला की माँ भागवत बाँच रही है। चुपचाप बैठी हैं बस्ती की स्त्रियाँ। गुपचुप धीमी बातचीत चल रही थी। सबका थमा-थमा-सा चेहरा। मानो किसी के मुँह पर किसी के प्रति कोई असूया का चिह्न न था। सब उस एक ही गोठ के आदमी। यहाँ वे ही लोग बैठे हैं, जो परस्पर एक-दूसरे से द्वेष करते रहते हैं, परस्पर कुत्सा रटते रहते हैं। कमर पर हाथ रखे एक-दूसरे की ओर गालियाँ उँड़ेला करते हैं। पर यहाँ जैसे माया ने सब कुछ ढाँप लिया है। भगत महारणा की स्त्री बैठी है, कपिल महारणा की स्त्री के पास ही पास सटकर, जिस चाँद की चाँद बनी हैं फिर से, और गेल्ही की माँ, कन की माँ वगैरह भी हैं। इसी प्रकार की कितनी ही गाँव-भर की नागर नवेलियाँ। कोई न बड़ी, न छोटी, एक ही दल में सब मिल गयी हैं। बड़ा विचित्र है यह गाँव, छवि की माँ सोच रही है, कभी एक साथ मेलजोल, मानो एक ही घर के लोग हों; और फिर कभी फाटमफाट, झगड़ने को तैयार।

चुपचाप सुख-दुःख की बातें हो रही हैं। किसके घर में किसे बुखार हुआ था, उसकी तबीयत कैसी है? किसने कौन-सी तरकारी बनायी है, किसकी बहू कैसी है, किसकी सास कैसी, कौन कहाँ गया था लौटा कि नहीं, किसका बेटा परदेस में है, चिट्ठी दी है या नहीं! उसी के बीच पान की लेन-देन, फुसफुसाकर स्नेह की बातें हो रही हैं। जो आ रही हैं ठाकुर-दर्शन की तरह घर के अन्दर जाकर केला की पत्नी को देख आकर एक-एक कर उसी पुराने दल में शामिल होती जा रही हैं। सोती रहे वह, जितना सोयेगी उतना ही अच्छा।

और भागवत पढ़ रही हैं केला की माँ। चेहरा सूख गया है, साँवला, पतला चेहरा अधिक मुरझाया-सा लग रहा है। आँखों पर डोर बँधा सफेद फ्रेम का ऐनक।

भीड़ में रहकर भी लगता है मानो वह ऊँचाई पर है, सबसे दूर है। वह दुर्बल चेहरा गम्भीर और तेजस्वी लग रहा है, सबकी सहानुभूति मानो वहीं जम गयी है।

छवि केला की पत्नी की खाट के पास जाकर हँसती हुई खड़ी हो गयी। केला की पत्नी अपने चेहरे पर धोती ढाँप हू-हू रो उठी। उसका माथा सहलाते-सहलाते छवि ने समझाया, "छिः, ऐसे नहीं हुआ करते, तुम्हें क्या हुआ है?"

फिर वे वहाँ से लौटने लगीं, कितनी आयीं कितनी गयीं, केला की पत्नी ने सोये-सोये खुद को सँभाला।

केला के घर में जैसा, गाँव-भर में भी वैसा। भूत चला गया है, भूत के साथ-साथ लोगों के मन से ज्वाला ही बुझ गयी है। चैत की बढ़ती धूप की तपिश में मानो उन्होंने शरत् के आकाश की झलक पायी हो, पृथ्वी शान्त...!

ढोल ढाँय-ढाँय बज उठा, शुरू हो गया ठाकुरानी (देवी) का माजना। आरत अमीन की स्त्री ने अगुआ हो मूड़ी-नारियल ढेर कर भोग चढ़ाया, फिर बच्चों को बुलाकर बाल-भोग खिला दिया। किसी ने कहा नहीं, कोई बुलाने गया नहीं; इधरवाले घर से एक, उस घर से एक इस तरह से एक संकीर्तनियाँ लोग आ-आकर साँझ तक जुट गये, मृदंग बजने लगा, संकीर्तन बोलने लगे; न कोई इस दल का था न कोई उस दल का, कौन आया, कौन नहीं—इसका भी हिसाब किसी ने नहीं किया। बस संकीर्तन चल रहा है, अन्धकार को ढकेलता हुआ। दल में से कहीं से लोका नायक, कहीं से किणेई ओझा चेहरा विकृत किये गरदन फुलाये धीरे-धीरे मेल के भीतर चल पड़े।

"आरे नदिया नवदीपते हइल जनम अँ अँ अँ अँ..."

मागुणिया अपर्तिया ने मिलकर पकड़ी हुई पेट्रोमैक्स घने बरगद से झुला दी।

जुजेष्टी धोबी ताली बजा रहा था, शाम गोच्छेइत अपना दल लिये ढोल महूरी के साथ प्रतीक्षा में बैठे थे, मृदंग थमे तो वे चढ़ेंगे, हरि साहू पालथी मारे बैठा हुआ सिर हिला रहा था। कुछ हटकर आसन पर बैठने की तरह सिन्धु चौधरी बैठे थे। ऊपर ही ऊपर एक डाल से दूसरी पर उछल-कूद कर रहे थे गाँव के बन्दर!

दोपहर, सिन्धु चौधरी टहलने निकले थे। हाथ में पान का डिब्बा, खुला बदन, कन्धे पर पुराना गमछा।

ऐसे कभी-कभार यादें आ जातीं—जैसे पुराने दिनों की चाकरी-जीवन की बातें। पुरानी आदत के अनुसार हाथ-पैर कुलबुला उठते। ऐसे समय घूमना ही घूमना। धूप हो, वर्षा हो, सब इस देह पर से गुजरती। सेटलमेण्ट के अमीन—वही पुरानी नीति, 'छोड़ो पितृकार्य, करो राजकार्य।' और गाँव के सिरे पर का घना बरगद—वह मानो चाकरी के दिनोंवाली छावनी की याद करा देता है, आज इस गाँव में बरगद के नीचे

कुछ दिन बाद और किसी गाँव में, वहाँ भी कोई घना बरगद। छोटी झोंपड़ी, घास साफ कर गोल-गोल छोटे-से कुछ तम्बू, कितने लोगों की भीड़, एक अलग दुनिया की चहल-पहल—वहाँ भी भात बनाते, आदमी खाते-पीते-सोते।

खिला है पलाश, खिली है पालिधी, पाटली, गुलमुहर और जामुन के सिरे पर लाल कोंपलों का मुकुट। चिलचिलाती धूप में फूलों की लाली मानो रास्ता दिखाती ले जाती है उस अतीत की ओर, घर से बाहर की ओर, जहाँ दूर रहकर भी घर अपने घर-जैसा लगेगा, वहाँ हाँड़ी में कलौंस लगते न लगते उसे फेंककर नयी जगह चला जाना पड़ेगा। तब फिर याद आते हैं वे लोग जो साथ-भाई बने थे। कोई जूड़ी के समय जागता रहता, माथा दबा देता, पैर घिस देता; कोई मौके-बैमोके सहायता कर देता, कोई किस तरह अपना बन गया था, उस सबकी कहानी पुरानी स्याही के लिखे पन्नों की तरह फीकी पड़ आयी स्मरण में। कुछ मिट गयी, और कुछ याद न होने पर भी उनके बारे में बहुत-कुछ याद शेष है। अपरिचित बिदेस में अध-खोयी कहानी, गाँव में उसकी प्रतिध्वनि नहीं है।

इसी दुपहरी में, धूप में जलती सनसनाती हवा के झोंके से घने पेड़ों के पत्ते पीछे झुककर जब झकझका रहे थे, नदी तट के अधसूखे खस के झुरमुटे से लेकर देवदार की चोटी तक जब चैती-हवा में थिरकते रहते हैं, तब कोई आदमी दिखायी नहीं पड़ते; परेवा चीखता रहता है—सुनाई पड़ता है, तब अपने आप मानो सारे दृश्यपट चलते रहते हैं। कभी हँसी आ जाती है। कभी लाज लगती, सदा लगता, हाँ मेरा भी दिन था, यौवन था, एवं मोह से, भ्रम से भी बढ़कर था यौवन, वह और आएगा नहीं।

मन के इस मौन अभिसार में ठीक दुपहरी में चल रहे थे सिन्धु चौधरी। जमींदारी नहीं, चमचे नहीं, साथ ताबेदार नहीं, किसी से कुछ माँगने का जी नहीं, किसी को कुछ देने का मन नहीं, जैसे दिन-भर के छाया-आलोक से गढ़े रूपों में से यह भी एक रूप है। क्यों ऐसा बना है, उसका कोई उत्तर नहीं, क्या होगा इसके बाद, इसका कोई समाधान नहीं है...बस वैसे ही!

किणेई ओझा लुहारशाल में आग के ताव से गरम लोहे को हथौड़ी से पीट रहा है। भगता बढ़ई के घर से ठकठक सुनाई पड़ रही है। केवट बस्ती में पेड़ की छाया के नीचे कुछ लोग बैठे जाल बुन रहे हैं। कुम्हारशाल में हाँड़ी पर हाँड़ी रखे छोटे-छोटे आँवे बने हैं, अबकी भट्ठी लगेगी। ढेंकी की चोट सुनाई पड़ रही है—धाकुड़, धाकुड़, उठता-गिरता चल रहा है उसका छन्द, उसके साथ पत्तों की साँय-साँय मिलकर मानो एक अटूट 'दाण्डीवृत्त' में चैती दोपहर का संगीत सुनाई दे रहा है। चले जा रहे हैं सिन्धु चौधरी, दूर और भी दूर। याद आ जाती हैं एक-एक कर, जीवन के भूले-बिसरे क्षणों में से कुछ, रूप में से कुछ, और सपनों में से कुछ। ऐसे सब उड़ गया, ऐसे इसी हवा में।

रास्ते के किनारे एक अकेला कुरैया का झोंटा खड़ा है, महकीले सफेद फूल लादे, निचले फूल कषाय पड़ आये हैं। कौन-सा देश है वह! जिधर देखो, केवल कुरैया फूलों का वन। उसके बीच सिर पर मटके पर मटका रखे हँसती हुई दो युवतियाँ चली जा रही हैं। पीछे की ओर कुछ सरककर वन के ऊपर उठी है एक-एक घर की छान। मुर्गों की कुकड़ू-कूँ सुनाई पड़ रही है, चार-पाँच घर मिलकर एक खुली बाड़ी है। उस ओर गोलाई लिये पहाड़ की दीवार, उस पर भूरे रंग का वन, कुरी-के टीले देकर चली गयी है नीचे तक ढलती-ढलती किसी अनदेखे रास्ते की धारा। धीरे-धीरे देह छुपती जाती है कुरैया के वन और ढलान में।

उस अगली के सिर पर के मटके दो दिख रहे हैं, पिछली की गरदन से ऊपर का भाग। अबकी उसने मुड़कर देखा, फूल और पत्तों की लम्बी-चौड़ी लहरिये के बीच मानो वह कोई और ही प्रकार का फूल हो, किन्तु वह आदमी है, वह फूल से भी बढ़कर है। ये धनु की तरह भौंहें, मानो किसी ने आँक दी हों; ये आँखें किसी आदमी की नहीं, सचमुच जैसे हिरनी की आँखें हों; कितनी सरल, कितनी सजल। वे हँस पड़ीं, मानो कुरैया फूल की महक और भी बढ़ गयी, पत्तों का सब्ज रंग और फूलों का दूधिया रंग और भी अधिक बढ़ गया। बाड़ी और भी खिल उठी मानो फूलों की लहरों के इधर-उधर उन्हें चाहकर देखने के लिए दो आदमियों के चेहरे हैं—इसीलिए इस परिवेश की सृष्टि हुई लगती है, अन्य किसी कारण नहीं। सुनाई पड़ती जा रही है मधुमक्खी की भिनभिनाहट, और कहीं नीचे किसी पहाड़ी नदी की कलकल ध्वनि। अगले दोनों मटके नीचे के ढलान में अदृश्य हो गये, पिछला चेहरा वैसे ही है, प्रतीक्षा में...प्रतीक्षा कर रहा है।

गहरी साँस छोड़कर सिन्धु चौधरी ने आगे की ओर देखा, सूखती जा रही घास पर कोई गाय चर रही है, मटमैली। पंजर के हाड़ चमड़ी से उभरे हुए हैं। बीच की ओर मुड़े हुए सींगों की जोड़ी। पूँछ से पीठ बुहारते-बुहारते एकमन चरने में लगी है। उभरी हड्डियों की ठठरी पर तितलियाँ बैठती हैं; वह न इधर, न उधर, सिर्फ घास की ओर नजर गड़ाये है।

और उधर हाँफता-धाँफता आ रहा है कोई एक अत्यन्त हास्यास्पद अष्टावक्र की गति से, उसके ऊपर ही ऊपर कुछ मैनाएँ हलचल करती उड़ रही हैं। वह कोई मटियाले रंग की गोह है। उसके मुँह पर या देह में कहीं भी कोमल नरम भावों का रंग या लहर नहीं दिखती।

केवल माटी ही माटी है।

हवा में घिसटती-घिसटती उड़ रही हैं लाल पाटली की पंखुड़ियाँ, पाटली के फूल ढेर के ढेर सूख रहे हैं।

आकाश की बाढ़ में मटमैला हाँड़ी-धोया पानी, नीचे धूल की भँवरें और जली माटी के बीच में हरी-भूरी कुछ-कुछ घास। क्रमशः पिछली बातों की ओट कर मानो

चेतना पर एक-एक कर विराम पड़ रहे हैं। लगता है, यह देह बदलते-बदलते आकर किस अवस्था को पहुँच गयी, इसमें अब और उद्वेग नहीं होगा, छूत नहीं लग सकती इसे, इसके साथ-साथ मन भी। काठ की तरह, धीरे-धीरे अलसाया-सा, समय टालता चल रहा है यह व्यक्ति। हरियाली सूख गयी है।

कहीं से उड़ता-उड़ता आकर पहुँचा एक बगुला, सारे मैदान में कीड़े चुगता फिर रहा है। कुछ समय पहले नहीं था, अब वह मानो सचमुच यहाँ का निवासी है। समय होने पर ऐसे ही कहीं से वरदान आ पहुँचेगा। कर्ता उद्धार करेंगे।

वहाँ बरगद के नीचे कौन बैठे हैं? वे देखकर खड़े हो गये हैं। उन्होंने हाथ जोड़े। पास जाना ही पड़ा। अपर्ति पधान ने बेबसी दिखाकर कहा, "इतनी कड़ी घाम, किधर पधार रहे हैं साआन्तजी?"

"नहीं, यों ही घूमते हुए..."

"कितना सुन्दर स्कूल चल रहा था साआन्तजी, आपकी दया से कितने बच्चे आदमी बन गये, और भी कितने होते..."

सिन्धु चौधरी ने चेहरा मोड़ा और हथेली फिर मरोड़कर एक मुद्रा बनायी—जिसका अर्थ था—"थी तब, ठीक थी, न हुई न सही, इससे क्या फर्क पड़ता है?"

अपर्तिया ने सिर झुका लिया। कहा, "दोष हो गया है साआन्तजी! आप पिता हैं, हम बेटे। पिछली बातें गयीं। हम अपना कसूर मान लेते हैं, आप पहले की तरह पढ़ाएँ।"

सदा अहीर ने कहा, "यही बात कहने के लिए हम सब मिलकर आपके पास आनेवाले थे।"

यदु बराल ने कहा, "आप झूठ न मानें साआन्तजी, बात तय हुई थी कि हम सब जाएँगे। बच्चों के माँ-बापों पर जोर डाला गया है, बच्चे नहीं जाएँगे तो पंचायत बैठेगी, उनके घरवालों को जुरमाना देना पड़ेगा।"

सिन्धु चौधरी ने पूछा, "वही सब परामर्श कर रहे थे क्या यहाँ पर?"

अपर्तिया ने कहा, "उस बात का तो फैसला हो चुका है। यह तो और एक बात आ पड़ी है।"

मागुणिया ने कहा, "बोल दे न!"

अपर्तिया ने कहा, "कोई लुका-छिपीवाली बात नहीं है जी, साआन्तजी! हम कल फूलशरा जा रहे हैं। बन्धमूलवाले बट महान्ती के बेटे रवि बाबू हैं। वे पढ़ाई कर चाकरी-वाकरी में बिना पड़े उतर पड़े हैं गाँव को तैयार कर आदमी गढ़ने के लिए। फूलशरा में काम शुरू है। अनेक सारे घर होते हुए भी गाँव-भर को बना दिया है एक घर। सारी जमीन सबकी, गाँव में कोई गरीब नहीं, अमीर नहीं, न कोई जात है न कोई पाँत, सब जैसे एक कुटुम्ब हो गये हैं। इसीलिए सोचते हैं, जाएँ—"

छन्न से लगा सिन्धु चौधरी को। सब मानो उनका ही उपहास कर रहे हैं। मुँह से निकल पड़ा, "बाघ बनकर गये तो नहीं मार सके, इसीलिए क्या साँप बनकर जा रहे हो? अच्छा जाओ, जाओ..."

अपर्तिया ने मानो चोट खाकर मुँह मोड़ा हो। मागुणिया ने मुँह फेर लिया। सदा अहीर और यदु बराल सिर झुकाये बैठे रहे। किसी के मुँह में जबान नहीं। अपनी बात की जीत देख सिन्धु चौधरी उल्लसित नहीं हुए वरन् अपने मन की बात बाहर का वह क्लिष्ट रूप लेकर मन के अन्दर लौट आयी, दुःख देने को। हिचकते हुए उन्होंनें कहा, "नहीं तुम्हारे उनके कुछ झगड़ा हुआ था न, वहाँ मेले में! वे लहूलुहान हो गये थे। तुम लोग फिर वहाँ जाओगे, क्यों? क्या जरूरत है? जिसे जो रास्ता दिखाई दे, अच्छा या बुरा, हमारा-तुम्हारा क्या आता-जाता है? सभी तो घर-बार छोड़, पेट के लिए अपनाये धन्धों को छोड़-छाड़कर, देश की सुधार करने लग जाएँगे नहीं!"

अपर्तिया ने कहा, "उस मेलण के मैदान से ही तो हमारे सिर में घास उगी जी, आँख खुल गयी। हम जरा-जरा बात पर पायचे टाँकते हैं, आँख रँगते हैं, और निर्दोष आदमी पर इतनी बड़ी चोट हुई। वे चाहते तो हमें सीधे 'मामूघर' भिजवा देते। पुलिस ने भी उनसे कितनी कहा-सुनी की पर उन्होंने किसी का नाम नहीं लिया। फरियाद तक नहीं की और न कोई मुकदमा किया। क्या आदमी हैं साआन्तजी! इस कलजुग में भी ऐसे आदमी होते हैं!"

सदा अहीर ने कहा, "ऐसे को तो ही महापुरुष कहते हैं। तभी न चारों ओर देखते ही देखते धूम मच गयी है। भातपाड़ा बाउरी बस्ती में बूढ़े गोबरे भोई ने 'बूझा' करके बताया कि सतजुग आ रहा है, फूलशरा में जो कुछ हो रहा है वह सतजुग की बात है।"

यदु बराल बोला, "केवल फूलशरा में ही लोगों को नहीं मिलाया बल्कि सुभद्रापुर के धोबई काका, भिकारी महान्ती-जैसे लोग, वे भी उनके साथ हो गये।"

सिन्धु चौधरी बोले, "हाँ, लोगों में कानाफूसी हो रही है–सचमुच, पर लोग तो बात को बढ़ा-चढ़ाकर कहते हैं, कौन-सी बात कहाँ-कैसे सुलझेगी, यही देखना है। परन्तु मैंने सुना है कि वे लोग सिर्फ मेहनत कर रहे हैं, उन्होंने यह प्रण किया है कि सबको मजूर बनाकर छोड़ेंगे। उनका कोई एक नया समाज है। मैंने इस बात पर उतना विचार नहीं किया। पहले तो सब एक नया काम करने के लिए हुंकार कर निकल पड़ते हैं...और उसके बाद फिर सब ठण्डे पड़ जाते हैं। तुम्हें रास आएगा तो? ठीक से सोच लिया है तो?"

"ठाकुरजी के दरसनों को जितने लोग जाते हैं क्या सभी वैरागी बन जाते हैं, साआन्तजी?" मागुणिया ने कहा, "ना, हम कभी हो सकेंगे उनकी तरह? पर प्राण पुकारते हैं, अतः जाने को तैयार हैं, शायद उन्हें देखकर ही हमसे कुछ हो सके।"

"मन को थिर करने से क्या होगा जी, यह मन जब परसन्न होता है तो अभय

वर देता है, और जब परसन्न नहीं होता तब झकझोर देता है। योगी रघुनाथ गीत गाता है—उसी तरह का तो। असल बात हमारे अन्दर है, हमारे लिए तो यही हुआ कि कोप पर वरदान मिला, नारद वीणा बजाते-बजाते जहाँ पहुँचे, रावण भी लड़ता हुआ जाकर वहीं पहुँच गया।"

अपर्तिया ने कहा, "हम गुस्से में अन्धे हो गये थे, बीच में पड़ गये वो। तभी हमारी आँखें खुलीं, हमने इतनी बड़ी आतमा को पहचाना। अपने लिए सब दौड़ते हैं, पराये की खातिर कोई निकलता है? ऐसी ही अगर हमारी मति रही तो हमसे कुछ क्यों नहीं होगा?"

सिन्धु चौधरी अवाक् देख रहे थे। यही तो है वह अपर्तिया, मागुणिया, गाँव का हुड़दंग-बल, बिच्छू-दल। हो क्या गया है इन्हें?

सिन्धु चौधरी बोले, "अच्छी बात है, परोपकार करने पर मन हो तो सब जगह किया जा सकेगा। जहाँ जुटोगे वहीं होगा। कहा-सुनी में क्या रखा है? इसी गाँव में, क्या सारे घरों में एक दिन चरखे नहीं चल रहे थे?"

"कहाँ रह गया वह समय?" यदु बराल ने कहा, "कहाँ गायब हो गयी वह घड़ी? कितने लोग जीवन की तिलांजलि देकर काम में लग पड़े थे, जेल गये, भिखारी बन गये।"

सदा अहीर ने कहा, "इधर घर जलानेवाला साहब आग लगा रहा है, धर-पकड़कर अन्धाधुन्ध मरवा-पिटवा रहा है, उधर गठरी के गठरी खद्दर पीठ पर लादे लोग गाँव-गाँव भटक रहे हैं। छुआछूत नहीं रहेगा, झूठ-पाप रहेंगे नहीं, रामराज्य आएगा।"

सिन्धु चौधरी ने कहा, "उसी के लिए तो स्वराज आया, क्या नहीं आया!"

अपर्तिया ने कहा, "स्वराज आया, देखते-देखते कितनी उन्नतियाँ हो गयीं, कितने काम-धन्धे खुल गये, लोग पैसेवाले बने, शहर कैसे बढ़ते गये। सब तो हुआ पर पता नहीं क्या बिगड़कर रह गया। सबका मन अपने स्वार्थ की ओर झुक गया और बढ़ता गया काला बाजार, घूसखोरी, झूठ, अन्याय, अदावत..."

"किसने किया यह सब?" सिन्धु चौधरी ने पूछा, "इसके लिए दायी कौन है? हमारी-तुम्हारी तरह के लोग ही तो? लोगों में लोभ बढ़ा, फसाद बढ़ा। इसके लिए कौन जिम्मेदार है? आत्मा की शुद्धि किये बिना, सिर्फ गुरु-वचन सुनने से आदमी त्राण नहीं पा सकेगा।"

अपर्तिया ने कहा, "उस आत्मा की शुद्धि की खातिर तो ठाकुरजी के मन्दिर में जाने की जरूरत पड़ती है। जाकर देखने पर मन मजबूत होता है, वरना पुआल की आग की तरह हम सब भभक उठते हैं। भक् से जले और फिर फक् से फुस कर बुझ जाते हैं।"

सिन्धु चौधरी ने कहा, "जानते हो तो?"

अपर्तिया ने कहा, "मन के अन्दर उथल-पुथल मची है, हम सूअर की तरह दिन काटते हैं, उधर वे गढ़ रहे हैं एक नया रास्ता। उसी रास्ता की ही तो हमें दरकार है।"

सिन्धु चौधरी ने कहा, "अरे बाबू, रास्ता तो सदा चारों ओर पड़ा है, चलता कौन है उस पर? आदमी तो जब देखो 'लुब्धक-बन्धन' में पड़ा छटपटा रहा है, केवल मेरा बेटा, मेरा घर, मेरा भला, यही चिन्ता है। इसी के लिए मोह भरा है। उससे कोई मुक्ति पाए, तब न औरों के लिए काम करेगा, देश के लिए काम करेगा, यह 'मैं'-पन को काट चुके हो न पहले?"

मागुणिया ने कहा, "सो कौन काटेगा?"

सिन्धु चौधरी ने कहा, "'मैं'-पन काटे बिना अपने को घेरकर ही तो दिन जाएँगे। भला काम फिर कैसे किया जा सकेगा? जैसे देखो, पुराने कार्यकर्ताओं में से जो टाल गये उनकी बात अलग है, पर कुछ को देखोगे कि उनमें क्षमता के लिए खींचा-तानी चल रही है।, अच्छा इस बात को ही लें पहले। तुमने तो घर-द्वार की माया तोड़ी, चाकरी-वाकरी छोड़ी, अपने जीवन की ओर से लापरवाह रहे, पीठ पर लाठी बरसे या छाती पर गोली लगे, खुद जेलखाने में पड़े-पड़े चाहे सड़ें, किसी बात की परवाह किये बिना आग में कूदे, पर, इसके बाद फिर तुम्हें क्या हुआ कि तुममें अपनों के बीच कलह शुरू हुई। कोई कहता है, मैं आगे, मेरी बात में सब चलें, मेरी बात रहे। दूसरा कहता है, नहीं, नहीं वैसा नहीं, लोग-बाग मेरी बात पर चलें..."

अपर्तिया ने कहा, "हूँ, बात तो वही है, सब कहते हैं मेरी सुन, मेरी सुन, मुझे मान..."

सिन्धु ने कहा, "जो जड़ से ही मतलब रखकर, सिर्फ भेष बदलकर इस काम में घुसता है, उसकी बात अलग है, वह तो समझो कि ठग है, छल-कपट से बातें करेगा, ताक-फिराक में लगा रहेगा, सुराग खोजता होगा। जिसने स्वयं को कार्यकर्ता कहकर स्वयं को गढ़ा है, समझ लो कि दीक्षा ली है, यज्ञ-आहुति दी है, वह भी उसी तरह जग-हँसाई क्यों करवा रहा है? क्योंकि, बाहर जितना भी नाचे-कूदे, क्या होना है? मन के अन्दर को शोधित किये बिना कभी-न-कभी वह स्वार्थ, वह लोभ बाहर आता ही रहेगा। जो कुछ भी करने निकलो, पहले इसी पर नजर रखो।"

यदु बराल ने कहा, "इसे तो योगी और ब्रह्मज्ञानी कर पाएँगे। क्या हम कर सकेंगे?"

"न सको तो चुपचाप बैठो! बगुला-भगत बनने क्यों जाओगे?"

"बगुला-भगत नहीं जी," अपर्तिया ने विरोध करते हुए कहा, "वो कभी भी नहीं होगा। इन प्राणों के रहते नहीं हो सकता!"

मागुणिया ने कहा, "जो हो गया सो हो गया, अब और कोई रास्ता नहीं है।"

यदु बराल ने कहा, "आत्मशुद्धि की बात जो कि आपने कही, साआन्तजी, वह बिलकुल सच है, पर वह धीरे-धीरे होगा, पहले कुछ काम करने की जरूरत है। इस घट से जब तक जीव नहीं जाता, तब तक 'मैं'-पन छूटेगा नहीं। बैठे रहे तो बैठे ही रह जाएँगे। आदमी फिर काम कब करेगा? अच्छा करने के लिए निकल पड़े तो भूल करते-करते भी काम हो जाएगा, कुछ तो होगा ही।"

सदा अहीर ने कहा, "जिसके द्वारा जितना हो सके। भगवान् ने तो अपनी मरजी से सबको बनाया है। आप बच्चों को सिखाते हैं, आखर माँडते-माँडते भूल करते-करते ही तो फिर ठीक से लिखेंगे। वैसे ही।"

अपर्तिया ने कहा, "हम इस माटी-गोबर में पैदा हुए लोग हैं। कीड़े, गू, मवाद—सब है इस देह के भीतर। छह रिपु हैं, किसी में कम, किसी में ज्यादा। फिर भी इस पिण्ड में परमेश्वर हैं। इस पाखण्डी हिरदे में किसी के लिए ही सही, सनेह तो है, अपने बच्चे का तो वह लाड़ करता है, पत्नी को देखकर तो हँसता है। उसी सनेह को बढ़ा लेने पर क्या वह परायों का उपकार नहीं कर सकेगा?"

सोच-सोचकर कहने की तरह अपर्तिया कह रहा है, सिन्धु चौधरी अवाक् होकर देखते रहे, और सोचने लगे : तभी तो कहा करते हैं कि दृढ़ तरें या मूढ़ तरें। वे लोग तो मानो बन्दर की तरह चिपकाये हैं एक ही बात को। कितना भी युक्ति-तर्क करो वे सब काटने को तैयार हैं। मन उड़ा है—जाएँगे ही जाएँगे ये लोग।

जाकर करेंगे क्या? पूछने पर शायद कह न सकें।

मन में कहीं छन्द भर गया है, दृढ़ता आ गयी है। मानो कि 'काम करूँ-करूँ' इस तरह का एक उद्वेग भर गया है उनके अन्तर में। रुँधा-घुटा उद्वेग, रास्ता ढूँढ़ रहा है।

आदमी का नया रूप खिलकर बाहर आ रहा है, चाहे इस घड़ी-भर के लिए ही क्यों न हो, वह नमस्य है।

अपर्तिया ने कहा, "हम फूलशरा जा रहे हैं। आदमी होकर कितने दोष हमने नहीं किये, बस आपका आशीर्वाद मिलता रहे।"

किसी को सम्बोधन किये बिना शून्य की ओर देखते हुए सिन्धु चौधरी कहने लगे, "जाओ, नया रास्ता देखने को मन करता है, देखो!"

"अगर चोरी-चारी करोगे नहीं, पराया गला काटना नहीं है, अगर वास्तव में दूसरे के लिए प्राण रोते हैं, वास्तव में मन है जगत् के मंगल करने की ओर, अगर हृदय को सत पर रख सकोगे, तब जो भी रास्ता पकड़ोगे वही ठीक है, तब किसी की बात की परवाह नहीं, या किसी से भी डरना नहीं।"

पारिपार्श्विक अवस्था को ग्रहण करने तक वे चले जा चुके थे। उनकी तन्मय आँखें छाँव-छाँव-सी दिख रही थीं।

उन लोगों ने झुककर प्रणाम किया, फिर सिर झुकाये एक-एक कर बढ़ गये।

चले तो गये, पर उनका मन करता है कि और भी कहते, और भी कुछ कहते। दीप से दीप तक प्रकाश उछला है। सचमुच क्या उन्होंने चाहा था कि वे आकर दीप जलाएँ।

आलोक, सिर्फ आलोक है। वह पात्र नहीं या माटी का दीपक नहीं। स्वयं वह शिखा अपने अन्दर भी जल रही है, सन्देह जला जा रहा है, अँधेरा मिटा जाता है।

ध्यानस्थ होकर उस सूने दृश्य की ओर ताकते रहे। दूर, नदी की धार, नदी में कछार के सहारे भरे-भरे झुरमुट धूप में झलमलाकर हवा में खिंच जाते हैं, और उसी तरह, बड़े-बड़े पेड़। खुले मैदान पर धूप का ताव नाच रहा है। झरे सूखे पत्ते उड़ते जा रहे हैं, झुण्ड के झुण्ड। चेतना में सनातन समय का स्पर्श मिल रहा है, आँखों में महाकाल का ध्यान।

छोटा आदमी आगे चल पड़ा है। दल के दल होकर। कितने सिद्ध, कितने मुनि, कितने कवि उसके काफले में आगे गये हैं। वह विचार खिल गया है, प्रकाश में झलमल कर दिया है इस दुनिया को। हटा नहीं, चल रहा है।

भागवत का पद याद आया, हृदय पुलक से भर उठा। उन्होंने उस रूप को देखा, रथ में महाप्रभु (जगन्नाथ) विराजमान हैं।

एक के खींचने से वह रथ नहीं चलेगा, सबके खींचे आगे बढ़ेगा। कोई एक-एक कर खींचे नहीं, एक ही डोर पर सबके हाथ हों। नीचे वे ही नर-नारायण, ऊपर उन्हीं की अजेय आत्मा का प्रतीक। धन उसके हाथों का गढ़ा द्रव्य है, मूल्य वहाँ जीवन का अधिक है। देवता के माथे पर सुशोभित है थोड़ी-सी दूब, नहीं तो वह ठाठ पूरा नहीं होगा, विजय का जुलूस शुरू नहीं होगा। वह अनन्त जीवन और साधारण आदमी का प्रतीक है। वहाँ श्रम और सेवा ही धर्म है; झाड़ू लेकर चाण्डाल बनने में ही गौरव है। सारी सृष्टि ही उस देवता की परिकल्पना में विश्वरूप है, जितने श्रमिकों के अगणित हाथ हैं उन्हीं की बाहु हैं; जितने भूखे-नंगों के तड़पते पेट हैं, उनके पेट उनकी क्षुधा ही उनकी महा क्षुधा है।

आदमी बढ़ता जा रहा है, बढ़ता जाएगा, उसे रोकने की शक्ति किसमें है!

हलकी नींद टूटती आ रही है।

रथ नहीं, वे लोग नहीं। जीवन छलक रहा है, हाथ-पैर सलसला रहे हैं, वे भी होंगे नये युग के नये अवतार। गाँव में जो नालायक थे, नगण्य थे, वे काम करेंगे, वे इतिहास गढ़ेंगे, उनकी बचपने की हरकतें देह के मैल की तरह झड़ जाएँगी, कोई याद नहीं रखेगा।

युग-युग में वे लोग ही गये हैं इतिहास गढ़ने के लिए। निपट मूरख होकर चले गये थे, कालिदास बनकर लौटे, तानसेन बनकर, सिद्ध और बुद्ध बनकर। वे लोग ही नये जीवन की पुकार सुनकर बह गये और नये बनकर लौटे थे। देश पर

विपद के समय वे ही लोग बाहुबल थे, अपना गरम रक्त बहाकर मातृभूमि की चरण-वन्दना की थी, उन्होंने ही शान्ति की स्थापना की, धरम रखा था।

और वे खुद? सज्जन, पढ़े-लिखे, बुद्धिमान्, सफेद झकाझक? पढ़ा है, गाया है, सोचा है, केवल बैठे-बैठे कि कौन-सा रास्ता अच्छा है, कौन बुरा। बैठे-बैठे बाल जूट हो गये हैं, बातें हाँकी हैं, सुनने के लिए लँगड़े, लूले, बूढ़े, बुढ़िया, रोगी आदि कितने-कितने।

बस केवल कुछ लोग बैठे-बैठे, बातें करेंगे हँसते हुए।

आश्रम बना, नकली दाढ़ी-मूँछ लगा गेरुवा पहन नकली बाबाजी बनकर मन्त्र गुनगुनाये हैं, केन्देरा बजाकर करुण संगीत गाया है, और फिर गिर पड़े हैं, राख-खाद बन गये। उन पर गढ़ी हैं सुन्दर समाधियाँ। उन्हें फाड़ा है पीपल के पेड़ ने। ढह गये ईंटों के ढेर के बीच से सियार ने मारी है पहर की चीख। वे भी पहर की पहर पुकार लगाते थे और चाहते थे कि नाम रह जाय युगों-युगों के लिए।

गाँव के छोकरे चले गये हैं, वे ही अपर्तिया, नाराणा, धूषा, मूषा, रामा, भीमा, नबा, बइदा, बिशिया, रतना, सदा, गोबिन्दा वगैरह कितने ही। माँ-बहू छोड़कर, घर-द्वार छोड़, जुग के नगाड़े बजा तूफान के खिंचाव में चले गये थे वे लोग। गये थे, जाएँगे, फिर आएँगे इस धरती पर खेत की नयी फसल की तरह।

1921 ने पुकारा था। शुकुटा बाउरी गाँधी महात्मा का नाम जपते-जपते लाठी के कोंचने से मरा। शिव चौधरी जेल से मरे-जैसा ही लौटा था, बाकी देह खाली थी सो आते ही उसे भी फेंक दिया। आरत पण्डा कहाँ गया पता भी नहीं चला। देश के लिए अपने माथे में इतनी हित-कामना भरकर मन-ही-मन 'देश-देश' कहते छलछलायी आँखों से, आप चैन से गये सेटलमेण्ट के अमीन बनकर जमीन नापने। भले आदमी!

और लोग जीवन को तिलांजलि देकर बने विप्लवी। कोई मरा गोली खाकर, कोई झूल गया फाँसी के तख्ते पर, कोई मरा जेल में। कपिला बन गया राजा कपिलेन्द्र देव। उन लोगों के लिए न था रायबहादुर या खाँ बहादुर का खिताब, दीवान बहादुर की पदवी पाना; उनके पास रुपये न थे, ऊँचे-आलीशान कोठे रहने के लिए न थे, मोटर कार न थे; चढ़कर सैर-सपाटे के लिए, और न थे ठाठ इन्द्र से बढ़कर।

गाँव का वही नालायकों का दल, वह बिच्छी के पत्ते-जैसे लोगों का दल, वे लोग कुछ नहीं बन सके।

बस केवल इतिहास बन गये, नीरव, अथल, अकूल। केवल देश को आगे-पीछे एक झटका-भर दिया था। पुरानी प्राचीर तोड़ने के लिए एक और धक्का, एक और ठोकर। पुराना अन्धकार काटने के लिए और एक लुआठे की आग, चाहे उसकी शिखा कितनी ही छोटी हो।

वे ही नबा, नखिया, हरिया, परिया, मूषा, धूषा, शिवा, शुकुटा—गाँव-भर के नालायक।

फूलशरा गाँव में—

तपती दुपहरी, पुराने कचहरी-घर के पिछवाड़े के बरामदे में वे लोग कतार में बैठे थे, पास-पास सटकर। बई मलिक, अपर्ति पधान, मागुणि बेहेरा, धोबेई मिश्र, नुखुरा मलिक, गंगा हलवाई, कुरुपा बाउरी, उमा पशायत, रघु जेना तथा दल के और आठ लोग।

केले के हरे पत्तों पर मोटे ललवाँसे भात। उनके बीच में भूरी कुल्थी की दाल का गड्ढा। धोबी घाट के पट्टे के टुकड़े की तरह आम के अचार ने मुँह निकाल रखा है। पत्ते के किनारे पर ढेर सारा बथुवे का साग, अमिया की चटनी, कटहल की तरकारी, करेले की भजिया और हृष्ट-पुष्ट कच्ची हरी मिर्च, नमक। बरामदे के उधर काँव-काँव कर रहे तीन कौवे पंख फड़फड़ा रहे हैं, प्रतीक्षा कर रहे हैं। कटहल के पेड़ पर और भी कौवे बैठे हैं। मरियल कुत्ता देह टेढ़ी किये विनय भाव दिखाता प्रतीक्षा कर रहा है। थोड़ा हटकर पूँछ टेके आम के पेड़ के तने पर गिलहरियों की जोड़ी चीं-चीं करती दौड़-धूप कर रही हैं। सामने पुराने पेड़ों की छाया पड़ रही है।

जगुआ की माँ परोस रही है। रवि के पास रुककर बोली, "कैसा बना है रे बेटे? कैसा लगा?"

"क्या पूछती हो मौसी! हाथ चाटते रह जाएँगे, यह अमृत!" ऊपर झलमलाकर दिख रहा है आनन्द। कहा, "अमृत तो मुँह में है, तुम्हारे हाथ में। अहा।"

"हजारी उमर करें रे बेटे!..."

ये ही हैं उसके बलवीर बेटे, मानो उसकी सूखी बालू पर नदी की धार बह रही है। जीवन पूर्ण हो गया।

बिशिया पाण (डोम) थाली-भर भात लेकर परोसने आ पहुँचा। चारों ओर से आवाजें आयीं, "ला भई, बिशि, दे रे बिशि!" बिशिया ने झट-झट परोसते-परोसते सारी थाली पूरी कर दी।

गंगा हलवाई ने कहा, "कैसा बदल गया बिशिया। अहा बेचारा! पट्टनायक के घर हलवाहा बना खटता रहता था। क्या देते थे, उसे वे ही जानते। लँगोटी भी फटी-फटी थी। खटकर आने के बाद उसे बाड़ी के दरवाजे पर खड़ा कर कुत्ते की तरह पुकारते और कहते—अबे ओ बिशिया, ला तेरा तसला। अब कौन कहेगा कि यही वह बिशिया है? अब हमारा ही साथी भाई। आएँ पट्टनायक देखें..."

"बनाया कहाँ, साथी-भाई?" रवि ने उलाहना दी, "तुम्हारे मन से तो वह भेदभाव मिटा लगता नहीं, नहीं तो मुँह से ऐसी बात क्यों निकलती? सचमुच जैसे

बहुत बड़ी दया ही की हो, क्यों हम तो वैसे ही हैं, पहले अपनी ढपली बजाने को बेताब हैं। नहीं तो इतना हरिजन-उद्धार हरिजन-उद्धार का हल्ला मचता या पंक्ति-भोजन कराकर फोटो उतरवाते?"

धोबेई मिश्र ने कहा, "बात तो सही है। पुराना पाप धो-पोंछकर सब आदमी भाई-भाई बनें—यह कौन ऐसी बड़ी बात है कि जिसके लिए इतने ढोल पीटे जायँ? इस बात को बड़ी कहने तक तुम्हारा मन इस अवस्था को सहज-साधारण-सच के रूप में ग्रहण नहीं करेगा। यह हरिजन-सवर्ण-आदिवासी-अनादिवासी का हो-हल्ला चलने तक असली भेदभाव बढ़ता चलेगा।"

रवि ने कहा, "अब और उन पिछली बातों को मत कहो। एक भूल को सुधार दिया, मैला धो दिया, चलो अब सीधी राह पर। अब उस बात को दुहराकर अपनी लाज न बढ़ाओ, पीछे की ओर मत देखो।"

अपर्तिया ने हँसी में कहा, "पीछे की ओर देखे बिना क्या मजा? पाटेली गाँव के पटनाहक की बात को ही लो ना। दादा थे नाहक, किसी की बेटी विदा होती तो पाठ बोलते, ॐ भगवान् विष्णौर..."

अपर्ति का श्लोक सुनकर सब हँस पड़े। अपर्ति कहता गया, "उनके बेटे कहलाये नायक, पढ़-लिखकर नकल-नवीस बने, उनके जमाने में उनके घर के आगे एक पट रखा गया, वे कहलाये पटनायक..."

हँसी के शोर में सब उठ खड़े हुए। जूठे पत्ते मोड़ना-उठाना, 'दो, मैं उठाये देता हूँ' 'अरे मैं ले जा रहा हूँ।' आदि चला।

धोबेई मिश्र ने कहा, "नाम के बाद की उपाधि मिटनी चाहिए पहले। युग-युग का सारा अहंकार, सारे भेदभाव की गठरी यही है—मिश्र या महान्ती, नायक या पट्टनायक, दास या जेना..."

रवि ने कहा, "कौन कहता है, उस कूड़े की टोकरी को ढोने के लिए?"

मिश्र ने पुकारा, "बिशि भाई, ओ बिशि भाई..."

रवि ने बुलाया, "बिशि भाई!"

सबने कहा, "बिशि भाई!"

बिशिया आकर खड़ा हो गया है। कैसे नया-नया-सा लग रहा है, और कौतुकपूर्ण अजीब-अजीब-सा गुदगुदा-सा, कोमल-सा। सब उसकी ओर देखते खड़े हैं। चाकी के पाट पर चाकी की तरह पान के बीड़े पर मागुणी बेहेरा का मुँह चल रहा है। अपर्तिया मुँह बाये है, मानो हँसी रोके हुए है, रघु जेना गला खँखार रहा है, गंगा हलवाई की तर्जनी अँगुली और अँगूठा अपने पेट पर चिकोटी भरते कुछ खोज रहे हैं, उमा पशायत तिरछा देख रहा है रवि की ओर। रवि है हँसता-सा।

"बिशि भाई, बिशि भाई..."

मानो उसी पर एक परीक्षा हो रही है। वे देख रहे हैं। सारी दुनिया की निगाह है।

सचमुच क्या—?

ना, यह झूठा आडम्बर है? ऐसे और लोग भी बुलाने आये थे, बुलाने आये थे पहले भी, जब कँपकँपाती झड़-बरसा की अँधेरी रात में उन्हें मुफ्त में बेगार की जरूरत पड़ती। तब वे घिघियाते थे, फुसलाते थे, धमकाते थे।

और तब भी लोग बुलाने आये थे, जब उनके ही लोगों को सीढ़ी बनाकर, उनके कन्धे पर चढ़, बगुले की तरह सफेद-धारी बन दुनिया के सामने खड़े होकर फूलों का हार गरदन तक बढ़ाने की जरूरत पड़ी थी।

इसके बाद फिर कोई बुलाने नहीं आया। केवल दारू का घड़ा लुढ़का दिया। बस खाली हरिजन, हरि का भरोसा।

अब हैं गाँव से दूर हटकर—बगीचे के उस ओर खेतों के पास कहीं, या उजाड़ के बीच टूटे-फूटे झोंपड़े दो-चार, कहीं मशान, कहीं गँदला नाला, जो जगह और किसी के काम की नहीं। फटे चीथड़े, गन्दगी की ढेर। सुबह उठते न उठते पेट में उथल-पुथल मच जाती। बाढ़ आये चाहे हैजा, पहले उधर ही आएगा। खाद की कुरी पर अतर छिड़कने कभी-कभार कोई आते। मीठी-मीठी बातें कहने कि तुम हरिजन हो, तुम अब अछूत नहीं रहे। उन बातों से खाली हाँड़ी में चावल भरेंगे क्या, या टूटे घर नये होंगे? खाली आदमी की आशा।

पर यह 'भाई' पुकार वैसी नहीं। यहाँ एक ही हाँड़ी, एक ही घर है। आदमी आदमी को पुकार रहा है, छाती से लगा रहा है। सच वह इनका भाई ही तो है, उमर में सबसे बड़ा है। एक ही घर खड़ा होगा, टूटेगा तो टूट जाएगा। पराया नहीं। दुराव नहीं। आदमी भाई-भाई हैं।

बिशिया जी खोलकर हँस पड़ा।

और एक दिन फूलशरा गाँव में कचहरी घर के पश्चिम की ओर हरी बाड़ के उधर दिखाई पड़ा—बाड़ के सहारे-सहारे आगे-पीछे होकर दो लाल पगड़ी एक-दूसरे का पीछा करती-सी आ रही हैं; उनके पीछे कोई मोटी हरी टोपी। कुरुपा बाउरी ने गंगा हलवाई को हाथ दिखाकर कहा, "आज यह क्या अपूरब..."

गंगा ने उत्तर दिया, "खुद ही पता चल जाएगा कि..."

कुरुपा ने कहा, "देश स्वाधीन होने के बाद कम-से-कम ये रंग तो बदलना जरूरी था, वरना देखो तो सही, बिलकुल पहले की तरह—अकारण पुरानी बातें याद पड़ रही हैं, वही धर-पकड़, वही सब कुछ..."

गंगा ने कहा, "भग्, उल्लू! लाठी अगर लाठी न होगी तो क्या बंशी होगी?

तू लाठी का भाव करेगा तब न लाठी तेरी ओर आएगी, वरना तुझे क्या डर?"

कुरुपा ने डरने का दिखावा कर कहा, "कौन जाने बाबू, अपनी बात तुम जानो, मेरी तो धकधकी हो रही है। लाठी से महादेव डरें, मैं क्या चीज हूँ? लाठी के पीछे गोली..."

गंगा ने कहा, "अच्छा, अच्छा, रखे रहो। इतना न होता तो रात में सो भी सकता? बेचैन होता जा रहा है, नहीं तो और...अरे, आये हैं कोई जरूरत की बात पूछने, वो देख..."

वे आ पहुँचे। दोनों कान्स्टेबल ने चबूतरे पर झोला और लाठी रख दी। जूते खोलने के लिए झुके तो दिखा कि पीठ पर पोशाक पसीने में तर-बतर हो रही है। कर्मचारी खुले पैर फैलाकर खड़ा हो जेब से मैली-सी रूमाल निकाल पसीना पोंछने लगा।

कान्स्टेबल को आवाज दी—"अरे ओ, तीन सौ दो, दियासलाई है क्या?"

तीन सौ दो नम्बर का व्यक्ति तब तक एक पैर से पट्टी खोलने के काम में व्यस्त था। संख्या सुनते ही पैर सटा ऊपर तनकर खड़ा हो गया। इसके बाद झपटकर खोज डाला अपना झोला, गिनने की तरह सँभाल-सँभालकर कदम बढ़ाते हुए कर्मचारी की ओर जाकर हठात् खुद को रोक खड़ा हो गया। बोला, "दियासलाई नहीं है, सर!"

कुरुपा बाउरी झटपट जाकर एक मोटा-सा लुआठा ले आया और कर्मचारी की ओर बढ़ाकर खड़ा हो गया। कर्मचारी ने जेब टटोलकर बीड़ी निकाली और मुँह में खोंस ली। गरदन आप ही पसर गयी लुआठे से बीड़ी लगाने के लिए; परन्तु कोयों को टेढ़े-टेढ़े उठाकर सामने की ओर देखा कि सब खड़े होकर उसे देख रहे हैं तो हठात् उनका मन बदल गया, बीड़ी फिर जेब के अन्दर चली गयी। स्वेच्छासेवी कुरुपा अपने हाथ में जलते लुआठे की आँच का यद्यपि अनुभव नहीं कर पा रहा था, परन्तु उनके तमतमाये चेहरे और जलती आँखों का ताव अनुभव कर रहा था। उमर चालीस के पास होगी, पर पचास बरस की तरह चेहरे के रूखे-सूखे भाव। परायेपन की-सी भंगिमा, खीझा हुआ चेहरा। उतने में ही वह पीठ फेर मुड़कर चला गया। पीछे से कर्मचारी ने कहा, "थोड़ा भी शऊर नहीं, कब ये लोग भद्रता सीखेंगे!"

धोबेई मिश्र ने होठ काटे। कहा, "सभ्य लोग तो सारे जाकर शहर में हैं। भला कितनी बार आप लोग पधारते हैं जो हम भद्रता सीखें?"

कर्मचारी ने कहा, "आप लोगों ने जो किया है न, अब तो आना ही पड़ेगा। ठीक है, अरे यहाँ कोई कुरसी-फुरसी नहीं है?"

धोबेई मिश्र मुसकरा उठे।

गंगा ने पूछा, "आपका कौन गाँव है हुजूर?"

मागुणी, अपर्ति ठी-ठी हँस पड़े।

बिछावन काँख में दबाये रवि आ पहुँचा। बोला, "आइए, बैठें आप!"

"ओह, अरे आप!" बिछावन पर बैठकर कहने लगे, "आपका माथा तो ठीक हो गया लगता है, अब वहाँ पट्टी जो नहीं दिखती। इधर हमारा माथा खराब कर दिया।"

रवि ने हँसकर कहा, "क्यों, क्या हुआ?"

"यहाँ इतना दल बनाना-गढ़ना क्या चल रहा है। मैं पूछता हूँ, फिर से यह क्या नया ढोंग छेड़ा? भातहाँड़ी का सामलाती (सहकारी), हंल-बैलों की सामलाती, जमीन-जायदाद की सामलाती, काम-काज भी सामलाती, आदमियों का गुट और सामलाती, एक जिधर चला, बस चल पड़ा गोठ का गोठ उधर, धनवानों की तो छाती में धुड़क-भुड़क कि ये क्या गुट साज रहे हैं, कहीं हमारी धनदौलत न छीन लें, हमारी जमीन जबरदस्ती न दाब बैठें। रिपोर्ट पर रिपोर्ट। अच्छा, मैं कहता हूँ एक बात, आप तो पढ़े-लिखे हैं, आपके बड़े भाई पुलिस में सब-इन्स्पेक्टर हैं, आपके पिता पुराने खानदानी आदमी हैं, आप इसमें क्यों पिल पड़े हैं?"

रवि ने उत्तर दिया, "बस इतनी मामूली-सी बात पूछने आप आये हैं इतनी दूर? मन हुआ एक साथ चलते हैं, आप भी चाहें हमारे साथ मिल जायँ। जो पैदा करेंगे बाँट-बूटकर खाएँगे, अपने लिए सहेंजेगे नहीं। जो खा जाएँगे खा जाएँगे, जो रहेगा सो देश के लिए। स्वयं ही पका-खाकर हाँड़ी तोड़ देंगे..."

सब हँस पड़े। कर्मचारी हँस न सके। बोले, "यही तो विप्लव है!"

रवि ने कहा, "यह तो आप लोग पहले से ही कहते थे।"

"कब?"

"कल की ही बात तो है, जब महात्मा गाँधी सबको एकमेक कर सूत कतवाते थे, नहीं, उससे भी पहले, जब बुद्ध ने लोगों के मुँह से कहलवाया—संघ में ही शक्ति है—या उससे भी पहले जब रामचन्द्रजी ने..."

बाधा देकर कर्मचारी ने कहा, "आपको बातों में जीता न जा सकेगा। हूँ, इस तरह चला तो आप भी एक दिन मन्त्री बनेंगे, तब आपके जाने के रास्ते में हम सारी व्यवस्था करेंगे, आप कानून गढ़ेंगे, हम जारी कराएँगे..."

अबकी बाधा देकर रवि ने कहा, "आप वह दुःस्वप्न देखें ही नहीं। हम तो हलवाहे-मजूरे लोग ठहरे, मन्त्री की गद्दी का हमें लोभ नहीं है, जिसने पूछने के लिए भेजा है उनसे कह दें कि हमने किसी के साथ जोर-आजमाइश के लिए यहाँ अखाड़ा नहीं खोल रखा है..."

"लोगों को कह-सुनकर बहका रहे हैं तो?"

"बहकाना-उकसाना हमारा काम नहीं है, प्रचार और बहकावे के विरुद्ध ही हमारा काम..."

"वही तो मैं कह रहा हूँ" कर्मचारी हँसकर बोले, "हम सरल आदमी ठहरे,

सरल बातें समझते हैं। सरल उपाय से उनका समाधान करते हैं, इतनी बखेड़े की बात क्यों?"

रवि ने हँसकर कहा, "कीजिए सरल समाधान। अच्छा, यह एक ही बात देखें, इतने लोगों के इतने त्याग और तप के फल से हमें स्वाधीनता मिली। उसमें आप लोगों का दान भी कम न था, कम-से-कम लोगों को गरम करने में तो..."

कर्मचारी ने कहा, "वे बातें फिर क्यों उठा रहे हैं? हम तो हुकुम के माननेवाले लोग हैं।"

रवि ने कहा, "मैंने तो यों ही कहा। इसके बाद अपना देश स्वाधीन हुआ। परन्तु हमारे विचारों की दिन पर दिन क्या अवस्था हो रही है? हम अपना मत खुद नहीं मानते। हमारे सामने दस मत हैं, जैसे कि दुकान में दस कमीज टँगे हैं उनमें-से एक पहनना चाहते हैं, वही हमारा वेश है। हमें कैसा-क्या चाहिए, उधर अपना विचार चलता ही नहीं। स्वाधीन विचार छोड़कर हम हो रहे हैं पारी थामनेवाले। जिसके पास जितना पैसे का बल है, कूट बल है, वह अपनी तरफ उतने ही पारी थामनेवालों को ढाल देगा। जिसकी ओर अधिक सिर उसी का मत अधिक चलेगा। दो ध्वजाधारियों के बीच मन-मुटाव होकर मारपीट लगी तो इन पिछलग्गुओं के बीच भी लग जाएगी। ऐसा होते-होते तो पश्चिमी देशों में बड़े-बड़े गुट तैयार हो गये। कुछ सन्त या भावुक लोग जो हल्ला मचा रहे हैं, उनकी बातें सुनता ही कौन है? हम उनसे बचकर थे, पर हमारे पूरब के देश भी वैसे ही पश्चिमी होने को आए, हम भी बनते जा रहे हैं मत के चाकर।"

कर्मचारी हक्के-बक्के होकर सुन रहे थे। चारों ओर एक छोटी-मोटी भीड़ जमा हो गयी थी। कहने लगे, "हमारे पुलिस विभाग में यदि सब जाति के लोग स्वाधीन भाव से काम करें तब तो कोई किसी की बात माने ही नहीं, हम चोर की रखवाली कैसे करेंगे, शान्ति की रक्षा क्या करेंगे?"

रवि ने कहा, "आप लोगों की बात दूसरी है। कर्म-क्षेत्र में आप कर्मचारी हैं। जो कानून है, उसके बाद आप भी स्वाधीन आदमी हैं, अपनी बुद्धि खटाकर अपना भला-बुरा सोचेंगे, अपना विचार ठीक करेंगे। पर और लोग तो किसी के कर्मचारी नहीं हैं, वे अपना विचार क्यों छोड़ें? प्रचार के शिकंजे में क्यों पड़ें? क्या करने से परायों का भी हित होगा, अपना भी हित, सदा के लिए सबका हित होगा—इस पर सबको अपने-अपने विचार फैलाकर सोचना चाहिए।"

कर्मचारी उठ पड़े। कहा, "लोग 'दूसरों के लिए व्याकुल हैं,' कहकर अपना-अपना दल-बल बढ़ा रहे हैं। बाबाजी का भेष बनाये दिन में घूम रात में सेंध लगाते हैं। कोई कुछ कहे, हमारा काम यह देखना है कि किसी तरह शान्ति भंग न हो। अच्छा बताइए, आप लोग लिखकर दे सकेंगे कि कोई गोलमाल नहीं होगा?"

रवि ने कहा, "उस लिखने का क्या प्रयोजन? आदमी जब लोहे की साँकल

तक तोड़कर फेंक सकता है तो उस कागज के टुकड़े से क्या रुकेगा?"

"यही तो मुश्किल है। आप यह दल तोड़ दें तो अच्छा है।"

"तोड़ दें! इसका मतलब यह कि आप कहते हैं, बच्चे को जनमते ही जच्चाघर में ही गला घोंट दें, ताकि न कोई चोर हो, न कोई शत्रु होगा। यह बुद्धि भी नयी नहीं है, कंस इससे पहले यह खोज करके गये हैं। फल कुछ नहीं हुआ, एक बच्चा तो रह ही गया!"

"जी बहुत बड़ी-बड़ी बातें कह रहे हैं!" कर्मचारी ने कहा। "ऐसे कितने देखे हैं, अब क्या? ऐसे दल-फल का गढ़ना-वढ़ना लगाएँगे तो फालतू में हमारा काम बढ़ेगा..."

उनके उत्तर पर पहले हँसा कुरुपा बाउरी। कमर पर हाथ रख, उनके चेहरे की ओर देख हो-हो कर हँसते-हँसते लोटपोट। वही हँसी अपर्तिया को, फिर गंगा को आयी, फिर सब हँसने लगे। इतनी हँसी का कारण क्या हो सकता है, कुछ सोच न पाकर कर्मचारी तमतमा उठे। इसके बाद अपना भेष अपना रूप देखने लगे। शायद कहीं कोई भूल हो गयी हो। कुछ नहीं मिला। गम्भीर होकर पूछा, "किसलिए इतनी सारी हँसी है?"

धोबेई मिश्र समझाने लगे, "आपने जरा धमकाया, शायद इसीलिए।"

कर्मचारी गुस्से में भर गये। कहा, "क्या, मैंने धमकाया, इसलिए? इधर आना तो जरा तीन सौ दो..."

धोबेई मिश्र ने कहा, "तीन सौ दो आयें चाहे तीन सौ तीन, वह अब पुराना समय नहीं जो लोग लाल पगड़ी देखते ही भींत के कोने में जा छुपेंगे।"

"वह सब मत कहिए। क्या, हो क्या गया? जेल नहीं है या कानून नहीं?"

"सब है।" रवि ने कहा, "सारी कानूनों के ऊपर एक बड़ी कानून पास हो गयी है—वह है भारतीय संविधान।"

"तो फिर क्या कानून तोड़ने से दण्ड नहीं मिलेगा?"

"पहले कानून तोड़ें तब तो? ऐसा करते आपने देखा कहाँ?"

"नहीं, नहीं, यह विप्लव..."

"सारे विप्लव दोष-भरे नहीं होते!"

"मैं एक सौ चव्वालीस लगाऊँगा।"

रवि ने कहा, "यानी, झूठा डर-भय दिखाएँगे, यही बात तो। जब करेंगे तब करेंगे, यहाँ लोगों के साथ वाद-विवाद कर उन्हें चिढ़ाने की चेष्टा करने से कुछ नहीं मिलेगा। ये लोग डरेंगे नहीं।"

"ठीक है, चलो तीन सौ दो! यह जगह ठीक नहीं।" कर्मचारी उठ पड़े। साथ-साथ पुलिस के दोनों कान्स्टेबल भी। वे चले गये।

लोगों ने कुछ नहीं कहा, केवल खड़े रहे।

रवि ने कहा, “इस तरह जाने कितना सुनना पड़ेगा। उससे हमें विचलित नहीं होना है।”

अपर्तिया कुदाल लेकर निकल पड़ा। उसके पीछे धोबेई मिश्र। बाद में पीछे-पीछे सब। वे काम पर चल पड़े।

दूसरी ओर गये तीनों पुलिस के कर्मचारी, सब-इंस्पेक्टर रामचन्द्र चौबल, समुद्र किनारे के ठेठ देहात में टूटे हुए जमींदार घराने के वंशधर, उनके साथ तीन सौ दो नम्बर का कान्स्टेबल चक्रपाणि महांकुड़, घर पारलाखेमण्डी; एवं चार सौ सात नम्बर कान्स्टेबल अमलकमल मिश्र, उनका घर मयूरभंज, बारिपदा। चौबल बी.ए. फेल हैं, पर खेल-कूद में उनका नाम था। बी.ए. फेल होने पर भी अपने इलाके के बीस गाँव में वे सबसे ऊपर उठे थे आजकल की पढ़ाई में। गाँव-गाँव में अनेक लोग थे जो पुराने जमाने की पढ़ाई की खान थे; कोई संस्कृत में, कोई संस्कृत और उड़िया दोनों की पढ़ाई में, हिसाब, ज्योतिषशास्त्र, वैद्यशास्त्र, न्याय आदि नाना विद्याओं में पण्डित थे वे लोग। कोई किसी राजा से सोने का कुण्डल, पाट जोड़ा, किसी ने सोने के कंगन पाये थे। लोगों की जबान पर उनका नाम अभी भी है, किसी की पदवी थी ‘कवि कंकण’, किसी की कवि ‘डिण्डिम’, किसी की ‘कविराज’ और किसी की ‘तर्क पंचानन।’ किन्तु उन लोगों ने स्कूल-कॉलेज देखे नहीं, न वे बी.ए. फेल बन सके, अँगरेजी जानते ही नहीं होंगे, बस सुनी-सुनाई दो-चार बातें ‘कैट’ ‘रैट’ ‘बैट’ तक। वे लोग पुराने जमाने के हैं—उस जमाने की तेल में तर मशालें; उनका अब और मूल्य नहीं रहा।

‘बी.ए. फेल’ इनके लिए बड़ी उपाधि है, भौंहें उठा, सिर हिला-हिलाकर वे पुराने बूढ़े भी आपस में कहने लगे। बातें बनाने लगे, ‘बी.ए. फेल!’ रास्ते में चले जाते तो चटशाल के बच्चे अवाक् खड़े होकर ताकते रहते। लोगों का यह देखना और लोगों से प्रणाम पा-पाकर जैसे वे अपनी मर्यादा-प्रतिष्ठा के बारे में निश्चिन्त हो गये थे। बिना किसी तकलीफ के वे पुलिस सब-इंस्पेक्टर बन सके, घोड़ा चढ़ सके, बन्दूक चला सके, पोशाक पहन प्रणाम दिया और लिया, समय खर्च कर मूँछें उगायीं, कितने लोगों से कितने तरह के निमन्त्रण, आदर-सत्कार मिले। मन फूल उठा।

पर ठीक इसी समय ही खड़ी हुई थोड़ी असुविधावाली बात। उनके विरुद्ध अभियोग लगाती बेनामी दरखास्तें डाली गयीं, फिर नाम लिखकर लोगों ने दरखास्त दी। लोगों ने कितनी ही बातें उनके विरुद्ध जबानी कहीं। घटना की जाँच हुई, असुविधा ही असुविधा में बरस पर बरस बीतते गये। उनके नीचे के कई लोग ऊँचा पद पा गये, उनकी और बढ़ोतरी नहीं हो सकी।

चौबल मानो साँकल में बँधे अरणे हाथी हैं, केवल निष्फल गरजना ही सार है उनके लिए। पुराने जमाने का जुलमदार पुलिस का मनोभाव लेकर नौकरी आरम्भ करते ही वह समय बदल गया, वह थोड़ा झुककर मिलनेवाले पहले के प्रणाम भी

बारह आने कहीं लोप हो गये। हेर-फेर का काम करने पर पीठ पीछे कोई नहीं, इधर बाहर लोग इतने बेकहे; परन्तु काम की धूम बेसी। घर-घर में समस्या खड़ी हैं।

हाथों की खुजलाहट मिटाने के लिए कभी-कभी अवसर मिल जाता, जैसे उस बार बड़े शहर में हुआ। धूम-धूम। खींचा-तानी। ढेंकानाल रजवाड़े में आन्दोलन, ढोल-धमाका। जीप में चढ़, बन्दूक ताने रात-दिन रास्ता-बाजार सब जगह पैंतरे। वो बड़ा चौराहा–हाड़ी साही देवल साही–छाती फूल उठती। हाथ और भी कुलबुलाते–कि बस सामने पड़ जायँ तो एक ही वार में दुरुस्त हो जायँ।

पर अधिक दिन नहीं बीते कि सचमुच जैसे चरते-चरते मुँह पर तुम्बी बँध गयी हो। पहले की तरह वही खाकी पोशाक है, बूट, संगीन, पगड़ी, वे ही हाकिम हैं, जिन्होंने गोली फायर का आर्डर दिया था, और वे ही दूसरे बूढ़े, राम-नामी ओढ़ते हैं, धर-पकड़ फौज के आगे गाड़ी पर चढ़कर जाते समय कैसे लोहे के खोल की तरह खाली चेहरा दिख जाता है, आँखों में थमा-सा तूफान, रजवाड़ों के प्रजा-आन्दोलन के समय गोली फायर के समय का दृश्य, कलौंसे बंजर पहाड़ की चोटी पर वन जलानेवाली आग की फैली हुई धार की तरह उस चेहरे की मुद्रा। वे वैसे ही हैं, परन्तु कोई कुछ नहीं कर पाता, छाती फुलाकर, ताने कसकर, अनेक बातें कहते चलते हैं शहर के साधारण लोग–कोई दुकानदार, कोई व्यापारी, कोई रिक्शावाला, कोई मेहतर, कोई कुछ। कोई पीठ पर नहीं। उलटे हुआ ये कि जो गोली की चोट खाकर मरे उन्हीं के सम्मान में सभा में भाषण दिये गये, उन्हीं के नाम पर स्मृति-मण्डप खड़े किये गये, नींव का पत्थर रखने के लिए आये हाकिम के हाकिम के हाकिम–स्वयं मन्त्री।

क्रमशः बचकानी धारणा बदल गयी। चौबल धीरे-धीरे समझ गये, दायित्व के लिए बहुत क्षेत्र है, हाकिमाई के लिए संकुचित, जुलम के लिए बिलकुल नहीं। कभी जब अँगरेज थे तब पुलिस ही थी मूल शक्ति–क्योंकि उनकी भुजाओं के बल पर खड़ा था अँगरेज-साम्राज्य। शासन का प्रधान काम था कानून और नियम बनाये रखना। इसका भार था पुलिस और कचहरी पर। तब के मुंशी, दारोगा, सुप्रेण्ट आज नानीदादी की सुनायी कहानी के आदमी बन गये हैं। वैसे लोग अब भी हैं वरन् पहले से अधिक हैं, लेकिन वे अब सर्वेसर्वा नहीं हैं, वे एकमेव नहीं हैं, जन-सामान्य के हाथ में क्षमता आयी है। बुद्धि हुई तो वह अपनी क्षमता का प्रयोग कर सकेगा। कुछ न कर सका तो वह इधर अधिकारियों के पास दरखास्त भेज सकेगा, उधर राज्य की सभा में प्रश्न पूछने के लिए किसी लोक-प्रतिनिधि के जरिये चेष्टा कर सकेगा। क्षति न कर सका तो भी अड़चन तो खड़ी कर ही देगा।

चौबल धीरे-धीरे इन सबका भी आदी हो गया, परन्तु कभी-कभी बेचैनी-सा अनुभव करता। हाथ कटकटाते, मन आतुर-कातुर होना। फिर होश आने पर वे

पश्चात्ताप करते। उस जगह को छोड़कर बाहर आने पर उनके दिमाग की गरमी उतरी जा रही थी। व्यर्थ ही डींग मारा—बिना कोई गलती पाये किसी का वे क्या कर लेंगे! मेलण के मैदान में मारपीट हो गयी पर मुकदमा खड़ा करने के लिए कोई साखी नहीं मिल सका। और फिर यहाँ गाँव-भर मिल गया है, कोई दो-एक ही अलग होंगे, ऐसे में क्या किया जा सकता है?

"कुछ करके फायदा भी क्या है? तुम क्या कहते हो थ्री नॉट टू?" उन्होंने गम्भीर होकर कहा, "समय तो जैसा देखते हो, कौन-सी बात स्थिर है? आज जिसे मामूली आन्दोलन समझते हो, कल वह इस देश की चलन की धारा में नहीं आएगा—यह बात कौन कह सकता है? आज जो लोगों को सिर्फ बहका रहा है, कल वह मन्त्री नहीं होगा—यही कौन कह सकता है?"

चक्रपाणि महांकुड़ ने कहा, "हाँ हुजूर, वैसा भी तो हुआ है। लोक प्रतिनिधि बनने के लिए सबके सामने रास्ता है। एक बार हुए तो फिर मन्त्री भी उन्हीं में से होंगे..."

"सबको रास्ता कहाँ? हमें क्या रास्ता है?"

"चाकरी में रहने तक नहीं है, सर! चाकरी छोड़कर तो लोक-प्रतिनिधि बना जा सकेगा, हमीं में से तो लोग बने हैं। कौन नहीं बना? घोड़े का साईस बना है, राजा बना है, लोग जिसे कहते थे कि ये लोगों की मूँछें उखाड़ता था, पीठ से चमड़ी उधेड़ लेता था, वे भी बने हैं। जिसे कहते थे कि काला बाजार करता है, घूसखोरी करता है, वे भी बने हैं। और सन्त-बाबाजी भी लोक-प्रतिनिधि बने हैं। सब तकदीर की बात है, हुजूर! आदमी का प्रारब्ध! जिसे जब जो जोग पड़ा..."

अमलकमल मिश्र ने कहा, "किसी ने किसी की बाड़ी से एक घौंद केले की चुरायी, हम गाँव-गाँव में इन्कवारी करते फिरते हैं, और उधर लाखों रुपये लूटने की फिराक में बड़े लोगों ने जाल बिछा रखे हैं, वे ही फिर औरों पर हुकुम चलाते हैं। यही सब देखते-देखते तो राज-भर के लोगों में सारी बातों पर अविश्वास-सन्देह भर गया है। कोई जरा-से कसूर पर या बिना दोष के ही हड़बड़ा रहा है तो किसी के उस दोष में डूबने-मँजने पर भी उसकी जय-जयकार हो रही है। गलत रास्ते की रोक-थाम क्या होगी। करने पर भी उलटे पुरस्कार मिलता है। ऐसे में कौन किसकी बात मानेगा, क्यों मानेगा? हम कितने ही जोर से लोगों को समझाएँ, फिर भी वे हमारी बात पर विश्वास क्यों करेंगे?"

चौबल ने कहा, "सच है, पर हमें ये सब चरचा नहीं करनी चाहिए। हम ठहरे चाकरीवाले आदमी। फिर भी इस गाँव की बात लो, देखते ही जान गये कि खूब पक्का दल है। हम तो देखते हैं, जानते हैं सब। एक सौ सात या एक सौ चवालीस लगा देने से क्या होगा? प्रमाणित क्या करोगे? बाद में खुद ही फालतू लज्जित होने की बात..."

चक्रपाणि ने हाथ दिखाकर कहा, "जी देखिए सर, वहाँ क्या कर डाला! क्या थी वह जगह, अब क्या हो गयी! कितने बच्चे वहाँ पढ़ाई कर रहे हैं, लगता है जैसे गाँव-भर के सारे बच्चे जमा होकर पढ़ाई में लगे हैं। सब गाँवों में ऐसा ही होता तो!"

बच्चों की आवाजें आ रही हैं, उनमें अद्भुत क्षमता भरी है, तीनों ने वहाँ खड़े रहकर उधर देखा। पहले वहाँ बगीचे में इधर-उधर बस घास-फूस भरी थी। झाड़ियाँ उग आयी थीं। अब साफ कर दिया गया है। केवड़ा, कंसारी, बघनखी आदि सब। बगीचे के नीचे काट-छाँट, लीप-पोत, बुहारकर समतल बना दिया है। केवल उसके किनारे-किनारे साड़ी की किनारी पर बनी बेल की तरह फूलों का बगीचा। बीच-बीच में पेड़ों के नीचे टीले पर शिक्षक जमा होकर बैठे हैं। सामने बच्चे हैं। उस ओर लम्बी कतार में स्कूल का घर भी है। परन्तु पढ़ाई चल रही है बगीचे के पेड़ों की छाया में।

कान्स्टेबल अमलकमल मिश्र ने कहा, "वो गाछ के पास जो छरहरा बच्चा है न, कान में बालियाँ पहने हुए है, वह बिलकुल मेरे नटखट बच्चे की तरह है। मेरा तो यहाँ बारह घरों में भटकते-भटकते ही दिन बीत जाता है। घर में वह कूदता-फिरता है या चटशाल जाता है, कौन देखे।"

कान्स्टेबल चक्रपाणि ने गहरी साँस छोड़कर कहा, "मेरी भी यही दशा है।" चौबल भी कुछ ऐसा ही सोच रहे थे। मुँह से चाहे न कहें, पर कैसा परिवर्तन इस गाँव में हुआ है, वह तो रास्ते से ही आँखें पहचान लेती हैं। पुराने घर ठीक-ठाक किये गये हैं, कतार की कतार नये घर। चौड़ा चबूतरा, बरामदा, चिकनी दीवारें। बरामदे की दीवारों पर सुन्दर आलपना आँके गये हैं। घर के आगे गुहाल नहीं हैं, लिपे-पुते साफ-सुथरे घर के सामने के दालान, चबूतरा और घर के सामने छोटी-सी फुलवारी। किसी का घर टूटा-फूटा नहीं, किसी की दीवार में दरार नहीं, छान दबी नहीं। इसी महीने नयी बाँधी गयी छान सोने की तरह झलक रही है। थोड़ी-थोड़ी दूर छोड़कर बड़े-बड़े छप्पर-घर चारों दिशाओं में चार कतार में बने हैं। उनमें भी फिर खिड़कियाँ। छाया तले खाद की कुरी, उस पर फिर उढ़ावन। जगह-जगह पर खूब बड़ी-बड़ी बाड़ी, खूब खुली जगहों पर बड़े-बड़े खेत, उनके बीच में छोटी-छोटी मेंड़ नहीं है। उनमें कई में हल चला, खाद डालकर बीज बोने को तैयार हो चुके हैं। फिर यह स्कूल।

उन्हें रुका हुआ देख गाँव का एक बूढ़ा पास चला आया और कहने लगा, "चलें, जरा देख लें हुजूर, बच्चों को कुछ दो बातें कहें—बीघे भर खेत में भारत का नक्शा बनाया है। भलाई के लिए करनेवाली बात। दस जनों की बुद्धि एक साथ मिलने पर जो होता है वही, और क्या?"

देखने को चौबल का मन कर रहा था, पर गाँव के किसी एक के ठीक वही बात कह देने के कारण उसकी वह इच्छा मर गयी। उलटे मन में विरोध-भाव उपज आया। कहा, "बच्चों का गोठ तो बैठा दिख रहा है, और जाकर अधिक क्या देखूँगा?

बस ऐसा ही मन सदा बना रहे तो ठीक है। नहीं तो अगली बार आकर देखने तक आठ-दस बच्चे भी देख पाना मुश्किल..."

"अघोरी—घरबारी सब आते हैं हुज़ूर, दोनों जून, कोई नागा नहीं करता। किसी के घर से कोई नहीं आता हो सो बात भी नहीं। अभी हैं डेढ़ सौ बच्चे, आस-पास से और भी आ रहे हैं। खेल, पढ़ाई, काम-धन्धे कितनी बातें सिखायी जाती हैं। पहले गाँव का सारा काम सीखते हैं—खेत का काम, बढ़ई, लुहार, जुलाहे, तेली आदि की सारी वृत्तियाँ, उमर और बुद्धि के अनुसार, जो जितना सीख सका, उतना ही। गाँव में जो जितना जानता है आकर बच्चों को बताता है, समझाता है। अभी आप आये हैं, आप भी दो नयी बातें सिखा जाते..."

"अच्छा, अच्छा, देखेंगे बाद में कभी..."

वे लोग चले गये।

रास्ते में एक जगह हल चल रहे हैं। उसके पीछे-पीछे तीन थाक होकर पन्द्रह हल एक साथ।

महांकुड़ ने उधर हाथ दिखाकर कहा—"बाप रे!"

मिश्र ने कहा, "हमारी तरफ आदिवासियों में भी जगह-जगह ऐसा ही होता है। एक साथ मिल-जुलकर खेती करने से अच्छा होता है।"

चौबल कहने लगे, "एक आदमी के बल की बजाय दस जनों का बल अधिक होता है। अपनी अकेली खेती से सामलाती खेती और भी अच्छी। सब अच्छा, पर सदा यह मन यह मेल रहे तब तो! दो दिन बीतते ही तो कलह लग जाएगा। वह कहेगा, अमुक खा गया मुझे नहीं दिया, यह कहेगा कि मैं क्यों काम करूँगा वह क्यों बैठेगा, और कोई कहेगा कि मेरी मानता कम क्यों हुई, उसकी अधिक क्यों और फिर चलेगी एक-एक कर टूटने की परम्परा कि सब टूटकर अलग हो जाएँगे। सब जगह यही होता आया है, आदमी का स्वभाव ही ऐसा है, दो दिनों की 'हों' से क्या मिलेगा? चलें हम सब..."

महांकुड़ ने कहा, "आदमी का हृदय पुकारता है एक होने को, परन्तु अपना किया काम दूसरे जैसा हो न सके तब एक-दूसरे में फूट पड़ जाती है।"

अमलकमल मिश्र ने सिर हिलाया। बोले, "सच है, कोई कलह करना नहीं चाहता, अशान्ति नहीं चाहता। क्या कोई सचमुच चाहता है दूसरे को लहूलुहान करना? किसी की भी जान लेना? जाने कैसे क्या हो जाता है कि फिर यही आदमी पशु से भी बढ़ जाता है, और दूसरे क्षण कुछ नहीं रहता।"

चौबल ने कहा, "ये हिरदय-फिरदय सब फालतू बातें हैं, मन में जो भी हो, हम तो यह देखेंगे कि काम किसने किया। उसी का दोष होगा, उसी को दण्ड मिलेगा। यहाँ इन लोगों ने गुट बनाया है। करते हैं लम्बी-चौड़ी बातें। जो पढ़ाई

करेंगे, वे तो करेंगे ही। कभी यहाँ कलह जरूर होगा, इन्हीं को लेकर औरों पर दाब पड़ेगा, फिर देखना क्या होता है...”

विकास अधिकारी युवक विपिन के पतले हड़ीले चेहरे पर सिगरेट थी, पर हँसी न थी। शीतलपुर गाँव का काम देख आने के बाद वह गाँव के सिरे पर बरगद तले खड़ा हुआ है, एक पैर उसका जीप के पायदान पर, दूसरा पैर जमीन पर, चेहरा आकाश की ओर आधा टिकाये तिरछा हुआ है, तेल में चमचमाती माँग के बीचों बीच पतली सीधी रेखा, छोटी नाक ऊपर की ओर, दोनों नासा खुली हुई। अचानक मानो विपिन पत्थर हो गया हो, चेहरा मुखौटा बन गया, उस चेहरे पर अँका हुआ है क्लान्ति और नैराश्य, कुछ भय भी। कुछ दूर हटकर भीड़ बनाये गाँव के कई लोग खड़े हैं, और कुछ कर्मचारी। कुछ दूरी पर और कई लोग। वे लोग आपस में दोष देकर तू-तू मैं-मैं के युक्ति-तर्कों में लगे हैं।

सामने विकास खण्ड, उसके पास अन्न-भण्डार।

उसके सामने पड़ा है एक पानी का पम्प सेट। दो बरस पहले खेत में पानी देने और फसल उपजाने के लिए तीन हजार रुपये में खरीदकर इस गाँव के लिए लगवा दिया गया था। दो बरस पहले जिस दिन यह पम्प आया था, उस दिन वह खुद यहाँ उपस्थित था, एक छोटा-मोटा समारोह किया गया था, सभा का आयोजन हुआ था। गाँव के कितने आशावान् लोगों ने भाषण दिये थे, उनके साथ मिलकर उसने भी दो शब्द कहे थे।

आज! यह वैसे ही पड़ा है। लोहे का टुकड़ा बना। ऊपर मोरचा, अन्दर मिट्टी। कहते हैं, उसके दो छोटे-छोटे पुरजे नहीं मिल रहे। रबर की एक पाइप कहीं खो गयी बताते हैं। होती तो भी क्या होना था?

मिश्र ने विश्वस्त ढंग से समझाकर बताया, “जी, यह आया उसी दिन से अचल है। मिस्त्री आया, कितनी चेष्टाएँ की गयीं, उसकी मशीन ने हूँ-चूँ भी नहीं की। शुरू से ही मुरदार ढोल था।”

पधानजी ने चुपके से बताया, “सारे नाटक का सूत्रधार ये मिश्रजी ही हैं। रबर की नली उन्होंने ही तो उड़ायी है, फिर वह काम करता भी तो कैसे?” और एक दल ने कहा, “इसके मरम्मत आदि का काम यहाँ तो कोई जानता है नहीं। यहाँ था एक दनेई प्रहराज, कल-कब्जे का काम कुछ जानता था, वह तो जमाने से शहर में जाकर लोहे के कारखाने में काम करने लगा, और अब कौन जानता है, यह सब काम!”

रघु पट्टनायक ने कहा, “ये काम वैसा ही है! कभी कड़ी धूप में नदी कहीं नीचे चली जाती है, गड्ढे-पोखरी सब सूख जाते हैं, पानी उठता कहाँ से?” बलियार

सिंह ने कहा, "भाड़े पर खेत लेने पर उतना भाड़ा चुकाने को किसके पास पैसा है? हमारा पम्प खराब हुआ पड़ा है पर जहाँ पम्प ठीक है, जैसे बुद्धिसाही गाँव में वहाँ कितने लोग पम्प से काम ले रहे हैं? देखें, समझें, ये हमारे काम की नहीं हैं, पानी होने पर टेंड़ हम चलाएँगे, नाले में नदी का पानी आता तो एक आड़ी बाँध डाल देते और नाले को काटकर खेत तक ले जाएँगे। यह सदा के लिए होगा, सस्ता होगा और ये जन्तर-फन्तर हमें नहीं जँचेगा।" कई लोगों ने उस बात का समर्थन किया। पुरखा आदमी, बटी साहू ने अपने अँगोछे से पसीना पोंछते-पोंछते सार रूप में बात कह दी, "ये सारे काम हमारे देहातों में नहीं जमते, फालतू में यह इस गाँव को आया, सामलात में पैसे गिने जाएँगे, गाँव में बुराई आएगी।"

ये सब वो सुन चुका है, केवल पम्प की ही बात नहीं, और भी वैसी ही कई बातें हैं। जेठ की धूप। वो उधर पोखरी की पाल पर खजूर के दो झुरमुट खड़े हैं, दोनों में ढेर की ढेर खजूर के फल लगे हैं, कसकर गुँथे हुए हैं, पक गये हैं, गाढ़े लाल। उसे किसी ने नहीं लगाया, उसके लिए किसी ने यत्न नहीं क्रिया, फिर भी खजूर का पेड़ बढ़ा है, फल देता है, फल पकते हैं, पर यह बेचारा पम्प!

विज्ञान, परिश्रम, त्याग, कौशल, योजना, धन कितने उपादान एकत्र कर वह गढ़ा गया, कहाँ कितने ऊसर-मरु में उसने फसल पैदा की है, कितनी आशा के साथ भेजा गया था, इस सुदूर देहात में। इन्होंने उसका मूल्य समझा नहीं, वह रद्दी होकर पड़ा है।

अब क्या उत्तर देगा वह ऊपरवालों को।

और यह अन्न-भण्डार। गरीब बेचारे अकाल में सस्ते सूद पर धान उधार लेंगे, अतः कितना खरचा कर यहाँ धान जमा किया गया। कारबार चला भी दो-तीन बरस। फिर कहाँ, इस साल धान की वसूली के समय दस आने लोगों ने धान लौटाया ही नहीं। कागज हैं, धान नहीं। कैसे वे लोग इतने स्वार्थी हो सके! यह भी नहीं समझ सके कि धान लौटाने पर दुःखी-गरीबों का उपकार होगा। इसके लिए भी उसे ही जवाबदेही करनी पड़ेगी।

दो बरस पहले इस गाँव में पोखर खुदाई के लिए रुपये आये थे। पोखर खुदता, मछली छोड़ी जाती, बढ़ती। जो हो रुपये में चौदह आने डाकघर में रखे हैं, उड़े नहीं, बाकी जो दो आने अगाऊ के दिये गये थे उनसे काम हुआ नहीं। कारबरदार तो कहते हैं कि दस गुना काम हुआ था, बरसा में सम्य दब गया। वे मुकदमा लड़कर अपनी बात रखने पर आमादा हैं, रुपये लौटाएँगे नहीं, और काम करेंगे नहीं। और एक दल कहता है कि उनमें आधे पैसे तो गाँव की रामनवमी में ही खरच हो गये, और किसी ने कुछ किया।

गाँव की यह जो सड़क पड़ी है, उसमें फिर कितने गड्ढे ऊबड़-खाबड़ है। गाड़ी नाचती-नाचती कूदती-कूदती आयी, उस काम में भी कितनी टालमटोल—महीना नहीं,

बरस बीत गया। कौन उस काम को लेगा, इसके लिए दल-बन्दी, ऊपर तक दरखास्तबाजी, धर-पकड़ की तब जाकर काम सुलटा, पर अब कहते हैं कि सड़क के किनारे पुरानी खन्दक थी, उसी के किनारे तोड़-खरोंचकर गारे की साखी गढ़कर चौकोर गड्ढा दिखा हिसाब चुकता कर लिया और पैसे खींच लिये। एक दल इधर की कहता है तो एक दल उधर की कहता है।

क्या करने से लोग समझेंगे कि यह गाँव अपना है, यह काम अपना है, अपने घर की चिन्ता और घर के काम से बढ़कर जरूरी है—सबका सामूहिक मंगल और काम। ये बातें केवल किताबी या प्रचार की बातें नहीं हैं, एक विराट् स्वाधीन देश के जीवन-मरण की समस्या है। इसी पर सब निर्भर है। पता नहीं कब आएगी यह चेतना!

खयाल आया, कहीं से कोई सड़ाँध में भरी हुई दुर्गन्ध तैर आती है, उबकाई-सी आने लगी। पता नहीं कब से यह दुर्गन्ध उठ रही थी, मानो उसकी अनुभूति में यह मिल गयी है, खुद-ब-खुद उसके अन्दर एक उद्यम चल रहा था—उसे पहचानने और नाम देने का। पुरानी बात का तार पकड़ते हुए उसने कहा, "कैसी है, यहाँ यह दुर्गन्ध? कुछ मर गया है क्या?" और जोर से सिगरेट खींची। उसके प्रश्न से मानो सचमुच दुर्गन्ध ने नया रूप धारण कर लिया हो। अचानक सब उस बारे में सोचने लगे। एक ने कहा, "हाँ, सच तो, कोई कुत्ता मरा पड़ा है कहीं। दूर फेंक देते तो क्या हो जाता?"

फिर इस मन्तव्य पर आलोचना हुई। पधान ने कहा, "देखें तो सही इन लोगों की बात! सड़कर कीड़े पड़ गये, सड़ाँध से उबकाई आ रही है, पर उठाकर फेंक देने को किसी का हाथ नहीं जाता..."

"कहते ही हो, तुमने खुद फेंक क्यों नहीं दिया?" भीड़ में से किसी ने बात फेंकी। उसका समर्थन भी एक ने कर दिया, "सच तो, जीभ हिलाने में क्या लगती है, पर काम कहाँ?"

बलियार सिंह ने रुककर कहा, "जमाना तो बदल गया, और क्या करें? इस गाँव के चमार भी मिजाजी बन गये, हुजूर! नहीं तो एक जरा-सा कुत्ता तीन दिन तक पड़ा सड़ता रहे? उन्होंने न उठाया तो क्या तुम्हारे दरवाजे पड़ा रहे, यों ही, क्यों?"

"बात तो ठीक है, और अब किसके हाथ या पैर हैं जो कोई कुछ करेगा?" उसने व्यंग्य करते हुए कहा, "मुरदा उठाना तो समझो चमारों का ही काम ठहरा, और क्या? उन्होंने अगर न उठाया तो पड़ा रहे, वैसे ही तुम्हारे द्वार के आगे?"

"पहले से ही यह रीत चली आयी है न, हममें से कोई करेगा?" बलियार सिंह ने कहा, "गाँव की नीति में जिसका जो काम है, वही उसे करे तो कितना सुन्दर हो!"

"तब बलियार सिंह तो गाँव के मुखिया होते, फिर चिन्ता क्या रहती?" ठट्ठे

में युवक उत्सव महारणा ने कहा, "जिसका जो काम वह उसे करे तो इसमें बलियार सिंह का लाभ है, पुराना मुखिया परिवार है, हुजूर! फिर इतना ही नहीं, मैं समझता हूँ कि कोई भी काम करने को राजी नहीं, अब चासी पढ़-लिखकर कमीज-पैण्ट पहनकर केवल चाकरी-बेपार-कलकारखाने के काम आदि में मिलेंगे, अतः झुण्ड के झुण्ड एक साथ शहर चल पड़े, गाँव में उनका काम भी कैसे होगा, हल कौन चलाएगा, फसल कहाँ से आएगी!"

सिर्फ कहने की बातें हैं! विपिन सोच रहा है। केवल तर्क-बाण हैं। इधर नाक में सड़ाँध भर रही है। मोटर में बैठकर इंजिन स्टार्ट किया। सूखी हँसी हँसकर कहा, "भाषण अब अपने यहाँ रसोईघर तक घुस आया है। कहने-सुनने को तो कहाँ से कहाँ, पर काम कुछ नहीं होता। ठीक है, बैठकर गप्प मारें, मैं चलता हूँ।"

एक साथ कई आवाजें आयीं, उछलकर, "यहाँ सब अपना-अपना मत व्यक्त कर रहे हैं।"

हाथ हिलाना, सिर हिलाना, एक-दूसरे पर दोष लादना, जी खोलकर गप्पें हाँकना—फिर उसके बाद सब अपने-अपने घर जाएँगे।

क्या करें ताकि यह संस्था सब जगह काम करे?

उसके मन के अन्दर इतना ही गम्भीर प्रश्न था। ऊपर से नीचे लुढ़कते हुए चला आता है आदेश—कहाँ क्या काम होगा, इसके लिए कितना खरच होगा, किस ढंग से कौन काम होगा। वैसे ही ऊपर से नीचे तक लुढ़क आती है निन्दा—"तुम्हारे यहाँ कुछ भी काम नहीं हो सका। तुमसे तिनका भी नहीं टूटता, अच्छी तरह काम करो, और नहीं तो..."

उसके ऊपर जो हैं उन्होंने अपना यह मन्तव्य उसको अच्छी तरह समझा दिया है। उसने भी अपने से नीचे की ओर देखकर औरों को कह दिया है—"तुमसे कुछ हुआ नहीं। तुम तो बिलकुल निकम्मे हो—तुम्हारे लिए मुझे कितनी बातें सुननी पड़ीं। अच्छी तरह कमर कसकर जुट पड़ो, नहीं तो परवाना मिल जाएगा!"

और यहाँ शीतलपुर में हालत यह है! ओह! बहुत आशा थी कि यहाँ कुछ काम हो सकेगा, जो लोगों की नजरों में आ सके, ताकि परिदर्शकों को बुलाकर वह कुछ दिखा सकता।

गाँव के दवाखाने के लिए घर बनने लगा। उस आधे घर के बीच एक बेर का जब्बर पेड़ खड़ा हो गया है, अबकी बार फलेगा। गाँववालों ने अपने हिस्से के वादा किये हुए पैसे जमा कराये नहीं, इसलिए घर पूरा हुआ नहीं।

घुम-घुम करती जीप धकड़-पकड़ रास्ते पर चली जा रही है। तपती धूप की आँख झुलसाती आँच की ओर ध्यान ही नहीं, न रास्ते की बात मन में आती है।

मानो सारे आकाश में गरम राख बिछायी जा रही है, नीचे आग बरस रही है। ताप में भुनकर यह धरती किसी अन्य अवस्था के लिए तैयार हो रही है, जब

यह धूप नहीं होगी, यह गरमी नहीं होगी, यह सूखा-पथरीला कुछ न होगा, सब कुछ भीगता रहेगा। प्रतिक्षण उसके दीखते चित्र में बदलाव हो रहा है, धूप झुलस-झुलसकर मन्द होती जा रही है, रोशनी के बीच छाया घनी होती आ रही है।

वैसे ही चुपचाप बैठा है वह। बीच-बीच में चुक जाने पर एक और सिगरेट लगा लेता है, कुछ बोलता नहीं। रास्ते के किनारे के ठूँठ या बाँबी, पेड़ या घर या आदमी किसी की छवि उसकी आँखों के परदे पर कहीं पड़ती है, कभी उसके मन की अनन्त चेतना के घट में कहीं मिल जाती है, ठीक एक चुनी हुई जगह देखकर संकेत से और एक भिन्न चित्र उपजता है, बँधे-बँधे, गुँथे-गुँथे भावों और चित्रों का जाल-सा होकर दप-दपा रहा है उसकी चेतना का आकाश। वहाँ भी दृश्य बदलता है, उसी के भीतर जी-जान से कसकर पकड़े हुए है अपने सचेत मन में एक धारणा को—विकास योजनाओं की सफलता, उसके कर्म-जीवन की सफलता है।

पड़ी है पुरानी पृथ्वी पर पुरानी सृष्टि, पुराना संसार। कुएँ की मुड़ेर खाली पड़ी है, किनारे पर रस्सी रखी है। पोखर का घाट खाली पड़ा है, पैर धोने का पत्थर पड़ा है, और धोबी का कपड़ा धोने के लिए डाला गया पट्टा भी। बकरियाँ चर रही हैं, गला फुलाकर भेड़ा पीछा करता आ रहा है, पीठ फेरे खड़ी है कोई बुढ़िया औरत। हाथ में एक छड़ी, झुर्रीदार ललाट तिरछा किये, रूढ़ आँखें उठायी हैं खाली आकाश की ओर। मुई सूखी लताओं के जाल में ढँकी चुपचाप पड़ी है किसी की दबी हुई छान, छावनी हुई नहीं, बाँस की फरचियाँ टेढ़े-मेढ़े दाँतों की तरह इधर-उधर निकली हैं, ठुँसी हैं। तपतपाती धूप में पेड़ तले कोई खर्राटे भर रहा है, पास में रखी है हलद रंग की गाँठदार लाठी, कहीं किवाड़ खुले हैं तो कहीं बन्द पड़े हैं, कतार में घर, अन्दर तक दिख जाता है, लोग सोये हैं, बैठे हैं, बातचीत में लीन हैं, ढेंकी कूट रहे हैं, पोथी पढ़ रहे हैं, या कोई ताश खेल रहे हैं—आदमी हैं, सदा थे, आदमी हैं और सदा रहेंगे, इसी धारणा में उसके चेतना के अणु-परमाणु भी सिक्त हो रहे हैं।

और वह सोच रहा है, कब सपना सफल होगा! सपना झाँक रहा है—चौकोर की तरह सड़क, दोनों किनारे बाड़ी-बगीचों से भरी कोठियाँ, टाइल के घर, साफ-सुथरे, धकधक-भकभक करती हुई घर-घर में छोटी-छोटी कलें, बटन दाबते ही बिजली से चलती हों, तरह-तरह की चीजें तैयारी होती रहेंगी। गाँव में, खेतों में काम आएगी मल की खाद, आदमी का मल भी तनिक बरबाद नहीं होगा, हड्डियों के चूरे की खाद—मरने के बाद मानो सबकी देह इस देश की माटी में मिलेगी, होता रहेगा कम्पोस्ट, धनीचा, रासायनिक खाद, खली, गोबर, मशीन के हल। ट्रैक्टर से खेती होती होगी। रबर के पहिये लगी बैलगाड़ियों में पंजाबी-हरियानवी बैलों की जोड़ी जुती होगी, और गाड़ी की गाड़ी फसल जाती रहेगी। और चाहे इस जेठ का अन्न हो, बैलगाड़ियाँ भरकर अच्छे-अच्छे बीजों से पैदा हुए धान, गेहूँ, आलू, कपास, तम्बाखू और कितना कुछ जाता होगा। पम्प से उठाकर छोटी-छोटी लाल नालियों

के रास्ते खेतों को पानी जाता होगा। पानी से भरकर बड़ी-बड़ी पोखरियाँ झिलमिलाती दिखती होंगी, पाँच सेरी-सात सेरी रोहू या भाकुर मछलियाँ उछल-कूद करती होंगी, झुण्ड के झुण्ड मुर्गे सारे मैदान में चरते होंगे। सफेद लेगहार्न और लाल रोड् आइलेण्डर। चारों ओर निश्चिन्त नीरोग हृष्ट-पुष्ट स्त्री-पुरुष, गाँव की ओर देखते ही कारखाने में, खेत में जुटे हुए लोगों के झुण्ड, नाना उद्योगों के लिए अनेक मकान, मशीनों के कारखाने, भण्डार, स्कूल, अस्पताल, सब्ज खेत-बाड़ी, बाग-बगीचे, बीच-बीच में धब्बे सफेद-सफेद, रात होते बिजली की रोशनी से चारों ओर दीपावली, बीच-बीच में बड़े-बड़े कारखानों के घेरे, असुर की तरह विराट्-विराट् अट्टालिकाएँ, जगह-जगह दस तल्ले, बीस तल्ले, गति, भीड़, गाड़ियों की गरज, हो-हल्ला। खेती और मशीनी उत्पादन का चरमोत्कर्ष। यन्त्रों से नपे-तुले, कटे-छँटे, सजे-धजे खेत, बगीचे और बाड़ी की कतार, कहाँ किस प्रकार पेड़ लगाने पर काम आएँगे, उसी के अनुसार सजे हैं। झोंपड़े नहीं, मकानों से भरा गाँव। मकानों से निकले आ रहे हैं साफ-सुथरी पोशाक पहने स्त्री-पुरुष। वे खूब खरच कर रहे हैं, इसके लिए उनके पास खूब पैसे हैं। भाँति-भाँति की कई तरह की चीजें व्यवहार में लाते हैं, कीमती पोशाक, अपनी आवश्यकताएँ बढ़ा-बढ़ाकर सभ्य हुए हैं। उनके अपने यान-वाहन हैं। घर-घर में रेडियो। इसी खेतों के आकाश में चिड़ियों की तरह झुण्ड के झुण्ड उड़े जा रहे हैं छोटे-छोटे हवाई जहाज, नीचे चला जा रहा है गाड़ियों का स्रोत। जिधर देखो व्यस्तता, कार्य-तत्परता। और पक्के कारीगर—लोहा, ईंट, कंक्रीट, भरी की भरी चीजों की गाड़ियाँ। इसी उद्देश्य को आँखों से आगे रखकर चल रहा है इस गठन का क्रम; क्योंकि इस देश को भी बहाना होगा—इण्डस्ट्री के युग, ऐटम के युग के स्रोत के साथ। अमेरिका से भी आगे निकलना पड़ेगा। क्या नहीं हो सकता?

मगर क्या होगा फिर?

यह आदमी बदलेगा? ये जो मरियल-सा बूढ़ा बहँगी कन्धे पर लादे लड़खड़ाता-सा फुदकता भागा जा रहा है, इतनी तपन में वह क्या यों नहीं भागेगा? पोशाक पहन होठों के कोने में चुरुट लटकाये एक जीप ड्राइव करता जाता होगा नीली आस्फाल्ट के खुले चौड़े रास्ते पर, धारा की तरह आगे-पीछे, पता नहीं कितने!

खेती करनेवाली मशीन! काटती होगी और कमाती होगी मशीन। मशीन का गीत, मशीन की गाड़ी, मशीन की तरह आदमी, मशीन के जैसे घर का काम-धन्धा। एक ही साँस में, एक तरीके से सब कुछ।

कौन-सा आदर्श, कौन-सी आध्यात्मिकता, किस कविता की आड़ लेकर समर्थन करोगे इस चलनशील स्थिति का। इस दारिद्र्य, फटी लँगोटी, टूटी भीत, रोग, गन्दगी, अज्ञान, भय का? जल जाय यह सारा कूड़ा और साथ-साथ ये सुस्ती, जाय चाहे उसके साथ ही इस देश के मानव समाज की वह पुरानी सड़ी-गली धारा, वही सैकड़ों बरसों की तलछट, तिरौंछट तालाब की कीच, बदल जायँ ये आदमी स्वयं,

और उसके दिमाग की बद्ध धारणाएँ, विचार। बदल जाय। मानव जाति बचे, और सुखी हो।

जगह-जगह नयी सड़क पड़ी है, ऊँची समतल कर माटी बिछी है, दूर तक, जगह-जगह पोखर की खुदाई चल रही है। कई पूरे हो चुके, चौकस पाल बाँधी जा रही है, टोकरी सिर पर उठाये लोग इधर-उधर हो रहे हैं। रास्ते में पानी जमने की जगह देख कहीं-कहीं पत्थर के सेतु, कहीं पुलिया, कहीं पुल, नये, चूने से पुतकर सफेद दीख रहे हैं। जगह-जगह नये मकान खड़े किये जा रहे हैं, समाज-कल्याण-गृह बन रहे हैं। कपड़ा बुनने के केन्द्र, स्कूल, प्रसूति-घर, धान के भण्डार-घर बन रहे हैं, पशुचिकित्सा केन्द्र, सेवक बस्ती, खजूर गुड़ केन्द्र, हाड़ के चूरे की खाद बनाने का केन्द्र, समाज के लिए धान-भण्डार। लाइब्रेरी, कृषि-केन्द्र, जगह-जगह के घर हो गये, हो रहे हैं। कहीं कच्ची ईंटें पक रही हैं, कहीं पकी हुई ईंटों की थाक लगायी जा रही है, कहीं बढ़ई काठ चीर रहे हैं, सीढ़ी, किवाड़, झरोखे बना रहे हैं, कहीं छत बना रहे हैं। रास्ते में जगह-जगह कुआँ, सीमेण्ट से बनी मुँडेर और फर्श, ऊपर छोटा-सा पम्प। जगह-जगह बड़े-बड़े चौराहों पर छोटे-छोटे खम्भों पर बड़े-बड़े धान के गोदाम-घर, गोल, मुड़े हुए लोहे के पात से बने। कतार में चले गये हैं टेलीग्राफ की लाइनों के बेशुमार खूँटे। और फिर उसके बाद दूर तक वो खिंच आयी है इलेक्ट्रिक लाइन, इस सड़क के किनारे ही किनारे दूर देहात तक। सैकड़ों कोस की दूरी से बिजली इन तारों में बहकर आती है, और सीध में चले गये हैं दोनों किनारे गाँवों में। ठेठ देहाती गाँव तक में रात के समय रोशनी जल रही है, फिर चलेगी वहाँ मशीन। और ये आ गया नया खोदा हुआ नाला। कहीं सैकड़ों कोस दूर पर कोई नदी बँधी है, पानी का भण्डार बनाया गया है, गाँवों के अन्दर तक नालियाँ खोद-खोदकर ले जा रहे हैं, हजारों कुली लगे हैं, नालियों की खुदाई पूरी होने पर पानी आएगा।

इस तरह जो कुछ भी हो सका है वह विकास-कार्य का प्रतीक है। कुछ तो हुआ ही है। देश को स्वाधीन हुए कुल जमा कितने बरस हुए ही हैं! उसमें फिर इतनी जगह इतने चिह्न तो दृष्टि में आ रहे हैं। चलता रहेगा तो और भी होंगे। पहले तो इन सबका पता तक न था, थोड़ा-बहुत काम चल ही रहा है।

इसी तरह सोचता-सोचता चलता गया विकास-कर्मचारी विपिन, अपने स्वप्न-जागृति, आशा-निराशा के बीच, अपनी सिगरेट की धुआँ के अन्तराल में। सब जगह शीतलपुर की-सी हालत नहीं है, थोड़ा-बहुत काम हो रहा है।

इसी काम को देखने-परखने को तो वह गश्त पर निकला है। धूप ही धूप में दौड़ना, रास्ते में कहीं रुकना। काम देखता है, कहीं गाँव के लोग डाभ मँगा फोड़कर पिलाते हैं, खड़े-खड़े ही पी लेता है, कहीं रास्ते पर गाड़ी रोक कुछ दूर पैदल चला जाता है, गड्ढे, काँटे-झाड़ी होकर बढ़ जाता है। आगे-पीछे गाँव के लोग,

कर्मचारी। टप-टप पसीना चू रहा है, धूप की तेजी से कान झाँय-झाँय कर रहे हैं। सिगरेट फूँक, फिर आकर गाड़ी में बैठता है। कितने नोट ले रहा है अपनी नोट बुक में, कितने तथ्य संग्रह कर रहा है, कितने उपदेश दे रहा है, चारों ओर की योजना में ये ही उसके काम हैं। इतने बड़े देश में, उसकी तरह छोटे-बड़े कितने ही काम करनेवाले हैं, जो उसमें लगे हुए हैं।

पर वह—मन के तल में—शीतलपुर।

अकेले शीतलपुर में ही नहीं और भी जगह-जगह पर। सब जगह लोग सिर नीचा नहीं करते, कहीं तर्क करते हैं, कहीं कड़ी-कड़ी बातें कहते हैं।

वह जो पीछे रह गया है बड़ा गाँव, उसका नाम है श्रीवन्तपुर। ढेरों नारियल के पेड़ हैं, कुछेक पक्के मकान, कुछ पक्के घरों की छतों पर लोहे की चादरें। हृष्ट-पुष्ट पुरखेवाले दस-पाँच लोगों ने मिलकर अच्छी-खासी आलोचना से भरी दो-चार बातें भी सुना डाली थीं। कहा था—"तुम्हारी इच्छा हुई तुमने रुपयों की बरसात कर दी, घर खड़े करते हो, पम्प लाकर रख देते हो, उलटे हमसे कहते हो कि अपव्यवहार हुआ, आगे कभी आकर पूछा भी था कि हमारी क्या जरूरतें हैं? हमें क्या चाहिए?

"हैं रे, हमारे तो पीने को दो बूँद पानी नहीं, हर साल हैजा खींच लेता है, उसके लिए कोई बन्दोबस्त नहीं, हमारे तो आस-पास कहीं कोई डागदर भी नहीं, दवाएँ तो कितनी दूर की चीज हैं, इधर जच्चा को खलास करने के लिए कोई दाई भी नहीं, जिसके पास पैसा है वो पाँच कोस जाकर बीस रुपल्ली में आबिदी की माँ पठानिन को लाएगा, और नहीं तो फिर रामभरोसे। हमारी जमीन में जो बालूचर है, उसे उठाने को किसी की कमर में दम ही नहीं, उस बारे में कोई बात ही नहीं। हमारे गाँव में तो बारह आने लोगों के घर एक वेला चूल्हा ही नहीं जलता—वे कहाँ से सोचेंगे ये तुम्हारी जापानी खेती की बात।"

रास्ते के किनारे ये समवाय भण्डार-घर हैं। याद आ रही है उस दिन की बात। बहुत आशा लिये आये थे ऊपरवाले वे लोग, हालाँकि पूरी उड़िया भाषा वे नहीं जानते, पर बहुत उत्साह में भर गया था उनका मन, अतः उफनते उच्छ्वास में भरे होने की तरह वे टूटी-फूटी भाषा में कहते गये, सोचा हो कि शायद यही इस राज्य की भाषा है—

"आप लोक्—देख्बे—ये जो हामार भण्डार आछे—इसमे—हामार बीज रोबे—आप लोक् लेबे लौटाबे लेबे-लौटाबे—सो बहुत भालो होबे—अच्छा! आच्छा! आच्छ! हमार देस में नया भालो काम करबे तो पालु यानी दूध बोहिबे राज्य में—सम्झा—आच्छा! आच्छा!"—

लोग खूब हँसे। लोग उनके भाषण से बहुत अनुप्राणित हुए हैं—यह सोचकर और भी उत्साह में वे कहते चले गये। खुद हँसे, उत्साहित हुए, सोचा कि उन्होंने

सुन्दर कच्ची उड़िया भाषा में उस गाँव के लोगों को शस्य-भण्डार की उपकारिता से अनुप्राणित किया है।

खाली पड़ा है वह घर, धान के करज में कहीं कोई गड़बड़ी हो गयी, इन्क्वायरी पूरी हुई नहीं।

कितनी जगह कितनी दलबन्दी, गाँव का कलह, आपत्ति करने के लिए दल के दल लोग हैं, वैसे आपत्ति के विषय भी थोड़े-से ही हैं—विकास-केन्द्र हमारे गाँव में न होकर उनके गाँव में क्यों हुआ? फलाँ गाँव के साथ हम नहीं चलेंगे। हमें अलग कर दो। अमुक आदमी का नेतृत्व हमें स्वीकार नहीं है। फलाँ आदमी का हमारे गाँव से तबादला कर दो—अमुक आदमी पैसा खा गया...

ऐसे ही चुने-चुनाये कुछ अभियोग हैं। वे जो उत्साह में भरे आये थे, भाषण दिया था, शायद वे नहीं जानते कि इन गाँवों में पीढ़ी-दर-पीढ़ी इतने कलह हैं, फिर और नये पैदा हो रहे हैं। शायद वे नहीं जानते कि ये लोग क्या काम पहले करते हैं और क्या काम बाद में, किस तरीके से 'ओ' करते हैं, कैसे मुँह मरोड़ते हैं।

परन्तु उनमें सदिच्छा है, उत्साह है, और उनके जितने शुभानुध्यायी लोगों का...

फिर भी इस माटी में विपुल परिवर्तन हुआ नहीं।

इस राज्य की उन्नति के लिए देश के विभिन्न प्रदेशों से इतने लोग आकर व्यापारिक स्थानों में पड़े हैं, व्यवसायी, कण्ट्राक्टर, कर्मचारी, कुली, मजूरे। बड़े-बड़े कारखाने शहरों में गढ़े जा रहे हैं। कहीं पहाड़ उखाड़कर लोहा-पत्थर निकाला जा रहा है, कहीं पत्थर पिघला लोहा निकालकर चीजें गढ़ी जा रही हैं, कहीं नदी की धार को ऊँचे बाँध पर से नीचे की ओर ढलकाकर बिजली निकाली जा रही है, कहीं वनों को काटकर उड़ा रहे हैं और शरणार्थियों के लिए गाँव और शहर गढ़ रहे हैं, कितनी जगह कहाँ-कहाँ व्यावसायिक प्रतिष्ठान ठूँसा-ठूँसी कर खड़े किये जा रहे हैं। चल रही है माल की तैयारी, माल की बोझाई-ढुलाई, परन्तु इससे इन गाँवों के लोगों में से जाकर कुछेक कुली-मजूरे बनने के सिवा और कोई लाभ नहीं पा सके हैं या उनकी दशा में दिखने लायक कोई प्रभाव पड़ा नहीं, इस पुरानी माटी पर।

शायद कभी होगा, बदलेगा। यह देश भी बन जाएगा मशीन और भीड़ का देश। होगा ही।

दिन-भर खूब घूमा है। साँझ हो आयी। अचानक छन् से लगा। सिगरेट फेंककर दूर देखा तो उसे लगा जैसे वह इस देश का सदा से अनबदला रूप देख रहा है। वही आकाश, वही खेत-बाड़ी, वे ही गाँव, बगीचे, रास्ता। वे ही आदमी—उनका धूल से भरा कपड़ा पहनना, धूल-कोहरे में कसी हुई चमड़ी।

वो वहाँ निचले खेत के बीच कहीं खड़ा है। कछुए की पीठ की तरह, छोटे-से कन्धे की तरह खड़ा है सैकड़ों बरस पुराना पत्थर का पुल। नीचे सात खम्भे। उसके

दोनों सिरों पर कभी सड़क थी, हाथी-घोड़े रावतों का ठाठ आराम से पार कर जाय इसके लिए कभी पुराने जमाने में वह तैयार हुआ था, वह भी थी एक योजना। और यह उधर जमीन के नीचे से जो गढ़ का दरवाजा निकला हुआ है, उसके उधर सैनिकों के रहने के लिए मकान थे, वे भी उस जमाने की बेसिक योजना के अंग थे। पर टिक न सके।

फिर ये इधर जो ब्राह्मण शासन (गाँव)—सब नारियल और सुपारी की कतारों से भरे, पास तक चले आये हैं—कहीं बकुल की छाया तले, अशोक पेड़ की छाया तले 'महाजन सभा' की चाँदनी पर पाशों की बाजी बिछी है, लोग घेरे हैं—वे सारे गाँव भी किसी योजना के ही फल थे। खाने-पीने की चिन्ता से मुक्त होकर पण्डित लोग निश्चिन्त बैठकर ज्ञान की चर्चा करेंगे, गवेषणा करेंगे। दौड़-भाग के लिए अन्यान्य जाति के लोग नियुक्त हैं, यहाँ तक कि नींद से जगाने के लिए भी रखे गये हैं 'हेण्डिया'। वे गाँव के रास्ते पर हेरी दे-देकर नींद से उठा देंगे। पीछे लम्बी फैली है पोखरी, जो कि गढ़ की खाई के रूप में भी काम आएगी, फिर घर में आग लगे तो हाथ के पास ही पानी। सामने खुला मैदान। कहीं भागवत टूँगी (छोटा-सा घर) होगा, कहीं गाँव में सामलाती (सहकारी) घर होगा, किधर किस ओर के लोग घर बनाकर रहेंगे, सब पहले से नपा-तुला। सुना जाता है कि पहले दुर्गापुर शासन (ब्राह्मण गाँव) में औरतें मैदान में बैठते समय भी न्याय-चर्चा करती थीं, न्याय उनके गाँव की खास विद्या बन गयी थी।

इसके लिए भी एक दिन योजना रही थी। वह भी दो दिन की हो गयी। पर आम आदमी की शान्तिकामी जीवन-योजना—वह मानो इस माटी का निजस्व हो।

जाती हुई धूप तिरछी होकर पड़ रही है, पेड़ की फुनगियों के ऊपर सच जैसे धकधकाती आग जल रही है। उसके नीचे जाने किस जमाने का पुराना देवल है—छोटा, परत पर परत, ऊपर सींग की तरह आठ छोटी-छोटी चूड़ाएँ निकली हैं, बीच में बड़ी। और फिर त्रिशूल। सूक्ष्म कलाकारिता नहीं, दही थामे मूर्तियाँ नहीं, सिंह-मूर्ति नहीं, नटराज-मूर्ति नहीं, केवल सीधी-सादी ऐसे ही—मानो आजकल के किसी मिस्त्री ने ईंट-चूने से गढ़ा हो। देव की थापना करने को हृदय का चाव उच्छरित हो रहा होगा, तब साधारण चासी आदमी ने अपनी शक्ति के अनुसार, पता नहीं कितने बरस पहले या कितने सौ साल बरस पहले इस खोये हुए देहात में पेड़ों की ओट में यह छुपा-छुपा-सा देवल गढ़ा था।

कभी किसी की प्रशंसा की कामना नहीं की। महज अपनी खुशी से गढ़ा होगा यह बालुका देवल। पास आता जा रहा है—विपिन मुग्ध भाव से देख रहा है, वह काली फफूँद पुता बौना देवल उसकी आँखों के आगे अचानक बहुत सुन्दर दिखने लगा। वह मानो उसके साधारण रूप के खोल को न देख उसके स्वरूप को देख रहा है—चर्म नेत्रों से नहीं, अपने तीसरे नेत्र से।

आदमी के रूप की तरह ही वह रूप उसे शाश्वत, स्नेह-शीतल दिखा।

धूप कितनी ढल चुकी, सूरज खिसकता-खिसकता आकर क्षितिज को छूने लगा, रंगों में झिलमलाता। सड़क के किनारे देवल के पास उसने गाड़ी रोकी। उतर पड़ा। दक्खिनी हवा से गाड़ी के पीछे से उड़ती लाल धूल की छोटी-सी बदली उसकी ओर घिर आयी। आगे देवल के सामने एक गहरी तलाई, काफी नीचे जाकर थोड़ा-सा नीला पानी, ताड़ की लकड़ी की सीढ़ियाँ नीचे तक उतरी हुई हैं।

सभी कर्मचारी लोग उतर पड़े थे। फिर विपिन ने सिगरेट सुलगायी। सिर झुकाये वह टहलता-टहलता एक नये सूत्र का प्रचार करने जैसे ढंग में कहने लगा, "लगता है, असली विकास-योजना तो होनी चाहिए आदमी की नीति की उन्नति के लिए, ताकि उसमें मानवता बढ़े, वह स्वतः सत् होगा।"

"सचमुच—बात ठीक है।" सबने कहा।

पात्र तो शुद्ध ही नहीं—रसोई किसमें बनेगी?

मन तो शुद्ध नहीं, कल्याणकारी भावना आएगी कहाँ से? अच्छा काम करने के लिए हाथों को निर्देश कौन देगा?

अस्त होते सूरज की लाल रोशनी में उच्छ्वसित धर्मप्रचारक की भाँति हुलस-हुलसकर विपिन कहने लगा, "कानों के बिना सोने का क्या प्रयोजन? मन ही न हो तो धन का क्या हो? इतना जीतकर, इतना पैदा कर, सोने में लंका गढ़कर भी, रावण के काम क्या चीज आयी? विज्ञान बढ़ा, आदमी आकाश में उड़ा, चन्द्रलोक में झण्डा गाड़ने के लिए देश-देश के बीच होड़ लगी हुई है। लोहा, रबर, प्लास्टिक, बिजली, तार, बेतार, कितनी बातें उसने कब्जे में कर ली हैं, क्या ये सब यथार्थ में मनुष्य की सुख-शान्ति बढ़ा सके हैं या केवल माध्यम बनकर मनुष्य के जी का जंजाल ही बढ़ाया है? कहाँ है मनुष्य की स्वाधीनता? दिनों-दिन उसकी मन मुताबिक चलने-सोचने की बात भी सँकरी होती जा रही है। व्यापती जा रही है आशंका, आतंक, अशान्ति, ईर्ष्या और हिंसा का विष, कितने रास्ते, कितने कुएँ-पोखरी, मकान-बाड़ी, कल-कारखाने गढ़ने पर यह सब दूर होगा?"

विराट् जटा-जूट लादे, विराट् खुले ताड़ का छाता लिये कुम्भीपट की लँगोटी लगाये चला जा रहा है वह नन्हा-सा बूढ़ा[1]। कहाँ आया, कहाँ गया, बस मुँह से 'अलेख', 'अलेख' निकल रहा है। कहीं से उड़ आये अनेक कबूतर, आकाश में चक्कर मार घेरा काटते-काटते किधर उड़ चले गये। एक-एक कर नजर में आ रहे हैं बगीचे के पेड़। विपिन ने उधर ऊपर की ओर ताका। जो उसने सोचा, जो उसके मुँह से निकला, उससे जैसे वह स्वयं उन्नत हो गया है। लगा कि आकाश कितना बड़ा है! कितना आश्वासन से भरा हुआ। उसने सूरज को डूबते देखा। आग की

---

1. अलेख सम्प्रदाय का संन्यासी

रेखा की तरह, आग की बूँद की तरह, बाद में सब शेष। अननुभूत सहानुभूति में उसकी छाती पर लहरें फैल गयीं। उसने दीर्घ श्वास छोड़ा—अनुभव हुआ कि वह इस सृष्टि का मंगल चाहता है।

बाद में एक कर्मचारी ने याद करा दिया कि एक काम और बाकी है। ऊपर से कोई अवलोकन करने आनेवाले हैं। वे देखेंगे कुछ खुदी हुई पोखरियाँ, जहाँ मछलियाँ पैदा की जा रही हैं, खूब बड़ी-बड़ी मछलियाँ होंगी। वैसी है कहाँ आस-पास में?

"सापगाड़िया गाँव में पुराना नाला भी देखने जाना पड़ेगा," विपिन ने कहा, "पुराने जमाने की उसमें अब भी मछलियाँ होंगी, उसमें मछलियाँ बढ़ती हैं, ऐसे क्या होंगी नहीं? गाँव के लोगों के हाथ जाती नहीं—यह सच है, कभी तो जाएँगी। मछली होंगी तो उन्हें ही लेकर दिखा देंगे, कुछ बुरा नहीं होगा..."

"फिर मत्तगजपुर केन्द्र में खाद-खली और प्रसिद्ध बीज 'के-टू' पहुँचे या नहीं—वह भी जाँच करना था..."

"जरूर देखेंगे," विपिन ने कहा, "लौटते-लौटते चाहे जितनी रात हो जाय, देखते हुए ही चलेंगे..."

फिर जीप घूँ-घूँ-घूँ कर चल पड़ी। उसका मन संकुचित हो गया है। चेतना के आगे दोनों ओर के दृश्य हिल रहे हैं—एक ओर उसके गाँव में स्त्री-परिवार, आधा शहर में उसका सूना घर। उसके सामने मैदान, उस ओर वह बस्ती है। हिलते-डुलते मन स्थिर हुआ—मोटर की रोशनी के उस ओर के रास्ते पर—लाल रास्ता, बीच-बीच में रास्ते से उछलकर फाँय से उड़ जाती कोई छोटी-सी चिड़िया। आगे और भी दिख रहा है और भी—और भी। दहकती अंगारों-सी उसकी छोटी-छोटी दो आँखें।

जीप गीयर बदल उठान पर चढ़ रही है। गूँ-गूँ गूँ-गूँ गरजती-चीखती अँधेरा चीरती-चीरती जा रही है—ऊपर और भी आगे। सुनसान फैला है दोनों ओर, चढ़ती जा रही है एक क्षीण उत्तेजना।

उस आवरण की तरह दिन-भर की जलन, क्लान्ति और पसीना और धूल की परतें।

विपिन ने फिर सिगरेट जलायी।

पाटेली गाँव में लोहार किणेईं ओझा बाहर बरामदे में पड़े-पड़े बुखार से काँप रहा था। रह-रहकर वह विषैली दृष्टि से गली की ओर देखता। चेहरे को कँपाते हुए गुस्से से क्या कुछ सोचता, और फिर उसकी नस-नस में, तलवे से लेकर सिर तक, सर्दीली कँपकँपी की लहर दौड़ जाती...दाँत से दाँत ठक्-ठक् कर टकराते और वह भालू की तरह कराहने लग जाता। लगता जैसे नाक के रास्ते आग निकल रही है। आँखों

में जलन, गला सूख रहा है, माथे के अन्दर सचमुच पटाखे छूट रहे हैं। फिर लगता जैसे एक साथ हजारों सण्डासियों से दबा-दबाकर कोई उसका मांस नोच-नोचकर लिये जा रहा है, आँखों के रास्ते जुगनू निकलते जा रहे हैं। देह को मरोड़कर, छटपटाकर क्षण-भर वह टाल जाता है। जब उसे सोचने को अवसर मिलता है, तब उसकी चेतना में शान्ति नहीं होती, वरन् होती है बीछी पत्तों में भरी उत्क्षिप्त विरक्तिपूर्ण जलन, प्राणों को कण्ठागत सोचकर उसके मुँह पर 'हरि, राम-कृष्ण' नहीं आता, वरन् बीच-बीच में वह कहता 'स्साला!' 'स' पर वह सारा जोर देकर दूसरे अक्षर के रास्ते वह अपना सारा अभियोग खलास कर देता। कराह-कराहकर वह कहता, 'स्सा—स्सा—ला'। एक बार की पीड़ा के झोंका के बाद दुबारा पीड़ा आने के बीच उसे अनुभव होता कि माथे में चाँय-चाँय-सी तपन की धौंस बढ़ती, और बढ़ती जा रही है। तभी वह परिस्थिति की बात सोच पाता। जीभ की अनी से खारी-खारी मन की बात भी बाहर आती—उस 'स्साले' के नाले के रास्ते।

उसका बड़ा लड़का मकरा सात महीने से शहर में है। लोहे के कारखाने में काम कर रहा है। बीच-बीच में आता है। मकरा से छोटे दो लड़के मर गये। और कोई लड़का नहीं, दो लड़कियाँ हैं—पुनि और बली। विवाहिता बली का घरवाला मर गया—दो लड़के थे। एक और से शादी की—उससे फिर तीन हैं। मकरा की पत्नी सात-सात बच्चों की माँ बन चुकी। दो बेटियाँ ब्याह दीं। घर चलाना जानती नहीं। किसने खाया, किसने नहीं खाया, कौन कहाँ पड़ा है, क्या-कहाँ सहेजा है, रखा कहाँ जाएगा, उधर ध्यान नहीं। सुबह होते ही खाना माँगने के लिए चार लपलपाते मुँह। बड़ा बेटा मन्दरा गया है बाप के साथ, छोटा-मोटा काम सीख गया। हगुरा चौदह बरस का हो गया, केवल बातूनी बना। जो कहे, पर भात खाकर मुँह धोना नहीं सीखा। दुनिया-भर की भूख है उसे, पेट न भरा तो पीटेगा, फेंकेगा, पछाड़ेगा, हाँड़ी-कूँड़ी तोड़ेगा। और तीन तो गुड़र-गाड़र हैं। पर घर-गृहस्थी के लिए गंगा है वह। कभी भी किसी लड़के को प्यार से तेल लगाया है? जो कुछ भी कर पाता वही खुद करता... और कौन है कि कर दे? अब उनकी हालत बिगड़ने लगी है। अभाव भी दिन-ब-दिन बढ़ता जा रहा है। घर में ऐसी अव्यवस्था और इधर बुखार भी रोज बढ़ता जा रहा है, कभी घण्टे-भर के लिए छूट जाय तो बाद में दुगुने तेज से आ जाय...

और दिल की इस बात को, कोई पास होता तो, जी खोलकर कहता वह। पर कोई भी नहीं है, बिल्ली का पिल्ला तक पास नहीं आता और वह पड़ा है कि पड़ा है। छोड़ो, इस दुनिया में कोई किसी का नहीं है...सब सुख के साथी हैं—स्सा ...ले...। ओ...हो फिर चढ़ने लगा! फिर...फिर वही जहरीली नजर गली पर तैरने लगी—और पड़े-पड़े उसने महसूस किया कि वह तो अकेला पड़ा है पर गाँव की गली में औरतों का चलना-फिरना बढ़ गया है...। अभी-अभी झमर-झमर करती हुई केला की पत्नी इसी रास्ते से गयी है। लाज-मरजादा को उतार फेंककर आते-जाते

लोगों के बीच चली गयी वह...घर के अन्दर रहने-बसनेवाली बहू! सिर्फ यही एक बात नहीं, उसकी इस तरह की चहलकदमी लगी ही रहती है, हाल ही में उसे डायन लगी—उसे डर है या फिकर? घर के कोने से बाहर उस बीच सड़क पर बहू-बेटियाँ चलने लगीं तो यह सास्तर रहेगा और?

अब गयी रघुआ की माँ...उम्र है उसकी। उसकी बात क्या कहें—पैर पसारकर बाल सँवारती होगी और उसके पास बैठे चार-पाँच हिजड़ानुमा लड़के हें...हें...फें ...फें करते होंगे। उसे कुछ कहो तो काटने दौड़ेंगे...।

और वह सिन्धु चौधरी की अनब्याही बेटी...वह गली-गली घूमती है...साँड़ की तरह इधर-उधर पिलती जाती है...उसके लिए न कोई बड़े हैं न वह किसी को मानती है...उसका न बाड़ा है न बन्धन...वह घूमती है और खूब घूमती है। उसे क्या पता कि उसके भाग पर गिद्ध बैठा है...और उधर उसका बाप...पाठशाला खोल चुपचाप पढ़ाने बैठ गया और उधर पानी नाक तक चढ़ आया है...

और उसी के आँचल से बँधी हुई-सी, उसी के पीछे-पीछे खिंचती हुई-सी पता नहीं कितनी बहू-बेटियाँ कहाँ से आकर किधर जा रही हैं...उन्हें पता है...सब गया ...सब मिट्टी में मिलने को हुए...

ओ हो हो?...आया,...चढ़ आया बुखार...अरी ओ मल्ली, अरी ओ सेरेन्ती ...अरी ओ बहू...कोई भी पास नहीं आ रही!

स्वर ही नहीं निकलता था। सिर्फ भालू की तरह कराहना...

फिर डाँडे ने मिट्टी को महसूस किया...आदमी नहीं वह नाव है, धीरे-धीरे चल रहा है...वह फिर आदमी बन गया।...

गया...गाँव की कमर ही टूट गयी। थोड़ा बहुत कहने को अपर्तिया, मागुणिया, युदुआ वगैरह थे, पर पता नहीं उन पर कैसा जादू चला कि वे चेलागिरी करने फूलशरा चले गये...जैसे वहाँ बहुत बड़ा धर्म का काम हो रहा है—और वे निहाल कर देंगे...युग पलट देंगे...। नया घर-बार होगा। आम के पेड़ में खम्भ-आलू लगेंगे, या क्या? बहुत परोपकारी निकल रहे हैं। कहते हैं, दूसरों को अपनाएँगे, भोजन की थाली में बाँट देंगे, गुलक को सलीके से करेंगे—अपने पीछे चाहे इतने ही...कँवारे छोकरे, इसी गाँव में कितने तमाशे खड़े कर दिये! वही बना है नेता—यह तो जमाना ही वैसा है! कुछ लोगों को बहका दो, सरदारी करने में सुविधा...सब याद है, कण्टरोल से अब तक की सारी बातें—लुहारशाल चलाने के लिए, लोहे के टुकड़े के लिए लोगों के आगे कितने निहोरे नहीं किये—'रजसंक्रान्ति', कुँवार पूनम, या बेटी के घर भेजने के लिए एक साड़ी के लिए दौड़ते-दौड़ते जूतों के तले घिस जाते। धान-चावल की महँगाई के साथ-साथ कितनी असुविधाएँ, और आखिर में इन्द्र ने भी कृपा नहीं की, छोड़ गये। इतनी बड़ी-बड़ी बातें हाँक गये—क्या किया? और ये अब उखाड़ डालेंगे, कमर कसी है—झूठी बातें कहकर तुम किणेई ओझा को ठगने

चले हो? पता है किणेई ओझा लोहा पिघलाता है। विश्वकर्मा के वंश में जन्मा है वह। उसकी आँखों में धूल झोंकोगे? तुम सब एक राह चलोगे तो वह अकेला धरती को जकड़े पड़ा रहेगा...कल-युग आया है सब एकाकार हो जाएगा, इसलिए तुम्हारा सिर फिरने लगा है, अनहोनी हो रही है—तुम्हारा कोई चारा नहीं...ओ...हो-हो...आया ...आया...फिर आया बुखार...मारूँगा...काटूँगा...छिन-भिन कर दूँगा...

अरे कौन है? काले...डाँग की तरह लम्बा... जूट जैसे बाल...यमदेवता...आओ ...आओ यमदेवता, आओ! लोगे तो...साथ-साथ चलेंगे...एक बात पूछना चाहता हूँ ...सिन्धु चौधरी की कुँआरी लड़की किधर-किधर इतनी मटकती रहती है! इतना भर बता दो, उसके बाद तुम्हारे साथ सउरी पधान के पास चला जाऊँगा...वही गाँव में बूढ़ा था...उस जमाने का खूँटा...उसे सब पता था!

अरे कौन है? लोका नायक खड़े-खड़े क्या कर रहा है यहाँ? नहीं-नहीं; किणेई ओझा ने सिमटने की कोशिश की। लोका नायक उसका सिर पोंछ रहा था। उसने आँखें मूँद लीं। लोका नायक ने कहा, "आँ करो—लो पीओ इसे। गाँव में जिधर देखो, यही बीमारी है...सब पड़े हैं। छूट जाएगा!" फिर जोर से बोला, "फिर किधर चली गयी बहू! यह इधर बुखार से कराह रहा है, बदन तवे की तरह तप रहा है, उलटी कर लथपथ हो पड़ा है, और कोई भी इसके पास नहीं।"

किणेई ओझा ने आँखें उठाकर देखा। उसके सिर के अन्दर मानो कुछ पिघल-सा गया...पानी-पानी हो गया। उसने काँपते हाथों से लोका नायक के हाथ को पकड़ा—आँखों से आँसू बह रहे थे।

"धीरज धर, धीरज धर!" लोका नायक कहता जा रहा था, "बुखार ही तो है कि और कुछ! मलेरिया, दवाई लेने से छूट जाएगा। ऐसे क्यों हो रहे हो बच्चों की तरह?"

किणेई ओझा फूट-फूट कर रो पड़ा—फिर चुप हो गया। घर के अन्दर से आकर तब तक सब उसे घेरकर खड़े हो गये थे।

"इसे अन्दर ले जाओ...यह लो कुनैन की गोली, एक शाम को...दूसरी रात को सोते समय। नीबू का पानी बीच-बीच में देना! खाने को सिर्फ दूध और लाई। मैं फिर आऊँगा।"

बच्चे घेरे हैं। बहू के कन्धे के सहारे वह कूँथते हुए एक-एक डग सँभलकर चल रहा है...बहू बहुत ही नरमी से कह रही है—"...इन बच्चों के लिए मैं रसोई में थी। ये तो साँस तक नहीं लेने देते। अच्छा कमाने गये वे! इधर घर कैसे चले? कितनी तकलीफ भुगत रहे हैं...मैं करूँ भी क्या!"

किसने किसका अनादर किया? वह सोच रहा था। सब तो है। संसार में प्यार की कमी नहीं। कभी लोका नायक के साथ उसकी पटती नहीं थी। नहीं-नहीं, अब वह तो मित्र है।

इतने कष्ट के बावजूद उसे हलकापन-सा लगा।

बुखार छूट जाएगा। बेटा आता होगा। गाँव के कितने स्नेही लोग हैं। यह जीवन सुन्दर है!

हगुरा रस का गिलास बढ़ाते हुए बोला, "लो दादा, पी लो।" बहू पैर दबा रही है। और सब बच्चे अपनी छोटी-छोटी हथेलियों से सहला रहे हैं। बूढ़े ने आँखें बन्द कीं...

सचमुच गाँव-भर में बीमारी फैल गयी है। कड़ी धूप के बाद वर्षा हुई है। फिर बन्द। किधर-किधर से आकर इस भीगे मौसम के कारण बीमारियों ने सिर उठाया है। बुखार, खाँसी, अधिकतर पेचिश आदि रोग।

छोटे पधान मोहल्ले के उस ओर तीन-तीन खाली डीहों के बाद के बखरों की झोंपड़ी...शिखरा की माँ की—वही ताकतवर बूढ़ी जिसे लोग दिल्लगी से हनुमन्त बूढ़ी कहते हैं। धान कूटती है। दो दिन से बार-बार कै और दस्त से बूढ़ी की हालत बिगड़ गयी है...उभरे हुए गाल, मोटी-मोटी गठीली बाँहें, हाथ-पैर सब सिमट गये हैं। आँखें धँस गयी हैं। बूढ़ी पड़ी है...कोने में मैले कपड़ों का एक ढेर है। छवि ने झुककर उसके बिछौने से एक मैला कपड़ा खींच लिया और उसी ढेर पर रख दिया। रघुआ की माँ सब कपड़े उठाकर बाहर चली गयी। द्वार पर केला की पत्नी मिली।

"लायी क्या?" छवि ने पूछा।

केला की पत्नी ने पकड़ी हुई एक डिबिया दिखायी, "किणेईं ओझा लोहार को तेज बुखार है। नायक वहीं हैं। वहाँ से निपटकर आएँगे। यह गोली एक बार एक ...दिन-भर में तीन गोलियाँ।"

छवि मटकी से गिलटी के बरतन में पानी निकालकर बुढ़िया के सामने बैठ गयी। बोली, "लो यह दवाई खा लो!"

शिखरा की माँ ने उसकी ओर सकपकाते हुए देखा।

"ले भी ले...आँ कर!"

दवाई शिखरा की माँ को कड़वी लगी। केला की पत्नी ने उसे पान निकालकर दिया। शिखरा की माँ कमजोर धीमी आवाज में बुदबुदायी—"युग-युग जी रे बेटी! पता नहीं मेरा इतना उपकार क्यों करती हो!...मैं कुलछनी..."

"...बात ज्यादा न करो...आराम करो, कमजोर हो।"

"...नहीं-नहीं, तुम जाओ। जो कर पाएगी रघुआ की माँ करेगी। बाबू के घर से आएँगे क्या बहू-बेटी मेरे लिए गू-मूत करने...क्या-क्या नहीं दिखाया ठाकुर ने! ...यह दो कौड़ी की जान—क्यों चली नहीं जाती! अब क्या उमर बची है—जीते जी कैसे तुम्हारा देना चुकाऊँगी!"

"ठीक है, ठीक है, तुम आराम करो, बको नहीं, सिर मत चकराओ।" केला की पत्नी ने कहा, "अरी ओ, किसका देना चुकाएगी?"

छवि बोली, "क्यों उलटी-सीधी सोच रही है? जिन्दगी-भर दूसरों के धान कूटकर तूने ही तो गाँव-भर को अब तक भात खिलाया है!"

शिखरा की माँ ने गहरी साँस ली। बोली, "वह धान कूटना भी अब खतम समझो। नछिपढा के मिश्रजी चावल कूटने की मशीन बिठा रहे हैं।"

छवि ने कहा, "अरी, वह उनके गाँव में है, हमें उससे क्या लेना-देना। कितनी दूर है गाँव उनका। तेरी रोजी कौन छीनेगा?"

शिखरा की माँ गरदन हिला-हिलाकर कहने लगी, "लेंगे लेंगे,...आज उनके गाँव में हुआ है, तो कल अपने यहाँ भी हो जाएगा। दुखियाओं के दाने छीन लेंगे। टिड्डी मारकर मैना पालेंगे। करें। युग तो वैसा ही है। उनका भला हो...वे बड़े आदमी बनें...।" वह और कुछ कहना चाह रही थी, पर नहीं कह सकी। उसके होठ हिल रहे थे पर बात नहीं निकल रही थी।

"सो जा, सो जा।" केला की पत्नी ने उसके सिर पर थपकी देते हुए कहा, "इधर-उधर की मत सोच। गाँव में इतने सारे लोग हैं, कौन तेरा दाना छीनेगा।"

शिखरा की माँ ने फिर से मुँह बनाया। चेहरा सिकुड़ गया...और एक बार फिर दस्त हो गया। छवि उसके पीछे आ गयी।

सहमती आँखों में उसने घर के अन्दर के दृश्यों को एक बार समेट लिया। खाली झोंपड़ी। कूड़ा-करकट। टूटी-फूटी। नीचे फटे कपड़े बिछाकर बूढ़ी सो गयी है। कितनी मोटी-तगड़ी थी...सूख गयी है। पता नहीं क्या होगा!

हठात् बूढ़ी बोली, "कहीं से थोड़ा-सा अचार नहीं ला देते। खाने को मन करता है।"

केला की पत्नी ने कहा, "सो जा, मैं ला दूँगी बाद में।"

सेवा और त्याग। दोनों बड़े-बड़े शब्द हैं। सुनते ही उसे लगता है मानो वे शब्द उस पर टूट पड़े हों। फिर भी लोग कहते हैं कि उसके पास वही दो गुण हैं। पहले पता नहीं कैसे वह घर से निकल पड़ी थी! कहीं भी कोई बीमार हो और उसे सेवा की जरूरत हो, वह अपने-आप निकल पड़ती है और पहुँच जाती है। गाँव-भर में जैसे सभी उसके कुटुम्ब के हैं। धोबी, नाई तक के घरों में बैठकर उसने बीमार बच्चों के लिए सागू बनाया है। डोमों की बस्ती में बैठ उसने लड़कियों के बाल सँवारे हैं, जूँ मारी हैं।

शिखरा की माँ को साफ रख, उसकी परिचर्या कर छवि मन में उल्लास का अनुभव कर रही थी। माँ को फुसलाकर उसके लिए थोड़ा फटा कपड़ा एवं एक साबुत-सी चादर लेकर दे आयी, उसका उल्लास कई गुना बढ़ गया। बाद में फिर जाने कितनी ही बातें चलीं। ऐसे काम में पिता का सदा समर्थन और उत्साह रहा है, इसलिए वह निश्चिन्त मन से ऐसे काम कर लेती है। गुरु की माँ सहानुभूति में पिघल जाती, परन्तु बाहर के आँगन से आगे रास्ते पर कदम वह नहीं रखती।

छवि कहीं निकलती तो आश्चर्य में भरकर कहती, "जाती हो। सच, फिर जाती हो!" माँ कभी-कभी आपत्ति करती। कहती, "यह पागल की तरह कहाँ दौड़-धूप कर रही हो? दुनिया-भर का उपकार बस तुझे ही करना है! यह कहीं लिखा है? बच्ची ठहरी, इसके गये बिना लोगों का काम नहीं चलता, सो लगा-सिखाकर इसे काम में खटा रहे हैं।" पर उसका बिगड़ना केवल मुँह-भर ही होता, वह कभी रोकती नहीं। वरन् उलटे गुरु की माँ से कहा करती, "बेटा भी यही, बेटी भी यही! इसे क्या रोकूँ, बता? करे, क्या-कुछ करती है, अपना तो कोई अनिष्ट करती नहीं।"

कहाँ-कहाँ से उस गाँव-गली में भी बाहर की खबर आकर भेद जाती है... कि दुनिया की हवा स्त्री-जाति के मुँह पर से घूँघट कब किस जमाने से खींच ले गयी! औरतें भी मरदों के समान काम करने लगीं, बाहर निकल पड़ी हैं। गाँव में चली है कितनी ही बार यह बात। गुरु की माँ के कोई दूर के रिश्ते में मौसी के बेटे की दो लड़कियाँ हैं—सुना और हीरा। उस जमाने में नयी लगती थी यह बात—कि उन्होंने ब्याह नहीं किया। डॉक्टरी की पढ़ाई की, उमर बढ़कर कितनी हो गयी, वे बिना-ब्याही ही रही हैं। वे चर्चा का विषय बन गयी थीं। सुना गया कि वे डागदरानी बनीं, बाप ने बिलायत भेजा। चारों ओर बात फैल गयी कि पूरा कलजुग आ गया, वरना कहीं ऐसा भी होता है कि चिर-आचरित ढंग से पराये घर न जाकर दोनों बेटी मरदों की तरह स्वाधीन वृत्ति कर कुँवारी रह जायँ!

पर कुछ ही बरस जाते न जाते और भी कई लड़कियाँ वैसी ही निकलीं, पढ़ाई करनेवाली बेटियाँ—कोई डॉक्टर, कोई सरकारी चाकरी में, कोई नारी कार्य-कर्त्री। किसी ने विवाह किया, कोई अविवाहित रही। इस गाँव में जो बहू बनकर आयीं या यहाँ से और गाँवों में बहू बनकर गयीं, नाते-गोते में उन्हीं के बन्धु-बान्धवों में भी कई ऐसी थीं। बात फैलती गयी। सिर्फ इतने पर ही नहीं रुकी। कभी किसी की अपकीर्ति की कहानी भी आकर पहुँच जाती। और कभी खबर आती कि किसी ने अपनी इच्छा से वर चुनकर ब्याह किया, अमुक का ब्याह वेदी तले नहीं हुआ, बस कचहरी के खाते में दस्तखत देते ही हो गया, किसी ने अपनी जात से बाहर ब्याह किया—आदि कई बातें। शुरू-शुरू में कितनी नाक-भौं सिकोड़ी गयी, फिर वे भी देह को सहनी पड़ गयीं। गाँव के लोग शहरियों की बातों की जिस कुतूहल से आलोचना करते अब वह ढंग भी रहा नहीं उनकी आलोचना का। गाँव-शहर घुल-मिल गया—परिवर्तन के इतिहास में, गाँव ही नहीं, अवस्था के फेर में जहाँ जो भी घट जाय, लोग मान लेने को अभ्यस्त हो गये। मान लिया गया कि अपनी-अपनी रुचि और बल-जोर होता है। जो बहुत ही पुरातनपन्थी थे वे नये जुग पर अभिसम्पात कर रहे थे। उन्होंने भी देखा कि यह अभिसम्पात कोई खास असर नहीं करता, ब्रह्मशाप का भी तेज नहीं, आलोचना सुनकर कोई उद्‌बुद्ध नहीं होता, वरन् कोने में खड़ी नयी आयी बहू भी दो बातें मुँह खोलकर कहने लग गयी।

छवि की माँ भी खबर रखती इन सारी बातों की।

फिर भी अनसमझ मन नहीं मानता। लगता, बाहर औरों के लिए जो सच है, क्या उसकी धौंस भी लग गयी उनके अपने घर में। बाहर दुनिया की घटनाओं में वे जिसे सम्भाव्य मान लेतीं, अपने बारे में वे ही बातें जाने क्यों अड़चन-सी लगतीं। अतः छाती छन् से रह जाती। वैसे छवि उतना नहीं सोचती। जैसे घूमा करती थी, वैसे ही घूमती। बस्ती की बहू-बेटियाँ आकर बुला ले जातीं।

छवि की माँ गुरु की माँ की ओर देखती।

देखने को सिन्धु चौधरी न होते। होने पर भी उनसे प्रतिध्वनि नहीं मिलती। कभी-कभी गुरु की माँ गुरु को भेजती—"जा देख आना तो तेरी जीजी कहाँ गयी।" एक मैली-सी धोती डालकर गुरु निकल पड़ता, गुरु की माँ उसकी पटली को ऊपर खोंस देती और थैले की तरह सामने झुला देती। गुरु दौड़ जाता।

यही क्या कम है, इतने लोगों के सुख में सुखी—दुःख में दुःखी होकर, इतनी जगह सुध लेते फिरना? छवि सोचती। पसीना जब चिपचिपाता हुआ बहने लगता, धूप की तेजी में लू थपेड़े मारती। वह औरों के साथ जी खोलकर हँसती, हवा का स्वाद पहचानती। और मन-ही-मन स्मरण कर लेती उसी किसी छिपे हुए 'अन्य' को जो उसकी स्मृति और कल्पना से पैदा होकर सचमुच जैसे उसके खून में घुल गया है।

बाहर चेहरे पर वही नित्य दिन का परदा है। उस पर वही जाने-पहचाने चित्र हैं। माँ-बाप की लाड़ली बेटी, जो अब मोहल्ले-भर की लाड़ली बन गयी है, आँखों का तारा है। उसके अन्दर उसका एक और जीवन है। छवि प्रतीक्षा कर रही है।

होली गयी, उसके बाद गरमियों के दिन...जल-जलकर वे भी मर गये। आया पहला मेघ, बाद में फिर कई बार, रह-रहकर। नये बीज अँकुराये। नयी दूब उगी, छवि का कुछ नहीं हुआ।

लगता है, गाँव थोड़ा ठण्डा पड़ गया है। जो दीवार खड़ी हो गयी थी, वह हट गयी है। गेल्ही की माँ, कन की माँ, अगणिराय, गदेई लेंका आदि गाँव में न होने के बराबर हैं। उन लोगों की जगह गाँव-भर में शरीफ घरानों की बहू-बेटी घूम-फिर रही हैं, मानो फटे-दिल, टूटे सम्बन्धों को जोड़ने की कोशिश करती हों।

गुरु की माँ को एक बार बुखार हुआ। चार दिन। पता नहीं किधर-किधर से आकर औरतें घर में जमा हो गयीं। कोई पैर दबाने लगी तो कोई पथ्य बनाने लगी। कोई सहलाने लगी तो कोई उसका मन बहलाने के लिए मीठी-मीठी बातें करने लगी। उस समय छवि की माँ को भी अनुभव हुआ कि गाँव में कुछ-कुछ अच्छा होने लगा है।

छवि के लिए सम्बन्ध लेकर मणिहंसपुर के रामगुरु आये थे, लम्बी तोंदवाले, गोल-मटोल ठिंगने-से बूढ़े। अभिस्वाईं ने अपने बेटे नव के लिए उन्हें भेजा था। रामगुरु बोले, "सिर्फ जातवाली बात को नहीं उठाएँगे तो ऐसा लड़का दुनिया-भर में नहीं मिलेगा। नवकिशोर ने इंजीनियरिंग पास किया है। अब और पढ़ने विलायत गया है। देखने में वह जैसा है उसकी बातें भी वैसी हैं। स्वभाव-आचरण किसी में कमी नहीं। अभिराम बाबू को तो आप जानते हैं, उनकी कौन-सी बात आपसे छिपी है?"

बाहर बैठक घर के जँगले के उस ओर छवि खड़ी थी। शाम उतरती आ रही थी। सामने गाँव की बस्ती से धुआँ उठकर ऊपर आसमान में एक हो रहा है... धुआँ...इधर-उधर भँवरें पड़ रही हैं। आँख जहाँ तक तैर जाय, धुएँ का कोहरा है जिसमें धीरे-धीरे अँधेरा शामिल होता जा रहा है। घने पेड़ों की छतें एक हो गिर पड़ती-सी लग रही थीं...उसी में उसने अनुभव किया...अपनी उठती-गिरती छाती के नीचे दप्, दप्...दप्...दप्...एक अपनी आतुर स्पन्दन...।

पिताजी गुमसुम बैठ गये। छवि ने सुना, वे कह रहे थे—"अभिस्वाईंजी से कह दें रामगुरुजी, कि मैं उनके प्रस्ताव का सम्मान करता हूँ। विद्वान्, चरित्रवान् युवक, उसके परिश्रमी पिता, उन्होंने सब अपने हाथों से किया है, कमाया है, कोई चोरी तो नहीं की।"

छवि ने अनुभव किया, मानो उसका हृदय अचानक सहम गया है। छाती रुँधती गयी...साँस रुकती गयी। लगा जैसे वह उस धुएँ के अँधेरे में खो जाएगी...

फिर उसने सुना, चुप रहने के बाद पिताजी बोले, "पर बात यह है, हमने भी दूसरी जगह लड़का देखा है। लड़की पराये घर जाएगी, उसके समाज को बदलने में देर लगेगी...अप्रीति भी हो सकती है। हम सिर्फ एक लगाव के लिए इस टूटी डीह को जकड़े बैठे हैं, संस्कार की माया को तोड़ने के लिए बल चाहिए। उसके लिए अपने को तैयार करने में समय की आवश्यकता है...इस तरह हूँ करके नहीं। उन्हें कहें प्रतीक्षा करें...योग होगा तो हो जाएगा, कौन कह सकता है?"

"आप नहीं कह सकते क्या?"

मानो एक नये उत्साह से उलछते हुए चौधरी बोले, "कह सकता था, पर मैं लड़की को सर्कस का खिलाड़ी बनाना नहीं चाहता। मुझमें बड़ी आशा भी नहीं है, बहादुरी दिखाने की भी इच्छा नहीं है। आदमी का मन ही तो, एक और तरफ बह गया है, मैं देख रहा हूँ, आशा की है...पर जहाँ होना है वहीं होगा...आप समझ रहे हैं?"

फिर एक लहर आयी थी। छवि ने अनुभव किया, कि वह लहर फिर लौट गयी। फिर उसने सँभलकर अपने आपको देखा, वह समूची है। उत्तेजना में काँप

रही है। चूड़ियों की खनखनाहट, आँचल के सरकने की धीमी-सी आवाज उसे सुनाई पड़ी। और सुनाई पड़ा गाँव-भर में शाम का स्वर। किसी मुहल्ले में कोई चिल्ला रहा है कहीं, किसी ओर से बछड़े के रँभाने की आवाज, किसी और भीड़-भड़क्के का स्वर। जिस तरह एक साथ पोखर में पानी छलछला उठता है आदमी के स्वर और डाहुक के बोल। जिस तरह 'कुमार पूर्णमी' पास आते-न-आते गाँव-भर की कुँआरियों के गीतों की लहर लहरा जाती है। लगा जैसे इस शब्दों के सागर में कभी सिर उठाने पर, कभी निश्चित विश्वास से सो जाने और उसके बाद आँखें खोलने पर अपने को घिरी हुई जानी-पहचानी दुनिया को देखेगी। निर्भर और विश्वास-भरी उसकी वह संस्थिति। वह टूटी नहीं...वैसे ही है।

अँधेरे में एक-एक कर सब दीये जल उठे। छवि चौंकी और सोचने लगी—क्या हो गया है उसे! आज सन्ध्या-दीप भी उसने नहीं जलाया है अभी तक, सब कुछ माँ कर रही है, क्या सोचती होगी वह!

धीमे कदमों से घर लौटते हुए वह सोच रही थी, कौन-सा काम वह कर रही है, क्या है उस काम का मूल्य!

उसके बाद उसने फिर से अपने अन्दर झाँका...सपनों से भरी-पूरी उसकी जिन्दगी है। बाहर यही सत्य है और अन्दर भी वही है। और उस नये संसार में रोज वह रवि के साथ मिलती है। बातें करती है...

पिताजी बोले थे—उसका मन किसी दूसरी ओर बह गया है...उन्हें भरोसा है। क्या है वह भरोसा!...किस पर?

लाज से डूबी-सी उसने रवि को स्मरण किया और मन-ही-मन जैसे वह कहने लगी, "और किस पर? तुम पर तो?"

हाँ, तुम्हारा नाम है। तुम बड़ा काम करते हो, सबके मुँह पर तुम्हारी जय-जयकार है। मैं कौन हूँ? क्या हूँ मैं तुम्हारी? क्या होगा मेरा?

वह चेहरा मुसकरा रहा है। पर यह क्या हुआ? गाल भीगे-भीगे-से लग रहे हैं। मन-ही-मन पता नहीं उसने क्या कहा था...वह स्वर अब अपने कानों में बज रहा है—शिखरा की माँ के बिछौने के पास रहकर तुम ही तो सब कुछ बता रहे थे, करने-धरने को कह रहे थे। अछूतों की बस्ती में तुम थे—और क्या कुछ...। और भी कई जगह!

उसने आँसू पोंछ लिये। दरवाजे पर खड़ी हो माँ बुला रही है—"अरी ओ छवि! किधर चली गयी...?"

उस स्वर के साथ स्वर मिलाया है गुरु ने—"छवि दीदी!" दुनिया स्वर पसारे है उसे पकड़ने को और वह है कि उड़ जाना चाहती है। कैसी है वह?

लजाते हुए, डरते-डरते चलते समय गाय बाँधने की खूँटी से टकरा गयी, फिर

सँभल गयी...और चुपचाप जाकर बोली, "क्यों चिल्ला रही हो, क्या मैं कहीं खो गयी हूँ?"

मानो चारों ओर रवि की जयजयकार गूँज रही थी। जैसे सदियों से, युग-युग से स्वार्थ की पूजा करती आयी धरती धीरे-धीरे करवट बदलकर नये रास्ते की ओर देखने लगी है।

हर जगह यही चर्चा है कि वहाँ एक दल है जो अपने काम छोड़ दूसरों की भलाई के बारे में निरन्तर सोचता है। एक भाईचारे का दल बना रहे हैं। कोई कहता है—"कितने आये, कितने गये...अब ये आये हैं पहिये खिसकाने। अरे आदमी को अपने काम-धन्धे भारी हो गये...फिर इसे क्या ढोएँगे?"

पुरोहितजी घर-घर व्रतकथा बाँचने जाकर, पूजा करने जाकर यही बात दुहराते जा रहे हैं। इस तरह के एक-एक आन्दोलन होते-होते करोड़ होंगे, मालिका में लिखी भविष्यवाणी क्या झूठ होगी! कलि का भार हद से बढ़ गया, अब सत उपजेगा। पहले जगत् को घेरे था, फूटन-पर्व। खाता फाड़ो, घर फोड़ो भाग-बँटवारा कर दो, दूसरे की जमीन काटकर एक टुकड़ा निगल जाओ, दूसरे का अन्न खुद हड़प जाओ। इसी तरह फोड़ते-फोड़ते आँचल से परमाणु निकला, जिसे फोड़ो तो जगत् का नाश हो जाय! क्या-क्या हो चुकी यह धरती, देखते नहीं! कुशभद्रा नदी के किनारे खजुरिपड़ा में बंग रिफ्यूजियों को जाकर देख आओ, सौ पीढ़ी की जमीन-जायदाद, घर-बार छोड़कर, ग्राम देवता-देवालय छोड़कर यहाँ आकर परदेस में नया संसार बसा रहे हैं। पर हमारे घर में क्या हो रहा है? दो बहनों की शादियाँ करायीं; नरसिंहा को दो आखर लिखाया-पढ़ाया, उसकी भी शादी की और अब उसका पहला काम हुआ—अलग हो जाना, जैसे हीं अपनी पतवार स्वयं सँभाली, जैसे ही कलकत्ता जाकर दो पैसे कमा लिये। उसी के लिए रोज हमारे घर में झगड़ा है। उसी के लिए तो फूलशरा में यह सब कुछ नये-नये बनाये जा रहे हैं। सब एक बनेंगे...एक परिवार बनकर रहेंगे, बसेंगे। जा देख आ...यहीं से सतयुग का आरम्भ होगा।

अँधियारी रात। दमकते बादल। सारी धरती अँधेरे का लिहाफ ओढ़े सोयी पड़ी है। छवि सोयी है। वर्षा की साँय-साँय की तरह रक्त-मांस की देह में बढ़ती आ रही है आसुरी बाढ़। अन्धकार के नींद से बोझिल करतूतों की आड़ में प्रबल वेग से जीवन का प्रवाह बहता चला जा रहा है। झिर-झिर वर्षा झर रही है। पत्तों पर टपकता पानी। हजार कण्ठ से एक साथ मानो स्वर फूट रहा है...उसी के नीचे-नीचे है प्रवाह। प्रवाह—जीवन की गति और उल्लास। आकाश और माटी भीगे अन्धकार के साथ

घुल-मिल गये हैं। सब एकाकार होकर एक अभिनव सृष्टि हुई है। वहाँ अवयव न स्पष्ट है न स्वतन्त्र...वहाँ भावना ही प्रधान है। विराट्, विपुल परितृप्ति की तरह अन्धकार में वर्षा का प्रकाश। छवि नींद से जागकर दूर देखते हुए बरामदे में बैठी है। हाथ पर गाल टिकाये, पैर पसारे अपने को उस अन्धकार में मिलाये-सी बैठी है, वह—एक नगण्य प्राणी। धीरे-से अनुभव कर रही है, अपने में उस वर्षा की चमक। वही आकांक्षा, वही उल्लास, वही पागलपन। वह बुद्धि की नहीं, एक अन्धी क्षुधा है।

उसकी रक्त-मांस से बनी नारी-देह! वहाँ यौवन का ऐश्वर्य है।

अँधेरा मानो उससे अनुनय-विनय कर रहा है। उस भविष्य में योजना नहीं या कोई राजनीति या अर्थनीति नहीं—केवल एक नारी है जो मृण्मयी होकर चिन्मयी है। आनन्द के लिए है उसका जन्म। पर कहाँ है वह आनन्द?

अनहोनी की भाँति दीर्घ साँस आयी। फिर वह चोर की तरह सकुचाते हुए बिछौने पर लौट आयी। आँखें मूँद लीं। धड़कती छाती और लड़खड़ाती देह को मानो उस वर्षा के अँधेरे के सहारे टिका रही है।

उसके बाद डूबती जा रही है।

"माटी किसी की नहीं, फिर भी सबकी है। माँ के पेट से मुट्ठी में माटी लिये कोई नहीं आता। संसार में आने के बाद सम्पत्ति अर्जता है, जमीन-जायदाद करता है, और सोचने लगता है कि ये सब उसी की हो गयी। जाते समय फिर वही खाली हाथ आग पर चढ़ता है, मिट्टी पड़ी रहती है। इसलिए इतने लन्द-फन्द से कोई फायदा नहीं। कर दो, सब मिलाकर एक कर दो। जितने संसार को आये हैं सबका यही एक घर है। सब यहाँ काम कर आपस में बाँटकर खाएँ, भूखा पेट अशान्त न रहे। न पानेवाले, जिनके पास नहीं है उन अभागों के मन में ईर्ष्या न रहे, विद्रोह न रहे—शान्ति की स्थापना हो।"

ये बातें नन्द तहसीलदार के कानों में झनझना रही थीं।

कुत्ते पर मक्खियों की तरह वे लगे हुए थे। पहले रवि और फिर दल-भर के दूसरे। कहीं भी बैठें, बस वही बात।

क्रमशः नन्द तहसीलदार ने देखा, कहाँ से आ टपकी बात आकाश से गिर धरती पर अंकुरित हो गाछ बनी, एक के बाद एक और धीरे-धीरे सब उसी ओर ढलने लगे। पहले आये असमर्थ, अनाथ, बेवा फिर अल्प वित्तवाले, अन्त में बूढ़े रघु विश्वाल को पता नहीं कैसा परमार्थ ने आ घेरा कि उसने अपनी सारी सम्पत्ति और दो जवान लड़कों को कोठार में शामिल कर दिया और वह बैठे-बैठे माला फेरने लगा। जिसने भी पूछा, जवाब दिया हँसते हुए—"ठाकुर ने बताया है, इस युग में मेरा नाम कोठार है। यही सही रास्ता है।"

और नन्द तहसीलदार ने जब अपने दोनों लड़कों कुलिया-मुलिया से कुरेद-कुरेदकर पूछा तो वे बोले, "बाप ने जो कहा, क्या हम उसे टाल जाएँगे। हम दो भाई थे, अब सौ भाई बने। देखो, अब गाँव-भर के लोग सब भाई-भाई हैं। दो भाई एक हो मिलें तो कितनी खेती कर दें, ढेर सारे काम कर दें और सौ बलशाली भाई एक साथ हल चलाने आएँ तो देखना, कितना-कितना काम हो जाएगा!"

देखते ही यह बात गाँव-भर में फैल गयी, हलचल मच गयी। पानी की सतह पर पतले दल की तरह सब उसी ओर पसर आये। मानो वह एक बाढ़ थी, जो कोने-कोने में फैलती गयी, सब एकाकार करती गयी। सिर्फ उस गाँव में नहीं, आस-पास के कई गाँवों में फैल गया वह आन्दोलन। जैसे सबको 'मैं-पन' कड़वा लगने लगा था। दो, सब एक कर दो, सब सहकारी हो। नन्द तहसीलदार भकुए की तरह इस पागलपन को ताकते रह गये थे।

अपने आत्मविश्वास के सहारे वे अटल, अविचल थे। लोग उनकी बातें सुनें, न सुनें, वे उपदेश बाँटते जा रहे थे। इसी तरह विरुद्ध मत प्रचार करते-करते, तर्क करते-करते कब इस नयी भावना ने उनके मन की गहरी सतह को हिला दिया था—उसका उन्हें पता ही नहीं था। उन्हें पता नहीं था, कब रावण में ईश्वर-भक्ति की तरह इस विरोध के संघात से ही उनका मन खिंचता चला जा रहा था, पर वह तो मन की बात थी, बाहर वे अविचल दृढ़ थे।

और बाहर की उस अविचलता को तोड़ने के लिए मानो दुनिया-भर के लोग षड्यन्त्र कर रहे हैं, जिद कर रहे हैं—बार-बार दुहरा-दुहराकर यही बातें सुनाते। जैसे आकाश-पवन तक इस षड्यन्त्र में लिप्त हैं, कानों में मानो हवा भी कहते हुए चली जाएगी वही बात—"छोड़ो-छोड़ो, मैं-पन का मोह छोड़ो, किवाड़ खोल दो, सब अन्दर आएँ, तुम भी बाहर आओ और देखो बाहर जो कुछ है वह भी तुम्हारा ही है, हर जगह तुम्हारे घर हैं, किसी को पराया मत करो और खुद पराये मत बनो।"

सुबह नींद टूटे बाहर आये तो लगता है जैसे भोर का उजाला वही बात कहने की प्रतीक्षा में है। बाट के बटोही, गोबर चुगनेवाले, गाँव की औरतें, गाँव के मनमौजी लोग सब एक ही ताल में मानो रट लगाये हुए हैं—और दिन में दो बार उसी मन्त्र का जाप करने के लिए आ पहुँचते हैं धोबेई मिश्र—अत्यन्त विनयी, शीतल मधुरभाषी। न चिढ़ाते हैं, न तर्क करते हैं, न झगड़ते हैं। पुराण बाँचने की उसी एक ही बात को दुहराते जाएँगे—"मिट्टी किसी की नहीं है, फिर भी सभी की है। मेरी-मेरी कहकर भी कोई उसे साथ नहीं ले पाता। परमेश्वर ने आपके लिए इतना बड़ा घर बनाया है, उसे छोड़कर अलग दीवारें खड़ी कर छोटा-सा कबूतरखाना बनाने की क्या आवश्यकता है? युग बदल रहा है, हम भी बदलेंगे, नास्ति न कहें और सबको मिला दें।"

बातें कानों में झनझना रही थीं।

धोबेई मिश्र ज्ञानी हैं। बात-बात में पुराण, शास्त्र, इतिहास के उदाहरण देकर

समझाते हैं। इस गाँव के नहीं हैं, सुभद्रापुर के पुरोहित ब्राह्मण हैं, घरबार सब छोड़कर इन्हीं के साथ आ मिले हैं। दीक्षा-आडम्बर नहीं। तेल नहीं लगाएँगे, सिर्फ एक वेला भोजन करेंगे। बुखार हो फिर भी, जहाँ तक जाना होगा अवश्य जाएँगे। कहेंगे, "रवि भाई को लें, वे कितने महान् पुरुष हैं, वहाँ चेतना में पराधीनता नहीं है।"

कल शाम के समय ही नन्द तहसीलदार के घर के सामने तुलसी के बिरवे के चारों ओर पक्के चबूतरे पर बैठक हुई थी। छोटे-बड़े कई जमा हुए थे। बूढ़े राधु बलियार सिंह ने वही पुराणवाली बात छेड़ी—"अच्छा, आप जो कहते हैं कि कोई भी अपना कहकर कुछ भी नहीं रखे, तो यह क्या कभी सम्भव हुआ है?"

धोबेई मिश्र ने उच्छ्वसित होकर कहा, "हाँ हुआ था, हुआ था, बारम्बार हुआ था। नहीं तो क्या पुराण, इतिहास सब झूठे हैं। आदमी पवित्र बन जन्मा था, नररूपी नारायण, अच्छाई की ओर उसकी रुचि है। धूल-मैल की तरह स्वार्थ का मोह उस पर परत-परत हो जम गया है और उसकी पवित्र आत्मा बाँध रखा है; यह सब अवस्था का दोष है, उसका अपना दोष नहीं है। जब वह आच्छन्न रहता है, सपने को सच मानता है, उस समय उसे नींद से जगाने के लिए युग पुकार लगाता है। यह पुकार कभी कृष्ण की बाँसुरी तो कभी बुद्ध की वाणी बनती है। उसी पुकार से मनुष्य जाति की नींद टूटी थी। सत्य को ढूँढ़ने के लिए गतानुगतिक लीक से उलटा रास्ता पकड़ लिया था मनुष्य समाज ने। उसी को कहते हैं—यमुना का उलटे बहना। जिस संसार को जिस विचारधारा को पहले मनुष्य प्रिय मानता था, पलक झपकते उसे फेंककर नये विचार को अपना लिया—उसी का नाम है सोलह सहस्र गोपियों का मान-विसर्जन। यह आदमी सब कुछ कर सकता है। एक तरह की जीवनगति को बदलकर एक नयी धारा की सर्जना कर देना; यह सिर्फ मनुष्य के द्वारा सम्भव है, इसलिए उसे चारों ओर की अवस्था ग्रास नहीं कर सकी; उसका वंश अटूट है—बढ़ता चला है, मानव जाति ने कई बार 'मैं-पन' तोड़ने की पुकार सुनी है और अहंभाव टूटा है, अब भी टूटेगा।

"बुद्ध युग के आदमी—उनका भी अपना घर-बार था, सम्पत्ति थी, छोटे से बड़े बनने का लोभ था, कोई शासन करता था, कोई बड़ा व्यापार करता था, कोई कर्ज ही कर्ज से अनगिनत लोगों को गूँथकर मुफ्त में ही लाभ उठा रहा था और वे विलास से सड़ रहे थे। उसके बाद उन्होंने बुद्धदेव की वाणी सुनी, हठात् सब छोड़ दिया, देश-भर में सब भाई-भाई बन गये, जनगोष्ठी के सेवक। तीन ही अभीष्ट आँखों के सामने थे—बुद्धदेव के चरण, संघ और धर्म। इन तीनों की शरण में जाना होगा। बड़े-बड़े धनी, अनाथ, पिण्डज सब छोड़-छाड़कर बुद्धदेव के सेवक बने, और महान् अशोक को तो सभी जानते हैं। उस समय किस हिसाब और बुद्धि ने लोगों को रोका था? और कल सुबह जब दरवाजे पर आकर चैतन्य महाप्रभु ने पुकार लगायी—किस व्यवसाय-बुद्धि ने इस जाति को रोक लिया? कोई नहीं रोक सका ...कोई नहीं रोक सकता, सत्य की जय होगी, धर्म की जय होगी।"

नन्द तहसीलदार ये ही सब बातें सोच रहे थे।

कितना लन्द-फन्द कर सम्पत्ति जमा कर आये हैं जीवन-भर। लोग रोये हैं, गालियाँ दी हैं, अभिशाप बरसाये हैं। इतनी दुश्चिन्ताएँ, इतना परिश्रम। खुद मेड़ पर खड़े रह छोटे लोगों से बुद्धि-बल से छीनकर लायी गयी जमीन को एक साथ शामिल कर उन्होंने मरम्मत करवायी है, ऊँचा को नीचा, नीचा को ऊँचा कर बड़ी-बड़ी क्यारियाँ बनवायी हैं, पोखर खुदवाये हैं, नारियल के पेड़ लगाये हैं, जमीन की ओर घूमने गये तो मानो उस पर अपनी ही रोहर चमकती-सी दिखती है।...आज युग की पुकार है, सब कुछ को सामिलात बना देने की। बाड़ी से एक पत्ता साग या बगीचे से तिनके-भर कोई ले जाय तो हुड़दंग मचा देते। पर उन सबको अब सबका बना देना होगा। सिर्फ बात से नहीं, कार्यतः। ऐसा भी कभी होता है?

पर हुमक-हुमककर बारम्बार चलता है नये विचारों का जुलूस, रंग-बिरंगा। सारे गरीब, मटमैले मजदूर—वे सब भी जगत् के लिए दान करके नयी स्वाधीनता के सैनिक बने हैं। देने की मर्यादा, त्याग करने की मर्यादा के कारण कितने ऊँचे लग रहे हैं, कितने निर्भीक! कितने स्पर्धित लग रहे हैं! और वह खुद?...

वे देख रहे हैं।

ओह, कितनी जलती-सी है वह दृष्टि।

शाम ढलते समय से अनजाना बुखार की तरह उस चिन्ता ने जकड़ रखा है, कभी वह चिन्ता आती-जाती थी, पर इस बार लेने को आयी है, समस्त चेतना को आच्छन्न कर, अभिभूत कर जकड़ रखा है, जिसे भुलाया नहीं जाता।

किसी अवसर पर दिख जाता है—मेरा घर, मेरी बाड़ी 'मैं-पन' जहाँ और किसी का देखना हृदय को सहा नहीं जाता...उस 'मैं-पन' के तूफान में करकराकर टूटते समय आँखों से जुगनू निकल रहे हैं। माथे पर सलवटें पड़ रही हैं—ऐं, सबकी तरह मैं भी उँड़ेल पड़ँगा सब। फिर दूसरे पल चिन्ता बदल जाती है; नये सिरे से सब एक और तरह दिख रहे हैं। जगत् का नया रूप, वहाँ सोने का वर्ण भी काला पड़ जाता है, धन-दौलत कोयले सरीखी दिख रही है, घर-द्वार कारागार की तरह। वहाँ आदमी ही केवल मूल्यवान् और मर्यादायुक्त है, वह खुद और उसका एक अकेला समाज, उसका कठोर दल, श्रम और बल। वहाँ अकेला आदमी केवल कायर है, दुर्बल है, उद्विग्न और सन्देही है। खेत के किसानों की खुली हँसी सुन उसकी छाती धड़कती है, आतंक से वह उस घड़ी की प्रतीक्षा करता रहता है, जब उसकी ओर उँगली उठाकर लोग कहेंगे...वही वह जा रहा है और गाँव में केवड़े के झुरमुटे, खस की झाड़ियाँ तक उसे आश्रय नहीं देंगी।

वह किधर है? वह नहीं है उस सूने अनिश्चित रास्ते के अकेले भयालु पथिक के साथ। वह उसी दल का आदमी है। उनका नया जन्म हुआ है। इस जन्म में यह दर्शन ही जगत्-भर के लोगों को बाँधे रखता है, और दस आदमी जिस बात

को मोल देंगे, वही तो है उसका मोल? दस लोग मोल देते हैं एक दुनिया का, एक भाईचारे के इस खुले रास्ते का। जिधर जाओ सब जगह तुम्हारा ही घर, जहाँ लड़खड़ाओगे दस हाथ बढ़ आएँगे तुम्हें उठा लेने को। चिन्ता नहीं, हिंसा नहीं। संचय होगा—एक के लिए नहीं सबके लिए। आमदनी होगी सबके पेट की खातिर, अपने और अपनी सन्तानों के लिए सारी पृथ्वी ही जागरूक है। अपने भण्डार की पूँजी वहाँ हास्यास्पद है, उसकी जरूरत नहीं। उसी दुनिया में नये सिरे से उनका जन्म हुआ है। कितना सहज लगता है यह। यही तो है परिचित जीवन। इसी जीवन का परिचय तो लिया था प्राचीन धर्म ने। और जगन्नाथ! यही अभय वाणी तो वे सुनाते आये थे युग-युग से। अन्तर में अँधेरे झरने की तरह बह रहा था महामानवीयता का स्वप्न, सृष्टि के आदिम काल से, झरना अन्तःसलिला फल्गु बनकर रह गया था, प्रकाश के लिए प्रतीक्षा की थी इस नयी भोर की, इस नये प्रकाश की, मानव की सहजात मानवता यहाँ प्रकाश पा गयी है, वह पुण्य नहीं, अपने से अलग होकर सुनी हुई बात, पढ़ी-पढ़ाई बात का ज्ञान नहीं, वह जीवन है।

यही विचित्र द्वन्द्व, विचित्र अनुभूति में ऊब-डूब हो रहा है—नन्द तहसीलदार। बरामदे में बैठे-बैठे समय बीतता जा रहा है। किसी के साथ बातचीत नहीं, बोलचाल नहीं। कल वे आये थे। आये थे समझाने, आज नहीं आये हैं। कोई न आए—आज अपने अन्दर ही सारा जगत् इधर-उधर हो अपने को प्रकट कर रहा है। यह कैसा तूफान। कैसा प्रलय। फिर कैसी सृष्टि, कैसा विस्मय।

शाम ढलती आयी। खेत से लौट, एक साथ मिल, उल्लास भरी गूँज भरकर इसी रास्ते से गाँववाले गये, और अलग-अलग खेती नहीं...जहाँ लग जाएँ, सब लग जाएँ। जैसे असुर काम कर रहा हो। असम्भव को सम्भव बना रहा है। कहीं, ऐसी खेती के बारे में तो किसी ने सुना नहीं था, न देखा था। अकेला तारा उगा, उसके बाद और तारे, और तारे। दूर आकाश है, और काला बादल सरकता जा रहा है, वर्षा भीगे आकाश में गुच्छे के गुच्छे तारे खिल रहे हैं। कितने सतेज, कितने उजले! मन के सपनों की तरह जैसे इस आकाश पर अंकित रह गया है। नन्द तहसीलदार, नन्द तहसीलदार—नहीं, कोई नन्द तहसीलदार नहीं है। ऐसा आदमी कभी कोई नहीं था। केवल अनगिनत तारे, और अन्धकार! ऊपर उनकी मृत्युंजयी हँसी। और समवेत मनुष्य कण्ठ की झंकार। मनुष्य जाति ने अपने में उषा का आविष्कार किया है। यही उसका संगीत है। बाहर संगीत कब का थम चुका, अब टिमटिमाते लालटेन जलते रहेंगे, लिखाई-पढ़ाई चलती होगी। टिमटिमाते से दिखाई दे रहे हैं उनके शिविर। उषा का संगीत गाकर, सूर्य की वन्दना कितनी नद-नदियाँ पहाड़ पर्वत लाँघ, बहती जा रही हैं, और अब अँधेरे में बूँद-बूँद उजाला है, पास-पास हो, फिर भोर का एक साथ जुलूस निकलेगा, सहस्र पाद, सहस्र हाथ हो चलती होगी उसकी सेना। वह न कम होगी, न थमेगी। उसे सत्य का सन्धान मिला है, उसने सत्य युग की

प्रतिष्ठा की है। दूर किया है यातना और हिंसा को...वहाँ क्षुद्र स्वार्थ, क्षुद्र पूँजी के लिए जगह नहीं, वह अक्षय भण्डार का अधिकारी है।

कौन कहता है? स्त्री आयी है। अफीम की गोली और दूध का कटोरा अपने आप आया था, पेट के अन्दर जा चुका।

वे क्या कह रहे हैं? कहेंगे नहीं, आदमी की जिह्वा है बात नहीं कहेगा? देखो, असल तो मजदूर हैं, वे नहीं रहें तो तुम अपने हाथों से खेती करोगे नहीं या कीचपानी बनोगे नहीं। मजदूर पहले पैर पसारे बैठ जाते थे–कहते थे, दिन-भर डेढ़-दो रुपये न मिलें तो हम नहीं चलते। और अब इस साल से कह रहे हैं–हमारी मजूरी क्या होगी जो हम तुम्हारे यहाँ मजूरी करने जाएँ? अपनी सामिलाती जमीन में ही काम करने को समय नहीं है, हम जाकर कहाँ और कब काम करें! अब बात हो रही है कि घर में गोबर-पुताई कौन करे, कौन गाय-गोरू चराने जाय, कौन खेती करे? इसलिए मैं कहता हूँ, चलो जो कुछ जेवरात हैं उन्हें बेच-बाचकर पैसे लेकर शहर चले जाएँ। लड़का जो कमाता है उसी से जैसे-तैसे चलाएँगे–हे...है...है-हे हे हे। नौटंकी की खाँसी की तरह हँसी उठी उस देह में से।

अरे यह कह क्या रहे हैं? खेती तो वही करेंगे, इसमें क्या शक है? इस एक ही गाँव में इतने कुटुम्ब चलेंगे–उनके साथ-साथ हमारा भी गुजारा होगा। और लड़का बांच्छु, वह तो वकील का चमचा, सही माने में टाउटर भी नहीं दरखास्त लिख देगा या मुकदमा जुटा देगा और उसी से कमाएगा, बाबूजी के सिर का तेल, खुशबूदार साबुन और कुर्ते-कमीज के लिए वह कम है, उस पैसे से भात कहाँ खरीदा ज़ा सकता है, बच्चा दूध कहाँ से पाएगा? और अब मुकदमे भी आएँगे कहाँ से? गाँव में किसान लड़ें-झगड़ें, तब न हो मुकदमा। एक हो जाएँ तो मुकदमा किस बात का? हे हे ...हेः हेः–अरे अच्छे आदमी हो तुम, भकुए की तरह बैठे हो, मुँह तक नहीं खोलते। ऐं! मुँह नहीं खोला–तो अब तक कौन कह रहा था? वह गया बक-झककर। अब सुन्दर अँधेरी रात, शान्ति भरी है, तारों पर तारे लदे हुए-से हैं, झलक रही है हर दिशा, तारे पीठ पर सवार हुए हैं, कोख में हैं। "पिताजी, अब और छँटे हुए से सबसे विलग क्यों रहें? हम भी अपना सब कुछ उन्हीं के साथ शामिल कर दें..."

अरे बहू है क्या? हम इसी गाँव के हैं, गाँव के बाहर के नहीं...? जा-जा बच्चा जाग जाएगा!

चली जा रही है–झमझमाती हुई। जा बेटी, लक्ष्मी बहू! भगवान् तेरा भला करें। सब शामिल हो गया–अब चारों ओर रोशनी जलेगी।

लड़का मेरा मन्त्री बनेगा। बन्धमूल गाँव में रवि के पिता बट महान्ती को कुछ दिन से इसी कल्पना ने जकड़ लिया है। कल्पना ने अपने आप कहीं से उड़ आकर नीड़

नहीं बनाया, उसके पीछे एक छोटी-सी घटना थी। उस दिन सुबह बाँध के पासवाली दुकान की ओर जाते समय रास्ते में पुरोहितजी और अवधानजी अचानक मिले। अवधान ने बन्द हथेली जोड़े ऊपर सिर तक उठाया तो पुरोहित ने खुली हथेली को पसार आगे कर दिया और दोनों के होठों से हँसी झर आयी और अवधान ने जैसे ही कहा—“आज सुबह-सुबह अकेले ब्राह्मण के मुख-दर्शन हुए, पता नहीं दिन-भर कैसा बीते!” पुरोहितजी संस्कृत में बोले—“अद्य प्रातरेवानिष्टदर्शनं जातं न जाने किमनभिमतं दर्शयिष्यति।” और इसी शिष्टाचार विनिमय के पश्चात् अवधान ने पूछा, “जमींदार के घर पूजा-ऊजा, पर्व आदि कुछ भी नहीं हो रहे क्या?”

पुरोहित ने दो-टूक जवाब दिया—“जमींदारी तो कब की गयी, अब जमींदार घर के पर्व-त्यौहार को कौन पूछता है? और हमारे गाँव के यह जो जमींदार हैं, उनका तो वानप्रस्थ ही समझो। जाने का समय आया, अब सिर्फ लड़का सब-इंस्पेक्टर है—इससे उनके साथ सम्बन्ध न तोड़ना अच्छा है।”

अवधान ने कहा, “अरे एक लड़का सब-इंस्पेक्टर है, पर दूसरा तो साक्षात् मन्त्री है।”

पुरोहित ने हँसकर कहा, “कैसे? छोटे बाबू मन्त्री बनेंगे, तुम्हारी साँस की बीमारी बढ़ गयी है, क्यों न बढ़े, वर्षा के दिन हैं, इसीलिए अफीम की गोली भी बढ़ गयी है, नहीं तो मूकं करोति वाचालं पंगुं लंघयते गिरिं, नहीं तो बाप-माँ बूढ़ा-बूढ़ी जिसके लिए सोच करते-करते ठाकुर-भगती-दान-ध्यान सब कुछ भूल गये हैं, वही आवारा तुम्हारी आँखों को मन्त्री दिखता है? हाँ, कहो-कहो, गठीला सुन्दर जवान छोकरा है, किस बात में कम है! मन्त्री कौन-सी बड़ी बात है? मन्त्री का दादा बने तो क्या कम है!”

अवधान ने कहा, “दादा बने तो क्या अधिक हो जाएगा? दादा हम-तुम जैसे आदमी हैं, वे मन्त्री नहीं थे। गणना की, प्रश्न किया, पता चला, वह मन्त्री बनेगा।”

“क्यों, नल ने कहा, या नील ने कहा या अंगद ने कहा...?”

“उससे तुम्हें क्या मिलेगा? तुम्हें एक शुभ समाचार मिला। उसके साथ एक-दो संस्कृत श्लोक जोड़कर उसे और शुभ बना सकते तो बूढ़ा-बूढ़ी दोनों खुश होते। साथ-साथ हम-तुम भी।”

पुरोहित हँसा, बोला, “तुम्हारी बुद्धि की तारीफ करता हूँ। मन्त्री अगर किसी को बनना चाहिए तो पहले तुमको। क्यों, इस बात का फैसला हो गया...। हो गया फैसला।”

उसके बाद बट महान्ती पर अचानक आक्रमण हुआ। जन्मपत्री देखी गयी, श्लोक पढ़े गये, उसका अर्थ समझाया गया। और फैसला सुना दिया गया कि रवि मन्त्री बनेगा। अब उसके भाग्य बदलने का समय निकट आ रहा है—ग्रहों के आने-जाने का समय। इसी समय ठाकुर-अभिषेक, ब्राह्मण-भोजन, दान-दक्षिणा,

बाल-लीला, उत्सव आदि की व्यवस्था हो जाय तो अच्छा हो। यह सब किसलिए हो रहे हैं—बस उसका प्रचार न हो। पुरोहित और अवधान दोनों की राय एक हो गयी। उनके अलावा और जो जाननेवाले आये, आचार्य वगैरह, वे भी एकमत हुए। उसके बाद से वही विचार कि बेटा मन्त्री बनेगा।

थाक-थाक हो बढ़ता जा रहा है, झरता जा रहा है जीवन। एक-एक थाक में एक-एक स्थान है। उसी में बट महान्ती के कुछ दिन बीत जाते। और भगवान् ने ऐसा सहेज कर रखा है कि मोह टूटकर आशा करने लायक डाली के टूटने के ऐन मौके पर एक और डाली नजर आती है हाथ बढ़ाने भर के फासले पर—न हाथ खाली रहता, न मन।

रवि गया। कवि को कितना समझाकर लिखा कि बच्चों को लाकर कुछ दिन के लिए यहीं छोड़ जा, पर वह नहीं हो सका। दो महीने में एक चिट्ठी आ जाय तो उसमें न आ पाने के कारणों के उलझे जाल होंगे। संसार कड़वा लगने लगा था। जगत्-भर के प्रति अभिमान। दो लड़के हुए। एक अपने सुख के लिए पराया बना और दूसरा दूसरों के सुख के लिए पराया हो गया। युग बना अल्हड़। इतनी जमीन-बाड़ी के रहते फसल आए तो हँसी आती है। मजदूरों की ज्वाला से खुद काश्त करो तो हाथ लग जाय। बटाईदार कहने लगे हैं—तुम्हें पाँच में से दो हिस्से देंगे, कानून से बेकानून चलेंगे नहीं। कर्ज लेनेवाले भी कहने लगे हैं कि हम भी कानून के मुताबिक रुपया पर सात पैसे का ब्याज देंगे, पहले से जो ले चुके उसे जमा कर लो। कानून! कानून! सब ले जाओ। जिनके लिए जमाकर रखते, उनका तो इसमें मन नहीं लगता, हम दोनों के तो दो ही पेट हैं। ठगो, जिसकी जो मरजी, इसके बाद हम भी ठगकर स्वर्ग सिधारेंगे। मन का सारा दम्भ सारे मोह टूट चुके थे।

उसके बाद मन में बना रहा—बेटा मन्त्री बनेगा!

जन्मपत्री का फल जरूर सच होगा, ऐसा विश्वास तब आता है जब कोई हिसाब कर 'लाभ होगा' कह देता है।

ज्योतिषी और पुरोहित दोनों की बात एक-सी हुई है, तो अन्यथा कैसे होगा?

अपने अन्दर विश्वास पैदा करने के लिए, अपने अभिज्ञान को टटोलने से कई उदाहरण मिलते हैं, किसने किसे क्या कहा था, किस तरह वह बात फलवती हुई—इसी तरह की कई बातें।

और जब उमर पश्चिम की ओर ढलने लगी है, सोचने पर चारों दिशाएँ धूमिल और अन्धकाराच्छन्न लगती हैं, उस समय इसी तरह अकारण और चकित करनेवाली परिकल्पना को, सीढ़ियों के किनारों को, हाथ की मजबूत पकड़ में लेने पर तो सीढ़ी-दर-सीढ़ी चढ़ी जाती है—नहीं तो एक-दो-तीन-चार-पाँच की गिनती-भर सामने दिखती होती है और एक विराट् शून्यता नजर आती है। और ज्यादा दूर नहीं।

और तर्क को परखने पर भी पुरोहित और ज्योतिषी ही एकमात्र सहारे-से

लगते हैं। इस संसार में बड़े हैं, छोटे हैं, पाँच उँगलियाँ समान नहीं होतीं, जिसे सौभाग्य कहते हैं उसे सबके साथ समान रूप से बाँटा नहीं जा सकता। कुछ लोग खाएँगे और कुछ भूखे रहेंगे। कुछ लोग आदमी चराएँगे, कुछ गोरू चराएँगे। सौभाग्यबण्टन की विधि परची डालकर होगी। जिसे जो मिला वही उसका भाग है। भाग का लिखा कौन पढ़ सकता है—दैवज्ञ के सिवाय।

सत्य सत्य सत्य, त्रिवार सत्य!

बेटा मेरा मन्त्री बनेगा! होगा जरूर, नहीं तो यही रास्ता उसे क्यों दिखता? छाँह तले का रास्ता नहीं, धूप, सर्दी, भूख का रास्ता है वह, पाँच के कन्धों पर पैर रखकर राज करने का रास्ता नहीं है, पाँच सौ के कन्धों पर हाथ रख, पीठ से पसीना पोंछ पैर से काँटे निकालने का रास्ता है वह। जरूर इसमें विधाता का कोई गूढ़ रहस्य है, बेटा मेरा मन्त्री बनेगा!

बट महान्ती जो स्वप्न देखने के लिए बैठ जाते—एक पर एक पान की गिलौरी मुँह में पानी बन खतम होती जाती। शून्य आकाश पर रँगने का काम कम नहीं होता, छाँह लम्बी होते-होते धूप मुरझाने लगती, और खतम हो जाता है एक दिन।

आषाढ़ का मेघ से लदा आकाश, बिजली-तूफान को पेट में भरे ठहरा हुआ-सा रह गया है। चल रही हैं सृष्टि और सृष्टि की योजनाएँ, उद्योग और श्रम। खेत में किसान, पेड़ पर पंछी, ठूँठे-अधसूखे दूब की जड़ को सलसलाती हुई चींटियों की धार। पहली बौछार के बाद सूखी मिट्टी सिहर उठी है; उसके बीज फूल-फैल गये हैं, अनगिनत जीवाणुओं के, अगणित उद्‌भिदों के; वे भी जन्मेंगे, कोई दो पल के लिए, कोई कुछ महीनों के लिए, कुछ सालों के लिए। अपनी सतह पर अपने व्यक्तित्व के अनुसार अपना-अपना समय का माप और कीमत अलग-अलग। किसी की नापने की छड़ी पकड़ और कोई नापना नहीं चाहता—सबकी अपनी-अपनी अलग-अलग छड़ी है। आषाढ़ की धरती पर छोटा-सा सूँड़ी कीड़ा अगर अपनी पल-भर की जिन्दगी के लिए योजना बनाने को आतुर है तो आदमी भी अपनी साठ वर्ष की उमर को एक कल्प मानकर अटूट आशा से आकाश की ओर सीढ़ी बना रहा है, वही उसकी जीवन-क्रिया है। और बट महान्ती की आँखों के सामने दिखाई पड़ रहा है—वह सहज भवितव्य, बेटा मन्त्री बनेगा। बस वही, उससे बढ़कर और कुछ नहीं।

क्यों नहीं होगा? इसी तरह तो कितना कुछ हो गया। कितने ऊपर उठ गये हैं। कल पहचाने नहीं जा रहे थे—और आज उन्हें देखो तो शंका हो। और नेता, मेम्बर, वक्ता, सभापति, देश के अन्य कर्णधार कहलानेवाले—वे भी कल तक अपरिचित थे और आज हर जगह जाने-पहचाने हो गये। युग के वर्ण से रंग लगा है उनकी देह में, कितने नामी हैं वे, कितने प्रतापी, और क्या चेहरे हैं उनके!

आज जिधर भी देखो नयी-नयी इमारतें सिर उठा रही हैं, नयी-नयी मोटरें धूल

उड़ाती भागी जा रही हैं, व्यापारी-साहब हटकर चला गया, अब देशी व्यापारी दबोचे हुए हैं, देश की समृद्धि की वैजयन्ती उड़ाकर बाहर भेजा जा रहा है अधिकवाले प्रान्तों को धान, कुली बनने को बाहर जाना नहीं पड़ रहा है, इस देश के व्यापारी इसी देश में कल-कारखाने बिठा रहे हैं, यहीं कुली को काम मिल जाएगा। अजीब है यह समय, इस समय सब कुछ सम्भव है।

और अति सम्भव, अति निश्चित है ज्योतिषी की गणना—बेटा मेरा मन्त्री बनेगा!

"सुनती हो," उन्होंने पत्नी को समझाया—"रवि मन्त्री बनेगा, जन्मपत्री की बात झूठी नहीं होगी।"

सुनकर सुबकते हुए रवि की माँ ने कहा, "मुझे मन्त्री नहीं चाहिए, राजा नहीं चाहिए, मेरा लड़का घर लौट आए बस, ये फालतू बातों से तुम किसे समझाओगे?"

"तुम औरत जात, समझ सकोगी नहीं। पहले-पहले लोगों के साथ न मिले तो, अपनों को न भुलाए तो, क्या कोई मन्त्री बना है, बताओ तो? मैं सोच रहा हूँ, चलो एक बार फूलशरा हो आएँ!"

रवि की माँ चली गयी हैं।

बट महान्ती ने फिर एक बार चल-चित्र देखने के पहले कहा, "औरत जात, नहीं समझ सकोगी।"

देखते-ही-देखते काला किट्-किट् अँधेरा छा गया, न हिलता, न डोलता, हवा भी थम गयी है। मानो आकाश एक विराट् काला छाता है और उसके नीचे एक अकेला आदमी है वह, कितना छोटा, किसी कोने में गुम हो गया है!

दिन के चार बजे हैं, तब 'डाआणिआ' धूप थी। लड़कपन में पढ़ी हुई नन्दकिशोर की कविता की याद आयी—'डाआणिआ खरा...पारा दुंइटि...।' चल पड़ा है वह अकेला—चकुलिआ गाँव में धड़िया बाउरी बीमार था, हैजा हुआ था। उसी की सेवा करने गया था, अब लौट रहा है फूलशरा को। गहरी जमीनों के बीच से चल रहा था, अँधेरा घिर चुका था।

यहाँ से चकुलिआ गाँव दो कोस से अधिक होगा। गाँव के बाद थोड़े-थोड़े फासले पर तीन जमीनें जिसमें दो को तो वह पार कर चुका, एक यही है, इसके बाद सामने दिख रही है पगडण्डी—फूलशरा तक गयी है, धीरे-धीरे सर्दीली हवा बहने लगी है, मानो अब बरसाती बौछार कर देगी।

दो दिन के लिए वह चकुलिआ गाँव में ठहर गया था। धोबेई मिश्र ने दवाई दी थी; होमियोपैथी में उनकी दक्षता है। पर इतना बड़ा देहाती इलाका! जिधर देखो उधर रोगी पड़े हैं। कहीं से तिनके-भर का सहारा मिले तो उसी को जकड़ लेते

हैं—जाओगे किधर? धोबेई मिश्र दर-दर भटक रहे हैं, एक कोस नहीं, दो कोस नहीं, तीन नहीं, कहीं से भी खबर आए, तो चलने से इनकार नहीं करते। सेवा करने को खुद रह गया था, रवि। हालत भी सुधरती आ रही थी, यद्यपि धोबेई मिश्र ने कहा था कि हैजे का क्या भरोसा है, विशेष कर वहाँ जहाँ से खबर देर से पहुँचती है। सब विश्वास, सारे मोह, सारी भ्रान्ति तोड़ धड़िया बाउरी उसी काले आकाश को उड़ गया। उसके बाद जो मर्मभेदी रुदन। व्यर्थ ही वह उन्हें समझाने लगा कि रोने से मरनेवाला जीकर लौट नहीं आता। धड़िया बाउरी चला गया था।

उसी उपहास को साकार बनाकर चारों ओर रख दिया है काले आकाश ने। दो दिन, दो रात लगातार जागने से रवि की आँखें लाल हो आयीं, फिर भी धड़िया बाउरी रहा नहीं!

उसकी गठीली, भरी-पूरी देह उसकी आँखों के सामने रह गयी है—वही देह जो बैल और जमीन के साथ मिलकर खेती का अंग बन गयी थी। आदमी की चेष्टा विफल हो गयी है—अब वह और खेती नहीं कर सकता।

ओह, कितना गठीला, सुन्दर, जवान!

एक पेड़ आधे से टूट गया; आज उसकी जगह खाली पड़ी है। लाश को जकड़कर उसकी माँ फूट-फूट कर रो रही थी। बूढ़ा बाप जमीन पर सिर पटक रहा था; मोहल्ले-भर के लोग भीड़ किये दूर-दूर खड़े थे। धड़िया गया, और उठेगा नहीं।

अँधेरा बढ़ता जा रहा है, सब बुझ चुका। आँख घुमाकर देखने से चारों ओर जो गोलाई दिखाई पड़ रही है, जिसकी इतनी बड़ी विस्तृति है—उसी के बीच अकेला चल रहा है वह रवि!

इसी तरह छेद में से चली आ रही है मानव-जाति की युवाशक्ति। बीमारी, सूखा, खाद्याभाव की चोटें खा-खाकर। फिर भी आदमी चाहता है—अपने हाथों से मारने को, मानो भात से मारना, अनास्था से मारना काफी नहीं हुआ।

संघर्ष करना होगा। युद्ध करना ही होगा, तहज दुःख को निभाने के लिए जो क्षुद्र उपग्रह असमर्थ है उसकी बेड़ियों पर कोड़े न पड़ें तो मानो उसके पुरुषत्व की सार्थकता ही नहीं है, इसलिए हथियार सजाये जा रहे हैं, उससे बढ़-बढ़कर बम बनाये जा रहे हैं, खून-पसीना एक कर परीक्षण चल रहे हैं मारणास्त्र बनाने के लिए।

नहीं, रास्ता ही खतम नहीं होता! जैसे मेघ से लदा आकाश भारी हो-होकर नीचे झुकता आ रहा है, परिसर सँकरता जा रहा है, और थोड़ी देर के बाद तो बरसेगा।

यही वर्षा जल उँड़ेल देगी धड़िया बाउरी की नंगी लाश पर। हैजे से मरा है, लाश जलायी नहीं जाएगी। वर्षा का पानी झर जाएगा, बह जाएगा जुलूस हैजे के जीवाणुओं का। आज यह एक—उसके बाद और पाँच!

ऐसे फटा-फट मरकर सो-सो जाते हैं जगत्-भर के कितने लोग! उन्हें जिन्दा

रखने के लिए कोई योजना नहीं है। मरकर सोते जा रहे हैं उजाड़ों में गिरकर, जानते नहीं—सब भाई-भाई हैं, इस संसार-भर की धन-दौलत वही है, इस हाथ से बनी चीज; जानते नहीं—जो आया है, उसे यहाँ जीने-खाने का अधिकार है, जैसे वह बाध्य है काम करने को। जानते नहीं—आदमी-आदमी में धर-पकड़ वही कराते हैं, दूसरों की मृत्यु जिनके स्वार्थ की पूँजी है।

झर-झर हो वर्षा उलझ पड़ी थी—एक साथ चारों ओर से घिर आयी। पहले प्रवृत्ति जागी दौड़ पड़ने को, उसके बाद जैसे उसने अपनी भूल समझी। वर्षा में सराबोर हो सहज गति से वह फूलशरा की ओर चलने लगा। सोचा, वर्षा आयी है, फिर नयी-नयी समस्याएँ—छान से घर के अन्दर पानी टपकने लगेगा, बीमारी होगी, नदियों में बाढ़ आएगी। अभावग्रस्त लोगों के लिए नयी ऋतु क्या, नये दिन भी समस्या लिये पहुँचते हैं।

फूलशरा की पगडण्डी पर पहुँचकर उसे लगा जैसे एक सफेद छाता इधर-उधर हिल-डुलकर खिंचा हुआ-सा उसी की ओर बढ़ता आ रहा है। उसके नीचे सिमटे-गुमटे हुए नन्द तहसीलदार थे। आनन्द से अधीर हो छाते को रवि के सिर पर तान लेने पर भी वर्षा के झोंके ने उनके दुर्बल हाथों को एक ओर सरका दिया था।

"अरे, देखें देखें," रवि बोला, "दूसरों पर छाता तानो तो अपना सिर भीग जाता है। याद रखें, और किसी दिन उपकारी बन किसी पर छाता नहीं तानेंगे।"

"ह...ह..." लुढ़क-लुढ़क जानेवाले छाते पर हुकुम जारी कर रहे थे नन्द तहसीलदार—"ठहर यहाँ...जा नहीं," छाता लुढ़कते-लुढ़कते आकाश पर पैर उठाये रह गया। हँसते हुए नन्द बूढ़े बोले, "क्या कहा—? और किसी दिन दूसरों पर छाता नहीं तानूँ? अच्छी बात कही। ठीक है, भूल मेरी है, मैं मानता हूँ। जब इस तरह काले घुमर मेघ गगन भरते हैं तब तो सबके पास छाता नहीं होगा; मैं छाता लिये निकल पड़ा तो उसे उड़ा लिया; अच्छा हुआ, मैं कहता हूँ न..."

रवि हँसा। धड़िया बाउरी की मृत्यु की बात सोच-सोच यद्यपि वह अब तक मरण को ही स्मरण करता आ रहा था, पर अब आमने-सामने देखा उसने जीवन को। बासठ साल का बुढ़ापा हट गया है और उसकी जगह ले ली है नूतन तारुण्य, बल और आशा ने। त्याग से अंकुरित होकर सरसर बढ़ते जा रहे हैं मानव के मान और श्री...ये सारी जमीन, सारी सम्पत्ति को सामलाती बना देने के बाद। नन्द तहसीलदार का पुनर्जन्म हुआ है।

"मैं तुम्हीं को ढूँढ़ने निकला था," किसी ने कहा, "धड़िया बाउरी मर गया, तुम कई दिन उसी के पास लगे रहे, सोचा..."

बात अधकही रह गयी। उदास हो रवि ने कहा, "हाँ, वह मर गया।"

"परख रहा था कि तुम इस बात को किस तरह कहते हो।" नन्द ने कहा, "सारे ब्रह्मज्ञान को इसी एक बात को कहने के पहले सबसे भिन्न रूप में स्पष्ट

हो जाएगा। नहीं, तुम्हारा वह हुआ नहीं है। 'मर गया' कहते हो तो उदास स्वर सुनाई देता है, फाँका-फाँका-सा लगता है स्वर।"

"नन्द दादा, मुझे जीवन से खूब प्यार है।"

"प्यार कहाँ कर सकते हो? मन है, पर काम, उसके लिए समय लगेगा। जीवन से अगर प्यार करते तो चारों ओर इतने जीवन देखते जिससे मृत्यु के लिए रोने को फुरसत ही नहीं मिलती। तुम देखते, मरण में भी जीवन है, जैसे अँधेरी रात में समुन्दर के अन्दर उजाले की बड़ी-बड़ी लहरें दिखाई पड़ती हैं, इस सिरे से उस सिरे तक। पहले मैं बँधा पड़ा था, जैसे अँधेरे घर में भार तले कोई पिलपिला आलू सूख-सूखकर धीरे-धीरे सड़ रहा हो। फिर तुमने मुझे बाहर निकाला, पेड़ लगाया, देखभाल की। अब अपनी डाल-पात देखकर स्वयं मुझे अचम्भा लगता है। मुझे तो लगता है जैसे आनन्द से उफन जाऊँगा मैं।"

झर-झर वर्षा की बौछार भी उस बात की ऊष्माहट को नहीं बुझा सकी। बल्कि और अधिक लग रहा है—आदमी का तेज।

बादलों में सामने धुँधला-सा नजर आ रहा है फूलशरा गाँव; कचहरी-घर यानी केन्द्र-कार्यालय के पिछवाड़े का घना बरगद, आस-पास सटे हुए गाँव के दूसरे पेड़। नन्द तहसीलदार की बातों पर सोचते हुए रवि फूलशरा पर सोचने लगा। एक छोटा-सा गाँव। और वह सिर्फ गाँव ही नहीं, एक समवेत अनुष्ठान है, जहाँ आदमी ने प्रण किया है—हमारे गाँव में भूमिहीन कोई किसान-परिवार नहीं रहेगा, हमारे गाँव में एक के घर में खाने को हो तो दूसरा भूखा नहीं रहेगा, हमारे गाँव में सब सबका है, किसी एक का कुछ भी नहीं। हमारे गाँव में किसी एक की जमा-पूँजी कुछ नहीं है, जमा करना हो तो सबके लिए, समाज के लिए, गोष्ठी के लिए। कौन कह सकता है कि यह व्यापक नहीं बनेगा?

इसी तरह दुनिया-भर—घर से घर, गाँव से गाँव। इसी तरह देश-भर, धरती कहने पर देश के साथ देश शामिल होकर आदमियों की एक गोष्ठी का अनुमान होता है।

समस्या भी एक ही तरह की है—व्याधि, दरिद्रता, लुण्ठन और अत्याचार की। अतीत में आदमी जो नहीं कर सका, नया आदमी वही कर दिखाएगा। वह पहले बनेगा भाई-भाई। मनुष्य जाति की समवेत शक्ति को वह उँड़ेल देगा—मनुष्य जाति की समवेत दुर्दशा को हटाने के लिए। भारत और चीन मानो फूलशरा और पाटेली गाँव हैं, वैसे ही भारत और रूस, भारत और अमरीका या इंग्लैण्ड—इसी तरह गाँव से गाँव फूलशरा या आलिपुर या डिंगिसर या पाटेली गाँव।

नन्द तहसीलदार के नये रूप को देख वह विश्वास कर सकता है कि इस पृथ्वी पर नये आदमी बन रहे हैं, जो दलदल के लोगों के बीच सेतु बनाएँगे। सदा के लिए युद्ध और युद्ध की आशंका को दूर कर देंगे। आदमी को चिन्तन और कार्य

में स्वाधीनता दे पाएँगे, उसके विकास के लिए सहायता कर सकेंगे। इसके लिए अवश्य ही नये आदमी सामने आएँगे।

नये आदमी अवश्य ही आ रहे हैं वे आएँगे। इसलिए पहले से ही दिखाई पड़ रहा है कि हर देश के लोग नीति और विचारों की बातें कर प्रचलित लीक पर चर्चा कर रहे हैं। जहाँ जितनी बुराई क्यों न हो, उसके अन्दर अच्छाई का स्रोत कहीं-न-कहीं अवश्य है। प्रत्येक देश में एक दल है जो चिल्ला रहा है कि सेना बढ़ाओ, हथियार बढ़ाओ, लड़ाई छेड़ो, व्यापार तेज होगा, जगह मिलेगी बढ़ने को, अन्य देश पर हमला कर उपनिवेश बनाओ, सस्ते में कुली मिलेंगे। फिर उसी कच्चे माल को कारखाने में डाल चीजें बनाकर उन्हीं लोगों को बेच, उन्हीं लोगों से पैसे खींच लो, उन लोगों को अनुन्नत बनाये रखो, बढ़ने मत दो, सोचने न दो—उस समय एक अन्य दल भी है जो इसका विरोध कर रहा है, निन्दा कर रहा है। उन लोगों का स्वर कितना ही क्षीण क्यों न हो, उनकी संख्या क्यों न कम हो—वे कह रहे हैं कि इस धरती पर लड़ाई अब और न होने पाए, शान्ति विराजित हो, आदमी-आदमी के बीच, देश-देश के बीच हिंसा, विद्वेष, सन्देह का लोप हो, सबको भोजन मिले, काम मिले, भेदभाव दूर हो जाय, सबको बढ़ने की सुविधा मिले। उनके पीछे लाखों मूक जनता है, किसान, मजदूर, कारीगर, वे भी यही चाहते हैं, यद्यपि इनकी भाषा उतनी मार्जित नहीं है, आवाज उतनी ऊँची नहीं कि दूर तक सुनाई दे।

उन्हीं लोगों की आवाज को एक दिन दुनिया-भर के लोग अवश्य सुनेंगे, सीधे, बिचौलियों के बगैर, जो बिचौलिए एक-एक देश के प्रतिनिधि बनकर मार्जित भाषा में लड़ाई को ही आमन्त्रित कर लाते हैं, विज्ञान के अर्थों को विकृत बनाकर मारणास्त्रों का उत्पादन बढ़ाते हैं, दर्शन शास्त्र के व्याख्यानों को विकृत बनाकर प्रचार करते हैं, दूसरों पर हमला कर अपना विकास करने का मात्र बहाना है यह सब!

"अरे यह क्या, आप तो पूरा भीग चुके साआन्तजी," बरामदे पर से बई मलिक ने ऊँचे स्वर में कहा, "ऐसे न भीगते तो क्या बिगड़ जाता!" बई मलिक कहते-कहते भीगते हुए बरामदे पर से उतर आया। हाथों में एक बड़ा ताड़पत्र का छाता था। बिशि पाण भी उतर पड़ा...और 'अरे-अरे' कहते हुए धोबेई मिश्र भी।

"हः, खूब बहादुरी मैंने दिखायी है कि उतरे आ रहे हो; क्या कोई भीगता नहीं? क्या यह कोई नयी बात है?" हँसते हुए रवि ने कहा।

"जिसके मन के अन्दर तपिश है उसका यह वर्षा क्या बिगाड़ेगी!"

नन्द तहसीलदार ने कहा, "मैं क्या कम समझा चुका इन्हें! या कोई छाता नहीं था! मेरे पास था एक, इन्होंने मना कर दिया।"

बरामदे में लगभग तीस लोग थे। नमस्कार आरम्भ हो गया और साथ-साथ बारिश में भीगने पर आपत्ति भी।

रवि ने कहा, "वर्षा देखने पर हमें अपने-अपने घरों की याद आती है। नहीं क्या? याद आती है छाती की। सूखी जगह की और सूखे कपड़ों की। और मुँह में डालने को कुछ सुड़-सुड़ मुड़-मुड़।"

धोबेई मिश्र ने कहा, "गरमागरम भूँजा के साथ मूँगफली, उसके साथ चाय।"

रवि ने कहा, "ठीक बात है। पर इस देश में एक ऐसे आदमी भी थे कि वर्षा देखें तो उन्हें राज्य-भर की दुःख-दुर्दशाएँ याद आ जाती थीं, किसका बिना छप्पर का घर दुल्दाल हुआ और दीवारें गिर रही हैं, किसके घर में तीन दिन से चूल्हा नहीं जला, कहाँ नीची जमीन में बाढ़ आ रही है, चारों ओर चिलिकामय हो गया है। इन सबों की याद उन्हें आती थी। एक बार सत्यवादी में अँधेरी रात, झर-झर बरस रहा था। उस समय कोई फूट-फूट कर रो रहा था। सुनकर सबकी नींद टूट गयी। लोग जाकर देखते हैं कि वे बिलख-बिलखकर रो रहे थे। क्यों रोते थे? वे बिलखते हुए कहने लगे—'वही डभार गाँव का दामा बाउरी, देख आया था उसके नौ बाल-बच्चों को, साधारण दिन तो उसकी खाने की कमी रहती है, पर अब तो चारों ओर जलार्णव हो गया होगा। घर यानी एक झोंपड़ी—उसकी छान पड़ी नहीं थी। घर के अन्दर लहर होगी, बच्चे भूख से आतुर होते होंगे। क्या कर रहा होगा अब वह'!"

सब गम्भीर बन गये। सचमुच जैसे उत्कलमणि गोपबन्धु दास आकर उनके सामने खड़े हो गये।

धोबेई मिश्र ने कहा, "वे देवता थे, गोपबन्धु उत्कल के मणि। उनके चले जाने के बाद कितने डभार के दाम-बाउरी, तितिय गाँव के मेहतर और ब्रह्मगिरि का केशबा पाण कितने उठ पाये? शहरों में अधिक इमारतें बनी हैं, यह सच है; बहुत लोग मोटर चढ़ रहे हैं, कई बड़े-बड़े धनी बन चुके। पर गरीब, मजदूर, मटमैलों की सोचते हुए जिनकी आँखों से अविरत धारा बहती थी, वे मानो वैसे ही रह गये हैं, अब फिर से वहीं से गढ़ना होगा।"

रवि ने कहा, "जानते हो सब। धड़िआ बाउरी चला गया। वही देखकर चकुलिया से लौटा हूँ!"

"एँ!"

विस्मय! दुःख। नन्द तहसीलदार के मन में आशावाद से सुलग उठती ऊष्माहट मानो धप् से बुझ गयी।

सच मानो धड़िआ बाउरी मरा नहीं था, जिन्दा था, रवि की बातें खतम होने के पहले वह मर गया है। आकाश पर घनघोर घटाएँ। वर्षा अनगिनत तीर बरसाती जा रही है। चारों ओर अन्धकार, गीला और कीचसना। याद आता है, धड़िया मर

गया है। इस वर्षा की तरह उसके मरने की खबर भी सच है—जाग्रत् और वर्तमान है। वह और आँखें नहीं खोलेगा, खड़ा नहीं होगा।

चाँय से याद आ गये वे सारे दृश्य! गाँव-भर के लोगों के चेहरे पर निःशब्द, भय का दृश्य था। गरदनों में एक-एक तिनके लिपटाये गये हैं। वे तिनके मानो विपद्वारण के कवच हैं। घर में दरवाजे के सामने पड़ा है हैजा का मरीज, देह पर कपड़े नहीं हैं। आँखें सीसे की तरह। बीच-बीच में गें-गें के साथ चीख सुनाई पड़ रही है—"हे भगवान्...हे ठाकुर...मेरे बाप...माँ...बचा लो मुझे...मुझे पकड़ो...मैं मरूँगा नहीं...मैं अच्छा हो जाऊँगा—मैं जीऊँगा...कौन कहाँ हो! बचा लो मुझे...!"

उसकी चेतना पर शाम बिछी पड़ रही थी।

जी-जान से वह चाहता था—जीने को, उसके अन्तःस्थल को विदीर्ण करते हुए ऊपर उठ रही थी कामना।

रवि उस मृत्यु के चित्र में डूबा हुआ था।

सामने दिखाई पड़ रहा है, बरामदे के नीचे पानी की छोटी-छोटी धाराएँ आकर शामिल हो बहती जा रही हैं। रवि की चेतना में भी वैसा ही एक चित्र था। वह देख रहा था—समय बहता चला जा रहा है। कुछ रहता नहीं, बहकर चला जाता है! उसकी आँखों पर मानो वर्षा झर रही है, और वह सोच रहा है—इसी तरह समय बहता चला जा रहा है, उम्र टूटती जा रही है, कितने आदमी, कितनी बातें इसी तरह बहती चली जा रही हैं विस्मृति के अँधेरे की ओर—किसकी उम्र है उसके लिए शोक मनाने को? किसकी आँखों में इतने आँसू हैं? इसी तरह समय बहता चला जा रहा है, हर पल में इस विश्व की सृष्टि से लेकर इसी तरह स्रोत के बहाव में आदमी, उसकी पारिपार्श्विक अवस्थाएँ, उसका जीवन, बहते चले जा रहे हैं। जीने की भरपूर इच्छा कर इसी तरह आदमी मर-खप गये हैं, भुला दिये गये हैं, और सबसे बड़ा दुःख तो यही है, सृष्टि में अनन्त काल से क्या इसका कोई समाधान नहीं है? राजनीतिक और आर्थिक स्थितियाँ बदलेंगी, बदली हैं। शायद आदमी गाँव-भर को मिलाकर एक घर भी बना दे, वहाँ सब भाई-भाई होंगे, सब सामलाती सम्पत्ति होगी और गाँव में किसी को कमी नहीं रहेगी खाने-पीने की। आदमी को अपनी जरूरत की चीजों की अधिकता होगी। फिर भी आदमी के चारों ओर समय के गुजर जाने की हताशा और वेदना घिरी हुई होगी, पानी बहता जाता होगा, सूख जाता होगा, पत्ते झरते जाते होंगे, उजाला ढलते-ढलते दिन-रात बनते होंगे और आदमी कदम-कदम मृत्यु के अन्तिम दिन की ओर बढ़ता जाता होगा। इस चरम बन्धन, चरम दुःख और चरम दायित्व से आदमी को कौन मुक्ति देगा! धरती पर इतने सारे राजनीतिक परिवर्तन हो गये—भारत, वियतनाम, चीन, रूस, इनमें से मनुष्य जीवन की इस करुण परिणति पर कौन काबू पा सका? रूस का श्रमवाद या अमरीकी धनवाद? भूला-बिसरा पुराना युग जैसा था, आज भी वैसा ही है। सूर्य उदय होता

है और अस्त हो जाता है। समय बहता चला जा रहा है। जीने की बलवती आकांक्षा के बावजूद आदमी मर रहा है, बिसर रहा है, खो रहा है।

कौन इस दुःख को हटाएगा? सान्त्वना देगा।

एक ओर बादल, अन्धकार, कल्पना में धड़िया बाउरी की नंगी लाश, जिस पर बौछार है वर्षा की। दूसरी ओर उसका उत्साह और उद्दीपना कि वह खुद मशाल की तरह जलकर संसार के अँधेरे को उजाला बनाने में मदद देगा। ताकि न रहेगा शोषण, लूट, भेदभाव, अन्याय, अविचार; और इन्हीं दोनों को एक साथ शामिल कर उसने देखा तो उसका उत्साह बुझता-सा लगा।

कब से वह गुमसुम हो गया है। हठात् गुनगुनाते हुए धोबेई मिश्र ने 'कहइ मन आरे...' गाना शुरू किया है। अपने आप दूसरे दुहराने लगे, कोई ताली बजाने लगा। सर्दीली वर्षा में समवेत स्वर-संगीत गूँजने लगा।

अति अद्भुत ढंग से वह समय के साथ जैसे जम गया। रवि ने सुना, "कहइ मन आरे मो बोल कर। कळा श्रीमुख बारे देखिबा चाल रे। केते दिनकु मन करिछु आण्ट। कि घेनि जिबु तोर छुटिले घट। खण्डि जे खण्डि तोर पंजरा काठि। खाउन थिबे श्वान श्रृगाल वाँटि रे।"

टपटप कर अरवी के पत्तों से पानी की बूँदों की तरह उसकी आँखों से आँसू झरने लगे। वह शान्त हुआ। सदियों पहले के किसी अज्ञात कवि की रचना, वह गीत आदमी की चरम परिणति का वर्णन कर गयी सच, पर उसके साथ-साथ निराशा के बदले कैसे एक निवेदित मन की प्रसिद्धि और प्रशान्ति ही आयी। लगा, जीवन की निश्चित बातें यही हैं, अन्त में मृत्यु—उससे उद्धार नहीं।

पर दूसरे पल उसकी निराशा और चिन्ता गायब हो गयी। उसे लगा, रास्ते के अन्तिम सिरे पर मृत्यु अन्धकार का परदा नहीं, एक तीव्र उज्ज्वल आलोक है, उसी उजाले में रास्ते की सारी चीजें दिखती हैं, वही मानो जीवन को अर्थ गौरव से परिपूर्ण कर रखता है। वही समय को उद्देश्य प्रदान करता है, उसे मूल्य देता है। अपने कार्य के द्वारा जहाँ जो कुछ हो जाता है, कभी जँभाई लेना या कभी गणित करना, उतने ही समय का विशिष्ट कार्य होकर वह पीछे रह जाता है, यही उस प्रवहमान जीवन का प्रमाण है। खोये समय को जैसे अतीत के कार्य के लिए लौटाया नहीं जा सकता, वैसे ही उसे पोंछा भी नहीं जा सकता। प्रत्येक मुहूर्त को पूर्णतम उपयोग में लाना होगा, मरे-खोये के लिए, दुर्दशाग्रस्त पराजितों के लिए शोक प्रकाश करना समय का सही उपयोग नहीं।

कब से उसकी चुप्पी का अन्दाज कर गाँव से आकर इकट्ठे हुए लोग उसी की ओर देख रहे थे। वे उसका सहयोग खोज रहे थे, निर्देश और उत्साह ढूँढ़ रहे थे। अपने स्वार्थ की बात पर सोचने से भी समय का सही उपयोग नहीं होता—उपयोग होता है आदमी जब दूसरों का उपकार करता है, मनुष्य-समाज में

शान्ति की प्रतिष्ठा के लिए, आदमी के दुःख दूर करने के लिए जब वह लग जाता है।

वर्षा चल रही है। उन्होंने चंर्चा का आरम्भ किया था कि किस गाँव में सामलाती का काम कितना बढ़ चुका—उस पर कहाँ कैसी समस्या है—उस पर!

साथ लगा है गुरु। उसने अपने छोटे-से मन में परत-दर-परत जितने सवाल सजाये हुए हैं, वह इसी समय के लिए। पूछ रहा है : "छवि दीदी, बादल अपने-आप क्यों बरसते हैं?...छवि दीदी, बादल के पास कितना पानी होगा? खतम हो जाय तो क्या होगा?...घड़घड़ क्यों करता है बता तो, छवि दीदी! माँ कहती है, बाहर गत निकल वरना वह पकड़कर ले जाएगा। बरतन तक बाहर हो तो उसे भी ले जाती है। भालू कुत्ते को ले नहीं जाएगा छवि दीदी? बाहर कैसा स्रोत है, ओह कितनी गरज! दे, ला तेरा आँचल, मैं ओढ़कर सो जाऊँगा। मच्छर कैसे गुनगुना रहे हैं! मच्छर कितने पतले-पतले हैं! माँ कहती है कि मैं पतला होता जा रहा हूँ।...साबि तो मुझसे भी पतली है। उनकी छउकी बिल्ली बच्चा जनेगी तो मैं एक ले आऊँगा...पालूँगा ...साबि..." कहते-कहते उसे नींद आ गयी है।

वर्षा खूब हो रही है। बाहर हवा गरज रही है। बादल, हवा का अरणा संगीत चीखता जा रहा है बाहर। भीतर आदमी के बनाये ऊष्म नीड़, वहीं उसके जीवन की तपिश और तेज।

छवि अपने बिछौने पर आराम महसूस कर रही थी। किसी पुराने जमाने का काठ का पलंग। सीसमकाठ के बने पलंग के नक्काशीदार पाये, दूर से देखे तो कोई कह देगा कि पत्थर का बना है। घोड़े पर एक सुन्दर-सी स्त्री सवार है, कई हथियारों से लैस, कितने आभूषणों से सज्जित। हाथ में एक बरछी है, बरछे की नोक में एक हिरन है; घोड़ा, युद्ध का लड़ाका घोड़ा...दो पैर ऊपर उठाये हुए है। घोड़े के नीचे घुटनों के बल पड़ा है एक आदमी। फिर उसके नीचे एक खिला हुआ कमल। इसी तरह उसके चारों पैरों में नक्काशी के काम किये हुए हैं। पलंग के सिरहाने बेलबूटे बनाये गये हैं जिस पर युग-युग से परतों में मैल जमा है।

किसी परदादा के जमाने का पलंग, उसके पिताजी तक नहीं कह पाते कि वह किस जमाने का है।

पुराने घर के कुछ अंश को उसने ढहते देखा है। घर तो क्या महल था। चौधरी का महल। कमरों के आगे-पीछे बरामदों में भी दीवारें हैं! वहाँ कहीं-कहीं एक-एक दरवाजा। पिताजी कहते हैं, पहले और भी गली-बरामदा, गली-कमरे थे। जाननेवाले लोग तक उन गुफानुमा कमरों का रास्ता नहीं पाते थे। दिन के समय भी ढिबरी लेकर जाना पड़ता था, उस पर तालियाँ बजाते हुए, कहीं कुछ हो, इसलिए।

मोटी-मोटी दीवारें। दीवारों पर भी कहीं-कहीं आलाएँ थीं, माटी के नीचे तहखाने थे। उन तक पहुँचने को सीढ़ियाँ थीं। उसी तरह के तहखाने में हाँड़ी के हाँड़ी गुड़, अचार, बड़ी, रखे हैं। वह देख रही है—वह घर अब टूट रहा है।

वैसे उसने देखा था—रास्ते की ओर एक अजीब कोठरी। माँ कहती कि वह किसी जमाने में जेलखाना था। अन्दर से दीवारें टेढ़ी-बाँकी-कमानीदार, अण्डे के खोल की तरह। नीचे एक जगह कमर जितना बड़ा रास्ते का मुँह। वहाँ कोई मोटा ताँबे का किवाड़ बना था। उस कोठरी की दो भीतें आधी टूटी हालत में थीं। बाद में वह भी ढह गयीं।

बरसात और अँधेरे के बीच वह पुराने बिस्तर का आराम अनुभव कर रही थी। लग रहा था, पीढ़ी-दर-पीढ़ी जीने का पुराना वाष्प मानो उसे ऊष्मा प्रदान कर रहा है और उसकी आँखों के आगे अस्पष्ट होकर तैरता चला जा रहा है। कहाँ से आया था, किधर जा रहा है वह! आँखें बोझिल हो रही हैं। देह मानो बिछौने पर दबी-दबी जा रही है। किस जमाने का बिछावन है यह। ऊपर से खोल हटाते ही कितने दाग दिख जाते हैं। उसमें पुरानेपन की महक अत्यन्त जानी-पहचानी-सी। याद करा देती है पुराने खोये चित्र को—टूटा घर, दीमक खाये कलापूर्ण झरोखे, रंग-रंग की काठ की पेटी, पुराने सन्दूक छींट से ढँके, पुराने अचार के घड़े, पेटियों में खाद बनी बनारसी साड़ी, उस पर झिलमिलाती चाँदी की जरी, माँ का जड़ाऊ, चाँवर-मूठ, चोया-चन्दन की महक...

"गुरु! गुरु!" पुकारते हुए ढिबरी थामे खोजती आयी गुरु की माँ, बोली, "क्यों, बिना खाये, बिना पीये अभी से सो पड़ी, बेटी। उठो-उठो।" हिला-डुलाकर उठा दिया। वैसे ही उनींदी हालत में वह माँ के पास खड़ी रही। "क्यों, बैठ जाती नहीं, खड़ी क्यों है? अच्छा, जा तेरे बापू भोजन कर रहे हैं, नमक माँग रहे हैं, दे आ।"

"नमक? अच्छा।" भर मुट्ठी डाल दिया। वे जोर से बोले, "उसे नींद घेरे है, क्यों कोई काम करने को कह रही हो?"

नींद या कुछ और, वह नहीं जानती। कब वह जाकर बैठ गयी भोजन करने। लगा, जैसे मुँह जल रहा है, छौंक में एक साबित लाल मिरच पड़ी थी, वह उसे ही मनोयोग से चबाती जा रही थी। रोने को जी किया, पर वह रोयी नहीं। और भी भात ठूँसे, मोटे-मोटे निवाले के निवाले। फिर लगा, वह अपने बिस्तर पर लौट आयी है। देह पर वही परिचित स्पर्श, फिर वही महक। कितनी बार उसके माथे में वह महक भेद कर गयी है। लगता जैसे मछली पानी में लौटी जा रही है—परिस्थिति से अनुभूति ग्रहण करने जब उसके स्नायु मानो एक साथ कार्य शुरू कर देते हैं। नींद में भरकर वह एक परिचित अवस्था में जाग उठती है। बचपन से ही, कई बार, दूसरे को समझा न सकेगी पर अनुभव कर सकती है।

उसके मन की इस अवस्था में पर्यायक्रम से रह गयी हैं उसके अतीत जीवन के दिनों की भावानुभूतियाँ। अर्धचेतन मन के गहरे नीचे, कितनी कहानियाँ उसने सुनी हैं, गढ़ी हैं, देह को इसी बिस्तर पर डाल वह कितनी दूर चली गयी है। थल-कूल लाँघ कहीं दूर, और फिर लौट आयी है।

आज भी उसी तरह।

पास उधर आकर माँ लेट गयी। दूसरे कमरे में बापू। पर सिर्फ इतना ही नहीं, और कितना कुछ, अनेक। वे सारे स्वप्नरूप। किसी को वह देख पाती, किसी की महक जान पाती, किसी का स्पर्श पाती। चोया-चन्दन की महक बिखेरकर इस डीह के पूर्ववर्तीगण, युग-युग के जाने कितने! यादों में बजती झनक-झनक चूड़ी और नूपुर की खनक। निरन्तर ठक-ठक पान कूटती ध्वनि की कल्पना में गढ़ उठते बूढ़े-बूढ़ियाँ, निस्तब्ध साँझ के अँधेरे में मिलकर कबूतर निश्चल बैठ जाते; जब बाड़ी के झुरमुट और बगीचे के बड़े-बड़े पेड़ थिर होने की तरह विश्राम लेते होते, तब उसकी चेतना में हलचल पैदा करते, मन्दिर में घण्टे-नगाड़े बज उठते, और वह देखती मालाओं में सजे आरती के दीपक। और दिख जाती ढेर की ढेर, ताड़पत्र की पोथियों की गड्डी, कलापूर्ण दीवट पर पुराने अण्डी के तेल में पड़ी मोटी बाती जलती, पोथियों की दुनिया प्रकाश में कुलाँचें भरती। व्यासासन पर रखी पड़ी रहतीं खुली पोथियाँ, पढ़ी जातीं।

पुरानी ढेर की ढेर ताड़पत्र की पोथियाँ, वंशावलियाँ, पुरानी कहानी को नये ढंग से रूप देकर कल्पना में छोड़ देतीं। और बचपन में देखा था—पुरानी पालकी का कारीगरी से भरा मगर-जैसा मुँह। पालकी मानो नयी गढ़ी गयी है, बनौती कपड़े से सजी है, नाना प्रकार के फूल और झालर लगी। उससे लोग आना-जाना करते।

छवि उन्हें बाइस्कोप-सी देखती। दल की दल बहू-बेटियों को, माँओं को। कोई बच्चे को दूध पिला रही है, कोई पैर पर उन्हें सुला हलदी लगाये देती है, कोई पका रही है, कोई ताश में लगी है, तो कोई पोथी पढ़ रही है, और कोई चित्र आँक रही है। रोग-शोक-वार्द्धक्य-मृत्यु देखती, सन्तान-जन्म देखती। नाना चेहरों की नाना प्रकार की भंगिमा आने-जाने में उसकी कल्पनापुरी सघन हो जाती। किसी चेहरे को वह आँखों के आगे कुछ क्षण रखकर देखती तो कोई चेहरा देखते ही अन्तर्धान हो जाता। उनके साथ अपने परिवेश को मिलाते-मिलाते वह कल्पना में देखती और सोचती—वे ठीक यहीं इसी जगह सोये, खाट पर लेटे-लेटे, गये। इन दीवारों से उनके निःश्वास टकराये होंगे, जैसे कि उसकी साँस छू रही है। यह कमरा भी उन्हीं का है।

ऐसे इस पलँग पर लेटे-लेटे वे भी सोचते होंगे, स्पष्ट देख सके होंगे। गत कल के लिए दीर्घश्वास, आगामी कल के लिए आशा। ऐसे ही एक पर एक माला गूँथते-गूँथते माला पूरी हो गयी होगी उनकी, देह झर गयी होगी, और फिर, और

एक, और एक। फर्श पर यह जो माटी है—कितने पुरुषों का पादस्पर्श इसे मिला है। किसी का ललकता ठोस पाद, किसी का बिलकुल हलका—क्षीण। पुश्त-पर-पुश्त चला गया इसी माटी में युग-पर-युग बीते, मानव स्पर्श पाती आयी है। माटी पड़ी है, मनुष्य चले गये हैं।

मन के विचारों में उसी बन्दीघर की करुण कहानी याद आ जाती, जब इस घर में बड़े आदमी थे। उन दिनों यह था उनके बड़प्पन का प्रमाण चिह्न। आज समय की इतनी दूरी से पीछे की ओर अनुमान करते समय, जब कि पोथी की वंशावली को समय चर गया है, उस गोल घर के बन्दियों की कहानी भी खो गयी है, फिर बड़े घर के लोगों का बड़ा इतिहास, पर वहाँ तब तक बड़े घर की कहानी ही नामजद हो गयी थी। लेकिन बन्दीघर की बात किसी ने याद नहीं रखी थी।

वही बन्दियों के असंख्य चेहरे वह अपनी कल्पना में देख पा रही है। देख रही है उन धँसी आँखों में नीरव अभिशाप, युग-युग के लिए। भूख-प्यास से कैद-घर में फेंके जाकर मार खाकर कितनी ही कठोर जिदें टूटी हैं। कितने जीवन सूखकर लकड़ी बन गये। फटे-हाल, भूखे, दागों से भरे बन्दियों के झुण्ड, एकदम अच्छी तरह से बन्द गोल कमरे ने आदमी को पीसकर चूर-चूर किया है, चक्की की तरह पीस डाला है। उसी हाड़-पीसनी मशीन की सहायता से कितने स्वेच्छाचारियों की राह सरल हो गयी होगी, हाथ मजबूत हुआ होगा। डरा-धमका वे काबू में कर गये होंगे दुनिया-भर को, खिंचा चला आया होगा धन-द्रव्य, किसी के घर के पिछवाड़े से कद्दू, लौकी, गुहाल से गाय-बकरी, किसी आस-पड़ोस के गाँव से ढेरों बेगार खटनेवाले चाकर, किसी के घर की धन-सम्पद्, या कहीं से कुछ और। साआन्तों की बड़ाई-यशोगान डरते हुए सहमे हुए गाते-गाते किसी तरह गिन-गिनकर दिन काट देते। छवि के पिता कितनी ही पुरानी बातें कहा करते।

परन्तु उनमें उदार लोग भी थे। अपने अतीत की परम्परा के इतिहास में—अत्यन्त कोमल मनवाली उदार रानियाँ—गोविन्दचन्द्र गीत सुनते ही जिनकी आँख से अश्रुधार बह जाती, और विचारवान्, उदार-हृदय गृहस्थ। पिता से सुना है कि ऐसे भी थे कोई-कोई जो जब तक यह नहीं जान लेते कि गाँव-भर के लोगों का खाना-पीना हो गया है, वे स्वयं भात की थाली के पास तक न जाते, उनका प्रण था कि कोई भी अगर गाँव में भूखा है तो वे नहीं खाएँगे। उनके कारण जो लोगों के खाने-पीने की खबर रखते, एक-एक कर सारी जमींदारी पराये हाथों में चली गयी। ऐसे लोग भी थे इस घर में।

अँधेरे में तनिक आँख मींच लेने पर लगता जैसे वे चौंककर आते। उनसे डरती नहीं, उस अर्ध-चेतनावस्था में वह उन्हें देख पाती कि वे अपनी इच्छा बखान रहे हैं कि उन्हें प्रकाश चाहिए, कोई उन्हें देखकर बाहर कहता—ये खोये नहीं, कभी ये भी थे, अब भी उनकी स्मृति है।

उस स्मृति में साधारण जीवन-यापन ही अधिकतर लोगों का इतिहास है। चमक-दमक नहीं। उनका वही चैन से घर-बारी जीवन। स्त्रियों का खाना-पकाना, पान लगाना, बच्चे पालना, घर सँभालना, इसी के बीच यदा-कदा कोई एक इधर तो कोई उधर। वह साधारण न होता। घर टूट गया है, संस्कार नहीं टूटे। उसी संस्कार के बीच उसे भी दिन बिताने होंगे। पुरानी प्रथा का खिलौना बनकर। वैसे ही वह भी नाक-कान छिदवाकर चित्र-विचित्र गुदने गुदवाकर निर्जीव अलंकारों का बोझ झनझनाती हाथ-भर लम्बा घूँघट खींचे, इधर-उधर सिर हिलाती-डुलाती पराये घर जाएगी, पराये घर के अधिकारी का अनुसरण करती चली जाएगी वह सारी जिन्दगी। क्योंकि यह समाज यही चाहता है। पर समाज कौन है? क्या मिला है युग-युग के सुबोधपन से किसी को? अत्याचारी भी भुला दिया गया है, फिर सन्त भी। शान्ति से जीवन बिताया है उन्होंने जो त्यागी, परोपकारी, निर्मलमना थे। जीवन का स्वाद उन्होंने ही पाया है। और लोग चाहे कितने ही नामवाले क्यों न हों, जीवन में वे भी आँख-कान मूँदकर ही चले हैं। जीवन नहीं जीया। धन जोड़ते-जोड़ते 'यक्ष' हो गये हैं, धन को बाँटकर अभावग्रस्त लोगों को हँसा-हँसाकर धन्य नहीं हो सके।

उसके सपने में मानो अतीत की कोई युवती परदादी उसे हँसते-हँसते समझा रही है। कितना सुन्दर उसका रूप है, कितना उदार निर्भीक उसका चेहरा, मानो उसके अत्यन्त प्रिय पलँग के पाये पर तराशे गये चित्र उसी की प्रतिकृति हों। हँसते-हँसते मानो वह कह रही है, "तेरी परम्परा में एक जगह कभी मैं भी थी। तेरी परम्परा में केवल ऐसे लोग ही न थे, जो घूँघट खींचे चूँ-चाँ करतीं। हम स्वाधीन भाव से सोचा करतीं, सोच-विचारकर कार्य करतीं। हमने तो यह सीखा था कि आदमी अगर किसी के काम न आ सका तो उसका जीवन व्यर्थ है। अधिक कहने, बात माननेवाला होने पर आदमी कठपुतली बन जाता है।"

मन-ही-मन वह उपदेशों को निगलती जा रही है। अँधेरे से ढँककर माटी आशा और मुक्ति का सपना देख रही है। उसका नया व्यक्तित्व फूट रहा है।

ऐसे न था उस जमाने का समाज। छवि घनी नींद में सोयी सपना देख रही थी। ऐसा न था कि हर बात में माँ के आँचल में बँधी रहे, हर बात में रोक-टोक, डर-भय, अलसाने के लिए हर बात में राम का नाम लो, काम करने के लिए नहीं।

घोड़े पर चढ़ी सुन्दर गहने पहने बर्च्छी-खाण्डा के खेल खेला करतीं वे परदादियाँ। स्वाधीन होकर घूमा-फिरा करतीं। पुरुषों के साथ उनका आसन समान था। परिश्रमी थीं, विदुषी थीं, कलाविद् थीं। उनकी विशेषता थी उनके सद्विचारों को लेकर। उन्हीं के बल पर वे समाज को प्रभावित कर पाती थीं, तभी उस समाज में स्वार्थपरता कम हो गयी थी। लोग पहले दूसरों की बात सोचते, फिर अपनी। समाज चैन से था। वे भी रहती थीं, चलती-फिरती थीं इसी माटी पर। कैसा समाज गढ़ा जाय कि कोई किसी से ईर्ष्या किये बिना सुख से रहे, कैसा जीवन जीया जाय कि दुःख पास

न आ सके। इस बारे में चर्चा करती थीं, यहीं बैठ, इसी गाँव में, इसी घर में।

उसके पिता कहते इसी तरह की कहानी। इतिहास।

परन्तु, वह सपना देख रही है। अपनी पहचानी दुनिया से वह भिन्न है। वहाँ गाँव-गली में छोटे मन की फालतू की अफवाहें नहीं, लाज या भय नहीं, वह मन खोलकर कह सकती है, "मैं इसी आदमी को चाहती हूँ, वह मेरा स्वामी है।"

उसी सपने में रवि की बगल में उसके सहारे-सहारे रास्ते चलने में उसे बिलकुल संकोच नहीं। वे चोरों की तरह दुबके नहीं जा रहे। वे जा रहे हैं—गाँव के रास्ते पर, नदी के किनारे, लोगों की भीड़ में। बिलकुल परिचित, बिलकुल साधारण है यह राह चलना। स्वामी के साथ सहधर्मिणी होकर।

रवि की आँखों से उसकी आँखें मिल जाती हैं। उसके मन की गहराई में वह पढ़ रही है वही बात—जगत् हँसे, तब हम हँसेंगे, उससे पहले नहीं। दुनिया में इतने रंक, इतना अन्याय-अविचार है, उसके लिए हमारे करने लायक कुछ नहीं! सिर्फ पशु की तरह जीवन जीना! और फिर लुढ़क जाना। ना, हम गढ़ेंगे एक ऐसा समाज जहाँ अभाव, विषमता, आलस्य या अन्याय कुछ न होगा। कोई भूखा न होगा। सब सबके होंगे, सब कुछ सामलाती। वैसी दुनिया हम गढ़ेंगे, जहाँ सब भाई-भाई हों, पृथ्वी के इस सिरे से उस छोर तक। जब हमीं में से, जहाँ जो रहे चाहे, दोनों की आँख से टप-टप आँसू झरते होंगे आदमी की दुर्दशा की बात सोचते-सोचते, वही होगा अपना मिलन का माध्यम, वही अपना लक्ष्य, एक मुखी उद्यम, एक आदर्श, एक विश्वास।

अपने बायें हाथ की हथेली दबा रही है वह। उसकी देह के गहरे तक ऊष्माहट फैल जाती है। फैली जा रही है आशा और उत्साह, किसी के मन की अजस्र अनकही बातें इतने में ही मानो झर पड़ती हों किसी दूसरे की स्नायु में।

आँखों के आगे कितने देशों के कितने दृश्य फैल जाते हैं। व्याप्ति पर व्याप्ति। दूर खोयी लकीर की तरह क्षितिज तक चली गयी है माटी। कहीं समतल तो कहीं लहराती। ऊपर आकाश, उसका कोई अन्त नहीं। वह गाँव-गली बाग-बगीचे देख रही है, फिर देख रही है अँधेरे के अन्दर टिमटिमाते तारों की तरह शहर की अनगिन रोशनियाँ। समय बदल रहा है, स्थान बदल रहा है, और वह देख रही है—दल के दल हँसमुख आदमी, सौ-सौ नहीं, हजार-हजार। वे सब हँसते-हँसते मिल-जुलकर काम कर रहे हैं। फिर मौज-आनन्द मनाते हैं। चारों ओर फसल से भरे खेत हैं। हँसमुख लोग और बड़े-बड़े घरों से भरे गाँव, कोसों तक फैली बगीचे। सबको खूब खाने को अन्न। सब एक-दूसरे को चाहते हैं, अशान्ति नहीं, हिंसा नहीं कहीं भी। आकाश में विराट् इन्द्रधनुष तना है, नीचे हरियाले खेत, हरा वन। सारे आकाश में चिड़ियाँ दल की दल उड़ी जा रही हैं, पंख से पंख सटाये। एक के पीछे एक, आकाश भरते हुए चले गये दल के दल हंस, जिस तरह चिलिका की ओर जाड़े के दिनों में जाया करते हैं। चिड़ियाँ उड़ी जा रही हैं। बाज वगैरह नहीं हैं। हजारों-हजार मृग

कुलाँचें मारते जा रहे हैं खुशी में, वहाँ बाघ-भालू नहीं हैं। नीचे फसल कितनी सुन्दर है! और कगार पर बाँकी मुड़ती जाती नदी। और इन्द्रनीलम अनन्त आकाश...और उसके तले स्वस्थ-निश्चिन्त मानव-समाज...जहाँ एक के लिए हैं सब के सब।

फूलशरा गाँव में 'बारहमाणिया' पर जुटा हुआ है सब्बल और फावड़ा लिये एक दल। उस दल में पाँयचे टाँगे, सिर पर पगड़ी लगाये बई मलिक, बिशि पाण, धोबेई मिश्र, अपर्ति सोंई आदि हैं। चारों ओर साग-सब्जी का खेत, बीच में यह थोड़ी-सी बंजर-भूमि है, खाली पत्थर। जोर-जोर से बई मलिक ने एक जगह सब्बल मारा, पत्थर ने ऊँ की, न चूँ।

"वैसे नहीं होगा बई, ठीक जगह खोजनी पड़ेगी।" धोबेई मिश्र बोले, "पत्थर कितना ही कड़ा हो चाहे, खोजते-खोजते भेदने को जगह मिल ही जाएगी...वह देखो, कैसे सफेद-हलद होकर मैली दिख रही है यह जगह। मारो चोट।" सब्बल की चोट से भुर-भुराकर पत्थर झर पड़ा। रास्ता खुल गया। ढीला था सो एक पत्थर भी उखड़ गया।

धोबेई मिश्र बोले, "ये जो पत्थर का टुकड़ा निकला, समझ लो कि बस यही विभीषण पत्थर है।"

"विभीषण पत्थर!" बिशि ने कहा। सब हँस पड़े।

धोबेई मिश्र ने कहा, "हाँ, मारना इस पत्थर पर चोट! इस पत्थर पर सब्बल को सहारा देकर उठा, हम सब हाथ लगाकर दबाये रहेंगे। देख कैसे हिलता है। किस ज़माने से यह पत्थर यहाँ बैठा था। अब हिल रहा है। ठहर-ठहर, तू समूचा उठ जाएगा, धीरज रख, ऐसे क्यों हो रहा है?"

एक विशाल पत्थर उखड़ा। सबने मिल-जुलकर उसे फेंक दिया। फिर उससे अगले पत्थर पर जोर देकर सब्बल को पत्थर पर चाँपकर फिर जोर लगाया, पत्थर हिल गया। धोबेई मिश्र बोले, "देखो, कितना सहज है अपना काम। गाँव का भेदिया मिल गया। उसे ही पकड़ उभारने लगा गाँव का मामलातकार। तभी फिरंगी सरकार ने इस देश-भर में भेदिये रख छोड़े थे।"

बई मलिक ने कहा, "अबकी जो पत्थर हटाया, उसकी जगह केवल खाद दिया जाएगा, तब जहाँ घास उगती थी वहाँ आलू उपजेंगे, प्याज पैदा होंगे।"

धोबेई मिश्र ने कहा, "देश-भर में वही करना पड़ेगा, आदमी की बुद्धि, विवेक इसी तरह पत्थर बनकर पड़े हैं, उसे सरस करना पड़ेगा, उर्वर बनाना होगा ताकि वहाँ सद्‌विचार बढ़ सके।"

बिशि पाण ने कहा, "उस पर भी क्या होगा? पत्थर चट्टान तोड़ने के लिए भी सही मौसम चाहिए। बरसा धूम-धड़ाके की हो चुकी होगी, तभी पत्थर की फाँक

ढीली पड़ी मिलेगी, मेघ ढँके होंगे तो ठण्ड के कारण जितना भी पीटो-पछाड़ो, पसीने की बूँद देह से चूने से रही। ऐसा ही होता है पत्थर तोड़ने का मौसम। और वो जो पसीने-ऊमस भरे दिन होते हैं, चिलचिलाती, जब तक तिलमिलानेवाली दुपहरिया, उनमें कुछ कर सकना क्या सहज है? कुछ होगा ही नहीं। अभी जैसे दुनिया-भर के बादल घिरे हैं, तभी चट्टानों को तोड़ना भी अपने आप होता जा रहा है। कहने पर लोग सुनते हैं। यह सामलाती ढंग अच्छा लगा तो एक क्या, आस-पास के पन्द्रह गाँवों में यही बात चल पड़ी, सब जगह सामलाती, सब जगह लोगों ने अपनी मिलकियत सामलात में दे दी, पहले आज तक किसी से सुनी थी ये बात? पाँच गाँव की ही तो बात–न मिले तो कौरव-पाण्डवों ने महाभारत खड़ा कर दिया, आज कहीं पर बीघे-बीघे की क्यारी के लिए दस-दस बीस-बीस हजार रुपये फूँककर फक्कड़ बन जाते हैं। किसी ने सुना था कि गाँव-भर के लोग भाई-भाई? ये सब भी तो समय और मौसम की बातें हैं।"

बई मलिक ने कहा, " 'भविष्य मालिका' में तो लिखा है कि यह होगा ही, सत्य फिर आएगा।"

धोबेई मिश्र बोले, "वो देखो, उधर दूसरा दल कैसे आगे बढ़ता चला गया। बाप रे! कमर तक मुड़ जाते हैं, फिर ऊँचा सीधा उठाकर झुकते हैं और धमा-धम फावड़े की चोटें कर रहे हैं, कुदाल कितने गहरे भेदती होगी। देखो, हमीं इधर पिछड़ गये।"

चल पड़ा फिर काम। पत्थर उखाड़ना। माटी ढीली करना। दल के दल जगह-जगह जुटे हुए हैं लौ लगाये। थकावट लगी तो बीच-बीच में थमकर कुछ बातचीत, वरना काम सँभाल लेते हैं। धोबेई मिश्र समझाते हैं देश-विदेश की बातें। बोले, "बिशि ने जो सही मौसमवाली बात कही, वह बहुत कुछ सच ही है। धरती को क्या हो गया है, देखो, कि सारे देश के लोग संघ बनाना चाह रहे हैं। रूसवालों ने हाथ के काम को आज बड़ा मान रखा है, वे लोग अपनी देह से भरपूर मेहनत करते हैं, मेहनत के माध्यम ही से वे सबको भाई-भाई बना रहे हैं–हालाँकि 'भगवान् हैं' वे इस बात को नहीं मानते। चीन की ओर देखो, वहाँ पहले कितने धनी थे, फिर कितने ऐसे गरीब थे कि खाने को नहीं था। अब सब लगभग समान होने को आये। सब मेहनत करने लगे हैं। अपने यहाँ देखो, भगवान् का नाम लिये बिना समानता नहीं आती है–यहाँ के लोग, हजार-हजार बरस हुए, भगवान् के माध्यम से ही मानते आये हैं कि सब आदमी समान हैं।"

बिशि ने कहा, "सकलदेहे भगवान्।"

धोबेई मिश्र ने कहा, "इस तरह समानता मानकर इस देश के लोग एक हुए थे, संघ गढ़कर सामलाती बने थे। काम की सुविधा की दृष्टि से कोई किसी जगह रहा था, पर बड़ा-छोटा न था। तब सबके पेट भरने के लिए पत्तल भरी थी, दृष्टि

शुभ थी। लोग सुख से रहते थे। बाद में जैसे बिशि ने कहा, मौसम बदल गया, स्वार्थ बढ़ गया, तेरी-मेरी छल-बल बढ़ा, लोग अपने-अपने बीच कलह करने में रहे, घर के कलह से गाँव का कलह, गाँव के कलह से लड़ाई, फिर उसी रास्ते से होकर विदेशों से अरणे शत्रु घुस आये। वो देखो, शत्रु की तरह सब्बल कितनी जल्दी घुसता है, और गया इतना बड़ा पत्थर, वो देखो उखड़ गया।"

बई मलिक ने कहा, "रवि भाई कहता था कि बुद्ध भगवान् ने जन्म लेकर फिर आदमियों को एक किया था, फिर चारों ओर बढ़ गया था गाँव का सामलात, आदमियों का संघ।" बई मलिक रवि को 'रवि भाई' कहने लगा है, सहज ही यहाँ के लोगों ने अपना लिया है, 'भाई' कहना, 'दीदी' कहना।

बिशि ने कहा, "प्रबुद्ध बुद्ध अवतार।"

धोबेई मिश्र ने हाथ रोके बिना ही कहा, "सच बात है—बुद्धदेव थे राजपुत्र। सब छोड़-छाड़कर बाबाजी बन खोजते-फिरे कि क्या करने से आदमी कष्ट नहीं भोगेगा, सुख से रहेगा। मन्त्र-तन्त्र नहीं, कोई जादू-टोना नहीं, सामान्य आदमी अपनी साधारण बुद्धि से जो सोचता, बुद्धदेव ने वही बात कही। कहा कि सत्य बोलो, प्राणियों की हिंसा न करो, किसी को कष्ट न दो, भाई-भाई होकर चलो, सब मानव समान हैं, सबके प्रति दया रखो, प्रेम करो, चोरी-अन्याय नहीं, बुरे रास्ते न चलो, बुरी बात न कहो, ठगकर, धोखा देकर न खाओ, परिश्रम कर पहले औरों को खिला फिर खुद खाओ। कहा, लोभ न करो, मन में स्वार्थ की आशा रखकर कार्य न करो। जितनी आशा रखोगे, लोभ रखोगे, उतना छटपटाओगे, उसे काट दो, फिर दुःख नहीं रहेगा।"

बिशि ने कहा, "लोगों ने उनकी बात सुनी। दुनिया के लोगों को उन्होंने कितने प्रकार से समझाया। बगीचे में सभा होगी, वे समझाएँगे—यह जानकर कैसे किलकिलाते लोग आकर जुटते बगीचे में। एक जगह खाते-पीते, ओस में सोये रहते, दिन-दिन क्या सप्ताह-सप्ताह-भर। और फिर एक दिन देखते, महापुरुष चले आ रहे हैं। साथ में किस-किस देश के कौन-कौन से महात्मा। आदमी चल रहे हैं हजार-हजार। सारा बगीचा सचमुच जैसे महापुरुषों के पुण्य से महक उठता। चुपचाप बैठ जाते छाया तले, उनके सिर पर से थाली फिरा लो चाहे। आगे वेदी होती, वेदी पर खड़े हो जाते महापुरुष। कितने लम्बे दिखते, लोग बातों ही बातों में कहते भी, 'नारियल महापुरुष।' फिर चलती प्रार्थना, प्रार्थना की हिलोर फैल जाती। वही होता सच, बाकी सब मिथ्या। मानव उसी में मज्जित हो जाता।"

अवाक् धोबेई मिश्र उसे देख रहे हैं, सब देख रहे हैं, किसी का हाथ नहीं हिलता। बिशि पाण मानो दिव्यदृष्टि के बल पर अतीत को देख रहा है। लम्बा-गोरा, चिकने बाल, हाथ से काते सूत से बनी मोटी खद्दर की छोटी-सी धोती बाँधे है, कोई हरकत नहीं, खड़ा है एक जगह पर, उसकी गोल-गोल बड़ी-बड़ी आँखें मानो फैलकर खुली हैं। उन पर एक नये प्रकार का प्रकाश फैल रहा है। धोबेई मिश्र ने गम्भीर

होकर कहा, "तुम उस सभा में थे बिशि भाई, उसे तुमने जरूर देखा है।"

बिशि कहता जा रहा है, "एक बार क्या, अनेकों बार देखने की तरह लगता है। सबके ठाकुरजी बनकर आये थे। धनी, गरीब, सबके, उनके पास भेदभाव न था। भेदभाव तोड़ने के लिए ही तो वे अवतार बनकर आये थे। वे ही केवल समझते थे—अछूतों का दुःख, जात-पाँत, छुआ-छूत का भेदभाव उठाकर उन्होंने सबको एक जाति बनाया था। तभी तो वे दुनिया में सबसे बड़े हैं। उनकी हँसी मुरझाती नहीं, उनकी भंगिमा विभंग नहीं होती।"

धोबेई मिश्र ने गद्गद होकर कहा, "बिशि भाई, तेरा पुण्य-बल अधिक है। तू देख पाता है, हमारा वैसा भाग्य नहीं। पर हमारे लिए गुहार कर भाई, जगत्-भर के लिए कह। कह वैसे ही जैसे उस दिन उनकी पुकार कानों में पड़ते ही जगत्-भर के लोग अचेत हालत से चेत में आकर उठ बैठे थे। अब वैसे ही उठें, जगत् उज्ज्वल हो।"

दिख रहा है अतीत मानो हाथ बढ़ा रहा है वर्तमान की ओर। आदमी चल रहे हैं अनगिन, उनके आगे-आगे मानो वह एक हैं। वे सब निरीह लोग। सभ्य आदमी। सत्य-प्रीति और शान्ति के उपासक हैं। शून्य में दृश्य भर गया। कितने लोग, कितने जनपद, कितने राजपथ। सौम्य शान्तमूर्ति मानव। वे लोग अनुशीलन कर रहे थे जीवन को समझ-बूझकर उपभोग करने का। बुद्धि-विचार से इस संसार के दुःख के कारण का अनुसन्धान कर दुःख को जीर्ण करने का रास्ता लोगों को बताने का। देह के रोग की चिकित्सा करने, जन्तुओं के लिए आदमियों के लिए आरोग्य भवन और भिषक् वर्ग, मन का रोग ठीक करने के लिए संघाराम। वहाँ भिक्षु-भिक्षुणियाँ अध्यापक-अध्यापिका, सब अर्हत।

धोबेई मिश्र कह रहे थे—"और देखो बिशि भाई, चारों ओर जब पृथ्वी मुक्त, शान्त, प्रबुद्ध थी, तभी आकाश की लकीर तक आग का खेल फैलाते, काटते-जलाते, मारकाट मचाते चले आये टिड्डीदल की तरह शत्रु सैन्य लिये रक्त मुँहवाले विजेता गण। तपस्या-भूमि पर राक्षस चरते फिर रहे थे। इतना अगर देख पाते हो तो देखो भाई, कलिंग का वह स्मरणीय दिन, मानो समुद्र ही बढ़ आया साल के वन को खाने के लिए। इधर का एक उधर के सौ, फिर भी वे पीछे नहीं हटे। अपनी धरती माटी के लिए लड़ते-लड़ते सो गये हजारों-हजार। जल उठे चारों ओर, पहाड़ की तरह ढेर लगा दिया आदमी के मुण्डों का। आदमियों के रक्त की नदी बह चली। फिर देखा, इतनी विभीषिका में भी संघाराम से निर्भीक भाव से चले आ रहे थे अर्हत—दल के दल।

"उसी मरण-भूमि पर खड़े होकर प्रार्थना की। संघ की तरह गम्भीर मुँह से कहा, तुम मरे नहीं, तुम धन्य हो गये, तुमने अपना कर्तव्य किया है और देह छोड़ गये हो, तुम्हारी आत्मा मरी नहीं, तुम हारे नहीं, तुम जीते हो।

"और स्वतः शिथिल हो लड़खड़ा गये समुद्र की तरह असंख्य हाथों से शस्त्र गिर पड़े, लज्जा से नीचे झुक गये उनके चेहरे। इधर-उधर यहाँ-वहाँ खड़े होकर देखा, कितने नर-मुण्डों का मन्दिर खड़ा था—नीचे चौड़ा, ऊपर सँकरा। जैसे सारे मुण्ड आँख मींचे प्रार्थना सुन रहे हों—उसी भंगिमा में पड़े थे। सच, जैसे गमन का भाव फैल गया उन चेहरों पर प्रार्थना के शब्दों में। चल पड़ी प्रार्थना।"

"सुनो भिक्षु! मृत्यु भी ससीम है, मृत्यु के भी आँख है...।"

ऊपर देखा, पागल की तरह दौड़ा आ रहा है कोई। अपनी राजपोशाक उतारता-फेंकता। फेंक रहा है अपना राजमुकुट, अपना खाण्डा, अपने अधिकार के सारे चिह्न-प्रतीक। प्रार्थना मण्डली के आगे लम्बा पसरकर भो-भो रो उठता है। कह रहा है कि मुझे क्षमा करो, मुझे क्षमा करो। मैं ही हूँ वह पापिष्ठ अशोक। मैं ही उतनी नरहत्या के लिए, विभीषिका के लिए दायी हूँ। कोई उसकी बात सुन नहीं रहा। चल रहा है प्रार्थना का संगीत। धीरे-धीरे वह भी शान्त होता जा रहा है सिर झुकाये आगे खड़ा है। धीरे-धीरे उसके गले से भी आ रहा है प्रार्थना का संगीत। यह मानो कोई और ही है। यह निष्ठुर नहीं, हृदयवान् है, इसका स्वर कर्कश नहीं मधुर है। यह विजेता नहीं, विजित है। धीरे-धीरे ढाल-तलवार वर्म-शिरस्त्राण दूर फेंक उस प्रार्थना में मिल जाता है असंख्य सेना का पारावार। मरण का रूप छोड़ वे भृत्य बन जाते हैं जीवन कार्य में। शान्ति सेना, जैसे कि वहाँ समग्र मानव-जाति जमा हो गयी है, सबके हृदय से निकल रही है एक आकुल प्रार्थना—"हे बुद्ध, शान्ति आए! हिंसा का लोप हो! मृत्यु मुरझा रही है, लाल-लाल कितना बड़ा सूरज उगा है।"

किस पुराने जमाने से यह नीम का पेड़ है। उसके तने में से आधा तो दीमक चाट गयी है। खोखर, और माटी, उधर जो दूसरा हिस्सा खड़ा है, सिर्फ उसकी ही चौड़ाई चार हाथ होगी। ऊपर पुरानी डालें सब गयीं—एक ओर हाथ बढ़ाये छाता दिखाने की तरह, पतली डाल पसर गयी है, पेड़ की एक मात्र शाखा, उस पर अनेक छोटी-छोटी डालियाँ, अनेक लाल-हरे घने पत्ते।

उसी के तले छाया में हैं ग्यारह लोग। उनमें धोबेई मिश्र बातें कह रहे हैं, और बाकी लोग चुपचाप उधर देखते बैठे हैं। धूप आ गयी सिर पर, किसी का उधर ध्यान नहीं। वे उन्हीं बातों में डूबे हैं। आगे वही पथरीला-कंकरीला कँटीला वन, जिसे खोद-उलीच कर कंकड़-पत्थर उठा रहे थे। तनकि हटकर अमराई, यह जगह बाहर है। जगह-जगह झुरमुटों के नीचे से हाथ-भर लम्बी-चौड़ी पाँच-छह अंगुल मोटी बड़ी-बड़ी ईंटें यहाँ से निकलतीं, एक-एक नहीं; मानो ईंटों की कोई खान है। कोई कहता, पहले यहाँ किसी राजा का महल था, ढह गया है। फिर कोई कहता कि यहाँ कोई बड़ा गढ़ था।

नीची जगह, वहाँ केवल बेरों की झाड़ियाँ, खिरनियाँ भरी हैं। उसके चारों ओर ऊँचा टीला-सा होकर एक मेड़ के चिह्न हैं। उसके ऊपर चारों ओर जगह-जगह बघनखी, बेंत के झुरमुट, छोटे-छोटे बबूल। उसी नीची जगह को दिखाकर कहते कि उस जमाने में कोई पद्म पोखरी थी, उसके बीच दीप-स्तम्भ था।

और कहते हैं, यहाँ किसी टीले तले पुराने खाद हुए चावल निकले, काले स्याह कोयलों की तरह। ढलती चली गयी है यह जगह धान के खेतों की ओर, धान की जमीन लम्बी धार की तरह फैली है। धान की जमीन के उधर दिखता है दो पाव चौड़ाई में बालू, धान की जमीन के किनारे-किनारे वह बालू भी फैल गयी है दूर तक। कहा जाता है कि खेत और बालू मिलकर कोई पुती हुई नदी है।

वहाँ की कई बातें लोग कहा करते हैं। कहते हैं, वहाँ सोने का पद्म है, सोने का खाण्डा है, सोना तो बस यहाँ-वहाँ इतना गड़ा पड़ा है कि कितने ही लोगों ने चुनकर घर भर लिये हैं। दिखाते दाहिनी ओर तनिक नीचे जहाँ तीन आम के पेड़ एक साथ हैं, उनके नीचे जो धान का खेत है, उसी को; वह जो खुरदरा पत्थर लम्बा होकर पसरा पड़ा है उससे दो हाथ छोड़कर, खस के झुरमुटे के इधर। कहते हैं हल चलाते-चलाते फाल से टकराकर वहाँ एक बार सोने का मुकुट निकला था, उसमें क्या कुछ खुदा था, कोई पढ़ नहीं सका, उसे काटकर तोड़-फोड़कर, टुकड़ा-टुकड़ा कर सब ले गये। और कई लोगों का कहना है कि कितना सोना 'यक्ष' हो गया है। रात में रोशनी कर वे लोग इधर-उधर सारे काँटेदार वन में आना-जाना करते रहते हैं, एक लठ मारने पर यक्ष मरकर सोना बनकर वहीं ढेर हो जाता, पर जो ऐसा करता उसका वंश निपात हो जाता, अतः 'यक्ष' के शिकार करने को किसी का मन नहीं करता। कहने-सुनने की तो कई बातें हैं, किसने क्या सुना, किसने क्या देखा, इसी तरह की नाना बातें। झाँझ-मृदंग सुनने से बीरी चकुली (उड़द की पीठी) तलने की महक तक। कभी केवड़े के झुरमुट के नीचे बच्चे की रुलाई सुनाई पड़ती, आधी रात गये कभी किसी का बिलखना सुनाई पड़ता, इसी तरह की कितनी कहानियाँ हैं—पर वे सब रात की बातें हैं—और विश्वास की।

ये जो मोर्चा खाये ताँबई रंग का मोटा-सोटा नेवला कितनी बार आना-जाना कर चुका है इस रास्ते, इधर-उधर अपनी चंचल दृष्टि डालता झाड़ी में घुस फिर निकल आता है, फिर घुस जाता है, वह कभी भी 'यक्ष' नहीं हो सकता। वह नेवला ही है, चें-चें करते ये जो कजलौटे उड़ रहे हैं झुण्ड के झुण्ड वहाँ, कीड़ों को खाने के लिए, वे सिर्फ कजलौटे ही हैं।

उसका सौन्दर्य है वही बेरों की झाड़ियों के गोल-गोल झुरमुट, पास-पास, उनमें गुच्छे के गुच्छे सफेद-सफेद फूल। मोम लगाने की तरह चक-चक करते मोटे-मोटे छोटे-छोटे पत्तों की सघनता, परत के परत बेशुमार गुच्छे के गुच्छे गाढ़े हो सिरे ललवाँसे पड़ते जा रहे हैं। दूधिया, कड़े सख्त बेर गुच्छे के गुच्छे, चिकने गोल

नन्हे-नन्हे कुम्भ की तरह, तनिक लम्बे होकर लटके हैं, और उसी तरह हलके हरे-हरे झाड़-झंखाड़, उनके नाना आकृति के पत्ते और पेड़। वहाँ बिच्छी के पत्ते भी गहरे सब्ज रस से भरकर सुन्दर दिख रहे हैं, उसके आगे कितनी सुन्दर सूण्ड, जगह-जगह कितने सुन्दर तोतई पत्ते, चौड़े-चौड़े, लम्बे-लम्बे, दूसरों पर मानो बिछे हुए हैं, पानी पर तैरते-से। बरसा में हलकी-घनी भरी-भरी घास बढ़ गयी है। धरती पर जाति-जाति के नन्हे-नन्हे फूल, रंग-रंग के, लाल-बैंजनी, गाढ़े नीले, सफेद, मानो पन्नी काटकर सजा दी गयी है, पास-पास, देखते ही आँखों में आ पड़ेगी, वरना पैरों तले रह जाएँगे सैकड़ों। वे ही कतार की कतार में नन्ही-नन्ही लतिकाएँ चल रही हैं, जैसे कि कोणार्क के तोरणद्वार पर सुई के काम की तरह शिल्प हो। माप-नूपकर उसे भंगिमा दी है, छन्द से मोड़ा है। रंगों के तले उस चित्र की पृष्ठभूमि है माटी। खूब हलकी, सूक्ष्म, मिले-जुले उसके अवर्णनीय रंग, कर्कश नहीं कोमल, बिलकुल अपनी ही, एकदम सहज जानी-पहचानी बातें याद दिला देतीं, रोज की देखी दुनिया के रोजमर्रे की घर-गिरस्ती की बातें, जच्चाघर से लेकर मशान तक की।

वहाँ वीरानी का भी अपना एक प्रकार का सौन्दर्य है, लोकालय से दूर, अयत्न से रखे-पड़े रहने पर भी इस दृश्य की अपनी स्वाधीन-स्वतन्त्र विशिष्टता है।

रात में बरसा की धार से बाँबी के सिरे का एक भाग ढह गया था। फिर दीमक लग पड़ी हैं उसे गढ़कर तैयार करने को, और थोड़ी देर में वह कमी पूरी कर नया रूप लिये खड़ी हो जाएगी, भुला दी जाएगी वह बात कि कल जो था, सो आज नहीं।

उसी के नीचे-नीचे अतीत का इतिहास सचमुच जैसे अपनी गहरी नींद में भूला हुआ सोया पड़ा है। कोई गढ़, कोई राजा, पीढ़ी-दर-पीढ़ी सुख-दुःख की घर-गृहस्थीवाला कोई नगर, कोई जनपद, पराये देश या पराये लोगों पर अपनी कड़ी नजर अपना बड़प्पन जोर-दबाव देकर लाद देने को कितना कुछ करते जिसे लोग कहते युद्ध-अभियान। कितने नृशंस बर्बर हत्याकाण्ड, जिसे कहते रण की निपुणता। कितने अन्ध आस्फालन, जिसे कहते घोषणा। कितने बड़ाई के बोल, जिसे नाम देते वीरत्व। याद ही याद में झनझना उठती बैलों की घण्टी की तरह बन्दियों की मोटी जंजीरें, उठती विकल चीख की कान फोड़ती झड़ी, श्रम और त्याग से जीवन-भर की चेष्टा द्वारा सहेजी रखी सम्पदा या कीर्ति निर्दयी अविचारी नृशंस हत्याकारी गुण्डों के पैरों तले रौंदी जाकर लुप्त हो जाती। जीवन के लोभ से कवि और पण्डित होते गुण्डों के प्रचारक। उनके भाट उनकी अपकीर्ति को, असभ्य बर्बर लज्जाजनक कहानी को काव्य द्वारा अथवा शिलालेख पर वीरत्व की प्रशस्ति बनाकर रख जाते। यहाँ भी पता नहीं वैसा ही हुआ होगा, नर-मुण्ड का शिकारी आदिम असभ्य मानव की परम्परा में—वही युद्ध, देश-जय, लूट, अत्याचार, रक्तपात की पुरानी कहानी, मारकाट, हिंसा और कामना का ताण्डव हुआ होगा।

फिर असीम त्याग का, असीम सहिष्णुता का, असीम साहसिकता का, नैतिकता का, पराये दुःख में कातर हो परोपकार के लिए अपना जीवनदान देने का इतिहास भी होगा—यहाँ बार-बार।

और वह मौन कहानी, जो आदमी के गहन मन में भावना बनकर उगती है, भावना बनकर अस्त होती है, खूब सूक्ष्म स्नायुओं में सूक्ष्मतर भावप्रवाह बनकर पिण्ड के ब्रह्माण्ड में निमेष-भर के लिए फैल जाती है, फिर पिण्ड के बाहर निमेष-भर के लिए जाकर घूम आती है, परन्तु स्थूलतः घटना नहीं घटती, नीरवता में कभी खो जाती, कभी एक क्षीण दीर्घ श्वास उठाकर अन्तर्हित हो जाती। लेखा-जोखा करना भी मुश्किल। अनदेखी-अनसुनी कहानियों का, वे भी यहाँ कितनी उत्पन्न होकर विलीन हो गयी होंगी।

सब पर विस्मृति की परत की परत। मोटे कम्बल-जैसा लद गया है समय-समय के साथ धूल-माटी, जन्म, ध्वंस, पुनर्जन्म, खोये इतिहास पर, खोये गढ़ पर बेर फैलकर रुपहले सफेद फूल खिला रहा है, सजाये है नन्हे-नन्हे कुम्भ की तरह के बेरों के गुच्छे के गुच्छे, वही जिसके वृन्त में लाली है, अन्दर है सफेद दूध, वह काँटे बढ़ाकर थामे है, फिर क्षीररस भरा कुम्भ भी।

उसी घने-घने परदे के नीचे किसी मरण सौदागर ने सिर नवाकर अपना लिया था जीवन की कारीगरी को। अन्त में स्वयं रो-धोकर, अनुताप कर पाया था पुनर्जन्म। चण्डाशोक अस्त होकर उदय हुए थे—धर्माशोक।

"कौन जाने, हो सकता है, इसी माटी में कहीं वह पोखरी दबी पड़ी है, नदी हो गयी है, धान के खेत और बालूचर, किसे पता, यहीं हो।" धोबेई मिश्र कहते जा रहे थे, "तब सम्भव हो सका था, वो ढाई हजार बरस पहले, अब आज भी सम्भव होगा। वही आकाश है, वही सूरज है, वही पृथ्वी है, फिर होगा वही, अवश्य स्वार्थ, हिंसा और युद्ध की आग चिरकाल के लिए बुझ जाएगी इस पृथ्वी से।"

बिशि पाण ने कहा, "यह माटी की मुट्ठी, पता नहीं कितनी पुरानी है! कितने जमाने की है!"

धोबेई मिश्र ने कहा, "ठीक बात है।"

बिशि ने कहा, "यह किसी की नहीं! सबको पोसती-पालती है, पर किसी एक की नहीं। कहते भी तो हैं कि 'वेंकोलि साहू दण्डा, जे कहिबो मोर बोलि ता बउश लण्डा' (बेकुली साहू का रास्ता, जो कहे 'मेरा' उसका वंश डूबा।) ऐसे ही पड़ा होगा, लोग आकर नाच-कूदकर चले जाएँगे।"

बई ने कहा, "तो क्या लोभ को छोड़ देंगे? अपनी देह की जरा-सी मैल माँगने पर तो देते नहीं।"

साधु जेना सिर नीचा किये पान लगाने में लीन था। केवल अपने लिए ही नहीं, एक साथ दस-बारह पान। सबके हाथों में एक-एक पान बढ़ाकर अन्त में एक

खुद भी खाया। बिशि ने कहा, "तेरी पान की डिबिया खाली हुई।"

साधु ने कहा, "फिर आएगा, अभी सबका मुँह लाल तो हो पहले।"

बई ने कहा, "अच्छा जायकेदार पान लगानेवाला हाथ है तुम्हारा तो साधु भाई, पर देखो गुण्डी (तम्बाखू) कुछ कम रह गयी, थोड़ी-सी बढ़ाना।"

बटुवा खोलकर थोड़ी-सी गुण्डी बढ़ाकर साधु जेना ने कहा, "देखो भई, जरा सँभलकर, बहुत कड़ी है।"

चर्चा में भाग लेते हुए साधु जेना ने कहा, "कितने हजार-हजार, लाख-लाख ठाकुरजी के मन्दिर और देवल इस माटी तले दबे हैं, किसने हिसाब लगाया? यह सारा देश ही वैसा है। माटी खा-खाकर प्रतिमाएँ पड़ी हैं, किसी पहाड़ पर, किसी खेत में, किसी रास्ते पर। चिकना काला पत्थर, सचमुच जैसे मक्खन लिपा हुआ हो। चेहरे पर, आँखों में कैसा भाव है! पत्थर को पालिश कर ऊँचे-नीचे कर कैसी कला भरी है किसी कारीगर ने, कि इतने युग बीत गये, उसके चेहरे से हँसी धुली नहीं। एक-एक पत्थर पर इतना बारीक सूई का काम, इतनी कलाकारी से भरा काम—लता, पत्र, आँख, बाल, नख-दाँत। कोई पत्थर उजाड़ में पड़ा है तो कोई किसी के गुहाल में बिछा है, फर्श बन गया, किसी का चबूतरा बन गया। सचमुच जैसे वह भटक रहा है। पर वह क्यों गढ़ा गया था? कितना समय, कितना पैसा खर्च हुआ होगा उसे गढ़ने में? छोड़ो, उसका जुग गया। मेरे बचपन में मैंने गाँव में देखा है पत्थर की औरत का धड़ पड़ा है, गरदन नहीं और कमर से नीचे का नहीं, बस आबू की तरह उठे दो थन, उन पर बारीक-बारीक कितना खुदाई का काम हुआ था। हाथ से छूने पर कितनी चिकनी, पर वो तो हुई विभंग पत्थर की मूर्ति, देवी या मानवी जानने की क्या जरूरत। पर बचपन में देखा, रास्ते पर पड़ी थी। लोग उसके थन पर घिस-घिसकर क़टारी पजाते!"

"थन पर कटार, अच्छा योगायोग मिला।" बिशि पाण ने कहा।

"अरे भाई, वही तो मैं सोच रहा था। सोच क्या रहा था जानते हो, सचमुच का यह आदमी होता। आदमी के धड़ की तरह दिखता है कभी-कभी, सचमुच अगर आदमी होता तो इसके थन पर भी ये लोग कटारी पजाते!"

सब हो-हो कर हँस पड़े।

"सोचता था, आदमी न सही पत्थर हुआ, देखने पर तो आदमी की ही याद आती है, जिन थनों के प्रति आदमी में जनम से बड़े होने तक इतना चाव है उन पर कटार पजाये बिना क्या कटार में धार नहीं होगी। कभी-कभी देखकर मैं सोचता, और सिहर उठता था। मुझे लगता था, ऐसे ही, आदमी के मरने पर जब उसकी लाश को खींच-खाँचकर गिद्ध-सियार-कुत्ते नोंचते होंगे तो क्या वह जानता होगा! आबू बने कटार घिसे वे थन जब याद आ जाते तो मैं कहता, आदमी का जीवन ऐसा ही होता है, संसार ऐसा ही है, घर-गिरस्ती यही है, ओह!"

बई ने कहा, "नहीं, कटार कहीं और घिस-घिसकर पजाते; साधु भाई, तो मन ऐसा न होता, बस वे दोनों थन हैं न, इसीलिए कसक होती है। माँ से दूध पीया था ना, देह कैसे सहे?"

साधु जेना ने कहा, "तुम सब हँसी में उड़ा देते हो, बताओ तो देखें, उस मूर्ति के क्या कभी दिन न थे, उसे देखने क्या कभी लोग जमा नहीं होते थे? अगर वह देवी होगी तो कितनी बलियाँ पड़ी होंगी, कितने लोगों ने सिर नवाया होगा, कितनों ने मनौतियाँ मानी होंगी। पूजा-ओझा पर्व-त्यौहार कितना कुछ होता रहा होगा! सब गया, उसका योग पड़ा कटार घिसने का!"

बई ने कहा, "फिर उस पर, और कहीं नहीं, छाती पर..."

साधु जेना ने कहा, "कहा भी तो करते हैं कि आलू खोदते-खोदते महादेव निकले। बात सही है, ऐसा भी हुआ करता है। खोदने की क्या जरूरत, झूठे ही यों भी तो कितने महादेव हैं। वन-निर्जन में बिखरे पड़े हैं जगह-जगह, बीच में टूटे मन्दिर, या कोई ठीक-ठाक हालत में, जहाँ कभी-कभार पूजा हुई तो हुई, नहीं तो नहीं। बड़े-बड़े लिंग, कुण्ड नहीं पाएगा, वह शक्ति तो साक्षात् ढलाई की तरह, सिर्फ जन्तु-जानवरों की जगह, आदमी के पाँव कभी पड़ते नहीं। बताओ तो देखें, देवता गढ़ने के लिए कितने कारीगर लगे होंगे, फिर मन्दिर खड़ा करने में कितना धन खरच हुआ होगा! ठाकुरजी की प्रतिष्ठा पर कितना महोत्सव मनाया गया होगा। कितनी पूजा-ओझा, कितना कुछ हुआ होगा! कितने युगों तक लोगों ने उन्हीं देवों का नाम लेकर नियम-शपथें ली होंगी, कि इस जन्म में सुख-शान्ति-बड़प्पन मिले, अगले जन्म में स्वर्ग मिले। गया किधर वो जमाना? इतना सारा धन-रत्न खरचकर जो इन्हें गढ़ गये कहीं पुरुष-भर ऊँचाई के वंशीधारी कृष्ण, या चतुर्भुज माधव, या दुर्गा या शिवलिंग या बुद्ध या हनुमान् या कुछ और—वो पत्थर की कारीगरी जिसे आज का मानव कर ही नहीं पाता—कहीं बेंत लिपटी काँटे-झाड़ी के बीच तो कहीं नदी के कगार पर—तो कहीं खेत के तले फेंककर वे सारे लोग कहाँ चले गये! वे मन्दिर—वह पूजा—सब कहाँ गया!"

बिशि पाण ने कहा, "बताऊँ, एक बार क्या हुआ, लोग कहते, वहाँ तिमुहानी थी, अब तो केवल एक नदी है, और भी कोई धार थी सो मिट गयी, बस बालू की ढूह है, उस पर केवड़े का वन। केवड़े के झुरमुट के पास बाँबी की तरह माटी की ढेर थी। जैसे कोई बड़ा पुराना केवड़े का पिण्ड हो। एक बार अच्छी तरह कसकर बरसा हुई, उस केवड़े के नीचे से पत्थर का मुँह निकला। चारों तरफ हल्ला हो गया। लोगों ने आ-आकर ठीक से माटी हटा दी। निकले एक चतुर्भुज ब्रह्मा, एक कन्धे पर चारों दिशाओं को मुँह किये चार सिर, कमर तक ऊँचे, ध्यान में बैठे हैं, नीचे पद्म का आसन। सचमुच जैसे मन्त्र बोलते-बोलते ब्रह्मा पत्थर हो गये हैं। हमें बुला ले गये थे ढोल बजाने। कितना ढोल सुना होगा उन देवता ने। उनका ध्यान बिलकुल

नहीं टूटा, एक जगह पुरुष-भर गहराई तक एक पत्थर की चट्टान थी। कहते हैं, वह महादेव के देवल के बेड़े के अन्दर का भाग था, बीच में महादेव भी होंगे, उन्हीं के नाम पर उस गाँव का नाम रामेश्वर है। तिमुहानी के ठाकुरजी। उस जमाने में पुकारने पर 'ओ' कर उत्तर देते थे। और अब बालू के अन्दर समाये हैं।"

धोबेई मिश्र ने सिर को एक ओर ढुलकाया, आँखें सँकरी कीं, मानो वे शून्य में दिव्य दृष्टि लगाये दूर देख रहे हों। उनका गोरा, गोल चेहरा, घने सिर के बाल और दाढ़ी मिलकर लगता था जैसे सपने में हों, फूल खिलने की तरह थमे हुए मानो वह भी केवल माया है, आदमी का चेहरा नहीं, देखते ही देखते बुझ जाएगा।

गहरी साँस छोड़कर कहा, "धूल से भी घना होकर समय अपनी परत पर परत डालता जा रहा है, सब कुछ को पोते जा रहा है। खोजने पर नाम तक मिलेगा नहीं, रूप फिर कहाँ से मिलेगा?

"समुद्र-बालू में सीपियाँ दबी पड़ी हैं, कौन खोजता है? कौन पाएगा? कौन बताएगा वो हिसाब कि यह किसकी कौन-सी है?

"चिलिका में चिड़ियाँ देखी हैं? 'नलवन' के टीले पर? पानी और आकाश सारा मानो चिड़ियाँ हो जाता है। नीचे से ऊपर तक परत की परत, दूर-पास, सब जगह। किसे कोई क्या पहचानेगा? कौन-सी कहाँ है?

"आकाश में किसने पंख फड़फड़ाये, कौन चिड़िया किधर से कब आयी, किधर वह चली गयी। फिर आकाश धुल-पुँछ गया है, नयी चिड़ियों के लिए। कौन-सी खो जाती है निमिष-भर के अन्दर। किसी के नाम के लुप्त होने में कुछ हजार बरस लगते हैं। राम, कृष्ण, बुद्ध, ईसा, मुहम्मद, चैतन्य को हम अब तक नहीं भुला सके हैं, महात्मा गाँधी की पूजा करना शुरू किया है हमने उनके तिरोधान के कुछ ही बरस के बाद। परन्तु युग-युग में भगवान् ने दुष्कृतों का ध्वंस कर धर्म-स्थापना के लिए इतने अवतार धारण किये, फिर सारी दुनिया में अगणित लोगों के हृदयों में सद्विचार भरे, कण्ठों पर सरस्वती बिठायी, कहाँ गये वे सारे अवतार या वे सारे महापुरुष? उनके नाम भी किसी ने याद नहीं रखे!

"परन्तु नाम चाहे याद न रहे हों, सत्य को तो भुलाया नहीं जा सकता। युग-युग में महापुरुषों ने सत्य को प्रकटित किया है। वे सत्य कैसे किधर से आये? क्या किसी की मनगढ़न्त बात है? सो नहीं। युग पर युग बीत गये, दल के दल लोग जीवन बिता गये! कितनी ज्वाला, कितना ताप, कितना संहार, कितनी दुर्दशा के बीच दिन बिताकर वे लोग जो प्रमाणित कर गये, उनकी अभिज्ञता, उनकी अनुभूति से जो निकला, सारे देशों का, फिर सर्वकालिक उसी पर विचार कर, उसे मानकर महापुरुषों ने सत्य का अनुसन्धान किया और उस सत्य को दुनिया को दे गये। देवता भुला दिये गये होंगे, महापुरुष भुला दिये गये होंगे, पर वह सत्य भुलाया नहीं जा सकेगा। आदमी उस सत्य का पालन न कर सकने पर भी स्वीकार तो करेगा

कि यह सत्य है, अपने जीवन को उन्नत करने के लिए आँखों के आगे रख-मानकर चलने के लिए उन सत्यों की आवश्यकता है। इतना तो वह मानता होगा, स्वीकार करता होगा। सब एक परमेश्वर की सन्तान हैं—यह उसी तरह का एक सत्य है। सारे घटों में परमात्मा हैं, कोई छोटा नहीं—ये भी उसी प्रकार का एक और सत्य है। दुःख या सुख की चेतना देनेवाला यन्त्र यह मन है, मन को ठिकाने पर रखे बिना शान्ति नहीं। यह भी उसी तरह है। दूसरों को रुलाने पर, वह चाहे जितना बड़ा आदमी हो या राज्य हो, एक दिन स्वयं गिर पड़ेगा—यह भी एक सत्य है। सारे अनर्थों का मूल स्वार्थपरता है, सारी अशान्ति की जड़ हिंसा है, सारे पापों की जड़ झूठ है। ये सब भी उसी प्रकार के एक-एक सत्य हैं। सारे आदमी भाई-भाई हैं, इस संसार में सबका अधिकार है, यह भी एक सत्य है।"

सब चुप थे। साधु जेना ने कहा, "मैं भी एक सत्य के बारे में कहूँगा। खेत में दिये जानेवाले जितने खाद हैं, उनमें सबसे अधिक गुणकारी खाद कौन-सी है?"

किसी ने कुछ, किसी ने कुछ कहा। साधु जेना ने कहा, "बात जमी नहीं। जिसका बल सबसे अधिक है उस खाद का नाम है आदमी का पसीना।"

सबने हँसते-हँसते कुदाल-गैंती उठायी और काम पर उतर पड़े।

सुबह छवि ने आँख खोली। पानी मूसलाधार बरस रहा है, निरन्तर झड़ी लगी हुई थी, मानो ऐसे ही था सदा से, जब से यह पृथ्वी बनी, इस सृष्टि के साथ-साथ वह खुद भी पैदा हुई है, वह और छवि, तभी से।

परन्तु अलगनी से अँगोछा खींचकर बदलते समय बादलों की भाप से भीगी खटवासी वह मैली धोती देह को सुहाती ही नहीं। वह मानो अपने भीतर की ऊष्मा जैसे स्वयं अनुभव कर रही है। लगता है बाहर मेघ हैं, परन्तु अन्दर है तेज कल्पना और सपनों के अन्दर का तेज। देह की ऊष्मा सब उसी एक केन्द्र से निकल रही है, कहीं अपने अन्दर किसी गहन में उसका घर है। बरसा की तरह वह भी जल रही है निरन्तर, रक्त के कणों में, भावना के छोटे-छोटे बिन्दुओं में, दृष्टि के निक्षेप में, चलते-फिरते, उसी जीवन की ऊष्मा।

शीत बरसा में मानो दुगुनी होकर निकलती।

टूटे घरों में, टीले और ढूहों पर, फूटे झोंपड़ों की खुली बाड़ी पर मूसलाधार गिर रही है बरसा। बस चारों ओर पसरा पड़ा है। परन्तु कभी इतने घर-बार थे, सो उसे याद नहीं पड़ते, मानो उन आँखों को कभी खाली दिखा ही न हो। सहज बनकर वह परिस्थिति उसकी चेतना में मिल गयी है—जैसे यह घर, जैसे पिता, जैसे माँ।

वहाँ बरसा ढेर हो पड़ रही है, देखते-देखते मन के अनजाने ही मन में कौंधा जाता है सर्जन का मोह, आवेग, अलस लास्य भी, वही जिसके तले छुपी है उसके

मन के गहरे नीचे कोई प्रतीक्षा। अन्यमनस्क हो जाती है छवि। मुँह तनिक मुसकराहट में अधखुला-सा दिख रहा है। आँखें बाहर की ओर होते हुए भी दृष्टि अन्दर की ओर टेढ़ी चली गयी है।

वाह! कितना सुन्दर! कितना सुन्दर! इस तरह कि मन के अन्दर पुकार मची है। बरसा की पैनी धार के सिरे से हुलसती देह को तीक्ष्ण स्पर्श से फोड़-फोड़कर दागने की तरह। एक बार नहीं, अनेक बार। इस अनुभूति ने कितनी बार उसकी देह को वेधकर छापा मारा था—याद नहीं। हो सकता है, एक नहीं कई बार। उसी को याद करते समय मन में जाग उठा है विपुल शक्ति का वेग। वह गढ़ता है, रौंदता जाता है, पराजय मानता नहीं। वह भी किसी घरौंदे के खेल के समय किस धुन में खोज पाया था, जब सोचा था, मेरा चेहरा उतर जाएगा तो जगत् मुरझा जाएगा, मेरे हँसते सबके चेहरे खिल उठेंगे, बाड़ी में, घास में फूल खिलेंगे।

इसी बरसा के ऊहापोह के बीच सचमुच जैसे अपने अन्दर नये प्रकार से सज-धजकर नया रूप प्रकाश पाता है। कान लगे हैं दूर की आवाज पकड़ने को, उसी आनेवाली पगध्वनि के लिए। आए चाहे न आए, उसे परवाह नहीं, वह मात्र आग्रही है—उस पगध्वनि के संगीत को सुनने के लिए।

सहजन के पेड़ के पास उधर से अचानक निकले गुरु और गुरु की माँ। मैले कपड़े पहने, झुके-झुके आ रहे हैं। गुरु की माँ की पीठ पर बड़ी-सी फटी धोती।

"काकी, किधर चली? नदी की ओर नहीं चलना?"

"चल-चल! बरसा से क्या डरना? ये तो दिन-भर लगी ही रहेगी।"

"हाँ—कौन-सी कोस-दो कोस है, छाजे तले तो पानी, पैरों तले तो गंगा पधारी हैं, और क्या?" छवि की माँ ने हँसते-हँसते कहा।

"छवि जीजी," गुरु बुलाता है।

"तू किधर निकला, नन्हा-सा तो छोकरा, आ, चल आ ऊपर।"

"इसे छोड़ देने पर ये घर-द्वार की चीजें सलामत रहेंगी?"

"अच्छा, अच्छा, चल, मैं जा रही हूँ..."

अब की बरसा में देह सिहर उठी। आवेग नहीं, उच्छ्वास नहीं, स्वर्ग की धारा नहीं, बस केवल बरसा। "माई रे, कितने दिन लगी रहेगी, पता नहीं? आदमी तो परेशान हो जाएगा।" छवि की माँ ने कहा, "उसकी बात क्या कहती हो? अरी, आज तो घर में जलावन भी कुछ नहीं। तुमसे एक टोकरी कण्डे लिये बिना नहीं चलेगा। छान के सिरे पर से टूट गयी थी, उसे जलाते-जलाते सारी खत्म हो गयी, काठ को काट-खोलकर सुखाया था जो, पर वह तो भीगा-गीला है। और क्या हो?"

पच-पच चिप-चिप बरसा का मौसम। छवि को लगा, घुल-मिलकर चारों ओर जैसे एक गँदला नाला। फिर सेंहुड़ा के पेड़ से एक दातून तोड़ना, फिर केवड़े की बनी के उधर बैठ जाना, फिर हरि साहू की दुकानवाला ढलान पार कर रास्ता छोड़

तटबन्ध के नीचे की ओर जाकर वहाँ डुबकी लगाना, और तब थरथराते आधे दौड़ते हुए घर की ओर मुँह किये लौटना—रोज की तरह आज भी वैसा ही।

वे लोग चल पड़ीं।

"हे महाप्रभु!" छवि ने कहा, "नदी कहाँ थी, और अब आकर कहाँ तटबन्ध के सहारे आ पहुँची!"

"अरी हाँ, हाँ!" गुरु की माँ ने कहा, "माई रे, ऐसे बढ़ती रही तो गाँव-गली सब ग्रस जाएगी!"

"चलो, जल्दी काम खतम कर लो," छवि की माँ ने चेहरा तमतमाकर कहा, मानो कोई विपद् आसन्न हो, जल्दी काम किये से ही उससे रक्षा मिलेगी।

"वो देख, कितना बड़ा पेड़ बहता जा रहा है," छवि ने हाथ से दिखाया।

"अच्छा, अच्छा, चिड़िया की तरह बाद में चीं-चपड़ करना, नादान लड़की! आ, नहला दूँ।" उसकी माँ ने धमकाया।

"वह देख, नाव! एक, दो, तीन..."

"हाँ, नाव!" छवि ने अध-नहाये ही देखा। गम्भीर होकर बहती चली जा रही हैं, कितनी दूर। पतवार खे रहे हैं।

"क्यों री, बदन पोंछा नहीं, क्या खड़ी-खड़ी नाव देख रही है। नया पानी है, देह पर असर करेगा। जल्दी कर।" माँ जोर से कह रही है।

पैर में कुछ फँस गया है। छवि एक बार गले तक बैठ गयी। डर लग रहा था। डर बढ़ गया, वैसे ही गीली-भीगी सर-सर कर किनारे की ओर दौड़ गयी। पीछे देखा। ये माटी-गोबर में घुला पानी, उसमें झाग तैर रहे हैं। कितने तरह की लकड़ियाँ। सूखे फल बहे जा रहे हैं। शायद मगर छुपा हो। कहते-कहते उसे लगा, दूर कुछ तैरता दिख रहा है। लकीर की तरह सीधे, तीन।

"अरी, देख तो माँ, घड़ियाल या आदमखोर मगर—क्या है?"

"कहाँ? कहाँ" सब हड़बड़ाकर पूछ रही थीं।

"वो उधर—वहाँ..."

"मगर ही होगा।"

"अब कभी नहीं माँ, वरन् कुएँ पर पानी निकालकर..."

ऊपर आने तक लग रहा है जैसे नदी ठठा रही है। छवि ने मगर की ओर देखा, नदी ही नदी में बहता जा रहा है। वह क्या जानता होगा हमारी बात! छवि मन में सोच रही थी। फिर घर लौटते समय मन में टटोल रही थी और कई बातें। ये गुरु की माँ, सारी बात कहेगी पर अपना दुःख कभी जीभ पर नहीं लाएगी, अन्तर से कितनी कपटी है। वह सोचती होगी सत्यवान की बात! दो महीने हुए, आये नहीं या रुपये भेजे नहीं। घर पर कितना कुछ अभाव है! और शिखरा की माँ, मरते-मरते बची है बुढ़िया, भूख से छटपटाती है। इस झड़-बरसा में कौन जाता होगा या कौन

कुछ देता होगा? सपनी की माँ को कहीं बुखार हुआ था। रघुआ की माँ पाँच दिन नीचे आयी थी, चेहरे पर सफेदी छा गयी थी, कहा था, "मैं तो भूख सह भी लेती, पर रघुवा के लिए तो दो मुट्ठी चिवड़ा..." उसने कटोरा-भर उझल दिये थे, पाँच दिन हो गये और अब? वैसी ही हालत बाउरी बस्ती में, कितने दुःखी-रंकों के घर में। झड़ी के दिनों में, बस-बस। और याद आया कि आरत अमीन के टोले में कतार की कतार धान के कोठे, भण्डार-घर में टोकरी-टोकरी-भर महीन चिवड़ा। वैसे ही नीलूदास के घर पर भी, और भी कई जगह। और उसके साथ गाँव की जितनी बहू-बेटियाँ घूमतीं—केला की स्त्री, शशी की भौजी, बली, मल्ली, चाँद और जो लोग कभी उसके पास भी नहीं फटकती थीं। घूमना तो पड़ेगा। कोई कह रहा था कि धनुवा केवट की रसोई की भीत धड़ाम् से गिर पड़ी, बस जरा-सा और होता तो...। फिर हुर्दू सेठी धोबी के नये घर के कमरे की भी। कितनी भीतें ढही होंगी, कितने घरों में चूल्हों में पानी भर गया होगा। और वह सोच रही है अपने घर की बात।

"वे क्या कहते!" उसके मन ने स्वयं कहा। फिर कानों के सिरे तप गये। ऊपरी मन से मानो कहकर उड़ाने की चेष्टा की—किसका कौन है?

और छवि की माँ किस क्षण मन की ओट से देख गयी थी, अपनी बेटी के नदी की बाढ़-जैसी देह को। वही जिसे स्वयं से अलग कर देखने को कभी आँखें मानती नहीं। मन में एक हाहाकार भर गया था। हथेली जोड़ दिखावट में अनजान की तरह यों ही माथे से लगाकर, लेकिन अन्तर में खुद के पास वह स्वयं कहने लगी, "हे ठाकुरजी, हे परम ब्रह्म...।" ये शब्द उसके अपारगत मन में हाँय-फाँय करते टकरा रहे थे, किसी दीवार के छेद से बरसाती पानी मिली भीगी हवा की तरह।

और उसी दिन खाना-पीना करते न करते जब सिन्धु चौधरी पालथी मारे भागवत खोल रहे हैं, छवि की माँ तैयार हो रही है—फिर एक बार उन्हें कोंचने के लिए कि छवि के ब्याह के बारे में कहीं सोच-विचार करें। तभी थिर भाव से आकर छवि ने बताया कि वह गाँव में जाएगी, कितने घरों में कितने लोग भूखे-प्यासे बैठे हैं, बिना गये नहीं चलेगा।

"कौन तेरी प्रतीक्षा में ही बैठा है कि तेरे तुरन्त गये बिना नहीं चलेगा, बेटी! तुझे हो क्या रहा है!"

"नहीं, माँ, तुझे सौगन्ध है। अभी आयी, तनिक देख आती, बस शिखरा की माँ..."

"पगलामी करना पीछे, थिर होकर रह।"

"नहीं, नहीं..." वह मिन्नत कर रही है।

"क्या कहती है तू? किधर जाएगी?" सिन्धु चौधरी ने पूछा।

"कुछ नहीं, बस यों ही..." छवि हँसती है।

माँ ने बताया, "वो, वो, जो इन्होंने दल बनाया है, माई रे, दुनिया को उलट

डालेंगी, जी किया तो और...”

सिन्धु चौधरी स्नेह से हँस पड़े। कहा, “फिर स्कूल-घर में अघोरी-दुवारी का भोज कब कर रही हो? अबकी वहाँ करना पड़ेगा, याद रखना।”

छवि ने कहा, “करेंगे, नहीं तो आपको बुलाएँगे।”

सिन्धु चौधरी ने कहा, “इतनी ही उम्र में इतना सहेलीपन, भोज, घूमना-फिरना—इस अधमरे गाँव को बस यही जिलाये है। किस जोग में केला की पत्नी को भूत लगा, मैं तो देखता हूँ, उसी दिन से नयी हवा चल गयी है।”

छवि की माँ ने कहा, “बस वह भूत उतर आया है आपकी इस गुणवती बेटी पर...”

“छिः-छिः, तुम्हारी जबान से क्या निकल रहा है...?”

“नहीं तो वायु-लगी की तरह इस बरसा के मौसम में यह बाहर निकलने का नाम लेती? कौन-सा गुड़ खाये जा रही हैं चींटियाँ जो इतनी उतावली मचाये है!”

छवि ने पूछा, “अपने घर में कुछ फटा-पुराना हो तो, दोगी माँ, कुछ?”

“हाँ, लो, यह भी एक हुई! उस दिन शिखरा की माँ के लिए ले गयी अच्छी-सी चादर, और फिर राज-भर में बाँटने की खातिर किसके घर से इतना उझला जा रहा है, अपने पास तो सब फटा-चीरा ही है।”

सिन्धु उसी तरह हँस रहे थे। छवि ने कहा, “नहीं, दे, दे, देखती नहीं, कितनी ठिठुरन है। किसी के तो काम आएगी ही। मेरी साड़ी, दो जगह से फट चुकी है...”

“सिर में फिर कीड़े काटने लगे। अच्छा दे, तेरा मन जैसे करे। तेरी चीज है, तू दे दे, मुझसे फिर क्यों पूछती है?”

“और एक भोगई (छोटी-सी बाँस की टोकरी) चिवड़ों की...”

“क्या पैदा करूँ?”

“हाँड़ी में रखे हैं, दे दे...”

“सब तो दे देगी, फिर तेरे लिए...?”

“दे-दे...”

सिन्धु चौधरी हँस रहे थे, उनकी आँखें चमक रही-सी दिख रही थीं।

गाँव के टाउटर अगणिराय कुछ सोचते हुए नदी के किनारे हरि साहू की दुकान की ओर चले जा रहे हैं। पिक्का खत्म हो चुका है।

सिर पर एक पुराना चिप्पी लगा छाता, कब खरीदा गया होगा, उसकी तारीख बता देंगे। तारीख, घटना और रुपये-पैसे उनको कण्ठस्थ हैं। नरसिंग अहीर का मुकदमा, विषय—आम का पेड़, उसी से यह छाता।

नरसिंग मर चुका। आम का पेड़ मर चुका है। छाते को गये फागुन में छब्बीस बरस पूरे हुए हैं, सत्ताईसवाँ चला। कपड़े की बदलाई पाँच बार हो चुकी है। उस पर चार चौकोर पट्टी पर पट्टी, बगल में फिर पट्टी।

घड़घड़ाकर बादल पुकार रहे हैं। थोड़ी-बहुत झिरमिर-झिरमिर बरसा हो रही है। देह पर पुराना कचहरिया कोट जरूर डाले हैं, पर नंगे पैरों से ठण्ड देह में घुस जाती है, और हवा से सीधी उस कोट के रास्ते, आँखों से दिखे नहीं ऐसे जरा-जरा से कीड़ों ने बारीक-बारीक छेद कर दिये हैं, ताकि खोल के अन्दर हवा का हालचाल मालूम होता रहे।

कोट की भी तारीख है, हिसाब है। वही आद्य टाउटरगिरी का समय। शहर में, कचहरी के रास्ते पर ऐसे कितने ही कोट लिये कोई पश्चिमी बेपारी आवाज लगा रहा था। किसी ने नाप देकर कभी करवाया होगा। क्या हुआ—उसे कुछ पता नहीं। कोट मिल गया। और वह फिर बना इस देह का खोल।

कुछ दिन तक तो देह उसमें कसमसाती रही थी, बाद में अपना लिया था। फिर कोट ढीला हो कितना मुड़-तुड़ गया। फिर भी वह एक ही है, दो नहीं। अनलौटे रथ की तरह उमर चली गयी है।

अच्छे-बुरे दिनों में कभी-कभी सोचने को जी करता। ठाकुरजी के आगे सिर नवाते समय मन में सचमुच एक प्रकार की भावना आती। निःसहायता, एक अनजान भय, एक आकुल आश्रय। सब मिल-जुलकर धड़कती छाती में एक मुग्ध अभिव्यक्ति। आँख खोलने पर सब गायब हो जाता। फिर बुद्धि फैलती, आँखें घूमतीं।

घड़घड़ाते मेघ पुकार रहे हैं। कुछ-कुछ रिमझिम बरसा हो रही है। चिकना काला आकाश झुक आया है। मसहरी के कपड़े की जाल फड़कने की तरह हलकी बरसा की बौछार दूर-दूर भँवर खाती चली जाती है, फिर पास आ जाती है। दाहिनी ओर नदी उच्छरित हो रही है। पानी तटबन्ध तक उठ आया है। उसे देखने पर भी कितने साल, कितनी तारीखें याद आ जातीं, कहाँ कितनी घाई टूटी थीं, गाँव बहे थे।

फिर भी कानून के फैसले की तरह यह नदी भी है, नदी का तटबन्ध भी है, गाँव भी है।

और हैं वे—अगणिराय!

लग रहा है जैसे उनका मन उन्हें भीतर ही भीतर दोष दे रहा है। फिर ऊपरी मन को कड़ा कर उसे उड़ा देने की चेष्टा की। सोचा, पहले तो ऐसा नहीं होता था। जरूर यह उमर की दुर्बलता है, उमर बढ़ने पर, बल हटने पर आदमी बुद्धि का बल छोड़कर विश्वास पर भरोसा कर बैकुण्ठ खोजता है!

फिर कैसी यह बेसुरी युक्ति याद आयी? उन्हें स्वयं पर आश्चर्य हुआ। उन्होंने स्वयं भी बैकुण्ठ खोजा है। दोनों समय आँख मूँद घर में बैठकर वे माला फेरते, ठाकुरजी से भोजन माँगते, बैकुण्ठ भी माँगते।

सोचते-सोचते उड़द के चिल्ले याद आ गये, कल रात बने थे, अच्छे खटवाँसे चिल्ले, मिरच भी थी। एक से दो, दो से फिर तीन, माधिया की माँ ने जोर दे-देकर खिला दिये। तब से पेट गड़बड़ा गया है। थपथपाकर देखा अब भी पेट में वायु भरी है। फिर मानो पूरे बल के साथ आत्मविश्वास लौट आया। वे खुश हो गये, क्योंकि फल का कारण पा गये हैं। पेट में वायु होने पर मन में इसी तरह की नरम पिलपिली पुचपुची भावनाएँ आती हैं, कलेजा दबता-दबता-सा लगता है। सचमुच जैसे कोई अपराध किया हो—ऐसा लगा करता है। इस संसार में जीना होगा। 'पेट पोस (पालना), नहीं कोई दोष।' पेट पालने के लिए जिसका जो काम है, वह वैसा ही करेगा। उन्होंने भी किया है, अपना उपाय और बुद्धि खर्च किया है।

सिर्फ पेट चलाने के लिए ही तो नहीं, बुद्धि लगा-लगाकर उनकी मानवता खिल रही है, चमक रही है। उन्हें आनन्द मिला है। सँपेरे की तरह इतने लोगों को खींचना, आदमियों को भेड़ा बना देना, फिर डायन बनकर लगना, और ओझा बनकर झाड़ना, गाँव-गली में चुपचाप झगड़ा लगाना, दल के दल लोगों को नचाना, उठाना, पटकना, लोगों के दाँत किटकिटाकर आँखें निकालकर मारा-पीटी करते समय खुद थिर हो बैठे-बैठे देखना, उपदेश देना, अमल करना। मुकदमा लगने पर निचले कोर्ट से लेकर ऊपरवाले कोर्ट तक उलट-पलट होने तक सिर्फ पेट भरना ही नहीं हुआ बल्कि इसमें भी मन को बड़ी मौज उन्हें मिली है। इसमें भी एक जिन्दादिली की पुकार सुन व्यग्र हो उन्होंने अपनी बुद्धि और कौशल का प्रमाण दिया है। तब यह पेशा जीवन का खेल बना है।

दूर से मचमच-चपचप की आवाज आयी। देखा तो एक दल गाँव के लोग दौड़े आ रहे हैं, कुदाल लिये हैं। कानों के सिरे झन्-झन् होने लगे। शायद यहाँ कोई काम मिल जाय। अगणिराय ने पूछा, "क्यों रे, क्यों, चन्दर, ऐसे भागे-भागे किधर?" चाल को कुछ रोककर चन्द्रमणि पधान ने बताया, "जोगी बस्ती में पानी घुस गया है, खेत का पानी चढ़ आया है, हाय-तौबा मची है।"

"मारे गये, उसमें फिर तुम्हारा पेट क्यों दुखा? जोगी बस्ती की खबर जोगी बस्तीवाले समझेंगे, क्यों परले साल याद है, उन्होंने तो केवटों की तरफ चन्दा दिया, तुम्हें तो दिया नहीं। फिर तुम क्यों भागे जा रहे हो?"

"अच्छा-अच्छा, चलो-चलो, क्या मिलेगा इनकी बातों से?"

दल चला गया। अगणिराय ने चेहरा बिदका लिया। सोचा, यह भी एक हवा चली है। लोग सब अकृतज्ञ। निपट उल्लू हैं। बाप-दादों का इतिहास भी भूल गये। किसने किसके बाप के जमाने में किसे किस प्रकार हैरान किया था, कब किसने किसका कैसा अपकार किया था—सब भूनकर खा गये याददाश्त में-से। बस, सारा गाँव जुटा है भाईचारा जोड़ने-लगाने, छछूँदर के सिर में चमेली का तेल! करो बेटो नया गुट, नया सामलात। केवल यह रहा तब ही जानो!

हूँ, औरतें भी बहुत जुट पड़ी हैं!

आये बड़े करनेवाले! आदमी का मन बदल देंगे! दो टाँगवालों को चार टाँग का कर देंगे? व्यर्थ ही अपना धन्धा-फन्दा छोड़कर दूसरों के पीछे कूदते फिरना है! समय बरबाद करना है।

अगणिराय के चेहरे पर एक विकृत हँसी खिल गयी।

मजा पाएँगे, पाएँगे—तब जाकर फिर अक्कल ठिकाने होगी।

अगणिराय ने इसी तरह सोच, बात को आयी-गयी कर दी। फिर स्वयं देखा, अपनी बुद्धि-विचार लगाकर, मन में चली एक और बैलगाड़ी की तरह घड़-घड़ घड़-घड़।

...है ऐसा कोई जो कहेगा कि उसमें कभी ऐसा चाव पैदा हुआ? कभी नहीं। चिकनी-चुपड़ी बातें सुन चिकना चेहरा-मोहरा देख वे कभी भुलावे में नहीं पड़े। माधिया का कभी भूलकर भी लाड़-चाव नहीं किया। अब भी 'माधिया...' की एक आवाज लगायी कि वह जहाँ भी हो, एड़ी से चोटी तक एकदम थर्रा उठेगा थर-थर।

रूखा-सूखा खाना, सीधे-सादे चलना, बस काम से काम। रस नहीं रहेगा। गीता में यही बात तो कही गयी है। किसी के प्रति आकर्षण नहीं, उपरोध नहीं। कोई कुछ कर देगा ऐसी आशा रखना नहीं। जो करना, सब अपने हाथों। अतः जो कर्तव्य हो, सो करते जाना चाहिए।

कर्तव्य का निर्णय कौन करेगा? अपनी बुद्धि, शौक—चाव नहीं।

पहला कर्तव्य—अपने चलने-जीने के लिए, भविष्य में बुढ़ापे में अपने बचाव के लिए, पैसे कमाकर जुटाना। रास्ता बताएगी बुद्धि। समय पड़ेगा तो छोड़ेगी नहीं, समय गया तो फिर मिलेगी नहीं।

सोचते-सोचते चलते-चलते अचानक आँखों के सामने करार से ढेर सारा धड़ाम से टूटकर पानी में गिरा। अगणिराय ने देखा, मन के पुराने विचारों का रंग उड़ने से पहले ही लगा जैसे नदी उन्हें ही उद्धत, निष्ठुर भंगिमा से देख रही है। मानो उनकी हड्डियों तक में सिहरन भर गयी है। आ रहा है एक हताशा का भाव; सारे विचार ढहकर विलीन हो रहे हैं। अगणिराय के पैरों की चाल धीमी पड़ गयी है, सिर मोड़कर नदी की ओर देखते-देखते वे तटबन्ध पर सँभल-सँभलकर कदम बढ़ाने लगे।

नीला-सा, धुआँ-सा, धूसर—घुल-मिलकर एक प्रकार का निष्प्रभ रंग का वातावरण; थोड़ा ऊपर घने मेघों पर दृष्टि अटक रही है। चेहरे के आगे हलकी बौछारों की लगी-सटी, भाग-दौड़, मारकाट लगी हुई है, उसी के अन्दर धुँधलका-सा दिख जाता है, उधर विराट्-विराट् रूई के फाहों की तरह मेघ वाष्प-शून्य होकर बहते-बहते परत-परत एक साथ क्षितिज पैदा कर रहे हैं, कभी क्षितिज अत्यन्त पास होकर नदी के बीच और कभी पीछे हट जाता है, उसी में थोड़ा-थोड़ा अँधियारा होकर पेड़, घर, कगार मिल जाते हैं। फिर वहाँ से इस थोड़े-से परिसर में कूदता-फुदकता

बहा जा रहा है गँदले पानी का स्रोत। कहाँ से आता है, कहाँ चला जाता है—कोई हिसाब नहीं, कोई गिनती नहीं। मानो ऐसा ही लगा था सदा—चला आ रहा है, चला जाता है। केवल अस्पष्ट छाया—न रखना, न सहेजना, न पकड़ना, न रोकना, केवल चला जाता है—चला जा रहा है। एक साथ कई-कई लहरें, ढेर का ढेर पानी, तिरछी दृष्टि से देखता हुआ विलीन होता चला जाता है। बीच-बीच में कल-कल ध्वनि, अस्पष्ट भाषा, जिसमें चले जाने का ही भाव-संगीत है, चलते जाने के नशे में पागल संसार-भर का विशाल जुलूस, किनारे की ओर गरदन मोड़कर उद्धत कटाक्षपात किया और फिर शान्त। याद आ जाता है बचपन से अब तक का, चटशाल, खड़ी, पाटी, गाँव का गोठ, टाउटरी वृत्ति। कितने चेहरे, कितनी घर-गिरस्ती, कितनी आशा, इच्छा, प्रतिज्ञा, स्नेह, वैराग्य के भाँति-भाँति के रंगों में चित्रित हुए हैं, दादे-दादी से लेकर रूखे-सूखे मुवक्किलों तक—सब घुल-मिलकर बहते जा रहे हैं, गँदले पानी में—लहरों पर झूलते-झूलते। कितने खड़े घर ढह रहे हैं—नींव, भीत, छान, पास में नारियल अनगिनत। फिर टूट जाता है, मिल जाता है, बुझ जाता है। कितनी बार कौवा काँव-काँव करता है, कौवा उड़ जाता है, खाली आकाश तले सपाट मैदान में घास उगती है। और चलता जा रहा है कगार के सहारे-सहारे नदी का बहाव। सब चला जा रहा है। कगार के सहारे-सहारे कभी-कभी काठ के लक्कड़ की फाँक से लाल आग भभक उठती है, झकोरों से फैलती है, उन पर घनी काली धुँधली हिलती छाती, उसी आग में स्नान कर खिल उठता है एक अंगारे का दृश्य, साफ-साफ खिल रहा है, एक-एक परिचित चेहरा कितना अनजान बन गया है, पिता, माँ...मित्र...शत्रु ...जिनके साथ सम्पर्क ही न था, वैसे कई...बूढ़े...बच्चे...कितने ही। सिर्फ...इस जीवन से नहीं कितने जीवन से देखते आये हैं इसी प्रकार।

इसी तरह इस टेढ़ी नजर से देख कहीं अदृश्य हो जाता है यह जुलूस।

थरथराते लड़खड़ाते कदमों को थामकर खड़े हुए अगणिराय। स्वयं को कोसकर तनिक तैयार-सा कर जमुहाई भरी।

सोचने लगे, फिर वही उड़द के चिल्ले की बात। पेट के अन्दर घुटर-पुटर, वायु हिल-डुल रही है। दिमाग में उसी की भाप।

बरसा। काम-धन्धा बन्द। तभी पाँच बातें इधर-उधर की याद आ रही हैं। जागते-जागते अनगिनत दुःस्वप्न।

फिर एक दल एक-दूसरे का पीछा करते-से।

एक-दूसरे की बाँह में बाँह डाले मिले-जुले चार-पाँच जन थे।

"किधर चले रे बाबा?"

बाउरी बस्ती के पास घाई बन गयी है। तटबन्ध पर माटी डाले बिना क्या होगा पता नहीं?

कोई अपनी प्रशंसा सुनने को रुक नहीं रहा, वे भी चल दिये।

बायीं ओर बाँस के वन के सहारे थोड़ा-सा चौड़ा नाला है। याद आया एक नृशंस हत्याकाण्ड। ऐसी है वह जगह। दाम नायक, तटबन्ध का काम ले कण्ट्राक्टरी कर लखपती बन गया था। सौ-सौ क्या, हजार-हजार कुली, एक साथ तीन ट्रक, एक जीप, एक कार। मकान खड़ा कर लिया। फिर इलाके-भर में जैसे साँड़ बन गया। नदी का सारा कछार नीलाम ले लिया। एक सौ पचपन लोग थोड़ा-थोड़ा नीलाम पर लेकर गुजर करते थे। फिर उपजा कलह। पाँच बरस तक कई मुकदमे चले। दाम नायक की तरफ रह कितने ही मुकदमों में नाटक के सूत्रधार-से बनकर पाँच बरस अपना पेट भरा। एक-दो बार तो दोनों दलों ने नगाड़े बजाकर, दो दलों में बँटकर बुला-पुकारकर, ईंट-पत्थर फेंक-फेंककर खुल्लमखुल्ला लड़ाई की। बाद में चलीं लाठियाँ। बड़ा मुकदमा। फिर एक दिन रास्ते में अवसर देखकर मुँह-अँधेरे एक जगह पर दाम नायक को जा दबोचा। सिर को कूटकर, पानी तले कीचड़ में लाश दबा दी। पुलिस आयी, चली धर-पकड़, मुकदमा हुआ। सब खलास हुए। दाम नायक समाप्त हो गया। उमर तीस भी पूरी न हुई थी।

जा, जो गया सो गया!

आगे हरि साहू की दुकान है। छाता ताने गदेई लेंका निकलकर आ रहे हैं। टाउटरगिरी में अगणिराय के प्रतिद्वन्द्वी। मोटे-तगड़े, तनिक ठिगने कद के गोल आदमी। अगणिराय का चेहरा बिचक गया। मुँह फेरकर छाते को तनिक नीचे झुकाया। चेहरा ढँककर बढ़ने लगे तो हँसते हुए गदेई लेंका ने कहा, “कौन, राय बाबू हैं? किधर? शायद पिक्के खतम हो गये लगते हैं, वरना राय बाबू भला निकलते..., महाहिसाबी आदमी।”

एक बीड़ी उनकी ओर बढ़ाकर लेंका ने कहा, “इसमें से एक हो जाए—” छाता तले दियासलाई जला हथेलियों के बीच से एक साथ सुलगा उनके मुँह के पास बीड़ी बढ़ा दी। हँसकर कहा, “और कहिए, आगे क्या विचार है? गाँव के हाल-चाल तो सब दिख ही रहे हैं?”

गदेई लेंका ने उन्हें ले जाकर दुकान के पास बरामदे में गोदाम के आगे खड़ा किया। हँसकर पूछा, “यह हवा बड़ी विचित्र है। जो कुछ भी करे चाहे, घुल-मिलकर एक हो जाओ, बस यही सुनेंगे लोगों के विचार।”

अगणिराय ने कहा, “कितने संघ, कितने विचार तो देखे, अब और क्या बाकी हैं?”

गदेई लेंका ने कहा, “नहीं, रे बाबू, ये हँसी में उड़ानेवाली बात नहीं। कलह-झगड़ा न होगा, मुकदमाबाजी नहीं होगी, तो फिर होगा क्या? तुम्हारा हमारा पेट चलेगा कैसे?”

अगणिराय ने कहा, “अकेले हमारा ही या किसी और का भी? शहर-भर में इतने हाकिम, वकील-बैरिस्टर, मुख्तार, पेशकार, हजारों-हजार हैं। इस दुनिया का

कलह-झगड़ा मिट जाएगा। सब बाबाजी होंगे, तो अपने भी बन जाएँगे। समय तो है, अभी नदी देखते-न-देखते नंगे क्यों हो रहे हो?"

दोनों ने एक-दूसरे की ओर देखा। सचमुच जैसे मन-ही-मन एक समझौता-सा हो गया था। गदेई लेंका ने आँखें नीची कर लीं।

अगणिराय हरि साहू की दुकान की ओर गया।

उस अँधेरे में से हरि साहू पूरा नहीं दिख रहा। अगणिराय ने आवाज दी, "साहूजी, हो क्या?"

उधर से आवाज आयी, "हाँ, जी!"

अगणिराय ने कहा, "दीया तो जलाओ, यों अँधेरे में क्यों?"

बिजली कौंधी। हरि साहू ने कहा, "वो, सुनो नदी आवाज दे रही है, और भी पता नहीं कितना उँड़ेलेगी, इसका तो मन भरता ही नहीं..."

भीगी ठण्डी हवा के झोंकों की घाँव-घाँव सुनाई पड़ रही है, चारों ओर सुनसान। मानो कि शिवाले के गर्भगृह में बैठा है हरि साहू। देखते ही देखते ढिबरी जला दी। कतार के कतार टिन के डिब्बे, हाँड़ी, टोकरियों भरी विभिन्न चीजें, ठुँसी-ठुँसी रस्सी के झूलते छीकों में लटक रही हैं। भीत पर तिलचटों की धार लगी है। वही हर दिनवाला दृश्य। हरि साहू ने कहा, "बिसात लिये बैठा हूँ, रोज की तरह, पर ग्राहक कहाँ? बस समझो, तुम्हारे लिए ही बैठा था, जिसका जो नसीब कहो, क्या लेना है?"

उसके मन में गम्भीर उद्वेग है। मानो वह मन-ही-मन किसी के आगे फरियाद कर रहा था, बात-बात में रह गयी है, उत्तर की प्रतीक्षा किये बिना उसने कहा, "आदमी न रहे तो क्या घटेगा, क्या होगा? सारा पैसारा फालतू है। जैसा मौसम हुआ है, बस विधाता ने साज लिया भैरव-लीला। मुझे तो याद आता है चाइना..."

"चाइना?"

"हाँ, वो चायना या चीणा, ऐसा कुछ है नाम उस देश का। पढ़ा नहीं अखबारों में, कि वहाँ कौन-सी नदी है एक, जिसमें हजार-हजार लोग बह गये! अपने जोगी बस्ती में तो पिछवाड़े पानी की चोट पड़ रही है जो घर-द्वार सब ढहते जा रहे हैं। और वह हजार-हजार लोगों का बह जाना। फिर यह कौन-सी नयी बात हुई! आदमी तो सब। एक-सा कष्ट, एक-सा भय... ।"

अगणिराय ने बाँकी-सी मुसकान बिखेरकर कहा, "अच्छा, देना पिक्का चार पैसों का, भय...क्या किसी के कहने-भर से हट जाएगा।"

बाहर से सुनाई दिया औरतों का हो-हल्ला, और कुछ मरदों का भी। एक दल आ पहुँचा। अगणिराय ताकते रहे। छवि आयी है। केला की पत्नी, वही जिसे भूत लगा था, आरत अमीन की लड़की शंखी, सुदर्शन दास की घरवाली, कीर्तन राउत

की बहू, पाटुवा बाउरी की स्त्री, कपिल महारणा की स्त्री, घन पइड़ा की स्त्री, इस तरह आठ-दस का समूह। पीछे-पीछे छह-सातेक पुरुष। उन्हीं के साथ है हरि साहू का बेटा सण्डू। कोई गमछा डाले चला आ रहा है। नाम को छाता तले सिर घुसाये हैं। झुण्ड की झुण्ड औरतें, भीगी-गीली होकर आ रही हैं। अगणिराय हटकर खड़े हो गये, यह देखने कि क्या होता है।

किसी के कुछ कहने से पहले ही सण्डू आकर खुद बाप के सामने खड़ा हो गया। सिर झुकाये बोला, "बापू, जोगी बस्ती में पानी भर गया है, उनका तो चूल्हा-चाकी बन्द। ये सब उधर ही जा रही हैं, कहती हैं चिवड़ा दो बोरा और चारेक हाँड़ी गुड़ दिला दो। बाद में फिर चन्दा उगाह कर पैसे चुकाने को बोल रही हैं।"

अगणिराय ने खिल्ली उड़ाने की तरह कहा, "होः! चन्दा!..."

हरि साहू ने कहा, "दे-दे।"

अगणिराय ने कहा, "धन्य हो दानपन तुम्हारा साहू। चन्दों के पैसे आएँगे?"

हरि साहू ने अनसुनी करते हुए कहा, "खैर, और एक बोरा चिवड़ा उनके लिए रख देना सण्डू, अभी तो शायद इतना ही होगा। तू भी जाएगा तो जा, हो आ उधर। जुट जाना काम में, इस पुश्ते का भरोसा नहीं है।"

अगणिराय ने कहा, "इसे कहते हैं कि गाँव-भर में है कोई आदमी। हूँ, भेली गुड़ है कि नहीं? मुझे भी थोड़ा चाहिए था, पैसे तो लाया नहीं, पीछे पहुँचा दूँगा, दे दो एक।"

हरि साहू ने कहा, "गुड़ तो रखा ही है जब आओगे खरीद लेना।"

"क्यों, उधार नहीं?"

"उधार में कुछ अड़चन है। ले रे, सण्डू गोदाम की चाबी ले—जा-जा।" पास ही सटकर दो गोदाम हैं। दरवाजे पर भीड़ जम गयी। अगणिराय चिपटे रहे। गुड़ की बात कहे बिना टालते रहे। "कितने घरों के लोग उठ आये हैं देखो..."

हरि साहू ने उत्तर देने के बदले पूछा, "और कुछ? दियासलाई लेनी है?" तीर की तरह बौछारें आ रही हैं। पेड़ एक ओर झुककर थर्रा उठते हैं। छाते को झोंके पर झोंके उड़ाये लिये जाते हैं। कानों में साँय-साँय।

अचानक लगा जैसे वे कितने अकेले हैं, कोई सहायक नहीं, कोई शाखा नहीं, दिशा नहीं, राह नहीं, केवल बरसात की 'राऊ-राऊ' के बीच दपदप करता आदमी।

पुतली ने मुँह खोला था।

सिन्धु चौधरी ने अवाक् हो सुनी थीं वे बातें।

पुराण पढ़कर समझाते समय, पढ़ाई के समय, सूत कातते समय, दोनों वेला भोजन करते समय, आनन्दपूर्वक कितनी बातें कही हैं बेटी के आगे—महामानवीयता

की, न्यायनीति की बातें, शास्त्र-पुराण की बातें। कहते-कहते कई बार वे उत्तेजित हो उठते, मुट्ठी बाँधकर हिलाते, मुँह में कौर लेना रोक देते। गमछे से आँख-मुँह पोंछ लेते। तब लगता, वे कल्पना ही कल्पना में बढ़-चढ़कर कहाँ तक फैल गये हैं। परिव्याप्त हो गये हैं आकाश में, छाये मेघों की तरह।

परन्तु जिनके आगे इस तरह पल-पल में अवतार दिखाये हैं, अप्रकट लीला को भाषा में, भंगिमा में प्रकट किया है, वे तो उनकी आँखों के आगे पुतली ही है।

अथच गम्भीर बनकर पिता और गुरु के अधिकार की बात कहकर उन्होंने जब-जब बेटी को अनुशासित किया है, समझाया है, उपदेश दिया है, तब-तब सुना है कि पुतली बोल रही है। आँखों में स्थिर गम्भीर दृष्टि, करुणा से छलछलायी, झिलमिलाते चेहरे पर अटल प्रतिज्ञा, जीभ पर आदमी की भाषा, उसमें तर्क है, विचार है। छवि कह रही थी, "सब अगर इसी तरह कहेंगे, बापू, तो काम फिर कैसे होगा? बस अपनी सुविधा देख पेट को दो मुट्ठी देकर हम चैन से रहें, बड़ी-बड़ी बातें करें, उधर दुनिया चाहे भस्म हो जाय। यह कोई बहुत अच्छी बात होगी? फिर इतनी बातें समझा क्यों रहे थे? खुद जिस काम को ठीक मानते हो, अब प्रमाणित करो कि वह विश्वास खोखला नहीं है। अकेली मैं ही क्या, कितने लोग जाएँगे, जाना ही पड़ेगा, जो हालत हो गयी, घर पर बैठेगा कौन?"

पत्नी मन में चिन्ता कर रही है। चेहरा तमतमा गया है। कहने लगी, "ये सब कोई बातें हैं? औरत जात, तू कोई मरद बेटा है जो, जहाँ मरजी आए, डोलती फिरेगी? आपने ही इसे सिर चढ़ाया है! समझे? सब आप..."

"क्यों मन उदास करती हो माँ? जाने से क्या हो जाएगा? अकेली मैं ही तो नहीं। कितनी और भी तो जा रही..."

"दल बनाया है, सारी बात की तुझे ही फिकर है! अरे, कहाँ क्या हुआ जा रहा है? पानी, कीचड़, बाढ़, बरसा...फिर पानी में कहीं भीग गयी तो बुखार...बारह असुविधा...तिस पर मची है हाय-तौबा! गोल-माल! इतने लोग होंगे। अकेला यह जीव जाए तब ही ब्रह्माण्ड का उद्धार होगा, वरना नहीं? एक छोड़ मेरे कौन-सी दूसरी है? बड़ी बेटी। तुम क्यों मुँह नहीं खोलते, पत्थर की तरह चुप बैठे हो?..."

सचमुच जैसे उनकी जबान पर भाषा ही नहीं। कहाँ? पैर भी तो नहीं उठता? जाऊँगी-जाऊँगी—खुद जाकर काम करूँगी। काम—हाँ उसकी रूपरेखा याद आ जाती। वहीं रुक जाते। पैर उठते ही नहीं।

कितनी बातें कहने को मन करता है, कह नहीं पाते। गले तक आकर बात अटक जाती है। सामने पुतली नहीं, आदमी है। आदमी के सामने स्वयं अवतार बना नहीं जाता। उलटे उसी का नया अवतार आँखों के आगे आ जाता है। कल तक जो था खिलौना—आदमी कब बन गया? कितने दिनों, कितनी रातों का गहरा चिन्तन, कितने विचार, सब मिलकर एक स्रोत, उन्हीं कारणों का फल आज का

यह छवि है। किसने दिया इसके चेहरे पर यह रंग? आँखों पर काजल की तरह और फिर काजल की ओर से कोई अनजान ज्योति! यही उज्ज्वल प्रभा जिसके आगे वे स्वयं भी मूक हुए जा रहे हैं! कैसे चुपचाप बदलते-बदलते इस नन्ही गुड़िया का चेहरा सचमुच आदमी का चेहरा बन गया! बात भी ठीक है, उसका जीवन होगा उसका अपना, स्वतन्त्र, सुख-दुःख की अधिकारी होगी वह स्वयं। वह अपना संसार बसाएगी, सृष्टि करेगी, पालेगी, बढ़ाएगी, आँसू पोंछेगी, फिर वह अपना पल-पल का अवतार दिखाकर अपने खेल-खिलौने को स्वप्न और आवेग देगी, जीवन्यास देगी। और सोचने पर वे स्वयं—पुराने खोल की तरह, जिसमें किसी जादूगर ने मानो अन्दर के आदमी का हरण कर लिया हो। मुड़ा-तुड़ा खोल लड़खड़ाता दूर होता जा रहा हो, दूर होती जा रही किसी प्रतिध्वनि की तरह...क्या कहती जा रही है कुछ सुनाई नहीं पड़ता है। जैसे वहीं विलीन होती जा रही है।

अचानक भाषा मिल गयी। हथियार खत्म हो जाने पर, असहाय अवस्था देखकर किसी ने दया कर अस्त्र बढ़ा दिया हो। परम आत्मविश्वासपूर्वक कठोर दृष्टि डालकर बोले, "समझी बेटी, जो तू कहती है, सब सच है। पर उसका भी एक समय है—अवसर है। समाज, संस्कार, अपने देश की चली आयी रीति भी तो कुछ कहती है।"

"हाँ, क्या कहती है? तुम ही तो कहते थे, ये इतनी आड़, डर, लाज, ये सब अपनी स्वाभाविक रीति नहीं हैं, ये भेष अधिक दिन के पुराने नहीं हैं। कल सुबह जब देश पर विपत् आयी थी तब, केवल लाज बचाने के लिए, आत्मरक्षा के लिए अपने देश की बेटियों और बहुओं ने यह छद्मवेश धारण किया था, यह अपना इतिहास नहीं?"

"फालतू बातें छोड़। पहले घर। पहले अपना—अपना क्या है यह भी तुझे समझाऊँ? सबसे बड़ा आदर्श गृहस्थाश्रम। घर-संसार के लिए आदमी जनमा है। घर-संसार, उसका अपने स्तर पर अपना रूप है। पहले सृष्टि, तब फिर घर।" पत्नी की बात को अपने मुँह से बोलने लगे, "बेटी घर पर रहने से ही शोभा पाती है। मरद बेटा कुछ करे, कोई कष्ट सहे, पर बेटी जात को उन सबकी जरूरत क्या है? घर की लड़की घर में ही ठीक है। माँ-बाप ब्याह दें, तब वह होगी घर की गृहिणी, जितने आदर्श सीखे-समझे हैं, उनसे तुम काम करनेवाले लोगों को शक्ति प्रदान कर सकोगी।"

"सचमुच इसमें विश्वास है तुम्हारा बापू? खुद ठाले बैठे रहकर औरों के लिए बस बातें कहने-भर से जीवन धन्य? सचमुच सोचते हो गृहस्थी का कोई निर्दिष्ट रूप है कि जिसमें इतना किया जा सकता है, इतना नहीं? तुम तो आदर्श गृहस्थ हो, बोलो तुम्हीं? जितना जो सोचा था, अनुभव किया था, सब इसी रास्ते से पा सके, साध सके तभी? काम किसी के आना नहीं, बस सिर्फ दूसरे के लिए सहानुभूति

दिखाकर रोना। गढ़ने का काम जहाँ चलता हो उधर जाना नहीं, पानी-कीच में उतरना नहीं, बस बैठे-बैठे सोचना कि कैसे क्या करना ठीक रहेगा, क्या होना चाहिए। खुद काम करना नहीं बस बैठे-बैठे हुकम देना, खुद धेला दान देना नहीं और सिर्फ कहना कि भई सब सब को पालें-पोसें—तुम सोचते हो, सचमुच सोचते हो कि यह जीवन ऐसा ही होना चाहिए? यही तुम्हारे जैसे आदमी का आदर्शवाद है? उसका बड़प्पन? यही गृहस्थाश्रम की नयी परिभाषा सोचते हो? जबकि आज काम की असली घड़ी आ खड़ी हुई है, घर-द्वार बहे जा रहे हैं। बोलो, बोलते क्यों नहीं? इतने दिन पढ़ाया, जो सिखाया—पोंछना है तो पोंछ डालो सारा। क्या कहते हो, कहो?"

हवा-पानी का गरजता-तरजता तूफान बोल रहा है, बिजली कड़क-कड़ककर चमक रही है, वही बात जो वह कहती जाती है सूने नदी के कछार पर, मैदार पर। हँसने की तरह बाढ़ का पानी कगार को छूकर लाक्-लाक् कर रहा है—अकेला पेड़ मुड़-झुककर छटपटा रहा है। छाती तले उदासी के अन्दर तपतपा रहा है भय, वहाँ भी चल रहा है मोड़ना-झुकाना, तोड़ना-फोड़ना । सब उड़ा जा रहा है, दिन-रात, युग, एक-एक कर आदमी की छोटी-मोटी गिरस्ती। कुछ कहना होगा। क्या कहें? कह नहीं पाते, गले में आवाज अटक जाती है।

झक् से दिख जाता है अपना अतीत अपनी ही आँखों के आगे। कितनी आशा-उच्छ्वासों को लेकर शुरू किया था। कहाँ गया? एक दिन आया था, सारे भारत में राष्ट्रीय आन्दोलन। घर के दरवाजे तक उसकी लहर कौंध गयी थी, कितने काम करने को मन में उत्तेजना आयी थी। ये करना वो करना। जैसे भी हो, अँगरेजों के शिकंज़े से देश को छुड़ाएँ। देश का काम करें, धन्य हों। सेवा कार्य करें। औरों का दुःख मोचन करें। स्वप्न। योजना भी। इतने तीन-पाँच न सोच, सपनों का जाल न बुन, उस लहर में बह गये कितने साथी-दोस्त, जाने-पहचाने लोग—जिस तरह मन्दिर के आगे द्वार पर भीड़ के रेले-पेले में लोग जैसे-तैसे स्रोत की तरह अन्दर बह जाते हैं, उसी तरह। पर वे स्वयं पैर उठाकर जा न सके बल्कि गये नौकरी करने। कितने बाद में जनम लेकर भी लोगों ने कितना आदर पाया। बड़े हुए, कोई जेल गया, कोई मरा।

परन्तु सहजन की डाल पर गिरगिट के सिर हिलाने की तरह वे स्वयं बैठे-बैठे सिर झींकते रहे, इसके-उसके कान में फूँक भरते रहे, स्वयं कभी कुछ किया नहीं।

कितनी तीखी प्यास से छवि की आत्मा प्रतीक्षा कर रही है—प्यासा मुँह खोले देख रही है, अब झूठ कहकर बहकाया नहीं जा सकता। वो देखो कह रही है—

"संसार में गृहिणियों की कमी नहीं है, संख्या की कमी नहीं, दिन-ब-दिन असुर वंश की तरह आदमी का गोठ बढ़ता ही बढ़ता जा रहा है, उतना भर छोड़ दो बाकी तो सब अभाव ही अभाव है, सुख-शान्ति-स्नेह-ममता तक सबका...मुँह पर बड़ी-बड़ी

बातें...काम के समय पूँछ दबाना, घर-संसार, संस्कार, भद्रतापूर्वक चलन, यही कहते हो तुम? गीता, भागवत, जो कुछ सदा से कहते आये हो—आज उनका यही अर्थ है, यह मुझे समझाने बैठे हो, कहो, बोलते क्यों नहीं?"

यही नारी। जच्चाघर में दूध पिलाकर, फिर पीठ पर पंख फैलाकर आदमी को आदमी बनाती है, यही तो है वह! अपनी सृष्टि पर विपद् आयी देखकर फिर उसके रक्षण के लिए बेचैन हो उठी है। सिन्धु चौधरी मोहाविष्ट-से देखते सोच रहे थे। मानो यह छवि नहीं, यह वही है, बिलकुल परिचित, जिसे उन्होंने ध्यान में देखा है, चेतना में अनुभव किया है। किस अनजान असीम से आयी है एक बड़ी लहर, छवि को उठाकर ऊँचा कर दिया है। क्यों वैसा होगा उनके घर में। क्यों उनकी एकमात्र सन्तान पर उतरेगा महाभाव का देवता!

"छवि, छवि, ये सब क्या कह रही हो? लड़की ठहरी! इन सबकी क्या जरूरत! चुप होकर बैठ, छवि! घर की शान्ति छोड़ क्यों बरसा में भीगने, कीचड़ में लथपथाने जाएगी? चैन से घर पर बैठ। शान्ति से रह! पगली कहीं की!"

"शान्ति या स्वार्थीपन? मुझे कुछ नहीं होगा। सब प्रतीक्षा कर रही हैं। तुम देखना हम किसी को कोई कष्ट न होगा। जाना तो पड़ेगा ही। इतना भाग्य अपना नहीं। हम सचमुच कोई क्या कुछ कर डालेंगी? हम इस गाँव के लोग जीवित हैं—इतना ही प्रमाणित करना है। जितना जिससे हो सका। जाना तो पड़ेगा ही। मैं चली।"

"अरी छवि, छवि! सुन जा! तू मेरा कहा मान," उसकी माँ आवाज दे रही है। "छवि-छवि..." गुरु की माँ पुकार रही है। गुरु बुला रहा है। सिन्धु चौधरी देखते रहे। सब कुछ नाटकीय हो रहा है। छवि की माँ काँप रही हैं, रो रही हैं—"एक ही तो लड़की, उसके लिए विधाता ने रखी थी इतनी बुरी घड़ी! मैं जहर खाऊँ या कहीं रस्सी लगा लूँ या किसी तालाब-पोखरी में कूदूँ—बताओ! ओह, क्या उपाय करूँ! तुम बैठे क्या हो जी? कुछ तो देखो। करो कुछ न कुछ तो। हे विधाता!"

"सुनो, चिन्ता न करो। क्या हुआ जा रहा है! कितने लोग तो जा रहे हैं। ऐसे समय में तो बाहर की औरतें मदद करने चली आती हैं, तुम इस तरह क्यों हो रही हो?"

"नहीं-नहीं-नहीं—मुझे मेरी बेटी ला दो।"

"सुनो, धीरज धरो। डरती क्यों हो? मैं खुद जाता हूँ। भला रोने से मानेगी वह। तब कहने से कोई फायदा नहीं।" सिन्धु चौधरी ने चरखा सँभाला। दिन बह गये हैं, सुख-दुःख ने दुलराया है उनके जीवन को, उन्होंने चरखा पकड़ा है, जिस तरह कि आदमी ताबीज बाँधा करता है। चरखे की घर्र-घर्र के साथ भागवत (जगन्नाथ दास रचित) के पद गुनगुनाने लगे—

"गृहरे (में) विपदे सम्पदे। कुल कांचन बन्धु मध्ये ॥
मोहे नोहिब मनच्छन्न। ए सर्व ईश्वर समान॥
भाव जाणिब शुणि देखि। इच्छारे सकल निरेखि (परख) ॥
ए पुत्र दारा बन्धु संग। ये सने (जैसे) समुद्र तरंग ॥
पथिक येन्हे वृक्ष डाले। श्रमे बसन्ति एकमेले (एक साथ) ॥
श्रम सरिले जेझामते। चलन्ति वृक्ष छाड़ि एथे (इधर-उधर)
येसने प्राणी निद्रागते। सम्पद देखे स्वप्नगते ॥
एहि प्रकारे गृहवास। न कर एथिरे विश्वास ॥"

अचानक लगा जैसे यह भी एक अभिनय है। दृश्य के बीच में कोई भिखारी रंगमंच पर सुन्दर गीत गाकर चला जा रहा है, वैराग्य संगीत। भिखमंगे वे नहीं हैं। हो सकता है, कामना हो कि इस गीत के लिए उसे कुछ पदक मिलेगा।

मानो पिंजरे में कोई तोता पढ़ रहा है।

अतिथि...पथिक...कब हुए वे पथिक? घोर संसारी। कुड़मुड़ा रहा है स्नेह का बन्धन। बारम्बार लगता है कि छवि गयी क्यों? ओह, ये लड़के-लड़कियाँ माँ-बाप के मन की बात कुछ समझते ही नहीं।

छवि नहीं। उसकी माँ दिखती नहीं। बादल नहीं हैं, धूप चिलचिला रही है। उत्तर की ओर टूटी छान की फाँक से नदी का मोड़ दिख जाता है, धूप में चमचमा रहा गँदला पानी। दूर का आकाश कलौंसा अबरख का परदा बन गया है, दृष्टि भेदती ही नहीं। उसके नीचे विभिन्न सतहों पर पेड़ों की फुनगियाँ झुकी हुई हैं। फुनगियों पर बच्चों के खिलौने—चरखी की तरह नारियल के सिरे, धूप में झूम रहे हैं। उदास-विषाद में अनमनी स्त्री की तरह अधर में लोट पड़े बरगद और सिरस के पेड़ों का ऊपरी आधा भाग। हथेलियों को उठा विनयपूर्वक झुककर धर्म को प्रणाम करने की तरह केले के पेड़ अनेकों-अनेक, बीच-बीच में शून्य। तनिक छोड़-छोड़कर कहीं अकेले-दुकेले पेड़ का सिरा मानो अकेला बटोही थककर जगह-जगह सुस्ता रहा है।

चरखा घुमाते-घुमाते मन में अपने सकतेपन की भावना लौट आती है। और आ रही है आकाश तथा समय के बीच अनुताप की नयी धारणा। ऊपर हवाई जहाज उड़ गया। आवाज से कानों के परदे हिल उठे। चरखा चलाने और ऊपर हवाई जहाज के जाने के बीच वे छोटा-बड़ा नहीं जान पाये। महाकाल के अनुपात में सोचने पर कोई कुछ नहीं, केवल बिजली की झलक-भर है, 'ए सर्व बिजली प्रकाश'। वही 'झक्'-भर, वही जीवन, वह एक उच्छ्वास, किसका किस रास्ते जाता है, कोई सूत कातता है, कोई खेत खोदता है, कोई जहाज चलाता है। इसी के भीतर है जीवन, सत्य, सुन्दर, सनातन, होने और न होने को, मरे और जीने को एक साथ गूँथे हैं। मरुभूमि की बालू में सहेज रखे है कोमल हरे पत्ते गढ़ने के लए प्रवणता, अँधेरी रात में जुटाया है आगामी सूर्योदय का अविसम्भावित्व। वही है वह, प्राण, ब्रह्म।

बाबाजी ने कहा था, "धान में चावल का दाना है, इन चर्म नेत्रों को केवल धान दिखता है, चावल नहीं। चावल को देखने पर ही तुम्हारा अभाव मिटेगा।"

कैसे किधर से आकर वे बाबाजी याद आ गये, बेणुपाड़ा मठ के बाबाजी। माथे पर दो हाथ ऊँची टोपी, पालागायकों की तरह छींट का पैजामा पहने, फूलों के हार से लदे-भरे, मृदंग के ताल-ताल पर नाचते। याद आया बेणुपाड़ा का मठ, सैकड़ों बरस पुरानी काँजी, पुरानी ताड़पत्र की पोथियाँ, पुरानी माटी की गद्दी, बाईदास की, कृष्णदास की, आर्तदास की, पास-पास लगी कवि-साधकों की समाधियाँ। याद आता है उनका वह पुराना भजन–

"चेति चाहुँ किना हो ज्ञानी। तू ज्ञान लोचन बागे।
चर्म नयन कु रूप न दिशइ। खेलुछि नयन आगे।
अकार मकार सकार परे। अणाकार परे हेज,
तथि परे जेउँ परम बीज। आउ तथि परे खोज।
शेषरे शिरे अजपा परे तथि परे शून्य विधि,
शून्य पुरुषंकु पारिले हेजि, प्रकृतिमानंकु छेदि।"

वे लोग तो लययोग लगाकर देखा करते थे वह रूप, प्रकृतियों का छेदन किया था। उन्होंने ही इस जीवन को पहचाना था। कल्पना में तैर उठे उनके कल्पित रूप। समुद्र की गरज सुनाई दे रही है। नदी के उस ओर लहर-लहर लहराते बालू के ढूह दिख रहे हैं। आँखें जहाँ तक जा पाती हैं, केवल खुला आकाश। उधर ही मुँह किये ताड़पत्रों पर लेखनी चलाये जा रहे हैं सिद्ध साधक–"वदयन्ति ग्रन्थकार श्री सारोलदास कवि"। और दिखाई पड़ रही है पुरी स्वर्गद्वार पर श्मशान के उस ओर बालू के टीले पर माटी में पुत जाने की तरह मानव-हाथों से गढ़ी एक गुफा, चूना-बालू से बनी छत्ते की तरह उसकी छत। बाहर देखने पर सामने दिखता होगा नित्य आदमियों का शव-दाह का दृश्य, दाहिनी ओर महासमुद्र, बायीं ओर दिखता होगा श्रीमन्दिर पर नील चक्र, उसी गुफा में योगासन पर बैठे होंगे सिद्ध जगन्नाथ दास। कितने सिद्ध-साधक इस माया सृष्टि का तलातल देखकर चले गये हैं। वे कह गये हैं मिथ्या, निष्ठुरता, हिंसा, स्वार्थ–ये सब मिलकर बनाते हैं वह पाटी, जिसमें से चावल दिखता नहीं, केवल नजर आता है धान। दर्पण में देखने पर उलटकर अपना चेहरा दिखता है।

चल रहा है घर्र-घर्र चरखा। फिर बढ़ जाती है उत्तेजना, खूब तर मन की चिन्ता के साथ मानो चरखा ताल बनाये रखना चाहता है, पर रख सकता नहीं। उलटे आ रही है चिन्ता–यह क्या किया उसने, लड़की है!

पुकारा–"छवि!"

कोई नहीं। बाहर पतली धूप, छाती में छन् से कर देती है। अटपटा-अटपटा-सा

लगता है, कहाँ उन्होंने कोई भूल कर दी है! भूल-भूल, अड़चन और गोलमाल होता-सा सब!

तीन बच्चे एक-दूसरे को गलबहियाँ डाले एक ढूह पर खड़े थे, आँख-मुँह पर हँसी उच्छरित हो रही थी। ऊपर आकाश, सामने घर।

चिकना नीला स्याह घने काँच की तरह मेघ, रुँधा थमा हुआ आकाश—किधर से आया है, दूर कहाँ तक फैला है। उसी में से जरा-सा उनकी पीठ पीछे टिका हुआ था। सचमुच जैसे माया आँजन लगा। कुहुक दर्पण हो, वहाँ कब किस सतह पर कौन-सी छवि उगकर फिर विलीन हो जाती है। कुछ चिपका नहीं रहता।

उस अनन्त विराट् चित्रपट पर, जहाँ युग-युग के कितने ही आँखों को दिखाई पड़ जाएँ इस तरह के चित्र खिलकर फिर निश्चिह्न हुए थे, कितने वज्र, तूफान, कितने प्रलयंकर ध्वंस, कितने महाभारत युद्धों के चित्र, कितने ही विराट् टूटने-गढ़ने के अनामधेय इतिहास।

फूलशरा गाँव में आषाढ़ के अन्त में वही एक अख्यात कलौंसी अपराह्न। साफ होकर खिल रहे थे तीन शिशुओं के चेहरे, दो-ढाई बरस के होंगे, एक-दूसरे की कमर में हाथ डाले नंगे, तीनों लड़के, दो तो काले-काले, बगल में एक गोरे बदनवाला। वर्ण वहाँ प्रधान न था, प्रधान थी—उन तीनों शिशुओं की ध्वनि, युग-युग से मानव जीवन के अभ्युदय की प्रतीक, विस्मृति के नील-स्याह पट पर तीन प्रकाश-शिखाएँ। इधर-उधर होकर सिर के अरणे बाल बिखरे पड़े थे, आँखों से ज्योति छिटक रही थी, मुँह से अकारण हँसी। वे दूध पीकर आये थे। उनके पेट पर दूध की धार नीचे तक बह गयी थी, वह भी स्पष्ट दिख रही थी।

रास्ते के इस ओर घरों की कतार लम्बी चली गयी है। बच्चों के सामने एक घर के दरवाजे पर कुछ लोग जमा हैं, अनेक औरतें और अनेक बच्चे। बड़ी हाँड़ी में औटाया दूध रखा है। बच्चों में बाँटा जा रहा है। अनेक घरों से गाय का दूध लाकर एक जगह गरम कर गाँव-भर में इसी तरह जगह-जगह बच्चों में रोज बाँटा जा रहा है, उसी में से एक जगह यह भी है। "और थोड़ा पी रे धड़िया—" एक आठ बरस के बच्चे को कोई पुकार रहा था। धड़िया हँस-हँसकर टालते-से हाथ छुड़ा रहा था। "सब पीएँगे या अकेला वही अपने मोटे असुर-से पेट में भर लेगा?" धड़िया की माँ ने कहा। "और बहुत है," दूसरे ने कहा, "आ रे आ धड़िया, कितना सूख गया है..."

तीनों बच्चों का मन इस देन-लेन में न था, उनका पेट ठण्डा था। मानो खुले आकाश तले उसी ढूह पर एक साथ गलबहियाँ डाले जग के आगे दिखाये खड़े होने में ही उनका आनन्द है। वे केवल ढूह पर ही खड़े नहीं थे, वे थे ढूह की ठीक ढलान पर, लुढ़के तो तीन हाथ नीचे गिरेंगे, पहाड़ के सिरे पर खड़े होकर सामने उपत्यका

की ओर देखने की तरह, तीन हाथ ऊँचे पहाड़ पर भी सीधा चढ़ा नहीं जा सका था, भीड़ से खुलकर आकर पिछवाड़े घूमकर ढलान ही ढलान में धीरे-धीरे चढ़कर फिर ऊपर-ऊपर, अन्त में चरम विजय के समय का विपुल आत्मप्रकाश।

वही खुले दूह के कब के टूटे पड़े घर की नींव। वहाँ घास उग आयी थी।

थोड़ी दूर पीछे में था एक घना कदम्ब का पेड़। फूल खिले हुए थे, पेड़ पर झुण्ड के झुण्ड बन्दर छुपे थे, सफेद घेरदार होकर काले-काले दो चिन्तित चेहरे पत्तों की ओट से साफ दिख रहे थे।

थमे हुए आकाश के नीलम स्याह काँच पर दिख गयी—पाँच सफेद बगुलों की पाँत उड़ती जा रही है। नीचे एक जगह चकराती मँडरा गयी एक दल मैना, घास से तनिक ऊपर।

अचानक एक समूह 'उहुक' कर एक साथ चीख उठे, फिर वह संगीत बन्द हो गया।

एक बकरी मिमियाती आ गयी, भरे थैले की तरह गादी झूल रही थी। काले-काले तीन बच्चे रेल-पेल करते उसकी गादी से दूध पी रहे थे। हृष्ट-पुष्ट मटमैली-सी बछिया आकर खड़ी हो गयी, इधर-उधर देख सिर हिलाती चल पेड़ी। दूर चबूतरे पर झाड़-झूड़कर खड़ा हुआ कोई एक कुत्ता, देह पर रोयें नहीं हैं, आँखें लाल-लाल, लड़खड़ाती गरदन, चारों ओर देख फिर सिमट-गुमटकर लेट गया। किसी के गुहाल से छूट आयी कोई कुँई फूल-सी कोमल बछिया। खुले रास्ते पर इधर-उधर उछल-कूदकर तमाशा लगा दिया। तीनों बच्चे उधर देखते-देखते खुशी में भर किलकारियाँ मार रहे थे, पूँछ उठाये पीठ मरोड़ती-मरोड़ती चिकनी काली थूथन को फनफनाकर वह लहर फैलाती-सी तीर की तरह जिधर इच्छा उधर दौड़ी जा रही है, इतने में ही उनका विस्मय है और आनन्द है।

उनकी चिल्लाहट सुन इस घर के दरवाजे से सबने उनकी ओर निगाह डाली, दौड़ गये चार जन। लसर-पसर करती पहले तो गयी बाञ्छू की स्त्री, नन्द तहसीलदार की बहू, वह पाँच महीने की गर्भवती है। "आ रे, आ रे, यह ठीक नहीं, इस तरह न दौड़।" सास ने पीछे से रोका। बाञ्छू की स्त्री ने नहीं सुना। बोली, "इन बच्चों से अब पार पाना कठिन हो गया, क्या कहें!" एक बच्चे को गोद में उठाया, और दो ने उसके पैरों से लिपट मुँह ढाँप लिया। तीनों बच्चों की माँ आकर उन्हें गोद में ले गयी। अबकी भीड़ उस ढूह की ओर सरक आयी। हो-हा करते झुण्ड के झुण्ड बच्चे सारे रास्ते पर धमाचौकड़ी मचाने लगे। औरतें खड़ी होकर बातों में उलझीं।

दधि अहीर की स्त्री उरी, गन्धर्व मिश्र की स्त्री कमला के आगे अपना दुखड़ा रो रही थी। उसकी उमर तीस, ब्याह हुए पन्द्रह बरस। पन्द्रह बरसों में आठ सन्तान। डोल-डाल चेहरा, काला चमचमाता गोल मुँह। कमला उसकी हमजोली, एक बेटा एक बेटी, तनिक हड़ीली, हलद गोरी, लम्बी नाक, मानो माथे से ही निकली हो।

उरी बता रही थी, "कन्था-गुदड़ी तो सदा गीली-भीगी। बरस का बरस एक। दो गये नदी की बालू में। होते तो दस पूरे हो जाते। यह दुःख अब और कौन समझेगा! बस कुछ पूछो मत! दिन-रात एक-सा है।" उसने गहरी साँस छोड़कर कहा, "कभी-कभी सोचती हूँ ये तो एक भीड़ हो गयी। ये सब खाएँगे क्या; चलेगा कैसे?"

कमला हँस पड़ी। बोली, "आदमी कभी इस तरह सोचे तब तो। अभी तो जमाना बदल गया। गाँव-भर के लोग जैसे पेट भरेंगे, तुम्हारे बच्चे भी वैसे ही गुजारा करेंगे। धरती छूते ही बच्चा तो अब गाँव के सामलात का। उनकी और कोई बात तुम्हें लगी है?"

उरी बोली, "हाँ, पर यह रहे तब तो।"

कमला ने कहा, "छिः-छिः, ऐसे नहीं कहा करते।" उसका चेहरा चिन्तित लगा। बोली, "गढ़ना कितना कठिन है। तोड़ने में तो छन-भर भी नहीं लगता। कितने भरोसे से यह काम शुरू किया है, मन को मजबूत न किया, विश्वास न रखा तो सारा गाँव, इतनी जातियाँ, इतने घर के लोग, सामलाती में चलते हैं—वह फिर रहेगा?"

उरी हँसकर कहने लगी, "केवल रोजगार ही तो सामलाती है। जो हुआ सब बाँट-बूँट कर खाओ, सब सबके भले की ओर देखो, जैसे कि गाँव-भर एक कुटुम्ब हैं, सब सबों को आदमी बनाएँगे, पालेंगे, पोसेंगे।"

कमला बोली, "वही तो मैं कहती हूँ, फिर और चिन्ता किस बात की है?" हँस-हँसकर कहा, "अब तो बस चैन से बच्चे पैदा करो, तो गाँव भरेगा।"

"ऐं! कैसी बात कहती हो!" उरी बोली और फिर हँसते-हँसते लोट-पोट। हँसी सँभालकर कहा, "सचमुच तो, सोचने पर ताज्जुब लगता है, कुछ ही महीनों में कैसा बदल गया! कितने कलह-झगड़े, कितने वाद-विवाद कहाँ गायब हो गये। मामूली चोरी-चपाटी तक नहीं। ऐसी चैन की नींद आती है कि क्या बताऊँ। आदमी निश्चिन्त, बेधड़क।"

कमला ने कहा, "यह तो एक ओर हुआ, दूसरी ओर से देखने पर तो चिन्ता बढ़ गयी। तब एक की चिन्ता से ही सिर चकराता था, अब सारी भीड़-भर की चिन्ता आकर गले पड़ गयी, काम बढ़ गया। अब ये आज एक ही दिन की बात लो न, हम दस औरतें मिलकर बड़ी चूँट रही थीं, फिर भी कहाँ पूरा हुआ?"

उरी ने कहा, "हमारे यहाँ दिन-भर सामलाती धान कूटने में लगी हैं, पैर रुकता नहीं, काम पूरा होता नहीं। जो हो, ऐसे में काम काम की तरह नहीं लगता, खुद-ब-खुद काम करने को हाथ-पैर कुलबुलाने लगते हैं। थकान नहीं आती। उसके बापू तो वैसे ही काम में लगे हैं, गायों के गोठ में, खाने को भी फुरसत नहीं। कहती हूँ कि सामलाती काम खूब बढ़ा जा रहा है, जितने आदमी शामिल होते जायँ और भी काम—"

चबूतरे पर एक जगह दनेई महान्ती की विधवा बहन नेत माधो साहू हलवाई की पत्नी पारा के पीठ पीछे बैठी उसके बाल सँवार रही थी। पारा गढ़ी गयी-सी इत्ती-सी औरत, चार बच्चों की माँ, उमर पचीस होगी। नेत गेरुआ साड़ी बाँधे बैठी थी, हाथ में लम्बी कंघी थी। कहने लगी, "हो गया, जरा ठहर, ये लो।"

"और इस गहरे चेहरे में क्या है जो यों ही इतना सुन्दर किये दे रहा है?" पारा ने सामने आईने की ओर देखकर कहा, "रहने दे, बस, जैसे-तैसे लपेट दे। चलती हूँ, उधर काम है।"

नेत ने कहा, "वैसे कहने से कैसे चलेगा? आदमी का मुँह विधाता ने दिया है या किसी ने गढ़ा है? कैसे था, अब कैसा फब रहा है, देख!"

पारा ने कहा, "इसी चेहरे पर तो मिठास लगा है जो..."

नेत हँस पड़ी, बोली, "और नहीं तो क्या? बस खाली गुड़ महक रहा है, रात में भी कीड़ी-मकोड़ी लग जाती होंगी।"

पारा ने कहा, "कुछ भी हो।" गहरी साँस छोड़कर फिर बोली, "इतनी बातें तो बदल रही हैं, और ठेठ पुरानी 'जाति-जाति' वाली बातें पता नहीं क्यों रख छोड़ी हैं? अब मेरी ही बात ले, दुतिया हुई तब तो घर-बार हुआ, नहीं तो बहाकर वो जैसे चला गया था, फिर और कुछ बाकी था? सारी जात में चलने लगी वर मरने पर 'दुतिया' होने की प्रथा। ब्राह्मण, जो सबसे बड़े कहे जाते हैं, उनके यहाँ भी चलने लगी, बस केवल तुम्हारे ही जात में नहीं चली। क्या होगा? मरने पर बस केवल कायस्थ ही जाएँगे स्वर्ग को? तभी शायद...।"

नेत के हाथ से कंघी खिसक गयी। उठाकर बोली, "रहने दे, वो सब बेकार की बातें।"

बात टालकर नेत ने पूछा, "नया बगीचा लगानेवाला काम तुम्हारी बस्ती की तरफ कैसा चल रहा है? देख आने की सोच रही थी, पर कन्था सिलाई करने में हम रह गयीं। पता नहीं, चार बीसी कन्था सीने हैं। हिसाब लगाकर कपड़ा दे गये हैं, जल्दी किये बिना लोग हड़बड़ी करेंगे, हम उसी काम में जुटी हुई हैं।"

पारा ने कहा, "अच्छे काम में ही तो लगी हो, क्या बुरा है? अब की घर-घर में वही बात, सचमुच जैसे दस ब्याह के लिए तैयारी चल रही हो।"

नेत ने कहा, "उस बगीचे के बारे में बता।"

पारा ने बताया, "हमारी बस्ती के उधर जो मल-मैदान था, उसके समूचे हिस्से में आम लगा दिये हैं। बीच में वो जरा-सी जगह खाली पड़ी थी। अब तो लम्बी चली गयी है—पधान घर की बाड़ी से काणी नाले तक ऊपर ही ऊपर, कण्डरा लोगों का खलिहान जहाँ हुआ करता है, वहाँ तक। सब मिलकर जुट पड़े तो हुए बिना जाएगा कहाँ? गाछ बढ़ जाने पर बगीचा कैसा दिखेगा, बताओ तो भला!"

नेत ने कहा, "कुम्हार बस्ती की ओर क्या हो रहा है देखा है तो? उधर की

ही हवा आती है। वहाँ चम्पा, नागेश्वर, बकुल लगाकर बगीचा बनाया है। उधर फिर तेली बस्ती के उस ओर देवदारु, सिरस इधर-उधर कर कई पेड़ लगाये जा चुके हैं। वह कहते हैं, वन बढ़ेगा। जिस उत्साह में पेड़ लगाना चल रहा है, इस इलाके में कहीं दिखाई नहीं दिया था। सच रे, यह आदमी ऐसा ठान ले तो क्या न कर डाले!"

पारा ने कहा, "केवल झाड़ लगा देने-भर से कुछ नहीं होने का। असल काम तो उनकी रखवाली करने का है। देखभाल कर उन्हें बढ़ाने का है। तभी देखी जाएगी इस गाँव की औरतों की कर सकने की क्षमता। कौन कितने पेड़ों का भार लेगा दिखा दिया जाएगा, बदा-बदी कर झाड़ बड़े करने होंगे।

पारा ने कहा, "मन हो तो कौन-सी बात बड़ी है। किस जमाने की कौन-सी तपस्या से गाँव एक कुटुम्ब-सरीखा हो गया है। ऐसा ही मन रहने से तो अच्छी-अच्छी, नयी-नयी बातें देखने को मिल सकेंगी। ठाकुरजी को पुकारो कि बस सदा सबकी ऐसी ही बुद्धि बनी रहे।"

उधर शियल बुढ़िया असली ने नरसिंग पति की माँ विमला से पूछा, "सात-गछिया पठा के पठानों के आठ घर सामलाती में मिलने के लिए दौड़-धूप लगा रहे थे, क्या तय हुआ उस बात का?"

विमला बुढ़िया हँस पड़ी। पान खाती नहीं, दाँत घिस गये, पर वैसे ही एक-बारगी सफेद चमचमाते हुए, बोली, "कैसे तय होती, तुम होती तो? बताओ तो सही। उन्हें लेती या नहीं?"

"लेंगे नहीं तो और क्या फेंक देंगे? पठान हुए तो क्या, और ब्राह्मण हुए तो क्या? सब इसी माटी की सन्तान ही तो हैं!"

विमला ने कहा, "तुम्हारे मन को यह बात भाती है तो? बस। गाँव के लोगों ने भी वही फैसला किया। सब बोले कि एक जैसे आदमी, एक घर के भाई, एक जगह सब काम मिलजुल करेंगे, ठाकुरजी की पूजा के समय सब अपनी-अपनी इच्छा मुताबिक जो जहाँ चाहे जाकर पूजा करेगा, उसमें क्या बिगड़ता है! उन्हें सामलाती में ले लिया गया है। काम भी शुरू हो गया, कोई बाकी थोड़े ही रहा है!"

असली बोली, "क्या काम हुआ?"

विमला बुढ़िया ने बताया, "सब उधर गये थे। वे आठ घर के लोग हैं, बहुत खराब हालत में गुजर कर रहे हैं, जमीन-जायदाद तो ठन्-ठन्, बाल-बच्चों की हालत बस क्या बताऊँ, खाने के भी टोटे। अब की बार वो दिक्कत नहीं रहेगी, अपनी जरूरत का धान सामलाती धान से हिस्से में पाएँगे। घर भी खड़े किये जाएँगे, उनकी बस्ती तक एक सड़क बनेगी, वहाँ एक कुआँ, एक पोखरी खोदी जाएगी, बरसा बीतने पर ये काम वे हाथ में लेंगे। वे कोई ठाले बैठनेवाले लोग हैं? अभी गाँव की जमीन में खट रहे हैं अपने आप। चारों ओर से हाड़ चुनकर लाते हैं और उन्हें उबाल-सुखाकर चूरा बनाते हैं।"

असली ने कमर पर हाथ रख चौंककर पूछा, "ऐं! उन सबका क्या होगा! छिः! हाड़!"

विमला बुढ़िया कहने लगी, "अभी तो हो रही है यही बात, इसमें छी-छा करने की क्या बात है? हाड़ों के चूरे की तो कहते हैं बहुत अच्छी खाद बनती है, माटी को इतना बल देती है कि फसल दूनी होती है। देख कहा भी तो करते हैं न कि जन्तु मरा तो, दो झाड़ तले गाड़। कागजी नीबू की जड़ में घोंघे गाड़ देने पर फल लद जाते हैं। हाड़ों को उबालकर चूरा करने से फसल अच्छी होती है। वही काम ये लोग कर रहे हैं। केवल हाँड़ी में ठीक से सीझते नहीं, सो कहते हैं कि कल लाकर सिझाएँगे साथ में पुट देने को कहते हैं, तब गाँव की जमीन के लिए जिसे जितनी चाहिए उसे उतनी हाड़ों की खाद मिल जाएगी। वसुधा फल उँड़ेल देगी, धान होगा, आलू होंगे, गोभी होगी, आम, नीबू, केले, पपीते भी होंगे।"

असली बूढ़ी ने कहा, "हाँ, उसमें फिर पबित्तर-अपबित्तर क्या रखा है? मरने पर ये हाड़ इसी माटी में तो मिलते हैं या कहीं और जाते हैं? जैसा चलाओ, वैसा ही चलेगा। ये ही हाड़ उजाड़ में पड़ते हैं, उनसे खाद बनती है जिससे आलतू-फालतू पौधे बढ़ते हैं, अब फसल बढ़ेगी। अब आया ये हाड़ों का चूरा। जितना कूड़ा-करकट सब पड़ेगा खाद में, न उपले होंगे न खाद जलायी जाएगी, मेरा लड़का तो पग-पग पर नजर रख रहा है। कहता है, माँ जो उपले चार टुकड़े जलाने बैठी हो, कद्दू की जड़ में दोगी तो दो बड़े-बड़े कद्दू फल जाएँगे। मैंने कहा, खूब रे बेटे, तेरी ये माँ मरे तो उसके हाड़ों का भी चूरा कर देना, जमीन में लगा देना, फसल अच्छी होगी।"

विमला बुढ़िया हँस पड़ी, कहने लगी, "उधर ये कण्डे जलाने पर रोक लगानेवाली बात देखकर तो आदमी डर जाएगा, इतनी लकड़ियाँ कहाँ, काठ कहाँ, नारियल के पत्ते कहाँ, जलावन तो बहुत कठिन हो गया! कहते हैं खींच-कसकर चलो, खाद को नष्ट न करो। अच्छी बात। माटी से तो बल गया, माटी को पहचाने बिना, देख-भाल किये बिना वह खाने को कहाँ से देगी? जो भी कहो, इस साल तो फसल देखते ही पेट भर जाता है। ऐसा धान, ऐसी साग-सब्जी, कभी किसी ने देखी नहीं होगी। खाने को भर पेट मिले, पेट ठण्डा रहे, बस और क्या, सुख से बैठे माला फेरने की बात। पहले लोग अगर इधर मन लगाते तो अब तक कहाँ से कहाँ क्या कुछ न हो जाता।"

असली बुढ़िया ने कहा, "अच्छा रे अच्छा, बस लोगों के सुख देखते-देखते अपने दिन बीत जाएँ। कितने वाद-विवाद, कितने मुकदमेबाजी, कितने कलह-फसाद तो देख चुकी। चलो, अब अपने देखते-देखते यह सब बदला—यही अपना बड़ा भाग्य है।"

विमला बुढ़िया ने कहा, "ठाकुरजी को पुकार कि यह मन ठीक रहे। वरना सब उजड़ जाएगा।"

असली ने कहा, "उजड़ेगा नहीं री, रहेगा। यह स्वाद एक बार जीभ को लग जाने पर आदमी उसे छोड़ नहीं पाएगा।"

वासन्ती देवी, दुमुकीपुर की बेटी, इस गाँव में लिंगराज पट्टनायक की स्त्री है। ब्याह कर यहाँ आने को बरस भी पूरा नहीं हुआ। दुमुकीपुर की छोरियाँ सोहने गीत गाती हैं, अल्पना आँका करती हैं, मिल-जुलकर वेश बनाती हैं, अपने-अपने बीच सभा समिति किया करती हैं। कभी-कभी अखबार में छपा करती है, 'आसफअली की मृत्यु पर नारी समाज द्वारा शोक।' अथवा 'स्वेज नहर के मामले में दुमुकीपुर नारी समाज का प्रस्ताव।' कभी 'फार्मोसा युद्ध के बारे में दुमुकीपुर नारी समाज की जरूरी बैठक।' दुमुकीपुर की कई लड़कियों का अनेक प्रतिष्ठित घरों में ब्याह हुआ है। शहर के कई प्रसिद्ध लोगों की ससुराल है दुमुकीपुर, अतः वह विख्यात है।

वासन्ती देवी रूपसी नहीं, परन्तु उसकी दृष्टि, जूड़ा बाँधना, चाल, बात करते समय चेहरे का झटकना, देह को तनिक बाँका कर तिरछे हो बात सुनने की भंगिमा, कभी-कभी हँसते समय मुँह को 'आँ' किये गरदन पीछे मोड़ बाँकी कर आँखें टिमटिमाते हुए लगातार कई मीठे-मीठे शब्द कहना—इन सबका ऐसा प्रभाव पड़ता है कि कई लोग तो उसे सपने में भी देखते हैं कभी-कभी। वह एक मधुर स्मृति है, अनुकरण करने के लिए एक आदर्श। अनजाने ही धीरे-धीरे उसकी चाल उसका तौर-तरीका, उसका जूड़ा-साड़ी बाँधना आदि कई बातें औरों में खिलने लगी हैं, और उसके चारों तरफ एक आलोचना-चक्र अपने आप खड़ा होता गया है।

एक कनेर के फूल को धीरे-धीरे गाल पर सहलाते हुए वासन्ती ने अरुन्धती से, जो नाण्डु पाइकराय की घरवाली है और उसकी ही उमर की होगी, कहा, "समझी अरु, मैं आयी तब से तो देख रही हूँ इस गाँव में अजीब बात, विचित्र काम। सब तो सनकीपन की तरह चल रहा है। यह कि इतने-इतने काम हो रहे हैं, इसमें नाटक का सूत्रधार—उनसे हाथ को दो हाथ होने को जी नहीं करता, क्यों? क्या कन्या अपूर्व है? देखा है तो उस आदमी को! कैसा लगता है?"

अरुन्धती भरे-पूरे डील-डौलवाली बहू, उसका शान्त शीतल, साँवला सपाट चेहरा। कुछ भावों में डूबी-सी गहरी उसकी दृष्टि। बोली, "देखा है, बात-चीत भी की होगी। सच कहती हूँ, वासन्ती, उस आदमी में क्या है पता नहीं, देखते ही वैसी बात बिलकुल मन में आती ही नहीं। हाथ को दो हाथ! इतने लोग होते हैं, वे भी क्यों न हों? होंगी कभी तो। वह बात मैंने कभी सोची नहीं।"

वासन्ती ने आँखें नचाकर हँसते-हँसते कहा, "और सोचा क्या है? केवल खाद, खली, गोबर, जमीन, फसल—बस ये ही बातें?"

"केवल इतनी ही बातें? गाँव-भर कैसे एक घर की तरह हो गये, जहाँ आजकल की दुनिया में बेटा बड़ा होने पर बाप को कहता है कि मेरा भाग मुझे दे दो, मैं अलग हो जाऊँगा, वहाँ कैसे इस गाँव की जमीन सामलाती, वृत्ति-व्यवसाय

सामलाती, चलना-रहना सामलाती—सब कुछ सामलाती हो गया—यही बात सोचती हूँ, तभी उस आदमी की बात सोचती हूँ कि दिन नहीं रात नहीं, पराये पेट के लिए खटता-मरता है, अपने लिए कुछ नहीं। आदमी तो सब हैं, सबके हाथ-पैर हैं। मैं सोचती हूँ, उनका मन कितना बड़ा होगा! विधाता ने किसमें कैसी बुद्धि दी है!"

वासन्ती ने कहा, "हमारे गाँव में हमारे काका-भाई वगैरह ने भी सामलाती खेती शुरू कर दी। जानती तो होगी ही, अखबारों में उनका नाम आता है, मेरे दो भाई तो इस विषय में नामी हैं, कितनी बार जेल गये हैं, कितनी विपत्तियों का हँसते-हँसते स्वागत किया है, उसकी कोई सीमा ही नहीं..."

अरु हँसने लगी। बोली, "सच?"

वासन्ती ने कहा, "तुमने उन्हें नहीं देखा, उनका भाषण सुनकर लोगों का खून गरम हो जाता है, लोगों की मुट्ठियाँ भिंच जाती हैं, दाँत किटकिटाने लगते हैं, देखते ही डर लगे, दुमुकीपुर की तेज-तर्रार माटी...!"

अरु ने हँसकर पूछा, "क्या यहाँ से भी अधिक फलती..."

वासन्ती कहने लगी, "विश्वास नहीं होगा तुम्हें, मैं और क्या बताऊँ।" अपने विश्वास और अनुरक्ति पर दूसरे में विश्वास उपजाने की चेष्टा में उसने आँख टिमटिमाकर कहा, "दूब भाई बड़े नेता हैं, दुमुकीपुर वीर-भूमि ठहरी। उन्होंने सामलाती खेती शुरू की। क्या हुआ? किसी ने कहा सामलाती काम सामलाती समझे, अपने चैन से सोये, अपने आप भाग मिलेगा। कोई गया इधर-उधर ताकता, अपना बड़ा-सा भाग उठाकर छू। धक्कम-धक्का, रेल-पेल, ठगना-खोसना चल पड़ा। आलू लगाया था, बेर की तरह हुए, धान लगाया, देखभाल की नहीं, कीड़े खा गये, जो बचा सो नुकसान हो गया। कलह-तकरार किया, तू-तू—मैं-मैं हुआ और जो फटाफटी थी वह उससे भी अधिक हो गयी।"

अरु ने कहा, "यहाँ वैसा होगा, ऐसी बात क्यों सोचती हो? नहीं होगा। जहाँ मन सामलाती नहीं हुआ, धन सामलाती नहीं हुआ, विचार-विवेक कुछ सामलाती हुआ नहीं, वहाँ खाली सामलाती खेती से क्या उपकार होनेवाला है? तभी वहाँ हुआ नहीं। यहाँ हो रहा है।"

वासन्ती ने तनिक सोचकर कहा, "आदमी क्या केवल काम-भर के लिए है? और कुछ नहीं? देह-हाथ-पैर की कोई परवाह नहीं। पगले की तरह रात-दिन फिरते हैं, क्या ब्याह नहीं करेंगे?"

अरु ने कहा, "उनसे पूछेंगे।"

वासन्ती ने कहा, "सुना था, कि पाटेली गाँववाले सिन्धु चौधरी के यहाँ उनका ब्याह को मन था। तब 'हो' भी उठी थी, फिर बात ठण्डी पड़ गयी। कहते हैं, कहीं बात-वचन भी हुए थे उनके..."

अरु ने कहा, "वे जैसे झक्की आदमी हैं! सचमुच अगर मन होता, बात-वचन हुआ रहता, तब फिर रुकता क्यों? जिनका कोई काम नहीं, वे ही तो 'हो' निकालते-फिरते हैं। अपना उन सबसे क्या आता-जाता है?"

वासन्ती ने कहा, "नहीं, आग बिना कहीं धुआँ उठता है? कुछ होगा। कुछ नहीं तो श्रद्धा ही होगी। कुछ थोड़ा-बहुत इधर-उधर हुआ होगा। इतने सुन्दर आदमी, सबके इतने स्नेही—तो हृदय पत्थर का हो जाएगा?" हँसकर कहा, "उस लड़की के मन में वैसा कुछ होता होगा!"

अरु ने कहा, "कितनी बेतुकी बात है! कौन-सी लड़की! सचमुच, या झूठे ही! तुम यहाँ बैठकर बहेलियों की तरह लकड़ी में गोंद लगा रही हो। कहो न कि दुमुकीपुरवाली लड़की है!"

वासन्ती ने कहा, "दुमुकीपुर नहीं, पाटेली गाँव की। दुमुकीपुर की होती तो वह मन की बात मन में दबाये धरती में सिर छुपाये नहीं रहती!"

दोनों सखी ठहाका लगाकर हँस पड़ीं। वासन्ती ने कहा, "ये सब असाधारण हैं। छाती के अन्दर चाहे लहू-लुहान हो जायँ, दाँत भींचे काम में जुटे रहते हैं। तभी तो बहुत लोभ होता है इनके मन के अन्दर उचककर तनिक झाँक लेने को। वहाँ क्या कोयल नहीं कूकती होगी, फूल खिलते न होंगे, चाँद उगता न होगा, बस क्या काम-काम-काम!"

अरुन्धती ने कहा, "उई, माई री! इन्हीं को तो कहते हैं दुमुकीपुरियानी, बात सुने तो आदमी भी भेड़ा हो जाय। तुम जाकर कहती क्यों नहीं रवि भाई से?"

वासन्ती ने हँसी रोकने की तरह मुँह को लम्बा कर कहा, "कह देती, छोड़ती नहीं। क्या करूँ, एक ब्याह जो कर बैठी, अब कहूँ तो मेरा घरवाला सिर पीट लेगा। वह तो कहता है बैठी रह, पैरों में महावर लगा दूँगा, क्या करूँ, बता।"

फिर दोनों हँस पड़ीं। अरुन्धती ने कहा, "तुम तो कितनी ही बातें जानती हो। मैं तो सीधी-सादी ठहरी। पर एक बात कहूँगी, मेरे मन को जो भा गयी, ऐसी एक बात। मान ले साँझ हुई ही होगी। गाँव के उस छोर पर मन्दिर की ओर तुम देखती होगी, कोई उधर न होगा। मन्दिर के दरवाजे से दूर अँधेरे में दिखेगा कि अन्दर कोई दीप जल रहा है।"

वासन्ती ने उसे बाँहों में घेर लिया। बोली, "समझी, समझी। तुम उस मन्दिर को प्रणाम करोगी, अवश्य, सब करते हैं। मेरा मन करता है, मैं जाकर उस दीप को देखती, प्रणाम करती, तनिक उकसा देती..."

अरु ने कहा, "जाओ।"

"बाप रे!" वासन्ती ने कहा, "मैं भी आदमी हूँ, शायद देवता धर दबोचें तो, मुझे भी जी-जान का डर है!"

उधर रवि के मन के गहरे में छुपा रुँधा निभृत कोना है। वहाँ खाली वह है, अकेला।

कुदाल-फावड़ा लिये साथियों के संग कन्धा लगाये वह जो आदमी जुटा हुआ था काम में, घुटनों तक गोबर-कीचड़ से सना, देह से पसीने की धार बही जा रही है, पोंछता जाता फिर पसीना बह जाता, खुद काम कर दिखाता, फिर कभी साफ-सुथरा हो कन्धे पर गमछा डाल खजूर की चटाई बिछा पंगत फैलाये परामर्श देता, काम तौलता, नये निर्देश दिया करता, समस्याओं का समाधान कर देता—उसी आदमी के निभृत मन्दिर में एक जगह एक नन्ही कन्दील जलती रहती, बुझती नहीं। वह छवि की बात सोचता और सुख पाता।

जीवन में कितनी थिरकती छायाएँ उसके मन के गहरे में एकदम बन्द दर्पण पर पड़ी हैं, फिर चली गयी हैं, वे ही अगणित नारी-मूर्तियाँ! कोई यों ही बढ़ती चली गयी हैं—उसने सोचा ही नहीं। किसी को देखकर आदर से उसकी बात सोची है, स्नेह से सोचा है जिस तरह अपनी काकी या मौसी या भाभी या बहन को लेकर सोचता। इसी फूलशरा गाँव में क्रमशः लाज-संकोच तोड़कर कई आ जातीं उसकी संस्था में कार्यकर्ता की तरह काम करने। नारी के सहज आकर्षण की छटा बिखेर, तरल दृष्टि डाल, मुँह दबाये विभिन्न विषयों में उसका मत माँगा है, उत्तर चाहा है। उन्हें उसने देखा है बन्धु और कार्यकर्ता की तरह। उसमें उन्हें लेकर कभी कोई विकार उगा नहीं, उभर कर आया नहीं। अतः प्रकटा है विश्वास, निर्भरता, भरोसा। वह उनका भाई, वे उसकी बहन। गाँव-भर के जितने कर्मी, वे मानो परस्पर के भाई और बहन हैं। भेंटने-मिलने के लिए महाभाव का प्रशस्त समुद्र—बेलाभूमि, सब वहाँ तन्मय होकर देखते आगामी सूर्योदय की आभा और वर्णछटा। आशा करते, विश्वास रखते, विचारों का तीक्ष्ण प्रकाश डालकर सन्देह और संशय दूर करते। और मिलने-जुलने के लिए होता उनका कर्मस्थल, वहाँ केवल स्वप्न में ढँककर सुस्थि के शतदल पर लेटना नहीं—परिश्रम करना है, जिसमें देह से पसीना बहता, चर्बी पिघलती, मन को उमंग लगती।

और कोई विकार नहीं होता वहाँ।

अथच स्पष्ट रूप से वह औरों के मन की हर दिशा को भी देख पाता। वहाँ देखता कामना के प्रकाश के रंग और सुवास। कितने छुपे उद्देश्यों की चतुराई। केवल देखनेवाले की तरह देखता जाता, जीवन्त आदमी के स्वरूप की विशिष्टता में देखता देह और मन दोनों को, पर उसका उससे सम्पर्क नहीं होता।

भाई और बहन।

वे आदमी हैं।

पेट को भूख लगने की तरह मन में भी कभी कोई भूख आती। भाई भी समय आने पर सन्तान का पिता होगा, बहन जाएगी पराया घर बसाने, माँ बनेगी, जन्म देगी, पालेगी, पोसेगी। वही आगामी जीवन की झलक कब किसमें कौन-सी छटा

किस ठवनि में खिलेगी, देह के साधारण रंग की तरह, चाल के छन्द की तरह। खिल उठे, फिर थमी रहे। कर्मसूची में कोई अड़चन नहीं डालती।

काम के लिए ऊपर से लादा गया कोई कानून नहीं, कि कार्यक्रम और निर्देश मानकर बाध्य होकर ठीक अमुक-अमुक काम करने पड़ेंगे। फिर भी मानो अपने आप निर्देशित कार्यक्रम आ गये हैं। उसकी सूक्ष्म डोर एक समूह समाज-चेतना है, सचमुच जैसे कि सबका एक उद्देश्य हो—कि स्वयं को पीछे रखकर सबके उपकार की बात सोचें, उसी में से नाना कर्म-विभाग स्वतः उग जाते हैं।

कल सुबह की तरह लगता है, सब गाँवों की तरह यहाँ की भी औरतें पुआल से बाल-बच्चों की टट्टी पोंछकर टुकड़े को रास्ते पर इधर-उधर यहाँ-वहाँ फेंक देती थीं। घर का कूड़ा-करकट घर से निकाल देने-भर ही मानो अपना कर्तव्य पूरा हो जाता। फिर वह मैला पड़ा रहा रास्ते पर। जो उस रास्ते से गुजरेगा, वह चाहे अपनी नाक-कान बन्द कर जाय, कूदता-फाँदता जाय, जैसे मरजी हो वैसे जाय। बड़े बाल-बच्चों का हगना-मूतना भी उसी तरह, अपने घर में या अपने दरवाजे के सामने न बैठना ही काफी था, फिर और कहीं चाहे जहाँ बैठें, दूसरों के दरवाजे के सामने, कुएँ के नीचे, लोगों के आने-जाने की खुली जगह में, घर के पास के मैदान में, यही आदत थी। बड़े-बड़ों का टट्टी जाना भी प्रायः उसी तरह, वे लोग मैदान में जाते जरूर, परन्तु सुविधा देखकर रास्ते के किनारे, पोखरी की ढाल पर—स्थान का, भले-बुरे का विचार नहीं। विचार बस एक, कि कोई न देखे, बस, अपनी लज्जा छुपा लेने-भर से चल जाएगा—कभी-कभी अपनी लज्जा दूसरों की आँखों को दिखती है या नहीं यह विचार भी नहीं होता, अपनी आँखें नीची कर लो, काम चल जाएगा।

इतने से ही मानो सारे विचार खुद-ब-खुद आते, खिल जाते। बीमारी होती तो लोग रास्ते पर पूजा कर सिन्दूर, चावल, फूल, दीपक रख आते। मन-ही-मन कहते, "मेरे घर से रोग जाए, और किसी को हो तो हो।"

अथच किसी ने हुक्मनामा जारी नहीं किया, किसी ने जबरदस्ती नहीं की, एक दिन देखा गया दल के दल गाँव के स्त्री-पुरुष टोकरी लिये घूम-घूमकर मैला उठा ले जाकर गड्ढे में भर रहे हैं। बुहारी लेकर चलने-फिरने की जगह, रास्तों के खुले स्थानों को साफ कर रहे हैं। किसी ने सिखाया नहीं, अपने-आप बन्द हो गयी इधर-उधर गन्दगी करने की युगों की आदत। पैखाना जाने के लिए गड्ढे खोदकर उसपर काठ डालकर पास में माटी रख टट्टी से ढँककर जगह बनायी गयी, अब यह मानो गाँव का साधारण चलन बन गया।

कितने ही चलन तो यों अपने-आप आये हैं। एक साथ मिल-जुलकर जगह-जगह सब मिलकर सबके मैले कपड़े-लत्ते एक साथ उबाल-धोकर साफ करना, भीत और फर्श लीपना-पोतना, गुहाल साफ करना, अकेले आदमी के वश का होता नहीं, समय होता नहीं, अतः साफ-सुथरा रहने के लिए जितनी बाधा होती,

उदासीनता आती, मिल-जुलकर वे सारी असुविधाएँ दूर करना। नये विचार से नया चलन, नये चलन से नये विचार—इसी तरह कितनी ही बातें इस गाँव से स्वतः निकली हैं। उन्हीं में से निकली है—सामलाती खेती, सामलाती वृत्ति और सामलाती अर्जन के जीवन की चारुकला। ढीली हो, फिसलकर गिर पड़ी है जाति-कुजाति की 'छी-छी', एक होकर दल बढ़ गया है। वह दल ऐसा सामलाती नहीं कि जिसे एक आदमी या एक दल हाँककर लिये जाता हो, अपनी इच्छानुसार, और लोग डर-डरकर मानते हों सजा के भय से। उस दल में सब अपने-आप सोचते हैं, स्वयं से पूछते हैं, तौलते हैं, कसते हैं कि विचार सामूहिक मंगल के लिए है या नहीं, अतः वे एक हैं—जैसे सब हाथ-पैर मिलकर चलते हैं।

और तभी सबका लगाव और आकर्षण भी झुक पड़ा था जमीन पर। सब मानो उस एक ही बात के लिए पागल, एक ही तथ्य कि आदमी की देह बचाये रखने के लिए जो चाहिए—वह सब आएगा माटी से। उत्पादन बढ़ाना ही पड़ेगा। तभी इस साल की खेती में खूब कस-कसकर गहरे हल चलाये गये, जमीन का रूप बदला। खूब खाद दिया गया, चूल्हे की राख, पोखरी का कीचड़, गाँव-भर का कूड़ा-कचरा, गोबर, झरे हुए पत्ते, सब जोड़-जाड़कर खेतों में डाले गये थे, खाद तैयार हो रही थी। कितने पुराने दिनों का तरीका, फिर और तरीके शहर से उड़-उड़कर गाँव में घुसे। जितना सम्भव हुआ सबका उपयोग किया गया। कितनी जगह कितने कुएँ खोदे गये गरमियों में, पुराने कुएँ-बावली का उद्धार किया गया, टाँड़ बैठायी गयी, कई छिट-पुट काम—फसल बढ़ानी ही पड़ेगी।

उन्होंने देखा कि इसका प्रभाव कितने प्रकार से आसपास के गाँवों पर भी पड़ा था। बारम्बार चारों ओर से लोग आते, देखते, परामर्श लेते, खुद बिचरते-परखते, पास के गाँव सेवतीपाटपुर में एक चक में भी चार जाति के चार जनों की जमीन, एक मलिक, एक धोबी, एक खण्डायत (राजपूत), और एक ब्राह्मण। देखा-देखी में उन्होंने भी सारे चक को मिलकर जोतना शुरू कर दिया, धोबी के बेटे को स्कूल में पढ़ाने के लिए बूढ़े नारायण मिश्र ने अपनी इच्छा से बुला, रुपये देकर शहर भेजा। कई जगह चुपचाप ऐसी ही कितनी छोटी-मोटी घटनाएँ हुई थीं।

परन्तु नये उद्यम में मत्त होकर फूलशरा केवल उत्तेजना के भरोसे ही नहीं चल रहा था। बारम्बार लोग परस्पर में और अपने को चेताकर कहते थे—होशियार, हमें पुआल की आग की तरह जलकर बुझना नहीं है, उसमें तो बस व्यर्थ ही समय और शक्ति की हानि है। वे कहते, केवल 'हो' से भड़क उठने पर बाद में 'हो' चुक जाती है। उदासी आती है, मुखौटा और वेश खोलकर रख दिया जाता है, विमान उतारा जाता है, मृदंग टाँग दिया जाता है। विचार के साथ सबके चलन की धार स्वतः न मिलने तक विचार जमते नहीं, खिसक जाते हैं। केवल उत्तेजना के वायदे से लोग बँधे नहीं रहते, 'बूझा' का दिन बीत जाता है, ठाकुरजी रहते हैं अँधेरे घर में, दोनों

जून बस तुलसी पत्र और जरा-सा गुड़, साधु बाबा गाँव से झोली-झण्डा उठाकर गाँव से अपसारित हो जाते हैं। पुरानी पीठ पर व्यर्थ ही उठती है पुरानी ध्वनि की गूँज, कोई सुनने नहीं जाता। कितने मत, कितने विचार, कितने भेष पहन इस गाँव-गली में हल्ला-गुल्ला मचाकर जाने कितने अतीत में खो गये हैं। आज वे नहीं हैं। होशियार! वैसा कुछ न हो इस संस्था का। कोई बाध्यतामूलक कानून हो तो लोग कानून तोड़ने की चेष्टा करते हैं।

रह जाता है केवल वही जिसे एक-एक आदमी अपनाता है, जो उसे हृदयंगम कर उसके चलन की धारा बन जाता है। अन्धविश्वास नहीं, डर से मार-दाबकर बाध्य होकर सजाया गया दूसरों का मत नहीं, परायी सीख में पड़कर उत्तेजना में बहकर स्वीकार की गयी धारणा नहीं, रेवड़ हाँकने की आवाज नहीं—चिरस्थायी होता है आदमी का स्वाधीन विचार-सम्मत, आदमी के स्वभाव और परिस्थिति को रुचनेवाला जीवन-नियम।

काम-धन्धे के बाद पुराने जमाने के जमींदारी-कचहरी-घर में साँझ को कभी-कभी गाँव की पंगत बैठती। जीवन के साथ शास्त्र को मिलाकर उसके अर्थ पाने में समर्थ होते गाँव के साधारण आदमी, कोई बढ़ई या लुहार या अहीर या चासी या और कोई, जो अपने जीवन के बारे में सोच सकता है या शास्त्र के अर्थ का अनुभव कर समझा सकता है।

पुराने बरगद की छाया तले बैठ साँझ ढलते-ढलते उस बार फूलशरा के लोग शास्त्र और पुराणों की चर्चा कर रहे थे। बीच में लिपी-पुती ऊँची जगह बनी थी, गाँव की लक्ष्मियों ने मन लगाकर उसे फूलों के हार से सजाया था। उसी के पास एक चटाई पर बैठे थे धोबेई मिश्र। चारों ओर घेरे थे गाँव के लोग—एक ओर स्त्रियाँ, दूसरी ओर पुरुष। थोड़ा हटकर दूसरे गाँव को जाने का रास्ता है, कन्धे पर गठरी लादे कहाँ-कहाँ के हाट-बाहुड़े बटोही एक-एक आ पहुँचे थे। धोबेई मिश्र भागवत सुना चुके थे। एक-एक आदमी उठकर अपने मन की बात कह रहा था। उसमें गहरी श्रद्धा थी, आवेग और आन्तरिकता थी। न अभिनय था, न प्रचार के लिए कोई चेष्टा थी। हवा में मानो एक अज़ीब तरह की पावनता भरी थी, पेड़ पर चिड़ियाँ किचिर-किचिर कर रही थीं। सूरज सचमुच जैसे कुतूहल से देख रहे थे।

बूढ़ा मुरारी राउतरा खड़ा था। खूब खुला चेहरा, सारे चेहरे पर खिचड़ी दाढ़ी, चौड़े कन्धे पर मटमैला गमछा पड़ा है। थुलथुल पेट, सूँड़ी के नीचे कसकर बँधी है एक खादी की मोटी धोती। पान चबाते-चबाते खुले मुँह से मन की बात बूढ़ा कहे जा रहा था—"ये जो ढेर की ढेर ताड़पोथियाँ पड़ी हैं, वे सब क्यों लिखी गयी थीं? क्या खा-पीकर आराम करने के लिए लोगों के पास और कोई रास्ता न था कि

ताड़पत्र पर लेखनी की नोक चलाते थे? अपने मन की नोक भरकर वे शास्त्र-पुराण लिखा करते थे? या वे सब इतने लिखे गये थे केवल बाबाजी-संन्यासियों के लिए? नहीं, वो बात नहीं, वो सब लिखे गये थे हमारे ही भले के लिए। सरग-नरक तो बाद की बात है, किसने उन्हें देखा है। उस लोक में जाने पर कोई आकर कहेगा कि क्या कुछ है? इसी पृथ्वी पर आदमी कैसे चलेगा, सुख-चैन से उस बारे में जो सोचा था युग-युगों तक, वही बातें लिखकर रख गये हैं। कितनी आशाएँ की थीं, बेटे-पोते-पड़पोते—उनके भी पोते आएँगे, उस मार्ग पर सचाई से चलेंगे, यह घर, यह गाँव, यह राज हँसता होगा। वह आशा आशा ही बनकर रह गयी, फलीभूत न हो सकी।"

धनि साहू उठ खड़े हुए। पतले छड़ की तरह के आदमी, पत्तियों की तरह चेहरे पर लम्बी मूँछ, पुँछा हुआ-सा लिलार, गंजे, धँसी हुई छोटी-छोटी आँखें दोनों नीली पड़ आयीं। बोले, "सच कहा राउतरायजी! विद्या रह गयी पोथी में ही बन्द होकर। इंगरेजी आयी, इंगरेजी में लिखी होती तो हमारे पढ़नेवाले लोग पढ़ते, सो तो है नहीं, उसका आदर वे क्यों करेंगे?"

सब हँस पड़े। अँगरेजी की आलोचना करने में मानो उन्हें खूब मजा आता है। धनि साहू कहते गये, "हमारी पढ़ाई तो हमारे संग रह गयी। चला इंगरेजी का राज। शहर भेजा इसलिए न कि लड़के आदमी बनेंगे, भली बुद्धि सीखेंगे, गाँव चहक उठेगा। बस जानो, वो इंगरेजी पढ़ाई ही काल हो गयी। जिसने पढ़ा उसकी रुचि बदल गयी, उसका सिर फिर गया। उसे जो कुछ चाहिए, उसने सोचा कि वो सब शहर में मिलता है। उसे गाँव में दुर्गन्ध आने लगी। सिर झुकाने लायक उसे गाँव में कोई नहीं मिला; सब मिले शहर में। इंगरेजी विद्या पढ़कर उसने जो वृत्ति सीखी—वो भी शहर में है। चाकरी-वाकरी, लिखाई-पढ़ाई का काम, शहरी व्यापार, जो भी कहो। वह शहर गया, साथ ले गया अपने बाल-बच्चों को। इतने पैसे खरच कर इतनी मेहनत कर इंगरेजी पढ़ाई केवल इसलिए कि ढेर के ढेर बुद्धिमान् लोग गाँव छोड़ जड़ काटकर परदेसी बने फिरें! हाय हाय!"

धोबेई मिश्र बोले, "ये जो कुछ कह गये, सो सब ठीक है। गाँव-गाँव में खाली डीह पड़े हैं। यह किसकी डीह है? फलाँ बाबू किरानी की। यह किसकी? तो फलाँ डिप्टी बाबू की। अमुक बाबू शहर में डॉक्टर हैं, ये वकील बाबू की डीह है। उन्हीं शहरियों की बुद्धि से रुचि से देश चलता है, बाकी सब तो हाथ उठानेवाले हैं, वे शहर में रहनेवाले लोग गाँव के लोगों के भले के लिए बना रहे हैं योजना। कब वे बचपन में गाँव में रहे थे, बचपन में गाँव को जितना जाना-पहचाना था, या सुन-सुना कर जितना गाँव का भला-बुरा उनके कानों में पड़ा, बस उसी से उनमें गाँव के बारे में ज्ञान है। शहर में रहकर, गाँव के भले-बुरे के बारे में व्यवस्थाएँ बना रहे हैं। ऐसा ही कुछ करने पर जल्दी-जल्दी गाँव भी शहर की तरह दिखेगा—इसी

चेष्टा में वे लगे हैं। तभी गाँव की असल समस्या हल नहीं होती, वरन् बढ़ती ही जा रही है। यही तो मुश्किल है!"

उनका चेहरा उदास दिख रहा था, स्वर में खिल रही थी आन्तरिकता। बोले, "पहले जमाने में लोगों ने गाँव क्यों बसाये थे? एक साथ सुख से रहेंगे, इसीलिए तो? मिल-जुलकर एकत्र रहेंगे, तभी तो गाँव हुए। वो एकता कब से लोप हो गयी। शहर का अकेलापन गाँव में चला आया है। कोई किसी के भले के लिए दायी नहीं रहा, किसी के मरे-जीये से मानो किसी को कुछ नहीं लेना-देना। परिवार टूट रहे हैं, भाई-भाई में अनबन, गाँव-भर में फूट, दल के दल बनकर सिर्फ कलह-फसाद, विरोध, मन-मुटाव। अविश्वास अनिश्चितता।

इधर किसी के झाड़ पर केले की घौद हुई, तो कल सुबह तक झाड़ पर रहेगी या नहीं—कोई भरोसा नहीं। किसी ने आम का पेड़ लगाया, और कोई उसमें से डाल छाँटकर ले गया जलावन के लिए, नारियल के पेड़ पर तो डाभ टिकने ही नहीं पाते। रातों-रात लेकर चम्पत! खेतों में वही, बाड़ी-बगीचे की भी वही दशा, कौन देखता है किसने किया? घर छोड़कर आदमी परवास में रहेगा, तो इधर धान खींचकर गायों को खिला देंगे, बाँस खींचकर जला डालेंगे, समय मिला तो खिड़की-किवाड़ भी चले जाएँगे। जरा-जरा बात पर गाली-फजीहत, किसी की बात कोई सुननेवाला नहीं। सहने की शक्ति भी कम होती जा रही है। नीति खिसक पड़ी।

देखो, सत भी डूब गया, बस केवल ठगकर खाने की सुविधा दिख रही है। जिसे जो दिया, समझो कि वो गया, और लौटेगा नहीं। इधर ब्याज बढ़ गया, भाव बढ़ गये। जमीन के मालिक बटाईदारों को ठगने लगे, चूसने लगे। उनसे सफेद कागज पर निशान लिये गये तो बटाईदार भी भाग में ठगने लगे, जिसे जो मिला, वह उसे ही दबा बैठा। खुलने का और नाम नहीं। जो वैसा कर सका, वह चल पाया, जो नहीं कर सका उसके घर चूल्हा भी नहीं जलेगा। यही हुआ गाँवों में। असल में अपने अन्दर तो घुन लगा है, आदमी का बुद्धि-विचार लोप हो गया। पैरों में बल नहीं, सो लड़खड़ाता है, बाहर से कोई कितनी ही मदद करे, उसकी अवस्था सुधरेगी कैसे? मानवता जहाँ ढह गयी है, वहाँ बाहर से रुपये आकर सड़क, कुआँ, पोखरी बन जाने से क्या टूटा घर जुड़ जाएगा या आदमी सुख से रह सकेगा?"

"एक होना ही पड़ेगा। हमने जैसा किया वैसे सबको एक होना पड़ेगा। वरना निस्तार नहीं है"—अनेक आवाजें इसी तरह की सुनाई पड़ीं।

साधु जेना ने कहा, "एक साथ चले बिना किसी को सुख नहीं मिलेगा, कोई चैन नहीं पा सकेगा। लोग केवल हिंसा की आग में जल रहे हैं। रुपये छोड़ जाने या जमीन छोड़ जाने पर वह बेटे-पोतों को मिलेगी या नहीं यह भी विश्वास नहीं रहा। वरन् सारा गाँव एक हो गया तो आदमी चैन से आँख मींच सकेगा कि बाल-बच्चों को गाँव पोसेगा-पालेगा। भले-बुरे का दायी होगा, एक के लिए इतने लोग हाजिर होंगे।"

"हाँ यही तो बात है, बिलकुल यही...?" चारों ओर से उल्लास में आवाजें सुनाई पड़ीं।

रघु जेना इस गाँव का बुद्धिमान् पुरखा आदमी ठहरा। साफ चमचमाता गोरा चौड़ा ललाट, अच्छे-खासे हाथ-पाँव, देखने में तनिक नाटे-से। उठकर कहने लगे, "बात तो वही ठीक है, बस यह मेल, यह मन रहने की बात।"

शोर थम गया। सब उधर ताकने लगे। वे कुछ चुप रहकर फिर कहने लगे, "हमने वचन दिया है, शपथ ली है, हमने बात समझी है, एक साथ हुए हैं, हमारा गाँव एक समूची इकाई है, यहाँ 'बारह नीति-तेरह न्याव' के भेदासुर-बाणासुर नहीं। हम मेल बना सके हैं, फिर भी हम हैं कहाँ? चारों ओर क्या है? हम क्या दुनिया से बाहर हैं? इस दुनिया में क्या चलता है सो तो सुना। मन को अगर कड़ा न रखा, तो फिर तुम्हारे कान फूँकने और लोग आएँगे। फिर इसका-उसका देखकर तुम्हारा मन छटपटाएगा, आँखें झुलसेंगी। आदमी दो टाँगवाला है—पाँच मन पचीस प्रकृति जो ठहरी उसकी! फिर ये कोई सत्ययुग नहीं, ये घोर कलजुग ठहरा..."

"नहीं, नहीं, वैसा नहीं होगा—!" कई लोगों ने कहा, कई लोग चुप्पी मारे बैठे रहे, औरतों में अधिक चर्चा होने लगी। बाद में सब देखते रहे रघु जेना के चेहरे की ओर। खूब ऊँची नाक, मुँह पर अस्त के समय की ललाई पड़ रही है, पतले होठ मुँदे पड़े हैं, पत्थर की तरह वह चेहरा, निस्तरंग। दूर देखकर सोचते-से लग रहे हैं वे। तगड़े आदमी रघु जेना यों ही बातों में बह नहीं जाते, सोच-विचार करनेवाले ठहरे। कुछ सोच रहे हैं जानकर लोगों की निगाहें उनके चेहरे की ओर उठी हैं।

रघु जेना ने कहा, "ये अपने जीवन का चलन है। जीना-मरना, घर करना, संसार में रहने की बात। हम एक नयी बात कर रहे हैं, एक नया रास्ता खोल रहे हैं। अपने मन से तो पार पाया नहीं जा सकता, उसके बाद फिर हैं घरवालियों के मन, बाल-बच्चों के मन, सब अगर विश्वास न रखें तो यह मेल नहीं रहेगा। पेट के सुख के साथ मन का सुख, चारों ओर अगर ये आँखें सुख देखती रहीं तो विश्वास में बल रहेगा। वह सुख अपने-आप नहीं आएगा या केवल गाते फिरने से नहीं आने का, बच्चे-औरतें, बड़े मरद सभी जुट पड़ें तो यह काम चलेगा। वरना अगर सोचें कि सामलाती में तो चल जाता है फिर परिश्रम किसकी खातिर करें, तब तो हो गये निहाल...और क्या? एक अगर ठलुआ आलसी निकल पड़े, बस फिर उसकी देखा-देखी दूसरा हाथ रोक बैठा, कोई पाशे की बाजी बिछाये बैठा है, और कोई गया मृदंग बजाने। सामलाती घर टूटते कैसे हैं, बस इसी तरह तो?"

धोबेई मिश्र ने उठकर हँसते-हँसते कहा, "जेनाजी ने जो कहा, एक-एक अक्षर सच है, बाधा-विघ्न बहुत हैं, विपद् बहुत हैं। इस विपद् से तरने के लिए एकमात्र रास्ता है—अपना विचार। सिर्फ मैंने कहा या उसने कहा और विश्वास करके अपने

विचारों को नींद में सुला देने से कुछ होगा नहीं। वह काम तो ढाई दिन का है। लोग जरा-सी दातौन तोड़ेंगे नहीं, गुड़ाखू घिसेंगे। पिठा-पना बनाएँगे पामूली, बस जाकर सब खरीद लाओ। वैसे ही, मत भी तैयारी मत हैं। लो, पकड़ बैठो किसी एक को, आँख मूँदे रास्ते पर चल पड़ो, और लोग तो बचा ही लेंगे, हम अपनी आँख खोल देखें, इसकी जरूरत क्या है? ऐसा करने पर दूसरों के हाथों में कठपुतली बनकर नाचने के अलावा और क्या होगा? सब तो बनेंगे कठपुतली, रस्सी पकड़ नचाएगा कोई और। उसमें भी फिर कौन-सी स्थिर स्थिति है—आज ये नचाएगा, कल वो नचाएगा!

ऐसे ही कठपुतलियाँ नचानेवाले सूत्रधार गाँव-गाँव में बन बैठे हैं। एक आवाज उठाता है, आशा दिखाता है, बाकी लोग बस उसके पीछे-पीछे पागल हो दौड़े जाते हैं—पण्डे के पीछे-पीछे यात्रियों के दल की तरह। वे लोग फिर बन जाते हैं नेता। ऊपर हाकिम या व्यापारी या बड़े-बड़े नेताओं के पास उनकी दौड़-धूप बेसी, क्या ना हमें लो, हम भोट करवा देंगे, गाँव के लोगों को राजी कर विकास का काम करवा देंगे, ये करवा देंगे, वो करवा देंगे। उधर लोगों को भी भुलावा देते हैं कि बाहर से सहायता लाकर ऐसा करवा देंगे, वैसा करवा देंगे।

बीच में है ये चीतल मछली!

मान लो मदद भी आ गयी। रुपये आये देश के विकास के लिए, सबका लाभ होगा इसलिए। हुआ क्या? एक भाग उन्हीं के मुँह में। उन्होंने घर बनाये। सड़क बनेगी तो उनकी ही बस्ती होकर या इनके घर होकर या उनकी जमीन होकर। पोखरी बनेगी तो उनके पिछवाड़े के पास, पुल उन्हीं के आने-जाने के रास्ते में। मछली-तेल में मछली भूनी, कुछ लोगों के हाथ में रखा, दल बढ़ाया, उन्हीं के हाथ में लोग, लोगों के हाथों में भोट की क्षमता, समझो उनके ही हाथ में भोट की क्षमता, उन्हीं की खातिरी, उन्हीं का कमीशन। गाँव में बड़ा आदमी कोई आए, आम की बन्दनवार लगा, मृदंगिया, शंख बजानेवाले बुलाकर स्वागत के लिए खड़े हो जाते हैं, उन्हीं में से कोई तो। राजा-रजवाड़े-जमींदार तो गये, यह है एक नयी श्रेणी, एक नये शोषकों का गिरोह। वे ही व्यापार-वाणिज्य, भला-बुरा कब्जे में करते हैं। टीन के डब्बे में घी आया या दूध आया गाँव में बाँटने के लिए, तो वह देखा जाएगा उन्हीं के घर पर। वे लोग गिद्ध की तरह हमपर भी आँख गड़ाये बैठे हैं।"

सुनते-सुनते बई मलिक छटपटा रहा था, उठकर चिल्लाया, "टाउटरों को पीटो!"

अपर्तिया ने आवाज लगायी, "टाउटरों को गाँव से निकाल दो।"

धोबेई मिश्र हँस पड़े। कहने लगे, "क्यों, टाउटर पैदा होते हैं किस माटी से? माटी का शोधन करेंगे तब तो टाउटर जाएँगे, वरना वे जाएँगे कैसे? कहीं लिखा हुआ है कि फलाँ आदमी टाउटर है, वह चला जाये तो गाँव निश्चिन्त होगा? लोग

लोभ में पड़कर रातों-रात बड़ा आदमी बनने के लिए बाबाजी के चक्कर में पड़ते हैं, रुपये का दो रुपया होगा—यह विश्वास कर उनके हाथ में धन रख देते हैं! हम क्यों एक-दूसरे को रौंदकर मैं-मैं तू-तू करें! अपने बल से तो कुछ न होगा यह मानकर दूसरों का आसरा खोजेंगे तो लकड़ी से नचाने के लिए अपने आप हममें से टाउटर निकलेंगे।"

बाद में रवि ने कहा, "स्नेह-श्रद्धा से हम एक साथ हुए हैं। इसलिए कि सब का भला हो। मन में जब सन्देह आता है, उसकी आलोचना कर लेना ही ठीक होगा। आग को छिपा लेने पर किसी का भला होगा नहीं। कोई दूसरा रास्ता पकड़ेगा, कहकर जिसे जाना हो, जाए। कानून जोर-जबरदस्ती कुछ नहीं है, मन न माने तो उसे रोकने से कोई लाभ नहीं। सब अपनी रुचि की बात है।"

हँसी की फुहार बरस रही थी। उन्होंने कहा—"यह मेल युग-युग तक बना रहेगा।"

इसी तरह कितनी चर्चाएँ! कभी मिल-जुलकर दल में बैठकर, कभी काम के समय, उससे विचार स्वच्छ होते, विश्वास दृढ़ होता। गाँव अपने इस नये रास्ते पर चल रहा है, दिन पर दिन उत्साह बढ़ता जा रहा है। बुद्धि पर किसी का एकाधिकार नहीं, नाना पात्रों में नाना सद्बुद्धि, कभी किसी के माथे से अच्छी बात निकलती है, तो लगता है सबका भला इसी में है, सचमुच जैसे इसी तरह सोच रहे थे। रवि यहाँ नेतृत्व के गौरव का दावा नहीं करता।

माँ-बाप को देखने बीच में गया था, पर दो-तीन दिन भी रुक न सका। पिता ने बेटे के साथ बैठकर सुख-दुःख की चर्चा करने की आदत नहीं डाली, परन्तु अब की बार चेष्टा की थी। उनका स्वास्थ्य कैसे धीरे-धीरे खराब होता जा रहा है, घर के बारे में बड़ा बेटा कवि किस तरह उदासीन है, और उन्होंने रवि से किस प्रकार की आशा की थी—इसी प्रकार नाना तरह से घुमा-फिराकर अपनी दुर्बलता और असहायता का बल और भरोसा लेकर रवि के मन को बदलने की चेष्टा की। उन्हीं लोगों की बातों के बीच मानो कहीं से सुनाई पड़ रहा था रुँधी-घुटी रुलाई का स्वर, नाराजगी से भीगा और ऊष्मा भरा।

माँ ने बहुत कम ही कहा था, मानो सब चुक गया है। कहने को और कुछ रहा नहीं, बस आँसू, दीर्घश्वास। अन्त में बोली थी, "तू यहाँ रह, वरना जहाँ है वहाँ ले चल मुझे, और क्या कहूँ। मेरा क्या बल है, कि तुझसे कहूँ?" उन्होंने संकेत दिया था; हो तो वहीं सिन्धु चौधरी के घर ब्याह कर ले, कौन मना करेगा तुझे! बस वह अपने घर लौट आए।

वह समझ गया था, उनके जीवन की धारा में कहीं से जाने कैसे एक बड़ा

तूफान गुजर गया है। सब कुछ होने पर भी वे निःसहाय हैं, वे उसका साथ चाहते हैं।

"जो करना चाहता है, यहीं कर, यहीं रह, हम तेरी बाट जोह रहे हैं।" इसी प्रकार उनके हाव-भाव में कातर अनुनय था। गाँव के लोगों का अनुनय केवल हाव-भाव का नहीं हो तो, घेरकर नाना प्रकार से उन्होंने समझाया था, प्रतिश्रुति और सहायता चाही थी।

सब था एक ओर, परन्तु अपने में था एक प्रबल आवेग का अहरह धक्का। उसने उसे रुकने नहीं दिया। चुप होकर शान्ति से वह पल-भर भी बैठ न सका। माँ-बाप को तुरत-फुरत प्रणाम कर स्वप्न में तैर आने की तरह बड़े तड़के ही रवि अपने कर्मस्थल को लौट आया था।

छोटा होने पर भी एक सामलाती में चलने लायक गाँव, इतने लोगों के सम्मिलित बाहु-बल से एक बरस में कितना काम हो सका है। चकबन्दी होकर सीढ़ियों की तरह थाक लगी है, बड़ा भारी चक बना। गाँव के उधर बारहमाणिया मैदान में से कितनी जमीन निकली है, कितने बगीचे लगे हैं, पोखरी खुदी है, उस पर बड़ी-सी साग-सब्जी की बाड़ी। गाँव में सब के खूब खुले घर, पहले के अवहेलित बाउरीबस्तीवालों के लिए भी। लोगों को अपनाते-अपनाते गाँव बदल गया है। अपनाना ही बदलने की पहली सीढ़ी है। फसल अच्छी हुई है, गाय-गोरू हृष्ट-पुष्ट हैं। लोग आशा से भरे हैं, सुखी हैं। परन्तु इतने में ही उसकी करनी थमती नहीं। समय को भेदकर दूर का स्वप्न देखते हैं—एक दिन चेरेंगी नदी धार-धार हो इन खेतों-मैदानों पर से बह जाएगी, गाँव का अनुष्ठान और भी बड़ा होगा, और भी दृढ़ होगा। और भी कितने अनुष्ठान बैठेंगे, चलेंगे कितने कल-कारखाने घर-घर में, यह गाँव बढ़ेगा, कितना कुछ कहीं से आएगा, सचमुच जैसे बैठेगा एक विराट् मानव-मेला। सोचते-सोचते, देखते-देखते, गाँव की सीमा-सरहद भी आँखों के आगे विलीन हो जाती, अपसारित हो चले जाते चिह्न, ढूह, पेड़, घर, बरसा में उगी घास की तरह बहुत सारे ऐसे ही खड़े होते कितने गाँव-गली, स्वाधीन-सुखी आदमियों के गाँव, हँसी-खुशी उच्छरित होकर लहरें फैल जातीं दूर दिगन्त तक।

उस दिन जब नये तैयार किये गये खेत में निराई का काम चल रहा था, दिन के करीब तीन बजे होंगे। दो-तीन घण्टे लगातार काम कर चुकने के बाद खेत से उठकर जाकर ऊँचान में एक अकेले ताड़ के नीचे घास पर बैठे दूर देख रहा था, और उस पर वही लययोग उतर आया था। दिन-रात खून-पसीना एक कर लोग धरती खोद भातों की थाली सजाने में लगे हैं। सारी आशा, सारी श्रद्धा और देह का पसीना इस माटी को बल देता है। लहराते गुच्छे भरे फूलों भरे धान के पौधों का हलका हरा समुद्र। आकाश में हलके-हलके मेघ छाये हैं, नीचे हलका हरित नीलम दिख रहा है। खेत के उधर और भी ख़ाली जमीन पड़ी है, जगह-जगह एक-एक पेड़,

उसके उधर एक ओर, झुरमुटी-सी जगह, बाद में ढलान चली गयी है, चेरेंगी नदी की ओर, उधर जहाँ गोल-गोल घना दिख रहा है खस का झुरमुट। खेतों में इधर-उधर लोग दिख रहे हैं, पुरुषों के साथ गाँव की कई औरतें भी खेत में उतर पड़ी हैं। वे ही जो पहले चबूतरे से नीचे कदम रखने में कुण्ठित होती थीं, बड़ी जाति की कहलातीं—इस कारण उनके चलन के तरीके में श्रम की मनाही थी, वे भी शौक से निराई के काम में लग गयी थीं।

एक बार शुरू करने के बाद विचार खुद ही अपना रास्ता स्वयं दिखाता ले चल रहा है। उधर कुछ ही दूर पीछे की ओर, देवदारु के पेड़ के नीचे, नये घर की बगलवाला अंश है। ब्राह्मण पाणु मिश्र के घर के पास ही गेड़ मलिक कण्डरा का नया घर। खाली जगह पड़ी थी, पाणु मिश्र ने स्वयं प्रस्ताव किया—रंग मिश्र के सारे वंशवाले दो बरस पहले हैजे में मर गये, तब से अकेले पड़े हैं, गेड़ मलिक आ जाय तो ठीक हो, और फिर गाँववालों ने कितनी खुशी से घर खड़ा कर दिया। एक दृश्य पट पर सज गया है सब कुछ, मूँगिया आकाश तले तोतापंखी धान के खेत, कूर्म पीठ से धूसर टीले और चेरेंगी नदी के किनारे कलौंसा बालूचर, एक-एक ताड़, कहीं छोटे-छोटे आम के पेड़ और बाँस के झुरमुट। उसी दृश्य में एक साथ हुए हैं पाणु मिश्र और गेड़ मलिक।

ऊपर ताड़ पकने को आये, लाल और काले चित्र बने फल भरे-लदे हैं। नीचे घास पर धूसर-धूसर शंखपुष्पी की नोक। घास के दाने चुगने के लिए मानो गाँव-भर की गौरैया सारे खेत पर बैठी हैं, एक साथ झुण्ड की झुण्ड उड़ती हैं, दूर का मैदान पक्षियों के फड़फड़ाते पंखों से झिलमिलाता दिख जाता है। दूर आकाश में गिद्धों का एक झुण्ड उड़ते-उड़ते एक ओर चला जा रहा है। खाली नीलाभ क्षितिज की ओर देखते-देखते रवि की चेतना ने अपने सामने की दिखती चीजें छोड़कर स्मृति और भावना का आश्रय लिया है। घास पर घुटने मोड़ पीठ की ओर दोनों हाथ नीचे टेक सहारा लिये बैठ गया है। माथे पर बाल बिखर आये हैं, चेहरा उठा हुआ है आकाश की ओर। धूप में सीझी खाली देह में जगह-जगह कीचड़ के छींटे लग गये हैं, कस-कसकर बाँधने की तरह कड़ी मांसपेशियाँ। बेसी सफेद तो नहीं, मोटी धोती एक ऊँची-आँची बाँधे है वह।

रवि के मन में गम्भीर सहानुभूति के साथ मिलकर आदमी का दृश्य खेल रहा था, और वह सोच रहा था।

अभाव से निपीड़ित आदमियों का रूप फैल जाता, जिस तरह कि वह उन्हें बचपन से देखता आया है—नाना अवस्थाओं में, गाँव के टूटे झोंपड़ों में भूख से छटपटाते कई बच्चों को ढाँपे सिकुड़े चेहरे। हड़ीले रोगी, औरत-मर्द। शहर के बीच दिन-दोपहर में किस ओर से आकर किसके घर की बहू-बेटी ईंटें ढो रही हैं। साठ बरस का बूढ़ा सिर पर काठ का बोझ लादे बेचने के लिए धूप ही धूप में चला जा

रहा है। हेंगा की तरह छाती और पीठ के हाड़ साफ दिख रहे हैं। चल रहे हैं फटे-पुराने पहने हाड़-चाम के समूह, रूखे-सूखे सिर लिये, खोखट में धँसी चमकती पथरीली आँखें।

खाली रास्ते पर नहीं, वह तो सब जगह निगाह में आ जाता है। गाँव में, शहर में, घर-घर में उस दारिद्र्य ने काला कपड़ा ढँक दिया है, तभी हल्ला नहीं मचता। घर का दृश्य घर के आँगन में ही रह जाता है, एक और दूसरे को देखता है, वे लोग मान लेते हैं कि संसार में जितने दिन तक रहेंगे, ऐसे ही पेट सूखकर पीठ से सट जाता रहेगा। ऐसे ही फटा-चीथड़ा पहनने होंगे। जब जो मिला खा लेंगे, पानी पीकर दिन काट देंगे। साग-कुल्थी या भात पावरोटी, बस इसी में सीमित हो बँधे रूटीन में चलता होगा यह जीवन। अभाव के साथ युद्ध करते-करते उमर पूरी हो जाती रहेगी। सूखी-सूखी देह, आधा-अधूरा चेहरा, भरपेट भोजन के अभाव में देह में रोग, चेहरे पर श्रीहीनता, मन में आशंका और उद्वेग। प्रकृति अपना काम कर जाती है, ढेर के ढेर बच्चे जनमते हैं, कोई मरता, कोई जीता। ये ही तो दिख रहा है, जीवन वहाँ जीने के लिए। संग्राम है, समाज में अपनी मानवता की मर्यादा रखने के लिए। कितने लोग बड़े-बड़े घर खड़े करते हैं, धन जोड़ते हैं, यान-वाहन में घूमते हैं—वे इस संसार के सुखी लोग हैं, भद्र हैं। धन लाता है प्रभुत्व, सामाजिक अवस्था पर कर्तृत्व और नियन्त्रण की डोर, आशा और योजना, नीचे से तारतम्य बनाये रखकर अपना आसन सदा के लिए बनाये रखने के लिए सब कुछ है। नित्य नयी योजना में बँधा काम है। उसी योजना से आता है समाज-नियन्त्रण के लिए मतवाद—पहले अपनी निरापदता, बाद में फिर नीति-व्याख्यान, जिससे कि असमता दूर न होने पर भी असमता से अपनी अशान्ति की आग-आँधी दूर ही रहे। अभाव दूर न होने पर भी अभाव का कुत्सितपन सजे-सजाये आँगन-रास्ते को असुन्दर न करे।

मकान खड़े हो रहे हैं, व्यापार बढ़ रहा है, फिर भी सुख-शान्ति नहीं आ पाती।

शान्ति नहीं, आनन्द नहीं। अशान्ति, कुचक्र, षड्यन्त्र, झूठ और पाप—इतना सारा करने के बाद भी जीवन बस इतना ही!

उसी में गरम निःश्वास घनीभूत हो रहे हैं, आँसू जमा हो रहे हैं, दुःख संचित हो रहा है—दुःख उपजाने के लिए।

वह किसी गौरैया को पकड़ लिया किसी माटिया चील ने, पेट के नीचे पंजों और अँगुलियों के बीच दबोचे लिये चली जा रही है। अन्य गौरैयाँ हटकर उड़ती हुई चली गयीं, और फिर जाकर उधर बैठ गयीं।

जो गयी सो गयी। जाने तक उसकी चेतना में लेश मात्र भी आशंका न थी, वरना वह इतनी स्वाभाविक होकर घूमती होती! जब तक जीती थी, उसमें स्वाभाविक आनन्द था। प्रकृति का सहज प्रकाश है—उसकी नन्ही-सी देह।

समुद्र-मन्थन चल रहा है। नाना देशों में नाना प्रकार के आलोड़न हो रहे हैं।

वह स्वप्न देख रहा है। उसी समुद्र में से छिटक पड़ रही है रक्तिम आभा। सिन्दूरा खिल रहा है, इसीं आलोड़न से उठेगा अमृत। इतने कलरव के बीच सुनाई पड़ रहा है अनजान अनचीन्हे अथच अति परिचित मानव भाई-बहनों के प्राणों का संगीत—हम स्वच्छन्द होंगे, मुक्त होंगे, फिर हम एक बनकर रहेंगे, एक परिवार, एक-एक के लिए दायी। सबके लिए दायी यह मानव-समाज। बच्चा धरती छूते ही मानव-जाति की विराट् समृद्धि और संस्कृति का उत्तरदायित्व अपने आप पाएगा—और पाएगा इस सृष्टि में निहित आनन्द, एक छन्द के समवेत संगीत में वह भी अपना स्वर-संगीत मिला देगा। हम चाहते हैं आनन्द! हम चाहते हैं शान्ति!

अपने स्पन्दन-अनुभूति में स्वतः जाग उठकर रवि तेजी से खेत की ओर चल पड़ा।

सामने ये खेत। निराई खूब की है, और भी बहुत करना बाकी है। करके वह इसी तरह इस क्यारी में गट्ठा बाँध देगा। पहले काम है! पहले काम है!

बहुत दिनों बाद विपिन ने खबर भेजी है।

"बीच में गया मार्च का महीना। पूछो मत! बस रोज इतने सारे बाल सिर से उखड़ जाते हैं। बड़े-बड़े लोग इसी कारण तो गंजे हो जाया करते हैं। मार्च के काम का फैसला करते-न-करते गुजर गया अप्रैल-मई। फिर नये काम का दबाव जो अप्रैल से चला तो लगा ही हुआ है। लोग मानते नहीं, धान पैदा करो कहने पर वे कहेंगे—हम तो सन लगाएँगे, रासायनिक खाद की बात करेंगे तो वे कहेंगे यह जमीन को जलाकर धेले की कर देगा। कितने निहोरे करो कि यह करो, वह करो और हमें छुटकारा दो। योजना पर योजना—सुबह मैदान जाने से लेकर खाना खाने बैठने तक—आदमी के जीवन के हर पहलू में हम योजनावाले उसके साथ लट-पट करते रहेंगे। कहेंगे पखाना ऐसे बनेगा, चूल्हा ऐसे तैयार होगा, हमारी बात न मानने पर हम और दल-बल लेकर आते रहेंगे। धर्म-प्रचारकों से बढ़कर हम प्रचारक बन गये हैं। गू-मूत से कैसे खाद होगा—हमने इस पर कवित्त और सवैये तक बनाये हैं। जोगी-भिखारी को मामूली-सी घूस दे दो, वे घर-घर गाते फिरेंगे, पाला गायकों को तैयार किया है, सो वे मछली, मुर्गे के हाड़ों के चूरे से बनी खाद और रासायनिक खाद, जूता के कारखाने, कपड़े की कल और टापिओका (गया-आलू) की खेती की उपादेयता को गा-गाकर समझाते हुए चँवर डुलाते हैं। जुट गयी हैं सारी शक्तियाँ। फिर भी कभी-कभी लगता है जैसे रथ अचल है, पैसे खर्च हो रहे हैं, हमारे सिर और देह से परिश्रम हो रहा है। लोग बस रुपये ले जा सके तो बस सन्तोष है।

किसी के विरुद्ध लड़ाई की आवाज उठा-उठाकर उसमें मत्त हो जाने में जितना

उत्साह है उतना और किसी बात में नहीं। उसका ब्रह्मास्त्र है—दरखास्त डालना, दल गढ़ना। एक दरखास्त में न बेसी पैसे खर्च होंगे और न परिश्रम, खेत से लौटते दस-बीस जरूर मिलेंगे जो कागज पर अँगूठा टोपने या दस्तखत करने में कोई आपत्ति नहीं करेंगे, दुकान में, बाजार में, लुहारसाल में, स्कूल के चबूतरे पर, अखाड़े घर में, दरखास्त पर दस्तखत करने के लिए लोग मिलेंगे। दल भी सदाबहार नहीं। किसी ने चन्दा उगाह लिया या झाँसा देकर ले लिये या चार-आठ आना खर्च दिये, साँझ तक कोई इस दल का था तो सुबह आँख खोलकर देखोगे तो वह दूसरे दल का हो चुका होगा। जिधर सुविधा मिली वे उधर ही पिल पड़ते हैं। अतः कभी-कभी तो लगता है, जैसे योजना अपनी है भी क्या सचमुच?

फिर भी हम योजनावाले लगे हैं। इतना करने पर भी दूध-दही की धार नहीं बही। हम रामराज्य गढ़ रहे हैं किन्तु लोग 'राम' नहीं हो पा रहे। 'राम' दूर क्षितिज तक कहीं दिखाई नहीं पड़ते, शायद बाद में आएँ, हम सब जुटे हैं।

और अभी चल रहा है दनादन काम। उत्पादन बढ़ाना ही पड़ेगा। इस बरस की उपज अगले बरस से चार आना अधिक तो बढ़ानी ही पड़ेगी। कितने लोगों के साथ कितनी बकर-बकर, कितनी लिखा-पढ़ी, और फिर कितनी दौड़-धूप! ओह। दुश्मन को भी दया आ जाय!

पर एक बात है, यदि जन्म नियन्त्रण नहीं किया जा सका तो फिर कितना ही उत्पादन बढ़ाओ, अभाव नहीं मिट सकेंगे। तीन बच्चे हुए कि बस पिता या माँ को अपना ऑपरेशन करा लेना चाहिए। कोई तकलीफ नहीं, बस छुट्टी मिली जंजाल से। मान लो किसी ने वेसेक्टोमी करायी तीन बच्चे, मियाँ बीवी दो, इतने ही तो रहे।

दो एकड़ में टापिओका (गया-आलू) लगा दिये, बरस-भर के खाने लायक स्टार्च मिल गया, धान को फिर कौन पूछता है? डालडा घी में टापिओका की भाँति-भाँति की तरकारी बनाओ। टापिओका को बनाओ भात, उसी से चलेगा, डब्बे के दूध को गरम पानी में डालकर टापिओका-दूध खाते रहो, जी भरकर खिलाते रहो, बच्चों को देने से उनका वजन बढ़ता है, इधर जन्म-नियन्त्रण कर माँ-बाप सुखी। कितने सहज ही सारी समस्या का समाधान हो जाएगा। बड़े-बड़े विशेषज्ञों का मत ठहरा, यह भी हमारी योजना का ही लक्ष्य है...

विपिन की चिट्ठी पढ़कर वह अचकचाकर बैठ गया। मन-ही-मन विपिन को देखा—अशान्त, असुखी!

वह अपनी रुचि के मुताबिक काम नहीं करता, उसकी योजना ही उसकी नौकरी है। वह हुकुम बजाता है। उसने अपने मतामत को बक्सा में ताला बन्द कर रख दिया है।

उसमें तो उत्साह नहीं, जो काम वह कर रहा है उसके प्रति कोई विश्वास नहीं, लोगों को वह क्या प्रेरणा देता होगा?

आलोचना तो सबकी हो सकती है, पर किस सीमा तक उसके अभियोग उसकी आशंका में सचाई है?

वे तो सदा एक आदर्श खोजते रहे हैं। वह आदर्श केवल अधिक चीजें पैदा करने का ही नहीं है। ज्यादा चीजें उनके पास न थीं। परन्तु चेतना थी, पाप-पुण्य, झूठ-सच, त्याग और भोग के बारे में उनकी स्पष्ट धारणाएँ थीं, अब भी हैं।

किस परिमाण में विपिन उन्हें वह आदर्श दे सका है? फिर आयी योजना। क्या वे कहते थे—ऐसा होगा? विपिन ने खुद कहा था? अनेक देशों, अनेक जातियों की देखादेखी यह एक फरमा गढ़ा गया है, काम करने पर कुछ तो उपकार होगा; पर जो सद्-विचार, जिस आदर्श को यह माटी का आदमी बड़ा मानता आया है—इतने से ही वह नहीं मिलता; प्राणों में पुलक आता नहीं।

वह असल में इस देश का सच्चा प्रतिनिधि नहीं है। वह मानो कोई और ही आदमी है, किसी और ही श्रेणी का है।

जो और श्रेणी के नहीं हैं—वे ठहरे साधारण आदमी!

आदमी की प्रवणता को पहचाने बिना, मन की शक्ति का अन्दाज लगाये बिना आदमी पर अविश्वास और उसका उपहास कर कोई योजना स्थायी नहीं हो सकती—फालतू बुद्धिजीवी का अस्पर्द्धा आस्फालन है—वह व्यर्थ है।

विपिन की चिट्ठी पढ़ रवि इसी तरह सोच रहा था, आँखों के आगे एक स्वप्न—क्या होगा? क्या होगा?

आदमी की उन्नति और उपकार की वे चाहे कितनी ही व्यवस्था करें, आदमी के मन का नाम लेते ही वे नाक-भौं क्यों सिकोड़ते हैं? उसके सारे काम, सारी चेष्टा की दिशा मोड़ने के लिए उसके विचार-स्नेह-चाव के विकास के लिए इसमें व्यवस्था कहाँ है? उसके नैतिक-आध्यात्मिक विकास के लिए योजना कहाँ है?

अपने इस सन्देह को लेकर उसने औरों से चर्चा भी की थी। धोबेई मिश्र ने कहा, "एक अन्धविश्वास हो गया है कि लोग खाते-पीते हो जाएँ, पक्के मकान में रहने लग जाएँ, धन-सम्पत्ति के अधिकारी हो जाएँ तो उनका मन भी उदार हो जाता है, हृदय शुद्ध हो जाता है, ठीक जैसे और एक अन्धविश्वास है कि आदमी चैन से रहे तो मन स्वार्थी हो जाता है, उसकी आध्यात्मिक अधोगति होती है। कौन किस अन्धविश्वास का सहारा लेता है। सबका कहना है कि वे ही वास्तव में प्रगतिपन्थी हैं, सत्य को खोजते-खोजते वह बूढ़े भी तर्क की भूलभुलैया खड़ी कर देते हैं। इन दोनों आत्माओं पर वस्तु का प्रभाव स्वीकार करते हैं, पर दोनों खोजते हैं—आत्मा को वस्तुओं से मुक्त करने की राह। लोग तो युक्तियों के पीछे दौड़े, आदमी के पास कौन आता है?"

नन्द तहसीलदार हँस पड़े। कहने लगे, "मैं सोचता हूँ कि यह दर्शन सोचते-सोचते हम भी एक रास्ता बनाकर रह जाएँगे, अगर मन चाहा तो। फिर काम और हो नहीं सकेगा।"

रवि हँसा नहीं। गम्भीर होकर बोला, "मैं तो उलटा सोचता हूँ। दर्शन पर हम लोगों ने ज्यादा विचार किया ही नहीं। विपिन की चिट्ठी को मैं हँसी में नहीं उड़ा सकता। विपद् की एक दिशा है वह, सावधान न रहें तो अपने काम में से वैसे ही मन निकल जा सकता है।"

नन्द तहसीलदार ने कहा, "यहाँ उस विपद् की आशंका नहीं है, बाबू! यहाँ विश्वास है, उत्साह है, ज्वार में भाटा नहीं आएगा। विश्वास में विष्णु हैं, तर्क से दूर हैं।"

धोबेई मिश्र ने कहा, "हाँ, विश्वास से कृष्ण मिलेंगे, अन्ध-विश्वास से टटोलते-टटोलते कंस भी मिल सकते हैं। जैसा मन होगा, वैसा ही मिलेंगे। केवल उत्साह में भर उठने से क्या होगा कि 'हो-हा' खत्म हुई और बाद में सब अपने-अपने घर। आदमी जिसे खुद समझ नहीं पाता है उसे लेकर वह जीवन नहीं बिता सकेगा। अतः हमेशा सब ओर देख-देखकर काम करने की जरूरत है।"

रवि ने कहा, "कुछ होते हैं जो आदमी पर विश्वास नहीं करते, भगवान् पर विश्वास नहीं रखते, नाक-भौं सिकोड़ते हैं, आशा और विश्वास छोड़कर वे रास्ते में बिदक जाते हैं। और कुछ हैं जो बिलकुल नीचे नहीं देखते, परखते नहीं, ऊपर ही ऊपर तैर जाते हैं। वे कुछ नहीं समझते। जब देखो, बस केवल उच्छ्वासों में उड़ते फिरते हैं। ऐसी आत्मदृष्टि में जो आँखें मूँद लेते हैं, कहते हैं कि जो कुछ चल रहा वही ठीक है, वे भी रास्ते से भटक जाते हैं। हम इन दोनों विपदों से बचकर चलेंगे।"

नन्द बूढ़े ने कहा, "तुम बुद्धिमान् ठहरे, बाबू, पढ़े-लिखे। सोचते रहो, इधर-उधर की, जितनी सको। मुझमें यह बुद्धि है नहीं, यह विचार नहीं। हृदय निर्मल रहे, आदमी में स्नेह रहे तो गंगा की धारा की तरह अपनेआप बह जाएगा, आप ही बुद्धि दिखेगी। उसे गन्दा कौन करेगा? हृदय निर्मल न हो तो तर्क-वर्क से जो करोगे उसमें कदम-कदम पर बाधा होगी। हिसाब करते रहोगे, और इधर घास भी नहीं फूटेगी।"

इस बात का रवि को कोई उत्तर नहीं मिला। धोबेई मिश्र और कुछ कह न सके। दोनों सिर्फ उनके चेहरे की ओर देखते-भर रहे।

इसके बाद तीनों एक साथ हँस पड़े।

बरसा के रिमझिम संगीत के बीच रवि कभी-कभी उस नयी गढ़ी गोष्ठी को नयी दृष्टि से देखता। फिर क्या? इसके बाद क्या? वह क्या सदा यहीं रहेगा या और कहीं जाएगा? सोचता—यह संगठन अपने-आप चलता रहेगा या वह हमेशा के लिए यहाँ पड़ा रहेगा? फूलशरा खुद अपना ध्यान कर रहा है, उसने अपनी दिशा पकड़ ली है, आगे बढ़ रहा है।

और वह स्वयं—वही जो सोचा था कि तीर्थ में रसोई बना चुकने के बाद हाँडी

फोड़कर चल देगा—कब तोड़ेगा वह हण्डी अपनी हण्डी?

सँभल-सँभलकर बई मलिक से कहा, "गाँव तो गये नहीं बई, क्या यहीं रहोगे सदा?"

बई ने कहा, "तुम जहाँ, मैं वहाँ। गाँव में ही तो हूँ, यहाँ कोई पराया है?"

रवि ने कहा, "तुम तो अपना ठीक चला रहे हो, मैं यहाँ रहकर और क्या अधिक करूँगा? वरन् कहीं और नयी शुरुआत करें तो..."

चौंककर बई ने पूछा, "यह बात कैसे जीभ पर आयी रवि भाई, कान्हा गये तो गुहाल किसके लिए?"

"नहीं, नहीं, ऐसा मत कह, यहाँ तो सब कान्हा हैं।"

बई मलिक ने कहा, "जब जाओगे तब जाओगे। तुम्हारे पीछे-पीछे मैं भी चलूँगा। फिर कभी सुनोगे कि झुरमुट बढ़ गये, जो था वैसा ही हो गया। गढ़ने में जुग लगते हैं, और तोड़ने में छिन-भर।"

बई मलिक उदास हो चुपचाप दूर देखता रहा, फिर बोला, "एक ढंग से एक पुश्त न चले, परखकर न देखे, सह-सँभालकर माटी को जकड़कर रहने की आदत न पड़े, तब तक आदमी का चलन थिर नहीं होता। एक जगह मान लो रोशनी करनी है, एक हाथ में मशाल लेकर अँधेरे में चारों ओर भँवर काटते फिरोगे, तो क्या होगा? आगे-आगे रोशनी होती जाएगी, पीछे-पीछे अँधेरा। सब जगह तो वही आदमी, वही माटी, सब जगह तो काम का क्षेत्र है।"

यही वह बई मलिक है? रवि उसकी ओर देख रहा था।

बई ने और कहा, "सूरज उगता है, कहाँ पर उगता है? एक जगह तो। बीस जगह नहीं। फिर भी सब जगह दिन होता है, रोशनी होती है। चिकना-पक्का एक जगह काम होगा, वहाँ सूरज उगेगा, अपने-आप चारों ओर प्रकाश होगा।"

रवि ने सोचा, यही तो उसका भी मत है। यही तो उसके अन्तःकरण की भाषा है। बाहर सुनाई पड़ रहा है—बई मलिक इसी विचार का पहरेदार है।

ऐसे ही बई मलिक राज-भर में हैं। नीति को कोई अक्षर में लिखता है, भाव को देता है भाषा, भाव होता है आदमी के अन्तर में, अक्षर उसे गढ़ नहीं सकता।

अपने मन में किसी तूफान की तरह की घिर आती है एक तरह की अस्थिरता। काम से हटने के बाद अपनेआप से एकान्त में भेंट होते समय कानों से टकराती कोई अनजान पुकार। छटपटाहट-सी लगती। मानो इतना ही उसके लिए यथेष्ट नहीं। मन करता उड़कर चले जाने को।

अपनी अस्थिरता का तार पकड़-पकड़ नीचे ही नीचे उतरते समय चौंककर वह खुद को एक नये रूप में देखता।

सन्देह होता—वही क्या इस अस्थिरता का कारण है?

उधर देखता छवि का चेहरा, वह हँस रही है।

भुला नहीं पाता है, बार-बार वह रूप खिल जाता है आँखों के आगे। लगता है जैसे दोनों एक ही स्रोत में खिंचे चले जा रहे हैं। दो जगह दो आदमी हैं, कभी मिलना-जुलना नहीं, फिर भी लगता, जैसे वहीं पर वह है। उसके हृदय की छुपी हुई कविता, अनलिखी, अनकही, समूची—वह उसी की है।

रवि चौंककर काम में मन को उलझा देता। उसमें अनुभूति होती। मानो इसी में वह छवि का सान्निध्य पाता है। हो सकता है यह कल्पना-भर है, पर उसके पास तो यही सत्य है।

खबर उड़ती आती। वह पाटेली गाँव की बातें सुनता। छवि का नाम भी आता। लगता जैसे यही होगा, वह पहले से ही जानता था।

छवि को और स्पष्ट रूप में देखता, मानो कल्पना वास्तव हो रही है।

बरसाती हवा बह रही है, आकाश से धार अनवरत गिर रही है। चार ही बजे होंगे, पर लगता है जैसे साँझ हो आयी। नरसिंह पति की बुढ़िया माँ विमला बाहर का दरवाजा आधा उढ़काये रास्ते की ओर देख रही थी। ठण्डी हवा बुढ़िया की देह से साड़ी उड़ाये लिये जा रही थी। उसकी हाड़-चाम भर की देह पर हवा सरसरा जाती थी। बुढ़िया कभी-कभी ऊपरी होठ को उठाती, दाँत भींचती, सफेद-सफेद दाँतों से मानो मेघों की 'टिलि-ली-ली' कर रही थी। सँकरे बरामदे में एक जगह खूँटी से एक बुढ़िया बकरी बँधी थी, उसकी देह से भीगी हवा छू जाती और उसे कँपा देती। बीच-बीच में वह भी होठ उठाकर खींस निपोरती। बुढ़िया की इच्छा थी कि बकरी को खोल लाए, गुहाल में लाकर बाँध दे। इतने थपेड़े सहकर बरामदे ही बरामदे वहाँ तक जाने की उसकी शक्ति न थी। बेटा नरसिंह बुखार में सोया पड़ा है। पोते दो हैं—आठ का एक और छह का एक। कैसे भीगे हुए सिमट-गुमटकर अन्दरवाले दरवाजे से हटकर बैठे हैं। पुकारने पर भी नहीं सुनते। बहू के पैर में गठियावात; चलने-फिरने में तकलीफ होती है। बस हाथ-पैर चलते हैं तो केवल बुढ़िया के। इस सुनसान बरसाती अपराह्न में बाहर की ओर नजर किये खड़ी है बुढ़िया। कभी-कभी वह बकरी की ओर देख लेती है, नहीं तो खाली मेघों की ओर देखती रहती है।

जलावन नहीं। उपले पानी की बौछार में घुल गये। जो दो-चार सहेजकर रखे गये थे, उनसे सुबह का काम चल गया, इस वेला अब नहीं। चूल्हा जलेगा नहीं, लड़के दोनों, बीमार बेटा और दोनों औरतें आज रात सब भूखे ही सोएँगे।

सामने कुछ ही दूर पर बाँस का झुरमुट। बरसाती हवा के झोंकों से लरज उठता था। घर के आगे बाहर रास्ते पर बरसा के पानी में एक नदी-सी हिलोरें ले रही थी।

बुढ़िया को याद आ जातीं—कितनी ही उस तरह की साँझ की बातें। उधर

की बस्ती पेड़ों की ओट में है। इसी समय उधर झगड़ा-कलह लगता। वह चबूतरे पर बैठी सुनती। सामने यह दालान धुँधला जाता। आगे यह रास्ता पड़ा है, कोई-कोई आते-जाते। और कुछ देर बाद सियारों की हूक सुनाई पड़ेगी। कलह के हो-हल्ले के बीच दूर से तैर आएगी अखाड़े-घर से मृदंग की आवाज, कभी-कभार कोई संगीत—"आरे-आ-आ-आ...।" पेड़ों की ओट से घरों से दिखाई पड़ेगी रोशनी—दीपक-ढिबरी-लालटेन और चूल्हे की आग।

कोई घूमने आएगी, आवाज सुनाई देगी, "अजी, नरसिंहा की माँ हैं? पतियाइन हैं?"

इस तरह एक के बाद एक कई साँझें। इन्हीं के बीच बुढ़िया के कट गये हैं तीन कोड़ी सात बरस, कल के जैसा दिख रहा है—ब्याह, नया घर, 'वे', नरसिंहा का जनम, उसके पीछे माल का जनम, उनका ब्याह। उनके पिता चले गये, नरसिंहा और माल के बाल-बच्चे हुए।

इसी के बीच दिख जाती है, बगुलिया के ऊपर ठुकुरी जो हुई थी वह लड़की। कितनी बढ़ी-चढ़ी थी। माँ को तो पूछती भी नहीं। दादी के साथ खाएगी, दादी के पास सोएगी, जहाँ जाएगी पूँछ बनी फिरेगी। नौवाँ शुरू हुआ था। ठुकुरी चली गयी।

झाँय-झाँय रिमझिम बरसा के बीच यह जो पल-पल में अँधेरा ठुँसता जा रहा है, यह जो राउ-राउ-हाउ-हाउ, पास आने और दूर जाने की-सी झनकार आ रही है, आँखों के आगे यह जो प्रबल वेग, प्रबल गति का दृश्य है, सब ने एकत्र होकर गढ़ा है एक महाभाव का जीवन्त आवेग। घर की छान का पुआल, बरगद और बाँस के झुरमुट—सब एक ही झोंके में मानो मुड़-तुड़कर एक संगीत में मिल जाने की तरह बुढ़िया की चेतना को हिला देते हैं, खींचकर ले जाते हैं अपने साथ उड़कर घूमने के लिए, फिर लाकर छोड़ जाते हैं, फिर छोड़ और ले जाते हैं।

दिख जाते हैं—कितने चेहरे! कहाँ कौन था, पता नहीं किधर गये। अतीत की कितनी ही छोटी-मोटी घटनाएँ। एक दिन वे घटनाएँ कितनी बड़ी-बड़ी लगती थीं, लीक पकड़कर याद करते-करते कहीं चली जाती हैं। अनन्त समय के बीच अकल्पनीय सृष्टि। कोई उठ रही है तो कोई फिसलकर छुप जाती है। दुनिया के इतने लोगों के होने न होने के बीच उसी का जीवन उलझे धागे की तरह किसी परिस्थिति में कब मिलकर लिपट गया है, फिर खुल आया है। घटना वहाँ ठोस पत्थर होकर पलथी मारकर बैठी नहीं रही, केवल उसके मन में वहाँ कभी फूलकर या कभी मुड़-सिकुड़कर छोटा होने की अनुभूति दप-दपा रही है। आती है, चली जाती है। सुलग उठती है, बुझ जाती है। जाग उठती है, सो जाती है। ऐसे ही जीवन की नन्ही-नन्ही अनुभूतियाँ हैं। टटोलना और सहलाना स्वतः हो जाता है। हवा-पानी की बौछारें खा-खाकर खड़ी है बुढ़िया देह।

उसका जाना-पहचाना संसार बदल गया है। इस एक ही बरस में एक नया

परिवर्तन आँखों को साफ-साफ नजर आ रहा है। गाँव में एक नया मेल, सारे दुःख-सुख एक साथ होकर एक-एक सामलाती घर की तरह। इस घर की एक सिरे की भीत टूट गयी थी, उन लोगों ने खड़ी कर दी है। खाने को अब अभाव नहीं, जरूरत के चावल, दाल, नमक, तेल आप ही आप दे जाते हैं। दो बच्चे पढ़ रहे हैं। गरीबी पर अब कोई चोट नहीं करता या कोई अनादर नहीं करता।

पानी-हवा, छाया-आलोक के रूप ने आवाज दी है—'आ विमला, आ-आ...!'

नरसिंहा की माँ, सब छोड़कर चली जाएगी। उड़ जाएगी, खो जाएगी, छुप जाएगी।

बूढ़ी बकरी मिमियाने लगी। उसने बहुत सहा है, और नहीं सहेगी। नरसिंहा की माँ ने उधर नजर डाली। दीर्घ साँस छोड़कर सोचने लगी, नरसिंहा की माँ को अमर वर मिला है। तीन कोड़ी सात हो गये, फिर भी यह जंजाल टूटा नहीं।

पानी पर छपा-छप सुनाई पड़ा। आवाज पास आती जा रही है। कोई आ रहा है। किवाड़ तनिक खोलते-खोलते धड़ाम् से पूरा खुल गया। घर-भर में मानो 'है-है' हँसी भर गयी, देह सिहर उठी। अँधेरा घिर रहा है। बूढ़ी बकरी में-में कर रही है बारम्बार। मानो वह कुछ देख रही है, कुछ समझ रही है। छपा-छप और भी स्पष्ट हो गयी, नपी-तुली जैसी, रुक-रुककर। अबकी देखा, बाँह ढाँपे, कुछ ओढ़े हुए कोई झुका हुआ-सा लम्बा आदमी आ रहा है। थोड़ा-बहुत पहचान में आ रहा है। इसके बाद बरसा के बीच ऊँची आवाज सुनाई पड़ी—"नरसिंहा की माँ है?"

दधि अहीर बरामदे पर चढ़ आया। छतरी ओढ़े है। एक बड़ी टोकरी लाया है। उसमें कुछ सूखे काठ की फरचनें हैं। धार होकर पानी बहा जा रहा है। छतरी भीत पर टिकाकर उसने कहा, "क्या करूँ बता, आते-आते देर हो ही गयी।"

सूखा काठ देखकर बुढ़िया खुशी में चमक उठी, "तुम्हें कैसे पता चला, बेटे, कि हमारे घर पर लकड़ी नहीं है?"

"सुबह शान्ति की माँ आयी तब देख जो गयी थी। जानूँगा कैसे नहीं?" शान्ति उसकी बड़ी बेटी है।

"हजारी उमर हो बेटे! हाँ-हाँ, सच, आयी तो थी शान्ति की माँ। बेटे के लिए दूध-बारली दे गयी थी। बाल-बच्चेदार ठहरी कैसे सारी बातें याद रहती होंगी, इतनी बरसा में फिर तुम्हें भेजा?"

"नहीं, केवल भेजा ही नहीं है। आज हमारी बात पड़ी थी, रवि बाबू भी थे। यह जो कठिन मौसम हो गया, जलावन के अभाव में कितने ही घरों की यह हालत है। जहाँ-जहाँ सामलाती में रसोई होती है, वहाँ तो कोई कमी नहीं, जैसे हमारी बस्ती में। जहाँ अपने घर में रसोई हो रही है, वहाँ किसी के यहाँ लकड़ी नहीं, कहीं चावल नहीं। उस पर फिर वह खबर भी मिलती नहीं। जहाँ-जहाँ से खबर आती है, हम कुछ लोग नजर रख रहे हैं। घूम-घूमकर देख रहे हैं।"

"कितना काम कर रहे हो, रे, बेटे!"

"ये तो कुछ नहीं, अब तो बाढ़ पगला उठी है, अखबारों में छपा है–कल सुबह से तीन नाव चिवड़ा-चावल तेल-नून आदि चीजें लेकर हमारे गाँव से कुछ लोग जा रहे हैं। रवि बाबू भी जा रहे हैं। और भी दस-पन्द्रह लोग जाएँगे...।"

बुढ़िया ने आँखें फाड़कर कहा, "इस झड़-पानी में नाव। यह तो झड़ी लग गयी रे बेटे! कितने दिन पर छोड़ेगी, कौन जाने! इस मौसम में चूहा भी बिल से नहीं निकलता, उफनती नदी में जीवन को हथेली पर लेकर आदमी जाएगा!"

दधि अहीर ने कहा, "मैं भी जा रहा हूँ जो, किसका क्या हो जाएगा! नदी-नाले चढ़े हैं, पाट फैल गया है, पुश्ता टूटा है, घर बहे जा रहे हैं, गाय-भैंस बह गयी हैं। हम अगर वहाँ होते तो हमारी भी तो वही हालत होती! अपने गाँव में वैसा होता तो फिर किसी की आशा करते? बिना गये अपना मुँह भात कैसे निगलेगा? नरसिंहा भैया को भी साथ ले जाते, उसके जैसे नदी में तैरनेवाले कितने हैं? क्या करें, बुखार में पड़ गया!"

बूढ़ी चौंक पड़ी। बोली, "हाँ, मुँहजला बुखार! बेचारा उठ ही नहीं पाता। बहू को गठिया है, पैर ही नहीं उठता। कितने दिन में बेटा उठ खड़ा होगा, कौन जाने! जाते हो, भला करते हो बेटे! पर इस मौसम की ओर तो देखा भी नहीं जाता।"

दधि अहीर ने बताया, "औरतें तो मानती ही नहीं, मरद तो बिलकुल ही नहीं। खबर सुनकर कौन थिर होकर बैठेगा? वह पठान बस्ती में हैजे की खबर सुनते ही धोबेई मिश्र दवा का बकसा लेकर चले गये वहाँ। अपर्ति गया, जगु सोंई, उच्छव, दासजी आदि कितने ही लोग गये। औरतों ने कहा–हम भी जाएँगी, यहाँ कौन विचार में पड़ा रहे, हम भी चलेंगी। बहुएँ–लिंगराज पट्टनायक की स्त्री, गन्धर्व मिश्र की पत्नी, नाण्डू पाइकरा की बहू, माधू साहू की घरवाली, आदि सब उठकर चल पड़ीं, फिर और भी इसी तरह कितनी ही बहू-बेटियाँ।" धोबेई मिश्र ने कहा, "ठीक है, चलो, जोग न होगा तो साँप भी नहीं खाएगा। डर क्या है? खेतों के पाट पर पानी की तेज धार बह रही है, साँप भी थिर नहीं हो पाता; पानी-हवा-अँधेरा–वे लोग गये। हो... चाहे जितना भी अँधेरा हो, रोशनी तो जल रही है, ठाकुरजी तो हैं। कहाँ है–'भय किसे डर किसे, जगन्नाथ सहाय जिसे।' यह मन रहा तो जगत् का उद्धार हो जाएगा। छोड़ो, गेण्डू, सेण्डू के घर जाऊँगा, उनके घर भी जलावन नहीं, जितना चाहिए रख लो, फिर कल आऊँगा..."

आधे अँधेरे में से बूढ़ी बकरी फिर मिमियाने लगी 'में-में...'। विमला बुढ़िया ने कहा, "लो रे, मेरा आगलगा मन! सब भूली जा रही हूँ! दे दे रे बेटे! ला उस बकरी को जरा लाकर बाँध देना तो! ओ हो, आज कैसा भाग है! कैसा दुरजोग है! आकर जीव आधा हो गया, इस पानी हवा में..."

दधि अहीर दो छलाँग मारकर पहुँच गया बकरी के पास। बुढ़िया कह रही थी—"भगवान् तेरी हजारी उमर करे रे बेटे!"

तीन नावें जब किनारा छोड़कर पानी में तैरती चल पड़ीं, समय तब चार बजने में पन्द्रह मिनट बाकी था। आकाश के मचान पर दिख रही थी काले मेघों की टोपी, नीचे हरे नीले मेघई प्रकाश के बीच सफेद रोयों की तरह हलकी बौछार की पोशाक फूले-फूले झकोले में थरा रही थी, हुलस रही थी, चारों ओर दाबे बैठी थी। आँखें जितनी दूर जातीं, बस पानी की धार। देखते ही देह सिहर उठती। पलस्तर-सा मारती उठती गँदले पानी की सतह। जितनी भी दूर जाते हैं, मानो वही-वही फैला है। तट को न देखे बिना मानो कोई चारा ही नहीं। वह जैसे का तैसा है। नाव के पास-पास पानी की हिलोरों का चलता हुआ स्रोत हो। नाव के सिरे पर डाँड चलाते-चलाते इस ओर से उस ओर तक चल रहे थे दो जन नाविक। कितनी देर बाद मेघों के बौछार हलकी पड़ी, किनारा साफ दिखने लगा। हिलता हुआ दृश्य हिलोरें खाता-खाता पीछे की ओर चला गया। अब गति का अनुभव किया जा सकता था। उसमें पीछे का आगे जा रहा है, आगे का पीछे आ रहा है। सब अस्तित्व केवल एक न खत्म होनेवाली यात्रा में है। जीवन सिर्फ एक यात्रा है—भला-बुरा नहीं, जय-पराजय नहीं, केवल यात्रा भर—

किनारे पर कहीं सपाट धरती। वहाँ अकेला घना पेड़, कहीं केवल खस के झुरमुट। कहीं आते सघन बगीचे। झुके हुए बरगदों का संसार। जड़ों से बने खम्भों पर पत्तों की हरी छत। कभी आता कोई एक गाँव, बाड़ी-बगीचा, घर की छत, थोड़ी-बहुत लताओं से बनी छावनी, नारियल के बगीचे, अकेला देवालय, झोंपड़ी, सिन्दूर पुता ग्राम देवी का गाछ, पोखर, गाँव का रास्ता, एक-एक गाँव एक-एक विशिष्ट रूप लेकर पास आता, एक जैसा होकर दूर चला जाता। जगह-जगह नदी के किनारे पर अकेले एक-दो एक-दो आदमी, किनारे के पासवाले गाँवों में झुण्ड के झुण्ड लोग बैठे हैं, चल रहे हैं, अपने सीमित संसार में निविष्ट हैं, नाना कार्यों में व्यस्त हैं, नाव को जाती देख उधर देख लेते हैं। छोटे-छोटे बच्चे एक साथ चिल्लाने लगते हैं, बड़ों में से कोई-कोई जोर से पुकार उठता है। हाव-भाव करती हवा में ठीक से कुछ सुनाई नहीं देता किन्तु उस अपने ठाँव में अपने गाँव की माटी, पेड़-पौधे, गाय-गोरू, घर-संसार के बीच सजा वह आदमी, स्त्री-पुरुष, बाल-बच्चे, बूढ़े-बड़े—सब मानो एक-जैसे हों।

कहीं अकेली उस गँदले पानी में गगरा डुबा रही है किसी के घर की बहू, वह सिर उठाकर देखने लगी है।

कहीं गिद्धों का झुण्ड कुछ घेरे है। साँप जैसी लपलपाती गरदन बढ़ाकर लोंदा का लोंदा नोंचकर उड़ जाता है।

पतली-सी फुनगी पर बैठी हैं कुछ छोटी-छोटी चिड़ियाँ। चुपचाप बैठी मानो कुछ सोच रही हैं, इसी भंगिमा में कहीं दूर देख रही हैं।

बाँका खजूर का एक पेड़ पानी पर झुक गया था। उसके नीचे कोई सियार खड़ा था।

ढाँव-ढाँव बाजे की आवाज आ रही थी, कहीं पर देवी की पूजा चल रही है।

दूर कहीं हलकी-सी रोशनी की धौंस दिखाई पड़ी। जितनी दूर तक देखो, लगता है जैसे धान की क्यारी फैल गयी है, क्षितिज तक, अँधेरे बगीचे के सिर तक।

पीछे चला गया। फिर वह आएगा। जाता है, फिर आता है, फिर चला जाता है।

इसके बाद छाया घनी हो गयी। घने पेड़, सपाट जमीन, गाँव के बगीचे और बस्ती, धान के खेत, उसके कोने-कोने में भर आया अँधेरा। हिलकोरे लेता, रोता पानी और हवा में अँधेरा! मिलकर दिख रही थी विषण्ण बरसा की साँझ, हिलते-गँदले पानी में लम्बी-लम्बी छायाएँ बह गयीं। नाववाले ने पूछा, "यहीं रुकें या अगले गाँव में रात बिताएँ?"

"समय नहीं, फुरसत नहीं रुकने को," रवि ने कहा, "अपने आप की जगह तो अभी कितनी दूर पर है। चलते रहें जितनी दूर चल सकें।"

चेरेंगी नदी टेढ़ी होकर मुड़ गयी है। दाहिनी ओर की पतली धार गयी है पाट की ओर। अचानक कितना सुनसान लग रहा है। मानो स्थल की सृष्टि शेष हो गयी है। उसके साथ-साथ पूरी हो गयी है स्थलवासी आदमी की परिचित चेतना। दाहिनी ओर एक विराट खाली सूनी विस्तृति है। अँधेरा पानी। ऊपर मेघों भरे आकाश में भी कुछ रोशनी है। नीचे की विस्तृति में है एक अनजाना विस्मय। वही तो रास्ता है। उस मुहाने पर कलवाँसा-सा खड़ा है कपिलेश्वर महादेव का देवल; दाहिनी ओर कोई एक पेड़ है। देवल के द्वार की ओर से रोशनी टिमटिमा रही है।

"जय महाप्रभु।" माँझी ने छत पर खड़े होकर हाथ जोड़कर प्रणाम किया। सब हाथ जोड़ रहे हैं।

धरती और पानी की कलौंस दोनों किनारों तक लगी है। दूर उस लहराते अँधेरे के बीच कहीं खो गया है गाँव, खेत, बाड़ी, आदमी के अस्तित्व के सारे स्मारक! बीच में खड़ा है केवल वह पुराना देवल, पता नहीं कब कोई तरेह-चौदह सौ साल पहले बना होगा।

मोड़ पार करते-करते देवल छुप गया। तैरता-तैरता पास आ रहा है खस का अँधेरा वन, कुचलने रौंद देने को भागा आ रहा है। वह पहुँच गया, दोनों ओर पास ही पास लगा-सटा-सा। चल रही है खस-खस, साँय-साँय, छपाक-छपाक की आवाज। उसी के सहारे-सहारे घुमाता माँझी लिये जा रहा है। घना-घना अँधेरा और उसमें हलका-हलका कहीं उजाला दिख जाता है। फिर ढँक जाता है। केवल अँधेरा—दोनों

ओर, नीचे और ऊपर। केवल साँय-साँय खसर-खसर। बीच-बीच में पता चल जाता है कि कुछ दूरी पर कोई घो-घो की आवाज हो रही है, मानो समुद्र की लहरें टकरा रही हैं। अचानक वह लदा-फदा अँधेर कट गया। वह उधर उसकी धार दिख रही है, बायीं ओर। दूसरी ओर पाट में पानी बिछा पड़ा है।

मेघ बरस नहीं रहे। सूँ-सूँ कर ठण्डी हवा बह रही है। बहाती ले जा रही है। अँधेरे में छाया के नाचने की तरह माँझी डाँड़ चला रहे हैं। नाव मोड़नेवाला जम्बू बेहेरा बैठा हुआ दूर देख रहा है। उस अँधेरे में मानो उसे सब कुछ दिख रहा है। बोला, "वहाँ दिख रहा है उरी गाँव—आज रात वहीं। ऐसा विकट मौसम! इसमें भला नाव का क्या भरोसा? भोर होने पर फिर जो होगा..." हाँड़ी की कलौंस जैसे मेघ का ढक्कन फटकर कहीं दिखाई पड़ जा रहा है। एक-एक तारा। नीचे काले पानी पर एक के पीछे एक कर नावें चली जा रही हैं, आकाश और पानी के बीच हलकी नीली स्याह विस्तृति, चारों ओर एक-सा खाली-खाली, सब तरफ पानी की अँधेरी दुनिया, कितनी दूर तक दिख रही है। उसके उस ओर ऊपर-नीचे सब अँधेरे में घुलमिल गये हैं। खोखले अँधेरे का घेरा पास नहीं आता, कितनी ही दूर जाओ, फिर भी दूर ही है। इसी के भीतर से जम्बू बेहेरा ने कहीं उरी गाँव को ठौराया था।

"कहाँ है उरी गाँव?" रवि ने पूछा।

"वह देखो, बाबू, वो दूर दिख तो रहा है। वह जो अँधियारा दिख रहा है न, वही है सातबहिना बरगद। रोशनी भी तो दिख रही है, वह क्या है...लटकन होगी।"

"मुझे कुछ नजर नहीं आता। तुम्हारी आँखें तो धन्य हैं!"

रवि उधर दूर देख रहा है कौतूहल से। अस्पष्ट, पता चल रहा है—गाढ़े अँधेरे की तरह विराटकाय कोई जन्तु मानो दूर तैर रहा है। इसके बाद साफ दिखने लगा, एक ललाई-सी रोशनी टिम-टिमा रही है।

मानो वही अकेली रोशनी का बिन्दु अँधेरे में से तीनों नावों को खींचकर लिये जा रहा है।

उधर दूर देखते-देखते रवि की चेतना में भावों की लहर फैल गयी।

कोसों तक चली गयी थी ठोस धरती। वहाँ कितने खेत, मैदान गाँव-गली। अब वे सब पानी में डूब गये हैं, द्वीप की तरह तैर रहे हैं गाँव सब। पानी पर न कोई चिह्न है, न कोई बाड़ है, बस सब ओर सिर्फ अँधेरा और पानी है। उसी के नीचे युग-युग की आदमी की स्मृति! कितने सुख-दुःख की कहानी, जमीन के अधिकार के लिए कितने कलह-फसाद, मुकदमे!

स्थान का व्यक्तित्व भी लुप्त होकर उस पर फैला गया है विस्मृति का अँधेरा दरिया, जो कि इस इन्तजार में है कि जितना कुछ बचा है वह भी लुप्त हो जाय। धान के पौधे सड़ेंगे, गन्दगी फैलेगी, दीवारें धँसेगी, आदमी मरेंगे, दबेंगे। हाय-हाय कर उठेगी अँधेरे और पानी पर खाली हवा, वह जैसे हँस रही है। इस नन्हें आदमी

की जीवन-भर की चेष्टा से गढ़ी हुई बाँबी इस विस्मृति में कहीं खो जाएगी। वही जिसे कि वह कहा करता है इतिहास, अपनी संस्कृति, अपनी परम्परा की डोर।

सिर्फ अँधेरा...दूर ऊब-डूब होती-सी वह प्रकाश की बूँद...वही मानो बार-बार याद करा देती है कि यह अँधेरा है...यह काली किटकिटाती विस्मृति है!

दूर झक् से बिजली चमकी। फिर दुबारा। फिर एक बार। गुल केवट ने कहा, "कैसे हँसी-ठट्ठा नकल कर रहे हैं हमें दिखा-दिखाकर, यह सिर सलामत रखना, हे माँ! भोंदूपने में रात की वेला में न चलनेवाले रास्ते पर जा रहे हैं! तेरा नाम लिया है, कैसे उरी छूएँगे, और डरा नहीं..."

गुल केवट मानो कोई डेंगू छाया हो, अँधेरे के साथ बतिया रहा है।

जम्बू बेहेरा ने कहा, "महाश्मशान है! यह कोई मामूली है..."

सचमुच तो, यह दिगन्त तक फैला एक महाश्मशान, एकदम खुला पड़ा है। पानी पर हवा खेल रही है।

उरी का उजाला और नजर नहीं आ रहा। दूर ही दूर पर इधर-उधर झक-झक बिजली कौंध रही है। हवा में घड़-घड़ घड़-घड़ की आवाज बढ़ती ही बढ़ती जा रही है, हवा का वेग बढ़ गया है।

चुपचाप जम्बू बेहेरा ने रवि से कहा, "देखो कैसा तेज हो गया है! बहुत विकट जगह है यह! संखालीपाड़ा का पाट ठहरा यह मना कर रहा था...। कितनी नावें खायी हैं, कितने आदमी मर गये हैं, अँधेरा हुआ कि बाढ़ के दिनों में रास्ता रुक जाता है। भूत थेई-थेई कर नाचते हैं।"

रवि ने कोई बात नहीं कही।

जम्बू बेहेरा ने उसे सान्त्वना देने के लहजे में कहा, "खैर, उसमें अपना क्या आता-जाता है? अपनी देह कीली हुई है, मन में पद है, देवी-माता रास्ता बना रही हैं। ऐसे में बाप-दादे कितने दरिया में घूमते थे, कितने शरीर गये हैं। पर जोग बिना कुछ नहीं घट सकता।"

जम्बू बेहेरा फुसफुसाता-सा बातें कर रहा है। रवि का मन उधर नहीं है। उस अँधेरे में वह अपनी कल्पना में देख रहा है एक उज्ज्वल आलोक। युग पर युग बीत गये हैं, कितने आते हैं, जाते हैं...जन्मते हैं, मर जाते हैं...जलता रहता है वह आलोक! उसने कितनी प्रतिमाओं को जीवन्त किया है, मूकों को वाणी दी है, जड़ को चेतन किया है, गति प्रदान की है। वे घूम रहे हैं, काम कर रहे हैं, गढ़ रहे हैं, तोड़ रहे हैं, अँधेरे में कहीं खो जाते हैं, कोई निमिष भर, कोई कुछ वर्ष तक। आलोक जल रहा है।

वही तो अनुभव दे रहा है रक्त कणों में तेज का...देह में शक्ति का। बाढ़ के अँधेरे-तूफान-बरसा में चला जा रहा है मानव-यात्री। धार टूटी नहीं। आनन्द सूखा नहीं, भय नहीं, डर नहीं।

तूफान घिर रहा है। घड़घड़ाहट होने लगी, म्रउ-राउ हाउ-चाउ! देह में बरसा की बौछारें पड़ने लगीं। जम्बू बेहेरा ने कहा, "छाता तले जाओ बाबू!"

उलटे, रवि अनुभव कर रहा है एक उद्दाम पुलक। काहे की यह झड़ी-बरसा है? यह तो उसका सनातन उपादान है। अन्दर की गरम शक्ति को बाहर पहचनवा देती है।

देह से टकराकर फिर देह ही देह से निचुड़ जाएगा।

अन्दर जाग उठती है, इस हाव-हाव करते झड़-तूफान में खेलती-फिरती उसकी अपराजेय आत्मा। वह स्वाधीन है! वह मुक्त है!

वो जो दिख रहा है, पाट का पानी, वह सूख जाएगा, इसी धरती में अँकुरा उठेगा शस्य। यहीं फिर आदमी की चहल-पहल दिखेगी।

फिर आएगी शरद्।

आदमी गढ़ रहा है—गढ़ेगा! एक दिन आएगा जब बाढ़-सूखा, अकाल या हैजा नहीं होंगे। प्रकृति सहयोग करेगी आदमी के उत्थान के लिए। खेत-बगीचों को हरियाला रखने के लिए इसी उजाड़ पर से गुजरेंगी नहरें।

और आदमी गढ़ेगा एक विराट् परिवार। वहाँ सब सबके लिए होंगे। केवल स्नेह, केवल आनन्द होगा। सब होंगे मुक्त—सब स्नेह से गुँथे-बँधे।

उसकी चेतना के क्षितिज पर वही प्रकाश है। प्रकाश है और वह है, अन्धकार नहीं।

यह तूफान उसी एकीकरण का संगीत है।

याद आया पाटेली गाँव का वही घर...नारियल के पेड़...बगीचे...घर की छान ...और वह नारी...सिन्धु चौधरी की बेटी—छवि। इस तरह अपने-आप छवि जाग उठती, आँखों को बाँध रखती। आलोक के अन्दर से वही तो उठ आयी है मानो कि आलोक से ही सजी हुई है। वही चेहरा...वे ही आँखें...नासा...ओठ हैं! पवित्र ...निष्पाप...निरीहता के साथ यहाँ अतल प्रेम भरा है। रवि की चेतना में उद्दाम पुलक फैल जाती है।

उसकी दृष्टि में है—अनकही भाषा की तड़ित। वही है यह रोशनी! नाव उसी ओर खिंचकर चली जा रही है। कब वह पहुँचेगा, नहीं जानता। यह खिंचाव ही जीवन के उन्मेष की अनुभूति है।

ध्यान टूट गया। सामने उरी गाँव के पास आ पहुँचे हैं। घने पेड़। एक ओर कहीं पर लालटेन जल रही है। नाव किनारे की ओर जा रही है।

माँझी से रवि ने कहा, "बाढ़ का इलाका यहाँ से बहुत दूर है, यहाँ रात में न रुककर आगे चलें तो कैसा रहे?"

जम्बू बेहेरा ने पीछे की ओर देखा। फिर माथे पर दोनों हथेली रखकर कहा, "इस दुर्गम रात में अनदेखे रास्ते चले आने के बाद भी मन नहीं भरा? जो कहते

हो और भी...फिर? भाग अच्छा था। नहीं तो मोड़े दे रहा था, अब तो फिर कल सुबह ही कोई बात...।"

रवि ने कहा, "पानी आज रात-भर बढ़ता रहेगा, घर टूटते होंगे।"

जम्बू बेहेरा ने कहा, "बढ़ नहीं रहा, खींच रहा है, यही तो असुविधा है। देखो न, किनारे से कितना टूट गया। चेरेंगी नदी में भी यही बनसी-काँटा रखा था किनारे पर, जो काँटे से सूता अधर ही अधर में लटक रहा है। नदी में पुश्ता टूटा है, पानी खींचे ले रहा है।"

रवि ने कहा, "पुश्ते टूटे हैं, धूम-धड़ाम कर पानी उछलता-कूदता जाता रहेगा। रोना-चीखना मचा रहेगा..."

"उन्हें भगवान् का भरोसा है। कल जो होगा। कौन बाहर निकले अब इस मौसम में!"

पिछली नाव पास आती जा रही है। किनारा पास आ रहा है। पीछे से आवाज सुनाई पड़ रही है, "नाव को दाहिनी ओर खींचो, दाहिनी ओर, हाँ दाहिनी ओर।"

तूफान गरज रहा है, सीटी मार रहा है, चड़-चड़ा रहा है। रवि ने मुड़कर देखा, खाली अँधेरा और स्याह पानी। अपने में अनुभव कर रहा था जैसे घर छूने की खुशी हो रही है। वह भीगकर लथपथ हो चुका है। हवा सिहरा देती है। ऊपर सूना रास्ता। अँधेरे में हिलमिलाते पेड़। कोई आदमी नहीं।

याद आ रहे हैं—निवाया घर, चूल्हे की आँच, छान तले का धुआँ, पिता, माँ, और छवि! वह चिढ़ाती-सी हँस रही है।

रवि किनारे के दलदल में कूद पड़ा। फिर बरसा की बौछार आ रही है। हवा में मानो घर-उजड़े लोगों की समवेत रुलाई भरी है। उत्क्षिप्त होने की तरह लगा। बड़ी कोफ्त हो रही थी। धोबेई मिश्र ने कहा, "आज की रात देखें, यह मानो कह रही है कि आदमी जितना भी करे, प्रकृति के आगे उसके करने की एक सीमा है। वह भी प्रकृति का अंग है, जैसे मियाँ की दौड़ मसजिद तक।"

"हम और कुछ नहीं कर सकेंगे?"

"करेंगे, उन्हीं सर्वशक्तिमान् शक्ति का ध्यान करें। कहेंगे—माँ, शक्ति दो, जग का मंगल करो। तुम्हीं प्रलय कराती हो, तुम्हीं फिर रखती हो, तुम्हीं पालती हो!"

रवि ने कहा, "आदमी कर सकेगा, भरोसा रख सकेगा, मरकर दिखा सकेगा कि जीवन है।"

बई मलिक ने कहा, "नाव तो बढ़ेगी नहीं, माँझी नहीं मान रहे। आज रात यहीं। इस गाँव के लोगों की भी तो जरूरतें होंगी।"

रवि ने चंचल होकर कहा, "पहले नाव को तो ठीक से बाँध लो।"

जम्बू बेहेरा ने कहा, "उसमें और कोई दूसरी बात है? वासेली देवी का नाम ले नाव बँधेगी, बज़र-बन्धन होगा, चाहे कितना ही तूफान आए, कुछ नहीं होगा।"

बरसा खुल रही है। भीगकर लथपथ। बरगद के पास से जाते समय कुछ सुनाई पड़ रहा है, कट-कट मड़-मड़ कर हिलती-सी हवा रौंदती बह गयी। कितनी रुँधी-रुँधी रुलाई, कितनी विकल चीखें, कितनी हा-हताशाएँ, सब मिलकर, घुलकर कानों के पास खेलती फिर रही हैं। दूर गाँव के अन्दर किसी के घर में फिर भी लालटेन जल रही है, कोई रखवाली के लिए बैठा है।

रवि पाट की ओर देखकर चल पड़ा। बस, केवल अतल अँधेरा, केवल विस्मय।

बारम्बार छवि याद आ रही है। मानो वह उसे देख पा रहा है ठीक सामने; फिर भी कितनी दूर है वह—बीच में कितना घना अँधेरा, कितने झड़-तूफान, कितने हृदय-मथे दीर्घ स्वाँस।

निशा-भोर की उजास—कितनी दूर है वह!

पाटेली गाँव में बरसा मूसलाधार पड़ रही थी।

चौधरी के घर से बाँध ही बाँध होकर पश्चिम की ओर चलने पर दाहिने, गाँव की बस्ती जाएगी। बाँध के नीचे सघन बगीचा, इसके बाद सीधा रास्ता, फिर नीचे धान का खेत, क्रमशः पश्चिम की ओर, बालू ही बालू फैली है, फिर बाँध के ऊपर में खड़े होने पर बायीं ओर दिखेगा तीखा कगार, तिरछा होता गया है, दाहिनी ओर नीचे ही नीचे उतर गयी है तटबन्ध के कगार की चिकनी ढलान। वही रास्ता गया है जोगी बस्ती को।

उसके उधर दिख रहा है, डोमों की बस्ती के इस सिरे पर अकेला खड़ा सेमल का पेड़, कुछ जरा हटकर।

जोगी बस्ती के लोगों का कहना है कि मूल पाटेली गाँव यही है। उन्हीं के पूर्वजों ने इस गाँव को बसाया था, इसे नाम दिया था। इसी माटी में दबे हैं उनके अकलनीय युग के पूर्वज, और जाने कितने ही अभी भी बैठे हैं, जीवित। उनका कहना है, इस खण्ड में यही थी अदग्ध धरती, किसी जमाने नदी अन्दर थी, सिद्ध साधक यहाँ रहेंगे—इसलिए नदी सरक गयी। सिद्धों ने यहाँ डेरा जमाया। उस दिन से है वह यहाँ। प्रमाणस्वरूप वे दिखाते हैं पास-पास टीले पर खड़ी दो पुरुष-भर ऊँची तीन बाँबियों को, कहते हैं ये ही तो हैं काश्यपनाथ, ये ही कपिलनाथ, ये ही कमलनाथ। तीन सिद्ध ध्यान करते-करते वैसे ही मानो जीवित बाँबियाँ बन गये। उन्हीं के वंश के हम हैं, वही रक्त है। अकलनीय युग का साधना पीठ। अकलनीय युग की बस्ती। उसके उधर जो पाटेली गाँव है वह तो नयी बस्ती है।

पर देखते ही धरती कह देती, नदी ने कभी यहाँ तटबन्ध तोड़ा था।

जानकार—देखे हुए आदमी ही कह सके कि कब तोड़ा था। अब तो उनमें से कोई बचा नहीं।

चारों ओर माटी इतनी बलुई होने पर भी किसी-किसी के पिछवाड़े में छोटा-मोटा बगीचा भी दिखता। नारियल, कटहल अच्छे फलते। किसी को बुखार होने या दस्त लगने पर डाभ की खोज होती तो इधर ही पहले गाँव के लोग आते हैं। नारियल के अनेक पेड़ हैं। जोगी बस्ती का प्रसिद्ध लाभ लड़ाई-झगड़ा लगाने के लिए असल बीज है, इसी को लेकर कितने घरों में मतान्तर हो जाता है। साग-सब्जी अच्छे होते। गाय-बकरी मोटे-ताजे दिखते। जोगियों का कहना है कि यह सारी उस जोग-विभूति की दया है, सब उसी की महिमा है।

वैसे ही इस महिमा के कारण जोगी बस्ती के लड़के-लड़कियाँ सुन्दर होते हैं। जोगी बस्ती की बेटियाँ तो अपनी सुन्दरता के लिए सारे इलाके में प्रसिद्ध हैं।

गोल-गोल होकर मुँह बन्द चेहरे लिये तीनों सिद्धनाथ! उनकी समाधि-पीठ के चारों ओर थूहर और लम्बी-लम्बी नागफनी बढ़ी हुई है। फूल खिलते हैं, पिछवाड़े में लगे हैं गोल-गोल कई बबूल के काँटेदार पेड़, फूलों से लदे-भरे।

किन्तु जोगी बस्ती की असल बुनियाद को अस्वीकार करती है डोमों की बस्ती। बस्ती के उस सिरे पर आज भी जगह-जगह इक्के-दुक्के पाटली के झाड़ खड़े दिख जाते हैं, उनमें रक्तिम लाल-लाल फूल खिलते हैं। उनका कहना है कि वे लोग पहले आये थे। पहले यह भाग पाटली वन था, उन्होंने ही बस्ती बसायी थी; अतः यह है पाटली गाँव। फिर पता नहीं कब की बात है? हाँ, हाड़िपा गुरु गोविन्दचन्द्र भ्रमण करने को लेते आये। जगत्-भर में घूम रहे थे। तब पाटली वन की अपूर्व शोभा देख वे यहाँ कुछ बरस रुक गये थे, उन्हें भुलाने के लिए इन्द्र ने पाटेली-कन्या भेजी। पाटली वन में पाटेली-कन्या ने उनकी सेवा की, जिससे एक के बाद एक कर दो पुत्र, एक कन्या—अजपा, अछपा, अरूपी। बाद में हाड़िपा गुरु चेते। बोले, 'मुझसे इन्द्र ने डरकर इतना बड़ा काम किया, संसारी बना दिया, उसी दोष से पाटेली-कन्या को अभिशाप दिया—तू और तेरे बाल-बच्चे होंगे पाण (डोम), ठाकुरजी की पूजा के समय बाजा बजाएँगे तो तुम्हारी मुक्ति होगी।' इतना कहकर गुरु हाड़िपा अन्तर्धान हो गये। अरूपी ब्याह कर गयी जहँतरागढ़। अछपा डट गये चण्डी बरमपुर। अजपा यहीं रहे, घर-संसार बसाया, वंश बढ़ाया।

"इन तीनों थल के पाण इस ओड़ राष्ट्र-भर में एक नाम है, पूछ देखो। छोटे होने पर क्या हुआ, हाड़िपा का रक्त अब भी इस देह में है। कौन नहीं जानता उनकी महिमा? नारियल के पेड़ को कह देते कि 'झुक', तो लरज जाता था, डाभ तोड़ लेने तक वैसे ही सिर झुकाये रहता। 'सीधा हो' कहते, तब उठता। किसी गाछ पर चढ़कर उसे 'चल' कह देते तो बस उड़ चलता आकाश-मार्ग से, फिर जिधर इच्छा होती उधर जाते। माटी को सोना और सोने को माटी, जिन्दे को मुरदा और मुरदे

को जीवित! वे सब कुछ कर सकते थे। इन्द्रपद पा जाते, उस पाटेली-कन्या ने उन्हें विभोर कर लिया।"

ऐसे गुरुगम्भीर होकर बूढ़ा शतुरा डोम या नरसिंगा डोम सिर हिला-हिलाकर धीरे-धीरे बात कहता, "यह जोगी बस्ती—वह तो कितने बाद की है, कल की तो बात है, नदी के कछार में खस के झुरमुट साफ कर झोंपड़ियाँ खड़ी की गयी थीं।"

जोगी बस्ती में केन्देरा का अभ्यास करते समय उधर से सुनाई पड़ती महुरी की उत्ताल गूँज। इस तरफ टूटी दीवार पर बकरी में-में करती तो उधर फूटी दीवार पर चढ़ता गंजा मुर्गा पहर की आवाज लगाता।

दोनों बस्तियों के सामने लम्बा पसरा है जोहड़। उसमें दल भर गये हैं, पानी में खिलनेवाले केन्दुली, पहले नदी ने यहाँ जब बाँध तोड़ा तो बहुत सारा बहाकर ले गयी थी। लगता है, उसी से यह जोहड़ बन गया। वो भी पता नहीं कब की बात होगी, किसी को याद नहीं। जोहड़ कम ही गहरा है। किनारा छोड़कर जितना-जितना लम्बा नीचे की ओर खिसका है, उतने ही उसके सहारे-सहारे जोगी-बस्ती और डोम-बस्ती के पिछवाड़े की बगीचियाँ-बाड़ियाँ फैल गयी हैं, जगह-जगह केले के झाड़ भरे हैं।

उस बार की उस घोर बरसा में जोहड़ भरा था, खेत भरे थे। चारों ओर खेत-बंजर सब जगह से पानी बह आया। नदी के किनारे नीचे की ओर सहस्र धारा से घाई खुल गयी। बह गया भुस-भास कर। इधर पानी में ऊब-डूब होती जोगी-बस्ती, उधर और भी छूट रहा है नाला, जितने केवड़े के झुरमुट काटकर डालो, या माटी काट-काटकर आड़ी डालो, मुँह बन्द होता ही नहीं। इधर पानी की ऊँचाई उठती-बढ़ती जा रही है, किसी के घर के आँगन में पानी लहरें मार रहा है, किसी की दीवारों पर हिलोरें ले रहा है, बराबर मूसलाधार बरस रही है। ऊपर पानी, नीचे पानी। गरज-गरजकर आ रही हैं तेज बौछारें, उड़ाये लिये जा रही हैं, हिला देती हैं। उधर आशंका, कब नदी का पुश्ता ढह जाएगा। इतनी खुँदी-ठुँसी बस्ती में कोई टीला भी नहीं है। पानी बढ़ा तो सब निराश्रित। जिधर देखो, बस केवल पानी-ही-पानी, जीभ सूख जाती है।

पाटेली गाँव के लोग उस पुश्ते को बचाने में जुट पड़े हैं, घाई खुल गयी तो क्या होगा! एक दल के लोग टखनों तक के पानी में होते हुए जोगी-बस्ती में पहुँच गये हैं। उन्हीं में छवि भी है।

डोम-बस्ती के चारों ओर पानी घिर गया है; किन्तु वह जोगी-बस्ती से तनिक ऊँचाई पर है, पानी दीवार के पास सरक आया है लेकिन आँगन में नहीं घुसा। जोगी-बस्ती में सिर्फ हाव-हाव लगी है। थाली लेकर फिर आने पर भी वे लोग चासी हैं, भिक्षाटन तो उनकी पुरातन परम्परा के अनुसार एक मर्यादा है, कभी-कभी का मौज है। मानो वह एक प्रकार से सामाजिक कर्तव्य भी है। घर में हल-बैल हैं,

कोठला, भारी, पेटी-पिटारा हैं, कितने जमाने का जोड़ा हुआ, कितने फटे-पुराने कपड़े, पूड़ा, अलाय-बलाय, कितनी अनावश्यक चीजें जो कभी काम नहीं आतीं, फिर भी घर से निकाल देने को मन नहीं करता। किसी के साथ कौन-सी स्मृति जुड़ी है। अचानक आँगन में पानी लहरें मार रहा है, दरवाजा लाँघ रहा है। पहले चीजें उठाकर रखी जा रही हैं ऊपर, सन्दूक और बक्से हों तो उनपर। फिर यहाँ से वहाँ रखो, जहाँ तनिक सूखी जगह हो। देखते-ही-देखते पानी-भर आता है, घर के अन्दर पानी की सतह ऊपर और ऊपर उठती जा रही है, क्या होगा इसके बाद? सचमुच क्या घर छोड़ बाहर जाना पड़ेगा? आशंका घिर रही है; किन्तु बढ़ते-बढ़ते वहीं रुक रही हैं—वहीं, जहाँ आदमी के मन में आशा है कि यह पानी घटेगा, छूट जाएगा। और अधिक कुछ होगा, ऐसी कोई कल्पना ही मन में नहीं आती। परन्तु चल रहा है हो-हल्ला, उपदेश देना-लेना, विचार-सलाह, पानी को लहराते देख विश्वास दहल उठता है। कोई एक-दो गाय-गोरू लेकर किनारे की ओर मुँह किये चल पड़ा, पीछे-पीछे और भी धार आ गयी, बाल-बच्चे लेकर गाँठ-गठरी लाद चटाई-चादर सिर पर ढोकर चल पड़े कुछ लोग—वे ही लोग जिनका घर में अधिक कुछ नहीं है। थोड़ा-बहुत जितना है, उसी के लिए तर-तर हो रहे हैं। खेत में कहीं घुटने तक, कहीं कमर तक पानी, जिधर नजर दौड़ाओ, पानी ही पानी। बरसाती हवा और भी जोर-जोर से बौछारें मारती आ रही है। जाते लोगों को देखकर रुके हुए लोगों की छाती में छनू से सिहरन भर जाती है। पाटेली गाँव के लोग घूम-घूमकर बहलाने में लगे हैं, पुश्ते के नीचे से छेद निकला है, उपक्रम करने पर भी नहीं दबता। पुश्ते का भरोसा नहीं, रात आ रही है, चले आओ बन्ध के ऊपर, पहले जीवन, बाद में और कुछ।

औरतों के दल में छवि थी। घर-घर वही सिर चकराती भँवरों में उसने कब क्या किया, उसे कुछ याद नहीं। किसके बच्चे को गोद में उठाया, किसके घर की चीजें बाँधीं, किसका हाथ पकड़ घसीटते-घसीटते बाहर खींच लायी कि कहीं दीवार न धँसकर ऊपर गिर पड़े। दूल-दालकर गिरती किसी की भीत देखी, लोगों की चीख-पुकार उसके कानों में पड़ी है। बुद्धि आकर कहती गयी—यह कर, वह कर!

'चले जाओ', 'चले जाओ' कहते-समझाते वे लोग जोगी-बस्ती से डोम-बस्ती की ओर पहुँचे। डोमों की चौदह-पन्द्रह घरों की बस्ती। जोगी-बस्ती से पहले से वे लोग तैयार हैं। पोटली, गठरी, बहँगी लटकाये बाँध-बूँधकर आगे बढ़ गये। अस्सी बरस का बूढ़ा शतुरा डोम सबको चेता गया है—यह तो कहीं घाई टूटा पानी है, खेत का बहाववाला पानी इतने ताव में नहीं आएगा। ऊँचे घराने की औरतों को अपने दरवाजे पर देखकर उसे बड़ा आश्चर्य हुआ। "किधर आज कहाँ आ गयीं बेटी, साआन्तानी, आप लोग! देखो न, कैसे पानी दबाये आ रहा है! पर वे सब तो मिल गयीं घर में, सबसे।"

उन्हीं के साथ मिलकर चीजें ढोते, बच्चों को गोद में उठाये फिर रही हैं—छवि, केला की स्त्री, रघुआ की माँ, साथ की जितनी बहू-बेटियाँ। दुख-दुर्दशा में एक साथ दल बाँधे आदमी हैं, सब मानो एक ही घर-परिवार के हैं। कोई भिन्न जाति नहीं, बस्ती नहीं, अलगाव की चेतना ही वहाँ नहीं।

मेघों ने अँधेरा कर रखा है। सूँ-साँती हवा। पानी में बहाव तेज हो गया है। जाँघ तक, कहीं कमर तक के पानी में लोग-बाग धकेलते-धकेलते आगे चले जा रहे हैं।

छवि वगैरह ने इसी तरह तीन बार आना-जाना किया। तब तक जोगी-बस्ती में लोग कम हो चुके थे, डोम-बस्ती में अब और कोई नहीं रहा था। चीजें सिर पर लेकर गाय-भैंस खींचते कोई-कोई आ रहे हैं। पुश्ते पर तब भी लोग माटी डाल रहे हैं। आपस में कह रहे हैं—"खेतों की ओर इतना पानी किधर से आ रहा है, या दूसरी नदी में, दूर कहीं, कोई घाई टूटी है?"

बाँध पर पैर रखने को भी जगह नहीं है। सबसे पास अहीर-बस्ती के सामने आम का बगीचा है। चीजें सिर पर लादे, बाल-बच्चों को काँख में लिये, गाय-गोरू लिये, जोगी-बस्ती और डोमों की बस्ती के लोग चल पड़े उसी ओर। जिसे भी जगह मिली, वह अहीरों की बस्ती में, किसी गुहाल के कोने में, या बरामदे में, या चबूतरे पर जा टिका; नहीं तो पेड़ के नीचे, जहाँ कहीं सूखी जगह मिली। कहीं गीली, कहीं कीच—भली-बुरी जगह का कोई विचार न रहा। लोगों की भीड़ से बगीचा भर गया। पूछ-ताछ करने नहीं तो केवल देखने के लिए ही बस्ती-बस्ती से स्त्री-पुरुष आये। वहीं छवि और उसके साथ की स्त्रियाँ, लोगों को रखने-बैठाने के काम में जुटी थीं। उनके उद्यम से अहीर-बस्ती में जगह-जगह गुहाल झाड़-बुहारकर साफ किया गया, लोगों को राँधने-पकाने के लिए चूल्हे जलाये गये। भीगे कपड़े सुखाने के लिए, देह तपाने के लिए बगीचे में जगह-जगह आग जलायी गयी।

दुःख-सुख से सब मिल गये। गाँव ने उन्हें अपना लिया।

पहर रात भी नहीं गयी होगी, अहीर-बस्ती के भीगे रास्ते पर बैठ गयी एक बड़ी पंगत। केले के पत्तों पर भात और डालना (दाल में ही सब्जी वगैरह डालकर बनाया गया खाद्य पदार्थ) परोसा गया। सिन्धु चौधरी देखने आये थे। तब तक छवि और साथ की स्त्रियाँ जा चुकी थीं, भोजन का जुगाड़ करके। साथ में शतुरा डोम की पतोहू ले गयी थीं, उसके महीने-भर का बच्चा जो था। घटा-टोप अँधेरा, रास्ते में फिर बरसा, पर छवि का मन ताजा था, मानो वे गढ़ जीतकर आ रही हैं, छवि को याद आया, ऐसे ही बरसाती रात थी उस बार। भीगा हुआ पहुँचा था वह, जिसका वह ध्यान करती—रवि! क्या करता होगा वह? छवि के मन में उत्साह भर रही है उसके चेहरे की कल्पित भंगिमा। यही तो राह है, यही तो काम है। मन-ही-मन कोई कह रहा है—अँधेरा-बरसा आदमी को एक जगह करता है, दुर्दिन उसे एक कर देते हैं!

शतुरा की पतोहू सुबकते-सुबकते कहती है—"इतनी बरसा हुई, वे क्या करते होंगे। उस घर का क्या हुआ होगा? भीतें तो गिर चुकी होंगी!" उसका स्वर मानो अन्धकार में, बिजली की तरह झक् से सब दिखा जाता है। दिखाई पड़ जाता है लोगों का विपद् से पुता चेहरा, असहाय भाव से टिमटिमाती आँखें। बरसा छूट गयी। छवि के मन में चिन्ता भरी हुई थी, कम नहीं हुई थी।

रात बीतने से पहले ही जोगी-बस्ती के पास नदी का पुश्ता टूटा। उसके दूसरे दिन नाव लिये पहुँच गया था फूलशरा का दल। उसमें रवि भी था।

पाटेली गाँव में जोगी-बस्ती के लोग, डोम-बस्ती के लोग-बाग घर छोड़कर सब निकल गये, सब नहीं, कोई-कोई रह भी गया।

चारों ओर सुनसान हो गया, हलका अँधेरा घिर आया। जोगी रोहीनाथ ने अपनी स्त्री दुलभा से पूछा, "पिछवाड़े के किवाड़ बन्द हैं, तो दूल?"

नाम लेकर दूल के अलावा और कुछ पुकारने की पारी नहीं आयी। छत्तीस का होगा। छरहरे, इकहरे बदन का आदमी, लम्बा नहीं और नाटा भी नहीं। हाथ-पैर तेज हैं। पर ब्याह किये अठारह वसन्त पार कर चुकी है दूल, पर अभी तक किसी से 'माँ' का सम्बोधन उसने नहीं सुना।

दुल ने भी बहुत जिद की—सब जा रहे हैं, हम भी चलें, पर रोहीनाथ राजी नहीं हुआ। औरों के घर की बजाय उनका घर कुछ ऊँचा है। रोही ने तर्क किया, "इस बाढ़ से बेसी डर तो निगोड़े आदमियों का है। सच, क्या सब चले जाएँगे, सोचती हो? घरों की ताक में आज कितने ही लोग होंगे, कितने ही घरों का आज पटिया साफ हो जाएगा। क्या होता है, हो जाने दे आज रात-भर सबर कर, इतनी चिन्ता क्यों?"

पर सभी जब जा चुके, चारों ओर सूना ही सूना हो गया तो रोही का दर्शनतत्त्व दूल को कुछ कमजोर-सा लगा। घर में खाट पर रोही बैठा है, खाट के पायों से तीन बिल्लियाँ पीठ रगड़ रही हैं। उनके पास और दो हैं। सारे डीह-भर में पानी दुलक रहा है, दरवाजे पर जो नारियल खड़ा है, मानो वह पानी में से ऊपर उठा है। रास्ते की ओर का भाग ऊँचा होने पर भी पानी आकर दरवाजे के सामने रास्ते पर लग गया है। कतार में बस्ती फैली है, पर कोई कहीं नहीं।

दूल की छाती के अन्दर थरथराहट भर गयी। कहा, "बैठे क्या हो, आओ तो सही रास्ते पर, यह क्या हो गया?"

"और क्या देखूँ? पानी ही तो है! वसुधा पर जलार्णव हो रहा है। आज रात-भर का खेल है, फिर वह अपने स्थान को लौट जाएगा, और क्या? इधर आ, वहाँ देख।"

दूल का मन नहीं माना। पानी में घुस एक-एक कर गाय-बकरियाँ लाकर उसे घर के अन्दर और सोने के कमरे के बरामदे में बाँधा, पर हों चाहे जानवर, भीड़ में उन्हें भी तनिक आश्वासन मिला।

धड़ाम से एक आवाज आयी। एक साथ गाय-बकरी सब चिल्ला पड़े। खाट पर से कूदकर दोनों बाहर आये। पिछवाड़े में रसोई की पिछली दीवार गिर गयी थी। आँगन खुला पड़ा था, पिछवाड़े से सब दिख रहा था, केवल खाली मैदान, समुद्र फैला पड़ा है, पानी हिलोरें ले रहा है, पानी ही पानी।

झक् से बिजली चमकी, फिर झक्, झक्, झक्। घर-बाहर सब एक हो गये हैं। पानी में तैरते-से कुछ-कुछ इधर-उधर टापू।

पानी में छपाक-छपाक करते दोनों बाहर आये। रास्ता सुनसान पड़ा है। बिजली चमकने पर स्रोत दिख जाता है। कितने ही घर पछाड़ खा गिरकर सो गये हैं। इधर दिखता है, मानो समुद्र लहरा रहा है। दूल बरामदे से नीचे उतर गयी। कमर तक पानी, फिर शीघ्रता से ऊपर चढ़ आयी। सारी देह सिहरन से भर गयी। बोली, "पानी तो बहुत बढ़ गया है, अच्छा, भगवान् को पुकारें! भय को जितना देखेंगे, वह उतना ही भयावना दिखता रहेगा!"

चिवड़ा भिगो खाकर खाट पर लुढ़ककर समय काटने लगे। आँखों में नींद कहाँ? बाहर घोर अँधेरा भरा था, घर के अन्दर एक लालटेन सन्दूक पर रखी जल रही है। अभ्यस्त भजन को दुहराते-दुहराते कुछ समय कट गया रोही का, इसके बाद वह भी बन्द हो गया, अपना स्वर खुद को चौंकाता-सा लगा। दूल के गले तक बात उठ आती थी कि कहूँ—तुम्हें ऐसी बुद्धि कैसे हुई? सब गये, सिर्फ तुम क्यों नहीं गये? सचमुच यह प्रलय की रात कटेगी भी? जीवन रहेगा भी? जान-बूझ क्यों विपद् को बुलाया?

पर वह मन को मजबूत कर खुद को सँभाल रही थी, रोने को जी चाहकर भी वह रो नहीं रही थी। यह विपद् मानो संसार-भर में उसके सबसे प्रिय व्यक्ति के प्रति उसकी आँखों में और अधिक आदर भावना भरकर परिचित करा रही है, और अधिक निबिड़ भाव से गूँथ रही है उसके साथ। उसे लगता है—उसका सब कुछ तो यही है, इसी के लिए तो वह जीना चाहती है, यही तो उसके जीवन का हेतु है।

रात गहरी हो गयी। आधी रात हुई होगी। भयंकर धड़ाम्-धड़ाम् की आवाज से दोनों फिर चौंक पड़े। उस कमरे की बाहर की तरफवाली दीवार धराशायी हो गयी थी। बिजली खिल्ली उड़ाती-सी चमककर चली गयी। सब खुला था।

तब बावली की तरह दूल ने काँपते हुए रोही को जकड़ लिया और फफक पड़ी। बस बाल-बाल बच गये थे, नहीं तो दीवार उनपर भी तो पड़ सकती थी। रोही खुद को दूल के बन्धन से मुक्त कर उसके हाथ को पकड़ खींचता-सा, आतुर

होकर कहने लगा, "हे भगवान्! हे भगवान्! चल, चल..."

घर के आँगन में सब एकाकार। भीत, कमरे की दीवार, सब बैठ गये थे, इधर-उधर पानी फैलता जा रहा था। रास्ते की तरफवाला कमरा अभी भी बचा था। पर उस कोठरी में पानी घुटनों तक। दूल चिड़चिड़ा रही थी, "सब गया–सब गया–ई लो–मेरी गाय खड़ी-खड़ी ही मर जाएगी।" अँधेरे में टटोलती-सी सबकी जेवड़ियाँ खोल डालीं। खोलने पर कौन किधर चली जाएँगी या बह जाएँगी, यह विचार न था। इसके बाद रोही को डर लगा। दूल नहीं दिख रही थी। वह चीखा, "दूल, दूल, कहाँ गयी?" भण्डार घर के टूटे ढेर के नीचे से दूल की रुलाई सुनाई पड़ी। लम्बी छलाँग भरकर फाँदता हुआ रोही उसके पास पहुँच गया। हाथ पकड़ खींच लाया, "बड़ी बाढ़ आयी है री! निकल आ, छान पर चढ़ जा, छान पर चल।" टूटी दीवार की झुकी हुई छान पर से होते हुए बाहरवाली कोठरी की छान पर वे जा बैठे। बरसा थमी हुई है। चारों ओर सूँ-सूँ सुनाई दे रहा है। पीढ़े पर बैठकर रोही ने पुकार लगायी–"कोई है...बचाओ...रक्षा करो!" मानो उसी की पुकार की प्रतीक्षा थी। दूर-दूर से वैसी ही और भी लम्बी चीख-पुकार सुनाई दी–"हो ओ–ओ–रक्षा करो...।"

सुनाई पड़ रही हैं घर्रायी आवाजें, उस भयंकर रात में किसी का व्याकुल स्वर, मानो और किसी व्याकुल व्यक्ति को सान्त्वना दे रहा हो कि विपद् में भी हम एक हैं, गोठ से अलग नहीं, जीये साथ-साथ, और अब भी साथ-साथ ही...।

थोड़ा हल्ला कर घुटे-मुँदे मन का उफान बाहर निकालकर रोही और दूल ने जब स्वयं को तनिक आयत्त किया तब रोही ने दूल से कहा, "शायद पाण-बस्ती का फगू बूढ़ा रह गया? घुटने की गाँठ तो फूली हुई थी, देह अचल थी ही, बेटा नहीं, घर वाली नहीं, कोई नहीं। शायद बूढ़े को कोई ले नहीं गया?"

अकुलाहट में दूल ने पूछा, "अब क्या होगा?"

रोही ने हिम्मत से कहा, "कुछ नहीं री, दीवार गिर गयी, पानी भरा है, तभी ऐसा दिख रहा है, पानी घटने पर सब घर खड़ा करेंगे, चिन्ता क्या है? ऐसा होगा, मैं क्या जानता था? धीरज रख, जो होना था सो तो हो गया, भगवान् को पुकार!"

फिर आ गयी बौछार। दोनों भीगने लगे। दोनों ने एक स्वर में पुकारा, "हे भगवान्! हे भगवान्!"

उस बौछार के बीच कितना कुछ कहीं गिरने लगा। घड़ी-घड़ी में बिजली कौंध जाती। पानी लहरा रहा है, कितने घर उखड़ गये, टूटी-फूटी दीवारों के पार दिख जाते हैं खुले आँगन, ढेर की ढेर बनी कोठरियाँ, दीवारें और धराशायी छप्पर।

नीचे गाय-बकरियाँ बिखरी फिर रही हैं, रँभा रही हैं, साँय-साँय हवा के झकोरे और नीचे सूँ-सूँ करता पानी का बहाव।

और फिर अचानक प्रलय आ गया। घोर गर्जन शुरू हो गयी, मानो समुद्र

उछल आया है, या एक साथ घड़-घड़-धड़-धड़ करती रौंदती जा रही है कोई तेज रेलगाड़ी। दूल चिल्लाने लगी, "सब शेष, सब खत्म हो गया! नदी का बन्ध टूट गया है!" 'भगवान्' ! 'भगवान्!' चिल्लाकर उन्होंने प्राणपण से पुकार लगायी–आदमी के कानों तक पहुँचाने के लिए–"हो–बचाओ, रक्षा करो।" उछलते पानी की गरज, बरसा की हाव-हाव में कहीं उनका स्वर घुल-मिल गया। प्रबल वेग से तूफान की तरह रौंदती आ गयीं ढेरों लहरें, बिजली की झक्-झक्-सी लगती थीं–मानो सदल-बल उछलती-छलाँग भरती आ रही हैं, घर-द्वार, पेड़-पौधे सब खींचती-उखाड़ती आ रही है! ओह! कितना क्रोध, कितना रोष भरा है, कितनी गरज-तरज, भीमाकार है! पेड़ के पेड़ उखड़े जा रहे हैं, और झकझकाती झलकों में दिख जाती हैं ऊपर को मुँह किये पेड़ों की जड़ें, आड़ी पड़ी छानें, ढेर के ढेर कुरी जो उखड़ती जा रही हैं, लहरों और गोल-गोल चक्कर काटती भँवरों की उछल-कूद में। बिजली थम जाती है, अँधेरा दलदला जाता है, फिर बिजली कड़कती है, और उसमें कौंध जाता है बिलकुल जानी-पहचानी बस्ती का रूप। कितनी जल्दी बदलकर हो गया है एकदम अनपहचाना; जहाँ जो कुछ था उसका रूप आँख मींचने पर भी साफ दिख जाता है। मन-ही-मन। बाहर वहाँ उसकी सत्ता लुप्त हो चुकी है। पास में जो कुछ था वहाँ अब और नहीं है, कोई पेड़, कोई बाग-बगीचा, किसी का चबूतरा, किसी की दीवार, पल-पल में वह सजा-सँवरा बदलकर अपरिचित हो गया है। नया भी कितना कुछ बह आया है, छान-छप्पर, काठ, चीजें। पुराना कहीं जा चुका है। फिर भी दौड़ती-भागती लहरें आ रही हैं–लहरें, दल की दल बाँधे। और अँधेरे के ढक्कन तले जब कुछ नजर नहीं आता, केवल घना अँधेरा ही अँधेरा भर जाता है, कानों में अनवरत घू-घू पानी की आवाज। बीच-बीच में आदमी की व्याकुल चीखें, और तब छाती दहल जाती है। तब तक घाई के टूटने का प्रबल तोड़ उनके घर के ऊपर तक सारा जोर लगा कर नहीं उठा था, घर तनिक बगल में होकर कुछ ऊँचाई पर है, पर बिजली की चमक में दिख जाता है–कितना ऊपर बढ़ गया है, आस-पास सब जगह ध्वंस और प्रलय की ताण्डव-लीला चल रही है। दूल रो रही है, चीख-चिल्ला रही है; रोहीनाथ पागल की तरह बक रहा है, रो रहा है, आवाजें दे रहा है। और उस कोठरी के ऊपर दोनों बैठे एक-दूसरे को बाँहों में भरे हैं, कहीं कोई किसी को छीन न ले जाय। बढ़ते हुए प्रलय की आवाज के बीच दूल की आवाज सुनाई पड़ रही थी, "ई लो, वह नेता (बाछा) बह गया!–ई लो, बाछड़ी गयी–माई री, मेरी बकरी कहाँ जा रही है–" तब तक प्रलय की भाँवर रौंदती आ गयी थी उनकी छान के नीचे तक और मानो वही दिखाने के लिए बिजली चमक उठी हो। रोहीनाथ ने देखा, उस कोठरी के अलावा उनकी सारी की सारी कोठरियाँ गिर पड़ी हैं, छान गिरकर ढेर हो चुकी है, बिछे बाँस भँवरी खेल रहे हैं, कितने बहे जा रहे हैं, और उसकी आँखों के आगे बहे जा रहे हैं–गाय-बकरी, घर की चीजें।

सन्दूक-हाँड़ी, कपड़े-लत्ते का सारा संसार, और जाने से पहले मानो माया-टूटने के पूर्व इधर-उधर बिखरकर सब कुछ पानी की भाँवर के चारों ओर घेरा काट गिरता-पड़ता है, उठता-डूबता है और फिर अन्तर्धान होता जा रहा है। फिर ढेर का ढेर अन्धकार। छटपटाकर रोही और दुलभा जी-जान से चीख उठते हैं—"बचाओ-बचाओ—कोई—मर गये! मर गये!—" छान बार-बार काँप रही है, हिल रही है, चरमरा रही है। बिजली चमक जाती है और दिखता है—कहाँ है गाँव, कहाँ है कोई घर, कोई आँगन, कोई रास्ता! सब पर अथाह पानी बिछा पड़ा है, चारों ओर। छान की थूनी, ढोर-डाँगर, लोंदा बनी चीजें। कितना कुछ उठकर साँय-साँय करता कहीं चला जा रहा है। पानी की विस्तृति पर चाँय-चाँय बिजली चमक जाती है, और उसमें दिखता है—वहाँ न जोगी-बस्ती है, न डोम-बस्ती, न रास्ता, न बाड़। तैरते-तैरते वन-जंगल के बीच कहीं एक-आध छान सिर टेके है। चल रही है कान फाड़ती घाई टूटने की गरज, कितनी ऊँची लहरें छलाँग भरती-सी आ रही हैं, एक के पीछे एक, असंख्य, और कितनी जल्दी सिर चकराने-जैसी भाँवरों में चक्कर मारकर कहीं चली जाती हैं।

फिर आ गयी तेज़ बौछार। आकाश विदीर्ण करती-सी ढाँय-ढाँय बिजली कड़क उठी। रोही और दूल एक हाथ से छान को और दूसरे से परस्पर को जकड़कर व्याकुलता में चिड़चिड़ाते गला फाड़कर चिल्ला पड़े। अचानक लगा एक जोरदार झोंका आया है, झाल में भड़ास से घर दब रहा है। छान हड़हड़ाकर पानी में जा रही है। छपाके से बौछार आकर उन दोनों पर पड़ी, और फिर तो पलक-मारते ही कुछ से कुछ हो गया—किसी जीवित जन्तु की तरह खींच-खाँच, छटपटाकर, मानो वह छप्पर एक सिरे से टूटकर मुक्ति पा अलग हो गया। चकराती भँवरें घूम-घूमकर साँय-साँय करती हुई अँधेरे में कहीं बहा ले चलीं दो आदमियों को अपनी पीठ पर बैठाकर। अपनी वज्रमुष्ठि में छप्पर और उन दोनों को जकड़कर बहाता ले गया घाई के टूटने पर आया वह बाढ़ का पानी। पता नहीं किधर से किधर!

फूलशरा गाँव का बाढ़-सहायता-दल!

रात-भर ठहर गये उरी गाँव के नि. प्रा. स्कूल के घर में। पास में ही राधू पृष्टी का घर। उन्होंने कोई आपत्ति नहीं की, उलटे घर से बालटी, लोटा, रस्सी आदि निकालकर दिये, कैसे वे उनके ज्यादा से ज्यादा काम आ सकें—उसी की फिक्र में लग गये। अठाईस-उन्तीस के युवक राधू पृष्टी। ततैया की तरह पतली कमर, हड़ीली देह, कुछ लम्बे चेहरे पर चपटी नाक के नीचे मक्खी की तरह मूँछ, चमकती आँखें, तर-तर चाल। मैट्रिक सेकेण्ड क्लास में पढ़ाई छोड़ जिला-बोर्ड में अनट्रेण्ड शिक्षक रहकर वेतन से पाँच प्राणियों का कुटुम्ब चलाते हैं।

उनके मुँह से सुनाई पड़ते—कभी आशा के टूटे-फूटे शब्द। उनमें कभी मिरच की-सी तेजी, कभी नीम की-सी कड़ुआहट।

राधू पृष्टी ने वही बात शुरू कर दी, "अच्छे काम से निकल पड़े हैं, घर में जगह देने से इनकार करेगा, कौन होगा ऐसा नीच! और स्कूल-घर की फिर क्या हालत है। गला-टूटा छप्पर, सारे फर्श में गड्ढे ही गड्ढे। दीवारों पर बाँबियाँ, चलिए, आप ही देखें। कुण्डा तो नहीं, फिर ताला कहाँ पड़ेगा? टूटी-सड़ी कुछ डेक्स, उनमें भी कई चोरी हो चुकीं। घर की छान से बाँस खींच ले जाते हैं। जो चाहता है यहाँ आकर रहता है, चूल्हा बनाकर कोयला-राख चारों ओर बिखेरकर चल देता है, उस पर फिर गाय-गोरू भर देते हैं और सारे फर्श पर गोबर-गोमूत। वे तो चाहते ही नहीं हैं कि यहाँ कोई इस्कूल-फिस्कूल रहे, यह स्कूल उठ जाय तो गणी तरेई वहाँ खलिहान बनाने की सोच रहे हैं। उन्हीं की जगह जो ठहरी! मान पति सेक्रेटरी बने, उस दिन से उनका गुस्सा अधिक है। आधे बच्चों को रोक दिया है। इस गाँव में और है भी कौन, ये दो ही तो पैसेवाले, जमीनवाले आदमी हैं। बाकी किसी की दो बीघा, किसी की एक और किसी की आधी बीघा, नहीं तो दुखी-दीन हैं। उनमें फिर कम्यूनिस्ट, कांग्रेसी, राजपूत, यादव आदि कितने दल हैं। खैर, घाई टूटी, बाढ़ आयी, तभी तो आज स्कूल-घर की जरूरत पड़ी है, राधू पृष्टी को नींद से उठाया गया! अपने गड़गड़ाते भाषण में राधू पृष्टी जो बात कहता गया, मानो उसके द्वारा उन अपरिचितों की सहानुभूति वह माँग रहा है, उपस्थित समस्या के साथ मानो उसका कोई सम्बन्ध न था।

वे फिर कहने लगे, "ये तो हुआ इस गाँव का हाल-चाल, बाबू! इस गाँव में कौन निभा पाएगा, बताओ? एक के साथ जितनी बात की, जितने दाँत निकालकर हँसे, दूसरे के साथ भी नाप-तौलकर उतनी ही बात कहना, गिन-गिनकर उतने ही दाँत दिखाकर हँसना पड़ेगा, वह सोचेगा वरना कि तुम दूसरी तरफ के आदमी हो। बस फिर तुम्हारे नाम पर होगी पिटीसन, आकाशनामा, महजरनामा दरखास्त। समझ लो, रास्ते पर चलते समय आवाजें कसी जाएँगी। बताओ, ऐसे भी कोई चल सकता है? हमारे सब-इंस्पेक्टर आये थे, गणि तरेई की तरफ वालों ने लिख मारा मेरे नाम कि बस सब-इंस्पेक्टर साहब साइकिल चढ़े दौड़े आये थे, फोड़ा होने पर भी। मैंने कहा कि पधारें, गणि तरेई, क्या कहता है, वे मेरे मुँह पर कहें। बोलेंगे और क्या? किसी ने कोई चोरी की है? पहले कहलवा भेजा कि ज्वर हुआ है, मैं नहीं आ सकूँगा। फिर सब-इंस्पेक्टर ने कहलवा भेजा तो एक कम्बल ओढ़ बाहर निकलकर बोले, "बाबू मेरा धन्धा ही मुझे भारी है, मैं ये दरखास-फरखास की बात नहीं जानता..."

फूलशरा गाँव के दधि अहीर ने कहा, चारों ओर तो बाढ़-बरसा। घर-द्वार बहे जा रहे हैं, आदमी किलबिला रहे हैं, मास्टरजी, ये सारी खबरें क्या आप तक नहीं आतीं? अभी वही बात बड़ी है..."

राधू पृष्टी ने कहा, "अरे बाबू, बाढ़ तो आयी है। यह तो कोई भी देखते ही जान जाएगा। और यह जो खबर, वह तो गाँव-भर में हल्ला हो गया है, पर कौन समझता है या उपायं-बिचारता है?...अच्छा, मैं चलूँ, या और कुछ दरकार है?"

राधू पृष्टी ने विदा ली। इसके बाद पहले कौन हँसा, पता नहीं, पर बाद में तो सबने मिलकर हो-हो कर ठहाका लगाया।

धोबेई मिश्र ने कहा, "भेंट होते-न-होते गाँव के बारे में कितनी खबरें हमारे कानों में उँड़ेल गये। उन्होंने क्या समझ लिया कि हम किसी अखबार के संवाददाता हैं?"

बई मलिक ने कहा, "गाँव की बात धोबी घाट कह देता है। यही तो गाँव का इसकूल है, उन्होंने जो कहा वही बात है। ये ही तो गाँव के मास्टर हैं, गाँव के लोग तो हैं।"

रवि ने कहा, "देश-भर का भला-बुरा इनकी नजर में बड़ा नहीं। बड़ा, 'मैं' है। जिधर देखो, 'मैं', 'मेरा', और कुछ नहीं। उनकी देह पर आँच न आने तक चाहे दुनिया में प्रलय हो जाय, उन्हें परवाह नहीं। हर काम में नजर रहती है अपने स्वार्थ की ओर।"

जम्बू बेहेरा ने कहा, "झूठे ही यहाँ आये। नाव में इतने लोग रहे, हम भी रह जाते तो अच्छा रहता। फालतू में केवल घर में गोबर पोंछो, घर बुहारो, इधर पानी जो चू रहा है चारों ओर, सुबह अपने रास्ते चले जाएँगे, फिर बेकार में यह किलबिलाहट। क्या कहते हो, लौट चलें?"

धोबेई मिश्र ने कहा, "बस्ती में कहने गये हैं। लोग आते होंगे, खबर लेंगे, मास्टरजी न अपनी बात कह गये, गाँव में और लोग भी हैं, सबको तो सारी दुनिया पीली नजर नहीं आती होगी।"

रात के लगभग नौ बजे होंगे। झड़-बरसा की अँधेरी रात, देहात में खाना-पीना कर सोने की बात। कोई-कोई सो भी गया होगा। फिर भी खबर पाकर एक-एक कर लोग आने लगे। खड़ाऊँ डाले, छत्ता थामे, दो-चार जन लालटेन लिये और लाठी टेकते हुए आ पहुँचे। खुद गणी तरेई भी। गणेश की-सी तोंद, ठिगने गोरे आदमी, चेहरा गोल, और उस पर मोटी मूँछ। कहा, "यहाँ क्यों? कौन आप लोगों को उजाड़ में ले आया? चलिए अपना दालान है, वहाँ रहिए। पास में है ठाकुरजी का घर, वहीं भोजन-पानी की व्यवस्था होगी। भला मास्टर है, जरा भी बुद्धी या अक्कल नहीं?" कोई युक्ति-तर्क नहीं सुना, लोग लगवाकर चीजें ढोकर सबको अपने साथ ले चल पड़े गणी तरेई। फूलशरावालों ने उनका आतिथ्य स्वीकार किया।

"नाव के पास कोई गये?" उन्होंने पूछा।

लालटेन देकर उधर भी लोगों को भिजवा दिया। गणी तरेई के घर के आगे, जरा बगल में, एक स्वतन्त्र कमरा है। सामने खुला चबूतरा। वहीं उनका खुला घर

है। बस्ती-बस्ती से लोग-बाग आकर पहुँचने लगे। आ पहुँचे मान पति, सफेद झक धोती-पंजाबी पहने, चादर डाले, छड़ी लिये। विकल राउत, बैरागी जेना, और कितने बिन-बुलाये लोग आ पहुँचे। और कई गरीब सहायता-प्रार्थी लोग भी। बरसा छूट गयी है। कीड़ों की भीड़ के बीच गणी तरेई की पेट्रोमैक्स जल रही थी, सब जमा हो गये थे। गणी तरेई ने ऊँची गम्भीर आवाज में कहा, "यही तो देख रहे हैं, हमारा गाँव, पाट के बीच एक टापू है, बाढ़ के दिनों में चारों ओर चिलिका, यहाँ किस जमाने से हम भाई, काका, मौसा, कहकर भाईचारे में बँधे रहते आये हैं। कलजुग आ गया, कलह बढ़ा, बिना वाद-छिद्र के आदमी इस जमाने में कहाँ! पर धरम तो अभी तक डूबा नहीं, सत् का भी एकदम लोप नहीं हुआ। अभाव है केवल बुझा-समझाकर एक करनेवाले आदमी का। वह सच्चा हुआ, सत् पर हुआ, तो लोग उसकी पुकार सुनेंगे, एकजुट होंगे, वह भण्ड हो गया तो लोग उसकी पुकार को कान भी नहीं देंगे, उलटे आन्तरिक विश्वास टूट जाएगा। इस बाढ़-झड़ के मौसम में नाव लेकर, सामान ठीककर, आप महान् लोग सहायता करने आये हैं। हमारा मन उल्लास से भर जाता है, मन में श्रद्धा आती है। बैठकर विचारें—जो कहेंगे, वही करेंगे, नहीं करेंगे क्यों?"

मान गोविन्द पति ने सिर हिलाकर कहा, "सच है, दस आदमी एक मन हुए तो सब होगा, क्यों न होगा? टोकरी—जितना यह छोटा-सा गाँव, उसमें फिर बारह अलगाव! कुछ भी बात नहीं होती।"

उधर से नुखुरा मलिक खड़ा हो गया, "जी, आप लोगों का तो हाथी से हाथी, साँड़ से साँड़-जैसे दलों का लड़ाई-झगड़ा है, बीच में हम मेढक, चूहे रुँध-चिथकर मरते हैं। हमारी खबर कोई लेता ही नहीं। अब जो अवस्था है मेहनत-मजूरी की, सब बन्द। चूल्हा तक नहीं जलता..."

गणी तरेई बोले, "ठहरो, सुनो, मान बाबू ने जो कहा, वही सच बात है। भेद-भेद रहने से तो भेद मिटेगा नहीं। छोड़ो, अब सब एक होवें। क्या करना है, निश्चय करें।"

धोबेई मिश्र कहने लगे, "पहले इस गाँव के पीड़ितों की सहायता।"

तरेई, पति दोनों ने समर्थन किया। मान पति ने कहा, "सहायता दी जा रही है, पहले गाँव-भर के लिए बात तय करें। सब राजी हैं। फिर दूसरा बड़ा काम है—चारों ओर इतनी बड़ी बाढ़ घिरी है, इस गाँव से वहाँ नाव जाएगी, लोग जाएँगे, जितना सम्भव होगा, चीजों और पैसों से मदद की जाएगी।"

सब राजी हो गये। उसी पर चर्चा चली आधी रात गये तक।

उरी गाँव में उस अँधेरी बरसाती रात में मानो एक नये जीवन ने जनम लिया है। जन्माष्टमी की तरह पवित्र उसकी स्मृति है। सब उत्फुल्ल थे।

सचमुच देखते ही देखते बाढ़-सहायता के काम में गाँव के लोग उत्साहित हो

उठे। परस्पर के बीच देन-लेन के जरिये गाँव में कौन-सा अभाव किस तरह मिट सकेगा इस बारे में एक स्पष्ट विचारधारा तैयार की गयी। लोगों को चुनकर दायित्व दिया गया। उसके दूसरे दिन सुबह दायित्व लेनेवालों ने काम शुरू कर दिया। गणी तरेई, मान पति ने अपने-अपने वादे के मुताबिक कुछ-कुछ चीजें निकालकर दीं।

सुबह राधू मास्टरजी ने आकर फूलशरा के दल के लोगों से भेंट की। सारी खबर वे सुन आये थे।

राधू मास्टरजी ने ठण्डी हँसी से चेहरा मोड़कर कहा, "ये हो-हा भी दो-दिनिया है जी! ऐसे ही जोश में आते हैं, फिर सो जाते हैं। खुद कहते हैं, फिर लाँघ जाते हैं। और आपके जाने के बाद हर आदमी अपने-अपने रास्ते चला जाएगा।"

गम्भीर होकर रवि ने कहा, "जब जाएगा तब जाएगा। फिर निकलेगा। हो सकता है समय आए, जब और नहीं जाए, नष्ट नहीं होगा, रह जाएगा। यह जड़ से ही विरोधी आलोचना, अविश्वास और सन्देह लेकर देखते रहे तो कभी कुछ नहीं होगा। आइए, आप भी जुट जाइए इस महान् काम में!"

उरी गाँव ने राधू मास्टरजी का इन्तजार नहीं किया। वे लोग उरी गाँव से निकले तब वहाँ से दो नावें भी चल पड़ीं उनके पीछे। कुछ चीजें भी गयीं।

वे देखते जा रहे थे उस विभीषिका को—बाढ़। पाट, नदी, नाले सब मिल गये हैं, जितनी भी दूर नजर जाती है, क्षितिज की रेखा तक—केवल पानी ही पानी। मटियाला हलद मिला गँदला पानी!—पानी बिछा पड़ा है, नाच रहा है, दौड़ रहा है, गरज रहा है, हिल रहा है। फिर पा गया है अपना वही आदिम अधिकार, जब सारी पृथ्वी पर वह व्यापा हुआ था।

अब की आकाश उतर आया है धरती पर, वह भी हिल रहा है। लहरें टूट रही हैं, रंग बदल रहा है। सब कुछ इसी गँदले पानी में हो रहा है।

खोयी हुई सृष्टि के प्रेत की छाया की तरह इधर-उधर नाना रूप। कहीं कुछ पेड़। जड़ नहीं, धड़ नहीं, केवल पानी पर कलवाँसे हरे विमान की तरह दिखता, उनके सहारे पतली-पतली सफेद लहरें पीटता पानी बहा जा रहा था। नाव पास जाती, विमान हिल उठता। कहीं मुड़े सड़े-गले हाड़ों की तरह बाँस की खपच्चियाँ दिखाता बाँका-टेढ़ा पसरा है गाँव का छप्पर। दीवार नहीं, पेंदा दिखता नहीं। कहीं माटी धुली दीवार के सिरे तक पानी भरा है, केले की बाड़ी के बीच एक-आध घर दिखता, कहीं घर का पता ही नहीं चलता, जाने-पहचाने पेड़ों का बगीचा अपनी गरदन तक के पानी में खड़ा है।

इसी पानी के मशान तले थी एक दिन ठोस माटी, चीन्हा संसार। घास पर ढोर चरते, बगुले और मैना घूमते। टिड्डे कूदते। चींटियों की धार एक-दूसरे को सहारा दिये भोजन ढोये चली जाती। पैरों की आवा-जाही से नन्ही-नन्ही पगडण्डियाँ खुल गयी थीं। आना-जाना लगा था। यहीं कहीं था गाँव, रास्ता, ठाकुरजी का मन्दिर,

धोबी घाट, धान के खेत। कहीं लगा था झगड़ा, मुकदमेबाजी, किसी सीमा-सरहद के लिए, कोई थोड़ी-सी माटी, किसी ताड़ के पेड़ या आम के लिए, किसी के खेत से गाय चरकर बाँधी गयी थी, किसी ने किसी का झोंपड़ा उजाड़कर धान का कोठला भरा था। यहीं किसी घर की दीवार पर किसी ने अल्पना आँककर देवी की पूजा की थी, कोई चबूतरे पर हाथ टिकाये बैठा था, पंचाक्षर जाप रहा था—क्या किया जाय?

रवि मूक बना उस पानी की ओर देख रहा था, आँखों के आगे मानो वही रूप फैल जाता है—पानी में घुल गया है, खिलखिलाती हँसी, हँसते-हँसते रुलाई, आशा-निराशा। वही माटी...जो जुग-जुग से आदमी के सम्पर्क और स्पर्श से हो गयी थी मानवी। दिख रहा है नदी का किनारा, बाँस का वन, बाड़ी, जोहड़, गाँव-भर का संसार, चूल्हे से उठता धुआँ, रास्ते पर खेलते बच्चे, रँभाती गायें, पानी का मटका ले जाती बहू-बेटियाँ, जूआ डाले लौट रहे चासी, सब तो थे, जैसा कि हुआ करता है, और अब कहाँ गये सब?

वह दिख रहा है—बहते पानी पर बित्ते-बित्ते-भर धान के सड़े पौधे, गन्धा रहे हैं, कहीं वह सो रहा है पानी पर गहरी नींद में, एक प्रकार से कसाय हलद ललवाँसा उसका रंग। पानी के कुछ-कुछ ऊपर झाँक रही हैं दो कतारें केवड़े के झुटमुटों की, थूहर और बारहमासी—यही होगा शायद गाँव को जाने का रास्ता, और इसी पानी पर कतार में खड़ी हैं रामजड़ा की फुनगियाँ, यहीं बाड़ी रही होगी! केवल ढेर के ढेर धँसी भीतें हैं, उजड़े हुए पेड़। मरे-गले मुरदों की सड़ाँध, सड़े-गन्धाते। मकोड़ों के झुण्ड से खस के पत्ते काले हो गये हैं, और केवड़े के पत्ते भी। जगह-जगह अटककर रह गयी हैं घर-गिरस्ती की चीजें—हाँड़ी, टोकरी, खाट, कपड़े-लत्ते। जात-जात की लाशें तैर रही हैं—गाय, बकरी, कुत्ते, सियार भी। जगह-जगह आदमी के शव भी फूलकर सड़ गये हैं। रूप ही बदल गया। पानी काटते-काटते लपलपाते साँप बढ़ते आ रहे हैं नाव की ओर, माँझी पानी में डाँड़ पीट-पीटकर उन्हें भगा रहे हैं। वह था एक गाँव। सहजन, कटहल, नारियल आदि के पेड़ जगह-जगह पर अब भी पानी में से सिर उठाये हिम्मत के साथ खड़े हैं।

पर कहाँ गये इस गाँव के आदमी? बचे हैं तो? यही चिन्ता एक साथ सबके मन में थी।

पानी जा रहा है, ठाँव नहीं, राह नहीं। हाव-हाव राव-राव करता बढ़ता आ रहा है बरसा का तूफान! नाव के ऊपर लहरें चोट कर रही हैं, वह ऊब-डूब होने लगा है। आगे से डाँड़ लगा रास्ता मोड़ नाव को बढ़ाने में पसीना-पसीना हो रहे हैं माझी। बाँहों और कन्धे की मांसपेशियाँ मोटी-मोटी आबू होकर फाड़ डालने की तरह बाहर निकल पड़ती हैं, आगे विकराल भँवर।

मुरदा बह गया है, फूले बेलून की तरह उलटता-पलटता, लहरों के घोड़े पर

चढ़कर झूमता-झूमता जा रहा है बेधड़क। साँप लिपटा हुआ है, झींगा घेरे हुए हैं, त्रोटि झूल रही हैं। आकाश में चिड़ियाँ उड़ रही हैं, एक पेड़ से दूसरे पेड़ पर फुदक रही हैं।

बरसा रुक गयी है। बहाव धीमा पड़ गया है। दूर कुछ धूप निकल आयी है। पानी जल रहा है, आँखें झुलस जाती हैं। धूप गयी। अब की हिलता हुआ दर्पण, नाना प्रकार की उलटी छवियाँ, ताड़ के पत्ते नीचे, धड़ ऊपर, सिर नीचे और पैर ऊपर।

बेतहाशा पानी। अनन्त है। कहीं वह चित लेटा है। कहीं सीधा दौड़ रहा है। कहीं गोल चक्कर लगाकर असंख्य बाँबियाँ एक साथ कूदती नाच रही हैं, कहीं माटी मिला पानी, बीच-बीच में, खेलता घूम रहा है, सफेद फरफराते सोते की तरह। पानी का विलास, पानी का खेल। उसके नाना भाव नाना भंगिमाएँ हैं।

केवल पानी ही है। आदमी नहीं। उसके हाथ की करनी लुप्त हो गयी है।

कितनी ही दूर छोटे-छोटे द्वीप कहीं तैरते-से दिख रहे हैं। शायद वे बस्तियाँ हैं। गाँव के रास्ते पर नावें चल रही हैं, पानी के घेरे में एक-एक टूटा घर है, वह भी खाली पड़ा है। वो सुनाई पड़ रही है कानों को भेदती चीख। नारियल के गाछ पर से आदमी पुकार रहे हैं। नाव लगी। तर-तर उतर आते हैं छलाँग भरते-से काले-काले तीन आदमी।

"धीरे-धीरे, हड़बड़ाओ नहीं, हम हैं।" नाव से देख रहे हैं। पास ही पास एक...दो...तीसरा नहीं आ सका, थोड़ी ही दूर आया होगा कि पानी में छप्प से गिर पड़ा। तुरत कूद पड़े दो जन। पहले रवि, और उसके पीछे-पीछे जम्बू बेहेरा। बई मलिक कूद रहा था, पकड़कर रोके है उसे अपनी वज्रमुष्टि में निधि रणा। कहा, "थिर होकर बैठ, इतने लोग कूद पड़ें तो आदमी खोजने किसे जाएगा? अरे, वे दोनों अच्छे तैराक हैं।" गाछ से उतरे दोनों आदमी, लड़खड़ा रहे हैं, सुबक रहे हैं, पर वह रुलाई सूखी है। लोगों ने उन्हें बैठाया। "और भय नहीं, पहले कुछ खा लो।" रवि के साथ बाजी लगाने की तरह जम्बू बेहेरा पास ही पास चला गया है। बह जाता आदमी डूबता है, उठता है। जम्बू बेहेरा चिल्लाता है, "हटकर रहना बाबू, बाँहों में भर लेगा!" उस्ताद तैराक ठहरा जम्बू! उसके कन्धे के नीचे हाथ का सहारा देकर कितने ढंग से ला रहा है! नाव पहुँच गयी। वह आदमी पानी से खींचकर ऊपर लाया गया। पानी की धार बह रही है, दोनों ऊपर चढ़ आये। सारी नावों में 'हो-हा'। लोगों ने घेर लिया।

"फिर ऐसे भुस-भास कूद नहीं पड़ना रे बाबू!" जम्बू बेहेरा ने कहा, "अच्छा तैरना जानते हो, सो तो ठीक, पर मजे के लिए नदी-पोखर में तैरना एक बात है, बाढ़ में तैरना और बात है। जिसका अभ्यास है, वही कूदे तो ठीक। हममें कई हैं, नहीं तो..."

रवि हँस रहा है।

वही दोनों आदमी अपनी कहानी कह रहे हैं—रो-रो, हाँफ-हाँफकर। यह शिअल साही था। बाढ़ आ गयी, घर-द्वार बह गये, उसके बाद...।

तीसरा आदमी पानी की उलटी कर रहा है।

उत्तेजित होकर वे और-और गाँवों की बातें कह रहे हैं, इधर-उधर हाथ दिखा रहे हैं।

हर नाव से बात-चीत कर तय हो गया कि किस-किस रास्ते चला जाय। चार नावें अलग-अलग रास्ता पकड़कर चल पड़ीं। दो शिअल गये। जो पानी से खींचकर लाया गया था उसे सँभाला धोबेई मिश्र ने। एक शिअल में रहा रवि के साथ। धोबेई मिश्र उससे साँझ के समय मिलेंगे। और नावें कब मिलेंगी पता नहीं।

अब रवि की नाव अकेली है। तीन माँझी और मोड़नेवाले मँगवाल। जम्बू बेहेरा को छोड़कर उसमें फूलशरा के दधि बेहेरा, ओड़म्बा शिअलसाही के चंचू शिअल, रवि और बई मलिक थे।

"ओ हो, उधर अमुरी, बँतुली गाँव, भइरिपुर, अरिषण्ड, चोटल, तरणा, सांगेणा, तोरी भजिण, आढ़ेणा, नरुआ, अलशंखा हो...उधर, सब जगह एक ही दशा..." हताश होकर चंचू शिअल कह रहा था।

जम्बू बेहेरा ने कहा, "जो हाथ आएँगे उन्हें ले आएँगे, नाव भरकर। एक-एक खेप में..."

चंचू ने कहा, "आदमी रहे हों तब तो!"

वह बच्चों की तरह फफक उठा। तीस बरस का गबरू, डेंगू आदमी! चौड़े कन्धे, मजबूत कमर, मोटी-मोटी न होने पर भी कसावदार मांसपेशियाँ, हड़ली काली देह को घेरे हुए हैं। पर उपवास और दुर्दशा ने चंचू की टनक तोड़ दी थी। अपने को तनिक सँभालकर कहने लगा, "तीन दिन और तीन रात जान लिये भूखा-प्यासा उस पेड़ पर पड़ा रहा। क्यों रहा! क्या यही देखने के लिए? सब तो जिधर-तिधर बह गये। हम तीन रह गये, क्या करने?"

रवि ने उसकी ओर देखा। तीस बरस में ही वह बूढ़ा हो गया है। माथे की सलवटें मुड़ी-नुची, धूसर आँखें धँस गयी हैं, गाल पिचक गये हैं, चेहरे पर हताशा और व्याकुलता भरी है। रवि की आँखें छलछला आयीं।

जम्बू बेहेरा ने कहा, "कोई नहीं मरा होगा, यार, क्यों रो रहा है? ये सारा विघटन होने पर जितना भयावह दिखता है, उस तरह आदमी का नाश नहीं होता। कहीं कोई एक-आध, वरना सब थोड़े ही मरते हैं। आदमी ठहरा वह! वह क्या मामूली चिमड़ा है? ऐसे मरता तो कब का उसका गोत डूब जाता, आदमी नाम का शब्द ही न रहता।"

नाव चल रही थी। रवि ने देखा, सचमुच तो, इतनी बड़ी खण्डप्रलय में भी

आदमी हैं। कोई है नारियल के पेड़ पर, कोई बरगद पर है। कहीं किसी पेड़ के तने पर आकर छान का टुकड़ा आ लगा है, उस पर भी आदमी हैं। और उनमें से कुछ ने देखा, कहीं छान बह न जाय सो तने से कसकर बाँध दिया इस दुर्दशा से बचने के लिए। खाट के चारों पैर उलटाकर खाट से खाट बाँध, उस पर भी कोई परिवार अपना संसार फैलाये तैरता बहा जा रहा है। कहीं केले के गाछों का भेल बाँध सहजन की फली तोड़नेवाली लग्गी को डाँड़ की तरह खे रहे हैं लोग, कहीं कोई बह रहा है बाँस के भेरे में, कोई काठ के भेल में, कोई खाली हाँड़ियों को जोड़ उनके भेल में, नाचता रहे चाहे वह लहरों के मुँह में, बहाव में मुड़ता-लरजता जाता है, जो होगा भाग्य में, इस अवस्था में—यह हमारी स्वाभाविक परिस्थिति है, यही अपनी दुनिया है—माटी की नहीं, पानी की, सुस्थी की नहीं असुस्थी, उद्वेग, अस्थिरता और अनिश्चितता की, यहाँ जीवन का नाप होता है घण्टों और मिनटों में, बरस और महीनों में नहीं।

और दिख रहा है कि इस प्रलय में भी आदमी आदमी को खोज रहा है, पुकार रहा है। हथेलियों की पतवार बनाकर तैरता-तैरता भेल के सहारे भी बहा जा रहा है—कैसे एक से दो होगा, दो से चार हो जाएँगे।

और फिर तो सामने कहीं से बिजली की तरह बहाव में तैरता आ गया कोई आदमियों से भरा खाटों से बना भेल और पानी में खड़े एक विशाल फाशि गाछ से टकराकर वह उलट गया। तीनों खाटें अलग-अलग छितर गयीं। डूबकर तैर गये कुछ आदमी। फिर भी खाट के पैर पकड़े-पकड़े बहने लगे। कुछ तो वैसे ही पानी में बह गये। नाव से दो माँझियों ने छलाँग लगायी। बई मलिक और दधि बेहेरा कूदे थे, रवि के हाथ को कसकर थामे था जम्बू बेहेरा, “अबकी पारी अपनी नहीं है, धीर रखो, मैं कहूँगा।” उद्धार करने के लिए नाव आगे बढ़ गयी। तभी वह आया एक छोटा-सा बाँस का भेल, जिस पर ठसाठस आदमी-औरतें भरी थीं। ठीक उसी के आगे तीन औरतें पानी में बही जा रही हैं।

“बह गयी, बह गयी—” एक चिल्लाया।

भेल के अन्दर से ऊँची आवाज में कोई चिल्लाया, “और जगह नहीं है, और किसी को नहीं लाना।” दूसरा चिल्लाया, “होशियार, होशियार, और बोझ बढ़ा तो भेला डूब जाएगा!”

परन्तु साथ-साथ कई आवाजें निकलीं, व्याकुल अनुनय—“अरे, कोई ले आओ, हम देखते रहें और अपनी आँखों के सामने दे डूब मरेंगी!”

भेले के ऊपर से पहले कोई एक कूदा, साथ-साथ और चार आगे-पीछे हो कूद पड़े। केवल वे तीन स्त्रियाँ ही नहीं, और भी चार आदमी बह आये। ऐसे सात जनों को लेकर वे भेले के पास आये। ‘लाओ, लाओ!’ की चीख और उधर ‘जगह नहीं-जगह नहीं’ की विरोधी आवाजें कहीं ढँक गयीं। चढ़ गये छहों जने, भेला दब

गया। एक और रहा। भेला एक ओर होकर दबने लगा। फिर भी सब चिल्ला रहे थे, "लाओ, लाओ–" फिर दो चढ़े। अचानक भेला दब गया, पल-भर में हड़कम्प मच गयी। ये इतने लोग बाढ़ में डूबने-तैरने लगे। तभी रवि कूद पड़ा, जम्बू बेहेरा भी कूदा। भेला दूर ही दूर बह गया। चल पड़ा आदमियों को उठाने-खींचने का काम। लोगों को नाव पर लाये जाने के बाद गिनती-शुमारी के बाद पता चला, महि दलपति नहीं मिल रहा है। तीनों औरतों को बचाने के लिए वही तो भेले से पहले कूदा था।

लम्बा-छरहरा गोरा चौबीस-पचीस बरस का जवान, सिर पर फरफराते घने घुँघराले बाल, नाक के नीचे आधी मूँछ, पान के पत्ते की तरह धारदार चेहरे पर ठिठोली की तरह बाँकी हँसी, उसके कन्धे पर चम्पई रंग का मैला-सा गमछा पड़ा था, छाती पर जनेऊ। हाथ में एक लग्गी बाँस की पकड़े वह भेले के एक सिरे पर खड़ा पानी में डाँड़ चला रहा था।

इलाजंग गाँव का महि दलपति। उसका बाप गोकन दलपति गयी बाढ़ के दिनों हैजे में चल बसा। स्त्री भी तभी चली गयी थी। इस भेला में है उसकी बुढ़िया माँ, वही जो काली मुटल्ली, चिल्ला रही है, "अरे–मेरा महि कहाँ गया?–" उस बुढ़िया की पुकार तेज होती जा रही है। अधीर हो चीख रही है, "सब तो आ गये, मेरा बेटा कहाँ गया? नहीं आ रहा है?" उसके पास पाँच-सात बरस की वह छोरी और छोरा हैं–वे उसी के बेटे-बेटी हैं। "भाई–हो–भाई–" आवाज दे रहा है। पन्द्रह बरस का उसी की तरह का चेहरेवाला वह छोकरा। नाव के इस सिरे से उस सिरे तक दौड़-धूप कर रहा है। दूर देख रहा है, अनवरत पुकार रहा है, वह उसका छोटा भाई है।

महि दलपति कहीं भी दिखाई नहीं पड़ रहा। चारों ओर निगाह दौड़ाते हुए नाव खे रहे हैं, बहाव ही बहाव में। फाशि गाछ के नीचे भँवर पड़ रही है, जगह-जगह गब-गब करता गँदला पानी लहरा रहा है, जिधर देखो पानी ही पानी। लोग फुसफुसाने लगे–

"भेला पकड़े वह बह गया लगता है।"

"शायद कोई खाट पकड़कर चला गया होगा।"

"नहीं, नहीं, गाछ भी तो बह गया, उसी पर चढ़ गया होगा।"

"कहीं जाए, खुद ही खबर आ जाएगी। नहीं तो बाढ़ उतरने पर वह आप ही चला आएगा, और क्या?" पर अपनी-अपनी बात पर अनेक को विश्वास न था। वे जानते थे कि वह बह गया है। भेंट होगी तो इस लोक में नहीं।

महि दलपति। इलाजंग का वह विनोदी व्यक्ति। कितनी ही बड़ी बात हो, वह हँसी में उड़ा देगा। कितना ही आदरणीय व्यक्ति आए चाहे, वह हँस-हँसकर बातों की एक-आध चोट कर ही देगा। 'यात्रा' में वह द्वारी हुआ करता है, गाँव-भर के लोग हँसते-हँसते लोट-पोट हो जाते हैं। रामलीला में वह मन्थरा बनता, फिर रावण की माँ नवकेशी बुढ़िया–और फिर रावण के दरबार में दूत बनता, जो युद्ध की खबरें

देता, आशान्वित लोगों को निराशा की बात कहता—वह भी हँसता, विकट हँसी।

और लोग उसे कहेंगे—महिया, बेगार करनेवाला आदमी। कम-अधिक सबके कभी-न-कभी काम आया होगा। लँगड़ी बुढ़िया माताजी उसी के लिए चल जाती थीं। पाँच बरस हुए किधर से आकर इसी गाँव में पहुँची थी। उसके लिए झोंपड़ा बनाया था, कमर कसकर रस्सी और कटारी लेकर खड़ा हो गया था महिया ही तो। आज जलावन नहीं। आज दो मुट्ठी के लिए बुढ़िया भूखी रह जाएगी। कितनी बार किसी की खोयी हुई गाय खोजने गया है। काँजी घर से गाय छुड़ा लाने गया है। गाँव के सामलाती काम में बिना खाये-पिये घूमा है, धूप ही धूप में। लोगों को लगाया है, स्वयं काम किया है। त्रिवेणीश्वर महादेव के पुराने देवल की मरम्मत और पंकीली पोखरी की खुदाई के काम में वही तो अगुआ बना था। पसीने में डूबकर काम किया था। उस जरा-सी पोखरी में आज काँच की तरह साफ पानी है, देवल का अहाता साफ है, चोकोरे पर बैठकर भोग-अन्न लेकर खाते समय, कोई फाँक वगैरह नहीं ताकि कहीं से मैला-कुचैला निकले, दो पुश्त ऊँचा विमान सरीखा मन्दिर समय और हवा-पानी के दाग अब और नहीं दिखाता, सफेद, पैर जमाये खड़ा है टीले पर, चारों ओर के खेत-बाड़ों पर, अब चारों ओर के जलार्णव के ऊपर।

और उसी इलाजंग के लोग कहेंगे—गाँव के जिन कुछेक लोगों के लिए अखाड़ा घर चलता है, 'यात्रा'—पर्व ठीक समय पर होते हैं, महि दलपति उनमें अगुआ है। वह मृदंग पर थाप देता, यद्यपि उस विद्या में उतना पारंगत वह नहीं है, वह स्वयं कोई अच्छा गायक भी नहीं। पर बरसा हो या अँधेरा, घर-घर घूमकर लोगों को खींचकर लानेवाला आदमी है। भौंहें नचा-नचाकर सिर हिलाकर, मुँह से मुँह सटा हिलते-डुलते ताली बजा-बजाकर गायक-वादकों में उत्साह देने में उससे बढ़कर और कोई नहीं। आप ही तेज हो जाता, झोंक बढ़ जाती, पंगत मस्त हो उठती। साँझ ढले अखाड़े-घर में कोई पहुँचे। जाते-जाते वह जरूर याद करेगा कि दो-चार जनों को लिये महि दलपति जरूर बैठा होगा, गप्पें मारता होगा। सचमुच ही वह होगा, पहुँचते-न-पहुँचते दो बातें जोड़ देगा। सोचने की जरूरत नहीं पड़ती, वहीं का वहीं कह देगा, "क्यों आज के बच्चों को दूध पिलाते-पिलाते देर हो गयी? देरी भी तनिक होनी ही चाहिए, नहीं तो बड़े-बड़ों के समान होंगे कैसे, सुबह का समय देकर छाया ढलने के समय आना ही ठीक होगा। टगर के फूलों की माला सूख जाएगी, यह क्या हुआ? तो तोरई के फूलों की माला नहीं मिलेगी क्या?" वह क्या कह देता।

एक चिहुँक उठेगा। दूसरा समझा देगा, "महिमा की बात का बुरा मानने लगे?"

डूबते आदमी को बचाने वह कूदा था, और अब वह दिख नहीं रहा।

शायद उसकी पीठ पीछे भेले पर बैठे लोगों में से, जिन्होंने आपत्ति की थी कि बह जाती औरतों को भेले पर लाने से भेला डूब जाएगा, उन्हीं की बात उसके

मन को छू गयी है, चिढ़ाने की तरह। दुगुना होकर उसकी टनक बढ़ गयी।

शायद उसके रक्त में भर गयी थी एक पुरानी आदिम ऊष्मा-विपद् में कूदकर मानवीयता दिखाने की बात का विचार आते ही।

शायद चारों ओर की प्रलय में से कोई अनजान पुकार उसके कानों में पड़ी थी। वही जो कभी किसी को सूती अँधेरी रात में बिछौने से खींच लाती है, जैसे कभी सुनाई पड़ जाती है निबिड़ अन्धकार में झमझम बिफर पड़ती बरसा के समय, और कभी ताँबई आकाश तले जब राव-राव गरजता हो तूफान, कड़-मड़ाकर टूट रहे हों पेड़-झाड़, घर की छान उड़ रही हो, विराट्-विराट् चिड़ियों की तरह पंख फैलाये साँय-साँय करते उड़ जाते हैं, खण्ड-खण्ड छाया जैसे मेघ। किसी अजीब जादूगरी के साथ एक होकर मिल जाने का नशा, किसी गुप्त रहस्य को खोलने के लिए प्राणों में अमिट प्यास की ज्वाला खींचकर उसे ले गयी।

नाव-भर के लोगों के मुँह पर उसी की बात। कितने लोग तो हिचकियाँ भरने लगे, घण्टा-भर पहले तो भेले पर खड़ा था वह समूचा आदमी—साफ दिख जाता है।

महि दलपति लापता है।

"होगा तो वह खुद ही दिखाई देगा—ठाकुरजी, उसे ढाँपे रखें। कितना उपकारी आदमी—" जम्बू बेहेरा कह रहा था। रवि गुमसुम बैठा था, पानी की ओर देख रहा था। हठात् धूप निकल आयी, आँखें झुलसाने की तरह पानी में रोशनी नाच रही है, ऊब-डूब होने की तरह बड़ी-बड़ी लहरों पर नाचती-नाचती नाव जा रही है, जिधर देखो, पानी ही पानी। रवि सोच रहा था उसी महि दलपति की बात। उसके लिए दिन बार नहीं, इश्तहार छपे नहीं, कोई जानता भी न था कि यों वह कूद पड़ेगा, वह खुद भी क्या जानता था? वो चला गया, उसके लिए कोई शोक-सभा होनी नहीं है, स्मृति-मन्दिर खड़ा होगा नहीं, इतिहास भी नहीं कहेगा उसकी बात। कोई जानेगा भी नहीं कि वह इतना महाप्राण था, बहसबाजी न कर, जीभ न थकने तक बकवास किये बिना, असल काम के समय उसने काम कर दिखाया। उसका क्या मूल्य चुकाएगी यह दुनिया? यह मानव-जाति? धरती के कितने दूर-दुरन्त पर पड़े हैं मानव भाई, उनका नाम, वर्ण, रंग, सहृदयता, वे जान भी नहीं सकेंगे कि उसने कितना महान् त्याग किया, वे उसकी बात सुन ही नहीं पाएँगे।

चिलचिलाती धूप चुभती जा रही है। पसीना बहा जा रहा है। सफेद-हलद आग की लपट की तरह कतार की कतार लहरें नाच रही हैं, उछल रही हैं। काले-काले टुकड़े होकर बहे जा रहे हैं कितने फल, डाल, पत्ते, पुआल, लकड़ियाँ; घनी-घनी होकर कितनी ही नन्ही मछलियाँ बह रही हैं, कौन हिसाब रखता है! ऐसे ही बहते-बहते गये हैं, कितने दिन कितनी रातें। कितनी मानव-सृष्टि, कितने-हँसी और रुलाई से भरे जीवन। फिर भी ऐसे ही विचार कर छोड़ा नहीं जा सकता उस स्मृति को, वह एक आदर्श, आदमी से ऊपर, और भी बड़ा है।

दूर नजर गड़ाये वह शान्त हो रो पड़ा।

जहाँ आदमी हैं वहाँ भरे-ठुँसे हैं। चारों ओर पानी है और कहीं छोटे टापू पर वे खुले में पड़े हैं। गाय-गोरू, आदमी सब एक जगह, एक साथ। कहीं टीले पर थोड़ा बच गया है, केवल नीचे भीगा है, वहाँ भी भरे हैं। और कहीं पानी की धार पर धार-धार होकर गाँव की बस्ती फट गयी है। कितने घर ढह गये, छप्पर सो गये, किसी की एक भीत गिरी है, कोई खड़ी है। और जहाँ गाँव का बेसी भाग सूखा है, तीनों ओर या चारों ओर पानी भरा होने के बावजूद, वहाँ आस-पास के गाँवों के लोगों ने आसरा ले रखा है। आदमी झुण्ड के झुण्ड! कोई बगीचे के तले, कोई खुले मैदान में, कोई किसी के छज्जे के नीचे टिका है। उन सारे गाँव में पानी न घुसने देने के लिए लोगों ने जगह-जगह डालें डाल माटी कूट-कूट, बाड़ पीट-पीट, नाना उपायों से ऊँचे बन्ध खड़े किये हैं। जगह-जगह दिख जाता है, छोटे काठड़े पर या डोंगी पर चढ़कर लोग आना-जाना कर रहे हैं, कहीं कोई केले के भेले पर। कहीं बंसी डाल रखी है, कोई जाल खींच रहा है। गाँव के नीचे-नीचे जगह-जगह पर लोग पानी से सूखा काठ खींच रहे हैं। जहाँ खतरा नहीं, वहाँ मौज भी चल रही है। बाढ़ वहाँ एक प्रकार का चमत्कारपूर्ण देखने लायक दृश्य है। वैसे भिंगुरा गाँव के नीचे, बहाव पार करता-करता कोई सियार बहा जा रहा है, किनारा पकड़ने को उसका मन कर रहा है, पर किनारे ही किनारे पर लोग लकड़ी-ठेंगा लिये 'हो-हो' करते दौड़ रहे हैं, इधर और एक दल है जो केले के भेले में चढ़कर डाँड़ चलाते उसका पीछा कर रहा है।

नाव देखते ही कहाँ-कहाँ से पुकारें आने लगी हैं।

"आओ, उतर आओ, हमारी हालत देख लो, हम तो मरे—देख जाओ," आकुलता-विकलता से पूर्ण चीखें। चले जा रहे हैं—यह जानकर गालियाँ भी आ रही हैं। इतनी बड़ी बाढ़ में बाहर के आदमियों का यह पहला स्वागत है। आशा बढ़ उठती है।

लोग बिलखते हुए भागे आ रहे हैं, झुण्ड के झुण्ड तैरते-तैरते आ रहे हैं, कोई गले तक तो कोई कमर तक का पानी पार कर भागे आ रहे हैं, कीड़े-मकोड़ों की तरह घेर रहे हैं।

आशा मुरझा जाती है, यह सरकारी नाव नहीं है, रुपये या थोड़ी-बहुत द्रव्य की मदद मिलेगी नहीं। फिर भी पहली खेप इतनी ही। बाद में और-और आएगी। खबर फैल जाएगी। चिवड़ा या चावल जो मिला उसी में मुट्ठी-मुट्ठी-भर पहले चला जा रहा है सीधा मुँह में। "मुझे-मुझे—हमको..." बूढ़ा-बच्चा-जवान सबकी आँखों पर वही एक भंगिमा। पेट को कुछ मिले तब जाकर दूसरी बात। और चीजों की जरूरत। नमक चाहिए, चीनी-गुड़ दरकार, सर्दी-ज्वर, दस्त, खाज-खुजली आदि की दवाएँ चाहिए। पान-तम्बाखूवालों के मुँह बेस्वाद हो चले थे, "लाये हो, कुछ दोगे?" छोटे

बच्चे, बड़े-बूढ़े, बीमार गिरते-पड़ते कह रहे हैं, "दोगे कुछ बिछाने को?" वैसे ही किरोसिन चाहिए, किसी को बीड़ी भी, "बस पूछो मत, बाढ़ के दिनों में ये साँप जैसे कर रहे हैं, रात में लट्ठ थामे रखवाली की जरूरत पड़ती है, नहीं तो कहीं-कहीं से बह आएँगे, घुस पड़ेंगे, जरा-सी रोशनी न रही तो आदमी के जीवन का कोई भरोसा ही नहीं।"

जाग-जागकर बाँटने का काम चल रहा है। परिवार में कितने लोग हैं, वृत्तिबाड़ी सब कैसा है, भूखे कितनी वेला से हैं, कम-से-कम कितना चाहिए, पहले क्या फिर क्या, जबानी ही जबानी लोगों से पूछ-ताछकर एक मोटा-मोटी हिसाब लगाकर सहायता का काम चल रहा है। आदमी-आदमी को पाव-भर चावल, आधा पाव चिवड़ा, सारे परिवार के पीछे पाव-भर गुड़, किरोसिन पाव-भर, मिश्री आधा पाव, चीनी आधा पाव, सागू आधा पाव, मुट्ठी-भर मिरच, एक डला इमली का। घर-घर के लिए एक तम्बाखू का पत्ता, चार-पाँच पान, उसी के अनुपात में सुपारी-सुर्ती। बिलकुल असहाय हालत देखकर किसी को आठ-दस हाथ का कपड़ा, बुखार के लिए कुनाइन, सर्दी की गोलियाँ, दस्त के लिए सल्फा, किसी को खाज का मलहम, फिर और अन्यान्य दवाएँ। लोगों की भीड़ में काम करते-करते अपना काम रह जाता। फिर दिन ढले चार बजे उठाऊ चूल्हे पर रसोई शुरू होती, नाव ही नाव में। शाम होने से पहले ही खाना-पीना हो जाता। दोनों वेला का काम चल जाता, यानी सारे दिन में एक ही वक्त।

खबर आती कि कहाँ-कहाँ घाई टूटी है, कहाँ के लोगों की अवस्था कैसी है। एक-एक कर कागज में लिखी जाती। खबर पाकर गाँव-गाँव से नावों पर चढ़कर लोग आ रहे हैं। कोई अनुनय करने, कोई हाथ बँटाने, और कुछ लोग रह भी जाते, जी-जान लगाकर काम करने।

छोटे द्वीप की तरह दिख रही है विश्वनाथ देवल की कण्डरा-बस्ती। सबके घरों की पिछली भीतें ढह चुकी हैं। आँगन में पानी खड़ा है। समान स्तर पर फैला है क्षितिज तक। पीछे कहीं खेत थे, कहीं पतली-सी 'कानधरा नदी' थी। सब मिलकर एक पाट हो चुके हैं, एक नदी हो गये हैं। घरों में पानी घुसा था, घरों के अन्दर कीचड़-भरे आँगन पर किसी पोखर से दल बह-आकर जड़ें जमाने लगे हैं। मानो छत के नीचे बन्द-गोभी की क्यारी लगी हो। कैसी एक क्यारी के कीचड़ पर फटी धोती डाले सो रही है बई दास की स्त्री और उसके बगल में बच्चा। दोनों अस्वस्थ हैं। सामने भीड़ जमाये छोटे-बड़े सब खड़े हैं। जेवड़ी से बँधी गायें देख रही हैं।

"दो—लाओ, दे जाओ क्या लाये हो!"—आकुल मिन्नत है उस चेहरे पर, आँखों में।

कुछ हटकर बीच में उस ओर जहाँ पानी की लहरें जोर मार रही हैं, उधर छुपी हैं नेन्ती गढ़ की प्रसिद्ध दुर्ग देवी। तीन हाथ ऊँची काले पत्थर की प्रतिमा, बिलकुल

सजीव लगती है। सैकड़ों साल पहले की बनी है। थोड़ा हटकर पानी पर बेंत का झुरमुट सिर उठाये खड़ा है। एक ओर पानी में से उठा है नेन्तीगढ़ का बाँस-वन। नेन्तीगढ़ के बाँस की लाठियों की इस आणविक युग में भी गाँव-गाँव में धाक है।

और पास ही विश्वनाथ देवली की कुम्हार-बस्ती है। पानी-कीचड़ में भट्ठी चमक रही है, आवाँ बुझ गया है, भीत गिर गयी है, छप्पर टूट गया है। ध्वंस का एक बीभत्स दृश्य। ढेर के ढेर आदमी भरे हैं। चारों ओर पानी।

"आओ-आओ..." "दे जाओ, दे जाओ..." वही परिचित चिल्लाहटें।

यह आ गयी गबडिहि की धोबी-बस्ती। चारों ओर पानी, घरों के अन्दर पानी। माथे पर हाथ ठोंक-ठोंककर साठ बरस का बूढ़ा राम सेठी व्याकुल होकर रो रहा है। बारह प्राणियों का उसका कुटुम्ब है। घर में पानी खड़ा हुआ था, अब गिर गया है, भीत से टुकड़े-टुकड़े जा चुके हैं, उनमें डालियों के टुकड़े, केले की छाल, पत्ते आदि जो कुछ हो सका ठूँस दिया है। नन्हा पोता रो-रोकर सबको हिलाये दे रहा है। "ये पिछवाड़े से तो कल रात एक स्यार घुसा था।–" राय सेठी ने रोते-रोते कहा, "कहाँ से धन आएगा इस घर को फिर खड़ा करने के लिए?"

और एक द्वीप। यह बाउरी-बस्ती है। वही आकुलता-व्याकुलता, वही रोना-धोना। चेहरे पर भूख-प्यास दुर्दशा और नैराश्य का करुण चित्र अंकित है। कितने बरस के परिश्रम से मजूरे आदमी ने पेट काट-काटकर घर खड़ा किया था, कितने कपड़े-लत्ते जोड़े थे, कितना सब नया-पुराना भरा था। सब चला गया है। इधर यह गोपालिया भोई का घर है। कुटुम्ब चलाने के लिए गोपालिया ने तीस रुपये करज कर लिये थे, बाढ़ आने से पन्द्रह दिन पहले ही कलकत्ता भाग गया, मजूरी करेगा, करजा उतारेगा। घर पर युवती स्त्री, होगी कोई अठारह-उन्नीस बरस की, और उसके चार महीने का बच्चा। दो कोठरियाँ हैं, एक तो बस ढेर हो गयी है, सारी दीवारें ढह चुकी हैं, दूसरी कोठरी की पिछली दीवार में इतना बड़ा छेद, कोठरी, की दीवार फट चुकी है। हाँड़ी, टोकरी आदि जितनी छोटी-मोटी चीजें थीं, सब बह गयी हैं। बच्चें को छाती से चिपकाये गोपालिया की स्त्री देवी की मूर्ति-जैसी अपने टूटे घर में खड़ी सामने ताक रही है। वह कुछ माँग नहीं रही, बोल नहीं रही, हिलती नहीं, मानो आँखों पर पलक झपकती ही न हो।

और एक गाँव। नाम है आईया। कतार के कतार झोंपड़े गिरकर सोये पड़े हैं। कहीं एक-आधा घर अभी भी सिर उठाये खड़ा है। घर के किनारे-किनारे लोग-बाग बैठे हैं। पास-पास सटे हुए। उसके इधर से बाढ़ की नाव चली जा रही है। वे उठते नहीं, पुकारते नहीं, अथच उनकी दुरवस्था स्पष्ट पहचान में आ रही है। बीच में पचासी बरस के बूढ़े दादा बैठे हैं, उस जमाने के ठोस हाड़ों के ढाँचे पर चमड़ी झूल आयी है, शेथा गोल चेहरा भावहीन दिख रहा है, नाव लगी है। बच्चों ने घेर लिया।

"चले आओ बच्चो, चले आओ!" बूढ़े गोपाल स्वाँई ने आवाज दी।

चंचु शिअल ने कहा, "यह गोपाल स्वाँई, इस इलाके में इतना बूढ़ा और कोई न होगा। खानदानी काश्तकार है। बाढ़ में सब गया। और वो उनका भतीजा भ्रमर स्वाँई, बात का धनी, खाण्डे की धार पर चलनेवाला आदमी। इतने घर-बारी, आदमी, आज किस हालत में पड़े हैं!"

दधि अहीर ने कहा, "बच्चों के लिए कुछ चिवड़े नहीं लोगे, दादा?"

गोपाल स्वाँई ने कहा, "बाप-दादों के जमाने से आज तक हमने कभी भीख नहीं ली। प्राण रहने तक लेंगे भी नहीं।"

बई मलिक ने नरमी से कहा, "भीख क्यों लोगे दादा? यह तो समझो तुम्हारा ही धन है, बस इस घर में न होकर उस घर में था। बाढ़ उतरने दो, तुम भी पहले की तरह बाल-लीला करना, देन-लेन करना, अभी तो ले लो।"

भ्रमर स्वाँई गम्भीर बना खड़ा है। उमर पैंतीस होगी। एक टोकरी में पाँच सेर चिवड़ा, एक भेली गुड़, दधि अहीर पकड़े हुए है। कुछ बच्चे ललचाये-से उधर आँख उठा रहे हैं, हिम्मत नहीं हो रही, बार-बार बड़े आदमी के चेहरे की ओर देख रहे हैं। कोई कुछ नहीं कहता। रवि ने बूढ़े के पास जाकर नमस्कार किया। विनय के साथ कहा, "मैं पाँव पड़ता हूँ, दादा आप अनुमति दें!" उसके स्वर से दर्द फूट पड़ रहा था, "दया करो, अनुमति दे दो, बच्चे कुछ-कुछ खा लें। कल को बाढ़ उतर जाने पर तुम हमें खिला देना। समय क्या यहीं खत्म हुआ जा रहा है?"

पीठ मोड़कर गोपाल स्वाँई ने कहा, "अच्छा, ले लो रे बच्चो!" चिवड़ा, चावल, चीनी, गुड़, किरासिन, ढिबरी, नाना चीजें बाँटी गयीं।

दूसरी ओर बल स्वाँई का घर। घर के अन्दर घुटनों तक पानी खड़ा है। अहाता, भीत सब ढेर हो चुके हैं, उस पर ढही पड़ी है घर की छान। सामने का गुहाल किसी तरह बच गया है, टूटी भीत के सूखे पत्थरों को फोड़-तोड़कर फर्श पर बिछाया गया है। चटाई पर लेटा है एक नन्हा बालक। एक ओर बाँस की ढेर, उसके ऊपर-नीचे घर-भर का सामान। पागल की तरह खोल-खोलकर बल स्वाँई ने सब कुछ दिखा दिया। दो चटाई। एक छोटा पिटारा, उसके अन्दर एक खाली बोतल पड़ी है, पहले उसमें सरसों तेल रहा करता था। बच्चों के लिए लाये गये शटीफूड का एक खोल। एक छोटी हाँड़ी, उसमें दो-चार मिश्री के छोटे-मोटे डले, एक छोटा-सा आईना, एक फटी धोती, और एक डब्बे में चवन्नी-भर तम्बाखू का पत्ता, साड़ी का टुकड़ा, बेटे के लिए उसके मामा ने भेजा था एक चम्मच, दो कटोरे, एक सरौता, एक चाँदी की टूटी हुई चूड़ी, चवन्नी-भर का चन्द्र झूँपा जिसमें लाख भरी हुई है, एक टूटा हुआ सींग का कंघा, चाँदी की एक मुँदरी, एक काजलदानी, एक पेठा-कोरना और मुट्ठी-भर कूड़ा-करकट।

"इतना भर है, और कुछ नहीं। और है दो पाव जमीन, उसमें बालू का ढेर भर गया।"

"क्यों पागल की तरह हो रहे हो–" उसकी मरतली-सी स्त्री उसे बोध दे रही थी।

"लोगों को दिखाने से क्या होगा? बचना होगा, बचेंगे, मरना होगा तो मरेंगे, देह को काठ करने से नहीं चलेगा?" वह मैले आँचल से मुँह पोंछ रही है।

इसी तरह गाँव-गाँव में वे टूटे-फूटे ढेर के ढेर, वैसे ही पानी-कीच, वैसे ही कुलबुलाते लोग। आगे-पीछे सब तरफ फैली हुई है अकूत जलराशि, फेन तैर रहे हैं, लहरें नाच रही हैं, जितनी दूर तक नजर जाती है सिर्फ पानी-पानी-पानी।

और चार नावों में से एक भी लौट कर नहीं आयी। परन्तु स्थानीय मदद कुछ तैयार की जा सकी। एक की देखा-देखी और कई नावों में फिरने लगे। डोंगी में बैठा नेतपुर का लँगड़ू दलेई फिर रहा है, गेटमा आदमी बायाँ पैर तनिक लँगड़ाता हुआ, भूख-प्यास बिसर गयी है, पत्थर-सा चेहरा। कितने लोगों को वह निकाल आया है। अपनी जान की उसे कोई परवाह भी नहीं। अपना काम या विपद् कुछ भी बाहुल्य दिखाकर नहीं बखानता। बस केवल सट-साटकर उसकी डोंगी पानी की भँवर की तरह चल देती है, एक सिरे पर परत की परत सोला के गट्ठे लदे पड़े हैं, अचानक अगर नाव उलट जाय तो बैठे लोग अगर अपने पेट के नीचे एक-एक सोला का गड्ढा दबाकर पानी पर हाथ-पैर फैलाये पड़ गये तो उद्धार पा जाएँगे।

लँगड़ा दलेई डोंगी खेते-खेते इस गाँव से भाग जाता उस गाँव, और लोग उत्साह में पुकारते, "हे ई लँगड़ा गया!"

एक बार वह एक साथ छह बिलाइयों को नाव में चढ़ाकर ले आया था। उसकी इतनी अभिज्ञता में यही एक बात मानो उसे मन को भायी थी। वही बात वह बार-बार हाँकता। वे जहाँ धनुवा बड़ी नदी में मिला है, और दिनों भी अकूत पानी रहा करता है, उसे कजला गण्ड (घेर) कहा करते हैं, बीच जगह में छोटा-सा टापू छह सौ हाथ लम्बा और तीन सौ हाथ चौड़ा। मील-भर में और वैसी बस्ती ही नहीं है, खाली टापू पर एक जोड़ा परिवार है–भोवनी बारीक। उसके कुटुम्ब में छह प्राणी, और जन्ह बेवा, उसका बड़ा बेटा, भ्रमर जेना और उसके बाल-बच्चे। घने-घने चार कुचला के पेड़, खूँटे की तरह बेशुमार खजूर के पेड़, ताड़ के पेड़ों के सहारे-सहारे, टापू के बीच घरों का झुरमुट, गाय-गोरू भेड़-बकरे थे, बाड़ी में साग-तरकारी भी उपजी थी, भोवनी बारीक और भ्रमर जेना ने अपनी रुचि के मुताबिक संसार गढ़ा था। फिर रात में आयी बाढ़, पीढ़े पर चढ़ जाने कैसे लोग तो बच गये, सुबह शायद बिसरपुर का अमीर बेहेरा नाव लेकर आया और उन्हें वहाँ से निकाल लाया। और कुछ देर बाद आया लँगड़ा दलेई। कहीं से बिल्ली के बच्चे आकर पैरों में लोटने लगे, म्याऊँ-म्याऊँ कर बिल्लियों ने बिलबिलाहट दिखायी, मानो–"हमें ले चलो..."। वह उन्हें निकाल लाया था।

और घूम रहे थे। बाँमवाल गाँव के प्रसिद्ध पाला गायक हृषिकेश

सिंहारी—जनता के आदरणीय साहित्यकार। सिर पर घने घुँघराले बालों की लटें लदी हैं, कनपटी पर झूल रही हैं। तीखी नाक खड़ी है, मोटी-मोटी आँखों में भावनाएँ छलछलाती-सी, मुँह पर एक भी बोल नहीं। नाव में चढ़कर घूम-घूमकर जन-सेवा में जुट गये हैं, मानो उसके लिए पागल हो उठे हैं।

एक नाव लेकर चढ़ धाये हैं। सान्तरापुर के बिजी बाबू, नेतपुर के बंशी परिड़ा, इंचल के उद काचेरी—तीनों युवक हैं, एक-सा वेश। हाफपैण्ट एक-एक, खुली देह, सिर पर गमछा बँधा है। उनकी नाव में हवा भरी हुई तीन मोटर के ट्यूब हैं, अनेक सोला के गट्ठे हैं, और भी सरंजाम है, चिवड़ा, चावल, चीनी, किरासिन वगैरह । बिजी बाबू उनके नेता। दोनों हाथ लटकाये, आगे-पीछे झुके-झुके-से दोनों पैर फैलाये पानी की ओर देखते हुए नाव पर खड़े हैं। छाती और पीठ पर मांस के गोल-गोल पिण्ड हिल जाते हैं, वे मानो इस हवा-पानी के साथ युद्ध करने को तैयार होकर खड़े हैं। नाव में एक विशाल पताका फहरा रही है। दिन तमाम होता आ रहा है। बिजी बाबू कितने डेंगू दिख रहे हैं। रवि की नाव रुकी है उरुआली भोई बस्ती के नीचे। भोई बस्ती अब एक छोटे द्वीप-जैसी है, कतार में खड़ी हैं टूटी दीवारें, धँसी छानें। जगह-जगह इक्का-दुक्का घर खड़ा है, पीछे की दीवार नहीं, पिछवाड़े में दिख रहा है पाट में फैला पानी। उसी ध्वंस के सामने एक जगह खड़ा है सत्तर बरस का अन्धा धरमा भोई, पास ही उसका बाईस बरस का गबरू बेटा बिका, पेट और पीठ मिलकर एक। आगे-पीछे की दीवार नहीं, बीच में कीचड़ पर छान के नीचे बैठी है बिका की स्त्री, फटी मैली छोटी-सी साड़ी पहने है, गोद में तीन महीने का रोगी बच्चा थामे है, बगल में चार वर्ष का बच्चा चिवड़ा चबा रहा है, नाव की ओर देख रहा है। धरमा भोई के पास ही एक जगह बैठा है साठ बरस का बूढ़ा अन्धा अपर्तिया भोई, तीन महीने पहले उसका गबरू जवान बेटा मरा था, विधवा बहू नन्हे बच्चे को छाती से चिपकाये दूध पिला रही है, उसके पास चौदह बरस की चढ़ती उमर की बेटी, छोटी-सी फटी साड़ी लपेटे अचम्भित-अचम्भित आँखों से नाव की ओर देख रही है, पिछवाड़े में उसके दो ढेर हुए कमरों का मलबा। वैसे ही वहाँ टिमटिमाते देख रहे हैं कुँअर भोई, मणिया भोई, केशव भोई, गोविन्द भोई, भरतिया भोई और उनका बड़ा कुटुम्ब। चीख उठे—"बिजी बाबू—बिजी बाबू!"

बिजी बाबू परिचित हैं इस बस्ती में।

मणिया चिल्लाया, "अब क्या देखोगे बाबू, हम नहीं हैं, हम तो मर चुके, मिट चुके।"

केशव ने कहा, "चार दिन से निराहार हैं, बाबू।"

गोविन्द ने कहा, "अब कितने युग तक सिर बेचे पड़े रहेंगे कि घर का झोंपड़ा खड़ा करेंगे इस पेट को काट, धन जोड़कर! बस बड़े साआन्त की मनोकामना पूरी हुई समझो। हमारे उठने पर इस जगह बैंगन लगाने की बात कह रहे थे। एक हिस्से

में बगीचा लगाएँगे और एक में साग-सब्जी करेंगे अबकी बार।"

बिजी बाबू नाव से चिल्लाकर बोले, "अरे बाढ़ आ गयी तो आदमी भी कहाँ गये? हाथ में एक लकड़ी हो तो देखो साँप भी नहीं आएगा, और बड़े साआन्त या उनका दादा साआन्त भी घुस सकेंगे, हैं रे? अरे, बाढ़ क्या सिर्फ तुम्हारे ही गाँव में आयी है? मैं तो चार दिन हुए देख-देखकर आ रहा हूँ, बाढ़ डाल-डाल गयी तो हम पात-पात हैं। लोग किस हीन अवस्था में हैं इस प्रलय के बीच, कोई है और कोई चला गया। क्या करें समय ही ऐसा आ गया!"

बिजी बाबू अपनी बात के बहाव में आप बहे जा रहे थे। मानो किसी जमाने के साथी हों। रवि से कहा, "सुना, सो आपको देखने चला आया। कल भेंट हुई थी एक और फूलशरा की नाव से, धोबेई मिश्र बैठे थे उसमें। आप से भेंट होने पर खबर देने को कहा था कि उधर काम की भीड़ है, वे आ न सके। लोग कहाँ छोड़ रहे हैं कि आएँगे? आकर भी क्या करेंगे? बाँट-बूँटकर काम करना ही ठीक है। मोटर के ट्यूब का जोड़ा, सोला के गट्टे, कुछ रखे रहें, कभी काम आ ही जाएँगे।"

उनकी नाव पास आकर लगी।

कुल आध घण्टे की बातचीत। गाँव-गाँव जगह-जगह की खबर, लोगों की दुरवस्था, सहायता के लिए उपाय विचारना। चारों ओर से कुछ-कुछ चर्चा छिड़ी। वहीं बिजी बाबू से खबर मिली, वे सुनकर आये हैं कि पाटेली गाँव में जोगी-बस्ती और डोम-बस्ती की सीध में बहुत बड़ी घाई हुई है, वे उधर नहीं गये, थोड़ा घूमकर उत्तर की ओर से आये हैं। उद काचेरी ने घड़ी देख आकर बताया, "छह बज गये, चलना है उधर दलवा साहापुर की ओर?"

बिजी बाबू ने हँसकर कहा, "उद, तुमने अच्छी याद दिलायी। चलो, चलो, बादल फिर घुमड़ रहे हैं।" रवि ने कहा, "रुकना तो पड़ेगा, रात में यहाँ रुकें तो..."

उद ने कहा, "बंशी बेहेरा सरीखे साथी हों तो फिर अँधेरी रात में भी पाट हमें रास्ता छोड़ देगा। अब तक तो रुके नहीं।"

रवि के सिर में एक ही बात बार-बार कोई कह रहा था, "पाटेली गाँव में घाई टूटी है।"

"हम भी चलेंगे, बेहेराजी!" रवि ने कहा, "चलो फूलशरा।"

वैसे सीधे खड़े हैं नाव पर पास ही पास वे तीनों जने। आगे सबसे डेंगू बिजी बाबू, दूर जाते-जाते खाली विस्तृति में वे लोग कहीं खो गये। रवि की छाती में छनक-सी पड़ी। एकदम जाना-पहचाना, अत्यन्त प्रिय, किसी जमाने के तीन मित्र मानो दीर्घ विच्छेद के लिए विदा हो गये हों, हालाँकि आधा घण्टे पहले अचानक नाम भी कभी नहीं सुना था।

जगह-जगह उसी स्लेट पर अनजान अक्षर लिखे जा रहा है—वह छलछलाता सफेद स्रोत। रवि देख रहा है।

याद आ रहा है महि दलपति, उससे भी पल-भर की भेंट, वही पल-भर के बाद कहीं छिप गया। सोचा, "बचा होगा तो?"

सरसराती भँवर सफेद अक्षर लिख गयी। मटियाली स्लेट ने करवट बदली। डूबते प्रकाश ने झलक दिखायी। लालिमा लिये झिलमिला गया, कितना सजीव! अचानक वह फिर बुझ गया, सुनसान छाया, ऊपर नीचे कुछ होगा, अतः सब कुछ थमा हुआ है, कितनी बार इस सन्धिवेला में ऐसा ही तो लगा करता है, कुछ होता है? कहाँ आरम्भ, कहाँ शेष है?

दूर-दूर काली रेखा जैसी गाँव की कतारें दिख रही हैं। किनारे-किनारे अकेले-दुकेले पानी में टापू जैसे दिख रहे हैं; चारों ओर जलार्णव हो गया है। मेघों से लदे आकाश तले बाँकी रेखा में चल रहे हैं कतार बाँधे चिड़ियों के दल, आँखों में साफ नजर आ रहा है उनका समाज, खस का वन भी अच्छा-खासा है, कहीं पानी में बगीचा खड़ा है, बस दिखता नहीं तो एक केवल आदमी; सिर्फ कहीं से उग आये जगह-जगह छोटे-छोटे द्वीपों पर छायान्धकार में टिमटिमाती आग की धाँस, उसका चूल्हा, उसका प्रकाश, ये ही उसके हस्ताक्षर हैं।

एक दिन ऐसे ही घेरे था यह पानी सारी पृथ्वी को। ऐसे ही आदमी ने अपना घर-बार किया था, धूप-वातास सहकर वंश बढ़ाया और इतिहास का निर्माण किया था। यह आग उसी का हस्ताक्षर है। चाहे वह न दिखे, पर खोया नहीं। पर यह आग ही खो गयी है उसके मन के विचार में। उसकी साँस फूल उठी है सारे ध्वंस से बढ़कर। उसके मन का अन्धकार इस बाढ़ के अन्धकार से भी घना हो गया है। समाज फट गया है, केवल बाढ़ के पानी में बहते अकेले-अकेले आदमी की तरह। फिर भी वह एक होगा । समय का हिसाब नहीं है। आशा चिरजीवी, जीवन मृत्युंजयी है, आनन्द उसी अमृत का बाह्य प्रकाश है।

खूब धीमे से उसके उत्तर में गूँज उठती है अनकहे संगीत की मूर्च्छना, जो कानों को सुनाई नहीं पड़ती। मिल जाती है जीवन के स्पन्दन में, अनुभूति के रन्ध्र-रन्ध्र में व्यापकर पुलक उत्पन्न करती है।

अबकी वह प्रकृति के साथ एक हो गया है। गोद में भरकर थामे हुए है वही अन्धकार, वही बाढ़ का पानी। कभी-कभी किसी के निःश्वासों की तरह चेहरे और देह में हवा भर जाती है। एक विराट् जीवन्त शरीर की तरह दिखाई पड़ रही है वह स्थूल अँधेरी सृष्टि! उसमें कितने अतीत घुलकर निश्चिह्न हो गये हैं, उसकी चेतना कह रही है, कितने अनगिनत प्राणियों का उन्मेष और विकास और विलय, पुनः-पुनः आया है नये-नये रूपों में; लगता है जैसे ऐसे ही इसी विराट् शरीर में आत्मा के स्फुल्लिंग की तरह वह रहता आया है युग-युग से, कितने नये वेशों में नये खेल खेले हैं। उसे श्रान्ति नहीं, उसका कभी विलय नहीं।

इसी पवित्रता के स्पर्श के नीचे-नीचे तैर जाता है उसकी चेतना के सामने

एक स्वप्न। ये जहाँ नाव चल रही है—यहाँ शायद कोई देवालय था। वो रहा देवालय। सचमुच जैसे यही है। अभी रात नहीं, साँझ-सी हुई है, ठीक जब सन्ध्या-दर्शन को उसका मन हुआ करता है। रास्ते के दोनों ओर सघन बउल के पेड़, बेड़े में जगह-जगह दीपमालिकाएँ जल रही हैं, झुण्ड के झुण्ड लोग बैठे हैं, कहीं झाँझ-मृदंग, कहीं खंजरी चल रही है, कहीं केवल फूलों से सजी खटोली रखी है, शास्त्र पढ़े जा रहे हैं। रास्ते के सिरे पर और भी प्रकाश है, कतार की कतार में दीप सजे रखे हैं, सामने गरुड़-स्तम्भ। बहुत भीड़ है, स्तम्भ के दोनों ओर अनेक दीप जल रहे हैं, उसके उधर झकू से आरती का दीप जल उठा है, इस सिरे से उस सिरे तक ठसा-ठस भरे आदमियों की भीड़ के ऊपर से ठाकुरजी दिख जाते हैं—वो दिख रहे हैं। मानो किसी ने विश्व की सीमा बनायी है इस गोलाकार अँधेरे से, दो प्रकाण्ड आलोक मण्डलों के बीच वही अँधेरा काला कोया बन गया है। दीये के प्रकाश में दिख जाता है कि जो अँधेरा-सा लगता है उसमें बिन्दु-बिन्दु असंख्य आलोक रेणु भरे हैं। मानो अगणित ब्रह्माण्ड अगणित तारे अत्यन्त सूक्ष्म होकर वहाँ टँके हैं। नाना बाजों, पुलकध्वनि के बीच वह देख रहा है—नित्य लीलामय सनातन जीवन के आनन्द की झलक। सामने दिख रहे हैं जगन्नाथ। चर्म-नयनों से देखने पर वे अरूप, निराकार, शून्य, महाशून्य हैं। चिन्तन में साकार रूप दिया जाय तो वे अव्यक्त, अज्ञेय, निर्गुण, निर्लिप्त।

प्रीति पुलक से भक्ति की अनुभूति में धारण करने पर साकार, सगुण, सर्वव्यापी, एक आकार नहीं असंख्य, एक गुणभावापन्न नहीं अनेक। प्रीति के क्षणों में निविड़ भाव से सज्ञान होकर नानारूपों में जिन्हें अनुभव किया जा सके, अपने अन्तर और बाह्य में। वे निर्गुण नहीं सत्-चिद्-आनन्दमय पूर्णब्रह्म हैं!

कौन कह रहा है, कौन समझा रहे हैं? वह मुड़कर देखता है—काँप उठता है गेरुआ धारण किये विशाल मानव, सिर के घने बालों के नीचे ऊँचा प्रशस्त ललाट, आयत नेत्रों में गम्भीर दृष्टि! उस चेहरे से तेज टपक रहा है, उसमें प्रशान्ति, विश्वास, आनन्द, स्नेह है।

"चुपचाप क्या सोच रहे हो?" बई मलिक ने पूछा। रवि का स्वप्न भंग हो गया। बई ने कहा, "कल सुबह पाटेली गाँव।"

रवि हँस पड़ा।

बई हँस पड़ा—"पाटेली गाँव में सिन्धु चौधरी हैं, बहुत भले आदमी, इतने खानदानी घराने के पुराने साआन्त होने पर भी क्या हुआ, बहुत सीधे-सादे हैं। ठाकुरजी जैसे। लोग बहुत चाहते हैं।"

रवि के मन का चित्र मानो बई मलिक के मुँह पर फूल खिला रहा है। आधी हँसी लिये रवि देखता रहा। बई मलिक कहता गया, "उनकी एक ही तो बेटी है—छवि। जिनपर सूरज-चाँद की भी छाया नहीं पड़ती, वे बाहर निकल पड़ी हैं लोगों

का भला करने। कितना स्नेह, कितनी सेवा, कितना उदार मन! घर-घर घूमकर दीन-दुखियों की सुध लेना, कलह मिटाकर मेल बढ़ाना और फिर उनकी सेवा-देखरेख। क्या-क्या वे नहीं कर रहीं! गाँव-भर में धूम मचा दी! उनके पीछे-पीछे और भी कितनी ही औरतें निकल पड़ी हैं, काम कर रही हैं, उनकी देखा-देखी निठल्ले लोग भी मिल-जुलकर काम में लग गये हैं; इतने हिंसक हो उठे थे गाँव-भर के लोग! सत्रह गुट, सत्तानबे दल, और अब देखो, जिसके मुँह से सुनोगे, बस गाँव का उपकार कैसे होगा—यही बात।"

रवि हँस रहा था। कहा, "अच्छा हुआ, कल शायद भेंट होगी, क्यों?"

बई मलिक ने कहा, "हमारे साथ मिलकर फूलशरा में काम करतीं तो कैसा, अच्छा नहीं होता?"

रवि ने पूछा, "फिर पाटेली गाँव का काम?"

बई ने कहा, "उधर तुम्हारी माँ साआन्ताणीजी दिन गिन रही हैं कि कब बेटे के सिर सेहरा देखेंगी। जितनी बार कहो, तुम कानों में बात पड़ने भी नहीं देते, हवा में उड़ा देते हो!..."

रवि हँस पड़ा। कहा, "तू क्या कहता है?"

बई ने कहा, "तुम हामी भर लो, इस बाढ़ के उतरते ही ब्याह हो जाता। सिन्धु चौधरी 'नहीं' करते नहीं। हमारे बूढ़े साआन्त के तो हाथ में चाँद-सी बहू आ जाती।"

रवि के मन में उथल-पुथल लगी है। और नयी पट्टभूमि बनने लगी। भाषा झरती है—"आदमी एक होते हैं अपने विचारों से, करनी से, चलने की दिशा से। एक उद्देश्य लिये पसीना बहाकर वे एक होते हैं। एक देह और दूसरी देह का मिलना-गुँथना संसारी मत से—यह क्या कोई बड़ी बात है?"

बई ने कहा, "सच, क्या तुम बाबाजी बनोगे रवि भाई?"

रवि ने समझाया, "अरे बाबाजी क्यों? मेरा इतना बड़ा परिवार है! अपने इतने आदमी सब जगह हैं, बाबाजी क्या इतने गृहस्थी होते हैं?"

"तब ब्याह करो, सब जैसे, वैसे ही तुम भी बनो।"

रवि हँस पड़ा, "वह तो एक छिन का काम है, एक अनुष्ठान, जैसे पूजा कर चुकने के बाद चरणामृत लेने की तरह..."

जम्बू बेहेरा पिक्का मरोड़ रहा था, मुँह में पकड़कर कहा, "ठीक तो कहा, चरणामृत लेने की तरह, बस उस काम को जल्दी ही पूरा कर देना चाहिए, तभी तो चरणामृत का माहात्म्य समझोगे।"

रवि ने हँसकर कहा, "कितने काम तो अधूरे पड़े हैं, क्या वही एक काम है!"

जम्बू बेहेरा ने कहा, "अरे बाबू, ब्याह की घड़ी आएगी तो खुद ही बुलाकर खींच ले जाएगी, नहीं कहकर जाएँगे कहाँ?"

बई मलिक उसका हाथ पकड़ कान में धीरे से कहने लगा, "बहुत अच्छा होता,

सबकी आशा पूरी होती, कितना भला होता, ऐसा पात्र..."

रवि ने धीमे-धीमे कहा, "देख बई, तू समझता क्यों नहीं! जा, तू ब्याह कर, मैं तो तेरे साथ कब से हूँ। ब्याह से मैं इनकार नहीं करता, मैं नहीं कहता कि दुनिया से निकलकर अलग बैठ आदमी ऊपर उठ जाएगा।" तनिक रुककर फिर बोला, मानो जीभ लड़खड़ा गयी हो, "विवाह की बात होगी तो कहना कि वहीं बात करो, उसका मत क्या है समझ लो, उनके घरवालों का विचार क्या है?"

आग्रह से बई ने कहा, "बस इतना ही सुनकर साआन्त-साआन्ताणी सब कुछ अपने आप कर देंगे—चौधरी जी क्या इनकार करेंगे?"

रवि ने कहा, "पर बात यह है कि मेरा रास्ता थोड़ा अलग है, एक को खोजने जाकर मैं करोड़ों में ही उसे पाऊँगा।"

बई ने कहा, "क्या आप एक करोड़ की बात कहते हो बाबू, मैं कुछ नहीं समझता। ब्याह तो सब करते हैं, तुम भी करोगे ही।"

रवि ने कहा, "क्या इसी के लिए हम मन को पत्थर किये घर से निकले हैं, जीवन की बत्ती बनाकर जला रहे हैं।"

जैसे रूठकर बई ने कहा, "यह काम किये से क्या ब्याह करने की मनाही है?"

रवि ने कहा, "मना कौन कर रहा है? तेरा मन करता है तो तू ब्याह कर ले। मुझे क्यों साथ में लपेट रहा है? मैं तो देख रहा हूँ एक विराट् स्वप्न। जिसे कहते हैं कारीगर का स्वप्न।" तनिक रुका। फिर बात जारी रखी, "स्नेह, मैत्री से नया समाज गढ़ा जाएगा, गाँव-भर परिवार होगा। आदमी का समाज सारा एक होगा। वह सब कैसे होगा, अगर सब लोग अपने-अपने स्वार्थ की ही सोचने लगें?"

बई ने नाक से कहा, "बस ये ही सब कुछ हाँकोगे, मैंने क्या पढ़ाई की है जो इन बातों तक पहुँच सकूँगा या ये बातें समझ सकूँगा? मुझे तो बस एक बात समझ में आती है—लगता है जैसे वह तपस्या कर रही है तुम्हें वर-रूप में पाने के लिए—जैसे पार्वती ने की थी..."

बिजली चमक उठी। काली-काली छुरी की धार की तरह पास-पास में फटे-फटे पहाड़ों के बीच, आकाश के किसी अनजान पहाड़ की खोह में बार-बार धूनी की आगे भभकती-बुझती है। अँधेरा दलदला आया। साँय-साँय करता आ गया पानी मिली हवा का झोंका। दोनों चुप हो गये।"

बई ने कहा, "सच, तुम नहीं करोगे?"

रवि ने उत्तर दिया, "सो कौन कह सकता है? वह बात छोड़ो, बिलकुल बूढ़ी दादी की तरह पल्लू में गाँठ बाँधकर बस एक ही रट लगाये हो—ब्याह-ब्याह-ब्याह! दुनिया में अपने ब्याह के अलावा और कोई काम ही नहीं?"

जम्बू बेहेरा ने उस ओर से आवाज दी, "हाँ, सँभलना, सँभलना, डाँड गाड़ दे, निधिया, सँभालकर प—क—ड़, हाँ अबकी बीच में—"

नाव एक तट से टकराते-टकराते बची। उधर बहाव जोर मार रहा है। नाव वहाँ से खुल कर बीच की ओर हुई। जम्बू बेहेरा ने कहा, "अँधेरा क्या, यह तो घुप्प अँधेरा दिख रहा है। और सकेंगे नहीं। आगे वह दलबा गाँव दिख रहा है, आज नाव वहीं लगाएँगे।"

गाँव दिख रहा है—सब ने मुड़कर देखा। कुछ नहीं दिख रहा। फिर पानी पर के हलके अँधेरे में लम्बी-लम्बी छायाओं की तरह कुछ चले गये उधर बायीं तरफ। नाव मोड़ पर घूमी। बाद में हो-हो सुनाई पड़ी, रोशनी भी नजर आयी। दूर से तैर आयी झाँझ-मृदंग की आवाज। कछार के ऊपर-ऊपर होते हुए आकर कुचला के पेड़ से नाव बाँधी गयी। उधर से लोग आ गये। चंचू शिअल ने कहा, "ओहो, आदमी बच गया! यहीं हमारी बस्ती के पंचुआ की ससुराल है, मैं उसके घर रह जाऊँगा। और किधर जाऊँगा?"

दलबा गाँव की पधान बस्ती के बीच। लाठी लिये कुछ लोग अपने-अपने घर के आगे फिर रहे हैं, बीच-बीच में लाठी नीचे ठोंककर 'हो-हो' करते हुए हल्ला कर रहे हैं। जम्बू बेहेरा ने कहा, "जहाँ देखो, बस ऐसे ही बाढ़ के दिनों में लोग साँप को घुड़क रहे होंगे।" गाँव के किसी ने कहा, "बस केवल गोखर नाग...ढेर के ढेर। कहाँ-कहाँ से आकर भर जाते हैं। क्या किया जाय?"

पानी-कीचड़ में चपड़-चपड़ करते ऊपर उठकर रवि ने पूछा, "क्या खबर है यहाँ की?"

ठिगना-सा बूढ़ा था। कहने लगा, "खबर तो सब तरफ जो, यहाँ भी वही, और क्या? जमीन में बालू भर गयी, गाय-गोरू झुण्ड के झुण्ड बह गये। कितने लोगों के घर-द्वार ढह गये, किधर-किधर से आदमी आकर भरे हैं। बाढ़ के साथ-साथ हैजा भी घुस आया, निचली बस्ती से तेरह जने एक-एक कर गये। और क्या खबर पूछते हो बाबू?"

नाव पर रोशनी जला दी गयी।

चंचू, रवि, दधि अहीर, बई मलिक चल पड़े गाँव की ओर।

सदा की तरह आज रात भी घूम-घूमकर खबर पूछकर मदद करनी होगी। भीगी छान-छप्पर, टूटे-झोंपड़े, भीगे आदमी, पीड़ित लोग।

उसी के बीच रवि को याद आ रही थीं बई मलिक की बातें, मन-ही-मन चित्र सँवार रहा था। इस बरसाती अँधेरे के बीच मानो दीप लिये उसकी प्रतीक्षा कर रही है वो—छवि!

पाटेली गाँव में—

बरसाती अँधेरे में सिन्धु चौधरी जब छवि को न पाकर अकेले घर लौट आये

तो उन्हें दूर से ही लगा, चबूतरे पर कोई लालटेन जल रही है। धुँधली-ललवाँसी पानी की भाप के बीच कोई मूर्ति खड़ी दिख रही है, एक तो कुछ मोटी, उस पर आकार में और अधिक बड़ी दिख रही है, साफ कुछ न समझकर छवि की माँ ने ऊँचे स्वर में पुकारा, "क्यों, आ गये सब? अरी छवि?"

तब सिन्धु चौधरी को तनिक अटपटा-सा लगा। याद आया, सचमुच, छवि नहीं लौटी है, अपराधी की तरह सकुचाने-से लगे। चबूतरे पर चढ़कर छाता बन्द किया। कहने लगे, "कहाँ से पाता इतने लोगों की भीड़ में? वह कोई साधारण भीड़ है? दस हाट के आदमी भरे हैं!"

उसने रोते-रोते कहा, "गयी? जलाकर निश्चिन्त हो आये? अच्छा किया, अब चैन से रहो!"

"तुम ऐसा क्यों हो रही हो, बोलो तो भला? उसके साथ और भी तो कई लोग हैं।"

"गिनते रहो तुम लोगों को। यह रहा तुम्हारा घर। मैं तो जाती हूँ कहीं कुएँ-बावड़ी में..."

"अरे, क्यों हल्ला कर रही हो? धीरज धरो, वह आ जाएगी।"

"तुम्हारी मुँहलगी है, यह सारा मन्त्र तुम्हीं ने दिया। नहीं तो कहीं जवान बेटी देहरी के बाहर निकला करती है? यों पानी-कीचड़ में अँधेरे में फिरती! ओ हो रे! बुद्धि, राज-भर को उठाये फिरती है! अब क्या हो? मैं क्या करूँ?"

सिन्धु चौधरी ने बहुत समझाया, घर टूटने की बातें बतायीं, लोगों की दुख-दुर्दशा की कहानी कही, कैसे छवि तथा अन्य औरतें उनकी सेवा में जुट पड़ी हैं—सारी बातें एक-एक कर समझाने लगे—"मेरी बात सुनो, तुम्हारी छवि अच्छा काम करती है, छवि की माँ! नाम की ही बेटी है, असल में कौन-सा बेटा उसकी बराबरी कर सकेगा? भगवान् जिसे जो बुद्धि देते हैं, जो रास्ता दिखाते हैं, वहाँ हम-तुम कौन हैं!"

सुनते-सुनते छवि की माँ बदल गयी। फिर हिचकियाँ नहीं भरीं। सचमुच लगा जैसे उस विभीषिका का वर्णन उनकी नसों में भर गया हो। सिन्धु चौधरी कहने लगे, "बड़ी बात इस दुनिया में तुम किसे समझती हो? ऐसे ही पलक मारते सब चल देता है, किसके लिए यह संचय, किसके लिए घर-द्वार, किसकी खातिर इतना लोभ, इतनी चिन्ता, इस पल की बात अगले पल न होगी। बाढ़-नाश के देश में रहकर अगर यह विचार मन में न आया, तब फिर दूसरा क्या विचार आएगा? तुम्हारी अपनी एक बेटी के लिए तुम्हारी नस-नस फटी जा रही है, सोचो जगत्-भर की बात, कितना दुख, कितनी दुर्दशा! चूहे की तरह बिल में गड्ढे में ठूँसने की तरह कितना कुछ आलतू-फालतू सहेज रखते हैं। अब किसी के छज्जे तले या किसी उजाड़ में है कुछ..."

छवि की माँ सुनती जा रही थीं। अपने पति का स्वर अनचीन्हा-सा सुनाई पड़ रहा था। मानो वह किसी आदमी की आवाज न हो, इस अँधेरी रात का स्वर हो, या उसकी ओट में छुपे किसी अशरीरी रूप का हो, जिसका कोई उत्तर नहीं। उसे बुद्धि-विचार से अर्थ लगाकर लिया नहीं जा सकता, वह सिर्फ समग्र चेतना में अन्दर तक भेद जाती है। सिन्धु चौधरी भी सुनते जा रहे थे अपनी बात, मानो स्वयं बातें नहीं कर रहे, और कोई कहलवा रहा है। एक उच्छ्‌वास में झूम उठता है उनका सारा उत्तर...यह अँधेरा...यह मूसलाधार बरसा...यह निशा रात्रि—गाती जाती है अपना दर्शन-तत्त्व। वे स्वयं केवल उसके चारण हैं। सिर्फ़ बाढ़ ही नहीं, कितनी बातें याद आ रही हैं! ऐसी यह प्रलय की रात, वह आदमी के जीवन में भी घिरती है, कितने उलट-फेर कर जाती है, प्रसन्नता और आशा को धराशायी कर निश्चिह्न कर देती है। स्वास्थ्य जाता है, धन जाता है, घर जाता है, स्त्री-पुत्र, बन्धु-बान्धव चले जाते हैं, स्नेह सपना हो जाता है, और कभी सारी ममता सारी चैन की डोर काटकर माटी का पिण्ड फेंककर छोड़ चली जाती है आत्मा। मानवता की स्मृति भी लोप हो जाती है। यह अँधेरी रात उसी बात को तो चेताये देती है, जगत्-भर की दुख-दुर्दशा की बात, और अन्त में उसी चरम विलय की कहानी, वही अति पुरानी नित नयी—

वही तो है वह! वह अँधेरी रात विराट् मुँह बाये ताक में है अनादि काल से, कितने उजले दिन, कितने जीवन्त इतिहास, कितने हिलते-डुलते हाथ-पैर बार-बार बस उस 'आँ' के अन्दर आकर घुस जाते हैं, और लौटते नहीं...और लौटते नहीं...।

फिर भी रोज खिल रहा है जीवन। नयी आशा, नन्ही-नन्ही नयी-नयी दूब। जाने-मरने-खाने की परवाह नहीं, नयी हो रही है, नयी बनकर प्रकट कर रही है अपना रंग, अपना रूप, अपना इतिहास। बार-बार वही, पल-भर के लिए दिखा देती है महाप्रलय के सामने अपनी टेक। वही चिरंजीवी कण, वही प्रकाश की जरा-सी बूँद। उस बूँद में ही सृष्टि का आरम्भ है, अणु में प्राण निहित हैं, वही तो युग-युग का मानव का आराध्य देव है, जो जिस रूप में देखें, कुछ भी नाम लेकर पुकारें, ईश्वर कहें, शक्ति कहें, उसी की अपूर्व विजय की परिकल्पना ही तो है आनन्द का हेतु।

"वो सुन..." सिन्धु चौधरी उद्‌बुद्ध की तरह कहते गये, "काश, आदमी ध्यान रखता कि यह जितना 'मैं-मैं-पन' है—मेरी बेटी, मेरी पत्नी, मेरी चीजें, मेरा सुख—कुछ दिन जाने पर कुछ भी नहीं रहेगा। इस जन्म के साथ-साथ ये सब भी लीन हो जाएँगे। छोटी बात तो क्या, बड़ी-बड़ी व्यथा और विपदाओं को भी इतनी बड़ी नहीं सोचता, यह सब तो सपना है, केवल आदमी को भुलाये रखने के लिए एक खेल है, यह खेल भी दो दिन का..."

छवि की माँ ने कहा, "वह बात कौन नहीं जानता? तो उसे छोड़कर आदमी फिर घर-संसार क्यों करता है! शुकदेव की तरह माँ के पेट से गिरते ही चल पड़ता ब्रह्मज्ञान कहने, भागवत के कपिल अवतार की तरह वह भी माँ-बाप को तत्त्व समझाकर चला जाता कल्प-कल्प तक योग-साधना के लिए। पुराणों में तो सब कुछ है, पर यह रक्त-मांस की देह उसे समझती है?"

"समझना पड़ेगा। जो सत्य है वह स्वतः होगा। कितनी भी विषयासक्ति, माया-ममता बढ़ाये जाने पर भी सत्य के दाँव से रक्षा नहीं। किसने नहीं देखा कि पेड़ सूखता है, आदमी मरता है। किसने नहीं देखा है कि यह देह चिता पर देखते ही देखते जलती है, फटकर टुकड़े-टुकड़े होती है, जलकर भस्म होती है। कौन-सी ममता रहती है!"

"फिर भी ममता कौन नहीं करता? रोता कौन नहीं? जिसे अपना स्नेह, अपनी ममता कहते हो वह भी है वही माया। हम उस माया को छोड़ अलग होकर देखते हैं या सोचते हैं? उसी माया को ओढ़कर तो हमारी घर-गृहस्थी, पति-पत्नी, माँ-बेटी, तेरा-मेरा का गुँथा-गुँथा संसार है। लोग तो फिर इसी संसार को बढ़ाने के लिए खटते हैं, सोचते हैं, जीवन बिता देते हैं! उसे काट दो तो तुम अपने अकेले रह गये! इस संसार से फिर तुम्हें और क्या प्रयोजन? तुम फिर घर-द्वार क्यों करोगे, किसी के भले-बुरे से तुम्हें क्या काम?"

"तुम समझती नहीं हो छवि की माँ! तुम्हारा संसार तुम्हारे पास रहे, उसे कोई छीनेगा नहीं, पर तुम्हारे इस संसार में प्रकाश भरने के लिए, इस जीवन में एक उद्देश्य ख़ोज पाने के लिए, आदमी को दृढ़ता देने के लिए, उसके जीवन में आनन्द भरने के लिए जरूरी है यह बड़ा अनुभव, यह तत्त्वचिन्तन, जिसमें कि तुम केवल अपने ही बारे में सोच-विचारकर छटपटाती नहीं होगी, मन को विस्तृत कर फैलाते-फैलाते, उदार बनाकर तुम आनन्द पाती होगी, शान्ति पाती होगी। यह मानव देह धारण कर आशा और आनन्द साधे बिना तुम इन दुखों और कष्टों से ऊपर उठोगी कैसे? वरना यह अँधेरा-बरसा तुम्हें डराते रहेंगे। जरा-सी अड़चन होने पर चुभते रहेंगे। 'ऐसा हुआ, तैसा हुआ—' यही सोचते हुए, जलते हुए दिन जाते रहेंगे। बाहरी चीजें कितनी भी बढ़ाओ, क्या होगा? वह तो अपनी अनुभूति है, अपनी चेतना है, बिलकुल अपने मन के अन्दर की बात है। अपने मन को स्वयं न सँभालो तो पराया कौन सँभालेगा या कौन-सी चीज आएगी?"

कुछ क्षण दोनों गुम-सुम बैठे रहे।

फिर सिन्धु चौधरी कहने लगे, "कितनी बार तो प्रलय घिरी है, दीमक को उखाड़ फेंकने के बाद जैसे फिर दीमक भर जाती है, वैसे आदमी कोंय-भोंय कर इधर-उधर फिर रहे हैं। वह क्या कोई ज्वालामुखी का उत्पात है! धरती काँप रही है, घर छिन्न-भिन्न हो गये हैं, आग-राख-शोलों के ढेर पड़े हैं सारे राज्य-भर में! वह

क्या बाढ़-हैजा-महामारी है! बह गये हैं, मरकर सो गये हैं झुण्ड के झुण्ड, अनगिन! यह कोई आदमी के हाथ की गढ़ी प्रलय है—आग भड़की है, वही चटक पड़ी है! मारा है, काटा है, जलाकर भस्म किया है! ये सुनो मेघों की घोर गरज, वो देखो अन्धकार और बिजली की लपलपाती किटकिटाती हँसी! तुम स्वयं देखो, छवि की माँ! किसी जनम में तुम भी हो सकती हो उन हतभागों के दल में। कहीं बालू के पाट पर, कहीं जंगल-पहाड़ के घोर अँधेरे के बीच। धार लगी होगी आतुर-आकुल कुलबुलाते-छटपटाते आदमियों के समूह की। जीवन रखने, सिर छुपाने के लिए कहीं आसरा खोजते-खोजते, कितनी शैब्याएँ, कितने हरिश्चन्द्र, ऐसे इस अँधेरी बरसा-बाढ़ में भटकते होंगे! वह क्या बर्मा से भगाया हुआ है? या कोई पंजाब अथवा बंगाल का शरणार्थियों का काफला है? हजार-हज़ार, लाखों...।

"घर गया, कुटुम्ब बिछुड़ा, बाल-बच्चे-औरतें खो गये, इतिहास की परम्परा की जड़ से उखड़कर किस अँधेरे में फेंके गये हैं। नजर दौड़ाओ, देखो, वे भी अपने जैसे आदमी हैं, उनकी भी भूख-प्यास है, देह आसरा खोजती है, मन ठिकाना ढूँढ़ रहा है, वे चैन, स्नेह, आनन्द की तलाश में हैं। उनके पैरों में भी कंकरियाँ चुभ रही हैं, देह थक गयी है, धूप में पसीना छूटता है, जाड़े में देह काँपती है। बाल-बच्चे, गाय-गोरू रख, जमीन खोद, खटकर खाते हैं। हमारी तरह वे भी आदमी हैं। कोई सफेद, कोई हलद, सारी धरती पर अनन्त अतीत तक दल के दल बेशुमार आदमी! बेघर—अशरण होकर दाँव में छटपटाते, इधर-उधर भटकते, कैसी चीख, अकुलाहट, हाय-हाय! कहीं कोरिया की युद्ध भूमि में सनसनाती गोलियों के बीच घूम-घूमकर आहतों को कन्धे पर उठाता कोई रेडक्रॉस-दल। कहाँ जलते नोआखाली के रास्ते पैदल चल-चलकर जानेवाले बहत्तर बरस के बूढ़े महात्मा गाँधी। दुनिया में विपद् घिरने पर सदा 'मैं पन' को जलावन बनाकर मानवता का विकास करने के लिए सीधी आत्मा में एक कुहुक उठती है, छवि की माँ! महाप्राण को बाँधकर रखा नहीं जा सकता। वे चले जाते हैं अँधेरे में प्रकाश करने, क्षत-विक्षत धरती पर शान्ति स्थापित करने, उसे ही परिचित कराने को यह बिजली यों फाँय-फाँय करती है, मेघ मूसलाधार बरसते हैं, अँधेरा दुलकता है, वासुकी फन टेकता है!"

बातें न सुनने की चेष्टा कर भी छवि की माँ उनमें से कुछ-कुछ सुने बिना न रह सकी। बाद में धीरे-धीरे शब्द उनके दिमाग में एकजुट हुए। साफ दिखाई पड़ रहा था कि केवल शब्द नहीं, वाक्य मन्त्र की तरह सुनाई पड़ रहे हैं; परन्तु उन वाक्यों का अर्थ है। बाद में उनमें तन्मयता आ गयी। वाक्य समाप्त हुए, तन्मयता कुछ क्षण रहकर फिर टूट गयी, लुप्त हो गयी। अबकी सुना, पवन नहीं, मेघ नहीं, वहाँ एक साथ कई मेंढक टरटरा रहे हैं, आम के पेड़ की ओर से झींगुर बोल रहा है, और कितने ही शब्द मिल जाते हैं, कान देते-देते अनेक टूटे-फूटे शब्द अब तक सुने गये शब्दों की तरह सिर में एकत्र हो रहे हैं। एक छन्द में थाक चुनकर, जगह

बनाकर, घुल-मिल जाते हैं। एकमएक हो जाते हैं। अँधेरा और रात का पहर मिलकर मानो एक नया अर्थ ला देता है, जिसमें कोई एक विशिष्ट पदार्थ आँखों को दिखता नहीं, या किसी एक घटना का चित्र आँखों के आगे आता नहीं। फिर भी स्मृति में उठा-पटक चल रही है, गोया अन्तर में कोई मन्थन चल रहा है, टूटे-टूटे कितने ही चित्र कहीं से आकर अपने अन्दर कब भर जाते हैं, कब ढीले पड़कर केवल खिसक जाते हैं, खो जाते हैं। और उन्हीं के साथ-साथ याद आ जाता है—कितना कुछ था, अब नहीं है। कितना कुछ आया था, चला गया है; जीवन-भर मानो कुछ घटेगा इसी की सिर्फ प्रतीक्षा है। कान खड़े हैं, साँस रुकी है, पर घटना घटी नहीं, समय चला गया है।

बच्चों की तरह लगता है—मानो उस धूल से देवल बनाकर प्राचीर खड़ी कर, ऊपर तक टगर के फूल भर दिये। आँचल में जामुन भरे थी न, वे नहीं हैं। वैसे ही तो खेल रही थी छवि। कोनों ही कोनों से कोये नचा-नचाकर देख रही थी—आया था पहला यौवन—कितना अनजाने ही सिहरन भर गया! छाती फड़फड़, थरथर हो रही थी। बाद में वही तीखे-तीखे नशे के आगे सरसों तेल-सी चाँदनी रात ढल गयी है, उसके उधर कतार में कनेर के पेड़, हवा में अनजान महक। वो दूर-दिगन्त के उधर से मानो कोई आएगा-आएगा—जैसा लगता है। उसी अँधेरे बगीचे की ओट से, बाँस का वन लाँघकर, देवदारु की कतार के पार वह जो नागेश्वर और गुलमुहर के ऊपर का सघन समुद्र दिखाई पड़ रहा है, बीच में खड़ा है। रामेश्वर के मन्दिर का टँगा कलश, सम्भवतः उसी किनारे-किनारे! आः, कौन सोचता था यह!...यौवन गया—नुतुरुपुतुरु नाथुलुनाथुलु थुलथुल फूली देह के तले छोकरी छुपी है, उसका कुतूहल मिटा नहीं, आशा मिटी नहीं।

कहाँ किधर क्या है?

मानो जैसे कुछ शुरू हुआ था, वैसे ही आधा-अधूरा पड़ा है। अँधेरी रात के उस अटूट संगीत के साथ ताल मिला रहे हैं एक-एक दीर्घ श्वास। सब मानो सरकता-सरकता दूर हट रहा है, वैसा मन में ऐसा एहसास हो रहा है। शब्द चुके नहीं, थमे-थमे आ रहे हैं, लोट-पोट हो गुड़ते-पुड़ते पिछड़ते-पिछड़ते चले जा रहे हैं। खाली मटकों में घाँव-घाँव होकर हवा घुसने की तरह अपने अन्तर में खाँ-खाँ ध्वनि सुनाई दे रही है, उठकर पछाड़ खा रही है अन्तःकरण की हूक; और बचपन में जैसे हाँड़ी-हाँड़ी-भर अचार रखे हुए भूमि तले पाताली भण्डार घर में छुपकर घुसते समय सूने दोपहर के वक्त सुनाई पड़ता कि सब चले जा रहे हैं, जितनी संगी-सहेलियाँ, मन उदास हो जाता, इच्छा होती अचार खाना छोड़कर मोखले से बाहर निकल आकर पुकारती—आओ, आओ चली आओ—कुछ उसी तरह तो।

सुनाई पड़ता है, मानो कोई पहचाना हो। फुस-फुसाकर झाड़ी से या झुरमुट से बार-बार कोई चिड़िया पुकार रही है—तुइतुई—तुइतुई—तनिक ठहरकर दूसरी ओर

से कहीं से सुनाई दे जाती है—उसका प्रत्युत्तर या प्रतिध्वनि। पानी भरे गौकुण्ड और नहाने के कुण्ड में रुक-रुककर टप-टप पानी चू रहा है—लगता है, किसी बन्द ढक्कनवाली शीशी का ढकना खोलने की तरह, अथवा किसी और तरह—आहिस्ते से सिर झटक देती है। देह सिहर जाती है, आँखें बोझिल होती जा रही हैं, महक ध्यान में आ जाती है, चीनी चम्पा, ब्रजमल्लिका, या मधुमालती—ठाकुरजी का कमरा खोलते समय की सुगन्ध नहीं, यह तो फेंके हुए फूलों की, बासी फूलों की महक है, किसी और ही तरह की—धीरे-धीरे स्पष्ट हो याद आयी—खुदुरकुणी ओषा (देवी के व्रत-पूजा) के समय फूल सजाने के समय की! गुच्छे के गुच्छे कुँई फूल...ताजा चेहरा, ताजा आँखें; भोर की तरह...चुनचुनी चाँदनी रात...सेवती फूलों का रंग निचुड़कर एक-साथ घुल-मिल गया है घास के मैदान पर—हवा में कोहरे की भाप, दूधिया फूलों से लदा-भरा हरसिंगार का पेड़; खिड़की खुली है, किवाड़ उढ़के हुए; महक बदल गयी, मानो जले नारियल की गन्ध, होम का नारियल हो, घी उँड़ेले होम का, जला गुड़ हो, कपूर की माला की गन्ध, चन्दन की टीके की सुगन्ध, बँटी-पिसी मेथी की, अगरु की, वंशी के छेद पर अँगुली रखने की तरह भरे कुण्ड में गिरते पानी की बूँदों की आवाज, या और किसी तरह की...छुपे झुरमुट में से चिड़ियों का फुसफुसाहटवाला गीत...तुइतुई—तुइतुई—चाँदनी रात, महक, यौवन!

कोई कह रहा था वह भूली हुई कहानी!

वह भी बन्द हो गयी।

समय बहा जा रहा है—पीछे कहाँ से कहाँ।

जवानी के दिन बह गये हैं, और लौटेंगे नहीं।

एक जगह जो मूर्ति बैठी है, वह भी ओझल हो गयी।

लालटेन कजलाने लगी। देह पर का कपड़ा खुद को चिपचिपा लग रहा है। दूर कहीं सियार हूका।

छपाछप की आवाज आयी। छवि आ पहुँची, कोई औरत बच्चे को गोद में लिये है। दरवाजे पर से और अनेक की मिली-जुली आवाज आयी, "अच्छा, तुम ठहरो, हम चलीं!"

छवि ने कहा, "माँ, ये जशोमती, डोम के घर की बहू है, इनका घर-द्वार सब कुछ बह गया है। अरी आ, बरामदे पर चली आ, वहाँ पर क्यों खड़ी रह गयी..."

सिन्धु चौधरी ने भी कहा, "हाँ, चढ़ आ, बेटी, आ-हा, बच्चा भी काँप रहा है—आ!"

छवि की माँ अवाक्। फिर दूसरे को देखने लगी। सतुरा की पतोहू आगा-पीछा कर रही है, हिम्मत नहीं हो रही। फिर बरामदे से उतरकर छवि ने उसका हाथ पकड़ खींचा और ले गयी, "आ तू, शरमा क्यों रही है?"

आगे-आगे लालटेन दिखाती-दिखाती छवि की माँ भण्डारवाली कोठरी की ओर

चली, मुँह तक नहीं खोल रही थी। पति और बेटी की ताड़ना से उन्हें कुछ तो करना ही पड़ेगा, कोई एक जगह दिखा देने पर वह बहू रह जाएगी, नहीं तो छवि उसे सीधी खींच ले जाएगी सोनेवाले कमरे में। पर बेटी के चेहरे को, और बेसी उसके बाप के चेहरे की ओर देखते ही उनकी बुद्धि कुछ काम नहीं करती। सिन्धु चौधरी के चेहरे पर अपूर्व भावना की भंगिमा है, टिमटिमाती, अधकजलाई लालटेन की झलक और भी विचित्र दिख रही है। वे मानो ध्यान में बैठे तन्मय हो गये हैं, उन्हें कुछ दिव्यदर्शन हो गया है। आगे-आगे जाकर कोठरी खोल दी। छवि ने चटाई बिछा दी। बाँस की अलगनी से खींचकर एक कन्था और सूखी साड़ी लाकर रख दी। कहा, "साड़ी बदल डालो, सो जाओ, यही तुम्हारा घर है।" सिन्धु चौधरी ने कहा, "हाँ बेटी, यही तेरा घर है।" छवि ने ढिबरी जला दी।

छवि ने कहा, "कितना समझा-बुझाकर वहाँ उनमें से एक को साथ ले आयी, और भी कितनी ही हैं--पता नहीं कितनी! क्या होगी उनकी दशा, घरों में लहरें खेलती होंगी।"

सिन्धु चौधरी ने कहा, "जिसने ये दशा की है वे ही इन्हें सँभालेंगे--वे ही जानें।" उनकी आवाज खोखली सुनाई पड़ रही थी, मानो वे छवि के सामने दब गये हैं, छवि ही बड़ी है, छवि ही मुरब्बी है। वे केवल निःसहाय, दुर्बल आदमी हैं। ठाकुरजी को पुकारेंगे, उनकी बात मान कर चलेंगे। "मुझे तो जो कहोगी, सो करूँगा मैं! लोगों की इस दुर्दशा की घड़ी में और कोई किस बात की ओर ध्यान देता है!"

उन बातों का प्रभाव छवि पर नहीं पड़ रहा था, मानो वह तो किसी और लोक में थी, बस बीच-बीच में केवल बाड़ के रास्ते मुँह निकाल इस दुनिया को देख लेती थी, बस उसने सिर्फ इतना कहा, "और कोई काम नहीं, अब नींद। फिर भोर होने पर उठकर वहाँ जाना पड़ेगा।"

परन्तु छवि की माँ पर प्रभाव साफ दिख रहा था। ऐसी यह रात, यह वेला, छवि मानो दिन-भर घूम-घूमकर पागल की तरह इतनी रात गये आकर पहुँची है, उसके पिता का लम्बा भाषण और अन्त में यह डोम के घर की बहू, मानो सब सनक गये हैं। उन्हें और कुछ कहना नहीं है। पास में छवि सोयी है, सदा की भाँति आज भी। बिस्तर छूते न छूते नींद में। पर विह्वल मन से विचार करने लगीं तो वह कितनी परायी-परायी-सी लगी। बेटी नहीं हमजोली-जैसे लगनेवाली कोई और हो, मानो जिसका अपना कोई स्वतन्त्र संसार हो, स्वतन्त्र गति पथ हो और भावना की धारा भिन्न हो।

आँखों में जलन-सी लग रही है। अपना निःश्वास अपने ही गालों को तपिश से भरा लगता है। और मानो गरदन से ऊपर की ओर कोई जलन ऊपर उठती जा रही है। अँधेरा तो सदा से है, देह को सहना पड़ा है; पर आज लगता है, यह जो अँधेरा है, वह गाढ़ा अँधेरा है।

मन-ही-मन याद आ जाता है कि उस कोठरी में डोम की बहू सोयी है। इसी डीह में, जहाँ बड़े-बड़के हैं, जहाँ कितने होम, कितनी पूजा, अर्चना, व्रत-उपवास हुए हैं, वहाँ आकर सोयी है। चौधरियों की हवेली में डोम घुस गया! जो बेटी खूब आडम्बर के साथ ब्याही जाती, उस पर पागलपन सवार हुआ है, पानी-कीच में बाहर फिरती है, छुआ-छूत का कोई विचार ही नहीं रहा। और मझले घर में सोये हैं वे, जिनकी देह पर साबुत कोई कपड़ा तक नहीं, न कोई कमाई, न कोई संचय। कोई सहायक नहीं, बाहुबल नहीं। 'मैं' या 'मैं-पन' का कोई गरब-गरूर नहीं, तेज नहीं। आखिरकार डोमिन को भी घर में जगह देने में गौरव ही समझा। क्या समय आ गया!

धीरे-धीरे विह्वल भावना बहने लगी। क्रमशः क्रोध का पारा चढ़ने लगा। वह भी ठण्डा पड़ा। इसके बाद जितना भी मन करता गुस्सा होने को, वह गुस्सा हो ही न सकी। केवल छटपटाहट। मच्छर फैल गये, रह-रहकर मेढक टर्राने लगे। मानो कोई नीरस पद बार-बार गा रहे हैं। क्या भला, क्या बुरा, क्या हो रहा है, क्या नहीं, सब कुछ वहाँ निर्विकार, निस्पृह, अनासक्त है।

उन्हें लगा, ये सारी भावनाएँ उनकी अकेली की हैं। यह छुआ-छूत उतर-पातर के बीच की जाँच-परखकर वंश की मर्यादा और कुल की पवित्रता की रक्षा करना, घर की टेक रखने की बाबत सोचना—सब केवल उन्हीं में है। सोचते-सोचते फिर उनकी धारणा में कहीं से एक और धार आकर मिल गयी। मैं क्यों इतना घुटूँगी?

घर सुनसान लग रहा है। बीच-बीच में खर्राटों की आवाज सुनाई पड़ जाती है। केवल आदमी ही नहीं, रात भी मानो खर्राटें भर रही है। चिन्ता में कुछ उठना-बैठना, उथल-पुथल मची हुई है।

तब पहले-पहल आकर पहुँचा एक सन्देह का प्रश्न, कि ये जितने थे पुराने जमाने के लोग, पुराने संस्कारों से अपने नाक-कान भी बिंधाते थे, हजार पुण्य-पर्व त्यौहार कर हजार छूत-अछूत सभी घी जला ब्राह्मण-भोजन करवाते थे, इतने वारण इतने विचार—अब किस घर में रहा? कौन-सा जमींदार रहा या बड़प्पन की बड़ी खातिरदारी रही? कमर हिल रही है, अभावों से भरे हैं—न आशा, न बल! जो सुख करनेवाले थे, वे तो भोगकर स्वर्ग में जा बैठे, जो देह दाह होने को हैं वे छटपटा रहे हैं। इतनी मान-मानता, कायदा-कानून, इतने पक्के संस्कार-चलन, दिन-बार छाँटना, उसी में फिर छोटा-बड़ा छुआ-छूत, पकड़कर बैठना—भाग्य, धर्म, पुण्य सहेज रखने के इतने उपाय—पर सब किस काम आये?

घर ढह गया! जो जिधर उड़ गये, सेमल रूई की तरह। रहीं सिर्फ डीह की निशानियाँ।

मन दबा जा रहा है कि क्या घर था, क्या हो गया!

दस कोस में नाम था—चौधरी घराना! किस पुराने जमाने के सामन्त, जमींदार,

खानदान! कतार की कतार में घर, प्रस्थ के प्रस्थ डीह, भरे-ठुँसे आदमी, दास-दासी, चाकर, हुक्काम, हाथी की तरह कोठले। कचहरी-घर, विचार-घर, भण्डार-घर, ठाकुर-घर, नाट-घर, बैठक-घर, रावटी-घर, तम्बू में रहने के लिए, कितने कामों के लिए कितने घर थे! जिनकी कोई गिनती नहीं। चबूतरे के नीचे हाथ जोड़े खड़े रहते गुहारी—झुण्ड के झुण्ड। उस ओर गोल जेलखाना। भीमाकार पाइक (सिपाहियों) का दल, बाहर चौक में कभी-कभी पाइकों का खेल, या हो-हल्ला या चित-पट।

याद आ जाती है, जब नयी-नयी इस घर में वे बहू बनकर आयी थीं। एक कोठरी का ताला खोलकर अन्दर देखा तो बस हथियार-ढाल भरे पड़े हैं, कतार की कतार, खाण्डा, तलवार, फरशा, बर्छा, भाला, छुरी, कटार—फिर एकनली, दुनाली बन्दूकें, और पता नहीं कितने प्रकार के, जिनके नाम तक वे नहीं जानतीं, घी में घुली सिन्दूर के टीके चक-चक कर रहे थे। कोई भयंकर अशरीरी आत्मा मानो छुपी है उस घर में, घर में घुसने को जी नहीं करता, उस जगह से निकला जा नहीं सकता।

"वो सब क्या देख रही हो बहू?" स्वर सुन चौंककर पीछे देखा, सासजी खड़ी थीं। "इनसे भारी-भारी तलवारें तो पिछवाड़े के कुएँ-पोखर में पड़ी हैं, और इतना ही बस इस कोठरी में रखा है, देवी है न यहाँ! बिना नहाये, कपड़े बदले कोई उस कोठरी में नहीं जाता। और देखती क्या हो, किवाड़ भिड़ा दो अब।"

आदमियों की आवाजें, भीड़-भाड़—। बोझ के बोझ ढोकर, बैलगाड़ी में लादकर चीजें लायी जा रही हैं। कहीं से सब्जियाँ, कहीं से चावल, कहीं से घी-दूध। घड़ी-घड़ी पर एक-एक करते आ रहे हैं। आदमी आ रहे हैं। मानो सारा इलाका उठ-बैठ करता रहा है। घूमता है—फिरता है, इस घर के चारों ओर। इन सबको यही हवेली चला रही हो जैसे।

और दिखाई पड़ जाते हैं भरे के भरे सन्दूक। उनमें नाना भाँति के पाटम्बर। इधर-उधर बनौती, रेशमी, मखमली कपड़े भरे हैं।

आलट-चाँवर, छत्र, पण्डितों के सोने के कुण्डल, नायकजी का मंगलाष्टक, पुरोहित की मन्त्रध्वनि, भाटों का वन्दना-गायन, नौकर-चाकर का हल्ला-गुल्ला, असंख्य-असंख्य कबूतरों की गुटर-गूँ-गुटर-गूँ!

याद आ जाता है हाँड़ी का हाँड़ी दूध, सेर औटाते-औटाते पाव हो जाय तो भी थोड़ा। बरगद के दूध की तरह गाढ़ा करना। इतनी मोटी तो मलाई पड़ती। काट-काटकर खाया जा सके ऐसा थलथलाता दही। मनों बड़ी-बड़ी मछलियाँ, पुरुष-भर ऊँचाई के आम की ढेर। घौंद के घौंद केले, जिधर देखो, उधर ही चीजें। फटती हैं, बह जाता है, दास-दासियाँ ले जातीं। आज वह सब देखना सात सपनों की बात हो गयी।

हुकुम देते-देते तो गला बैठ जाता, फूल गूँथते-गूँथते हाथ थक जाते। और फिर जो रसोई का काम—मछली काटते-काटते तो एक पहर बीत जाता। वह कोई

मामूली काम था! जितने लोग कुटुम्ब के खाने को होते, उससे तिगुने तो बाहर के हो जाते। अतिथि-अभ्यागत, बड़ा ठिकाना, बड़ी नजर, बड़ी रसोई—सब तो बस बड़ा ही बड़ा था।

सोचते-सोचते मन जाग उठता है, बीच-बीच में जोर से शीतल पानी छींटने की तरह। कड़े मन से निष्ठुरतापूर्वक सोचे जा रही हैं। "जा चली जा, क्यों आ रही हैं, ये चूल्हे की, रसोई की पिछली बातें। जा उसी अँधेरे में चली जा!" सब तो लुप्त हो गया है।

अच्छी बात है। जिधर से आ-आकर यह घर भर जाता था—उधर से अब नहीं आता। वे और अब मानते नहीं, देते नहीं। अन्याय क्या है? वे आराम से हैं, सलीके का कपड़ा पहनते हैं, पढ़ाई करने लगे हैं। इस देश में अब राजा या जमींदार राज नहीं चलाते। वे लोग ही राजा हैं, जो पहले हाथ बाँधे सिर झुकाये काठ की तरह खड़े रहते थे, एक पोरसा ऊँचे चबूतरे के नीचे। उन्हीं का मत लेकर यह देश चल रहा है, उनका मत और अधिक ठोस होता जाएगा। वे ही साधारण मैले-कुचैले लोग ही तो बलवान् हैं, उनकी संख्या बेसी है, देश में वे ही तो हैं—इस प्रकार बार-बार कहा करते हैं उनके पति सिन्धु चौधरी। उन्हीं की हित-चिन्ता में आँखें छलछलाकर कहते हैं—मेरा देश, मेरे देश के भाई! उन्हीं का मंगल होने पर सारे देश का मंगल होगा। पति अगर खुश हैं तो उनका क्या जाता है, उन्हें आपत्ति क्यों होगी? उनसे अलग होकर और क्या है?

आने दो, यह भी एक ढंग है। पहले एक घर भरा होता था, अब राज-भर के घर भरे होंगे। एक क्यारी में धान हुआ करता था, बाकी सारी खाली, अब सारी क्यारियाँ धान से भरेंगी, खाली कोई नहीं रहेगी। तब जाकर दिगन्त तक फैला होगा धान का हरा-भरा खेत, लगातार चक्र, वही तो मेरा देश...उनके पति कहा करते हैं—हरा-भरा लहलहाता, वही उनके सपनों का देश है : सन्तान के नाम से एक इकलौती बेटी, उसका भी तो वही सपना। वही मोह उस पर भी घिरा है। फिर अब बाकी कौन रह गया? वे स्वयं—एक जन। पेट को दो मुट्ठी अनाज, देह को एक टुकड़ा पहनने को, बस इतने की ही तो भागीदार है। फिर इतना सन्देह, इतनी आपत्ति किसलिए? शायद बेटी और पति का रास्ता ही ठीक है। उनके मार्ग के देवता वैरागी भी हैं। वे ही महात्मा गाँधी, जिन्हें उन्होंने कभी देखा नहीं। कहते हैं वे सारी बातें कहा करते थे, जात-कुजात नहीं, सबसे बड़ा धर्म आदमी को चाहना है।

चाहना—किसी का क्या वे बुरा चाहती थीं! बेटी कह रही थी, घर-द्वार बह गये हैं, जगह नहीं, राह नहीं। कैसी अवस्था है वह! वह जैसे लुप्त हो गया चौधरी घराने का वैभव, कहानी खत्म हो आयी-सी। ना—फिर भी यह डीह तो है, जमीन भी है कुछ। हाथ चलता है। पर नहीं, यह घर भी तो सचमुच बह गया है। पानी, पानी, तटबन्ध के ऊपर उठने पर जैसा दिखा करता है। और असहाय झुण्ड के

झुण्ड। आगे कोई नहीं, पीछे कोई नहीं, वो कोई बहा जा रहा है...कितनी आतुरता से पुकार रहा है...ओ...कोई जाओ...कोई बचाओ...किसी का संसार जा रहा है... आदमी ही तो हैं सब...

और दोबारा बरसा की बौछार पड़ने तक उन्हें नींद आ गयी थी।

भोर हुई न थी। छवि आ गयी। सतुरा की पतोहू कब से उठकर तैयार बैठी है। छवि जाने को निकली, तो जशोमति ने कहा, "चलो मैं भी चलूँ।"

"यह क्या, यह क्या, कोई बहाना बनाती हो?" छवि ने कहा, "तुझे लाकर यहाँ रखा, झड़-बरसा में नन्हे बच्चे को लिये कहाँ जाओगी?"

कितना समझाया पर वह राजी हुई ही नहीं। मानो किसी सपने से उठी हो। लजाती-लजाती-सी खड़ी है, चाहती तो बहुत-सी बातें कह सकती थी, पर वह कुछ कहेगी नहीं।

सिन्धु चौधरी जाग उठे थे। कहा, "थोड़ा ठहरो, मैं भी चलता हूँ।" और थोड़ी ही देर में वे तीनों निकल पड़े। छवि की माँ वैसे ही सोयी हैं।

कुछ दूर से घू-घू की आवाज सुनाई पड़ रही है। थोड़ी दूर जाने पर पता चल गया। सब चीख उठे—"पुश्ता टूट गया है। पुश्ता टूटा...!" अहीर बस्ती के पास पहुँचने तक देखा, वहाँ लोग-बाग न थे। बाद में कुछ दूर जाते ही दिखाई पड़ा, वह उधर घाई खुल गयी है, कुलाँच भर-भरकर पानी आ रहा है, दाहिनी ओर तो मानो समुद्र ही उमड़ा आ रहा है, किनारे से हटकर भीड़ किये लोग-बाग घेरे खड़े हैं। हो-हा मची हुई है!

तभी खबर आयी कि जोगी बस्ती के रोहीनाथ और उसकी स्त्री दूली दिखाई नहीं पड़ रहे, वैसे ही डोम-बस्ती के वात-रोगी बूढ़ा फगु गोछेइत भी, जितना पूछना-ताछना, खोज-खबर सब हो चुकी है। हल्ला हो गया—बह गये होंगे वे लोग ...जीते-जी डूब-मरे होंगे?

"हे भगवान्!" सिन्धु चौधरी के मुँह से स्वतः निकल पड़ा। पहले जहाँ जोगी-बस्ती थी, उधर ही देखते हुए वे किनारे पर अवाक् खड़े हैं। नदी के किनारे पर पाँच सौ हाथ का पुश्ता तोड़ घाई का मुँह खुला है, उसी रास्ते मानो चल पड़ी है एक और उपनदी, गाँव का सबकुछ एकमेक होकर एक समुद्र बन गया है। उधर अहीर-बस्ती के नीचे तक पानी पहुँच गया है। इधर से उस ओर तक कूल ही नहीं दिखता, कहीं जोगी-बस्ती थी या बाउरी-बस्ती थी, कुछ पता ही नहीं चलता। वहाँ कहीं पेड़ नहीं दिखाई पड़ता, भीत या बाड़ भी नहीं दिखती। सिर्फ 'साँय-साँय' गरजता हुआ नाच-नाचकर उछल-कूद करता पानी चला जा रहा है। थल नहीं, कूल नहीं।

"कहाँ गये! जाना ही पड़ेगा! हम यहाँ आँखें टिमटिमाते देखते रहेंगे और वहाँ लोग बह जाएँगे! यों तो कितने गाँवों में कितने घरों के लोग बह गये होंगे! नाव के लिए कोई गया है?"

"ओफः! क्या होगा! क्या करें?" बेचैन होकर छवि कहती जा रही है। कभी इसका मुँह देखती है, कभी उसका! आँखों से टप-टप आँसू बह रहे हैं।

"अरी जरा धीरज रख बेटी," पिता उसे समझा रहे हैं, "ऐसे पागल होने से क्या होगा? देखो सावधान रहना, पानी के पास न जाना। क्या वहाँ कगार से कोई चिपका है, जो ये विकल हो दौड़ रही है? कगार धँसा तो मर जाएगी, बस जान लेना..."

छवि सुनती नहीं। कब तीर की तरह दौड़ जाती है घाई टूटने की जगहवाली धार के पास, आगा-पीछा कुछ नहीं सोचती। पहनी साड़ी उड़ रही है, सिर की चोटी खुलकर लहरा रही है। दौड़ जाती है, अवाक् होकर तट के नीचे से खड़ी होकर सामने देख रही है, दायें-बायें देख रही है। आँसू थम आये हैं। चेहरे को छू रही है नदी किनारे की हवा।

पीछे से कोई पुकारता है, "अरे—चली आओ—उधर मत जाओ—" बार-बार वही आवाज कानों के पर्दे से टकराकर पानी की 'घो-घा' बन जाती है। सामने वही दृश्य, धरती अदृश्य हो गयी है, सिर्फ पानी ही पानी। मूँगिया आकाश—खाली।

परन्तु वह दृश्य नहीं देख रही, सिर्फ चेहरा टिकाये है। मन के अन्दर रूप देख रही है—सब कुछ उलट-पुलट करता तूफान गुजर रहा है जैसे वैशाख में झड़ एक के बाद एक आता है। घर की छान ऊपर की ओर कूद रही है। आकाश में घनी पुआल की आग की तरह धूल, जगह-जगह छान से थोड़ी-थोड़ी जगह से पुआल उड़ने लगे, बाद में और अधिक-अधिक। फिर छान उलट जाती, पेड़ उखड़ जाते, डाल टूट जाती, बिजली कौंधती, तूफान झकोर जाता, क्या कुछ हो जाता। उसी तरह उसका सिर चकराता-चकराता उड़ा चल रहा है प्रलय। आदमी का संसार नष्ट-भ्रष्ट हो रहा है। आदमी का कूल लोप हो रहा है। अचानक तूफान के आगे विराट् खुले आकाश की विस्तृति पर अकेली फड़फड़ाती नन्ही चिड़िया की तरह हाथ फैलाये छाती दिखाये रहने को बार-बार चेष्टा कर रही है। उसका स्नेह—सहानुभूतिमय मानवता। मानो सचमुच जैसे उस प्रलय के संघात से उसमें स्वयं में नशा भर गया है, उस हिले हुए दृश्य की ओट में से दौड़ी आ रही है एक अनदेखे आकर्षण की खींचा-तानी। मन करता है कि वह भी चले उस प्रलय के अन्दर, जहाँ घर बह गये हैं, आदमी बहते जा रहे हैं, संसार उजड़ रहा है—उसी के अन्दर।

पीछे कन्धे को कोई जोर से खींच रहा है, पिता हैं। उस टूटी घाई के तट के सिरे पर खड़े विराट् सिन्धु चौधरी बेटी के चेहरे की ओर ताक रहे हैं। उसे यह क्या हो गया है। पागल की तरह ताकना, आँखों के कोये काँप रहे हैं, वहाँ तूफान

और बाढ़ चल रहे हैं, वहाँ प्रलय का-सा वेग है। नन्ही चिड़िया छटपटा रही है।

शान्त स्वर में वे कह रहे हैं, "चली आ बेटी! चली आ। नया देखने पर ऐसे ही लगता है, सिर चकरा जाता है। यह बहुत भयंकर है, चली आ।"

उसका हाथ पकड़ खींच ले जाते हैं।

चेहरा सिकुड़-सिकुड़कर होठ दाँतों तले भींचती छवि सुबक रही है—"गाँव-गली घर-द्वार, पेड़-पौधे, गाय-गोरू..."

एक-एक का उच्चारण करती है। छाती उठती और गिरती है तेजी से। देह काँप रही है, "कहाँ गया, क्या हो गया...?"

उसकी वे छलछलायी आँखें, वेदना में रूपान्तरित करुणा का चुम्बकीय आकर्षण उनके शान्त-संयत चेहरे पर भी उसी भाव की तरंगें फैला रहा था। दीर्घ श्वास रोककर के सिन्धु चौधरी कहने लगे, "जाता है फिर नया होकर लौट आता है। यही तो खेल है, आओ चलें।"

"खेल।"

"और क्या है? अपना खेल हम खेलते हैं। दैव अपना खेल खेलता है। तू क्यों इतना छटपटा रही है? देखना, कितने लोग जमा है। तेरा घर तो सूखा है, उनके घर गये। तब वे और करें भी क्या? जब जिसका जो होना होगा सो अपने आप हो जाएगा। पानी छूटेगा, जमीन से बालू हटायी जाएगी, घर खड़े किये जाएँगे, संसार रहेगा ही। चला जाएगा ऐसी बाढ़ में?"

मुँह सुखाकर बूढ़े गोकुलनाथ जोगी ने कहा, "गये! अपना भाग! भाग्य को कौन टाल सकता है?"

"और हम यों ही तमाशा देखते खड़े रहेंगे?"

"और कर भी क्या सकते हैं? हमारे रोके क्या वह रुकेगा? नाव आएगी, खोजा-खोजी चलेगी। तब देखा जाएगा।"

भीड़ बढ़कर लोगों की 'हो-हा' के बीच सुनाई पड़ी, "नाव-नाव—वो नाव दिख..." सच दूर कोई अकेली नाव आ रही है। उस पर छान है। सुबह आठ बजे सूर्यास्त के बाद की तरह का जो प्रकाश पड़ रहा है उसमें एक-एक दिख रही है। लाग खड़े डाँड़ खे रहे हैं।

फूलशरा की नाव किनारे पर लगी। धोबेई मिश्र और उनके दल के लोग उतरकर आये। उधर से भीड़ कर पाटेली गाँव के लोग धार की तरह नाव की ओर बह आये, मानो जैसे स्वर्ग से ईश्वर के दूत आ पहुँचे हों।

लोगों के बह जाने की बात सुनते ही धोबेई मिश्र चौंक उठे। कहने लगे, "रोने को समय कहाँ? तेज स्रोत में कौन होगा कौन नहीं। हम तो हैं। जाना चाहिए, खोजना चाहिए।"

आनन-फानन में लोगों की सहायता के लिए बन्दोबस्त शुरू हो गया। कुछ

चीजें उतार दी गयीं। धोबेई मिश्र और तीन माँझी—इन चारों को छोड़ बाकी लोग उतर पड़े।

नाव छोड़ने में थोड़ी देर है। छवि उतावली होने लगी, वह भी नाव में जाएगी। तर-तर जाकर नाव में बैठ गयी। आपत्ति करते-करते स्वयं सिन्धु चौधरी जाकर नाव में चढ़ गये। चारों ओर काफी उत्तेजना का वातावरण। सिन्धु चौधरी को लग रहा था मानो उनके पैर भी जमीन से ऊपर उठ रहे हैं।

लोग किनारे पर कह-सुन रहे हैं,—इस विपद् में बेटी को लेकर चौधरी खुद किधर निकल पड़े?

"चले आएँ—वे तो जा ही रहे हैं फिर आप कहाँ?"

सिन्धु चौधरी प्रसन्न हो हँस पड़े।

नाव चल पड़ी। किनारे के लोगों में से एक जोरदार 'हरिबोल' ध्वनि उठी। आँखों से ओझल न होने तक वे लोग नाव की ओर देखते ही रहे। धीरे-धीरे उत्तेजना कम पड़ रही थी। चर्चा चल पड़ी—

"आज ही लौटेंगे तो?"

"कौन जाने? उफनती नदी की बात है..."

"जो होना था, हो चुका होगा, जाकर किसे पाएँगे?"

"सो कौन कह सकता है? आदमी के वश की बात है चेष्टा करना, फिर..."

हुर्दू सेठी धोबी ने कहा, "जो आता है उसे वहीं गोंद चिपक जाता है। देखो न, अपर्तिया, मागुणिया, सदा, चन्दरा—उन्हीं की दीक्षा में उनके साथ-साथ यों जुड़ गये हैं कि उनके साथ काम करते-करते अब लौटने का नाम ही नहीं लेते।"

बिका मुदुली ने कहा, "कितनी जगह तो फूलशरा की हवा लग चुकी है, एक साथ मिलकर रहने का लोगों का मन है। बाट-घाट में वही बात। थोड़ा-बहुत अपने गाँव में कहीं करते तो क्या बुरा होता? करो, पहले मैं मिलूँगा..."

चेमेई बेहेरा ने कहा, "मैं भी।"

डम्बरू नाथ ने कहा, "अब तो बाढ़ फैल गयी, तेरा गया, मेरा गया—सबका बह गया। पानी हटने पर तो सब समान, मेड़-बाड़ कुछ नहीं रहेगा। तब सामलाती चलन चला दें तो क्या हो?"

बिका मुदुली ने कहा, "कर गये तो कर जाना, या फिर बस सोचते रहो।"

फूलशरा से आयी अयाचित सहायता का प्रभाव उनके मन पर पड़ा था। मन स्वतः उदार होकर फूल उठा था।

प्रायः दो घण्टे के बाद, सन्ध्या-आरती का समय हो आया। नदी में फिर कोई नाव दिखी। फिर खबर फैल गयी कि 'नाव आ रही है। नाव आ रही है!' लोग किनारे पर भरे थे।

उधर से नदी ही नदी में बढ़ी आ रही थी फूलशरा की नाव। सहायताकारी

नाव के परिचय के रूप में वह सफेद पताका उड़ा रही थी। कतार में तीन जने खड़े थे। रवि, बई मलिक और जम्बू बेहेरा।

जम्बू बेहेरा ने कहा, "ये आ गया पाटेली गाँव। ओह! कितनी बड़ी घाई हुई है!"

रवि उधर ही देख रहा था।

यही वह गाँव था, यहीं रहती है छवि—वह विचार कर रहा था। समूह के समूह कितने लोग दिख जाते हैं। वह भीड़ में होगी? यहाँ क्यों होगी? फिर उसकी छाती दहलाती दीर्घ साँस बह गयी। बाढ़ घिर गयी है, चारों ओर दुर्दशा! सब जगह जो, यहाँ भी वही—आदमी कुलबुला रहे हैं।

नाव आगे बढ़ गयी किनारे की ओर।

पाटेली गाँव की जोगी-बस्तीवाले जोगी रोहीनाथ और उसकी स्त्री दूल जब अपने घर की टूटी छान को जकड़े अँधेरे-अँधेरे बाढ़ में बहते चल पड़े, तब घबराहट में हक्के-बक्के होकर भला-बुरा सोचने की या अनुभव करने की शक्ति उनमें न रही। हृदय ने ध्रुव निश्चय कर लिया कि यहीं शेष है, इति श्री। आँखें खुली होने पर भी कुछ नहीं दिखता, जो कुछ दिख रहा है उसके अन्दर भेद नहीं पा रहे। टूटी छान उठती है, डूबती है, कितने धक्के नहीं खाती है। फिर खुलकर बह चली तीर वेग से। उस समय कुछ सोचते-न-सोचते उन दोनों में जीवन अपने को प्रकट कर रहा है—केवल एक चेतना में कि प्राणपण से इस छान को कसकर पकड़े रहना होगा, बन्दरिया की तरह चिपककर, जीवन की संज्ञा बस इतनी ही।

कभी बरसा—तूफान घिरता, पानी छलाँगें भरता और साथ-साथ वह छान कब किस भँवर में पड़कर घूमती रही, बाद में हठात् बह चली। कभी रह-रहकर बिजली चमकती! और कभी पानी फैला रहता, थमे होने की तरह। दूर आकाश को चीरने से पानी में झटक रहे थे कुछ तारों के समूह, और भी आगे-आगे, खलसा मछली की तरह ऊबते-डूबते, झुण्ड के झुण्ड, यहाँ देखा। यहाँ से जाकर वहाँ।

ऐसे चली जा रही थी वह छान। कभी किनारा पास आते-आते फिर दूर हो जाता, गति मन्द पड़ते-पड़ते अचानक उसे हवा लगती, तेजी के साथ फिर बह जाती। अँधेरे में पास ही पास दिख जाती कोई मेंड़, कोई बाड़, रेखा की तरह कहीं दूर तक तटबन्ध, उस पर खजूर के पेड़, ताड़ के पेड़ कतार की कतार। कहीं पानी में खड़ा है बगीचा, बाँस का वन। साँय-साँय करती हवा बह जाती पेड़-पत्तों को झकोरे देती हुई। अँधेरे में नाना आकार-आकृति की काली-काली छाया के रूप के किनारे-किनारे दूर खड़े दिखते घने पेड़, गाँव का देवल—फिर सब गायब हो जाता।

छान बहती जा रही थी।

उस आदमियों की जोड़ी में जीवन की चेतना इतनी ही—कि वे जी रहे हैं। छान चल रही है। जो आता है सो चला जा रहा है। यह वर्तमान ही इस जीवन का एक रूप है, यों इस छान को मुट्ठी से जकड़े आसरे के पास ही पास वे बहते गये। अतीत न था। भविष्य नहीं है। बस इतना ही जो आ-जा रहा है।

उसी के अन्दर किस-किस अतीत जन्मों की भूली-बिसरी स्मृतियाँ लौट आने की तरह उस भीगी-गीली गड्-मड् गति के अन्दर टिमटिमाकर जरा-जरा से दृश्य आप ही याद आ जाते—कब धूप जल रही थी, हरा होकर झलक उठता था बाड़ी का झुरमुट...गाय बँधकर रँभा रही...पड़ोस में कोई धीरे-धीरे चली आती घूँघट काढ़े... गली के आगे कुतिया दौड़ गयी थी...दूल उड़द पीस रही थी...अलगनी पर मैली चादर झूल रही थी...गाँव में रामनवमी की यात्रा हो रही थी, सूपर्णखा रो रही थी,...सतुरा डोम महुवरी फूँक रहा था, उसके दोनों गाल फूल-फूलकर चमकते दिख रहे थे...रोही दूल से कह रहा था, "इतनी देर हो गयी, खाओगी नहीं?"...हलकी-हलकी, धुँधली-धुँधली स्मृतियाँ झक् से आतीं, झक् से चली जातीं। और जो आतीं वे कभी नहीं आयी थीं—दो बच्चे दरवाजे पर झगड़ रहे हैं,—वे जो कभी जन्मे नहीं...त्रिपुण्ड काली औरत आकर बेटे को खींच ले जा रही है...और सिर में कितना कुछ धाँय-धाँय, मानो बाढ़ गरज रही है, बाहर नहीं, अन्दर कितनी ही कुछ उबलती-उछलती धारणाएँ और मन की भावनाएँ, क्या कुछ दुःख-दर्द, जरूरी-बेजरूरी, भला-बुरा सब मिल-जुलकर—फिर सब थम जाता, बस एक चेतना—कि हम हैं।

टूटे लहर या सोया रहे पानी—हम हैं!

इसके बाद दूल ने बड़ी-बड़ी आँखें फाड़-फाड़कर देखा, खुद को टटोलने-सी लगी। छान पर पसरा है रोही। छान कहीं तट में फँस गयी है। तट पर जंगल-जंगल-सा नजर आ रहा है, जिधर निगाह करती सिर्फ गँदला पानी बिछा पड़ा है, बहाव की नाना भँवरें खुल गयी हैं—दिखायी पड़ रहा है—कहाँ कितने दूर पर अँधेरे-अँधेरे में बाड़ी जैसा कुछ नजर आ रहा है।

दूल चट से उठ पड़ी। रोही को हिला-डुलाकर जगाया। इतनी दुर्दशा में भी वह आँख मींचे सो रहा है! दोनों आँखों में भरकर उस तट को देखते रहे। कोई भँवर नहीं, बाढ़ के बीच नहीं, सचमुच वे किनारे लग गये हैं। किस राज में हैं, पता नहीं। गाँव हो, उजाड़ हो, यह वही चीन्हीं ठोस माटी है। घास का झोंटा भरपूर ढलान में झूल रहा है। एक-एक ताड़ का पेड़ खड़ा है, अभी भी उस पर पके फल हैं। झुका-सा सोंहड़ का पेड़ बहू की तरह पानी में चेहरा निरख रहा है। ये नाग अइरी पौधा, कंसारी वन, भरा-पूरा, सघन गील की झाड़ी, जगह-जगह लम्बे-लम्बे केवड़े के झाड़, मांसल हथेली की तरह चपटी नागफनी, चूना पोतने की तरह खिरनी की डाल, यहाँ तक कि ये जो बिच्छी की बेल लिपटी है, वह भी मन को चैन दे रही है। ला रही है आशा, निर्भरता और विश्वास का एक जीवन, जीवन की चेतना। सचमुच

जैसे निर्जीव रेडियो में फिर बिजली फैल गयी हो, नाना भावों के नाना संगीत वहाँ कोलाहल कर उठे। ताजा भोर अभिवादन कर रही है, टीले की ढलान स्वागत कर रही है, रात और दुःस्वप्न से पार कर ले आयी है वही अनदेखी शक्ति जो नन्ही चिड़िया के लिए भी आधार प्रदान करती है, अरक्षित के लिए रखती है पेड़ की छाया।

गद्गद होकर रोही और दूल छान पर से तट की ओर कूद पड़े। सामने बाढ़ के पानी पर भोर फैली है। दूर-दूर पर घने बाग की लकीर दिख रही है। टीले पर पेड़ की डालों में नाना जात की चिड़ियाँ बैठी हैं, गौरैया से लेकर गिद्ध तक। लम्बी टाँगवाला सफेद बगुला किनारे-किनारे भीड़ लगाये हैं। आदमी की छाया-वाया नहीं।

एक साथ दोनों के मन में एक ही धारणा आयी कि 'हम जी रहे हैं। हम निरापद हैं।'

उस सौभाग्य की बात सोचते ही पहली प्रतिक्रिया थी—रुलाई। सच, जैसे सारे अन्तर में कहीं खिंचा था कोई तार, पहले झन्नकर चोट पड़ी, और फिर ढीला पड़कर लटक गया, बाद में उससे बह पड़ी आँसू की धार।

किसी कोमल शिशु की तरह वे परस्पर को आलिंगन कर फफक-फफककर रो उठे। कुछ समय यों ही चला गया।

इसके बाद दूल ने कहा, "चलो, अपनी छान को उठा लाएँ, वरना वह भी कहीं बह जाएगी..."

बज्रेश्वर टीला।

वहाँ बज्रेश्वर महादेव का बहुत पुराना ईंटों से बना देवल है। अतीत इतिहास के नाना चिह्नों के वहाँ नाना टूटे-फूटे ढेर हैं। अनेक मूर्तियाँ, मानो सचमुच आधी पूरी मूर्तियों की खान है। पुरातत्त्वविदों का कहना है, ईंटोंवाला देवल कहीं छठी-सातवीं सदी का है, उसी पुराने जमाने की ये मूर्तियाँ हैं। उस दिन से अब तक इतिहास की सीढ़ी-दर-सीढ़ी नाना युगों की नाना शिल्पकला, नाना धर्ममतों की नाना मूर्तियाँ यहाँ सहेज कर पड़ी हैं। इतना ही नहीं, उससे भी बहुत पुराने समय की। यहाँ बरगद के नीचे जो ऊँचाई है, कहते हैं, वह बौद्ध युग का कोई स्तूप रहा होगा। उसके आस-पास बौद्ध मूर्तियाँ मिलती हैं। उन्होंने आकर कहा कि यहाँ एक दिन कलिंग के समृद्ध इतिहास का जन्मगृह था। यहीं उसकी संस्कृति पनपी थी। फिर कहीं भूटान, तिब्बत, चीन, निपन, फिलिपाइन, सुमात्रा, मलाया, चम्पा, कहीं फारस, मेडागास्कर, अफ्रीका, और सारे भारत में, हिमालय से कुमारिका तक, सिन्धु देश से कामरूप तक। देश-विदेश में फैली थी।

उस बार वे कोई आये थे। काले पत्थर की तरह सुन्दर सुगम उनका चेहरा

और सिर। न बेसी गोरे, न साँवले, धनु की तरह भ्रूलता, तैरती-तैरती-सी आँखें, उनमें कल्पना की लहरें हिलोर ले रही हैं, नासा फूल-फूल उठती है। चेहरे पर शान्त प्रौढ़ता, यौवन का ताव नहीं। अति वार्द्धक्य की धूसरता नहीं, वहीं अवस्था जब चेहरा दिखता है जीवन पुती पत्थर की मूर्ति जैसा, जैसे कि वह उसी तरह युग-युग के लिए रह जाएगा, बदलेगा नहीं।

तब छाया लम्बी पसरी थी, आम के पेड़ पर ढलती धूप झलमला रही थी, तुलंग के गाय चरानेवाले छोकरे, करांग की कठियारिन बाउराणी, अर्जंग के दो बटोही केवट गोविन्द बेहेरा और नाभ बेहेरा—उनके हाथ में जाल की बुनाई का काम था। बज्रेश्वर के भोपा विकर्तन रुककर अवाक् उनके चेहरे की ओर देखते रहे, किस युग किस राज का नाम वे कहते हैं वे नहीं जानते। केवल उनकी वह भंगिमा, उनकी वह भाषा भी उनमें माया की सनक लगाये देती थी, उनके साथ-साथ वे भी सपना देखते थे, कानों से टकरा रही थीं उनकी गुन-गुन सपनों में भीगी-भीगी शान्त बातें, उस भाषा में सचमुच जैसे कोई संगीत था, और उड़ीसा के उत्तरी भाग की बोली की चिलक थी, जो मीठी सुनाई पड़ रही थी।

उन्होंने कहा था, "माटी को चाहिए ध्यान, ध्यान करने पर वह खुद बता देगी, अपनी कथा और कहानी—क्या है उसका इतिहास। इस जगह की मिट्टी पवित्र है, वह इतिहास है, इतिहास। विश्वास रखो, मूर्ति भी बात कहेगी, उसे देखने की एक स्वतन्त्र भंगिमा होती है, आओ दिखाऊँ।"

एक क्यों, सारी मूर्तियों को एक जगह खड़े रहकर देखो तो लगेगा वह तुम्हारी ओर ताक रही हैं, हँस रही हैं, तब वो तुम्हें अपने दिल की बातें खोलकर कहेंगी, मन खोलकर कहेंगी।

आये वे कौन थे? गाँव के लोगों को याद नहीं। परन्तु खबर फैल गयी थी। उनके बाद में और एक आये, सुन्दर चेहरा लिये लम्बे आदमी, लाल आँखें, लम्बी नाक, मठे का पंजाबी पहने, तब विकर्तन अकेला था। मुँह पर सम्बलपुरी उड़िया थी। पहले विह्वल होकर गद्गद स्वर में बातें कही थीं, और फिर रोये थे, विकर्तन की हड़ीली पीठ को सहलाकर वे बोले थे, "देखो विकर्तन, यही मेरे देश का श्मशान है, गजपति पुरुषोत्तम देव ने जिस दिन कृष्णावेणी नदी के कूल पर देह छोड़ी, उस दिन से मेरी जाति का गौरव-रवि अस्त हो गया है। और वह क्या उगेगा नहीं? बोलो, बोलो विकर्तन!" भोपा विकर्तन की लम्बी गरदन में मोटा टेंटुवा ऊपर-नीचे हुआ, बारम्बार, उसने गमछे के छोर से रूढ़ हड़ीला सूखा चेहरा पोंछा। "अब मेरे पास समय भी नहीं विकर्तन! गवेषणा—उसके लिए धन चाहिए, उमर चाहिए। कौन देगा? और तुम, विकर्तन तुम्हीं, इतिहास के वास्तविक सेवा करनेवाले तुम्हीं हो, कुछ नहीं तो, कम-से-कम जगह का नाम तो रखे हो, एक दीया तो जलाते हो, प्रत्येक उड़िया तुम्हारे प्रति कृतज्ञ है।"

अभिभूत विकर्तन कुछ सुनता इससे पूर्व ही जेब से पचहत्तर रुपयों का नोटों का एक बण्डल निकाल थमाकर कहा, "और कुछ नहीं विकर्तन, होता तो देता, विलायत, फ्रांस, इटली में तुम्हारे जैसे के लिए कितना कुछ लोग उँड़ेल देते हैं। मैं देख आया हूँ। यहाँ शायद तुम दोनों वक्त पेट-भर भी नहीं पाते होंगे, माँड़ पी-पिलाकर कुटुम्ब का पोषण करते हुए इतिहास को बचाये बैठे हो।"

तब विकर्तन ने समझा था कि इस जगह की कितनी महान् महिमा है। अपनी कल्पना में उसने रची कितनी ही कहानियाँ, नाना मूर्तियों, नाना देव-देवियों के बारे में, जब उसे जैसा दिख जाता। कोई घोड़े पर चढ़कर घूमता, किसी के पाँच सिर, कोई-कोई एक साथ मिलते। यों ही अनेक कहानियाँ।

बाद में फिर और कोई बाहर का आदमी खोजने आया नहीं। उजाड़ जैसा था, वैसा ही रहा। मूर्तियाँ जैसी की तैसी पड़ी रहीं। कोई आया नहीं माटी के नीचे से उड़ीसा का इतिहास खोद निकालने।

करांग, तुलंग, अर्जंग, ज़ुआंग, डगरासाही, सांगेणा—इन सारे गाँवों के घेरे के अन्दर है मील-भर लम्बा-चौड़ा धान का चक। उसी के किनारे करांग और तुलंग मौजे की ओर ढलता-सा यह टीला, आकृति में कछुवे की पीठ की तरह, कुछ लम्बा-सा होकर गोल, बीच में टीला। जमींदारी उठने की हवा लगते ही पिछली तारीखें लिख-लिखकर पावती काटकर जमींदारों ने बाग-बाड़ी अनावादी सबको पट्टा कर दिया, किस जमाने का बाग कटकर चला गया। तब खेती हुए बिना रह गया बस केवल यह बज्रेश्वर का टीला, उसके लिए कुछ हद तक दायी है महादेव के भोपा विकर्तन रणा की काल्पनिक कहानियाँ और लोगों के मन में धुकुड़-धुकुड़—कि जोत डाला और कहीं कुछ हो गया तो! इतने देवी-देवता, इतनी मूर्तियाँ हैं—कौन कह सकता है!

बीच में जहाँ टीला सबसे ऊँचा है, वहीं बज्रेश्वर का ईंटों से बना देवल है। टीले की धार से दिखता पर पेड़ों की ओट ठहरी, विशेषतः वही जो खूब ऊँचा खूब घनी डालवाला बरगद फैला-पसरा है उसी के कारण। बीस हाथ ऊँचा देवल, पर ईंट का बना हो, ऐसा लगता नहीं, किसने कितनी बार उस पर चूने-बालू के पुट लगाये होंगे, दिखता जैसे आजकल का साधारण पत्थरोंवाला मन्दिर हो। परन्तु वे प्रकाण्ड-प्रकाण्ड ईंटें, हाथ-हाथ-भर लम्बी, कच्ची थीं तब गारे पर तुस लपेटकर ईंटें पकायी गयी थीं, वैसे ही हैं जैसे सैकड़ों बरस पहले जब बनी थीं, और फिर बनीं नहीं। गर्भगृह के अन्दर पाताल तोड़ महादेव! कहते हैं जागर (शिवरात्रि) के दिन स्वतः क्षीरस्नान होता है। बाहर देवल की देह में जगह-जगह पर आले, उनमें काले पत्थर की आश्चर्यजनक सुन्दर-सुन्दर मूर्तियाँ, विस्मय में भर देनेवाला वह भास्कर्य।

वो पास ही शिव-पार्वती। महादेव का बायाँ पैर मुड़ा हुआ है, दाहिना नीचे झूल रहा है। बायीं जानु पर विराजमान हैं पार्वती, दाहिनी मुड़ गयी है। बायाँ नीचे

झूल रहा है। दोनों बैठे हैं खिले पद्म-फूल पर, दोनों के पैरों में खड़ाऊँ। किस चमत्कार-पूर्ण ठवनि में परस्पर को देखते बैठे हैं, कितनी सजीव भंगिमा है, कितनी भाषामय! कैसा शोभन है वह रूप, कितना सूक्ष्म शिल्पमय हैं उस देह के आभूषण! आसन के नीचे सिंह और वृषभ मैत्रीपूर्ण भंगिमा में देखा-देखी कर रहे हैं।

पास ही कार्तिकेय। काले पत्थर पर चन्द्रिका खुदी है, मयूर देख रहा है। उसके दोनों ओर दो पैर झुलाये घोड़ा चढ़ने की तरह कार्तिकेय योद्धा-वेश में बैठे हैं, दाहिने हाथ में तलवार है।

अगले आले में गणेश, यहाँ पेट प्रधान नहीं, प्रधान है उनका ऊँचा मुकुट, नाना कलाकारी से खचित, पेट मोटा नहीं, पर छाती चौड़ी है, हाथ में लम्बा फरसा।

एक जगह सिंहवाहिनी बारहभुजा दुर्गामूर्ति, चिकना काला पत्थर। सीधी तनकर बैठी हैं। चौड़ी नासा, तीखी नाक, गोल चेहरा, छोटी चिबुक। सिर पर तीन वेणियाँ। छाती पर रुद्राक्ष की माला लटक रही है। एक दाहिने हाथ में सिर पर खाण्डा टिकाये है। एक हाथ में त्रिशूल, एक हाथ में गदा, एक में धनु, एक में ढाल, एक में घण्टा, एक में तूणीर, एक में पद्म, एक में सर्प और एक में कमण्डल धारण किये हैं। सिंह महिषासुर को दबोचे बैठा है।

सावित्री-सत्यवान्, चतुर्मुख ब्रह्मा, चतुर्भुज विष्णु, किरीटवन्त सूर्य, नाना वाहनों पर चढ़ी मातृकाएँ, किसी का चेहरा सिंहमुखी, किसी का वराह, कोई किशोरी, कोई वृद्धा, किसी का वाहन मेंढक, किसी का सुग्गा, किसी का मगर, किसी का सियार, तो किसी का वाहन बत्तख है, किसी का मृग, किसी का मुर्गा, किसी का सिंह, किसी का कच्छप, किसी की मछली, किसी का भेड़ा, क़िसी का हाथी, तो किसी का वाहन शव है। किसी के हाथ में वीणा, किसी के हाथ में टूटा छाज, किसी के प्रकाण्ड घट, किसी के हाथ में साँप लिपटा है, फन फैलाये है, कोई खड़ी है मूसिक पर, हाथ में धनु धारे गुण तान रही है, अत्यन्त सुन्दर स्नेह से भरपूर चेहरा। कमर से नीचे की ओर पतली सूत-सी, अत्यन्त बारीक साड़ी, कमर से ऊपर खुला है। हाथों में चूड़ियाँ, बाहु में कण्ठी, गले में पतले-पतले हार, कानों में बड़े-बड़े गोल फूल लगे हैं, सिर पर अनेक मालाएँ, और माथे में बड़ा-सा जूड़ा बना हुआ, जो एक ओर तनिक दुलका-सा लग रहा है, एवं उसके नीचे फूल की पंखुड़ियाँ। सबकी आँखें अधमुँदी-सी दिख रही हैं, चेहरे की भंगिमा शान्त, प्रसन्न, अति सुन्दर है। देवल के आलों में भरने के बाद अर्द्धचन्द्र की तरह उसे घेरकर मूर्तियाँ सजी रखी हैं।

देवल के बाहर टूटी ईंटों की कुरी। कहते हैं वहाँ चण्डघण्टा देवी का मन्दिर था, काले पत्थर की प्रकाण्ड वैष्णवी मूर्ति एक जगह रखी है।

और भी विचित्र है वह बरगद की जड़। वहाँ नाना प्रकार की मूर्तियाँ। भूमि-स्पर्श मुद्रा दिखाते पद्म पर बैठे हैं वज्रधर, वरद मुद्रा में तारा, अनेक बुद्ध मूर्तियाँ, वहाँ सूर्य की मूर्ति है, शंख-चक्र-गदा-पद्मधारी चतुर्धा रूप में प्रकाण्ड माधव मूर्ति,

विशाल काले पत्थर पर शेषशायी अनन्त शय्या विष्णु की मूर्ति। पाद तले लक्ष्मी बैठी चरण दबा रही हैं, सिरहाने काले पत्थर के वासुकि का फन, छाते की तरह सात हैं। उन पर पृथ्वी। भोपा विकर्तन ने पिता से सुन-सुनकर याद रखा था, कहता–

"सात फन सात नीति के हैं, उन पर वासुकि सारे संसार को सँभाले हैं, उन सातों में से एक भी न हो तो संसार को उठाकर रखना सम्भव नहीं होगा, वह डगमगा जाएगा। अभी कलयुग में सातों के सातों हीन बल हैं, अतः संसार में शान्ति नहीं।"

डेंगू, हड़ीला विकर्तन रणा, पान खाता नहीं, दाँत गाय के हाड़ की तरह, सिर में पीछे की ओर थोड़े-से बाल, उनमें एक लम्बी-सी चोटी, गड्ढों में धँसी आँखें, माथे पर लकीरों के पास गोल चन्दन का टीका, फफूँद सूखे बाँस की तरह दोनों बाँहें। जैसे-तैसे अपना नाम लिखना-भर जानता है। बरगद के आगे जो ढूह है उस पर बैठकर गायों के रखवालों को या पत्तर बीननेवालों को या खेतों से लौटते हारे-थके धूल-पसीने में भरे किसानों के आगे वह वासुकि के फन का तात्पर्य बखानता। कहता, शास्त्र कहते हैं–

"गोभिः विप्रैश्च वेदैश्च सतीभिः सत्यवादिभिः।
अलुब्धैः धर्मशीलैश्च सप्तभिर्धार्यते मही।"

आश्चर्यजनक तरीके से बिलकुल शुद्ध सुनाई देता उसका उच्चारण, बस उसमें वह संकीर्तनिया स्वर का संयोग-भर करता। मूर्तियों की ओर हाथ दिखाकर कहता, "वो देखो, सब पत्थर हो गये। किसी का और मुँह नहीं खुलता। उन पर चिड़ियाँ बीट करती हैं, सियार हगते हैं, बाँबियाँ उठ रही हैं, धूप-बरसा खाकर माटी से चिमटे पड़े हैं। और अब करें भी तो क्या, घोर कलजुग जो आ गया!"

श्रोता सिर हिलाते, औरतें दीर्घ साँस छोड़तीं। भोपा विकर्तन की आँखें चमककर धुँधला जातीं। कहता–"गोभिः–अरे गोचर मैदान को तो सारा खेत कर डाला, इधर उड़द का भाव हो गया रुपये का पाँच पाव, सेर-भर। गायों का हाड़ का ठट्ठर-भर रह गया। इधर बस इंजेक्शन भिंदाते रहो, लाते रहो पंजाबी साँड़, और अब कैसी गोभिः रे! विप्र तो हो गये विकर्मा। पढ़ाई कर बन गये बाबू, कि खाट के तले टोकरी में अण्डे भरे होंगे, कर्म में जो रहे उनके पेट-भरन की पूछता है कौन? वेद तो छुप गये, उसके बदले आया है यह विदेसी बेध (उलटा) पाठ, सती बिगड़ेंगी। जगन्नाथ दास (उड़ीसा के प्रसिद्ध भागवतकार कवि) ने कहा है, असती सिर उठाएँगी। सत्यवादी की तो बात छोड़ो, सब सत्यवादी बनेंगे। अलुब्ध कौन रहा, जिसे देखो ठाकुरजी को खाकर उनका खटोला भी निगलने को तैयार। धर्मशील होने का नाम बढ़ा। और अब वासुकि को क्या गरज पड़ी है! जाए यह डूबे, डूबेगी तभी सत उपजेगा।"

विकर्तन का सूखा पेट पीठ से सट जाता। धक-धक पेट की चमड़ी उठती-गिरती। बूढ़े बैल की तरह उसकी छाती, बड़े-बड़े हाड़, पंक्ति के पंक्ति, उन

पर धूसर चमड़े का आवर्तन लुहार की धौंकनी की तरह उठती-गिरती। विकर्तन उसी जंगल, पत्थर, रास्ते, धान के खेत में श्रेणी-उमर-ज्ञान निर्विशेष से श्रोताओं को सुनाकर अपने मन की कहता–

"इतने देवी-देवता हैं कि उनके मुँह में दो बूँद पानी देने के लिए एक अंगुल जमीन नहीं! बज्रेश्वर। पूजा करने पर बहू का चूड़ा वज्र का हो जाता है, आदमी का भाग वज्र का होता है। कौन नहीं जानता? साक्षात् देवता हैं। पुकारो तो हाँ करते हैं। इतनी जमीन थी, कहाँ गयी? कहे, किसकी जीभ में हाड़ है? इतनी दूर से भोपा आएगा, क्या उसके बाल-बच्चे खाएँगे? छोड़ो, हमारे पितृ-पुरुष सेवा करते थे, कोई पूछे या न पूछे, हमारा काम हम कर जाएँगे, जीते-जी कैसे देह सहेगी?"

जमीन में पानी देने के लिए कुआँ खोदते समय अनेक खप्पर, ठीकरे निकलते हैं, लवनी लिपटे होने की तरह उस पर चमचमाता पुट। निकलते हैं माटी से बने सुन्दर-सुन्दर अलंकार। प्रवाल, नीले लाल पत्थर की कण्ठी, हाथीदाँत की मुँदरी, पुराने जमाने के ताँबे के कलसे। कितने ही कुओं के तले दीवार पड़ जाती हैं। किसी-किसी ने सोना भी पाया है। एक जमीन का नाम है कविडीह, एक विराट् वापी का नाम अमात्य वापी, वैसे ही यहाँ साधव खेत है, राणुक सर है।

इस टीले पर नाना ओर से चुन-चानकर मूर्तियाँ लाकर किसी ने एक जगह बरगद के नीचे लुढ़का दी हैं। जगह-जगह और भी कई हैं। कितनी टूटी-फूटी, खण्ड-विखण्डित। कितनी ही काले पत्थर की मूर्तियाँ पानी की चोट खाकर घिस गयी हैं, फिर भी उन पर है चेहरे की गम्भीर छाप, अंग-भंगिमा के लालित्य की। किसी के ऊपर पेड़ की जड़ें फैल गयी हैं, सब पर लगी है काई, फफूँद, थोड़ी-बहुत स्याह-स्याह-सी छाया, बीच-बीच में चूने का पानी छींटने की तरह दिख जाता है। कितनी मूर्तियाँ ढँकी पड़ी हैं, उस काँटों की झाड़ियों तले, माटी-पत्थर तले।

युग-युग से एक मत पर दूसरा मत थोप देने की चेष्टा कर अपनी-अपनी रुचि और धारणा को मूर्तिमन्त करते हुए लोगों ने स्वरूप आरोपित किया था, हिन्दुओं पर बौद्ध, शैवों पर वैष्णव, सबके ऊपर शक्ति, और अब सबको ढाँपे है झुरमुट। माटी फैल गयी है।

सुनसान। कोई आता नहीं इधर। कभी कोई, अगर किसी का जी किया तो मनौती करने आता, किसी गाँव में रोग का सिलसिला शुरू होता तो यहाँ चलता ठाकुरजी के आगे उद्‌बोधन, देवी का पूजन। गले में ढोल डालकर जमीन की छोटी पगडण्डियों, खेतों की मेड़ों के रास्ते बजानेवाले आते हैं, बाजा 'ढाँव-ढाँव-ढाँव' बजता है, फिर चुप हो जाता है।

और आज–

खेतों के ऊपर अकूत पानी, करांग के पास बज्रबाण नदी में घाई टूटी, करांग और तुलंग तो एकदम धुल-पुँछ गये, भोपा विकर्तन ने करांग से भागकर आश्रय

लिया आइतलंग में। घाई के टूटने पर सारा पानी एकत्र आकर मिल गया, बज्रेश्वर का टीला बन गया एक छोटा-सा द्वीप।

देवल के पिछवाड़े में पुराने अमरूद के पेड़ आठों के आठों फलों से लदे हैं। चम्पा के फूल खिले हैं, लम्बी-लम्बी कलियाँ अँगुली की तरह, हाथीदाँत के वर्ण की श्वेतचम्पा, तपाये हुए सोने के रंग की कनकचम्पा। एक बूढ़े आम के पेड़ में बूढ़ी मालती लता लिपटी पड़ी है, कुछ-कुछ फूल खिले हैं। बेल के वन में नागेश्वर का पेड़ सघन पत्तों से आच्छादित है। चारों ओर से तैरती आती है मीठी-मीठी केवड़े और केतकी की मोहक गन्ध। देवल के आगे खुली जगह के कुछ उधर काठचम्पा के अनेक पेड़, फूलों से लदे हैं।

फूल, पत्ते, पुराना देवल, टूटे-फूटे अवशेष, उधर झुरमुट। एक जगह में नहाता-सा कुचला का पेड़। चिड़ियाँ हलचल मचा रही हैं। बज्रेश्वर का टीला पानी में तैर रहा है। वहाँ दो आदमी—रोहीनाथ और दुली।

अमरूद खाकर पेट भर चुके थे। दिन तमाम धूप ही धूप में कट गया। रोही और दूल पानी के किनारे खड़े होकर देख रहे थे। धूप के ताव में पानी दिख रहा था झिलमिलाता, आँखें चुँधिया जातीं। गौर कर रहे थे, शायद कोई नाव जाती हो। सिर पर गों-गों करता हवाई जहाज उड़ गया। सुबह देखा, तनिक दूर से एक नाव निकल गयी, बहुत तड़के पुकारते-पुकारते गला फट गया, आवाज नहीं पहुँची, फिर भी आशा बलवती हो गयी थी।

बाद में जब समय चढ़ गया था, एक और नाव तब दिखी थी, अबकी उतनी दूर न थी, पर सीधी बढ़ रही है ठीक बाढ़ के बीचोंबीच। प्राणपण से रोही और दूल ने आवाज लगायी—"हो ओ ओ ओ!..."

उनकी पुकार नाव से टकरायी है। नाव की गलही मोड़ी। प्रतिध्वनि की तरह नाव से भी आवाज गूँजती आयी। वे आ रहे हैं। हाथ पटक, आवाज कँपाती दूल अस्थिर हो उठी। न, अब और कोई चिन्ता नहीं। गद्गद होकर रोही रो पड़ा, "गोरख ने हमारी गुहार सुन ली! सुनार के घर सीसा तपाकर पीकर पार कर गये! अष्टांग साधकर सिद्ध हुए थे। अनकटा-अनबँटा उनकी आज्ञा से पक रहा था, वे उसे खाते थे। सब कुछ छोड़ पवन आहारी होकर अजर-अमर हुए थे। उनके लिए कौन-सी बात अनजानी है! तनिक दृष्टि पड़ते ही वारिधि में बाँध खड़ा हो जाय। सब उनकी ही दया है, उनकी ही महिमा!" विपद् से उद्धार पा रहे हैं—यह सोच कृतज्ञता उपजी अपने आदिगुरु गोरखनाथजी के प्रति। उनके मन में वही उस समय अदृश्य भगवान् का प्रतिरूप था।

यह क्या हुआ, "अरे देख, दूल, नाव ऐसे क्यों हो रही है?" कलबल होकर हकबकाकर रोही उधर देख रहा था। झटाझट नाव बढ़ती आ रही थी। लम्बे-तगड़े चार नाविक डाँड़ लगा रहे थे। आगे सिरे पर बूढ़े मंगुवाल के पास खड़े थे दो जन।

टीले के पास आते-आते अचानक नाव ने कहीं जोरदार धक्का खाया। दोनों नाविक छिटक पड़े। बहाव के जोर से नाव एक घेरा घूम गयी और पीछे की तरफ खिंच गयी। बाद में तैरते-तैरते दोनों माँझी नाव पर चढ़े। फिर अपनी-अपनी जगह पर खड़े हो गये। उद्वेग बढ़ गया, सिरा खींचना, पतवार से ठेलना, बहाव के साथ जी-जान से युद्ध। नाव फिर रास्ते पर आ गयी। फिर टीले की ओर बढ़ चली, अबकी दूसरे रास्ते से, अब उसकी गति सीधी न थी। घायल पंख लिये चिड़िया के उड़ने की तरह, तिरछी होकर हिलती-डुलती, घूमती-फिरती।

पानी में छुपा था कोई सीधा खड़ा बड़ा-सा काला पत्थर, उस पर किसी जमाने में कोई पुरुष मूर्ति खुदी थी। मानो पुरुष पत्थर से निकल पड़ते-पड़ते ठहरकर खड़ा हो गया है, वैसे का वैसा। किसकी मूर्ति है उसकी कोई जानकारी नहीं। कोई कहता वे नन्दी हैं, कोई कहता वे कोई ऋषि हैं, कोई कहता वे बज्रेश्वर के पहरेदार हैं। परन्तु बहुत दिनों से लोगों ने उस पर सिन्दूर पोतना शुरू कर दिया, परत की परत। उनका कहना है कि वह ज्वर का देवता है जिसकी पूजा करने पर ज्वर छूट जाता है। उस सिन्दूर के नीचे कोई जूड़ी के रोगी का रूप है, सिर के बाल फर्र फर्र सूखे-रूखे। आँखें और गाल गड्ढों में धँसे, पतले-पतले हाथ-पैर, पेट फूला-फूला-सा। सच जैसे वह ज्वर से काँप रहा है, रोम खड़े लगते हैं उसके। जगत्-भर का ज्वर उसने अपनी देह में लेकर सबको अभय दान दिया है!

फूलशरा की नाव उसी ज्वर देवता की देह से ढाँय कर टकरा गयी थी। क्षतिग्रस्त हो गयी थी, उसमें पानी घुस रहा था। उसी नाव में रवि था। नाव किनारे पर लगी। वे सब उतंरकर जल्दी-जल्दी काम में लग गये। चीजें बाहर निकालकर रखी गयीं। दो जन अनवरत चेष्टा करते रहे नाव से पानी निकालने की, वे पानी फेंक रहे थे। एक जगह छेद हो गया था। ठक-ठाक ठक-ठाक पट्टे की तली लगाकर काम शुरू हुआ। तेज हाथों से निधि रणा माझी का काम करता जा रहा था।

कुछ समय गया। सूरज फिर ऊपर झुक गये। बाढ़ के पानी पर लाल आग की धाँस की तरह ताव खिल रहा था। तभी और एक नाव दिखाई पड़ी। बई मलिक ने कहा, "ये तो अपनी ही नाव है! सिरे पर वहाँ कौन खड़ा है? धोबेई मिश्र ही तो हैं?" उसने आवाज लगायी। वे भी इधर ही आ रहे हैं। रवि देखता रहा। आश्चर्य में भरकर नजर टिकाये रहा कि नाव में धोबेई मिश्र के पास हैं सिन्धु चौधरी, छवि। वे हँस रहे हैं। रोहीनाथ देख रहा है उसकी बस्ती का रघुनाथ और सदा गोछेइत भी हैं। चीन्हे, परिचित लोगों को देख उसका उत्साह बढ़ता जा रहा था। दूसरी ओर से वे लोग खुशी में हिल-डोल रहे थे। दूसरी नाव पास आती जा रही है। भेंटने-स्वागत करने की हलचल और उत्तेजना बढ़ती जा रही है। उसी के बीच रवि और छवि परस्पर की ओर देखते बैठे हैं। रवि की दृष्टि के भीतर नाव खिंचती-सरकती चली आ रही है, पास और पास—और उसमें है छवि।

उत्तेजना से रवि की देह काँप उठती है। लगता है जैसे इस उजाड़ में वह खुद को नये सिरे से आविष्कार कर रहा है, दूसरों का उपकार कर नये समाज को गढ़ने के लिए खुद को उस विराट् उत्साह उद्दीपना में उसने बहा दिया जरूर है, पर वह भी साधारण आदमी ठहरा। छवि के प्रति जो उसकी कामना है—वही तो प्रेम है!

खुद को वह आँक रहा है। फिर धड़कन तेज हो रही है इस पल-भर की उत्तेजना से—स्वयं को भुलाये दे रहा है—फिर जब चिन्तन करने बैठता है तो सोचता है—मानो यह उसके जीवन का स्वाभाविक ढंग है, अपने को लेकर इस सत्य को वह नकार सकेगा नहीं! नाव पास आती जा रही है, वह इस लड़की को चाहता है, अन्तर में इसके साथ एक निविड़ सम्पर्क रखे बिना वह जी नहीं सकेगा, यह सम्पर्क चिरकाल का ठहरा। जब वह स्वयं अनुभव कर पाता है तो उसे लगता है कि उसके अन्दर है यह प्रेम।

उसके प्रति वह अपने एक दायित्व का अनुभव कर रहा है, क्यों इस दुःसाध्य के बीच विपद् में चली आयी। इतनी बाढ़-बरसा?

नाव कितनी तेजी से पास आ रही है? रवि को लग रहा है, जैसे ये आ गया उसका भाग्य। आ रहा है उसे खींच ले जाने के लिए, छाती धक्-धक् हो रही है। मुग्ध होकर देखते-देखते नाव किनारे आ लगी, उन सबने उसे नमस्कार किया, उसने प्रत्युत्तर में हाथ जोड़े। इसी बीच धीमे से मुसकराकर उसके चेहरे की ओर देखकर छवि ने कहा, “जी, नमस्कार!” रवि ने सकपकाकर उत्तर में हाथ उठा लिये। उसे लगा जैसे उसकी छाती उलट पड़ेगी, अपने-आपको भूलकर छवि की आँखों की ओर देखने में लगा है, छवि की भ्रू-लताएँ शायद थिरक उठीं—वह सोच रहा था, और देख रहा था, छवि की सजल आँखों में धीरे-धीरे भर गयीं अचल प्रकाश की लहरें, और फिर तीर की तरह सनसनाती चली आयीं उसी की आँखों की ओर। वह विभोर हो गया, अवश हो गया, सलज्ज हो गया। उसने सिर झुका लिया।

फिर सिर उठाया तो देखा, छवि उसकी प्रतीक्षा कर रही है। इतने लोग रुके हुए हैं, इतनी बातें पड़ी हैं, पर छवि उसी की प्रतीक्षा में खड़ी है। उसकी ठवनि में श्रद्धा, आँखों में कुतूहल, मुसक्कान भरकर शान्त-धैर्य दिखाती वह प्रतीक्षा में खड़ी है कि रवि शायद कुछ करने को अभी कहे, वह कोई आदेश देगा, सो उसके मुँह की ओर इसी प्रतीक्षा में देख रही है।

उसी के अपने व्यक्तित्व में से एक खण्ड है यह—छवि। अपना वही अधूरा अंश पूर्ण करेगा केवल उसी के द्वारा, तब वह शान्त होगा, सच जैसे उसी खण्ड को खोजते-फिरते यहाँ उसका सन्धान मिल गया हो, अतः उसकी दृष्टि वहाँ चिपक गयी है।

उसे लगा, यहाँ काम चल रहा है, वह खुद भी उस काम को कर रहा है,

हाथ का काम, उपदेश। कितने हलके मन से वह बातें कह पा रहा है! मानो इस वर्तमान में कोई उत्तेजक बलकारक औषध खाकर हुलस उठा है। अत्यधिक आनन्द, उत्तेजना। परिस्थिति अति रुचिकर हो गयी है। उसकी दृष्टि और भी सतेज और प्रफुल्ल है, उसके भावों में और भी उदारता है, स्नेह और सहानुभूति है। कदम उछलते-से पड़ रहे हैं। उसके उत्साह से सब भर उठे हैं। वह कह रहा है—

"बाढ़ का प्रकोप प्रबल होता है, पर आदमी की शक्ति उससे भी बढ़कर है, जीते-जी वैसी कितनी ही दुर्दशाएँ भोगनी पड़ती हैं, आखिरकार तो मरण है ही; परन्तु, आदमी जब स्नेह से मिलकर एक होता है, मरण भी उसे डरा नहीं सकता, फिर नदी की बाढ़ कौन-सी बड़ी बात है?"

धोबेई मिश्र ने हँसते-हँसते कहा, "उसी स्नेह के मेल से मुट्ठी मजबूत कर बाढ़ को भी छान-छानकर आदमी खोये-भटके लोगों को यहाँ खोज पा सका है, नहीं तो इतना भाग्य हमारा होता!"

रोहीनाथ ने हँसते-हँसते कहा, "भाग्य सारा तो मेरी इस घरवाली का है। पता नहीं इसे किसने आशीष दी थी, कि तेरी चूड़ी वज्र की हो, पत्थर की लकीर की तरह उसकी बात अटल रही, वैसे की वैसी ही रही, नहीं तो बाढ़ के पानी में हम दोनों पता नहीं कहाँ पहुँच जाते, और इतना बड़ा भाग्य होता कि हम लोग इन लोगों के दर्शन करते!"

रवि ने कहा, "वो देखो अब साँझ घिरने को आयी। चलनेवाले लोग अब अपनी नाव में बैठे हैं, चले जाएँ। हमारी नाव को रात में रुकने के लिए कहा गया है। नाव के साथ मैं भी रुक रहा हूँ। हम सब कल सुबह जाएँगे।"

धोबेई मिश्र ने कहा, "आधे जाकर आधे रहेंगे, यह कभी हो सकता है, जी?" अनेक औरों द्वारा आपत्तियाँ उठने लगीं—"नहीं-नहीं-नहीं!"

धोबेई मिश्र ने मुड़कर सिन्धु चौधरी की ओर देखा। कहा, "नाव में आप चौधरीजी पधारें, आपकी कन्या जाएँ, यहाँ जो ये दोनों जने मिले हैं, वे भी जाएँ, गाँववाले और जो लोग जाएँगे जाएँ। नाव उन्हें रातोंरात पहुँचाकर फिर सुबह कल लौट आएगी। तब हम सब जाएँगे।"

किसी ने जब कुछ न कहा, सिन्धु चौधरी ने आपत्ति की, "नहीं, सब रहेंगे, हम भी ठहर जाएँगे।"

रवि और धोबेई मिश्र ने आपत्ति की, पर बाकी लोगों ने सिन्धु चौधरी की बात का समर्थन किया। आखिर यह तय हुआ कि सब रुकेंगे। छवि अब तक चुप थी। धोबेई मिश्र की ओर मुँहकर बोली, "क्या सिर्फ हम ही लोगों के लिए इतने लोग हड़बड़ी करते। इतने निकम्मे हैं हम!"

सब हँस पड़े। धोबेई मिश्र ने कहा, "नहीं, नहीं, यह किसने कहा? ठीक है, आपकी ही बात रहे।"

हँसी-खुशी में सब बिखर गये। साँझ ढलते-ढलते, रात के लिए तैयार होना पड़ेगा। उधर नाव की मरम्मत करनी है। चल रही है निधि रणा की खटा-खट खट-खट। नाव के पास कुछ लोग रह गये, बाकी सब निकल पड़े टापू देखने के लिए। भोपा विकर्तन नहीं है, उसका काम किया रोहीनाथ और दूली ने। सच जैसे कि यह टापू इन दोनों के ही राज्य का है, और ये जितने लोग आये हैं सब इनके मेहमान हैं।

बज्रेश्वर के ईंट से बने देवल के सामने जहाँ कितने जमाने पहले की मूर्तियाँ सजावट की तरह रखी पड़ी हैं, वहाँ एक-एक मूर्ति देखने-दिखाने में लग गये दोनों लम्बे आदमी, आश्चर्य करने की, प्रशंसा करने की नाना आवाजें आने लगीं।

हर-पार्वती की मूर्ति को देखकर कुछ लोग पंक्ति बाँधे खड़े हैं। दोनों सिरों पर रवि और छवि उस अद्‌भुत मूर्ति को कोने से देखते-देखते दोनों की निगाहें मिल गयीं। छवि दीर्घ साँस छोड़कर काँप-सी उठी, सिर झुका लिया। रवि की देह में सिहरन-सी दौड़ गयी।

बई मलिक ने कहा, “यह देवता का योग सूत्र है। किस जमाने से यों ही पड़े हैं, आज हम यहाँ दीप जलाएँगे।”

रवि ने कहा, “पुराने पीठ पर दीप जलेगा नयी दुनिया का, यही तो हमें चाहिए। तुम जीवन की शालीनता को, बड़प्पन को, पत्थर पर शिल्पकला के रूप में आँककर चले गये। तब वास्तव में अपने जीवन में समाज में, कहाँ तक तुम उसे साध सके थे—यह तुम ही जानते हो। पत्थर पर इतनी बड़ी कला खोदने की, आँकने की हममें शक्ति नहीं। हम खोजते हैं कि आदमी का जीवन ही सुख-शान्ति आनन्द उच्चादर्श की चिरन्तन कला हो, समग्र पृथ्वी हो जाय एक विराट् मानव-परिवार, सब आदमी भाई-भाई...”

धोबेई मिश्र ने कहा, “ठीक, बिलकुल वही बात है। तुम्हारा देवल ढह गया है, सामलाती घर टूट गया है, सौ-सौ हजार-हजार बरस पीढ़ी-दर-पीढ़ी इस संसार में बिताकर जिस महान् सत्य को आविष्कार कर रख गये तुम, अपने उत्तरकालीन वंशधरों के लिए, वह सत्य कहीं धूलि में खो गया है। केवल हिंसा, वाद-विवाद, स्वार्थ, ‘मैं-पन’ रहा। हमारी इस छोटी-सी बातों को आशीर्वाद दो, बल दो, साहस दो। शान्ति आए आदमी में, अन्दर-बाहर, समाज में, संसार में—सब जगह भरी रहे शान्ति, समन्वय, आनन्द और भाईचारा...”

लम्बा दधि अहीर अपनी देह को कन्धों को उचकाये मानो खुद को खींच-खींचकर और लम्बा-सीधा कर खड़ा हो रहा है। दोनों पैरों को सटा दिया था, उसके गोल-मटोल चौड़े कन्धे मानो आदमी के नहीं, पत्थर की मूर्ति के हैं। वैसे उस पत्थर की मूर्ति की तरह उसकी दोनों आँखें अधमुंदी टिमटिमा रही हैं। गद्‌गद होकर उसने कहा, “हूँ, इतनी दया करें ठाकुरजी, भाईचारा बढ़े, सामलाती बढ़ता रहे, एक

के लिए दूसरे का हृदय रोता रहे। सब तुम्हारा, सब सबका, तेरे-मेरे के भेदभाव की बातें आदमी के मुँह ही क्या सिर में भी न रहें।"

रवि ने कहा, "लोग खोज रहे हैं हजार देश, हम खोजते हैं सिर्फ एक। उसका नाम है पृथ्वी। लोग बना रहे हैं हजार-हजार जातियाँ, हम खोज रहे हैं सिर्फ एक जाति, उसका नाम है मानव-जाति। गढ़ी हैं असंख्य श्रेणियाँ, हम खोजते हैं सिर्फ एक श्रेणी रहे, उसका नाम मेहनतकश आदमी!"

गम्भीर होकर सब खड़े हैं। सिन्धु चौधरी ने खड़े-खड़े आँखें मींच ली हैं। अन्तर में जैसे कुछ हो गया है। बरसों में पायी गयी अनुभूति के पत्थरों के ढूह को हटा उलट-पलटकर उच्छरित हो रहा है मुक्ति पाया हुआ झरना। कितनी बार वह पुकारते-पुकारते रुक गया था, खुल गया है। स्वयं को आँक रहे हैं, नये विस्मय के साथ।

ऐसे तो स्वयं में आया था आलोड़न, क्या तब उसे रोक सका था?

क्या हो गया है यहाँ? कौन हैं ये लोग? किस युग के हैं? कौन बोल रहा है?

न, यह कोई उपासना है? नये युग की नयी पूजा?

आँख खोलकर देखा। सूना द्वीप, दिन ढलने की उदासी-सी। रोशनी में आगे खड़े हैं घने पेड़, और भाँति-भाँति की मूर्तियाँ पड़ी हुई हैं। बगल में पेड़ों के झुरमुट के बीच एक मन्दिर है।

और साधारण से कुछ-एक लोग हैं।

उसी साधारण में से कुछ फूट निकल रहा है, अतीत के इतने युगों की तपस्या से तैयार आदमी, वह जीवन की बड़ाई करता है, जड़ की नहीं। स्नेह-शान्ति-आनन्द-मन्त्री की बड़ाई करता है, स्वार्थ और प्राप्ति की नहीं। ये तो चल ही रहा है, और भी। धोबेई मिश्र कह रहे हैं, "किसने कहा था कि आदमी पहले पशु है फिर देवता। उसने गलत कहा था। किसने कहा था कि स्वार्थ, लोभ और हिंसा आदमी के निदान गुण हैं, दबे रह सकते हैं, मरते नहीं, मिटते नहीं—उसने गलत कहा था। आदमी बदलता-बदलता चल रहा है, दस्यु रत्नाकर हो गया है ऋषि वाल्मीकि। राजपुत्र हो गया है बुद्ध, युग-युग के सिद्ध सन्त बनकर आदमी ने दिखा दिया है कि यह भी सम्भव है। काँटेदार नागफनी अकण्टक हो सकी है। आदमी ज्ञान में बढ़ता ही चला जा रहा है, मारण के लिए नहीं, तारण के लिए।"

फिर सिन्धु चौधरी ने आँखें मींच लीं।

छवि देख रही थी—आग धधक रही है। जलाकर साफ किये दे रही है—जो कुछ कुसंस्कार था, संकोच था और शंका थी। आग की झलक में अनुभव कर रही है पवित्रता, आनन्द; अनुभव कर रही है कि वह एक अखण्ड तेज का स्रोत था, है, बढ़ता चलेगा, युग-युग तक।

हृदय के भीतर से आनन्द छलछला उठता है, झलक उठते हैं विश्वास, आशा और स्नेह। पहले जो रास्ता साँझ के अँधेरे झुरमुट में अस्पष्ट दिख रहा था, वह स्पष्ट दिख जाता है—चौड़ा, खुला, दूर तक चला गया है। उस रास्ते की भाषा हृदय से टकरा रही है। उद्वेग भर रही है, लुभा रही है।

वही भाषा बोल रहा है रवि। वह रवि की बात नहीं, उसी के मन की बात है, उसके मर्म भावों का निरन्तर स्रोत।

रवि कह रहा है—

"संसारी आदमी आनन्द खोजता है। अपने हाथों आनन्द के स्रोत का मुँह बन्द कर देता है। जब वह अपने-अपने लिए खुद सख्त खोल गढ़ता है, चारों ओर से बन्द कर गढ़ता है, तो वह पाता है अन्धकार। प्रकाश नहीं तमिस्रा। अपनी देह को, मन को, श्रम को, चिन्ता को सबका मंगल साधने के लिए उद्यम में लगा सके तो उसका जीवन होगा मधुमय, आनन्दमय, शान्तिमय..."

धोबेई मिश्र ने कहा, "आनन्द हमारा जन्मगत अधिकार है, आनन्द के लिए उपाय, दूसरों के मंगल के लिए चिन्तन और परिश्रम। पुराने चलन को केवल पुराना होने के कारण आदमी उसका सम्मान नहीं करेगा। नये चलन को नया जानकर ही उसका आदर नहीं कर सकेगा। वह सोचेगा, स्थिर करेगा, काम करेगा, पुरानी क्यारी में स्वतः नया शस्य अंकुरित होगा, उसी का नाम युग-परिवर्तन है। विचार हों विप्लवी, बुद्धि जो निर्देश देगी, हाथ केवल वही काम करेंगे..."

सिन्धु चौधरी ने कहा, "तुम्हारा आदर्श अक्षय हो, बेटे! तुम्हारा उद्यम सिद्ध हो। बुद्धि ने निर्देश दिया है बारम्बार, परन्तु हाथों ने काम किया नहीं। पैर चले नहीं। हम युगों के बाद युगों तक निरन्तर न्याय, नीति, तत्त्व की खेती करते-करते पसीना-पसीना हो रहे हैं, मुँह थक चुका है, घास के एक पत्ते को भी निराया नहीं। मेरा जीवन क्या है—अपने इस निठल्ले बेकाम उजड़े जीवन के बारे में उपसंहार के रूप में बस इतना ही कहूँगा...।"

उनकी इस आन्तरिकता से सब अभिभूत हो पड़े थे। उनके पास जाकर उनका हाथ पकड़कर छवि ने धीरे से कहा, "बापू!"

गम्भीर विषण्ण चेहरे पर हँसी खिलाकर कहा, "क्या हुआ, बेटी?" उनका स्वर काँप रहा था।

छवि ने कहा, "ऐसा क्यों कह रहे हो, बापू?"

"क्या कहा? ठीक ही तो कहा।"

अबकी बार बोला रोहीनाथ, "आपका जीवन अगर बेकाम रहा तो किसका जीवन काम का रहा, साआन्तजी? सात खण्ड के गाँवों में, पूछ लें, कोई दूसरी बात कहेगा? किसी के घर पर अशान्ति पैदा होने पर आपके मुख से दो शब्द सुनकर हृदय शीतल हो जाता है। कौन है जो कहेगा कि उसने आपसे कुछ नहीं पाया, नहीं

लिया; कभी तो लिया ही होगा। धन-द्रव्य चुकने पर भी मुँह की मीठी बातें। बस इसी मूर्ति का ध्यान करते हुए तो लोग मन-ही-मन बल पाते हैं...।"

सिन्धु चौधरी बोले, "मैंने कुछ नहीं दिया, मैंने किसी का कुछ नहीं किया..."

रोहीनाथ कहते गये, मानो उनकी बात सुनी न हो, "पराये के लिए चिन्ता करते जब पूरा नहीं हुआ, साआन्तजी तो अन्त में आपने पराये लड़कों को आदमी बनाने के लिए चटशाल खोली, कौन है जो कहेगा कि उसने आपसे कुछ नहीं पाया?"

और दूल ने कहा, "इतनी बड़ी बाढ़ में जीवन की बाजी लगाकर हमारे जैसे मरे-गये लोगों को खोजने दौड़े आये आप स्वयं! आपके हृदय में साक्षात् बैकुण्ठ है।"

दधि अहीर ने कहा, "तुलसी अगर अपने पैरों चलकर किसी के दरवाजे न गयी तो क्या मन में दुःख करेगी कि वह तुलसी नहीं है! कोई करता है, कोई कराता है, किसी को देखने पर करने को मन होता है, सब घट में जो ब्रह्म को जानता है, उसके लिए जीवन होगा असार!"

बई मलिक ने कहा, "आप बुद्धिमान् आदमी ठहरे, आप हैं गुरुजन! ठाकुरजी बनकर केवल खटोले में बैठे रहने भर से ही हमारा साहस कितना बढ़ जाएगा। हमारे विचार, हमारा रास्ता, आपको अगर अच्छा लगे तो लीजिए आप यह भार, घर के मुखिया बनें—हम निश्चिन्त होंगे।"

"वाह-वाह-वाह, रे बई भाई! वही तो चाह रहे हैं!"

सिन्धु चौधरी अकबकाये चारों ओर देख रहे थे, और कोई चारा न देखकर बोले, "मैं-मैं..."

"हाँ आप!", धोबेई मिश्र ने कहा, "पुराना नये को ग्रहण कर ले, दोनों मिलकर बनेंगे परम्परा। संस्कृति की यही तो रीति है। विवर्तन में ध्वंस नहीं, परिवर्तन है।"

सिन्धु चौधरी के उस व्यक्तित्व के अन्दर कहीं गोपन में भी कुछ था। लोग जिसे सिन्धु चौधरी के नाम से जानते थे, परिचित थे, उसी की ओट में कहीं कुछ छुपा था जिसका अपना स्वतन्त्र परिसर था। वह दूसरों की आँखों से ओझल था। मानो उसने वहीं आत्मप्रकाश किया था, फिर चेष्टा कर रहा था पुनः छुप जाने की। मानो भूल से पल-भर के लिए बाहर चला आया था अपने अनजाने ही, वैसे ही वह लुप्त हो जाएगा, बाहर तो वही रोज का परिचित, पानी की सतह की तरह नित-देखा आदमी, परिवेश का प्रतिबिम्ब वह अपने में खिलाकर दिखाएगा, अपना गहन तल अप्रकाशित रहेगा, छुपा-छुपा, अनजाना।

परन्तु ठीक इसी समय मानो बाहरी लोग उसे पकड़ रखने को व्यग्र हैं। वे पकड़े गये हैं, वह और छुप नहीं सकेंगे।

मुग्ध दृष्टि से जब छवि उनकी ओर देख रही थी, जम्बू बेहेरा ने अपनी उन्मुक्त भाषा में कह दिया, "अब और अपने साथ आँख-मिचौली की जरूरत नहीं

साआन्तजी। कितने दिन का है यह मानव-जीवन? इसमें डर किसका, भय किससे? मन पुकारता है कि यह रास्ता अच्छा है—तो चलने दो उसी रास्ते नाव को।"

हँस पड़े सिन्धु चौधरी। इधर-उधर लोगों के चेहरों पर नजर घुमायी। अपने ही कानों को अपनी आवाज मानो नयी लग रही थी। कहा, "अरे—ये सब—तुम लोग यह क्या कह रहे हो? मैं कौन-सी चीज हूँ?—मुझसे एक तिनका भी टूटनेवाला है क्या?"

उत्साह में भरे सिन्धु चौधरी कहते गये, "नहीं-नहीं, तुम्हारी तरह मैं भी एक हूँ, मेरे हाथ-पैर थके नहीं, आँखों पर जाला छाया नहीं, अब भी मैं खोज रहा हूँ सुख, आनन्द, इस संसार से लोभ कटा नहीं। ठाकुरजी बनकर खटोले पर बैठने से तो आदमी मरा समान समझो, और नहीं तो क्या? मैं मरा नहीं, मैं भी तुम्हारे साथ होकर चलूँगा, गिरूँगा, उठूँगा। जिस रास्ते इस पृथ्वी को सुख-आनन्द मिले—वही रास्ता मेरा है, मैं कुछ करूँ या न करूँ। तुम्हें आशीर्वाद देता रहूँगा, ठोकर खाते रहो, गिरते-पड़ते रहो, परन्तु थको नहीं, फिर उठते रहो, लगे रहो!"

प्रकाश धीरे-धीरे बुझता आ रहा है, अब होगी साँझ, किस जमाने का वह पुराना ईंट का बना मन्दिर छाया में पुतकर दिख रहा है कितना बड़ा, मानो इतने जमाने का हवा-पानी और शून्य की अनुभूति से मण्डित होकर वह विस्तार पा गया है। दूर से भी उसके स्पर्श का अनुभव किया जा सकता है। और ये बेशुमार पेड़, ये अनगिनत मूर्तियाँ जो उस अन्धकार में एक साथ हिल-मिल गयी हैं, सब एक जगह मिलकर जैसे एक सजीव व्यक्तित्व हैं। जिसकी कोई उमर नहीं, ऐसा व्यक्तित्व है।

और उसी के सामने वहाँ सिन्धु चौधरी हैं, उनकी दृष्टि में मुसकान के छींटे चमक रहे हैं। रवि ने देखा। उसे याद आ गयी फूलशरा के शुरू के दिनों की बात, जब काम आरम्भ ही किया था, ऐसे ही एक दिन आये थे बूढ़े नन्द तहसीलदार, बाद में और कहाँ देखी उसने यह दृष्टि।

बरसा नहीं, आकाश चिकना लिपा-पुता साफ है। चाँदनी सचमुच जैसे पानी में घुलकर पेड़-पौधों, धरती-बाढ़ सब जगह लगी हुई है। टीले के कगार पर एक जगह दोनों नावें बँधी हैं, पेड़ों की ओट के कारण दिख नहीं रहीं। आवाज सुनाई पड़ रही है, कोई कुछ बतिया रहे हैं। अचानक निधि रणा का गीत सुनाई पड़ा। नाव पर चित लेटे आकाश को देखते वह ओड़िशी छन्दमाला बिखेरे हुए है। कानों से सुने संगीत में से होकर आ रहा है—नया रूप, नयी अनुभूति, नया भाव, देखी-परखी स्थूलता में बँधा हुआ नहीं। उस नये परिवेश में से नयी वाणी निकल रही है—कि जीवन आनन्दमय है, उसका आसरा शान्ति, स्नेह और विश्वास है।

मिली-जुली फूलों की महक तैरती आ रही है—केवड़ा, मालती, चम्पा, काठचम्पा। देवल के आगे जो थोड़ी-सी खुली जगह है वहाँ काठचम्पा को पीठ कर,

थोड़ा-थोड़ा हटकर ताड़-पत्तों से दो कुटिया तैयार हुई हैं। एक छोटी, उसमें छवि और दूल सोएँगी। दूसरी खूब लम्बी बनायी गयी है, उसमें और लोग रात बिताएँगे। कितने जमाने के बाद आज देवल के द्वार पर दीप जल रहा है। उसके इधर भोजन पकाना चल रहा है, आग जल रही है, मानो सचमुच कोई महोत्सव होगा। एक घर-परिवार की तरह सब हिल-मिल गये हैं।

वहाँ से ही तो, अधिक दूर नहीं। केवल वह देवल जगत्-भर को ओट में लिये खड़ा है। उसकी पीठ पीछे अमरूद के तले खड़ी हो चौंककर छवि ने देखा, उधर तनिक हटकर खड़ा है रवि।

दोनों ने एक-दूसरे को एक साथ देखा। ठीक इसी समय इस जगह अकस्मात् यों भेंट कराने के लिए स्वतः मानो उनके अन्दर की प्रवणता उन्हें इधर खींच लायी है। यह मानो सच नहीं, जो स्वप्न बीच-बीच में इस संसार में दोनों आदमियों को एक जगह करता रहा, वह फिर वैसा ही है। परन्तु तब छवि अनेक प्रश्न पूछती, उत्तर पाती। यहाँ वे प्रश्न नहीं हैं, वहाँ आनन्द से उत्तेजना से वह जैसे मूर्ति बन गयी है, उसके हाथ-पैर भी मानो अन्दर खिंच जाएँगे, देह और चेहरे की भंगिमा बदली-बदली अपरिचित-सी हो जाएगी; साधारण संसारी दृष्टि से सुन्दर-असुन्दर कहने को साधारण आदमी जो माप जो मानदण्ड लेकर आँकता है, उससे नापा न जा सकेगा।

रवि उसके पास खिंचता-सा आकर खड़ा हो गया। वह सोच-विचारकर नहीं आया, बस विह्वल होकर चला आया। उसके मन में पवित्रता-अपवित्रता का द्वन्द्व नहीं उठा, उद्देश्य या लक्ष्य का अनुभव नहीं किया। बस आने का अनुभव किया है, और चला आया है।

प्राचीन देवल के पिछवाड़े उसी प्राचीन स्थल पर परस्पर की ओर दिखते चुपचाप खड़े हैं दो व्यक्ति। वे भी मानो उसी देवल के आलों से उठकर आयी दो मूर्तियाँ हों, चाँदनी और पेड़ों की छाया ने रिस-रिसकर, बूँदें बनकर उन्हें चित्रित कर जैसे एक नया रूप दिया है, परन्तु कोई किसी की आकृति या अवयव देख नहीं पाता। दो प्राणी सान्निध्य का अनुभव कर रहे हैं, दो भावरूप छाया की तरह कुछ-कुछ परिसर लिये पास-पास थमे हुए हैं, परस्पर की ओर बढ़ रहे हैं दो इतिहास, बीच में योग-सूत्र स्पष्ट दिखाई पड़े, वैसा नहीं है।

उनके व्यवहार में कुछ असहज न था। आँखों को अटपटा नहीं लग रहा था। यह सुनसान द्वीप, यह चाँदनी रात, इस पुराने परिवेश के साथ मेल खाता देवल, पेड़, ठूँठ, टीला-ढलान की तरह इतनी माया के रूप में वे भी यहाँ बिलकुल स्वाभाविक हैं। किसी में कहीं भी कुण्ठा नहीं।

मानो नींद टूटती आती हो। सपना—सच, सच सपने की चेतना का अनुभव कर रहे थे। कलौंसी सरसों-फूली चाँदनी रात, बाढ़ के पानी पर कुहासे का आवरण,

उसके इधर चमकता-चमकता फिर अँधेरा-अँधेरा बाग-बगीचे की तरह का टीला। दूर से आता निधि रणा का गीत उनके कानों से टकराया। विभिन्न फूलों की हलकी भीगी महक उन्होंने अनुभव की थी, फिर उसके बीच खाना पकाने की धुआँ की गन्ध, उस ओर की बातचीत के शब्द। देह में सिहरन भरने से पूर्व वे शान्त होकर सामने की ओर देखते खड़े रहे। उस सान्निध्य के वे किस जमाने से अभ्यस्त हैं। साधारण घर-गिरस्ती का ही स्वाभाविक चलन है। एक ही काम पर दोनों जाकर फिर साँझ ढले लौटे हैं एक ही जगह। पूछने को कुछ न हो, कहने को कुछ न हो।

बाद में वह चेतना भी पिछड़ गयी, मानो आँखों के आगे समूचा पट खुलता जा रहा हो। उधर से कितनी ही बातचीत की हलचल हुई, वह हलचल पहले से ही थी; परन्तु नयी होकर अनुभूत हुई। छवि ने विस्मय से देखा, जैसे रवि उस ओर खिंचा जा रहा है, तनकर छावनी की ओर लौटता जा रहा है।

छवि की छाती धड़कने लगी। अमरूद के पेड़ के सहारे टिके ही उसने आँखें मींच लीं। अनुभव हुआ जैसे देह लड़खड़ा जाएगी, उसका सिर चकरा रहा है, देह काँप रही है।

चाँव से हड़बड़ाकर खड़ी हो गयी। अत्यन्त उद्वेग से क्षोभ में भर उसने याद किया। चंचल-सी होकर कहा—यह क्या हुआ? वह पूछ भी न सकी!..."क्या कहते हो बोलो! चुप क्यों हो? बोलो, मेरे जीवन का क्या होगा? क्या कहते हो?..." पर एक शब्द भी न पूछ सकी वह! अथच वह आया था, प्रतीक्षा की थी, और फिर वह चला गया!

उसकी आँखों में बिन्दु झिलमिला आये, लुढ़कने लगे। गाल भीग गये। आँख पोंछते-पोंछते उसने परिस्थिति की ओर देखा—कितनी चमचमाती चाँदनी रात, कितना सुनसान, कोई कहीं नहीं। देवल के इधर यह विचित्र सोयी दुनिया, कितने ही लोग तो थे, वे सब सो चुके हैं शायद। बगीचे का हलका-हलका झुरमुट खड़े-खड़े सो चुका है, उस पर रुपहली चाँदनी। लग रहा है जैसे किसी चादर से ढाँप दिया गया हो। वह इस सोयी दुनिया के खर्राटे की आवाज सुन रही है। सब लग रहा है विचित्र, केवल माया-स्वप्न। सब सो चुके हैं, जाग रही है तो वह स्वयं—अकेली। कान लगा रही है। उधर से हलचल की आवाज सुनाई पड़ रही है, दो दुनिया, पास-पास, प्रकाश और छाया मिलकर रहने की तरह।

सचमुच क्या वह सपना देख रही थी? फिर सब याद आ जाता है। चंचल-सी मुड़कर वह भी लौट चली। इस बाढ़ में से जैसे कोई अजीब लहर आयी थी, वह जैसे समूची चाँदनी-जैसी हो, उसे कितने ऊँचे उठा गयी। ना, वह लहर उसे छोड़कर नहीं गयी, वह स्वयं समूची लहर है, सारा आनन्द है।

वह चिड़िया की तरह फुदकती चली आयी। छावनी के पास पहुँचने तक उसे लगा जैसे वह आकाश से माटी पर उतर आयी है। फिर मन के अन्दर अटूट प्रश्न

का उलझा तार...कि क्या हो गया! वह पूछ भी तो नहीं सकी!

"ओह, किधर थी, मैं तो चारों ओर खोज आयी!" दूल कह रही थी, "मरदों ने आज हाँड़ी सँभाली है सो पास भी फटकने नहीं देते। वह जो माँझी है न, बहुत बातूनी है। क्या कहता है, सुना तो? आदमी कितना हँसे! कहता है, देखना ठहरो, ऐसी सुवादी रसोई तुम लोगों ने कभी खायी ही न होगी, हाथ चाटते रहोगे! बड़े आये! सच री, तुम कहाँ थीं, कितनी देर हुई ढूँढ़ते-ढूँढ़ते!"

छवि ने हँसते-हँसते दूल को बाँहों में भर लिया और उसके मुँह से मुँह सटा दिया। "देख, देख!" कहते-कहते दूल ने भी उसे भर लिया। छवि अकारण ही उसे बार-बार भींच रही थी, सच जैसे वह उसकी किसी जनम की सहेली हो, अथच एक गाँव की होने पर भी जोगी-बस्ती या उससे आगे कभी जा न सकी, या कभी दूल को देख न सकी, उसे पहचानती तक न थी। वे सचमुच जैसे चन्द्रमा पर पृथ्वी के आदमी हों, कोई किसी प्रान्त का है, पर वहाँ वे सब एक गाँव के हैं—उस गाँव का नाम है पृथ्वी!

उसके लाड़-भरे आदर को दूल ने उसके मुक्त मन का अकपट स्नेह मानकर ग्रहण किया। वह कृतज्ञ थी, गौरव का अनुभव कर रही थी। स्नेह में बहकर उसकी इच्छा हो रही थी कि ऐसा कोई रास्ता दिख जाता जिससे वह छवि का कुछ उपकार कर उसकी आत्मा को सन्तोष देती।

परन्तु छवि दूल को दूल जानते-समझते भी उस पर इतना उल्लास उँड़ेल रही थी सो नहीं, वह लहर की तरह फूल उठी थी, लहर की तरह ढुलक पड़ रही थी।

दूल के पास से हटकर वह पिता को खोजने चल पड़ी। आग के पास वे समूह के अन्दर बैठे हैं। चूल्हे की धाँस ललाह पोतती किसी-किसी के चेहरे पर कहीं-कहीं लगी है।

बगल किये बैठा था रवि। आग की लाल धौंस उसके माथे पर पड़ रही थी। छवि को देख एक सरल हँसी हँस उसके चेहरे की ओर ताकने लगा। छवि ने मुँह फेर लिया और देवल के दरवाजे की ओर देखने लगी। छवि की दृष्टि का अनुसरण करते हुए रवि भी उधर ही देखने लगा। दीप उज्ज्वल होकर जल रहा है, दीप-शिखा धमकती-सी नाच रही है।

छवि देखती रही। देवल का मुँह खुला पड़ा है। दीप जल रहा है। कहाँ है उसके प्रश्न का उत्तर?

उसी भीड़ के बीच से सिन्धु चौधरी ने कहा, "मना कर रहा था, चली आयी, उधर तेरी माँ को आज नींद नहीं आएगी।"

छवि को अपनी माँ की याद आ गयी।

लगा, जैसे अनजाने वह कोई दोष कर चुकी है, मुड़कर देखा, रवि उसी की

ओर दृष्टि किये है। सिर झुकाये उसने दुर्बल कण्ठ में पिता की बात का उत्तर दिया, "मैं क्या जानती थी!"

सिन्धु चौधरी ने कहा, "तभी तो बड़े बुजुर्गों की बात माननी पड़ती है! यह जो मौसम, यह जो बाढ़, घर से पैर निकाल नाव चढ़ यहाँ आकर–घर पर कितने चैन से खा-पीकर सोयी रहती!"

छवि का मन कहीं और था। उसकी छाती में धुक-धुकी हो रही थी, सच जैसे उसके अन्तर के समुद्र में चाँद उग आया है। बस इतना याद था कि रवि उसे देख रहा है। पिता की बात के अन्तिम कुछ शब्द मानो वहाँ ज्वार पर कुछ अवान्तर असामंजस्य-पदार्थ की तरह पड़ गया हो। अति उल्लास में उच्छरित होकर उस अवांछित पदार्थ को कूल पर फेंक देने की तरह उसने कहा, "अब और कौन-सी असुविधा हो गयी? घर के कोने में बैठे रहने पर ऐसा दिन कभी देखने को मिलता? यह तो मानो कोई मेला-त्यौहार हो गया!"

क्या कुछ उसके मुँह से निकल गया, वह रोक न सकी। बाद में उसने सुना, सब हँस रहे हैं। अपने पिता की हँसी वह साफ पहचान रही है, वह निरीह खुले मन की अबाध हँसी! रवि हँस रहा है, उसने देखा। उसकी बात को सब जैसे कौतुक-सी समझ रहे हैं। और फिर वह लजा-सी गयी।

रवि के साथ आमने-सामने बात करने की उसे जरूरत नहीं पड़ी। शायद कभी अवसर आ न जाय, वह डर रही थी। उसका मन चंचल हो रहा था। जरा कहीं कुछ खड् की आवाज होती तो वह चौंक पड़ती। भोजन का समय हो गया था। दूल के साथ वह परोस रही थी। पहली बार परोसकर दूल रसोई के पास चली गयी थी। छवि ने देखा, रवि की पत्तल खाली पड़ी है, दूल जरूर आएगी, शायद आती ही होगी। परन्तु रवि खाली पत्ते के पास बैठा है, और पत्ते पर अँगुली से लकीरें खींच रहा है। उसके मन में तनिक दुःख हुआ। पास जाकर खड़ी हो गयी, फिर झुककर फिसफिसाती आवाज में पूछ बैठी, "और कुछ दूँ?"

रवि के पास बई मलिक और उसके पास रोहीनाथ बैठे खा रहे थे। उन्होंने भी उसकी ओर देखा। रवि ने सिर को पीछे झटक लिया। उसके माथे पर से दो-चार लटें पीछे की ओर छिटक गयीं।

रवि ने कहा, "और क्या होगा?"

छवि जैसे जिद करती हुई बोली, "थोड़ा-सा और!"

रवि ने कहा, "अच्छा तो दो, जो देना हो।"

उसने उससे बात की। छवि वहाँ से दो छलाँग भर मुड़ आयी। वसन्त के प्रारम्भ में रात बीतने पर कभी ऊष्म, कभी सिहरन लगने की तरह उसे बहुत लाज-संकोच हो रहा था, फिर कभी उत्साह के आवेग में जैसे पैर जमीन पर नहीं पड़ रहे थे।

वह जी-भर रवि के पत्त में भात, दाल, तरकारी और खटाई उँड़ेलती जा रही थी। कभी कुछ अधिक हो जाता तो रवि हाथ बढ़ाकर 'नहीं-नहीं' करता, रोकने के लिए, तभी मानो उसका उत्साह दूना हो जाता।

खाना-पीना हो गया। सोने के लिए जाने से पूर्व सब एक जगह घेरकर बैठ गये। छवि का संकोच टूट चुका था। दूल और वह उस भीड़ के बाहर एक ओर बैठी रहीं। बीच-बीच में इधर-उधर की गप्पें चलतीं। मानो वे एक गाँव के एक डीह के आदमी हैं, ऐसे कितनी बार आँगन में बैठकर बढ़ती रात को देखा है, अनुभव किया है, रात की आवाज सुनी है। उस एक समन्वय में मिला दिया है उसने अपने निःश्वास का शब्द, कई सप्तक, कितने लोचों में खेलता फिर रहा था नाना कण्ठों के निकला भाषा का संगीत। उसी संगीत में कभी किसी के घर के बच्चे की रुलाई मिल गयी है, कभी अँधेरे से किसी बुढ़िया की खाँसी, कभी गाय का रँभाना।

वैसे ही तो यहाँ भी—छवि को अनुभव हो रहा था जैसे वह घर ही घर में है। छाती के अन्दर धक-धक हो रही है, खुशी की एक उत्तेजना उसके अन्दर दबी हुई है, कभी-कभी बिजली की तरह उसकी चमक एड़ी से चोटी तक चौंकाकर फैल जाती है, देह थर्रा रही है, कभी-कभी थम जाती है। सिर में मोह फैला है, लगता है जैसे उसे नींद घेर रही है, और फिर वह अनुभव कर रही है मानो उसकी आँखें खुली ही तो थीं, वह सोयी नहीं, जाग रही है।

बचपन में गुरु की माँ कोई कहानी कहा करती थी। गुरु की माँ नहीं, डीह में और कोई बुढ़िया थी। याद आ जाते हैं उसके लम्बे कान, जैसे कि मोम से बने हों, वैसे कुल्थई रंग के, नीचे-ऊपर के किनारे झूल गये थे, उन्हीं कानों पर जूट की तरह घने सारे बाल मटियाले, हवा में फरफर उड़ रहे थे। और याद आती है एक छोटी नाक, उसका सिरा मोटा, कितना निरीह, कितना स्नेह दिखता, मान-सम्मान नहीं चाहिए, या कि मेरी तरफ से कोई कुछ करे-धरे। कहानी कहती जाती—बस वही उसका आनन्द।

और उसके साथ-साथ तैर आयीं दो आँखें।

वह किसी राजकुमार की बात थी, उसका पक्षीराज घोड़ा, घोर वन के अन्दर कोई पुता शिव मन्दिर, पास में पत्थर काटकर बनायी बड़ी पोखरी, काँच की तरह थिर-साफ पानी। सीढ़ियों के पास नागेश्वर का पेड़, फूलों से लदा खड़ा था। पोखर में कमल खिले थे, कमलों पर भौंरे मँडरा रहे थे, झुण्ड के झुण्ड कनेर के फूल लदे, जाल की तरह पेड़ों की कतार पोखरी पर झूल रही थी। पोखरी में कमल के फूल, कमल की कलियाँ हटाते-हटाते, कमल के पत्ते टालते-टालते दल के दल राजहंस तैर रहे थे। सूरज उगता आ रहा था। सीढ़ियों से राजकुमारी ऊपर उठ रही थी। उसके चेहरे के चारों ओर भँवरे मँडरा रहे थे। पीठ की ओर उसके घने घुँघराले बाल लटक रहे थे, टखनों तक। चोआ, चन्दन, मेथी, अगरु, खस की जड़, गुग्गल की महक

बिखर रही थी। उसके माथे के बालों से सुगन्धित जल चू रहा था, कुकरमुत्ते की तरह गरदन उचकाये सफेद छोटे-छोटे हंस पानी पीने के लिए उसके पैरों के पास घेरते हुए-से चल रहे थे।

तभी उसने देखा जैसे पक्षीराज आकाश से नीचे उतर रहा है, राजकुमार उतरा। सच, जैसे वह द्वितीय सूर्य हो, मानो राजकुमारी को ताव छू गया, वह झुलसने लगी हो, कुछ उसी तरह झुकी-सी खड़ी रह गयी।

और फिर–

रवि बैठा है। वे लोग बैठे हैं। कोई कुछ बात कह रहा है। कान देने को मन करता है। कभी-कभी एक-एक बात छवि के दिमाग में भर रही है। बाढ़। मही दलपति। बाढ़ की लपेट में आये लोगों का रख-रखाव। खेती। गाँव का गढ़ना। चीन। अमेरिका। रूस। दक्षिण अफ्रीका। भागवत। तेल की घानी, महात्मा गाँधी। एक पृथ्वी। एक परिवार।

फिर-फिर मोह घिरता आ रहा है। फिर जैसे चाँव से चौंका गया। पक्षीराज घोड़े पर चढ़कर राजकुमार उड़ जाएगा क्या?

साथ राजकुमारी को घोड़े पर चढ़ाकर उड़ेगा तो!

साँस रोके ऊपर की ओर ताक रही है। वर्षा छूट गयी है। कहीं दूर ही दूर हटकर खण्ड-खण्ड काले-काले मेघ तैर रहे हैं, किसी कतार में सफेद, नारंगी, बीच-बीच में ये बड़ा चिकना आकाश। चाँद झिलमिला रहा है। कलौंसे रंग के साफ काँच पर चाँदनी पड़ रही है। धुँधला चाँद। प्रकाश और अँधेरा घुलकर ऊपर से नीचे बरसाता जा रहा है, उस पर इतने रूप-रंग बिखरे हैं। यह आदमियों की छोटी-सी भीड़, उधर पुराना देवल, खम्भे-खम्भे लगा यह घना बरगद, एक-एक ये इतने पेड़, ढूह। जमीन की ढलान। जो आदमी नहीं, वह भी मानो आदमी की तरह दिख रहा है। उस पर भी पता नहीं कोई भाव खिल रहा है। पुराना देवल मानो प्राचीन काल का दादा-परदादा हो, बड़े गाँव की तरह–उसके विस्तृत वंश की सुख-दुःख की चिन्ता में ग्रस्त होने का भाव! उसकी यह ध्यानस्थ-सी अवस्था संसारी-सी लगती है। और वह जो बरगद है, एक ओर पसर गया है, उस जुग की बुढ़िया दादी की तरह हाथ-पैर पसार गोद में किसी को सुलाये हुए है–कितने तेल-हल्दी लगा चुकी है, रात-रात-भर उजागर रहकर कितनी सेवा की है। सेवा में लोटती माँ की मूर्ति। अपना सब कुछ देकर पालती है, बढ़ाती है, उसका धीरज टूटता नहीं, आग्रह मुरझाता नहीं। बिलकुल उसकी अपनी माँ की तरह।

और छन् से माँ याद आ गयी, जैसे वह बार-बार याद आयी है, और वह मन-ही-मन उस उजाड़ से उड़ती चली गयी अपने गाँव, पाटेली गाँव को। क्या होगा? गुरु की माँ समझाती होगी। बस्ती की और भी कौन-कौन आयी होंगी...आज उसकी माँ की एक विह्वल रात...।

उसने गहरी-गहरी साँस खींचकर भीगी-भीगी मालती की महक अपने अन्दर भर ली। पीठ की ओर धरती पर दोनों हाथ टिकाये बैठी वह आकाश की ओर निहारती रही। और फिर उसके कानों से टकराया कि दूर कहीं चिड़ियों का जोड़ा कितने मीठे स्वर में एक-दूसरे को बुला रहा है। उसे लगा जैसे वह अपने घर से बहुत दूर चली गयी है। उसे दिख रहा है सुबह जैसे छान से झूलती उसकी माँ की साड़ी सूख रही है, और छान के ऊपर पास-पास कई कद्दू के फूल खिले हैं, सिरे के उस ओर पुआल के ढेर में कुकुरमुत्ते उग आये हैं, करेले की घनी छायी लतर की बाड़ के उधर बड़े-बड़े भिण्डी के फूलों से भरा पौधा खड़ा है। कुछ-कुछ बगीचे की छत की तरह हो गया है। धब्बे-धब्बे-सी नारियल की फुनगियों की छाया, कुछ परिचित घरों पर भी, दूर और दूर होती जा रही है, वह हटती जा रही है। और लगता है जैसे सब जगह वही घर है, वैसा ही सुख-दुःखवाला आदमी, वैसी है माँ। सब जगह वैसे ही स्नेह के भूखे आदमियों के चेहरे, सबके घर की-सी बेटी वह स्वयं!

कितनी विशाल है यह सृष्टि, यह आकाश, यह व्याप्ति—जिसका कोई अन्त नहीं।

यह नन्ही-सी बदली अचानक कहीं से उड़ी आ पहुँची है, ठीक उसके माथे पर। देखते ही देखते बढ़ उठी है, भर रही है। कितनी झीनी है उसकी साड़ी। वह पोशाक काली, लाल, हलद, नीली, नारंगी, कितने रंगों से चित्रित हुई है। जरी लगी बाँकी-बाँकी प्ररतें हिल रही हैं। इतने क्षणों के पूर्ण यौवन से उसकी देह उस पतले आवरण की ओट से धकेल-धकेलकर बाहर आ रही है, उसमें तेज फैल रहा है। चन्द्रमा के साथ वह रूप की होड़ लगा रहा है, कैसे समान होगा चन्द्रमा उसके, चन्द्रमा तो एक ही वर्ण का किंचित् तेज है, और बीच में वह अबोध-विस्मय है, वह जो जरा-सा काला चिह्न है। इस क्षण रंग-रंग में झूलती माथे की मणि की तरह यह भरी बदली ही श्रेष्ठ, आकाश की रानी है। और फिर एक और बहती आती है, पहले उसका नाम-पता तक न था, बढ़ती-बढ़ती आ रही है, पहलीवाली से बढ़ी-चढ़ी। पहलीवाली का रूप बदल गया, प्रौढ़ा, नहीं, वृद्धा। देह लरज-लरज रही है, कोई विशिष्टता नहीं, और वह मिल गयी कहीं, विस्तृति के काले अन्धकार की तरह व उधर जो थमी हुई नदी पसरी है, काले मेघों की नदी, उसी में कहीं।

बाद में आकाशी-परी बरसकर झर जाएगी, गिर पड़ेगी। अकेली वही नहीं, वैसे कितने बादल, वही बरसा तो सार है। न पाने का लोभ, और न कोई परिचयप्राप्त। बस एक उद्देश्य कि सेवा और करुणा में सब उँड़ेल देते होंगे। ऐसा दान देना ही तो जीवन है।

कुण्ठा नहीं, क्षोभ नहीं, क्लान्ति नहीं, रुकना नहीं, केवल मन की खुशी में विपुल आग्रह से अपना सारा बल, सारा सम्बल, सारी सेवा, सारी सुरभि, सारे कल्याणकर गुण इस संसार के मंगल के लिए उँड़ेलकर खुद निश्चिह्न हो जाना—

यही तो जीवन है।

अवश्य वह नन्ही बदली स्वयं को उसी तरह उँड़ेल देगी।

उसका कण-कण टूटकर गिर पड़ेगा कहीं का कहीं; कितनी घास के रस पर, कितने फूलों की पंखुड़ियों पर, कितने जीवन्त प्राणियों की देह पर। किसी के गढ़ने, किसी के बढ़ने में कहीं कुछ सहायक होगी, अथच कोई उसे पहचानेगा नहीं या जानेगा नहीं। उसी में उसकी सार्थकता है।

किनारे पर पत्थर के टीले से नदी में छलाँग लगाने की तरह वह अपने मन के उस भाव रूप में रह अति उल्लास में छपाक् से बात के झरने में कूद पड़ी। उस समय धोबेई मिश्र चर्चा के अन्त में दुनिया की परिस्थिति को लेकर उपसंहार कर रहे थे। उन्होंने कहा, "बहते स्रोत से खुद को थोड़ा दूर कर रखने से साफ दिख जाएगा कि कैसे सब जगह हिंसा-भेद-स्वार्थ ही बढ़ता जा रहा है, सिर्फ घर में ही नहीं, गाँव में ही नहीं, सब जगह, सब क्षेत्रों में यही तो दिखायी पड़ता है। हिंसा-अशान्ति-कलह-निष्ठुरता-वाद-विवाद लगे हैं? इसमें जो जिससे आगे बढ़ सका वही उसकी बहादुरी है। ऐसे चलन का भी कोई मतलब है? आदमी स्वयं को गढ़ सका नहीं, आँख मूँदे लग-पड़कर चीजें गढ़ रहा है, तरह-तरह की चीजें। स्वयं को आयत्त कर न सका, बाहर की दुनिया-भर की चीजें आयत्त कर रहा है, विज्ञान में बढ़ोतरी कर रहा है। इस एक उपग्रह का उचित उपयोग तो वह कर न सका, और कितने उपग्रहों में जाने के लिए वह पैर बढ़ा रहा है।"

इतनी बड़ी गम्भीर विज्ञोक्ति को प्रचण्ड वेग से आघात कर वह कह उठा, "ओह, ओह, यह हिंसा-द्वेष, हिंसा-द्वेष सुनते-सुनते कान सुन्न हो चले। नाना मन्त्रों की तरह यह भी हो गया जैसे कोई मन्त्र। बाप रे! इस मन्त्र के हाथ से आदमी को भगवान् ही बचाएँ! क्या कहती हो दूला देवी!"

कुछ न समझ रोहीनाथ पहले हँसते-हँसते कहने लगा, "अच्छा साखी मिल गया—गेल्हा देवी या दूला देवी या फूला देवी!"

दूल हँसकर कह उठी, "उई, मैंने क्या कसूर किया?"

जोर से हँस पड़ा जम्बू बेहेरा—"सच कहा। देवी, मुझे ये तन्त्र-मन्त्र से बहुत डर लगता है।"

सिन्धु चौधरी ने जोर से आवाज कर गला खँखारा।

और उसी हँसी में निधि रणा, बई मलिक, दधि अहीर ने भी हँसी मिला दी।

धोबेई मिश्र ने मानो बात पकड़ ली हो। उत्तर पूछने लगे, "मन्त्र तो आदमी की अभिज्ञता का सार है, जीवन पर जीवन बिताकर आदमी ने जो पाया है, जो देखा है, अपने अंग में सहा है, उसे ही तो मन्त्र के आकार में बाँध दिया है। पर

इसे सुनने पर आदमी का अनिष्ट कैसे होगा?"

रवि उत्सुक होकर कान लगाये था।

तब छवि ने कहा, "अभिज्ञता को जो अपने अंग से सहता है, उसके लिए वह सच है, उसके लिए स्पष्ट दर्शन है। उसके व्याख्यान को जो सुनता है उसके लिए वह मन्त्र है। गम्भीर सुनाई पड़ता है, बार-बार गाने पर नशा-सा छा जाता है। इधर कार्य में वह खिलता नहीं। सत्य, अहिंसा, महात्मा गाँधी के लिए हो गये थे अपने जीवन की स्पष्ट सत्यानुभूति, वह पद उनसे स्वतः निकल पड़ता था, औरों ने उस पद का यथेष्ट गान किया, जिस तरह कि गाया था 'रघुपति राघव', उनके लिए वह हुआ मुँह से गाने के लिए मन्त्र, मुख-शुद्धि होगा, उस छन खूब पवित्र-पवित्र-जैसा लगेगा, बस इतना भर, कार्य में फलेगा नहीं।"

रवि तर्क का उत्तर देते हुए कहने लगा, "आपने जो कहा, मैं उसे मानता हूँ। सब नहीं, कुछ लोगों के लिए केवल मन्त्र है, और कुछ होंगे जिनके जीवन का वह दर्शन होगा, केवल मन्त्र-भर नहीं, अति-वास्तविक अनुभूति होगा।"

छवि जरा भी हिचकिचायी नहीं, लजायी नहीं, मानो उसके भीतर से कोई भाषा दे रहा है, कोई उसके स्वर को संगीत और शक्ति प्रदान कर रहा है। उसने कहा, "होंगे, होंगे, जरूर, महात्मा गाँधी से भी बड़ी यह मानव-जाति है, वे महात्मा हैं; परन्तु वे आदि-अनादि नहीं। और भी होंगे, फिर भविष्य में भी होंगे। परन्तु महात्माजी मन्त्र नहीं बोलते थे, वे कार्य करवाते थे, वे लोग भी वही करेंगे।"

रवि ने कहा, "पर यह जो मिश्रजी ने कहा, वही तो सर्वत्र दिखाई पड़ रहा है, हिंसा, वाद-विवाद, स्वार्थ बढ़ रहा है, वह बात कहने में हर्ज क्या है? खुद चेतकर औरों को चेताना भी तो उचित है।"

छवि ने कहा, "वास्तव में खुद चेत सके, चेतकर काम-धाम कर सके तो उसकी बात सुनकर और भी तो जाग उठेंगे। हमारे घर में माँ-बाप कभी भोर से उठकर किसी को नहीं कहते कि उठो-उठो, उनके उठने के पीछे-पीछे हम खुद-ब-खुद उठ जाते हैं।"

रवि को अनुभव हुआ कि छवि सचमुच उसी के मन की बात कह रही है। उसका तर्क दुर्बल पड़ गया; पर तर्क के बहाने उसने कहा, "हिंसा, झूठ और स्वार्थ बढ़ रहा है, यह कहने से असुविधा क्या होगी, आप ही बातइए मुझे?"

धोबेई मिश्र ने पूछा, "हाँ, कहिए, मैं भी वही बात पूछना चाहता हूँ।"

सिन्धु चौधरी ने बात दबा देने के उद्देश्य से कहा, "पगली है, क्या तो उसने समझा है और क्या वह कहेगी? बच्ची है। कुछ सोचकर बिलबिला उठी है। जा, सोयेगी नहीं?"

छवि ने कहा, "असुविधा होगी। आप मान लेंगे कि सर्वत्र स्वार्थ है, सब जगह झूठ हैं, सब जगह हिंसा है। जो यह मान लेगा फिर उसकी आँखों को दिखेगा—सब

जगह अँधेरा, मानो सब जगह निराशा भरी है। ऐसा अगर होता तो यह संसार फिर न होता। झूठे होने पर भी उसके पास-पास सच है, उदारता है। एक आदमी में भी ये उभय हैं। पूरा भरोसा कर वह बाहर आ नहीं पाता, उसे साहस नहीं होता, सन्देह जाता नहीं। साहस, आशा और उत्साह मिलने पर निकलना। किसी से मन्त्र सुनने पर गीत सुनने से वह मिलेगा नहीं, काम देखने पर ही मिलेगा।"

रवि ने कहा, "परन्तु..."

उसकी बात काटकर तनिक उत्तेजित-सी हो वह कहती गयी, "वे जो लोग अपनी-अपनी रीति के अनुसार समाज को 'ऐसे गढ़ना चाहिए, वैसे गढ़ना चाहिए,' कहकर हमारे देश में हलचल मचाकर मन्त्र बोल रहे हैं..."

धोबेई मिश्र चोट खाये व्यक्ति की तरह कह उठे, "ओह मन्त्र!"

छवि उसी ताव में कहती गयी, "हाँ, मन्त्र बोल रहे हैं, कोई धर्म के बारे में, कोई समाज-नीति के बारे में। कहते हैं, मानव समाज को यों चलना चाहिए, त्यों चलना चाहिए, उनमें से कितने सम्प्रदाय अपनी कही बात के अनुसार रूप गढ़ सके हैं? अपनी नीति के अनुसार उन्होंने देश को गढ़ा है या गाँव को गढ़ा है? दूसरों को अकल बाँटने में सब अगुआ हैं, पर उस अकल को काम में लगाने की बात जब उठती है तो बात दूसरी हो जाती है। इसीलिए मैं कहती हूँ कि जो जिसे उचित समझता है वह उसे कर दिखाए, अच्छी होगी तो स्वतः औरों को रुचेगी, वे भी वैसा करने लगेंगे।"

सिन्धु चौधरी ने चौंककर छवि की ओर देखा, फिर चारों ओर नजर दौड़ायी। कितने विज्ञ आदमी की तरह बोल रही है! कौन कह रहा है! उस बरगद के नीचे जो मूर्तियाँ सजी हैं, क्या उन्हीं में से कोई एक, कोई सोयी हुई प्रपितामही, इस धुँधले चाँद तले इस उजाड़ में वे अवस्थित हुई हैं। फिर उसने जो कहा, उसे सुनकर और भी आश्चर्य हुआ, देह सिहर उठी। छवि कह रही थी, "इस देवल को देखें, कितना पुराना है, और यह माटी जहाँ हम बैठे हैं। सौ-सौ, हजार-हजार वर्ष तक यहाँ जो आदमी थे, उन्होंने भी अँधेरा देखा है, हिंसा, झूठ, वाद-विवाद कितना कुछ देखा होगा! पर आदमी अँधेरे को देखकर डरा नहीं, साँस फूली नहीं, प्रकाश चाहा है, पाया है। हिंसा-झूठ-वाद-विवाद कोई स्थायी नहीं हैं, उन सबको न मानकर कुछ काम कर दिखाए तो स्वतः वे चले जाएँगे, जाएँगे ही।"

रवि अभिभूत होने की तरह विनीत होकर कहने लगा, "हम चेष्टा कर रहे है।"

धोबेई मिश्र ने पुलककर कहा, "वाह! वाह! कितना अद्भुत है! आश्चर्य! आप जो कह रही हैं, हम बिलकुल नहीं सोचते हैं। पर कभी-कभी इतने स्पष्ट विचार नहीं कर पाते। इस अद्भुत प्रतिभा की सहायता आप हमारे संगठन को दीजिए। कभी पधारें फूलशरा।"

स्थान और समय भूलकर रवि कह बैठा, "सच, आइए न कभी।"

छवि एक अजीब भाव से हँसकर कहने लगी, "आप लोग तो करते जा रहे हैं, मैं सिर्फ देख रही हूँ। कभी मेरे द्वारा कोई काम हो सकेगा, फूलशरा जाने की योग्यता होगी, तो जाऊँगी काम तो सब जगह है।"

वही मूर्ति! वही सजीव बनकर बातें कह रही है! सिन्धु चौधरी स्वप्न और यथार्थ के बीच झूल रहे थे। कभी अस्पष्ट लग रहा था—यह भाषा तो मेरी ही है! किस उमर की, किस अवस्था की? किस गहराई में थी? आवाज दी, "बेटी! बेटी!"

"क्या बात है बापू?"

कुछ कह नहीं पाते, कहने को कुछ याद ही नहीं पड़ता। कहा, "जा, सोएगी नहीं, जा..."

रवि उठ खड़ा हुआ। हँस पड़ा। चाँदनी उसके हँसते-से चेहरे पर पड़ रही थी। छवि ने ध्यान से देखा। उसी चेहरे के अँधेरे-अँधेरे में मानो उसके मन के अन्दर अपना चित्र भर दिया हो। उसने आँखें मूँद लीं। उसके कन्धे पर हाथ रख दूल ने कहा, "अब चल, सोएँ!"

छवि उठकर चल पड़ी।

कितनी देर तक उसे नींद नहीं आयी, बाहर वही चुनचुनी रात, मानो जादू-भरी हो। अनचीन्ही धरती पर दो छावनियाँ, कुछ हट-हटकर बनी होने पर भी आमने-सामने हैं।

सच, लगता है जैसे उधर सामने से आकर लपट उसकी देह को छू रही है। अन्दर गरमी, छाती धकधक, कान चौकन्ने, पेट के बल लेटे वह दूर देख रही थी। तनिक कुछ खड़कते ही उसकी देह सिहर उठती। कभी-कभी मन का नशा और नींद का नशा एक साथ घुलकर उसकी चेतना को जब आच्छन्न कर देता, तभी अचानक लगता कि उसका शरीर चौंक उठता है। उसका मन कहीं उड़कर चला जाता। कभी-कभी लगता जैसे वह वहाँ नहीं है। शून्य ही शून्य में कुछ तैरता फिर रहा है।

उन्हीं बादलों के उस ओर कहीं चाँद छुपा है, मानो रात न हो, 'रज' पर्व की भोर हो। और कुछ देर बाद बावरी-बस्ती से मुर्गा कु-कु-ड़ूँ-कूँ कर उठेगा, गुरु की माँ आकर आवाज लगाएगी, 'आओ री, नदी चलें,' माँ फिर निकालेगी मलने के लिए हलदी का काठड़ा। चोया, खस की जड़ और बकुल की महक, भोर के तड़के में नदी के पानी की ऊष्माहट, और पिछवाड़े में चिवड़ा कूटने की धम-धम का छन्द। चौंक पड़ी। कब आएगा वह?

और यहाँ यह अनचीन्हा परिवार। कितना अजीब! केवल पिता, दूल, रोहीनाथ, बस इतने ही तो उसके गाँव के, बाकी सब भिन्न जगहों के भिन्न-भिन्न लोग हैं!

सभी!

याद आ गया रवि। लगा जैसे सब तो उसके अपने हैं। और वह सोचती गयी—सच, क्या वह भी उसकी बाबत सोच रहा होगा? मन्दिर के पिछवाड़े एकान्त में वह जिस रूप को देख आयी है, उसमें दृष्टि और लास्य का आरोप किया। उच्छरित आनन्द का स्रोत उसके सम्पूर्ण अस्तित्व के ऊपर से बह गया, उसने आँखें मूँद लीं, अँधेरे में उसके होठों के कोनों पर लाज-भरी बहू के चेहरे की-सी स्थिति आ गयी। वो आ रही है उसकी सुहागरात। बचपन से पुराण सुनते-सुनते, लीलाएँ देखते-देखते इस माटी की जो कल्पना और जो सपना उसकी नस-नस में भर गया है, फैल गया है, उसके आच्छन्न आवेश में मानो वह यहाँ एकत्र जमा होकर रूप धर हिल उठा है। यही वह क्षण है। बाहर खुली यमुना, धुँधली चाँदनी फैली है। नाना वन-फूलों की भीगी महक, ताजा महक, अँधेरे-प्रकाश की धूप-छाँही कुंज के नीचे।

गालों पर सिहरन-सी लगी, धीरे से कुछ बूँदें आँसू की चू पड़ीं। छनछनाती-सी वह उठ पड़ी। यह क्या? उसके अन्तर में कोई आवेग घुमड़ रहा है, कोई वेदना कसमसाती-सी। कुहनी पर टिकी दूर देखती पगली-सी सोचती रही, क्या आदमी का आनन्द इसी खींचतान में है? परिणति ये कुछ बूँदें हैं? अन्त कहाँ?

भावना बदल गयी। अचानक लगा—वह स्वार्थी है। उसने चाहा, खींचकर बाँध लेगी, सब कुछ चतुराई कर रखेगी अपने पास, सब कुछ जोड़कर वह होगी एक दम्भ-भरी 'मैं', फूल उठेगी, बढ़ेगी, हुकम चलाएगी। वह दूर देख रही है। वही दृढ़ता गहन-गाठी लगाये, पनकी पर बैठी साज-सँवार रही है, उसका घर-बार। पति भी अपना है, अपनी बात माननेवाला।

'झूठ-झूठ, कभी नहीं, नहीं...'

मानो अपने अन्दर ही और कोई जोरदार प्रतिवाद कर उठा हो, यह सब उसने नहीं चाहा, कभी नहीं। वह सिर्फ अज्जलिका, निवेदिता, वह सिर्फ बोतल में बन्द एसेंस ही नहीं, वह फूल का सौरभ है, स्वयं को सहेजकर रखना चाहा नहीं, दुनिया की सेवा करेगी, आनन्द देगी, वही तो उसके आनन्द का सपना है।

क्या है उसका रास्ता? क्या योजना है उसकी? उसके लिए कितने तर्क-वितर्क उठते, सेवक अपने भीतर कलह लगाते अपने-अपने रास्ते की टेक उठाकर। उनमें चली धर-पकड़, वे जिनके बड़े-बड़े दिमाग हैं, खूब बल है, खूब पढ़े-लिखे हैं। छवि सोच रही है, वह सिर्फ हृदय का विश्वास और हाथों का काम समझती है, रास्ते-रास्ते उसके हाथ जहाँ तक पहुँचे वह आनन्द देती-देती जाएगी, मैं या मैं-पन का अहंकार उसमें नहीं है, बस स्वयं को कर्म में विनियोग कर देगी।

रास्ते का कूड़ा साफ करना, यह भी काम ही है, किसी के आँसू या नाक पोंछना भी। काम का कोई माप नहीं, अपने चैन का माप है, वही उसका आनन्द है।

क्षितिज का घेरा बाँधे है इस टीले के ऊपर का घना पेड़ों के झुरमुट का अँधेरा; परन्तु छवि की आँखों के आगे झलमलाता फैला था अटूट नदी की बाढ़ का पानी, वही जो देखती-देखती आयी है।

कितने घर बहा ले गयी, कितने गाय-गोरू, भेड़-बकरी, जिन्हें लोगों ने युग-युग से सहेजकर रखा होगा, सब चला गया इस बाढ़ की लपेट में!

गाँव में तटबन्ध पर पड़े होंगे जोगी-बस्ती और पाण-बस्ती के लोग, नन्हे बच्चे को लिए सतुरा पाण की पतोहू यशोमती क्या करती होगी? कहीं सोयी होगी! याद आया कि अपने घर बुलाकर ले जाते समय कितनी सकुचाती-सकुचाती गयी थी। मूसलाधार बरसा में उजाड़ में खुले में चाहे पड़ी रहे, ऊँची जात के आदमी के घर में सूखे में रहने की भाजन वह नहीं, यही विचार इतने जमाने के धर्म और न्याय की धारणा ने उसे दिया है! बेचारी!

इस तरह कितने अछूत, मैले-गन्दे लोग, साबुत तन पर कुछ भी जिनके नहीं, न सिर पर...और यह बाढ़ आ रही है उन्हीं का सत्यानाश करने!

टूटी छान पर बैठे बहते जा रहे होंगे लोग, पास न कोई सखा होगा न कोई सहोदर, पुकारने पर कोई आएँगे नहीं, दूर किसी किनारे पर अँधेरी लकीर-सा टिमटिमाता प्रकाश बुझ जाता होगा, बस कल-कल, छल-छल करता पानी!

घनघोर बाढ़ का दृश्य वह देख रही थी, सहस्रभुजा होकर। वह वहाँ जुटी पड़ी थी काम में। किसी का बच्चा सँभाल रही है, किसी का हाथ पकड़ निकाल ला रही है, किसी को भोजन पकाकर परोस रही है। ओ हो! आदमी! कितने युगों का दुःख है उसके भाग में? छलछलायी आँखें, सोचते ही सोचते मुँद गयीं। अबकी वह माँ की गोद में सोयी है।

आराम है। सुख है।

जितनी देर से चाहे सोयी, सुबह सबसे पहले वही उठी। बाद में दूली; परन्तु तब तक तो उधर का शिविर खाली। वे सब चले गये हैं यह देखने कि टूटी नाव की क्या स्थिति है। नीलम-सा दिख रहा है, सुबह का प्रकाश पूरा खुला न था। खंजन एक-दूसरे को आवाज लगा रहे थे। उस बाढ़ के पानी के घेरे में उजाड़ ढूह पर अटल-निर्विकार भाव से खड़ा था बज्रेश्वर का ईंटों से बना देवल। उस भोर में चारों ओर निगाह फेरी तो छवि के मन में भर गया अपार विस्मय। कल नाव से उतरकर ठीक से देखने का समय नहीं मिला था।

मेघ बहुत टालते गये हैं, कल रात, और आज सुबह पंख-झाड़ा है दो बार—एक बार कोई मामूली-सी झड़ी हुई थी। आकाश की ओर दृष्टि घुमाकर छवि ने देखा, मेघ लदे हैं, किसी भी क्षण छलक सकते हैं। भीगी धरती पर यह जो पत्तों से चू पड़ता है टप-टप कर, यह एक-आध बूँद टपककर विशाल जल-राशि में मिलकर कहीं किसी की बाड़-बाँध तोड़ेगी।

कितना सुनसान!

यहाँ एक दिन हलचल लगी होगी। तब यहाँ रहा होगा बड़ा लोकालय, शहर या गाँव, और आस-पास भी वैसे ही। अतः यहाँ यह देवल, इतनी मूर्तियाँ, इतने बगीचे। कहीं से पत्थर, कहीं से कारीगर, मास-मास बरस-बरस बीत गये होंगे, पत्थरों को खोद-तराशकर मूर्तियाँ गढ़कर रखने में। तब कितने महोच्छव, कितनी हरि-ध्वनि हुई होंगी, उन्होंने विश्वास किया होगा, कि यह जो घर खड़ा किया गया, यह जो मन्दिर उठाया गया है, ये जितनी मूर्तियाँ जीवन्यास पा गयी हैं—रह गया युग-युग के लिए यह सब, यह थल भरा-पूरा रहेगा।

किसने तोड़ा? किसने उजाड़ दिया? क्या काला पहाड़ ने? पिता कहते हैं, जानकर लोग कहा करते हैं, कि जहाँ-जितने मन्दिर टूटे हैं, मूर्तियाँ विकलांग हुई हैं, सबको उसी ने चूर-चूर किया था। तो उसे बहुत समय लगा होगा, बहुत श्रम करना पड़ा होगा, दिन-रात कितने दूर-दूरन्त घूम-फिरकर पत्थरों के साथ युद्ध करना पड़ा होगा।

परन्तु उससे भी बड़ा और कोई है, वह काला पहाड़ नहीं, महाकाल है, जो लोहे को जर्जर कर देता है, काठ में दीमक लगा देता है, जो फफूँद भरता है, घुन लगा देता है, कुएँ धँसा देता है, भीत ढहा देता है, पत्थर के मन्दिर के शिखर पर कहाँ-कहाँ से लाकर पीपल रोप देता है, उसी ने तोड़े होंगे शायद!

धीरे-धीरे प्रकाश खुलता जा रहा है, छवि की आँखों में मानो वही विस्मय बनकर भरता जा रहा है, सोचती जाती है—क्या हुआ? कहाँ गया?

युगों के बाद युग बीतते गये, कितने घर, कितनी पीढ़ी के लोग! उसकी ही तरह असंख्य बेटियाँ पैदा हुई होंगी, घर बसाया होगा, चली गयी होंगी।

तारा की मूर्ति के पास झुककर देख रही है छवि। सोच रही है। कुछ उदासी-सी लगी। सच जैसे जाना-पहचाना चेहरा हो, काला चमचमाता, लवनि मला हुआ-सा चमकदार, सिर पर सूक्ष्म कारीगरी पर चिड़ियों की बीट। यही चेहरा—किसी की माँ या बहन का, इसी रूप को वह पत्थर पर खिलाकर देवता बना गये हैं। कोने से नजर घुमाकर देखा था, छन-छन प्रकाश में वह चेहरा मानो उसे देखकर हँस रहा है—छोड़कर जाने को जी नहीं करता।

यह चेहरा तो लाड़ करने लायक है, आदमी क्यों इससे डरे, इसके पास पना उँड़ेले, धूना जलाए? केला की पत्नी अगर गोरी न होकर चिकनी स्याह होती तो ऐसा ही लगता उसका चेहरा। केला की स्त्री को यों वेश पहनाकर उजाड़ में बरगद के तले बैठाकर मन-ही-मन वह कौतुक का अनुभव कर रही थी। सोच गयी—सहज को असहज किये बिना मानो मानव मन को शान्ति ही न हो!

ढेर की ढेर ये मूर्तियाँ सिर्फ गढ़ी ही नहीं गयी होंगी, इन मूर्तियों में अवश्य प्रत्येक के साथ एक-एक को लेकर नाना कहानियाँ भी रही होंगी। कोई किसी का

बेटा-बेटी, भाई-बहन, किसी की स्त्री, कोई किसी का मित्र या आज्ञाकारी, बिलकुल इसी देश के, इसी स्थान के मनुष्य-समाज की तरह ही उन आदमियों की कल्पना में उन देवताओं का समाज, कोई किसी स्थान का अधिपति, कोई किसी के अधीन। जिस काल का समाज, वैसा ही देवता। वैसे ही नाना समाजों के, नाना देशों के, अवश्य होंगे।

युग-युग से उन्हीं असंख्य देवों के पास सिर नवाते-नवाते लोगों ने अगणित पुकार लगायी होगी—घर भरो, शत्रु को मारो, देह नीरोग रखो, संकट काटो, बेटे-बेटियों को आदमी बनाओ। परन्तु काला पहाड़ चाहे भूल जाय, महाकाल किसी को नहीं छोड़ता। रोग आया है, बाढ़ आयी है, हैजा आया है, कोई चिरकाल के लिए सुख न भोग सका, कोई सदा जी न सका। किसी की सहेजी हुई चीजें सदा नहीं दिखती रहीं।

आदमी ने अपने हृदय की कामना और भय से घुल-मिलकर अपने जाने-पहचाने चेहरों के साँचों में गढ़े हैं—ये देवता। अपनी-रीति-नीति, रुचि-अरुचि के अनुसार उन्हें समझने-न-समझने का कायदा भरा है, खुद चले जाने के बावजूद भी रख गया है स्मारक के पत्थर। कोई उन्हें पूजता है, कोई नहीं, कहीं दीये की बाती जलती है, कहीं नहीं।

शुकुटी पण्डित कितने बेल के गोंद में जनेऊ माँजते हैं, कितने तिलक-छाप लगाते हैं, नाक से चीं-चीं करते मन्त्र पढ़ते हैं, परन्तु वे ही मुट्ठी-भर हाड़-चमड़ी धड़-धड़ होते रहते, कमर लड़खड़ाती रहती, घर की अवस्था भी सुधरती नहीं।

धोबिन रूपेई की माँ में कभी-कभी 'बूझा' आती। वह हुकुम देती। कहती—"मैं वन देवी हूँ," उस बार जब उसका मन्त्रित पानी पीकर, बावन महान्ती की विधवा भावज उलटी करती मर गयी, बावन महान्ती ने आकर कितना कलह-झगड़ा किया था, चेतावनी दी थी, और रूपेई की माँ को 'वन देवी' नहीं लगीं उसके बाद।

कन की माँ सात बस्ती गाँव-सयानी। वह किसी गाँव के बाबाजी के चित्र की पूजा दोनों जून किया करती है। बाबाजी के सिर पर एक झुण्ड घेरदार जटाओं का लदा है, दो हाथ ऊँचा, लम्बी दाढ़ी झूलते-झूलते जाकर मिल जाती है। भालू की तरह छाती के जंगल से। बड़े मटके की तरह पेट। पलथी मारे बैठे हैं, नीचे बाघ की छाल बिछी है। बाबाजी को कभी कन की माँ ने देखा नहीं।

परन्तु उसका कहना है कि वे सब कुछ देख सकते हैं, जान सकते हैं। काँच में बँधी बित्ते-भर की उस फोटो को वहाँ स्थान पर रखकर कन की माँ दुनिया-भर के फूल लाकर चढ़ाया करती, धूप-दीप देती, गुड़ का भोग लगाती, पीतल की छोटी-सी घण्टी हिलाती टिंग-टिंग कर। फिर सिर्फ होठ हिलाकर कोई मन्त्र बोलती-बोलती आरती करती, बाद में माथे को तीन-चार बाद धरती पर टिकाती। वह कहती, उसके बाबाजी स्वयं अवतार हैं, अतः वह उनके चरणों में तुलसी-पत्र चढ़ाती।

भाँति-भाँति के बाबाजी। जात-जात के ठाकुरजी, युग-युग में, जगह-जगह। कौन-सी बात रुकी, बाढ़ या हैजा? उनके पीछे समय बीता है, भला-बुरा सोच-विचार रास्ता ठीक करते-करते आदमी के स्वाधीन विचार-बाधा पाकर अटकाव आया है। उन पर झूठा विश्वास, आँख मींचे निर्भरता, हाथ थामकर बैठे मन्त्र-जाप, माथा टेकना...

"दिलवा दो, करवा दो सब। उसके मन में सुख भर जाय, धन पूर जाय।"

इसी तरह सोचती जा रही थी छवि।

इसी माटी तले कितनी ही वैसी मूर्तियाँ होंगी, कौन कह सकता है? कितने पूजास्थल, कितने यज्ञस्थल कहाँ-कहाँ नहीं होंगे। सिर्फ माटी तले ही क्यों, घर-घर में वैसे ही, प्रत्येक आदमी के मन की कन्दरा में, अधिक बुद्धि न लगाकर, अधिक परिश्रम न कर। फिर बार-बार रोग में, अभाव में, दुर्दशा में छटपटाकर आदमी विश्वास थामे है कि जादू होगा, मन्त्र कारगर होगा, अतः वह शक्ति-भर ढोल 'ढाँव-ढाँव' पीट रहा है, धूना गुग्गल जला रहा है, धरती पर सिर टेक रहा है, घी जला रहा है; उपवास करता है, फुंकारता गरम साँस छोड़ मन-ही-मन सुनने की तरह इच्छा-शक्ति का प्रयोग कर रहा है कि यह हो, अमुक मिले। होने पर कहता है, मेरे देव ने सुन लिया, वरना कहता है कि विधाता वाम है।

महाकाल घुन की तरह लगा हुआ है।

रुकता नहीं।

ऊँचे-ऊँचे पेड़ों के उधर सूरज महाराज उग आये। पूर्वीय आकाश पर लदे मेघों में सचमुच जैसे आग लग गयी! केवल भीगी घास, कुछ पेड़-पौधे, जगह-जगह ढूह, चिड़ियाँ, तितलियाँ, कीड़े-मकोड़े हैं, आदमी, वह अकेला है। छवि की आँखों में एक नया प्रकाश भर रहा है। वह इधर-उधर घूम रही है। समय का बोध नहीं है।

एकाधार में नाना स्रोत, एक छवि में नाना रूप, खींचातानी, छीना-झपटी करते आदमी इस सृष्टि में सुन्दर है या असुन्दर?

मिल सका तो सुन्दर, श्रद्धा कर सका तो सुन्दर, नहीं तो इस मेले में वह अचेत है, कुत्सित है; किसी का नहीं।

उसका पागलपन का मोद तोड़कर हलचल आयी आदमियों के कलरव की, और वह अपनी चेतना की स्थिति में लौट गयी। बाढ़ आयी है। चेतना में फैल गया दिगन्त-स्पर्शी गँदले पानी का प्रलय-समुद्र।

माँ क्या करती होगी? क्या सोच रही होगी?

वह जल्दी-जल्दी मुड़ गयी भीड़ की ओर। रवि नहीं पहुँचा है। पिता हैं, और लोग हैं। "आ, चलें, बेटी!" पिता ने कहा।

टूटी नाव की मरम्मत हो चुकी है। उसी नाव पर खड़ा है रवि। उधर ढूह

के कगार से चले आते दल की ओर देख रहा है। चेहरा चमचमा रहा है। उसके पीछे आबू की तरह मोटे पत्थर सरीखा जम्बू बेहेरा।

"आप लोगों को धोबेई भाई उस नाव में लेकर पाटेली गाँव छोड़ देंगे।" रवि ने कहा।

"हाँ, यही हो!" धोबेई मिश्र ने हँसकर कहा, "यदि रुकेंगे तो नसडीपुर या कंकालपाटना में रात में भेंट होगी।"

"बाढ़ के काम में क्या हम कुछ भी काम नहीं आ सकते?" छवि ने धोबेई मिश्र से पूछा। वह लजा-सी गयी।

"आपके गाँव में तो बाढ़ है, आपकी अभी वहीं जरूरत है।"

सिन्धु चौधरी ने कहा, "हाँ, वही तो पहला काम है। गाँव में पहुँचते ही, मरद-औरत सबके लिए वहाँ काम है। आशीर्वाद दे रहा हूँ बेटे, आशीष, आशीष!"

दो नावें दो ओर चल पड़ीं।

दोनों दल परस्पर की ओर देखते खड़े हैं।

दूर जहाँ बाढ़ के समुद्र में ताड़वन ऊपर उठा है, वहीं रवि की नाव बायीं ओर मुड़कर अदृश्य हो गयी। छवि उधर ही देख रही है। पानी पर ताप नाच रहा है। बीच में कहीं थोड़ा-बहुत बाग।

बड़ी-बड़ी आँख फाड़े रोही और दूल उस पानी को देख रहे हैं। अपनी देह पर सही गयी वही विभीषिका मानो पुनः आँखों के आगे साकार हो जाती है।

राणाबन्दी गाँव के किनारे से जाते समय घर के छज्जे तले औरतें नहा रही हैं, बच्चे पानी में छपाछप कर रहे हैं। कछुवे की पीठ सरीखे गाँव में ऊपर-नीचे कहाँ-कहाँ के लोग, गाय-गोरू ठसाठस भरे हैं।

तनिक हटकर शुआपोखरी के षडंगियों का नारियल का बगीचा कमर तक पानी में खड़ा है। कितनी टूटी छान, पुआल के ढेर के ढेर; काठ, बाँस वहाँ अटके पड़े हैं। दूर से तैर आती है तीव्र दुर्गन्ध, मानो उबकाई दिलानेवाली। ऊपर अनेक गिद्ध चक्कर मार रहे हैं, नारियल की फुनगियों पर पक्षी फड़फड़ा रहे हैं। अनेक गाय-गोरू की लाशें नारियलों के तनों से उलझी हैं।

और कोई आदमी की लाश भी टँग गयी है, फूलकर कैसी दिख रही है, लम्बे काले-काले बाल उलझे जाल की तरह बिछे हुए हैं। पानी में पड़ती नारियल की फुनगियों की छायाएँ जुड़कर थिर सोयी हैं।

"यह क्या? ए, क्या?" छवि चीख-सी पड़ी।

कोई कुछ कहता इससे पूर्व धोबेई मिश्र ने बताया, "यह बाढ़ है। हाँ, सिरा मोड़ दो।"

पानी का बहाव काटकर नाव चली जा रही है। गरज से आकाश को थर्राता

कहीं से अचानक दिख जाता है एक हवाई जहाज, भँवरा-भँवराकर घूम रहा है। सब उसकी ओर ताकने लगे।

इस साल बाढ़ आयी है, चारों ओर वही हलचल है, महानदी में पानी पहले सबसे ऊँचा जितना उठा था, उससे भी तीन हाथ बेसी गया है इस साल। ब्राह्मणी नदी में पिछले साल जो भयानक बाढ़ आयी थी, उससे भी चार हाथ ऊँचा गया है पानी। सौ-सौ घाइयाँ टूटीं, सैकड़ों गाँव समूह धुल-पुँछ गये, लाखों लोगों के घर-बाड़ी, गाय-बकरी, जीवन-भर की जमा-पूँजी सब कुछ बह गया, कितनी सौ लाशें इधर-उधर फैली दिखाई पड़ीं, वे सब बाढ़ वे मरे या रोग से पता ही न चल सका; कितनों का तो अभी तक पता न चल सका, मरे या गये जगह-जगह पहाड़ों पर, टीलों पर, चार-चार पाँच-पाँच कोस के तटबन्ध पर आदमी कीड़ों-मकोड़ों की तरह भरे पड़े हैं, गाय-गोरू भी। बरसा ने मारा है, पीने को गँदला पानी, सिर पर छान नहीं, वैसे ही खुले में खड़े रहे चार-चार पाँच-पाँच दिन। कितनी जगह रेल के पुल टूटे हैं, जगह-जगह घाई के बहाव में रेल के नीचे जमीन कट गयी है, मीलों तक। कहीं रेल की पटरी अधर में लटक रही है, कहीं कोस-भर का रास्ता बह गया। रेल बन्द। गाय-गोरू की लाशें सड़-सड़कर जो दुर्गन्ध कर रही हैं कोस-कोस तक साँस लेना दुरूह हो गया है। खींच ले जाने के लिए सियार-गीदड़ भी नहीं, वे भी मरकर तैर रहे हैं। जंगल से खिसक आये थे दो हाथी, तीन बाघ, हरिणों का झुण्ड, एक जोड़ा बड़े-बड़े साँभर। मर चुके थे। विराट्-विराट् पेड़ बह गये हैं। जहाँ गाँव के सटे-लगे घर खड़े थे, वहाँ अथाह पानी का जमाव हो गया है। जिन गाँवों ने कभी अपने इतिहास में बाढ़ नहीं देखी, वे भी बाढ़ के दाँव में पड़कर अदृश्य हो गये हैं। इस बरस खण्ड-प्रलय मच गयी है। यही चर्चा लोग जगह-जगह कर रहे हैं, भीड़ की जगहों पर बीच-बीच में नाव रुकती। दिख जाते स्थल की ओर से बाढ़ देखने आये कई तरह के लोग, खबर और फोटो लेनेवाले लोग, किसी के हाथ में कैमरा, किसी के दूरबीन, किसी की आँखें छलछलायीं, किसी के मुँह पर लाउडस्पीकर। वहीं पानी के सहारे नाना प्रकार की तत्परता दिखाई पड़ती। कगार जहाँ खा गया है, बाँस गाड़कर बालू के बोरे पर बोरे लादे जा रहे हैं, ट्रक में लदकर पत्थर लाकर ढेर किये जा रहे हैं, पानी के हिलोरों के साथ संघर्ष चल रहा है। नाना प्रकार के दृश्य। विपद् रहित आस-पास के भागों में थोड़ा-बहुत नाव में फिर आते। और वहाँ से सहायता भी मिलती। चिवड़ा, चावल वगैरह अन्यान्य चीजें, दवाइयाँ। और कभी-कभी, कार्यकर्ता आते। सचमुच जैसे स्थल के लोग सहायता करने झटपट उस जगह तक दौड़े आते हैं, उसके आगे फिर हाथ पहुँचते नहीं, पैरों को थाह मिलती नहीं।

फिर चल पड़तीं नावें उस अटूट बिछे पानी की छाती पर, काले कत्थई आकाश

तले मेघ ढुलकते, तूफान गरजता, जीभ लपलपाकर दहाड़ती कूदती लहरें कतार की कतार आतीं, कहीं जलार्णव के बीच छोटे-छोटे ढूह पर अकेला-दुकेला पेड़, और वह भयावह दृश्य—टूटे-उजड़े गाँव, डूबी हुई बस्तियाँ, पानी कुदाती घाइयाँ, बिजली की गति का स्रोत, आँखें जहाँ तक जा पाती हैं, केवल सब बहता जा रहा है, कीड़े-मकोड़ों से लेकर घर की छान तक—हण्डी-कुण्डी, गाय-गोरू, बड़े-बड़े पेड़, नहीं तो पानी टपक-टपककर चीजें सड़ रही हैं, दुर्गन्ध भर रही हैं। खेत में धान सड़ गया है, सन खड़ा-खड़ा सड़ रहा है, पानी में डूबकर घास भी सड़ी जा रही है।

अचानक किसी पेड़ पर से किसी की आवाज सुनाई पड़ती, देवल पर पताका की तरह पेड़ों पर पताकाएँ दिखाई देतीं। पहचान के लिए आदमी संकेत कर रहा है। कहीं नाव देख तैरते-तैरते लोगों की धार आ जाती, छान टूटकर अटक गयी है, दीवारें ढही पड़ी हैं, कहीं टूटी दीवारें खड़ी हैं, आड़े पड़ी हैं, समूची साबुत एक भी नहीं। जगह-जगह थोड़े-थोड़े टापू में गायों की लाशें फँसी पड़ी हैं। कंकाल की तरह पड़े हुए हैं। जीते गाय-गोरू अवश होकर छलछलायी आँखों से बढ़ आते आदमी देखकर, नाव की ओर वह अपलक डबडबायी नीरव दृष्टि से कह जातीं—अपना करुण इतिहास। उन आँखों में आशा की कोई कणिका दिखाई नहीं पड़ती।

वे नावें कभी एक जगह मिलतीं, कभी तीन दलों में बँटकर तीन ओर कहीं की कहीं बिखर जातीं। तारीख या वार कुछ याद नहीं रहता, बादलों के अँधेरे में कब दिन उग आता, कब बुझ जाता, जीवन का यहाँ एक नया ही माध्यम है, कार्य की नयी परिभाषा है, नाव ही नाव पर जीवन, पानी-गारे में काम, लोगों को यहाँ से लेकर वहाँ छोड़ना, पास ही चीजें हुईं तो सहायतार्थ बाँटना और साहस बँधाना, सहानुभूति जताना।

तेरह दिन बीत गये इसी तरह। पानी घट आया था। घाई टूटने की जगह अभी भी नयी धार में पानी जा रहा है, पाट में, गहरे गड्ढों में, खेतों में अभी भी पानी भरा है। जहाँ-जहाँ से पानी हट रहा था उधर दूर-दूर कोसों तक चमचमाती बालू की परत बिछी दिख जाती, वही जहाँ एक दिन अन्न का भण्डार उपजानेवाली धरती थी, कहीं दो-तीन पोरसा गहरा गड्ढा कर दिया है, पहले जहाँ घर-बार था, जमीन-बाड़ी, पेड़-पौधे थे। और जगह-जगह पटू फैल गयी है। चीन्ही धरती अनचीन्ही बन गयी, एक नयी सृष्टि—धुली जमीन, सड़ी फसल, निश्छिद्र हुए निवास स्थल, कीचड़-दलदल से भरी धरती पर एक-एक हाड़-कंकाल, अब भी थोड़ा-बहुत मांस चिपका हुआ है, इधर-उधर कौवों और गीधों के समूह। ये बाढ़ छूटने के दिन ही विशेष असुविधा के दिन हुआ करते हैं। गाँव के किनारे पर नाव तो लग सकेगी नहीं, बैलगाड़ी भी जा न सकेगी, जिस गाँव में भी जाओ, कीचड़ होकर पैदल चलो, कहीं कीचड़ में घुटनों तक डूबना, तो कहीं छाती या गरदन तक पानी, चारों ओर भीगा चिपचिपा मैला-कुचैला। पंजे और अंगुलियों के बीच बालू भर जाती है,

पिण्डलियों में जोंक चिपट जाती हैं, मच्छर और मक्खियाँ बेशुमार भर गयी हैं, खाँसी, सर्दी, बुखार, दस्त धू-धू कर बढ़े जाते हैं, जगह-जगह हैजा आ पहुँचता है, उधर सहायता के लिए कोई साधन-सुविधा नहीं रह जाती।

उसी सड़ी-गली दुनिया पर सुबह-शाम घने कुहासे की भाप ढँके रहती, रात में इधर-उधर हिलती-फिरती डायनी लपट, कीच में चपचपाते ढूहों पर नारियल की फुनगियाँ, ताड़ की फुनगियाँ या डालों की बनी छोटी-छोटी झोंपड़ियों में प्रतीक्षा करते पड़े रहते सुगबुगाते आदमी, किसी का दस्त बहा जाता। खें-खें खाँसी सुनाई पड़ती, मरी हुई माँ के अनाथ बच्चे की रुलाई सुनाई पड़ती। कभी किसी उढ़काये किवाड़ों से गीदड़ घुसकर घूम-फिर चल देता। जहाँ थी ठँसे-ठँसे लोगों की बस्ती, वहाँ छिन्न-भिन्न-सा लगता। बस पानी, कीचड़, बालूचर। विध्वस्त मानव-सृष्टि के अन्दर किसी कोने में बूँद-बूँद मानव-गोष्ठी कहीं छुपी रहती, उसका पता भी नहीं चलता।

पता चलता सुबह होने पर, जब इस कुलच्छनी दुनिया में आदमी निकलता आहार खोजने, तब वैसे भूखों-नंगों के दल कहाँ-कहाँ से निकलकर धार लगा देते, कोसों लम्बी रिलीफ-केन्द्र की ओर, पेट में लपलपाती भूख, आँखों में आग।

फूलशरा दल का स्वेच्छाकृत सहायता कार्य पूरा होने को आया। जो चीजें लायी गयी थीं, कब की दी जा चुकीं। दूसरों पर भार न बनने के लिए दल के पास थोड़ी-बहुत खुराक बची है, दिन में दो मुट्ठी खाकर किसी तरह काम चला लेने की बात। कितनी सरदी, खाँसी, बुखार, पेट दर्द झेला है। कितने दिन कितनी रातें बीतीं, कभी आँखें मुँदी नहीं। पूँजी चुकने पर भी काम रुका नहीं, पुकारने पर लोग हुंकारा भरते, जिसके पास है वे देने को आगे निकले हैं।

और आँखें छलछलाये, होठ थरथराये, कितनों के दरवाजे खुल गये। बाहर निकल पड़े कंगन-चूड़ी पहने जोड़े के जोड़े कितने हाथ, "आहा, लो, लो भई..."

अब लौट जाना पड़ेगा। बाढ़-सहायता-कार्य की चारों ओर व्यापक व्यवस्था हो चुकी है। सरकारी सहायता की व्यापक व्यवस्था चल रही है, उसके साथ मिल-जुल गयी हैं अ-सरकारी सहायता करनेवाली संस्थाएँ। देश पर इस विपद् की घड़ी में चारों ओर से कुछ-न-कुछ सहायता आ पहुँची है। एकदम काश्मीर से लेकर केरल, गुजरात, आसाम—सब प्रदेशों से। दान के साथ सहानुभूति का स्वर एक साथ मिलकर प्रमाणित कर रहा है—भारत एक है, देश के लोग सुख में दुःख में एक हैं।

नदी में पानी छूट गया है, बहाव तेज है। अब घर की ओर लौटना है। पहले एक नाव लौट गयी, बाद में एक और, दो दिन बाद तीसरी नाव में रवि लौट पड़ा। धोबेई मिश्र, बई मलिक, दधि अहीर, जम्बू बेहेरा और गुल केवट भी थे।

यही नदी, इतना पाट, इतने गाँव, इतने दिन की बाढ़ के काम में परिचित हो गये हैं। फिर हो जाएँगे अनचीन्हे। वे देख आये रोती-बिलखती वेला का आकुल दृश्य। अगली बार वह दृश्य न होगा, वही चिरपरिचित गाँव-गली का दृश्य झलकता

होगा—घर-बारवाला गाँव, छाती तक ऊँची फसल, जिक-जिक घास के मैदान में चरते निरीह गाय-गोरू—देवल से घण्टी आ रही होगी, पोखरी-घाट से गाली-गलौज की आवाज, बस्ता काँख में दबाये चटशाला की ओर दौड़ते बच्चे।

वही बात रवि सोच रहा था, आगामी दिनों का चित्र आँक रहा था। सामने वही गँदले पानी का समुद्र, बाँध-मेड़ आदि को लाँघता अभी भी चला जा रहा है दिगन्त की ओर, केवल जगह-जगह किसी की कत्थई पीठ की तरह सड़ी फसल, सड़ी घास बहकर धरती पर उठी दिख रही है। खुरदरी सलेट की तरह आकाश और पानी। आकाश में चल रहे हैं काले-काले धुआँ से हलके मेघ, जगह-जगह वे काले झण्डों की तरह उड़ रहे हैं। उत्तरा खुल रही है; पानी में खड़ा है नारियल का बगीचा, उसकी फुनगियाँ दाहिनी ओर झुकी हैं। उदास गम्भीर दृश्य है। दूर कड़ककर बिजली चमकी, नीचे से ऊपर तक साँप-सँपोले की तरह जल उठी।

जम्बू बेहेरा ने कहा, "दशहरा गया, क्वार-पूनम है आज, इन मेघों की आश मिटी नहीं, अभी और भी...!"

दिन-भर सूरज छुपा था, उसी मेघपूर्ण आकाश के पश्चिमी कोने में मानो धान उसनने के लिए पत्तों की आग सुलग उठी हो थोड़ी-सी, उसका स्पष्ट रूप नहीं, आकार नहीं। एक ओर से एक विराट् हाथी और दूसरी तरफ से एक विराट् भैंस—मानो दोनों ओर से आमने-सामने होकर आकाश में कुछ समय के लिए खड़े रहे हों। थोड़ी-सी आग को तीन भाग किये दो काली पट्टी टँगी रही। दूसरे सिरे पर उगा कुँआर पूनम के चाँद का उजास—बैटरी खत्म होती आ रही टार्च लाइट की क्षीण रोशनी की तरह।

पास-पास तैरते-तैरते गुजर गये कितने गाँव, हुलहुली सुनाई पड़ी नहीं, क्वार-पूनम के गीतों की कहीं प्रतिध्वनि नहीं, सब ओर सुनसान है।

चाँदनी कुछ तेज हुई। अँधेरा ही अँधेरा दिख रहा था, सामने बालूचर, जगह-जगह चमचमाहट, टूटी छान, टूटी भीत, कतार की कतार, ढेर के ढेर, और उन्हीं पर अब चाँदनी झिलमिलाने लगी है। सब चुपचाप हो गये हैं।

सियार हूक उठे, मानो यह भी कोई एक रीत है जिसका पालन कर रहे हैं। कम ही हैं, दूसरी ओर से कोई पारी नहीं सँभाल रहा। सियार भी बाढ़ में बह गये हैं।

"फिर कब आओगे? फिर कब आओगे?" दिन में कितने ही गाँववालों ने आग्रह से पूछा था।

रवि ने शान्त रहकर याद किया, कितने चेहरे, कितनी विकल आँखें, कितनी मिन्नत!

वे सब उसके अपने हैं।

"वो जो रोशनी पास ही पास दिख रही है, वही तो पाटेली गाँव है।" जम्बू

बेहेरा ने बताया। देखते ही देखते नाव मोड़ पर घूमकर निकल गयी।

इतनी भयानक बाढ़ आयी थी। तोड़ने नहीं, जोड़ने और गढ़ने के लिए।

गुनगुनी फागुन की दोपहर में तटबन्ध पर बैठा रोहीनाथ नयी बस्ती की ओर देखता सोच रहा था। डाल-डाल आक का झुरमुट गोल होकर उगा है, फीके बैंजनी फूल भरे हैं। पास में एक लम्बी गैंती पड़ी है। आक के पौधे पर हलद तितली और लम्बे-लम्बे भँवरे बैठे हैं। पास में एक अकेला कुल्थई रंग का कुत्ता है। बीच-बीच में इस झुरमुट से उस झुरमुट की ओर दौड़ जाता है। झूठ-मूठ ही हलचल खड़ी कर रहा है, तितली और भँवरे आक को छोड़ उसी के ऊपर-ऊपर उड़ रहे हैं।

"आ, पोटल," रोहीनाथ ने कुत्ते को पुकारा, "शैतान मत बन, थिर होकर बैठ!" पोटल छलाँग भरकर दौड़ आया, कपड़े का सिरा मुँह में दबाकर वायु लगने की तरह सिर को बायें-दायें जोर से झटकने लगा।

कितनी बड़ी बाढ़ आयी थी, पोटल का तब जन्म भी नहीं हुआ था—रोहीनाथ ने सोचा।

"छोड़-छोड़!" उसने पोटल की पीठ को धीरे से थपथपाया। पोटल ने पीछे की ओर छिटककर फिर आगे कूदकर ठीक उसके मुँह के पास मुँह लाकर चाट लिया, बाद में उसके चारों ओर दौड़-दौड़कर नाना दिशाओं से उसके चेहरे और देह पर जगह-जगह चाटने लगा।

"धेत् धेत्, तू उठता है या नहीं—" वह खड़ा हो पोटल की ओर कंकर उठाकर दूर फेंक रहा था। वो उधर दूर तटबन्ध के ऊपर कोई धूल का बगूला-जैसा आ रहा है, घूमता-घूमता किनारा पारकर कछार पर उतर गया है। पोटल उधर ही दौड़ गया।

गाँव की ओर से एक लाल कुतिया दौड़ी-दौड़ी आ रही है। पतली कमर, पतली ही देह, नवेली-सी। पोटल ने दिशा बदली और उधर दौड़ गया।

गाँव की ओर से धीरे-धीरे घिसटता-घिसटता-सा चला आ रहा है 'नाला', कभी वह पाण-बस्ती का विख्यात कुत्ता था। पिंजर के हाड़ हिल-डुल रहे हैं, देह पर रोम नहीं, सारी चमड़ी पर घाव भरे हैं, गरदन लड़खड़ा रही है। वह खड़ा-खड़ा आगे-पीछे झूलने लगा। और फिर धड़ाम से गिर पड़ा।

सच तो, पोटल भी 'नाला' की सन्तान ही तो है! 'नाला' कहकर बुलाते हैं, यानी सिंह-कुत्ता। कितने कुत्तों को गरदन से उठाकर झकझोरकर फेंक दिया है उसने। बन्दरों को तो यों लपक लेता था। बकरियों की गरदन मरोड़ कितने झगड़ा-फौजदारी खड़ी कर दी है। दस बरस में ही उसका खेल पूरा होने को आया। गिर पड़ा था, फिर उठ रहा है, और एक दिन जो गिरेगा तो फिर उठ नहीं सकेगा।

रोहीनाथ ने गैंती उठाकर कन्धे पर रखी। मन में आगा-पीछा हो रहा है कि जाऊँ या नहीं। उसके दाहिने पैर में कोई ठूँठ टकराकर छोटा-सा घाव हो गया है, पाँव में दर्द हो रहा है, चलने पर पीड़ा होती है। इस वेला फिर वही पोखरी की खुदाई का काम। उसके जाते न जाते घर पर दाल-चावल-सब्जी-नमक-तेल का 'सीधा' आकर रखा होगा। ऐसे ही चलता आया है। डेढ़ बरस हो गया, काम करेगा तो खाने को मिलेगा, न करेगा तो भी। तभी तो जोर आता है। काम किये बिना वह भोजन पचेगा कैसे? दस लोगों का धन है, अकेले उसका ही तो नहीं। सच, जैसे शिव-निर्माल्य हो, ठगाई से वह हजम नहीं होनेवाला। वैसे ठगेगा भी किसे? धन बढ़ने पर उससे दस जनों का उपकार ही होगा। हल, बगीचे के लिए गड्ढे खोदना, खाद पटाना, बड़ी-बड़ी सब्जी की बाड़ी के लिए बाड़ खड़ी करना, घर बनाना, घरों पर छावनी-छप्पर करना, अनेक काम हैं। दम लेने तक की फुरसत कहाँ!

सोचते-सोचते वह बन्ध ही बन्ध चलने लगा। उसने दूल के आगे कहा था, "इतना काम छोड़ घर पर चिपके रहना सामलाती के प्रति बेईमानी होगी, द्रोह होगा, पाप होगा, सामलाती आय कम हो जाएगी, सब पर क्षति का परिणाम होगा।"

दूल ने कहा था, "अकेले तुम न गये एक वक्त तो इतनी क्षति हो जाएगी? और कोई नहीं हैं क्या? तुमने अकेले ही सारा सिर पर लिया है?"

उसने उत्तर दिया था, "इस तरह सोचने पर ही तो घर टूटता है। सब यही कहकर यदि घर पर बैठें तो खूब सामलाती चली!"

बाद में वह काम पर आया था। पर कदमों में वही लड़खड़ाहट। अतः वह अलसा रहा था। सोच रहा था कम-से-कम इस वेला रह जाता...। परन्तु फिर वह स्वयं को दिलासा देता-सा आगे चल पड़ा। सोचा, होड़ कर लोग वहाँ तो काम में लोट रहे हैं, कि कौन आगे बढ़कर अधिक कर सके। सबकी देह है, सिर है, पर काम करने के उत्साह में भूख-प्यास भुलाकर सब जुट पड़े हैं, अब अपने कष्ट को बड़ा मानकर पिछड़ जाना कितने शर्म की बात है! फिर खबर पूछने घर आ पहुँचेंगे कि क्या हुआ, फिर एक-एक को पैर उठाकर दिखाएगा; समझाएगा। क्या सोचेंगे वे! तुलसी लेकर ठाकुरजी के घर में सबने नियम लिया था—खाट में डाल दे ऐसा रोग न होने तक कोई काम का हरजा नहीं करेगा।

कुनकुनी धूप में कन्धे पर गैंती लादे चोट खाये पैर को घसीटते-घसीटते, लँगड़ाता-लँगड़ाता जब वह चला जा रहा था, उसके मन का उत्साह और पुलक बहक जाती। जाने कितने ही बरसों से मशीन की तरह वह अपना काम करता-करता ही तो जीवन बिताता आया है; सुख पाया है, परन्तु यह उच्छरित आनन्द नहीं मिला था। बिना खाये-पिये पसीने में तर-बतर धूप में जलते-जलते वह गाँव में रामनवमी की यात्रा के लिए रावण का मंच बाँधता। वह राम-लखन-सीता के लिए पत्तों की कुटिया बनाता, पंचवटी सजाता, बाहर छावनी डालने के काम में लोट पड़ता, अण्टी

से निकाल पान की गिलौरी मुँह में डालता, काँटों की तरह दाढ़ी पर हाथ फेरते समय कभी-कभी उसका मन आनन्द में भर उठता। यह काम सचमुच जैसे उसी तरह का लगता है, वरन् उससे भी बढ़कर। रामनवमी या रास या झूलन या भागवत-सप्ताह तो बरस में एक-एक बार—पर यह सुख तो अब सदा का है, जिस दिन पाटेली गाँव का इधरवाला भाग मिलकर एक हुआ, उस दिन से ही है।

लोग आपस में कहते तो हैं—"नखिया के बाद रोहीनाथ! वह कोई कम काम करनेवाला है!"

नखिया के प्रति उसके मन में कोई ईर्ष्या नहीं। जाति में पाण (डोम) है, उमर में उससे कितना छोटा होगा, पर उसमें उत्साह भी है और उसके मल्ल की तरह देह का गठन भी है।

अब घर-घर में नखिया का नाम है—"यह नखिया ने किया है। देखा कितना सुन्दर है!"

"नखिया यह कह रहा था।"

"नखिया को बुलाओ।"

सबसे बढ़-चढ़कर नखिया ने नाम किया। पर थोड़ा ही सही, और कई लोगों के नये गुण भी फैल गये। एक-एक दिन की बात सोचें तो एक-एक कर कई लोग इस तरह आँखों के आगे आ जाते हैं। वे सब गाँव-भर के उपकारी भाई हैं, सब अपने-अपने उपाय से काम में जुटे हुए हैं। स्नेह बढ़ा है, आनन्द बढ़ा है।

आया था फूलशरा का प्रभाव, भयंकर बाढ़ की परवाह किये बिना, जान हथेली पर लिये, परोपकार करने पहले वे ही लोग आकर पहुँचे थे, बाद में और लोग आये थे, परन्तु बज्रेश्वर के टीले पर का दिन—वह भूल न सका।

इधर पाटेली गाँव में पहले से ही काम कर रही थी सिन्धु चौधरी की बेटी छवि। अजीब थी वह बेटी भी! अब भी तो वह उस गाँव का जीवन-प्राण है। उसके साथ-साथ गाँव की और भी कितनी बहू-बेटियाँ निकल पड़ी थीं। उनके पीछे-पीछे खुद सिन्धु चौधरी, गाँव के और भी कितने ही बाल-वृद्ध-युवा।

दोनों स्रोत मिल गये थे—फूलशरा और पाटेली, उससे उपजा नया समाज, सब सामलाती में चलेंगे, डोम नहीं, जोगी नहीं, ब्राह्मण नहीं, कायस्थ नहीं, जिसकी मरजी हो मिले इस सामलाती में, खेती-बाड़ी, रोजगार-धन्धा सब मिलाकर एक परिवार, इतने हाथ-पैर, इतने दिमाग सबके परिश्रम से जो मिलेगा सब एक जगह होगा, बाँट-चूँटकर खाएँगे और सब चलेंगे, पोसने-पालने, हानि-लाभ के लिए सामलात ही दायी होगा, सब उसी सामलात के, सामलात उन सबका।

कैसे यह सम्भव हुआ, आज अचानक सोचकर बताया भी तो नहीं जा सकेगा, पर हुआ तो! सब मिले भी नहीं, गाँव में कई परिवार अभी भी आगे की तरह रहते चले आते हैं। पर सारे सामलात में हुए कुल साठ परिवार, और कई लोग इधर झुक

रहे हैं। डेढ़ बरस भी हुआ नहीं, एक नयी सृष्टि।

दूर हो-हल्ला सुनाई पड़ रहा है, शोर आ रहा है। वहाँ वे काम कर रहे हैं। रोहीनाथ के मन में छन् से हुई। पैर का दर्द भूल गया, मन में उल्लास भर उसने लम्बी आवाज लगायी, "हो...ओ...ओ..."

वे दूर हैं, फिर भी प्रतिध्वनि की तरह उसकी आवाज लौटती सुनाई पड़ी—"हो ...ओ...ओ..."

उसकी उत्तेजना बढ़ गयी, पैरों की चाल तेज हो गयी।

मन-ही-मन मुसकरा उठा। उसके जीने का उद्देश्य है, वह अकेला नहीं या दुकेला नहीं, वह अनेक है। उसके गढ़ने के काम का कोई अन्त नहीं, एक काम पूरा होते ही दूसरा काम तैयार।

अपना साथी, परिवार या गाँव कहाँ से समझेगा! इस शक्ति का मूल! कहाँ पाएगा उसका अन्त!

कन्धे से कन्धा लगाकर काम कर रहे हैं आदमी, अतः अपने आप यह पहाड़ उठ गया है। बाढ़ में सारी सृष्टि का सत्यानाश हो गया था, पर अब उसके और वर्ण-चिह्न कहीं नहीं। उन्होंने रात-दिन एक कर बालू हटायी, जमीन खोद-खाद ठिकाने लगा रहे हैं, कतार की कतार नये घर खड़े कर रहे हैं, पहले से अच्छे, खुले, साफ-सुथरे। जोगी-बस्ती के पास पाण-बस्ती, वहाँ भी वैसे ही घर, ऊँचा चबूतरा, तुलसी-चौरा, अब और टूटी-फूटी मड़ैया नहीं, बाँके-टेढ़े जरा-जरा से आँगन नहीं। खुला रास्ता। दो बस्तियों के बीच सामलाती घर कतार के कतार, सामलाती गोदाम-घर, जहाँ धान रखा जाता। सामलाती भण्डार, नाना चीजें भरी हैं, चावल, दाल, नमक, तेल, कपड़ा-लत्ता। यहाँ तक कि जरूरत का काठ भी सहेजकर रखा है, उसी बीच सामलाती बस्ती के उत्तर की ओर एक जगह सामलाती गुहाल, गाय, भैंस, भेड़, बकरियाँ। सामलात के झुण्ड एक साथ चरने निकलते या लौटते समय देखने-भर से पेट भर जाता। सामलाती बैलगाड़ियाँ बस्ती से बाहर जातीं, बस्ती को लौट आतीं। बड़ी-बड़ी बाड़ी-बगीचा घेरे हैं, बड़े-बड़े बाग लगाये गये हैं, जमीन के बीच असंख्य मेड़ या बाड़ नहीं, पानी रहने या निकालने की सुविधा देखकर चकबन्दी कर खेत बनाये गये हैं। भेष या साफ-सुथरापन देख कोई नहीं कह सकेगा कि कौन जोगी है और कौन डोम। डोम कभी गौ-मांस खाते थे। सच, वो बात जैसे याद भी नहीं।

जोगी-बस्ती में मुर्गा खाना नहीं चलता, अतः वे स्वयं ही जान-बूझकर न खाते हैं और न पालते हैं। बस्ती में तीन कुएँ हैं, मझले कुएँ से पाण-जोगी दोनों पानी भरते हैं। एक जगह साँझ को कीर्तन होता है, पाणों के ढोल-महुवरी के साथ जोगियों का केन्देरा स्वर मिलाता, सामलाती में और भी कई जाति के लोग हैं, जो लोग अपनी सम्पत्ति-बाड़ी भी सामलाती में मिलाकर अपने-अपने घरों में रहते हैं, उनमें से कोई

चला जाता तो उस संकीर्तन पंगत में मिल जाते।

देखते ही देखते अपने आप समय बदला है। सिन्धु चौधरी की अवैतनिक चटशाल और भी बढ़ी है, वहाँ सामलात-भर के बच्चे हैं, फिर गाँव के और भी कई बच्चे आते हैं।

वह काम चल रहा है। एक साथ पचासों लोग होंगे। बीस-तीस स्त्रियाँ। गैंती उठती हैं, गिरती हैं। धूप की उन्हें कोई परवाह नहीं। श्रम की परवाह नहीं। उन्हीं पसीने में तर-बतर पास-पास तगड़े लोगों को देख रोहीनाथ की आँखें मानो लुभा गयीं, छाती लुभा उठी।

साँझ के समय दुकानदार हरि साहू आया। साथ में आरत अमीन है, अगणिराय है। ऐसे ही कितने देखनेवाले आते रहते हैं। हरि साहू हँस रहा है, उसकी छोटी-छोटी आँखें टिमटिमा रही हैं। आरत अमीन गम्भीर है। किसी जमाने में गाँव के जुगाड़िये अगणिराय के चेहरे पर अविश्वास की बाँकी मुसकान। खुद रही पोखरी के पास पहले स्वागत किया सतुरा डोम ने। कहा, "पालागी!"

हरि साहू ने कहा, "गैंती कोई मिलती तो मैं भी यहाँ थोड़ा-बहुत झाड़ देता। दोगे, है क्या?"

अगणिराय ने कहा, "पर एक बात है..." उसकी तोंद की ओर हाथ दिखाया, "यह थोड़ी अड़चन करेगी, और उमर भी, साठ तो पार कर गये।"

आरत अमीन ने जबान नहीं खोली, सूखे चेहरे से देखते रहे। हरि साहू ने कहा, "देखेंगे, देखेंगे, ठहरो!"

रघुनाथ चला आ रहा था, सामने पड़ गया। कहा, "सदा केवल ठहरो, ठहरो! सामलाती-सामलाती मुँह से कहते हो, इतना मतलब सबको समझाते हो, अपनी बारी आने पर वही अलग के अलग।"

गैंती चल रही है। कड़ी-चेमड़-मरदानी देह। मांसल नसें फड़कतीं, गोल-गोल लोहे के पिण्ड की तरह मांस के पिण्ड हिल-डुल रहे हैं, नाच रहे हैं। पसीना टप-टप चू रहा है। यही उस देह का चरम गौरव है, श्रम की यही आभा उसकी ज्योति है।

प्रकाण्ड चौकोर के चारों ओर छाती तक की ऊँचाई पर माटी का ढेर लगा है। स्त्रियाँ टोकरियाँ भरकर ढो रही हैं। एक दल आ रही हैं, एक दल जा रही हैं।

वह वहाँ बेलिया रघुनाथ! बीच में वो नखिया डोम, वीर पुरुष की तरह मिट्टी के साथ लड़ रहा है, उसके चौड़े कन्धे मानो और भी चौड़े हो गये हैं। गैंती को ऊपर उठा नचाकर गम्भीर हुंकार करते-करते चोट कर रहा है। उसके पास वो रतना डोम है, ततैया की तरह लगा हुआ है। जुटा हुआ है धोबी जुजेष्टी सेठी, उसकी ठोढ़ी के सफेद बाल चाँदी की तरह चमचमा रहे हैं; और बिका मुदुली, चेमेंई बेहेरा, कण्डरा कुलि मलिक, यदु बराल, घन परिड़ा, भगत महारणा, सदा गोछेइत, नाभ पण्डा, चन्दरा अहीर, नारण महान्ती हैं। सुदर्शन दास का लड़का शशी भी गैंती लिये

माटी खोद रहा है, पहले कितना चुलबुला था। उसके पिता अब भी सामलाती को पसन्द नहीं करते, परन्तु वह अपनी श्रद्धा से सामलाती काम में मिल गया है। ऐसे ही कितने चीन्हे-चीन्हे चेहरे!

अन्यान्य स्त्रियों के साथ मिलकर टोकरी में माटी ढोकर ला रही है छवि, सिन्धु चौधरी की बेटी। आँखों को सहन हो गया है, परन्तु यह रूप देख सम्भ्रम से सिर झुक जाता है।

जमाना उलट गया है!

काम नहीं, मानो समुद्र पुकार रहा है। रोहीनाथ उसमें मिल गया। अगणिराय ने हरि साहू के लिए उत्तर दिया, "बाढ़ के समय से पोखरी खोदने तक इतना दे-देकर भी साहूजी, तुम्हारी आकांक्षा मिटी नहीं कि इनके साथ सारी सम्पत्ति सामलात करने की बात कहते हो?"

हरि साहू ने कहा, "नहीं, नहीं, कौन क्या उँड़ेले दे रहा है जो इतना भर रहा है? किसने दिया? किसने लिया? यहाँ किसका क्या है?"

सतुरा डोम ने कहा, "ये बात ही कितने साहस की है! आप धरमी पुरुष हैं! गरीब-दुखियारों के लिए आपका भण्डार खुला है। सामलात में होना या न होना तो अपनी रुचि की बात है, मन की बात है, जिसकी जैसी इच्छा।"

आरत अमीन ने इतनी देर बाद मुँह बोला। कहा, "अरे गाँव-भर का खूँटा एक है। वह ढरक गया तो समझो, गज उठ गया। सब एक साथ पागल हो जाएँगे।"

हरि साहू ने कहा, "यह जीव अपने साथ कलह कर रहा है। हामी भरता है, फिर सत नहीं पूरा पड़ता, पिछड़ जाता है। पर यह युद्ध और अधिक दिन नहीं चलता दिखता, वरना मन यहाँ क्यों खींच लाता? देखो ना? बस समझ लो यह चन्द्रभागा नदी में डुबकी लगाना[1] है, डुबकी के लिए मन पुकारता है, पास तक जाता है। फिर सोचता है, ठण्ड लगेगी, रात है, जाड़ा है।"

अगणिराय ने हँसकर कहा, "हाड़ कँपाती ठण्ड, रात तीन पहर की डुबकी। और पानी भी कैसा है? क्या कुछ तैर रहा है उस पर?"

हरि साहू ने कहा, "क्या तैर रहा है तुम छानते रहो, देखते रहो जी-भर, मेरी आत्मा आवाज देगी तो मैं डुबकी लगा सकूँगा।" बात घुमाकर कहा, "अखबार में क्या निकला है, जानते हो? फिर एक ढू।" हरि साहू की अखबार के प्रति आसक्ति सब जानते हैं, वही उसका विलास है।

आरत अमीन ने कहा—"ढू?"

हरि साहू ने कहा, "फिर किसी ने वह एटम बम परखने के लिए फोड़ा है

---

1. माघ शुक्ला सप्तमी के दिन कोणार्क के पास चन्द्रभागा नदी में सूर्योदय से पूर्व डुबकी लगाने का माहात्म्य है।

किसी सूने बालूचर के अन्दर। वह विष हवा में उड़ते-उड़ते आ रहा है।"

सुननेवाले जमे थे। हरि साहू ने कहा, "सब अपने-अपने बढ़ने की चेष्टा में अपना-अपना रास्ता पकड़ेंगे तो यही होगा। एक साथ मिल-जुलकर एक घर की तरह इस सारे जगत् को जोर लगाने की जरूरत है। हम काले-गोरे-हलद-भूरा सब एक घर के हैं, ये एटम-फेटम हाथ-हथियार सब पानी में फेंककर आओ, यह विज्ञान-अज्ञान जला दो, इसे बन्द कर दो, ताकि हम शान्ति से रहें।"

"सच! सच!" लोगों ने पारी सँभाली।

अगणिराय ने हँसकर कहा, "तुम्हारी आवाज वे सुनें तो कुछ हो।"

हरि साहू ने कहा, "मतलब?" वे दहाड़ उठे, "ये आदमी एकजुट होकर यहाँ आवाज लगाएँगे तो आकाश में इन्द्र का आसन भी डिग जाएगा, अनन्त के फन पर महापुरुष का आसन हिल उठेगा, कहते हो सुनेगा नहीं?"

साँझ डूबती-डूबती जा रही थी। धूल उड़ाते लौट रहे थे गाँव के सामलाती के झुण्ड, साथ में चरवाहे भी थे। हरि साहू उधर ही स्नेह से देख रहा था। बिलबिलाता-सा कहने लगा, "मेरे गुहाल में से एक जोड़ी बैल कल इनके साथ शामिल होगा और एक दुधारू गाय भी। कल भोर में..."

अगणिराय, आरत अमीन ने एक-दूसरे की ओर देखकर नाक-भौं सिकोड़ी, औरों ने हर्षध्वनि की। बाद में सबके कान खड़े हो गये, रास्ते की ओर से हूँ-हूँ गाऊँ-गाऊँ की आवाज नजदीक आती जा रही थी। गायें भिड़क गयीं। बाद में जीप दीख गयी। आ रही है उधर ही, गड्ढे में से लोग निकल पड़े और उधर खड़े देखते रहे। जीप आकर थम गयी। ऊपर का आड़ा काँच लकीर-लकीर हो फटकर चिपका हुआ, एक तारे के चित्र की तरह, दिख रहा है। नीचे रोशनी का एक काँच नहीं था, मानो एक आँख से कानी है और वहाँ खोखर है। पिछवाड़े में चीजें भरी हैं और तारपुलीन से ढँकी ट्राली जुड़ी है। तीन जने उतर पड़े, पीछेवाला चपरासी की पोशाक में है, मझला धोती-कमीज पहने प्रौढ़ सज्जन, और आगेवाला गोरा हड़ीला लम्बा छरहरा आदमी, चेहरा दोनों ओर पुँछा होने की तरह, उनका फीका मटियाले रंग का पैण्ट, उस पर लम्बी बाँहोंवाली चमकती तोतई रंग की हवाई, मुँह से सुलगती सिगरेट को बायें हाथ की तर्जनी और मझली अँगुली के बीच पकड़ वे बोले, "यही पाटेली गाँव है तो? मैं विकास कर्मचारी हूँ।"

रवि के मित्र विकास-कर्मचारी विपिन ने रात वहीं सामलाती बस्ती में काटने का फैसला किया। खुली साफ बैठक में उन्हें ठहराया गया।

चपरासी ने विपिन के कान के पास झुककर फुसफुसाते हुए कुछ कहा, और विपिन क्लान्त की तरह पीछे की ओर ढुलककर छान की तरफ ताकता सिगरेट का

धुआँ छोड़ने लगा। बाद में सामने देखकर हँस पड़ा, "क्या इस गाँव से मुर्गों का बिलकुल वंश ही साफ हो गया?"

सदा गोछेइत ने हाथ जोड़, सिर नवा अति विनय से कहा, "जी हुजूर, पहले रखते थे, झुण्ड के झुण्ड थे। रुपये-दो रुपये लेने-न-लेने की कोई बात नहीं, आप कोई सदा थोड़े ही पधारते हैं! वे रुपये लेकर कौन-से हम घर खड़ा कर लेते या बिना लिये कौन कंगाल हो जाते...!"

विपिन ने हँसकर चपरासी से कहा, "नहीं, नहीं, दाम दिये बिना हम चीज नहीं खरीदते। क्यों, क्षीर, दाम की बात कही है तो?"

सदा गोछेइत ने कहा, "हुजूर, क्या पैसे देते नहीं? बाढ़ में तो सब बह गये, उस पर हमारा यह ठहरा सामलाती गाँव, यहाँ के जोगी मुर्गा नापसन्द करते हैं, एक साथ जब हम सामलात में हैं तो अलग से कुछ करने से फायदा?"

विपिन कौतूहल से आगे उचककर उठ बैठा। यह धारणा उसे खूब विचित्र लग रही थी—सामलाती गाँव! डोमों ने जोगियों की रुचि का ध्यान रखकर मुर्गे नहीं पाले!

उसने कहा, "परन्तु तुम लोगों ने क्या सामलात बनाया मुर्गा छोड़ने के लिए? तुम लोग आगे और आगे बढ़ने की बात कर रहे हो पर खिसक रहे हो पीछे, क्यों? मुर्गे का मांस, मुर्गे के अण्डों में कितना बल है, उसे क्यों भूल जाते हो?"

उसके निचले कर्मचारी टंक बाबू ने उसकी बात का समर्थन कर जल्दी-जल्दी सिर हिलाते हुए कहा, "सचमुच, बात तो ठीक है, तभी ये सारे पुष्टिकर खाना खिलाने और बाँटने का भार महिला समिति पर दिया जाता है।"

विपिन ने कहा, "तो मैं नोट कर लेता हूँ कि आप लोग महिला समिति का गठन करेंगे और फिर महिला समिति मुर्गे पालेगी।"

बूढ़े सतुरा डोम ने खड़े होकर कहा, "हुजूर एक बात है। औरतें इस काम में क्यों फँसेंगी? वे तो ठहरीं घर की लक्ष्मी!"

विपिन ने कहा, "अरे बाबू, वे ही घर की लक्ष्मियाँ मुर्गा खाएँगी, अण्डा खाएँगी, गोल-मटोल होंगी, सब कामों के लिए मजबूत होंगी।"

सतुरा ने कहा, "पेट बढ़ेगा, हृदय से दया नाम का शब्द तो सूख जाएगा।"

रघुनाथ ने कहा, "माँ-बाप-जैसे देख-सीखकर बच्चे भी वैसे ही होंगे। वे बच्चे जब आदमी होंगे, अपने बच्चों को पालेंगे, और किसी की ओर देखेंगे भी नहीं। भाई-भाई अलग होंगे, घर टूटेंगे, कलह-झगड़ा बढ़ेगा। आमिषता अपना स्वार्थीपन सिखाती है, हिंसा सिखाती है। देह को पुष्ट करने से क्या हुआ, मन को तो बिगाड़ ही देती है, उसी का नाम तो है 'कढ़ी बिगाड़'।"

"यह तो अच्छी बात है। तब फिर मछली क्यों खाते हो?"

रघुनाथ ने कहा, "वह न खाएँ तो और भी अच्छा होता। इस पृथ्वी पर कोई

अगर मांस-मछली न खाते तो स्वतः दया-धर्म बढ़ता, इतना युद्ध-कलह-जंग होता नहीं।"

विपिन ने कहा, "तो सुनो, मुर्गे के बारे में न चाहें, हवा तो अपने मन से फैलती है, स्वतः आएगी। यह बात अगली बार पर रही। अच्छा, कहिए, यहाँ पहले एक पंचायत की जरूरत है, आप लोग अपने प्रतिनिधि चुनेंगे, वे बैठक कर हानि-लाभ का विचार करेंगे, उन्हें आप मदद देंगे। गाँव में विकास का काम होगा।"

सतुरा ने कहा, "हमारे यहाँ लिखा-पढ़ी कुछ नहीं है, पर हम सब मिलकर एक परिवार सरीखे सामलात में चलते हैं, अब तक हममें अन्तर आया नहीं, सबका एक ही मत है।"

टंक बाबू ने कहा, "लिखा-पढ़ी न हुई तो फिर काहे की पंचायत हुई? कानून के मुताबिक कौन है आपका प्रतिनिधि? दायित्वधारी कौन है?"

अनेक आवाज एक साथ आयी, "हम सब!"

विपिन ने कहा, "अरे बाबू, यहाँ विकास कार्य के लिए जब सरकार ऋण-रुपये देगी, तब दस्तखत कौन करेगा?"

सदा गोछेइत ने कहा, "सरकार हमारी माँ-बाप है, हम सब मिल गये तो सरकार! हम चाहते हैं कि पहले हमारे हाथ-पैर काम करें, खुद जो कर सकें सो कर गुजरें, फिर सरकार से मदद लेने की बात आती है। सरकार हम पर अगर दया करे तो अनुष्ठानों की स्थापना करे, जैसे कि अस्पताल, पशु-चिकित्सालय, कृषि-फार्म और नाना प्रकार के पाठ बताने, बुद्धि देने के अनुष्ठान। हम अपना काम करते जा रहे हैं, सरकार अपना उपकार बरसाती जाए।"

विपिन ने कहा, "आप लोगों के पास पैसों का उतना बल कहाँ कि कीमती चीजें खरीदकर जल्दी-जल्दी उन्नति करते जाओगे? इसके लिए आपको ऋण लेना पड़ेगा। केवल अपने सींगों से माटी खोदते-खोदते युग बीत जाएँगे, आपके पास धन कहाँ?"

रोहीनाथ ने कहा, "माँगकर खाते-खाते तो आधी उम्र बीत गयी, अब खटकर खाने को जी करता है।" सब हँस पड़े।

सतुरा ने कहा, "हुजूर, केवल हमारे गाँव में दो दिन टिककर देखें..."

टंक ने कहा, "हाँ, और नहीं तो क्या? सात हजार तीन सौ गाँवों में तुम्हारी यह एक बस्ती! हुजूर के यहाँ दो दिन रुके बिना थोड़े ही चलेगा!"

सतुरा ने कहा, "हमने तो एक बात जानी है, पहले मन एक हो, श्रद्धा एक हो, सुख-दुःख सामलाती हो, सब इस बात को समझें कि वे एक नहीं दो खण्ड हैं।"

विपिन ने कहा, "मना कौन करता है? योजना की यही तो नींव है, असल में।"

रघुनाथ ने कहा, "आप कहेंगे, पंचायत गढ़ो, हम तो खुद पंचायत हैं। आप कहेंगे टिक्कस बैठाओ, हमारा तो सब सामलाती है, सारी कमाई समझें पंचायत की।

आप कहेंगे, लोगों को ऋण लेन-देन के लिए भण्डार करो, सोयायटी करो, हमारी तो सारी सम्पत्ति मिलकर भण्डार, सोसायटी, उसे चाहे जो नाम दें। सब सबका, सब तो सामलाती काम करते हैं जो मिलता है बाँटकर खाते हैं, जो उबरता है वह भी सबका। यही नींव हम लगा रहे हैं, फिर कोई बड़ी योजना आपकी, हम कोई इनकार करते हैं।"

विपिन ने कहा, "ये तो आदर्श है। पर माटी-गारे की दुनिया में कितने दिन टिकेगा?"

सतुरा ने कहा, "अगर यह न रहा, तब किसी योजना के लिए नींव कौन-सी रहेगी?"

विपिन ने कहा, "बहुत बड़ी-बड़ी तत्त्व की बातें कहे जा रहे हो, कानों को अच्छी लगती हैं। पर संसार में जैसा होता है, जो चलता है, वैसी बातें करो। ऋण लेने को लोग लट्टमलट्टा हो रहे हैं, और आप लोग उलटे जिरह कर रहे हैं?"

सतुरा दबा नहीं। बोला, "पोला धन सारे अनर्थ की जड़ है। लोग आलसी होंगे, हाथ पर हाथ धरे 'आँ' किये बैठे रहें कि कब ऊपर से बरसे और काम चले। अपने-अपने बीच वाद-विवाद दिखायी देगा। खुद से क्या हो सकता है सो तो परखेंगे भी नहीं। और एक बात है बाबू, जिस थोड़े-से को पाने के लिए परिश्रम नहीं करना पड़ा, उसकी सही कीमत क्या है, उसे कैसे गाँठ बाँधकर रखा जाय, उससे किस तरह सोलह आने उपकार उठाया जाय—इस बात को लोग बूझें तो? अपने हृदय के अन्दर से विचार न निकलने तक आप बाहर के कितने रखवारे भेजेंगे?"

विपिन ने कहा, "सो तो ठीक है, पर आपका सोचने का रास्ता थोड़ा कैसा तो अटपटा-सा लगता है। कुछ उलटा-पुलटा-जैसा लगता है।"

रोहीनाथ ने कहा, "उसमें क्या है? आप भी हमारे साथ बैठकर सोचें, हमारे विचार भी साफ हो जाएँगे। जो अच्छा दिखेगा वही होगी हमारी योजना। हमारे लिए क्या अच्छा है, हमें क्या जरूरत है—यह बात तो पहले हम थिर करें। योजना तो शुरू होगी पहले किसी प्राणी से, उससे फिर सारे गोठ-भर के लिए, और तब देश-भर के वास्ते।"

फिर विपिन और टंक ने एक-दूसरे की ओर देखा। विपिन ने कहा, "जिसने तुम्हें समझाया है, अच्छी तरह समझाया है। शुरुआत भी कोई बुरी नहीं, बस काम हो सके तब हो।"

बाद में बात बदलकर कहा, "पानी पम्प बैठाओ, इंजिन से चलेगा, अच्छी फसल होगी।"

रघुनाथ ने कहा, "खेती जितनी है वह तो ढेंकली के लिए ही कम पड़ेगी, सारे खेतों में ढेंकली लगा दी हैं, चुआ (चुण्डा) खोदे गये हैं। हाथ से न उबरे तब तो मशीन लगे।"

विपिन ने कहा, "चूरा दूध एक डिब्बा दिये जाता हूँ, उबालकर बच्चों को खिला देना। पैसे नहीं लगेंगे, यह दूध का चूरा बाँटने के लिए विदेशों से आता है। अमेरिका के लोगों ने हमारे देश के लोगों की खातिर श्रद्धा से भिजवाया है।"

कंगालीनाथ ने कहा, "यह श्रद्धा सदा रहेगी तो? या यह चीज हमारी जीभ को भा गयी तो फिर कहेंगे कि खरीदो और खाओ।"

टंक ने कहा, "बहुत सन्देही लोग हैं ये तो!"

विपिन ने पूछा, "पाटेली गाँव में अमेरिकनों का क्या उद्देश्य हो सकता है?"

कंगालीनाथ ने कहा, "हम तो उन्हें बिलकुल ही नहीं जानते। उनका कोई उद्देश्य है या नहीं, सो कौन कह सकता है? पर, जो कोई कुछ कहकर उँड़ेल जाय, आदमी उसे यों ही ग्रहण कर ले?"

विपिन ने कहा, "उनका देश धनी है। लोग खा-पीकर सुख से रहने के बावजूद उनके यहाँ बच जाता है। दूसरे अभाववाले देशों की सहायता करने के लिए आजकल कितने-कितने देश आगे बढ़ आ रहे हैं।"

कंगालीनाथ ने कहा, "कहीं थोप के अन्दर बंसी का काँटा तो नहीं? तब फिर क्या होगा? इनसे सहायता लेने पर ये मुँह फुलाएँगे, सहायता देनेवालों में लगेगी तेरी-मेरी, खुनस भी पैदा कर देंगे।"

हँसते-हँसते विपिन ने कहा, "आप तो बहुत तरक-मरक की बात करते हैं बाबू! सुनते हैं तो टंक बाबू? लो देखो गाँव के लोगों की बुद्धि। कहाँ से ये सारी बातें पढ़ आये?"

टंक ने कहा, "अरे बाबू, इन बातों में क्या रखा है? चूरा दूध पानी में घोल-उबालकर देश-भर के बच्चों को पिलाया जा चुका है। उनका वजन बढ़ता है, आप लोग भी लें, वही करें।"

सतुरा ने कहा, "हमने गायें रखी हैं, बकरी रखी हैं, कमोबेश बच्चों का गुजारा हो ही जाता है, हमें वो नहीं चाहिए।"

रात बहुत अधिक हो चली थी। चपरासी बुलाने आ गया था, ठौर हो चुकी थी। विपिन ने कहा, "खैर जो हो, जी खोलकर बातें तो कर लीं, फिर कभी और चर्चा करेंगे। यह आलोचना ही है, वैसे देखा जाय तो, योजना की मूल बात यह है कि पहले बातचीत हो उस पर, कि किसे क्या सुहाएगा, किसे क्या रुचेगा, किसे क्या दरकार है, ये सारी बातें जानने के बाद योजना बनायी जाती है। नीचे से गढ़-गढ़कर ऊपर भेजी जाती है। इसके लिए आप लोगों को धन्यवाद। यहाँ जैसी गोष्ठी गढ़ी जा रही है, उसके बारे में मेरे मन में पहले से ही कुछ-कुछ धारणा है। फूलशरा के काम के बारे में मैं जानता हूँ। रवि मेरा मित्र है। यह एक नया रास्ता है, बाद में क्या होगा, मैं नहीं जानता। फिर इस पथ की मूल नीति, मूल चिन्तन और हमारे मतों में कई बातों के सम्बन्ध में मतभेद भी है, दोनों ओर से लेन-देन

चलेगा, यहाँ भी योजना का कार्य होगा। मेरी इच्छा है, यहाँ योजना-कार्य आदर्श बनकर चले, ताकि और लोग भी देखकर सीखें। हम योजनावाले नाना उन्नति-मूलक काम कराते हैं ताकि उनसे लोगों में सामूहिक चेतना जागे, यहाँ तो सामूहिक चेतना का काम हो चुका है, उस पर विकास का काम भी यहाँ चल रहा है। रास्ता बहुत बाकी है, यह तो केवल शुरुआत है। कार्य की भी शुरुआत, और अपने सम्पर्क की भी शुरुआत, लम्बा काफी रास्ता...”

विपिन खड़ा-खड़ा सारी कोठरी में घूम-फिर सपने में बिलबिलाने की तरह बातें कहे जा रहा था। उसके चेहरे पर उत्तेजना की आँच फैल रही थी, हाथ और हथेलियाँ झटक रहा था। हिल रहा था समूचा। वह अस्थिर-सा लग रहा था। टंक उठकर उसके चेहरे की ओर देखने लगा। वहाँ न मजाक करने की अधखिली हँसीवाली भंगिमा थी, न उसाँस भरकर अलसाने की तरह मुद्रा थी, उसमें मानो कोई दीप जल रहा है कहीं, बाहर उसी की धाँस आ रही है।

उसका यह रूप कभी-कभी टंक की आँखों में पड़ा है। वह अचानक निकलता तब टंक सोचता, यही जो आदमी बँधी-बँधायी लीक पर सँभल-सँभलकर चलता है, चिकनी-चुपड़ी और नपी-तुली बातें कहा करता है, किस तरह ऊपर की सीढ़ी पर चढ़ेगा इस बात में बुद्धि लगाता है, उसमें भी छुपा है कोई एक पागल, जो उसकी आँखों में नये सपने तैराता है, दूर-सुदूर के सपने। उन्हीं सपनों को देखकर वह अधीर होता है। सचमुच जैसे, वह उड़कर जा नहीं पाता—इसी बात का उसे दुःख है। तब टंक भी सहमकर रह जाता है। अपने ऊपरवाले के बारे में उसे भ्रम हो जाता है। वह अपने अन्दर देखता, ढूँढ़ता कि कहीं उसके मन में भी वही दीप न जलता हो, चाहे छोटा ही क्यों न हो। याद आता कि उसमें भी है दया, सहानुभूति। स्वाधीन चिन्तन है। अपनी वृत्ति के लिए उसे कितनी ही बातों को, कितने ही विचारों को आँख मूँदकर अपनाना पड़ा है। जैसे उसका भेष, वैसे ही। मुँह पर वे ही सारी बातें, रुचि में वही, काम में वही, परन्तु विपिन को इस अवस्था में देखने पर उसे याद आता कि स्वाधीन भाव से सोचने का उसका अपना ढंग था। जो दब गया है पर अब भी शेष है।

टंक का जीवन एक सामान्य श्रेणी का है। गाँव में कुछ थोड़ी-सी जमीन, जो बँटाई पर दी जाती है। इससे उसकी आमदनी चार महीने चलने लायक हो ही जाती। अपनी कमाई से शहर में छोटा-सा प्लाट ले रखा है। हालाँकि वह गड्ढा-भर है। कभी पैसे होंगे, गड्ढा भरा जाएगा, घर खड़ा किया जाएगा। बेटियाँ चार, बेटे चार, पढ़ रहे हैं। उनका भी ब्याह करना है। तब उसका दायित्व पूरा होगा। इन सब पर जितना खरच आएगा, जोड़कर हिसाब करने पर लगता जैसे दो जनम में भी उतना कमा न सकेगा। फिर भी आशा है, कोई जादू कभी उसके जीवन में शायद हो जाय। वह जो सोचता है सो सब घटेगा, जादू की तरह सब कुछ कैसे न कैसे होता जाएगा।

आशा करता हूँ, शहर में जीवन बिताता है, अपने-आपको रोककर तनखा में से पचीस रुपये 'संचय-योजना' में रखता है। उसके बाद और नहीं, हाथ खाली है। जो आया सब खर्च, बच गया कुछ हाथ-उधारी। उमर हो आयी सैंतालीस, दो बरस छिपाकर पिता ने स्कूल में नाम लिखवाया था। वह शुरू की झूठ भी उसके जीवन की योजना का एक अंग है, उस हिसाब से नौकरी के और दस बरस बचे। फिर याद आता, इस ढलती उमर में अचानक अगर उसकी मृत्यु हो जाय तो उसकी पत्नी समेत इन आठ सन्तानोंवाले परिवार का क्या होगा? आगे-पीछे कोई नहीं। फिर भी उसकी योजना अटूट है। गड्ढा भरेगा, मकान बनेगा, बच्चे आदमी होंगे। उसी आशा से उसकी पत्नी भी काम में लगी रहती है। देह घिसट-घिसटकर बाँस की फरचन की तरह हो गयी, ऐसे ही जीवन-भर। हमली और पखाल (बासी भात), किसी दिन हुआ तो दाल और तरकारी, तनखा पाने के बाद आठ-दस दिन तो जरा ठीक से चलते, जरा साँस आ जाती, कभी-कभार मांस या मछली भी नसीब होती। जो अच्छी-सी साड़ी अपनी स्त्री के लिए खरीदने की बात वह सोच रहा था, खरीद न सका, फिर बच्चों के लिए, अपने लिए—वो तो छोड़ो, गहने गढ़ाने की जो बात अपनी पत्नी की खातिर सोची थी, वह अधूरी ही पड़ी है; उसने अपना जो छुट्टी का समय परिश्रम में काट दिया है, उसी में मुरझा गया है वह, बिना उपभोग किये। शायद कभी अच्छे दिन आएँगे, जब उसकी सारी आशाएँ पूरी होंगी, चैन मिलेगा, विश्राम मिलेगा। सब अंकुरित हो उठेगा। यद्यपि कैसे क्या होगा—उसे कुछ दिखाई नहीं पड़ता। इसी अधूरे विचार, इसी अधूरे सपने के बीच डूबकर वह चाकरी कर, कुटुम्ब का पेट भर, साधारण बुद्धि-तर्क-सन्देह और हिसाब से व्यवहार दिखाता चलता आया है। क्या करने से उसके मन की बात पकड़ में नहीं आएगी, वह दूसरों के मन की बात जानकर नौकरी में ऊपर उठ सकेगा, कोई उसे दोष न देंगे, बुराई नहीं करेंगे, गुस्सा नहीं होंगे—इसके प्रति सावधान हो, घड़ी की सूई की तरह चलते-चलते वह अपने दिन बिताता है। उसके सारे सात-पाँच सिर्फ अपने स्वार्थ को ओढ़े हुए हैं।

स्वार्थ और सन्देह में जर्जर अपनी दृष्टि से वह सबको देख सारी बातों को पहले अविश्वास के तराजू पर तौलता है, फिर अपना मतामत गढ़ने की उसकी आदत हो गयी है। वह सोचा करता है, वह उसका शहरीपन है और फिर उसकी बुद्धि का परिचय है।

विपिन में नया रूप देखते-देखते वह बुद्धि खो गयी थी, उसके बदले में विश्वास आ गया था। लगता था कि इस सात-पाँच के हिसाब की ओट में सरल-सच्चा-सुन्दर और करुणामय बनकर अब भी कुछ है!

पाटेली गाँव के नये समाज को वह नयी दृष्टि से देख रहा था—मुग्ध हो रहा था।

बन्धमूल गाँव में बट महान्ती के जीवन की अभ्यस्त धारा में हुआ कोई परिवर्तन किसी की आँखों में नहीं पड़ा। बड़े बेटे कवि पुलिस-इंस्पेक्टर पहले की ही तरह हैं। उनका परिवार उनके साथ-साथ। कभी मन करता, महीने-दो महीने में पत्र डाल देते, और बीच में कई महीने गुजर जाते बिना चिट्ठी आये भी। जब आती, उसमें पहले लिखा होता—काम की कितनी भीड़ है, दाढ़ी बनाने को भी फुरसत नहीं—इत्यादि। बी.ए. पास कर छोटा लड़का रवि जिस दिन घर छोड़कर फूलशरा चला गया, लगा कि जैसे अब इस घर से उसका और कोई सम्पर्क ही न हो, यहाँ कोई काम ही न हो उसका। बीच में कभी आता तो एक-आध वेला ठहर जाता, फिर छटपटाता-सा चला जाता। जब तक रहता, घर में केवल नाममात्र को होता, गाँव-भर की बस्ती-बस्ती में घूमता। कभी फूलशरा से आये होते कोई संगी। वे आते तो रवि का मन दूना बढ़ जाता। घर आता तो माँ के साथ सुख-दुःख की बातें करता। बट महान्ती उसे दूर से ही देखकर चले आते, वह भी उनके आगे सिर नवाये गम्भीर होकर खड़ा रहता। एकआध बात में उनके कहे का उत्तर सलटा देता, और चला आता; फिर बीत जाते महीने पर महीने, वह आता नहीं।

बेटे को अपने साथ जी खोलकर मिलने की सुविधा उन्होंने बचपन में कभी दी नहीं। तब मन में था कि वह डरे, भक्ति करे, तभी निर्देश मानेगा, आदमी बनेगा। तब वे अपने साथवालों को कहा करते थे, "एक आवाज से पेशाब न कर दे, वह क्या बेटा?" अब जी करता है, बेटा जी खोलकर बातें करता, डर या भक्ति को दूर रखकर उन्हें समझाने की चेष्टा करता, बातें सुनता, कुछ बातें कहता, पास में अधिक उठना-बैठना लगा रहता; पर यह बात उन्होंने मुँह खोलकर कभी कही नहीं उससे।

पहले की तरह सीधी गरदन, चेहरे पर वही कठोर ध्वनि, समान छन्द से ताल बनाये रख वैसी ही खड़ाऊँ की ठक-ठक आवाज, जमींदारी उठ जाय चाहे, खुदकाश्त जमीन, बाग-बाड़ी, पोखरी रख, रुपयों का महाजनी कारोबार बनाये रख, पहले की जो धाक थी वो अब भी रहे! वह सोचते, टूट भले ही जाऊँ, झुकूँ नहीं। आदतें भी पहले की तरह ही नपी-तुली...।

फिर भी खुद-ब-खुद कई बातों में रवि के साथ उनका मानो समझौता-सा हो गया था। फूलशरा के बारे में वे कभी मुँह नहीं खोलते। रवि के भविष्य को लेकर या उसके काम के बारे में उससे कोई चर्चा नहीं करते, उसे कभी बाध्य नहीं करते, न ब्याह की बात जबान पर लाते। अथच उसका भविष्य ही तो था उनका विशाल सपना, उसी के लिए तो कितने गणक-पुरोहित, कितनी पूजा-मनौतियाँ, कितनी सात-पाँच।

इस पुरानी ऐंठ को छोड़ देने का कभी विचार किया ही नहीं। तभी कोई फैसला नहीं कर पाये, ऋतु बदलने या मौसम बदलने पर आदमी जैसे अपने-आप

उसे ग्रहण कर लेता है और तदनुरूप अपना चलन बदलता है, यह प्रतिक्रिया सचमुच जैसे उसी प्रकार हो, अपने आप आयी है, अपने आप सह्य बन गयी है। उन्होंने कभी जबान नहीं खोली।

बड़े बेटे कवि की ओर आशा थी, पुलिस सब-इंस्पेक्टर था, इंस्पेक्टर हो गया, बेटी पर बेटा, फिर बेटी पर बेटा होकर चार सन्तानें हुईं। पर चाकरी और शहर मानो उसे एकदम निगल गया। गाँव की स्मृति, माँ-बाप को मानो मन से बिलकुल धो-पोंछकर ही रख दिया। कभी-कभार सुधि लेने के बहाने एक चिट्ठी। बस, और कुछ नहीं। वह खबर भी मानो अखबार पढ़ने की तरह। उसके घटने में उनके मतामत की कोई जरूरत नहीं, वे बस सुनने के भागी हैं। वैसी ही अवांछित खबर उसने एक बार लिखी थी कि उसने 'ऑपरेशन' करवा लिया है कि अब और बाल-बच्चे नहीं होंगे। जो किया सो तो किया, खत लिखकर माँ-बाप को बताने की क्या जरूरत थी, कुछ समझ में नहीं आया। उसकी माँ ने रोते-रोते कहा था, "लड़के ने ये क्या विघटन कर डाला! कभी न सुनी ऐसी बात! जान-बूझकर ऐसा!"

कवि ने उसके लिए नाना कारण लिखे हैं, नाना उदारहण दिये हैं। उसने लिखा है कि आजकल देश में जिस प्रकार जनसंख्या बढ़ती जा रही है, उस पर काबू पाये बिना घोर-विपद्। मच्छर-मक्खी की तरह आदमी बढ़ेंगे, उनका पालन-पोषण करने को कुछ न होगा, ऐसी परिस्थिति में दो सन्तान ही ठीक हैं, चार तो बहुत अधिक हो गयीं, उससे बढ़ जाने पर स्थिति काबू के बाहर हो जाएगी; अतः यह उपाय करना पड़ा। देश में सब बड़े-बड़े जाने-माने लोग यही उपदेश दिया करते हैं, इसके लिए कितने डॉक्टर और अस्पताल हैं। सैकड़ों पढ़े-लिखे लोग, बड़े-बड़े आदमी उसी उपाय से स्वयं और संसार को निरापद् कर रहे हैं। कितने मुखियों का नाम गिनाऊँ। बहुत अधिक सन्तान पैदा करने पर माँ का स्वास्थ्य खराब हो जाता है, पालन-पोषण की दिक बढ़ जाती है, अतः यह सहज उपाय है, और शास्त्र-सम्मत।

बट महान्ती ने अपनी स्त्री के रुआँसे चेहरे को देखकर कहा, "रो क्यों रही हो? बहुकुटुम्बी सदा दुःखी, पढ़ा-लिखा बेटा है, उसकी अपनी बुद्धि है, अपना विचार है।"

रोते-रोते उन्होंने कहा, "कौन-सा कुटुम्ब भरा जा रहा था इस कुनबे में? किसका पेट भूखा रहता था?"

इसका उत्तर भी उस चिट्ठी में लिखा था। कवि ने लिखा था—'अपने घर में पेट-भर खा, तन ढाँककर चलने लायक है, कोई मना नहीं करता, पर आजकल उतने से ही कैसे चलेगा? लोग खोजते हैं अच्छा खाना, अच्छा पहनना, पाँच और चीजें घर में हों। लड़के-बच्चे भी देश-विदेश जाकर नयी-नयी विद्याएँ सीखेंगे, अधिक रोजगार करेंगे, चाकरी के समय बड़ी चाकरी, कोई ऊँची नौकरी करेंगे।'

स्त्री को समझाने की चेष्टा कर बट महान्ती ने वे सारी युक्तियाँ पढ़कर समझा

दी थीं। पर कवि की माँ धीरज न रख सकी। बट महान्ती खीझते-से कहने लगे, "तुम्हारा तो रोना-स्वभाव ही पड़ गया। खूब आँव के दस्त हो रहे हैं, देह छड़ी हो गयी, जैसे छड़ी को साड़ी में लपेट दिया हो। उस पर अपनी देह की इतनी बेखयाली, खाने-पीने का कोई ठीक-ठिकाना नहीं, उस पर थोड़ा कुछ सोचा या सुना तो छूट पड़ी फिर आँखों से धारा। मैं अब और करूँ भी तो क्या!"

वे चुप पड़ गयीं, पर वह दृश्य कई दिनों तक बट महान्ती की आँखों के आगे टिका रह गया। ठाकुरजी की कोठरी। सामने खटोले पर ऊँचे स्थान पर लाल शालू के कपड़े पर शालिग्रामजी की शिलाएँ, खास बनारस के बने पीतल के विग्रहों की जोड़ी, राधा-माधव, फूल-मालाओं से सजे शोभायमान हैं। फूल, चन्दन, कपूर की आरती से घर महक रहा है। पूजा हो चुकी थी। अब बट महान्ती भागवत-पाठ करते। ठीक तभी डाकिये ने आकर चिट्ठी पकड़ायी। वहीं बैठे चिट्ठी पढ़ने लगे। बड़ी पीतल की आरती की थाली में पाँचों बत्तियाँ बुझने को थीं। नीचे पत्नी बैठी रो रही थी। बट महान्ती निर्लिप्त रहने की तरह छलना कर उन्हें प्रबोधना दे रहे थे। दरवाजे पर बिल्ली बैठी अपना मुँह कभी-कभी बढ़ाये दे रहीं थी, पूजा पूरी होने पर वह छेना-गुड़ के भोग पर मुँह लगाती। ठाकुरजी के आसन के पीछे तिलचट्टे सूँ-साँ कर रहे थे। सिर पर चिड़ियाँ फड़फड़ा रही थीं। दस बजे की धूप बाहर बरामदे तक आ गयी थी। उधर सब सुनसान, कोई आवाज नहीं।

याद आ गया, कवि की बड़ी बेटी सुना, उमर बारहवाँ चल रहा होगा; उसके नीचे कुना, और फिर रुना, उसके बाद मुन्ना। सुन्दर नाक-आँख, घुँघराले बाल। गढ़न भिन्न-भिन्न होने पर भी एक-जैसी सुन्दर ठवनि थी। कवि का बचपन का चेहरा आँखों के आगे आ गया, छाती के अन्दर मोह भर गया, लगा मानो यह सृष्टि यहीं शेष है! कवि पराया हो गया, रवि पराया हो चुका। फिर खुद से पूछा, अपने बच्चे पराये क्यों होते हैं। अण्डा फूटा, चूजा बड़ा हुआ, पंख लगे, और वे फिर उड़ गये।

भागवत-पाठ में मन नहीं लगा। केवल घुमड़ रही थी भागवत की शिक्षा कि संसार अनित्य है, सुख-दुःख अनित्य हैं, जो आता है सब चला जाता है।

फिर किसके लिए है यह इतना आयोजन, इतना परिश्रम?

रवि की माँ हाँड़ी-हाँड़ी-भर बड़ी बनाती, खटाई-अचार सहेज कर रखती। सुखाती तो आँगन भर जाता, मन मुताबिक बाँटती, उनका हाथ ठहरा खुला, फिर भी बरस-बरस का संचित किया हुआ रखा है, एक-एक कर भण्डार-घर में थाक की थाक सजी हैं। छींके से झूल रहे हैं—वैसे ही कितने बरसों का पुराना अण्डी का तेल, घी या गुड़।

केवल सहेजना-सहेजना—वह क्यों? किसके लिए?

भागवत की पोथी लेकर ठाकुरजी की बुझी आरती की ओर देखते हुए अपनी

चिन्ता में डूबे-डूबे बट महान्ती में ज्ञान का उदय हुआ—आदमी सोचता है कि अपने स्वार्थ के लिए वह वृत्ति अपनाये है, परन्तु असल में वृत्ति ही अपने स्वार्थ के लिए आदमी को जकड़ती और कार्य में फँसती है, खटाती है। वैसे ही वृत्ति है यह घर-गिरस्ती, यह खेती, यह महाजनी, कौन उसका भोग करेगा—यह चिन्ता वहाँ नहीं उठती। अपने आप दिमाग चलता है, हाथ-पैर काम करते हैं, एक फसल पर और एक फसल करनी पड़ती है, एक घानी बड़ी उतारने पर एक और घानी बड़ी उतारने को हाथ बढ़ जाते हैं। इसी तरह काम करते-करते उमर चुक जाती है।

वृत्ति से निकलता है धन्धा, उसी वृत्ति का चाकर, धन्धे का चाकर, जीवन-भर उसी सम्पत्ति का चौकीदार।

ठाकुरजी की ओर देखते अपना उपहास-सा करते हुए वे कहने लगे, "सब तो प्रभु तेरी ही लीला है, तुम इच्छामय हो, हम तो यात्रा के बूढ़े-बुढ़िया हैं, राजा-रानी या चैती घोड़े की खोल हैं, भीतर तुम रहकर सब कराते हो, नचाते हो, अच्छा हुआ तो तुम्हारा खेल, बुरा हुआ तो तुम्हारा, मेरा सुख है न दुःख है, लाभ है न क्षति है। फिर मुझे क्यों कचोटेंगे।"

'मैं करता नहीं, मैं खाता नहीं, मैं भोगता नहीं, मैं कुछ नहीं, बस यह गुजरती छाँव हूँ।'—सोचते-सोचते ममता और अभिमान से बट महान्ती दुखी हो रहे थे; सच जैसे केवल अपनी पराजय की ध्वनि हो, उसी के साथ याद आ जाता कि इस मन में नाना कामनाएँ थीं, पूरी हो न सकीं। पाँच बरस या दस बरस पहले सोचते समय मन की यह अवस्था खुद को नहीं दिखती थी।

सोचने पर मन में ज्योति-सी फैल जाती—कि संसार में बड़ा कौन है? जन या धन? काम-काज के बीच अनमने होने पर वही सूनापन मन को घेर लेता। लगता जैसे गीले गुड़ की हाँड़ी में वे कोई अकेली चींटी हों, हाथ-पैर लिपट जाने के बाद एक जगह रहकर बस छटपट-छटपट लगी है, न आगे बढ़ पाते हैं न पीछे हट सकते हैं।

तभी याद आ जाता उमर में लगा घुन। ऊपर-ऊपर के तीन दाँत झड़ चुके हैं, नीचे के चार, सिर में चाँद बढ़ती-बढ़ती जाकर तालू के ऊपर तक चली गयी है, दोनों ओर जो कुछ भी बाल बचे हैं वे भी हलके हो आये हैं, उनमें फिर बेसी भाग सफेद हो चुका। गरदन से छाती कितनी हट गयी, चमड़ी झूलने लगी, देह सूख चुकी। अपने चेहरे को देखने पर कभी-कभी याद आ जाता कि पहले यह चेहरा कैसा था। खुद को प्रबोध देने को जी करता—ऐसा तो यह हो चुका बरसों पहले से, यह एक स्तर पर आकर पहुँच चुका है और अब वहीं है, और बदला नहीं। उसके साथ-साथ जैसे उनका चेहरा अट्टहास से भर उठता, मन का सारा आश्वासन कहीं उड़ जाता। कभी-कभी वे मुँह 'आँ' किये आईने की ओर देखते, दाँत कैसे जड़ें से हिलकर एकदम बेतरतीब हो गये हैं, कोई किस अवस्था में है, जीभ की नोक से

ठेल-ठेलकर परखते किसी के ऊपर अँगुली रख देते। मुँह खोल नाना प्रकार से मुख विकृत करते समय कभी-कभी याद आ जाता कि अब और कितने बरस इस पृथ्वी पर—कौन कह सकता है?

देह आकस्मिक दाँव साधती, बात मानती नहीं। राह चलते-चलते सिर चकरा जाता, पैर डिग जाते। कभी सिर इस तरह चकरा जाता कि बिस्तर से उठ भी न पाते। कभी थोड़ा चलने पर ही झोल खाने की तरह लगता, कुछ कदम बढ़ाते ही लगता जैसे पैर खींच-खींचकर चल रहे हैं और कितने कष्ट से वे इतनी दूर चले आये हैं। रात देर गये तक नींद आती नहीं, और कब अचानक नींद टूट जाती है। जागते रहने पर भी साफ कुछ याद पड़ता नहीं, नाम के साथ घटनाएँ याद नहीं आतीं, याद आती-सी लगतीं पर जैसे छूते-छूते-छू। माथे में झिम-झिम होती, निस्तेज-सा लगता, बैठे या सोते समय पलकें ऊँघ जातीं, सब भूल जाते।

अधिक दिन काया-सुख नहीं रहता है। कभी कुछ और कभी कुछ लगा ही रहता है।

गले में पीड़ा, पेट गोलमाल, दाँतों की जड़ें हिलने लगीं, माथा झाँय-झाँय। वायु भर जाती, कमर पकड़ लेती, खट्टी डकारें, हथेली और पंजे जलते हुए, देह थरथराती, और कुछ नहीं तो ठण्डे मौसम में भी देह में उतनी गरमी निकलती कि बेकाबू लगता, कभी कुछ, कभी कुछ, कोई ठीक नहीं।

पैंसठ के भी हुए नहीं, उस पर देह इतनी ढीली-ढीली!

कभी-कभी लगता जैसे वे अपनी देह से अलग होकर इस देह का अनुभव कर पाते हैं, उसके बारे में सोचकर मर्म भाव भर नहीं आता, वे किसी कविता के विषय-वस्तु नहीं, न किसी कल्पना के आधार—बस एक यन्त्र हैं, जड़-विज्ञान की मदद से बना एक साधारण-सा यन्त्र, वह कहीं ढीला हो गया है, कहीं से घिस गया है, या बिगड़ गया है, दूर से ही पता चल जाता है। चुप रहकर ध्यान देते ही वे जान पाते हैं—कहीं खटर-खटर, कहीं बेताल, कहीं दर्द, कहीं दुर्बलता, कहीं पहले जो कुछ था—वह अब नहीं, अब और नहीं!

आधे ऊँघने की तरह लम्बे पसरे कारीगर यन्त्र को परखकर देखने की-सी भंगिमा में जब अनुभव या कल्पना के बल पर अपने देह-यन्त्र के बारे में विचार करते, तो उसके साथ ही निराशा और विफलता का बोध बढ़ने-फैलने लगता।

लगता कि क्या था और क्या हो गया! था तब वास्तव में वह कितना तगड़ा था या सुख देता था, यह विचार वहाँ नहीं उठता। लगता कि वह सब अच्छा था, उससे बेसी और कुछ न होता। अब वो नहीं, और आएगा भी नहीं।

यही अभाव-बोध और नैराश्यभाव जब विलाप के संगीत की तरह मन में झंकार उठता, तब संसारी सम्बन्ध की बातें याद आने पर कैसी-कैसी अन्यथा-सी लगतीं। लगता कि बेटा, बहू, पोते-पोती, यहाँ तक कि पत्नी—बढ़ते बुढ़ापे और

दुर्बलता के आगे कौन किसका है? जो बाल पक गये हैं, जो दाँत झड़ गये हैं, जठर की जो आग धीमी पड़ गयी है, रक्त का जो तेज मुरझा गया है, कौन बेटा या कौन पत्नी इस बारे में क्या उपकार कर सकेगी?

यह जो यम द्वारा घसीटा जाना साफ अनुभव किया जा सकता है, प्रति पल—कौन वहाँ सहायक बनकर खड़ा होगा। अकेला आया है, अकेला जाएगा—ऊँघते-ऊँघते बात-बात पर ये नये-नये आविष्कार!

चिलचिलाता दोपहर। गाँव के काम करनेवाले लोग खेतों में। घर पर जो हैं वे खा-पीकर विश्राम ले रहे होंगे। छोटी कोठरी में चटाई पर खुले दरवाजे से बाहर ताकते हुए बट महान्ती लेटे हैं। कभी-कभी आँखें मूँद लेते।

लगता है कि यही सत्य है, पर इस सत्य का तेज सहने में वे अक्षम हैं। कोई नहीं। कुछ नहीं। सब माया। सब सनक है। यही सत्य है।

लग रहा था जैसे माथे में नशा-सा चढ़ा हो। उसी के बीच दिख जाता है, जो आँखों के आगे नहीं है पर इस संसार में है। 'ना'-'ना' का आशाहीन, स्वादहीन तथ्य जानने के साथ-साथ फिर वे स्वादु रंगीन छवियाँ लुभाती हैं, तब वही तो सच हो गया था, और साथ-साथ ठोस बलवान देह, आशा, उच्छ्वास, अभिलाषा—अभिलाषा-पूर्ति के लिए जो तीव्र उद्दाम इच्छा होती वह! वही भोग—जी भरकर, देह डुबोकर, आँख भरकर—वही रंग और स्वाद और महक।

यन्त्र नहीं, यह देह ही तो बनी थी सारा 'मैं'।

लाल फागुन। जामुन के पत्ते, आम के पत्ते, पीपल के पत्ते, पलाश, पालिधी—केवल लाल ही लाल फूल। नदी का कछार। नदी की ओर से भीगी ऊष्मा-भरी हवा आकर देह ही देह से छुला-छुला जाती है। पीपल, जामुन, पलाश, पाटली आदि की छोटी बगिया सरीखी। बीच में घना लोटन कुचला थोड़ी-सी जमीन घेरे था और इस तरह छोटा-सा गोल कुंज बन गया, अन्दर दिखाई नहीं पड़ता। सामने फूट, तरबूज आदि की क्यारियाँ। बीच-बीच में बाँस खड़े हैं, उसके आगे सिर की तरह हाँड़ियाँ। इस तरह का यह गुनगुना दोपहर। लाल साड़ी बाँधे, हाथ में हाँकने की लकड़ी लिये पीपल के तले खेत के किनारे कोई युवती खड़ी है। उधर बालू पर तपन झिलमिला रहा था, सचमुच जैसे पानी हो।

उसका चेहरा, उसका मुँह, उसकी आँखें दिख रहे हैं।

तब उस निःशब्द सूने दोपहर में वही अकेली स्त्री, चन्दरा भुक्खड़ की बेटी ...नाम...पता नहीं क्या, कुछ याद नहीं आता। असिली...कि सइली...कि बली...कि कहली ऐसा ही कुछ था। वह ससुराल जाकर महीना-भर रह, लौट आयी है।

चन्द्र में कलंक की तरह उसकी अजीब कहानी ने बट महान्ती को उसकी ओर आकृष्ट किया था। अखाड़े में बैठे हारमोनियम लेकर अपना प्रिय गीत "आरे आरे नवीना तो पादे हेलि मुंकिणा" गाते समय बाहरवाली खिड़की के उधर रुककर

पल्लू के छोर को चबाते-चबाते दो-चार बार उसने वह गीत सुना है, तब बट महान्ती की नजर उधर पड़ी है—चिकने पालिसदार काले पत्थर की तरह उसकी देह का गठन, खुली-खुली आँखें, उनमें फिर भँवरों की तरह कजरारी पुतलियाँ, उस निगाह में कितना कौतुक!

उस दिन सुनसान दोपहर में वही तो सामने पड़ गयी थी। मन की आँख और देह की आँख एक जगह मिल गयी।

कल की-सी बात लगती है, लाल-लाल साड़ी धूप में झलक उठती है। वही चेहरा तिरछा ही उभर आया है, चेहरे पर वही मुसकान। वह बिना कुछ कहे, बिना कुछ किये खींचती जा रही है।—वह डील-डौलवाली देह नहीं, धरती पर भूकम्प चल रहा है। वहाँ पहाड़ उठता है, गिरता है, वहाँ से विच्छुरित हो रहा है ताव की आत्मा को भी तरल कर देना चाहता है; वहाँ उजाड़ नहीं, बाग नहीं, केवल इस विराट् खाली विस्तृति के अन्दर रंग-रंगीला एकदम मुँदा ढक्कन—लाल तोतई कत्थई मटियाला—उस ओर धीरे-धीरे कदम पड़ते जाते हैं। सामने, वह माया रूप धीरे-धीरे हटता जा रहा है, बाद में वह धूप-छाँववाला कुचला-कुंज, नीचे सूखे फूलों का गलीचा, वहाँ पदचाप भी सुनाई नहीं पड़ती। झुकी हुई डाल के उस ओर वहीं तो वह खड़ी है, उसके माथे पर पसीने की बूँदें। कहीं भन्-भन् करती मधुमक्खियाँ गुनगुना रही हैं।

अचानक हड़बड़ाकर वे उठ बैठे। बाद में दुर्बल हो दीवार का सहारा लेकर पैर पसारे बैठे रहे। देह में झाँय-झाँय-सा लग रहा है। सिर्फ अवसाद और क्लान्ति। मानो खींचते-खींचते धनु का गुण टूट गया है, बाँका हुआ पड़ा है बाँस का टुकड़ा मुड़ा—सूना, दुर्बल और निःसहाय।

मुँह से 'गोपाल-गोपाल'। धीरे-धीरे, मानो दम फूल रहा हो, बाद में आत्मविश्वास बढ़ाकर और थोड़ा जोर से। थोड़ी हिम्मत-सी बँधी, और फिर नहीं। याद आया कि बँटाईदार विरुद्ध होने लगे हैं। कितने सीधे थे, कितने मिली-भगतवाले बन बैठे। "दे एक ही खुराक—" अब हिम्मत बढ़ती गयी, "है—एक ही फूँक में उड़ जाएँगे...। जैसे वो संखालीपुर का विष्णु राउत, तेन्तुलिया का माधव पात्र, अरुआ गाँव का कुलमणि जेना। निकाल दिया, क्या उखाड़ लिया?" उन्हीं के लिए तो रवि इतनी सिफारिश कर कहा था—फूलशरा का पागलों का डेरा तोड़ देने से भी चलता, कौन होते हैं वे जो यों साँड़ की तरह फिरेंगे मेरी जमीन पर? बाद में याद आया कि लोग कह रहे थे, दीनबन्धु मिश्र, कीर्तन राउत, काशी अवधान (गुरुजी), और यहाँ तक कि पुरोहितजी भी। सतुरी दास का भतीजा मधु गले में 'टेथोकोप' झुलाये साइकिल के पीछे होमियोपैथी बक्सा बाँधे घूम-घूमकर, क्वाक-डॉक्टरी करता है, उसका भी यही मत है। सबका एक ही मन्तव्य—कंजूस! और उनसे पार भी नहीं पाया जा सकता,

मानो अबकी हवा-पानी भी उन्हीं मजूरे-बँटाईदारों की ही सहायक हैं। कानून का बल उनकी ओर। बँटाई पर खेती करते हैं तो हिस्से पर खेती करने का उनका अधिकार हो जाएगा, हटाने पर मुकदमा होगा, फसल में पाँच से तीन भाग वे लेंगे। बाद में और आ रहा है कि बँटाईदार चाहेगा तो रुपये दाखिल कर जमीन का मालिक बन जाएगा। और सबके ऊपर आ रहा है—इतनी जमीन से अधिक तुम रख न सकोगे। जो अधिक होगी, उसे छीनकर उन्हीं चासी-मजूरों को बाँट दी जाएगी।

एक उकसा-उकसी, बदा-बदी की बात। दोनों आँखें सुलग उठीं। वे आँखें खोज रही हैं कि शत्रु कहाँ है? बट महान्ती ने जोर देकर कहा, "गोपाल—" और मन-ही-मन एक तरफ होकर, सैन्य सजाकर, खड़े हुए।

जागा हुआ उत्साह धीमा हो आया। सच, जैसे भविष्य साफ चमचमाता दिखाई पड़ रहा है। उन्हीं का बल, बल में गिना जा रहा है, चाहे पंचायत कहो, चाहे असेम्बली कहो, मर्दुमशुमारी में उन्हीं की ओर के अधिक होंगे, दिन-ब-दिन अपनी मरजी के मुताबिक वे ही राज चलाएँगे, वे ही मेहनत कर जीनेवाले लोग!

चाकरी तो ताड़ की छाया है। पूरी होने पर कवि अगर गाँव आया तो क्या खाएगा, फिर कैसे चलेगा? शहर लौटकर वहीं कहीं एक घर बनाकर चलेगा, और तब राज न होगा, धन होगा तो खरीदेगा-खाएगा। तभी शहर बढ़ता है, और बढ़ेगा, जमींदारी मकद्दमी गयी, जमीन भी जाएगी, कौन सात पीढ़ी का बड़ा जमींदार हुआ था जो शहर में चोकर या खली की दुकान खोलकर बैठ जाएगा, नहीं तो भीख माँग पेट भरेगा। तभी कवि ने लगा रखा है कि बेचो-बेचो, शहर चले आओ।

और रवि—वह मूर्ख कालिदास खुद बैठा है जिस डाल पर उसे ही स्वयं काटने में लगा है। "नेता होगा, नेता! जिन्हें बहकाया है, वे ही उसे न रौंदें तो खैरियत!"

एक दीर्घ साँस निकलते-निकलते रुक गयी। हम न होंगे देखने के लिए, हमारा समय पूरा हो चला—उन्होंने सोचा। उस अन्तिम निश्चिह्नता की परिकल्पना ने मानो उनके मन को आश्वासन और अभय दिया हो।

इस देश पर इतनी बड़ी बाढ़ गुजर गयी। कितनी क्षति, कितनी विभीषिका पर उनकी कोई क्षति नहीं हुई, फसल अच्छी हुई है। मन-ही-मन दिखाई पड़ जाती है—तटबन्ध के नीचे तक पानी लगा है, नदी लबालब! उबासी आ गयी। "हः, कितनी बाढ़ें आयीं और गयीं! भगवान् की सृष्टि, उसमें कोई क्या करे?...लोग तो बस केवल...'दो, दो, दो' एक बहाना खोजने की बात...बाढ़ चली गयी। गोपाल—गोपाल..."

फिर छनू से लगा। दीनबन्धु मिश्र का बेटा अरिन्दम उधर कहीं इंजीनियरिंग पढ़ रहा था, इतना अच्छा पास हुआ कि वृत्ति पाकर अमेरिका जा रहा है। मिश्रजी बेटे के पास शहर गये हैं। दीनू है मिश्रजी का बेटा! इंजीनियर! अमेरिका! क्या है यह सब! कीर्तन राउत की बेटी के लड़के ने मैट्रिक फस्ट डिवीजन में पास की।

कहते हैं स्कॉलरशिप पाएगा। पधानपुरवाले उद्धव घड़ेई का बेटा बाइधर तो प्रोफेसर बन गया, गन्धि जेना का लड़का विश्वम्भर कहीं डेपोटी हो गया। अभिमानपुर डोमबस्ती में किसी का बेटा भी कोई बड़ी नौकरी पा गया, कहीं दिल्ली की ओर, शालिशालिया उत्सव महापात्र का बेटा दुर्योधन पत्थर विद्या में, कहते हैं, डॉक्टर की उपाधि पाकर अध्यापक हो गया। संखालीपुर के श्रीमन्त साहू की कोई लड़की बड़ी डॉक्टरानी बन बैठी है, उसका शहर में बहुत नाम है।

वे लोग ही घर करेंगे। आ रहा है नया युग, इन्हीं सबके लिए।

बट महान्ती वही बात सोचते-सोचते आकुल हो उठे, तब वे मानो केवल एक श्रेणी के ही प्रतीक हों। पहले कितना सहज था, सारी सुविधा थी। बैठने के लिए ऊँचा बरामदा, हाथ की कोथली में माला, देह पर रामनामी चादर, मन किया तो नाक के सिरे से कमर तक सब जगह चन्दन से लिखा होगा 'गोरा-गोरा-गोरा।'

बरामदे के नीचे वे हाथ जोड़े सिर नवाये खड़े होंगे। परिश्रम करेंगे, कमायेंगे लाकर उँड़ेल जाएँगे। जो भी शर्त कहें, हाँ ही निकलती, 'नहीं' का तो नाम भी न था। वे समझते थे कि अपने-अपने कर्मफल का भोग मानकर संसार में चलने के लिए उनका जन्म हुआ है। ठाकुरजी के पैरों तले गिर, पुरोहितजी के पाँवों पड़, जमीन के मालिक, महाजन, मकद्दम, जमींदार, जिस-जिसका पावना हो उसे ये रूखा-सूखा खा, माटी-गोबर में सनकर फटा-पुराना पहन समय काटकर मशान की ओर चले जाना है। टूटा झोंपड़ा कभी ठोस भी न हो पाता। ऐसे ही तो बीत गयी पीढ़ी-दर-पीढ़ी, पता नहीं कितना जमाना!

और फिर अब जमाना उलट पड़ा है। वे ही लोग घर कर रहे हैं। अघोरी-दुवारी, पढ़ाई-लिखाई, काम-धन्धा, मुरब्बीपन, धीरे-धीरे सब में तेज होते जा रहे हैं, बढ़ रहे हैं।

"ठीक है, गोपाल, तेरी इच्छा!"

कवि रहा दूर, रवि भी वही आग सुलगा रहा है।

घर पर दो बूढ़े-बुढ़िया। और सम्पत्ति। किसके लिए? किसने उसका मूल्य समझा? कौन भोग करेगा उसे?

बट महान्ती दुःस्वप्न में खो गये थे। आँखों पर पलकें पड़ नहीं रही थीं। लम्बी साँस लेने को भी मानो जैसे बल न रहा हो।

जीप में बैठा चला जा रहा है विकास-कर्मचारी विपिन। मुँह में सिगरेट, आँखों पर चश्मा, और एक निविष्ट दृष्टि, रात में जैसे मोटर की रोशनी हो, दृष्टि का लक्ष्य स्थल पल-पल में बदलता जा रहा है गति के साथ-साथ; परन्तु निविष्टता उसी प्रकार है।

विपिन का मुँह खुला—"मेरे साथ पढ़ता था रवि, खाते-पीते घर का लड़का, जन-सेवा की ओर मन था, नौकरी न कर, व्यवसाय-बाड़ी में बिना उलझे, जुट गया एक संगठन के काम में। पढ़ा-लिखा उत्साही आदमी, ब्याह का लाग-लपड़ा नहीं बस जुटा तो जुट ही पड़ा, एक नया उत्साह फैल गया चारों ओर, तथा कितने गाँव के गाँव उमंग से भर उठे हैं, मैं कोई इनकार नहीं करता।"

टंक बाबू प्रतीक्षा में थे। उनके ऊपरवाले अधिकारी का अन्तिम मन्तव्य क्या है उसे जाने बिना वे कैसे मुँह खोलें। जिधर बरसा उधर छाता—यही तो दुनियादारी की बात है।

विपिन ने कहा, "परन्तु संगठन तो हजारों लोग हजारों तरीकों से शुरू कर देते हैं, उसकी परिणति क्या होती है?"

खूब उत्साह में भरकर टंक बाबू और आशा देवी ने कहा, "सो तो है ही, हाँ!"

टंक बाबू ने व्याख्यान दिया, "संगठन में रहेगा मन; धन, बल, बुद्धि, उपकरण, सारी चीजों के बिना कैसा संगठन? कितने दिन वह टिकेगा?"

आशा देवी ने कहा, "इतने दिमागों को जोड़कर, इतनी चीजें भरकर अपना संगठन बना है, इस पर और अधिक की क्या दरकार है?"

आशा देवी एक वेतनभोगी विकास-कर्मचारी हैं, एम.ई.पास हैं, फिर ट्रेनिंग, तीसेक की उमर तो होगी ही, एक बेटा है, एक बेटी। गँजेड़ी पति के अत्याचार सीमा पार कर गये। काँसा-बासन भी रहने नहीं दिया, जमीन सात एकड़ थी, उसे भी बेच खाया, बच्चे दोनों मूरख बनकर कूदने लगे। इसी बीच, भविष्य की ओर आँख किये बच्चों को आदमी करना है, घर चलाना है—यह सोच मूबलपुर के दल बेहेरा की बहू आशा देवी ने मानो सचमुच एक इतिहास ही रच दिया। सास-ससुर, गुरुजन और बाहर की घिसी सीढ़ियों के सामने ऊँचे चौरे पर तुलसी को प्रणाम कर उसने घर से पैर निकाला।

तराशी गयी काले पत्थर की चमचमाती मूर्ति की तरह, अब भी मानो उस मूर्ति में लवनी चुपड़ा हो, कुछ इसी तरह चिकनी दिखाई पड़ती हैं वे। गोल चेहरा, बड़ी-बड़ी आँखों में काले भँवरों की तरह पुतलियाँ, घने सिर के बाल, माथे के बीच में सिन्दूर की बिन्दी। उस मूर्ति में सुख-दुःख की अनेक अभिज्ञताएँ एक साथ जमा होकर थम गयी हैं, उस पर छाया तले की गहरी पोखरी के ऊपर की-सी छवि है, देखने पर आदमी सोचने को बाध्य हो जाता है, जान कुछ नहीं पाता। सफेद साड़ी, सफेद जैकेट, पैरों में काली चप्पल। हाथों में चाँदी की चूड़ियाँ, हाथीदाँत का चूड़ा; और कोई अलंकार नहीं।

सुबह, बड़े तड़के, बाग तले धान की क्यारी के पास पोखरी के किनारे, गाँव गलियारे होकर जीप चली जा रही है। वे लोग जगह-जगह काम देखकर

जाएँगे। बाँस से लदी बैलगाड़ी के बैल भड़क उठे। "अरे रे, पकड़ जूआ, होशियार, होशियार..." ड्राइवर ने आवाज लगायी। तनिक रुककर फिर गति पकड़ ली। ईंटों से लदी एक के पीछे एक कई बैलगाड़ियाँ आ रही हैं। विपिन अपनी बात का छोर पकड़ कहता चला गया, "ये जो सड़क हैं, विकास के प्रमाण हैं ये। कितने दिन हुए? दो ही बरस तो? कितना खरच हुआ? किसने दिया?"

टंक ने हँसकर कहा, "सहायता दो, श्रम दो, कहते-कहते लोगों के पीछे दौड़-दौड़कर जूतों के तले घिस गये। हम उन्हें खींच लाये। बीच की थोड़ी जगह में माटी डालो, फोटो उठायी जाएगी—हम कितना कह-कहकर थक गये, अन्त में हरिजन बस्ती वालों को समझा-बुझाकर संन्यासीपुरियों ने लाकर खड़ा किया, उनके टोकरी-फावड़ा लिये काम करने की अवस्था में फोटो उठाये गये, सभा टूटते ही जो-जिधर चल दिया, फिर मजूर लगवाकर काम पूरा करवाना पड़ा। मजूरी के लिए निकलो कहने पर वही हाल। शहर में जैसे यहाँ भी वैसे, दिन के डेढ़ रुपल्ली दो! अथच सड़क एक करवा दो, हम पूरी सहायता देंगे—यही कहते-कहते झुण्ड के झुण्ड लोग दौड़ा करते थे..."

टंक समझ न सके थे। बात कुठाँव लग गयी। विपिन ने कहा, "हाँ, जगह-जगह ऐसी निष्क्रियता दिखाई पड़ रही है, मगर वहाँ तनिक कन्धा लगा देने से काम अच्छा होता है, क्यों? बासुदेवपुर में लोगों ने क्या नहीं किया? वहाँ हमारी सहायता पहुँचते-न-पहुँचते लोगों ने आधी सड़क तैयार कर डाली थी। श्रीरामपुर में घर-घर से एक जन अपने आप निकलकर अब भी काम कर रहे हैं। और..."

जीप धड़ से किसी गड्ढे में पड़ गयी थी। बाद में फर्स्ट गीयर, स्पेशल गीयर, लग गयी गूँ-गूँ-गूँ की आवाज और निकलकर चल पड़ने की चेष्टा। बायीं ओर एक दलों से भरी पोखरी, उसके उधरवाले सिरे पर सीढ़ियों तले औरतें नहा रही हैं, और एक जगह सीढ़ियों तले मरद। दाहिने, धान का खेत फैला हुआ है, धान खड़ा है। सामने कतार में दिख रही है बस्ती। कितने घर टूट गये हैं, खाली ढूह, टूटी भीत, और कई घर।

जीप फँस गयी। नीचे कीचड़ था, पहिया धँस गया है। "हो—आना-आना तो, जरा, तनिक धकिया देते तो गाड़ी निकल जाती।" पुरुषों के घाट की सीढ़ी पर लुंगी बाँधे चार-पाँच युवक बैठे गुड़ाखू घिस रहे थे। एक जल्दी से उठकर कमर तक के पानी में खड़ा हो गया। और लोग भी वहाँ से इधर-उधर हो गये। लगता था, लोग आ रहे हैं, पर आवाज सुनकर दूर ही दूर वे रास्ते से टलकर बगीचे की ओर हो लिये।

"हो, सुनो, तनिक इस गाड़ी को..."

कोई एक बैल हाँकता आ रहा था, एक छड़ी जोर से मारी कि दौड़ने के कारण पीछे-पीछे 'तेला बूची, तीखा कान।'

विपिन, टंक, चपरासी तीनों ने मिलकर जीप गाड़ी को धक्का लगाया। ड्राइवर ने फिर स्टार्ट किया, पीछे, आगे, कई प्रकार चेष्टा की। सब बेकार। झुण्ड के झुण्ड बच्चे और औरतें दूर खड़े घूर रहे हैं। "आओ, आओ रे बच्चो, लोगों को बुला लाओ।" सभी चल दिये। गाड़ी पड़ी रही। ड्राइवर गाड़ी की रखवाली करता बैठा रहा।

शेष कुछ लोगों को खोजने चल पड़े।

"कोई थोड़ा आते तो, गाड़ी फँस गयी है, जरा धकेल देते।"

"हमें काम है।"

"हमें काम है।"

"अरे बाबू बुला रहे हैं तनिक जाते नहीं?"

"तू जा।"

"जाओ रे छोकरो, धकेल देना। बाबू पैसा देंगे।"

बच्चे भाग गये।

कुछ केवट बरामदे में बैठे जाल बुन रहे थे।

"अरे नखिया भाई, मेरे पैर में काँटा चुभा है, नहीं तो मैं चला जाता। जा, तू हाथ लगा आ।"

"अरे यार, मेरी तो कमर जकड़ी हुई है, नहीं तो क्या कोई भारी था?"

रास्ते में तलाची डालकर धान सुखा रहे हैं। एक जगह कुछ लोग जमा होकर हल्ला मचा रहे हैं, बहुत झगड़ा हो रहा है। "मारेगा...मारेगा? बड़ा आया मारनेवाला? देखना ठहर!" वहाँ बुलाने पर देखनेवालों की भीड़ में से एक ने कहा, "उन्हें कुछ न कहो, बाबू, अभी उनके सिर में पित्त चढ़ा हुआ है।"

"तुम्हीं जरा आओ।"

"हम गये तो यहाँ क्या से क्या हो जाएगा। तब कौन सँभालेगा?"

"ठीक है, पैसे देंगे, मजूरे करा दो।"

सूखे-से आदमी ने उत्तर दिया, "बाबू, सुनो मेरी बात, यहाँ पटेगा नहीं, आगे कण्डरा-बस्ती है, वहाँ लोग मिल जाएँगे।"

अतः रास्ते-रास्ते फिरकर, आगे बढ़ चले।

"भला गाँव है ये भी..." विपिन ने कहा।

सँभालने की तरह टंक ने कहा, "बहुत सारे लोग तो काम पर चले गये हैं, जानने-समझनेवाला तो कोई दिखता नहीं।"

घर के आगे कूड़े का ढेर लगा है, घास का बीहड़ बढ़ा है, गोबर का ढेर लग गया है, रास्ते में गू पड़ा है। सूँड़ियों से लिपटा सहजन का पेड़ खड़ा है। छान तले खूँटे में दीमक ऊपर से नीचे तक चढ़ गयी है। छत के नीचे भीत की लिपाई नहीं हुई हैं, जगह-जगह दरारें दिखाई पड़ रही हैं। कहीं-कहीं दीवार से आधी-आधी ढह

गयी हैं, टूटी-फूटी दिख रही हैं। लोग आना-जाना कर रहे हैं; ढेंकी की चोट पड़ रही है, चिवड़ा कूटना, धान कूटना चल रहा होगा। गाँव के बीच कें-कें करती कोई घानी चल रही है। अकथ्य भाषा में गाली-गलौज के साथ-साथ छोटे बच्चों की पिटाई, रुलाई। नाक रुँध दे, ऐसी धुआँ की गन्ध।

गाँव भरा है। अपने-अपने काम में सब लगे हैं। मोटर ठेलने को लोग नहीं मिले। बस्ती जाने पर फिर धान के खेत। पतली मेंड़ होकर कण्डरा-बस्ती को रास्ता जाता है। धान के खेतों में पानी खड़ा है। धूप पड़ रही है। धान के पौधों पर लाल-पीली तितलियाँ, पानी में उनकी छाया पड़ रही है। धान के पौधों के नीचे काँच की तरह साफ और थिर पानी में चुपचाप 'मड़िशा' मछली सोयी है, तितली की छाया की ओर नजर गयी तो हाँव से झपट पड़ी, बाद में मुँह लपलपाते धान के पौधों के बीच छुप गयी। एक दल लगे हैं मेंड़ के बाँध का पानी बहाकर मछलियाँ पकड़ने में। क्या पड़ा है? सौरी मछली भी दो-चार नहीं।

"आओगे जरा, उधर मोटर फँस गयी है।"

इधर यह काम छोड़कर कौन जाय? आगे और उथले गड्ढे में तीन जन बंसी डाले बैठे प्रतीक्षा कर रहे हैं। वहाँ पूछने को मन हुआ नहीं। और फिर बड़े-बड़े केवड़े के झुरमुटों के बीच से रास्ता। उधर थोड़ी-सी पेड़ों की सघनता दिखाई पड़ रही है। धान के खेतों और भीगी-गीली जमीन के अन्दर उपद्वीप की तरह कण्डरा-बस्ती घुसी हुई है।

धड़ी मलिक कहीं नींव खोद रहा है। एक साथ चार जन नाचते-कूदते पैरों से गारा तैयार कर रहे हैं। एक और आदमी वहाँ ढेर हुई माटी पर मटके-मटके पानी लाकर उँड़ेल रहा है। तनिक हटकर एक बूढ़ा लकड़ी चीर रहा है, कुल्हाड़ी लिये। छान पर कहीं कुम्हड़े, कहीं लौकी, घनी सेम, और कई बेल, बाड़ बाँधकर छोटी-छोटी बाड़ी में लम्बे-लम्बे अरहर के पौधे, अरण्ड के झाड़, कपास, नाजुक-नाजुक मुक्तकेशी बैंगन, हृष्ट-पुष्ट। श्रम की श्री खिलकर दिख रही है। मानो अतिथि के लिए लम्बा-लम्बा प्रणाम! थोड़ा समझाते ही वे लोग जाने के लिए तैयार हो आकर खड़े हुए।

"कौन-सा ऐसा काम है जो इसके लिए पैसे लें?" धड़ी मलिक ने कहा, "मोटर पानी में फँस गयी, दो लड़कों के पीछे से तनिक-ठेल-भर देने की बात, इतने-भर के लिए इस गाँव में लोग नहीं मिले कि आपको खुद इतनी दूर चलकर आना पड़ा, बाबू? चलो रे लड़को..."

वे लोग आगे-आगे दौड़-दौड़कर चल पड़े। विपिन, टंक और आशा देवी लौट आये।

"बस, यही अपनी असुविधा है," विपिन ने मन्तव्य दिया, "गाँव में वास्तव में जो काम करनेवाला अंग है, बाउरी कण्डरा या चासी या मजूरा, गाँव के समाज

में उसकी आवाज कभी सुनाई नहीं पड़ती, वह बेचारा तो नीचे पड़ा है। मानो वह तो कुछ है ही नहीं, और जो हिस्सा अचल है, निर्जीव है, दिखाई पड़ता है वही, वही चाहता है क्षमता और अधिकार।"

आशा देवी ने कहा, "परन्तु चेतना तो फैल रही है, अब क्या पहलेवाला पुराना जमाना है? कितना सब बदल गया!"

टंक ने कहा, "यह बाबा आदम के जमाने का गाँव है, अमानुषा। अनेक गाँवों में तो ये ही अगुआ बन चुके हैं।"

विपिन ने कहा, "मैं केवल सोच रहा हूँ, जब वास्तव में यह जीवित अंग अगुआ बनेगा, हाथ में क्षमता सँभालेगा, तब उस अधमरे अचल अंश की दशा क्या होगी—वह जाएगा कहाँ?"

टंक ने कहा, "सम्भवतः शहर के निचले भागों में।"

विपिन ने कहा, "खेती वह कर सकेगा नहीं, अभी ही मजूरे अड़ने लगे हैं। मेहनत उससे होगी नहीं। जमीन वह रख सकेगा नहीं। जो पुरानी संस्था थी, ऊँचा कुल, धर्म, नाना जाति के अधिकार, जो धारणाएँ कुछ लोग फैलाते थे, और कुछ लोग उनपर विश्वास कर सिर नवाये उनके पास खटते रहते थे, वह संस्था तो और अब काम देने से रही। अतः वे गाँव में चल नहीं सकेंगे।"

टंक ने कहा, "आजकल तभी तो वे जमीन बेच रहे हैं, गाँव से चले जा रहे हैं, शहर में घर बसा रहे हैं। हवा किधर बह रही है साफ दिख जाता है। बाद में यह और भी बढ़ेगी।"

विपिन ने कहा, "सरकारी चाकरी, नाना कल-कारखानों की नौकरी, बढ़ते हुए कारखानों के जमाने में शहर में उनके लिए नाना धन्धों में नाना नियुक्तियाँ। छोटे-बड़े व्यवसाय, इनमें ही रह जाएँगे कई एक तो। जी नहीं सकेंगे"—देह मरोड़कर एक विकृत भंगिमा में उसने कहा, "उन्हें भगवान् का भरोसा।"

टंक और आशा देवी हँस पड़े।

लोग देख रहे हैं कि मोटर ठेलने के लिए और आदमियों की जरूरत नहीं, कुछ कण्डरा लोग गये। वे लोग सुन चुके हैं कि ये विकास-कर्मचारी हैं। अच्छा हुआ, जाते-जाते रुक गये हैं। आँखें डालते जायँ इधर भी तो अच्छा हो, कुछ रुपये मिल जाएँगे। "अरे उल्लू, इनसे अलग रहे तो यों ही रह जाओगे, ये तो कामधेनु हैं। माँगने का तरीका आ जाय तो क्या-कुछ पा लोगे, वरना नहीं।" किसी ने कहा। रथ-बस्ती की बावड़ी उथली हो गयी है, सदा कीचड़ दलदलाता रहता है। अतएव "जी, आइए, हमारी बस्ती की ओर जरा नजर डालते जाइए।" पट्टनायक-बस्ती की चटशाला की दीवारें फट गयीं, अच्छा-सा घर बन जाता—"हमारे उधर पधारेंगे, बस यहीं तो है।"

"जेना-बस्ती का कुआँ पुराना पड़ गया, ऊपर से नीचे तक देख जाएँ, सारी दीवार में घास-पौधे-पेड़ उग आये हैं, पानी में एक बार साँप भी मरा तैर रहा था।"

"हुजूर पधारेंगे नहीं तनिक, चार बस्तियों के लोग पानी पीते हैं।" "जी, इतना बड़ा गाँव, उसमें एक भी अच्छी पोखरी नहीं, और फिर जो है वह तो आप देख ही चुके, सिवार से भरी है। डुबकी लगा आये तो घण्टों खुजलाहट नहीं मिटती। पोखरी बन जाती तो मछली की भी खेती होती, फिर पीने, नहाने, खेत में पानी पटाने..." "जी, किस-किस के लिए रुपया आया?" "कौन-कौन-सी नौकरी मिल सकेगी? मैट्रिक फेल, कहीं से, जैसे भी कोई..." "हजूर पंचायत का महकमा हमारे गाँव में हो। जगह भी पड़ी है, आइए देख लें।" "एक अस्पताल..." एक माइनर स्कूल... "एक धान का भण्डार किये बिना हमारे यहाँ के मेहनतकश कैसे जीएँगे? घर पर धान होगा नहीं और बाहर से करज मिलेगा नहीं, जो कष्ट है!" पादाम्बु-बेलपत्र लिये भोपा आ पहुँचे हैं, "जी संन्यासीश्वर महादेव महाराज! पधारिए, इतने प्रत्यक्ष देवता हैं; इतना पुराना देवल इस संसार में और कहीं न होगा। कितने यात्री, कितने शरणागत आकर रुण्ड होते हैं, आपकी कलम से अगर वहाँ एक कोठरी बन सकती, उठने-बैठने के लिए लोगों को सुविधा हो जाती। और वह पोखरी थोड़ी गहरी खुद जाती, पत्थर बँधवा देते तो अच्छा होता। आपकी बस साथे-साथ पदोन्नति कर देते, भगवान्! कितनी उन्नति हो जाती, उसकी कोई गिनती है? आइए, बस दर्शन करते जाइए!"

कैसे यहाँ से निस्तार मिले? किधर जाए? देर होती देख आशा देवी औरतों की ओर चल पड़ीं। जितना समय मिलता है उतने में ही यहाँ कुछ काम शुरू कर देंगी। दूध का चूरा बच्चों को उबालकर पीने के लिए देंगी। साबुन और गरम पानी से कितने बच्चों को नहला देंगी। कोई होगी गर्भवती, स्वास्थ्यहीना, उसे मछली के तेल की गोलियाँ बाँटेंगी। अच्छी विटामिन की गोलियाँ देंगी, घर का कूड़ा-करकट कैसे गाड़ा जाता है, कैसे चूल्हा बनाने पर धुआँ नहीं होगा, स्वास्थ्यप्रद ढंग में घर का काम कैसे किया जा सकेगा—इस बारे में नाना उपाय बताएँगी, हो सकता है ये ही बातें कहने, उन्हें फुसलाने और उनमें विश्वास पैदा करने के लिए वे किसी बहू की चोटी गूँथ देंगी या किसी के घर उड़द-चावल भीगते होंगे तो रगड़ना शुरू कर देंगी या फिर बड़ी चूँट देंगी। उनका ठीक जितना पिठऊ उतना ही पीठा, जितना समय, उसमें उतना ही काम। कागज-पत्तर में उसका हिसाब रखती हैं।

पर विपिन पहले कहाँ जाए? पहले जहाँ किसी का चेहरा नहीं दिख रहा था, अब वहाँ कितने लोग हैं, एक छोटी-मोटी भीड़ हो गयी।

और इसी समय शंख, महुवरि, ढोल की आवाज सुनाई पड़ रही है, बाजे पास आ रहे हैं। वह एक दल पहुँच गया। युवक। "हमारा संन्यासीपुर का युवक संघ, आपका स्वागत कर रहा है...आपका शुभागमन हो हमारे क्लब की ओर। अधिक दूर नहीं।"

"क्षमा करेंगे, फिर कभी आया तो अवश्य आऊँगा। आज तो बहुत देर हो गयी। दूसरी ओर जाते-जाते बीच में जीप कीचड़ में फँस गयी थी। उधर प्रोग्राम है, लोग इन्तजार में होंगे।"

"ऐसे एक-एक बार सबकी गाड़ी फँसती, हुजूर, तब हमारे गाँव का मंगल होता! नया रास्ता तो खुल गया है, पर गाड़ी यहाँ नहीं फँसती। जो आया सो ही भाँय-भाँय छू। हम तो बस जरा-सी इस उड़ती धूल के हकदार रह गये।" वक्ता हँस पड़े। आँखें टिमकाकर बोले, "आइए, आइए..."

"जी, प्रोग्राम..."

"ओ, यहाँ के प्रोग्राम की बात कहकर भुलावा मत दीजिए, प्रोग्राम किसका नहीं है इस जुग में! तो फिर आप हम लोगों के अनुरोध को टाल जाएँगे? हमारा स्वागत एक ओर कर देंगे?"

"आप लोग तो कहते हैं कि युवक संघ गढ़ो, युवक संघ गढ़ो, आप हमारे अनुष्ठान को देखने पधारेंगे नहीं तो हमें उत्साह कैसे मिलेगा?"

"इस गाँव की उन्नति के लिए भी हमारे युवक संघ के पास कई प्रस्ताव हैं, थोड़ा समय देंगे तो ठीक-ठीक बता सकेंगे।"

"आइए, आइए, हाँ, बजाओ रे..."

वाद्य-नाच का बाजा बज़ उठा। युवक संघ के घेरे में पड़कर विपिन और टंक आगे चल पड़े। महुवरी बार-बार बज रही थी—रम्प-रम्प-रम्प!

विपिन और टंक के गले में उन लोगों ने लाल मन्दार का हार झुला दिया है। चारों ओर हँसी, उत्साह, तालियों की गड़गड़ाहट। सारे रास्ते में खड़े दर्शकों में किसी ने हुलहुली डाली, और फिर तो कइयों ने पारी पकड़ी। बाजा बज रहा था। बाजे की आवाज से बन्दर इस पेड़ से उस पेड़ पर छलाँगें भर रहे थे, गायें भिड़क रही थीं। दिखाई पड़ रहा था कि किलकिलाती औरतें बस्ती से दौड़ी-दौड़ी आ रही हैं। परस्पर धक्कमधक्की करती-सी भीड़ किये खड़ी हैं। बाजे की तान से उत्तेजना बढ़ती जा रही है। लोगों की भीड़ देख बढ़ता जा रहा है अपने आप उत्साह। सचमुच लगता है जैसे यह पुराना गाँव उत्सव मनाने के लिए प्रतीक्षा में था। उनके पीछे-पीछे चल रहे हैं युवक संघ के सभ्य, दोनों ओर है भीड़, वे चले जा रहे हैं। टंक से कहा, "इस गाँव में तो उत्साह बहुत है! यह उत्साह तो मानो इस देश में जलविद्युत-शक्ति हो। एक साथ जमाकर काम में लगा सके तो देश के विकास के लिए आदमी निश्चिन्त हो जाय, निःशंक हो जाय।"

सामने छोटा-सा एक छप्पर का घर। उसके सामने दो जन दोनों ओर से एक बाँस की टट्टी थामे खड़े हैं। उसमें लाल कपड़े पर रुई से लिखा है—'स्वागतम्'। बाकी समय वह इस घर की भीत के सहारे टिका होता, अब बाहर निकाला गया है।

अतिथियों के पहुँचते ही स्वागत-गान शुरू हो गया। एक साथ चार खँजड़ी, एक दासकाठिया (रामताली), गिनी बजानेवाले दो जन, एक डुग्गीतबला, एक सिंगल रीड हारमोनियम बजा रहा है। जिसके दो मिड़ जुड़ गये हैं और चम   में कई जगह

छेद हो चुके हैं। उनके साथ दो गायक हैं, प्रत्येक स्वाधीन भाव से गा गया, कोई किसी के साथ मेल नहीं खा सका।

बाद में—"ये देखिए, हमारी लाइब्रेरी!" आम की लकड़ी से बनी दो आलमारियाँ, एक के ऊपर राल से लिखा गया है—'श्री गोवर्द्धन जेना के सौजन्य से प्राप्त', दूसरी पर उसी प्रकार से लिखा हुआ है—'श्री गेण्डु छाटोई के सौजन्य से प्राप्त।'

"उपस्थिति-पुस्तिका देखिए," अनेक नाम—बहुत सारे दस्तखत एक हाथ से लिखे जैसे लग रहे हैं। आलमारी खोली गयी। विपिन और टंक ने इधर-उधर से एक आध किताब खींचकर देखी। अधिक भाग कामशास्त्र सम्बन्धी किताबें थीं, जैसे 'स्वस्थ सन्तान सर्जन,' 'काम विज्ञान', 'वैवाहिक दायित्व', 'दाम्पत्य सुखवर्द्धिनी', 'प्रकट लीला', 'सुहाग रात' आदि-आदि। तत्सम्बन्धी कई ताड़पत्र की पोथियों का संग्रह भी किया गया है। और कुछ जासूसी उपन्यास, जैसे 'पैनी छुरी', 'जासूस श्रीपति', 'रहस्यमयी', 'लवंगलता हत्या मुकदमा' और इसी तरह। उनसे अधिक संख्यक और एक किस्म के उपन्यास थे। सौ-डेढ़ सौ पन्नों की किताब, चमचमाता गत्ता, उस पर चिकनी-चुपड़ी तसवीर, जिसे किसी और के सामने देखने में ही लाज लगती, नाम भी उनके अजीब—'दहकती आग', 'लौहनगरी में द्रौपदी', 'कलंकिनी', 'जले-भुने जीवन की गाथा', 'स्पुटनिका' इत्यादि। पन्नों के कोने मुड़ गये हैं, हाथों से घिसकर पन्नों की चमक मिट गयी है, जगह-जगह चीकट के दाग, चूने के दाग, काले दाग भी लगे हैं। जगह-जगह पन्नों पर लकीरें खिंची हैं, किताबें खूब पढ़ी गयी लगती हैं।

विपिन ने निराश होकर पूछा, "कुछ योजना-साहित्य नहीं रखा?"

"है, नहीं क्यों होगा?"

आलमारी पर के ढेर से धूल झाड़कर कुछेक पत्रिकाओं के पुराने अंक और किताबें निकालकर दिखायीं—'विकास', 'योजना क्या है?', 'हरी खाद', 'जापानी खेती', 'सहकारी खेती,' 'घास', 'अण्डा', 'मछली' आदि।

विपिन ने पूछा, "ऊपर धूल जम गयी?"

"सब देखते हैं अतः ऊपर रखी गयी हैं, थोड़ा-थोड़ा देखते तो हैं ही।"

विपिन ने होठ दाबे-दाबे कहा, "हूँ।"

"बस एक स्थायी घर की जरूरत है। दो कमरे का मकान हो तो भी चल जाएगा, एक कमरे में आफिस, दूसरे में लाइब्रेरी। उसके लिए टेबुल, कुरसी, अन्यान्य चीजें, अच्छी आलमारियाँ दो-चार, महीने के दो टीन किरासिन तेल के, पेट्रोमैक्स की रोशनी, रात में रखवाली के लिए एक चौकीदार—आप क्या जानते नहीं होंगे? सबसे अधिक जरूरी एक रेडियो है, उसके लिए बैटरी, तब फिर और भी लोग जमेंगे। हमने विभिन्न कार्यों के लिए संघ में मन्त्री खड़े किये हैं, शिक्षा-मन्त्री, स्वास्थ्य-मन्त्री, विकास मन्त्री, अर्थ-मन्त्री, लोकसम्पर्क-मन्त्री, कृषि-मन्त्री, कला-साहित्य-मन्त्री,

जानकर प्रधानमन्त्री नहीं रख रहे हैं, वह सबसे अधिक असुविधा का काम ठहरा। मैं अर्थमन्त्री हूँ। चन्दा कोई देता नहीं। सरकारी सहायता की सख्त जरूरत है। पहले पाँच हजार रुपये हों तब कहीं..."

टंक ने मुँह फाड़कर विपिन की ओर देखा। विपिन ने कहा, "ठीक है काम करें, देखेंगे, देखेंगे।"

"कितना देंगे, कहिए..."

"वह सब क्या अचानक इस तरह ठीक किया जाता है? प्रस्ताव दीजिए, विचार होगा, देखूँगा, मुझसे क्या सम्भव है?"

"चाय लीजिए। परिदर्शन पुस्तिका में कुछ लिख दीजिए।"

चाय पीते-पीते विपिन ने उस कोठरी के अन्दर चारों ओर नजर फेरी। दीवार पर कैलेण्डर के चित्र टँगे हैं, बीड़ी, गुड़ाखू, ड्रेस आदि के अनेक विज्ञापन और वे ही चुँधिया देनेवाली तसवीरें। नाना-भाव-भंगिमा में नारी-चित्र। एक जगह चीरहरण का दृश्य है, तो कहीं बादशाह का होली खेलने का दृश्य। सब कुछ मिल-जुलकर इस घर की रुचि, स्वरूप या आत्मा का परिचय देता है।

"आशा देवी किधर गयीं? बुला दो, चलेंगे।" विपिन ने कहा।

"और थोड़ा ठहरें, हुजूर!" लोकसम्पर्क-मन्त्री ने कहा, "हमारे खाते-पत्तर पर भी तनिक नजर डालें। यह देखिए यह रही मिनट-पुस्तिका, उड़ीसा की, भारत की और पृथ्वी की विभिन्न समस्याओं पर यह युवक संघ प्रस्ताव पास कर विभिन्न जगहों को अपना स्वाधीन मत भेजता है। उत्तर मिले या न मिले, लोकसम्पर्क की स्थापना की जाती है। वो देखें, दो सौ छियासी नम्बर का प्रस्ताव, अफ्रीका और चीन के सम्बन्ध में प्रधानमन्त्री नेहरूजी की वैदेशिक नीति का समर्थन कर इस संघ ने प्रस्ताव पास कर भेजा है दिल्ली।"

"दो सौ चवालीस नम्बर दिखा दो, भारत की भाषा के प्रश्न पर। युवक संघ ने प्रस्ताव भेजा है कि उड़िया को भारत की राष्ट्रभाषा बनाया जाय।"

विपिन ने मन्तव्य-पुस्तिका देखी। कितनी भाषाओं में कितने लोगों ने उसपर मन्तव्य दिये हैं, कितने ही परिचित लोग। उनकी ख्याति है, अपना-अपना परिसर है। किसी ने भरा है एक पन्ना, किसी ने कविता लिख मारी है, आत्म-प्रकाश की सुविधा देखकर खुद को फैला दिया है। किसी ने कुछ पंक्तियाँ-भर लिखी हैं। सबने प्रशंसा की है, उत्साह दिया है। युवा-संघ क्या कुछ कर रहा है—वे देख गये हैं स्वयं, परन्तु लिख गये हैं उच्छरित आवेग में भरकर।

विपिन ने भी एक पंक्ति लिख दी—

"युवक संघ में उत्साह है, आशा करता हूँ कि यह संघ वास्तव में अपना अस्तित्व सार्थक करेगा।"

वह कितने छोटे-छोटे उपदेश दे गया—

"आप लोग जिसकी पारी हो उसके खेत में दो घण्टा शारीरिक परिश्रम करें, अवसर के समय हमारा योजना-साहित्य पढ़ें, चर्चा करें और कार्य में जुट जाएँ, आप लोग स्वयं अपनी मदद करें, हम पीछे हैं।"

रुपये-पैसों के बारे में कोई आश्वासन उसने नहीं दिया था। अतः उसे रोके रखने की और चेष्टा नहीं हुई।

धूप झिलमिलाती कार्तिक की दोपहर। छनछने पत्तों से हरी आभा छनती आ रही है। जीप गाड़ी धूल उड़ाती जा रही है, कितनी गली-कूचे, गाँव-गलियारों का रास्ता, चक-चक करता हरे गलीचे की तरह घास का मैदान, बीच में पगडण्डी, शान्त नीलम आकाश को छाती में भरे, जगह-जगह जोहड़, पोखरी, मानो वे भी अपनी डबडबायी आँखों से उसकी गति को अवाक् हो देख रहे हैं, उसी गाड़ी में सिगरेट का धुआँ उड़ाता-उड़ाता ढोया जाकर दौड़ता-फिर रहा है विपिन। उसी रास्ते बैलगाड़ी चली जा रही है धीरे-धीरे। मानो एक गयी है, और एक आयी है, उसके पीछे-पीछे। मनु, याज्ञवल्क्य, केशरी, पठान, मराठे, अँगरेज कितने आये और गये। अभी भी वही चल रहा है। राह में भैंसों का दल देख रहा है अपलक, काली स्याह सब कुछ की जानकार आँखें। तिल-भर भी नहीं टसकतीं वे, गाड़ी पास आने पर सच जैसे बिलकुल अनिच्छा से तनिक सरक जातीं। पोखरी के ऊपर कतार के कतार बगुले, आहिस्ते-आहिस्ते पंख हिलाते हुए यहाँ से उड़ वहाँ बैठ रहे हैं। जगह-जगह दूर-दूर से चावल मिल की घिस-घिस आवाज सुनाई पड़ती, नहीं तो अब भी जगह-जगह सुनाई पड़ता होता ढेंकी कूटने का धम-धम। इमली की छाया में गायें बैठी-बैठी पागुर कर रही हैं। बरामदे में सँकरे दरवाजे के पास चौपाया होती-सी गृहिणी झाड़ू दे रही है। छोटे छानवाले घर के चौपाल पर नाक के सिरे तक आये सूत बँधा चश्मा लगाये, नाक और माथे पर तिलक किये, कन्धे पर कषाय गमछा डाले, बही पर नजर गड़ाये कोई बैठे हैं, शायद आज खाने को क्या मिलेगा, उन्हें पता न हो। पोखरी के घाट के पत्थर पर पैर फैलाये कोई औरत खूब चिकना कर अपनी एड़ी रगड़ रही है। जीप की घर्राहट सुनी तो गाँव की चटशाला से कुछ बच्चे किलकारी मारते दरवाजे की ओर दौड़े आ रहे हैं, ताली बजाकर कूद रहे हैं। जगह-जगह पर फैलाकर मछलियाँ सुखा रहे हैं, 'सुखुआ' करने के लिए, बाँस लिये औरतें कौवों को हाँक रही हैं। पितृपक्ष अभी बीता है, चेहरा चिकना, गिलौरियों से मुँह भरा, छाया तले बात-चीत भी बैठे-बैठे चल रही है। नये पिल्ले जन्मे हैं, रास्ते पर इधर-उधर कुलबुला रहे हैं। माड़ी लगी-सी आँखों से इधर-उधर देख, संसार को पहचानने की कोशिश कर रहे हैं। कौवा तिनका लिये जा रहा है। पेड़ के तले जगह-जगह कितने चिड़ियों के घोंसले खिसक पड़े हैं। अण्डे फोड़कर चिड़ियाँ उड़ चुकी हैं।

जीप चली जा रही है, विपिन की देह को उत्तरा पवन छू रहा है। लगता है, देहात की इस सपनीली-सपनीली धीमी-धीमी दुनिया के बीच जीप मानो कहीं से बेतुकी बनकर चली आयी है। सचमुच जैसे यह माटी, यह आदमी बिलकुल वेग नहीं चाहता। उसकी गति और उसकी सुस्थि (चैन) एक साथ मिलकर उसकी शान्ति की धारणा बदलने की जब चेष्टा करती है तो वह फिर अपने मन्द भार-केन्द्र की ओर लौट आता है।

कोई मिट्टी काट रहा है, कोई बाँस तोड़ रहा है, कोई चटाई बुन रहा है; पर लगता है सब हो रहा है हौले-हौले। कहीं मेंड़ पर बैठकर पान लगाना चल रहा है, पूरा हो तो फिर चोट पड़ेगी। यह सुस्ताने की आदत, और परम्परा है। जी-तोड़ परिश्रम के अलावा और भी कई चीजें हैं जिन्हें वह अधिक मूल्य देता है, जैसे उसकी चिक्कन सिन्थी या माँग, उसका पूजा-पाठ, अष्ट-चीरा हो चाहे, पर ऊँची पटली या सिर पर साड़ी का घूँघट, उसकी पान की गिलौरी, और बीच-बीच में इधर-उधर देखने, ताकते-झाँकते बतियाते जाने को थोड़ी-बहुत फुरसत।

काम की जगह पर जीप रुकती है। कहीं घर खड़े किये जा रहे हैं, कहीं माटी खोदी जा रही है, कहीं बढ़ई काठ की चिराई में लगे हैं, वहाँ बोली जा रही है ओड़िशी छन्दशाला—जिसके अर्थ लगाते समय देश के बड़े-बड़े पण्डितों को पसीने छूट जाते हैं। अब बोल रहे हैं निरक्षर मजूरे-मजूरनियाँ। बात-बात पर वहाँ चर्चा चल पड़ती, बड़े-बड़े तत्त्व-दर्शन की—आत्मा क्या है, परमात्मा क्या, दो या एक, भगति का मतलब, ज्ञान का अरथ—उसी गारा बनाने, खूँटे के पास या सब्जी काटने के पास।

इतना घूम-घूम इतना चिल्लाने के बाद इतने बरसों पर यह जो आँखों के आगे आ रहा है, कहीं थोड़ी-थोड़ी सुस्थता, क्या इसे परिवर्तन कहा जाएगा? कहाँ है यहाँ परिवर्तन? कब होगा? उलटा उधर तनिक धोया-धोया साफ-सुथरा होते-होते या दुकान की चीजें पहले से कुछ अधिक खरीदते-खरीदते, या फिर इधर कोई सड़क या उधर एक मकान खड़ा होते-होते ही वाद-विवाद छिड़ जाता है, मनों में फटना-टूटना बढ़ जाता है, सारे विकास और प्रगति के रास्ते में वह सबसे बड़ा अवरोध है, भविष्य के लिए घोर विपद्जनक है।

विपिन सोच रहा है। मानव-जीवन पाकर सोचने का उसे इतना ही तो अवसर मिलता है, इस तरह जीप में जाते समय।

पहले था जमीन में जड़ जमाये हुए समाज, जहाँ पर इधर-उधर थोपा-थपका। उसके साथ साआन्त-प्रथा (सामन्तवाद), एक दल होंगे जो बैठे-बैठे खाएँगे, हुकुम चलाएँगे, और दूसरा दल होगा, धरती पर खटेगा, उन्हें पालते रहेगा। मेहनत न कर मुफ्त के खानेवालों की लम्बी पटली, बड़ा घर, लम्बी ही नीति-सिद्धि, जिनकी देख-भाल करते होंगे अन्य लोग, ऊँचे टेककर उन्हें रखते होंगे, साफ करते होंगे, काम-धन्धा कर देते होंगे। उनकी अपनी देह से पसीना बहेगा नहीं, केवल संग्रह

करना, सहेजना, भोग करना, मनमाना देना, लेना या उड़ाना। शीतला की मनौती या 'तप्त पूजा' किसी न किसी बहाने भाँति-भाँति के पिठऊपना, पूजा, उत्सव, बड़ी पीकदान, पत्थर का हमाम, भारी काँसे के कलसे, हण्डे, थाल-थालियाँ, तकिया, सवारी पालकी, वजनी सीसम की पीतल की जड़ाऊदार बहँगी, रहने का सजा-सँवरा कमरा। उस समाज की परिस्थिति में न श्रम था न उद्योग करके जीना। रीति-नीति, आचार-विचार, मनोवृत्ति खुद ही वैसी हो गयी है। बाद के जमाने में बेटे-पोतों के समय यह व्यवस्था टूटकर चकनाचूर होने पर भी आदत या मन बदला नहीं, जो था भोग-आडम्बर-अमल का, चैन से चलने का कायदा, उन सबमें कई चिराचरित वैसी ही प्रथाएँ अब भी हैं, वहीं पुराने जमाने की परिस्थिति में गढ़ा गया धर्मविश्वास उस प्रथा को कसकर थामे है, अतः आदमी-आदमी के बीच छुआ-छूत का भेद भी इतनी तर्क युक्ति, इतने प्रचार के बावजूद सम्पूर्ण रूप से हट न सका।

और वह जो एक दल था, देश का बड़ा भाग, धरती पर खटनेवाले लोगों का, उस पुराने जमाने में उनके अस्तित्व की नस-नस में एक असीम उदासीनता भर गयी थी कि कितना भी वह खटे, थाली भरती ही नहीं, अँगुली के पोरों के बीचवाली फाँक होकर बह जाएगा पता नहीं कितना—उच्च कुल, ऊँची जाति, साआन्त, महाजन, मकद्दम, जमींदार, राजा, वे ही जन्मे हैं सुख से इस धरा को भोग करने के लिए, राज भोग करने के लिए, अतः सारी भाग्य की बातें हैं। जितना हुआ उतना ही सही, सबको प्रणाम जनाकर—गुरु, गौ, ब्राह्मण, वैष्णव, साआन्त, मालिक सबको—जितना सम्भव उतना अलसाकर, दम लेकर किसी तरह समय काट इस जीवन को बिता सके तो उस पूजा, ओझा, यात्रा-पर्व-स्नान-वारुणी तिलक छापा नाम-कीर्तन के बल पर अगले जनम में तनिक भले घर में भली अवस्था में जन्म ले सकेंगे, भोग कर सकेंगे। वैकुण्ठ मिल गया तो पुनर्जन्म का सारा भय मिट जाएगा। उस समाज की रीति-नीति, चाल-चलन, आचार-विचार भी उसी जमाने की परिस्थिति के साँचे में बने हैं, जब श्रम के लिए कोई मर्यादा नहीं थी, न ही विकास के लिए कोई उत्साह। वह अवस्था बदली है, अब किसी की लाल आँखों का डर नहीं। अब जितना श्रम, उतनी ही उन्नति। सच है, परन्तु वह दादे-परदादे के जमाने की थम जाने की, रुक जाने की चेतना भरी है कि मैं कुछ नहीं मेरी भला क्या गिनती है!—मैं कहीं काम न आ सकूँगा—मेरा तो सागमाँड़ खाकर पैसारा लादे घूमकर या माटी खोदकर जैसे चलता था वैसे ही चलेगा; किसी दिन लुढ़क जाना है, किसी ओर देखना या हूँ-चूँ करना नहीं चाहिए। पर इधर इतिहास बदल गया है, उसी आदमी के हाथों में है अब क्षमता, दायित्व-शक्ति, सब।

विपिन सोच रहा था, जटिल भावनाओं के दायरे में सरल-सा रास्ता खुला जा रहा है सामने की ओर। उसकी विभिन्न दिशाएँ उसकी आँखों के आगे दिखती-सी लग रही हैं।

सोच रहा था—वही जो आम आदमी, कानून या संस्था, जो कहो, उसके अनुसार इस माटी का मालिक है, मालिक होने के बाद भी वह उसी पुराने अभिमान, पुरानी अनास्था की ओर ढलकर रहने की तरह है, उसकी आवाज में दम नहीं, आँखों में रंग नहीं, सच, जैसे उसमें न दाढ़ी है न लाठी। अब भी वह उपकार की आशा में हाकिम-अफसरों के पास जी-हुजूरी करता है, दरखास्त डालकर ऊपर की ओर ताकता रहता है, महीनों सोचता है कि दया कर कोई और आएगा तो उसका घर खड़ा कर देगा। और वह चाहता रहता है छोटी-छोटी सुविधाएँ, उसी का काम पहले होता, और कोई कुछ पाए या न पाए, वह कुछ पा जाता। सुयोग का रास्ता दिख जाने पर उतने भर के लिए उसका औरों के साथ आपा-धापी कलह-झगड़ा शुरू हो जाता है, पड़ोसी पर दाँव साधने-सधाने में ही उसका समय चला जाता है, देखते हुए भी अपने अधिकार को पहचानता नहीं, अपना दायित्व समझता नहीं।

कितने दिन बीतेंगे यों ही? कितने दिन रहेगी यह कुम्भकर्णी नींद? रहेगी तो नहीं। तब इस माटी पर युग पलटेगा। वह अपनी मनपसन्द संस्था गढ़ेगा। चलने चलाने की खातिर मशीन तैयार करेगा, कितनी उठा-पटक करेगा। तब वह सह-सँभालकर काम करेगा या नयी क्यारी-बाड़ी लगाने के लिए पुराने खेत को उखाड़ देगा, तोड़ देगा, छोटा करेगा, बड़ा करेगा। एक-एक कर पुराने खेत से सारे झाड़-झंखाड़ की जड़, ठूँठ उखाड़-खोदकर एक जगह रख, आग लगा देगा?

अब उसकी अपनी बात! वह—विपिन—उसे भी आगामी अवस्था को सँभालना पड़ेगा। तब वे और खींस नहीं निपोरेंगे।

गुहारिया होकर दरखास्त भेजकर प्रतीक्षा करते बैठे नहीं रहेंगे, उन्हें अनुभव होने लगेगा कि वे ही वास्तव में मालिक हैं, स्वामी हैं—शासन-गद्दी से शासन-काल तक सब उन्हीं का है और उन्हीं के लिए है।

तब फिर क्या होगा?

यही जीप और इस तरह की कितनी ही गाड़ियों को तब माटी-गारे में सने फटे-पुराने चीथड़े पहने चासी उसी दृष्टि से देखेंगे, और गैंती-टोकरी या भार-बहँगी ढोते कुलियों के समूह, या कल-कारखाने, दुकान-गोदाम के मालिक-व्यवसायी या पहाड़-जंगलों के बीच झोंपड़ियों में लँगोटी बाँधे आधे भूखे कन्द-मूल खानेवाले लोग, उसी दृष्टि से देखेंगे! रोशनी झिलमिलाते मकानों की भीड़-भरे शहरों और पहाड़ों-टीलों पर लाखों रुपयों से बने राजप्रासादों से, जहाँ संगीनधारी पहरेदार होते हैं। जहाँ सारी रातें जैसी दीवाली की रातें होती हैं—ये भण्डार हमारे ही धन से बने हैं। हम मालिक हैं—ये सब हमारे ही हित के लिए हैं।

निराशा होने पर या गुस्से में भरने पर वे क्या दरखास्त भेजकर चुप रहेंगे या और कुछ करेंगे?

क्यों बारम्बार बाढ़ आती है, रोकी नहीं जा सकती, क्यों किसी काम में देर

हो रही है, कहाँ त्रुटि रह जाती है, कहाँ छेद होकर धन बह जाता है, क्यों कहीं पीने को भी पानी नहीं, रोगी के लिए दवा नहीं, डॉक्टर नहीं। क्यों शिल्प बढ़ नहीं रहे, आमदनी बढ़ी नहीं, गरीबी हटी नहीं, अशिक्षा गयी नहीं, इसके लिए वे सभा में उत्तर पा लेने-भर से सन्तुष्ट नहीं होंगे। सबकी जब आँखें खुल जाएँगी, भय टूट जाएगा, तब तरीका यह नहीं रहेगा!

फिर विपिन ने दूसरे सिरे से सोचना शुरू किया कि अभी वह दिन दूर है। कितनी ही आँख खुले, कितनी ही बुद्धि आए, फिर भी वहाँ लुका-छुपा होगा भेदासुर। स्वार्थ के मोह में पड़ लोग अपने हाथ-पाँव बाँध खुद को औरों के पास बेचते रहेंगे। धन और क्षमता का लालच, आगे बढ़कर सुविधा प्राप्त करने का लोभ। उन लोगों को अलग-अलग किये रखेगा। अभी भी करता है, आगे भी करेगा। बाँस बढ़ता है, साथ-साथ उसके अन्दर का खोखलापन भी बढ़ रहा है। मनुष्य स्वार्थ के लिए दौड़ता होगा औरों के पास जी-हुजूरी करता होगा, पिछलग्गू बना फिरता होगा। एक दल अगर विपिन को खराब कहेगा, तो दूसरा दल निकलेगा जो उसे अच्छा कहेगा। नाना स्तरों पर उसके लिए पारी थामनेवाले, ढोलवाले, महुवरिया बननेवालों की कमी नहीं होगी। बस बुद्धि होने की बात। परन्तु उस बुद्धि में अपनी उन्नति नहीं हो सकेगी, उसके कार्य की उन्नति में वह कहाँ तक सहायक होगा?

विषण्ण होकर वह सोचने लगा, लोगों में जो एकता है, जिस सामूहिक चेतना और विकास-कार्यों की नींव बनना वह चाहता है, अपने व्यक्तिगत स्वार्थ-साधन के लिए वह उसका उलटा ही मानो खोज रहा है। तो क्या अपने प्रचारित लक्ष्य के प्रति उसमें आन्तरिकता नहीं?

वह अपने विवेक के दंश का अनुभव कर रहा था, इसके बाद एक और धारणा अपने मन में लाकर वह अपना दोष छुड़ाने लगा–

दोष उसका नहीं, दोष उन लोगों का नहीं, दोष तो इस साँचे का है। इसमें ऐसा कुछ है जो आदर्श और कार्य को परस्पर विरोधी किये दे रहा है।

सच, जैसे उसने कोई बड़ा भारी आविष्कार कर डाला हो, कुछ इसी प्रकार के आत्मतोष का उसने मन-ही-मन अनुभव किया। सिगरेट का लम्बा कश खींचकर इधर-उधर देखता सोचने लगा–जब साँचा बदलेगा, तब अपने आप वह बदल जाएगा, सब सुधर जाएगा, तब तक कोई दायी नहीं, किसी का दोष नहीं।

साँचे की बात सोचते-सोचते भाग्य की बात। ठीक उसके नीचे एक और सीढ़ी। भाग्य, समय-सुयोग। समय–वह आने पर अपने आप साँचा भी बदलेगा, सबसे बड़ा कारण, सबसे बड़ी कैफियत, सबसे बड़ी सान्त्वना और सबसे बड़ा आश्रय. ..भाग्य।

जब आगे-पीछे की बात सोचता, वह अपने संगी-साथियों के ही उदाहरण पाता। कोई नीचे पड़ा है कि दो जून पेट भी नहीं भरता, और कोई बढ़ते-बढ़ते हो

गया है उनके हाकिम का भी हाकिम। उन्हीं लोगों को चाकरी देने लायक कोई सेठ या नेता बन बैठा है, पहले जो लोग दाना-पानी के युद्ध में उतरे थे, जिन्हें वह गोद में खिलाता था, उनमें कितने ही तो चटशाला में बैठे पहाड़े रटते थे, जब वह कॉलेज छोड़कर आया था। आज वह उन्हें खुश करने की चेष्टा करता है, डरते-डरते चलता है, वह कोई कारण या फल और कुछ नहीं—वह भाग्य है!

उसकी योजना का दर्शन आपत्ति करे, अस्वीकार करे, वह गुप्त रूप से विश्वास करता है कि भाग्य ही मूल है। असमानता भाग्य का प्रमाण है, भाग्य का फल है। वह मशीन की तरह काम जरूर करता है, पर मन-ही-मन किस जमाने से उसने वहाँ आत्मसर्मपण कर दिया है! कितनी जलन, कितनी घुटन, कितनी निराशा, कितने अभावों के कारण गढ़ा गया है—इस देश में पीढ़ी-दर-पीढ़ी बना हुआ यह भाग्यवाद। पोशाक या छटा, आदत या चलन में आधुनिक बनने पर भी वह उसे छोड़ नहीं सका है।

धड़-धड़-हिचक्-हिचक् घूँ-घूँ करती जीप चली जा रही है। सोचना ही पड़ेगा। भावना मोड़ ले गयी। उसे इतिहास की बात याद आयी। बिलकुल इसी रास्ते न सही, इसी माटी पर युग-युग के शासक और कार्यकर्ता जरूर घूमते रहे होंगे, हाथी-घोड़े पर चढ़कर या सवारी पर बैठ। कितने प्रतापी थे! बादशाह, राजा-महाराजा, सेनापति। कितनी विचित्र घटनाओं से इतिहास के पन्ने भरे हैं।

परन्तु किस युग में था कि देश का आम आदमी जाति-धर्म-वृत्ति निर्विशेष से इस देश का मालिक होगा! कब था आम आदमी का इतना दायित्व, इतना अधिकार? इस समय के लोगों को देखकर क्या सोचते अशोक या अकबर, नरसिंहदेव या प्रतापरुद्रदेव? आम आदमी की उन्नति के लिए इतनी बातें, इतनी योजनाएँ? जल्दी हो, धीमे हो, गलत हो या ठीक हो—यह उद्यम, कभी न था। यह योजना फलवती होगी या नहीं—इतनी जल्दी इस बारे में कोई राय नहीं दी जा सकती। कल की बात लगती है, कुछ ही बरस तो हुए इसे शुरू किये—और वह इतिहास था हजार-हजार बरसों का, तुलना करने का समय अभी आया नहीं है।

ऐसे और पचास बरस के बाद यह देश कैसा होगा, कैसा दिखेगा?

अपने आत्मप्रत्यय में आराम से सहारा लिये विकास का कारीगर विपिन मन-ही-मन एक सुखकर चित्र आँकता हुआ उसे बाहर की ओरे देखने की चेष्टा करने लगा।

उसके उस चित्र में नहीं थे—बाढ़, भूकम्प, या जगत्-ध्वंसी बमों का उत्पात। उसमें कोई विक्षोभ या विप्लव न था, उसके बीज या बीजों का बोना भी न था। केवल सड़क, मकान, पुल, बाँध, नाले, मशीन, यानवाहन, रकम-रकम के खाद से पुष्ट खेत, दसगुनी पैदावार, गाय-गोरू, मुर्गा, मछली, कारखाने, बाजार, बिजली की रोशनी, और ऐसी कितनी ही बातें। उसमें न था मानव-समाज का स्नेह या प्रीति,

देन-लेन, दया-दाक्षिण्य भाव की कमी या बढ़ोतरी, आदमी के मन के अन्दर सुख-शान्ति का माप, मानव के विभिन्न सम्बन्धों को लेकर मोल-तोल का हिसाब, भागवत या भगवान् के प्रति आदमी का दृष्टिकोण।

जीप गाड़ी तक आ रही है सरसों के फूलों की महक। उधर मेंड़ पर गयश के फूल सिर हिला रहे हैं, दूर-दूर पर उठी हुई पूँछ की तरह ढेरों खस के फूल। गाँव-गलियारे से जाते समय बाड़ लगी बैंगन की क्यारी के उधर थोड़े-थोड़े गेंदे के फूल। बाड़ में अपराजिता के फूल, लाल टहटह कुँदरू, झाड़ में महाकाल फल, नयी खिली हुई गुंजा, आक, सोने के तार की तरह निमूली लता। घास पर भूरे रंगिणी फूल, सैकड़ों गौरैया, माटी में चिपके होने की तरह पतले-पतले नाके, उन पर छोटे-छोटे फूल।

इस लिपी-पुती माटी के बरामदे के नीचे नारियल की छाया में वह तनिक रुक जाता, भीत पर आँके गये इस सुन्दर पिठऊ से बने चित्र को निरखने। तनिक रुककर पुन्नाग की छाया में आँख-भर इस हलदीबसन्त चिड़िया का रूप देख लेना। कितना स्वच्छ आकाश, कितना स्वच्छ पानी और यह खिलखिलाती अल्हड़ धूप याद दिला देती है, पढ़ाई के दिनों का खेल और भाग-दौड़। गिलगिले-से बच्चों के चेहरे, पत्नी का चेहरा दिख जाता, गाँव का दृश्य आँखों के आगे तैर जाता।

केवल पल-भर रुक जाता! जीप चली जा रही है।

परन्तु पाटेली गाँव अथवा फूलशरा में चल रही रवि की योजना की बात कभी याद आ जाती तो विपिन के बायें होठ का कोना दब जाता, आँखें कुछ सुलग-सी उठतीं। पाटेली गाँव की ओर गाड़ी चली जा रही है, वहाँ कोई झमेला उठ खड़ा हुआ है। कल की-सी बात है—पाटेली गाँववाले कितनी लम्बी-लम्बी डींग हाँक रहे थे, तब वे एकजुट होकर श्रम में लगे हुए थे, सामलाती में रहने की तरह गाँव को गढ़ने में लगे थे। सचमुच जैसे वे इस राज्य से भी स्वतन्त्र हों। कानी भेड़ का अलग ही बाड़ा। यह कैसे सम्भव होता? कितने दिन रहता? अपने अन्दर होड़-तोड़ की आवाज सुनते-सुनते विपिन मन के मोद में वही बात सोचता जा रहा था—कुछ ही महीनों में चौपट होने की सूचना मिल रही है, जरा-सी हवा करते ही आग सुलग उठेगी, मिल जाएगी तूफान में, और फिर?

रवि उसका मित्र है जरूर, वह उसके लिए अपना कुछ पैसा या सुविधा या समय का भी कुछ त्याग कर सकता है, परन्तु बुद्धि की दौड़ या खेल-कसरत में वह उससे बढ़ जाना ही चाहता है, वहाँ वह जीतेगा, जरूर जीतेगा। यही बात मन-ही-मन वह जोर देकर कहता है, आशा करता है।

कानून मानकर उसकी संस्था और ऊपरवाले उसके रास्ते के लिए जो रेखा खींच देते हैं, उसी लोक-लीक पर चुपचाप चलकर भी वह अपनी पोशाक के खोल

के अन्दर अपने व्यक्तित्व के अभिमान को सहेजकर रखे है। संस्था के लौह-पिंजर के अन्दर जहाँ वह अपना जीवित अभिमान पग-पग पर अनुभव करता कि वह दुर्बल है, निःसहाय है, वहाँ वह परिस्थिति को ग्रहण कर लेता है। सचमुच जैसे किसी अस्वास्थ्यकर इलाके में बदली होने पर वहाँ की हवा-पानी को ग्रहण कर लेने की तरह—मानो वही उसके लिए भगवान् का बनाया दायरा है, उसे जो करने को कहा जाता है, चलन का जो नियम उस पर लाद दिया गया है, उसमें उसे चाहे जितनी अड़चन आए, वह चाहे जितना गलत लगे, फिर भी उसके बारे में उसे कुछ नहीं कहना, सबको यथायोग्य मानेगा।

परन्तु उसका वह अभिमान हाड़-चाम में एकदम बूढ़े बाघ की तरह भूखे रह-रह कर उन्मत्त हो उठता, वहीं जहाँ वह काबू में रहने को बाध्य नहीं, परिस्थिति के चक्कर में पड़कर इच्छा होते हुए भी जो वह न कर सका, जिधर उसने भरोसा नहीं किया, उधर कोई और कुछ करता है तो वह उसका कठोर आलोचक बन जाता। वह चाहता है कि वे सारी चेष्टाएँ दबें, हट जाएँ। उसके भूखे अभिमान के लिए कम-से-कम वही आहार होता, उतनी ही सान्त्वना होती। वही उसका बौद्धिक आनन्द है—वह आनन्द की धारणा युग की पट्टभूमि पर चाहे केंकड़े की तरह पैरवाली हो, यानी आगे-आगे देखते हुए पीछे की ओर गति।

खेत के उधर पाटेली गाँव के घने पेड़ों की कतार विपिन की आँखों में पड़ते न पड़ते उसके मन में वही उत्साह फैल गया। घटना बिलकुल मामूली-सी, वही रोजमर्रे की बात—दो मत। बाड़-दीवार।

सामलाती की तरफवालों ने कहा, “आनुष्ठानिक भाव से पंचायत गढ़ने में हमारी झोंक नहीं, सबका मन मिला तो पंचों का मेल, उसके लिए फिर इतना अखबारों में नाम छपाना या ढिंढोरा पीटना हम नहीं चाहते।”

एक तरफ हैं अगणिराय, गदेई लेंका, सुदर्शन दास, बावन महान्ती आदि। उन लोगों का कहना है, “तुम लोग माटी खोद-खोदकर गाँव को किस स्वर्ग में कितने दिन उठाते रहोगे, अतः हमारे यहाँ पंचायत बनेगी, तब जाकर सरकार से रुपये मिलेंगे, काम होगा।”

दूसरी तरफवालों ने कहा, “हमारा तो सब कुछ सामलाती हो गया है। सबकी सारी कमाई सामलाती कमाई है, सारी पंचायती पूँजी है, फिर और क्या रहा?”

पहली तरफवालों ने कहा, “हमारी भोटों की लड़ाई हो जाय। कानून कहता है।”

सामलातीवालों ने कहा, “गाँव का चलन कोई बादीपाला (दावा रखकर ‘पाला’ गायन करनेवालों द्वारा की गयी युगलबन्दी) नहीं है।”

उधरवालों ने कहा, “भोटों के बिना जनता का मत किधर है, कैसे जाना जाएगा?”

सामलात की तरफवालों ने कहा, "केवल अधिक लोगों के मत को आगे रख थोड़े लोगों पर लाद देने से शान्ति नहीं रहेगी।"

उधरवालों ने कहा, "एकमत न होने तक क्या होगा?"

सामलात की तरफवालों ने कहा, "इन्तज़ार कर समझाने-बुझाने में लग जाना पड़ेगा।"

उधरवालों ने कहा, "तब फिर इन्तजार ही सार हुई, कोई काम तो होने से रहा। हमारे तो ओट लिये जायँ।"

पंचायत के विस्तार को लेकर भी घोर मतभेद दिखाई दिया था। सामलातीवालों ने कहा, "एकमत होकर सब उन्नति के कामों में लग जायँ। यही इच्छा हो तो पास-पास घर बनाकर एक पल्लि या एक गाँव को एक-एक पंचायत होने की जरूरत है, ताकि पैदल ही चल-चलकर एक ही दिन में एक जगह सब बसर-गुजर करें, देखा-देखी हो सके।"

पहले दलवालों ने कहा, "सो कैसे होगा? सरकार जो करे। देखो हमारे यहाँ की पंचायत है—तण्डीकूल, साईंसो, जरिपड़ा, और पाटेली गाँव। चार गाँवों की एक पंचायत।"

सामलाती दल ने कहा, "छोटी-छोटी पंचायतें, एक-एक गाँव की एक-एक। असल काम होगा मन का मेल करना, परस्पर की सहायता करना, सबकी उन्नति की बाबत सोचना और कठोर परिश्रम करना। सरकारी सहायता आएगी दो प्रकार से, पंचायत जी-तोड़ काम करे फिर जो कमी रह जाएगी उसके लिए सहायता मिलेगी, मन लगाकर काम किये बिना कुछ नहीं होना। और एक तरह की सहायता आएगी बड़े-बड़े अंचल को लेकर, बीस-पचीस पंचायतों को लेकर एक-एक अंचल (बड़ा चक) या समिति या ब्लॉक, चाहे कुछ भी नाम दो, सारी पंचायतों के मत के अनुसार और फिर सबके हित की दृष्टि से क्या-क्या किया जाना चाहिए सो सोचकर, सरकार अपना बला बल देख-विचारकर, पैसा खर्च करती जाएगी। पंचायतें जितना कर सकें उतनी मदद करेंगी। वह होगा रुपये-पैसों का विकास, मशीनी विकास, और यही होगी विकास की असल नींव। मन मिलेंगे, नीति ऊँची रहेगी, आदमी गढ़े जाएँगे, विचार के साथ हाथ-पैर बात मानेंगे।"

पहले दलवालों ने कहा, "रखो जी अपना यह विचार, तुम खुद जब सरकार होगे तब कहना, लोग-बाग मानेंगे। अभी तो पंचायत का गठन होगा, भोट लिये जाएँगे, मेम्बर चुने जाएँगे। चार गाँव के तेरह जने मेम्बर, उनमें पाटेली गाँव के चार चुने जाने हैं, उन्हीं पर भोट पड़ेंगे। तुम्हारी ओर के एक तरफ, बाकी हमारी तरफ के एक ओर।"

सामलातीवालों ने कहा, "जो करना हो करते जाओ, हम इसमें नहीं हैं।"

गोलमाल हो-हल्ले के बीच बैठक टूट गयी थी।

चर ने सही वक्त पर आकर खबर दी—खूब उत्साह से विपिन ने अपनी दौरे की डायरी में तारीख डालकर मोटे-मोटे अक्षरों में लिखा—'पाटेली गाँव।'

इसी तरह एक बार फिर लिखेगा—'फूलशरा।' वह सुदिन उसके दिग्वलय में उगेगा कभी तो जरूर, उसका मन कह रहा है। फिर और कई गाँव।

सच, जैसे ये कोई गाँव नहीं, गढ़ हैं—रामगढ़, प्रतापगढ़, सारंगगढ़, एक के बाद एक कर इतने गढ़ों का पतन होगा।

उसका मत विजय पाएगा। सच, जैसे उसकी तरफ की जीत होगी, यह उसी की सूचना है।

रास्ते पर जीप चली जा रही है। किनारे-किनारे जमीन की बाड़ पर खिले हैं बटुवा के फूलों की तरह लाल-लाल गोल-गोल फूल, उनके उधर घना हरा गुनगुने अगरे के पौधे में हलद फूल ढेर के ढेर, वही दृश्य उसकी दृष्टि में भर गया, और मन में वह एक तीक्ष्ण आनन्द का अनुभव कर रहा था। रक्ताभ लाल और उधर सब्ज-हलद चित्र की पृष्ठभूमि पर वह एक सत्य देख सका—कि यह कलह तो आज का नहीं, युग-युग का है, यह कलह अभिमान-अभिमान के बीच है, व्यक्तित्व और व्यक्तित्व में है, एक ओर वह स्वयं—दूसरी ओर रवि!

रवि उसका प्रिय मित्र है, परन्तु आदमी की अस्तित्व-अनुभूति मानो इस हृदय-भाव पर दिखाई नहीं देती, उसका आसन अहंकार-मन-बुद्धि के ऊपर है। वहाँ रवि उसका प्रतिपक्षी है।

अबकी वह सोचने लगा—कोई एक क्षमता पाता है तो अपने प्रकार से गढ़ता है। दूसरा आते ही पुराने तरीके को उलटने की चेष्टा करता है, मानो कि उस पहलेवाले की छूत अथवा उसके नाम की मुहर उसके हर काम में लगी हो, पहले उसे रगड़ पोंछकर निश्चिह्न करना पड़ेगा, उसके बाद धुली-पुँछी सलेट पर नये अक्षर लिखे जाएँगे।

जिस साँचे या जिस कार्य पर अनेक लोगों का भला-बुरा निर्भर करता है, उसे सिर्फ एक-एक आदमी के अहंकार-मन-बुद्धि के विशिष्ट स्वरूप के अनुसार गढ़ने पर भविष्य में उसका फल क्या होगा? व्यक्तित्व-व्यक्तित्व की कुश्ती-कसरत का फल देश-भर भोग करता रहेगा, आगे-पीछे के समन्वय को छोड़कर योजना की कमर फिर मजबूत कैसे रहेगी? उलट-पलट इधर-उधर होने से मूलतः उसका अस्तित्व कैसे रहेगा? यह तर्क याद आते-न-आते उसने अपने व्यक्तिगत आनन्द को दबा दिया। अब उसकी गति मुड़ी हृदय और अहंकार के किनारे-किनारे। विश्वास कर लिया कि उसने जो मूल्य दिया है, उचित माना है, वह ठीक हुआ है। यह कोई व्यक्ति-व्यक्ति या मतामत के बीच का कलह नहीं है—यह सिर्फ सत्य का आश्रय लेना है, सत्य की प्रतिष्ठा है। जो गलत रास्ते पर जा रहा है वह उसके लिए दुखित है। रवि का यह रास्ता केवल असम्भव, काल्पनिक और अल्पायु का है। इस तरह जाने कितने

ही लोग कितने पथ दिखा गये हैं युग-युग में, पर यथार्थ यथार्थ ही रहा है, आदमी का स्वभाव बदला नहीं।

सिर्फ मुँह से कहे, 'दान दो, एक घर बनो, हिंसा छोड़ो, श्रम करो'—इस तरह कहते चलने पर देश की उन्नति नहीं हो सकेगी, दो दिन के लिए लोगों को उभारकर एक रास्ते हाँकने पर भी वह यात्रा चिरस्थायी नहीं होगी। कौन-सी बुद्धि लगाने से विकास-कार्य हो सकेगा, देश की अज्ञता, अशिक्षा, अभाव, रोग दूर होंगे और दुनिया के अन्यान्य उन्नत देशों के साथ यह देश समकक्ष होगा—इसके लिए कितने देशों के कितने बड़े-बड़े दिमाग एक साथ मिलकर काम कर रहे हैं। और रवि! क्षुद्र रवि! वह केवल समय बरबाद कर रहा है, शक्ति का क्षय कर रहा है अपनी, और साथ-साथ औरों की भी।

आदमी के अभाव, दुःख, दुर्दशा और नैराश्य में से पैदा होते हैं उसके लिए भाँति-भाँति के बाबाजी, रास्ता दिखानेवाले, क्योंकि तब आदमी जादू और असम्भव आकस्मिकता पर निर्भर होकर दिन काटता होता है। कोई मन्त्रित कर पानी की चुल्लू देगा, कोई धूल या राख की मुट्ठी देगा, कोई सिर्फ प्रसन्न होकर हँस देगा, बस इतने में जिसे बेटा नहीं उसे बेटा मिलेगा, चाकरी में पदोन्नति होगी, या व्यापार में लाभ होगा। इसके लिए बारम्बार पैदा हुआ करते हैं रन्तलेई गाँव। (कुछ वर्ष पूर्व अलौकिक शक्ति सम्पन्न बालक के इस गाँव में प्रादुर्भाव की खबर सुन वहाँ लाखों लोग जमा हुए थे और हैजा आदि के कारण कितनी जानें चली गयी थीं।) उसी तरह सामाजिक संस्था बदलकर स्वराज्य गढ़ने का आश्वासन देकर निकल पड़ते हैं कितनी ही बार पथप्रदर्शक 'आओ, इस रास्ते चलो। मेरे ही पीछे-पीछे।'

ढोल-मृदंग बजते हैं, शंख, हुलहुली उच्छरित होती है, अपनी-अपनी साधारण धन्धा-वृत्ति छोड़ कई त्यागकर झुण्ड के झुण्ड दौड़ जाते हैं। बाद में दौड़ते-न-दौड़ते वह यात्रा बुझ जाती है, वह जुलूस छिन्न-भिन्न हो जाता है, वह बहाव सत्ता खो देता है किसी कीचड़ या गन्दी पोखरी में। अतः निर्देश कौन दे? केवल हृदय का उच्छ्वसित आवेग और स्वप्न तथा आँख-मूँदा विश्वास, या देख-बूझ-विचार के बाद एक हाथ नापकर एक बित्ता चलने का कायदा?

रवि को वह कितनी बार यह बात समझा-समझाकर थक गया है। रवि क्या कहेगा, सो भी वह जानता है। कहेगा—आदमी में निहित भलमनसाहत में तुम्हारी आस्था नहीं। स्नेह, प्रीत, आशा, विश्वास पर तुममें भरोसा नहीं, फिर किसे लेकर आदमी जीएगा? सन्देह, अविश्वास, वितर्क और अति-सावधानी से आदमी ने गढ़ी है यह सृष्टि—ध्वंसक बम, वही तुम खोजते हो?

वो, पाटेली गाँव पास आ गया। रवि की वह हँसी याद आ रही है। उसका घर यहाँ नहीं है, पर यह सामलाती उसी की हवा के छूने से बना है। और इस गाँव में है सिन्धु चौधरी की बेटी छवि। उसी मन्त्र से दीक्षित। चेहरा याद आ रहा है।

दोनों की जोड़ी तो खूब जँचती! विपिन सोच रहा है। नहीं, शायद यह भी रवि की योजना में नहीं होगा!

स्वयं जलकर वह इस दुनिया को तो ऊष्म करेगा!

सरल मूर्ख!

रक्त की खाद, मांस की खाद, हड्डियों की खाद, कुल मिलाकर मन-भर भी नहीं होगा, एक एकड़ आलू के खेत को भी पूरी न पड़े।

और मानव-समाज के मन में आदमी की स्मृति—पानी में लकीर है।

व्यर्थ अपना जीवन उजाड़ता जा रहा है! पगला कहीं का! विपिन ने दीर्घ साँस छोड़ी।

पाटेली गाँव के इधर गोचर जमीन, तीन ओर के खेतों से देखने पर तनिक ऊँचा-ऊँचा, बीच में विराट् घना बरगद का पेड़, समतल पर आकार और अवस्थिति में वह अकेला-अकेला दिख रहा है। दूर से खेत के ऊपर धूप नाच रही थी, पानी की लहर सरीखी, धुँधला हलका कोहरा घिरा था, और वह बरगद मानो लंगर डाला हुआ कोई स्थिर बोहित हो।

धूप में वहाँ पेड़ तले चहल-पहल लगी हुई थी, गोया गाँव-भर के स्त्री-पुरुष उठ धाये हों। आस-पास के गाँवों से भी कई लोग आये थे।

उनकी आलोचना चल रही थी, गाँव के रास्ते पर गाड़ी आ रही है—वे लोग कौतूहल से देखने लगे। विपिन गाड़ी से उतर पड़ा। भीड़ में से कौन ये आगे आ रहे हैं? वह चेहरा हँसमुख है। रवि!

रवि के चेहरे पर काफी परिवर्तन आ गया दिखता है। चेहरे की दीप्ति बढ़ी है। परन्तु देह सूख गयी, धूप में पककर कड़ी पड़ गयी है। कमीज का भद्र आवरण उसकी सुडौलता को सुन्दरतापूर्वक दिखा नहीं पाता। श्रम ने उस देह को अपने साँचे में ढाल लिया है। माथे की लकीर, ठुड्डी का नक्शा, गाल के हाड़, दृष्टि का पैनापन और गम्भीरता, समूची ध्वनि—कुल मिलाकर उस चेहरे में एक विशिष्ट चरित्र की छवि खिल रही है। देखते ही समझ में आ जाती है कि यह आदमी किस काठ का है। यह कि अमुक-अमुक व्यवहार यहाँ सम्भव है, और अमुक-अमुक बात की यहाँ कोई गुंजाइश नहीं।

रवि के दोनों हाथ पकड़ उसके चेहरे की ओर देखते हुए हँस-हँसकर विपिन एक खाली हँसी का मुखौटा-भर रह गया था। छन् से उसे लगा—एक साथ पढ़ते थे, बढ़े थे, यह तो ठीक, पर बढ़ते-बढ़ते कुछ दूर जाकर मैं पेड़ न बनकर लता हो गया, मचान पर लिपट गया थोड़ा-सा, यह आदमी चला जा रहा है, सर्र-सर्र!

उसी भावना की धाँस से रवि की खुशी मुरझा गयी और उसकी आँखों में

खिल उठी करुणा। कोट, पैण्ट, टाई की कलई और अँगरेजी की सेवार लगी पथरीली दीवार कई बार उसकी आँखों से ओझल हो गयी है, और उसके उस ओर उसने देखा है भावना और व्यक्तित्व का दारिद्र्य, निःसहायता, आकुलता, और यह विपिन, अपने रास्ते पर कितनी जल्दी-जल्दी सफलता पा रहा है, अथच ताकता कैसे है! गति में मस्त चलता होगा किसी मशीन की तरह, चेतन मन में कुछ अनुभव करने की आदत न होगी जो कुछ भी अनुभव करता होगा वह होगी क्लान्ति ही!

उसके चेहरे पर यह हँसी नहीं, खाली एक मुखौटा है। बाहर जाते समय जैसे एक कोट या कमीज डालता है, अलग-अलग समय पर अलग-अलग, वैसी ही एक-एक अभ्यस्त भंगिमा। हो सकता है, इस भंगिमा ने कभी बरसाती का काम दिया हो! सँभल-सँभलकर बातें करता होगा। कोई बात अधिक न निकल जाय, वरना बखेड़ा हो जाएगा। जो बातें कहना भी होगा, वे उसकी अपनी नहीं, उससे भी बड़े और कई लोग होंगे, उन्हीं का मत उगल रहा होगा वह!

तो क्या उसके पास भी है...परन्तु वह अकेला नहीं है, सामने यह जनता है। इसके बाद, हो सकता है, मन छोटा करने का गुप्त विकार अपनी प्रतिक्रिया दिखाए। शुरू हो गया, छाती आगे कर, तनकर सामने देखने लगा है, हँसी में हलकी-सी उपेक्षा। विपिन ने पूछा, "कितना आश्चर्य, यह संयोग! इधर किधर आ टपके हो? बात क्या है?"

रवि हँस पड़ा, "इतने सहज में ही कह दूँगा?"

विपिन ने कहा, "पंचायत बनाने को लेकर यहाँ कोई मतान्तर हो गया था?"

छवि हँस रही है। और भी कई लोग हँस रहे हैं।

रवि ने कहा, "कितने कुछ बनते हैं—थाना होता है, पोस्ट ऑफिस होता है, पंचायतें भी चारों ओर हो रही हैं सो होंगी, इसमें मतान्तर कैसा?"

किसी ने कहा, "जो अड़चन थी दूर हो गयी।"

विपिन कौतूहल रोक न सका, "वाह! झमेला समाप्त! किन-किन शर्तों पर?"

रवि ने हँसकर कहा, "बिना शर्त के। आओ बैठो।"

सुदर्शन दास ने खड़े होकर कहा, "हुजूर, देखिए; इस गाँव में एक दल के लोग लगे थे कि किसी तरह यहाँ पंचायत न होने पाए। कहते हैं कि सब तो उनका सामलाती हो गया, अब सरकारी पंचायत का क्या होगा? अड़े रहने की तरह तुनके बैठे थे। और फिर ये बाबू लोग आये, समझाया-बुझाया, बात तय हो गयी कि सब जगह की तरह यहाँ भी पंचायत बैठेगी। वही बात पहले से कह देते तो बात खत्म होती, देश-भर में तो एक ही सरकार है, कोई क्या उससे बाहर है?"

भीड़ में एक गुनगुनाहट फैल गयी। कई लोगों ने सुदर्शन दास के चेहरे की ओर देखा। ऐसा लगा मानो कि उनकी बात इस परिस्थिति में बेसुरी लग रही हो, अजीब-सा जिद्दीपन मानो उनकी बात में उनकी ध्वनि से फूट रहा था। किसी ने

कहा, "बैठो भी!" किसी ने कहा, "क्यों बेकार बकवास कर रहे हो?" और नाना प्रकार के मन्तव्यों के बीच वे बैठ गये।

खड़े हुए सिन्धु चौधरी। सचमुच लगा जैसे आदर के कारण सब चुप हो गये हों। वे बोले, "आलोचना तो बहुत हो चुकी है, फिर दुबारा उसे शुरू से कह जाने में उतना ही समय लगेगा। हमारा कोई कलह-वलह न था, ठाकुरजी करें कि भविष्य में भी कभी न रहे। इस गाँव के एक भाग के लोगों ने अपनी इच्छा से सम्पत्ति-जायदाद, सुख-दुःख सामलात में कर दिया है, बीच-बीच में और किसी का मन बदलता है तो कोई आकर सामलात में हो जाता है। किसी का मन होगा तो सामलात से अलग भी हो जाएगा, अपनी मरजी राजी-खुशी की बात है, कोई जोर-जबरदस्ती नहीं। यह तो हुई चलने की एक तरकीब। सदा लगता है कि हम सब इतनी जातियाँ इतने परिवार होने पर भी मिलकर एक ही घर हैं, प्रत्येक के लिए हम सब हैं। अपने लिए खुद धुन-धुनकर नाक-घिसाई करते रहें—वह हमारे पास नहीं। फसल कहो, रहने का घर कहो, मति गति कहो, वह अच्छा हुआ या बुरा, यह बात तो जो देखेगा वही कहेगा, खुद ढोल बजाने से कोई फायदा नहीं।"

सबने भरपूर उत्साह से उनका समर्थन किया। एक ओर खड़े भीड़ के उधर अगणिराय बैठे थे। खँखारकर बोले, "बारह भाइया बेमुरब्बी जमाना हो गया, कोई मान्य-मानता नहीं रही, चौधरीजी के मुँह से फिर ये बात सुनने को मिली!"

बात थोड़ी बेसुरी होने पर भी उसमें एक बिजली की-सी चौंक पैदा हुई। यहाँ-वहाँ कई लोग आपस में एक-दूसरे का चेहरा ताकने लगे। सिन्धु चौधरी हँस पड़े। कहने लगे, "जुग में कोई अड़चनवाली बात नहीं है, सारी अड़चन तो हमारे मन के अन्दर है। इस जमाने में गाँधीजी जन्मे थे, कितने सिद्ध-साधक-त्यागी पैदा होकर काम दिखा गये हैं। जुग की क्यों निन्दा करने बैठें? हमारे पीछे और सौ बरस बाद लोग कहेंगे कि इस जुग में सत उपजा था। पीछे जो जुग, उसमें कूट-कपट, कलह-द्वन्द्व बढ़ते-बढ़ते मन फूट-टूटकर माराकाटी लगी, और बारम्बार देश विदेशियों के अधीन रहता आया। अब की अपेक्षा पहले लोग कम थे, फिर भी जितने थे वे नीचे से ऊपर तक थाक के थाक। ऊपरवाले खूब मजे में चलते थे तो नीचेवाले बड़े हिस्से के लोग दबकर रहते थे। उनका और भला-बुरा न था। आग को आँचल में छुपाये रहते, ऊपर दिखता छापातिलक सब चिकना-चुपड़ा। मानुष मारना एक दल के लोगों का धर्म हो गया था, जो जितना दगाबाज, निर्दय होता, वह उतना ही प्रतापी, वीर था; हिंसा-स्वार्थ, दम्भ को हम आसन पर बैठाकर पूजा करते थे। यह कोई झूठ है? या, कहूँगा नहीं और कहूँगा तो इस घर में रहूँगा नहीं?"

विपिन रवि के पास आकर सटकर बैठ गया था। सिन्धु चौधरी की बात को रवि सचमुच जैसे कि पीता जा रहा था। रवि ने मुसकाते-मुसकाते धीमे-धीमे कहा, "सभा-मण्डप नहीं, फिर भी यह सभा; माइक नहीं, फिर भी यह भाषण, कैसा लग रहा है?"

विपिन ने दीर्घ श्वास छोड़कर कहा, "बाप रे!"

सभा टूटने को आयी। सिन्धु चौधरी की बात सुनते-सुनते लोग फिर मन लगाकर बैठे रहे थे। सिन्धु चौधरी तनिक रुककर फिर कहने लगे, "एक तरीका हमारे यहाँ चल रहा है। अब तक हम बढ़ते ही जा रहे हैं, लोगों के मन को भा गया है। फिर अब आयी पंचायत बैठाने की बात। कानून हुआ है, सरकार कहती है, सो होगा ही। कुछ लोगों ने सोचा कि पंचायत होने पर हमें अपना यह तरीका तोड़ देना पड़ेगा। चर्चा चलायी, वही बना अनर्थ की शुरुआत का कारण।"

उनके कहते-न-कहते उनकी बात को समर्थन देते हुए कई लोगों ने जोर से आगे-पीछे सिर हिलाया। कुछ थोड़े-से लोग अलग-अलग दिखने से इधर-उधर ताक रहे हैं। वे दूसरे गोठ के हैं। विपिन ने सब कुछ देखा। अब समझा कि उत्तेजना का कारण क्या है और रवि यहाँ क्यों आया है।

किसी ने भस् से मोटी आवाज में कहा, "अनर्थ है अनर्थ है—सह नहीं पाते हैं, अतः लोगों को फुसला रहे हैं, निकल आओ, हम अपने पंचायत में मिलेंगे, सरकार रुपये देगी—असल बात है रुपया..."

फिर बीच में इस बात पर चल पड़ी थोड़ी-बहुत चख-चख, तर्क-कुतर्क।

सिन्धु चौधरी ने पुनः कहना शुरू किया—"रहने दो सुनो। इस चलन में रहने-टूटने के साथ पंचायत का क्या है? हमारे ये सत्तर परिवार मिलकर एक घर, कमरे सबके इधर-उधर जगह-जगह, लोगों की जात अलग-अलग, माँ-बाप अलग-अलग, परन्तु घर एक है। यह घर कितना बड़ा होगा या कितना छोटा होगा सो लोगों की अपनी मरजी पर निर्भर करता है। उस पर कोई कानून का जोर नहीं, किसी पर जबरदस्ती नहीं। परन्तु पंचायत में तो वो बात नहीं, उसे तो सरकार गढ़ रही है, उसके पीछे कानून का जोर है, कौन-कौन गाँव मिलकर पंचायत बनेगी—इस बात की घोषणा सरकार करेगी। सब जगह हो रही है, यहाँ भी होगी जरूर। पर हमारे इस घर से पंचायत का सभ्य बनकर कोई रहेगा या नहीं, वह सरकार की इच्छा पर निर्भर नहीं, हम जाएँगे या नहीं उसका विचार हम करेंगे। हमें रखा जाएगा या नहीं उसका विचार और लोग करेंगे। अपने करने के काम का हमने फैसला कर लिया है। बिना नाम खोजे, अपने स्वार्थ और सुविधा की खोज किये बिना, सब सदस्य अगर परिश्रम करने को राजी हो जाएँ, ताकि सबकी उन्नति हो तो हम उस सदस्य-मण्डली में रहकर काम करेंगे। सब बैठ एक मन एक विचार होकर अगर तय कर लें कि कौन-कौन सदस्य होंगे तब हम उसमें मिलेंगे। यदि शुरू से ही मन बेमेल रहेंगे, कौन सदस्य होगा इसका फैसला यदि भोटों की लड़ाई से ही होगा, तो हम उस ओर नहीं जाते। सर्वसम्मत न होकर अल्पमत पर बहुमत को लाद देनेवाली भोटों की जीत की व्यवस्था है, बाद में वह अड़चनें पैदा करती है। बहुमत से जीतनेवाले अल्पमत से हारनेवालों पर पिल पड़ेंगे, दाँव साधेंगे। उधर अल्पमतवाले

हरदम चेष्टा करेंगे कि बहुमत की तरफ से कल-बल कौशल कर एक-एक को खींच-तानकर जैसे भी अपने दल को बढ़ाएँ। बाद में वे बनेंगे बहुमत। तब हम क्या विकास करेंगे, क्या उत्पादन करेंगे, समय तो जाएगा केवल दाँव-पेंच में ही, कलह-फसाद में ही, छक्का-पंजा में ही।"

दुकानदार हरि साहू चुप बैठा था। पहले पल्थी मारकर बैठा था, अब घुटने उठाकर बैठा, और फिर अपनी दोनों नलियों पर दोनों बाँहें कसकर घेर लीं, बाद में अपने घुटनों पर ठोड़ी टिकाये रहा, नीचे नजर, मानो वह अपनी आदत के मुताबिक लीलावती सूत्र की किसी जटिल समस्या के साथ मन-ही-मन कसरत कर रहा है, मन की नोक जमी हुई है एक बिन्दु पर।

सिन्धु चौधरी की बात पूरी होते-होते उसने अपने ध्यान से उठकर बड़बड़ाने की तरह कहा, "हो गया!"

पास ही बैठे थे गदेई लेंका। पूछा, "क्या हो गया साहूजी?"

हरि साहू ने कोई उत्तर न दिया, उठ खड़े हुए। उसके मुँह पर, पेट पर, गरदन पर, टुकड़े-टुकड़े धूप छनकर गिर रही है। उसके चेहरे की भंगिमा दिख रही है असाधारण।

हरि साहू ने कहा, "और अब दो नाव में क्यों, मैं भी समझो इस सामलात में ही आ गया। एक ही का होकर क्यों, सब सब लोगों का।"

एक साथ बहुत सारे मुँहों से अचम्भे की आवाज आयी। गदेई लेंका ने कहा, "यह क्या तमाशा है?" अगणिराय ने कहा, "कैसे? कैसे?"

हरि साहू कहने लगा, "अरे बाबू, सम्पत्ति को कोई साथ लादकर नहीं ले जाएगा। एक कमाता, अपने कुटुम्ब का भरण-पोषण करता, अब सबकी सारी कमाई एक जगह होकर सबके कुटुम्ब चलेंगे, यही तो बात है, सब ओर से सुथरी। तुम भी आओ ना लेंका भाई, राय!"

धड़िया नाई ने कहा, "आते तो, पर उनकी कमाई किस रास्ते से होगी फिर? कोई कलह करे तब तो वे उसे रास्ता दिखाकर कमाई के दो पैसे पाते।"

लेंकाजी और रायजी दोनों ठहरे गाँव के टाउटर। लेंका ने बुरा नहीं माना, अगणिराय ने खँखारकर कहा, "कैसे, सो कैसे?"

हरि साहू ने कहा, "पहले बढ़ आओ, फिर तरीका खुद-ब-खुद दिख जाएगा।"

हरि साहू भी सामलाती में हो गये।

सामलाती में जमीन बढ़ गयी। गाय-गोरू, धन-धान्य, सब बढ़ गया। सबसे अधिक तो प्रतिष्ठा बढ़ गयी। हरि साहू तगड़ा बुद्धिमान मुरब्बी आदमी है गाँव में। हरि साहू इधर है, इसका मतलब इधर की बात पक्की, असली है। देखते ही देखते उनके बीच उत्साह फैल गया, लोग आपस में बातें करने लगे, चेहरों पर हँसी-खुशी, उत्तेजित उत्साहपूर्ण बात, एक और एक के साथ जल्दी-जल्दी बात-चीत। कितने ही

लोगों ने हरि साहू को घेर लिया। सभा समाप्त हो चुकी है। खड़े होकर और किसी को कुछ नहीं कहना।

रवि ने चुपके-चुपके विपिन के कान के पास जाकर कहा, "माटी की आवाज तो तुम खुद सुन चुके हो, माटी सदा खोजती आयी है कि सब मिल जाएँ। उसका धीरज असीम है, वह प्रतीक्षा में है।"

रवि के चेहरे पर स्वप्न की झलक है, बहुत दूर है उसकी दृष्टि।

विपिन ने स्वयं उस स्वप्न में बह जाने की चेष्टा की, अनुभव हुआ कि वह सहम जाता है। हिसाब, कानून, हुक्म, डर-भय, अभ्यस्त अनुभूति के द्वारा वह अपने आप बोध कर पा रहा है कि उस पर अनेक लगाम हैं। उत्साहित होना-न-होना निर्भर करता है एक विचार पर—वह पछाड़ खाकर गिरना नहीं चाहता। पहले उसे चाहिए सुस्थि, निश्चिन्तता। उसे चाहिए उसका वेतन, उस वेतन में बढ़ोतरी, अन्त में अपनी पेंशन। विश्वास से अविश्वास तक उसके भाव बदलते-बदलते उसके मुँह से निकल पड़ा, "भाव या भावना का एक पागलपन देख रहा हूँ यहाँ।"

रवि प्रसन्न होकर कहने लगा, "ठीक देख रहे हो। नाना प्रकार की आशंकाएँ सहते-सहते, लगता है कि माटी पागल हो रही है। सन्देह, मतान्तर, अशान्ति, युद्ध की तैयारी, और एक चरम परिणति की काली छाया—ध्वंस। पागल न होकर धीरमति स्थिरबुद्धि से बुद्धिमान् लोग अगर उसी परिणति की ओर संसार को ले जाते हैं तो पागल बने बिना माटी शायद स्वयं अपनी रक्षा न कर सकेगी।" तनिक उत्तेजित होकर उसने फिर कहा, "परन्तु इस उत्साह को पागलपन कब तक कहोगे? अन्धेर नगरी में एक रोशनी, हो सकता है पागलपन हो, परन्तु चारों ओर जब असंख्य रोशनियाँ जलती होंगी, तब लगेगा कि वह पुराना अन्धकार ही अस्वाभाविक है, उसका समय पूरा हो चुका। तभी मैंने कहा कि माटी क्या कह रही है, सुनो। सब जगह, सब देशों में सामान्य जन खोजता है कि आदमी-आदमी के बीच गढ़ा जाए विराट भाईचारा, तब जाकर हिंसा, अशान्ति के कीड़ों को घुसने का रास्ता नहीं मिलेगा। एकमात्र कर्म ही तो है जिसे ये विनाशक बम भी ध्वंस नहीं कर सकेंगे। तुम्हारे-हमारे अलक्ष्य में कितनी ही जगह, कहाँ-कहाँ वह गढ़ना-बनना चल रहा है।"

दोनों उठकर थोड़ी दूर टहल रहे थे। विपिन ने कहा, "हम भी उसी एकता को बढ़ावा देने के लिए संस्था गढ़ रहे हैं—लोग सहयोग करें तब कोई बात हो।"

रवि ने कहा, "लोग स्वयं जिसे गढ़ते हैं उसमें सहयोग की कमी नहीं रहती। तुम गढ़ोगे संस्था, और लोगों से माँगते हो सहयोग। अच्छी बात। कितने दिनों से आँखों के आगे रखकर संस्था गढ़ रहे हो? सब देशों में जितने ये सस्था गढ़नेवाले हैं—उनकी उमर कितनी है? समय लेकर, अवस्था लेकर, जिनके हाथ में क्षमता होती है उनके मन को देखकर संस्था गढ़ी जाती है, बदलती है, टूटती है। मानव-जाति को किसी संस्था ने गढ़ा है? आदमी का जो असली स्वरूप है, एक साथ मेल से

रहना, एक-दूसरे को चाहना, चाहने के लिए जीना—यह किसी संस्था की प्रतीक्षा नहीं करता, इसका प्रमाण तुम यहाँ अपनी आँखों से देख रहे हो।"

कितने ही लोग उन दोनों की ओर देख रहे हैं। वे लोग बातचीत के लिए आग्रही हैं, पर साहस जरा-सा नहीं जुटा पा रहे।

सभा टूटने को आयी। कई लोग उठकर चले जा रहे हैं। हरि साहू के चारों ओर फिर भी भीड़ है।

रवि की बातें सुन विपिन हँस पड़ा। कॉलेज के दिनोंवाला वही विपिन, चेहरे पर विचारों में क्लिष्टता नहीं। सचमुच जैसे मेघ के फटे परदे के उस पार दिख जाता है प्रशान्त नील आकाश से थोड़ा-सा। रवि के कन्धे को घेरकर कहा, "कहते हो आदमी चाहने के लिए जीता है; तुम किसे चाहते हो?"

रवि ने ठहाका लगाया। "मैं किसे नहीं चाहता, मैं स्वयं नहीं जानता।" लोग और प्रतीक्षा नहीं कर पाते। सिन्धु चौधरी, हरि साहू, सदा गोछेइत, वे लोग एक-एक कर आये। उनके पीछे और लोगों की कतार लग गयी।

विपिन ने गहरी साँस छोड़कर, सूखी हँसी हँसते हुए कहा, "अच्छा, चलता हूँ, रवि! तुम स्वाधीन हो, जीवन का स्वाद चखने के तुम्हारे पास अवसर हैं। भई, मेरा तो वह सौभाग्य नहीं रहा, गले में पट्टी है, पट्टी में साँकल, और फिर साँकल पराये हाथ में, गले में ग्रामोफोन रेकॉर्ड। अगर कभी तुम लोगों की इस संस्था का विरोध करूँगा, तो वह विरोध भी मेरी इच्छानुसार नहीं होगा। भाई, मैं नहीं तो और जो होता वह भी करता।"

विपिन का चेहरा गम्भीर है, उसकी आँखें सचमुच जैसे स्थिर नैराश्य से जड़ बन गयी हैं। रवि उसके चेहरे की ओर देखकर चंचल हो उठा। उसका हाथ कसकर थामा और कहने लगा, "क्यों अपने ऊपर इतना दोष लादे ले रहे हो विपिन, इतनी हताशा में क्यों डूब रहे हो? चाहे जितने नियमों में बाँधो, हृदय तो कहीं जाता नहीं।"

"मैं रेलगाड़ी हूँ।"

"नहीं, तुम पहले आदमी हो। कोई सोचता है, वह रेलगाड़ी है, कोई सोचता है वह स्पुटनिक है, कोई सोचता है वह कोई संहारक अस्त्र है, परन्तु मानसिक विकृति के सामयिक विचार हैं वे सब, उनकी परिणति भी अपने और दूसरों के लिए अशुभ है। वास्तव में सब आदमी हैं, सरल भाव से जीने को छोड़ देने पर सब स्वतः धुल-मिल जाता है, गोबर से रस लेकर सुगन्धित फूल खिलते हैं। नैराश्य आता नहीं, दुख छूता नहीं, जीवन सतेज रहता है।"

झुकते-झुकते विपिन फिर सतेज हो उठा। रवि का, जीवन-दर्शन के बारे में, व्याख्यान उसके अन्दर सचमुच जैसे कितनी लोहे की छड़ों और स्प्रिंग पर दबाव देता हो! उसे अनुभव हुआ कि क्षण-भर के सिर चकराने में वह दुर्बलता प्रकट कर चुका है। सिर उठाया। चेहरे पर, आँखों में, फिर लौह-हँसी।

"नहीं, कुछ नहीं," उसने कहा।

लोग आ गये हैं। मामूली बातचीत से उन लोगों से छुट्टी पाने के लिए उसने कहा, "और? हूँ, सब ठीक चल रहा है, तो? आप लोगों की मैं क्या मदद कर सकता हूँ, कहिए। झगड़ा या अड़चन तो कुछ नहीं? अच्छा, अच्छा है। और? ठीक है ठीक है। इस बार तो अब चलूँ, कई जगह जाना है।"

उस ओर से महिलाओं का एक जत्था भी आ रहा है। वे दोनों मानो केन्द्र हैं। उनके चारों ओर गाँव-भर भँवरी घूम रहा है। "आज आप हमारे गाँव में मेहमान हैं, ठहरेंगे नहीं?" सदा गोछेइत ने पूछा। विपिन ने अगले पाँव पर टिककर, तनकर सीधा हो, मानो और भी लम्बा बनने की चेष्टा की। फिर बोला, "नहीं, नहीं, माफ करें। कई तरफ जाना है।"

और किसी ने रोका नहीं। वह जीप में बैठा। जीप स्टार्ट हुई—धूल उड़ाती चली गयी। क्यों वह आया था कुछ पता ही न चला। सब उसे जाते हुए देख रहे हैं। बरगद की छाया ढाँप रही थी, खेत की थोड़ी-सी जगह। समय ढल गया था। घने बरगद की ओर उड़ती-उड़ती आ रही हैं असंख्य चिड़ियाँ, दल के दल।

सदा गोछेइत ने पूछा, "जी, आप तो आज ठहरेंगे।"

रवि हँस पड़ा।

छवि अकेली तटबन्ध के तले खड़ी थी। पीठ की ओर सेंहुड़ा का पेड़ ओट किये है। घर से वह दिखता नहीं, परन्तु इतने पास है कि आहिस्ते पुकारने पर भी सुनाई पड़ता। और छिन-भर में सूरज अस्त होगा, बायीं तरफ वो उधर नीचे झूल गया उस सूने सौन्दर्य की प्रतिमूर्ति बन जो केवल इस सिहराते पौष में ही नजर आती है—सामने अनन्त अकलन नीलिमा सच नहीं, कल्पना नहीं, मानो कल्पना का एक रूप नहीं, यौवन का स्वप्न और मर्म भावों का अनकहा संगीत वहाँ रंग का पिण्ड बन क्षण-भर के लिए विराजित है! बाद में वह लीन हो जाएगा।

छवि अन्यमनस्क होकर उसी सूर्य की ओर देख रही है मानो कि उसमें मिल जाने की चेष्टा कर रही थी। कभी सचमुच उसमें मिली जा रही थी, तब उसे अनुभव ही न होता। फिर कभी उससे छिटक जाती, तब वह उदास करुण अनुभूति के बीच छन-छन से चौकन्नी हो उठती, उसकी छाती के नीचे थर-थर होती। कितनी जल्दी मन के अन्दर एक-दूसरे का पीछा करते हुए ज्वार भागा-दौड़ी करते, एक ही निःश्वास में कितनी अतीत की चेतना-समष्टि, भूले-अधभूले दृश्यों की स्मृति है। वेदना में ढँके गहरे आनन्द के तले से जो भाव उठता, उसकी किरण शीतल, उदास, वर्ण की विचित्रता में और विपुलता में विह्वलकारक। उसका अविकल प्रतिरूप मानो यह सूर्य है।

पौष का यह अस्तगामी सूर्य आत्मस्थ हो चुका है। महाशून्य में अलग होने की तरह उसकी गोलाई की लकीर का स्पष्ट पता चल जाता है। सचमुच जैसे कितने ही अपार काल की अनन्त दूरी की ओट से भी वह अपनी माया-ममता, प्रकट और प्रकाश का ज्योतिपुंज खींचकर स्वयं में यह रस संवरण कर अनासक्त होकर हँस देता है, उस हास्य में उद्दीपना नहीं पिघलती, अँधेरी चेतना में विचार की दीपशिखा भरे देता है—इस पल तुम गति रोको, स्थिर होओ, भेष खोल डालो, अनुभव करो, सोचो!—सुदूर देहात के पाटेली गाँव में उस समय छवि के लिए मानो इतना ही उसका सन्देश है।

सूर्य अस्त हो रहा है, शरशय्या पर हैं भीष्म, क्रियाशील, गति और शक्ति के आधार, वे आत्मस्थ होकर स्थिर हो गये हैं, दृष्टि की सीमा से चले जा रहे हैं दिव्य दृष्टि की सीमा में।

छवि की छाती गहरी साँस से उठती है, गिरती है। सेंहुड़ा के पेड़ से वह चिपट गयी है। तनिक खसखस या खड़खड़ाहट होते ही वह चौंक उठती।

बीच-बीच में उसका मन जाग उठता। तब वह इस अद्‌भुत गम्भीर क्षण में अपने साथ उसका मुकाबला करती, क्या उसका उद्देश्य है? क्या उसने पाया है? ऐसे कितनी ही पूछ-ताछ, समझा-बूझी करती। अस्पष्ट-सी प्रतिध्वनि की तरह उसके मन-गहन में उसका उत्तर गुनगुनाते समय फिर वह अस्तगामी सूर्य से चिपटी थमी रहती। तब भले-बुरे के विचार और उद्देश्य से परे केवल एक स्पन्दित मनःरूप होता।

किनारे के तले दूर तक फैल गया है कछार। टटके-टटके बैंगन, टमाटर, मटर की फली। जाड़ों के दिनों के कद्दू, करेला, भाँति-भाँति की तरकारियाँ। बीच में वो दूर रखवाली करने के लिए झोंपड़ी बनी है। दाहिनी तरफ वो हलदी सरसों का खेत। पहले इस कछार का पट्टा लेने के लिए कितनी बढ़-चढ़कर बोली, झगड़ा होता था, पर अब यह फसल की है सामलाती से। सब खटते हैं, सब भाग पाते हैं। कछार के नीचे बालूचर है, खाली विस्तृति में कुछ सोने की झलक जैसे दिखाई दे रही है। उधर नदी की सुरमई लकीर, उस पार तीखा कगार और अमराई।

और बायीं तरफ कोने में सूरज उतर पड़ा है। निचला आधा तो बुझ गया है, ऊपर का आधा दबता-दबता जा रहा है, अपरूप वर्ण के किसी देवल की तरह, सारे आकाश में रंग-रँगीले चन्दोवे।

घुटी-घुटी-सी छवि उसी अस्त-सूर्य की ओर देख रही है, मानो सृष्टि विलीन होने से पूर्व कुछ थोड़ा-सा उत्तर चाह रही है, जिस पर कि उसका सारा अस्तित्व भार दिये टिका है। ठीक है, डूब रहा है, छाती के अन्दर खूब जोर से हिलोर-सी उठी, अपनी धुक-धुकी की प्रबल घड़घड़ाहट मानो सचमुच उसके कानों से टकरा रही है, और फिर उसकी छाती के तले एक प्रचण्ड उथल-पुथल होकर फिर सब स्थिर जैसा हो गया। अस्ताचल की अन्तिम रक्त-रेखा को प्रणाम करने के लिए दोनों

हथेलियाँ उठाने तक वह बुझ गया। एक गहरा साँस छोड़ छलछलायी आँखों से वह उसी दूर की ओर देखती रही। श्मशान-वैराग्य का शेष दर्शन उसकी चेतना पर काले डैने फैलाये घेरे रहा कुछ देर तक—

यह सब चला जाएगा, सब झूठ है!

आहिस्ते से फिर रंगीन हो उठता है बिना सूरज का आकाश, जैसे किसी गहन अन्तर में मर्म भाव के आलोड़न से ऊपर चिकने गालों पर रंग फैलता हो। कितना सुन्दर। छवि उसी दृश्य के आगे स्वयं को सब आनन्द की झलक की तरह अनुभव कर रही थी। सूरज नहीं, वह है। इस संसार में ऐसे कितने विभव, कितने पराक्रम, कितनी चमक-दमक, कितने इन्द्रजाल आये-गये हैं, अपने नाम को लोगों की निगाह में पड़ने लायक रखने के कितने उपाय, कितनी चेष्टाएँ की हैं, देवल की देह पर खुद कर या अगणित लोगों के लहू-पसीने में भीग-डूब लेखनी की नोक से ताड़पत्र या भोजपत्र पर लिखे जाकर भी वे सारे नाम अस्त हो गये हैं, खो गये हैं, और इस पल वह यहाँ है—छवि!

सोने की पाग बाँधे मोती-माणिक जड़े वेश पहने एक-एक या दल के दल तैरते जाते हैं आकाश में कितने मायारूप। उनके वैसे ही दल के दल कितने मायावाहन, हाथी, घोड़ा, ऊँट, बाघ, मगर, एक रूप और एक रूप में बदल जाता है, और फिर उसका रूप ही टूट जाता है। वैसे एक-एक झलक में आकाश में जितने जादुई राज दिख जाते थे, कितने गाँव या गढ़ या दूर का रास्ता, उनका छुपा-छुपा संकेतमय गुप्त इतिहास—देखते ही देखते वह भी कहीं विलीन हो रहा है!

और है वह, छवि, सूरज चाहे डूबे या विलीन हो जाय, चाहे जितने चमत्कारपूर्ण दृश्यपटल हों, वह अपने प्रकाश में आनन्द ले रही है। उसके पैरों तले भूरी घास है। पास में लाल रामजड़ा, वह उसके चिकने कोमल पत्ते के सिरे को अँगूठे और तर्जनी के बीच धीरे-धीरे मसल रही है। वहाँ से तनिक हटकर किसी ने दोपहर में टट्टी की है, और एक तरफ किसी का पुट्ठे का हाड़ पड़ा है। नासा फनकारती थोड़ा मुँह खोल 'आँ' किये एक लय से वह दूर देख रही है। यौवन और जीवन की मूर्ति है वह आदमी!

कोई कार्यकर्ता नहीं, कोई विप्लवी नहीं, केवल आदमी!

वह अचम्भे में भरी विह्वल होकर एकटक देख रही है उसी आकाश की ओर। थोड़ी-थोड़ी दूरी पर नारियल की फुनगियों पर वहाँ कितनी झुण्ड की झुण्ड अनजान चिड़ियाँ उड़ जाती हैं। कहाँ किस देश से आती हैं, फिर किधर चली जाती हैं।

अचानक उसे लगा—जितने यह सिर चकरानेवाले काम हैं, जितनी दाँत भींचकर प्रतिज्ञा-पूर्तियाँ हैं, जितने आँख फाड़ मुट्ठी कसकर घड़ी-घड़ी बातें उगलते हुए आन्दोलन हैं, जितने ऊँचे काठ के पायदान पैरों में बाँध भाँति-भाँति के विचित्र साज सजा अपनी टेक ऊँची रखने के लिए जीवनव्यापी परिश्रम है, जितने धन्धे या

योजनाएँ, चिन्ताएँ या बुद्धि की कसरत है जिनमें भेजा पिघल जाता है—ये सब केवल आनन्द के प्रकाश के लिए अवलम्बन मात्र हैं। जो जिस तरीके से कर सके। वे अपने में आनन्द के हेतु नहीं। आनन्द तो अपने अन्दर है, अनुभव कर सके तो वह है, न कर सके तो नहीं। जो अपनी पहुँच में है उसे हाथ बढ़ाकर ले लेना ही मानो बुरा है, सुस्थ सतेज सरल दृष्टि से देखना ही गलत है, अतः शायद आदमी हाथ पसारता है दूर—आसरा करता है कुटिल बुद्धि का और जटिल पन्थ का।

छवि ने सतेज होकर मन में चंचलता का अनुभव किया, और उसे अनुभव हुआ अपने भीतर से निकल रही मादक महक का, खयाल में मन का एक खेल रच लिया कि वह आदमी नहीं, कोई फूल है, झरने या न झरने की उसके मन में कोई चिन्ता नहीं। वह है, बस इतना ही यथेष्ट है।

अपनी महक के साथ साँस से पी रही है परमतृप्ति, शान्ति, आनन्द। लू की प्यास में शीतल पानी की घूँट पीने पर जैसे तृप्तिकर हो, उत्साह और उत्तेजना आती है, कुछ वैसा ही लग रहा है। समूचे सब उसके, अपने, स्नेही आदमी, किसी के साथ उसका विरोध नहीं, प्रतिद्वन्द्विता नहीं। उसका आनन्द ही उसकी सार्थकता है, वह नहीं चाहता कि कोई उसे चीन्हे या बड़ा करे या प्रशंसा करे। यही हवा, यही छाया-रोशनी का दृश्य, यह माटी का उतार-चढ़ाव उसे मायाजाल में गूँथकर रखे है, प्रत्येक धागा ढूँढ़ने पर कोई एक स्मृति, नहीं तो परिचित स्वप्न के सारे तार अनन्त आनन्द में समा जाते हैं।

इस गाँव में कभी था हृदयों का फटना-टूटना, गाली-गलौज, निन्दा, कलह, दंगा-फसाद। वे ही जो आज उसके बारे में इतनी प्रशंसा कर इतने आशीर्वादों से सींच-सींचकर प्रचार कर रहे हैं, कितने लोग उनमें से ऐसी बातें भी तो कहा करते थे कि सुनकर हाड़ से मांस झर पड़ता था। कितना बड़ा झूठ, कितना अपवाद! हलदी मलने की तरह कब से झड़ गया है, याद आने पर पीछे हट जाता, कोई परवाह नहीं है। वैसे ही उसे लालच नहीं इस प्रशंसा की। गाँव की बहू-बेटी ने परदा खींचकर फेंक दिया है, जाति में बड़ी-छोटी, छुआछूत, धन में होने न होने का भेद, मन के किस कोने-कोने में किस मान्धाता के जमाने से घर-घर में मतान्तर, आँचल में ढेर की ढेर गाँठ की तरह बाँधे थे—वे सब मन से भूल चुके हैं, सन्तान पैदा करना, खाना पकाना, पान लगाना—इनके अलावा अब और भी विराट् सामाजिक जीवन का वे लोग उपभोग कर रहे हैं, एक गाँव, एक घर, सब आदमी भाई-भाई के आदर्श की नींव रखकर वे नयी दुनिया गढ़ रहे हैं, सचमुच जैसे वे लोग मरुभूमि पर बहाते-बहाते चले जा रहे हैं भागीरथी की नयी धारा। यह सब उसे बिलकुल साधारण-सा लग रहा है, इस सबमें उसका अपना कृतित्व कुछ है—उसे लगता ही नहीं; कुछ है भी ऐसा वह सोचती नहीं, बड़े-बड़े नाम उसे याद नहीं—त्याग, परिश्रम, सेवा, निष्ठा। फूल की तरह वह खिली है, हवा में उसका सुवास स्वतः घुल गया

है, इसीलिए उसकी चेष्टा नहीं। उसका स्वाभाविक तरीका ही वही है।

उसमें जैसे, उसी तरह और भी कितनों में वह तरीका ढक्कन-बन्द हो रुका पड़ा था, खल गया है। सारे स्रोत एक जगह मिलकर हो गयी है, पुण्यधारा! कार्य याद आता है तो उन्माद भर जाता है। गर्व या गौरव या गरिमा का कण-भर भी मन में आता नहीं।

याद आ गया कि आज हरि साहू सामलाती में आ गया है। उसमें भी कोई विचित्रता नहीं, साग के धोरे में साग का पौधा धीरे-धीरे खुद ही उठकर खड़ा हो जाता है, हरसिंगार से फूल जैसे धीमे-से माटी पर झर जाता है, वैसे ही एकदम साधारण-सी यह घटना उसके देखने-सोचने के ढंग में मिल जाती है।

इसी हवा-पानी से गढ़े जाएँगे इस युग के छोटे-छोटे बच्चे। वे नये युग के कारीगर होंगे। भविष्य के घर-बारी आदमी, ये ही नन्ही कोमल कलियाँ, कोई माँ के पल्लू की ओट में मुँह छुपा रहा है, कोई पाटी-किताब लिये घर लौट रहा है। उसकी छाती फूलकर चौड़ी हो गयी। अबकी उसने देखा, आकाश में एक-एक तारे उग आये थे। फीके-फीके दिखते-दिखते अब उज्ज्वल होते जा रहे हैं। ऐसे ही उठेंगे इस धूल माटी से इस देश के ज्योतिष्क, स्नेह-शान्ति से बढ़कर वे मैत्री के प्रतीक बनेंगे। उनके विचार या विश्वास में न विरोध होगा और न सन्देह।

और वह होगी माँ, जैसे वो दूर तट पर देवदारु की जोड़ी की ओट से चाँद उगता आ रहा है, ये नन्हे-नन्हे तारों के ऊपर अपनी सुनहली हँसी उँड़ेले दे रहा है। वहाँ सब कितना सहज और स्वाभाविक है।

विचारों-भावनाओं में खोये हुए अचानक उसे उचाट-सा लगा। उसकी देह सिहर उठी, वह तन-तनाकर मुड़ गयी और देखा, शायद कोई उसके मन की भावनाओं को सुन रहा है, अस्त-व्यस्त होकर उठते समय कहीं कोई पास छुपा बैठा देख रहा है।

छवि ने थर-थराकर तटबन्ध के ऊपर दृष्टि दौड़ायी। कोई नहीं, एक कुत्ता दौड़ा-दौड़ा आ रहा है!

और जो बड़ी बात उसकी चेतना में घुल-मिल सचमुच जैसे उस पर रंग चढ़ाये थी उसे मानो स्पष्ट छू दिया हो, कान और गाल गरम-से हो उठे हैं, देह थर्रा रही है, छाती धड़क रही है, छवि मन-ही-मन सोच रही है कि आज इस गाँव में रवि है।

लजाती-लजाती जब धीरे-धीरे तटबन्ध पर चढ़ी, और फिर उतरकर घर की ओर चल पड़ी, तब घूम-फिरकर स्मृति लौट गयी दो वर्ष पीछे की ओर, जब रवि के साथ उसकी पहली देखा-देखी हुई थी।

घर की प्राचीर के दरवाजे पर फिर रुककर प्रतीक्षा करने लगी। मन-ही-मन वह खयाल बुनने लगी कि चबूतरे पर चटाई डाले वे बैठे होंगे, बतियाते होंगे। पास माँ होंगी, गुरु की माँ, बगलवाली कोठरी में पल्थी मारे बापू बैठे होंगे, भागवत-पाठ

से पूर्व जैसे वे आँख मूँद कुछ समय बैठते हैं, किसी अनदेखी शक्ति के ऊपर या खाली शून्य पर सम्पूर्ण आत्मसमर्पण की भंगिमा, सामने लालटेन और मयूरचन्द्रिका का चिह्न लगी भागवत का एकादश स्कन्ध, सिर के ऊपर मुकुट की तरह बड़ा धान का गुच्छा, उसमें कौड़ियों की माला लपेटी होगी। उन्होंने रवि को स्वीकार कर लिया है, उनके व्यवहार से साफ पता चलता है। इस घर ने भी उन्हें अपना लिया है। उसी रूप में, उसी परिवेश में वह उन्हें देखना चाह रही है, बाहर सम्बन्ध स्थिर न हो, शंखवाले ने शंख न फूँका हो, पुरोहित ने मन्त्र न पढ़ा हो परन्तु मन-ही-मन उसका समर्पण हो चुका है।

और दो डग जाते न जाते उसके मन में मानो वितर्क उठता है—

और अगर वे राजी न हुए तो? उनका यदि कहीं और मन होगा तो? असम्भव! खूब जोर से मन ने प्रतिवाद किया। समुद्र में ज्वार ही चन्द्रमा के आकर्षण का प्रमाण है। बचपन में पढ़ी साधारण भूगोल की बात यही बताती है। और यहाँ उन्हें उस दिन से देखा, तभी से अपने जीवन के प्रत्येक क्षण में अनुभव करती आयी है ज्वार का, उसी खींच-तान में उसने जीवन के लक्ष्य का अनुभव किया है। वह भला कभी झूठ हो सकता है?

...पर वे क्यों आये हैं?

जल्दी-जल्दी वह घर के आँगन में चली आयी। भीतरी दरवाजे पर एक छोटी छाया हिल उठी। भस् कर सामने आकर उसके पल्लू को खींच खसखसाहट के स्वर में एक ही साँस में कह गया, "छवि जीजी, वे आये थे, चले गये!"

छवि ने उसके हाथ को कसकर थाम लिया और खींचते हुए पूछा, "कौन, कौन रे गुरु?"

गुरु ने मन-ही-मन मानो अभिमान किया हो, मानो दोनों किसी षड्यन्त्र में लिप्त थे, पर अब एक जन दूसरे का विश्वास करता नहीं—ऐसा उसे अनुभव हो रहा हो। नटखट स्वर में कहा, "कौन?...अगर तुम न जानो तो मैं फिर उसे कैसे जानूँगा?"

उसका माथा सहलाते-सहलाते फुसलाकर छवि ने पूछा, "बता न, क्या हुआ? बड़ा सयाना है रे!"

"मैं भला कौन?"

गुरु खबर दे गया कि रवि आया था। उसके साथ बहुत सारे लोग थे, उन्होंने बाहर प्रतीक्षा की। उसे गुरु की माँ घर के अन्दर बुला ले गयी, फिर छवि की माँ और गुरु की माँ ने उससे बातचीत की, सिन्धु चौधरी भी बाहर निकले। जलपान से उसने इनकार कर दिया था।

"जाते समय मुझे क्या कह गये, जानती हो?"

"क्या?"

"बोले, अपनी छवि जीजी से कहना—वे आएँगी।"

"तूने क्या कहा? क्या कहा?" सों-सों कर वह पूछ गयी, सारी देह उत्तेजना से भरी थी।

"सच रे, वे तो उसी सामलाती में ही रहते हैं। मुझे भी बुलाया है, कितना खेल-तमाशा-यात्रा होता है वहाँ!"

उसके विचित्र विह्वल भाव को दहलाते हुए उधर सिन्धु चौधरी की स्पष्ट आवाज आयी, "कौन, छवि?"

"हाँ, बापू!"

"रवि आया था। सामलाती घर में आज साँझ को एक चर्चा होनेवाली है, काम-धाम को लेकर बातें होंगी। तुम्हें भी बहुत जोर देकर कह गया है आने के लिए।"

पिता के मुँह से 'बहुत जोर' सुनते ही छवि के कान लाल हो गये। लाज के मारे उसे लगा कि यहीं माटी में मिल जाती। परन्तु सिन्धु चौधरी ने बालक की तरह सरल सीधी आवाज में कहा, "कहा है कि तू अपना दल-बल बुलाकर ले जाना। तुम्हारे महिला दल के सबको जाना है। वास्तव में इन सारे कामों में चर्चा और भावों की अदला-बदली की बहुत जरूरत है। आज कितनी खुशी का दिन है कि हरि साहू इस सामलाती में मिल गया है। वह सदा अखबार की बात कहता है, आज वह जरूर जी खोलकर कहेगा अपनी बात—उसे क्या हुआ जो वह पिघलकर बह चला समुद्र में मिलने के लिए। सुनने में मजा आएगा..."

"बापू, तुम भी जाओगे न?"

"मैं तो बस निकल ही रहा हूँ। और जल्दी ही तुझे भी निकलना है। जा बुलाती आना अपनी सबों को।"

खुशी से नाचती-नाचती पैर फड़काती चल दी छवि। छवि की माँ ने ऊँची आवाज दी, "अच्छा, अच्छा, उसे बुलावा आया है, वह जाएगी, आपको आदर-गौरव मिला है आप जाएँगे, और मैं—मुझे तो कोई बुलाता ही नहीं।"

सिन्धु चौधरी ने कहा, "तुम्हीं तो हो असल, तुम्हीं तो हमें हाँककर ले चलोगी!"

"हूँ, वारुणी-योग पड़ा है, यात्रा दिखाने ले जाना है!"

"अरे, पहले तो था प्रहसन या नौटंकी या विमान-मेलण। आँखों से देखते रहो, कानों से सुनते रहो झाँझ-मजीरे, मृदंग की झन्-झन्, घी के पिठऊ कुछ नहीं तो माला, चूड़ी, छाज, छबड़ी लेकर घर लौटना। यह जो यात्रा है ना, उसमें भाग लेंगे हम-तुम खुद, तू होगी नट। तू ही गानेवाली, बजानेवाली, ठाकुरजी भी तुम्हीं और क्या?"

"हाँ सब तो मैं, और कोई क्या? मैं ही नाटक का नायक!"

"अरे बाबू, तुम सब एक साथ न होने पर भी एक-एक कर सब हो। आदमी

अपने लिए अब का यह मेलन करता है। कोई पक्षी उड़ आता है किसी राज से, सब एक जगह होते हैं, जी खोल सुख-दुःख की बातें करते हैं। नाना लोगों का बुद्धि-विचार एक साथ मिलकर एक रास्ता निकलता है, ताकि सबकी और अधिक भलाई हो। अज्ञान, अशिक्षा, अन्धकार, गरीबी, रोग, अविचार इन सबके विरुद्ध लड़ाई तेज होगी। और भी नाना-नाना अच्छे-अच्छे उपाय दिखेंगे। रास्ता दिखानेवाली, घर चलानेवाली, आदमी गढ़नेवाली तो तुम औरतें हो, तुम्हीं लोगों की नहान-घाट पर की चर्चाओं या सुबह-शाम की खुसफुसी से युग-युग में इस समाज के चलन ने दिशा बदलकर इधर-उधर मोड़ लिया है, और इस गाँव ने जैसे नये ढंग से नये चलन को अपना लिया है, सारी तो तुम्हीं लोगों की करामात है...”

“अच्छा, बस-बस!” छवि की माँ ने बात काटकर कहा, “मुझे इतना ऊँचा करने की जरूरत नहीं। जो तुम कह गये, कर गये। सब तो मैंने सहा, और सहती रहूँगी जीवन-भर। बाबाजी बने। कहा कि माताजी बन, वह बनी। न खाना न पीना, देह के भले-बुरे की ओर कोई ध्यान नहीं, बेटी को छोड़ दिया पत्ते की चक्री की तरह घूम-घूमकर गाँव-दुनिया की बेगार करने। माँ होकर उसे भी सहा...”

“ओह!” सिन्धु चौधरी ने हँसकर कहा, “तेरे मन का अरमान मिटा नहीं!”

“यह मरा नहीं जाने का! क्या था, और यह क्या हो गया, क्या हो रहा है! फिर वैसे ही कर रहे हो? फिर वायु लगेगी नहीं, बेटी बूढ़ी हो जाए!”

“परिवर्तन के साथ-साथ तुम चल रही हो, तुम्हें तो उसने तोड़ा नहीं, मरोड़ा नहीं, फिर तुम्हें दुःख किस बात का?”

“मुझे और दुःख क्या है, बाढ़ में सब भर गया!” छवि की माँ ने हँसकर कहा।

सिन्धु चौधरी ने कहा, “बाढ़ की बात शायद तुम समझ न सको, तुम्हारे पोते-पड़पोते समझेंगे, वे कहेंगे कि सैकड़ों बरस हुए जो मानव-समाज इस देश में पड़ा-पड़ा बँधे हुए दल-कीच में जम गया था, उससे उलझकर नया जीवन्यास तुम्हीं लोगों ने दिया, अतः उसमें नयी सृष्टि और नूतन विचार सम्भव हो सके, लोग यही कहेंगे।”

“अच्छा, क्या-क्या वे कहेंगे, ताड़पत्रों पर तुम लिखकर रख दो, गुसाँईजी की गद्दी के पास थाक में। किसी के पड़पोते ही सही, वे पढ़ेंगे, तुम्हें तो होने से रहे...”

उनकी हँसी बदलकर एक करुण दीर्घ साँस में परिणत हो गयी। सिन्धु चौधरी बरामदे से उनके पास उतर आये, बोले—“सुन, अपनी उमर गढ़ने के अलावा जिसके पास और कोई काम नहीं होता, वह बूढ़ा होता है, या वो बूढ़ी होती है; जो नयी सृष्टि करने की तरह काम के स्रोत में मिल जाता है, उमर के हिसाब से उसकी नाप नहीं होती।”

“नहीं, वह जवान ही रहता है, एकदम तुम्हारी ही तरह!”

"और जो अपना जीवन धन्य करता है, लोग श्रद्धा करते हैं, भक्ति करते हैं या पूजा करते हैं, उसकी उमर की भी माप नहीं होती। ठाकुरजी देवताओं के परिवार को लेकर हम बातें करते हैं—कोई किसी का बेटा या बेटी है, तो कोई किसी की भार्या, परन्तु कभी किसी के मुँह से सुना है कि पार्वती की उमर कितनी है?"

गहरी साँस छोड़कर छवि की माँ ने कहा, "अच्छा, भुलाते रहो, मुझे नहीं बहकाते, खुद को बहका रहे हो। मुझे लगता है, बेटी के लिए वर तुम्हारे हाथ के नीचे है। बेटी खुश होती, बेटा भी अवश्य खुश ही होता, पर तुम्हारी आँखों को दिखता नहीं?"

हँसकर सिन्धु चौधरी ने कहा, "शायद न दिखता हो, बताओ न।"

"त्रिकालज्ञ सर्वज्ञ पुरुष बने हो, देख नहीं पाते? मैं हुई औरत जात। छवि के लायक रवि। जैसे यह जोड़ी विधाता ने गढ़ी है। तुम्हारी चुप्पी तुम्हारे पास रहे। एक बार फिर बात चलाओ तो सही। नहीं तो स्वयं जाकर बट महान्ती से बात करो।"

"कल्प बट हैं न, माँगते ही थाल भर देंगे।"

"एक बार इनकार किया था, आन पर अड़कर हम बच्चों का जीवन नष्ट कर दें?

"किसी के जीवन का कोई कुछ नहीं कर सकेगा, छवि की माँ! वे अगर ब्याह करना चाहेंगे तो कर लेंगे।"

"कौन कराएगा?"

"करानेवाला एक ही है, उसका काम दिखता है, वह नहीं दिखता। 'मो बिनु आन गति नाहीं'।" सिन्धु चौधरी हँस पड़े। फिर बोले, "तुम जाती हो, फिर रुक क्यों जाती हो? गाँठ के पास लौट आती हो, उसमें बँध-जुड़ जाती हो, छटपटाती हो—यही फल होता है। गाँठ खोल दो, दोनों हाथ ऊपर टेककर निश्चिन्त हो जाओ।"

"क्या ये सब फालतू बक रहे हो? क्या मेरी बेटी का ब्याह नहीं होगा?" उस स्वर में बज उठा अत्यन्त करुण संगीत।

सिन्धु चौधरी वैसे ही प्रशान्त भाव से कहते गये, "अचम्भा इसी बात का तो होता है कि लोग कहते हैं मेरी बेटी सुखी नहीं होगी। मेरा बेटा सुख से नहीं रहेगा। वे केवल कहते हैं, मेरी बेटी का ब्याह नहीं होगा। मेरे बेटे का ब्याह क्या नहीं होगा?"

"और नहीं तो क्या कहते?"

"नहीं, वही तो! बस आडम्बर से बाजा बजाकर लोग इकट्ठे कर भोज वगैरह खिलाकर पुरोहित को बुला चार-पाँच घण्टे श्लोक-पाठ कर सोचते हैं कि जीवन-भर का दायित्व उतर गया। तुम भी उसी तरह खोज रही हो। तुम समझती क्यों नहीं कि वे गुड़ियाँ नहीं, आदमी हैं! दो आदमी अगर सोचें कि वे एक साथ रह एक

सन्तान के माँ-बाप बनेंगे, या एक साथ रहे बिना उनके जीवन का कोई अर्थ नहीं है, तब वे जैसी इच्छा होगी करेंगे, वैसे ही रहेंगे।"

तिरछी होकर छवि की माँ के चेहरे पर चाँद की किरणें पड़ रही थीं। सामने थे सिन्धु चौधरी। उन्होंने देखा, छवि की माँ सिहर उठी हैं, उनका चेहरा विभंग-सा दिख रहा था। थरथराती खोखली आवाज में कहने लगीं, "तुम्हारे मन में क्या है खुलकर कहो। तुम क्या कहते हो, मेरी बेटी का ब्याह नहीं होगा। सिर्फ पिछलग्गू बनकर किसी के पैरों तले..."

"सुनो, पागल मत बनो। पीछे लगकर वन-तपस्या कर वर पाने का भाग्य तुम्हारी बेटी का है या नहीं, मैं नहीं जानता। प्रेम और सम्बन्ध, ये दोनों एक ही बात नहीं हैं। हम खोजते हैं सम्बन्ध, जैसे जमींदार जमींदार के साथ या गरीब गरीब के साथ या अमीर अमीर के साथ। घर के बड़े-बूढ़ों की रुचि के अनुसार, लोभ के अनुसार सम्बन्ध खोजते हैं। परन्तु प्रेम खोजने गयी थी पार्वती। और जो जाति, आचार, शास्त्र या संस्कार से बँधा समाज लेकर हम बड़ाई करते हैं, इस समाज में अतीत में आदमी के वास्तविक प्रेम ने समाज के सम्बन्धों को कई बार उलट-पलट दिया है। उत्पला ब्राह्मण कन्या थी, चित्रक जाति से था चाण्डाल। उनके प्रेम ने उन्हें अमर कर दिया। दोनों के अन्त के बाद उनका शव जिस नदी में गिरा वह हुई पवित्र चित्रोत्पला नदी, उन दोनों के नाम पर ठाकुरजी की मूर्ति बिठाकर हमारा ही यह मान्धाता के जमाने का समाज उन्हें पूजने लगा।"

छवि की माँ की आँखों में आँसू छलछला आये थे—मौनी नदी में चन्द्रमा की झलक।

कहने लगी, "कौन पड़े इन बातों में?"

उनका सिर चकरा रहा था।

सिन्धु चौधरी ने कहा, "देखो, जन्म दिया है, पाला-पोसा है, चाहती हो। तनिक उदार बनो, निधड़क् होओ। जाल डालना या बहेलिये की तरह फन्दा डालना, षड्यन्त्र करना, ये सब अपने काम नहीं हैं। वे एक-दूसरे को पहचानते हैं। दोनों की एक ही काम में झोंक है। एक ने घर छोड़कर जगत् को घर बना लिया है, और एक घर पर रहकर भी मानो अघोरी है। मुझे तो लगता है, अगर इनका कभी विवाह होगा भी तो वह भी होगा एक योगसाधना की परिणति, दो विशाल हृदय त्याग, तपस्या, स्नेह, उदारता में बिछकर पड़ते-पड़ते जाने कब अचानक एक हो जाएँगे। वे अब कोई गुड्डे या गुड़िया तो हैं नहीं। आदमी हैं।"

"और अगर न हुए? अगर किसी ने ब्याह का नाम न लिया तो?"

सिन्धु चौधरी बोले, "तो क्या हो जाएगा? क्या पृथ्वी पर प्रलय हो जाएगा?" बाद में छवि की माँ के कन्धे पर दोनों हाथ रख उनकी आँखों में आँखें डाल

भावप्रवण होने की तरह कहने लगे—"वरना बताओ तो, रवि को छोड़ छवि के लायक और कोई वर है?"

सोचते-सोचते नदी के किनारे-किनारे चले जा रहे थे कोई, सीधी छड़ की तरह पतला लम्बा आदमी। खूब लम्बे पैरों की ओर से ऊपर को दृष्टि किये दिखता कि आकार चल रहा है—ऊपर ही ऊपर की ओर। फिर दिखी भालू सरीखी दाढ़ी-मूँछ, काले-काले बाल नहीं, सफेद भूरे मिले-जुले। बड़े गैंडे की तरह मोटी-सी नाक, दृढ़ ऊँची नासा, बड़ी-बड़ी आँखें, उनमें गहरी भावुकता, ऊँचा-चौड़ा ललाट भीत की तरह सीधा उठा। देह के अनुपात में एक बड़ा माथा। इधर-उधर पसरे पड़े टेढ़े-मेढ़े लम्बे-लम्बे बालों से लदा वह सिर और भी बड़ा लगता था। चौड़े कन्धे और सीधी गरदन का मानो गुमान टूटा नहीं। गोरी देह धूप में चिलक रही है। मटियाली खद्दर की मोटी धोती बाँधे है, कन्धे से देह पर तिरछा बँधा है मोटा गेरुआ खद्दर का गमछा या चादर। उसे ढँकने की तरह वहाँ एक हाथ लम्बा एक हाथ चौड़ा ताड़ के पत्ते का आसन भी झूल रहा है। थैले के एक ओर एक अलमूनियम का लोटा लटक रहा है, दूसरी ओर एक छोटी लालटेन, हाथ में गाँठदार पक्के बाँस की एक लाठी।

चला जा रहा है रूप, कोई जल्दी नहीं, परन्तु रुकता नहीं। मानो यह राह चलना किसी विशेष काम के लिए नहीं। यह जैसे उसका जीवन है। किनारे के नीचे की दुकानों से, फिर जगह-जगह किनारे के बगीचों तले अलसायी बातचीत की पंगत से लोग उधर देखते चले जाने के बाद पूछताछ करते, "कौन हैं ये? किधर जा रहे हैं?" परन्तु किसी की आँख की पकड़ में वह नजर नहीं आती, मानो किसी के साथ उनका कोई सम्बन्ध नहीं। केवल उनके पैर पड़ते-पड़ते आगे चलते, दो लम्बे कदम, एक लाठी का सिरा।

यही वह चीन्ही हुई धरती है। बाँकी-तिरछी होती नदी बायीं ओर चली गयी है, दाहिनी ओर खेत, थोड़ी-थोड़ी दूर पर एक-एक बाग-बगीचे से घिरा गाँव। सिर के ऊपर लाल पत्ते और आम के बौर। पेड़ के तने पर गिलहरियाँ ऊपर-नीचे दौड़ रही हैं। बीच-बीच में मोटी-मोटी मधुमक्खियों की घों-घों और कोयल की कुहू-कुहू। कटहल के मोटे तने से छोटे-छोटे कच्चे कटहल झूल आये हैं। किनारे के घने झुरमुट से वासक की महक आ रही है, कभी केतकी के फूलों की सुगन्ध। वो गया पुराना सुलताना चम्पा का बाग। फूल खिले हैं। आ गयी कोई देवल की फुलवारी। नीचे बाँस का वन है, और घना नारियल का बगीचा ओट में, परन्तु सुगन्ध आ रही है। बकुल के फूल और नागेश्वर के फूलों की सुगन्ध एक साथ घुल-मिल गयी है।

सामने थोड़ी-सी दूर में लालवन, जामुन की ललाई लिये कोंपलें, फूलों भरा पाटली वन। बीच-बीच में पलाश और पालिधि का पेड़। एक ओर एक विराट् सेमल

का पेड़, पत्ते बिलकुल नहीं। केवल लाल-लाल फूल। धूप के कारण रंग की आभा सचमुच जैसे शून्य में रच गयी है।

याद आ गया वसन्त। सचमुच जैसे खयाल ही न रहा। और एक के बाद एक दिखता गया—जंगलों से भरी पहाड़ी दीवार से घिरी कोई खोयी-छुपी अँधेरी खोल, पर्वत की ढलान में कोई अकेली झोंपड़ी, छोटी-सी झोंपड़ियों की बस्ती से हटकर, सामने रंग में चमकता पाटली-वन, नीचे झरने के किनारे अशोक का सघन जंगल, वहाँ भी फूल खिले होंगे, और उन फूलों से भी सुन्दर स्नेह से लबालब सरल चेहरे, काले चमचमाते—

"फिर कब आओगे बेटे?..."

"इस लोक में भेंट नहीं हुई तो फिर उस लोक में भेंट होगी। हम खोजते-फिरेंगे कि वह कहाँ गया, ऐसा उसका चेहरा, हमें स्नेह दिया, बुद्धि बतायी, अभय दिया, हमारा भला किया, हमारा लाड़ला। हम उसके बेटे-पोते, हम उसके साथ मिलेंगे, बताओ वह कहाँ है?"

उन्हीं छलछलायी आँखों की गहरी दृष्टि...वह एक-दो शब्दवाली भाषा, जो बातें बनाना, बढ़ाकर बखानना जानती नहीं, केवल दिखाती है हृदय की गम्भीरता।

हथेली भींचकर मुँह-आँख की ओर सीधा देख काँपते स्वर में कहा—"तू जा नहीं बेटे, सच तू चला जाएगा?"

"हाँ, जाना ही पड़ेगा।"

जो लाया था, अन्तर से उसी ने आवाज लगायी है, फिर लौट जाना पड़ेगा। हवा में उड़ते-उड़ते खबर आयी कि वहाँ आदमी अपनी राजी से चुपचाप नया समाज गढ़ रहा है। सचमुच जैसे एक गाँव एक घर है, सब सबके हित के लिए स्नेह में गुँथे-बँधे। उसी तरह आग की चिनगारी यहाँ से उठ वहाँ पड़ती है, भावना फैल जाती है। इच्छा हुई कि देखूँ, जाऊँ, सचमुच क्या कलि पूरा हो गया।

अविश्वास भी हुआ नहीं। शुरुआत जहाँ से भी हो, होती तो? जिस अहीर बस्ती में श्रीकृष्णजी जन्मे थे, जिस वनवासी-गोष्ठी के बीच शाक्य मुनि पैदा हुए, जिस अनजान पल्लि में शुरू हुआ है युग पलटने का आन्दोलन—कौन उसे जानता या चीन्हता था पहले! जाना-पहचाना, आँखों में दिख जाने लायक जो देवल खड़ा कर आडम्बर से सजाये लोग प्रतीक्षा कर रहे हैं—प्रकाश और कहाँ खिला करता है उस जगह को छोड़।

कितनी ठोकरें, अनादर सहकर यह माटी मौन हुई पड़ी रहती है, फिर अकस्मात् कभी कहीं वह हिल उठती है, भूकम्प होने लगता है। वैसे ही कितने अत्याचार, शोषण, लूट सहते हुए युग-युग का अँधेरा, कुसंस्कार, नैराश्य के कूड़े-करकट के ढेर तले दबा रहता है किस देश का आदमी, और फिर उसकी चेतना में भर आती है हलचल—वह कुछ कर दिखाता है।

आदमी इच्छा करे तो काम कर सकता है, हाथ से हाथ मिलाये तो बन जाता है वज्र—कौन जाने हुआ होगा!

तब अपने आप याद आ जाती है कुछ ही बरस पीछे की कहानी। उसने उस अँधेरी गुहा में आश्रम नहीं गढ़ा था। देश ने इच्छा की थी कि वह स्वाधीन होगा। स्वाधीन हो गया। तब पुलिस और मजिस्ट्रेट थे। राजा-महाराजा, नवाब-जमींदार, रायसाहब-रायबहादुर लोग थे, और थी थाक-थाक पलटन, बन्दूक, तोप-तमंचे, आकाश में हवाई जहाज, नदियों में युद्ध का बेड़ा था, देश में भेड़िये थे, झूठा भय था, देह में, मन में सब जगह मानो बन्धन की बेड़ियाँ पड़ी थीं, हिमालय से कन्याकुमारी तक उस विराट् कारागार की छाती चीरकर उठी थी एक ही आवाज—"महात्मा गाँधी की जय!" और इस देश की जनता ने इतिहास निर्माण कर दिया, एक अभूतपूर्व स्वाधीन जनता की स्थापना कर डाली।

कौन कह सकता है? हो सकता है, आगामी इतिहास में और एक कदम हो, जब देश-देश के बीच भी बाड़ें नहीं रहेंगी, युद्ध के बीज सूख जाएँगे, परस्पर का हित मनाते हुए यह सारी धरती स्नेह-मैत्री में गुँथ-बँधकर गढ़ा जाएगा एक मानव-समाज। वहाँ धन के लिए रंक छटपटाता नहीं होगा, गरीब छटपटाता होगा मन की खातिर, भाईचारे के लिए। हो सकता है, उस पवित्र महानदी का जन्म हुआ है किसी पानी से लबालब खेत से। अतः उसने आश्रम से बाहर पैर निकाला है।

चमड़ी पर रेशमी धूप, सनसनाती हवा। वसन्त स्वागत कर रहा है। आकाश मेघमुक्त है। हिलती-डुलती छाया और झिलमिलाती रोशनी का वही पुराना अनभूला दृश्य। जो दिख रहा है और जो नहीं दिखता, सब एक-एक कर याद पड़ जाता है। धान कटाई के बाद ढोया जा रहा है। जगह-जगह धान के ढेर पर कबूतर और चिड़ियों की भीड़। जगह-जगह नाट-तमाशों की धूम, कहीं पाला-गायकों की आवाज, झाँझ-मृदंग। गाय-गोरुओं की देह चिकनी दिख रही है। छान से छींका झूलता होगा, भीत पर अल्पना बनी होगी, और चलते-चलते अचानक छन् से लगता है, दृष्टि ठहर जाती है—दूर धुँधली ललाई पर, सब दृश्य वहाँ घुल-मिल गये हैं, टँगा है खाली शून्य। वहाँ एक अवगुण्ठन झूल रहा है। उसी के पीछे उनका अतीत है। उसी शून्य के अन्दर ही एक चेहरा दिख जाता है, फिर उसके पास और तीन छोटे-छोटे चेहरे। याद आता है कि इसी किनारे-किनारे वे घर लौट रहे थे, आज भी हैं इसी किनारे-किनारे। किसी को देखेंगे?

दीर्घ साँस से छाती फूल उठती है। फिर उस छुपी हूक को दबाये रखते हैं। सचमुच जैसे अपनी छाती को निर्देश देते हों कि छाती तू पत्थर हो जा! और एक ढंग से स्मृति को याद करते। एक को दबाते ही दूसरी निकलकर ऊपर आती। एक नहीं करोड़ों-करोड़, एक का मोह काटकर उन्होंने उन करोड़ों के प्रति मोह को अपने हृदय में स्थान दिया था, वही तो रास्ता दिखा रही है। जहाँ भी गिर पड़े, देश के

भाई होंगे उठा लेने के लिए, नहीं तो इस देह को अर्थी पर लाद देने के लिए।

वो रहा गाँव। धान कट गया होगा। खेत के उधर वो जो बाँस का वन दिखाई पड़ रहा है उसके उस पार है। इस गाँव में तीस तकुवे चलाये गये थे, खादी का कपड़ा बुनने के लिए यह गाँव हुआ था एक केन्द्र। दो ने नौकरी छोड़ी। कई बच्चों ने स्कूल की पढ़ाई छोड़ी और देश के काम के लिए निकल आये थे। औरतों ने चरखा चलाया। कितना उत्साह था तब! और फिर पुलिस साहब ने रातों-रात छुपकर गाँव में आग लगा दी। हाँ तो, यही फागुन के अन्तिम दिनों की ही तो बात है! कितनी विकलता! घर राख हो गये, पर अकड़ तिल-भर भी नहीं गयी। पहले से अधिक तगड़ा संगठन खड़ा हुआ। उसके पीछे थे इस इलाके-भर के लोग। यही उस समय की विशेषता थी। ऊपर जितनी दिख रही थी उतनी ही नहीं, वह तो एक हस्ताक्षर था, समूचा देवल नहीं, देवल के सामने की पताका-भर थी। और अँगरेज सरकार बारम्बार भूल कर रही थी उसे अपने आकार में सीमित मानकर। तब खादी केवल एक प्रकार का मोटा कपड़ा ही नहीं थी, वह एक पवित्र आकांक्षा और आदर्श का प्रतीक थी। वैसे ही महात्माजी। वे सारे भारतवर्ष के प्रतीक थे।

गाँव-भर जलाकर राख कर वे उस स्रोत को जरा भी न रोक सके। कहीं से फिर आ गया बैलगाड़ियों में भर-भरकर पुआल, बाँस, धान, चावल। ठूँस-ठूँसकर गाँववाले लाकर दे जाते। अँधेरे-अँधेरे में माटी रुँधकर गारा बना लेते, दीवारें खड़ी हो जातीं। किसी ने किसी को नहीं कहा कि आओ, श्रमदान करो। विराट् आश्रमघर खड़ा किया गया, फिर क्रमवार घर-द्वार बनाये गये।

बाद में गाँव के उधर उस खूब सघन अमराई में वह जो ताण्डव-लीला हुई! वहाँ आस-पास के गाँवों से आकर कोई दस हजार औरत-मरद जमा हुए होंगे। किसी के हाथ में छड़ी का टुकड़ा भी न था। बस चेहरे की दृढ़ता, छाती का बल था। और उनके आगे दल के दल कतार-कतार में लाठीवाली पुलिस, बन्दूकधारी पुलिस। मोटी तोंदवाला अधेड़ रघुराम डिप्टी घोड़े पर से हुकम दे रहा था। सार्जण्ट साहब एक-एक को खींच लाता, नंगा कर पीटता। फिर पीछे से आवाज आती, "रघुवा नना, नुण मरा हेला पछकु अना" (रघुवा दादा, लूण बनाया पीछे देख!)। दाँत किटकिटाकर घोड़ा भगाये दौड़ा जाता रघुराम डिप्टी। डण्डा उठाकर हुक्म देता, "लाठी चलाओ! सालों को सीधा कर दो।" सीधे हुए नहीं। फिर अगली बार आये डिप्टी भीमादास। लोगों का कहना था कि वह कोई पत्थर तोड़नेवाली मशीन थी या सड़क कूटनेवाला रोलर। उस बार गोली चली। तीन जन लुढ़क पड़े। कितने ही बाँधे गये। गाँव को घेरकर कड़ा पहरा खड़ा कर दिया गया। फिर कुछ दिन जाने के बाद तेज हो उठा। तब आये थे डिप्टी अल्ला बख्श। "बेंत चलाओ।" उन्होंने हुक्म दिया। चली थी। खुद घोड़े पर सवार बार-बार चीखते रहे, "और...और...और भी जोर से...!"

ऐसे ही कितनी जगह इस रास्ते के किनारे-किनारे।

कितने लोग पकड़े जाकर जेल गये। वैसे ही पकड़कर उन्हें भी जेल ले गये। आज आरत पण्डा कहने पर कौन पहचानेगा?

परन्तु तब आरत पण्डा नाम का सचमुच था कोई आदमी! केवल पुलिस के चक्कर में नहीं, इस माटी में उसकी जड़ें थीं। इसी इलाके के पाटेली गाँव के किसी पीढ़ी के अच्छे-खासे ब्राह्मण-परिवार में जन्मे, इस गाँव के वे हितकारी भाई। चौकीदारी टिक्कस चौदह आने, पथ-कर का राजस्व सात रुपया सात आना, निष्कर बाहाल बारह एकड़, केवल बाग-बाड़ी तीन एकड़, दो एकड़ में पोखरी, ठाकुरजी का खेत पाँच एकड़। राधामाधव ठाकुरजी के मार्फतदार थे। कितनी पीढ़ी का भरा घर। ऐसे जी-हुजूरे बनकर और भी कई लोग गुजारा करते। माँगने पर मिलता। चेहरे दिख जाते हैं। उनकी माँ, पत्नी लक्ष्मी, लव-कुश दोनों बेटे, उनसे छोटी बेटी—सरस्वती। उनके जेल जाने के बाद स्त्री मर गयी, फिर गयीं माँ। बच्चों को मामू ने ले जाकर पाला, सरस्वती का दो वर्ष बाद कहीं ब्याह हो गया, उसकी गोद में नन्ही एक बच्ची। घर टूट गया, जमीन-बाड़ी सब चला गया, गाँव से नाम डूब गया, जेल से लौटकर वन ही वन में इतने बरस बिता दिये, आज इतने दिनों बाद इस चीन्ही माटी पर पैर रख रहे हैं। चौंका दे रही है जीवन्त-स्मृति कि यह क्या हो गया है! मूँछ-दाढ़ी भिगोती धार बहती जा रही है कि कहाँ गया उनका संयम!

खुद को सँभालने की चेष्टा करते-करते वे किनारे के नीचे कछार पर चले जाकर एक घने कुचला के पेड़ तले खड़े नदी की बालू की ओर चुपचाप देख रहे हैं। खुद को मन-ही-मन समझाने लगे—वे संयमी हैं, वे अमर आत्मा, आत्मा के गुण नहीं, आसक्ति नहीं, यह व्यक्तित्व सिर्फ प्राकृतिक है, यह संसारी खेल केवल माया है। शोक करना उनका काम नहीं, जैसे कि आनन्द करना भी अनुचित है।

नदी किनारे की हवा चेहरे को छू रही है। तपतपाती धूप में छाया और हवा से आलस्य-सा लग रहा है। आँसू सूख गये हैं। पेड़ के तने के सहारे झुककर आँखें मूँद लीं। मन-ही-मन सोचा, आए चाहे और कोई धारणा, खुद को छोड़कर और कुछ ...यह मन इस व्यक्तित्व के बन्धन से मुक्ति पाये!

आगे कुछ दिखा नहीं। और फिर दिख गये पहाड़ों की मालाएँ, जो झोंपड़ी वे छोड़ आये हैं, बाद में और एक घर, चबूतरे की सीढ़ियाँ, चौरा, रास्ते की ओर का दरवाजा, नारियल के पेड़, पिछवाड़े की बाड़, भीत, छान-छप्पर, कपड़े सूख रहे हैं, साड़ी और फिर वह लक्ष्मी, माँ, तीनों बच्चे। एक घनी बेर की झाड़ी!

आँखें खोलीं। फिर पलकें मुँद रही हैं। दिमाग में चल रहा है मानव-स्वर का संगीत। पत्नी किसी से कुछ कह रही है। बच्चे धमाधम दौड़ रहे हैं। माँ किसी से जोर-जोर से कह रही है। बछिया रँभा रही है और गाय उसका उत्तर दे रही है। बस्ती से किसी की बातचीत सुनाई पड़ रही है। दरवाजे पर कोई आवाज दे रहा है। 'जी वे घर पर हैं।' पत्नी कुछ कह रही है। फिर आँखें खोल दीं।

ऐसे कितनी ही बार गहरे ध्यान में भी यह स्वर-लहरी चली आती और हिचकोले खाती। और कोई रोक-टोक रखी नहीं। सहज भाव से स्वयं को छोड़ दिया उस स्मृति के ऊपर तैरने के लिए।

लक्ष्मी! चिकनी, काली, छरहरी, मानो मक्खन चुपड़ा हो, काले पत्थर की मूर्ति हो, जीवन पाकर चंचल हो उठी! धनु-सी बाँकी भौहें, खुली-खुली शान्त आँखों की जोड़ी, उसकी नजर कहती कि वह सब समझती है, सारी बातों में उसका समर्थन है, उसे कोई क्लान्ति नहीं या भय नहीं। पतली नाक, पतले-पतले होठ। हलकी-सी हँसी। पैर दोनों कितने छोटे-छोटे। माँ कहती साक्षात् लक्ष्मी के-से पाँव हैं। अलता लगाने पर थूहर के फूल-से दिखते। छोटी-छोटी हथेलियाँ, मांसल, नरम-नरम। कूँदी हुई-सी अँगुलियाँ, मुँदरी लगे पाँव में चाँदी की पाजेब, नूपुर। भरे-पूरे सुगठित हाथ-पाँव। चंचल चाल। सदा काम में लगी रहती। माँ कहती, यह बहू न होती—

लक्ष्मी! उसकी देह की पहचानी महक याद आ रही है। घने चिकने बाल घुटनों तक लटकते रहते, और वह अपने हाथ में कंघी लिये बाल सँवारती रहती खड़ी-खड़ी, काम-धाम की बात छेड़े रहती। नाना अलंकारों से देह भरी रहती। नाक में सोने का फूल, गुणा, कानों में कटहल की कली-जैसा फूल, गले में तीन लड़ का हार। हाथों में सोने का अनन्त, पाँच-पाँच सोने की चूड़ियाँ, मगरमुँहा सोने के कंगन, चूड़ा और कमर में तागड़ी। माँ कहती, पहनने के लिए ही तो होते हैं गहने, थोड़े ही डाबापेई में सहेजकर रखने के लिए?

और दिख जाता है। वे स्वयं जब देश के काम में लग पड़े थे, लक्ष्मी के गहने एक-एक उतरकर चले गये देश के काम की खातिर। लक्ष्मी ने कभी आपत्ति न की, उसके चेहरे पर विराज रही थी एक नयी तृप्ति। नीम की सींक पहन खादी ओढ़ सहज सरल सौन्दर्य से उस पर नयी आभा की झलक खिल उठी। तुम देखना, जरूर महात्माजी जीतेंगे, ये दुश्मन छोड़कर चले जाएँगे। अपना देश स्वाधीन होगा—वह कहा करती।

स्वाधीनता आने तक वह इन्तजार न कर सकी। माँ नहीं रह सकी। फिर आँखों से धार बह निकली। बह जाए, चुक जाए यह काम भी, यहीं इस कुवला के पेड़ तले—उन्होंने सोचा। फिर आँखें मूँद लीं। सारे चेहरे एक साथ दिख जाते हैं—माँ, उसकी लक्ष्मी, तीनों बच्चे!

और दिख रहा है आखिरी बार पकड़े जाकर विदाई की वेला का वह दृश्य। बारम्बार दिख जाता है। कब रात से आकर पिछवाड़े में छुपे रहे थे। सुबह होने से पहले दिख गया—डिप्टी बाबू, पुलिस साहब, कतार में खड़ी बन्दूकधारी फौज, लाल पगड़ी बाँधे टोपी पहने बाबू लोग। पालतू कुत्ता भूँकता-भूँकता दाँत दिखा रहा था। लाठी दिखाते ही हट जाता, फिर लपक्कर आता। लव चार बरस का हुआ था, मुट्ठी ऊँची कर दौड़ा। सीधी हथकड़ियाँ। डर था कि कहीं भाग जाएगा या गाँववाले जोर

लगाकर छुड़ा लेंगे। माँ रो रही थीं। लक्ष्मी फफक रही थी। तीनों बच्चे बिलबिलाकर चीख रहे थे। गाँव के लोग एक-एक कर झुण्ड में खड़े थे।

पीछे मुड़कर उसने उन्हें आश्वासन दिया—"रोओ नहीं, धीरज रखो, मन को मजबूत करो।" सबको अभय देकर उसने उत्तेजित ध्वनि लगायी थी—"भारतमाता की जय! महात्मा गाँधी की जय!"

और घर की तरफ पीठ किये सामने मुँह किये उस दल के साथ-साथ वे चले आये थे।

उस बार इतनी अकुलाहट के साथ क्यों रो रही थीं माँ और लक्ष्मी? वे क्या जान गयी थीं कि अब और भेंट नहीं होगी?

वे दोनों पवित्र आत्माएँ मुक्त हों! उन्हें पुनर्जन्म न लेना पड़े।

फिर वे लम्बे-लम्बे डग भरने लगे थे।

धू-धू हवा, रुक-रुककर बह रही है; उसमें एक स्वतन्त्र ताल है, संगीत है। हर ऋतु में हवा ताल बदलती है, हवा का संगीत भिन्न हो जाता है, फिर उसका अँधेरी रात का संगीत चाँदनी रात के संगीत से भिन्न होता है। तपतपाते दोपहर की हवा में जो संगीत उन्होंने सुना है वह भी भोर के संगीत से अलग है। दूर वन के भीतर, पहाड़ी खोह में, उस झोंपड़ी में हवा की आवाज को बरस-दर-बरस कान लगाये सुनते-सुनते वे उसकी भाँति-भाँति के ताल और राग-रागिणियों के साथ परिचित हो गये हैं जैसे ऊँची-नीची, टीले-गड्ढों से पूर्ण, वसुधा की स्मृति पर दृष्टि देते-देते वे देखते हैं—छाया और रोशनी में अरूप के भीतर नाना रूप। ऐसे ही यह अक्षय भण्डार पड़ा है, सचमुच जैसे रूप-रस-गन्ध का अनन्त समुद्र हो, जिसे जो लेना हो ले, जितने दिन जिसका जैसा पात्र हो तदनुसार। कितने ही आये हैं इस चेतना के अन्दर, कोई संसारी सम्बन्धों में, किसी के साथ मन का तो किसी के साथ कल्पना का सम्बन्ध। वे चले गये हैं, फिर नये सम्बन्ध नये सम्पर्क लग रहे हैं। रंग लगे हैं, झरे हैं, फिर भी स्वयं में रहता आया है आकाश की तरह जीवन, वहाँ कहाँ है अपनी पसन्द की रुचि या अरुचि?

वसन्त जला रहा है फूलों की रोशनी। उसी खोह में भरी होगी फूलों की सुगन्ध, महुए के फूलों की भी। और कुछ देर बाद चल पड़ेगा चैत का उत्सव। मधु-नाच-शिकार और पागलों की तरह लेना-पकड़ना। साँप भी केंचुल छोड़कर छरहरा हुआ है, तटबन्ध के पास छप्पर पर से कोई केंचुल फर्र-फर्र उड़ रही है। खुरदरी माटी में घास के झोंटों पर भी, अनाप-शनाप गुल्मों की फुनगियों पर भी छोटे-छोटे फूल खिले हैं।

परन्तु हवा के संगीत में उदासी भरी है। हवा शोक कर रही है। एक साथ

इतने फूल खिलकर झर पड़ेंगे। एक साथ फलप्रसू इतने पेड़, इतने जीव-जन्तु झटपट-झटपट विस्मृति के अतल गर्भ की ओर ढलान ही ढलान में दौड़ जाएँगे और थोड़ी दूर। इतने रंग, इतना उत्पादन, इतना भोग—कितने दिन के लिए?

रह गयी कहाँ? लक्ष्मी—। फिर चेतना पाकर स्वयं को सँभालने की चेष्टा की। आकाश में, धरती की स्मृति में, रंग में, निर्जन तपस्या की धारणा में, भावों में चाहे जितनी दूर उसे झटकने पर भी लक्ष्मी रह गयी है। इस अन्तर में वैसी की वैसी!

जेल का समय बीता। स्वाधीनता आयी। देश में अपार उत्साह। इतने जमाने का सपना सच हुआ। हमारा देश, हम स्वाधीन हैं। जो आदर्श आँखों के सामने रखकर हम रास्ते पर चल पड़े थे, काम कर रहे थे, स्नेह प्रीति-मैत्री का जीवन, सत्य-अहिंसा और चरित्र बल पर प्रतिष्ठित, सर्वोदय, ग्रामोद्योग, खादी, ग्रामस्वराज, सेवा, त्याग, श्रम की नींद पर गढ़ा जाकर निरीह निष्पाप, सरल, आडम्बरहीन, पूर्ण विकसित समाज, जहाँ अभाव नहीं, अज्ञान नहीं, कलह-झगड़ा नहीं, लूट नहीं, शोषण नहीं, भय नहीं। जहाँ शान्ति, आनन्द, सरलता और सद्गुणों से भरा उन्नत चिन्तन और पूर्ण विकास का भूस्वर्ग झिलमिलाकर सारी पृथ्वी का आदर्श बनेगा और प्रेरणा देगा। वही सपना देखते थे बसी गाँव के चासी-मजूर अघोरी-द्वारी जब महात्माजी और भारतमाता को एक साथ रखकर वो ध्यान करते, और भगवान् से पुकार कहते कि विदेशी राज जाए, राम-राज आए। आ गया है अब वही समय—वैसा ही होगा!

और फिर? किधर बढ़ते-बढ़ते किधर दिशाचक्र घूम गया। आ गयी हत्याविभीषिका की ताण्डवलीला, देश के टुकड़े हुए : भारत, पाकिस्तान। लाखों लोग पुराने घर-बार से जड़ें उखाड़ इधर से उधर, उधर से इधर हुए। भारत का नाम छोड़कर लोगों ने दुहाई मचायी अपनी भाषा-भाषी इलाके का नाम लेकर। चीजों के भाव बढ़ गये। एक नया शब्द घिसकर पुराना पड़ गया—काला बाजार; लगी रही एक पर एक हिलोर, और जिधर देखो उधर क्षमता की लड़ाई, दाँव-पेंच भर गया समाज के हर स्तर पर, हर क्षेत्र में। बस क्षमता और स्वार्थ। उसी के लिए दल गढ़ना, प्रतिद्वन्द्विता, निष्ठुरता, असहिष्णुता, झूठे भेष, औरों को दबाने के लिए, औरों से बढ़ जाने के लिए तीव्र तुमुल वेग। विद्या या बुद्धि या विचार—नयी-नयी उद्भावनाएँ, यन्त्र, उपकरण, सब नियोजित होते हैं सिर्फ उसी उद्देश्य के लिए। पुरानी मन्थर दुनिया जाग उठी है, चारों ओर गति, नयी सृष्टि, रास्ते, मकान, जायदाद, यान-वाहन, कल-कारखाने; परन्तु सचमुच जैसे डील बढ़ने पर भी माथा खराब हो गया है, पुराने शब्दकोश के कई शब्द लुप्त होते जा रहे हैं—सत्य, न्याय, मर्यादाज्ञान, मित्रता, निःस्वार्थ स्नेह, आत्मत्याग, सरलता, शान्ति। एक-दूसरे को उकसा रहा है, गरमा रहा है, उदाहरण दिखाकर या कुरेद-कुरेदकर। एक खड़ा हुआ तो दूसरा उसकी टाँग खींचता है। उसे फिर तीसरा खींचता है, अकेला या दल बनाकर। बस सब जगह यही रूप, यही प्रवृत्ति। किसी सूरत में क्षमता हासिल करनी ही पड़ेगी, वरना स्वार्थ का दायरा बढ़ेगा नहीं, क्षमता पाने के लिए किसी भी नीति या आदर्श की बलि देना

यथेष्ट नहीं है, जो जरूरत पड़ी किया जाएगा, उसी प्रकार फिर क्षमता को जकड़ रखने के लिए भी फसाद, चिन्ता, ठगाई, घूस, झूठ, शत्रुओं का दमन, मित्रों से छल और मित्रों का सर्वनाश, यहाँ तक कि जरूरत पड़ी तो उनकी हत्या तक। आदमी के मन में मानो यही एक चिन्ता है, बस घर-घर में परिवार छिन्न-भिन्न; और वे विशाल-विशाल हवेलियाँ नहीं दिखाई पड़तीं। गाँव में अपने-अपने अलग-अलग गुट। एक-एक छोटी-छोटी बात पर दल गढ़ना, केवल सामयिक सुविधा पाने के लिए बल बढ़ाकर छीना-झपटी करना। और फिर उस दल की एकता भी दो दिन की होती। इस दल के लोग दूसरे दल में मिलेंगे, चल पड़ा आया राम-गया राम का सिलसिला, और नये-नये दल। कोई दल अन्तिम नहीं, कोई फैसला आखिरी नहीं, कोई अवस्था स्थिर नहीं, सामाजिक अस्थिरता के समुद्र से निकल रहे हैं असंख्य बुलबुलों की तरह नाना रंग, नाना प्रकार के दो दिन टिकाऊ दल। गुट टूट रहे हैं, बदल रहे हैं, फिर नया रूप लेकर गढ़े जा रहे हैं दुबारा फिर तोड़ने के लिए। स्वार्थ और हिंसा का विष जिनकी नस-नस में फैला हुआ है, जिसकी प्रवृत्ति ही क्षमता हासिल करने की है, चारों ओर से जुटा-जुटूकर लाकर अपने मुँह के पास जमा करने की है, जिसका मार्ग केवल भोग का है—त्याग से बहुत दूर, जिसका उपाय ही शोषण, दमन, दूसरों की रुचि, विचार और दृष्टिकोण की स्वाधीनता का भी अपहरण कर उन्हें अपने मत में पिछलग्गू या सहायक मशीन में परिणत करना है, जो अपने मतलब की सार्थकता के लिए बहुरुपिया बन सकता है, मायावी हो सकता है, उपाय या उपादान की पवित्रता-अपवित्रता को लेकर मगज-पच्ची करता नहीं, वह क्या आदर्श दिखाएगा? क्या परम्परा, कैसे उत्तराधिकारी पैदा करेगा? कैसी शान्ति की स्थापना होगी? सम्मान और विश्वास किसका कितने दिन के लिए प्राप्त करेगा? कोई डर-भय से उसे भला-भला कहेंगे, स्तुति करेंगे, साथ देंगे, कोई पारी थामेंगे अपने स्वार्थ के लिए, परन्तु छल की प्रतिक्रिया होगी छल, कपट की कपट, लगी हुई खींचातानी की उठा-पटक, छीना-झपटी, धर-पकड़। आदमी झोंपड़ी में रहे, महल में रहे, लँगोटी बाँधे या पोशाक पहने, घर में अण्डी के तेल का दीया जलाये या नीयन की बत्ती, पैदल चले या हवाई जहाज में उड़े, नीति-आदर्श डुबो देने पर व्यक्ति हो या समाज वह सिर्फ तूफान में नाव की तरह है, उसे शान्ति नहीं, चैन नहीं, अभाव नहीं, आनन्द नहीं। वे लोग खुद अपने लिए आतंक और दुनिया भर के लोगों के लिए भी आतंक हैं!

यही बात तो कहते थे महात्माजी!

पर सुनी किसने?

वहीं कुचला के पेड़ तले दूर देखते खड़े-खड़े आरत पण्डा मानो पत्थर बन गये हैं।

बारम्बार मन-ही-मन कितनी आलोचना हो चुकी है उन बातों की, गाँव की

माटी पर पैर रखते ही स्वतः याद आ जाती हैं। तब कितना उत्साह, कितना उन्माद था! आँखों के आगे कैसा सपना झूल गया था! और फिर देखते-ही-देखते समय बदल गया!

और कई तरह की युक्तियों से लोग अपने परिवर्तन की यथार्थता बखानने लगे। कुछ ने कहा—परिस्थिति बदल गयी है, पुरानी नीति, आदर्श को जकड़े रहने से कोई लाभ नहीं, समय और परिस्थिति के साथ मेल खाने लायक अपने विचारों को भी बदले बिना हम पीछे पड़ जाएँगे, और लोग रौंदते आगे बढ़ जाएँगे। कुछेक ने कहा—नारे लगाने, भाषण देने, जुलूस निकलने के समय की बात और है, अपने कन्धे पर जुआ वहन कर खींचने के समय और। ऋषियों का आदर्श पकड़ने पर फल-मूल खाकर पर्णकुटी में रहने के लिए वन में चला जाना पड़ेगा, मशीनीकरण से जटिल बीसवीं शताब्दी में उन सारे उपायों से दुनिया नहीं चल सकेगी। कइयों ने कहा—जो क्षत्रिय वृत्ति करेगा, वह ब्राह्मण का आदर्श मानेगा तो चल नहीं सकेगा। तेज बुद्धि से बनी संसारी बातें। वो तो आदर्श की बातें नहीं हैं, सहज रास्ते, सुविधा और दुनियादारी में सफलता की बातें, नीति की बातें तो नहीं। ठेठ आदिम मानव में भी थी खाने, भोग करने के अलावा और कुछ सूक्ष्मतर चेतना। सभ्यता का अर्थ क्या स्वयं में उसे भी अस्वीकार करना है?

हवाई जहाज में बैठकर कुत्ते-चूहे भी उड़े। धरती का आकाश पार कर ग्रह-उपग्रहोंवाले महाशून्य में उनकी देह घूम-घूमकर धरती पर लौटी, पर उससे उनके विचार या आत्मा का क्या परिवर्तन हुआ?

कुत्ता कुत्ता ही रहा, चूहा चूहा ही।

जड़ विज्ञान, यन्त्र और कारीगरी आदमी की ऐन्द्रिक भूख मिटा सकेंगे, परन्तु उसके मन के अन्दर का अभाव वे नहीं मिटा सकेंगे। केवल चीजों का उत्पादन बढ़ने, सुख-स्वाच्छन्ध के लिए उपकरण बढ़ने से उसके मन में स्नेह-सौहार्द, शान्ति, आनन्द, नीति, आदर्श नहीं बढ़ता। आदमी की नैतिक और आध्यात्मिक उन्नति और उसके अनुरूप और सहायक होने की तरह समाज का संगठन और आभिमुख्य गढ़ना हो तो उसके लिए निष्ठावान् बनकर कार्य करना पड़ेगा। उसी उद्देश्य से विज्ञान को भी आदमी कार्य में लगाता, ताकि लोहे का कोई खाण्डा न बनाकर हल की फाल बनाता। शुरू से यही परिकल्पना तो थी।

अटक गया। चलें—आरत पण्डा ने सोचा—इधर यह पगडण्डी, बैठने पर जड़ फैलेगी, फिर मेरा घर, मेरी बाड़ी, मेरा मित्र, मेरा दल, एक घर छोड़कर चले आने पर कहीं दूसरा घर। हो सकता है वह और बड़ा हो, और मजबूत हो।

जैसे कार्यकर्ता हरिदास हैं। ऊँची डॉक्टरी पढ़ते-पढ़ते पास करने को बस आखिरी परीक्षा बाकी थी कि कानों में पड़ी देश की पुकार—बस, पढ़ाई छोड़कर वह निकले। बार-बार जेल गये, पिछली बार जेल में एक साथ थे वे और आरत पण्डा।

लाठी, गोली की मार खाये लोगों की चिकित्सा करते-करते हाथ में यश है—नाम हो गया, नाना योगी आये, घर ही मानो अस्पताल बन गया। पूँजी भी हो जाती, मन करता तो मोटी रकम जमा भी हो जाती, गण्यमान्यों की सूची में हरिदास भी एक हो सकता था। परन्तु युवक हरिदास में तब पवित्र होमाग्नि जल रही थी। जब बड़े शहर में इतनी ख्याति फैल रही थी, तब वे सब कुछ छोड़-छाड़कर वन प्रदेश की ओर चल पड़े, पहाड़ों में घूम-फिर आदिमवासी भाई-बहनों की सेवा करने, क्षय और कुष्ठ पीड़ितों की चिकित्सा करने। वे त्यागी हरिदास, तपस्वी हरिदास।

बाद में कैसे हुआ उनमें यह परिवर्तन? ऐसे होता कैसे है? कन्ध गाँव में जो छोटी-सी झोंपड़ी उनका आश्रय-स्थल या आश्रम था, धीरे-धीरे उसी की श्रीवृद्धि में मानो उन्होंने अधिक से अधिक ध्यान लगाया। आँगन में सीमेण्ट बिछी, दीवारें ईंट की बनीं। पिछवाड़े में बगीचा हुआ। पहाड़ की ढलान में उनका अरहर का खेत बना। मुर्गा पालना और हंस पालना शुरू हुआ। आश्रमघर के पिछवाड़े चबूतरे पर छान से भीगी साड़ी झूलकर सूखी, गुहाल में गाय रँभाने लगी। बरामदे के नीचे घना सूर्यमुखी मिरच के पौधे, उन पर मुट्ठी की मुट्ठी लम्बी-लम्बी कच्ची मिरच लगी हुई। केले के झाड़ों से छोटा-मोटा वन ही हो गया। पालतू बिल्ली ने म्याऊँ की, पालतू कुत्ते ने पहरा दिया, घर के फर्श पर फसल भरकर रखी गयी टोकरी, ओबरी, बोरे। छींके में रहे कुम्हड़े और कद्दू झूलकर, वह बना एक स्वस्थ, सफल चासी का घर। अघोरी, तपस्वी, कर्मी हरिदास का व्यक्तित्व उन्हीं सबमें कहीं छुप गया!

बाद में लुढ़कते गये और एक सीढ़ी नीचे। लोहा-सीमेण्ट या कपड़ा-चीनी का काला-बाजार करने की सुविधा न थी, परन्तु मगसिर महीने में कन्धों से खरीदा धान, मण्डिया आषाढ़-श्रावण में उन्हें ही बाढ़ी लगाकर ड्योढ़े में ब्याज पाने का अपना सुयोग क्यों छोड़ते, पूरी मात्रा में सुविधा उठायी, बिना तय किये दर पर रुपये उधार दे फिर उनके बदले बेगार करवाने के लिए उन्हें टहलुए मिल गये। प्रकाश्य राजनीति में न घुसने पर भी वे, उसी कन्ध गाँव में दो तरफ के घरों में कलह लगा, दोनों दलों को कब्जे में रख गाँव के मामलातकार बने। अब वे कार्यकर्ता हरिदास नहीं, सेठ हरिदासजी हैं, टाउटर हरिदास है। आस-पास के गाँव-गली में कलह-झगड़े, मुकदमेबाजी—सबमें उनका हाथ होता। किसी दिन उनके पुराने साथी उन्हें सचमुच जैसे 'पलाशपत्रदह' कर चुके हैं। जहाँ वे एक दिन सम्मानित और आदृत हुए थे, वहाँ अब घृण्य हैं। फिर भी वही आदमी तो हैं वे। वही चेहरा-मोहरा, वही चाल!

वो हरिदास और ये हरिदास! सोचा भी नहीं जा सकता। देह काँप उठती है। आँखों के आगे तैर गयीं एक-एक कर सारी छवियाँ। कितने प्रकार की—कैसी-कैसी। जो देह भूख-प्यास को गौरव मानती थी वह फिर खोजने लगी विलास। जो व्यक्तित्व निर्यातन-अत्याचार में तपकर खालिस सोने की तरह चमक उठा था—प्रणाम,

खुशामद, भेंट-मिलन, फूल-माला आदि में डूबकर वह हो गया खोखला, गन्दा, दुर्बल, लड़खड़ाता, सिर्फ ढेले या लग्गी का निशाना!

हो सकता है, युवक हरिदास सचमुच व्रतधारी नहीं हुए थे, उनकी देह या मन तपस्या में डूबा न था, किशोरपन की भाव-प्रवणता ने सामयिक विराट् आह्वान में भभक कर उन्हें कुछ दिन के लिए अपने अन्दर से धकेल दिया था महान् आदर्शवाद के बहाव में, साधारण आदमी की आँखों में देवता बन कार्य करने के लिए। अपने अन्दर की आग शीतल हो गयी, चला कुछ दिन तक देवता-देवता का अभिनय, बाद में उसमें क्लान्ति आ गयी, कपूर उड़ गया—कपूर की महक भी उड़ गयी, बाद में खाली रूमाल। लोभ-मोह-दुर्बल मन मामूली-सा आदमी, वह भी अभिमान कर कहता, "मुझसे तुम क्यों यह आशा करते हो कि मैं देवता बना रहूँगा? तुम क्यों स्वयं देवता बनते नहीं?"

परन्तु?—

सोचते-सोचते उसी कगार पर पहुँच दूर देखते हुए आरत पण्डा मानो अस्थिर हो रहे हैं। हृदय में कचोट-सी होने लगती है।

जो आदर्श तब उन हरिदास की चेतना को आच्छन्न किये था, उनके मुँह को भाषा दी थी, उनके हाथों कार्य करवाया था, सारी विपदों का सामना करने के लिए बार-बार उन्हें खींच लिया था आराम की अवस्था से खाली उजाड़ की तरफ, क्या वह झूठ है? दीप बेकार हो गया। बत्ती नहीं, तेल नहीं, अतः जो दीप एक दिन दप-दप जल रहा था वह आज बुझ गया है। चिलिका के कूल पर दीपदाण्डिया पहाड़[1] पर अब वह विराट् दीप नहीं जलता। तो भी आज रोशनी खो नहीं गयी है। आदमी के अन्तर में जो सद्विचार अब भी झकमका उठता है एक दिन फिर वह बढ़ जाएगा, बिन्दु-बिन्दु आलोक एकत्र होकर बन जाएगा आलोक का झरना, युग बीत सकता है, एक देह, एक उम्र, समय के अनन्त प्रवाह में परम्परा की धारा में वह कितनी बार उगकर अस्त होता होगा, परन्तु शेष में यह मानव-जाति पूर्णता पाएगी, अँधेरा हारेगा, प्रकाश जीतेगा।

जेल से लौट, आँखों को दिखता हो ऐसे कर्मक्षेत्र से हटकर जब कि बिना नाम के जीवन को अपनाकर अपने विवेक और विचार के अनुसार जीवन बिताते-बिताते घूमते रहे इतने साल। तब अपनी परीक्षा कर चिन्तनधारा को सँवारते समय आखिर में यह विचार मन में आया था बारम्बार, यह विश्वास जीवन-साथी बनकर रहा, अब भी है।

---

1. दीपदाण्डिया पहाड़—जगन्नाथ मन्दिर (पुरी) के शिखरबन्ध पर कुछ विशिष्ट पर्वों पर विशाल दीप जलाते हैं। चिलिका के 'दीपदाण्डिया पहाड़ी' की चोटी पर भी उस समय विशाल दीप जलाते थे कि पुरी मन्दिर के शिखरबन्ध से इतनी मील दूर होने पर भी स्पष्ट दिख जाया करता था।

आरत पण्डा सोच रहे थे—विपद् को पहचानना जरूरी है कार्यकर्ता के लिए। तीर्थ कर आये, और भात पका, खाकर हाँड़ी वहीं पटक आने की विधि है, अब मेरा-मेरा कहकर यह संचय करने को मन, अपने लिए संचय करने का मन। अपने लिए संचय करते-करते हिंसा, द्वेष, बढ़ता जाएगा, फिर रोका नहीं जा सकेगा।

पैर चल पड़े। फिर रास्ता।

गाँव के झुरमुटों के किनारे-किनारे, नदी के तटबन्ध के सहारे-सहारे। गाढ़ा नीला होकर दपदपाती धूप में पानी कितना सुन्दर दिख रहा है। कटे हुए पोड़-पिठऊ के रंग की भीत पर केलों का झुरमुट और उसके बीच पुआल की छावनी से बनी सुनहली छात, हरे और नीले रंग के हलके सघन विभिन्न रंगों के विभिन्न पेड़-पौधों की शोभा, उसी के सहारे-सहारे मानो उनका अपना प्रिय विचार और धारणाएँ शोभा-बहुल होकर सजे हैं, तटबन्ध के सहारे जामुन में लाल कोंपलें खिल गयी हैं, जगह-जगह घने हरे किशोर पेड़ के सिर पर रखे होने की तरह एक-एक लाल पत्ता। इन्हीं से क्या कभी किशोर कृष्ण की परिकल्पना की थी कवि ने?

सचमुच जैसे वासन्ती रास चल रहा है। भरी दुपहरी, नदी के किनारे-किनारे, कछार में, रास्ते में, सब जगह। नीचे देखने पर बरुनी की तरह नन्ही-नन्ही लताएँ, सब्ज, बैंजनी, नीली, धीमी हवा में ढुलकती-सी, नाचती-सी। नन्हे-नन्हे नाकों पर रंग-बिरंगे फूलों का थिरकता कर्ण-महोच्छव। वहाँ भी कितनी प्रकार की रंग-बिरंगी छोटी-छोटी तितलियाँ। ऊपर की ओर देखने पर सिर्फ जामुन ही नहीं, ललवाँसे कोंया और हलके तोतई पत्तों से सजा-धजा छरहरी किशोरी की तरह नीम का पेड़ भी खड़ा है। बीच-बीच में पलास के पत्ते दिखाई नहीं पड़ते, बित्ते-बित्ते-भर में बड़े-बड़े रक्तिम लाल फूल, लाल-सब्ज कलियाँ बाँकी-टेढ़ी सफेद डाल पर गुँथे होने की तरह लदे हैं सारे पेड़ पर, मानो पेड़ लाल होकर जल उठा है। पेड़ से निकलकर लाल धाँस चारों ओर छिटक रही है। लगता है जैसे ये सब फूल न हों, लाल-लाल चिड़ियाँ हैं जो वसन्त के महोत्सव में शामिल होने यहाँ एकत्रित हुई हैं, सफेद डाल को चोंच में दबाये थिरक-थिरककर झूल रही हैं पास-पास सटकर।

बरोहें लटकाकर विराट्-विराट् खम्भों पर कितनी ऊँची विराट् सब्ज छात टेके जगह-जगह जो बरगद किस पीढ़ी से खड़े हैं, कोई बीघा कोई दस बीघा जमीन घेरे, घर की तरह वहाँ है, वहाँ नये पत्ते नयी बरोहें निकलकर नया स्थापत्य खिल रहा है। नदी के किनारे-किनारे इस तरह घर की तरह कितने ही बरगद, किसी के तने में सिन्दूर लगाकर ठाकुरजी बैठे हैं, कहीं पत्थर की कारीगरी से पूर्ण ठाकुरजी के भग्नांश एकत्र जमा किये गये हैं, और देवस्थान बनाया गया है, और कहीं पर कोई दूसरी मूर्ति पड़ी है। यही जैसे—

रास्ते के किनारे नरिशो गाँव का बरगद—बारह एकड़ जमीन घेरे चौवालीस

सीवों पर खड़ा विशाल बरगद, उसके नीचे हनुमानजी की मूर्ति। एक के बाद एक गाँव लगे हुए हैं, तटबन्ध के सहारे-सहारे, फिर खेतों के उस पार, नदी के उस ओर, धुँधले बगीचे की ओट में। फीते की तरह पतली पगडण्डी, और बैलगाड़ी की लीक ताजा दिख रही है। रास्ता और उगाये गये पेड़ और खेत, कछार, सब याद करा देता है आदमी और उसके समाज को।

ये दिख रहा है गाँव का समूचा रूप। कोई आडम्बर नहीं, घूरकर देखने लायक कोई सज्जा नहीं। वह आदमी अपने को बड़ा मानता नहीं या दूसरे को बड़ा समझता नहीं। बड़ा सिर्फ ठाकुरजी को समझता है, जो इस सृष्टि के हेतु हैं, आधार हैं। कितनी नीति, आदर्श लेकर आदमी यहाँ स्वच्छन्द जीवन बिता निश्चिह्न हुआ है। गुण में भला होने का यहाँ नियम है, इसके लिए कोई नाम नहीं खोजता, उससे बाहर होने पर बात चलती है।

परन्तु इतने जुग की नीतिमत्ता होकर भी यह क्या हुआ? एक-दूसरे का शोषण करता है। स्नेह-प्रीति डूब गये, सामलाती चलन समाप्त हो गया, टाउटरी बढ़ गयी। लोग दूसरों को क्या देंगे, अपने बाप-भाइयों को भी दो मुट्ठी देने में हिचकने लगे। पुरानी जाति-भेद की बात ढीली हुई तो नये धन का भेदभाव शुरू हुआ। जमींदार-मुकद्दम गये तो आये धन या क्षमतावान् लोग, औरों के झुण्ड के झुण्ड को काबू में रखने। नये-नये तरीके निकले। गाँव का चेहरा बचा है, वरना अपने पैरों खुद, कोई किसी को न पूछता है न कहता है, समूह-कल्याण की बात–सर्वे भवन्तु सुखिनः–सिर्फ मन्त्र पढ़ते समय के लिए रह गया है। आदमी की दृष्टि में एकमात्र प्रश्न बचा है–कि इससे कितने पैसे मिल सकते है? अतः स्नेह का नाता उड़ ही गया, लोग परायों की क्या मदद करेंगे, अपने बाप-भाइयों को मुट्ठी-भर दाने देने में भी पीछे हट रहे हैं। परिवार कहने पर बस स्वामी, स्त्री और बाल-बच्चे। जिन्होंने पढ़ाई की, उन्होंने गाँव छोड़ा। गाँव में जो रहे वे आपस में लड़ने-झगड़ने में रहे, मुकदमा-कचहरी में लगे, गाँव शहर को भी टप गया। सबों ने दोष दिया। फिर सबने कहा, ये तो होने की बात, अब अवस्था बदली है, भाव बढ़े हैं, मशीन-कारीगरी का जमाना आ गया, कृषि-युग के समाज में जो नीति और अभ्यास थे, औद्योगिक समाज का चलन उससे भिन्न है, अतः पुराने जमाने की दुहाई न देकर आदमी को चिन्ता करनी चाहिए कि इस नये युग के अनुसार सुख-सुविधा कैसे बढ़ेगी; अर्थात् आदमी सिर्फ अपने हित की बात सोचे ताकि उसका रोजगार बढ़े, स्वास्थ्य-सुविधा-विद्या बढ़े, चलन की रूप-गति बढ़े।

पर आरत पण्डा का मन नहीं माना। वे कल-कारखानों या मशीन के विरोधी न थे, वे सोच रहे थे कि आदमी ने कच्ची चीजें खाने की बजाय आग का प्रयोग जान रसोई बनाकर खाना सीखा, यह भी उद्योग की विजय है। पेड़ से चुगकर लाने की बजाय जमीन में हल चलाकर अन्न उपजाया–यह भी तो विज्ञान है, खेती करना

भी विज्ञान है, बुद्धि लगाकर विज्ञान का सहारा लेकर मानव-जाति असभ्य से सभ्य बनी है, सभ्यतर हुई है।

जो मशीन आदमी के देह-कष्ट को कम करती है, सुख-सुविधा बढ़ाने में सहायता करती है, वह तो जरूरी है। परन्तु वे ये भी सोच रहे थे कि कल-कारखाने, विज्ञान स्वयं देवता नहीं या नीति नहीं। आदमी को सहायता देने के लिए उसकी उत्पत्ति, आदमी के हृदय में स्नेह-प्रीति दया-शान्ति-आनन्द को अटूट रखकर उसके उचित व्यवहार करने की जरूरत है; आदमी को कर्कश निष्ठुर स्वार्थी असामाजिक अमानवीय कर गढ़ने के लिए नहीं। वे सोच रहे थे, झोंपड़ी तोड़ मकान बनाने में दोष नहीं है, अतः अधिक से अधिक हो; परन्तु मकानों की सुविधा गाँव के सब लोगों को मिलनी चाहिए, केवल एक-दो को ही नहीं। और उस पक्के मकान में रहने पर भी आदमी में उचित स्नेह, प्रीति, नीति और आदर्श रहना चाहिए, सुख-दुःख में साथी हों, एक साथ मेहनत करें, बाँट-चूँटकर खाएँ, अपने स्वार्थ को भुलाकर पहले औरों के हित की सोचें, सचाई से चलें।

वरन् वे जेल से लौटकर देख रहे थे समाज में पुराना रोग और भी जोर पकड़ गया है, अथच जो उत्साह-उद्दीपना नये युग के सपने को निकट लायी थी, वह नहीं है। और इतने दिन बाद वे फिर गाँव लौट रहे हैं एक बड़ी आशा लेकर—विचार बदल रहा है। दायरा जो भी हो, नया विचार वहाँ दिखाई पड़ रहा है। मालभूमि में खूब पुराने चम्पा के पेड़ पर फूल खिलने पर जैसे दूर-दूर तक सुगन्ध फैल जाती है, वैसे ही उसकी सुगन्ध उन्हें खींच लायी है।

कल भी रात में यही बात सोच रहे थे, जब चिकने काले तारों-भरे आकाश तले ऊपर की ओर मुँह किये मैदान में चित लेटे स्वयं को इस सृष्टि के साथ सम्पूर्ण रूप से मिला देने की चेष्टा कर रहे थे। बहुत वर्षों की आदत, वो ही युगों पहले की बात, जब उन्होंने प्रतिज्ञा की थी कि देश स्वाधीन न होने तक वे कुछ विशेष नीतियाँ मानकर चलेंगे। उनमें एक नीति यह भी थी कि वर्षा अथवा हाड़ कँपाते जाड़े को छोड़कर वे हरदम रात के समय खुले में धोती बिछाकर ही सोएँगे। घर के अन्दर नहीं, या चबूतरे पर नहीं। जहाँ तक सम्भव हो, लोगों के घर-बार से दूर किसी उजाड़ में। नीचे धरती माता ऊपर आकाश, सर्वत्र इसी समन्वय के बीच अटल विश्वास एवं अविचल भरोसा लिये वे रात में अपनी देह को भी अपने स्रष्टा के निमित्त निवेदन कर देते, जब दूसरे दिन भोरे-भोरे नींद टूटती, वे यही अनुभव करते उठते—'मैं स्वेच्छा से या अपने लिए नहीं उठता। उठ रहा हूँ उन्हीं की इच्छा से, उन्हीं का कार्य करने के लिए।'

कल साँझ ढल गयी थी तटबन्ध के पासवाले मशान पर। तटबन्ध के उस ओर ढलवाँ रास्ता चला गया है कछार की ओर, पास ही एक छोटी-सी तलैया। थोड़ी-सी खाली डीह, पास ही आठ-दस पेड़ों का बगीचा, कुछ हटकर अहीरों का

एक घर। साँझ को किसी अहीर ने आकर 'बाबाजी' समझ 'पालागन' कही थी, औटाया हुआ दूध कटोरा-भर श्रद्धा से पिलाकर आशीष ले गया था। उसके तीन-तीन बेटों के मरने के बाद एक ही बेटा जीया था, उस बेटे का तीन बरस का एक लड़का, देह में कुछ जाता ही नहीं, कृमि दोष है, रात में दाँत किटकिटाता है, इधर दाँतों में कीड़े काटते हैं। उसी बच्चे के लिए उसे आशीष चाहिए, अपने लिए नहीं।

"भगवान मंगल करेंगे, बेहेरा भाई, आदमी क्या चीज है।"

बस! प्रसन्नता से भरी दृष्टि थोड़ी-सी। बेहेरा गद्‌गद हो गया, कृतकृत्य होकर प्रणाम कर कितनी खबरें सुना गया।

वे कह रहे थे कि यह निरबंसिया डीह है। पहले इस पर चकर पधान का घर था। चकर-शंकर घर-द्वार देखते थे, फिर कितनी से कितनी बढ़ गयी खेती। गाँव-भर की सारी जमीन मानो उन्हीं की हो। जमीन बढ़ते-बढ़ते जा टकरायी शहर के किसी की जमीन के साथ, बस घर में आया विरामहीन मुकदमा। बाद में हैजा आया और घर के सब चले गये। बूढ़ा चकर पधान बचा। कितना रोया, कितना तड़पा, फिर भी चीमड़ जीवन छूटा नहीं। चार बरस घसीटे, फिर चले गये। चकर पधान के इस डीह को धुरुबा हलवाई ने खरीदा। धुरुबा हलवाई का घर भी निरबंस हो गया। बेटी थी सो परायी हो गयी। और कोई नहीं।

आरत पण्डा रात में वहीं धरती पर लम्बे पसरे पड़े रहे तो याद आया कि पीठ तले ये जो माटी है, वहाँ कोमल शिशु जनम लेकर सोये होंगे। कितने गू-मूत, जूठन, पान की पीक भी यहीं पड़ी होगी, इसी डीह की माटी पर आदमी की गृहस्थी, यहाँ कितने प्रकार का सम्पर्कमय स्पर्श। बाद में घर की डीह समतल हुई, बरसा ने कूटा, हवा उड़ा ले गयी, चौरस हो अब सुन्दर घास का मैदान है।

कभी यहाँ सोये-सोये धुरुबा हलवाई सोचता होगा कि यह उनका पूर्वादिकाल का घर, यहाँ उन्होंने स्वयं जैसे जीवन बिता दिया वैसे हँस-खेल जाएँ उनके भविष्य की पीढ़ी पर पीढ़ी उत्तराधिकारी लोग; उनके वंश की डोर अटूट रहे, अचल लक्ष्मी वास करें इस घर में। शायद यहीं इसी जगह कितने ब्राह्मणों को भोजन कराया होगा, यहीं तो होम करवाया था। चमचमाती दोपहर में कितनी ही बार यही अलसाया लेटा पड़ा धुरूब पधान अपने लगाये हुए नारियल के पेड़ों और तब के उगे बगीचे को देखते होंगे, सोच रहे होंगे कि सहेजकर रखे गये धन की तरह धरती की तरह ये भी उन्हीं के बाल-बच्चों के काम आएँगे, वे ही इन्हें भोगेंगे, और कोई नहीं—बाद में चकर पधान, शंकर पधान ने भी ठीक इसी तरह सोचा होगा।

चूल्हे पर भात की हाँड़ी चढ़ी खद-बद खद-बद उबल रही होगी...मानो कि वह शब्द सुनाई पड़ रहा है। बच्चे दुम-दाम उछलते-कूदते होंगे। घर कितने मच्छर, छज्जे के तले कितने चमगादड़, भीत में कितने खटमल। झमझम करती झाँझरें, भीनी-भीनी महक, पिछवाड़े में चम्पा के फूल, पोखरी में नन्ही-नन्ही भाँवरें, कल-छल

आवाज। आदमी ने कितने सम्पर्क छूटे-जोड़े थे, सहेजे थे। सब पोंछकर चला गया। कहीं गुम हो गया। अब वन बढ़कर फैल गया है ऊपर, और कहीं वन साफ कर गाँव बस गया है। सचमुच जैसे शून्य से सब उत्पन्न होता है, शून्य में मिल जाता है। ऊपर काला स्याह आकाश, टिमटिमाते तारे, तब भी थे, वैसे ही अब भी हैं।

वैसे ही, कल रात में जुगनू उड़ रहे थे। सरसराता कब कोई जन्तु चला गया, कभी दौड़ने की-सी आहट, कभी रुक-रुककर जाने की तरह। सियार भूँका। घास में से आहिस्ते-आहिस्ते कितने प्राणियों की आवाज पहचान में आ रही है। कान लगाते-लगाते सारी आवाजें एक साथ मिलकर रात की 'झाँय-झाँय' के बीच कितने सुन्दर सूक्ष्म संगीत की झंकार की सृष्टि कर रहे हैं। हवा में घास एवं आलतू-फालतू पौधों की खस-खस मिल जाती है और मिलती है बगीचे के घने पेड़ों के पत्तों की मर्मर, झींगुर की झीं-झीं के साथ अनेक प्राणियों की आवाज। उधर गाँव के लोगों की साँस की आवाज भी रात की ही आवाज में कहीं मिल गयी थी। नींद में आँखें मींच लेने से पूर्व झकू से कोई नयी चेतना उनके व्यक्तित्व का आश्रय ले चुकी थी। उन्होंने सोचा कि वे उलटे महाशून्य पर ही सहारा लिये सोये हैं, पीछे की ओर माटी कसकर पकड़े है, इसी का नाम है माटी की माया, और सब तरफ महाशून्य। मानो वे समुद्र पर औंधे लेटे हुए हैं। पीठ की ओर से कोई खींचकर पकड़ रहा है किसी नाव से। समय आएगा जब माटी उनके देह की मिट्टी को अपने साथ मिला लेगी, और जो कुछ है वह सब उस शून्य में ही मिल जाएगा। होता आया है, होगा ही।

—'मैं-पन' का भेद, संचय, शोषण, स्वार्थ, निष्ठुरता, बड़प्पन की डींग, और मोह—सब मिल-जुलकर एक करुण इतिहास!—वे सोच रहे थे।

कल रात में ही बाद में उन्होंने असीम आकाश के साथ चेतना में समन्वय चाहा था। अब वह नहीं है, चारों ओर सीमाबद्ध आदमी की परम्परा है। तपती धूप में धू-धू करती हवा। समय को नापना उन्होंने किसी जमाने से छोड़ दिया है, घड़ी के साथ उनकी पटती नहीं। कोई कहता दिन के दो बजे हैं—परन्तु मन की उत्सुकता में लगता यह तो भोर है। आगे बाउरी-बस्ती है, उसके उधर तो फूलशरा है। हवा में मानो आदमियों की बातें तैर आती हैं, जैसे कभी किसी ने कुछ कहा था, वही बात फैल रही है। धूप और हवा में जिसके तोतई नये-नये पत्ते रोशनी छिड़क-छिड़ककर झटक रहे हैं, उस विशाल पीपल पर भी आदमियों का ही स्पर्श और स्मृति है। उसके नीचे कितने लोग बैठे होंगे, गये होंगे। नदी की बालू सूनी जरूर पड़ी है, धूप का ताव वहाँ आग की धाँस की तरह नाच रहा है, परन्तु उसी बालू में धार की धार असंख्य पद-चिह्न पड़े होंगे। आँखों से न दिखने पर भी पहचान में आ रहे हैं, धोती-धोती में गाँठ बाँधी है और वे फर-फर उड़ रही हैं, पताका की तरह थामे लौट रहे हैं दल। यह जो वीरान-सा दिख रहा है कछार, वहीं झुककर काम में जुटे रहते, सरसों घनी-घनी बढ़ती, फूल खिलाती, गोल-गोल ऊपर उठते तम्बाखू के पौधे

कल्पना में बहते चले गये। ऐसे तो अतीत में कितने ही रौंदते आये थे, कतार के कतार, कदम बढ़ाते राज्य-विजेता आक्रमणकारियों के दल।

कलिंग की छाती पर मगध के राजा अशोक का संहारक अभियान? जलाओ, मारो, काटो, भस्म करो, ध्वंस करो—यही सब!

या कोई कालापहाड़ की मुसलमान-सेना?

समय-समय पर अन्य फिर कोई?

नहीं तो प्रेम और आनन्द के महाभाव में पागल चैतन्य और प्रतापरुद्र (श्री चैतन्य के उड़ीसा आगमन के समय के उड़ीसा के राजा) समेत विराट् जन-समुदाय?

या यह वही—महात्मा गाँधी के साथ-साथ इस देश का जन-समूह है—भारतमाता की वन्दना गाते-गाते स्वाधीनता की माँग बुलन्द कर छाती से छाती मिलाकर एकता में बँधे आ रहे हैं—एक-एक नहीं, टुकड़े-टुकड़े में नहीं—एक उद्‌बुद्ध भारतवर्ष!

प्राचीन धरती की इस जादुई धूल की ओट में छुपा होता है ध्वंस या नूतन सृष्टि, रहता है मृत्यु या जीवन का जुलूस, यह मानो वही युग-युग की तैरती छाया हो, उसका क्रान्तिकारी रंग विह्वल करता है, अपने अंग से न सहने पर उसका तात्पर्य पहचान में नहीं आता—दूर से बढ़ती आ रही ढेर की ढेर लहरों की तरह, उनके पीछे और पीछे कतार की कतार, वे उठाएँ कि पछाड़ेंगी कि लुढ़काएँगी।

चल रहे हैं दोनों पैर, आगे ही आगे, और वह लाठी का पोला, कितने देश घूमा। कितने दिन, कितनी रात, कितनी ऋतुएँ, कितना धूप-कोहरा भेदते हुए चले आ रहे हैं मानो सन्त मुकद्दम जहानियाँ पीर, मक्का-मदीना से निकल इस धरती का बहुत बड़ा हिस्सा घूम चुकने के बाद सामने वो पवित्र तीर्थ, जहाँ प्राची चन्द्रभागा में घुलकर चित्रोत्पला मिल गयी है समुद्र से। सामने सचमुच तो यही है, सामने नाना रंगों का औटा-औटी हुआ सूर्यास्त के समय का वही माया-समुद्र। अबकी वह विख्यात बालिवन्त (टीला) पर लाठी टेककर खड़े हुए देख रहे हैं—सन्त मुकद्दम जहानियाँ। यही क्या यात्रा का अन्त है—कहाँ मिस्र, अरब, मंगोलिया, तिब्बत और उत्तर से दक्षिण सारे भारत में घूम चुकने पर दक्षिण से उत्तर को बढ़ते-बढ़ते अन्त में इसी बालू के टीले पर सन्ध्या। और अन्तर से पुलक से जल रही है सुगन्ध की अमिट धूप-बत्ती, अपनी महक बिछाती जा रही है घुमक्कड़ हवा में। चेहरे पर वही स्नेह-शीतल प्रशान्त अपूर्व ठवनि, आँखों में वही अविस्मरणीय दृष्टि जिससे दिख जाता कि सब कुछ उँड़ेलकर इन्होंने सब कुछ पा लिया है, और होठों पर थी उस बाँक में प्रशान्त अनाविल आनन्द और विश्वास की वह विद्युत्-रेखा, जो कहती है—

"आदमी को मैंने देखा है सुख में, दुःख में, पहाड़ में, मरुभूमि में, और हरे-भरे खेत में। उसका रंग भिन्न-भिन्न दिखता है, परन्तु उसके अन्तर में वह एक ही ज्योति है, और अखण्ड यह मानव-जाति, एक ईश्वर की सन्तान है, शान्ति और आनन्द उसका जन्मजात अधिकार है, स्नेह और भाईचारा।"

आरत पण्डा ने उसी बालू के टीले पर से नीचे की ओर सामने देखा। इस बालू पर कतार के कतार काजू के पौधे घुटनों-घुटनों भर के हो आये हैं। सामने फैली है धरती। उस धरती पर जगह-जगह दो-तीन सौ लोग बिखरे हुए माटी खोद रहे हैं। विराट् एक जगह को घेरकर एक सुन्दर खेत आँखों के आगे तैयार दिखता आ रहा है। उससे तनिक दूर पर दिख रहा है बाग-बगीचे के झुरमुटों से घिरा गाँव!

तो यही है फूलशरा! छनू से आरत पण्डा के मन में धारणा फैल गयी। पुलक आनन्द से वे देखते रहे। माटी नहीं, जड़ता और अँधेरे के तले से उखाड़-उखाड़कर आदमी यहाँ जमा कर रहे हैं शान्ति, आनन्द। यहाँ जीवन झलक रहा है।

अतीत में खो गया हो पाटेली गाँव में उनका घर। फूलशरा में और भी बड़ा घर है, और ये ही तो उनके बाल-बच्चे हैं, कन्धे से कन्धा मिलाये हुए।

काम पूरा होने को आया। काम के बीच वे भी उन्हें कुतूहल से ताक रहे हैं, सूने टीले पर अकेली एक विचित्र मूर्ति को। और थोड़ी देर में तो, काम पूरा हो गया, वे उनके पास आ गये। देखते-ही-देखते जान-पहचान हुई। फिर तो हर्ष-ध्वनि चारों ओर भर गयी।

इस इलाके में आरत पण्डा लौट आये हैं! पाटेली गाँव न जाकर फूलशरा आये हैं, आज दिन में! कितने गाँवों के लोग आज यहाँ जमा हैं। नहीं, कोई अलग नहीं–आरत पण्डा सोच रहे थे–इनमें प्रत्येक और ये सब मेरे अतीत के स्वप्न हैं, अतीत झर नहीं गया है, सहेजा गया है, परन्तु तब यह था मात्र विचार और कल्पना, आज उसने रूप धर लिया है, इन इतने घटों में, चेहरों पर, आँखों में, यही तो उसका प्रकाश है। चारों ओर मानो समुद्र की अगणित पुलकित किशोर लहरियाँ उनके चारों ओर खेलती-फिर रही हैं। जहानियाँ पीर उस समुद्र में लीन हो गये।

लहरें बढ़ी आ रही हैं, अब छाया लम्बी हो आयी। एक जगह इतनी छाया पास ही पास घुलती-मिलती, और इतने जो मानव-रूप हैं, सब मानो कि छाया से ही बने हैं। साँझ हो आयी। छाया लौट रही है, छाया के अन्दर, बाँस का वन, बगीचों की सघनता, घरों की छान, सब उसी छाया के रूप!

रवि सोया था, अचानक नींद से जाग उठा। सब सोये हैं। बाहर पेड़ तले सोये हैं आरत पण्डा। जितना कहा, घर में नहीं ही सोये। उनके जंगल-घिरे चेहरे पर चाँदनी ढुलकी हुई है, निरख रही है चुपचाप शान्ति से टूटे हुए त्याग-तपस्या-कृश अकृत्रिम चेहरे की सोयी हुई आभा को। तनिक देखकर रवि थम गया। उनके बारे में उसने बहुत सुना है। पाटेली गाँव के आरत पण्डा का नाम इस इलाके के लोगों की स्मृति में अमिट इतिहास बन चुका है, अथच भुलाये जाकर भी वे अविस्मरणीय हैं। लोग सचमुच सोच रहे हैं–इतने बड़े व्यक्तित्व के तेज से स्वाधीनता-आन्दोलन के पर्याय

में वे जब गाँव-गाँव में इतनी उत्तेजना फैला देते थे, उन्माद भर देते थे, शायद वे अब और नहीं हैं। सच तो, नाव जैसे दिशा मोड़कर मानो घूमकर चली गयी है। तब के लोगों में जो बचे हुए हैं, वे मानो जीवित शहीद हैं। जीने पर भी उनकी वर्तमान की स्थिति लोगों की स्मृति से लोप हो चुकी है। जुलूस में वे कहीं नहीं हैं, न किसी गद्दी पर हैं, न आसन पर। इह जीवन में होने पर भी कोई चुपचाप बाबाजी-संन्यासी की तरह जीवन बिताये चल रहा है, कोई रुग्ण है तो कोई सुक-सुक कर रहा है, किसी से मानो कला-हरण हो गयी है। महापुरुष से बदलकर वह केवल संसारी बुद्धि, संसारी वृत्ति के अनुसार साधारण प्राणी और दया का पात्र है। जीवन का बोझ सब ढोते हैं, जिसका जितना रास्ता। परन्तु जीवन में उल्लास सबको नहीं मिलता। जिसे मिलता भी है, तो कितने क्षण? कितने दिन?

दीर्घ साँस छोड़कर रवि ने गाँव के बीच की ओर नजर घुमायी। पेड़ों की फुनगियाँ झिलमिलातीं। धरती पर धूप-छाँही हलचल करता, अँधेरे के कोने-कोने में चाँदनी करता हुआ, चन्द्रमा खिला है। रवि अपने अन्दर एक उत्तेजना का अनुभव कर रहा है। कोई उसे खोज रहा है, कोई उसे बिसूर रहा है। याद आ गये माँ, ि ; दोनों का दो प्रकार का स्नेह। एक का पूर्ण आत्म-समर्पण का, और दूसरे का विरोध का। दोनों जगहों पर स्नेह ही है, गहरा स्नेह।

पिता और माँ, चिरन्तन स्नेह के बन्धन की याचना करते दो जोड़ी हाथ। चिरकाल अपने पास उसे सहेज रखना चाहते हैं वे हाथ। अब शिथिल हो धरती पर टिके पड़े होंगे। वे चाहते थे उसके सुख की खातिर, हित के लिए उसे ब्याह कर संसारी बना देना।

गाल पर हाथ दिये दूर चाँदनी के धुँधले समुद्र की ओर देखते-देखते वह अपने आप पकड़ में आ गया। स्पष्ट समझ गया कि जिसके लिए वह नींद से खिंचकर उत्तेजना में भरा बाहर उठ आया है, वे माँ या पिता नहीं बल्कि छवि है। प्यासी दृष्टि से वह दूर देखता छवि को आँक रहा है, उसकी उस लहर में धीरे-धीरे हिलती-डुलती बह गयीं उसकी वे निरीह आँखें। अपने आप में विभोर होने की तरह वह दृष्टि, जो अचानक छलछला उठती, कौतुक से हँसती। नहीं तो जहाँ अचानक भर जाती थमे तूफानी आकाश में बिजली, तब उसका स्थूल रूप पिघलकर वह हो जाती एक महाभाव!

जोगी-बस्ती, पाण (डोम)-बस्ती, बीच में पाटेली गाँव के सामलाती में उस दिन शाम को उत्सव हो रहा था। स्वयं रवि सिन्धु चौधरी के घर गया था—उन्हें और छवि को कह आने के लिए। उसका वह जो उत्साह, छाती के अन्दर जो आनन्द की पुलक—फिर वहाँ धक-धक होने लगी। छवि के प्रति उसका इतने दिनों का संचित आवेग फिर अन्दर से निकल उसकी आँखों में माया-अंजन पोत गया। उसी मोह में फिर उसने कल्पना में देखा उसी दृश्य को, और फिर उसके पीछे-पीछे

के कई दृश्यों को, मानो बार-बार वे उसकी आँखों के आगे अभिनीत होते जा रहे हैं।

और इस सुनसान रात में, जब वह अपने मरम भाव में तल्लीन है, उसे लग रहा है कि उसके जीवन का वह भाग उधर है, एक साथ हुए बिना इस जीवन की सार्थकता कहाँ? पारद का एक अंश और एक अंश के साथ मिलने से पूर्व शायद ऐसा ही लगता है, उसमें किसी प्रवणता का आलोड़न। अपने मन को आधी नींद में टटोलने की तरह वह क्षण-भर सोचता रह गया। और सोचने लगा कि यह क्या उसकी विशिष्ट दुर्बलता है, या किसी स्वस्थ मानव-व्यक्तित्व की बिलकुल साधारण प्रवृत्ति, कोई पाप नहीं, पुण्य नहीं, सिर्फ दैव का इंगित—कि युवक-युवती एक हो, प्रकृति की लीला पूर्ण करो, सृष्टि को चिर श्यामला करो, सतेज करो!

अपने साथ लड़ते-लड़ते वह फिर हाथ उठा लेता है निःसहाय भाव से, बहाव के तोड़ में बहता चला जा रहा है। हर्ज भी क्या है? वह सोचता है कि संसार तो यही चाहता है, यह अपनी दुर्बलता नहीं है, यह तो स्वाभाविक परिणति है।

दिख जाता है सामलात की सभा में कितने लोग जुटे थे, स्त्री-पुरुष। वहाँ छवि भी बैठी थी। अब भी देख पा रहा है— हँसते समय उसके होठों की भंगिमा, उन दाँतों की चपल चमक, एक बार कौंध कर उसके अन्तर तक में हलचल मचाकर फिर वह मुँह बन्द हो जाता। उसकी आँखों के भाव-समुद्र में विचित्र प्रकाश, बिना बोले भी कितनी बातें वह कह जाती। कान तले उसके गाल-माथे पर वो थोड़ी-सी जगह जहाँ लहराती-सी लटें खेलतीं। गरदन घुमाते समय गले के पीछे की ओर। उसका जरा-जरा सा हाव-भाव। कब वह दोनों हथेलियों को पास-पास कर अँगुली में अँगुली फँसा कैसी पागल मुद्रा बना रही है, कभी होठों की रेखा पर अँगुली का सहारा लगाकर उझकती देख रही है। नासा धीमे से फूल उठता है, दब जाता है। कभी कोने ही कोने से देखते-देखते अचानक छवि की नजर उसकी दृष्टि की पकड़ में आ जाती है, वह सिर झुका लेती है। कभी उसकी दृष्टि छवि की संयत देह पर टिक गयी थी, और वह स्वयं उसकी आँखों द्वारा पकड़ा गया है, उसकी देह वाष्पायित हो उठी। दृष्टि में, कामना में वही छोटा-छोटा देन-लेन बोझीले विचार और युक्तियों के नीचे दब-दब जाता है, वे सब फिर उसके आगे खूब बड़े-बड़े होकर प्रकट हो रहे हैं। देह के किसी क्षुब्ध अंश या भाव की छटा का ध्यान करते-करते चेतना में उठ आती है छवि की समग्र देह, वही उसकी अपूर्ण कामना का दूसरा पहलू। उसी को सोचते-बिसूरते उथल-पुथल हो उसके मन में भिन्न-भिन्न दो प्रकार के भाव आ रहे हैं, कभी वह कामना आशा में तेज हो उठती है, परिणति पाती है, अदम्य उल्लास और मनोबल आता है। तब इस संसार की प्रत्येक वस्तु, प्रत्येक घटना उसकी ओर उदार स्नेह से सहायता और सहानुभूति की प्रतिश्रुति में परिपूर्ण है, सब जगह वह अप्रतिहत है, कभी वह सिर्फ विरही, खिन्न, निराश, खण्डित, बिलकुल अकेला

है। जो कुछ देखता है सब रूखा-निःसार है, केवल कर्कश सूखी बंजर कंकरीली, अटूट बालूचर है, उसमें कोई वैचित्र्य नहीं, जीवन नहीं, बस धड़कती छाती है।

कहाँ से तैर आती है यह ताजी हवा। इसमें नाना फूलों की महक है, नये पत्तों का कोमल स्पर्श है। चाँद झिलमिला रहा है, नारियल की धीमे-धीमे हिलती फुनगियों के पत्तों की फाँक में, धूप-छाँही होकर नाना प्रकार के विचित्र पेड़ खड़े हैं, हलचल मचाती एक जोड़ी टेंटेई की चींचियाने लगी है। सब प्रतीक्षा कर रहे हैं, चुपचाप खड़े होकर खेल देख रहे हैं।

अचानक मानो उसे होश आया। वह यहाँ कहाँ आया है? पीछे की ओर हाथ बाँधे टहलता-टहलता वह यहाँ क्या कर रहा है? स्वयं को जाँचने, पहचानने की चेष्टा करते-करते मन के एक स्तर से उठकर मानो एक और स्तर तक उठ गया है। छवि की स्मृति का रंग बदल गया, और उसके साथ-साथ मन के अन्दर के संगीत की पट्ट-भूमि पर और ही तरह की रागिणी। छवि और वह, एक ही तो, उसके मत ने स्वीकार लिया है।

उसके साथ मिलने के लिए संस्कारगत प्रणाली की आवश्यकता नहीं। वह मिलन निर्भीक है, विकारशून्य है। कामना की व्याकुलता पर मानो ऊषा का प्रकाश फैल जाता है। उसमें क्लान्ति नहीं, उद्दीपना है, उत्साह है। वही मूर्ति उसका अटल आश्रय है, सचमुच जैसे उसी की शक्ति रूप पायी हुई हो वहाँ।

अबकी याद आया, छवि के व्यक्तित्व का एक भाग। उसके आगे संकोच-शर्म से झुक जाता है, परन्तु एक और भाग आमने-सामने बढ़ आता है निःसंकोच निडर होकर। वह उसने देखा था बज्रेश्वर के टीले पर, बातों ही बातों में, चर्चा के समय। और उस बार जब पाटेली गाँव की सामलाती में भी छवि ने चर्चा में भाग लेकर कहा था—"आदमी के मन को नये सिरे से गढ़ना चाहो, उसके हृदय में परिवर्तन और विचारों में परिवर्तन लाना चाहो तो उसके देखने-समझने के तरीके में भी परिवर्तन होगा ही, या नहीं होगा? उसका चलन भी बदलेगा। अपने स्वार्थ को बड़ा मानकर चलते समय समाज में जहाँ जो सम्बन्ध अब है, जैसे पुरुष-नारी के बीच कि बाप-बेटे, भाई-भाई के बीच यह सम्बन्धों का चेहरा भी बदलेगा। तब ऐसा नहीं किया जा सकेगा कि दुनिया के काम में मर्द रहेगा पूरा आदमी, और नारी रहेगी आधा आदमी। बस पान लगाना, भात पकाना, घर पर पड़े-पड़े सब बातों में पुरुषों की दया की ओर ताकते हाथ तले दबकर रहना। सम्पर्क में परिवर्तन आएगा, समाज के अनुष्ठानों में परिवर्तन आएगा, राजनीति का ढाँचा आदि कितना कुछ बदलेगा, उसे सह-मानकर चला लेने पर ही तो आदमी अपने विचारों के परिवर्तन को काम में लगा सकेगा, वरना विचार रहेंगे एक ओर, चलन पहले की तरह ही रहेगा। पेड़ लगाकर माटी, खाद, पानी का ठिकाना किये बिना जो होगा, वैसे ही विचार भी सूख-सूखकर मर जाएँगे, सारे विचार पोथी में धरे रह जाएँगे, पोथी में कीड़े लगते

हैं, वरना इतने समय की हो गयी यह पृथ्वी—पहले क्या विचारशील लोग न थे, अथवा लोगों ने कभी विचारा नहीं।"

तब छवि लगी थी शुद्ध-आलोकरूपिणी। रवि के मन में अपूर्व आनन्द उच्छरित हुआ था। यह सोचते-सोचते फिर आ गयी वही अनुभूति। उसकी कामनाप्लुत विह्वलता शान्त होकर उसकी चेतना में छवि अविचल स्थिर हो गयी। और फिर आ गयी करुणा, जो उसकी मंगल-कामना कर रहा है, मंगल-कामना में मिल जाती है आत्मत्याग की कामना, अपने लिए वह कुछ नहीं चाहता, छवि को मिल जाए सारा सुख, सारी सफलता, राह में अविरोधी सम्पूर्ण विकास। स्वयं चाहे वह बन जाए चाँदनी रात में अनचाही जरा-सी छाँह, अदेही, अवर्णा, अनजाना, गुमनाम।

चिन्तन के उधर क्षितिज पर फिर वही चेहरा, वही देह। फिर भी उसकी वही निगाह। परन्तु देखने का ढंग बदल गया है। तनिक पहले जो लालसा और लोलुपता मन में भरी थी, मानो उसके विरुद्ध प्रतिक्रिया आयी है। अपने ऊपर कठोर विचार, क्षोभ, अनुताप। करुणा में लड़खड़ाता वह विकलतापूर्वक देख रहा है उस देह की ओर। उसकी दृष्टि में, भंगिमा में, चेतना के मोड़ में सचमुच जैसे वही भावना, मानो किसी तरुण अनभिज्ञ पति को अचानक अभिभूत कर देती है जब वह पहली बार अन्तःसत्त्वा असहाया आसन्नप्रसवा स्त्री को देख सिर झुका विकल होकर सोचता है और फों-फों दीर्घ श्वास छोड़ता है, विचारता है कि इस स्त्री में उसके प्रति इतना स्नेह, इतना विश्वास, इतनी निर्भरता है। जब देखो अकुण्ठ होकर उसे प्रसन्न करने को सरल मन से इतना आग्रह भरा, इतनी तत्परता। ऐसा ही हुआ उसका परिणाम कि अन्त में उसे जाना पड़ रहा है यम के द्वार पर अपना अनिश्चित भाग्य परखने के लिए! और तब वह स्वयं से कहता है—पशु, बर्बर, मूर्ख, वैराग्य का गेरुआ ओढ़कर मन-ही-मन कहता है—भाग्य सुधार लेने के लिए।

काश तनिक और सुयोग मिलता, एक बार!

छन् से टूट जाती है यह अवस्था।

मन की फिर नयी स्थिति, चारों ओर एक और ही प्रकार की। नींद टूटने के तनिक देर बार नींद की खुमारी जैसे टूट जाती है, और लगता है कि मन में जो तुनतुना रहा था, वह तो सपने की बात है, सच नहीं। स्वयं क्षुब्ध होने लायक कुछ भी तो उसने नहीं किया।

तब फिर क्यों?

तो भी उसके मन के अन्दर भीगा-भीगा नरम भाव, और वेदना की अस्पष्ट झंकार उसे समेटे है।

वह भी साफ हो गयी है, अनुभव कर पा रहा है—यह चाँद, यही वह प्रिय गाँव, उसकी कर्मभूमि, जहाँ भावना ने लिया रूप। अनुभव कर पा रहा है—आज उसी शुभ आरम्भ की सालगिरह। कितना उत्साह, आनन्द। हँसी-खुशी से झूमते छोटे

से लेकर बड़े तक इतने चेहरे पास-पास दिख जाते हैं। किसी को छन-भर का खयाल नहीं, यह उनके चलन का नया ढंग, जीवन की धारा है। किसी एक ने उसे नहीं गढ़ा, वह तो अपने आप ही मानो अंकुरित हुई है, बढ़ उठी है।—एक मानो दूसरे का अवतार, सब अवतार हैं उस एक ही भावना के—शान्ति के।

"वे मुझे चाहते हैं।" किनारा तोड़ती बाढ़ की तरह घूं-घूं करता उल्लास आनन्द उसकी चेतना में प्रवेश कर रहा है। वह खुल रहा है, बिछा जा रहा है।

दिखाई पड़ते जा रहे हैं और कितने गाँव, कितने आदमी, आदमियों की दुनिया-भर में धाराएँ बह गयी हैं। वह खुद एक नहीं, अनेक है।

रात कितनी होगी? तीन या दो? गहरी नींद में सोये हैं सब। कितनी संघर्ष चेतना! कितनी समस्याओं के दाग, जलती सलाख से दागने की तरह। अब वे सब सोये होंगे।

आदमी का आकार या चेहरा आदमी नहीं, घर है। कोई वामन, कोई असुर की तरह—देखकर आँखों को भ्रम हो जाता है। सचमुच जैसे यह देह घर नहीं, देह ही स्वयं आदमी है। परन्तु घर के भीतर का आदमी भी कभी-कभी पहचान में आ जाता है, रक्त-मांस के नीचे छुपा व्यक्तित्व। कभी लगता—असुर की तरह चेहरे के अन्दर दुर्बल शिशु की तरह आदमी, या नाटे शिशु के अन्दर किसी में मजबूत आदमी, निडर, विचारपूर्ण। परन्तु कितने हैं वैसे? अस्थिर, लड़खड़ाते, अशान्त आदमी। जीवन में सुख-शान्ति क्या है उसे पहचानने से पूर्व ही उम्र पूरी हो जाती। पल-भर शान्ति और चैन पाने के लिए सारे जीवन-भर भरसक लड़ना। स्वयं शंका कर वह संसार की भीति-आशंका बढ़ाता, खुद स्वयं को साज-सहेजकर बढ़ाता है स्वार्थ, द्वेष, भाग्य की अनिश्चितता। घर बसाने जाकर बना डालता है मशान। उसकी तेज बुद्धि से बना विज्ञान का उपयोग होता है उसी के विनाश के काम में। अत्यन्त विज्ञता से निर्मित समाज हो जाता है विशृंखल जंगली समाज, जहाँ एक का दूसरे के साथ सम्बन्ध खाद्य-खादक का है। स्वार्थ, नीचता, क्रूरता, अनीति चल रहे हैं एक साथ मिल-जुलकर, मानव-जाति के ध्वंस के लिए, प्रलय-हुताशन बनने की खातिर। चेत उठना ही होगा, रुँधना पड़ेगा, क्योंकि आदमी को चाहिए—शान्ति!

शान्ति!

कितनी बातें हैं उस एक ही शब्द में।

जितने, जहाँ, जो जन्मे होंगे, सबके मुँह के लिए आधार होगा। सबके रहने के लिए छत होगी। सबके लिए समान अवसर, ताकि वे पढ़-लिख सकेंगे, आदमी बनेंगे, श्रम को कार्य में लगाने की सुविधा पाएँगे, बीमार होने पर चिकित्सा की सुविधा पा सकेंगे, जब काम कर चुके होंगे तो पाएँगे साज-सँभाल, सेवा आदर, चैन से आनन्द से जी सकेंगे, मर सकेंगे।

ताकि कोई उनका खून न चूस सके, कोई कन्धे पर सवार न हो सके, कोई

लाल आँख न दिखा सके, नाक-भौंह सिकोड़ न सके, भेदभाव न कर सके, कोई 'बे' कह न सके, 'हट्' भी न कह पाए!

स्नेह, विश्वास का लेन-देन, समझ-बूझ और ठोस भाईचारे के अन्दर गुँथी-बँधी एक धरती, एक घर। जीवन वहाँ सरल, सुन्दर, आशा-आनन्द में उज्ज्वल; नित्य नये विकास में वैचित्र्यपूर्ण।

उसी का नाम—शान्ति।

कैसे होगी?

शान्ति-शान्ति का मन्त्र जपने से तो कुछ होगा नहीं। शान्ति का अभिनय करने से तो अशान्ति ही बढ़ी है। अनन्त काल से कितनी बार हुआ है शान्ति के लिए उद्यम पर यह चिरस्थायी नहीं हो सका।

होगी, किसी न किसी दिन। अवश्य होगी।

नहीं तो यह मानव-जाति बचेगी कैसे?

यह पृथ्वी जलकर राख जो हो जाएगी!

चाँद अस्त होता जा रहा है, दूर कतार की कतार नारियल के पेड़ों पर उतरता जा रहा है। उत्तेजित होकर रवि मन-ही-मन सोच रहा है—होगी, अवश्य होगी, केवल ये हाथ-पैर चलते-फिरते रहने की जरूरत है।

सचमुच जैसे वह निरन्तर चलता रहा है—उतार-चढ़ाव, धूप-छाँही रास्ते पर।

मुड़कर देख रहा है। छवि आ रही है उसके पीछे-पीछे।

और अब उसके मन में धुक-धुक नहीं है। शान्त हो वह चला गया और फिर सो रहा।

चिलचिलाती दुपहरिया!

पाटेली गाँव में अगणिराय दस जगह सिली मैली धोती बाँधे, सिर पर भीगा डोरिया गमछा डाले तटबन्ध के ऊपर चढ़ रहा था। उसका घर वहाँ से थोड़ी ही दूर है, बीच में बाँस का झुरमुट न होता तो उसकी छत दिखती। उसे कहीं जाना न था, पर खा चुकने के बाद ठूँठ की तरह अकेले अपने दरवाजे पर बैठे-बैठे खीझ-सी लगी। पहले इसी चिलचिलाती दोपहरिया में कितनी ओर घूमना होता, लोग अपना कलह का थैला खोलकर दिखाते, पैसा देकर बुद्धि लेते। उसी तरह प्रत्येक उत्तेजना को रास्ता दिखाकर हर चौथे-पाँचवें दिन शहर जाना पड़ता। पीछे-पीछे अपनी तरफ की कहानी लिये-दिये लोग उत्साह में जाते। हाकिम के आगे क्या कहना पड़ेगा, जिरह होने पर क्या कहना पड़ेगा, इसी तरह का गहरा सलाह-मशविरा चलता। राह-खर्च, खाना-पीना, शहर घूमना सब उन्हीं पर। घर लौटते समय कोट की जेब

में नोट होते, पक्षवाले देते, पक्ष को जिसके पास जुटाते वह भी देता, दूसरा पक्ष भी कभी-कभी देता।

कहाँ गये वे दिन! हूक-सी उठ रही थी अगणिराय के मन-ही-मन में। सचमुच, और वे दिन नहीं आएँगे। कलह लगता, कहाँ-कहाँ से लोग आते और आपस में भेंट कर चले जाते हैं, मुकदमा होता ही नहीं। लोग आते ही नहीं। घर चलता नहीं।

असहाय दृष्टि से नदी की धू-धू करती बालू को देखते हुए अगणिराय ने हवा में पेड़-पौधों की साँय-साँय, झाँय-झाँय सुनी, बायीं ओर देखा, तटबन्ध के तले इमली के पेड़ की जड़ में कोई बैठे हैं, उसे साथी चाहिए। उधर ही चल पड़ा।

इमली के नीचे तने का सहारा लेकर बैठा है बूढ़ा किणेई ओझा। नदी की ओर दृष्टि, सिर थोड़ा झुक गया है, माथे के बाल, आँखों की पलकें, छाती के बाल सब जूट हो चुके। बूढ़े की ठुड्डी पर चार अंगुल की रुपहली दाढ़ी। उस समय अगणिराय के विकल मन में बूढ़े के चेहरे को गौर से देखने की इच्छा हुई। पहलेवाली बात होती तो सदा की तरह सोचते—इस बूढ़े के सिर का मोल तो एक कौड़ी भी नहीं, जरा-सी बात पर आग-बबूला हो जाता है—न बुद्धि न विचार। परन्तु अब वह दिख रहा है—ऋषि की तरह, निश्चल, ध्यान में लीन-जैसा। बूढ़े का और उसका एक ही विचार है—सामलाती को लेकर, एक साथ मिलकर गाली दी जा सकती है, चाहे कोई सुननेवाला न हो!

पर श्रोता भी दो जन सुन रहे हैं। बिका मुदुली खुरपी से तटबन्ध पर घास छील रहा है धीमे-धीमे, धनुआ केवट ने हाथ में लिया है एक छोटे जाल का काम। बैठा-बैठा बुन रहा है। बिका मुदुली को अगणिराय की लिहाज नहीं। माई नहीं या कि गाय नहीं कि जिधर हिला दो झूल जाएगा, सही श्रोता। परन्तु धनुआ केवट कैसा तो अड़बंगा-सा है। जो जिद पकड़ लेगा बस वही! समझते-बूझते लोगों के बीच भी अरणे, अबूझे, अड़बंगे लोग होते हैं—अगणिराय ने सोचा, अपने खीझे हुए चेहरे की भौंहें दिखा दीं। अगणिराय उधर ही चलने लगा।

"और पाँच घर कल सामलाती में चले गये।" धनुआ केवट ने उधर देखे बिना ही कहा। मजाक के लहजे में पूछा, "बताना तो कौन-कौन हैं?"

बिका मुदुली ने खुरपी से खोदते हुए कहा, "जानता हूँ!"

किणेई ओझा ने कुछ नहीं कहा, कछार पर जो पीपल का पेड़ खड़ा है उसकी डाल हवा में झूल रही है, अधर में नाना ढंग से वह हिल रही है, नाच रही है। किणेई ओझा की निगाह मानो वहीं अटक गयी हो—धुँधले आकाश के आगे एक हिलती-पुरानी डाल। धनुआ केवट का प्रश्न...फिर अगणिराय ने मुँह बिदकाया। कहा, "पाँच हुए तो क्या, और पचास हुए तो क्या?"

बिका मुदुली ने कहा, "वही तो।"

अगणिराय ने धनुआ केवट से पूछा, "तुम कब सामलाती में मिल रहे हो?"

धनुआ केवट ने गुप्त रहस्य के बारे में चर्चा करने के ढंग से कहा, "जाल की बुनाई तो चल रही है, देखते हो।"

अगणिराय में उत्साह न था। और कुछ बोले बिना वह चुपचाप नदी की ओर देखता किणेईं ओझा के पास बैठा रहा। उसकी भंगिमा में क्लान्ति और पराजय के चिह्न थे।

मन-ही-मन जितना चाहे, पर समय उसकी मुट्ठी से खिसकता जा रहा है, स्वतः सृष्टि गढ़ी जा रही है, कहा न माननेवाले और मनमानी करनेवाले दल बढ़ उठे हैं, गुट बाँधकर उसकी जड़ काट दी है। उसे और कुछ कहना नहीं।

हवा में तैर आयी मृदंग की आवाज, और साथ में रुक-रुककर छन्दमाला की पंक्ति का गाना। किणेईं ओझा अचानक सीधा होकर बिलबिला उठा—

"सुनो, रावण वध!"

"रावण वध, या सीता-वनवास, कैसे जाना?"

सिर हिला-हिलाकर किणेईं ओझा ने कहा, "ना, ना, रावण-वध।"

धनुआ केवट ने कहा, "अपने बचपन से हमने देखा है खुद उस तख्ते रावण नाचता है, जान नहीं सकेंगे क्यों? सचमुच आज साँझ को सामलाती में रावण-वध करेंगे।"

उसमें भी अगणिराय को उत्साह नहीं। उपहास की-सी सूखी हँसी में कहा, "हें!"

परन्तु किणेईं ओझा कान लगाये रहा, मानो एक ही झटके में वह उस भूले अतीत की ओर लौट गया है। झटका चला गया, बाद में वह विकल होकर असहाय भाव से अपनी दुर्बल बाँहों को उठा हाथ की ओर देखने लगा। कलाई मरोड़ी, हथेली उलट-पलट की, देखा, केवल नस-नस और झुर्रीदार चमड़ी। उसने एक गहरी साँस छोड़ी। वह सोच रहा था, तब प्रतापी लंकेश्वर बनकर मंच पर खड़ा हो जाता तो भीड़ में हलचल मच जाती, परन्तु वो तो कब की बात हो गयी, उसके बाद तो कितने ही लोग रावण बनकर नाच चुके हैं, उसके दिन तो कभी के चुक गये!

और साथ-साथ वे पुराने दिन भी लद गये हैं। इस जमाने में तो छोकरे बने हैं मुरब्बी, पुराना चलन भी गया कहीं नहाने, छोटा-बड़ा, छूत-अछूत सबका विचार डूब गया। निजी या अपना कहने लायक कोई बात ही नहीं रही। बस गुट, सामलाती, औरतें बीच बाजार घूमती फिरेंगी, मरदों की तरह काम-धन्धा करेंगी, मान-अपमान रह ही नहीं गया!

दो दिन के खेल की तरह सामलाती टूट जाती तो वह उसे हँसी में उड़ा देता और उन लोगों को कहता, "तब तो मेरी बात में गन्ध आ रही थी, मैंने कहा था कि नहीं?"

पुरानी देह का और भरोसा भी तो नहीं रहा, वह सुख देखना अब और भाग

में नहीं। उन्हीं का बल बढ़ रहा है, जिधर सुनो, उन्हीं की बात होती है। बस उन्हीं की जय-जयकार, ये कान और कितना सुनेंगे?

दूर से दिखता है—कोई आ रहा है। दुर्बल, लड़खड़ाता, एकदम बुढ़ऊ, शुकुटि पण्डित। शुकुटि पण्डित उत्तेजित हैं।

"किधर गये थे पण्डितजी?" धनुआ केवट ने पूछा।

"अपना सराध करने।"

"आपका सराध?"

"और किसका? ये देखो न, पूजा करने को कह रहा था, समझा-बुझा, लिखा-बताकर आया था, सारी व्यवस्था तो लिखवा दी थी, तालिका के मुताबिक सामान आता सात रुपयों का, मुझे ले-देकर और खरचा होता दो-तीन रुपये। आज कहता है क्या न कि ये तीन रुपये निकाले हैं, ढाई में विधि-विधान से पूजा करवा दें, और आप लें दो पावली। तीन रुपये में दुनिया-भर के देवी-देवताओं का वरण कर राजी कर विदा करूँगा। हैं रे बेटे! कहने लगा तीन रुपये नहीं तीन सौ नये पैसे हैं, पूरे न पड़ें तो न सही, और हैं भी नहीं।"

"किसकी बात कह रहे हैं पण्डितजी?" अगणिराय पूछ रहे थे।

"अरे, वो हटिया...हटिया और कौन? पूजा नहीं करवानी थी तो ये इतना तमाशा लगाकर मुझे धाम ही धाम दौड़ाने की क्या जरूरत थी?"

अगणिराय ने मुसकराकर कहा, "आप वैसे हो, तभी तो इतनी बात। नहीं तो कमर कसकर दफा पर दफा लगा देते कि बस बाप को मौसा कहकर बुलाना पड़ता—वह तो चीज ही क्या है? पर आप क्यों सुनने लगे हमारी बात?"

शुकुटि पण्डित कहने लगे, "जाने दो, बाबा, जो जैसा करेगा, वह वैसा ही फल पाएगा। पूजा-मनौती बोलेगा क्यों और हँसी-ठट्ठा करवाए क्यों? न करवायी, न दिया कुछ, उस बात का कोई विचार मेरे मन में नहीं है, ग्रह जानें, ठाकुरजी जानें, वे जानें, अपनी बात खुद समझेंगे।"

बिका मुदुली ने एक ही बात कही, "ठीक, बिलकुल ठीक।"

धनुआ केवट ने कहा, "ठीक-ठीक नहीं, गधे की टाँग। सुनिए पण्डितजी, चिढ़ना नहीं। देखें। ठाकुरजी, देवता अब आपके रास्ते से बातें सुनते ही नहीं। हाथ-पैर चलाने पर, पसीना बहाकर काम करने से वे सुनते हैं। तभी पूजा-ऊजा में लोगों का उतना पहले की तरह आग्रह नहीं रहा। पहले मैं ही कोई कम मानता था?"

शुकुटि पण्डित बोले, "अरे, इस लोक में ना जीतेगा, उस लोक में ताती बैतरणी पार होगा कैसे?"

अगणिराय हँसकर बोला, "वो चिन्ता तब होगी। वैतरणी के ऊपर भी आदमी जाने के लिए पुल बन जाएगा।"

बात घुमाकर शुकुटि पण्डित ने कहा, "ओह! ये जो घाम है!" वे भी उसी

पेड़ के नीचे बैठ गये। कहने लगे, "किस घड़ी में आज आदमी निकला कि फूटा धेला भी नहीं!"

अगणिराय कहने लगा, "आठ आना ही सही, मिल रहा था, ले आते, मना क्यों कर आए? अगली बार के लिए मन करता तो खींचतान करते।"

बिका मुदुली ने कहा, "हाँ, ठीक-ठीक!"

शुकुटि पण्डित ने कुछ नहीं कहा।

बैठे रहे पेड़ के नीचे वे तीनों, गाँव का पुरोहित, गाँव का टाउटर और पुराने दिनों में गाँव की दलबन्दी का नेता।

कभी धर्म के नाम पर, कभी कानून और अधिकार के नाम पर, कभी अपने स्वार्थ के लिए या ऐंठ के लिए कितनी बार उठाया है, गिराया है इस गाँव को। कितने घर टूटे हैं, कितनों में कितने कलह लगे हैं। अब यहाँ सब शान्ति है। नया चलन, नया मन है। उनका अब और जोर नहीं चलता, उनकी तरफ लोग नहीं, बात का असर नहीं होता। युद्ध में जो नेता थे, शान्ति में वे अख्यात हो गये। अँधेरे में वे बड़े बने थे, प्रकाश में वे कुछ भी न रहे। जाल बुनना रोककर धनुआ केवट ने अपनी गरदन मोड़कर उपेक्षा में उनके चेहरे की ओर देखा। उनके बारे में सोचने लगा।

तब वे दूर देख रहे थे, वहाँ जहाँ कछार टूटकर दो पोरसा गहरा होकर नदी की बालू चली गयी है, उसी कछार के कगार पर जगह-जगह एकाध पेड़ है, दोपहर की तपन में हिल रहा है, उसके उधर खाली खुला पड़ा है।

धुँधला-सा हो गया। छाया उतर रही थी। कण्डों की राख-सा आकाश। अकेले पेड़ के उस ओर बालू उड़ाता धूमाल उठा, पेड़ मानो मुड़-माड़कर माटी से लग गये हों।

तभी खुरपी रखकर बिका मुदुली तटबन्ध के ऊपर हाथ दिखा उल्लास से चिल्ला पड़ा–"वो...!"

कई स्त्रियाँ आ रही हैं। कीर्तन अहीर की बहू, सतुरा डोम की पतोहू, केला की पत्नी आगे-आगे हैं। उनके पीछे-पीछे और भी कई। वे लोग बिना रुके चली गयीं, उन तीनों के पीछे-पीछे शशी की भौजाई, घनू परिड़ा की स्त्री, बली, मल्ली, सिन्धु चौधरी की बेटी छवि, चाँद, रघुआ की माँ, तीन-चार अपरिचित औरतें भी, और सबके पीछे रोहीनाथ की स्त्री दूल।

बिका मुदुली ने हँसकर पीछे से पुकारा, "किधर?"

दूल ने बताया, "तण्डीकूल!"

अगणिराय ने टोकते हुए कहा, "अरे, पगली, इस जलती दोपहर में दो कोस रास्ता तण्डीकूल, कहाँ री?"

दूल ने कहा, "उनके गाँव से हमें लेने जो आयी हैं। चार जनी गयीं, देखा

नहीं? हमारे यहाँ जैसा हुआ, उनके वहाँ वैसा शुरू किया है, सो हमें बुलाया है।"

अगणिराय ने आपत्ति कर कहा, "बुलाया तो क्या औरतें अपना घर-बार छोड़ चिलचिलाती दुपहरिया में पैदल जाएँ! दो कोस?"

दूल हँस पड़ी। बोली, "क्यों नहीं जाएँगी?" वह दल से पिछड़ गयी थी। पीछे की ओर देखे बिना फुदकती-फुदकती चली गयी। किणेईं ओझा चुपचाप बैठा था, अचानक सिर झटकाकर वह बोला, "कैसे?"

यही उसका आक्रमण से पूर्व का संकेत है। परन्तु उस स्वर में अब और बल न था। वह आवाज उनके कानों तक पहुँची नहीं। वो चली जा रही हैं, देवदारु के जोड़े के नजदीक तक पहुँच गयी होंगी। हवा के कारण साड़ी के आँचल फूल गये हैं। खूब उत्साह से जा रही हैं। मानो अनेक पाल उड़ाता-उड़ाता कोई बोहित जा रहा है।

किणेईं ओझा ने दुर्बल आवाज में खँखारकर कहा, "देखते हो इनकी बात! क्या समय आ गया!" हाँफ-हाँफकर कह गया, "गाँव-भर को पागलपन लगा है, जात-कुजात नहीं, स्त्रियाँ रास्ते पर फिरने लगीं, अपर्तिया गया, मागुणिया गया, गाँव के लोगों की बुद्धि नाश हो गयी। सब सत्यानाश हो गया है!"

शुकुटि पण्डित ने चीं-चीं कर कहा, "धरम-करम तो गया, आचार-विचार डूबा, सब उजड़ा, सब उलट गया!"

धनुआ केवट उठ खड़ा हुआ। कहने लगा, "क्यों, फालतू बैठे 'गया-गया' चीखते हो? क्या बिगड़ गया? अच्छे आदमी हो! हाथ से तिनका तो टूटे नहीं और बातें तीसमार खाँ की! लम्बी-चौड़ी!"

"कैसे?" किणेईं ओझा चिहुँक उठे।

अगणिराय कहने लगे, "रहने दो, उसे कहने दो, भई!"

धनुआ केवट कह रहा था, "अच्छी तरह कहूँगा। जो आपकी बातें मानते थे वो सब सयाने लड़के तो हो गये खराब। आपका विचार आपकी अपनी सुविधा के लिए है। अबका विचार सबकी सुविधा की खातिर। यही है आपके लिए अड़चन। और अब गँदला पानी नहीं कि मछली मारने का मौका मिले। आप सब इसीलिए बड़बड़ा रहे हैं। आप लोग एक-एक जन्तु हैं, एक-एक जंगली सूअर!"

वह चला गया।

आगे तण्डीकूल, यह नीचा रास्ता पार करने के बाद। बगीचे का झुरमुट दिखाई पड़ रहा है। रास्ते में धुन्ध टूटकर धूप चिलकी थी, उमस से देह चिपचिपा रही थी। घाम की चमक मुरझा गयी थी, आँखों के सहने लायक हो चुकी थी। पैरों को धूल अब और गरम नहीं लगती। वे चल रही थीं।